歴史時代小説文庫総覧

現代の作家

日外アソシエーツ

Guide to Japanese Historical Novels
in Paperback Edition 1945-2016

345 Contemporary Writers

Compiled by

Nichigai Associates, Inc.

©2017 by Nichigai Associates, Inc.

Printed in Japan

本書はディジタルデータでご利用いただくことが
できます。詳細はお問い合わせください。

●編集担当● 比良 雅治／城谷 浩／森岡 浩
装 丁：赤田 麻衣子

刊行にあたって

　近年、空前の歴史・時代小説ブームが続いている。その根幹を支えているのが、佐伯泰英らに代表される、文庫書き下ろし時代小説のシリーズで、毎月数十冊の新刊が刊行されている。

　かつて、昭和30年代から40年代にかけても時代小説ブームがあり、颯手達治、大栗丹後、角田喜久雄といった大衆作家が、春陽文庫などを舞台に数々の作品を刊行した。文庫という手軽な形態をとることで、時代小説は大衆文学の中で大きな比重を占めるようになった。今日では各社が文庫を刊行、時代小説専門の文庫もあり、新しい作家もデビューしている。往年の名作から最新作まで、文庫は刊行メディアとして定着している。

　歴史・時代小説と一言で言っても、どこまでが歴史小説か、という線引きは難しい。今回は日本を舞台とした小説に限定し、三国志や水滸伝など中国を舞台とした作品は対象外とした。時代は概ね大正時代頃までとし、太平洋戦争などの戦記小説は対象外とした。もう一つ悩んだのが、SFなど他ジャンルとの融合小説である。ここでは、現代人の主人公が過去と交錯する作品は対象外にした。

　本書「現代の作家」に収録したのは、平成期に歴史・時代小説の執筆を始めた345人である。現代の人気作家から新人作家まで、幅広い顔ぶれが揃っている。テレビや映画の脚本、漫画原作で研鑽を積んだ作者、会社員・公務員からの転身など、バックボーンも多彩だ。推理小説など他分野で知られている作家が、時代小説を書く例も珍しくない。昭和期までの作家を収録した姉妹編「昭和の作家」と合わせて利用していただければ幸いである。

　収録にあたっては原本の確認、各種文庫目録などで遺漏の調査につとめたが、未収録となったものもあるかと思われる。網羅は次回への検討課題としたい。

　　2016年12月

　　　　　　　　　　　　　　　　日外アソシエーツ

凡　例

1．本書の内容

　　本書は、文庫本として出版された日本の歴史小説・時代小説を作家ごとに集めた図書目録である。

2．収録対象

　(1) 平成時代に歴史・時代小説の作家活動を始めた日本の作家345人を選定した。

　(2) 作家の小説作品のうち、2016年12月までに国内で文庫本として出版された図書を対象とし、小説の舞台は日本、時代は江戸時代までを主に、明治時代・大正時代までを描く作品を収録した。収録図書数は6,895点である。

　(3) 複数の作家の作品を1冊に収録したアンソロジーは収録対象外とした。

3．見出し

　(1) 〈作家名見出し〉作家名を見出しとし、姓の読み→名の読みの五十音順に排列した。

　(2) 〈文庫名見出し〉作家名の下は文庫ごとにまとめ、文庫名の五十音順に見出しを立てた。

　(3) 〈シリーズ名見出し〉文庫の下では、小説のシリーズ名があれば出版開始年月順に見出しを立てた。シリーズに入らない作品は末尾にまとめた。

4．図書の排列

　　文庫名、シリーズ名見出しのもとに、出版年月順に排列した。

5．記載事項

(1) 〈作家名見出し〉作家名／読み／生 (没) 年／作家紹介
(2) 〈文庫名見出し〉文庫名／出版者
(3) 〈シリーズ名見出し〉シリーズ名　(先頭に◇を付した)
(4) 図書の記述
　　書名／副書名／巻次／各巻書名／シリーズ名／版表示／編者等／出版
年月／ページ数／注記／ISBN（①で表示）
　　収録作品細目

6．作品名索引

　　各図書の書名 (作品名) のほか、シリーズ名 (先頭に◇を付した)、シリー
ズの下の各冊タイトルを索引項目とし、改題等の元書名からも参照を
立てた。作品名を五十音順に排列し、本文での掲載ページを示した。

7．書誌事項

　　本目録に掲載した各図書の書誌事項等は、主に次の資料に拠っている。
　　データベース「bookplus」
　　JAPAN/MARC
　　各社の文庫目録

作家名目次

藍川 慶次郎	1	市川 丈夫	47
青木 慎治	2	伊東 潤	47
青木 祐子	2	伊藤 致雄	48
青山 文平	2	稲葉 博一	49
赤川 次郎	3	稲葉 稔	49
安芸 宗一郎	3	乾 荘次郎	58
秋山 香乃	4	犬飼 六岐	59
朝井 まかて	5	井上 登貴	60
浅黄 斑	6	井ノ部 康之	60
麻倉 一矢	7	伊吹 隆志	61
浅倉 卓弥	9	今井 絵美子	61
浅田 次郎	10	入江 棗	66
あさの あつこ	11	岩井 三四二	66
朝野 敬	12	岩切 正吾	69
浅野 里沙子	12	宇江佐 真理	69
朝松 健	13	上田 秀人	73
芦川 淳一	15	上野 誠	79
梓沢 要	19	植松 三十里	79
安住 洋子	19	浮穴 みみ	80
雨木 秀介	20	内舘 牧子	81
天沢 彰	20	宇月原 晴明	81
天野 純希	20	冲方 丁	82
天宮 響一郎	21	海野 謙四郎	82
綾瀬 麦彦	22	永福 一成	83
荒崎 一海	22	江戸 次郎	83
有馬 美季子	24	えとう 乱星	83
飯嶋 和一	24	江宮 隆之	85
飯島 一次	25	逢坂 剛	87
飯野 笙子	26	大久保 智弘	88
五十嵐 貴久	27	大島 昌宏	88
井川 香四郎	28	小笠原 京	89
池永 陽	39	岡田 秀文	90
池端 洋介	39	岡本 さとる	90
池宮 彰一郎	41	小川 由秋	93
井沢 元彦	42	沖田 正午	93
石川 能弘	43	荻野目 悠樹	97
石月 正広	44	小沢 章友	97
いずみ 光	45	押川 国秋	98
伊多波 碧	45	乙川 優三郎	99

作家名目次

鬼塚 忠	100	倉阪 鬼一郎	145
海道 龍一朗	100	倉本 由布	148
鏡川 伊一郎	101	車 浮代	149
岳 真也	102	黒木 久勝	149
笠岡 治次	104	黒崎 裕一郎	150
風間 九郎	105	桑島 かおり	152
加治 将一	106	桑原 譲太郎	152
梶 よう子	106	小泉 盧生	153
柏田 道夫	107	高妻 秀樹	153
風野 真知雄	107	幸田 真音	154
片岡 麻紗子	119	小杉 健治	154
片桐 京介	120	谺 雄一郎	162
片倉 出雲	120	近衛 龍春	162
かたやま 和華	120	小早川 涼	164
門井 慶喜	121	小林 力	166
加藤 文	121	小前 亮	166
加藤 蕙	122	小松 エメル	167
加藤 廣	122	小松 哲史	168
門田 泰明	123	近藤 史恵	168
金子 成人	124	雑賀 俊一郎	168
加野 厚志	125	西条 奈加	169
鎌田 樹	127	斎藤 吉見	170
神尾 秀	128	佐伯 泰英	170
神永 学	128	坂岡 真	186
神谷 仁	128	嵯峨野 晶	193
河治 和香	129	佐々木 譲	193
川村 真二	129	佐々木 裕一	194
菅 靖匡	130	沢里 裕二	198
神崎 京介	130	沢田 黒蔵	198
蒲原 二郎	131	澤田 瞳子	199
菊地 秀行	131	潮見 夏之	199
如月 あづさ	132	志川 節子	200
北 重人	132	志木沢 郁	200
北川 哲史	133	志津 三郎	201
北沢 秋	134	篠 綾子	202
木乃 甲	135	篠原 景	203
木村 友馨	135	芝村 涼也	203
喜安 幸夫	136	霜島 ケイ	205
京極 夏彦	142	霜月 りつ	205
経塚 丸雄	142	城 駿一郎	206
桐野 国秋	143	庄司 圭太	207
鯨 統一郎	143	翔田 寛	209
葛葉 康司	144	神宮寺 元	210
工藤 健策	144	菅沼 友加里	211
工藤 章興	144	杉澤 和哉	211

(7)

作家名目次

鈴木　英治	211	土橋　章宏	273
鈴木　輝一郎	218	友野　詳	273
鈴木　晴世	219	永井　紗耶子	274
鈴木　由紀子	220	永井　義男	274
関根　聖	220	長尾　誠夫	276
曽田　博久	221	中岡　潤一郎	277
祖父江　一郎	221	中里　融司	278
高井　忍	222	中路　啓太	280
鷹井　伶	222	中島　要	281
高城　実枝子	223	中嶋　隆	282
高田　在子	223	中島　丈博	282
高田　郁	224	長島　槇子	282
高殿　円	225	中谷　航太郎	282
高橋　直樹	225	中見　利男	284
高橋　三千綱	226	永峯　清成	284
高橋　由太	227	中村　彰彦	284
岳　宏一郎	231	中村　朋臣	288
竹内　大	231	中村　ふみ	288
武内　涼	232	七海　壮太郎	288
竹河　聖	233	鳴神　響一	289
竹花　咲太郎	233	鳴海　丈	289
竹山　洋	233	鳴海　風	297
太佐　順	234	南房　秀久	297
多田　容子	234	新美　健	298
立花　水馬	235	二階堂　玲太	298
伊達　虔	235	仁木　英之	298
立石　優	235	二宮　隆雄	299
立松　和平	236	ねじめ　正一	299
田中　啓文	236	野口　卓	300
谷　恒生	237	野中　信二	301
玉岡　かおる	239	野火　迅	302
田牧　大和	240	葉治　英哉	302
千野　隆司	241	羽太　雄平	303
知野　みさき	247	畠中　恵	304
司　悠司	247	畠山　健二	305
司城　志朗	247	服部　真澄	306
築山　桂	248	花家　圭太郎	306
辻堂　魁	250	羽生　道英	308
津野田　幸作	253	葉室　麟	309
出久根　達郎	253	早坂　倫太郎	311
寺林　峻	254	早瀬　詠一郎	313
東郷　隆	255	早見　俊	314
藤堂　房良	256	原田　孔平	323
富樫　倫太郎	257	原田　真介	323
鳥羽　亮	260	春名　徹	324

作家名目次

晴間　順 …… 324	三宅　孝太郎 …… 391
磐　紀一郎 …… 324	三宅　登茂子 …… 392
幡　大介 …… 325	宮部　みゆき …… 392
坂東　眞砂子 …… 328	宮本　正樹 …… 394
樋口　茂子 …… 329	宮本　昌孝 …… 395
火坂　雅志 …… 329	三吉　眞一郎 …… 397
聖　龍人 …… 334	向谷　匡史 …… 397
氷月　葵 …… 339	武藤　大成 …… 397
百田　尚樹 …… 340	村木　嵐 …… 397
平茂　寛 …… 340	村咲　数馬 …… 398
平谷　美樹 …… 341	村崎　れいと …… 399
笛吹　明生 …… 343	森　詠 …… 400
深水　越 …… 344	森　真沙子 …… 402
福原　俊彦 …… 344	森谷　明子 …… 403
藤　水名子 …… 346	森山　茂里 …… 404
藤井　邦夫 …… 347	諸田　玲子 …… 405
藤井　龍 …… 355	八神　淳一 …… 408
藤谷　治 …… 355	谷津　矢車 …… 410
藤村　与一郎 …… 355	八柳　誠 …… 411
藤原　緋沙子 …… 358	柳　蒼二郎 …… 412
宝珠　なつめ …… 363	山内　美樹子 …… 413
堀川　アサコ …… 363	山田　剛 …… 413
誉田　哲也 …… 363	山中　公男 …… 414
誉田　龍一 …… 364	山本　一力 …… 414
牧　秀彦 …… 365	山本　兼一 …… 417
牧南　恭子 …… 371	山本　雄生 …… 419
万城目　学 …… 373	結城　光流 …… 419
増田　貴彦 …… 373	吉川　永青 …… 423
松井　今朝子 …… 374	吉田　親司 …… 423
松尾　清貴 …… 375	吉田　雄亮 …… 423
松岡　弘一 …… 376	好村　兼一 …… 426
松田　十刻 …… 377	吉村　夜 …… 426
松本　賢吾 …… 377	米村　圭伍 …… 427
松本　茂樹 …… 379	六道　慧 …… 428
松本　侑子 …… 379	竜崎　攻 …… 431
三雲　岳斗 …… 380	わかつき　ひかる …… 431
水沢　龍樹 …… 380	和久田　正明 …… 432
水田　勁 …… 380	和田　恭太郎 …… 438
三谷　幸喜 …… 380	和田　はつ子 …… 438
三戸岡　道夫 …… 381	和田　竜 …… 444
湊谷　卓生 …… 381	渡辺　毅 …… 444
見延　典子 …… 381	輪渡　颯介 …… 445
宮木　あや子 …… 381	
宮城　賢秀 …… 382	
宮城谷　昌光 …… 391	

(9)

藍川 慶次郎
あいかわ・けいじろう

新潟県生まれ。法政大中退。日光江戸
村の座付台本作者を経て、2005年「萩
の露 薬研堀小町事件帖」で時代小説デ
ビュー。

学研M文庫（学研パブリッシング）

◇薬研堀小町事件帖

『萩の露　薬研堀小町事件帖』　2005.8
273p
①4-05-900366-2
〔内容〕萩の露, 月照り, 恋振袖, 二十三夜待ち

『紅葉の坂　薬研堀小町事件帖』　2005.
11　292p
①4-05-900385-9
〔内容〕紅葉川, 時雨会, 舞鶴の朝, 袖頭巾

『冬景色　薬研堀小町事件帖』　2006.3
285p
①4-05-900401-4
〔内容〕冬景色, 南天の朱, 雪時雨, 恋纏

廣済堂文庫（廣済堂出版）

◇そぞろ宗兵衛江戸暦

『春の嵐　そぞろ宗兵衛江戸暦　特選時代
小説』　2006.5　301p
①4-331-61223-6
〔内容〕春の嵐, 藤の花心中, あとの祭り, 葵
の刺客

『送り火　そぞろ宗兵衛江戸暦　特選時代
小説』　2006.7　311p
①4-331-61236-8
〔内容〕井戸の闇, 送り火, 星燈篭, 藍や愛

『名残の月　そぞろ宗兵衛江戸暦　特選時

代小説』　2006.11　298p
①4-331-61241-4
〔内容〕不惑の迷月, 野分, 花野の女, 名残の月

『初春の空　そぞろ宗兵衛江戸暦　特選時
代小説』　2007.3　311p
①978-4-331-61268-2
〔内容〕女難剣難, 無宿しぐれ, 雪千鳥, 初春
の空

双葉文庫（双葉社）

◇町触れ同心公事宿始末

『日照雨　町触れ同心公事宿始末』
2007.10　308p
①978-4-575-66302-0
〔内容〕日照雨, 母恋風車, 紅い涙, 千両の夢

『縁切り花　町触れ同心公事宿始末』
2008.1　333p
①978-4-575-66317-4
〔内容〕三途の闇, 八州かたり, 修羅の雪, 切
り花

『初音の雲　町触れ同心公事宿始末』
2008.3　299p
①978-4-575-66326-6
〔内容〕除夜の鬼, 初音の雲, 紅蓮心中, 狂い
咲き

青木 慎治
あおき・しんじ
1930〜2007

大阪府生まれ。日大中退。衆院議員秘書を経て肝臓移植手術を受ける。闘病中に小説を書き始め、時代小説に「遠野女大名」がある。

小学館文庫 (小学館)

『遠野女大名　史実！　四百年前の近代経営』　1999.3　270p
　①4-09-403551-6

青木 祐子
あおき・ゆうこ

長野県生まれ。日本福祉大卒。テクニカルライターから小説家に転向。主にジュブナイル小説を執筆。時代小説に「朧月夜の怪」がある。

富士見新時代小説文庫
(KADOKAWA)

『朧月夜の怪　薬師・守屋人情帖』
　2013.12　250p
　①978-4-04-712985-6
　〔内容〕朧月夜の怪, 七十五日目の瓦版, 料理茶屋の女, 毒を摘む

青山 文平
あおやま・ぶんぺい
1948〜

神奈川県生まれ。早大卒。2011年「白樫の樹の下で」で松本清張賞を受賞し、時代小説家としてデビュー。15年「つまをめとらば」で直木賞を受賞。

新潮文庫 (新潮社)

『伊賀の残光』　2015.10　327p〈『流水浮木』(2013年刊)の改題〉
　①978-4-10-120091-0

文春文庫 (文藝春秋)

『白樫の樹の下で』　2013.12　269p
　①978-4-16-783891-1
『かけおちる』　2015.3　278p
　①978-4-16-790334-3

赤川 次郎
あかがわ・じろう
1948～

福岡県生まれ。桐朋高卒。長者番付1位常連という推理作家の第一人者として活躍したのち、「鼠」シリーズで時代小説デビュー。NHKでドラマ化された。

角川文庫(KADOKAWA)

◇「鼠」シリーズ

『鼠、江戸を疾(はし)る』 2009.12 276p〈発売：角川グループパブリッシング〉
①978-4-04-387015-8

『鼠、闇に跳ぶ』 2012.6 326p〈発売：角川グループパブリッシング〉
①978-4-04-100242-1
〔内容〕鼠、八幡祭に断つ、鼠、成敗し損なう、鼠、美女に会う、鼠、猫に追われる、鼠、夜にさまよう、鼠、とちる、鼠、傘をさす

『鼠、影を断つ』 2012.8 267p〈発売：角川グループパブリッシング〉
①978-4-04-100336-7
〔内容〕鼠、火の粉をかぶる、鼠、くじを引く、鼠、面子をかける、鼠、つきまとわれる、鼠、幻をみる、鼠、妖刀の影を断つ

『鼠、夜に賭ける』 2012.10 277p〈発売：角川グループパブリッシング〉
①978-4-04-100526-2
〔内容〕鼠、夜道を行く、鼠、夜に賭ける、鼠、弓をひく、鼠、分れ道に立つ、鼠、うたた寝する、鼠、猫に訊く

『鼠、剣を磨く』 2012.12 259p〈発売：角川グループパブリッシング〉
①978-4-04-100624-5
〔内容〕鼠、迷子の手を引く、鼠、"神隠し"と会う、鼠、天狗と坊主と因縁を結ぶ、鼠、剣を磨く、鼠、芸道を覗く、鼠、大水に走る

『鼠、危地に立つ』 2013.12 248p
①978-4-04-101143-0
〔内容〕鼠、穴を掘る、鼠、待ち伏せする、鼠、危地に立つ、鼠、月に吠える、鼠、初雪に凍える

『鼠、狸囃子に踊る』 2014.3 173p
①978-4-04-101292-5
〔内容〕鼠、影を踏む、鼠、夢に追われる、鼠、狸囃子に踊る、鼠、狐の恋に会う

『鼠、滝に打たれる』 2016.3 272p
①978-4-04-103896-3
〔内容〕鼠、裏を返す、鼠、高砂やを謡う、鼠、滝に打たれる、鼠、怨み節を聴く、鼠、密談に探る、鼠、太鼓を打つ

安芸 宗一郎
あき・そういちろう
1956～

東京生まれ。日本料理専門誌や小説誌の編集者を経て、2015年「絵師金蔵闇の道しるべ 奈落」で作家デビュー。

小学館文庫(小学館)

『バウティスタの涙 隠し目付服部半蔵「遠国御用組」始末』 2016.9 332p
①978-4-09-406340-0

双葉文庫(双葉社)

◇絵師金蔵闇の道しるべ

『奈落 絵師金蔵闇の道しるべ』 2015.4 333p
①978-4-575-66720-2

『能面 絵師金蔵闇の道しるべ』 2015.7 357p

秋山香乃

①978-4-575-66734-9

『黒幕　絵師金蔵闇の道しるべ』　2015.
10　315p
①978-4-575-66746-2

文芸社文庫（文芸社）

◇風魔小太郎血風録

『将軍狩り　風魔小太郎血風録』　2016.2
337p
①978-4-286-17318-4

『黄金の地下城　風魔小太郎血風録』
2016.6　309p
①978-4-286-17713-7

秋山　香乃
あきやま・かの
1968〜

福岡県生まれ。活水女子短大卒。2002
年「歳三 往きてまた」でデビュー。新
撰組ものが多い。他に「総司 炎の如く」
など。

朝日文庫（朝日新聞出版）

◇漢方医・有安

『忘れ形見　漢方医・有安』　2009.10
293p〈幻冬舎2006年刊の加筆修正、再
編集〉
①978-4-02-264517-3
〔内容〕忘れ形見, 医者狩り, 老いらくの恋

『波紋　漢方医・有安』　2010.3　262p
①978-4-02-264541-8
〔内容〕笑う女, 波紋, のれん

『ちぎれ雲　漢方医・有安』　2010.10
302p
①978-4-02-264574-6
〔内容〕つれあい, 形見の茶漬け, 残夏

『夕凪　漢方医・有安』　2011.4　271p
①978-4-02-264604-0
〔内容〕いもうと, 背守りの母, 海鳴り

幻冬舎時代小説文庫（幻冬舎）

『諜報新撰組風の宿り　源さんの事件簿』
2011.6　402p
①978-4-344-41690-1

『新撰組捕物帖』　2011.10　454p
①978-4-344-41758-8
〔内容〕仇討ち, 二人総司, 新撰組恋騒動, 怨
めしや, 源さんの形見

『獺祭り　白狐騒動始末記』　2015.6
363p
①978-4-344-42351-0

幻冬舎文庫（幻冬舎）

『十兵衛の影　風雲伝』　2009.6　290p
〈『柳生十兵衛神妙剣』（文芸社2003年
刊）の改題、加筆・修正〉
①978-4-344-41309-2

中公文庫（中央公論新社）

『獅子の棲む国』　2012.11　527p〈文芸
社 2002年刊の再刊〉
①978-4-12-205720-3

ハルキ文庫（角川春樹事務所）

『近藤勇　時代小説文庫』　2004.6　315p
①4-7584-3107-8

『火裂の剣 助太刀人半次郎 時代小説文庫』 2005.6 266p
①4-7584-3099-3

双葉文庫 (双葉社)

◇からくり文左江戸夢奇談

『風冴ゆる からくり文左江戸夢奇談』
2005.12 338p
①4-575-66225-9
〔内容〕父子からくり, 呪い人形, 女形騒動
『黄昏に泣く からくり文左江戸夢奇談』
2006.7 308p
①4-575-66248-8

◇伊庭八郎幕末異聞

『未熟者 伊庭八郎幕末異聞』 2009.5
333p
①978-4-575-66381-5
『士道の値 伊庭八郎幕末異聞』 2009.
12 302p
①978-4-575-66420-1
『櫓のない舟 伊庭八郎幕末異聞』
2010.7 303p
①978-4-575-66453-9

文芸社文庫 (文芸社)

◇火の姫

『火の姫 茶々と信長』 2011.2 368p
〈『茶々と信長』(2005年刊) の改題、加
筆・修正〉
①978-4-286-10173-6
『火の姫 茶々と秀吉』 2011.4 470p
〈『茶々と秀吉』(2006年刊) の改題、加
筆・修正〉
①978-4-286-10174-3

『火の姫 茶々と家康』 2011.6 564p
①978-4-286-10945-9

文春文庫 (文藝春秋)

『歳三 往きてまた』 2007.4 546p
①978-4-16-771727-8
『新選組藤堂平助』 2007.11 541p
①978-4-16-771750-6
『総司炎の如く』 2008.8 398p
①978-4-16-771799-5

> # 朝井 まかて
> あさい・まかて
> ### 1959〜
>
> 大阪府生まれ。甲南女子大卒。2008年
> 「実さえ花さえ、その葉さえ」でデビ
> ュー、14年「恋歌 (れんか)」で直木賞
> を受賞した。代表作に「先生のお庭番」。

講談社文庫 (講談社)

『花競べ 向嶋なずな屋繁盛記』 2011.
12 316p 〈文献あり 『実さえ花さ
え』(2008年刊) の加筆・改題〉
①978-4-06-277096-5
『ちゃんちゃら』 2012.12 381p 〈文献
あり〉
①978-4-06-277445-1
『すかたん』 2014.5 357p 〈文献あり〉
①978-4-06-277839-8
『ぬけまいる』 2014.12 457p 〈文献あ
り〉
①978-4-06-277985-2
『恋歌』 2015.10 378p 〈文献あり〉
①978-4-06-293191-5

浅黄斑

『阿蘭陀西鶴』　2016.11　359p
　①978-4-06-293523-4

徳間文庫（徳間書店）

『先生のお庭番』　2014.6　312p〈文献あり〉
　①978-4-19-893838-3

浅黄　斑
あさぎ・まだら

1946〜

兵庫県生まれ。関西大卒。1992年推理作家としてデビュー。のち時代小説に転じ、「無茶の勘兵衛日月録」シリーズで人気作家となる。

コスミック・時代文庫
（コスミック出版）

『半十郎影始末　麒麟児　傑作長編時代小説』　2013.12　363p〈『ごろまき半十郎』（ベスト時代文庫 2008年刊）の改題〉
　①978-4-7747-2684-7
『半十郎影始末〔2〕面影橋悲愁　傑作長編時代小説』　2014.8　339p〈『面影橋の怪』（ベスト時代文庫 2009年刊）の改題〉
　①978-4-7747-2755-4

ハルキ文庫（角川春樹事務所）

『芭蕉隠密伝　執心浅からず　時代小説文庫』　2005.1　275p

　①4-7584-3150-7
『衣紋坂の時雨　湯島・妻恋坂ごよみ　時代小説文庫』　2007.8　287p
　①978-4-7584-3304-4

二見時代小説文庫（二見書房）

◇無茶の勘兵衛日月録

『山峡の城　無茶の勘兵衛日月録』
　2006.5　348p
　①4-576-06047-3
『火蛾の舞　無茶の勘兵衛日月録　2』
　2006.11　370p
　①4-576-06177-1
『残月の剣　無茶の勘兵衛日月録　3』
　2007.5　351p
　①978-4-576-07067-4
『冥暗の辻　無茶の勘兵衛日月録　4』
　2007.11　361p
　①978-4-576-07176-3
『刺客の爪　無茶の勘兵衛日月録　5』
　2008.3　363p
　①978-4-576-08019-2
『陰謀の径　無茶の勘兵衛日月録　6』
　2009.1　348p
　①978-4-576-08205-9
『報復の峠　無茶の勘兵衛日月録　7』
　2009.9　324p
　①978-4-576-09090-0
『惜別の蝶　無茶の勘兵衛日月録　8』
　2010.1　324p
　①978-4-576-09190-7
『風雲の冴　無茶の勘兵衛日月録　9』
　2010.5　314p
　①978-4-576-10053-1
『流転の影　無茶の勘兵衛日月録　10』
　2010.11　342p
　①978-4-576-10120-0
『月下の蛇　無茶の勘兵衛日月録　11』
　2011.2　330p

Ⓘ978-4-576-11010-3

『秋蜩（ひぐらし）の宴　無茶の勘兵衛日
　月録　12』　2011.6　328p
　Ⓘ978-4-576-11072-1
『幻惑の旗　無茶の勘兵衛日月録　13』
　2011.11　334p
　Ⓘ978-4-576-11141-4
『蠱毒の針　無茶の勘兵衛日月録　14』
　2012.3　344p
　Ⓘ978-4-576-12021-8
『妻敵の槍　無茶の勘兵衛日月録　15』
　2013.3　313p
　Ⓘ978-4-576-13024-8
『川霧の巷　無茶の勘兵衛日月録　16』
　2013.6　319p
　Ⓘ978-4-576-13073-6
『玉響の譜　無茶の勘兵衛日月録　17』
　2013.10　295p
　Ⓘ978-4-576-13164-1

◇八丁堀・地蔵橋留書

『北暝の大地　八丁堀・地蔵橋留書　1』
　2012.8　326p
　Ⓘ978-4-576-12105-5
『天満月夜の怪事（ケチ）　八丁堀・地蔵
　橋留書　2』　2014.2　289p
　Ⓘ978-4-576-14009-4

ベスト時代文庫

（ベストセラーズ）

◇八丁堀町双紙

『ごろまき半十郎　八丁堀町双紙』
　2008.9　327p
　Ⓘ978-4-584-36643-1
『面影橋の怪　八丁堀町双紙』　2009.5
　308p
　Ⓘ978-4-584-36659-2

◇胡蝶屋銀治図譜

『写楽残映　書き下ろし長編時代小説　胡
　蝶屋銀治図譜』　2012.6　383p
　Ⓘ978-4-584-36709-4
『目黒の筍縁起　胡蝶屋銀治図譜　2』
　2012.11　323p
　Ⓘ978-4-584-36721-6

麻倉　一矢
あさくら・かずや
　　　1947～

兵庫県生まれ。東大卒。広告代理店勤
務を経て、ノンフィクション作家とな
る。のち時代小説に転じ、「やさぐれ大
納言徳川宗睦」などがある。

光文社文庫（光文社）

『黄金戦線　聖王の遺産　長編伝奇時代小
　説』　1990.7　334p
　Ⓘ4-334-71176-6
『小西行長』　1997.4　259p
　Ⓘ4-334-72392-6

コスミック・時代文庫

（コスミック出版）

『やさぐれ大納言徳川宗睦　書下ろし長編
　時代小説』　2014.6　298p
　Ⓘ978-4-7747-2741-7
『やさぐれ大納言徳川宗睦〔2〕御三家の
　危機　書下ろし長編時代小説』　2014.
　9　303p
　Ⓘ978-4-7747-2766-0
『やさぐれ大納言徳川宗睦〔3〕大江戸災

難　書下ろし長編時代小説』　2015.1
285p
①978-4-7747-2790-5

『やさぐれ大納言徳川宗睦〔4〕上様の姫
君　書下ろし長編時代小説』　2015.4
302p
①978-4-7747-2817-9

『やさぐれ大納言徳川宗睦〔5〕江戸の天
下人　書下ろし長編時代小説』　2015.
8　306p
①978-4-7747-2851-3

『やさぐれ大納言徳川宗睦〔6〕討幕騒動
書下ろし長編時代小説』　2015.12
295p
①978-4-7747-2882-7

人物文庫 (学陽書房)

『後藤又兵衛』　2013.5　335p〈『一本槍
疾風録』(祥伝社 1994年刊) 改題〉
①978-4-313-75287-0

宝島社文庫 (宝島社)

『刀剣屋真田清四郎　狐切り村正』
2016.3　273p
①978-4-8002-4866-4

『刀剣屋真田清四郎〔2〕大倶利伽羅広光』
2016.9　272p
①978-4-8002-5995-0

徳間文庫 (徳間書店)

『拝命　将軍の影法師葵慎之助〔徳間時代
小説文庫〕』　2016.7　318p
①978-4-19-894118-5

ノン・ポシェット (祥伝社)

『豊臣家の黄金　真田六文党戦記 長編時
代小説』　1990.2　515p
①4-396-32170-8

『家康の野望』　1991.9　340p
①4-396-32233-X

『一本槍疾風録　戦国の豪将・後藤又兵
衛』　1994.6　331p
①4-396-32381-6

『鬼の吉宗　将軍への黒い道』　1995.1
284p
①4-396-32413-8

PHP文庫 (PHP研究所)

『吉良上野介　討たれた男の真実』
1998.11　319p
①4-569-57211-1

富士見新時代小説文庫
(KADOKAWA)

『無外流立志伝獅王の剣　巻之1　恋文』
2014.8　289p
①978-4-04-070298-8

『無外流立志伝獅王の剣　巻之2　密会』
2014.12　254p
①978-4-04-070299-5

『無外流立志伝獅王の剣　巻之3　祝言』
2015.2　250p
①978-4-04-070465-4

二見時代小説文庫 (二見書房)

◇かぶき平八郎荒事始

『残月二段斬り　かぶき平八郎荒事始』

2013.8 379p
①978–4–576–13110–8

『百万石のお墨付き　かぶき平八郎荒事始
2』　2014.3　325p
①978–4–576–14015–5

◇上様は用心棒

『はみだし将軍　上様は用心棒　1』
2015.1　284p
①978–4–576–14175–6
〔内容〕目黒のさんま, 一心太助, 神祇赤鞘組,
佃の鬼火, 南海の龍

『浮かぶ城砦　上様は用心棒　2』　2015.
5　293p
①978–4–576–15057–4
〔内容〕うっちゃり百蔵, 砦か船か, 女歌舞伎,
誘拐, 竜の目に涙

◇剣客大名柳生俊平

『剣客大名柳生俊平　将軍の影目付』
2015.9　295p
①978–4–576–15130–4

『赤鬚の乱　剣客大名柳生俊平　2』
2016.1　289p
①978–4–576–15206–6

『海賊大名　剣客大名柳生俊平　3』
2016.5　289p
①978–4–576–16068–9

『女弁慶　剣客大名柳生俊平　4』　2016.
9　287p
①978–4–576–16130–3

浅倉　卓弥
あさくら・たくや
1966～

北海道生まれ。東大卒。レコード会社
勤務を経て、2002年ミステリーのデビ
ュー作「四日間の奇蹟」がベストセラー
となり、映画化もされた。のち時代小
説も執筆。

宝島社文庫（宝島社）

『君の名残を　上』　2006.2　536p
①4–7966–5075–X
『君の名残を　下』　2006.2　535p
①4–7966–5077–6

PHP文芸文庫（PHP研究所）

『黄蝶舞う』　2012.6　381p〈2010年刊
の加筆・修整　文献あり〉
①978–4–569–67841–2
〔内容〕空蟬, されこうべ, 双樹, 黄蝶舞う, 悲
鬼の娘

浅田 次郎
あさだ・じろう

1951～

東京生まれ。中大杉並高卒。1995年「鉄道員（ぽっぽや）」で直木賞を受賞。時代小説の代表作に「壬生義士伝」「一路」など。

集英社文庫（集英社）

◇天切り松闇がたり

『闇の花道　天切り松闇がたり　第1巻』
　2002.6　275p
　①4-08-747452-6
　〔内容〕闇の花道, 槍の小輔, 百万石の甍, 白縫華魁, 衣紋坂から

『残俠　天切り松闇がたり　第2巻』
　2002.11　298p
　①4-08-747507-7
　〔内容〕残俠, 切れ緒の草鞋, 目細の安吉, 百面相の恋, 花と錨, 黄不動見参, 星の契り, 春のかたみに

『初湯千両　天切り松闇がたり　第3巻』
　2005.6　301p
　①4-08-747826-2
　〔内容〕初湯千両, 共犯者, 宵待草, 大楠公の太刀, 道化の恋文, 銀次藤盃

新潮文庫（新潮社）

『憑神』　2007.5　357p
　①978-4-10-101924-6
『五郎治殿御始末』　2009.5　250p
　①978-4-10-101925-3
　〔内容〕椿寺まで, 箱館証文, 西を向く侍, 遠い砲音, 柘榴坂の仇討, 五郎治殿御始末
『赤猫異聞』　2015.1　383p

　①978-4-10-101927-7

中公文庫（中央公論新社）

『五郎治殿御始末』　2006.1　269p
　①4-12-204641-6
　〔内容〕椿寺まで, 箱館証文, 西を向く侍, 遠い砲音, 柘榴坂の仇討, 五郎治殿御始末
『お腹召しませ』　2008.9　298p
　①978-4-12-205045-7
　〔内容〕お腹召しませ, 大手三之御門御与力様失踪事件之顚末, 安藝守様御難事, 女敵討, 江戸残念考, 御鷹狩
『五郎治殿御始末』　改版　2014.5　297p
　①978-4-12-205958-0
　〔内容〕椿寺まで, 箱館証文, 西を向く侍, 遠い砲音, 柘榴坂の仇討, 五郎治殿御始末
『一路　上』　2015.4　381p
　①978-4-12-206100-2
『一路　下』　2015.4　378p
　①978-4-12-206101-9

文春文庫（文藝春秋）

『壬生義士伝　上』　2002.9　463p
　①4-16-764602-1
『壬生義士伝　下』　2002.9　454p
　①4-16-764603-X
『輪違屋糸里　上』　2007.3　366p
　①978-4-16-764606-6
『輪違屋糸里　下』　2007.3　365p
　①978-4-16-764607-3
『一刀斎夢録　上』　2013.9　435p
　①978-4-16-764611-0
『一刀斎夢録　下』　2013.9　458p
　①978-4-16-764612-7

あさの あつこ

1954〜

岡山県生まれ。青山学院大卒。1991年「ほたる館物語」で児童小説作家としてデビュー、「バッテリー」はベストセラーとなった。2006年からは時代小説も執筆。

朝日文庫（朝日新聞出版）

『花宴』　2015.1　236p
　①978–4–02–264763–4

講談社文庫（講談社）

『待ってる　橘屋草子』　2013.9　326p
　①978–4–06–277645–5
　〔内容〕待ってる, 小さな背中, 仄明り, 残雪のころに, 桜, 時雨れる, 雀色時の風, 残り葉

光文社時代小説文庫（光文社）

『冬天の昴』　2016.11　362p
　①978–4–334–77375–5

光文社文庫（光文社）

『弥勒の月　長編時代小説』　2008.8　312p
　①978–4–334–74456–4
『夜叉桜　長編時代小説〔光文社時代小説文庫〕』　2009.11　402p
　①978–4–334–74676–6
『木練柿　傑作時代小説〔光文社時代小説文庫〕』　2012.1　379p

　①978–4–334–76349–7
　〔内容〕楓葉の客, 海石榴の道, 宵に咲く花, 木練柿
『東雲の途　長編時代小説』　2014.8　380p
　①978–4–334–76780–8

中公文庫（中央公論新社）

『闇医者おゑん秘録帖』　2015.12　316p
　①978–4–12–206202–3
　〔内容〕春の夢, 空蝉の人, 冬木立ち

PHP文芸文庫（PHP研究所）

『おいち不思議がたり』　2011.12　329p
　〈『ガールズ・ストーリー』(2009年刊)の改訂・改題〉
　①978–4–569–67750–7
『桜舞う　おいち不思議がたり』　2015.2　397p
　①978–4–569–76303–3

文春文庫（文藝春秋）

『燦　1　風の刃』　2011.4　207p
　①978–4–16–772205–0
『燦　2　光の刃』　2011.12　198p
　①978–4–16–772206–7
『燦　3　土の刃』　2012.7　205p
　①978–4–16–772208–1
『燦　4　炎の刃』　2013.6　197p
　①978–4–16–772211–1
『火群(ほむら)のごとく』　2013.7　364p
　①978–4–16–772212–8
『燦　5　氷の刃』　2014.7　200p
　①978–4–16–790119–6
『燦　6　花の刃』　2015.5　182p
　①978–4–16–790363–3

朝野敬

『もう一枝あれかし』 2016.3 235p
　①978-4-16-790567-5
　〔内容〕甚三郎始末記, 女, ふたり, 花散らせ
　　る風に, 風を待つ, もう一枝あれかし
『燦　7　天の刃』 2016.5 174p
　①978-4-16-790610-8
『燦　8　鷹の刃』 2016.8 186p
　①978-4-16-790679-5

朝野　敬
あさの・ゆき
広島県生まれ。作品に「菓子屋婿どの
事件帖」シリーズがある。

学研M文庫 (学研パブリッシング)

◇菓子屋婿どの事件帖

『桜雨　菓子屋婿どの事件帖』 2012.3
　326p 〈発売：学研マーケティング〉
　①978-4-05-900747-0
『雪うさぎ　菓子屋婿どの事件帖』 2013.
　2　289p 〈発売：学研マーケティング〉
　①978-4-05-900810-1

浅野　里沙子
あさの・りさこ
東京都生まれ。2009年「六道捌きの龍
闇の仕置人無頼控」で作家デビュー。

講談社文庫 (講談社)

『花籍　御探し物請負屋』 2015.3 325p

〈『よろず御探し請負い候』(2012年刊)
の改題〉
　①978-4-06-293050-5
〔内容〕蒔絵の重ね, 花籍, 綴れ刺せ

光文社文庫 (光文社)

◇闇の仕置人無頼控

『六道捌きの龍　長編時代小説　闇の仕置
　人無頼控〔光文社時代小説文庫〕』
　2009.8 382p
　①978-4-334-74640-7
『捌きの夜　長編時代小説　闇の仕置人無
　頼控　2〔光文社時代小説文庫〕』
　2010.1 361p
　①978-4-334-74720-6
『暗鬼の刃　長編時代小説　闇の仕置人無
　頼控　3〔光文社時代小説文庫〕』
　2010.10 260p
　①978-4-334-74864-7
『埋み火　長編時代小説　闇の仕置人無頼
　控　4〔光文社時代小説文庫〕』 2011.
　9　286p
　①978-4-334-76303-9

小学館文庫 (小学館)

『涅槃の月　おんな隠密闇裁き』 2013.
　12　429p
　①978-4-09-408886-1

朝松 健
あさまつ・けん
1956〜

北海道生まれ。東洋大卒。国書刊行会を経て作家デビューし、幅広いジャンルで執筆。近年は伝奇小説で注目される。

朝日文庫(朝日新聞出版)

『ぬばたま一休』 2009.11 339p
　①978-4-02-264527-2
　〔内容〕木曾の褥、ひとつ目さうし、赤い菌形、緋衣、邪曲回廊、一休髑髏

廣済堂文庫(廣済堂出版)

◇およもん

『およもん　かごめかごめの神隠し　モノノケ文庫』 2013.5 307p
　①978-4-331-61527-0
『およもん　いじめ妖怪撃退の巻　モノノケ文庫』 2014.1 279p
　①978-4-331-61568-3
『およもん　妖怪大決闘の巻　モノノケ文庫』 2014.10 264p
　①978-4-331-61606-3

廣済堂モノノケ文庫
(廣済堂出版)

『棘の闇』 2014.8 269p
　①978-4-331-61593-5
　〔内容〕異の葉狩り、この島にて、屍舞図、醜い空、輝風 戻る能はず

光文社文庫(光文社)

◇百怪祭

『室町伝奇集　文庫書下ろし&オリジナル　百怪祭』 2000.11 424p
　①4-334-73083-3
　〔内容〕魔虫伝、水虎論、小面曾我放下敵討、豊国祭の鐘、かいちご、飛鏡の蠱、「俊寛」抄—または世阿弥という名の獄
『闇絢爛　文庫書下ろし&オリジナル　百怪祭2』 2003.12 347p
　①4-334-73611-4
　〔内容〕血膏はさみ、妖霊星、恐怖灯、「夜刀浦領」異聞、夜の耳の王、荒墟(あれつか)

『元禄霊異伝』 1994.2 328p
　①4-334-71844-2
『元禄百足盗』 1995.3 339p
　①4-334-72019-6
『妖臣蔵　長編伝奇小説』 1997.11 731p
　①4-334-72508-2
『一休暗夜行　長編伝奇時代小説』 2001.1 365p
　①4-334-73100-7
『一休闇物語　文庫書下ろし&オリジナル/傑作伝奇時代小説』 2002.4 329p
　①4-334-73306-9
　〔内容〕紅紫の契、泥中蓮、うたかたに還る、けふ鳥、舟自帰、画霊、影わに
『五右衛門妖戦記　長編伝奇時代小説』 2004.4 397p〈『妖術太閤殺し』(講談社1995年刊)の改題　文献あり〉
　①4-334-73669-6
『ちゃらぼこ　真っ暗町の妖怪長屋』 2012.9 328p
　①978-4-334-76466-1
『ちゃらぼこ〔2〕仇討ち妖怪皿屋敷　文庫書下ろし』 2012.12 309p

朝松健

①978-4-334-76513-2

『ちゃらぽこ長屋の神さわぎ』　2013.6
286p
①978-4-334-76587-3

『ちゃらぽこフクロムジナ神出鬼没』
2013.12　295p
①978-4-334-76673-3

『うろんもの　人情・お助け押し売ります』　2014.11　301p
①978-4-334-76836-2
〔内容〕雨夜に出会った星ふたつ, 引っ越す前に早や居候, 主人も知らない看板二枚, 福犬が呼んだ一番客, お助け屋なのになぜ憎まれる？, 書けない戯作者がなぜ人助け？, 全部外れてきれいに嵌まる終わり良ければすべて良し

徳間文庫（徳間書店）

『ろくヱもん　大江戸もののけ拝み屋控』
2013.10　301p
①978-4-19-893709-6

『もののけ葛籠　ろくヱもん』　2014.7
317p
①978-4-19-893852-9

PHP文芸文庫（PHP研究所）

◇大江戸妖怪事典

『てれすこ　大江戸妖怪事典』　2013.7
277p
①978-4-569-76044-5
〔内容〕浅草狸の藪知らずの巻―お咲とガイラ先生, 影がまた降るの巻―つるべおとし, 三人の通り神の巻―ぶこあたり

『ひゅうどろ　大江戸妖怪事典』　2014.3
271p
①978-4-569-76160-2
〔内容〕いつも見ているの巻―しょうけら, うしろの力自慢の巻―かぶそ, 来るなの寺の

巻―化け寺百鬼行

PHP文庫（PHP研究所）

『本所お化け坂月白伊織』　2009.8　205p
①978-4-569-67287-8
〔内容〕蝿声, すみ姫さま, 汚戸鬼

富士見ファンタジア文庫
（富士見書房）

『大菩薩峠の要塞　1の巻　＜攻＞江戸砲撃篇』　1991.8　277p
①4-8291-2406-7

『大菩薩峠の要塞　2の巻　＜守＞甲州封鎖篇』　1992.2　264p
①4-8291-2427-X

ぶんか社文庫（ぶんか社）

『真田昌幸家康狩り　1』　2008.5　267p
①978-4-8211-5156-1

『真田昌幸家康狩り　2』　2008.10　267p
①978-4-8211-5174-5

『真田昌幸家康狩り　3』　2009.1　268p
〈文献あり〉
①978-4-8211-5208-7

『真田幸村家康狩り』　2010.2　359p〈文献あり〉
①978-4-8211-5245-2

ベスト時代文庫
（ベストセラーズ）

◇夢幻組あやかし始末帖

『百鬼夜行に花吹雪　夢幻組あやかし始末

帖』　2012.8　303p
①978-4-584-36708-7

『おコン！　狐闇　百鬼夜行に花吹雪 2
夢幻組あやかし始末帖』　2012.11
335p〈文献あり〉
①978-4-584-36720-9

芦川　淳一
あしかわ・じゅんいち
1953〜

東京生まれ。早大卒。出版社勤務を経
て、フリーライター、小説家となる。「少
女探偵はアイドルの味方」でデビュー。
代表作に「旗本風来坊」など。

学研M文庫（学研パブリッシング）

◇福豆ざむらい事件帖

『魔除け印籠　福豆ざむらい事件帖』
2007.9　301p
①978-4-05-900495-0

『春雨の桜花　福豆ざむらい事件帖』
2008.4　286p
①978-4-05-900522-3

◇うつけ与力事件帖

『皐月の空　うつけ与力事件帖』　2009.5
299p
①978-4-05-900584-1
〔内容〕さんぼく与力, 青い空, 光仙寺事件,
息子の災厄

『娘の敵討ち　うつけ与力事件帖』　2010.
2　302p〈発売：学研マーケティング〉
①978-4-05-900621-3
〔内容〕私娼窟の謎, 息子の決闘, 娘の敵討ち,
尻餅剣法

『初恋のゆくえ　うつけ与力事件帖』
2010.11　283p〈発売：学研マーケティ
ング〉
①978-4-05-900656-5
〔内容〕娘の初恋, 荒神原の決闘, 父の来た道

『身代わり娘　うつけ与力事件帖』
2011.10　290p〈発売：学研マーケティ
ング〉
①978-4-05-900716-6
〔内容〕身代わり娘, 河豚猫を追え, 美耶の受
難, 真冬の物の怪

◇宵待ち同心三九郎

『宵待ち同心三九郎』　2012.6　270p〈発
売：学研マーケティング〉
①978-4-05-900763-0
〔内容〕不埒な同心, 水茶屋の女, 澄んだ目の
刺客, 盗人の正体

『月夜の椿事　宵待ち同心三九郎』
2012.11　293p〈発売：学研マーケティ
ング〉
①978-4-05-900789-0
〔内容〕腹切り同心, 月夜の椿事, 与力の娘,
醜女か天女か

『春雷の桜ばな　宵待ち同心三九郎』
2013.5　294p〈発売：学研マーケティ
ング〉
①978-4-05-900832-3
〔内容〕花見の一件, 曇天小町, 盗人与七, 金
色の猫

光文社文庫（光文社）

◇用心棒・桐之助人情お助け稼業

『慟哭の剣　連作時代小説　用心棒・桐之
助人情お助け稼業　1〔光文社時代小説
文庫〕』　2010.8　314p
①978-4-334-74818-0
〔内容〕御禊の雨, 慟哭の剣, 大珠の罠, 赤鬼
の首

芦川淳一

『夜の凶刃　連作時代小説　用心棒・桐之助人情お助け稼業　2』　2011.4　295p
　①978-4-334-74915-6
　〔内容〕白昼の刃、河童殺し、居合芸人、夜の凶刃

◇包丁浪人

『包丁浪人　連作時代小説〔光文社時代小説文庫〕』　2012.1　331p〈ワンツーマガジン社2006年刊の加筆修正〉
　①978-4-334-76352-7
　〔内容〕土鍋の中身、蕎麦と五平餅、鰊と山椒、炊きたての飯

『卵とじの縁　文庫書下ろし/連作時代小説　包丁浪人　2』　2012.10　291p
　①978-4-334-76453-1
　〔内容〕卵とじの妙味、板前の条件、鯉の苦玉

『仇討献立　文庫書下ろし/連作時代小説　包丁浪人　3』　2013.3　289p
　①978-4-334-76544-6
　〔内容〕武家の料理番、菓子くらべ、かまいたち、板前試し

『淡雪の小舟　文庫書下ろし/連作時代小説　包丁浪人　4』　2014.2　296p
　①978-4-334-76702-0
　〔内容〕彦星の馳走、献杯下り酒、母恋料理

コスミック・時代文庫
(コスミック出版)

◇旗本風来坊

『旗本風来坊　書下ろし長編時代小説』　2015.2　287p
　①978-4-7747-2806-3
　〔内容〕春の風、役者殺し、魔性の女、一難去って……

『旗本風来坊〔2〕いのち千両　書下ろし長編時代小説』　2015.7　298p
　①978-4-7747-2844-5
　〔内容〕いのち千両、日照り米、なさぬ仲

『旗本風来坊〔3〕助太刀始末　書下ろし長編時代小説』　2016.4　270p
　①978-4-7747-2918-3
　〔内容〕由紀の縁談、助太刀始末、算盤ざむらい

『はぐれ用心棒仕置剣』　2013.8　298p
　〈『三匹の仇討ち』(ベスト時代文庫2009年刊)の改題、加筆修正〉
　①978-4-7747-2650-2
　〔内容〕けらけら屋敷、野良犬の仇討ち、紀伊国橋の襲撃、落陽の決闘

祥伝社文庫(祥伝社)

◇曲斬り陣九郎

『からけつ用心棒　長編時代小説　曲斬り陣九郎』　2010.4　297p
　①978-4-396-33577-9

『お助け長屋　曲斬り陣九郎　2』　2010.10　289p
　①978-4-396-33624-0

『夜叉むすめ　曲斬り陣九郎　3』　2011.9　304p
　①978-4-396-33683-7

『花舞いの剣　曲斬り陣九郎　4』　2012.6　300p
　①978-4-396-33772-8

『読売屋用心棒』　2013.7　316p
　①978-4-396-33865-7
　〔内容〕楓川心中、人買い、疾風小僧

宝島社文庫(宝島社)

『怪盗ましら小僧』　2014.5　281p

①978-4-8002-2632-7
〔内容〕拉致された同心, 下手人はましら小僧!?, 童女の頼みごと

徳間文庫（徳間書店）

◇朝露の楽多郎

『ぞろっぺ侍　朝露の楽多郎』　2009.7
315p〈著作目録あり〉
①978-4-19-892954-1
〔内容〕腹巻楽多郎, ぞろっぺ侍, おみよの災難, とんとことん, 消えた女

『流され侍　朝露の楽多郎』　2009.8
301p〈著作目録あり〉
①978-4-19-893015-8
〔内容〕嵐の中で, 化け物小屋, 墓場荒らし, 大川の流れ

『居残り侍　朝露の楽多郎』　2009.9
302p
①978-4-19-893030-1
〔内容〕色里の侍, 奇妙な客, 神隠し, 朝焼けの街道

◇ご隠居用心棒

『恋の風鈴　ご隠居用心棒』　2010.8
292p〈著作目録あり〉
①978-4-19-893200-8
〔内容〕おいぼれ用心棒, 夕立の女, 丑刻の声, 秋の風鈴

『娘の面影　ご隠居用心棒』　2011.2
298p〈著作目録あり〉
①978-4-19-893250-3
〔内容〕娘の面影, 殺し屋, 渡世人の恋, 春の風

『美男ざむらい事件帖』　2012.1　298p
①978-4-19-893440-8
〔内容〕女は苦手, 座頭殺し, 娘殺しの幻術, 仇討ちの秘策

ハルキ文庫（角川春樹事務所）

◇兄妹十手江戸つづり

『兄妹十手江戸つづり　時代小説文庫』
2011.6　300p
①978-4-7584-3562-8

『縁談つぶし　兄妹十手江戸つづり　時代小説文庫』　2012.4　307p
①978-4-7584-3650-2
〔内容〕冬仕舞い, 縁談潰し, 黒子の女, 嘘か真か

『猫目の賊　兄妹十手江戸つづり　時代小説文庫』　2012.8　283p
①978-4-7584-3677-9

◇同心七之助ふたり捕物帳

『姉は幽霊　同心七之助ふたり捕物帳　時代小説文庫』　2013.9　280p
①978-4-7584-3770-7
〔内容〕初仕事, 医者の神隠し, 暗い穴

『お助け幽霊　同心七之助ふたり捕物帳　時代小説文庫』　2014.3　281p
①978-4-7584-3809-4

『迷い路　同心七之助ふたり捕物帳　時代小説文庫』　2014.8　269p
①978-4-7584-3840-7

『花かんざし　同心七之助ふたり捕物帳　時代小説文庫』　2014.12　282p
①978-4-7584-3861-2
〔内容〕天誅, 怨霊娘, 半蔵一家

『虹の別れ　同心七之助ふたり捕物帳　時代小説文庫』　2015.4　294p
①978-4-7584-3887-2
〔内容〕雲雀鳴く, 紫陽花の庭, 虹の別れ

PHP文庫（PHP研究所）

『のっこり万平十手捌き』　2009.11
202p

①978-4-569-67332-5
〔内容〕丁か半か, 若旦那殺し, 闇猫の重兵衛

双葉文庫 (双葉社)

◇似づら絵師事件帖

『喧嘩長屋のひなた侍　似づら絵師事件
帖』　2007.5　309p
①978-4-575-66285-6
『蝮の十蔵百面相　似づら絵師事件帖』
2007.9　303p
①978-4-575-66297-9
『人斬り左近　似づら絵師事件帖』
2007.12　302p
①978-4-575-66310-5
『影の用心棒　似づら絵師事件帖』
2008.3　294p
①978-4-575-66327-3
『果たし合い　似づら絵師事件帖』
2008.6　301p
①978-4-575-66335-8

◇おいらか俊作江戸綴り

『若竹ざむらい　おいらか俊作江戸綴り』
2008.10　301p
①978-4-575-66353-2
『猫の匂いのする侍　おいらか俊作江戸綴
り』　2009.2　311p
①978-4-575-66370-9
『惜別の剣　おいらか俊作江戸綴り』
2009.6　295p
①978-4-575-66383-9
『形見酒　おいらか俊作江戸綴り』
2009.10　294p
①978-4-575-66407-2
『雪消水　おいらか俊作江戸綴り』
2010.2　303p
①978-4-575-66429-4

◇剣四郎影働き

『盗人旗本　剣四郎影働き』　2010.9
302p
①978-4-575-66465-2
『黒猫の仇討ち　剣四郎影働き』　2011.1
294p
①978-4-575-66481-2
『白面の剣客　剣四郎影働き』　2011.8
284p
①978-4-575-66516-1
『姫さま消失　剣四郎影働き』　2012.2
279p
①978-4-575-66547-5

ベスト時代文庫

（ベストセラーズ）

『三匹の仇討ち　おこげ長屋風聞帖』
2009.12　294p
①978-4-584-36669-1

ワンツー時代小説文庫

（ワンツーマガジン社）

◇包丁浪人

『包丁浪人　ぶらぶら長屋始末帖』
2006.6　316p
①4-903012-61-1
〔内容〕純情手代とてっぽうの味, 夜半の指
笛と故郷の味, 仇討ちと鰊の味, 駆け落ち
と江戸の美味

梓沢 要

あずさわ・かなめ

1953～

静岡県生まれ。明大卒。1993年「喜娘（きじょう）」で歴史文学賞を受賞。他に「百枚の定家」「阿修羅」「井伊直虎」など。

角川文庫 (KADOKAWA)

『井伊直虎　女にこそあれ次郎法師』　2016.8　612p〈『女にこそあれ次郎法師』（新人物往来社 2006年刊）の改題、加筆・推敲〉
　①978-4-04-104479-7

講談社文庫 (講談社)

『遊部　上』　2004.12　349p
　①4-06-274953-X
『遊部　下』　2004.12　392p
　①4-06-274954-8

光文社文庫 (光文社)

『ゆすらうめ　江戸恋愛慕情〔光文社時代小説文庫〕』　2009.9　328p〈『恋戦恋勝』（2006年刊）の加筆、改題〉
　①978-4-334-74655-1
　〔内容〕恋戦恋勝, 恋は隠しほぞ, ゆすらうめの家, 一陽来復, 火の壁, 色なき風, 山陰の橋, 解説（宇江佐真理著）

新人物文庫 (新人物往来社)

『阿修羅』　2009.7　447p
　①978-4-404-03723-7
『喜娘』　2010.4　431p〈文献あり〉
　①978-4-404-03838-8
　〔内容〕喜娘, 惜花夜宴, 夏の果て, すたれ皇子, 嘉兵衛のいたずら, 解説（中川牧著）

文春文庫 (文藝春秋)

『越前宰相秀康』　2013.11　445p〈文献あり〉
　①978-4-16-783887-4

安住 洋子

あずみ・ようこ

1958～

大阪府生まれ。大阪信愛女学院短大卒。1999年「しずり雪」で長塚節文学賞短編小説部門大賞を受賞し、2004年短編集「しずり雪」でデビュー。

小学館文庫 (小学館)

『しずり雪』　2007.2　411p
　①978-4-09-408146-6
　〔内容〕しずり雪, 寒月冴える, 昇り龍, 城沼の風
『夜半の綺羅星』　2007.10　275p〈2005年刊の増補〉
　①978-4-09-408208-1
　〔内容〕夜半の綺羅星, 福良雀

新潮文庫 (新潮社)

『日無坂』　2010.12　251p
　①978-4-10-134234-4

雨木秀介

『いさご波』　2012.4　277p
　①978-4-10-134235-1
　〔内容〕沙の波, 暁の波, ささら波, 夕彩の波,
　澪の波
『春告げ坂　小石川診療記』　2015.3
　361p
　①978-4-10-134236-8
　〔内容〕春の雨, 桜の風, 夕虹, 照葉, 春告鳥

雨木　秀介
あまぎ・しゅうすけ

ファンタジア長編小説大賞佳作「マテ
リアルナイト　少女は巨人と踊る」で
作家デビュー。ライトノベルがメイン
で、時代小説作品に「弾正の蜘蛛」が
ある。

富士見新時代小説文庫
　　　　　　　　　　　　（KADOKAWA）

『弾正の蜘蛛』　2014.5　268p
　①978-4-04-070192-9

天沢　彰
あまさわ・あきら

「8マンアフター」でデビュー。コミッ
クの原作も手掛け、ゲーム企画も行う。
他に「蛇怨鬼」などがある。

コスミック・時代文庫
　　　　　　　　　　　（コスミック出版）

『世直し若さま松平小五郎　書下ろし長編

時代小説』　2015.9　251p
　①978-4-7747-2857-5
『世直し若さま松平小五郎〔2〕葵の演舞
　書下ろし長編時代小説』　2016.2
　251p
　①978-4-7747-2899-5
『世直し若さま松平小五郎〔3〕天下の遊
　び人　書下ろし長編時代小説』　2016.
　8　256p
　①978-4-7747-2950-3

天野　純希
あまの・すみき
　　1979〜

愛知県生まれ。愛知大卒。2007年「桃
山ビート・トライブ」で小説すばる新
人賞を受賞してデビュー。

集英社文庫（集英社）

『桃山ビート・トライブ』　2010.9　361p
　〈文献あり〉
　①978-4-08-746614-0
『青嵐の譜　上』　2012.8　281p
　①978-4-08-746868-7
『青嵐の譜　下』　2012.8　294p　〈文献あ
　り〉
　①978-4-08-746869-4
『南海の翼　長宗我部元親正伝』　2013.
　11　493p　〈文献あり〉
　①978-4-08-745134-4

新潮文庫（新潮社）

『戊辰繚乱』　2015.12　510p　〈文献あり〉
　①978-4-10-120331-7

ハルキ文庫（角川春樹事務所）

『破天の剣　時代小説文庫』　2015.10
　444p
　①978-4-7584-3949-7
『覇道の槍　時代小説文庫』　2016.1
　406p
　①978-4-7584-3972-5

天宮　響一郎
あまみや・きょういちろう
1946〜

新潟県生まれ。脚本家としてテレビ時代劇、アニメ、ビデオなどを多数執筆。小説作品に「お浄根濡れ九郎 蒼刃」などがある。

学研M文庫（学研パブリッシング）

◇お浄根濡れ九郎

『お浄根濡れ九郎蒼刃』　2002.9　317p
　①4-05-900186-4
『お浄根濡れ九郎紅刃』　2003.3　294p
　①4-05-900228-3
『お浄根濡れ九郎烈刃』　2003.7　325p
　①4-05-900242-9
『お浄根濡れ九郎情刃』　2003.11　302p
　①4-05-900255-0
『お浄根濡れ九郎白刃』　2004.2　338p
　①4-05-900273-9

◇濡れ九郎お浄根控

『雪蓮花　濡れ九郎お浄根控』　2004.7
　329p
　①4-05-900304-2

『花と龍　濡れ九郎お浄根控』　2004.12
　333p
　①4-05-900319-0

◇濡れ事師春快

『艶姿七変化　濡れ事師春快』　2007.2
　342p
　①978-4-05-900466-0
『みだれ肌　濡れ事師春快』　2007.5
　306p
　①978-4-05-900480-6

◇三代目峰太郎閨裁き

『恋肌しぐれ　三代目峰太郎閨裁き』
　2008.11　351p
　①978-4-05-900553-7
『雪肌慕情　三代目峰太郎閨裁き』
　2009.2　306p
　①978-4-05-900571-1

廣済堂文庫（廣済堂出版）

◇大江戸あぶな絵草紙

『淫斎美女くずし　大江戸あぶな絵草紙
　特選時代小説』　2004.9　312p
　①4-331-61105-1
『淫斎美女ごよみ　大江戸あぶな絵草紙
　特選時代小説』　2005.2　307p
　①4-331-61148-5

『淫斎美女くらべ　特選時代小説』
　2004.3　328p
　①4-331-61071-3

大洋時代文庫 時代小説
（ミリオン出版）

『べらんめェ宗俊　書下ろし時代小説傑作
　選 5』　2006.5　291p〈発売：大洋図
　書〉
　①4-8130-7056-6
　〔内容〕女犯坊主, 密夫大名, 青楼 悶え花, 花
　　しぐれ, 闇風呂金, 毛充狼

ベスト時代文庫
（ベストセラーズ）

◇大奥お褥御用衆

『秘艶　大奥お褥御用衆』　2004.4　284p
　①4-584-36502-4
『花影　大奥お褥御用衆』　2005.5　296p
　①4-584-36533-4

綾瀬 麦彦
あやせ・むぎひこ
1954〜

長崎県生まれ。脚本家として活躍し、
「めおと餓鬼 壁わり伝六、日々立腹」
で小説家としてデビュー。

双葉文庫（双葉社）

『めおと餓鬼　壁わり伝六、日々立腹　書
　き下ろし長編時代小説』　2009.8
　271p
　①978-4-575-66398-3

荒崎 一海
あらさき・かずみ
1950〜

沖縄県生まれ。編集者を経て、2005年
「闇を斬る 直心影流龍尾の舞い」で小
説家デビュー。他の著書に「闇を斬る」
シリーズなど。

朝日文庫（朝日新聞出版）

◇闇を斬る

『龍尾一閃　闇を斬る　1』　2011.4
　403p〈『闇を斬る』（徳間書店2005年刊）
　の改題、加筆・修正、増補　文献あり〉
　①978-4-02-264601-9
　〔内容〕龍尾一閃, 祝言・1
『刺客変幻　闇を斬る　2』　2011.4
　406p〈徳間書店2005年刊の加筆・修
　正〉
　①978-4-02-264602-6
　〔内容〕襲撃, 影法師, 運命, 月下悽愴, 対決
『四神跳梁　闇を斬る　3〔朝日時代小説
　文庫〕』　2011.5　436p〈徳間書店
　2006年刊の加筆・修正、増補〉
　①978-4-02-264610-1
　〔内容〕挑戦, 襲いくる者, 裏の裏, 闇の意図,
　　死闘, 祝言 2
『残月無情　闇を斬る　4〔朝日時代小説
　文庫〕』　2011.5　406p〈徳間書店
　2006年刊の加筆・修正〉
　①978-4-02-264611-8
　〔内容〕門前仲町の名妓, 蠢動, 罠, 雨の影, 名
　　花一輪
『霖雨蕭蕭　闇を斬る　5〔朝日時代小説
　文庫〕』　2011.6　407p〈徳間書店
　2006年刊の加筆・修正、増補〉
　①978-4-02-264613-2
　〔内容〕今治と江戸, 辻斬の謎, もつれた糸,

非情, 憂愁の雨, 祝言 3

『風霜苛烈　闇を斬る　6〔朝日時代小説
文庫〕』　2011.6　387p〈徳間書店
2006年刊の加筆・修正〉
①978-4-02-264616-3
〔内容〕終わりなき日々, 大身旗本の死, 消え
た艶姿, 可憐な花, 復仇の一太刀

『孤剣乱斬　闇を斬る　7〔朝日時代小説
文庫〕』　2011.7　412p〈徳間書店
2006年刊の加筆・修正, 増補〉
①978-4-02-264617-0
〔内容〕闇の尻尾, 相対死, 仕掛け, 血涙, 霧
月, 闇を斬る, 祝言 4

講談社文庫 (講談社)

◇宗元寺隼人密命帖

『無流心月剣　宗元寺隼人密命帖　1』
2015.1　356p
①978-4-06-293014-7

『幽霊の足　宗元寺隼人密命帖　2』
2016.1　357p
①978-4-06-293305-6

『名花散る　宗元寺隼人密命帖　3』
2016.9　360p
①978-4-06-293492-3

祥伝社文庫 (祥伝社)

◇霞幻十郎無常剣

『烟月悽愴　霞幻十郎無常剣　1』　2013.
6　365p
①978-4-396-33854-1

『虧月耿耿　霞幻十郎無常剣　2』　2014.
2　349p
①978-4-396-34017-9

◇　◇　◇

『しだれ柳　一膳飯屋「夕月」』　2013.7
397p〈徳間文庫 2012年刊の加筆、修正
文献あり〉
①978-4-396-33864-0
〔内容〕無海流小太刀, しだれ柳, 秋陰, 残菊,
隅田川雪景

『寒影』　2013.12　413p〈徳間文庫 2012
年刊の加筆、修正〉
①978-4-396-33897-8

徳間文庫 (徳間書店)

◇闇を斬る

『闇を斬る　直心影流龍尾の舞い』
2005.5　382p
①4-19-892236-5

『刺客変幻　闇を斬る』　2005.9　392p
①4-19-892299-3

『四神跳梁　闇を斬る』　2006.2　407p
①4-19-892373-6

『残月無情　闇を斬る』　2006.4　395p
①4-19-892404-X

『霖雨蕭蕭　闇を斬る』　2006.7　379p
①4-19-892448-1

『風霜苛烈　闇を斬る』　2006.9　381p
①4-19-892477-5

『孤剣乱斬　闇を斬る』　2006.12　381p
①4-19-892522-4

『龍尾一閃　闇を斬る　1』　新装版
2012.6　413p〈初版のタイトル等：闇
を斬る (2005年刊) の加筆修正　文献あ
り〉
①978-4-19-893556-6

『刺客変幻　闇を斬る　2』　新装版
2012.7　412p
①978-4-19-893571-9

『四神跳梁　闇を斬る　3』　新装版
2012.8　429p

①978-4-19-893585-6

◇定町廻り捕物帖

『およりの恋　定町廻り捕物帖』　2007.3　342p
　①978-4-19-892567-3
　〔内容〕五月雨の影, 神隠し, 風鈴蕎麦, およりの恋

『新たな敵　定町廻り捕物帖』　2009.10　381p
　①978-4-19-892859-9

『闇の影　定町廻り捕物帖』　2010.9　379p
　①978-4-19-893215-2

『しだれ柳　一膳飯屋「夕月」』　2012.2　393p〈文献あり〉
　①978-4-19-893499-6
　〔内容〕無海流小太刀, しだれ柳, 秋陰, 残菊, 隅田川雪景

『寒影』　2012.4　413p〈文藝春秋 2008年刊の加筆改稿〉
　①978-4-19-893525-2

有馬 美季子
ありま・みきこ
1969〜

慶大卒。2003年より別名義で活動していたが,「縄のれん福寿　細腕お園美味草紙」で時代小説に転向。

祥伝社文庫(祥伝社)

◇細腕お園美味草紙

『縄のれん福寿　細腕お園美味草紙』　2016.11　420p
　①978-4-396-34264-7
　〔内容〕家族の味, 謎の料理走り書き, 夏の虎, 冬の虎, 月を食べる, 甘酒の匂い, 花咲く鍋

飯嶋 和一
いいじま・かずいち
1952〜

山形県生まれ。法政大卒。1988年「汝ふたたび故郷へ帰れず」で文芸賞を受賞。2015年「狗賓童子の島」で司馬遼太郎賞を受賞した。

河出文庫(河出書房新社)

『雷電本紀』　1996.9　512p
　①4-309-40486-3

『神無き月十番目の夜』　1999.10　383p
　①4-309-40594-0

小学館文庫(小学館)

『始祖鳥記』　2002.12　509p
　①4-09-403311-4

『雷電本紀』　2005.7　541p
　①4-09-403313-0

『神無き月十番目の夜』　2006.1　429p
　①4-09-403314-9

『黄金旅風』　2008.2　604p
　①978-4-09-403315-1

『出星前夜』　2013.2　714p
　①978-4-09-408796-3

飯島 一次
いいじま・かずつぐ

1953～

大阪府生まれ。大阪芸大卒。

徳間文庫（徳間書店）

『こがねもち　のたり同心落とし噺〔徳間
　時代小説文庫〕』　2016.7　285p
　①978-4-19-894119-2

富士見新時代小説文庫
（KADOKAWA）

『江戸城の御厄介様　紅葉山御文庫推理秘
　録』　2015.3　261p
　①978-4-04-070494-4
　〔内容〕隠れ座敷, 消えた花嫁, 応挙の虎, 狸
　と幽霊

双葉文庫（双葉社）

◇朧屋彦六世直し草紙

『浮世頭巾　朧屋彦六世直し草紙』
　2013.3　318p
　①978-4-575-66607-6
『風雷奇談　朧屋彦六世直し草紙』
　2013.7　310p
　①978-4-575-66623-6
『四十七人の盗賊　朧屋彦六世直し草紙』
　2013.11　303p
　①978-4-575-66637-3

◇三十郎あやかし破り

『ねずみ大明神　三十郎あやかし破り』

　2014.6　297p
　①978-4-575-66670-0
『本所猿屋敷　三十郎あやかし破り』
　2014.8　302p
　①978-4-575-66682-3
『青い天狗　三十郎あやかし破り』
　2014.10　299p
　①978-4-575-66692-2

◇阿弥陀小僧七変化

『盗まれた小町娘　阿弥陀小僧七変化』
　2015.3　267p
　①978-4-575-66717-2
『殺された千両役者　阿弥陀小僧七変化』
　2015.6　277p
　①978-4-575-66728-8
『縛られた若殿様　阿弥陀小僧七変化』
　2015.9　271p
　①978-4-575-66740-0

◇室町小町謎解き帖

『消えたろくろっ首　室町小町謎解き帖』
　2016.1　235p
　①978-4-575-66761-5
『呪われた恋文　室町小町謎解き帖』
　2016.5　250p
　①978-4-575-66776-9
『顔のない絵師　室町小町謎解き帖』
　2016.9　233p
　①978-4-575-66794-3

ベスト時代文庫
（ベストセラーズ）

『ふたり鼠　鉄砲の弥八捕物帳』　2010.
　11　249p〈『鉄砲はわらう』(新風舎
　2007年刊) の改題〉
　①978-4-584-36691-2
　〔内容〕消えた遠山桜, 元の木阿弥, ふたり鼠,
　みんな黄門

飯野 笙子
いいの・しょうこ

神奈川県生まれ。早大卒。編集者、ライターを経て作家デビュー。代表作に「若さま用心棒葵鯉之介」シリーズなど。

学研Ｍ文庫（学研パブリッシング）

『想い螢　深川人情鳶』　2008.1　258p
　①978-4-05-900514-8
　〔内容〕満願、皐月鯉、島原の女、想い螢

廣済堂文庫（廣済堂出版）

『いとま化粧　縁切り茶屋始末帖　特選時代小説』　2005.5　261p
　①4-331-61166-3
　〔内容〕いとま化粧、現し観音、永すぎた夢、危な絵の女

『洲崎心中　特選時代小説』　2005.9　270p
　①4-331-61186-8
　〔内容〕放生亀、母恋人形、兄いもうと、洲崎心中

コスミック・時代文庫
（コスミック出版）

◇えんま同心慶次郎

『えんま同心慶次郎　恋ちどり　書下ろし長編時代小説』　2009.9　319p
　①978-4-7747-2278-8
　〔内容〕眉月、だんまり不動、揚り屋の女、恋ちどり

◇若さま用心棒葵鯉之介

『若さま用心棒葵鯉之介　冬の七夕　書下ろし長編時代小説』　2011.9　332p
　①978-4-7747-2437-9
　〔内容〕夜啼き禽、暴れ鯉、藤沢宿の女、忍ぶ露、冬の七夕

『若さま用心棒葵鯉之介〔2〕仇討ち芸者　書下ろし長編時代小説』　2012.1　308p
　①978-4-7747-2474-4
　〔内容〕小夜鼠、勇み振袖、仇討ち芸者、竜宮

『若さま用心棒葵鯉之介〔3〕父の密命　書下ろし長編時代小説』　2012.5　335p
　①978-4-7747-2512-3
　〔内容〕水魚の喧嘩、洲崎曙景、赤蝶の涙、父の密名

『若さま用心棒葵鯉之介〔4〕隠し砦の死闘　書下ろし長編時代小説』　2012.10　316p
　①978-4-7747-2559-8
　〔内容〕飛べない白鷺、鹿島立ち、隠し砦の死闘、兄弟の契り

『若さま用心棒葵鯉之介〔5〕幻の宝剣　書下ろし長編時代小説』　2013.3　302p
　①978-4-7747-2604-5
　〔内容〕月下氷人、梅ほのか、幻の宝剣、決戦！残照の刻

『若さま用心棒葵鯉之介〔6〕東雲の別れ　書下ろし長編時代小説』　2013.7　303p
　①978-4-7747-2640-3

◇殿さま奉行香月龍太郎

『殿さま奉行香月龍太郎　望郷の剣　書下ろし長編時代小説』　2014.7　335p
　①978-4-7747-2728-8
　〔内容〕賽の行方、阿修羅狩り、箱入り心中、望郷の剣

『殿さま奉行香月龍太郎〔2〕蛇面の刺客　書下ろし長編時代小説』　2014.11　310p
　①978-4-7747-2780-6

〔内容〕焼け跡の蝶, 吉原情話, 暴虎馮河, 蛇面の刺客

『殿さま奉行香月龍太郎〔3〕想い月　書下ろし長編時代小説』　2015.3　323p
①978-4-7747-2812-4
〔内容〕小僧の恋, 毒牡丹, 想い月, 木守柿

◇旗本用心棒

『旗本用心棒　裏長屋のお殿さま　書下ろし長編時代小説』　2015.8　326p
①978-4-7747-2854-4
〔内容〕虚空の剣, 初心な紫陽花, 丼の月

『旗本用心棒〔2〕殿さまの秘密　書下ろし長編時代小説』　2015.12　309p
①978-4-7747-2885-8
〔内容〕冥途支度, 十徳先生, 掘割夜波

『旗本用心棒〔3〕吉原の桜　書下ろし長編時代小説』　2016.4　334p
①978-4-7747-2923-7
〔内容〕妻敵有情, きゃんだらけ, 吉原の桜

『同心影山恭四郎　大岡裏裁き　書下ろし長編時代小説』　2010.11　333p
①978-4-7747-2368-6
〔内容〕狂い蟬, 艶紅葉, 雪うさぎ, 夏どなり

『てらこや浪人源八先生　親子舟　書下ろし長編時代小説』　2011.3　340p
①978-4-7747-2390-7

『きてれつ林蔵　熊狩りの剣　書下ろし長編時代小説』　2013.11　310p
①978-4-7747-2674-8
〔内容〕北海の少年, 堀割観音, 両国のらくだ, 熊狩りの剣

『大逆転！御前試合　酔いどれ指南　藤堂雄馬』　2016.11　331p
①978-4-7747-2979-4

ベスト時代文庫
（ベストセラーズ）

『闇夜の花　橋詰ちょうちん裁き帖』
2006.12　262p
①4-584-36585-7
〔内容〕道連れ, 恋文, 異母兄弟, 闇夜の花

『不知火鏡　稲光の源蔵裏裁き』　2008.10　283p
①978-4-584-36647-9
〔内容〕駒と桜, 不知火鏡, 野良犬, 高砂

ワンツー時代小説文庫
（ワンツーマガジン社）

『寿ぎ花弔い花』　2006.6　294p
①4-903012-62-X
〔内容〕菊花厚物養い, 寿ぎ花 弔い花, 藤ヶ峯, 悋気の水仙, 恋や紫陽花, あやかしの芙蓉

五十嵐　貴久
いがらし・たかひさ

1961〜

東京生まれ。成蹊大卒。扶桑社勤務ののち作家デビュー、主にサスペンス小説を執筆。

幻冬舎文庫（幻冬舎）

『安政五年の大脱走』　2005.4　494p
①4-344-40636-2

PHP文芸文庫（PHP研究所）

『相棒』　2010.10　476p
　①978-4-569-67550-3

井川 香四郎
いかわ・こうしろう
1957～

愛媛県生まれ。中央大卒。脚本家から時代小説家となり、「くらがり同心裁許帳」など、多くの書き下ろしシリーズを発表。

学研M文庫（学研パブリッシング）

◇ふろしき同心御用帳

『恋の橋、桜の闇　ふろしき同心御用帳』
　2005.5　309p
　①4-05-900354-9
　〔内容〕天保銭の華, 江戸大変, 金が仇の世の中, 貧者の一灯

『情け川、菊の雨　ふろしき同心御用帳』
　2005.9　298p
　①4-05-900375-1
　〔内容〕第1話 塵介御殿, 第2話 母子草, 第3話 銀杏散る, 第4話 儚い恋の

『残り花、風の宿　ふろしき同心御用帳』
　2006.5　309p
　①4-05-900419-7
　〔内容〕口は災いの友, 惚れた弱味噌, 火事場の馬鹿, 笑う門には河豚来る

『花供養　ふろしき同心御用帳』　2007.3　308p
　①978-4-05-900463-9
　〔内容〕はだかの殿様, 仏の顔も三度笠, 花供養, 刃傷紙風船

『三分の理　ふろしき同心御用帳』
　2007.9　311p
　①978-4-05-900491-2
　〔内容〕くれない小僧, 花魁咲き, 三分の理, 鬼時雨

『呑舟の魚　ふろしき同心御用帳』
　2008.2　301p
　①978-4-05-900515-5
　〔内容〕呑舟の魚, 信天翁, 花しぐれ, 角落とし

『高楼の夢　ふろしき同心御用帳』
　2008.9　287p
　①978-4-05-900545-2
　〔内容〕命の奇石, 砂塵に眠る, 浅草の虎, 高楼の夢

『召し捕ったり！　しゃもじ同心捕物帳』
　2012.4　284p〈発売：学研マーケティング〉
　①978-4-05-900752-4
　〔内容〕悪党狩り, 雪割り草, 見えぬ月, 親知らず

角川文庫（KADOKAWA）

◇かもねぎ神主禊ぎ帳

『かもねぎ神主禊ぎ帳』　2014.11　309p
　①978-4-04-101447-9
　〔内容〕花鎮め, 冥府下り, 貧乏神, 幻の神宝

『恵みの雨　かもねぎ神主禊ぎ帳 2』
　2015.10　293p
　①978-4-04-101448-6
　〔内容〕恵みの雨, 怨霊狩り, 産女の情, 屁の河童

幻冬舎時代小説文庫（幻冬舎）

◇船手奉行うたかた日記

『風の舟唄　船手奉行うたかた日記』
　2010.6　316p
　Ⓘ978-4-344-41487-7
　〔内容〕帆, 満つる, にが汐, せせなげ, 風の
　　舟唄
『海賊ケ浦　船手奉行うたかた日記』
　2011.10　301p
　Ⓘ978-4-344-41759-5
　〔内容〕開けえ、海, やまめ侍, 川は流れる,
　　海賊ヶ浦

◇船手奉行さざなみ日記

『泣きの剣　船手奉行さざなみ日記　1』
　2012.12　350p
　Ⓘ978-4-344-41950-6
　〔内容〕かぶと船, 親知らず, 三戸の虫, 泣き
　　の剣
『海光る　船手奉行さざなみ日記　2』
　2013.6　342p
　Ⓘ978-4-344-42033-5
　〔内容〕恋知らず, 飾り窓, 憂国の鐘, 海光る

幻冬舎文庫（幻冬舎）

◇船手奉行うたかた日記

『いのちの絆　船手奉行うたかた日記』
　2006.2　302p
　Ⓘ4-344-40744-X
　〔内容〕波の花, 人情一番船, 契りの渡し, い
　　のちの絆
『巣立ち雛　船手奉行うたかた日記』
　2006.10　305p
　Ⓘ4-344-40844-6
　〔内容〕巣立ち雛, 誘いの宿, 飾り船, 黄金の
　　観音様

『ため息橋　船手奉行うたかた日記』
　2007.2　299p
　Ⓘ978-4-344-40902-6
　〔内容〕弘誓の船, 蜃気楼, 満ち潮, ため息橋
『咲残る　船手奉行うたかた日記』
　2008.6　292p
　Ⓘ978-4-344-41133-3
　〔内容〕泣かせ川, 夏越の祓, 咲残る, 逃げ水
『花涼み　船手奉行うたかた日記』
　2009.6　301p
　Ⓘ978-4-344-41310-8
　〔内容〕花涼み, 来年の桜, 身代わり地蔵, 潜
　　り橋

廣済堂文庫（廣済堂出版）

◇おっとり聖四郎事件控

『あやめ咲く　おっとり聖四郎事件控　特
　選時代小説』　2004.10　328p
　Ⓘ4-331-61122-1
　〔内容〕あやめ咲く, 賄賂屋の娘, 牢獄の花嫁,
　　まぼろしの父
『落とし水　おっとり聖四郎事件控　特選
　時代小説』　2006.10　296p
　Ⓘ4-331-61247-3
　〔内容〕竜宮の鯖, 華やかな精進, 落とし水,
　　剣豪の豆腐
『鷹の爪　おっとり聖四郎事件控　特選時
　代小説』　2007.5　308p
　Ⓘ978-4-331-61272-9
　〔内容〕いつわりの花, 恋おぼろ, 食いだおれ,
　　鷹の爪
『天狗姫　おっとり聖四郎事件控　特選時
　代小説』　2007.10　301p
　Ⓘ978-4-331-61296-5
　〔内容〕宿場の女, あかね富士, 神の舞, 天狗姫
『菜の花月　おっとり聖四郎事件控　特選
　時代小説』　2009.5　321p
　Ⓘ978-4-331-61365-8
　〔内容〕香魚の宴, 菜の花月, 戻り梅雨, 旱天
　　の慈雨

井川香四郎

◇もんなか紋三捕物帳

『じゃこ天狗　もんなか紋三捕物帳　特選時代小説』　2015.7　302p
①978-4-331-61641-3
〔内容〕じゃこ天狗、父娘鷹、おっと若旦那、嫁姑合戦

『飛蝶幻殺剣　特選時代小説』　2003.10　318p
①4-331-61042-X

『飛燕斬忍剣　特選時代小説』　2004.2　306p
①4-331-61072-1

『甘露の雨　特選時代小説』　2008.10　295p
①978-4-331-61340-5
〔内容〕龍の髭、甘露の雨、猛虎の城、虹の石橋

講談社文庫（講談社）

◇梟与力吟味帳

『冬の蝶　梟与力吟味帳』　2006.12　307p
①4-06-275582-3
〔内容〕仰げば尊し、泥に咲く花、幻の女、冬の蝶

『日照り草　梟与力吟味帳』　2007.7　313p
①978-4-06-275778-2
〔内容〕日照り草、籾は死なず、月傾きぬ、悪人狩り

『忍冬　梟与力吟味帳』　2008.2　306p
①978-4-06-275969-4
〔内容〕散りて花、忍冬、天辺の月、紅葉散る

『花詞　梟与力吟味帳』　2008.4　315p
①978-4-06-276018-8
〔内容〕花詞、別れ霜、東風吹かば、やじろべえ

『雪の花火　梟与力吟味帳』　2008.5　311p
①978-4-06-276040-9
〔内容〕熟し柿、極楽と地獄、花おかめ、雪の花火

『鬼雨　梟与力吟味帳』　2009.6　314p
①978-4-06-276354-7
〔内容〕鬼雨、男降り、一味の雨、袖しぐれ

『科戸の風　梟与力吟味帳』　2009.9　306p
①978-4-06-276455-1
〔内容〕科戸の風、雁渡り、あかね雲、鎧の島

『紅の露　梟与力吟味帳』　2009.11　319p
①978-4-06-276503-9
〔内容〕雪まろげ、影踏み、紅の露、風花の舞

『惻隠の灯（ひ）　梟与力吟味帳』　2010.5　296p
①978-4-06-276548-0
〔内容〕惻隠の灯、絹に棘あり、花の棺、眠り流し

『三人羽織　梟与力吟味帳』　2011.3　313p
①978-4-06-276859-7
〔内容〕三人羽織、むかし恋ふ、忍ぶれど、上善の水

『闇夜の梅　梟与力吟味帳』　2011.7　306p
①978-4-06-277015-6
〔内容〕命の水鏡、子泣くらむ、ときまつ侍、闇夜の梅

『吹花の風　梟与力吟味帳』　2011.12　285p
①978-4-06-277089-7
〔内容〕吹花の風、淡雪燃ゆ、黄金の砦、惜別の歌

◇飯盛り侍

『飯盛り侍』　2014.6　315p
①978-4-06-277847-3

『飯盛り侍〔2〕鯛評定』　2014.12　314p
①978-4-06-293000-0

『飯盛り侍〔3〕城攻め猪』　2015.11

291p
①978-4-06-293256-1

『飯盛り侍〔4〕すっぽん天下』 2016.2
310p
①978-4-06-293329-2

『ホトガラ彦馬　写真探偵開化帳』
2012.7　329p
①978-4-06-277267-9
〔内容〕証拠写真、西郷の顔、青い血痕、幻影都市

『御三家が斬る！』 2016.10　306p
①978-4-06-293495-4
〔内容〕宿場の兇漢、鬼姫の里、塩の吉良道、黄門様が来る

光文社文庫(光文社)

◇うだつ屋智右衛門縁起帳

『うだつ屋智右衛門縁起帳　文庫書下ろし/連作時代小説』 2012.12　315p
①978-4-334-76511-8
〔内容〕浮かれ殿様、名残の宿、波濤高し、虹の架橋

『恋知らず　文庫書下ろし/連作時代小説　うだつ屋智右衛門縁起帳　2』 2013.8　306p
①978-4-334-76586-6
〔内容〕極悪非道、影武者、恋知らず、仇討ち桜

◇くらがり同心裁許帳

『くらがり同心裁許帳　精選版 傑作時代小説　1』 2015.3　357p
①978-4-334-76672-6
〔内容〕闇のあかり、埋もれて候、掏摸とおふくろ、晴れおんな

『くらがり同心裁許帳　2　縁切り橋　精選版 傑作時代小説』 2015.4　354p
①978-4-334-76903-1

〔内容〕神様のあやまち、夏の夕虹、女は待っている、縁切り橋

『くらがり同心裁許帳　3　夫婦日和　精選版 傑作時代小説』 2015.5　353p
①978-4-334-76915-4
〔内容〕夫婦日和、かどわかし、無念坂、迷い道

『くらがり同心裁許帳　4　見返り峠　精選版 傑作時代小説』 2015.6　321p
①978-4-334-76928-4
〔内容〕縁先の恋、母の詫び状、見返り峠、泣くな名奉行

『くらがり同心裁許帳　5　花の御殿　精選版 傑作時代小説』 2015.7　316p
①978-4-334-76944-4
〔内容〕あかねさす、いちしの花、権兵衛はまだか、花の御殿

『くらがり同心裁許帳　6　彩り河　精選版 傑作時代小説』 2015.8　321p
①978-4-334-76955-0
〔内容〕彩り河、怨み酒、月の水鏡、一字が千両

『くらがり同心裁許帳　7　ぼやき地蔵　精選版 傑作時代小説』 2015.9　318p
①978-4-334-76973-4
〔内容〕落葉焚き、ぼやき地蔵、名もなく貧しく、立ち往生

『くらがり同心裁許帳　8　裏始末御免　精選版 傑作時代小説』 2015.10　279p
①978-4-334-76987-1
〔内容〕穴蔵、鋳放し銭、裏始末御免、逢魔が時

◇おっとり聖四郎事件控

『おっとり聖四郎事件控　長編時代小説　1〔光文社時代小説文庫〕』 2016.4　330p〈『飛蝶幻殺剣』(廣済堂文庫 2003年刊)の改題、加筆修正〉
①978-4-334-77280-2

『おっとり聖四郎事件控　傑作時代小説　2　情けの露〔光文社時代小説文庫〕』 2016.5　336p〈『飛燕斬忍剣』(廣済堂文庫 2004年刊)の改題、加筆修正〉
①978-4-334-77297-0
〔内容〕百万人の命、一粒の銀、かんざし閻魔秘帖、情けの露

井川香四郎

『おっとり聖四郎事件控　傑作時代小説
　3　あやめ咲く〔光文社時代小説文庫〕』
　2016.6　342p〈『あやめ咲く』(廣済堂
　文庫 2004年刊)の改題、加筆修正〉
　①978-4-334-77308-3
　〔内容〕あやめ咲く、賄賂屋の娘、牢獄の花嫁、
　まぼろしの父

『おっとり聖四郎事件控　傑作時代小説
　4　落とし水〔光文社時代小説文庫〕』
　2016.7　319p〈『落とし水』(廣済堂文
　庫 2006年刊)の改題、加筆修正〉
　①978-4-334-77326-7
　〔内容〕竜宮の鯖、華やかな精進、落とし水、
　剣豪の豆腐

『おっとり聖四郎事件控　傑作時代小説
　5　鷹の爪〔光文社時代小説文庫〕』
　2016.8　319p〈『鷹の爪』(廣済堂文庫
　2007年刊)の改題、加筆修正〉
　①978-4-334-77340-3
　〔内容〕いつわりの花、恋おぼろ、食いだおれ、
　鷹の爪

『おっとり聖四郎事件控　傑作時代小説
　6　天狗姫〔光文社時代小説文庫〕』
　2016.9　313p〈『天狗姫』(廣済堂文庫
　2007年刊)の改題、加筆修正〉
　①978-4-334-77357-1
　〔内容〕宿場の女、あかね富士、神の舞、天狗姫

『おっとり聖四郎事件控　7　甘露の雨
　光文社時代小説文庫』　2016.10　306p
　①978-4-334-77371-7

『おっとり聖四郎事件控　8　菜の花月
　光文社時代小説文庫』　2016.11　329p
　①978-4-334-77388-5
　〔内容〕香魚の宴、菜の花月、戻り梅雨、昊天
　の慈雨

実業之日本社文庫
(実業之日本社)

◇もんなか紋三捕物帳

『桃太郎姫　もんなか紋三捕物帳』
　2016.8　286p
　①978-4-408-55304-7
　〔内容〕桃太郎姫、茄子の花、蛍雪の罪、おの
　れ天一坊

『菖蒲侍　江戸人情街道』　2015.4　310p
　①978-4-408-55218-7
　〔内容〕菖蒲侍、鷹匠でござる、ひとつぶの銀、
　御馬番、ため息橋、露の五郎兵衛

『ふろしき同心　江戸人情裁き』　2015.6
　309p
　①978-4-408-55233-0
　〔内容〕自身番裏始末、もののけ同心、鬼火の
　舞、忠忍蔵、梅吉夢療法、ふろしき同心

祥伝社文庫(祥伝社)

◇刀剣目利き神楽坂咲花堂

『秘する花　書下ろし時代小説　刀剣目利
　き神楽坂咲花堂』　2005.9　303p
　①4-396-33249-1
　〔内容〕月夜の小判、銘刀は眠る、かげろうの
　女、秘する花

『御赦免花　時代小説　刀剣目利き神楽坂
　咲花堂』　2006.2　316p
　①4-396-33275-0
　〔内容〕御赦免花、ほたるの宿、梅は咲いたか、
　鬼火の舞

『百鬼の涙　時代小説　刀剣目利き神楽坂
　咲花堂』　2006.4　291p
　①4-396-33287-4
　〔内容〕百鬼の涙、太閤の壺、花影の道、偽り

の祝言

『未練ава　時代小説　刀剣目利き神楽坂咲
　花堂』　2006.9　298p
　①4-396-33311-0
　〔内容〕殿様茶碗, 百年目, 時の隠れ家, 銘切
　り炎ゆ

『恋芽吹き　時代小説　刀剣目利き神楽坂
　咲花堂』　2007.2　305p
　①978-4-396-33336-2
　〔内容〕恋芽吹き, 情念の茶碗, 夢は奏でる,
　砂の刀

『あわせ鏡　時代小説　刀剣目利き神楽坂
　咲花堂』　2007.4　297p
　①978-4-396-33348-5
　〔内容〕第1話 あわせ鏡, 第2話 藁の器, 第3
　話 夏あらし, 第4話 後も逢はむ

『千年の桜　時代小説　刀剣目利き神楽坂
　咲花堂』　2007.9　302p
　①978-4-396-33381-2
　〔内容〕千年の桜, 月の雨, 夫婦人形, 桃の園

『閻魔の刀　時代小説　刀剣目利き神楽坂
　咲花堂』　2008.4　313p
　①978-4-396-33423-9
　〔内容〕閻魔の涙, 彼岸桜, 陽炎の舞, おけら坂

『写し絵　時代小説　刀剣目利き神楽坂咲
　花堂』　2008.12　312p
　①978-4-396-33470-3
　〔内容〕写し絵, 金色の仏, 孔雀の恋, 天平の樹

『鬼神の一刀　時代小説　刀剣目利き神楽
　坂咲花堂　10』　2009.7　311p
　①978-4-396-33519-9
　〔内容〕光る掛け軸, 名残りの茶碗, 鬼神の一
　刀, 花や咲く

◇天下泰平かぶき旅

『鬼縛り　時代小説　天下泰平かぶき旅』
　2010.4　287p
　①978-4-396-33573-1
　〔内容〕鬼縛り, 猿も落ちる, 月下の花, 姫は
　泣かない

『おかげ参り　天下泰平かぶき旅　2』
　2010.10　288p

　①978-4-396-33623-3
　〔内容〕月夜の嫁, 君恋ふる, はぐれ神, おか
　げ参り

『花の本懐　天下泰平かぶき旅　3』
　2011.9　310p
　①978-4-396-33707-0
　〔内容〕逢魔が辻, 蒼い陽炎, 夏草燃ゆ, 花の
　本懐

◇幕末繁盛記・てっぺん

『幕末繁盛記・てっぺん』　2012.2　282p
　①978-4-396-33740-7

『千両船　幕末繁盛記・てっぺん　2』
　2012.10　303p
　①978-4-396-33800-8

『鉄の巨鯨　幕末繁盛記・てっぺん　3』
　2013.12　311p
　①978-4-396-33898-5

◇新・神楽坂咲花堂

『取替屋　新・神楽坂咲花堂』　2015.3
　306p
　①978-4-396-34102-2
　〔内容〕取替屋, 紅葉つ, 殿様の茶壺, 光悦の書

『湖底の月　新・神楽坂咲花堂　2』
　2015.12　305p
　①978-4-396-34169-5
　〔内容〕魔鏡の女, 介錯剣法, 浮世船, 湖底の月

竹書房時代小説文庫(竹書房)

◇ほろり人情浮世橋

『ひとつぶの銀　ほろり人情浮世橋』
　2008.5　317p
　①978-4-8124-3472-7
　〔内容〕自身番裏始末, 御馬番, ひとつぶの銀,
　忠忍蔵, 露の五郎兵衛, 飯盛り侍

『もののけ同心　ほろり人情浮世橋』
　2008.11　305p
　①978-4-8124-3659-2

〔内容〕鷹匠でござる, ふろしき同心, 鬼火の
舞, 菖蒲侍, ため息橋, もののけ同心

徳間文庫(徳間書店)

◇暴れ旗本八代目

『けんか凧　暴れ旗本八代目』　2005.4
345p
①4-19-892224-1
〔内容〕吉原篭城, 消えた密書, 金座炎上, 大
江戸鬼ヶ島

『天翔る　暴れ旗本八代目』　2005.11
329p 〈著作目録あり〉
①4-19-892330-2
〔内容〕鬼やらい, 天翔る, ちりぬるを, 情け
が仇討ち

『はぐれ雲　暴れ旗本八代目』　2006.6
312p 〈著作目録あり〉
①4-19-892432-5
〔内容〕はぐれ雲, 散りて花, 麗しき陰謀, 一
炊の夢

『荒鷹の鈴　暴れ旗本八代目』　2006.11
324p 〈著作目録あり〉
①4-19-892508-9

『山河あり　暴れ旗本八代目』　2007.5
318p 〈著作目録あり〉
①978-4-19-892595-6

『不知火の雪　暴れ旗本八代目』　2007.
11　330p 〈著作目録あり〉
①978-4-19-892687-8
〔内容〕夜叉ガ峰, 朱雪の宿, 月の神楽, 不知
火の雪

『怒濤の果て　暴れ旗本八代目』　2008.8
317p 〈著作目録あり〉
①978-4-19-892826-1
〔内容〕毒蜘蛛党, 風の海峡, 一箪の食, 怒濤
の果て

『海峡遥か　暴れ旗本八代目』　2009.2
337p 〈著作目録あり〉
①978-4-19-892921-3

『赤銅(あかがね)の峰　暴れ旗本八代目』

2009.3　313p 〈著作目録あり〉
①978-4-19-892938-1
〔内容〕慈悲の女, 蛍の恋, 命かげろう, 将軍
の城

『嫁入り桜　暴れ旗本八代目』　2010.2
302p 〈著作目録あり〉
①978-4-19-893107-0
〔内容〕嫁入り桜, 釣り狐, 腰抜け二刀流, ま
よい凧

『万里の波　暴れ旗本八代目』　2010.8
285p 〈著作目録あり〉
①978-4-19-893202-2
〔内容〕天下御免, 燃える桜島, 万里の波, 不
夜城

『天守燃ゆ　暴れ旗本八代目』　2011.6
275p
①978-4-19-893374-6
〔内容〕陰謀の城, 風紋流る, 将軍の首, 天守
燃ゆ

◇洗い屋十兵衛江戸日和

『逃がして候　洗い屋十兵衛江戸日和』
2011.3　317p 〈著作目録あり〉
①978-4-19-893316-6
〔内容〕喪服の女, 穢れた内掛, 花魁の被縮緬,
月見草と二人羽織

『恋しのぶ　洗い屋十兵衛江戸日和』
2011.5　315p 〈双葉社2005年刊の加筆
修正　著作目録あり〉
①978-4-19-893354-8
〔内容〕淋しい金魚, 恋しのぶ, 夏の鯉のぼり,
夢つむぎ

『遠い陽炎　洗い屋十兵衛江戸日和』
2011.7　306p 〈双葉社2006年刊の加筆
修正　著作目録あり〉
①978-4-19-893391-3
〔内容〕三日の桜, 遠い陽炎, 黒い縁結び, 死
んで極楽

◇暴れ旗本御用斬り

『栄華の夢　暴れ旗本御用斬り』　2011.8
303p 〈著作目録あり〉
①978-4-19-893412-5

〔内容〕天下御免、目に青葉、白鳥の城、栄華の夢

『龍雲の群れ　暴れ旗本御用斬り』
　2011.12　313p〈著作目録あり〉
　①978-4-19-893471-2
　〔内容〕闇奉行、泣かぬ蛍、忍び草、龍雲の群れ

『虎狼吼える　暴れ旗本御用斬り』
　2012.4　311p〈著作目録あり〉
　①978-4-19-893526-9
　〔内容〕万乗の君、後生の契り、風雪の門、虎狼吼える

『黄金の峠　暴れ旗本御用斬り』　2013.2　333p〈著作目録あり〉
　①978-4-19-893632-7
　〔内容〕孫の仇討ち、阿弥陀の金、黄金の峠、暁の巨峰

『雲海の城　暴れ旗本御用斬り』　2013.5　314p
　①978-4-19-893684-6
　〔内容〕雲海の城、闇の仇討ち、大奥炎上、残雪の峰

◇洗い屋十兵衛影捌き

『からくり心中　洗い屋十兵衛影捌き』
　2012.8　315p〈著作目録あり〉
　①978-4-19-893586-3
　〔内容〕幕閣の首、猛き蜉蝣、虚舟の宴、からくり心中

『隠し神　洗い屋十兵衛影捌き』　2013.10　325p〈著作目録あり〉
　①978-4-19-893724-9
　〔内容〕隠し神、千鳥ヶ淵、月影の鼓、命の一滴

◇もんなか紋三捕物帳

『もんなか紋三捕物帳』　2015.3　301p〈著作目録あり〉
　①978-4-19-893945-8
　〔内容〕桶師鬼三郎、冥途の客、時は鐘なり、亭主殺し

『賞金稼ぎ　もんなか紋三捕物帳』
　2015.7　317p〈著作目録あり〉
　①978-4-19-893987-8

〔内容〕狐狸の夢、血の池地獄、忍び愛、賞金稼ぎ

『九尾の狐　もんなか紋三捕物帳』
　2016.1　316p〈著作目録あり〉
　①978-4-19-894041-6
　〔内容〕老中殺し、無責任同心、九尾の狐、紋三の首

『洗い屋　もんなか紋三捕物帳〔徳間時代小説文庫〕』　2016.9　329p〈著作目録あり〉
　①978-4-19-894077-5
　〔内容〕壊し屋、運び屋、騙し屋、洗い屋

『魂影　戦国異忍伝』　2014.8　341p〈著作目録あり〉
　①978-4-19-893862-8

『召し捕ったり！　しゃもじ同心捕物帳』
　2015.12　285p〈学研M文庫 2012年刊の再刊〉
　①978-4-19-894063-8
　〔内容〕悪党狩り、雪割り草、見えぬ月、親知らず

ハルキ文庫（角川春樹事務所）

◇成駒の銀蔵捕物帳

『金底の歩　成駒の銀蔵捕物帳　時代小説文庫』　2008.6　302p
　①978-4-7584-3343-3
　〔内容〕放れ駒、金底の歩、桂馬の高飛び、詰まざるや

『はなれ銀　成駒の銀蔵捕物帳　時代小説文庫』　2010.9　284p
　①978-4-7584-3498-0
　〔内容〕離れ銀、千日手、遠見の角、玉腹に銀

『それぞれの忠臣蔵　時代小説文庫』
　2009.6　319p

井川香四郎

①978-4-7584-3413-3

PHP文芸文庫（PHP研究所）

『天保百花塾』　2014.7　316p
　①978-4-569-76093-3
　〔内容〕一寸の虫にも, 子の親知らず, 縁の
　　下の舞, 娘を鍋で食う, 子を棄つる藪

双葉文庫（双葉社）

◇洗い屋十兵衛江戸日和

『逃がして候　洗い屋十兵衛江戸日和』
　2004.12　316p
　①4-575-66188-0
　〔内容〕喪服の女, 穢れた打掛, 花魁の緋縮緬,
　　月見草と二人羽織
『恋しのぶ　洗い屋十兵衛江戸日和』
　2005.6　317p
　①4-575-66207-0
　〔内容〕淋しい金魚, 恋しのぶ, 夏の鯉のぼり,
　　夢つむぎ
『遠い陽炎　洗い屋十兵衛江戸日和』
　2006.3　312p
　①4-575-66234-8
　〔内容〕三日の桜, 遠い陽炎, 黒い縁結び, 死
　　んで極楽

◇金四郎はぐれ行状記

『大川桜吹雪　金四郎はぐれ行状記』
　2006.10　321p
　①4-575-66257-7
　〔内容〕桜ひとひら, 雪の千秋楽, 花の居どこ
　　ろ, 大川桜吹雪
『仇の風　金四郎はぐれ行状記』　2007.6
　321p
　①978-4-575-66286-3
　〔内容〕石に咲く花, 貢ぐ女, 女の花道, 仇の風
『冥加の花　金四郎はぐれ行状記』

2007.12　300p
　①978-4-575-66311-2
　〔内容〕冥加の花, 隠居泥棒, たつのこ亭主,
　　蟻の生涯
『海灯り　金四郎はぐれ行状記』　2009.1
　301p
　①978-4-575-66361-7
　〔内容〕海灯り, 木枯らし, 命知らず, 冬将軍
『雁だより　金四郎はぐれ行状記』
　2009.12　307p
　①978-4-575-66418-8
　〔内容〕雁だより, めおと道, 冬の蜉蝣, 福が
　　来る
『契り杯　金四郎はぐれ行状記』　2010.
　11　289p
　①978-4-575-66472-0
　〔内容〕生首は囁く, 契り杯, 狂言の花, 咲く
　　か夜桜

◇もんなか紋三捕物帳

『ちゃんちき奉行　もんなか紋三捕物帳』
　2015.5　300p
　①978-4-575-66723-3
　〔内容〕ちゃんちき奉行, 金の鯉, 丑の刻参り,
　　紅葉山の秘事
『大義賊　もんなか紋三捕物帳』　2016.
　11　317p
　①978-4-575-66801-8
　〔内容〕将軍の城, 偽りの恋, 盗っ人魂, 大義賊

二見時代小説文庫（二見書房）

◇とっくり官兵衛酔夢剣

『仕官の酒　とっくり官兵衛酔夢剣』
　2007.1　306p
　①4-576-06220-4
『ちぎれ雲　とっくり官兵衛酔夢剣　2』
　2007.11　304p
　①978-4-576-07177-0
　〔内容〕養老の滝, 宿り木の女, ちぎれ雲, 大
　　騙り

井川香四郎

『斬らぬ武士道　とっくり官兵衛酔夢剣 3』　2008.7　315p
①978-4-576-08082-6
〔内容〕雀のお宿, 雪割草, あやまり屋, おから侍

『蔦屋でござる』　2012.11　301p
①978-4-576-12141-3
〔内容〕夢の浮島, 鬼ケ島の平蔵, 万華鏡の女, 裏始末の掟

文春文庫（文藝春秋）

◇樽屋三四郎言上帳

『男ッ晴れ　樽屋三四郎言上帳』　2011.3　328p
①978-4-16-780701-6
〔内容〕男ッ晴れ, 野ざらし, とっかえべえ, 水底の月

『ごうつく長屋　樽屋三四郎言上帳』
2011.4　312p
①978-4-16-780702-3
〔内容〕花の浮橋, ねこめ小僧, ごうつく長屋, 寝るは極楽

『まわり舞台　樽屋三四郎言上帳』
2011.5　303p
①978-4-16-780703-0
〔内容〕まわり舞台, 亀は万年, 眠る風車, 恋の形代

『月を鏡に　樽屋三四郎言上帳』　2011.11　295p
①978-4-16-780704-7
〔内容〕五分の神, 月を鏡に, 赤縄の契り, 阿弥陀の光

『福むすめ　樽屋三四郎言上帳』　2012.1　292p
①978-4-16-780705-4
〔内容〕猫と小判, 蝸牛の角, 福むすめ, 人捕る亀

『ほうふら人生　樽屋三四郎言上帳』
2012.4　299p
①978-4-16-780706-1
〔内容〕ほうふら人生, ねずみの神様, 知らぬが仏, 鏡花水月

『片棒　樽屋三四郎言上帳』　2012.7　307p
①978-4-16-780707-8
〔内容〕夫婦茶瓶, かげろうの恋, 金の杯, 片棒

『雀のなみだ　樽屋三四郎言上帳』
2012.11　326p
①978-4-16-780708-5
〔内容〕無縁の花, 夜の鶴, 泥んこ, 雀のなみだ

『夢が疾る　樽屋三四郎言上帳』　2013.3　317p
①978-4-16-780709-2
〔内容〕蟬の命, 縁切り松, 夢が疾る, 日だまり

『長屋の若君　樽屋三四郎言上帳』
2013.7　316p
①978-4-16-780710-8
〔内容〕花は残った, 菩薩の子, 老婆の休日, 長屋の若君

『かっぱ夫婦（めおと）　樽屋三四郎言上帳』　2013.10　309p
①978-4-16-780711-5
〔内容〕月も朧に, かっぱ夫婦, 捨て目茶碗, 落ち紅葉

『おかげ横丁　樽屋三四郎言上帳』
2014.3　330p
①978-4-16-790007-6
〔内容〕千両女房, 木瓜の花, 柿どろぼう, おかげ横丁

『狸の嫁入り　樽屋三四郎言上帳』
2014.7　303p
①978-4-16-790137-0
〔内容〕桃李の下, 狸の嫁入り, 飾り塩, 波濤高し

『近松殺し　樽屋三四郎言上帳』　2015.2　297p
①978-4-16-790298-8
〔内容〕近松殺し, 天罰覿面, 清く貧しく, 嫁は花魁

『高砂や　樽屋三四郎言上帳』　2015.8　303p

①978-4-16-790408-1
〔内容〕猫地蔵, 感無量, 日陰の女, 高砂や

◇寅右衛門どの江戸日記

『人情そこつ長屋　寅右衛門どの江戸日記』　2016.8　295p
①978-4-16-790682-5
〔内容〕人情そこつ長屋, 味噌蔵炎上, もう半分だけよ, 大工は流々, 火事馬鹿息子

『芝浜しぐれ　寅右衛門どの江戸日記』
2016.12　296p
①978-4-16-790751-8
〔内容〕芝浜しぐれ, 灯籠と牡丹, しじみの神様, 恋する崇徳院, ねずみの墓穴

ベスト時代文庫

（ベストセラーズ）

◇くらがり同心裁許帳

『くらがり同心裁許帳』　2004.5　318p
①4-584-36504-0

『晴れおんな　くらがり同心裁許帳』
2004.7　317p
①4-584-36508-3
〔内容〕晴れおんな, 神様のあやまち, 夏の夕虹, 女は待っている

『縁切り橋　くらがり同心裁許帳』
2004.10　313p
①4-584-36514-8
〔内容〕縁切り橋, 夫婦日和, おさな妻, かどわかし

『無念坂　くらがり同心裁許帳』　2005.1
313p
①4-584-36520-2
〔内容〕無念坂, 隠れ宿, 幼なじみ, 花いちもんめ

『まよい道　くらがり同心裁許帳』
2005.4　313p
①4-584-36526-1
〔内容〕迷い道, 災い転じて, 縁先の恋, 母の

詫び状

『見返り峠　くらがり同心裁許帳』
2005.9　279p
①4-584-36543-1
〔内容〕めでたい泥棒, 死んで花実が, 見返り峠, 泣くな名奉行

『残りの雪　くらがり同心裁許帳』
2006.1　283p
①4-584-36549-0
〔内容〕瀬をはやみ, あかねさす, 黄金も玉も, 色は匂えど

『泣き上戸　くらがり同心裁許帳』
2006.5　279p
①4-584-36561-X
〔内容〕忘れな草, 桶屋の災い, 泣き上戸, いちしの花

『権兵衛はまだか　くらがり同心裁許帳』
2006.12　277p
①4-584-36583-0
〔内容〕第1話 権兵衛はまだか, 第2話 花の御殿, 第3話 菖蒲侍, 第4話 内蔵助の誤算

『彩り河　くらがり同心裁許帳』　2007.8
282p
①978-4-584-36608-0
〔内容〕忘れぬ顔, 御馬番, 彩り河, 怨み酒

『月の水鏡　くらがり同心裁許帳』
2008.1　283p
①978-4-584-36623-3
〔内容〕月の水鏡, お人好し地蔵, 金の橋, 一字が千両

『秋螢　くらがり同心裁許帳』　2008.10
282p
①978-4-584-36641-7
〔内容〕鳩笛, 落葉焚き, 秋螢, 女郎花

『ぼやき地蔵　くらがり同心裁許帳』
2010.2　285p
①978-4-584-36678-3
〔内容〕ぼやき地蔵, 名もなく貧しく, 鴨刈り, 立ち往生

『釣り仙人　くらがり同心裁許帳』
2011.2　284p
①978-4-584-36692-9
〔内容〕釣り仙人, 穴蔵, 鋳放し銭, 裏始末御免

『土下座侍　くらがり同心裁許帳』
　2012.4　301p
　①978-4-584-36705-6
　〔内容〕千両猫, 土下座侍, 一杯の酒, 逢魔が時

池永　陽
いけなが・よう
1950～

愛知県生まれ。岐南工卒。コピーライ
ターを経て、1998年「走るジイサン」
で小説すばる新人賞を受賞し、作家デ
ビュー。「雲を斬る」で中山義秀文学賞
を受賞。

講談社文庫（講談社）

『雲を斬る』　2009.11　461p
　①978-4-06-276454-4
『緋色の空』　2012.5　379p
　①978-4-06-277260-0
『剣客瓦版つれづれ日誌』　2014.1　454p
　①978-4-06-277720-9
　〔内容〕鍔落とし, 女郎の初恋, 命は七日まで,
　　冷たい炬燵, 河童のいいぶん, 浮世絵異人,
　　遺言
『風を断つ』　2014.7　399p
　①978-4-06-277879-4
『炎を薙ぐ』　2016.10　433p
　①978-4-06-293478-7

集英社文庫（集英社）

『青葉のごとく　会津純真篇』　2013.11
　348p
　①978-4-08-745135-1

徳間文庫（徳間書店）

『占い屋重四郎江戸手控え』　2012.2
　395p
　①978-4-19-893500-9
　〔内容〕天眼通の悩み, 可愛い居候, 老剣客の
　　恋, 夜鷹の宝物, 一文字斬り, 汚れた十手,
　　闇の三兄弟, 解説（縄田一男著）

池端　洋介
いけはた・ようすけ
1957～

東京生まれ。業界紙勤務を経て、43歳
で作家に転身。著書に「はぐれ与力」
「元禄畳奉行秘聞」シリーズなど。

学研Ｍ文庫（学研パブリッシング）

◇養子侍ため息日誌

『さすらい雲　養子侍ため息日誌』
　2006.12　311p
　①4-05-900451-0
『たそがれ橋　養子侍ため息日誌』
　2007.9　300p
　①978-4-05-900496-7

◇小料理屋「花菊」事件帖

『おぼろ雪　小料理屋「花菊」事件帖』
　2010.8　307p〈発売：学研マーケティ
　ング〉
　①978-4-05-900640-4
　〔内容〕おぼろ雪, 雁もどき, 祝い膳
『翁弁当　小料理屋「花菊」事件帖』
　2010.11　278p〈発売：学研マーケティ
　ング〉

①978–4–05–900663–3

◇ ◇ ◇

『新月の夢　愛宕山あやかし伝』　2013.4
288p 〈発売：学研マーケティング〉
①978–4–05–900819–4

コスミック・時代文庫
（コスミック出版）

◇闇旗本・人斬り始末

『闇旗本・人斬り始末　書下ろし長編時代小説』　2003.10　254p〈東京 コスミックインターナショナル（発売）〉
①4–7747–0742–2

『風魔狩り　書下ろし長編時代小説　闇旗本・人斬り始末　2』　2004.3　286p〈東京 コスミックインターナショナル（発売）〉
①4–7747–0766–X

『柳生暗殺剣　書下ろし長編時代小説　闇旗本・人斬り始末　3』　2004.9　270p〈東京 コスミックインターナショナル（発売）〉
①4–7747–0789–9

◇鬼勘犯科帳

『鬼勘犯科帳　初代火盗改・中山勘解由　書下ろし長編時代小説』　2005.3　270p〈東京 コスミックインターナショナル（発売）〉
①4–7747–2015–1

『鬼勘犯科帳　2　怪盗うさぎ小僧　書下ろし長編時代小説』　2005.8　269p〈東京 コスミックインターナショナル（発売）〉
①4–7747–2038–0
〔内容〕こがねうお, 水戸街道死中旅, 殿さま饅頭, 万太郎の恋, 怪盗うさぎ小僧

静山社文庫（静山社）

◇御畳奉行秘録

『御畳奉行秘録　吉宗の陰謀』　2009.11
281p
①978–4–86389–013–8

『御畳奉行秘録　暗闇の刺客』　2010.9
298p
①978–4–86389–066–4

◇若さま料理事件帖

『若さま料理事件帖　秘伝語り』　2011.4
292p
①978–4–86389–110–4
〔内容〕秘伝の秘, 魔の宴

『若さま料理事件帖　庖丁の因縁』
2011.9　269p
①978–4–86389–135–7
〔内容〕千住の蒲焼き, 延命餅, 月と鰻の宴, 絶品う巻き

だいわ文庫（大和書房）

◇元禄畳奉行秘聞

『幼君暗殺事件　元禄畳奉行秘聞』
2009.2　302p
①978–4–479–30223–0

『江戸・尾張放火事件　元禄畳奉行秘聞』
2009.3　299p
①978–4–479–30228–5

『公儀隠密刺客（しきゃく）事件　元禄畳奉行秘聞』　2009.4　300p
①978–4–479–30233–9

PHP文庫（PHP研究所）

『黒化粧　裏長屋若さま事件帖』　2009.9

203p
①978-4-569-67331-8

ぶんか社文庫 (ぶんか社)

『明智光秀本能寺への道　1』　2008.4
214p
①978-4-8211-5151-6
『明智光秀本能寺への道　2』　2008.9
204p
①978-4-8211-5170-7

ベスト時代文庫

(ベストセラーズ)

◇如月夢之介

『秘剣霞斬り　江戸家老暗殺秘命　如月夢
之介』　2005.9　267p
①4-584-36541-5
『人斬り般若　孤剣抄　如月夢之介』
2006.6　286p
①4-584-36564-4

◇捜し屋孫四郎たそがれ事件帖

『はぐれ与力　捜し屋孫四郎たそがれ事件
帖』　2007.4　303p
①978-4-584-36594-6
『はぐれ与力　捜し屋孫四郎たそがれ事件
帖　巻之2』　2007.10　319p
①978-4-584-36613-4
『はぐれ与力　捜し屋孫四郎たそがれ事件
帖　巻之3』　2008.1　284p
①978-4-584-36625-7
〔内容〕七人の捨て子, 双子の糸, 深い闇

池宮 彰一郎
いけみや・しょういちろう
1923～2007

静岡県生まれ。沼津商卒。脚本家を
経て、1992年に69歳で時代小説家デビ
ュー、以後次々と話題作を発表した。
代表作は「島津奔る」。

朝日文庫 (朝日新聞出版)

『逃げろ家康　上』　2002.2　325p
①4-02-264284-X
『逃げろ家康　下』　2002.2　342p
①4-02-264285-8

角川文庫 (KADOKAWA)

『本能寺　上』　2004.1　370p〈毎日新聞
社平成12年刊の増訂〉
①4-04-368701-X
『本能寺　下』　2004.1　366p〈毎日新聞
社平成12年刊の増訂〉
①4-04-368702-8
『四十七人の刺客　上』　2004.4　323p
①4-04-368703-6
『四十七人の刺客　下』　2004.4　310p
①4-04-368704-4
『その日の吉良上野介』　2004.6　278p
①4-04-368705-2
〔内容〕千里の馬, 剣士と槍仕, その日の吉良
上野介, 十三日の大石内蔵助, 下郎奔る
『最後の忠臣蔵』　2004.10　326p〈『四十
七人目の浪士』(新潮社1997年刊)の改
題〉
①4-04-368710-9
〔内容〕仕舞始, 飛蛾の火, 命なりけり, 最後
の忠臣蔵
『平家　1』　2004.11　357p

①4-04-368706-0
『平家　2』　2004.11　356p
①4-04-368707-9
『平家　3』　2004.12　365p
①4-04-368708-7
『平家　4』　2004.12　356p
①4-04-368709-5
『天下騒乱　鍵屋ノ辻　上』　2005.11
373p
①4-04-368711-7
『天下騒乱　鍵屋ノ辻　下』　2005.11
375p
①4-04-368712-5

講談社文庫（講談社）

『高杉晋作　上』　1997.9　298p
①4-06-263595-X
『高杉晋作　下』　1997.9　283p
①4-06-263596-8
『風塵』　1998.5　255p
①4-06-263781-2
〔内容〕九思の剣, 清貧の福, 無明長夜の剣,
聞多と灘亀, 禍福の海, 風塵
『高杉晋作　上　レジェンド歴史時代小
説』　2015.10　370p〈1997年刊の改
訂〉
①978-4-06-293231-8
『高杉晋作　下　レジェンド歴史時代小
説』　2015.10　347p〈1997年刊の改
訂〉
①978-4-06-293232-5

新潮文庫（新潮社）

『四十七人の刺客』　1995.9　572p
①4-10-140811-4
『四十七人目の浪士』　1997.9　295p
①4-10-140813-0
『その日の吉良上野介』　1998.12　264p

①4-10-140814-9
〔内容〕千里の馬, 剣士と槍仕, その日の吉良
上野介, 十三日の大石内蔵助, 下郎奔る
『島津奔る　上巻』　2001.6　456p
①4-10-140816-5
『島津奔る　下巻』　2001.6　451p
①4-10-140817-3

文春文庫（文藝春秋）

『受城異聞記』　1999.9　285p
①4-16-763201-2
〔内容〕受城異聞記, 絶塵の将, おれも, おま
えも, 割を食う, けだもの

井沢　元彦
いざわ・もとひこ
1954～

愛知県生まれ。早大卒。26歳で書いた
「猿丸幻視行」が江戸川乱歩賞を受賞し
てベストセラーとなる。のち歴史小説
を多数発表。代表作に「逆説の日本史」。

角川文庫（KADOKAWA）

『光と影の武蔵　切支丹秘録』　1990.9
307p
①4-04-166208-7
『日本史の叛逆者　私説・壬申の乱』
1997.12　585p〈『黎明の叛逆者』（秋田
書店平成6年刊）の改題〉
①4-04-166209-5
『日本史の叛逆者　私説・本能寺の変』
2001.4　292p〈『織田信長伝』（光栄
1998年刊）の改題〉
①4-04-166212-5

幻冬舎文庫（幻冬舎）

『信長秘録洛陽城の栄光』　1997.4　346p
　①4–87728–402–8

講談社文庫（講談社）

『五つの首』　1989.6　258p
　①4–06–184454–7
『謀略の首　織田信長推理帳』　1995.9
　290p
　①4–06–263051–6
『光と影の武蔵　切支丹秘録』　1995.12
　332p
　①4–06–263116–4

祥伝社文庫（祥伝社）

◇信濃戦雲録

『野望　長編歴史小説　上　信濃戦雲録
　第1部』　2006.12　710p
　①4–396–33326–9
『野望　長編歴史小説　下　信濃戦雲録
　第1部』　2006.12　778p
　①4–396–33327–7
『覇者　長編歴史小説　上　信濃戦雲録
　第2部』　2007.3　675p
　①978–4–396–33343–0
『覇者　長編歴史小説　下　信濃戦雲録
　第2部』　2007.3　678p
　①978–4–396–33344–7

新潮文庫（新潮社）

『暗鬼』　1989.12　311p
　①4–10–119211–1
　〔内容〕暗鬼, 明智光秀の密書, 楔, 賢者の復
讐, 抜け穴, ひとよがたり, 最後の罠

中公文庫（中央公論新社）

『銀魔伝　源内死闘の巻』　2001.2　459p
　①4–12–203780–8

ノン・ポシェット（祥伝社）

『明智光秀の密書』　1996.7　291p〈『天
　正十二年のクローディアス』（有学書林
　平成4年刊）の改題〉
　①4–396–32512–6
　〔内容〕天正十二年のクローディアス, 修道
　士の首, 明智光秀の密書, 賢者の復讐, 太
　閣の隠し金, 暗殺, 怨の系譜

石川　能弘
いしかわ・よしひろ
1937〜

東京生まれ。青山学院大卒。山村正夫
に小説を学ぶ。著書に「山本勘助」「大
織冠藤原鎌足」「有馬皇子」「在原業平」
「大谷吉継」などがある。

学研M文庫（学研パブリッシング）

『黒田長政』　2002.3　323p
　①4–05–901121–5

幻冬舎文庫（幻冬舎）

『大谷吉継』　2001.10　507p
　①4–344–40173–5

PHP文庫(PHP研究所)

『山本勘助　武田軍団を支えた名軍師』
　1999.7　444p〈年譜あり〉
　①4-569-57291-X

石月　正広
いしづき・まさひろ
1950〜

東京生まれ。歌手、画家、馬券師などを経て、1995年「写楽・二百年の振り子」で小説家デビュー。代表作に「結わえ師・紋重郎始末記」シリーズなど。

幻冬舎時代小説文庫(幻冬舎)

『島破り』　2011.12　305p〈文献あり　『寄物』(2004年刊)の再構成、改題〉
　①978-4-344-41778-6
〔内容〕島破り、寄物、恋文、生贄

幻冬舎文庫(幻冬舎)

『首』　2004.3　341p
　①4-344-40496-3
〔内容〕首、長屋の尺八、半月、珍品館主人、権の字坂情話、韋駄天杢念、長屋の取沙汰、江戸円盤考、秋深き、土手組、閨中指南

廣済堂文庫(廣済堂出版)

『写楽・二百年の振り子　特選時代小説』
　1995.10　292p
　①4-331-60483-7
『閨中指南　江戸艶笑奇譚　特選時代小説』　1999.2　302p
　①4-331-60720-8
〔内容〕首、土手組、印地打、権の字坂情話、長屋の取沙汰、秋深き、デジャヴュ、韋駄天杢念、長屋の尺八、半月、閨中指南
『羅生門河岸心中　時代連作・郭十景　特選時代小説』　2001.10　276p
　①4-331-60893-X
〔内容〕篭の鳥、売れ残り、半可通、幇間の善治、禿が見ている、薄霧、豆を拾う、甲駅事情、食む、羅生門河岸心中

講談社文庫(講談社)

◇結わえ師・紋重郎始末記

『笑う花魁　結わえ師・紋重郎始末記』
　2006.4　209p
　①4-06-275363-4
『握られ同心　結わえ師・紋重郎始末記』
　2006.12　200p
　①4-06-275583-1
『糸のさだめ　結わえ師・紋重郎始末記』
　2008.12　267p
　①978-4-06-276215-1

『渡世人』　2003.8　364p
　①4-06-273809-0

徳間文庫(徳間書店)

『鬼押　天明・浅間三童子』　2001.3　359p
　①4-19-891463-X

いずみ 光
いずみ・ひかる

1951〜

東京生まれ。早大卒。脚本家を経て、時代小説作家となる。代表作に「北町南町かけもち同心」など。

コスミック・時代文庫

（コスミック出版）

◇北町南町かけもち同心

『北町南町かけもち同心　書下ろし長編時代小説』　2014.9　315p
　①978-4-7747-2765-3
　〔内容〕女盗賊の恋，無礼討ち，自訴する男

『北町南町かけもち同心〔2〕春告げ鳥　書下ろし長編時代小説』　2015.1　327p
　①978-4-7747-2798-1
　〔内容〕狙われた御用箱，一平太，斬り込む，夢，いつの日か

『北町南町かけもち同心〔3〕星を継ぐ者　書下ろし長編時代小説』　2015.5　324p
　①978-4-7747-2825-4
　〔内容〕初手柄，玉の輿同心，町人上がりと風来坊，祈りの火・星燈籠秘話

◇泣き虫老中遠山備前

『泣き虫老中遠山備前　書下ろし長編時代小説』　2015.10　297p
　①978-4-7747-2865-0
　〔内容〕若様の約束，花しるべ，逃げた姫君

『泣き虫老中遠山備前〔2〕上意討ち　書下ろし長編時代小説』　2016.3　276p
　①978-4-7747-2912-1
　〔内容〕暗殺者の指令，猫は知っていた，上意討ち

◇用心棒無名剣

『用心棒無名剣　だんだら染』　2016.10　300p
　①978-4-7747-2966-4
　〔内容〕旅の終わり，まわり地蔵，春待ち橋，だんだら染

祥伝社文庫（祥伝社）

◇ぶらり笙太郎江戸綴り

『さきのよびと　ぶらり笙太郎江戸綴り』　2015.9　326p
　①978-4-396-34149-7

『桜流し　ぶらり笙太郎江戸綴り　2』　2016.3　303p
　①978-4-396-34193-0

伊多波 碧
いたば・みどり

1972〜

新潟県生まれ。信州大卒。外資系損害保険会社，コンサルティングファームを経て，作家となる。

ヴィレッジブックスedge

（ヴィレッジブックス）

『恋桜』　2007.5　293p　〈発売：ソニー・マガジンズ〉
　①978-4-7897-3104-1
　〔内容〕花風，草いきれ，行く秋，初雪，飛花

伊多波碧

学研M文庫（学研パブリッシング）

◇公事師喜兵衛事件綴り

『純情椿　公事師喜兵衛事件綴り』
2009.5　333p
①978-4-05-900582-7
〔内容〕三味線草, うつくしき人, 斧と猿, 十年遅れ

『猫毛雨　公事師喜兵衛事件綴り』　2010.3　344p〈発売：学研マーケティング〉
①978-4-05-900626-8
〔内容〕形見分け, 猫毛雨, 通せん坊, 燕来る

『杏林の剣士　甘味侍江戸探索』　2011.4
302p〈発売：学研マーケティング〉
①978-4-05-900690-9

廣済堂文庫（廣済堂出版）

◇もののけ若様探索帖

『恋は曲者　もののけ若様探索帖　モノノケ文庫』　2013.9　272p
①978-4-331-61547-8
〔内容〕再会, 神のうち, のっぺらぼう, 姥捨て山

『逢瀬　もののけ若様探索帖　モノノケ文庫』　2014.7　280p
①978-4-331-61591-1
〔内容〕忠義狸, 雨降り小僧, あまのじゃく, 逢瀬

『紫陽花寺　特選時代小説』　2005.10
251p
①4-331-61190-6
〔内容〕綿毛飛ぶ, 紫陽花寺, 月見草, 彼岸花燃える, ススキの残照, 冬椿

『ささやき舟　六郷川人情渡し　特選時代小説』　2006.5　285p
①4-331-61224-4
〔内容〕木の実降る, 初蟬, ささやき舟, 末枯虫, うさぎの耳

コスミック・時代文庫（コスミック出版）

『星野右京江戸探索帖　闇の始末人疾る　書下ろし長編時代小説』　2004.7
287p〈東京 コスミックインターナショナル（発売）〉
①4-7747-0782-1

ベスト時代文庫（ベストセラーズ）

◇もののけ若様探索帖

『もののけ若様探索帖　甲子夜話異聞』
2012.7　302p
①978-4-584-36712-4
〔内容〕捨て猫, 神隠し, 子思い, 不貞

『夫婦喧嘩　甲子夜話異聞2　もののけ若様探索帖』　2013.1　270p
①978-4-584-36722-3
〔内容〕夫婦喧嘩, 雨女, おはな, 放蕩者

市川 丈夫
いちかわ・たけお

千葉県生まれ。「宝珠、紅に染まるとき 退魔師鬼十郎」にてデビュー。

富士見新時代小説文庫
（KADOKAWA）

◇八卦見豹馬吉凶の剣

『三度、斬る　八卦見豹馬吉凶の剣　1』
　2013.12　253p
　①978-4-04-712986-3
　〔内容〕剣士、豹変す、三度、斬る、女人、虎変す、悔い、滅ぶ
『鬼将、討つ　八卦見豹馬吉凶の剣　2』
　2014.2　247p
　①978-4-04-070028-1
『天道、往く　八卦見豹馬吉凶の剣　3』
　2014.5　251p
　①978-4-04-070108-0

伊東 潤
いとう・じゅん

1960〜

神奈川県生まれ。早大卒。2003年「戦国関東血風録」で作家デビュー。以後、何度も直木賞候補に選ばれる。代表作に「義烈千秋 天狗党西へ」など。

角川文庫（KADOKAWA）

『武田家滅亡』　2009.12　645p〈2007年刊の加筆・修正　発売：角川グループ

パブリッシング〉
　①978-4-04-394321-0
『山河果てるとも　天正伊賀悲雲録』
　2012.12　535p〈2008年刊の加筆修正　発売：角川グループパブリッシング〉
　①978-4-04-100616-0
『北天蒼星　上杉三郎景虎血戦録』
　2013.12　444p〈角川書店 2011年刊の加筆・修正　文献あり〉
　①978-4-04-101132-4
『天地雷動』　2016.10　459p
　①978-4-04-104939-6

講談社文庫（講談社）

『戦国無常首獲り』　2011.6　218p〈『首』（2009年刊）の改題、加筆、修正〉
　①978-4-06-276997-6
　〔内容〕頼まれ首、間違い首、要らぬ首、雑兵首、もらい首、拾い首
『疾き雲のごとく』　2012.3　272p〈宮帯出版社2008年刊の加筆、修正〉
　①978-4-06-277217-4
　〔内容〕道灌謀殺、守護家の馬丁、修善寺の菩薩、箱根山の守護神、稀なる人、かわらけ
『惨　戦国鬼譚』　2012.10　331p〈2010年刊の加筆・修正〉
　①978-4-06-277394-2
　〔内容〕木曾谷の証人、要らぬ駒、画龍点晴、温もりいまだ冷めやらず、表裏者
『虚けの舞』　2013.4　358p〈彩流社2006年刊の加筆、修正　文献あり〉
　①978-4-06-277520-5
『戦国鎌倉悲譚 剋』　2013.7　307p〈『刻』（2011年刊）の改題、加筆修正〉
　①978-4-06-277606-6
『叛鬼』　2014.8　338p〈2012年刊の加筆修正　文献あり〉
　①978-4-06-277901-2
『国を蹴った男』　2015.5　355p〈2012年刊の加筆、修正　文献あり〉

①978-4-06-293115-1
〔内容〕牢人大将, 戦は算術に候, 短慮なり名左衛門, 毒蛾の舞, 天に唾して, 国を蹴った男

『峠越え』　2016.8　333p　〈文献あり〉
①978-4-06-293456-5

光文社文庫 (光文社)

『幻海』　2012.6　412p　〈他言語標題: The Legend of Ocean〉
①978-4-334-76430-2

『城を噛ませた男』　2014.3　380p
①978-4-334-76706-8
〔内容〕見えすぎた物見, 鯨のくる城, 城を噛ませた男, 椿の咲く寺, 江雪左文字

『巨鯨の海』　2015.9　430p　〈2013年刊の加筆・修正　文献あり〉
①978-4-334-76974-1
〔内容〕旅刃刺の仁吉, 恨み鯨, 物言わぬ海, 比丘尼殺し, 訣別の時, 弥惣平の鐘

新潮文庫 (新潮社)

『義烈千秋天狗党西へ』　2014.10　575p
①978-4-10-126171-3

PHP文芸文庫 (PHP研究所)

『黒南風の海　「文禄・慶長の役」異聞』　2013.11　413p　〈文献あり〉
①978-4-569-76095-7

PHP文庫 (PHP研究所)

『北条氏照　秀吉に挑んだ義将〔大きな字〕』　2009.7　388p　〈年表あり〉
①978-4-569-67305-9

文春文庫 (文藝春秋)

『王になろうとした男』　2016.3　345p　〈文献あり〉
①978-4-16-790568-2
〔内容〕果報者の槍, 毒を食らわば, 復讐鬼, 小才子, 王になろうとした男

伊藤　致雄
いとう・むねお
1942〜

宮城県生まれ。武蔵工大卒。会社勤務の傍ら小説を書き始め, 1994年「四郎様のからくり小箱」でいろは文学賞大賞を受賞。「神の血脈」で小松左京賞を受賞。

ハルキ文庫 (角川春樹事務所)

◇兵庫と伊織の捕物帖

『吉宗の偽書　兵庫と伊織の捕物帖　時代小説文庫』　2007.11　266p
①978-4-7584-3313-6

『蜻蛉切り　兵庫と伊織の捕物帖　時代小説文庫』　2008.2　235p
①978-4-7584-3322-8

『吉宗の推理　兵庫と伊織の捕物帖　時代小説文庫』　2008.6　240p
①978-4-7584-3344-0

◇定町廻り同心・榊荘次郎

『銀のかんざし　定町廻り同心・榊荘次郎　時代小説文庫』　2009.3　218p
①978-4-7584-3398-3
〔内容〕弟弟子, 転落, 強奪, 贈物, 一念の笛

『古希祝い　定町廻り同心・榊荘次郎　時代小説文庫』　2009.8　220p
①978-4-7584-3424-9
〔内容〕ちびりの瀬兵, 禁断の名所絵, つかのまの晴れ, 古希祝い

稲葉 博一
いなば・ひろいち
1970〜

兵庫県出身。「忍者烈伝」で小説家デビュー。

講談社文庫(講談社)

『忍者烈伝』　2016.1　541p 〈角川学芸出版 2009年刊の再刊〉
①978-4-06-293275-2
『忍者烈伝ノ続』　2016.8　541p 〈角川学芸出版 2010年刊の加筆・修正〉
①978-4-06-293470-1

稲葉 稔
いなば・みのる
1955〜

熊本県生まれ。拓殖大卒。シナリオライター、放送作家を経て、1994年作家デビュー。近年では時代小説に力を注ぎ、「風塵の剣」など。

学研M文庫(学研パブリッシング)

◇鶴屋南北隠密控

『鶴屋南北隠密控』　2002.7　322p
①4-05-900173-2
『紫蝶朧返し　鶴屋南北隠密控』　2003.7　315p
①4-05-900244-5
『恋の闇絡繰り　鶴屋南北隠密控』　2004.2　309p
①4-05-900276-3

『思案橋捕物暦』　2004.12　310p
①4-05-900329-8

角川文庫(KADOKAWA)

◇酔いどれて候

『酔眼の剣　酔いどれて候』　2010.7　251p 〈発売：角川グループパブリッシング〉
①978-4-04-394370-8
〔内容〕武士の理, 貧乏御家人, 鰹のたたき, 酔眼の剣, 蛇の重蔵
『凄腕の男　酔いどれて候　2』　2010.9　247p 〈発売：角川グループパブリッシ

稲葉稔

ング〉
①978-4-04-394383-8
〔内容〕貸本屋の辰三, 蛍の道, 凄腕の男, 神無月

『秘剣の辻　酔いどれて候　3』　2010.12
258p〈発売：角川グループパブリッシング〉
①978-4-04-394397-5
〔内容〕戻ってきた男, 秋明菊, 侍の分限, 秘剣の辻

『武士の一言　酔いどれて候　4』　2011.6　265p〈発売：角川グループパブリッシング〉
①978-4-04-394450-7
〔内容〕氷雨の死闘, 五分の褒美, お調子者, 酒断ち

『侍の大義　酔いどれて候　5』　2011.12
277p〈発売：角川グループパブリッシング〉
①978-4-04-100069-4
〔内容〕闇夜の影, 水路普請, 職人殺し, 煙管, 尾行者, 関の声

◇喜連川の風

『喜連川の風　江戸出府』　2016.7　308p
①978-4-04-104364-6

『喜連川の風　忠義の架橋』　2016.10　311p
①978-4-04-104374-5

『風塵の剣　1』　2013.2　290p〈発売：角川グループパブリッシング〉
①978-4-04-100702-0

『風塵の剣　2』　2013.3　264p〈発売：角川グループパブリッシング〉
①978-4-04-100751-8

『風塵の剣　3』　2013.4　273p〈発売：角川グループホールディングス〉
①978-4-04-100790-7

『風塵の剣　4』　2013.11　296p〈3までの出版者：角川書店〉

①978-4-04-101092-1
『風塵の剣　5』　2014.2　286p
①978-4-04-101233-8
『風塵の剣　6』　2014.7　286p
①978-4-04-101958-0
『風塵の剣　7』　2014.12　296p
①978-4-04-101957-3

幻冬舎時代小説文庫(幻冬舎)

◇よろず屋稼業早乙女十内

『雨月の道　よろず屋稼業早乙女十内　1』
2011.6　310p
①978-4-344-41691-8

『水無月の空　よろず屋稼業早乙女十内　2』　2011.12　347p
①978-4-344-41779-3

『涼月の恋　よろず屋稼業早乙女十内　3』
2012.6　338p
①978-4-344-41874-5

『葉月の危機　よろず屋稼業早乙女十内　4』　2012.12　301p
①978-4-344-41951-3

『晩秋の別れ　よろず屋稼業早乙女十内　5』　2013.10　292p
①978-4-344-42104-2

『神無月の惑い　よろず屋稼業早乙女十内　6』　2013.12　306p
①978-4-344-42126-4

◇万願堂黄表紙事件帖

『悪女と悪党　万願堂黄表紙事件帖　1』
2015.6　284p
①978-4-344-42352-7

『品川女郎謎噺　万願堂黄表紙事件帖　2』
2016.6　285p
①978-4-344-42486-9

幻冬舎文庫(幻冬舎)

◇糸針屋見立帖

『韋駄天おんな　糸針屋見立帖』　2008.6
318p
①978-4-344-41134-0

『宵闇の女　糸針屋見立帖』　2009.4
334p
①978-4-344-41283-5

『逃げる女　糸針屋見立帖』　2010.2
298p
①978-4-344-41424-2

廣済堂文庫(廣済堂出版)

◇八州廻り浪人奉行

『八州廻り浪人奉行　特選時代小説』
2003.9　309p
①4-331-61034-9

『血煙箱根越え　八州廻り浪人奉行　特選
時代小説』　2004.5　334p
①4-331-61090-X

『血風闇夜の城下　八州廻り浪人奉行　特
選時代小説』　2004.10　310p
①4-331-61124-8

『風雲日光道中　八州廻り浪人奉行　特選
時代小説』　2005.3　325p
①4-331-61153-1

◇隠密廻り無明情話

『宿怨　隠密廻り無明情話　特選時代小
説』　2005.7　335p
①4-331-61175-2

『悪だくみ　隠密廻り無明情話　特選時代
小説』　2005.12　326p
①4-331-61200-7

『肥前屋騒動　隠密廻り無明情話　特選時
代小説』　2006.4　318p

①4-331-61219-8

『身代わり同心　隠密廻り無明情話　特選
時代小説』　2006.8　309p
①4-331-61240-6

『地蔵橋の女　隠密廻り無明情話　特選時
代小説』　2007.1　316p
①4-331-61260-0

講談社文庫(講談社)

◇武者とゆく

『武者とゆく』　2006.4　326p
①4-06-275364-2

『闇夜の義賊　武者とゆく　2』　2006.12
364p
①4-06-275579-3

『真夏の凶刃　武者とゆく　3』　2007.8
302p
①978-4-06-275805-5

『月夜の始末　武者とゆく　4』　2007.12
304p
①978-4-06-275909-0

『陽月の契り　武者とゆく　5』　2008.7
313p
①978-4-06-276091-1

『武士の約定　武者とゆく　6』　2009.3
304p
①978-4-06-276292-2

『夕焼け雲　武者とゆく　7』　2009.12
307p
①978-4-06-276521-3

『百両の舞い　武者とゆく　8』　2010.12
306p
①978-4-06-276830-6

◇八丁堀手控え帖

『隠密拝命　八丁堀手控え帖』　2011.12
319p
①978-4-06-277126-9

稲葉稔

『囮同心　八丁堀手控え帖』　2012.4　282p
①978-4-06-277220-4

『椋鳥の影　八丁堀手控え帖』　2012.8　287p
①978-4-06-277357-7

『奉行の杞憂　八丁堀手控え帖』　2013.6　279p
①978-4-06-277564-9

『大江戸人情花火』　2010.7　442p〈文献あり〉
①978-4-06-276691-3

光文社文庫(光文社)

◇研ぎ師人情始末

『裏店とんぼ　長編時代小説　研ぎ師人情始末』　2005.8　324p
①4-334-73930-X

『糸切れ凧　長編時代小説　研ぎ師人情始末　2』　2006.4　344p
①4-334-74054-5

『うろこ雲　長編時代小説　研ぎ師人情始末　3』　2006.10　337p
①4-334-74145-2

『うらぶれ侍　長編時代小説　研ぎ師人情始末　4』　2007.4　328p
①978-4-334-74236-2

『兄妹氷雨　長編時代小説　研ぎ師人情始末　5』　2007.8　302p
①978-4-334-74300-0

『迷い鳥　長編時代小説　研ぎ師人情始末　6』　2007.12　312p
①978-4-334-74357-4

『おしどり夫婦　長編時代小説　研ぎ師人情始末　7』　2008.4　312p
①978-4-334-74413-7

『恋わずらい　長編時代小説　研ぎ師人情始末　8』　2008.8　303p
①978-4-334-74466-3

『江戸橋慕情　長編時代小説　研ぎ師人情始末　9』　2008.12　326p
①978-4-334-74521-9

『親子の絆　長編時代小説　研ぎ師人情始末　10』　2009.6　323p
①978-4-334-74608-7

『濡れぎぬ　長編時代小説　研ぎ師人情始末　11』　2009.9　316p
①978-4-334-74653-7

『こおろぎ橋　長編時代小説　研ぎ師人情始末　12』　2009.12　285p
①978-4-334-74704-6

『父の形見　長編時代小説　研ぎ師人情始末　13』　2010.4　280p
①978-4-334-74766-4

『縁むすび　長編時代小説　研ぎ師人情始末　14』　2010.8　289p
①978-4-334-74826-5

『故郷(さと)がえり　長編時代小説　研ぎ師人情始末　15』　2011.1　278p
①978-4-334-74892-0

◇剣客船頭

『天神橋心中　長編時代小説　剣客船頭　2』　2011.9　325p
①978-4-334-74999-6

『思川契り　長編時代小説　剣客船頭　3』　2012.1　308p
①978-4-334-76351-0

『妻恋河岸　文庫書下ろし/長編時代小説　剣客船頭　4』　2012.5　299p
①978-4-334-76413-5

『深川思恋　長編時代小説　剣客船頭　5』　2012.9　317p
①978-4-334-76464-7

『洲崎雪舞　文庫書下ろし/長編時代小説　剣客船頭　6』　2013.3　294p
①978-4-334-76540-8

『決闘柳橋　文庫書下ろし/長編時代小説

剣客船頭 7』 2013.8 312p
Ⓘ978-4-334-76612-2
『本所騒乱 文庫書下ろし/長編時代小説 剣客船頭 8』 2014.1 302p
Ⓘ978-4-334-76687-0
『紅川疾走 文庫書下ろし/長編時代小説 剣客船頭 9』 2014.3 293p
Ⓘ978-4-334-76712-9
『浜町堀異変 文庫書下ろし/長編時代小説 剣客船頭 10』 2014.9 294p
Ⓘ978-4-334-76806-5
『死闘向島 文庫書下ろし/長編時代小説 剣客船頭 11』 2015.1 299p
Ⓘ978-4-334-76860-7
『どんど橋 文庫書下ろし/長編時代小説 剣客船頭 12』 2015.7 297p
Ⓘ978-4-334-76942-0
『みれん堀 文庫書下ろし/長編時代小説 剣客船頭 13』 2015.11 300p
Ⓘ978-4-334-77202-4
『別れの川 文庫書下ろし/長編時代小説 剣客船頭 14』 2016.5 309p
Ⓘ978-4-334-77294-9
『橋場之渡 剣客船頭 15』 2016.10 306p
Ⓘ978-4-334-77373-1

『剣客(けんきゃく)船頭 長編時代小説〔光文社時代小説文庫〕』 2011.5 319p
Ⓘ978-4-334-74949-1

コスミック・時代文庫
(コスミック出版)

◇闇同心・朝比奈玄堂

『必殺情炎剣 闇同心・朝比奈玄堂』 2003.11 302p〈東京 コスミックインターナショナル(発売)〉
Ⓘ4-7747-0748-1
『風雪斬鬼剣 書下ろし長編時代小説 闇同心・朝比奈玄堂 2』 2004.4 317p〈東京 コスミックインターナショナル(発売)〉
Ⓘ4-7747-0769-4
『人情恋慕剣 書下ろし長編時代小説 闇同心・朝比奈玄堂 3』 2004.7 301p〈東京 コスミックインターナショナル(発売)〉
Ⓘ4-7747-0783-X
『残照恩情剣 書下ろし長編時代小説 闇同心・朝比奈玄堂 4』 2004.10 285p〈東京 コスミックインターナショナル(発売)〉
Ⓘ4-7747-0794-5
『哀切無情剣 書下ろし長編時代小説 闇同心・朝比奈玄堂 5』 2005.2 318p〈東京 コスミックインターナショナル(発売)〉
Ⓘ4-7747-2011-9

◇龍之介よろず探索控

『くらやみ始末 書下ろし長編時代小説 龍之介よろず探索控』 2005.8 335p〈東京 コスミックインターナショナル(発売)〉
Ⓘ4-7747-2037-2
『わかれ雪 書下ろし長編時代小説 龍之介よろず探索控』 2005.12 350p〈発売:コスミックインターナショナル〉
Ⓘ4-7747-2058-5
『残りの桜 書下ろし長編時代小説 龍之介よろず探索控』 2006.6 350p
Ⓘ4-7747-2082-8

◇龍之介始末剣

『龍之介始末剣 同心殺し 書下ろし長編時代小説』 2012.4 332p〈『くらやみ始末』(2005年刊)の改題、大幅に加筆訂正〉

①978-4-7747-2494-2

『龍之介始末剣〔2〕わかれ雪　傑作長編時代小説』　2012.7　350p〈『わかれ雪』(2005年刊)の改題、加筆訂正〉
①978-4-7747-2531-4

『龍之介始末剣〔3〕残りの桜　傑作長編時代小説』　2012.9　349p〈『残りの桜』(2006年刊)の改題、加筆訂正〉
①978-4-7747-2549-9

◇本所見廻り同心

『十兵衛推参　傑作長編時代小説　本所見廻り同心』　2013.1　324p〈『橋上の決闘』(ベスト時代文庫 2006年刊)の改題、加筆訂正〉
①978-4-7747-2587-1

◇必殺御用裁き

『悪徳　傑作長編時代小説　必殺御用裁き』　2014.2　335p〈『天誅！外道狩り』(ベスト時代文庫 2004年刊)の改題、大幅に加筆修正〉
①978-4-7747-2704-2

『疑惑　傑作長編時代小説　必殺御用裁き』　2015.2　334p〈『幽霊裁き』(ベスト時代文庫 2005年刊)の改題、加筆修正〉
①978-4-7747-2803-2

◇鶴屋南北隠密控

『涙雪　傑作長編時代小説　鶴屋南北隠密控』　2015.9　355p〈『鶴屋南北隠密控』(学研M文庫 2002年刊)の改題、加筆修正〉
①978-4-7747-2858-2

『むらさきの蝶　傑作長編時代小説　鶴屋南北隠密控』　2016.2　349p〈『紫蝶朧返し』(学研M文庫 2003年刊)の改題、加筆修正〉
①978-4-7747-2901-5

『恋の闇からくり　鶴屋南北隠密控』　2016.10　335p〈『恋の闇絡繰り　鶴屋南

北隠密控』加筆修正・改題書〉
①978-4-7747-2965-7

大洋時代文庫 時代小説

（ミリオン出版）

◇本所見廻り同心

『ぶらり十兵衛　本所見廻り同心　控』　2005.12　279p〈東京 大洋図書(発売)〉
④4-8130-7047-7
〔内容〕煎餅屋, 毒饅頭, 永代橋, 法恩寺橋, 椋鳥, 妾騒動

徳間文庫（徳間書店）

◇問答無用

『問答無用』　2007.5　296p
①978-4-19-892596-3

『三巴の剣　問答無用』　2007.8　300p
①978-4-19-892640-3

『鬼は徒花　問答無用』　2007.11　299p
①978-4-19-892688-5

『亡者の夢　問答無用』　2008.5　311p
①978-4-19-892778-3

『孤影の誓い　問答無用』　2008.11　309p
①978-4-19-892875-9

『雨あがり　問答無用』　2009.8　313p
①978-4-19-893016-5

『陽炎の刺客　問答無用』　2010.3　311p
①978-4-19-893124-7

『流転の峠　問答無用』　2010.9　277p
①978-4-19-893216-9

◇さばけ医龍安江戸日記

『さばけ医龍安江戸日記』　2011.3　299p

①978-4-19-893317-3
『名残の桜　さばけ医龍安江戸日記』
2011.9　299p
①978-4-19-893427-9
『侍の娘　さばけ医龍安江戸日記』
2012.3　301p〈著作目録あり〉
①978-4-19-893511-5
『別れの虹　さばけ医龍安江戸日記』
2012.11　299p〈著作目録あり〉
①978-4-19-893619-8
『密計　さばけ医龍安江戸日記』　2013.7
311p〈著作目録あり〉
①978-4-19-893710-2

◇新・問答無用

『凄腕見参！　新・問答無用』　2015.5
285p
①978-4-19-893967-0
『難局打破！　新・問答無用』　2015.12
292p
①978-4-19-894042-3
『遺言状　新・問答無用〔徳間時代小説文庫〕』　2016.8　293p
①978-4-19-894129-1

『圓朝謎語り』　2013.6　333p〈『圓朝語り』(2011年刊)の改題　文献あり　著作目録あり〉
①978-4-19-893697-6

ハルキ文庫（角川春樹事務所）

◇俠客銀蔵江戸噺

『旅立ちの海　俠客銀蔵江戸噺　時代小説文庫』　2008.1　302p
①978-4-7584-3318-1
『望郷の海　俠客銀蔵江戸噺　時代小説文庫』　2008.6　291p

①978-4-7584-3345-7
『惜別の海　俠客銀蔵江戸噺　時代小説文庫』　2009.1　294p
①978-4-7584-3389-1

『町火消御用調べ　時代小説文庫』
2009.10　278p
①978-4-7584-3435-5
『片想い橋　町火消御用調べ　時代小説文庫』　2010.6　271p
①978-4-7584-3478-2

PHP文庫（PHP研究所）

『大村益次郎　軍事の天才といわれた男』
1998.1　375p〈年譜あり　文献あり〉
①4-569-57102-6
『「竜馬暗殺」推理帖』　2010.6　522p
〈『竜馬暗殺からくり』(1999年刊)の加筆・修正、改題　文献あり〉
①978-4-569-67440-7

双葉文庫（双葉社）

◇影法師冥府葬り

『父子雨情　影法師冥府葬り』　2007.6
308p
①978-4-575-66288-7
『夕まぐれの月　影法師冥府葬り』
2007.9　319p
①978-4-575-66298-6
『雀の墓　影法師冥府葬り』　2008.2
325p
①978-4-575-66321-1
『なみだ雨　影法師冥府葬り』　2008.9
325p
①978-4-575-66348-8

『冬の雲　影法師冥府葬り』　2009.2
349p
　①978-4-575-66369-3
『鶯の声　影法師冥府葬り』　2009.7
334p
　①978-4-575-66391-4

◇不知火隼人風塵抄

『疾風の密使　不知火隼人風塵抄』
2010.2　292p
　①978-4-575-66428-7
『波濤の凶賊　不知火隼人風塵抄』
2010.7　291p
　①978-4-575-66451-5
『黒船攻め　不知火隼人風塵抄』　2010.
11　308p
　①978-4-575-66471-3
『葵の刃風　不知火隼人風塵抄』　2011.3
284p
　①978-4-575-66488-1

◇八州廻り浪人奉行

『天命の剣　八州廻り浪人奉行』　2010.5
299p　〈『八州廻り浪人奉行』（廣済堂出
版2003年刊）の加筆訂正〉
　①978-4-575-66444-7
『斬光の剣　八州廻り浪人奉行』　2010.8
316p　〈『血煙箱根越え』（廣済堂出版
2004年刊）の加筆訂正〉
　①978-4-575-66459-1
『獅子の剣　八州廻り浪人奉行』　2010.
12　293p　〈『血風闇夜の城下』（廣済堂
出版2004年刊）の加筆訂正〉
　①978-4-575-66476-8
『昇龍の剣　八州廻り浪人奉行』　2011.4
308p　〈『風雲日光道中』（廣済堂出版
2005年刊）の加筆訂正〉
　①978-4-575-66497-3

◇闇斬り同心玄堂異聞

『撃剣復活　闇斬り同心玄堂異聞』

2011.6　288p　〈『必殺情炎剣』（コス
ミック出版2003年刊）の加筆訂正〉
　①978-4-575-66504-8
『凶剣始末　闇斬り同心玄堂異聞』
2011.9　300p　〈『風雪斬鬼剣』（コス
ミック出版2004年刊）の加筆訂正〉
　①978-4-575-66523-9
『剛剣一涙　闇斬り同心玄堂異聞』
2012.2　302p　〈『人情恋慕剣』（コス
ミック出版2004年刊）の加筆訂正〉
　①978-4-575-66544-4
『狼剣勝負　闇斬り同心玄堂異聞』
2012.5　284p　〈『残照恩情剣』（コス
ミック・時代文庫 2004年刊）の改題・
加筆・訂正〉
　①978-4-575-66563-5
『閃剣残情　闇斬り同心玄堂異聞』
2012.11　317p　〈『哀切無情剣』（コス
ミック・時代文庫 2005年刊）の改題・
加筆・訂正〉
　①978-4-575-66588-8

◇真・八州廻り浪人奉行

『誓天の剣　真・八州廻り浪人奉行』
2011.10　310p
　①978-4-575-66528-4
『虹輪の剣　真・八州廻り浪人奉行』
2012.3　323p
　①978-4-575-66550-5
『奇蹟の剣　真・八州廻り浪人奉行』
2012.7　274p
　①978-4-575-66572-7
『蒼空の剣　真・八州廻り浪人奉行』
2012.10　291p
　①978-4-575-66584-0
『宿願の剣　真・八州廻り浪人奉行』
2013.3　289p
　①978-4-575-66605-2
『月下の剣　真・八州廻り浪人奉行』
2013.10　291p
　①978-4-575-66633-5

◇影法師冥府おくり

『父子(おやこ)雨情　影法師冥府おくり』新装版　2014.2　308p〈『影法師冥府葬り』(2007〜2009刊)の改題〉
①978-4-575-66654-0

『夕まぐれの月　影法師冥府おくり』　新装版　2014.3　319p〈『影法師冥府葬り』(2007〜2009刊)の改題〉
①978-4-575-66660-1

『雀の墓　影法師冥府おくり』　新装版　2014.5　325p〈『影法師冥府葬り』(2007〜2009刊)の改題〉
①978-4-575-66669-4

『なみだ雨　影法師冥府おくり』　新装版　2014.8　325p〈『影法師冥府葬り』(2007〜2009刊)の改題〉
①978-4-575-66680-9

『冬の雲　影法師冥府おくり』　新装版　2014.9　349p〈『影法師冥府葬り』(2007〜2009刊)の改題〉
①978-4-575-66687-8

『鶯の声　影法師冥府おくり』　新装版　2014.10　334p〈『影法師冥府葬り』(2007〜2009刊)の改題〉
①978-4-575-66690-8

◇百万両の伊達男

『廓の罠　百万両の伊達男』　2014.11　270p
①978-4-575-66697-7

『落とし前　百万両の伊達男』　2014.12　301p
①978-4-575-66702-8

『雪辱の徒花　百万両の伊達男』　2015.9　279p
①978-4-575-66738-7

『雲隠れ　百万両の伊達男』　2015.10　310p
①978-4-575-66743-1

『横恋慕　百万両の伊達男』　2016.9　287p
①978-4-575-66792-9

文春文庫 (文藝春秋)

◇幕府役人事情

『ちょっと徳右衛門　幕府役人事情』　2014.6　306p
①978-4-16-790120-2

『ありゃ徳右衛門　幕府役人事情』　2014.10　283p
①978-4-16-790216-2

『やれやれ徳右衛門　幕府役人事情』　2015.5　280p
①978-4-16-790364-0

『疑わしき男　浜野徳右衛門　幕府役人事情』　2016.4　271p
①978-4-16-790590-3

『人生胸算用』　2016.1　332p
①978-4-16-790528-6

ベスト時代文庫
(ベストセラーズ)

◇闇刺客御用始末

『天誅！外道狩り　闇刺客御用始末』　2004.12　319p
①4-584-36517-2

『幽霊裁き　闇刺客御用始末』　2005.9　318p
①4-584-36542-3

◇本所見廻り同心

『橋上の決闘　本所見廻り同心』　2006.12　303p
①4-584-36581-4

乾 荘次郎

いぬい・そうじろう

1948〜

徳島県生まれ。早大中退。フリーライターから時代小説作家となる。代表作に「目代出入り衆新十郎事件帖」シリーズがある。

学研M文庫(学研パブリッシング)

◇隠し目付植木屋陣蔵

『隠し目付植木屋陣蔵』 2006.7 253p
 ①4-05-900425-1
『隠し目付植木屋陣蔵 消えた密書状』
 2007.2 276p
 ①978-4-05-900464-6

廣済堂文庫(廣済堂出版)

◇写真師清伍事件帖

『本牧十二天の腕 写真師清伍事件帖 特選時代小説』 2004.9 311p
 ①4-331-61117-5
 〔内容〕本牧十二天の腕, 西ノ橋の法被教会, 異人狩り, 野毛山の浪人
『異人屋敷の遊女 特選時代小説 写真師清伍事件帖 2』 2005.2 277p
 ①4-331-61146-9
 〔内容〕異人屋敷の遊女, 仏蘭西波止場の茶箱, 豚屋火事の骸, 根岸馬駆け場のボウイ

『孤愁の鬼 特選時代小説』 2004.2
 307p
 ①4-331-61068-3

 〔内容〕孤愁の鬼, 路銀, 写真, 扇屋隆斎, 護衛

講談社文庫(講談社)

◇鴉道場日月抄

『妻敵討ち 鴉道場日月抄』 2005.8
 266p
 ①4-06-275172-0
 〔内容〕妻敵討ち, 手負いの鴉, 道場破り, 毒蜘蛛
『夜襲 鴉道場日月抄』 2006.8 284p
 ①4-06-275470-3
 〔内容〕乱気, 夜襲, 捨て子, はぐれ鴉, 油屋久兵衛
『介錯 鴉道場日月抄』 2008.1 293p
 ①978-4-06-275804-8
 〔内容〕蘭学志願, 落魄の剣客, 持参金, 介錯

双葉文庫(双葉社)

『谷中下忍党』 2007.5 287p
 ①978-4-575-66282-5

ベスト時代文庫

(ベストセラーズ)

◇目代出入り衆新十郎事件帖

『消えた手代 目代出入り衆新十郎事件帖』 2006.3 250p
 ①4-584-36554-7
 〔内容〕第1話 強請り, 第2話 消えた手代, 第3話 落ち間, 第4話 買い宿, 第5話 引き込み
『付け火 目代出入り衆新十郎事件帖』
 2006.11 271p
 ①4-584-36578-4
 〔内容〕付け火, 商売敵, 諸色掛, 許婚, 千両箱

『金蔵破り　目代出入り衆新十郎事件帖』
　2007.9　259p
　①978-4-584-36611-0
　〔内容〕針, 拐かし, 金蔵破り, 駆け落ち
『三十間堀の女　目代出入り衆新十郎事件帖』　2008.4　303p
　①978-4-584-36632-5
　〔内容〕偽判, 子供衆太吉, 修行寺, 三十間堀の女

犬飼　六岐
いぬかい・ろっき
1964〜

大阪府生まれ。大阪教育大卒。2000年「筋違い半介」が小説現代新人賞となり、デビュー。「蟖（もぬけ）」で直木賞候補となる。

角川文庫(KADOKAWA)

『神渡し』　2015.12　367p〈角川書店2012年刊の加筆訂正〉
　①978-4-04-103823-9

講談社文庫(講談社)

◇吉岡清三郎貸腕帳

『吉岡清三郎貸腕帳』　2010.7　297p
　①978-4-06-276737-8
　〔内容〕腕の値段, 鬼の道, 守銭奴, 小指貸し, 女殺し, 黄昏の剣客, 二刀の敵
『吉岡清三郎貸腕帳　桜下の決闘』
　2012.11　301p
　①978-4-06-277358-4
　〔内容〕雨の橋詰, 遺恨買い, 芸道無明, 外道狩り, 血の贖い, 懲りない男, 桜下の決闘

『筋違い半介』　2008.12　382p
　①978-4-06-276236-6
　〔内容〕筋違い半介, 死体を背負った男, 牛蒡堂の春, 口増やし, 女難街道, おこう, 村破り
『囲碁小町嫁入り七番勝負』　2013.8　293p
　①978-4-06-277583-0
　〔内容〕花の賭け, 天陰く町, 黙する石, 揺れる星, 神仙でさえ, 朔月の光, 静かな火
『蟖』　2013.12　374p
　①978-4-06-277713-1

実業之日本社文庫(実業之日本社)

『やさぐれ　品川宿悪人往来』　2011.6　357p
　①978-4-408-55038-1
　〔内容〕うわばみ左門, 見返り胡蝶, 物乞い万蔵, 化け入道海鎮, 閻魔の寛十郎, 泣き虫おりく, 三下矢吉

小学館文庫(小学館)

『軍配者天門院』　2001.8　349p
　①4-09-410003-2

祥伝社文庫(祥伝社)

『邪剣　鬼坊主不覚末法帖』　2014.9　410p〈『無双十文字槍』（徳間書店2007年刊）の改題, 加筆・修正〉
　①978-4-396-34068-1
　〔内容〕相対死, 用心棒, 姫街道, 邪剣, 人部薬, 帰郷, 兄弟子, 女地獄, 外伝・淫虫

新潮文庫（新潮社）

『叛旗は胸にありて』　2011.10　391p
　〈文献あり〉
　①978-4-10-136581-7

文春文庫（文藝春秋）

『佐助を討て　真田残党秘録』　2015.9
　300p
　①978-4-16-790444-9
　〔内容〕悪夢の猿, 消える月, 煌めく霧, 誘う
　　雪, 群がる罠, 毒と毒, 闇の果て

井上 登貴
いのうえ・とき

兵庫県出身。甲南大卒。井上登紀子名
義で脚本・戯曲・構成などを執筆。『母
子飴 泣きの信吉かわら版』で小説家と
してもデビュー。

学研M文庫（学研パブリッシング）

『母子飴　泣きの信吉かわら版』　2013.2
　278p〈発売：学研マーケティング〉
　①978-4-05-900808-8
　〔内容〕母子飴, 美人番付, 子想い風鈴

井ノ部 康之
いのべ・やすゆき
1940～

福井県生まれ。東北大卒。テレビの構
成作家を経て、小説家となる。代表作
に千家三部作「千家再興」「千家奔流」
「千家分流」など。

小学館文庫（小学館）

『利休遺偈』　2005.5　347p
　①4-09-408039-2
『琵琶湖炎上』　2009.1　424p〈文献あ
　り〉
　①978-4-09-408343-9
『大仏殿炎上』　2010.3　458p
　①978-4-09-408482-5

中公文庫（中央公論新社）

『千家再興』　2012.2　307p
　①978-4-12-205605-3

伊吹 隆志
いぶき・たかし
1973～

千葉県生まれ。東邦大卒。ネットワークエンジニアを経て、「鳳凰の珠/満願丹」で作家デビュー。

ベスト時代文庫
（ベストセラーズ）

『河の童（こ）　あいぼ捕物帖』　2009.6
286p
①978-4-584-36661-5
〔内容〕河の童, 水紋の鍔

今井 絵美子
いまい・えみこ
1945～

広島県生まれ。成城大卒。画廊経営の傍ら、時代小説作家としてデビュー。代表作に「立場茶屋おりき」シリーズなど。

角川文庫（KADOKAWA）

◇髪ゆい猫字屋繁盛記

『忘れ扇　髪ゆい猫字屋繁盛記』　2013.
12　299p
①978-4-04-101136-2
〔内容〕帚木, 忘れ扇, 色なき風, 走り星
『寒紅梅　髪ゆい猫字屋繁盛記』　2014.3
298p

①978-4-04-101272-7
〔内容〕初嵐, かまいたち―瑞泉の恋, 寒紅梅, 凍鶴
『十六年待って　髪ゆい猫字屋繁盛記』
2014.8　296p
①978-4-04-101438-7
〔内容〕初花, 十六年待って, 春の雷, 卯の花腐し
『望の夜　髪ゆい猫字屋繁盛記』　2014.
12　303p
①978-4-04-102492-8
〔内容〕梅雨の月, 木の晩, 草の息, 望の夜
『赤まんま　髪ゆい猫字屋繁盛記』
2015.4　303p
①978-4-04-102491-1
〔内容〕秋麗, 山女, 赤まんま, 神渡し
『霜しずく　髪ゆい猫字屋繁盛記』
2015.11　289p
①978-4-04-102494-2
〔内容〕霜しずく, 寒の雨, 寒四郎, 雪しまき

◇照降町自身番書役日誌

『雁渡り　照降町自身番書役日誌』
2014.5　316p〈廣済堂文庫 2006年刊の再刊〉
①978-4-04-101392-2
〔内容〕雁渡り, あんちゃん, 猫字屋, かへり梅雨, 声
『寒雀　照降町自身番書役日誌』　2014.7
317p〈廣済堂文庫 2007年刊の再刊〉
①978-4-04-101390-8
〔内容〕後の月, ででふく, 大風のあと, 寒雀
『虎落笛　照降町自身番書役日誌』
2014.9　301p〈廣済堂文庫 2008年刊の再刊〉
①978-4-04-101391-5
〔内容〕霊迎え, 竈馬の秋, 虎落笛, 小夜しぐれ
『夜半の春　照降町自身番書役日誌』
2014.11　287p〈廣済堂文庫 2008年刊の再刊〉
①978-4-04-101389-2
〔内容〕夜半の春, 遠雷, つくしこひし人恋し, 残りの菊

今井絵美子

『雲雀野　照降町自身番書役日誌』
　2015.1　298p〈廣済堂文庫 2011年刊の
　再刊〉
　①978-4-04-101393-9
　〔内容〕寒月, お帰り, あんちゃん, 絲遊, 雲
　雀野

廣済堂文庫（廣済堂出版）

◇照降町自身番書役日誌

『雁渡り　照降町自身番書役日誌　特選時
　代小説』　2006.8　303p
　①4-331-61238-4
　〔内容〕雁渡り, あんちゃん, 猫字屋, かへり
　梅雨, 声
『寒雀　照降町自身番書役日誌　特選時代
　小説』　2007.4　316p
　①978-4-331-61273-6
『虎落笛　照降町自身番書役日誌　特選時
　代小説』　2008.2　290p
　①978-4-331-61314-6
　〔内容〕霊迎え, 竈馬の秋, 虎落笛, 小夜しぐれ
『夜半の春　照降町自身番書役日誌　特選
　時代小説』　2008.4　282p
　①978-4-331-61324-5
　〔内容〕夜半の春, 遠雷, つくしこひし人恋し,
　残りの菊
『雲雀野　照降町自身番書役日誌　特選時
　代小説』　2011.2　287p
　①978-4-331-61420-4
　〔内容〕寒月, お帰り, あんちゃん, 絲遊, 雲
　雀野

祥伝社文庫（祥伝社）

◇便り屋お葉日月抄

『夢おくり　長編時代小説　便り屋お葉日
　月抄』　2009.10　309p

　①978-4-396-33539-7
『泣きぼくろ　便り屋お葉日月抄　2』
　2011.4　309p
　①978-4-396-33667-7
　〔内容〕刺青, 冬草, 恋猫, 花の雨, 泣きぼくろ
『なごり月　便り屋お葉日月抄　3』
　2011.12　306p
　①978-4-396-33729-2
　〔内容〕あ・い・た・い, なごり月, 千草の花,
　しぐれ傘
『雪の声　書下ろし　便り屋お葉日月抄
　4』　2012.12　288p
　①978-4-396-33808-4
　〔内容〕凍蝶, 雪の声, 藪入り, 草おぼろ
『花筏　書下ろし　便り屋お葉日月抄　5』
　2013.4　293p
　①978-4-396-33837-4
　〔内容〕流し雛, 花筏, 面影草, 落とし文
『紅染月　便り屋お葉日月抄　6』　2013.
　12　290p
　①978-4-396-33896-1
　〔内容〕霊迎え, 紅染月, ががんぼ, 菊の露
『木の実雨　便り屋お葉日月抄　7』
　2014.9　284p
　①978-4-396-34067-4
　〔内容〕木の実雨, 花かんざし, 去年今年, 春襲
『眠れる花　便り屋お葉日月抄　8』
　2014.12　290p
　①978-4-396-34086-5
　〔内容〕枝垂れ梅, 千金の夜, 眠れる花, 優曇華
『忘憂草　便り屋お葉日月抄　9』　2015.
　12　288p
　①978-4-396-34170-1
　〔内容〕花卯木, はたた神, 忘憂草, 雁が音

徳間文庫（徳間書店）

◇夢草紙人情ひぐらし店

『暮れがたき　夢草紙人情ひぐらし店』
　2008.8　350p

今井絵美子

①978-4-19-892827-8
〔内容〕節分草, 山ほととぎす, 梅雨の子別れ, まひまひ, 夕蜩

『恋しい　夢草紙人情ひぐらし店』
2009.5　347p
①978-4-19-892969-5
〔内容〕愛しき者へ, おほつごもり, 冴ゆる月, 恋しい, 水月

◇夢草紙人情おかんケ茶屋

『夢草紙人情おかんケ茶屋』　2012.4　308p
①978-4-19-893527-6
〔内容〕こうもり, 夜の秋, つづりさせ, 鬼の捨子

『縁の糸　夢草紙人情おかんケ茶屋』
2012.7　301p
①978-4-19-893572-6
〔内容〕霜夜, 冬の月, 縁の糸, 思羽

『今夜だけ　夢草紙人情おかんケ茶屋』
2013.1　298p
①978-4-19-893644-0
〔内容〕今夜だけ, 春告草, 花の寺, 行く春に

『夏花　夢草紙人情おかんケ茶屋』
2013.9　298p
①978-4-19-893736-2
〔内容〕風の香, 夏花, 巴旦杏, ふた星

『うつし花　夢草紙人情おかんケ茶屋』
2014.7　283p
①978-4-19-893853-6
〔内容〕芝蘭, うつし花, 穴惑い, 百舌鳥の贄

『雪まろげ　夢草紙人情おかんケ茶屋』
2015.9　308p
①978-4-19-894008-9
〔内容〕霙る, 雪まろげ, 麦の芽, 熱き涙

『優しい嘘　夢草紙人情おかんケ茶屋　徳間時代小説文庫』　2016.10　308p
①978-4-19-894152-9
〔内容〕春日茶寮, 優しい嘘, 春夜に想う, おまえと共に

『儚月』　2007.12　331p
①978-4-19-892700-4
〔内容〕小日向源伍の終わらない夏, 儚月, 愚かもん, 捨てた女, あの橋を渡って

『夢の夢こそ』　2015.3　332p
①978-4-19-893946-5
〔内容〕その名はお夕, 蟲しぐれ, 片時雨, かんざし灯籠, 秋意, 浮き寝鳥, 女夫星, 夢の夢こそ

ハルキ文庫（角川春樹事務所）

◇立場茶屋おりき

『さくら舞う　立場茶屋おりき　時代小説文庫』　2006.11　265p
①4-7584-3261-9
〔内容〕さくら舞う, 涙橋, 明日くる客, 秋の別, 侘助

『行合橋　立場茶屋おりき　時代小説文庫』　2007.9　269p
①978-4-7584-3307-5
〔内容〕はまゆう, 行合橋, 秋の果て, 名草の芽, 別れ霜

『秋の蝶　立場茶屋おりき　時代小説文庫』　2008.4　271p
①978-4-7584-3330-3
〔内容〕秋の蝶, 星月夜, 福寿草, 雛の燭, 海を渡る風

『月影の舞　立場茶屋おりき　時代小説文庫』　2009.1　271p
①978-4-7584-3390-7
〔内容〕雨安居, 月影の舞, 秋の夕, 散紅葉, 風花

『秋螢　立場茶屋おりき　時代小説文庫』　2009.8　262p
①978-4-7584-3425-6
〔内容〕草萌, 海に帰る, 白き花によせて, 契り, 秋螢

『忘れ雪　立場茶屋おりき　時代小説文

今井絵美子

庫』 2010.10 264p
①978-4-7584-3505-5
〔内容〕忘れ雪, 春の雨, 梅雨の宿, 夕蜩, 今日の秋

『若菜摘み 立場茶屋おりき 時代小説文庫』 2011.5 285p
①978-4-7584-3550-5
〔内容〕秋ついり, 籠の菊, 初明かり, 若菜摘み

『母子草 立場茶屋おりき 時代小説文庫』 2011.8 280p
①978-4-7584-3582-6
〔内容〕母子草, 斑猫, 藤の雨, 蛇苺

『願の糸 立場茶屋おりき 時代小説文庫』 2011.12 291p
①978-4-7584-3618-2
〔内容〕願の糸, 夏の果, 走り蕎麦, 柳散る

『雪割草 立場茶屋おりき 時代小説文庫』 2012.3 294p
①978-4-7584-3642-7
〔内容〕石蕗の花, 雪割草, 花冷え, 春告鳥

『虎が雨 立場茶屋おりき 時代小説文庫』 2012.6 290p
①978-4-7584-3664-9
〔内容〕暮れかぬる, 六日の菖蒲, 虎が雨, 青嵐

『こぼれ萩 立場茶屋おりき 時代小説文庫』 2012.9 290p
①978-4-7584-3684-7
〔内容〕芙蓉の涙, こぼれ萩, 色鳥, 夕紅葉

『泣きのお銀 立場茶屋おりき 時代小説文庫』 2012.12 294p
①978-4-7584-3705-9
〔内容〕泣きのお銀, 涙の星, 哀れ雪, 妻恋

『品の月 立場茶屋おりき 時代小説文庫』 2013.3 290p
①978-4-7584-3721-9
〔内容〕春ゆうべ, 鳥雲に, 春の霜, 品の月

『極楽日和 立場茶屋おりき 時代小説文庫』 2013.7 284p
①978-4-7584-3751-6
〔内容〕極楽日和, 茅の輪くぐり, あやめ草, 雨の月

『凛として 立場茶屋おりき 時代小説文庫』 2013.10 282p
①978-4-7584-3777-6
〔内容〕凛として, 紫苑に降る雨, 雪見月, 霜の声

『花かがり 立場茶屋おりき 時代小説文庫』 2014.3 280p
①978-4-7584-3808-7
〔内容〕嫁が君, 鬼やらひ, 花籤, 堅香子の花

『君影草 立場茶屋おりき 時代小説文庫』 2014.6 280p
①978-4-7584-3827-8
〔内容〕茅花流し, ひと夜の螢, 君影草, 夕虹

『指切り 立場茶屋おりき 時代小説文庫』 2014.10 282p
①978-4-7584-3850-6
〔内容〕掌の月, 指切り, 紅葉の舟, 冬惑ひ

『由縁（ゆかり）の月 立場茶屋おりき 時代小説文庫』 2015.3 283p
①978-4-7584-3880-3
〔内容〕由縁の月, 初扇, はかな雪, 春疾風

『佐保姫 立場茶屋おりき 時代小説文庫』 2015.6 283p
①978-4-7584-3907-7
〔内容〕佐保姫, えにし蕎麦, いとくり草, 空蝉

『一流の客 立場茶屋おりき 時代小説文庫』 2015.10 275p
①978-4-7584-3950-3
〔内容〕名残の扇, 一流の客, 残る秋, 巳待ち

『すみれ野 立場茶屋おりき 時代小説文庫』 2016.3 276p
①978-4-7584-3985-5
〔内容〕冬濤, 夕顔忌, 鶯姫, すみれ野

『幸せのかたち 立場茶屋おりき 時代小説文庫』 2016.6 277p
①978-4-7584-4005-9
〔内容〕葉桜の頃, 十一, 幸せのかたち, 河鹿宿

『永遠（とわ）に 立場茶屋おりき 時代小説文庫』 2016.8 283p
①978-4-7584-4021-9
〔内容〕木染月, 秋の行方, 蜜柑, 永遠に

◇出入師夢之丞覚書

『母子燕　出入師夢之丞覚書　時代小説文庫』　2007.11　280p
　①978-4-7584-3314-3
　〔内容〕昔の男, 秋に入る, 橋を渡る日, 氷雨, 母子燕

『星の契　出入師夢之丞覚書　時代小説文庫』　2008.10　273p
　①978-4-7584-3371-6
　〔内容〕麦雨, 狐の嫁入り, 星の契, 夏の果て, 名こそ惜しけり

『梅の香　出入師夢之丞覚書　時代小説文庫』　2010.4　260p
　①978-4-7584-3466-9
　〔内容〕雪螢, 冴ゆる夜, 梅の香, 春の愁

『鷺の墓　時代小説文庫』　2005.6　253p
　①4-7584-3176-0
　〔内容〕鷺の墓, 空豆, 無花果, 朝露に濡れて, 秋の食客, 逃げ水

『雀のお宿　時代小説文庫』　2006.4　309p
　①4-7584-3223-6
　〔内容〕雀のお宿, やさしい男, うずみ, 孤走, 若水

『花あらし　時代小説文庫』　2007.6　265p
　①978-4-7584-3293-1
　〔内容〕いざよふ月, 平左日う, 花あらし, 水魚のごとく, 椿落つ

『蘇鉄の女（ひと）　時代小説文庫』　2008.6　255p〈『蘇鉄のひと玉蘊』（郁朋社2002年刊）の増訂〉
　①978-4-7584-3346-4
　〔内容〕蘇鉄の庭, 出逢い, 運命のひと, 京へ, 溽暑, 噂, 水鶏, 狂蝶浪蜂, 古鏡, 蘭竹のひと, 水の如し

『美作の風　時代小説文庫』　2012.8　342p〈文献あり〉
　①978-4-7584-3678-6

双葉文庫（双葉社）

◇すこくろ幽斎診療記

『寒さ橋　すこくろ幽斎診療記』　2010.2　313p
　①978-4-575-66433-1
　〔内容〕寒さ橋, さくら芽吹きし頃, 朧夜, 暮の春, 花卯つ木

『梅雨の雷　すこくろ幽斎診療記』　2010.7　317p
　①978-4-575-66455-3
　〔内容〕梅雨の雷, 露草の章, 荻の声, 草の実, 親子草

『麦笛　すこくろ幽斎診療記』　2011.9　298p
　①978-4-575-66524-6
　〔内容〕白魚火, 春霰, 暮れかぬる, 麦笛

『きっと忘れない　すこくろ幽斎診療記』　2013.6　297p
　①978-4-575-66617-5
　〔内容〕きっと忘れない, 水恋鳥, 秋の声, 十日の菊

『秋暮るる　すこくろ幽斎診療記』　2014.1　293p
　①978-4-575-66649-6
　〔内容〕秋暮るる, 守り子唄, 粉雪舞う, 冬の嵐

『青き踏む　すこくろ幽斎診療記』　2014.4　290p
　①978-4-575-66665-6
　〔内容〕里下り, 寒螢, 青き踏む, 人殺し

『親鳥子鳥　すこくろ幽斎診療記』　2015.2　296p
　①978-4-575-66711-0
　〔内容〕春深し, 葎の宿, 秘密, 親鳥子鳥

『泣くにはよい日和　すこくろ幽斎診療記』　2016.2　291p
　①978-4-575-66764-6
　〔内容〕一葉落つ, 霧の海, 秋すさぶ, 泣くにはよい日和

入江 棗

いりえ・なつめ

東京出身。「榎本事務所」に所属して作家として活躍。時代小説の作品に「おんな瓦版うさ屋千里の事件帖」など。

だいわ文庫（大和書房）

◇おんな瓦版うさ屋千里の事件帖

『茶屋娘　おんな瓦版うさ屋千里の事件帖』　2015.6　253p
①978-4-479-30541-5

『浪花男　おんな瓦版うさ屋千里の事件帖』　2015.10　254p
①978-4-479-30561-3

富士見新時代小説文庫（KADOKAWA）

◇花歌舞伎双紙

『夏朝顔　花歌舞伎双紙』　2013.12　250p
①978-4-04-712988-7

『千本桜　花歌舞伎双紙』　2014.2　254p
①978-4-04-070029-8

『あづま橋髪結い事始』　2014.12　249p
①978-4-04-070367-1

岩井 三四二

いわい・みよじ

1958～

岐阜県生まれ。一橋大卒。1998年「纂奪者」で歴史群像大賞を受賞。他に「月ノ浦惣庄公事置書」「村を助くは誰ぞ」「城は踊る」など。

学研M文庫（学研パブリッシング）

『斎藤道三　兵は詭道なり　1』　2001.11　365p〈『纂奪者』（1999年刊）の増訂　背・表紙のタイトル：斉藤道三〉
①4-05-900091-4

『斎藤道三　兵は詭道なり　2』　2001.12　377p〈背・表紙のタイトル：斉藤道三〉
①4-05-900092-2

『斎藤道三　兵は詭道なり　3』　2002.1　365p〈背・表紙のタイトル：斉藤道三〉
①4-05-900093-0

『天を食む者　斎藤道三　上』　2014.4　385p〈『斎藤道三 1～3』（学研 2001～2002年刊）の改題、改稿　発売：学研マーケティング〉
①978-4-05-900879-8

『天を食む者　斎藤道三　下』　2014.4　397p〈『斎藤道三 1～3』（学研 2001～2002年刊）の改題、改稿　発売：学研マーケティング〉
①978-4-05-900880-4

角川文庫（KADOKAWA）

『亀井琉球守』　2010.12　396p〈『琉球は夢にて候』（2006年刊）の改題　文献あり　発売：角川グループパブリッシング〉
①978-4-04-394394-4

『城は踊る』　2012.12　391p〈角川学芸
　出版 2010年刊の加筆・修正　発売：角
　川グループパブリッシング〉
　①978-4-04-100612-2
『理屈が通らねえ』　2013.3　373p〈角川
　学芸出版 2009年刊の加筆・修正　文献
　あり　発売：角川グループパブリッシ
　ング〉
　①978-4-04-100746-4
　〔内容〕山を測れば，算法合戦，賭けに勝つに
　　は，渡世人の算法，まるく，まるく，虫食
　　い算を解く娘，ぶった切りの明日，水争い，
　　十字環の謎

講談社文庫（講談社）

『逆ろうて候』　2007.8　477p〈『浪々を
　選びて候』（2003年刊）の増訂〉
　①978-4-06-275725-6
『戦国連歌師』　2008.3　330p〈『連歌師
　幽艶行』（2002年刊）の改訂〉
　①978-4-06-275991-5
　〔内容〕尾張の虎，竜宮の太刀，たぎつ瀬の，
　　おどらばおどれ，散らし書き，女曲舞，あ
　　るじ忘れぬ，富士を仰ぐ
『銀閣建立』　2008.12　387p
　①978-4-06-276194-9
『竹千代を盗め』　2009.7　360p〈文献あ
　り〉
　①978-4-06-276370-7
『村を助くは誰ぞ』　2010.5　356p〈新人
　物往来社2004年刊の加筆修正　文献あ
　り〉
　①978-4-06-276624-1
　〔内容〕那古屋小判金，奇妙な密使，天照大神
　　宮へ寄進奉る，村を助くは誰ぞ，待ちわび
　　て，帰蝶
『一所懸命』　2012.2　308p
　①978-4-06-277189-4
　〔内容〕魚棚小町の婿，八風越え，一所懸命，渡
　　れない川，一陽来復，となりのお公家さん
『鬼弾　鹿王丸，翔ぶ』　2013.1　413p

〈『鹿王丸、翔ぶ』（2010年刊）の改題〉
　①978-4-06-277454-3

光文社文庫（光文社）

『難儀でござる〔光文社時代小説文庫〕』
　2009.3　340p
　①978-4-334-74555-4
　〔内容〕二千人返せ，しょんべん小僧竹千代，
　　信長を口説く七つの方法，守ってあげたい，
　　山を返せ，羽根をください，一句，言うて
　　みい，蛍と呼ぶな
『たいがいにせえ〔光文社時代小説文庫〕』
　2010.3　304p
　①978-4-334-74752-7
　〔内容〕祇園祭に連れてって，一刻は千年，太
　　平寺殿のふしぎなる御くわだて，信長の逃
　　げ道，バテレン船は沖を漕ぐ，あまのかけ
　　橋ふみならし，迷惑太閤記
『はて，面妖〔光文社時代小説文庫〕』
　2011.2　301p
　①978-4-334-74913-2
　〔内容〕花洛尽をあの人に，地いくさの星，善
　　住坊の迷い，母の覚悟，松山城を守れ，修
　　理亮の本懐，人を呪わば穴ひとつ
『おくうたま　長編時代小説』　2013.7
　469p
　①978-4-334-76599-6
『光秀曜変　長編時代小説』　2015.7
　458p
　①978-4-334-76943-7

実業之日本社文庫

（実業之日本社）

『霧の城』　2014.8　405p
　①978-4-408-55178-4

集英社文庫（集英社）

『清佑、ただいま在庄』　2010.9　349p
　①978-4-08-746615-7
『むつかしきこと承り候　公事指南控帳』
　2015.12　317p
　①978-4-08-745395-9
　〔内容〕不義密通法度の裏道, 白洲で晴らすは鰻の恨み, 下総茶屋合戦, 漆の微笑, 呪い殺し冥土の人形, 内藤新宿偽の分散, 根付探し娘闇夜の道行

新人物文庫（新人物往来社）

『悪党の戦旗　嘉吉の乱始末』　2009.10
　414p　〈文献あり〉
　①978-4-404-03756-5

日経文芸文庫

（日本経済新聞出版社）

『悪党の戦旗　嘉吉の乱始末』　2014.6
　421p　〈新人物文庫 2009年刊の再刊
　文献あり〉
　①978-4-532-28038-3

PHP文芸文庫（PHP研究所）

『とまどい関ケ原』　2013.5　348p
　①978-4-569-67992-1
　〔内容〕大根を売る武者, 百尺竿頭に立つ, 松の丸燃ゆ, 日本一幸運な城の話, 草の靡き, すべては狂言, 敵はいずこに, 十九歳のとまどい
『あるじは信長』　2014.3　346p
　①978-4-569-76158-9
　〔内容〕頼うだるお方―近習佐々内蔵助, 牛頭天王の借銭―神主氷室兵部, 右筆の合戦―右筆楠木長譜, 桶狭間ふたたび―武将別

喜右近, 天下を寝取る―同朋衆住阿弥, 出世相撲―御小人大唐, たわけに候―近習猪子兵助, 裏切り御免―旗本阿閉貞征

『あるじは秀吉』　2014.5　332p
　①978-4-569-76195-4
　〔内容〕弥助は藤吉郎に馬を貸した, 坪内喜太郎は藤吉郎をはじめての主と仰いだ, 加藤虎之助は秀吉に侍奉公の勘どころを見た, 堀尾茂助は秀吉に鬼とよばれた, 蜂須賀小六は秀吉をどだわけと叱った, 神子田半左衛門は秀吉を臆病者とののしった, 小西行長は太閤さまの真意をさとった

『あるじは家康』　2014.7　289p
　①978-4-569-76207-4
　〔内容〕粗忽者―石川数正, 勇者―蜂屋半之丞, 裏切者―奥平九八郎, 有徳者―茶屋四郎次郎, 親族者―松平家忠, 異国者―ウィリアム・アダムス, 忠義者―大久保忠隣

文春文庫（文藝春秋）

『月ノ浦惣庄公事置書』　2006.4　324p
　①4-16-767982-5
『十楽の夢』　2007.9　638p
　①978-4-16-771742-1
『大明国へ、参りまする』　2009.12
　515p　〈文献あり〉
　①978-4-16-777336-6
『踊る陰陽師　山科卿醒笑譚』　2010.7
　318p
　①978-4-16-777385-4
　〔内容〕踊る陰陽師, 日本一の女曲舞, 雑色小五郎の逆襲, 鞠を高く蹴りあげよ, 天下無敵のだんまり侍
『一手千両　なにわ堂島米合戦』　2011.
　10　418p　〈文献あり〉
　①978-4-16-780153-3
『崖っぷち侍』　2015.3　354p　〈『江戸へ吹く風』（2012年刊）の改題〉
　①978-4-16-790319-0

岩切 正吾
いわきり・しょうご

鹿児島県生まれ。週刊誌記者などを経て、小説家となる。太佐順の名義でも執筆。

双葉文庫 (双葉社)

『仇討ち橋　大石兵六勤番江戸暦』
2005.5　286p
①4-575-66202-X

宇江佐 真理
うえざ・まり

1949〜2015

北海道生まれ。函館大谷女子短大卒。1995年「幻の声」でオール読物新人賞を受賞、以後「髪結い伊三次捕物余話」シリーズで人気作家となった。

朝日文庫 (朝日新聞出版)

『憂き世店　松前藩士物語』　2007.10
313p
①978-4-02-264418-3

角川文庫 (KADOKAWA)

『雷桜』　2004.2　383p
①4-04-373901-X
『三日月が円くなるまで　小十郎始末記』
2008.12　308p〈発売：角川グループパブリッシング〉

①978-4-04-373902-8
『通りゃんせ』　2013.12　389p〈角川書店 2010刊の再刊　文献あり〉
①978-4-04-101140-9
『夕映え　上』　2014.3　311p〈ハルキ文庫 2010刊の再刊　文献あり〉
①978-4-04-101270-3
『夕映え　下』　2014.3　286p〈ハルキ文庫 2010刊の再刊　文献あり〉
①978-4-04-101271-0
『昨日みた夢　口入れ屋おふく』　2016.10　350p
①978-4-04-104894-8
〔内容〕慶長笹書大判, 粒々辛苦, 座頭の気持ち, 名医, 三日月, 昨日みた夢, 秋の朝顔

幻冬舎文庫 (幻冬舎)

『銀の雨　堪忍旦那為後勘八郎』　2001.8
326p
①4-344-40135-2
〔内容〕その角を曲がって, 犬嫌い, 魚棄てる女, 松風, 銀の雨
『玄冶店の女』　2007.8　347p
①978-4-344-40985-9
〔内容〕玄冶店, 虫籠窓, 鈴虫, 残菊, ゆず湯, 女正月, 如月, 桜雨
『恋いちもんめ』　2008.6　317p
①978-4-344-41135-7
〔内容〕呼ぶ子鳥, 忍び音, 薄羽かげろう, つのる想い, 未練の狐, 花いかだ

講談社文庫 (講談社)

◇泣きの銀次

『泣きの銀次』　2000.12　307p
①4-06-273037-5
『晩鐘　続・泣きの銀次』　2010.12　357p
①978-4-06-276795-8

〔内容〕十年の後、もらい泣き、ささのつゆ、つくり笑い、裏切り、逆恨み、冬の月、晩鐘

『泣きの銀次 虚ろ舟 3之章』 2013.4 341p
①978-4-06-277521-2

『室の梅 おろく医者覚え帖』 2001.9 279p
①4-06-273245-9
〔内容〕おろく医者、おろく早見帖、山くじら、室の梅

『涙堂 琴女癸酉日記』 2005.8 314p
①4-06-275016-3
〔内容〕白蛇騒動、近星、魑魅魍魎、笑い般若、土中の鯉、涙堂

『あやめ横丁の人々』 2006.3 469p
①4-06-275333-2
〔内容〕あめふりのにわっとり、ほめきざかり、ぽっとり新造、半夏生、雷の病、あさがら婆、そっと申せばぎゃっと申す、おっこちきる、あとみよそわか、六段目

『卵のふわふわ 八丁堀喰い物草紙・江戸前でもなし』 2007.7 312p
①978-4-06-275779-9
〔内容〕秘伝 黄身返し卵、美艶 淡雪豆腐、酔余 水雑炊、涼味 心太、安堵 卵のふわふわ、珍味 ちょろぎ

『アラミスと呼ばれた女』 2009.4 341p
〈文献あり〉
①978-4-06-276270-0

『富子すきすき』 2012.3 330p
①978-4-06-277225-9
〔内容〕藤太の帯、堀留の家、富子すきすき、おいらの姉さん、面影ほろり、びんしけん

光文社文庫（光文社）

『甘露梅 お針子おとせ吉原春秋』 2004.6 284p
①4-334-73703-X
〔内容〕仲ノ町・夜桜、甘露梅、夏しぐれ、後の月、くくり猿、仮宅・雪景色

『ひょうたん〔光文社時代小説文庫〕』 2009.3 296p
①978-4-334-74554-7
〔内容〕織部の茶碗、ひょうたん、そぼろ助広、びいどろ玉簪、招き猫、貧乏徳利

『彼岸花〔光文社時代小説文庫〕』 2011.8 309p
①978-4-334-74912-5
〔内容〕つうさんの家、おいらのツケ、あんがと、彼岸花、野紺菊、振り向かないで

『夜鳴きめし屋』 2014.9 325p
①978-4-334-76809-6
〔内容〕夜鳴きめし屋、五間堀の雨、深川晶屓、鰯三昧、秋の花、鐘が鳴る

実業之日本社文庫（実業之日本社）

『おはぐろとんぼ 江戸人情堀物語』 2011.4 329p
①978-4-408-55032-9
〔内容〕ため息はつかない―薬研堀、裾継―油堀、おはぐろとんぼ―稲荷堀、日向雪―源兵衛堀、御厩河岸の向こう―夢堀、隠善資正の娘―八丁堀

『酒田さ行ぐさげ 日本橋人情横丁』 2014.8 312p
①978-4-408-55179-1
〔内容〕浜町河岸夕景、桜になびく、隣りの聖人、花屋の柳、松葉緑、酒田さ行ぐさげ

集英社文庫（集英社）

『深川恋物語』 2002.7 306p
①4-08-747463-1
〔内容〕下駄屋おけい、がたくり橋は渡らない、凩、凧、揚がれ、さびしい水音、仙台堀、狐拳

『斬られ権佐』 2005.4 307p
①4-08-747809-2

〔内容〕斬られ権佐, 流れ灌頂, 赤縄, 下弦の月, 温, 六根清浄

『聞き屋与平　江戸夜咄草』　2009.7　313p
①978-4-08-746456-6
〔内容〕聞き屋与平, どくだみ, 雑踏, 開運大勝利丸, とんとんとん, 夜半の霜

『なでしこ御用帖』　2012.9　318p
①978-4-08-746879-3
〔内容〕八丁堀のなでしこ, 養生所の桜草, 路地のあじさい, 吾亦紅さみし, 寒夜のつわぶき, 花咲き小町

『糸車』　2016.1　291p
①978-4-08-745402-4
〔内容〕切り貼りの月, 青梅雨, 釣忍, 疑惑, 秋明菊, 糸車

小学館文庫（小学館）

『寂しい写楽』　2013.2　314p〈2009年刊の加筆　文献あり〉
①978-4-09-408797-0

祥伝社文庫（祥伝社）

◇なくて七癖あって四十八癖

『ほら吹き茂平　なくて七癖あって四十八癖』　2013.7　309p
①978-4-396-33862-6
〔内容〕ほら吹き茂平, 千寿庵つれづれ, 金棒引き, せっかち丹治, 妻恋村から, 律儀な男

『高砂　なくて七癖あって四十八癖』　2016.4　315p
①978-4-396-34205-0
〔内容〕夫婦茶碗, ぼたん雪, どんつく, 女丈夫, 灸花, 高砂

『おぅねぇすてぃ　長編時代小説』　2004.4　296p
①4-396-33160-6

『十日えびす　時代小説』　2010.4　319p
①978-4-396-33569-4
〔内容〕弥生ついたち, 五月闇, 生々流転, 影法師, おたまり小法師, 十日えびす

新潮文庫（新潮社）

『春風ぞ吹く　代書屋五郎太参る』　2003.10　349p
①4-10-119921-3
〔内容〕月に祈りを, 赤い簪, 捨てかねて, 魚族の夜空, 千もの言葉より, 春風ぞ吹く

『深尾くれない』　2005.10　446p
①4-10-119922-1

『無事, これ名馬』　2008.5　335p
①978-4-10-119923-8
〔内容〕好きよたろちゃん, すべった転んだ湊かんだ, つねりゃ紫喰いつきゃ紅よ, ざまァかんかん, 雀放生, 無事, これ名馬

『おぅねぇすてぃ』　2010.5　326p〈文献あり〉
①978-4-10-119924-5
〔内容〕可否, おぅねぇすてぃ, 明の流れ星, 薔薇の花簪, 慕情, 東京繁栄毬唄

『深川にゃんにゃん横丁』　2011.3　329p
①978-4-10-119925-2
〔内容〕ちゃん, 恩返し, 菩薩, 雀, 蛤になる, 香箱を作る, そんな仕儀

『古手屋喜十為事覚え』　2014.3　318p
①978-4-10-119926-9
〔内容〕古手屋喜十, 蝦夷錦, 仮宅, 寒夜, 小春の一件, 糸桜

『雪まろげ　古手屋喜十為事覚え』　2016.5　319p〈文献あり〉
①978-4-10-119927-6
〔内容〕落ち葉踏み締める, 雪まろげ, 紅唐桟, こぎん, 鬼, 再びの秋

宇江佐真理

徳間文庫（徳間書店）

『おちゃっぴい　江戸前浮世気質』
　　2003.5　311p
　　Ⓘ4–19–891880–5
　　〔内容〕町入能, おちゃっぴい, れていても, 概ね, よい女房, 驚きの, また喜びの, あんちゃん

『神田堀八つ下がり　河岸の夕映え』
　　2005.6　359p
　　Ⓘ4–19–892254–3
　　〔内容〕どやの嬶—御厩河岸, 浮かれ節—竃河岸, 身は姫じゃ—佐久間河岸, 百舌—本所・一ツ目河岸, 愛想づかし—行徳河岸, 神田堀八つ下がり—浜町河岸

ハルキ文庫（角川春樹事務所）

『夕映え　上　時代小説文庫』　　2010.6
　　282p〈文献あり〉
　　Ⓘ978–4–7584–3479–9
『夕映え　下　時代小説文庫』　　2010.6
　　261p〈文献あり〉
　　Ⓘ978–4–7584–3480–5

文春文庫（文藝春秋）

◇髪結い伊三次捕物余話

『幻の声　髪結い伊三次捕物余話』
　　2000.4　276p
　　Ⓘ4–16–764001–5
　　〔内容〕幻の声, 暁の雲, 赤い闇, 備後表, 星の降る夜

『紫紺のつばめ　髪結い伊三次捕物余話』
　　2002.1　305p
　　Ⓘ4–16–764002–3

『さらば深川　髪結い伊三次捕物余話』
　　2003.4　363p
　　Ⓘ4–16–764003–1

　　〔内容〕因果堀, ただ遠い空, 竹とんぼ, ひらりと飛べ, 護持院ケ原, さらば深川

『さんだらぼっち　髪結い伊三次捕物余話』　　2005.2　287p
　　Ⓘ4–16–764005–8
　　〔内容〕鬼の通る道, 爪紅, さんだらぼっち, ほがらほがらと照る陽射し, 時雨てよ

『黒く塗れ　髪結い伊三次捕物余話』
　　2006.9　350p
　　Ⓘ4–16–764006–6
　　〔内容〕蓮華往生, 畏れ入谷の, 夢おぼろ, 月に霞はどでごんす, 黒く塗れ, 慈雨

『君を乗せる舟　髪結い伊三次捕物余話』
　　2008.1　331p
　　Ⓘ978–4–16–764008–8
　　〔内容〕妖刀, 小春日和, 八丁堀純情派, おんころころ…, その道行き止まり, 君を乗せる舟

『雨を見たか　髪結い伊三次捕物余話』
　　2009.8　303p
　　Ⓘ978–4–16–764010–1
　　〔内容〕薄氷, 惜春鳥, おれの話を聞け, のうぜんかずらの花咲けば, 本日の生き方, 雨を見たか

『我、言挙げす　髪結い伊三次捕物余話』
　　2011.3　308p
　　Ⓘ978–4–16–764014–9
　　〔内容〕粉雪, 委細かまわず, 明烏, 黒い振袖, 雨後の月, 我, 言挙げす

『今日を刻む時計　髪結い伊三次捕物余話』　　2013.1　344p
　　Ⓘ978–4–16–764016–3
　　〔内容〕今日を刻む時計, 秋雨の余韻, 過去という名のみぞれ雪, 春に候, てけてけ, 我らが胸の鼓動

『心に吹く風　髪結い伊三次捕物余話』
　　2014.1　294p
　　Ⓘ978–4–16–790001–4
　　〔内容〕気をつけてお帰り, 雁が渡る, あだ心, かそけき月明かり, 凍て蝶, 心に吹く風

『月は誰のもの　髪結い伊三次捕物余話』
　　2014.10　269p
　　Ⓘ978–4–16–790199–8

『明日のことは知らず　髪結い伊三次捕物余話』　2015.1　293p
　①978-4-16-790272-8
　〔内容〕あやめ供養、赤い花、赤のまんまに魚そえて、明日のことは知らず、やぶ柑子、ヘイサラバサラ

『名もなき日々を　髪結い伊三次捕物余話』　2016.1　285p
　①978-4-16-790543-9
　〔内容〕俯かず、あの子、捜して、手妻師、名もなき日々を、三省院様御手留、以津真天

『昨日のまこと、今日のうそ　髪結い伊三次捕物余話』　2016.12　293p
　①978-4-16-790742-6
　〔内容〕共に見る夢、指のささくれ、昨日のまこと、今日のうそ、花紺青、空蟬、汝、言うなかれ

『余寒の雪』　2003.9　318p
　①4-16-764004-X
　〔内容〕紫陽花、あさきゆめみし、藤尾の局、梅匂う、出奔、蝦夷松前藩異聞、余寒の雪

『桜花を見た』　2007.6　399p
　①978-4-16-764007-1
　〔内容〕桜花を見た、別れ雲、酔いもせず、夷酉像俊、シクシビリカ

『たば風　蝦夷拾遺』　2008.5　299p
　①978-4-16-764009-5
　〔内容〕たば風、恋文、錦衣帰郷、柄杓星、血脈桜、黒百合

『ひとつ灯せ　大江戸怪奇譚』　2010.1　345p
　①978-4-16-764011-8
　〔内容〕ひとつ灯せ、首ふり地蔵、箱根にて、守、炒り豆、空き屋敷、入り口、長のお別れ

『おちゃっぴい　江戸前浮世気質』　2011.1　305p
　①978-4-16-764013-2
　〔内容〕町入能、おちゃっぴい、れていても、概ね、よい女房、驚きの、また喜びの、あんちゃん

『神田堀八つ下がり　河岸の夕映え』　2011.7　347p
　①978-4-16-764015-6
　〔内容〕どやの嬶―御厩河岸、浮かれ節―竃河岸、身は姫じゃ―佐久間河岸、百舌―本所・一ツ目河岸、愛想づかし―行徳河岸、神田堀八つ下がり―浜町河岸

上田　秀人
うえだ・ひでと
1959～

大阪府生まれ。大阪歯大卒。1997年「身代わり吉右衛門」でデビュー。「奥右筆秘帳」シリーズでベストセラー作家となる。

角川文庫（KADOKAWA）

◇表御番医師診療禄

『切開　表御番医師診療禄　1』　2013.2　309p〈発売：角川グループパブリッシング〉
　①978-4-04-100699-3

『縫合　表御番医師診療禄　2』　2013.8　304p
　①978-4-04-100989-5

『解毒　表御番医師診療禄　3』　2014.2　295p
　①978-4-04-101230-7

『悪血　表御番医師診療禄　4』　2014.8　304p
　①978-4-04-101475-2

『摘出　表御番医師診療禄　5』　2015.2　316p
　①978-4-04-102055-5

『往診　表御番医師診療禄　6』　2015.8　330p
　①978-4-04-102050-0

上田秀人

『研鑽　表御番医師診療禄　7』　2016.2
　318p
　①978-4-04-103891-8

『乱用　表御番医師診療禄　8』　2016.8
　317p
　①978-4-04-104766-8

◇◇◇

『武士の職分　江戸役人物語』　2016.10
　269p
　①978-4-04-102623-6

幻冬舎時代小説文庫(幻冬舎)

◇妾屋昼兵衛女帳面

『側室顚末　妾屋昼兵衛女帳面』　2011.9
　382p
　①978-4-344-41734-2

『拝領品次第　妾屋昼兵衛女帳面　2』
　2012.3　365p
　①978-4-344-41828-8

『旦那背信　妾屋昼兵衛女帳面　3』
　2012.9　354p
　①978-4-344-41916-2

『女城暗闘　妾屋昼兵衛女帳面　4』
　2013.3　357p
　①978-4-344-41993-3

『籠姫裏表　妾屋昼兵衛女帳面　5』
　2013.9　354p
　①978-4-344-42082-3

『遊郭狂奔　妾屋昼兵衛女帳面　6』
　2014.3　347p
　①978-4-344-42168-4

『色里攻防　妾屋昼兵衛女帳面　7』
　2014.9　340p
　①978-4-344-42249-0

『閨之陰謀　妾屋昼兵衛女帳面　8』
　2015.3　351p
　①978-4-344-42318-3

◇町奉行内与力奮闘記

『立身の陰　町奉行内与力奮闘記　1』
　2015.9　352p
　①978-4-344-42386-2

『他人の懐　町奉行内与力奮闘記　2』
　2016.3　344p
　①978-4-344-42452-4

『権益の侵　町奉行内与力奮闘記　3』
　2016.9　346p
　①978-4-344-42522-4

◇◇◇

『家康の遺策　関東郡代記録に止めず』
　2011.2　367p
　①978-4-344-41632-1

講談社文庫(講談社)

◇奥右筆秘帳

『密封　奥右筆秘帳』　2007.9　433p
　①978-4-06-275844-4

『国禁　奥右筆秘帳』　2008.5　363p
　①978-4-06-276041-6

『侵蝕　奥右筆秘帳』　2008.12　354p
　①978-4-06-276237-3

『継承　奥右筆秘帳』　2009.6　353p
　①978-4-06-276394-3

『簒奪　奥右筆秘帳』　2009.12　333p
　①978-4-06-276522-0

『秘闘　奥右筆秘帳』　2010.6　355p
　①978-4-06-276682-1

『隠密　奥右筆秘帳』　2010.12　334p
　①978-4-06-276831-3

『刃傷　奥右筆秘帳』　2011.6　349p
　①978-4-06-276989-1

『召抱　奥右筆秘帳』　2011.12　334p
　①978-4-06-277127-6

『墨痕　奥右筆秘帳』　2012.6　328p

①978-4-06-277296-9
『天下　奥右筆秘帳』　2012.12　342p
　①978-4-06-277437-6
『決戦　奥右筆秘帳』　2013.6　423p
　①978-4-06-277581-6

◇百万石の留守居役

『波乱　百万石の留守居役　1』　2013.11　345p
　①978-4-06-277703-2
『思惑　百万石の留守居役　2』　2013.12　342p
　①978-4-06-277721-6
『新参　百万石の留守居役　3』　2014.6　343p
　①978-4-06-277858-9
『遺臣　百万石の留守居役　4』　2014.12　329p
　①978-4-06-277994-4
『密約　百万石の留守居役　5』　2015.6　350p
　①978-4-06-293140-3
『使者　百万石の留守居役　6』　2015.12　332p
　①978-4-06-293282-0
『貸借　百万石の留守居役　7』　2016.6　327p
　①978-4-06-293426-8

◇奥右筆外伝

『前夜　奥右筆外伝』　2016.4　306p
　①978-4-06-293360-5
　〔内容〕立花併右衛門の章、冥府防人の章、一橋民部卿治済の章、柊衛悟の章

『軍師の挑戦　上田秀人初期作品集』
　2012.4　375p
　①978-4-06-277254-9
　〔内容〕乾坤一擲の裏、功臣の末路、座頭の一念、逃げた浪士、茶人の軍略、たみの手燭、忠臣の慟哭、裏切りの真
『天主信長　表　我こそ天下なり』
　2013.8　400p
　①978-4-06-277621-9
『天主信長　裏　天を望むなかれ』
　2013.8　415p
　①978-4-06-277622-6
『梟の系譜　宇喜多四代』　2015.11　473p
　①978-4-06-293257-8

光文社文庫（光文社）

◇勘定吟味役異聞

『破斬　長編時代小説　勘定吟味役異聞』
　2005.8　396p
　①4-334-73929-6
『熾火　長編時代小説　勘定吟味役異聞2』　2006.4　409p
　①4-334-74052-9
『秋霜の撃　長編時代小説　勘定吟味役異聞 3』　2006.8　411p
　①4-334-74112-6
『相剋の渦　長編時代小説　勘定吟味役異聞 4』　2007.1　384p
　①978-4-334-74189-1
『地の業火　長編時代小説　勘定吟味役異聞 5』　2007.7　392p
　①978-4-334-74285-0
『暁光の断　長編時代小説　勘定吟味役異聞 6』　2008.1　363p
　①978-4-334-74373-4
『遺恨の譜　長編時代小説　勘定吟味役異聞 7』　2008.7　353p
　①978-4-334-74454-0
『流転の果て　長編時代小説　勘定吟味役異聞 8〔光文社時代小説文庫〕』
　2009.1　358p
　①978-4-334-74536-3

上田秀人

◇目付鷹垣隼人正裏録

『神君の遺品　長編時代小説　目付鷹垣隼人正裏録　1〔光文社時代小説文庫〕』
2009.7　359p
①978-4-334-74623-0

『錯綜の系譜　長編時代小説　目付鷹垣隼人正裏録　2〔光文社時代小説文庫〕』
2010.2　381p
①978-4-334-74738-1

◇御広敷用人大奥記録

『女の陥穽　文庫書下ろし/長編時代小説　御広敷用人大奥記録　1』　2012.5　350p
①978-4-334-76405-0

『化粧の裏　文庫書下ろし/長編時代小説　御広敷用人大奥記録　2』　2012.7　337p〈文献あり〉
①978-4-334-76443-2

『小袖の陰　文庫書下ろし/長編時代小説　御広敷用人大奥記録　3』　2013.1　339p
①978-4-334-76528-6

『鏡の欠片　文庫書下ろし/長編時代小説　御広敷用人大奥記録　4』　2013.7　329p〈文献あり〉
①978-4-334-76603-0

『血の扇　文庫書下ろし/長編時代小説　御広敷用人大奥記録　5』　2014.1　343p〈文献あり〉
①978-4-334-76691-7

『茶会の乱　文庫書下ろし/長編時代小説　御広敷用人大奥記録　6』　2014.7　329p〈文献あり〉
①978-4-334-76765-5

『操の護り　文庫書下ろし/長編時代小説　御広敷用人大奥記録　7』　2015.1　335p
①978-4-334-76863-8

『柳眉の角　文庫書下ろし/長編時代小説　御広敷用人大奥記録　8』　2015.7　332p
①978-4-334-76945-1

『典雅の闇　文庫書下ろし/長編時代小説　御広敷用人大奥記録　9』　2016.1　322p
①978-4-334-77221-5

『情愛の奸　文庫書下ろし/長編時代小説　御広敷用人大奥記録　10〔光文社時代小説文庫〕』　2016.7　338p
①978-4-334-77314-4

『幻影の天守閣　長編時代小説』　2004.12　378p
①4-334-73805-2

『幻影の天守閣　長編時代小説』　新装版　2015.11　416p
①978-4-334-77206-2

『夢幻の天守閣　文庫書下ろし/長編時代小説』　2015.12　363p
①978-4-334-77220-8

時代小説文庫（角川春樹事務所）

◇日雇い浪人生活録

『金の静い　日雇い浪人生活録　2』　2016.11　323p
①978-4-7584-4046-2

中公文庫（中央公論新社）

◇闕所物奉行裏帳合

『御免状始末　闕所物奉行裏帳合　1』　2009.11　347p
①978-4-12-205225-3

『蛮社始末　闕所物奉行裏帳合　2』　2010.5　344p
①978-4-12-205313-7

『赤猫始末　闕所物奉行裏帳合　3』
2010.8　351p
①978-4-12-205350-2

『旗本始末　闕所物奉行裏帳合　4』
2011.2　340p
①978-4-12-205436-3

『娘始末　闕所物奉行裏帳合　5』　2011.8　340p
①978-4-12-205518-6

『奉行始末　闕所物奉行裏帳合　6』
2012.2　343p
①978-4-12-205598-8

『孤闘　立花宗茂』　2012.11　405p
〈2009年刊の加筆修正〉
①978-4-12-205718-0

徳間文庫(徳間書店)

◇将軍家見聞役元八郎

『竜門の衛』　2001.4　462p
①4-19-891479-6

『孤狼剣』　2002.3　405p
①4-19-891672-1

『無影剣』　2002.12　441p
①4-19-891806-6

『波濤剣』　2003.10　446p
①4-19-891951-8

『風雅剣』　2004.10　350p
①4-19-892132-6

『蜻蛉剣』　2005.10　439p
①4-19-892312-4

『竜門の衛　将軍家見聞役元八郎　1』
新装版　2011.7　502p
①978-4-19-893392-0

『孤狼剣　将軍家見聞役元八郎　2』　新装版　2011.8　429p
①978-4-19-893413-2

『無影剣　将軍家見聞役元八郎　3』　新装版　2011.9　477p
①978-4-19-893428-6

『波濤剣　将軍家見聞役元八郎　4』　新装版　2011.11　487p
①978-4-19-893454-5

『風雅剣　将軍家見聞役元八郎　5』　新装版　2011.12　397p
①978-4-19-893472-9

『蜻蛉剣　将軍家見聞役元八郎　6』　新装版　2012.1　477p
①978-4-19-893485-9

◇織江緋之介見参

『悲恋の太刀　織江緋之介見参』　2004.6　377p
①4-19-892071-0

『不忘の太刀　織江緋之介見参』　2005.6　379p〈著作目録あり〉
①4-19-892253-5

『孤影の太刀　織江緋之介見参』　2006.6　381p
①4-19-892433-3

『散華の太刀　織江緋之介見参』　2006.10　413p〈著作目録あり〉
①4-19-892493-7

『果断の太刀　織江緋之介見参』　2007.5　411p〈著作目録あり〉
①978-4-19-892598-7

『震撼の太刀　織江緋之介見参』　2008.4　317p
①978-4-19-892765-3

『終焉の太刀　織江緋之介見参』　2009.4　340p〈著作目録あり〉
①978-4-19-892955-8

『悲恋の太刀　織江緋之介見参　1』　新装版　2015.8　397p
①978-4-19-894005-8

『不忘(わすれじ)の太刀　織江緋之介見参　2』　新装版　2015.9　413p
①978-4-19-894009-6

『孤影の太刀　織江緋之介見参　3』　新

上田秀人

装版　2016.1　413p
①978-4-19-894053-9

『散華の太刀　織江緋之介見参　4』　新装版　2016.2　445p
①978-4-19-894064-5

『果断の太刀　織江緋之介見参　5』　新装版　2016.3　445p
①978-4-19-894078-2

『震撼の太刀　織江緋之介見参　6〔徳間時代小説文庫〕』　新装版　2016.5　361p
①978-4-19-894103-1

『終焉の太刀　織江緋之介見参　7〔徳間時代小説文庫〕』　新装版　2016.7　358p
①978-4-19-894120-8

◇斬馬衆お止め記

『御盾　斬馬衆お止め記』　2009.10　333p〈著作目録あり〉
①978-4-19-893046-3

『破矛　斬馬衆お止め記』　2010.4　349p
①978-4-19-893138-4

◇お髷番承り候

『潜謀の影　お髷番承り候　1』　2010.10　349p〈著作目録あり〉
①978-4-19-893235-0

『奸闘の緒　お髷番承り候　2』　2011.4　317p
①978-4-19-893339-5

『血族の澱　お髷番承り候　3』　2011.10　346p
①978-4-19-893442-2

『傾国の策　お髷番承り候　4』　2012.4　345p
①978-4-19-893528-3

『鳴動の徴　お髷番承り候　6』　2013.4　349p
①978-4-19-893675-4

『流動の渦　お髷番承り候　7』　2013.10　344p
①978-4-19-893749-2

『騒擾の発　お髷番承り候　8』　2014.4　333p
①978-4-19-893816-1

『登竜の標　お髷番承り候　9』　2014.10　317p
①978-4-19-893893-2

『君臣の想　お髷番承り候　10』　2015.5　347p
①978-4-19-893954-0

◇禁裏付雅帳

『政争　禁裏付雅帳　1』　2015.10　346p
①978-4-19-894021-8

『戸惑　禁裏付雅帳　2』　2016.4　333p
①978-4-19-894088-1

『月の武将黒田官兵衛』　2007.10　317p
①978-4-19-892671-7

『鏡の武将黒田官兵衛』　2008.10　365p
①978-4-19-892860-5

『日輪にあらず　軍師黒田官兵衛』　2013.11　509p
①978-4-19-893759-1

『大奥騒乱　伊賀者同心手控え』　2014.11　381p
①978-4-19-893907-6

ハルキ文庫（角川春樹事務所）

◇日雇い浪人生活録

『金の価値　日雇い浪人生活録　1　時代小説文庫』　2016.5　336p
①978-4-7584-3998-5

上野 誠
うえの・まこと

1960〜

福岡県生まれ。国学院大卒。万葉学者で奈良大教授。小説に「天平グレート・ジャーニー 遣唐使・平群広成の数奇な冒険」がある。

講談社文庫（講談社）

『天平グレート・ジャーニー 遣唐使・平群広成の数奇な冒険』 2015.1 509p
①978-4-06-293016-1

植松 三十里
うえまつ・みどり

1954〜

埼玉県生まれ。東京女子大卒。2002年「桑港にて」で歴史文学賞を受賞して作家デビュー。「彫残二人」で中山義秀文学賞を受賞。

角川文庫（KADOKAWA）

『咸臨丸、サンフランシスコにて』 2010.4 293p〈『桑港にて』（新人物往来社2004年刊）の改稿、改題、増補 発売：角川グループパブリッシング〉
①978-4-04-394355-5
〔内容〕咸臨丸、サンフランシスコにて，咸臨丸のかたりべ

『燃えたぎる石』 2011.4 297p〈文献あり 発売：角川グループパブリッシング〉
①978-4-04-394432-3

集英社文庫（集英社）

『お江流浪の姫』 2010.12 279p
①978-4-08-746649-2

『大奥延命院醜聞 美僧の寺』 2012.6 271p
①978-4-08-746851-9

『大奥秘聞 綱吉おとし胤』 2013.1 303p
①978-4-08-745031-6

『家康の母お大』 2016.8 269p
①978-4-08-745484-0

小学館文庫（小学館）

『里見八犬伝』 2006.1 285p
①4-09-408064-3

『愛加那と西郷』 2016.6 333p〈『黍の花ゆれる』（講談社 2005年刊）の改題、加筆改稿〉
①978-4-09-406297-7

新人物文庫（新人物往来社）

『お龍』 2009.9 383p〈文献あり〉
①978-4-404-03742-8

中公文庫（中央公論新社）

『命の版木』 2011.3 276p〈『彫残二人』（2008年刊）の改題〉
①978-4-12-205457-8

『達成の人 二宮金次郎早春録』 2012.1 286p
①978-4-12-205588-9

『家康の子』 2014.6 423p〈文献あり〉

①978-4-12-205961-0
『猫と漱石と悪妻』　2016.8　251p　〈文献あり〉
①978-4-12-206278-8

中公文庫ワイド版（中央公論新社）

『達成の人　二宮金次郎早春録』〔オンデマンド〕2012.11　279p　〈印刷・製本：デジタルパブリッシングサービス〉
①978-4-12-553792-4
『命の版木』〔オンデマンド〕2012.11　269p　〈印刷・製本：デジタルパブリッシングサービス〉
①978-4-12-553793-1

PHP文芸文庫（PHP研究所）

『千姫おんなの城』　2011.7　284p　〈文献あり〉
①978-4-569-67683-8
『調印の階段　不屈の外交・重光葵』　2015.7　395p　〈文献あり〉
①978-4-569-76418-4

PHP文庫（PHP研究所）

『天璋院と和宮』　2008.2　285p
①978-4-569-66981-6
『黒船の影　築地外国方事件始末』　2009.5　205p
①978-4-569-67245-8

双葉文庫（双葉社）

◇江戸町奉行所吟味控

『半鐘　江戸町奉行所吟味控』　2011.6　290p
①978-4-575-66506-2
『比翼塚　江戸町奉行所吟味控』　2011.10　277p
①978-4-575-66530-7

『大奥開城　女たちの幕末』　2008.5　334p　〈『女たちの江戸開城』（2006年刊）の改題〉
①978-4-575-66334-1

文春文庫（文藝春秋）

『群青　日本海軍の礎を築いた男』　2010.12　425p　〈文献あり〉
①978-4-16-780113-7

浮穴　みみ
うきあな・みみ
1968～

北海道生まれ。2008年「寿限無　幼童手跡指南・吉井数馬」で小説推理新人賞を受賞し、連作短篇集「姫の竹、月の草　吉井堂謎解き暦」でデビュー。

中公文庫（中央公論新社）

『夢行脚　俳人・諸九の恋』　2014.8　317p

①978-4-12-205993-1

ハヤカワ文庫 JA（早川書房）

『めぐり逢ふまで　蔵前片想い小町日記』
　2016.5　378p
　①978-4-15-031230-5
　〔内容〕蔵前嫁き遅れ小町, 形見草子, 夏一夜,
　ひとつ涙, 舟人, めぐり逢ふまで

双葉文庫（双葉社）

『姫の竹, 月の草　吉井堂謎解き暦』
　2013.5　428p
　①978-4-575-66615-1
　〔内容〕寿限無, 紅葉立つ, 臘月尽く, ベルレ
　ンス・ブラアウの佐保姫, 耿と交わる, 姫
　の竹, 月の草
『寒中の花　こらしめ屋お蝶花暦』
　2013.11　361p
　①978-4-575-66638-0
　〔内容〕寒中の花, 初花の色, 皐月の紅葉, 六
　花の涼, 花嫁
『天衣無縫』　2015.5　234p
　①978-4-575-66724-0
　〔内容〕天女餅, 十両女房, 草のつみつみ, 極楽
『恋仏』　2016.4　293p
　①978-4-575-66774-5

内舘 牧子
うちだて・まきこ
1948～

秋田県生まれ。武蔵野美大卒。脚本家
となり、大河ドラマ「毛利元就」や連
続テレビ小説「ひらり」を手がける。

幻冬舎文庫（幻冬舎）

『十二単衣を着た悪魔　源氏物語異聞』
　2014.12　542p　〈文献あり〉
　①978-4-344-42274-2

文春文庫（文藝春秋）

『転がしお銀』　2006.11　330p
　①4-16-769002-0

宇月原 晴明
うつきばら・はるあき
1963～

岡山県生まれ。早大卒。「信長あるいは
戴冠せるアンドロギュヌス」で日本ファ
ンタジーノベル大賞を受賞し、2006年
には「安徳天皇漂海記」で山本周五郎
賞を受賞。

新潮文庫（新潮社）

『信長　あるいは戴冠せるアンドロギュヌ
　ス』　2002.10　432p
　①4-10-130931-0
『聚楽　太閤の錬金窟』　2005.10　763p

①4–10–130932–9

中公文庫（中央公論新社）

『黎明に叛くもの』　2006.7　657p
　①4–12–204707–2
『天王船』　2006.11　200p
　①4–12–204773–0
　〔内容〕隠岐黒, 天王船, 神器導く, 波山の街
　　―『東方見聞録』異聞
『安徳天皇漂海記』　2009.1　378p〈文献
　あり〉
　①978–4–12–205105–8
『廃帝綺譚』　2010.5　324p〈文献あり〉
　①978–4–12–205314–4

冲方 丁
うぶかた・とう
1977〜

岐阜県生まれ。早大中退。1996年「黒い季節」でスニーカー大賞金賞を受賞して小説家デビュー。2009年「天地明察」で本屋大賞を受賞。他に「光圀伝」など。

角川文庫（KADOKAWA）

『天地明察　上』　2012.5　282p〈2009
　年刊の上下巻分冊、加筆修正　発売：
　角川グループパブリッシング〉
　①978–4–04–100318–3
『天地明察　下』　2012.5　290p〈2009年
　刊の上下巻分冊、加筆修正　文献あり
　発売：角川グループパブリッシング〉
　①978–4–04–100292–6
『光圀伝　上』　2015.6　520p〈角川書店

2012年刊の上下巻分冊、加筆修正〉
　①978–4–04–102048–7
『光圀伝　下』　2015.6　502p〈角川書店
　2012年刊の上下巻分冊、加筆修正〉
　①978–4–04–102049–4
『はなとゆめ』　2016.7　362p〈2013年
　刊の加筆修正　文献あり〉
　①978–4–04–104114–7

海野 謙四郎
うんの・けんしろう
1947〜

東京生まれ。俳句総合誌編集長を経て、「花鎮めの里 異能の絵師爛水」で作家デビュー。

宝島社文庫（宝島社）

『旗本瀬沼家始末　天保狂風記』　2013.8
　381p〈文献あり〉
　①978–4–8002–1473–7

双葉文庫（双葉社）

◇異能の絵師爛水

『花鎮めの里　異能の絵師爛水』　2012.3
　330p〈文献あり〉
　①978–4–575–66555–0
『くれないの道　異能の絵師爛水』
　2012.11　275p〈文献あり〉
　①978–4–575–66590–1
『光る月山　異能の絵師爛水』　2013.11
　290p〈文献あり〉
　①978–4–575–66639–7

永福 一成

えいふく・いっせい

1965～

東京生まれ。和光大卒。漫画家として
デビュー。コミック「竹光侍」で漫画
原作を担当し、小説版で作家デビュー。

小学館文庫 (小学館)

『竹光侍』　2010.5　280p
　①978-4-09-408502-0
　〔内容〕襲撃, 秘密, 物怪, 蝶々, 剣豪, 矢場,
　　手習, 玉緒, 証文, 狂剣

『竹光侍　2』　2010.10　268p
　①978-4-09-408549-5
　〔内容〕捕物, 剣友, 決着, 凄腕, 引導, 捕縛,
　　水内, 剣道, 尊父, 解説(細谷正充著)

『竹光侍　3』　2011.2　293p
　①978-4-09-408591-4
　〔内容〕習字, 魔獣, 奪還, 秘文, 関所, 獄中,
　　國房, 伝奇, 脱獄

『竹光侍　4』　2011.5　312p
　①978-4-09-408615-7
　〔内容〕殺戮, 密使, 幽鬼, 先駆, 先駆(承前),
　　始末, 乱刃, 名残, 死闘, 後日, 解説(東え
　　りか著)

江戸 次郎

えど・じろう

「顔のない柔肌」で小説CLUB新人賞を
受賞。時代小説に「女彫り秘帖」など
がある。

桃園文庫 (桃園書房)

『女彫り秘帖』　2003.11　310p
　①4-8078-0487-1
　〔内容〕身代り彫り, 紋ちらし, 聖女彫り, 秘
　　戯図彫り, 判じ絵彫り, 閨房彫り

えとう 乱星

えとう・らんせい

1949～

熊本県生まれ。劇画原作を経て、1989
年「中風越後」でデビュー。代表作に
「十六武蔵」「総司還らず」など。

学研M文庫 (学研パブリッシング)

◇用心棒・新免小次郎

『素浪人斬艶剣　用心棒・新免小次郎』
　　2002.12　302p
　　①4-05-900207-0
『女忍往生剣　用心棒・新免小次郎』
　　2003.5　301p
　　①4-05-900238-0
『妖女渡海剣　用心棒・新免小次郎』
　　2004.1　300p
　　①4-05-900271-2
『独眼龍柔肌剣　用心棒・新免小次郎』

2004.9　309p
①4-05-900307-7
『黄金無双剣　用心棒・新免小次郎』
2005.3　301p
①4-05-900346-8

『裏小路しぐれ傘』　2005.9　293p
①4-05-900377-8

ケイブンシャ文庫(勁文社)

『切柄又十郎　鬼火の巻』　2001.8　294p
①4-7669-3879-8
『切柄又十郎　2(忘八の巻)』　2002.2　294p
①4-7669-4031-8

廣済堂文庫(廣済堂出版)

『十六武蔵　長篇剣客小説　特選時代小説』　1998.3　296p
①4-331-60641-4
『総司還らず　特選歴史小説』　2001.11　308p
①4-331-60904-9

光文社文庫(光文社)

『奥義・殺人剣　連作時代小説』　2000.10　362p
①4-334-73070-1
〔内容〕蛇の道対波頭斬り、波頭斬り対地虫、地虫対落葉剣、落葉剣対無拍子、無拍子対無拍子、無拍子対据え物斬り、据え物斬り対胡蝶、胡蝶対合掌打ち、合掌打ち対移し絵

コスミック・時代文庫(コスミック出版)

◇御膳役一条惣太郎探索控

『鬼平殺し　書下ろし長編時代小説　御膳役一条惣太郎探索控』　2004.6　286p 〈東京 コスミックインターナショナル(発売)〉
①4-7747-0777-5
『写楽仕置帳　書下ろし長編時代小説　御膳役一条惣太郎探索控』　2005.2　285p〈東京 コスミックインターナショナル(発売)〉
①4-7747-2012-7

◇火盗改めお助け組

『無想の橋　傑作長編時代小説　火盗改めお助け組』　2006.5　315p〈『切柄又十郎　鬼火の巻』(勁文社2001年刊)の増訂　発売：コスミックインターナショナル〉
①4-7747-2079-8
『千鳥の恋　傑作長編時代小説　火盗改めお助け組』　2006.9　318p〈『切柄又十郎　2(忘八の巻)』(勁文社2002年刊)の増訂〉
①4-7747-2098-4
『暗闇の香　書下ろし長編時代小説　火盗改めお助け組』　2007.9　294p
①978-4-7747-2156-9

青樹社文庫(青樹社)

『螢丸伝奇』　1999.3　380p
①4-7913-1142-6

大洋時代文庫 時代小説

(ミリオン出版)

◇書院番殺法帖

『書院番殺法帖』　2005.2　287p〈東京
　大洋図書（発売）〉
　①4-8130-7021-3
『悪鬼裁き　書院番殺法帖』　2005.10
　299p〈東京 大洋図書（発売）〉
　①4-8130-7042-6
『羅刹裁き　書院番殺法帖』　2006.2
　294p〈東京 大洋図書（発売）〉
　①4-8130-7051-5

徳間文庫(徳間書店)

『風の山左』　1999.7　347p
　①4-19-891135-5
『おんな風水師乱れ色方陣』　2000.6
　285p
　①4-19-891320-X

ぶんか社文庫(ぶんか社)

『服部半蔵　日と影と　1』　2007.11
　224p
　①978-4-8211-5128-8

ベスト時代文庫

(ベストセラーズ)

『かぶき奉行　織部多聞殺生方控』
　2005.2　330p
　①4-584-36522-9
　〔内容〕湯屋勝負, 相撲取草, ゆずり葉, 梅雨
　　寒む, 千子村正, 剣士名簿, 慶安事変, 殺生
　　勝手

『ほうけ奉行　若宮隼人殺生方控』
　2005.7　320p
　①4-584-36537-7
　〔内容〕華胥の国, 虎が雨, 狼子野心, 破鏡の
　　嘆, 寒鴉, 天元の一石, 吾唯足知
『あばれ奉行　安藤源次郎殺生方控』
　2006.11　317p
　①4-584-36576-8
　〔内容〕ちょきる, ねりぎ, かぶせる, かほう
　　やけ, あなしり, やつし, べらぼうらしい

ワンツー時代小説文庫

(ワンツーマガジン社)

『総司還らず』　2008.2　300p
　①978-4-86296-080-1

江宮 隆之

えみや・たかゆき

1948～

山梨県生まれ。中央大卒。山梨日日新
聞社論説委員長などをつとめる傍ら小
説を執筆。1989年「経清記」で歴史文
学賞を受賞。

学研M文庫(学研パブリッシング)

◇夢之介夢想剣

『厄介屋天下御免　夢之介夢想剣』
　2005.6　325p
　①4-05-900353-0
　〔内容〕盗賊七福神, 謎の阿波人形
『厄介屋助太刀三昧　夢之介夢想剣』
　2006.4　357p
　①4-05-900412-X

江宮隆之

〔内容〕仇討ち異聞、児雷也異聞

『真田幸村』　2002.9　283p
　①4-05-900185-6
『真田昌幸』　2003.10　379p
　①4-05-901159-2
『島津義弘』　2004.5　362p
　①4-05-901162-2
『直江兼続』　2004.11　420p
　①4-05-901166-5
『石田三成』　2006.1　398p
　①4-05-901179-7
『真田幸隆』　2006.9　351p
　①4-05-901190-8
『斬奸　貴三郎あやつり草紙』　2007.1　274p
　①978-4-05-900455-4
『伊達政宗』　2007.6　316p
　①978-4-05-901197-2
『小早川隆景』　2007.11　319p
　①978-4-05-901207-8
『黒田官兵衛』　2008.7　362p
　①978-4-05-901224-5
『井伊直政と家康』　2008.12　410p
　①978-4-05-901230-6
『片倉小十郎景綱　独眼竜の名参謀』　2009.6　360p
　①978-4-05-901241-2
『浅井（あざい）長政　信長を追いつめた義弟』　2010.11　320p〈文献あり　発売：学研マーケティング〉
　①978-4-05-901268-9
『黒田官兵衛』新装版　2013.8　345p〈初版：学研 2008年刊　文献あり　発売：学研マーケティング〉
　①978-4-05-900849-1
『真田幸村』　新装版　2014.2　310p〈初版：学研 2002年刊　文献あり　発売：学研マーケティング〉
　①978-4-05-900872-9

祥伝社文庫（祥伝社）

『歳三奔る　新選組最後の戦い　長編時代小説』　2001.6　299p
　①4-396-32866-4

PHP文庫（PHP研究所）

『小西行長　後悔しない生き方』　1997.7　432p
　①4-569-57031-3
『北条綱成　関東北条氏最強の猛将』　2008.8　381p
　①978-4-569-67077-5
『太原雪斎と今川義元　東海に覇を唱えた軍師と名将〔大きな字〕』　2010.5　365p〈文献あり〉
　①978-4-569-67441-4

二見時代小説文庫（二見書房）

『密謀　十兵衛非情剣』　2006.8　364p
　①4-576-06108-9

ベスト時代文庫

（ベストセラーズ）

◇大江戸瓦版始末

『影法師　大江戸瓦版始末』　2008.3　327p
　①978-4-584-36629-5
　〔内容〕奸計、神祇組、影法師
『写楽の首　大江戸瓦版始末』　2008.8　282p
　①978-4-584-36644-8
　〔内容〕神世間異聞、瓦版合戦、写楽の首

逢坂 剛
おうさか・ごう
1943～

東京生まれ。中央大卒。「カディスの赤い星」で直木賞を受賞し、推理作家として活躍。のち時代小説も執筆し、「平蔵狩り」では吉川英治文学賞を受賞した。

講談社文庫(講談社)

◇重蔵始末

『重蔵始末』　2004.7　369p
　①4-06-274816-9
　〔内容〕赤い鞭, 北方の鬼, 七化け八右衛門, 茄子と瓜, 猫首
『じぶくり伝兵衛　重蔵始末　2』　2005.9　382p
　①4-06-275198-4
　〔内容〕吉岡佐市の面目, 吹上繚乱, じぶくり伝兵衛, 火札小僧, 星買い六助
『猿曳通兵衛　重蔵始末　3』　2007.3　388p
　①978-4-06-275667-9
　〔内容〕第1話 突っ転がし, 第2話 鶴殺し, 第3話 猿曳通兵衛, 第4話 盤石の無念, 第5話 簪
『嫁盗み　重蔵始末　4(長崎篇)』　2009.3　342p
　①978-4-06-276295-3
　〔内容〕紅毛の人, 異国の風, 密通, 嫁盗み, さんちもさからめんと, 聞く耳を持たず
『陰の声　重蔵始末　5(長崎篇)』　2010.7　352p
　①978-4-06-276692-0
　〔内容〕かどわかし, 仇敵, おとり, 島抜け, 陰の声
『北門の狼　重蔵始末　6 蝦夷篇』　2012.

10　649p 〈付属資料：1枚：江戸時代の単位等　文献あり〉
　①978-4-06-277384-3
『逆浪果つるところ　重蔵始末　7 蝦夷篇』　2015.1　506p 〈文献あり〉
　①978-4-06-293008-6

文春文庫(文藝春秋)

『道連れ彦輔』　2009.10　314p
　①978-4-16-752013-7
　〔内容〕仇討ち千駄ヶ谷富士, 鞠婆, 地獄街道, 大目小目, 本懐を遂ぐや, 無残やな隼人
『伴天連の呪い　道連れ彦輔 2』　2011.4　313p
　①978-4-16-752014-4
　〔内容〕あやかし仁海, 面割り, 新富士模様, 秘名春菊斎, 使いの女, 伴天連の呪い
『平蔵の首』　2014.9　350p
　①978-4-16-790186-8
　〔内容〕平蔵の顔, 平蔵の首, お役者菊松, 繭玉おりん, 風雷小僧, 野火止
『平蔵狩り』　2016.12　393p
　①978-4-16-790744-0
　〔内容〕寄場の女, 刀の錆, 仏の玄庵, 平蔵狩り, 鬼殺し, 黒法師, 特別収録 対談 鬼平の凄み

大久保 智弘
おおくぼ・ともひろ
1947〜

長野県生まれ。立教大卒。高校教師の傍ら時代小説を執筆。著書に「水の砦 福島正則最後の闘い」「江戸群炎記」「わが胸は蒼茫たり」などがある。

講談社文庫(講談社)

『水の砦 福島正則最後の闘い』 1998.9 377p
　①4-06-263865-7

小学館文庫(小学館)

『武田修羅伝 帰って来た信虎』 2001.11 347p
　①4-09-410006-7

二見時代小説文庫(二見書房)

◇御庭番宰領

『水妖伝 御庭番宰領』 2006.5 338p
　①4-576-06046-5
『孤剣、闇を翔ける 御庭番宰領』 2006.9 398p
　①4-576-06141-0
『吉原宵心中 御庭番宰領 3』 2007.3 420p
　①978-4-576-07036-0
『秘花伝 御庭番宰領 4』 2009.5 303p
　①978-4-576-09060-3
『無の剣 御庭番宰領 5』 2010.5 269p
　①978-4-576-10054-8
『妖花伝 御庭番宰領 6』 2011.3 328p
　①978-4-576-10167-5
『白魔伝 御庭番宰領 7』 2012.12 324p
　①978-4-576-12129-1

◇　◇　◇

『火の砦 上 無名剣』 2012.5 272p
〈『江戸群炎記』(講談社 1996年刊)の改題、分冊〉
　①978-4-576-12054-6
『火の砦 下 胡蝶剣』 2012.5 309p
〈『江戸群炎記』(講談社 1996年刊)の改題、分冊　文献あり〉
　①978-4-576-12055-3

大島 昌宏
おおしま・まさひろ
1934〜1999

福井県生まれ。本名・藤野昌宏。日大卒。テレビCMの製作などを手がけた後に作家に転じ、1995年「罪なくして斬らる 小栗上野介」で中山義秀文学賞を受賞。他に「そろばん武士道」など。

人物文庫(学陽書房)

『罪なくして斬らる 小栗上野介』 1998.9 414p
　①4-313-75057-6
『そろばん武士道』 2000.4 378p
　①4-313-75099-1
『内山良休 そろばん武士道』 2012.5 382p 〈『そろばん武士道』(人物文庫

2000年刊）の改題、新装版　文献あり〉
①978-4-313-75277-1

PHP文庫（PHP研究所）

『結城秀康　秀吉と家康を父に持つ男』
　　1998.2　439p〈年表あり　文献あり〉
　　①4-569-57105-0
『柳生宗矩　徳川三代を支えた剣と智』
　　1999.12　349p
　　①4-569-57342-8

小笠原　京
おがさわら・きょう
1936～

東京生まれ。芸能史学者で武蔵大学名
誉教授。時代小説も執筆する。

学研M文庫（学研パブリッシング）

『ろくろ首の客　花の若衆方書抜き帳』
　　2009.3　266p
　　①978-4-05-900573-5
　　〔内容〕ろくろ首の客, 行きずりの死人, 水仙
　　　無情

小学館文庫（小学館）

◇旗本絵師描留め帳

『蛍火の怪　旗本絵師描留め帳』　1999.8
　　308p
　　①4-09-403571-0
『寒桜の恋　旗本絵師描留め帳』　2000.3
　　304p

①4-09-403572-9
　　〔内容〕菖蒲の別れ, 七夕の恨み, 菊酒の名残
　　　り, 寒桜の恋
『小春日の雪女　旗本絵師描留め帳』
　　2000.11　296p
　　①4-09-403573-7
　　〔内容〕膳を貸す河童, 十万石の座敷童子, 小
　　　春日の雪女
『修羅坂の雪　旗本絵師描留め帳』
　　2002.1　251p
　　①4-09-403574-5
　　〔内容〕不忍の恋, 八幡の女, 修羅坂の雪
『落梧の非情　旗本絵師描留め帳』
　　2002.11　236p
　　①4-09-403575-3
　　〔内容〕菊流し, 花の露の間, 落梧の非情

◇蘭方姫医者書き留め帳

『十字の神逢（かまい）太刀　蘭方姫医者
　書き留め帳　1』　2009.4　269p
　　①978-4-09-408383-5
　　〔内容〕花世, 見参, 十字の神逢太刀, おかよ
　　　初手柄
『策謀の重奏　蘭方姫医者書き留め帳　2』
　　2010.3　362p
　　①978-4-09-408481-8

福武文庫
（ベネッセコーポレーション）

◇旗本絵師描留め帳

『瑠璃菊の女　旗本絵師描留め帳』
　　1996.4　318p
　　①4-8288-5769-9

岡田 秀文
おかだ・ひでふみ

1963〜

東京生まれ。明大卒。1999年「見知らぬ侍」で小説推理新人賞を受賞。代表作に「剣客太平記」シリーズがある。

光文社文庫（光文社）

『太閤暗殺　長編時代ミステリー』
　　2004.3　391p
　　①4-334-73652-1

『秀頼、西へ　長編時代小説』　2007.3
　　553p〈『落ちた花は西へ奔れ』（2004年刊）の改題〉
　　①978-4-334-74210-2

『源助悪漢（わる）十手』　2009.3　282p
　　①978-4-334-74556-1
　　〔内容〕山谷堀女殺し, 井筒屋呪いの画, 猿屋町うっかり夫婦, 下谷町神隠し三人娘, 元吉町の浮かび首, 富次郎の金壺, 茅町伊勢屋の藤十郎

『風の轍』　2011.9　803p
　　①978-4-334-76304-6

『応仁秘譚抄』　2015.1　278p
　　①978-4-334-76862-1
　　〔内容〕義視, 富子, 勝元, 義政

ハルキ文庫（角川春樹事務所）

『城盗り藤吉郎　時代小説文庫』　2005.3
　　341p
　　①4-7584-3159-0

『最後の間者　時代小説文庫』　2006.8
　　407p
　　①4-7584-3249-X

双葉文庫（双葉社）

『本能寺六夜物語』　2003.5　252p
　　①4-575-66145-7

『魔将軍　くじ引き将軍・足利義教の生涯』　2009.6　470p〈文献あり〉
　　①978-4-575-66386-0

『太閤暗殺』　2012.6　397p〈光文社文庫2004年刊の再刊〉
　　①978-4-575-66569-7

『本能寺六夜物語』　新装版　2013.9
　　254p
　　①978-4-575-66630-4
　　〔内容〕最後の姿, ふたつの道, 酒屋, 黒衣の鬼, 近くで見ていた女, 本能寺の夜

『賤ヶ嶽』　2014.12　598p
　　①978-4-575-66705-9

『信長の影』　2016.1　253p
　　①978-4-575-66760-8
　　〔内容〕上杉謙信, 織田信光, 浅井長政, 柴田勝家, 足利義昭, 蒲生氏郷, 織田秀信, 土田御前

岡本 さとる
おかもと・さとる

1961〜

大阪府生まれ。立命館大卒。脚本家を経て、2010年「取次屋栄三」で小説家デビューした。

幻冬舎時代小説文庫（幻冬舎）

◇居酒屋お夏

『居酒屋お夏』　2014.6　317p
　　①978-4-344-42207-0
　　〔内容〕けちな飯, おちゃけ, 朝粥, 二人で二合

『居酒屋お夏　2　春呼ぶどんぶり』
　2015.1　315p
　①978-4-344-42298-8
　〔内容〕春呼ぶどんぶり, ふてえうどん, 餡餅,
　　あら塩

『居酒屋お夏　3　つまみ食い』　2015.6
　315p
　①978-4-344-42353-4
　〔内容〕つまみ食い, いだてん豆腐, 干し飯,
　　玉子焼

『居酒屋お夏　4　大根足』　2016.1
　317p
　①978-4-344-42428-9
　〔内容〕まよい箸, かための盃, 大根足, 師走
　　の客

『居酒屋お夏　5　縁むすび』　2016.6
　318p
　①978-4-344-42487-6
　〔内容〕天ぷら, 父子の宴, 縁むすび, お仏飯

祥伝社文庫 (祥伝社)

◇取次屋栄三

『取次屋栄三』　2010.12　312p
　①978-4-396-33634-9
　〔内容〕幼馴染, 現の夢, 父と息子, 果たし合
　　い, 解説 (縄田一男著)

『がんこ煙管　取次屋栄三　2』　2011.2
　312p
　①978-4-396-33646-2
　〔内容〕こうくり, 血闘, がんこ煙管, 軽業

『若の恋　取次屋栄三　3』　2011.4
　316p
　①978-4-396-33671-4
　〔内容〕辻斬り, 人形の神様, 若の恋, 浅茅ヶ
　　原の決闘

『千の倉より　取次屋栄三　4』　2011.7
　306p
　①978-4-396-33697-4
　〔内容〕浮世絵の女, 宝のありか, 千の倉より,
　　お咲と三人の盗賊

『茶漬け一膳　取次屋栄三　5』　2011.12
　308p
　①978-4-396-33728-5
　〔内容〕茶漬け一膳, 敵役, 面影の路, 帰って
　　来た男

『妻恋日記　取次屋栄三　6』　2012.6
　301p
　①978-4-396-33770-4
　〔内容〕奴凧, 妻恋日記, 父帰る, 年の瀬

『浮かぶ瀬　取次屋栄三　7』　2012.9
　315p
　①978-4-396-33788-9
　〔内容〕鬼瓦, 女難剣難, おっ母さん, 浮かぶ瀬

『海より深し　書下ろし　取次屋栄三　8』
　2012.12　302p
　①978-4-396-33807-7
　〔内容〕妻をめとらば, 王手, 男と女, 海より
　　深し

『大山まいり　取次屋栄三　9』　2013.5
　305p
　①978-4-396-33842-8
　〔内容〕大山まいり, 松の双葉, ほおべた, 菊
　　の宴

『一番手柄　取次屋栄三　10』　2013.5
　303p
　①978-4-396-33843-5

『情けの糸　取次屋栄三　11』　2013.9
　311p
　①978-4-396-33875-6
　〔内容〕親と子と猫, ひとり芝居, 情けの糸,
　　女剣士

『手習い師匠　取次屋栄三　12』　2014.3
　303p
　①978-4-396-34023-0
　〔内容〕しあわせ, のぞみ, 小糠三合, 手習い
　　師匠

『深川慕情　取次屋栄三　13』　2014.9
　297p
　①978-4-396-34065-0
　〔内容〕たそがれ, 老楽, 奴と幽霊, 深川慕情

『合縁奇縁　取次屋栄三　14』　2014.12
　301p
　①978-4-396-34083-4

〔内容〕女の意地, 月下老人, 合縁奇縁

『三十石船　取次屋栄三　15』　2015.9
303p
①978-4-396-34150-3
〔内容〕東海道情けの掛川, お礼参り, 三十石
船, 親の欲目

『喧嘩屋　取次屋栄三　16』　2016.7
291p
①978-4-396-34231-9
〔内容〕喧嘩屋, 思い出道場, 付け払い, 忍ぶ
れど

ハルキ文庫（角川春樹事務所）

◇剣客太平記

『剣客太平記　時代小説文庫』　2011.9
280p
①978-4-7584-3590-1

『夜鳴き蟬　剣客太平記　時代小説文庫』
2011.11　289p
①978-4-7584-3610-6
〔内容〕夜鳴き蟬, ぼうふり, 赤いまげかけ,
宿下がり

『いもうと　剣客太平記　時代小説文庫』
2012.2　305p
①978-4-7584-3634-2
〔内容〕上意討ち, いもうと, かまぼこの味,
押して勝つ

『恋わずらい　剣客太平記　時代小説文
庫』　2012.5　295p
①978-4-7584-3659-5
〔内容〕真剣勝負, 恋わずらい, 息子, 別れの雪

『喧嘩名人　剣客太平記　時代小説文庫』
2012.9　298p
①978-4-7584-3685-4
〔内容〕範を継ぐ者, 喧嘩名人, さらば悪友,
算法少女

『返り討ち　剣客太平記　時代小説文庫』
2013.1　296p
①978-4-7584-3711-0
〔内容〕竹光継之助, 奴と門番, 返り討ち, 十

五の乱

『暗殺剣　剣客太平記　時代小説文庫』
2013.6　298p
①978-4-7584-3740-0
〔内容〕人のふり見て…, 思い出斬り, 次男坊,
暗殺剣

『十番勝負　剣客太平記　時代小説文庫』
2013.10　290p
①978-4-7584-3778-3
〔内容〕小さな弟子, 一番勝負, 五番勝負, 十
番勝負

『大仕合　剣客太平記　時代小説文庫』
2014.1　282p
①978-4-7584-3794-3
〔内容〕秘剣蚊蜻蛉, 兄貴分, あこがれ, 大仕合

『剣俠の人　剣客太平記　時代小説文庫』
2014.4　295p
①978-4-7584-3814-8
〔内容〕好敵手, 上州二人旅, 沼田城演武, 剣
俠の人

『剣客太平記　外伝虎の巻　時代小説文
庫』　2014.10　303p
①978-4-7584-3851-3
〔内容〕夫婦別れ, 長屋の姫君, 騒乱, 激闘, 虎
の巻

◇新・剣客太平記

『血脈　新・剣客太平記　1　時代小説文
庫』　2015.2　308p
①978-4-7584-3872-8
〔内容〕新たなる系譜, 老師, 夜の街道, 立会人

『師弟　新・剣客太平記　2　時代小説文
庫』　2015.7　295p
①978-4-7584-3918-3
〔内容〕筆の便り, 夫婦剣法, 墓参り, 刀狩

『俠気　新・剣客太平記　3　時代小説文
庫』　2015.12　293p
①978-4-7584-3966-4
〔内容〕望郷, 憧憬, 旅の続き, 秋葉山まで

『一途　新・剣客太平記　4　時代小説文
庫』　2016.4　295p
①978-4-7584-3987-9

〔内容〕母と子と，剣の重荷，たなごころ，喧嘩の友

『不惑　新・剣客太平記　5　時代小説文庫』　2016.9　295p
①978-4-7584-4031-8
〔内容〕齢四十，書庫奉行，五人戦，父子旅

小川 由秋
おがわ・よしあき
1940～

早大卒。学陽書房で歴史・時代小説の編集を手がけ、のち作家となる。

PHP文庫（PHP研究所）

『真田幸隆　「六連銭」の名家を築いた智将』　2004.1　340p　〈年譜あり〉
①4-569-66102-5

『木曽義仲　「朝日将軍」と称えられた源氏の豪将』　2004.11　389p　〈年譜あり〉
①4-569-66289-7

『里見義堯　北条の野望を打ち砕いた房総の勇将』　2005.12　381p　〈年譜あり〉
①4-569-66553-5

『山県昌景　武田軍団最強の「赤備え」を率いた猛将』　2006.10　446p　〈年譜あり　文献あり〉
①4-569-66702-3

『伊達三代記　晴宗・輝宗・政宗、奥州王への道』　2008.4　520p　〈略年表あり〉
①978-4-569-67011-9

『八幡太郎義家　「武士の時代」を切り拓いた名将〔大きな字〕』　2009.8　434p　〈文献あり　年表あり〉
①978-4-569-67306-6

『武田信繁　信玄が最も信頼した名補佐役

〔大きな字〕』　2011.10　398p　〈文献あり　年表あり〉
①978-4-569-67723-1

『清盛と後白河院〔大きな字〕』　2012.2　318p　〈年表あり　文献あり〉
①978-4-569-67768-2

沖田 正午
おきだ・しょうご
1949～

埼玉県生まれ。与野高卒。企画プランナーなどとして活躍後、「丁半小僧武吉伝 賽の目返し」で作家デビュー。

幻冬舎時代小説文庫（幻冬舎）

『折鶴の一刺し　柳橋芸者梅吉姐さん事件帖』　2014.6　319p
①978-4-344-42208-7

幻冬舎文庫（幻冬舎）

◇丁半小僧武吉伝

『賽の目返し　丁半小僧武吉伝』　2006.6　302p
①4-344-40796-2

『穴熊崩し　丁半小僧武吉伝』　2007.6　344p
①978-4-344-40963-7
〔内容〕夜船の博奕，吉原身請け勝負，穴熊崩し

『面影探し　丁半小僧武吉伝』　2008.6　357p
①978-4-344-41138-8
〔内容〕面影の辻，撫子母情，真っ向勝負

沖田正午

廣済堂文庫（廣済堂出版）

『六辻の狐　生きて涙をぬぐえ　特選時代
小説』　2013.10　301p
①978-4-331-61552-2

コスミック・時代文庫
（コスミック出版）

『赤毛侍幻九郎　傑作長編時代小説』
2015.1　275p〈ベスト時代文庫 2010年
刊を大幅に加筆修正〉
①978-4-7747-2799-8
『密命の掟 闇同心異聞　書下ろし長編時
代小説』　2016.3　297p
①978-4-7747-2908-4

祥伝社文庫（祥伝社）

◇仕込み正宗

『仕込み正宗　長編時代小説』　2010.6
321p
①978-4-396-33591-5
『覚悟しやがれ　仕込み正宗　2』　2011.
4　313p
①978-4-396-33670-7
『ざまあみやがれ　仕込み正宗　3』
2011.10　309p
①978-4-396-33720-9
『勘弁ならねえ　仕込み正宗　4』　2012.
4　296p
①978-4-396-33756-8

◇げんなり先生発明始末

『げんなり先生発明始末』　2012.10
301p
①978-4-396-33799-5

『うそつき無用　書下ろし　げんなり先生
発明始末　2』　2013.4　298p
①978-4-396-33839-8

宝島社文庫（宝島社）

『福井豪商佐吉伝　うらは、負けね！』
2015.5　284p
①978-4-8002-4103-0

徳間文庫（徳間書店）

◇子連れ用心棒

『子連れ用心棒』　2009.2　350p
①978-4-19-892923-7
『一心の絆　子連れ用心棒』　2009.5
344p
①978-4-19-892971-8
『粗忽の侍　子連れ用心棒』　2009.9
343p
①978-4-19-893034-9
『陰謀の果て　子連れ用心棒』　2009.11
341p
①978-4-19-893064-6
『さらばおぶい紐　子連れ用心棒』
2010.2　345p
①978-4-19-893109-4

◇姫様お忍び事件帖

『つかまえてたもれ　姫様お忍び事件帖』
2010.5　331p
①978-4-19-893154-4
『それみたことか　姫様お忍び事件帖』
2010.9　334p
①978-4-19-893219-0
『おまかせなされ　姫様お忍び事件帖』
2010.12　330p
①978-4-19-893268-8

94　歴史時代小説文庫総覧 現代の作家

沖田正午

『おばかなことよ　姫様お忍び事件帖』
　2011.3　305p
　①978-4-19-893318-0
『いいかげんにおし　姫様お忍び事件帖』
　2011.6　301p
　①978-4-19-893377-7
『なんでこうなるの　姫様お忍び事件帖』
　2011.9　307p
　①978-4-19-893429-3
『もってのほかじゃ　姫様お忍び事件帖』
　2011.12　310p
　①978-4-19-893473-6
『だまらっしゃい　姫様お忍び事件帖』
　2012.3　312p
　①978-4-19-893512-2
『ごきげんよう　姫様お忍び事件帖』
　2012.6　324p
　①978-4-19-893557-3

◇浅草かみなり大家族

『浅草かみなり大家族』　2012.9　300p
　①978-4-19-893597-9
『娘の純情なんとする　浅草かみなり大家族』　2012.12　301p
　①978-4-19-893633-4
『おれおれ騙りに気をつけな　浅草かみなり大家族』　2013.3　315p
　①978-4-19-893667-9
『家族の絆でやっつけろ　浅草かみなり大家族』　2013.6　297p
　①978-4-19-893699-0

◇御家人やくざと無頼犬

『お笑いくだされ　御家人やくざと無頼犬』　2013.9　285p
　①978-4-19-893738-6
『ようござんすか　御家人やくざと無頼犬』　2013.12　283p
　①978-4-19-893770-6
『俺のもんだぜ　御家人やくざと無頼犬』　2014.3　295p
　①978-4-19-893804-8

◇金貸し同心金志郎

『金貸し同心金志郎』　2014.9　265p
　①978-4-19-893878-9
『大名の火遊び　金貸し同心金志郎』
　2015.1　282p
　①978-4-19-893927-4

『木遣り未練　隠居大名世直し綴り〔徳間時代小説文庫〕』　2016.9　333p
　①978-4-19-894140-6

ハルキ文庫（角川春樹事務所）

◇やぶ医師天元世直し帖

『医は仁術なり　やぶ医師天元世直し帖　時代小説文庫』　2013.2　295p
　①978-4-7584-3716-5
『お気の毒さま　やぶ医師天元世直し帖　時代小説文庫』　2013.7　298p
　①978-4-7584-3752-3
『手遅れでござる　やぶ医師天元世直し帖　時代小説文庫』　2013.11　278p
　①978-4-7584-3783-7
『お医者様でも　やぶ医師天元世直し帖　時代小説文庫』　2014.2　291p
　①978-4-7584-3801-8
『金こそわが命　やぶ医師天元世直し帖　時代小説文庫』　2014.8　291p
　①978-4-7584-3842-1
『信じる者は、救われず　やぶ医師天元世直し帖　時代小説文庫』　2014.10　295p
　①978-4-7584-3852-0
『御身お大事に　やぶ医師天元世直し帖　時代小説文庫』　2015.4　298p
　①978-4-7584-3888-9

沖田正午

双葉文庫（双葉社）

◇天神坂下よろず屋始末記

『子育て承り候　天神坂下よろず屋始末記』　2009.11　301p
①978-4-575-66415-7

『取立て承り候　天神坂下よろず屋始末記』　2010.3　309p
①978-4-575-66437-9

『母親捜し承り候　天神坂下よろず屋始末記』　2010.7　314p
①978-4-575-66454-6

『もぐら叩き承り候　天神坂下よろず屋始末記』　2010.10　307p
①978-4-575-66469-0

『あと始末承り候　天神坂下よろず屋始末記』　2011.2　308p
①978-4-575-66486-7

◇質蔵きてれつ繁盛記

『おきつね祈願　質蔵きてれつ繁盛記』
2011.5　294p
①978-4-575-66502-4
〔内容〕おきつね稲荷, しゃべくりどくろ, 質草浄瑠璃人形

『夜泣き三味線　質蔵きてれつ繁盛記』
2011.8　308p
①978-4-575-66517-8

『人面流れ星　質蔵きてれつ繁盛記』
2011.11　313p
①978-4-575-66533-8

『貧乏神の軍配　質蔵きてれつ繁盛記』
2012.2　309p
①978-4-575-66546-8

『質入れ女房　質蔵きてれつ繁盛記』
2012.6　309p
①978-4-575-66566-6
〔内容〕怪しき願人坊主, 歌八の恋, 質入れ女房, 無限講の実態

二見時代小説文庫（二見書房）

◇将棋士お香事件帖

『一万石の賭け　将棋士お香事件帖　1』
2011.8　290p
①978-4-576-11099-8

『娘十八人衆　将棋士お香事件帖　2』
2012.1　303p
①978-4-576-11174-2

『幼き真剣師　将棋士お香事件帖　3』
2012.7　295p
①978-4-576-12084-3

◇陰聞き屋十兵衛

『陰聞き屋十兵衛』　2013.1　297p
①978-4-576-12176-5

『刺客請け負います　陰聞き屋十兵衛　2』
2013.5　294p
①978-4-576-13060-6

『往生しなはれ　陰聞き屋十兵衛　3』
2013.8　296p
①978-4-576-13109-2

『秘密にしてたもれ　陰聞き屋十兵衛　4』
2014.1　289p
①978-4-576-13190-0

『そいつは困った　陰聞き屋十兵衛　5』
2014.5　294p
①978-4-576-14053-7

◇殿さま商売人

『べらんめえ大名　殿さま商売人　1』
2014.9　279p
①978-4-576-14113-8

『ぶっとび大名　殿さま商売人　2』
2015.1　290p
①978-4-576-14174-9

『運気をつかめ！　殿さま商売人　3』
2015.5　292p
①978-4-576-15056-7

『悲願の大勝負　殿さま商売人　4』
　2015.9　288p
　①978-4-576-15129-8

◇北町影同心

『閻魔の女房　北町影同心　1』　2016.1
　321p
　①978-4-576-15207-3
『過去からの密命　北町影同心　2』
　2016.5　318p
　①978-4-576-16069-6
『挑まれた戦い　北町影同心　3』　2016.
　9　302p
　①978-4-576-16131-0

ベスト時代文庫

（ベストセラーズ）

『赤毛侍幻九郎』　2010.1　277p
　①978-4-584-36675-2
『七福神の災難　赤毛侍幻九郎』　2010.4
　286p
　①978-4-584-36684-4

荻野目　悠樹

おぎのめ・ゆうき

1965～

東京生まれ。横浜市立大卒。1996年
「シインの毒」で集英社ロマン大賞を
受賞し、主にSF作家として活躍。

富士見新時代小説文庫

（KADOKAWA）

『江戸剣客遊戯　1　侍ふたり、跳ねて候』

　2014.10　265p
　①978-4-04-070348-0
『江戸剣客遊戯　2　侍ふたり、暴れて候』
　2015.4　254p
　①978-4-04-070560-6

小沢　章友

おざわ・あきとも

1949～

佐賀県生まれ。早大卒。コピーライ
ターを経て作家となり、様々なジャン
ルの作品を発表。1993年「遊民爺さん」
で開高健賞奨励賞を受賞。

学研M文庫（学研パブリッシング）

『陰陽師狼蘭　1』　2001.7　253p
　①4-05-900057-4
　〔内容〕鬼哭動乱
『陰陽師狼蘭　2』　2001.9　246p
　①4-05-900058-2
　〔内容〕怪異繚乱

角川文庫（KADOKAWA）

『沙羅と竜王　平安聖戦絵巻　上巻　天女
　降臨篇』　1992.8　301p
　①4-04-461201-3
『沙羅と竜王　平安聖戦絵巻　下巻　魔界
　出現篇』　1992.8　279p
　①4-04-461202-1

集英社文庫（集英社）

『夢魔の森』　1997.10　234p

①4-08-748700-8

『闇の大納言』　2000.2　330p
　①4-08-747140-3

白泉社招き猫文庫（白泉社）

『あやか師夢介元禄夜話』　2015.3　215p
　①978-4-592-83108-2
　〔内容〕旅に病んで, 八百屋お七, 兄弟, 仇討ち

双葉文庫（双葉社）

『運命師降魔伝』　2014.11　300p
　①978-4-575-51733-0

押川　国秋
おしかわ・くにあき
1935～

宮崎県生まれ。中央大卒。脚本家としてテレビ「必殺シリーズ」「遠山の金さん」などを手掛け、60歳で小説家に転身。「八丁堀慕情・流刑の女」で時代小説大賞を受賞。

廣済堂文庫（廣済堂出版）

『螢の舟　平七郎御用控　特選時代小説』
　2004.7　268p
　①4-331-61106-X
『下郎の首　呉服橋同心　特選時代小説』
　2006.2　317p
　①4-331-61209-0
『帳外れ辰蔵　悪い十手　特選時代小説』
　2011.9　331p

①978-4-331-61441-9

講談社文庫（講談社）

◇臨時廻り同心日下伊兵衛

『捨て首　臨時廻り同心日下伊兵衛』
　2005.12　331p
　①4-06-275265-4
　〔内容〕捨て首, 意趣返し, 死人斬り, 身投げ始末
『中山道の雨　臨時廻り同心日下伊兵衛』
　2006.6　329p
　①4-06-275419-3
　〔内容〕誘拐, 赤い眼, 中山道の雨, 引廻し刑
『母の剣法　臨時廻り同心日下伊兵衛』
　2006.12　339p
　①4-06-275584-X
　〔内容〕嘘つき, 島破り, くじ運, 母の剣法
『佃の渡し　臨時廻り同心日下伊兵衛』
　2007.6　341p
　①978-4-06-275768-3
　〔内容〕棘の女, 春日和, 活殺剣, 佃の渡し
『八丁堀日和　臨時廻り同心日下伊兵衛』
　2007.12　341p
　①978-4-06-275912-0
　〔内容〕横恋慕, たなばた, 鬼籍のひと, 最後の奉公

◇本所剣客長屋

『見習い用心棒　本所剣客長屋』　2008.
　10　356p
　①978-4-06-276167-3
『左利きの剣法　本所剣客長屋』　2009.3
　342p
　①978-4-06-276313-4
『射手座の侍　本所剣客長屋』　2009.10
　338p
　①978-4-06-276485-8
『秘恋の雪　本所剣客長屋』　2010.5
　342p

①978-4-06-276610-4
『春雷の女房　本所剣客長屋』　2010.11
　349p
　　①978-4-06-276813-9

『十手人』　2003.3　288p
　　①4-06-273681-0
『勝山心中』　2004.10　312p
　　①4-06-274890-8
『辻斬り』　2007.8　327p
　　①978-4-06-275811-6

乙川　優三郎
おとかわ・ゆうざぶろう
1953～

東京生まれ。国府台高卒。1996年「霧の橋」で時代小説大賞を受賞、2002年には「生きる」で直木賞を受賞した。代表作は他に「喜知次」。

朝日文庫(朝日新聞出版)

『さざなみ情話』　2007.10　270p
　　①978-4-02-264417-6
『麗しき花実』　2013.5　422p〈2010年刊に「渓声」を併録〉
　　①978-4-02-264703-0
　　〔内容〕麗しき花実, 続編 渓声

幻冬舎文庫(幻冬舎)

『かずら野』　2004.4　315p
　　①4-344-40503-X

講談社文庫(講談社)

『霧の橋』　2000.3　330p
　　①4-06-264820-2
『喜知次』　2001.3　417p
　　①4-06-273077-4
『屋烏』　2002.2　258p
　　①4-06-273378-1
　　〔内容〕禿松, 屋烏, 竹の春, 病葉, 穴惑い
『蔓の端々』　2003.4　452p
　　①4-06-273713-2
『夜の小紋』　2007.9　215p〈『芥火』(2000年刊)の改題〉
　　①978-4-06-275830-7
　　〔内容〕芥火, 夜の小紋, 虚舟, 柴の家, 妖花

集英社文庫(集英社)

『武家用心集』　2006.1　303p
　　①4-08-746003-7
　　〔内容〕田蔵田半右衛門, しずれの音, 九月の瓜, 邯鄲, うつしみ, 向椿山, 磯波, 梅雨のなごり

新潮文庫(新潮社)

『五年の梅』　2003.10　305p
　　①4-10-119221-9
　　〔内容〕後瀬の花, 行き道, 小田原鰹, 蟹, 五年の梅
『かずら野』　2006.10　333p〈幻冬舎2004年刊の改訂〉
　　①4-10-119222-7
『むこうだんばら亭』　2007.10　347p
　　①978-4-10-119223-9
　　〔内容〕行き暮れて, 散り花, 希望, 男波女波, 旅の陽射し, 古い風, 磯笛, 果ての海
『さざなみ情話』　2009.10　300p
　　①978-4-10-119224-6

鬼塚忠

『露の玉垣』　2010.7　349p
　①978-4-10-119225-3
　〔内容〕乙路, 新しい命, きのう玉蔭, 晩秋, 静
　　かな川, 異人の家, 宿敵, 遠い松原
『逍遥の季節』　2012.3　266p
　①978-4-10-119226-0
　〔内容〕竹夫人, 秋野, 三冬三春, 夏草雨, 秋
　　草風, 細小群竹, 逍遥の季節

徳間文庫（徳間書店）

『喜知次』　　2015.6　477p〈講談社文庫
　2001年刊の再刊〉
　①978-4-19-893977-9

文春文庫（文藝春秋）

『椿山』　2001.11　255p
　①4-16-714163-9
　〔内容〕ゆすらうめ, 白い月, 花の顔, 椿山
『生きる』　2005.1　261p
　①4-16-714164-7
　〔内容〕生きる, 安穏河原, 早梅記
『冬の標』　2005.12　372p
　①4-16-714165-5
『闇の華たち』　2011.12　227p
　①978-4-16-714166-0
　〔内容〕花映る, 男の縁, 悪名, 笹の雪, 面影,
　　冬の華

鬼塚　忠
おにつか・ただし
1965〜

鹿児島県生まれ。鹿児島大卒。2001年
アップルシード・エージェンシーを設
立。時代小説に「花戦さ」がある。

角川文庫（KADOKAWA）

『花戦さ』　2016.5　279p〈『花いくさ』
　（角川書店 2011年刊）の改題　文献あ
　り〉
　①978-4-04-100786-0

海道　龍一朗
かいとう・りゅういちろう
1959〜

北海道生まれ。2003年「真剣」でデビ
ュー、10年「天佑、我にあり」が第1回山
田風太郎賞候補作となった。他に「早
雲立志伝」「北條龍虎伝」など。

角川文庫（KADOKAWA）

『早雲立志伝』　2013.7　589p
　①978-4-04-100914-7

講談社文庫（講談社）

『天佑、我にあり　天海譚戦川中島異聞
　上』　2012.8　392p
　①978-4-06-277331-7
『天佑、我にあり　天海譚戦川中島異聞

下』　2012.8　403p
①978-4-06-277332-4

『真剣　新陰流を創った漢、上泉伊勢守信
　綱　上』　2012.12　352p〈新潮文庫
　2005年刊の2分冊〉
①978-4-06-277434-5

『真剣　新陰流を創った漢、上泉伊勢守信
　綱　下』　2012.12　405p〈新潮文庫
　2005年刊の2分冊〉
①978-4-06-277459-8

『乱世疾走　禁中御庭者綺譚　上』
　2013.5　422p〈新潮文庫 2007年刊の上
　下分冊〉
①978-4-06-277541-0

『乱世疾走　禁中御庭者綺譚　下』
　2013.5　417p〈新潮文庫 2007年刊の上
　下分冊〉
①978-4-06-277542-7

『北條龍虎伝　上』　2013.9　291p〈『北
　条竜虎伝』（新潮文庫 2009年刊）の分
　冊〉
①978-4-06-277640-0

『北條龍虎伝　下』　2013.9　284p〈『北
　条竜虎伝』（新潮文庫 2009年刊）の分
　冊〉
①978-4-06-277656-1

集英社文庫 (集英社)

『華、散りゆくけど　真田幸村連戦記』
　2014.11　590p
①978-4-08-745254-9

新潮文庫 (新潮社)

『真剣　新陰流を創った男、上泉伊勢守信
　綱』　2005.12　699p
①4-10-125041-3

『乱世疾走　禁中御庭者綺譚』　2007.12
　764p

①978-4-10-125042-7

『北條龍虎伝』　2009.1　497p〈『後北條
　龍虎伝』（2006年刊）の改題〉
①978-4-10-125043-4

PHP文芸文庫 (PHP研究所)

『我、六道を懼れず　真田昌幸連戦記　立
　志篇 上』　2016.1　380p
①978-4-569-76491-7

『我、六道を懼れず　真田昌幸連戦記　立
　志篇 下』　2016.1　397p
①978-4-569-76492-4

双葉文庫 (双葉社)

『悪忍　加藤段蔵無頼伝』　2009.12
　507p
①978-4-575-66421-8

鏡川　伊一郎
かがみがわ・いいちろう
1941〜2016

高知県生まれ。新聞記者、商社、調査
会社勤務などを経て、作家・文芸評論
家となる。代表作に「月琴を弾く女」。

幻冬舎時代小説文庫 (幻冬舎)

『月琴を弾く女　お龍がゆく』　2010.6
　468p
①978-4-344-41488-4

岳 真也
がく・しんや
1947〜

東京生まれ。慶大卒。学生時代から作家として活動。近年は歴史小説を執筆。代表作に「吉良の言い分」「北越の竜」などがある。

学研M文庫 (学研パブリッシング)

◇江戸のご隠居意見番

『小春びより　江戸のご隠居意見番』
　2012.2　279p〈発売：学研マーケティング〉
　①978-4-05-900740-1

『恋しぐれ　江戸のご隠居意見番』
　2012.11　285p〈発売：学研マーケティング〉
　①978-4-05-900790-6

『北越の龍河井継之助』　2000.11　380p
　①4-05-900009-4

『麒麟橋本左内』　2000.12　526p〈文献あり〉
　①4-05-901021-9

『孤高の月将徳川慶喜』　2001.1　264p
　〈『決戦鳥羽伏見徳川慶喜の選択』(廣済堂出版1997年刊)の改題〉
　①4-05-901027-8

『山内一豊』　2005.11　429p
　①4-05-901176-2

『土方歳三』　2006.7　349p
　①4-05-901186-X

『蒼き狼　新選組武勇列伝』　2010.10　347p〈『剣俠』(学習研究社2004年刊)の改題、加筆　発売：学研マーケティング〉
　①978-4-05-900660-2
〔内容〕近藤勇―義を取り生を捨つる、芹沢鴨―色よく花の魁けて、沖田総司―わが生は一陣の風のごとく、土方歳三―鬼となり修羅となりて、島田魁―ふところ深き漢であれば、相馬主計―みずからに引導を渡す、斎藤一――われ士道に殉ずべし

廣済堂文庫 (廣済堂出版)

『決戦鳥羽伏見　徳川慶喜の選択　書下ろし長篇時代小説　特選時代小説』
　1998.1　250p
　①4-331-60630-9

『ぽっこれ　大江戸妖かし草紙　モノノケ文庫』　2013.7　260p
　①978-4-331-61537-9

講談社文庫 (講談社)

『密事』　2005.10　297p〈『道ゆき獣みち』(有楽出版2001年刊)の改題〉
　①4-06-275205-0
〔内容〕道ゆき獣みち、艶夢、禁断の野薊、密事

『溺れ花』　2006.7　309p〈『おぼろ谷心中』(有楽出版社2003年刊)の増補〉
　①4-06-275446-0
〔内容〕おぼろ谷心中、溺れ花

『色散華』　2008.2　385p〈『近藤勇暗殺指令』(廣済堂出版2002年刊)の改題〉
　①978-4-06-275971-7

集英社文庫 (集英社)

『修羅を生き、非命に死す　小説小栗上野介忠順』　2010.5　631p〈『小栗忠順』(作品社2001年刊)の合冊、改題　文献あり〉
　①978-4-08-746573-0

小学館文庫（小学館）

『吉良の言い分　真説・忠臣蔵　上』
　2000.11　299p
　①4-09-404841-3
『吉良の言い分　真説・忠臣蔵　下』
　2000.11　317p
　①4-09-404842-1

祥伝社文庫（祥伝社）

◇湯屋守り源三郎捕物控

『湯屋守り源三郎捕物控　長編時代小説』
　2008.4　292p
　①978-4-396-33426-0
『深川おけら長屋　長編時代小説　湯屋守り源三郎捕物控』　2008.7　358p
　①978-4-396-33444-4
『千住はぐれ宿　長編時代小説　湯屋守り源三郎捕物控』　2008.12　386p
　①978-4-396-33471-0
『谷中おかめ茶屋　長編時代小説　湯屋守り源三郎捕物控　4』　2009.6　269p
　①978-4-396-33509-0
『麻布むじな屋敷　長編時代小説　湯屋守り源三郎捕物控　5』　2010.2　312p
　①978-4-396-33558-8
『本所ゆうれい橋　湯屋守り源三郎捕物控　6』　2010.10　272p
　①978-4-396-33620-2
『浅草こととい湯　湯屋守り源三郎捕物控　7』　2011.9　274p
　①978-4-396-33708-7

『文久元年の万馬券　日本競馬事始め　長編時代小説』　2007.10　565p
　①978-4-396-33388-1
『捕物犬金剛丸　深川門仲ものがたり』
　2011.4　284p
　①978-4-396-33669-1

徳間文庫（徳間書店）

『綾　さわやか佐吉茶屋草紙』　2010.5　282p
　①978-4-19-893155-1

PHP文庫（PHP研究所）

『村上武吉　毛利を支えた水軍大将』
　1997.3　397p
　①4-569-56993-5
『家康　逃げて、耐えて、天下を盗る』
　2002.8　363p
　①4-569-57785-7

富士見新時代小説文庫（KADOKAWA）

『秘帖托鉢剣　1　虚無僧胡空闇仕置き』
　2014.6　253p
　①978-4-04-070163-9
『秘帖托鉢剣　2　しぐれ秋月抜荷始末』
　2014.8　248p
　①978-4-04-070167-7
『秘帖托鉢剣　3　桜花爛漫仕舞い舟』
　2015.3　246p
　①978-4-04-070495-1

双葉文庫（双葉社）

◇押しかけ呑兵衛御用帖

『浅草くれない座　押しかけ呑兵衛御用帖』　2009.6　301p

笠岡治次

①978-4-575-66384-6
『藍染めしぐれ　押しかけ呑兵衛御用帖』
　2009.11　302p
　①978-4-575-66414-0
『浅き夢みし　押しかけ呑兵衛御用帖』
　2010.6　285p
　①978-4-575-66448-5

ベスト時代文庫

（ベストセラーズ）

◇なでしこお京捕物帖

『なでしこお京捕物帖　大逆転』　2012.7
　284p
　①978-4-584-36706-3
『なでしこお京捕物帖　じゃじゃ馬なら
　し』　2012.8　284p
　①978-4-584-36715-5

笠岡　治次
かさおか・はるじ
　　1969～

愛知県生まれ。雑誌編集者、脚本家な
どを経て、架空戦記で小説家デビュー。
2005年「百姓侍人情剣」で時代小説家
となった。

廣済堂文庫（廣済堂出版）

◇百姓侍人情剣

『百姓侍人情剣　特選時代小説』　2005.6
　303p
　①4-331-61170-1

『見習い同心　百姓侍人情剣　特選時代小
　説』　2006.1　307p
　①4-331-61203-1
『十手乱れ花　百姓侍人情剣　特選時代小
　説』　2006.7　299p
　①4-331-61233-3
『武士の道　百姓侍人情剣　特選時代小
　説』　2007.2　302p
　①978-4-331-61252-1
『頑固者　百姓侍人情剣　特選時代小説』
　2007.7　302p
　①978-4-331-61280-4
『なみだ橋　百姓侍人情剣　特選時代小
　説』　2008.5　316p
　①978-4-331-61310-8
『からくり糸車　百姓侍人情剣　特選時
　小説』　2009.7　302p
　①978-4-331-61363-4
『わかれ道　百姓侍人情剣　特選時代小
　説』　2011.4　318p
　①978-4-331-61426-6
『忘れ草　百姓侍人情剣　特選時代小説』
　2012.2　318p
　①978-4-331-61459-4
『通り雨　百姓侍人情剣　特選時代小説』
　2012.10　317p
　①978-4-331-61494-5

コスミック・時代文庫

（コスミック出版）

『空蝉　元御庭番半九郎影仕置　書下ろし
　長編時代小説』　2014.6　333p
　①978-4-7747-2738-7

ベスト時代文庫

（ベストセラーズ）

◇よろず稼業銑十郎

『流れ雲　よろず稼業銑十郎』　2006.9
　318p
　①4-584-36571-7

『ちぎれ雲　よろず稼業銑十郎』　2007.3
　302p
　①978-4-584-36592-2

『守り袋　よろず稼業銑十郎』　2007.12
　285p
　①978-4-584-36620-2
　〔内容〕守り袋, 付け火, 茶屋の娘, 旗本騒動

『なみだ雲　よろず稼業銑十郎』　2008.
　12　282p
　①978-4-584-36645-5
　〔内容〕虎之助, 鬼伝の目にも涙, 辻斬り, 寄
　場帰り

風間　九郎

かざま・くろう

1961〜

1996年「ロリータ 半熟の乳頭」で官能
小説家としてデビュー。時代小説作品
も発表している。

学研M文庫（学研パブリッシング）

◇千乃介色草紙

『雪姫艶道中　千乃介色草紙』　2005.7
　281p
　①4-05-900362-X

『仇討ち艶迷剣　千乃介色草紙』　2006.4

　302p
　①4-05-900415-4

◇三毛猫先生事件帖

『愛染桜花地獄　三毛猫先生事件帖』
　2007.5　256p
　①978-4-05-900477-6

『淫花人形　三毛猫先生事件帖』　2008.2
　257p
　①978-4-05-900516-2

廣済堂文庫（廣済堂出版）

『白羽のお鏡情艶旅　特選時代小説』
　2006.9　307p
　①4-331-61242-2

『刺青狩り　白羽のお鏡情艶旅　特選時代
　小説』　2008.1　316p
　①978-4-331-61313-9

コスミック・時代文庫

（コスミック出版）

『殺しの残り香　柴犬同心事件帖　書下ろ
　し長編官能時代小説』　2009.11　254p
　①978-4-7747-2293-1

『胡蝶の刃　八丁堀艶風剣　書下ろし長編
　官能時代小説』　2011.7　302p
　①978-4-7747-2422-5

ベスト時代文庫

（ベストセラーズ）

◇千乃介淫画帖

『女地獄情艶剣　千乃介淫画帖』　2006.1
　271p
　①4-584-36550-4

『大江戸闇手裏剣　千乃介淫画帖』
　　2006.12　251p
　　Ⓘ4-584-36586-5
『艶くらべ恋情剣　千乃介淫画帖』
　　2008.5　236p
　　Ⓘ978-4-584-36634-9

加治 将一
かじ・まさかず
1948〜

北海道生まれ。光星高卒。建築プロデューサーの傍ら作家として活動。

祥伝社文庫 (祥伝社)

『西郷の貌　新発見の古写真が暴いた明治
　政府の偽造史』　2015.9　385p〈2012
　年刊の加筆、修正　文献あり〉
　　Ⓘ978-4-396-31676-1

PHP文芸文庫 (PHP研究所)

『倒幕の紋章　闇の異人館』　2012.1
　421p〈PHPエディターズ・グループ
　2009年刊の加筆・修正〉
　　Ⓘ978-4-569-67779-8
『回天の黒幕　倒幕の紋章2』　2012.10
　429p〈『倒幕の紋章2』(PHPエディ
　ターズ・グループ 2010年刊)の改題、
　加筆・修正〉
　　Ⓘ978-4-569-67886-3

梶 よう子
かじ・ようこ

東京生まれ。2008年「槿花、一朝の夢」
(のち「一朝の夢」)で松本清張賞を受
賞、時代小説作家となる。他に「こと
り屋おけい探鳥双紙」など。

講談社文庫 (講談社)

『迷子石』　2013.12　381p〈2010年刊の
　改稿　文献あり〉
　　Ⓘ978-4-06-277727-8
『ふくろう』　2015.11　333p〈文献あり〉
　　Ⓘ978-4-06-293239-4

実業之日本社文庫
(実業之日本社)

『商い同心　千客万来事件帖』　2016.2
　357p〈『宝の山』(2013年刊)の改題〉
　　Ⓘ978-4-408-55275-0
　〔内容〕雪花菜, 犬走り, 宝の山, 鶴と亀, 幾
　　世餅, 富士見酒, 煙に巻く

集英社文庫 (集英社)

『柿のへた　御薬園同心水上草介』
　2013.9　298p〈文献あり〉
　　Ⓘ978-4-08-745118-4
　〔内容〕安息香, 柿のへた, 何首烏, 二輪草,
　　あじさい, ドクダミ, 蓮子, 金銀花, ばれい
　　しょ
『お伊勢ものがたり　親子三代道中記』
　2016.6　331p〈文献あり〉
　　Ⓘ978-4-08-745457-4

ハルキ文庫（角川春樹事務所）

『いろあわせ　摺師安次郎人情暦　時代小説文庫』　2013.6　360p〈文献あり〉
①978-4-7584-3741-7
〔内容〕かけあわせ, ぼかしずり, まききら, からずり, あてなぼかし

文春文庫（文藝春秋）

『一朝の夢』　2011.10　310p〈文献あり〉
①978-4-16-782401-3
『夢の花、咲く』　2014.6　313p〈文献あり〉
①978-4-16-790121-9
『みちのく忠臣蔵』　2016.5　345p〈文献あり〉
①978-4-16-790616-0

柏田　道夫
かしわだ・みちお
1953〜

青山学院大卒。フリーライターから作家となり、1995年「桃鬼城伝奇」で歴史群像大賞を受賞。

光文社文庫（光文社）

『しぐれ茶漬　武士の料理帖　掌編時代小説〔光文社時代小説文庫〕』　2016.6　314p〈『武士の料理帖』（毎日コミュニケーションズ 2011年刊）の改題、加筆修正を加え、新たに書き下ろし「鉄火巻き」を加える　文献あり〉
①978-4-334-77309-0
〔内容〕筍ごはん, 鯉のあらい, 鰻丼, 稲荷鮨, みそ田楽, きんつば, どじょう鍋, 文字焼き, 瓜茄子漬け, 鮎の塩焼き, 時雨茶漬, たまごかゆ, しじみ汁, てっちり, 天ぷら, 雪消飯, 年越しそば, すき焼き, 言問団子, 鉄火巻き（書下ろし）

徳間文庫（徳間書店）

『矢立屋新平太版木帳』　2015.11　300p
①978-4-19-894030-0
〔内容〕恩猫っかぶり, あかね雲心中, 首半鐘, 銀杏の女, 根岸の化け猫, 看板泥棒

風野　真知雄
かぜの・まちお
1951〜

福島県生まれ。立教大卒。1994年に「黒牛と妖怪」で歴史文学賞を受賞してデビュー。「耳袋秘帖」シリーズ「妻は、くノ一」シリーズはベストセラーに。

朝日文庫（朝日新聞出版）

◇八丁堀育ち

『八丁堀育ち』　2010.10　255p
①978-4-02-264578-4
『初恋の剣　八丁堀育ち　2』　2012.10　270p
①978-4-02-264680-4
『雪融けの夜　八丁堀育ち　3』　2013.3　253p
①978-4-02-264699-6
『早春の河　八丁堀育ち　4』　2013.10　249p
①978-4-02-264723-8

風野真知雄

◇大江戸落語百景

『猫見酒　大江戸落語百景〔朝日時代小説
　文庫〕』　2011.10　264p
　①978-4-02-264629-3
　〔内容〕ご天寿うなぎ, 下げ渡し, 無礼講, 百
　　一文, 無尽灯, 編笠息子, 化け猫屋, けんか
　　凧, 猫見酒, 苦労寿司

『痩せ神さま　大江戸落語百景　2〔朝日
　時代小説文庫〕』　2012.1　259p
　①978-4-02-264646-0
　〔内容〕痩せ神さま, 質入れ, 牛の医者, 忠犬
　　蔵, やみなべ, すっぽんぽん, 人喰い村, 永
　　代橋, 長崎屋, ちゃらけ寿司

学研M文庫（学研パブリッシング）

『後藤又兵衛』　2002.2　287p
　①4-05-901097-9
『後藤又兵衛』　新装版　2014.1　302p
　〈初版：学研2002年刊　文献あり　発
　　売：学研マーケティング〉
　①978-4-05-900867-5

角川文庫（KADOKAWA）

◇妻は、くノ一

『妻は、くノ一』　2008.12　254p〈発
　売：角川グループパブリッシング〉
　①978-4-04-393101-9
『星影の女　妻は、くノ一　2』　2009.1
　235p〈発売：角川グループパブリッシ
　ング〉
　①978-4-04-393102-6
　〔内容〕墓場から来た女, 星の井戸, 山茶花合
　　戦, 踊る猫, 海の犬
『身も心も　妻は、くノ一　3』　2009.2
　225p〈発売：角川グループパブリッシ
　ング〉
　①978-4-04-393103-3

　〔内容〕赤いカラス, はまぐり湯, 人形は夜歩
　　く, 読心斎, 後生小判

『風の囁き　妻は、くノ一　4』　2009.5
　231p〈発売：角川グループパブリッシ
　ング〉
　①978-4-04-393104-0
『月光値千両　妻は、くノ一　5』　2009.
　8　257p〈発売：角川グループパブ
　リッシング〉
　①978-4-04-393105-7
『宵闇迫れば　妻は、くノ一　6』　2009.
　12　239p〈発売：角川グループパブ
　リッシング〉
　①978-4-04-393106-4
　〔内容〕むなしさの理由, ぺっちゃんこ, 芝居
　　好きの幽霊, 陸の人魚, 殺しの蜃気楼
『美姫の夢　妻は、くノ一　7』　2010.4
　222p〈発売：角川グループパブリッシ
　ング〉
　①978-4-04-393107-1
『胸の振子　妻は、くノ一　8』　2010.8
　235p〈発売：角川グループパブリッシ
　ング〉
　①978-4-04-393108-8
　〔内容〕やすらぐ酒場と、謎多き海, おきざ
　　り, 銭ヘビさま, 壁の紐, すけすけ, 年越し
　　のそばとうどん
『国境の南　妻は、くノ一　9』　2010.12
　220p〈発売：角川グループパブリッシ
　ング〉
　①978-4-04-393109-5
『濤の彼方　妻は、くノ一　10』　2011.8
　239p〈発売：角川グループパブリッシ
　ング〉
　①978-4-04-393113-2
『いちばん嫌な敵　妻は、くノ一　蛇之巻
　1』　2013.3　235p〈発売：角川グルー
　プパブリッシング〉
　①978-4-04-100747-1
『幽霊の町　妻は、くノ一　蛇之巻2』
　2013.4　222p〈発売：角川グループ
　ホールディングス〉
　①978-4-04-100785-3

『大統領の首　妻は、くノ一　蛇之巻3』
2013.8　242p
①978-4-04-100992-5

◇四十郎化け物始末

『妖かし斬り　四十郎化け物始末　1』
2011.2　294p〈ベストセラーズ平成17
年刊の加筆修正　発売：角川グループ
パブリッシング〉
①978-4-04-393110-1

『百鬼斬り　四十郎化け物始末　2』
2011.3　260p〈ベストセラーズ平成18
年刊の加筆修正　発売：角川グループ
パブリッシング〉
①978-4-04-393111-8

『幻魔斬り　四十郎化け物始末　3』
2011.4　257p〈発売：角川グループパ
ブリッシング〉
①978-4-04-393112-5

◇姫は、三十一

『姫は、三十一』　2011.12　250p〈発
売：角川グループパブリッシング〉
①978-4-04-100076-2

『恋は愚かと　姫は、三十一　2』　2012.
4　266p〈発売：角川グループパブ
リッシング〉
①978-4-04-100247-6

『君微笑めば　姫は、三十一　3』　2012.
8　255p〈発売：角川グループパブ
リッシング〉
①978-4-04-100438-8

『薔薇色の人　姫は、三十一　4』　2012.
12　260p〈発売：角川グループパブ
リッシング〉
①978-4-04-100613-9

『鳥の子守唄　姫は、三十一　5』　2013.
12　255p
①978-4-04-101167-6

『運命のひと　姫は、三十一　6』　2014.
4　246p
①978-4-04-101590-2

『月に願いを　姫は、三十一　7』　2014.
9　255p
①978-4-04-101591-9

◇剣豪写真師・志村悠之介

『西郷盗撮　剣豪写真師・志村悠之介』
2014.11　334p〈新人物往来社 2010年
刊の再刊〉
①978-4-04-102320-4

『鹿鳴館盗撮　剣豪写真師・志村悠之介』
2014.11　345p〈新人物往来社 2010年
刊の再刊〉
①978-4-04-102323-5

『ニコライ盗撮　剣豪写真師・志村悠之
介』　2015.4　445p〈新人物往来社
2001年刊の再刊〉
①978-4-04-102301-3

◇猫鳴小路のおそろし屋

『猫鳴小路のおそろし屋』　2014.12
270p
①978-4-04-102498-0
〔内容〕血まみれ風林火山, 黄門さまの杖, 六
枚目の幽霊画, 二百三高地の刃

『猫鳴小路のおそろし屋　2　酒呑童子の
盃』　2015.3　243p
①978-4-04-102499-7
〔内容〕本能寺の茶筅, 五右衛門の釜, 大石内
蔵助の太鼓, 酒呑童子の盃

『猫鳴小路のおそろし屋　3　江戸城奇譚』
2015.5　240p
①978-4-04-102500-0
〔内容〕真田幸村の六文銭, 弁慶の下駄, 安倍
晴明の式神, 将門の首壺

◇女が、さむらい

『女が、さむらい』　2016.1　243p
①978-4-04-103825-3

『女が、さむらい〔2〕鯨を一太刀』
2016.6　253p
①978-4-04-103826-0

風野真知雄

『女が、さむらい　置きざり国広』
2016.11　248p
①978-4-04-103824-6
〔内容〕あの世の長光, 穴の開いた名刀, 置きざり国広, 鈍刀の風格, 微笑み宗近

『沙羅沙羅越え』　2016.4　360p
①978-4-04-104437-7

幻冬舎時代小説文庫 (幻冬舎)

◇女だてら麻布わけあり酒場

『女だてら麻布わけあり酒場』　2011.4　297p
①978-4-344-41666-6

『未練坂の雪　女だてら麻布わけあり酒場 2』　2011.5　274p
①978-4-344-41669-7

『夢泥棒　女だてら麻布わけあり酒場　3』
2011.6　284p
①978-4-344-41670-3

『涙橋の夜　女だてら麻布わけあり酒場 4』　2011.11　252p
①978-4-344-41768-7
〔内容〕除夜の鐘, 下手っぴ名人, 男の背中, 天狗の飛脚

『慕情の剣　女だてら麻布わけあり酒場 5』　2011.12　254p
①978-4-344-41780-9

『逃がし屋小鈴　女だてら麻布わけあり酒場 6』　2012.6　266p
①978-4-344-41875-2

『別れ船　女だてら麻布わけあり酒場 7』
2012.8　258p
①978-4-344-41910-0

『嘘つき　女だてら麻布わけあり酒場 8』
2012.12　261p
①978-4-344-41952-0

『星の河　女だてら麻布わけあり酒場 9』
2013.6　228p
①978-4-344-42034-2

『町の灯り　女だてら麻布わけあり酒場 10』　2013.12　262p
①978-4-344-42127-1

◇大名やくざ

『大名やくざ』　2014.6　276p
①978-4-344-42209-4

『大名やくざ 2　火事と妓が江戸の華』
2014.7　275p
①978-4-344-42226-1
〔内容〕贈り物はなんだっていいんだ, おれが殺したんじゃねえぜ, やくざは大っ嫌いでありんす, 百万石がなんだってんだ

『大名やくざ 3　征夷大将軍を脅す』
2014.8　282p
①978-4-344-42247-6
〔内容〕借金返すのなんか, かんたんだぜ, 幸せなやくざは見たことがねえ, 紀伊国屋には奪わせねえぜ, わしらは虎に脅されたのか？

『大名やくざ 4　飛んで火に入る悪い奴』
2015.1　270p
①978-4-344-42301-5

『大名やくざ 5　徳川吉宗を張り倒す』
2015.6　274p
①978-4-344-42354-1

『大名やくざ 6　虎の尾を踏む虎之助』
2015.10　274p
①978-4-344-42404-3

『大名やくざ 7　女が怒れば虎の牙』
2016.2　268p
①978-4-344-42451-7
〔内容〕おれの懐を狙ってみなよ, お化けが怖いワルだってよ, 有馬の屋敷に化け猫が出るだと？, 女はやっぱり怖いねえ

『大名やくざ 8　将軍, 死んでもらいます』　2016.6　270p
①978-4-344-42488-3
〔内容〕「紀伊国屋, 儲けすぎなんじゃねえか？」, 「やくざになっちゃあ, 駄目なのさ」, 「虎之助の夢を聞いてください」,

「お前は将軍の器じゃねえんだよ」

『青竜の砦』 2013.8 252p
 ⓘ978-4-344-42077-9
 〔内容〕仏の目,片違いの雪駄,犬の殉死,傷だらけの爺い

幻冬舎文庫(幻冬舎)

◇爺いとひよこの捕物帳

『七十七の傷 爺いとひよこの捕物帳』 2008.6 267p
 ⓘ978-4-344-41139-5
 〔内容〕水を歩く,戦国の面,小さな槍

『弾丸の眼 爺いとひよこの捕物帳』 2009.6 254p
 ⓘ978-4-344-41312-2
 〔内容〕キツネの婿取り,極楽の匂い,首化粧

『燃える川 爺いとひよこの捕物帳 幻冬舎時代小説文庫』 2010.6 278p
 ⓘ978-4-344-41489-1
 〔内容〕撫子が教えてくれた,猿とかまいたち,ごちそうの罠,節穴の女

廣済堂文庫(廣済堂出版)

『刺客、江戸城に消ゆ 長篇時代小説 特選時代小説』 2001.10 273p
 ⓘ4-331-60890-5
『影忍・徳川御三家斬り 特選時代小説』 2002.10 258p
 ⓘ4-331-60963-4
『刺客、江戸城に消ゆ』 第2版 2007.11 307p
 ⓘ978-4-331-60890-6
『影忍・徳川御三家斬り』 第2版 2007.12 283p
 ⓘ978-4-331-60963-7

『刺客が来る道 特選時代小説』 2008.1 288p
 ⓘ978-4-331-61309-2
 〔内容〕天狗の襦袢,でたらめ経,学ぶ悴,雲雀の巣,しじみ,雨美人,夕陽を釣る,源助のナス

講談社文庫(講談社)

◇隠密味見方同心

『隠密味見方同心 1 くじらの姿焼き騒動』 2015.2 261p
 ⓘ978-4-06-293047-5
 〔内容〕禿げそば,うなぎのとぐろ焼き,くじらの姿焼き,鍋焼き寿司

『隠密味見方同心 2 干し卵不思議味』 2015.3 250p
 ⓘ978-4-06-293064-2
 〔内容〕ふんどし豆腐,天狗ちくわ,干し卵,うどんの天ぷら

『隠密味見方同心 3 幸せの小福餅』 2015.4 260p
 ⓘ978-4-06-293065-9
 〔内容〕たぬき寿司,小福餅,冷やし沢庵,おでんのおでん

『隠密味見方同心 4 恐怖の流しそうめん』 2015.9 244p
 ⓘ978-4-06-293192-2
 〔内容〕つるもどき,へったれ漬け,ちくび飴,怪談そうめん

『隠密味見方同心 5 フグの毒鍋』 2016.1 237p
 ⓘ978-4-06-293299-8
 〔内容〕馬鹿弁当,フグの毒鍋,イカタコ煮,なみだ酒

『隠密味見方同心 6 鵺の闇鍋』 2016.7 243p
 ⓘ978-4-06-293446-6
 〔内容〕紅黒豆腐,鵺の闇鍋,天狗卵,おかまうどん

光文社文庫（光文社）

『刺客が来る道　長編時代小説〔光文社時代小説文庫〕』　2016.4　300p〈廣済堂出版 1999年刊の再刊〉
①978-4-334-77278-9

『刺客、江戸城に消ゆ　長編時代小説〔光文社時代小説文庫〕』　2016.8　316p〈廣済堂文庫 2001年刊の再刊〉
①978-4-334-77339-7

『影忍・徳川御三家斬り　長編時代小説〔光文社時代小説文庫〕』　2016.9　282p〈廣済堂文庫 2002年刊の再刊〉
①978-4-334-77356-4

コスミック・時代文庫
（コスミック出版）

◇手ほどき冬馬事件帖

『ふうらい指南　書下ろし長編時代小説　手ほどき冬馬事件帖』　2005.9　287p〈発売：コスミックインターナショナル〉
①4-7747-2042-9
〔内容〕指南始め, 逆手取り, 団子の棒, 一夜漬け, 恨みの矢, 華やかな罠

『雨の刺客　書下ろし長編時代小説　手ほどき冬馬事件帖』　2005.11　287p〈発売：コスミックインターナショナル〉
①4-7747-2055-0
〔内容〕若さまの賭け, 蝶の秘剣, 笠の下, 雨の刺客, 歩いてきた幽霊, 夢の炎

『ふうらい秘剣　書下ろし長編時代小説　手ほどき冬馬事件帖』　2006.4　254p〈発売：コスミックインターナショナル〉
①4-7747-2074-7
〔内容〕暗闇斬り, 縄の手柄, 浮世絵の剣, 冬馬の弟子入り, 秘剣生まれたり

『ふうらい指南　手ほどき冬馬事件帖』　2011.6　287p
①978-4-7747-2414-0
〔内容〕指南始め, 逆手取り, 団子の棒, 一夜漬け, 恨みの矢, 華やかな罠

『雨の刺客　書下ろし長編時代小説　手ほどき冬馬事件帖』　2011.7　287p
①978-4-7747-2421-8
〔内容〕若さまの賭け, 蝶の秘剣, 笠の下, 雨の刺客, 歩いてきた幽霊, 夢の炎

『ふうらい秘剣　傑作長編時代小説　手ほどき冬馬事件帖』　2011.8　255p〈2006年刊の加筆訂正、新装版〉
①978-4-7747-2434-8

◇同心亀無剣之介

『同心亀無剣之介　わかれの花　書下ろし長編時代小説』　2006.8　316p
①4-7747-2093-3

『同心亀無剣之介　消えた女　書下ろし長編時代小説』　2007.1　311p
①978-4-7747-2121-7
〔内容〕首切りの鐘, 消えた女, 死の芸, 最悪の同心

『同心亀無剣之介　恨み猫　書下ろし長編時代小説』　2008.9　268p
①978-4-7747-2212-2

『同心亀無剣之介　きつね火　書下ろし長編時代小説』　2010.5　254p
①978-4-7747-2331-0

時代小説文庫（角川春樹事務所）

『閻魔裁き　2　雨乞いの美女が消えた』　2016.10　251p
①978-4-7584-4039-4

実業之日本社文庫
　　　　　　　　　（実業之日本社）

◇大奥同心・村雨広の純心

『月の光のために　大奥同心・村雨広の純心』　2011.10　302p
　①978-4-408-55052-7
『消えた将軍　大奥同心・村雨広の純心2』　2013.12　254p
　①978-4-408-55151-7
『江戸城仰天　大奥同心・村雨広の純心3』　2015.12　238p
　①978-4-408-55256-9

祥伝社文庫（祥伝社）

◇喧嘩旗本 勝小吉事件帖

『喧嘩旗本 勝小吉事件帖』　新装版　2013.10　307p
　①978-4-396-33888-6
　〔内容〕座敷牢の男, ひきこもった男, 房州から来たいい男, 流れ月, 読めない屋号, ダルマ髭の子どもたち, 鯉のぼりは夜泳ぐ, 死美人湯
『どうせおいらは座敷牢　喧嘩旗本 勝小吉事件帖 2』　2014.3　303p
　①978-4-396-34024-7
　〔内容〕本家と元祖, お化け井戸, 夢をば買いましょう, 馬の幽霊, 雷さまの匂い, 濡れ神さま, 座敷牢の殺人, 友だちに好かれる薬

◇占い同心鬼堂民斎

『当たらぬが八卦　占い同心鬼堂民斎　1』　2014.5　275p
　①978-4-396-34037-7
　〔内容〕鬼占い, 夢で殺しましょう, もててててて, 餅をつく女, 闇の蝶, 当たり過ぎると
『女難の相あり　占い同心鬼堂民斎　2』　2014.5　272p
　①978-4-396-34038-4
　〔内容〕人巻き寿司, 仔犬の幽霊, 女難の相あり, どっちがいい男, 死を呼ぶ天ぷら, 占わずにはいられない
『待ち人来たるか　占い同心鬼堂民斎　3』　2015.7　257p
　①978-4-396-34137-4
　〔内容〕隣のおやじそっくり, そっくりの災い, 待ち人来たるか, 運命は紙一重, おみずの恋, おんなの釣り
『笑う奴ほどよく盗む　占い同心鬼堂民斎　4』　2016.2　264p
　①978-4-396-34180-0
　〔内容〕李朝のド壺, 犬の川柳, お奉行を占う, 家紋屋とはなんだ, 犬の妻, 歯が黒い男, 笑う奴ほどよく盗む

『水の城　いまだ落城せず　長編時代小説』　2000.5　356p
　①4-396-32766-8
『幻の城　慶長十九年の凶気　長編時代小説』　2001.5　363p
　①4-396-32857-5
『奇策　北の関ケ原・福島城松川の合戦　長編時代小説』　2003.7　361p
　①4-396-33118-5
『喧嘩御家人　勝小吉事件帖　時代推理小説』　2004.7　291p
　①4-396-33176-2
　〔内容〕座敷牢の男, ひきこもった男, 房州から来たいい男, 流れ月, 読めない屋号, ダルマ髭の子どもたち, 鯉のぼりは夜泳ぐ, 死美人湯
『罰当て侍　最後の赤穂浪士寺坂吉右衛門　長編時代小説』　2006.6　292p
　①4-396-33295-5
『水の城　いまだ落城せず　長編時代小説』　新装版　2008.4　369p
　①978-4-396-33424-6
『われ、謙信なりせば　上杉景勝と直江兼続　長編歴史小説』　新装版　2008.7

風野真知雄

391p
①978-4-396-33445-1
『幻の城 大坂夏の陣異聞 長編時代小説』 新装版 2009.4 403p
①978-4-396-33496-3

新人物文庫 (新人物往来社)

『黒牛と妖怪』 2009.5 287p
①978-4-404-03702-2
〔内容〕黒牛と妖怪, 新兵衛の攘夷, 檻の中, 秘伝 阿呆剣, 爺

スーパークエスト文庫

(小学館)

『魔王信長 vol.1』 1994.1 195p
①4-09-440201-2
『魔王信長 vol.2』 1994.6 191p
①4-09-440202-0
『魔王信長 vol.3』 1994.11 195p
①4-09-440203-9

だいわ文庫 (大和書房)

◇耳袋秘帖

『赤鬼奉行根岸肥前 耳袋秘帖』 2007.2
297p
①978-4-479-30082-3
〔内容〕もの言う猫, 古井戸の主, 幽霊橋, 八十三歳の新妻, 見習い巫女
『八丁堀同心殺人事件 耳袋秘帖』
2007.3 282p
①978-4-479-30087-8
〔内容〕緑の狐, 河童殺し, 人面の木, へっついの幽霊, 鬼の書
『浅草妖刀殺人事件 耳袋秘帖』 2007.4
275p

①978-4-479-30095-3
〔内容〕貧乏神に祈る, 縁の下の怪, 髪切, 帰ってきた佐之介, 妖刀村正
『深川芸者殺人事件 耳袋秘帖』 2007.7
309p
①978-4-479-30114-1
〔内容〕流れてきた人形, 姫さまご怪妊, 牛の玉, 大通人, 指の匠, 雷公の怒り
『谷中黒猫殺人事件 耳袋秘帖』 2007.8
259p
①978-4-479-30117-2
〔内容〕二匹の化け猫, 阿弥陀の念仏, ねずみの恩返し, 箱の中の蝦蟇, 竜になった蛇
『両国大相撲殺人事件 耳袋秘帖』
2007.11 296p
①978-4-479-30140-0
『新宿魔族殺人事件 耳袋秘帖』 2007.
12 271p
①978-4-479-30147-9
〔内容〕空っ風, 天狗に連れ去られた男, つくられた忠犬, 河童の誘い, 佐渡の穴, 鉄の木
『麻布暗闇坂殺人事件 耳袋秘帖』
2008.2 275p
①978-4-479-30160-8
〔内容〕そばが怖い, けちけち, お化け椿, 子どもの石, 鼻金剛
『人形町夕暮殺人事件 耳袋秘帖』
2008.11 362p
①978-4-479-30179-0
〔内容〕うずくまっていた女, もてもて, 栄えある血族, 怪しき柄, くぐつ強盗, 冥途の笑顔, 狐うなぎ
『神楽坂迷い道殺人事件 耳袋秘帖』
2009.11 293p
①978-4-479-30261-2
〔内容〕寿老人の死, 贋の恵比寿, 布袋の神輿, 弁財天の口吸い, 福禄寿の声, 震える大黒, 毘沙門天の秘宝

竹書房時代小説文庫 (竹書房)

『厄介引き受け人望月竜之進 二天一流の

猿』　2008.4　274p
①978-4-8124-3435-2
〔内容〕二天一流の猿, 正雪の虎, 甚五郎のガ
マ, 皿屋敷のトカゲ, 両国橋の狐

徳間文庫（徳間書店）

◇穴屋佐平次難題始末

『穴屋佐平次難題始末』　2008.2　332p
①978-4-19-892737-0
〔内容〕穴屋でございます, 猫に鼻輪をつけ
てくれ, 大奥のぞき穴, 首斬り浅右衛門の
穴, 殺ったのは写楽だ, 土が好き, 穴が好
き, 愛する穴屋

『幽霊の耳たぶに穴　穴屋佐平次難題始
末』　2009.12　267p
①978-4-19-893082-0
〔内容〕あの世の唄, 時を刻む穴, 築地の穴,
幽霊の耳たぶに穴, 穴屋が飛んだ

『穴めぐり八百八町　穴屋佐平次難題始
末』　2012.3　328p
①978-4-19-893186-5
〔内容〕穴から妖怪, いっぷう変わった恋の
穴, 穴はどこにいった, 美人の穴, 穴は怖
いよ, 洩れる穴, 江戸は穴だらけ

ノン・ポシェット（祥伝社）

『われ, 謙信なりせば　上杉景勝と直江兼
続　長編歴史小説』　1998.6　389p
①4-396-32635-1

ハルキ文庫（角川春樹事務所）

『閻魔裁き　1　寺社奉行脇坂閻魔見参！
時代小説文庫』　2016.5　258p
①978-4-7584-3999-2

PHP文庫（PHP研究所）

『筒井順慶　勝機を見ぬいた知将』
1996.7　415p〈付:「筒井順慶」関係年
表・参考文献〉
①4-569-56913-7
『陳平　劉邦の命を六度救った「知謀の
将」』　2004.2　377p
①4-569-66137-8

双葉文庫（双葉社）

◇若さま同心徳川竜之助

『消えた十手　若さま同心徳川竜之助』
2007.9　275p
①978-4-575-66300-6
『風鳴の剣　若さま同心徳川竜之助』
2008.2　287p
①978-4-575-66322-8
『空飛ぶ岩　若さま同心徳川竜之助』
2008.5　279p
①978-4-575-66332-7
『陽炎の刃　若さま同心徳川竜之助』
2008.9　271p
①978-4-575-66345-7
『秘剣封印　若さま同心徳川竜之助』
2008.12　277p
①978-4-575-66360-0
『飛燕（つばくろ）十手　若さま同心徳川
竜之助』　2009.3　274p
①978-4-575-66372-3
『卑怯三刀流　若さま同心徳川竜之助』
2009.7　273p
①978-4-575-66388-4
『幽霊剣士　若さま同心徳川竜之助』
2009.9　279p
①978-4-575-66400-3
『弥勒の手　若さま同心徳川竜之助』
2009.11　273p

①978-4-575-66410-2

『風神雷神　若さま同心徳川竜之助』
　2010.3　278p
　①978-4-575-66435-5

『片手斬り　若さま同心徳川竜之助』
　2010.7　274p〈文献あり〉
　①978-4-575-66449-2

『双竜伝説　若さま同心徳川竜之助』
　2010.11　279p
　①978-4-575-66470-6

『最後の剣　若さま同心徳川竜之助』
　2011.3　277p
　①978-4-575-66487-4

◇新・若さま同心徳川竜之助

『象印の夜　新・若さま同心徳川竜之助』
　2012.5　285p
　①978-4-575-66560-4

『化物の村　新・若さま同心徳川竜之助』
　2012.9　295p
　①978-4-575-66577-2

『薄毛の秋　新・若さま同心徳川竜之助』
　2013.2　271p
　①978-4-575-66601-4

『南蛮の罠　新・若さま同心徳川竜之助』
　2013.7　276p
　①978-4-575-66620-5

『薄闇の唄　新・若さま同心徳川竜之助』
　2013.11　274p
　①978-4-575-66635-9

『乳児の星　新・若さま同心徳川竜之助』
　2014.3　270p
　①978-4-575-66657-1

『大鯨の怪　新・若さま同心徳川竜之助』
　2014.7　272p
　①978-4-575-66673-1

『幽霊の春　新・若さま同心徳川竜之助』
　2014.11　269p
　①978-4-575-66693-9

◇わるじい秘剣帖

『わるじい秘剣帖　1　じいじだよ』
　2015.5　248p
　①978-4-575-66722-6

『わるじい秘剣帖　2　ねんねしな』
　2015.6　252p
　①978-4-575-66725-7

『わるじい秘剣帖　3　しっこかい』
　2015.11　248p
　①978-4-575-66748-6

『わるじい秘剣帖　4　ないないば』
　2016.4　240p
　①978-4-575-66768-4

『わるじい秘剣帖　5　なかないで』
　2016.7　247p
　①978-4-575-66782-0

二見時代小説文庫（二見書房）

◇大江戸定年組

『初秋の剣　大江戸定年組』　2006.7
　307p
　①4-576-06109-7
　〔内容〕隠れ家の女, 獄門島, げむげむ坊主,
　　雨の花, 昔の絵

『菩薩の船　大江戸定年組　2』　2007.1
　278p
　①4-576-06221-2
　〔内容〕菩薩の船, 森の女, 青猫, 幼なじみ, 老
　　いた剣豪

『起死の矢　大江戸定年組　3』　2007.5
　282p
　①978-4-576-07069-8
　〔内容〕猿轡の闇, 立待の月, 尚武の影, 起死
　　の矢, 鎌鼬の辻

『下郎の月　大江戸定年組　4』　2007.9
　260p
　①978-4-576-07152-7
　〔内容〕下郎の月, 幸運の戌, 水景の罠, 南瓜
　　の罪, 仙人の芸

『金狐の首　大江戸定年組　5』　2008.1
258p
　①978-4-576-07234-0
　〔内容〕大奥の闇, 黄昏の夢, 意地の袋, 人生
　の鍵, 金狐の首

『善鬼の面　大江戸定年組　6』　2008.5
256p
　①978-4-576-08053-6
　〔内容〕善鬼の面, 幽霊の得, 迷信の種, 水辺
　の眼, 創痍の鮫

『神奥の山　大江戸定年組　7』　2008.11
261p
　①978-4-576-08162-5
　〔内容〕神奥の山, 短命の鏡, 泥酔の嘘, むにょ
　ろむにょろ, 惜別の橋

文春文庫（文藝春秋）

◇耳袋秘帖

『妖談うしろ猫　耳袋秘帖』　2010.1
295p
　①978-4-16-777901-6

『妖談かみそり尼　耳袋秘帖』　2010.4
347p
　①978-4-16-777902-3

『妖談しにん橋　耳袋秘帖』　2010.9
281p
　①978-4-16-777903-0

『妖談さかさ仏　耳袋秘帖』　2011.1
317p
　①978-4-16-777904-7

『王子狐火殺人事件　耳袋秘帖』　2011.5
264p
　①978-4-16-777905-4

『佃島渡し船殺人事件　耳袋秘帖』
2011.9　267p
　①978-4-16-777906-1

『赤鬼奉行根岸肥前　耳袋秘帖』　2011.
11　285p
　①978-4-16-777907-8

『八丁堀同心殺人事件　耳袋秘帖』
2011.12　284p
　①978-4-16-777908-5
　〔内容〕八丁堀同心殺人事件, 河童の銭

『浅草妖刀殺人事件　耳袋秘帖』　2012.1
282p
　①978-4-16-777909-2
　〔内容〕浅草妖刀殺人事件, ずほんぼ

『深川芸者殺人事件　耳袋秘帖』　2012.2
314p
　①978-4-16-777910-8
　〔内容〕深川芸者殺人事件, 余話 芸者と化け猫

『妖談へらへら月　耳袋秘帖』　2012.3
309p
　①978-4-16-777911-5

『日本橋時の鐘殺人事件　耳袋秘帖』
2012.4　269p〈文献あり〉
　①978-4-16-777912-2

『谷中黒猫殺人事件　耳袋秘帖』　2012.5
262p
　①978-4-16-777913-9
　〔内容〕二匹の化け猫, 阿弥陀の念仏, ねずみ
　の恩返し, 箱の中の蝦蟇, 竜になった蛇, 白
　雲斎のこと

『両国大相撲殺人事件　耳袋秘帖』
2012.6　299p〈だいわ文庫 2007年刊に
書き下ろし「ろくろくろっ首」を追加
し再刊　文献あり〉
　①978-4-16-777914-6
　〔内容〕両国大相撲殺人事件, 余話 ろくろく
　ろっ首

『新宿魔族殺人事件　耳袋秘帖』　2012.7
275p〈だいわ文庫 2007年刊に書き下
ろし「黄金の海」を追加し再刊〉
　①978-4-16-777915-3

『麻布暗闇坂殺人事件　耳袋秘帖』
2012.8　280p〈だいわ文庫 2008年刊に
「宮仕え」を追加〉
　①978-4-16-777916-0
　〔内容〕耳袋秘帖 麻布暗闇坂殺人事件, 余話
　宮仕え

『木場豪商殺人事件　耳袋秘帖』　2012.9
292p

①978-4-16-777917-3
〔内容〕家の殺意, 女の力, 火事の薬, 笑う仏, 一夜橋の怪

『人形町夕暮殺人事件　耳袋秘帖』
2012.10　392p〈だいわ文庫 2008年刊に書き下ろし「気に入らない幽霊」を加え再刊〉
①978-4-16-777918-4
〔内容〕耳袋秘帖 人形町夕暮殺人事件, 気に入らない幽霊

『神楽坂迷い道殺人事件　耳袋秘帖』
2012.11　296p〈だいわ文庫 2009年刊に書き下ろし短編「虫一匹」を収録〉
①978-4-16-777919-1
〔内容〕寿老人の死, 贋の恵比寿, 布袋の神輿, 弁財天の口吸い, 福禄寿の声, 震える大黒, 毘沙門天の秘宝, 虫一匹

『妖談ひときり傘　耳袋秘帖』　2013.2　264p
①978-4-16-777920-7

『湯島金魚殺人事件　耳袋秘帖』　2013.6　271p
①978-4-16-777921-4

『馬喰町妖獣殺人事件　耳袋秘帖』
2013.10　250p
①978-4-16-777922-1

『妖談うつろ舟　耳袋秘帖』　2014.2　265p
①978-4-16-790028-1

『四谷怪獣殺人事件　耳袋秘帖』　2015.4　243p
①978-4-16-790342-8

『品川恋模様殺人事件　耳袋秘帖』
2015.8　257p
①978-4-16-790424-1

『目黒横恋慕殺人事件　耳袋秘帖』
2015.12　238p
①978-4-16-790510-1

『銀座恋一筋殺人事件　耳袋秘帖』
2016.4　233p
①978-4-16-790588-0

『蔵前姑獲鳥殺人事件　耳袋秘帖』
2016.12　243p

①978-4-16-790749-5

◇くノ一秘録

『死霊大名　くノ一秘録 1』　2014.10　279p
①978-4-16-790200-1

『死霊坊主　くノ一秘録 2』　2014.11　264p
①978-4-16-790225-4

『死霊の星　くノ一秘録 3』　2014.12　260p
①978-4-16-790244-5

◇　◇　◇

『後藤又兵衛』　2016.5　286p〈学研M文庫 2002年刊の再刊　文献あり〉
①978-4-16-790612-2

『歌川国芳猫づくし』　2016.8　337p
①978-4-16-790680-1
〔内容〕下手の横好き, 金魚の船頭さん, 高い塔の女, 病人だらけ, からんころん, 江ノ島比べ, 団十郎の幽霊

ベスト時代文庫
（ベストセラーズ）

◇四十郎化け物始末

『妖かし斬り　四十郎化け物始末』
2005.11　286p
①4-584-36545-8

『百鬼斬り　四十郎化け物始末』　2006.5　269p
①4-584-36562-8
〔内容〕閻魔のざるそば, 首洗い屋敷, 化け猫が足を食う, 百鬼夜行を追え

『格下げ同心瀬戸七郎太　情け深川捕物帖』　2007.8　263p

①978-4-584-36605-9
〔内容〕深川の花, 寺町の香り, 霧の川, 風ぐるま, 泣き仏

片岡 麻紗子
かたおか・まさこ
1972〜

兵庫県生まれ。関西大卒。代表作に「恋風吉原」など。

廣済堂文庫（廣済堂出版）

◇若草日和

『若草日和　特選時代小説』　2008.8　312p
　①978-4-331-61338-2
　〔内容〕からくり道, 秋晴れ舞台, 負け犬, 恋霞み

『君の行く道　若草日和　特選時代小説』　2008.12　333p
　①978-4-331-61346-7
　〔内容〕おれんの肌守り, 三好屋の娘, 業平橋女殺し, 人斬り

『かくれんぼ　若草日和　特選時代小説』　2009.7　306p
　①978-4-331-61370-2
　〔内容〕幼なじみ, 金貸し因果, 罰, かくれんぼ

◇浅草古翁堂隠れひさぎ

『浅草古翁堂隠れひさぎ　特選時代小説』　2010.4　298p
　①978-4-331-61392-4
　〔内容〕昨日の敵, 貧者の理, 形見泥棒, 仇

『五月雨　浅草古翁堂隠れひさぎ　特選時代小説』　2010.9　306p
　①978-4-331-61408-2

〔内容〕女将の簪, 盗人指南, 贋坊主始末, 五月雨

『暁の空　浅草古翁堂隠れひさぎ　特選時代小説』　2011.1　298p
　①978-4-331-61418-1
　〔内容〕遠眼鏡, 夕立, 掟, 暁の空

『大岡求馬立志伝　士道を貫く　特選時代小説』　2011.11　339p〈文献あり〉
　①978-4-331-61448-8
　〔内容〕悼み酒, 螢火, 野分, 士道を貫く

徳間文庫（徳間書店）

◇祥五郎想い文

『孫帰る　祥五郎想い文』　2007.8　318p
　①978-4-19-892641-0
　〔内容〕源平店の殺し, 孫帰る, 稀代の錺り師, 待つ女

『おんな侍　祥五郎想い文』　2008.9　359p
　①978-4-19-892846-9
　〔内容〕おんな侍, 椿屋敷の妾, 水茎の跡, 殺しの艶書

『迷い猫　祥五郎想い文』　2009.7　348p
　①978-4-19-893006-6
　〔内容〕迷い猫, 座頭の仇討ち, ささのおと, 桜舟

『恋風吉原　花菖蒲の宵』　2006.7　324p
　①4-19-892449-X

『秋月に香る　恋風吉原』　2006.12　317p
　①4-19-892523-2

『樹下の空蟬』　2014.4　413p
　①978-4-19-893818-5

片桐 京介
かたぎり・きょうすけ

長野県生まれ。池波正太郎真田太平記館初代館長を務めた。作品に地元を舞台とした「信州上田藩 足軽ものがたり」がある。

双葉文庫 (双葉社)

『忘れ花　信州上田藩足軽ものがたり』
　2005.7　363p　〈『石を投げる女』(2003年刊) の増訂〉
　①4-575-66210-0
　〔内容〕忘れ花, 石を投げる女, 恋のゆくえ, 足軽の子, 女の手, 幕末・上田藩足軽異聞
『名残の月』　2008.1　251p
　①978-4-575-66318-1
　〔内容〕名残の月, 三毛猫ちい

片倉 出雲
かたくら・いずも

別名義で100冊以上の著作を持つ覆面作家。

朝日文庫 (朝日新聞出版)

『鬼かげろう　孤剣街道』　2010.12
　245p
　①978-4-02-264583-8

光文社文庫 (光文社)

『勝負鷹強奪二千両　長編時代小説〔光文社時代小説文庫〕』　2010.6　302p
　①978-4-334-74803-6
『勝負鷹金座破り　長編時代小説〔光文社時代小説文庫〕』　2010.11　290p
　①978-4-334-74863-0
『勝負鷹強奪「老中の剣」　長編時代小説』　2011.7　292p
　①978-4-334-74978-1
『女賞金稼ぎ紅雀　血風篇』　2015.12
　294p
　①978-4-334-77219-2
『女賞金稼ぎ紅雀　閃刃篇』　2016.1
　325p
　①978-4-334-77232-1

徳間文庫 (徳間書店)

『甘露梅の契り　居残り兵庫事件帖』
　2012.5　391p　〈文献あり〉
　①978-4-19-893544-3

かたやま 和華
かたやま・わか

東京生まれ。2005年度富士見ヤングミステリー大賞佳作の「楓の剣！」でデビュー。ライトノベル作品が多い。

集英社文庫 (集英社)

◇猫の手屋繁盛記

『猫の手、貸します　猫の手屋繁盛記』
　2014.10　270p
　①978-4-08-745243-3
　〔内容〕迷子地蔵, 鳴かぬ蛍, 思案橋から
『化け猫、まかり通る　猫の手屋繁盛記』
　2015.8　303p
　①978-4-08-745355-3

〔内容〕猫のうわまい, 老骨と犬, 晩夏

『大あくびして、猫の恋　猫の手屋繁盛記』　2016.10　290p
　①978-4-08-745509-0
〔内容〕にゃこうど, 奇妙奇天烈な白猫姿の宗太郎が, 語る, 男坂女坂

富士見ミステリー文庫

（富士見書房）

◇楓の剣！

『楓の剣！』　2006.1　270p
　①4-8291-6334-8
『楓の剣！　2　ぬえの鳴く夜』　2006.4　302p
　①4-8291-6348-8
『楓の剣！　3　かげろふ人形』　2006.8　300p
　①4-8291-6364-X

メディアワークス文庫

（アスキー・メディアワークス）

『不思議絵師蓮十　江戸異聞譚』　2012.1　272p〈文献あり　発売：角川グループパブリッシング〉
　①978-4-04-886341-4
〔内容〕真冬の幽霊, 絵くらべ, 桜褪め
『不思議絵師蓮十　江戸異聞譚　2』　2013.1　278p〈文献あり　著作目録あり　発売：角川グループパブリッシング〉
　①978-4-04-891333-1
〔内容〕鼠と猫, 青葉若葉, ろくろ首の娘

門井 慶喜

かどい・よしのぶ

1971～

群馬県生まれ。同志社大卒。2003年「キッドナッパーズ」でオール読物推理小説新人賞を受賞。16年「家康、江戸を建てる」で2度目の直木賞候補となる。

角川文庫（KADOKAWA）

『シュンスケ！』　2016.7　415p〈角川書店 2013年刊の加筆・修正〉
　①978-4-04-104229-8

祥伝社文庫（祥伝社）

『かまさん　榎本武揚と箱館共和国』　2016.10　564p
　①978-4-396-34255-5

加藤 文

かとう・あや

1957～

京都府生まれ。同志社大卒。テレビドラマのシナリオなどを執筆し、「青い剣　隠密剣士 夏木新太郎」でデビュー。

だいわ文庫（大和書房）

『青い剣　隠密剣士 夏木新太郎』　2016.11　289p
　①978-4-479-30624-5

加藤 蕙

かとう・けい

1929〜

栃木県生まれ。歴史系のノンフィクションが多い。代表作に「島津斉彬」。

PHP文庫（PHP研究所）

『島津斉彬　時代の先を歩み続けた幕末の
　名君』　1998.10　439p
　①4-569-57120-4

加藤 廣

かとう・ひろし

1930〜

東京生まれ。東大卒。歴史ミステリー
「信長の棺」で実業家から作家に転向。
「秀吉の枷」「明智左馬助の恋」の三部
作が大ベストセラーとなった。

新潮文庫（新潮社）

『空白の桶狭間』　2011.10　319p
　①978-4-10-133052-5
『謎手本忠臣蔵　上巻』　2011.12　350p
　〈平成20年刊の加筆修正〉
　①978-4-10-133053-2
『謎手本忠臣蔵　中巻』　2011.12　287p
　〈平成20年刊の加筆修正〉
　①978-4-10-133054-9
『謎手本忠臣蔵　下巻』　2011.12　341p
　〈文献あり　平成20年刊の加筆修正〉
　①978-4-10-133055-6
『宮本武蔵　上巻』　2012.10　305p　〈『求

天記』（2010年刊）の改題・2分冊〉
　①978-4-10-133056-3
『宮本武蔵　下巻』　2012.10　370p　〈『求
　天記』（2010年刊）の改題・2分冊　文献
　あり〉
　①978-4-10-133057-0
『神君家康の密書』　2013.10　365p
　①978-4-10-133058-7
　〔内容〕蛍大名の変身, 冥土の茶席 井戸茶碗
　「柴田」由来記, 神君家康の密書

文春文庫（文藝春秋）

『信長の棺　上』　2008.9　280p
　①978-4-16-775401-3
『信長の棺　下』　2008.9　317p
　①978-4-16-775402-0
『秀吉の枷　上』　2009.6　333p
　①978-4-16-775403-7
『秀吉の枷　中』　2009.6　348p
　①978-4-16-775404-4
『秀吉の枷　下』　2009.6　347p
　①978-4-16-775405-1
『明智左馬助の恋　上』　2010.5　334p
　①978-4-16-775406-8
『明智左馬助の恋　下』　2010.5　279p
　〈文献あり〉
　①978-4-16-775407-5
『安土城の幽霊　「信長の棺」異聞録』
　2013.6　237p
　①978-4-16-775408-2
　〔内容〕藤吉郎放浪記, 安土城の幽霊, つくも
　なす物語
『信長の血脈』　2014.12　386p　〈文献あ
　り〉
　①978-4-16-790250-6
　〔内容〕平手政秀の証, 伊吹山薬草譚, 山三郎
　の死, 天草挽歌
『水軍遙かなり　上』　2016.8　371p
　〈2014年刊の上下2分冊〉
　①978-4-16-790672-6

門田泰明

『水軍遙かなり 下』 2016.8 315p
〈2014年刊の上下2分冊 文献あり〉
①978-4-16-790673-3

門田 泰明
かどた・やすあき
1940〜

大阪府生まれ。1979年「闇の総理を撃て」でデビュー。社会派小説、恋愛小説、企業小説、サスペンスロマンなど広範な分野で活躍。

光文社文庫（光文社）

◇ぜえろく武士道覚書

『斬りて候 長編時代小説 上 ぜえろく武士道覚書』 2005.12 337p〈折り込1枚〉
①4-334-73992-X

『斬りて候 長編時代小説 下 ぜえろく武士道覚書』 2005.12 301p
①4-334-73993-8

『一閃なり 長編時代小説 上 ぜえろく武士道覚書』 2007.5 505p〈折り込1枚〉
①978-4-334-74256-0

『一閃なり 長編時代小説 下 ぜえろく武士道覚書』 2008.5 645p
①978-4-334-74427-4

◇浮世絵宗次日月抄

『任せなせえ 長編時代小説 浮世絵宗次日月抄〔光文社時代小説文庫〕』 2011.6 417p〈著作目録あり〉
①978-4-334-74954-5

『奥傳夢千鳥 文庫オリジナル/長編時代小説 浮世絵宗次日月抄』 2012.6 498p
①978-4-334-76418-0

『夢剣霞ざくら 文庫オリジナル/長編時代小説 浮世絵宗次日月抄』 2013.9 466p〈著作目録あり〉
①978-4-334-76631-3

『汝（きみ）薫るが如し 文庫書下ろし&オリジナル/長編時代小説 浮世絵宗次日月抄』 2014.12 579p〈著作目録あり〉
①978-4-334-76838-6
〔内容〕汝 薫るが如し，残り雪 華こぶし

『冗談じゃねえや 傑作時代小説 浮世絵宗次日月抄』 特別改訂版 2014.12 514p〈初版：徳間文庫 2010年刊 著作目録あり〉
①978-4-334-76839-3
〔内容〕お待ちなせえ，知らねえよ，冗談じゃねえや，思案橋 浮舟崩し

『大江戸剣花帳 ひぐらし武士道 長編時代小説 上』 2012.11 374p〈徳間文庫 2004年刊の修正 著作目録あり〉
①978-4-334-76497-5

『大江戸剣花帳 ひぐらし武士道 長編時代小説 下』 2012.11 305p〈徳間文庫 2004年刊の修正 著作目録あり〉
①978-4-334-76498-2

祥伝社文庫（祥伝社）

◇ぜえろく武士道覚書

『討ちて候 長編時代小説 上 ぜえろく武士道覚書』 2010.5 379p
①978-4-396-33578-6

『討ちて候 長編時代小説 下 ぜえろく武士道覚書』 2010.5 371p
①978-4-396-33579-3

金子成人

◇浮世絵宗次日月抄

『秘剣双ツ竜　浮世絵宗次日月抄』
　2012.4　547p〈著作目録あり〉
　①978-4-396-33754-4

『半斬ノ蝶　長編時代小説　上　浮世絵宗次日月抄』　2013.3　352p〈著作目録あり〉
　①978-4-396-33830-5

『半斬ノ蝶　下　浮世絵宗次日月抄』
　2013.10　339p〈著作目録あり〉
　①978-4-396-33883-1

『命賭け候　浮世絵宗次日月抄』　特別改訂版　2015.11　542p〈初版：徳間文庫2009年刊　著作目録あり〉
　①978-4-396-34163-3
　〔内容〕妖し房, 舞之剣, 命賭け候, 特別書下ろし作品 くノ一母情

『皇帝の剣　上　浮世絵宗次日月抄』
　2015.11　336p〈著作目録あり〉
　①978-4-396-34161-9

『皇帝の剣　下　浮世絵宗次日月抄』
　2015.11　321p〈著作目録あり〉
　①978-4-396-34162-6
　〔内容〕皇帝の剣, 特別書下ろし作品 悠と宗次の初恋旅

徳間文庫(徳間書店)

◇浮世絵宗次日月抄

『命賭け候　浮世絵宗次日月抄』　2009.3　491p
　①978-4-19-892940-4
　〔内容〕妖し房, 舞之剣, 命賭け候

『冗談じゃねえや　浮世絵宗次日月抄』
　2010.11　459p
　①978-4-19-893253-4
　〔内容〕お待ちなせえ, 知らねえよ, 冗談じゃねえや

『大江戸剣花帳　ひぐらし武士道　上』
　2004.10　389p〈折り込1枚〉
　①4-19-892134-2

『大江戸剣花帳　ひぐらし武士道　下』
　2004.10　324p
　①4-19-892135-0

『無外流雷(いなずま)がえし　拵屋銀次郎半畳記　上』　2013.11　363p〈著作目録あり〉
　①978-4-19-893760-7

『無外流雷(いなずま)がえし　拵屋銀次郎半畳記　下』　2014.3　405p〈著作目録あり〉
　①978-4-19-893808-6

金子　成人
かねこ・なりと
　　1949～

長崎県生まれ。佐世保南高卒。脚本家として、NHK大河ドラマ「義経」をはじめ、「チョッちゃん」(NHK)、「危険なふたり」(TBS)などを担当。その後, 小説「付添い屋・六平太」シリーズがベストセラーとなる。

小学館文庫(小学館)

◇付添い屋・六平太

『付添い屋・六平太　虎の巻　あやかし娘』　2014.6　298p
　①978-4-09-406058-4
　〔内容〕あやかし娘, 武家勤め, むかしの音, 霜の朝

『付添い屋・六平太　龍の巻　留め女』
　2014.6　299p

①978-4-09-406057-7
〔内容〕雨祝い, 初浴衣, 留め女, 祝言

『付添い屋・六平太　鷹の巻　安囲いの
　女』　2014.11　297p
　①978-4-09-406097-3
　〔内容〕敵討ち, 用心箱, 安囲いの女, 縁切り榎

『付添い屋・六平太　鷺の巻　箱入り娘』
　2015.3　285p
　①978-4-09-406142-0
　〔内容〕箱入り娘, 島抜け, 神隠し, 藪入り

『付添い屋・六平太　玄武の巻　駆込み
　女』　2015.7　297p
　①978-4-09-406181-9
　〔内容〕厄介者, 十三夜, 駆込み女, 初時雨

『付添い屋・六平太　朱雀の巻　恋娘』
　2015.11　285p
　①978-4-09-406232-8
　〔内容〕福の紙, 吾作提灯, 恋娘, 大つごもり

『付添い屋・六平太　鳳凰の巻　強つく
　女』　2016.3　285p
　①978-4-09-406278-6
　〔内容〕残り雁, 毒空木, 強つく女, 長屋の怪

『付添い屋・六平太　麒麟の巻　評判娘』
　2016.7　284p
　①978-4-09-406311-0
　〔内容〕大根河岸, 木戸送り, 評判娘, 二十六夜

『付添い屋・六平太　獏の巻　嘘つき女』
　2016.11　282p
　①978-4-09-406354-7

加野　厚志
かの・あつし
1945～

旧満州生まれ。日大中退。加野厚名義
でミステリーやハードボイルドを多数
執筆したのち, 1995年筆名を加野厚志
として時代小説に転向。

学研M文庫（学研パブリッシング）

『人斬り鬼門　1　魔都脱出』　2002.4
　290p〈『大利根の決闘』加筆・改題書〉
　①4-05-900152-X
『幽冥の刺客　鬼門　屍蠟変幻』　2002.7
　346p
　①4-05-900159-7

廣済堂文庫（廣済堂出版）

『沖田総司・暗殺剣』　2000.3　285p
　①4-331-60811-5
『沖田総司・非情剣』　2001.2　282p
　①4-331-60855-7
『沖田総司・魔道剣』　2001.7　297p
　①4-331-60877-8
『沖田総司獣王剣』　2001.12　328p
　①4-331-60909-X

講談社文庫（講談社）

『幕末暗殺剣　龍馬と総司』　2009.12
　439p
　①978-4-06-276527-5

集英社文庫（集英社）

『龍馬慕情』　1997.12　378p
　①4-08-748727-X
『龍馬暗殺者伝』　2009.8　399p〈『鮫』改題書〉
　①978-4-08-746469-6

祥伝社文庫（祥伝社）

『女陰陽師』　2000.12　388p
　①4-396-32828-1

中公文庫（中央公論新社）

◇玄庵検死帖

『玄庵検死帖』　2008.3　300p
　①978-4-12-204652-8
『玄庵検死帖　倒幕連判状』　2008.6　286p
　①978-4-12-204996-3
『玄庵検死帖　皇女暗殺控』　2008.11　243p
　①978-4-12-205070-9

徳間文庫（徳間書店）

『悲将 石田三成』　2009.8　275p
　①978-4-19-893019-6

PHP文庫（PHP研究所）

『島津義弘　関ヶ原・敵中突破の豪勇』
　1996.12　406p
　①4-569-56965-X
『本多平八郎忠勝　家康軍団最強の武将』
　1999.5　414p
　①4-569-57274-X
『蕭何　劉邦に天下をとらせた名参謀』
　2004.5　348p
　①4-569-66167-X

双葉文庫（双葉社）

◇姫巫女烏丸龍子

『京都魔性剣　姫巫女烏丸龍子』　2004.4　294p
　①4-575-66168-6
『池田屋の血闘　姫巫女烏丸龍子』
　2004.11　302p
　①4-575-66187-2

文芸社文庫（文芸社）

『名参謀 黒田官兵衛　戦国最強の交渉人』
　2013.10　360p
　①978-4-286-14530-3
『幕末四人の女志士』　2015.4　378p
　①978-4-286-16413-7

ベスト時代文庫
（ベストセラーズ）

『将軍まかり通る』　2005.3　293p
　①4-584-36523-7

鎌田 樹
かまだ・いつき
1960〜

宮城県生まれ。東北大卒。「新鷹会」に参加し、2007年「朝顔ざむらい」で作家デビュー。

学研M文庫 (学研パブリッシング)

◇お記録本屋事件帖

『妻を娶らば　お記録本屋事件帖』　2011.2　330p〈発売：学研マーケティング〉
①978-4-05-900680-0
〔内容〕御成道の敵討ち, 妻を娶らば, 義賊・八日小僧, 鯉よ, 天に昇りて竜になれ

『三十年目の祝言　お記録本屋事件帖』2011.8　302p〈発売：学研マーケティング〉
①978-4-05-901273-3
〔内容〕三十年目の祝言, 女儒者お菊, 高虎の茶碗, 阿武松の大勝負

廣済堂文庫 (廣済堂出版)

◇朝顔ざむらい

『朝顔ざむらい　特選時代小説』　2007.8　326p
①978-4-331-61289-7

『朝顔ざむらい　父子時雨　特選時代小説』　2007.12　286p
①978-4-331-61305-4

◇元禄姫君捕物帖

『元禄姫君捕物帖　きらきら花吹雪　特選時代小説』　2011.11　299p

①978-4-331-61447-1
〔内容〕姫君, お城を抜け出す, 姫君, 盗人になる, 姫君, 骨を折る, 姫君, 悪党を退治する

『将軍誘拐さる！　元禄姫君捕物帖　特選時代小説』　2012.4　319p
①978-4-331-61470-9
〔内容〕将軍誘拐さる！, 梟小僧, へっぴり侍, 姫君駆け落ちす

『黄門さまが奔る！　元禄姫君捕物帖　特選時代小説』　2012.8　317p
①978-4-331-61488-4
〔内容〕巨艦安宅丸の亡霊, 姫君の女中奉公, 龍のよだれ, 盗まれた恋文

『どんでん返し忠臣蔵　元禄姫君捕物帖　特選時代小説』　2013.1　309p
①978-4-331-61508-9
〔内容〕深情け松之廊下, 元禄御前試合, すっとこどっこい内蔵助, どんでん返し忠臣蔵

徳間文庫 (徳間書店)

◇神田ひぐらし堂事件草紙

『狐舞い　神田ひぐらし堂事件草紙』
2008.6　302p
①978-4-19-892798-1

『秘剣彩雲　神田ひぐらし堂事件草紙』
2009.1　280p
①978-4-19-892908-4

『夫婦桜　神田ひぐらし堂事件草紙』
2009.9　301p
①978-4-19-893035-6

ベスト時代文庫
(ベストセラーズ)

『吉原雨情　竹光ざむらい江戸日記』
2009.11　317p
①978-4-584-36672-1

〔内容〕吉原雨情, 野ざらし, 白川夜舟, 海鳴りが聞こえる

神尾 秀
かみお・しゅう
1979〜

国学院大卒。2003年「真田弾正忠幸隆」が歴史群像大賞佳作となる。

学研M文庫 (学研パブリッシング)

『直江兼続戦記　1』　2008.12　400p
　〈『第三の覇者』の改題〉
　①978-4-05-900561-2
『直江兼続戦記　2』　2009.1　396p〈『第三の覇者1〜4』(2004〜2005年刊)の改題〉
　①978-4-05-900565-0
『直江兼続戦記　3』　2009.2　397p〈『第三の覇者』の改題〉
　①978-4-05-900570-4

神永 学
かみなが・まなぶ
1974〜

山梨県生まれ。日本映画学校卒。2003年ミステリー小説「赤い隻眼」でデビュー。ライトノベルが中心だが、時代小説作品もある。

幻冬舎文庫 (幻冬舎)

『殺生伝　1　漆黒の鼓動』　2016.7
　379p〈文献あり〉
　①978-4-344-42496-8
『殺生伝　2　蒼天の闘い』　2016.7
　369p
　①978-4-344-42497-5

神谷 仁
かみや・じん

埼玉県生まれ。作品に「剣客子連れ旅」シリーズがある。

徳間文庫 (徳間書店)

◇剣客子連れ旅

『竜虎の父　剣客子連れ旅』　2015.6
　303p
　①978-4-19-893992-2
『三匹の鬼　剣客子連れ旅』　2015.10
　309p
　①978-4-19-894022-5
『天誅の光　剣客子連れ旅』　2016.2
　317p

①978-4-19-894066-9

河治 和香
かわじ・わか
1961〜

東京生まれ。日大卒。江戸風俗を学び、2003年「秋の金魚」で小学館文庫小説賞を受賞してデビュー。

角川文庫(KADOKAWA)

◇紋ちらしのお玉

『紋ちらしのお玉』 2010.5 292p〈発売：角川グループパブリッシング〉
①978-4-04-394363-0
〔内容〕破れ傘, 床闇, 破礼礼娘, 悍妾, 密事

『ひとり夜風 紋ちらしのお玉』 2010.12 333p〈発売：角川グループパブリッシング〉
①978-4-04-394400-2
〔内容〕むぐり芸者, おとこ地獄, 千点の花, 虎尾, 白兀の客

『時雨ごこち 紋ちらしのお玉』 2011.12 318p〈発売：角川グループパブリッシング〉
①978-4-04-100070-0
〔内容〕用心籠, 転び猫, 投げ節, 雨濛々, 夫婦挿

小学館文庫(小学館)

◇国芳一門浮世絵草紙

『俠風むすめ 国芳一門浮世絵草紙』
2007.5 281p

①978-4-09-408167-1

『あだ惚れ 国芳一門浮世絵草紙 2』
2007.12 265p
①978-4-09-408233-3
〔内容〕裾風, 馬塲, 畸人, 桜褪, 俠気

『鬼振袖 国芳一門浮世絵草紙 3』
2009.6 301p
①978-4-09-408396-5
〔内容〕濡色, 仙女, 市芳, 去跡, 狸汁, 対談 動画監督鬼一口講釈(杉井ギサブロー・りんたろう)

『浮世袋 国芳一門浮世絵草紙 4』
2010.7 278p
①978-4-09-408528-0

『命毛 国芳一門浮世絵草紙 5』 2011.8 317p〈文献あり〉
①978-4-09-408640-9

『秋の金魚』 2005.11 318p
①4-09-408057-0

『鍼師おしゃあ 幕末海軍史逸聞』
2012.11 458p〈『笹色の紅』(2006年刊)の改題、加筆改稿〉
①978-4-09-408769-7

川村 真二
かわむら・しんじ
1948〜

青山学院大卒。リーダー・ビジネス研究所代表の傍ら、「真田信之」「恩田木工」などの伝記小説を執筆。

PHP文庫(PHP研究所)

『恩田木工 真田藩を再建した誠心の指導者』 1997.2 236p

菅 靖匡

　①4-569-56980-3
『真田信之　弟・幸村をしのぐ器量を備えた男』　2005.4　379p
　①4-569-66377-X
『徳川四天王　家康に天下を取らせた男たち』　2014.10　458p
　①978-4-569-76193-0

　①978-4-05-900772-2
『算用剣やりくり帳　藍は愛なり』　2014.7　300p〈発売：学研マーケティング〉
　①978-4-05-900887-3
　〔内容〕本日除籍申し渡す, 命二つの桜かな, 欅りりしきお不勝手, 袖振り合うも多生の縁, つまるところ子は鎹

菅　靖匡
かん・のぶただ

愛媛県生まれ。2005年「小説 大谷吉継」でデビュー。他に「天保冷や酒侍」など。

神崎　京介
かんざき・きょうすけ
　1959〜

静岡県生まれ。1996年「無垢の狂気を呼び起こせ」でデビュー。以後, 主に官能小説を執筆。

学研M文庫(学研パブリッシング)

◇天保冷や酒侍

『嵐を呼ぶ刃　天保冷や酒侍』　2011.8　342p〈発売：学研マーケティング〉
　①978-4-05-900708-1
　〔内容〕縁と運命と, 阿修羅降臨, 死神物語
『阿修羅舞う　天保冷や酒侍』　2012.1　350p〈発売：学研マーケティング〉
　①978-4-05-900732-6
　〔内容〕水都の風景, 月下美人, 斬り込み

講談社文庫(講談社)

『美人と張形　四つ目屋繁盛記』　2016.3　299p
　①978-4-06-293347-6
　〔内容〕ぐるり四つ目屋, 美人のこしらえ, 五菜の才, 誰のものやら, 張形と大塩平八郎, 女房の張形, 丁稚の神さん, おゆうの託け

『小説大谷吉継』　2006.5　429p
　①4-05-901182-7
『小説本多平八郎』　2008.2　331p
　①978-4-05-901212-2
『小説織田有楽斎』　2010.6　365p〈発売：学研マーケティング〉
　①978-4-05-901264-1
『お助け侍奔る　世直し道楽伝』　2012.8　279p〈発売：学研マーケティング〉

蒲原 二郎
かんばら・じろう
1977〜

早大卒。議員秘書などを経て家業を継ぎ、2010年「オカルトゼネコン富田林組」で作家デビュー。時代小説作品に「真紅の人」がある。

角川文庫 (KADOKAWA)

『真紅の人　新説・真田戦記』　2016.6　569p〈2015年刊の加筆修正　文献あり〉
①978-4-04-104363-9

菊地 秀行
きくち・ひでゆき
1949〜

千葉県生まれ。青山学院大卒。雑誌記者を経て、バイオレンス伝奇小説作家として活躍。近年は時代小説も執筆している。

角川文庫 (KADOKAWA)

『幽剣抄』　2004.8　317p
①4-04-166421-7
〔内容〕影女房, 茂助に関わる談合, 這いずり, 千鳥足, 帰ってきた十三郎, 子預け, 似たもの同士, 稽古相手, 宿場の武士

『腹切り同心　幽剣抄』　2005.9　359p
①4-04-166423-3
〔内容〕湯治宿, 走る俊輔, 悪い芽, 家老舞う, 腹切り同心, 帰宅, 憑かれた男, 違和感, うどん

『逢魔が源内』　2008.1　394p〈発売：角川グループパブリッシング〉
①978-4-04-166425-4
〔内容〕小町娘についての考察, 腑分け奇譚, 蔵の箱, 兄弟弟子, 食魂鬼譚, 魅魂女

光文社文庫 (光文社)

『妖伝！　からくり師蘭剣』　1994.12　291p
①4-334-71977-5

『蘭剣からくり乱し　超伝奇時代小説』　2003.4　283p
①4-334-73474-X
〔内容〕指神, 恋慕艶女, しかけ山, からくり乱し, 救われた女, 狼おんな

『妖藩記　連作伝奇時代小説』　2006.5　301p
①4-334-74065-0
〔内容〕過去のない武士, サディスト同心, 道場破り, 夜行皿, 出戻り信輔, 隠密異聞

『蘭剣からくり烈風　長編超伝奇時代小説』　2006.11　273p
①4-334-74153-3

実業之日本社文庫
(実業之日本社)

『真田十忍抄』　2015.8　475p
①978-4-408-55244-6

集英社文庫 (集英社)

『柳生刑部秘剣行』　1993.12　316p
①4-08-748105-0

祥伝社文庫（祥伝社）

『しびとの剣　長編時代伝奇　戦国魔俠
　編』　2004.4　308p
　Ⓘ4-396-33158-4
『しびとの剣　長編時代伝奇　魔王信長
　編』　2009.4　295p
　Ⓘ978-4-396-33497-0

ソノラマ文庫（朝日ソノラマ）

『異西部の剣士』　1986.3　254p
　Ⓘ4-257-76328-0

如月 あづさ
きさらぎ・あづさ
東京生まれ。脚本家として時代ものを
多く手掛け、のち小説家に転身。

コスミック・時代文庫
（コスミック出版）

◇ひと夜千両

『（秘）隠れ大奥　書下ろし長編官能時代
　小説　ひと夜千両』　2015.2　269p
　Ⓘ978-4-7747-2805-6
『将軍家の女　書下ろし長編官能時代小説
　ひと夜千両』　2015.5　275p
　Ⓘ978-4-7747-2826-1
『女衒修理亮　書下ろし長編官能時代小説
　ひと夜千両』　2015.9　279p
　Ⓘ978-4-7747-2861-2

双葉文庫（双葉社）

『鹿鳴娼館　明治遊里譚』　2011.1　318p
　Ⓘ978-4-575-51413-1

北 重人
きた・しげと
1948～2009
山形県生まれ。千葉大卒。1999年「超
高層に懸かる月と、骨と」でオール読
物推理小説新人賞を受賞。2009年には
「汐のなごり」が直木賞候補となる。

新潮文庫（新潮社）

『夜明けの橋』　2012.5　293p〈著作目録
　あり〉
　Ⓘ978-4-10-138741-3
　〔内容〕日照雨, 梅花の下で, 与力, 伊勢町三
　　浦屋, 日本橋

徳間文庫（徳間書店）

『汐のなごり』　2010.2　345p
　Ⓘ978-4-19-893113-1
　〔内容〕海上神火, 海羽山, 木洩陽の雪, 歳月
　　の舟, 塞道の神, 合百の藤次
『火の闇　飴売り三左事件帖』　2011.9
　311p
　Ⓘ978-4-19-893394-4
　〔内容〕観音のお辰, 唐辛子売り宗次, 鳥笛の
　　了五, 佛のお円, 火の闇

文春文庫 (文藝春秋)

『夏の椿』　2008.1　393p
①978-4-16-774401-4

『蒼火』　2008.11　397p
①978-4-16-774402-1

『白疾風』　2010.1　403p〈著作目録あり〉
①978-4-16-774403-8
〔内容〕比自山, 武蔵野, 風流女, 礫, 予兆, 山覚帳, 異変, 鎌倉道, 阿修羅, 白疾風, 解説（池上冬樹著）

『月芝居』　2010.9　377p
①978-4-16-774404-5

『花晒し』　2014.11　331p〈著作目録あり〉
①978-4-16-790230-8
〔内容〕秋の蝶, 花晒し, 二つの鉢花, 稲荷繁盛記, 恋の柳, 特別収録 超高層に懸かる月と、骨と

北川 哲史
きたがわ・てつし
1946〜

兵庫県生まれ。1984年「太陽にほえろ！」で脚本家デビュー。2005年「白桜の剣御庭番平九郎」で時代小説家に転身。

学研M文庫 (学研パブリッシング)

『将軍の鷹匠　隠密御用覚え書』　2012.3　318p〈発売：学研マーケティング〉
①978-4-05-900746-3
〔内容〕名鷹, 加賀の陰謀, 下り酒, 媒酌

『まほろし三千両　将軍の鷹匠覚え書』　2012.8　295p〈発売：学研マーケティング〉
①978-4-05-405414-1
〔内容〕まほろし三千両, 隅田のつぶて, 回し者, 大奥騒擾

廣済堂文庫 (廣済堂出版)

◇御庭番平九郎

『白桜の剣　御庭番平九郎　特選時代小説』　2005.3　325p
①4-331-61152-3

『花吹雪吉原　御庭番平九郎　特選時代小説』　2005.9　298p
①4-331-61184-1

『矢切の渡し　御庭番平九郎　特選時代小説』　2006.3　317p
①4-331-61213-9

『佐渡漁り火哀歌　御庭番平九郎　特選時代小説』　2006.8　294p
①4-331-61237-6

『徳川御三卿の陰謀　御庭番平九郎　特選時代小説』　2007.2　277p
①978-4-331-61265-1

コスミック・時代文庫
（コスミック出版）

◇将軍付御目安番

『将軍付御目安番　上様の密命　書下ろし長編時代小説』　2014.2　293p
①978-4-7747-2705-9

『将軍付御目安番〔2〕名君の危機　書下ろし長編時代小説』　2014.6　279p
①978-4-7747-2740-0

『将軍付御目安番〔3〕消えたお世継ぎ　書下ろし長編時代小説』　2014.10　287p
①978-4-7747-2770-7

◇江戸城案内仕る

『江戸城案内仕る　将軍の朋友　書下ろし
　長編時代小説』　2015.3　277p
　①978-4-7747-2810-0
『江戸城案内仕る〔2〕上様と大老　書下
　ろし長編時代小説』　2015.7　281p
　①978-4-7747-2842-1

静山社文庫（静山社）

◇奥医師秘帳

『奥医師秘帳　江戸城某重大事件』
　2010.12　300p
　①978-4-86389-084-8
『奥医師秘帳　千両香典事件』　2011.3
　295p
　①978-4-86389-105-0
『奥医師秘帳　両国橋架直事件』　2011.6
　285p
　①978-4-86389-122-7

だいわ文庫（大和書房）

◇北町裏奉行

『魔笛天誅人　北町裏奉行』　2007.9
　277p
　①978-4-479-30127-1
　〔内容〕十八大通, 三十三間堂倒壊, 両国橋の
　　悲劇
『俎板橋土蔵相伝事件　北町裏奉行』
　2007.10　277p
　①978-4-479-30135-6
　〔内容〕葵香炉騒動, 土蔵相伝, 昌平橋の子
　　殺し
『鍛冶橋阿波騒動事件　北町裏奉行』
　2007.11　275p
　①978-4-479-30141-7

　〔内容〕阿波藍騒動, 富岡八幡宮富くじ詐欺,
　　禁酒法一件
『渡月橋神田上水事件　北町裏奉行』
　2008.7　292p
　①978-4-479-30189-9
　〔内容〕神田上水毒薬事件, 常陸鋳銭座騒動,
　　穢れの水切り, 内膳地獄橋
『猿橋甲州金山事件　北町裏奉行』
　2008.9　316p
　①978-4-479-30199-8
　〔内容〕米問屋「甲州屋」事件, 甲州道中危機
　　一髪, 黒川金山異聞, 富士川の陰謀

徳間文庫（徳間書店）

『吉原の夕　風流大名〔徳間時代小説文
　庫〕』　2016.9　248p
　①978-4-19-894141-3

北沢　秋

きたざわ・しゅう
東京生まれ。東大卒。自動車メーカー
を経て、2009年「哄う合戦屋」でデビ
ュー、ベストセラーとなる。

双葉文庫（双葉社）

『哄う合戦屋』　2011.4　350p〈2009年
　刊の加筆、修正　文献あり〉
　①978-4-575-66494-2
『奔る合戦屋　上』　2012.3　255p
　〈2011年刊の加筆、修正〉
　①978-4-575-66548-2
『奔る合戦屋　下』　2012.3　270p〈文献
　あり　2011年刊の加筆、修正〉
　①978-4-575-66549-9
『翔る合戦屋』　2014.3　388p

①978-4-575-66661-8

木乃 甲
きの・こう

1980年代にデビュー。作品に「初午の客」など。

学研M文庫（学研パブリッシング）

『初午の客　手習い師匠内職控』　2010.2
305p〈発売：学研マーケティング〉
①978-4-05-900624-4
〔内容〕疫病神, からくり小僧

『売られた女房　無役御家人隠密帖』
2011.3　283p〈発売：学研マーケティング〉
①978-4-05-900682-4

木村 友馨
きむら・ゆか

1978～

神奈川県生まれ。中大卒。2005年「わすれ雪　天眼通お蔦父娘捕物ばなし」で小説家デビュー。他に「隠密廻り朝寝坊起内」シリーズなど。

廣済堂文庫（廣済堂出版）

◇隠密廻り朝寝坊起内

『雛たちの寺　隠密廻り朝寝坊起内　特選時代小説』　2007.7　326p
①978-4-331-61285-9

『かたかげ　隠密廻り朝寝坊起内　特選時代小説』　2008.5　339p
①978-4-331-61330-6

『利き男　隠密廻り朝寝坊起内　特選時代小説』　2009.8　358p
①978-4-331-61367-2
〔内容〕照葉, 稲鶴, 別鳥, 利き男

祥伝社文庫（祥伝社）

『御赦し同心　長編時代小説』　2008.12
388p
①978-4-396-33473-4

ベスト時代文庫

（ベストセラーズ）

◇天眼通お蔦父娘捕物ばなし

『わすれ雪　天眼通お蔦父娘捕物ばなし』
2005.11　322p
①4-584-36532-6

『つついづつ　天眼通お蔦父娘捕物ばなし』　2006.3　300p
①4-584-36553-9
〔内容〕つついづつ, ねなしぐさ, いつまでぐさ

『意趣斬り　天眼通お蔦父娘捕物ばなし』
2006.7　309p
①4-584-36565-2
〔内容〕意趣斬葵之介, 棘の父, 置いてけ堀

『たがね　天眼通お蔦父娘捕物ばなし』
2006.12　319p
①4-584-36579-2
〔内容〕たがね, おしゃべり源庵, 雪の会

『大名もどり　天眼通お蔦父娘捕物ばなし』　2007.12　317p
①978-4-584-36619-6
〔内容〕小盗(すり)の恩返し, 大名もどり, 尻暗観音

喜安 幸夫

きやす・ゆきお

1944～

中国生まれ。国士舘大卒。「中華週報」編集長を経て作家となり、時代小説を多数発表。代表作に「大江戸番太郎事件帳」シリーズがある。

学研M文庫(学研パブリッシング)

◇飾り屋盗賊闇裁き

『飾り屋盗賊闇裁き』 2006.3 317p
①4-05-900407-3
〔内容〕殺しの事始め, 武家屋敷秘聞, 仕置きの境内

『かんざし慕情 飾り屋盗賊闇裁き』
2006.10 338p
①4-05-900435-9
〔内容〕隠されたお宝, うわなり打ち, 善人騙し

『仇討ち慕情 飾り屋盗賊闇裁き』
2007.3 288p
①978-4-05-900467-7
〔内容〕仇討ち天女, 八丁堀出番, 消えた獄門首

◇隠れ浪人事件控

『隣の悪党 隠れ浪人事件控』 2008.12
294p
①978-4-05-900558-2

『悪徳掃除 隠れ浪人事件控』 2009.4
309p
①978-4-05-900578-0

『待伏せの刃 隠れ浪人事件控』 2009.10
298p 〈発売:学研マーケティング〉
①978-4-05-900601-5
〔内容〕殺しの裏側, 帯坂女幽霊, 待伏せの刃

◇御纏奉行闇始末

『果てなき密命 御纏奉行闇始末』 2010.
4 291p 〈発売:学研マーケティング〉
①978-4-05-900631-2

『うごめく陰謀 御纏奉行闇始末』 2010.
8 286p 〈発売:学研マーケティング〉
①978-4-05-900648-0

『見えた野望 御纏奉行闇始末』 2010.12
293p 〈発売:学研マーケティング〉
①978-4-05-900669-5

『迫りくる危機 御纏奉行闇始末』 2011.
4 294p 〈発売:学研マーケティング〉
①978-4-05-900687-9

『柳営の遠謀 御纏奉行闇始末』 2011.8
288p 〈発売:学研マーケティング〉
①978-4-05-900707-4

『野望の果て 御纏奉行闇始末』 2011.12
307p 〈発売:学研マーケティング〉
①978-4-05-900727-2

◇岡っ引ヌウと新米同心

『岡っ引ヌウと新米同心』 2012.4 290p
〈発売:学研マーケティング〉
①978-4-05-900753-1
〔内容〕空き家の怪, それぞれの事情, 隣町の盗賊, 町の岡っ引

『神楽坂の蛇 岡っ引ヌウと新米同心 2』
2012.8 292p 〈発売:学研マーケティング〉
①978-4-05-900774-6

『猪鍋の夜 岡っ引ヌウと新米同心 3』
2012.12 293p 〈発売:学研マーケティング〉
①978-4-05-900795-1

◇隠密廻り裏御用

『女難の二人 隠密廻り裏御用』 2013.6
290p 〈発売:学研マーケティング〉
①978-4-05-900838-5

『闇の仇討ち 隠密廻り裏御用』 2013.10
300p 〈発売:学研マーケティング〉

①978-4-05-900858-3

『真伝忠臣蔵』　2007.10　422p〈『討ち入り非情』（コスミック出版2003年刊）の改稿〉
①978-4-05-900498-1

角川文庫（KADOKAWA）

『流離の姫　用心棒若杉兵庫』　2016.6　312p
①978-4-04-104359-2
〔内容〕百万石の悲哀, 音羽の裏長屋, 用心棒, 盗賊たちの刃

廣済堂文庫（廣済堂出版）

◇大江戸番太郎事件帳

『木戸の闇裁き　大江戸番太郎事件帳　特選時代小説』　2002.3　380p
①4-331-60922-7

『殺しの入れ札　特選時代小説　大江戸番太郎事件帳　2』　2002.12　325p
①4-331-60981-2

『木戸の裏始末　特選時代小説　大江戸番太郎事件帳　3』　2003.8　358p
①4-331-61030-6
〔内容〕継ぎ火, 敵討ち, 女騙り師, 生首持参

『木戸の闇仕置　特選時代小説　大江戸番太郎事件帳　4』　2004.4　339p
①4-331-61080-2
〔内容〕刃物疵, 消えた死体, 打ち壊し, 千社札

『木戸の影裁き　特選時代小説　大江戸番太郎事件帳　5』　2004.11　337p
①4-331-61128-0
〔内容〕外れた罠, 背後の影, 夜鷹茶屋, 殺し裁き

『木戸の隠れ裁き　特選時代小説　大江戸番太郎事件帳　6』　2005.5　346p
①4-331-61165-5
〔内容〕隠された女, 追跡, 関所裏道, 残党

『木戸の闇走り　特選時代小説　大江戸番太郎事件帳　7』　2005.12　309p
①4-331-61198-1
〔内容〕医者殺し, 強請の代價, 街道仕置き

『木戸の無情剣　特選時代小説　大江戸番太郎事件帳　8』　2006.6　337p
①4-331-61227-9
〔内容〕夫殺し, 狂気の道楽, 拐かし狂言

『木戸の闇同心　特選時代小説　大江戸番太郎事件帳　9』　2007.1　327p
①4-331-61261-9
〔内容〕隠された殺し, 雪の日の死体

『木戸の夏時雨　特選時代小説　大江戸番太郎事件帳　10』　2007.8　337p
①978-4-331-61288-0
〔内容〕埋もれた殺し, いわくありげな女, "鼠"といわれた男

『木戸の裏灯り　特選時代小説　大江戸番太郎事件帳　11』　2008.3　348p
①978-4-331-61318-4
〔内容〕足抜け困難, 化かし合い, 消えた賭場

『木戸の武家始末　特選時代小説　大江戸番太郎事件帳　12』　2008.9　312p
①978-4-331-61341-2
〔内容〕相乗り誘拐, さむらい詐欺, 濠に浮かんだ死体

『木戸の悪人裁き　特選時代小説　大江戸番太郎事件帳　13』　2009.1　325p
①978-4-331-61353-5
〔内容〕殺意の二人, 揺さぶり, 隠し場所

『木戸の非情仕置　大江戸番太郎事件帳　14　特選時代小説』　2009.5　309p
①978-4-331-61366-5
〔内容〕迷子札を握った子供, 殺しは世のため, 盗賊の因果

『木戸の隠れ旅　大江戸番太郎事件帳　15　特選時代小説』　2009.12　318p
①978-4-331-61376-4
〔内容〕気になる浪人, 大山詣り, 仇討ち上屋敷

喜安幸夫

『木戸の因縁裁き　大江戸番太郎事件帳
　16　特選時代小説』　2010.5　308p
　⓵978-4-331-61397-9

『木戸の闇仕掛け　大江戸番太郎事件帳
　17　特選時代小説』　2010.9　304p
　⓵978-4-331-61407-5
　〔内容〕街道の鮎騒動、黒幕始末、殺し屋志願、
　源造の大手柄

『木戸の口封じ　大江戸番太郎事件帳　18
　特選時代小説』　2010.12　290p
　⓵978-4-331-61414-3

『木戸の悪党防ぎ　大江戸番太郎事件帳
　19　特選時代小説』　2011.5　301p
　⓵978-4-331-61429-7

『木戸の女敵騒動　大江戸番太郎事件帳
　20　特選時代小説』　2011.8　296p
　⓵978-4-331-61436-5

『木戸の鬼火　大江戸番太郎事件帳　21
　特選時代小説』　2011.12　298p
　⓵978-4-331-61449-5

『木戸の闇坂（くらやみざか）　大江戸番
　太郎事件帳　22　特選時代小説』
　2012.4　298p
　⓵978-4-331-61469-3
　〔内容〕斬りつけた男、ころがり闇坂、からま
　る因果

『木戸の弓張月　大江戸番太郎事件帳　23
　特選時代小説』　2012.8　306p
　⓵978-4-331-61485-3
　〔内容〕解せぬ殺し、背後の悪人、南部坂、濡
　れ衣

『木戸の盗賊崩し　大江戸番太郎事件帳
　24　特選時代小説』　2012.12　294p
　⓵978-4-331-61503-4
　〔内容〕逆恨み、惣吉遭難、品川宿の太一、盗
　賊崩し

『木戸の隣町騒動　大江戸番太郎事件帳
　25　特選時代小説』　2013.5　299p
　⓵978-4-331-61525-6
　〔内容〕駈け落ち、婿養子の身、隠れ蓑、仇討
　ち尼僧

『木戸の幽霊始末　大江戸番太郎事件帳
　26　特選時代小説』　2013.9　297p

　⓵978-4-331-61545-4
　〔内容〕幽霊の声、デロレン祭文、闇夜の探索、
　隠し事

『木戸の情け裁き　大江戸番太郎事件帳
　27　特選時代小説』　2014.1　303p
　⓵978-4-331-61566-9
　〔内容〕送り狼、源造の思惑、盗賊の情け、隣
　町の小悪党

『木戸の富くじ　大江戸番太郎事件帳　28
　特選時代小説』　2014.6　301p
　⓵978-4-331-61586-7
　〔内容〕富くじ百両、陰富の群れ、富会の日の
　逃亡、女敵討ち助っ人

『木戸の誘拐騒動　大江戸番太郎事件帳
　29　特選時代小説』　2014.10　301p
　⓵978-4-331-61603-1
　〔内容〕娘拐かし、悪党どもの素性、夕刻の中
　間部屋、事件隠し

『木戸の隠れ仕事　大江戸番太郎事件帳
　30　特選時代小説』　2015.2　290p
　⓵978-4-331-61623-9
　〔内容〕盗賊指南、隠れ仕事、袋のねずみ、町
　内の隠居

『木戸の明け烏　大江戸番太郎事件帳　31
　特選時代小説』　2015.6　295p
　⓵978-4-331-61637-6
　〔内容〕気になる女、明け烏の女房、お構いな
　し、思わぬ殺し

『木戸の橋渡し　大江戸番太郎事件帳　32
　特選時代小説』　2015.10　295p
　⓵978-4-331-61648-2
　〔内容〕許せぬ女、事態拡大、もう一つの殺し、
　お白洲

『木戸の別れ　大江戸番太郎事件帳　33
　特選時代小説』　2016.1　285p
　⓵978-4-331-61653-6
　〔内容〕二つの予兆、結びついた事件、嵐の前
　触れ、かねての覚悟

『非情の城　戦国女城主秘話　特選時代小
　説』　2007.11　375p
　⓵978-4-331-61300-9

光文社文庫（光文社）

◇大江戸木戸番始末

『両国の神隠し　文庫書下ろし/傑作時代小説　大江戸木戸番始末』　2016.3　292p
①978-4-334-77261-1
〔内容〕両国の神隠し, 本所武家屋敷, かわら版屋, 手柄の裏譲り

『贖罪の女　文庫書下ろし/傑作時代小説　大江戸木戸番始末　2〔光文社時代小説文庫〕』　2016.7　290p
①978-4-334-77327-4
〔内容〕贖罪の女, 殺しの裏側, 許せぬ悪党, 闇夜の対決

『千住の夜討　大江戸木戸番始末　3』　2016.11　300p
①978-4-334-77387-8

コスミック・時代文庫（コスミック出版）

『討ち入り非情　真伝・忠臣蔵』　2003.12　590p〈東京コスミックインターナショナル（発売）〉
①4-7747-0754-6

『仇討ち修羅街道　護持院ガ原始末帖　書下ろし長編時代小説』　2004.6　284p〈東京コスミックインターナショナル（発売）〉
①4-7747-0779-1

祥伝社文庫（祥伝社）

◇隠密家族

『隠密家族　書下ろし』　2012.7　317p
①978-4-396-33780-3

『隠密家族〔2〕逆襲　書下ろし』　2012.12　304p
①978-4-396-33809-1

『隠密家族　攪乱　書下ろし』　2013.3　286p
①978-4-396-33828-2

『隠密家族　難敵』　2013.9　300p
①978-4-396-33877-0

『隠密家族　抜忍』　2014.2　295p
①978-4-396-34016-2

『隠密家族　くノ一初陣』　2014.6　289p
①978-4-396-34045-2

『隠密家族　日坂決戦』　2014.10　296p
①978-4-396-34075-9

『隠密家族　御落胤』　2015.3　304p
①978-4-396-34104-6

◇忍び家族

『出帆　忍び家族　1』　2015.6　308p
①978-4-396-34127-5

『闇奉行影走り』　2016.2　306p
①978-4-396-34181-7

『闇奉行娘攫い』　2016.9　316p
①978-4-396-34246-3

大洋時代文庫 時代小説（ミリオン出版）

『燃えよ駿府城』　2006.7　353p〈発売：大洋図書〉
①4-8130-7061-2

徳間文庫（徳間書店）

◇菅原幻斎怪異事件控

『菅原幻斎怪異事件控』　2004.11　346p
　④4-19-892150-4
　〔内容〕坂の上の女霊, 若旦那神隠し, 怨み晴らし, 持仏堂の女, さかさ幽霊

『死への霊薬　菅原幻斎怪異事件控』
　2005.11　364p
　④4-19-892332-9
　〔内容〕墓のない女, 生きている骨, まわり道, 死への霊薬, ふたり美人

『花嫁新仏　菅原幻斎怪異事件控』
　2007.1　310p
　①978-4-19-892536-9
　〔内容〕祟り三代へ, 怨霊輪廻, 花嫁新仏, 女霊の頼み事, 可愛い女狐

二見時代小説文庫（二見書房）

◇はぐれ同心闇裁き

『はぐれ同心闇裁き　龍之助江戸草紙』
　2010.6　303p
　①978-4-576-10071-5

『隠れ刃　はぐれ同心闇裁き　2』　2010.
　9　300p
　①978-4-576-10128-6

『因果の棺桶　はぐれ同心闇裁き　3』
　2011.1　300p
　①978-4-576-10185-9
　〔内容〕棺桶騒動, 深い執念, 中間盗賊

『老中の迷走　はぐれ同心闇裁き　4』
　2011.6　303p
　①978-4-576-11068-4

『斬り込み　はぐれ同心闇裁き　5』
　2011.10　292p
　①978-4-576-11126-1

『槍突き無宿　はぐれ同心闇裁き　6』

　2012.2　291p
　①978-4-576-12008-9

『口封じ　はぐれ同心闇裁き　7』　2012.
　7　300p
　①978-4-576-12082-9

『強請（ゆすり）の代償　はぐれ同心闇裁き　8』　2012.11　294p
　①978-4-576-12142-0

『追われ者　はぐれ同心闇裁き　9』
　2013.3　290p
　①978-4-576-13025-5
　〔内容〕夜鷹の意地, 土手道の夕刻, 追われ者, 江戸逃がし

『さむらい博徒　はぐれ同心闇裁き　10』
　2013.7　292p
　①978-4-576-13089-7
　〔内容〕さむらい博徒, 打ち込み, 松平屋敷, 定信の道

『許せぬ所業　はぐれ同心闇裁き　11』
　2013.11　286p
　①978-4-576-13156-6
　〔内容〕探索の目, 許せぬ所業, 秘かな仇討ち, 一枚絵の女

『最後の戦い　はぐれ同心闇裁き　12』
　2014.5　298p
　①978-4-576-14052-0

◇見倒屋鬼助事件控

『朱鞘の大刀　見倒屋鬼助事件控　1』
　2014.8　295p
　①978-4-576-14096-4

『隠れ岡っ引　見倒屋鬼助事件控　2』
　2014.12　283p
　①978-4-576-14158-9
　〔内容〕隠れ岡っ引, 脇差闇始末, 仇討ち助っ人, 泉岳寺門前

『濡れ衣晴らし　見倒屋鬼助事件控　3』
　2015.4　296p
　①978-4-576-15039-0

『百日鬘の剣客　見倒屋鬼助事件控　4』
　2015.8　286p
　①978-4-576-15109-0

『冴える木刀　見倒屋鬼助事件控　5』
　2015.12　291p
　①978-4-576-15182-3
『身代喰逃げ屋　見倒屋鬼助事件控　6』
　2016.4　283p
　①978-4-576-16050-4

◇隠居右善江戸を走る

『つけ狙う女　隠居右善江戸を走る　1』
　2016.10　288p
　①978-4-576-16149-5

ベスト時代文庫

（ベストセラーズ）

◇献残屋

『献残屋悪徳始末』　2005.8　327p
　①4-584-36538-5
　〔内容〕ならぬ堪忍, 裏稼業潰し, 悪徳始末,
　　岡っ引退治
『献残屋悪徳始末　仇討ち隠し』　2006.4
　333p
　①4-584-36557-1
　〔内容〕仇討ち隠し, 逆恨み十五年目, 先走り
　　忠義, 乗っ取り屋退治
『献残屋隠密退治』　2006.12　358p
　①4-584-36580-6
　〔内容〕旗本潰し, 隠密退治, 心中
『献残屋忠臣潰し』　2007.7　317p
　①978-4-584-36602-8
　〔内容〕入り婿殺し, 忠臣潰し, 重なる衝動
『献残屋秘めた刃』　2008.1　329p
　①978-4-584-36624-0
　〔内容〕秘めた刃, 女騒動, お命大事, 殺しの
　　手法
『献残屋見えざる絆』　2008.7　317p
　①978-4-584-36640-0
　〔内容〕見えざる絆, 本懐への道, 怜気構の女
『献残屋隠された殺意』　2008.11　285p

　①978-4-584-36651-6
　〔内容〕隠された殺意, 内蔵助下向, 見せかけ
　　自害
『献残屋火付け始末』　2009.2　282p
　①978-4-584-36655-4
　〔内容〕火付け始末, 寅治郎蘇生, お犬様異聞

◇吉宗お庭番秘帳

『江戸への嵐道　吉宗お庭番秘帳』
　2009.8　283p
　①978-4-584-36665-3
　〔内容〕お庭番走る, 江戸への嵐道, 暗殺計画,
　　徳川吉宗
『暗殺街道　吉宗お庭番秘帳』　2010.3
　287p
　①978-4-584-36681-3
　〔内容〕暗殺街道, 追い討ち, 浅野内匠頭, 同
　　士討ち

ワンツー時代小説文庫

（ワンツーマガジン社）

『吉右衛門の涙』　2006.9　309p
　①4-903012-76-X
　〔内容〕身替わり忠義―忠臣蔵外伝, 御首（み
　　しるし）―忠臣蔵外伝, ぬかりなき朝―忠
　　臣蔵外伝, 吉右衛門の涙―忠臣蔵外伝, 山
　　賊和尚, 恨むな吾助, 木魚が聞こえる, 俺
　　たちは雑草, 一笠一杖

京極 夏彦

きょうごく・なつひこ

1963〜

北海道生まれ。桑沢デザイン研究所卒。グラフィックデザイナーとして活躍し、1994年「姑獲鳥の夏」で作家デビュー。2004年「後巷説百物語」で直木賞を受賞。

角川文庫（KADOKAWA）

『嗤う伊右衛門』　2001.11　374p
　①4-04-362001-2

『冱き小平次』　2008.6　414p〈発売：角川グループパブリッシング〉
　①978-4-04-362006-7
　〔内容〕木幡小平次, 安達多九郎, 橐吾お塚, 玉川歌仙, 動木運平, 荒神棚の多九郎, 幽霊小平次, 辻神の運平, 九化の治平, 穂積の宝児, 安西喜次郎, 石動左九郎, 事触れ治平, 宝香お塚, 冱き小平次

『前巷説百物語〔怪books〕』　2009.12　737p〈文献あり　発売：角川グループパブリッシング〉
　①978-4-04-362007-4
　〔内容〕寝肥, 周防大蟆, 二口女, かみなり, 山地乳, 旧鼠

『豆腐小僧双六道中ふりだし』　文庫版　2010.10　710p〈初版：講談社平成15年刊　発売：角川グループパブリッシング〉
　①978-4-04-362008-1

『豆腐小僧その他』　2011.4　350p〈発売：角川グループパブリッシング〉
　①978-4-04-362009-8

『豆腐小僧双六道中おやすみ〔KWAI BOOKS〕』　文庫版　2013.7　706p
　①978-4-04-100920-8

中公文庫（中央公論新社）

『嗤う伊右衛門』　2004.6　381p
　①4-12-204376-X

『冱き小平次』　2012.7　424p〈文献あり〉
　①978-4-12-205665-7

経塚 丸雄

きょうづか・まるお

中大卒。脚本家を経て、「銭が仇の新次郎」で時代小説作家としてデビュー。

双葉文庫（双葉社）

『旗本金融道　1　銭が情けの新次郎』　2016.3　266p
　①978-4-575-66772-1

『旗本金融道　2　銭が仇の新次郎』　2016.7　266p
　①978-4-575-66788-2

『旗本金融道　3　馬鹿と情けの新次郎』　2016.11　271p
　①978-4-575-66804-9

桐野 国秋
きりの・くにあき
1935〜

岩手県生まれ。編集者、雑誌記者を経て、小説家に転じて多くの作品を発表したのち、桐野国秋名義で再デビュー。

学研M文庫 (学研パブリッシング)

『孤剣の幻舞　影忍笛丸』　2003.8　335p
①4-05-900251-8

鯨 統一郎
くじら・とういちろう

国学院大卒。1996年「邪馬台国はどこですか？」で作家デビュー。ミステリーから歴史やファンタジーまで幅広く発表。

光文社文庫 (光文社)

『山内一豊の妻の推理帖』　2012.9　339p
〈文献あり〉
①978-4-334-76460-9
〔内容〕真に至る知恵, 暗闇の中の知恵, 隠された知恵, 小さな筐の知恵, 夢の中の知恵, 一夜限りの知恵, 遠い日の知恵

実業之日本社文庫 (実業之日本社)

『幕末時そば伝』　2011.12　363p〈文献あり　『異譚・千早振る』(2007年刊)の改題〉
①978-4-408-55058-9
〔内容〕殿と熊(異譚・粗忽長屋, 異譚・千早振る, 異譚・湯屋番), 陰の符合(異譚・長屋の花見, 異譚・まんじゅう怖い, 異譚・道具屋, 異譚・目黒のさんま, 異譚・時そば)

祥伝社文庫 (祥伝社)

◇とんち探偵一休さん

『金閣寺に密室　長編本格歴史推理　とんち探偵一休さん』　2002.9　427p
①4-396-33064-2

『謎解き道中　本格歴史推理　とんち探偵一休さん』　2006.2　355p
①4-396-33269-6
〔内容〕難波・明の景色, 大和・栗鼠の長屋, 伊勢・魔除けの札, 尾張・鬼の棲み家, 駿河・広い庭, 伊豆・鰻の寝床, 相模・双子の函, 武蔵・猫と草履

『いろは歌に暗号　まんだら探偵空海　長編本格歴史推理』　2008.7　361p
①978-4-396-33438-3

徳間文庫 (徳間書店)

『Kaiketsu！赤頭巾侍』　2009.1　317p
〈文献あり〉
①978-4-19-892910-7
〔内容〕山吹の好きな狼, 川を渡った狼, 密室の狼, 湯煙に消えた狼, 走り抜けた狼, 雪化粧の狼, 狼の群れ, 甦った狼, 解説(福井健太著)

葛葉 康司
くずは・こうじ

大分県生まれ。慶大卒。作品に「傘張り剣人情控」など。

学研M文庫 (学研パブリッシング)

◇傘張り剣人情控

『辻打ち 傘張り剣人情控』 2011.1 284p 〈発売：学研マーケティング〉
①978-4-05-900674-9

『弦月 傘張り剣人情控』 2011.4 303p 〈発売：学研マーケティング〉
①978-4-05-900689-3

『鬼の霍乱 傘張り剣人情控』 2011.7 301p 〈発売：学研マーケティング〉
①978-4-05-900705-0

『契り旅 秘剣『村雨』事件始末』 2012.1 315p 〈発売：学研マーケティング〉
①978-4-05-900734-0

工藤 健策
くどう・けんさく
1942〜

神奈川県生まれ。明大卒。アナウンサー、ディレクターを経て、作家となる。スポーツ関連の作品が多い。時代小説に「小説 安土城炎上」。

PHP文庫 (PHP研究所)

『小説安土城炎上』 1996.9 235p
①4-569-56939-0

工藤 章興
くどう・しょうこう
1948〜

愛媛県生まれ。早大卒。新聞社、出版社勤務を経て、作家となる。複数の筆名を使い分けて様々なジャンルの作品を発表。

学研M文庫 (学研パブリッシング)

『反関ヶ原 1』 2000.9 318p 〈年表あり〉
①4-05-900003-5

『反関ヶ原 2』 2000.11 319p
①4-05-900013-2

『反関ヶ原 3』 2000.12 321p
①4-05-900018-3

『反関ヶ原 4』 2001.1 332p
①4-05-900022-1

『反関ヶ原 5』 2001.2 351p
①4-05-900031-0

『覇風林火山　1　信玄死せず』　2004.12
　444p
　①4-05-900325-5
『覇風林火山　2　龍虎対決』　2005.1
　445p
　①4-05-900326-3
『覇風林火山　3　武田鉄砲隊登場す！』
　2005.2　507p
　①4-05-900327-1
『武田信玄』　2006.8　439p
　①4-05-901187-8
『長宗我部元親』　2010.2　338p〈文献あ
　り　発売：学研マーケティング〉
　①978-4-05-901256-6
『戦国武将骨肉の修羅　同族殺戮の業火を
　かいくぐった十三将』　2010.11　367p
　〈文献あり　発売：学研マーケティン
　グ〉
　①978-4-05-901269-6

PHP文庫（PHP研究所）

『大谷吉継と石田三成　関ケ原で最も熱い
　「男の友情」〔大きな字〕』　2009.11
　346p〈文献あり〉
　①978-4-569-67360-8

倉阪鬼一郎

倉阪　鬼一郎
くらさか・きいちろう
1960〜

三重県生まれ。早大卒。幻想小説を経
て、近年は時代小説を多く発表。俳人
としても著名。

角川文庫（KADOKAWA）

◇品川人情串一本差し

『海山の幸　品川人情串一本差し』
　2013.12　274p〈文献あり〉
　①978-4-04-101133-1
『街道の味　品川人情串一本差し　2』
　2014.2　278p〈文献あり〉
　①978-4-04-101261-1
『宿場魂　品川人情串一本差し　3』
　2014.4　284p〈文献あり〉
　①978-4-04-101452-3

◇品川しみづや影絵巻

『迷い人　品川しみづや影絵巻』　2015.2
　277p〈文献あり〉
　①978-4-04-102811-7
『世直し人　品川しみづや影絵巻』
　2015.5　290p〈文献あり〉
　①978-4-04-103232-9

講談社文庫（講談社）

『大江戸秘脚便』　2016.7　298p〈文献あ
　り〉
　①978-4-06-293450-3

光文社文庫（光文社）

◇人情処深川やぶ浪

『あられ雪　文庫書下ろし/連作時代小説　人情処深川やぶ浪』　2012.11　307p
　①978-4-334-76495-1
　〔内容〕薄紅色の月, 富じまい, あられ雪, 雛あかり, 別れの百千鳥

『おかめ晴れ　文庫書下ろし/連作時代小説　人情処深川やぶ浪』　2013.5　279p〈文献あり〉
　①978-4-334-76575-0
　〔内容〕さだめ水, おかめ晴れ, 浄土傘

『きつね日和　文庫書下ろし/連作時代小説　人情処深川やぶ浪』　2013.11　268p〈文献あり〉
　①978-4-334-76656-6
　〔内容〕きつね日和, 思い出桜, 江戸土産

『開運せいろ　文庫書下ろし/連作時代小説　人情処深川やぶ浪』　2014.6　247p
　①978-4-334-76757-0
　〔内容〕夫婦雛, 開運せいろ

『出世おろし　文庫書下ろし/連作時代小説　人情処深川やぶ浪』　2014.12　222p〈文献あり　著作目録あり〉
　①978-4-334-76849-2
　〔内容〕蕎麦浄土, 出世おろし

◇南蛮おたね夢料理

『ようこそ夢屋へ　文庫書下ろし/長編時代小説　南蛮おたね夢料理』　2015.10　275p〈文献あり〉
　①978-4-334-76986-4

『まぼろしのコロッケ　文庫書下ろし/長編時代小説　南蛮おたね夢料理　2』　2016.3　264p
　①978-4-334-77262-8

『母恋わんたん　文庫書下ろし/長編時代小説　南蛮おたね夢料理　3〔光文社時代小説文庫〕』　2016.8　290p
　①978-4-334-77341-0

『深川まぼろし往来　素浪人鷲尾直十郎夢想剣　長編時代小説』　2009.5　277p
　①978-4-334-74595-0

コスミック・時代文庫（コスミック出版）

◇本所松竹梅さばき帖

『人情の味　書下ろし長編時代小説　本所松竹梅さばき帖』　2016.5　297p〈文献あり〉
　①978-4-7747-2927-5

実業之日本社文庫（実業之日本社）

◇大江戸隠密おもかげ堂

『笑う七福神　大江戸隠密おもかげ堂』　2015.4　269p〈文献あり〉
　①978-4-408-55220-0

『からくり成敗　大江戸隠密おもかげ堂』　2016.4　286p〈文献あり〉
　①978-4-408-55286-6

宝島社文庫（宝島社）

『一本うどん　八丁堀浪人江戸百景』　2014.5　270p〈文献あり〉
　①978-4-8002-2634-1

『名代一本うどんよろづお助け』　2014.11　268p

①978-4-8002-3350-9

『もどりびと　桜村人情歳時記』　2015.5　269p
①978-4-8002-4012-5
〔内容〕香り路地、藍染川慕情、廻り橋、もどりびと、大江戸「町」案内—浅草・谷中・芝・品川

『包丁人八州廻り』　2016.6　295p〈文献あり〉
①978-4-8002-5235-7

徳間文庫（徳間書店）

◇若さま包丁人情駒

『若さま包丁人情駒』　2013.2　295p〈文献あり〉
①978-4-19-893658-7

『飛車角侍　若さま包丁人情駒』　2013.8　280p〈文献あり〉
①978-4-19-893725-6

『大勝負　若さま包丁人情駒』　2014.4　274p
①978-4-19-893819-2

『闇成敗　若さま天狗仕置き』　2014.10　262p〈文献あり〉
①978-4-19-893896-3

『狐退治　若さま闇仕置き』　2015.8　281p〈文献あり〉
①978-4-19-893994-6

『あまから春秋　若さま影成敗』　2015.12　282p
①978-4-19-894056-0

双葉文庫（双葉社）

◇火盗改香坂主税

『影斬り　火盗改香坂主税』　2008.12　294p
①978-4-575-66358-7
〔内容〕壺の中の春、影斬りの夏、秋の白い蝶、冬日向の猫、正月の乱れ凧

『風斬り　火盗改香坂主税』　2009.9　314p
①978-4-575-66401-0
〔内容〕風斬り、返り花一輪、本郷燕返し、深川紫頭巾、思いの箱

『花斬り　火盗改香坂主税』　2010.9　320p
①978-4-575-66463-8
〔内容〕花斬り、破れた帆、遠い富士、百番富夢残、大関に適う、黒い日輪

二見時代小説文庫（二見書房）

◇小料理のどか屋人情帖

『人生の一椀　小料理のどか屋人情帖　1』　2010.12　295p
①978-4-576-10175-0
〔内容〕人生の一椀、わかれ雪、夏がすみ、うきくさの花、江戸の華

『倖せの一膳　小料理のどか屋人情帖　2』　2011.4　284p
①978-4-576-11039-4
〔内容〕倖せの一膳、味くらべ、一杯の桜湯、かえり舟

『結び豆腐　小料理のどか屋人情帖　3』　2011.8　296p
①978-4-576-11100-1
〔内容〕思い出の一皿、蛍火の道、「う」はうまいものの「う」、結び豆腐

『手毬寿司　小料理のどか屋人情帖　4』　2011.12　301p〈文献あり〉

①978-4-576-11158-2

『雪花菜飯　小料理のどか屋人情帖　5』
2012.4　301p　〈文献あり〉
①978-4-576-12037-9

『面影汁　小料理のどか屋人情帖　6』
2012.9　302p　〈文献あり〉
①978-4-576-12097-3

『命のたれ　小料理のどか屋人情帖　7』
2013.1　306p　〈文献あり〉
①978-4-576-12175-8

『夢のれん　小料理のどか屋人情帖　8』
2013.6　297p　〈文献あり〉
①978-4-576-13075-0

『味の船　小料理のどか屋人情帖　9』
2013.11　276p　〈文献あり〉
①978-4-576-13158-0

『希望（のぞみ）粥　小料理のどか屋人情
帖　10』　2014.4　277p　〈文献あり〉
①978-4-576-14037-7

『心あかり　小料理のどか屋人情帖　11』
2014.8　274p
①978-4-576-14097-1

『江戸は負けず　小料理のどか屋人情帖
12』　2014.12　277p　〈文献あり〉
①978-4-576-14159-6

『ほっこり宿　小料理のどか屋人情帖
13』　2015.3　287p　〈文献あり〉
①978-4-576-15028-4

『江戸前祝い膳　小料理のどか屋人情帖
14』　2015.7　278p　〈文献あり〉
①978-4-576-15091-8

『ここで生きる　小料理のどか屋人情帖
15』　2015.11　285p
①978-4-576-15166-3

『天保つむぎ糸　小料理のどか屋人情帖
16』　2016.3　277p　〈文献あり〉
①978-4-576-16027-6

『ほまれの指　小料理のどか屋人情帖
17』　2016.7　295p
①978-4-576-16097-9

『走れ、千吉　小料理のどか屋人情帖
18』　2016.11　298p

①978-4-576-16163-1

ベスト時代文庫

（ベストセラーズ）

『裏町奉行闇仕置黒州裁き』　2012.4
285p　〈文献あり〉
①978-4-584-36704-9

『大名斬り　裏町奉行闇仕置』　2012.9
276p　〈文献あり〉
①978-4-584-36716-2

倉本　由布

くらもと・ゆう

1967～

静岡県生まれ。共立女子大卒。高校時
代に作家デビュー。1991年には時代小
説「夢鏡　義高と大姫ものがたり」を発
表した。

コバルト文庫（集英社）

『華焔　義経の妻』　1993.12　281p
①4-08-611798-3

『花くれない草紙　摩阿姫恋奇譚』
1994.4　268p
①4-08-611838-6

『月の夜舟で　平家ものがたり抄』
1995.1　222p
①4-08-614030-6
〔内容〕ふたり敦盛―胡蝶の章、夢の柩―千
手の章

『天姫　1319・鎌倉崩壊』　2000.6　235p
〈他言語標題：Amatsuhime〉
①4-08-614725-4

『天姫　1333・鎌倉滅亡』　2000.9　267p

〈他言語標題：Amatsuhime〉
①4-08-614761-0

集英社文庫 (集英社)

『ゆめ結び　むすめ髪結い夢暦』　2016.7
249p
①978-4-08-745472-7
〔内容〕ゆめ散らし, ゆめ惑い, ゆめ結び

車 浮代
くるま・うきよ

大阪府生まれ。大阪芸大卒。シナリオ
ライターを経て、時代小説作家となる。
レシピ本でも有名。

白泉社招き猫文庫 (白泉社)

『勝山太夫、ごろうぜよ』　2016.7　255p
①978-4-592-83136-5

黒木 久勝
くろき・ひさかつ
1973〜

大阪府生まれ。テレビディレクターを
経て、2007年脚本家に転向。2015年「鬼
がらす恋芝居」シリーズで小説家デビ
ューした。

TO文庫 (AMG出版)

『猫侍　上』　黒木久勝原案, 大月小夜著

2013.11　220p〈発売：TOブックス〉
①978-4-86472-206-3
『猫侍　下』　黒木久勝原案, 亜夷舞モコ著
2013.11　207p〈発売：TOブックス〉
①978-4-86472-207-0

双葉文庫 (双葉社)

◇鬼がらす恋芝居

『剣客花道　鬼がらす恋芝居』　2015.1
265p
①978-4-575-66710-3
『剣客大入　鬼がらす恋芝居』　2015.2
269p
①978-4-575-66714-1

◇香木屋おりん

『梅花の誓い　香木屋おりん』　2015.12
287p
①978-4-575-66757-8
『廓の桜　香木屋おりん』　2016.4　284p
①978-4-575-66775-2
『ふたつの伽羅　香木屋おりん』　2016.9
291p
①978-4-575-66793-6

黒崎 裕一郎
くろさき・ゆういちろう

東京生まれ。東京電機大中退。「必殺仕掛人」で脚本家デビュー。のち時代小説を多く執筆。中村勝行名義の「蘭と狗」では時代小説大賞を受賞した。

学研M文庫（学研パブリッシング）

◇公事宿始末人

『公事宿始末人　淫獣斬り』　2003.5　299p
　①4-05-900237-2
『公事宿始末人　破邪の剣』　2004.7　288p
　①4-05-900303-4
『公事宿始末人　叛徒狩り』　2005.9　292p
　①4-05-900378-6
『公事宿始末人　斬奸無情』　2008.5　302p
　①978-4-05-900422-6

幻冬舎文庫（幻冬舎）

◇鳥見役影御用

『闇の華　鳥見役影御用 1』　2001.6　311p
　①4-344-40112-3
『讐鬼の剣　鳥見役影御用 2』　2002.6　305p
　①4-344-40239-1

廣済堂文庫（廣済堂出版）

◇冥府の刺客

『冥府の刺客　書下ろし長篇時代小説　特選時代小説』　1998.3　303p
　①4-331-60648-1

『死神幻十郎　書下ろし長篇時代小説　特選時代小説』　1998.8　315p
　①4-331-60673-2
『死神幻十郎　書下ろし長篇時代小説 2　女人結界　特選時代小説』　1999.4　303p
　①4-331-60743-7

講談社文庫（講談社）

『蘭と狗　長英破牢』　1999.9　389p
　①4-06-264674-9

祥伝社文庫（祥伝社）

◇必殺闇同心

『必殺闇同心　書下ろし長編時代小説』　2001.8　291p
　①4-396-32872-9
『必殺闇同心　人身御供　長編時代小説』　2002.9　321p
　①4-396-33069-3
『必殺闇同心　夜盗斬り　長編時代小説』　2003.9　305p
　①4-396-33127-4
『必殺闇同心　隠密狩り　長編時代小説』　2004.1　315p
　①4-396-33149-5
『四匹の殺し屋　長編時代小説　必殺闇同

心』 2005.4 302p
①4-396-33222-X
『娘供養　長編時代小説　必殺闇同心』
2006.3　303p
①4-396-33282-3

◇公事宿始末人

『公事宿始末人　千坂唐十郎』 2016.11
341p〈『公事宿始末人　淫獣斬り』の改題〉
①978-4-396-34265-4

徳間文庫（徳間書店）

◇冥府の刺客

『死神幻十郎　冥府の刺客』 2001.1
325p
①4-19-891434-6
『魔炎　冥府の刺客』 2001.2　330p
〈『死神幻十郎』（廣済堂出版1998年刊）の改題〉
①4-19-891449-4
『邪淫　冥府の刺客』 2001.4　312p
①4-19-891484-2
『密殺　冥府の刺客』 2001.9　299p
①4-19-891570-9
『怨讐　冥府の刺客』 2003.5　318p
①4-19-891885-6
『兇弾　冥府の刺客』 2004.5　317p
①4-19-892058-3
『逆賊　冥府の刺客』 2005.6　316p
①4-19-892255-1

◇鳥見役影御用

『闇の華　鳥見役影御用』 2005.11
316p〈著作目録あり〉
①4-19-892333-7
『讐鬼の剣　鳥見役影御用』 2006.1
311p〈著作目録あり〉

①4-19-892358-2

◇　◇　◇

『はぐれ柳生殺人剣』 2002.4　398p
①4-19-891688-8
『はぐれ柳生斬人剣』 2002.7　382p
①4-19-891735-3
『はぐれ柳生無情剣』 2002.8　414p
①4-19-891747-7
『江戸城御金蔵破り』 2004.9　408p〈著作目録あり〉
①4-19-892117-2
『蘭と狗　長英破牢』 2004.12　381p
①4-19-892165-2
『街道の牙』 2006.9　301p
①4-19-892465-1

ハルキ文庫（角川春樹事務所）

◇渡世人伊三郎

『上州無情旅　渡世人伊三郎　時代小説文庫』 2003.6　276p
①4-7584-3047-0
『血風天城越え　渡世人伊三郎　時代小説文庫』 2004.12　281p
①4-7584-3145-0

文芸社文庫（文芸社）

『はぐれ柳生必殺剣』 2015.4　393p
〈『はぐれ柳生殺人剣』（徳間文庫 2002年刊）の改題、加筆・修正〉
①978-4-286-16304-8
『はぐれ柳生非情剣』 2015.6　384p
〈『はぐれ柳生斬人剣』（徳間文庫 2002年刊）の改題、加筆・修正　文献あり〉
①978-4-286-16619-3
『はぐれ柳生紫電剣』 2015.8　419p

〈『はぐれ柳生無情剣』（徳間文庫 2002
年刊）の改題、加筆・修正　文献あり〉
①978-4-286-16834-0

桑島 かおり
くわじま・かおり

福井県生まれ。「女子マネ奮闘中！」で
デビューし、以後は時代小説を執筆。
「口入れ屋お千恵繁盛記」など。

だいわ文庫（大和書房）

◇江戸屋敷渡り女中お家騒動記

『花嫁衣裳　江戸屋敷渡り女中お家騒動
記』　2015.5　288p
①978-4-479-30532-3
〔内容〕高村家―蕎麦, 橋本家―藁人形, 沢田
家―花嫁衣裳, 三田家―加奈姫
『祭の甘酒　江戸屋敷渡り女中お家騒動
記』　2015.8　286p
①978-4-479-30552-1
〔内容〕赤子占い, 祭の甘酒, 手習所の猫, 喧
嘩相撲

富士見新時代小説文庫
（KADOKAWA）

『口入れ屋お千恵繁盛記　1』　2013.12
253p
①978-4-04-712987-0
〔内容〕茶屋騒動, 祭り音, 花の夢草子, 桜雪
『口入れ屋お千恵繁盛記　2』　2014.3
250p
①978-4-04-070057-1
〔内容〕かりんとう, 医者の春, 親子花火, 兄妹

『口入れ屋お千恵繁盛記　3』　2014.6
253p
①978-4-04-070162-2
〔内容〕女中, お千恵, 花嫁修業, たまご焼き,
桜吹雪の乱

桑原 譲太郎
くわはら・じょうたろう
1952〜2010

長崎県生まれ。佐世保工卒。俳優を経
て、「新宿純愛物語」で作家デビュー。
主にハードボイルド作品を執筆した。

コスミック・時代文庫
（コスミック出版）

◇闇斬り三十郎

『影の火盗　書下ろし長編時代小説　闇斬
り三十郎』　2006.9　270p
①4-7747-2097-6
『刺客の嵐　書下ろし長編時代小説　闇斬
り三十郎』　2007.5　207p
①978-4-7747-2138-5

ハルキ文庫（角川春樹事務所）

◇始末屋稼業

『華の騒乱　始末屋稼業　時代小説文庫』
2006.3　250p
①4-7584-3216-3
『花と剣　始末屋稼業　時代小説文庫』
2006.8　239p
①4-7584-3250-3

高妻　秀樹
こうづま・ひでき
1955～

宮崎県生まれ。高校教師を経て歴史作家となり、2005年「胡蝶の剣」で歴史群像大賞を受賞してデビュー。

学研M文庫（学研パブリッシング）

『胡蝶の剣』　2005.12　454p
　①4-05-900389-1
『雲の彼方に　希代くノ一忍法帖』
　2007.4　389p
　①978-4-05-900473-8
『鬼の義　小説真壁氏幹』　2008.10
　403p
　①978-4-05-901227-6
『はぐれ忍び烈』　2010.2　316p〈発売：学研マーケティング〉
　①978-4-05-900622-0
『江戸のつむじ風』　2011.11　276p〈発売：学研マーケティング〉
　①978-4-05-900720-3
　〔内容〕講釈師志道軒, 井戸端の歌, かどわかし, 必勝の剣, 帰ってきた男

『乱れ斬り　始末屋稼業　時代小説文庫』
　2007.3　201p
　①978-4-7584-3278-8

『以蔵は死なず　時代小説文庫』　2005.8
　351p
　①4-7584-3189-2

ベスト時代文庫
（ベストセラーズ）

◇鑑定師右近

『鑑定師右近　邪剣狩り』　2006.10
　301p
　①4-584-36574-1
『鑑定師右近　大名狩り』　2007.5　237p
　①978-4-584-36598-4
『鑑定師右近　名刀非情』　2007.10
　238p
　①978-4-584-36614-1

小泉　盧生
こいずみ・ろせい

覆面作家。

徳間時代小説文庫（徳間書店）

『寺内奉行検断状』　2016.11　330p
　①978-4-19-894165-9
　〔内容〕丹波の小壺, 愚かな刺客, 仇討ちの蕎麦, 冬の鴉

幸田 真音
こうだ・まいん
1951〜

滋賀県生まれ。1995年「ザ・ヘッジ 回避」で作家デビューし、「日本国債」はベストセラーとなった。2014年「天佑なり」で新田次郎文学賞を受賞。

角川文庫(KADOKAWA)

『天佑なり 高橋是清・百年前の日本国債 上』 2015.7 414p 〈角川書店 2013年刊の再刊〉
①978-4-04-103171-1

『天佑なり 高橋是清・百年前の日本国債 下』 2015.7 427p 〈角川書店 2013年刊の再刊 文献あり〉
①978-4-04-103172-8

新潮文庫(新潮社)

『あきんど 絹屋半兵衛 上巻』 2006.4 497p 〈『藍色のベンチャー』(2003年刊)の改題〉
①4-10-121724-6

『あきんど 絹屋半兵衛 下巻』 2006.4 496p 〈『藍色のベンチャー』(2003年刊)の改題〉
①4-10-121725-4

文春文庫(文藝春秋)

『あきんど 絹屋半兵衛 上』 2009.2 473p
①978-4-16-775343-6

『あきんど 絹屋半兵衛 下』 2009.2 473p 〈文献あり〉

①978-4-16-775344-3

小杉 健治
こすぎ・けんじ
1947〜

東京生まれ。葛飾野高卒。「原島弁護士の処置」でオール読物推理小説新人賞を受賞してデビュー。社会派推理小説や時代小説を中心に執筆する。

朝日時代小説文庫
(朝日新聞出版)

◇御用船捕物帖

『うたかたの恋 御用船捕物帖 2』 2016.10 297p
①978-4-02-264827-3

朝日文庫(朝日新聞出版)

◇御用船捕物帖

『御用船捕物帖』 2016.3 295p
①978-4-02-264797-9

角川文庫(KADOKAWA)

◇浪人・岩城藤次

『江戸裏御用帖 浪人・岩城藤次 1』 2013.12 309p
①978-4-04-101139-3

『江戸裏枕絵噺 浪人・岩城藤次 2』

2014.3　309p
①978-4-04-101291-8
『江戸裏吉原談　浪人・岩城藤次　3』
　2014.5　303p
　①978-4-04-101424-0
『江戸裏抜荷記　浪人・岩城藤次　4』
　2014.12　318p
　①978-4-04-102704-2
『江戸裏日月抄　浪人・岩城藤次　5』
　2015.2　324p
　①978-4-04-102705-9

『隠密同心』　2016.5　315p
　①978-4-04-103892-5
『隠密同心　2　黄泉の刺客』　2016.9
　317p
　①978-4-04-103893-2

幻冬舎時代小説文庫（幻冬舎）

◇仇討ち東海道

『仇討ち東海道　1　お情け戸塚宿』
　2015.6　347p
　①978-4-344-42355-8
『仇討ち東海道　2　足留め箱根宿』
　2015.12　339p
　①978-4-344-42423-4
『仇討ち東海道　3　振り出し三島宿』
　2016.6　338p
　①978-4-344-42489-0
『仇討ち東海道　4　幕切れ丸子宿』
　2016.12　341p
　①978-4-344-42556-9

講談社文庫（講談社）

◇どぶ板文吾義侠伝

『母子草　どぶ板文吾義侠伝』　2006.10
　320p
　①4-06-275529-7
　〔内容〕夜鷹，橋場心中，持参金，母子草
『つぐない　どぶ板文吾義侠伝』　2007.
　12　317p
　①978-4-06-275914-4
　〔内容〕再会，暗闇小僧，殺し屋，つぐない
『闇鳥　どぶ板文吾義侠伝』　2008.6
　318p
　①978-4-06-276064-5
　〔内容〕殺し屋，辻強盗，放火魔

『奈落　上州無宿半次郎逃亡記』　2003.9
　380p〈『冤罪』（2000年刊）の改題〉
　①4-06-273839-2
『隅田川浮世桜』　2005.8　529p〈『花の
　堤』（中央公論社1995年刊）の改題〉
　①4-06-275159-3

光文社文庫（光文社）

◇新九郎外道剣

『五万両の茶器　長編時代小説　新九郎外
　道剣　1』　2008.11　326p
　①978-4-334-74504-2
『七万石の密書　長編時代小説　新九郎外
　道剣　2〔光文社時代小説文庫〕』
　2009.4　325p
　①978-4-334-74579-0
『六万石の文箱　長編時代小説　新九郎外
　道剣　3〔光文社時代小説文庫〕』
　2009.11　320p
　①978-4-334-74688-9

小杉健治

『一万石の刺客　長編時代小説　新九郎外
　道剣　4〔光文社時代小説文庫〕』
　2010.4　317p
　①978-4-334-74764-0

『十万石の謀反　長編時代小説　新九郎外
　道剣　5〔光文社時代小説文庫〕』
　2010.8　320p
　①978-4-334-74825-8

『一万両の仇討　長編時代小説　新九郎外
　道剣　6〔光文社時代小説文庫〕』
　2010.12　321p
　①978-4-334-74891-3

『三千両の拘引（かどわかし）　長編時代
　小説　新九郎外道剣　7〔光文社時代小
　説文庫〕』　2011.6　325p
　①978-4-334-74963-7

『四百万石の暗殺　長編時代小説　新九郎
　外道剣　8〔光文社時代小説文庫〕』
　2011.9　319p
　①978-4-334-76301-5

『百万両の密命　文庫書下ろし　長編時代
　小説　上　新九郎外道剣　9』　2012.4
　315p
　①978-4-334-76399-2

『百万両の密命　文庫書下ろし　長編時代
　小説　下　新九郎外道剣　9』　2012.4
　334p
　①978-4-334-76400-5

◇人情同心神鳴り源蔵

『黄金観音　文庫書下ろし/長編時代小説
　人情同心神鳴り源蔵』　2012.12　327p
　①978-4-334-76510-1

『女衒の闇断ち　文庫書下ろし/長編時代
　小説　人情同心神鳴り源蔵』　2013.5
　327p
　①978-4-334-76573-6

『朋輩殺し　文庫書下ろし/長編時代小説
　人情同心神鳴り源蔵』　2013.9　329p
　①978-4-334-76623-8

『世継ぎの謀略　文庫書下ろし/長編時代
　小説　人情同心神鳴り源蔵』　2014.1

323p
　①978-4-334-76688-7

『妖刀鬼斬り正宗　文庫書下ろし/長編時
　代小説　人情同心神鳴り源蔵』　2014.
　4　324p
　①978-4-334-76722-8

『雷神の鉄槌　文庫書下ろし/長編時代小
　説　人情同心神鳴り源蔵』　2014.9
　330p
　①978-4-334-76808-9

◇般若同心と変化小僧

『般若同心と変化小僧　長編時代小説　1』
　2014.10　360p〈ベスト時代文庫 2007
　年刊の再刊〉
　①978-4-334-76820-1

『般若同心と変化小僧　2　つむじ風　長
　編時代小説』　2014.11　349p〈『つむ
　じ風』（ベスト時代文庫 2008年刊）の改
　題〉
　①978-4-334-76833-1

『般若同心と変化小僧　3　陰謀　長編時
　代小説』　2014.12　335p〈『陰謀』（ベ
　スト時代文庫 2009年刊）の改題〉
　①978-4-334-76848-5

『般若同心と変化小僧　4　千両箱　長編
　時代小説』　2015.1　323p〈『千両箱』
　（ベスト時代文庫 2009年刊）の改題〉
　①978-4-334-76861-4

『般若同心と変化小僧　5　闇芝居　長編
　時代小説』　2015.2　329p〈『闇芝居』
　（ベスト時代文庫 2010年刊）の改題〉
　①978-4-334-76873-7

『般若同心と変化小僧　6　闇の茂平次
　長編時代小説』　2015.3　331p〈『闇の
　茂平次』（ベスト時代文庫 2010年刊）の
　改題〉
　①978-4-334-76890-4

『般若同心と変化小僧　7　掟破り　長編
　時代小説』　2015.4　324p〈『掟破り』
　（ベスト時代文庫 2011年刊）の改題〉
　①978-4-334-76902-4

『般若同心と変化小僧　8　敵討ち　長編時代小説』　2015.5　321p〈『敵討ち』（ベスト時代文庫 2011年刊）の改題〉
　①978-4-334-76914-7

『般若同心と変化小僧　9　俠気　文庫書下ろし/長編時代小説』　2015.6　332p
　①978-4-334-76926-0

『般若同心と変化小僧　10　武士の矜持　文庫書下ろし/長編時代小説』　2015.7　323p
　①978-4-334-76941-3

『般若同心と変化小僧　11　鎧櫃　文庫書下ろし/長編時代小説』　2016.3　321p
　①978-4-334-77246-8

『般若同心と変化小僧　文庫書下ろし/長編時代小説　12　紅蓮の焔〔光文社時代小説文庫〕』　2016.9　325p
　①978-4-334-77337-3

『大江戸人情絵巻　御家人月十郎　長編時代小説』　2001.2　579p〈『元禄町人武士』（1997年刊）の改題〉
　①4-334-73120-1

集英社文庫(集英社)

◇質屋藤十郎隠御用

『質屋藤十郎隠御用』　2012.11　319p
　①978-4-08-745007-1

『からくり箱　質屋藤十郎隠御用　2』　2013.10　323p
　①978-4-08-745125-2

『赤姫心中　質屋藤十郎隠御用　3』　2014.11　315p
　①978-4-08-745256-3

『恋飛脚　質屋藤十郎隠御用　4』　2015.11　311p
　①978-4-08-745387-4

『観音さまの茶碗　質屋藤十郎隠御用　5』　2016.11　313p
　①978-4-08-745519-9

『江戸の哀花』　2001.12　318p
　①4-08-747390-2

祥伝社文庫(祥伝社)

◇風烈廻り与力・青柳剣一郎

『札差殺し　長編時代小説　風烈廻り与力・青柳剣一郎』　2004.9　347p
　①4-396-33184-3

『火盗殺し　長編時代小説　風烈廻り与力・青柳剣一郎』　2005.1　330p
　①4-396-33207-6

『八丁堀殺し　長編時代小説　風烈廻り与力・青柳剣一郎』　2005.4　339p
　①4-396-33223-8

『刺客殺し　長編時代小説　風烈廻り与力・青柳剣一郎』　2006.3　313p
　①4-396-33280-7

『七福神殺し　長編時代小説　風烈廻り与力・青柳剣一郎』　2006.9　316p
　①4-396-33310-2

『夜烏殺し　長編時代小説　風烈廻り与力・青柳剣一郎』　2007.4　304p
　①978-4-396-33347-8

『女形殺し　長編時代小説　風烈廻り与力・青柳剣一郎』　2007.7　344p
　①978-4-396-33372-0

『目付殺し　長編時代小説　風烈廻り与力・青柳剣一郎』　2007.10　328p
　①978-4-396-33387-4

『闇太夫　長編時代小説　風烈廻り与力・青柳剣一郎』　2008.2　346p
　①978-4-396-33411-6

『待伏せ　長編時代小説　風烈廻り与力・青柳剣一郎』　2008.4　337p
　①978-4-396-33422-2

『まやかし　長編時代小説　風烈廻り与力・青柳剣一郎』　2008.10　334p
　ⓘ978-4-396-33462-8

『子隠し舟　長編時代小説　風烈廻り与力・青柳剣一郎』　2009.2　336p
　ⓘ978-4-396-33481-9

『追われ者　長編時代小説　風烈廻り与力・青柳剣一郎　13』　2009.4　333p
　ⓘ978-4-396-33492-5

『詫び状　長編時代小説　風烈廻り与力・青柳剣一郎　14』　2009.10　331p
　ⓘ978-4-396-33537-3

『向島心中　長編時代小説　風烈廻り与力・青柳剣一郎　15』　2010.2　339p
　ⓘ978-4-396-33556-4

『袈裟斬り　長編時代小説　風烈廻り与力・青柳剣一郎　16』　2010.6　325p
　ⓘ978-4-396-33590-8

『仇返し　風烈廻り与力・青柳剣一郎　17』　2010.10　332p
　ⓘ978-4-396-33619-6

『春嵐　上　風烈廻り与力・青柳剣一郎　18』　2011.5　325p
　ⓘ978-4-396-33675-2

『春嵐　下　風烈廻り与力・青柳剣一郎　19』　2011.5　326p
　ⓘ978-4-396-33676-9

『夏炎　風烈廻り与力・青柳剣一郎　20』　2011.10　330p
　ⓘ978-4-396-33717-9

『秋雷　風烈廻り与力・青柳剣一郎　21』　2012.2　335p
　ⓘ978-4-396-33738-4

『冬波　風烈廻り与力・青柳剣一郎　22』　2012.6　339p
　ⓘ978-4-396-33768-1

『朱刃　風烈廻り与力・青柳剣一郎　23』　2012.10　324p
　ⓘ978-4-396-33797-1

『白牙　書下ろし　風烈廻り与力・青柳剣一郎　24』　2013.4　324p
　ⓘ978-4-396-33836-7

『黒猿　風烈廻り与力・青柳剣一郎　25』　2013.9　325p
　ⓘ978-4-396-33874-9

『青不動　風烈廻り与力・青柳剣一郎　26』　2013.12　325p
　ⓘ978-4-396-33895-4

『花さがし　風烈廻り与力・青柳剣一郎　27』　2014.4　326p
　ⓘ978-4-396-34030-8

『人待ち月　風烈廻り与力・青柳剣一郎　28』　2014.9　328p
　ⓘ978-4-396-34064-3

『まよい雪　風烈廻り与力・青柳剣一郎　29』　2014.12　325p
　ⓘ978-4-396-34084-1

『真の雨　上　風烈廻り与力・青柳剣一郎　30』　2015.5　328p
　ⓘ978-4-396-34118-3

『真の雨　下　風烈廻り与力・青柳剣一郎　31』　2015.5　328p
　ⓘ978-4-396-34119-0

『善の焔　風烈廻り与力・青柳剣一郎　32』　2015.9　329p
　ⓘ978-4-396-34146-6

『美の翳　風烈廻り与力・青柳剣一郎　33』　2015.12　329p
　ⓘ978-4-396-34168-8

『砂の守り　風烈廻り与力・青柳剣一郎　34』　2016.4　333p
　ⓘ978-4-396-34203-6

『破暁の道　上　風烈廻り与力・青柳剣一郎　35』　2016.8　333p
　ⓘ978-4-396-34236-4

『破暁の道　下　風烈廻り与力・青柳剣一郎　36』　2016.8　335p
　ⓘ978-4-396-34237-1

『白頭巾　月華の剣　長編時代小説』　2002.5　332p
　ⓘ4-396-33044-8

『翁面の刺客　長編時代小説』　2003.12

379p
①4-396-33141-X

『二十六夜待　時代小説』　2005.12
323p〈関連タイトル：七人の岡っ引き
『七人の岡っ引き』（平成13年刊）の改
題〉
①4-396-33265-3
〔内容〕二十六夜待、螢火、献身、逢引、囲い
者、島帰り、形見

宝島社文庫（宝島社）

◇はぐれ文吾人情事件帖

『はぐれ文吾人情事件帖』　2014.3　344p
〈『母子草』（講談社文庫 2006年刊）の改
題、再編集〉
①978-4-8002-2394-4
〔内容〕夜鷹、橋場心中、持参金、母子草

『夜を奔る　はぐれ文吾人情事件帖』
2014.4　334p〈『つぐない』（講談社文
庫 2007年刊）の改題、再編集〉
①978-4-8002-2569-6
〔内容〕再会、暗闇小僧、殺し屋、つぐない

『雨上がりの空　はぐれ文吾人情事件帖』
2014.5　341p〈『闇鳥』（講談社文庫
2008年刊）の改題、再編集〉
①978-4-8002-2662-4
〔内容〕闇鳥、辻強盗、放火魔

『宵待ちの月　はぐれ文吾人情事件帖』
2014.12　325p
①978-4-8002-3429-2
〔内容〕金の匂い、お尋ね者、身の証、依頼人

『ちぎれ雲の朝　はぐれ文吾人情事件帖』
2016.2　328p
①978-4-8002-5010-0

『追われ者半次郎』　2014.9　415p〈『奈
落』（講談社文庫 2003年刊）の改題、再
編集〉

①978-4-8002-3116-1

『浪人榊市之助宝剣始末』　2015.10
326p〈『密命浪人』（竹書房時代小説文
庫 2012年刊）の改題、再編集〉
①978-4-8002-4740-7

竹書房時代小説文庫（竹書房）

『密命浪人　深川仲町よろず事件帖』
2012.8　304p
①978-4-8124-9012-9

ハルキ文庫（角川春樹事務所）

◇三人佐平次捕物帳

『地獄小僧　三人佐平次捕物帳　時代小説
文庫』　2004.11　331p
①4-7584-3141-8
〔内容〕佐平次親分誕生、地獄小僧、鹿島の事
触れ、十三夜の押し込み

『丑の刻参り　三人佐平次捕物帳　時代小
説文庫』　2005.8　316p
①4-7584-3190-6

『夜叉姫　三人佐平次捕物帳　時代小説文
庫』　2005.11　308p
①4-7584-3204-X

『修羅の鬼　三人佐平次捕物帳　時代小説
文庫』　2006.2　306p
①4-7584-3219-8

『狐火の女　三人佐平次捕物帳　時代小説
文庫』　2006.6　290p
①4-7584-3236-8

『天狗威し　三人佐平次捕物帳　時代小説
文庫』　2006.10　295p
①4-7584-3259-7

『神隠し　三人佐平次捕物帳　時代小説文
庫』　2007.4　296p
①978-4-7584-3281-8

『怨霊　三人佐平次捕物帳　時代小説文

庫』　2007.6　305p
①978-4-7584-3294-8

『美女競べ　三人佐平次捕物帳　時代小説
文庫』　2008.3　288p
①978-4-7584-3325-9

『佐平次落とし　三人佐平次捕物帳　時代
小説文庫』　2008.6　281p
①978-4-7584-3347-1

『魔剣　三人佐平次捕物帳　時代小説文
庫』　2008.9　282p
①978-4-7584-3367-9

『島流し　三人佐平次捕物帳　時代小説文
庫』　2009.6　285p
①978-4-7584-3414-0

『裏切り者　三人佐平次捕物帳　時代小説
文庫』　2009.9　280p
①978-4-7584-3429-4

『七草粥　三人佐平次捕物帳　時代小説文
庫』　2010.3　282p
①978-4-7584-3463-8

『闇の稲妻　三人佐平次捕物帳　時代小説
文庫』　2010.6　286p
①978-4-7584-3481-2

『ひとひらの恋　三人佐平次捕物帳　時代
小説文庫』　2010.9　289p
①978-4-7584-3499-7

『ふたり旅　三人佐平次捕物帳　時代小説
文庫』　2011.2　290p
①978-4-7584-3523-9

『兄弟の絆　三人佐平次捕物帳　時代小説
文庫』　2011.6　283p
①978-4-7584-3563-5

『夢追い門出　三人佐平次捕物帳　時代小
説文庫』　2011.9　282p
①978-4-7584-3591-8

『旅立ち佐平次　三人佐平次捕物帳　時代
小説文庫』　2012.3　296p
①978-4-7584-3644-1

◇独り身同心

『縁談　独り身同心　1　時代小説文庫』
2012.6　296p

①978-4-7584-3665-6

『破談　独り身同心　2　時代小説文庫』
2012.11　295p
①978-4-7584-3697-7

『不始末　独り身同心　3　時代小説文庫』
2013.3　283p
①978-4-7584-3724-0

『心残り　独り身同心　4　時代小説文庫』
2013.6　285p
①978-4-7584-3743-1

『戸惑い　独り身同心　5　時代小説文庫』
2013.11　286p
①978-4-7584-3784-4

『逃亡　独り身同心　6　時代小説文庫』
2014.3　283p
①978-4-7584-3810-0

『決心　独り身同心　7　時代小説文庫』
2014.6　287p
①978-4-7584-3828-5

◇浅草料理捕物帖

『浅草料理捕物帖　1　時代小説文庫』
2015.8　282p
①978-4-7584-3929-9

『市太郎ずし　浅草料理捕物帖　2の巻
時代小説文庫』　2015.11　279p
①978-4-7584-3955-8

『正直そば　浅草料理捕物帖　3の巻　時
代小説文庫』　2016.6　287p
①978-4-7584-4007-3

双葉文庫（双葉社）

◇蘭方医・宇津木新吾

『誤診　蘭方医・宇津木新吾』　2014.12
331p
①978-4-575-66703-5

『潜伏　蘭方医・宇津木新吾』　2015.1
321p
①978-4-575-66709-7

『奸計　蘭方医・宇津木新吾』　2015.8
　317p
　①978-4-575-66737-0
『別離　蘭方医・宇津木新吾』　2016.7
　313p
　①978-4-575-66786-8

『浪人街無情　本所奉行捕物秘帖』
　2011.4　328p
　①978-4-575-66498-0

二見時代小説文庫（二見書房）

◇栄次郎江戸暦

『栄次郎江戸暦　浮世唄三味線侍』
　2006.9　360p
　①4-576-06142-9
　〔内容〕第1話 新内流し, 第2話 娘道成寺, 第3話 竹屋の渡し, 第4話 喧嘩祭
『間合い　栄次郎江戸暦　2』　2007.9
　332p
　①978-4-576-07153-4
『見切り　栄次郎江戸暦　3』　2008.9
　349p
　①978-4-576-08128-1
　〔内容〕毒矢, 栄次郎の恋, 兄の窮地
『残心　栄次郎江戸暦　4』　2009.9
　336p
　①978-4-576-09127-3
『なみだ旅　栄次郎江戸暦　5』　2010.9
　323p
　①978-4-576-10121-7
『春情の剣　栄次郎江戸暦　6』　2011.9
　328p
　①978-4-576-11116-2
『神田川斬殺始末　栄次郎江戸暦　7』
　2012.1　320p
　①978-4-576-11173-5
『明烏の女　栄次郎江戸暦　8』　2012.9

　317p
　①978-4-576-12114-7
『火盗改めの辻　栄次郎江戸暦　9』
　2013.2　318p
　①978-4-576-13010-1
『大川端密会宿　栄次郎江戸暦　10』
　2013.4　318p
　①978-4-576-13039-2
『秘剣音無し　栄次郎江戸暦　11』
　2013.10　322p
　①978-4-576-13141-2
『永代橋哀歌　栄次郎江戸暦　12』
　2014.9　316p
　①978-4-576-14112-1
『老剣客　栄次郎江戸暦　13』　2015.4
　318p
　①978-4-576-15037-6
『空蟬の刻（とき）　栄次郎江戸暦　14』
　2015.10　317p
　①978-4-576-15128-1
『涙雨の刻（とき）　栄次郎江戸暦　15』
　2016.2　321p
　①978-4-576-15205-9
『闇仕合　上　栄次郎江戸暦　16』
　2016.10　317p
　①978-4-576-16147-1

ベスト時代文庫
（ベストセラーズ）

◇般若同心と変化小僧

『般若同心と変化小僧　天保怪盗伝』
　2007.6　348p
　①978-4-584-36600-4
『つむじ風　般若同心と変化小僧』
　2008.2　335p
　①978-4-584-36626-4
『陰謀　般若同心と変化小僧』　2009.1
　324p
　①978-4-584-36652-3

『千両箱　般若同心と変化小僧』　2009.7
314p
①978-4-584-36664-6
『闇芝居　般若同心と変化小僧』　2010.1
318p
①978-4-584-36677-6
『闇の茂平次　般若同心と変化小僧』
2010.6　323p
①978-4-584-36687-5
『掟破り　般若同心と変化小僧』　2011.1
313p
①978-4-584-36694-3
『敵討ち　般若同心と変化小僧』　2011.8
311p
①978-4-584-36702-5

兒　雄一郎
こだま・ゆういちろう
1946～
静岡県生まれ。早大卒。編集者を経て、作家となる。代表作に「醇堂影御用」シリーズなど。

小学館文庫（小学館）

◇醇堂影御用

『裏切った女　醇堂影御用』　2011.3
317p
①978-4-09-408599-0
『逃げ出した娘　醇堂影御用』　2011.12
301p〈文献あり〉
①978-4-09-408666-9
『道を尋ねた女　醇堂影御用』　2013.7
297p
①978-4-09-408841-0

PHP文芸文庫（PHP研究所）

『「泣き虫同心」事件帖』　2014.9　285p
①978-4-569-76236-4
『顔のない幽霊　泣き虫同心』　2015.3
285p
①978-4-569-76317-0

近衛　龍春
このえ・たつはる
1964～
埼玉県生まれ。フリーライターを経て、1997年「時空の覇王」で作家デビュー。

学研M文庫（学研パブリッシング）

『嶋左近』　2005.12　450p
①4-05-901178-9
『蒲生氏郷』　2007.10　382p
①978-4-05-901205-4
『上杉景勝』　2008.4　384p
①978-4-05-901217-7

講談社文庫（講談社）

『直江山城守兼続　上』　2009.3　485p
①978-4-06-276245-8
『直江山城守兼続　下』　2009.3　460p
〈文献あり〉
①978-4-06-276342-4
『長宗我部元親』　2010.4　497p〈文献あり〉
①978-4-06-276545-9
『長宗我部最後の戦い　上』　2015.3
536p

ⓘ978-4-06-293022-2
『長宗我部最後の戦い　下』　2015.3
541p〈文献あり〉
ⓘ978-4-06-293023-9

光文社文庫（光文社）

『上杉三郎景虎　長編時代小説』　2005.3
746p
ⓘ4-334-73852-4
『本能寺の鬼を討て　長編時代小説』
2006.3　430p
ⓘ4-334-74038-3
『川中島の敵を討て　長編時代小説』
2007.2　396p
ⓘ978-4-334-74204-1
『剣鬼疋田豊五郎　長編時代小説』
2007.12　321p
ⓘ978-4-334-74358-1
『坂本龍馬を斬れ　長編時代小説〔光文社
時代小説文庫〕』　2009.11　417p〈文
献あり〉
ⓘ978-4-334-74689-6
『水の如くに　柔術の祖・関口柔心不敗の
生涯　長編時代小説〔光文社時代小説
文庫〕』　2011.8　422p〈文献あり〉
ⓘ978-4-334-74989-7
『武田の謀忍　文庫書下ろし/長編時代小
説』　2013.9　398p〈文献あり〉
ⓘ978-4-334-76626-9
『真田義勇伝　二人の六郎記』　2015.11
355p〈文献あり〉
ⓘ978-4-334-77204-8

小学館文庫（小学館）

『柳生魔斬刀』　2003.11　349p
ⓘ4-09-408019-8

日経文芸文庫
（日本経済新聞出版社）

『裏切りの関ケ原　上』　2015.2　329p
ⓘ978-4-532-28051-2
『裏切りの関ケ原　下』　2015.2　297p
〈文献あり〉
ⓘ978-4-532-28052-9

PHP文芸文庫（PHP研究所）

『居合林崎甚助』　2014.11　365p〈『神速
の剣』(2010年刊)の改題、加筆・修正
文献あり〉
ⓘ978-4-569-76259-3

PHP文庫（PHP研究所）

『織田信忠　「本能寺の変」に散った信長
の嫡男』　2004.2　678p
ⓘ4-569-66138-6
『佐竹義重　伊達も北条も怖れた常陸の戦
国大名』　2005.1　427p〈年譜あり〉
ⓘ4-569-66330-3
『佐竹義宣　秀吉が頼り、家康が怖れた北
関東の義将』　2006.6　487p
ⓘ4-569-66634-5
『高坂弾正　謙信の前に立ちはだかった
凛々しき智将』　2006.12　460p〈年譜
あり〉
ⓘ4-569-66749-X
『片倉小十郎景綱　伊達政宗を奥州の覇者
にした補佐役』　2007.6　487p
ⓘ978-4-569-66856-7
『前田慶次郎　天下無双の傾奇者』
2007.12　518p
ⓘ978-4-569-66951-9
『黒田長政　関ヶ原で家康に勝利をもたら
した勇将』　2008.6　475p

小早川涼

①978-4-569-67041-6
『直江兼続と妻お船』　2008.12　491p
　①978-4-569-67135-2
『前田慶次郎と直江兼続　大きな字』
　2009.6　490p〈文献あり〉
　①978-4-569-67264-9
『伊達成実　秀吉、家康、景勝が欲した奥羽の猛将〔大きな字〕』　2010.4　474p
　〈文献あり〉
　①978-4-569-67383-7
『浅井長政とお市の方』　2011.2　480p
　〈文献あり〉
　①978-4-569-67586-2
『真田信綱　弟・昌幸がもっとも尊敬した真田家随一の剛将』　2013.9　522p
　〈文献あり〉
　①978-4-569-76060-5

双葉文庫（双葉社）

◇闇の風林火山

『謀殺の川中島　闇の風林火山』　2007.3　358p
　①978-4-575-66276-4
『謀略の三方ヶ原　闇の風林火山』
　2007.7　359p
　①978-4-575-66291-7

『鑓の才蔵　関ヶ原の鬼武者』　2006.7　334p
　①4-575-66247-X

ぶんか社文庫（ぶんか社）

『信長闇殺の秘史　上』　2008.9　279p
　①978-4-8211-5185-1
『信長闇殺の秘史　下』　2008.11　286p

①978-4-8211-5202-5
『忍城の姫武者　上』　2009.5　383p〈文献あり〉
　①978-4-8211-5197-4
『忍城の姫武者　下』　2009.8　476p〈文献あり〉
　①978-4-8211-5198-1

小早川　涼
こばやかわ・りょう

三重県生まれ。愛知教育大卒。代表作に「包丁人侍事件帖」シリーズ。

学研M文庫（学研パブリッシング）

◇包丁人侍事件帖

『将軍の料理番　包丁人侍事件帖』
　2009.7　277p〈文献あり〉
　①978-4-05-900591-9
　〔内容〕小袖盗人, 師走の人殺し, 火付け
『大奥と料理番　包丁人侍事件帖』
　2009.10　267p〈文献あり　発売：学研マーケティング〉
　①978-4-05-900603-9
　〔内容〕身中の毒, 夜泣き石, 大奥のぬかるみ
『料理番子守り唄　包丁人侍事件帖』
　2010.3　277p〈文献あり　発売：学研マーケティング〉
　①978-4-05-900630-5
　〔内容〕稲荷寿司異聞, 四谷の物の怪, 下総中山子守り唄
『月夜の料理番　包丁人侍事件帖』
　2010.9　280p〈文献あり　発売：学研マーケティング〉
　①978-4-05-900650-3
　〔内容〕小判の雨, 池袋村から来た女, 風切り羽

『料理番春の絆　包丁人侍事件帖』　2011.
　5　278p〈発売：学研マーケティング〉
　①978-4-05-900694-7
　〔内容〕義によりて, 狸騒動, 鴛替え
『くらやみ坂の料理番　包丁人侍事件帖』
　2013.9　254p〈文献あり　発売：学研
　マーケティング〉
　①978-4-05-900836-1
　〔内容〕雪之丞ご難, 惣介の鼻, 鈴菜の縁談
『料理番名残りの雪　包丁人侍事件帖』
　2014.3　262p〈文献あり　発売：学研
　マーケティング〉
　①978-4-05-900873-6
　〔内容〕嫌な女, 二本の矢

角川文庫（KADOKAWA）

◇新・包丁人侍事件帖

『料理番に夏疾風　新・包丁人侍事件帖』
　2015.5　268p〈文献あり〉
　①978-4-04-102432-4
　〔内容〕西の丸炎風, 外つ国の風, 鈴菜恋風
『料理番忘れ草　新・包丁人侍事件帖　2』
　2015.11　260p〈文献あり〉
　①978-4-04-103487-3
　〔内容〕半夏水, 大奥 願掛けの松, 鈴菜恋病
『飛んで火に入る料理番　新・包丁人侍事
　件帖　3』　2016.6　244p〈文献あり〉
　①978-4-04-104200-7
　〔内容〕火の粉, 似非者, 小一郎春の隣

◇包丁人侍事件帖

『将軍の料理番　包丁人侍事件帖　1』
　2015.6　283p〈学研M文庫 2009年刊の
　加筆・修正　文献あり〉
　①978-4-04-102427-0
　〔内容〕小袖盗人, 師走の人殺し, 火付け
『大奥と料理番　包丁人侍事件帖　2』
　2015.7　275p〈学研M文庫 2009年刊の
　加筆・修正　文献あり〉

　①978-4-04-102426-3
　〔内容〕身中の毒, 夜泣き石, 大奥のぬかるみ
『料理番子守り唄　包丁人侍事件帖　3』
　2015.8　287p〈学研M文庫 2010年刊の
　加筆・修正　文献あり〉
　①978-4-04-102430-0
　〔内容〕稲荷寿司異聞, 四谷の物の怪, 下総中
　　山子守り唄
『月夜の料理番　包丁人侍事件帖　4』
　2015.9　280p〈学研M文庫 2010年刊の
　加筆・修正　文献あり〉
　①978-4-04-102431-7
　〔内容〕小判の雨, 池袋村から来た女, 風切
　　り羽
『料理番春の絆　包丁人侍事件帖　5』
　2015.10　279p〈学研M文庫 2011年刊
　の加筆・修正　文献あり〉
　①978-4-04-102429-4
　〔内容〕義によりて, 狸騒動, 鴛替え
『くらやみ坂の料理番　包丁人侍事件帖
　6』　2016.2　257p〈学研M文庫 2013
　年刊の加筆・修正　文献あり〉
　①978-4-04-102425-6
　〔内容〕雪之丞ご難, 惣介の鼻, 鈴菜の縁談
『料理番名残りの雪　包丁人侍事件帖　7』
　2016.3　258p〈学研M文庫 2014年刊の
　加筆・修正〉
　①978-4-04-102428-7
　〔内容〕嫌な女, 二本の矢

徳間文庫（徳間書店）

『開運指南　冷飯食い小熊十兵衛』
　2015.10　301p
　①978-4-19-894023-2

ハルキ文庫（角川春樹事務所）

『芝の天吉捕物帖　時代小説文庫』
　2012.1　273p〈文献あり〉
　①978-4-7584-3627-4

〔内容〕赤子騒ぎ, 残されたもの, 妙な噂

双葉文庫(双葉社)

◇大江戸いきもの草紙

『迷い犬迷い人　大江戸いきもの草紙』
　　2013.6　271p〈文献あり〉
　　①978-4-575-66618-2
　　〔内容〕唐犬, 鼠盗人, 猫股

『猫の恩返し　大江戸いきもの草紙』
　　2014.7　255p
　　①978-4-575-66676-2
　　〔内容〕カラス, なぜ鳴く, 猫の恩返し

小林　力
こばやし・りき
1926〜

栃木県生まれ。東大卒。新聞社を定年退職後、「旋風喜平次捕物捌き」で小説家デビュー。

学研M文庫(学研パブリッシング)

◇父子目付勝手成敗

『父子目付勝手成敗』　2008.6　224p
　　①978-4-05-900535-3
　　〔内容〕無礼討, 凌辱, 厄介人, 鏖殺

『深川の隠居　父子目付勝手成敗』
　　2008.9　236p
　　①978-4-05-900548-3
　　〔内容〕礫打ち, 人攫い, 鬼門, 囮

『いかさま奉行　父子目付勝手成敗』
　　2009.2　251p
　　①978-4-05-900569-8

〔内容〕鎌鼬, 悪仲間, 御様御用, でんがく, いかさま奉行

◇　◇　◇

『旋風喜平次捕物捌き』　2007.10　233p
　　①978-4-05-900499-8
　　〔内容〕怨霊, 女殺し, 魔弓, 本懐

『斬らずの伊三郎』　2009.8　238p
　　①978-4-05-900595-7
　　〔内容〕竹槍疵, 鬼っ子, 嬲り殺し, 鯵切り, 判じ絵

小前　亮
こまえ・りょう
1976〜

島根県生まれ。東大大学院修了。在学中より歴史コラムを発表、2005年「李世民」でデビュー。

文春文庫(文藝春秋)

『月に捧ぐは清き酒　鴻池流事始』
　　2016.11　391p
　　①978-4-16-790730-3

小松 エメル

こまつ・えめる

1984〜

東京生まれ。国学院大卒。2008年「一鬼夜行」でジャイブ小説大賞初の大賞を受賞し小説家デビュー。

講談社文庫（講談社）

『夢の燈影（ほかげ）　新選組無名録』
　2016.9　303p〈2014年刊の加筆修正〉
　①978-4-06-293469-5
　〔内容〕信心, 夢告げ, 流れ木, 寄越人, 家路,
　　姿絵, 夢鬼

光文社文庫（光文社）

◇うわん

『うわん　七つまでは神のうち　文庫書下
　ろし』　2013.4　341p
　①978-4-334-76480-7
『うわん〔2〕流れ医師と黒魔の影』
　2015.2　337p
　①978-4-334-76872-0
　〔内容〕邂逅, 悪い夢, 守り神, 影追い, 心は
　　共に
『うわん〔3〕九九九番目の妖』　2016.3
　309p
　①978-4-334-77260-4
　〔内容〕序, 光の音, ひみつ, 凜, 血にも水に
　　も勝るもの, 遠い約束

ハルキ文庫（角川春樹事務所）

◇蘭学塾幻幽堂青春記

『夢追い月　蘭学塾幻幽堂青春記　時代小
　説文庫』　2012.5　303p
　①978-4-7584-3660-1
『約束　蘭学塾幻幽堂青春記　時代小説文
　庫』　2013.6　299p
　①978-4-7584-3744-8
『宿命　蘭学塾幻幽堂青春記　時代小説文
　庫』　2014.2　278p
　①978-4-7584-3803-2
『秘密　蘭学塾幻幽堂青春記　時代小説文
　庫』　2015.3　261p
　①978-4-7584-3881-0

ポプラ文庫ピュアフル

（ポプラ社）

◇一鬼夜行

『一鬼夜行』　2010.7　317p
　①978-4-591-11972-3
『鬼やらい　一鬼夜行　上』　2011.7
　280p
　①978-4-591-12454-3
『鬼やらい　一鬼夜行　下』　2011.7
　259p
　①978-4-591-12455-0
『花守り鬼　一鬼夜行』　2012.3　333p
　①978-4-591-12886-2
　〔内容〕よもつへぐい, 二人のわらしべ長者,
　　人形芝居, 飛緑魔の系譜, 酒宴, 花守り鬼
『鬼の祝言　一鬼夜行』　2013.11　331p
　①978-4-591-13668-3

小松 哲史

こまつ・てつし

1943〜

東京生まれ。早大卒。中学教師、通信社記者、編集プロダクション経営などを経て、時代小説を執筆。

幻冬舎時代小説文庫(幻冬舎)

『主を七人替え候　藤堂高虎の意地』
　2010.6　446p
　①978-4-344-41490-7

近藤 史恵

こんどう・ふみえ

1969〜

大阪府生まれ。大阪芸大卒。1993年「凍える島」で鮎川哲也賞を最年少で受賞しデビュー。ミステリーの傍ら、時代小説も執筆。

幻冬舎文庫(幻冬舎)

◇猿若町捕物帳

『巴之丞鹿の子　猿若町捕物帳』　2001.
　10　214p
　①4-344-40167-0
『ほおずき地獄　猿若町捕物帳』　2002.
　10　210p
　①4-344-40284-7

光文社文庫(光文社)

◇猿若町捕物帳

『にわか大根　猿若町捕物帳』　2008.3
　299p
　①978-4-334-74389-5
　〔内容〕吉原雀, にわか大根, 片陰
『巴之丞鹿の子　猿若町捕物帳』　2008.
　12　209p
　①978-4-334-74523-3
『ほおずき地獄　猿若町捕物帳〔光文社時代小説文庫〕』　2009.6　205p
　①978-4-334-74610-0
『寒椿ゆれる　猿若町捕物帳〔光文社時代小説文庫〕』　2011.3　291p
　①978-4-334-74919-4
　〔内容〕猪鍋, 清姫, 寒椿
『土蛍　傑作時代小説　猿若町捕物帳』
　2016.3　271p
　①978-4-334-77251-2
　〔内容〕むじな菊, だんまり, 土蛍, はずれくじ

雑賀 俊一郎

さいか・しゅんいちろう

1940〜

神奈川県生まれ。立教大卒。コピーライターを経て、1998年「黒ん棒はんべえ鄭芝龍救出行」で歴史群像大賞優秀賞を受賞。

学研M文庫(学研パブリッシング)

◇兆し屋萬次

『兆し屋萬次　色に溺れる大井川』

西条 奈加
さいじょう・なか
1964〜

北海道生まれ。2005年「金春屋ゴメス」で日本ファンタジーノベル大賞を受賞。以後、時代小説作家として活躍。

```
         2002.7   337p
    ①4-05-900167-8
『夜叉姫くずし　兆し屋萬次』　2003.2
    255p
    ①4-05-900225-9
『深川艶女たらし　兆し屋萬次』　2003.9
    258p
    ①4-05-900248-8
『唐くずれ艶道中　兆し屋萬次』　2004.6
    318p
    ①4-05-900291-7
```

◇女利き屋蛸六

『女利き屋蛸六　東海道中竿栗毛』
　2006.10　325p
　①4-05-900438-3
『色里おんな双六　女利き屋蛸六』
　2007.6　331p
　①978-4-05-900482-0
『江戸ふしぎ女繰り　女利き屋蛸六』
　2008.5　333p
　①978-4-05-900528-5

◇舐め筆お淡

『初ばしり　舐め筆お淡』　2010.7　245p
　〈発売：学研マーケティング〉
　①978-4-05-900642-8
『枕かわり　舐め筆お淡』　2010.12
　250p〈発売：学研マーケティング〉
　①978-4-05-900670-1
『異なもの　舐め筆お淡』　2011.7　285p
　〈発売：学研マーケティング〉
　①978-4-05-900702-9

『形くらべ　薬研堀艶草紙』　2012.5
　257p〈発売：学研マーケティング〉
　①978-4-05-900758-6

講談社文庫（講談社）

『世直し小町りんりん』　2015.5　367p
〈『朱龍哭く』（2012年刊）の改題〉
　①978-4-06-293095-6
〔内容〕はなれ相生、水伯の井戸、手折れ若紫、一斤染、龍の世直し、朱龍の絆、暁の鐘

光文社文庫（光文社）

『烏金　長編時代小説〔光文社時代小説文庫〕』　2009.12　302p〈2007年刊の増補　文献あり〉
　①978-4-334-74702-2
〔内容〕烏金、勘左のひとり言、解説（近藤史恵著）
『はむ・はたる　連作時代小説〔光文社時代小説文庫〕』　2012.3　251p
　①978-4-334-76380-0
〔内容〕あやめ長屋の長治、猫神さま、百両の壺、子持稲荷、花童、はむ・はたる、登美の花婿
『涅槃の雪』　2014.8　367p〈文献あり〉
　①978-4-334-76787-7
〔内容〕茶番白洲、雛の風、茂弥・勢登菊、山葵景気、涅槃の雪、落梅、風花

祥伝社文庫（祥伝社）

『御師弥五郎　お伊勢参り道中記』

2014.2　317p
①978-4-396-34015-5
〔内容〕旅立ち、小田原、浜松、桑名、松坂、伊勢、大和

新潮文庫（新潮社）

◇善人長屋

『善人長屋』　2012.10　381p
①978-4-10-135774-4
〔内容〕善人長屋、泥棒簪、抜けずの刀、嘘つき紅、源平蛍、犀の子守歌、冬の蟬、夜叉坊主の代之吉、野州屋の蔵

『閻魔の世直し　善人長屋』　2015.10　334p
①978-4-10-135775-1

『恋細工』　2011.10　354p〈文献あり〉
①978-4-10-135773-7

『鱗や繁盛記　上野池之端』　2016.10　348p
①978-4-10-135776-8
〔内容〕蛤鍋の客、桜楼の女将、千両役者、師走の雑煮、春の幽霊、八年桜

徳間文庫（徳間書店）

『千年鬼』　2015.8　281p〈2012年刊の加筆修正〉
①978-4-19-893995-3
〔内容〕三粒の豆、鬼姫さま、忘れの呪文、隻腕の鬼、小鬼と民、千年の罪、最後の鬼の芽

PHP文芸文庫（PHP研究所）

『四色（よしき）の藍』　2014.11　349p
①978-4-569-76258-6

斎藤　吉見
さいとう・よしみ
1934〜2005

静岡県生まれ。早大卒。1979年「倒産」が第1回日経経済小説賞に佳作入選。以後、経済小説や時代小説を多く手がけた。

PHP文庫（PHP研究所）

『大久保長安　家康を支えた経済参謀』
1996.11　405p〈付：関係年表〉
①4-569-56959-5

佐伯　泰英
さえき・やすひで
1942〜

福岡県生まれ。日大卒。1999年時代小説「密命」シリーズを発表、以後「居眠り磐音 江戸双紙」など、書き下ろし時代文庫小説を代表する作家となる。

ケイブンシャ文庫（勁文社）

◇吉原裏同心

『逃亡　吉原裏同心』　2001.10　300p〈著作目録あり〉
①4-7669-3937-9

『足抜　吉原裏同心 2』　2002.3　319p〈著作目録あり〉
①4-7669-4078-4

幻冬舎文庫（幻冬舎）

◇酔いどれ小籐次留書

『御鑓拝借　酔いどれ小籐次留書』
　2004.2　330p
　①4–344–40484–X
『意地に候　酔いどれ小籐次留書』
　2004.8　324p
　①4–344–40548–X
『寄残花恋　酔いどれ小籐次留書』
　2005.2　316p
　①4–344–40600–1
『一首千両　酔いどれ小籐次留書』
　2005.8　314p
　①4–344–40681–8
『孫六兼元　酔いどれ小籐次留書』
　2006.2　317p
　①4–344–40751–2
『騒乱前夜　酔いどれ小籐次留書』
　2006.8　334p
　①4–344–40826–8
『子育て侍　酔いどれ小籐次留書』
　2007.2　317p
　①978–4–344–40905–7
『竜笛嫋々　酔いどれ小籐次留書』
　2007.9　321p
　①978–4–344–41010–7
『春雷道中　酔いどれ小籐次留書』
　2008.2　308p
　①978–4–344–41082–4
『薫風鯉幟　酔いどれ小籐次留書』
　2008.8　301p
　①978–4–344–41170–8
『偽小籐次　酔いどれ小籐次留書』
　2009.2　300p
　①978–4–344–41255–2
『杜若艶姿　酔いどれ小籐次留書』
　2009.8　302p
　①978–4–344–41341–2
『野分一過　酔いどれ小籐次留書』

　2010.2　309p
　①978–4–344–41432–7
『冬日淡々　酔いどれ小籐次留書　幻冬舎
　時代小説文庫』　2010.8　339p
　①978–4–344–41530–0
『品川の騒ぎ　酔いどれ小籐次留書　青雲
　篇　幻冬舎時代小説文庫』　2010.8
　368p
　①978–4–344–41531–7
『御鑓拝借　酔いどれ小籐次留書　幻冬舎
　時代小説文庫』　新装版　2011.2
　377p
　①978–4–344–41598–0
『意地に候　酔いどれ小籐次留書　幻冬舎
　時代小説文庫』　新装版　2011.2
　370p
　①978–4–344–41599–7
『寄残花恋　酔いどれ小籐次留書　幻冬舎
　時代小説文庫』　新装版　2011.2
　360p
　①978–4–344–41600–0
『一首千両　酔いどれ小籐次留書　幻冬舎
　時代小説文庫』　新装版　2011.2
　363p
　①978–4–344–41601–7
『孫六兼元　酔いどれ小籐次留書　幻冬舎
　時代小説文庫』　新装版　2011.2
　364p
　①978–4–344–41602–4
『騒乱前夜　酔いどれ小籐次留書　幻冬舎
　時代小説文庫』　新装版　2011.2
　382p
　①978–4–344–41603–1
『子育て侍　酔いどれ小籐次留書　幻冬舎
　時代小説文庫』　新装版　2011.2
　364p
　①978–4–344–41604–8
『竜笛嫋々　酔いどれ小籐次留書　幻冬舎
　時代小説文庫』　新装版　2011.2
　365p
　①978–4–344–41605–5
『春雷道中　酔いどれ小籐次留書　幻冬舎
　時代小説文庫』　新装版　2011.2

佐伯泰英

350p
①978-4-344-41606-2

『薫風鯉幟 酔いどれ小籐次留書 幻冬舎
時代小説文庫』 新装版 2011.2
342p
①978-4-344-41607-9

『偽小籐次 酔いどれ小籐次留書 幻冬舎
時代小説文庫』 新装版 2011.2
342p
①978-4-344-41608-6

『杜若艶姿 酔いどれ小籐次留書 幻冬舎
時代小説文庫』 新装版 2011.2
350p
①978-4-344-41609-3

『野分一過 酔いどれ小籐次留書 幻冬舎
時代小説文庫』 新装版 2011.2
350p
①978-4-344-41610-9

『新春歌会 酔いどれ小籐次留書 幻冬舎
時代小説文庫』 2011.2 342p
①978-4-344-41633-8

『旧主再会 酔いどれ小籐次留書 幻冬舎
時代小説文庫』 2011.8 338p
①978-4-344-41729-8

『祝言日和 酔いどれ小籐次留書 幻冬舎
時代小説文庫』 2012.2 342p
①978-4-344-41819-6

『政宗遺訓 酔いどれ小籐次留書 幻冬舎
時代小説文庫』 2012.8 342p
①978-4-344-41911-7

『状箱騒動 酔いどれ小籐次留書 幻冬舎
時代小説文庫』 2013.2 337p
①978-4-344-41987-2

講談社文庫(講談社)

◇交代寄合伊那衆異聞

『変化 交代寄合伊那衆異聞』 2005.7
340p
①4-06-275136-4

『雷鳴 交代寄合伊那衆異聞』 2005.12
344p
①4-06-275270-0

『風雲 交代寄合伊那衆異聞』 2006.5
333p
①4-06-275400-2

『邪宗 交代寄合伊那衆異聞』 2006.11
332p
①4-06-275556-4

『阿片 交代寄合伊那衆異聞』 2007.4
335p
①978-4-06-275698-3

『攘夷 交代寄合伊那衆異聞』 2007.11
343p
①978-4-06-275888-8

『上海 交代寄合伊那衆異聞』 2008.4
332p
①978-4-06-276034-8

『黙契 交代寄合伊那衆異聞』 2008.11
341p
①978-4-06-276210-6

『御暇 交代寄合伊那衆異聞』 2008.11
327p
①978-4-06-276211-3

『難航 交代寄合伊那衆異聞』 2009.4
348p
①978-4-06-276344-8

『海戦 交代寄合伊那衆異聞』 2009.9
323p
①978-4-06-276461-2

『謁見 交代寄合伊那衆異聞』 2010.4
317p
①978-4-06-276629-6

『交易 交代寄合伊那衆異聞』 2010.10
322p
①978-4-06-276786-6

『朝廷 交代寄合伊那衆異聞』 2011.4
334p
①978-4-06-276948-8

『混沌 交代寄合伊那衆異聞』 2011.9
320p
①978-4-06-277053-8

『断絶　交代寄合伊那衆異聞』　2012.4
317p
①978-4-06-277240-2
『散斬　交代寄合伊那衆異聞』　2012.9
318p
①978-4-06-277361-4
『再会　交代寄合伊那衆異聞』　2013.4
313p
①978-4-06-277505-2
『茶葉　交代寄合伊那衆異聞』　2013.9
327p〈文献あり〉
①978-4-06-277637-0
『開港　交代寄合伊那衆異聞』　2014.3
329p
①978-4-06-277774-2
『暗殺　交代寄合伊那衆異聞』　2014.9
346p〈著作目録あり〉
①978-4-06-277913-5
『血脈　交代寄合伊那衆異聞』　2015.3
327p〈著作目録あり〉
①978-4-06-293052-9
『飛躍　交代寄合伊那衆異聞』　2015.9
348p〈著作目録あり〉
①978-4-06-293205-9

光文社文庫（光文社）

◇夏目影二郎「狩り」シリーズ

『破牢狩り　文庫書下ろし/長編時代小説
夏目影二郎「狩り」シリーズ』　2001.5
401p
①4-334-73156-2
『妖怪狩り　長編時代小説　夏目影二郎
「狩り」シリーズ』　2001.11　417p
①4-334-73234-8
『百鬼狩り　長編時代小説　夏目影二郎
「狩り」シリーズ』　2002.5　393p
①4-334-73322-0
『下忍狩り　長編時代小説　夏目影二郎
「狩り」シリーズ』　2002.11　392p

①4-334-73402-2
『五家狩り　長編時代小説　夏目影二郎
「狩り」シリーズ』　2003.6　382p
①4-334-73506-1
『八州狩り　長編時代小説　夏目影二郎
「狩り」シリーズ』　2003.11　358p
①4-334-73591-6
『代官狩り　長編時代小説　夏目影二郎
「狩り」シリーズ』　2004.4　388p
①4-334-73668-8
『鉄砲狩り　長編時代小説　夏目影二郎
「狩り」シリーズ』　2004.10　348p
①4-334-73772-2
『奸臣狩り　長編時代小説　夏目影二郎
「狩り」シリーズ』　2005.5　339p
①4-334-73884-2
『役者狩り　長編時代小説　夏目影二郎
「狩り」シリーズ』　2006.1　330p
①4-334-73997-0
『秋帆狩り　文庫書下ろし/長編時代小説
夏目影二郎「狩り」シリーズ』　2006.
10　328p
①4-334-74144-4
『鵺女狩り　長編時代小説　夏目影二郎
「狩り」シリーズ』　2007.10　332p
①978-4-334-74330-7
『忠治狩り　長編時代小説　夏目影二郎
「狩り」シリーズ』　2008.7　327p
①978-4-334-74455-7

◇吉原裏同心

『流離　長編時代小説　吉原裏同心』
2003.3　310p〈『逃亡』（勁文社2001年
刊）の改題〉
①4-334-73462-6
『足抜　長編時代小説　吉原裏同心　2』
2003.9　349p
①4-334-73555-X
『見番　長編時代小説　吉原裏同心　3』
2004.1　324p
①4-334-73625-4
『清掻　長編時代小説　吉原裏同心　4』

2004.7　333p

①4-334-73719-6

『初花　長編時代小説　吉原裏同心　5』
2005.1　328p

①4-334-73810-9

『遣手　長編時代小説　吉原裏同心　6』
2005.9　333p

①4-334-73947-4

『枕絵　長編時代小説　吉原裏同心　7』
2006.7　318p

①4-334-74088-X

『炎上　長編時代小説　吉原裏同心　8』
2007.3　336p

①978-4-334-74208-9

『仮宅　長編時代小説　吉原裏同心　9』
2008.3　311p

①978-4-334-74388-8

『沽券　長編時代小説　吉原裏同心　10』
2008.10　332p

①978-4-334-74496-0

『異館　長編時代小説　吉原裏同心　11
〔光文社時代小説文庫〕』　2009.3
312p

①978-4-334-74553-0

『再建　長編時代小説　吉原裏同心　12
〔光文社時代小説文庫〕』　2010.3
314p

①978-4-334-74750-3

『布石　長編時代小説　吉原裏同心　13
〔光文社時代小説文庫〕』　2010.10
312p

①978-4-334-74852-4

『決着　長編時代小説　吉原裏同心　14
〔光文社時代小説文庫〕』　2011.3
312p

①978-4-334-74918-7

『愛憎　長編時代小説　吉原裏同心　15
〔光文社時代小説文庫〕』　2011.10
322p

①978-4-334-76307-7

『仇討　長編時代小説　吉原裏同心　16
〔光文社時代小説文庫〕』　2012.3

311p

①978-4-334-76376-3

『夜桜　文庫書下ろし/長編時代小説　吉
原裏同心　17』　2012.10　324p

①978-4-334-76472-2

『無宿　文庫書下ろし/長編時代小説　吉
原裏同心　18』　2013.3　314p

①978-4-334-76539-2

『未決　文庫書下ろし/長編時代小説　吉
原裏同心　19』　2013.10　328p

①978-4-334-76632-0

『髪結　文庫書下ろし/長編時代小説　吉
原裏同心　20』　2014.4　324p

①978-4-334-76719-8

『遺文　文庫書下ろし/長編時代小説　吉
原裏同心　21』　2014.6　318p

①978-4-334-76750-1

『夢幻　文庫書下ろし/長編時代小説　吉
原裏同心　22』　2015.4　316p

①978-4-334-76893-5

『狐舞　文庫書下ろし/長編時代小説　吉
原裏同心　23』　2015.10　318p

①978-4-334-76975-8

『始末　文庫書下ろし/長編時代小説　吉
原裏同心　24』　2016.3　313p

①978-4-334-77250-5

『流鶯　吉原裏同心　25　光文社時代小説
文庫』　2016.10　322p

①978-4-334-77360-1

◇夏目影二郎始末旅

『八州狩り　長編時代小説　夏目影二郎始
末旅　1〔光文社時代小説文庫〕』　新
装版　2009.10　383p

①978-4-334-74659-9

『代官狩り　長編時代小説　夏目影二郎始
末旅　2〔光文社時代小説文庫〕』　新
装版　2009.10　414p

①978-4-334-74660-5

『破牢狩り　長編時代小説　夏目影二郎始
末旅　3〔光文社時代小説文庫〕』　新
装版　2009.10　436p

①978-4-334-74661-2

『妖怪狩り　長編時代小説　夏目影二郎始
　末旅　4〔光文社時代小説文庫〕』　新
　装版　2009.10　449p
　①978-4-334-74662-9

『百鬼狩り　長編時代小説　夏目影二郎始
　末旅　5〔光文社時代小説文庫〕』　新
　装版　2009.10　423p
　①978-4-334-74663-6

『下忍狩り　長編時代小説　夏目影二郎始
　末旅　6〔光文社時代小説文庫〕』　新
　装版　2009.10　423p
　①978-4-334-74664-3

『五家狩り　長編時代小説　夏目影二郎始
　末旅　7〔光文社時代小説文庫〕』　新
　装版　2009.10　411p
　①978-4-334-74665-0

『奨金狩り　長編時代小説　夏目影二郎始
　末旅　14〔光文社時代小説文庫〕』
　2009.10　322p
　①978-4-334-74667-4

『八州狩り　長編時代小説　夏目影二郎始
　末旅　1』　決定版　2013.10　407p
　①978-4-334-76633-7
　〔内容〕炎上赤城砦，日光社参，血風黒塚宿，
　　八州殺し，水府潜入，決闘戸田峠

『代官狩り　長編時代小説　夏目影二郎始
　末旅　2』　決定版　2013.10　448p
　①978-4-334-76634-4
　〔内容〕潜入極楽島，暗雲碓氷峠，刃風信濃川，
　　騒乱親不知，飛騨受難花，極楽島炎上

『破牢狩り　長編時代小説　夏目影二郎始
　末旅　3』　決定版　2013.11　470p
　①978-4-334-76658-0
　〔内容〕赤猫小伝馬町，武州十文字峠，風雲下
　　諏訪宿，天竜血飛沫，遠州灘翻弄，金峰念
　　仏踊り

『妖怪狩り　長編時代小説　夏目影二郎始
　末旅　4』　決定版　2013.12　477p
　①978-4-334-76671-9
　〔内容〕本所深川暗殺指令，南山御蔵入女旅，
　　山王峠槍試合，駒止峠隠れ里潜入，明神滝
　　暴れ流木，三味線堀舟戦，佐伯泰英外伝 4

（重里徹也著）

『百鬼狩り　長編時代小説　夏目影二郎始
　末旅　5』　決定版　2014.1　446p
　①978-4-334-76690-0
　〔内容〕木枯らし唐津街道，呼子沖鯨絵巻，平
　　戸南海船戦，長崎南蛮殺法，野母崎唐船炎
　　上，吹雪烈風日見峠，佐伯泰英外伝 5（重里
　　徹也著）

『下忍狩り　長編時代小説　夏目影二郎始
　末旅　6』　決定版　2014.2　454p
　①978-4-334-76700-6
　〔内容〕大川巫女殺し，奥州呪われ旅，中尊寺
　　憤怒行，中津川幻夢舞，恐山花降ろし，現世
　　火焔地獄，佐伯泰英外伝 6（重里徹也著）

『五家狩り　長編時代小説　夏目影二郎始
　末旅　7』　決定版　2014.3　441p
　①978-4-334-76715-0
　〔内容〕忠直卿の亡霊，紀代の憂愁，小才次の
　　危難，若宮八幡女舞，暴れ木曾川流し，重
　　ね鳥居辻勝負，佐伯泰英外伝 7（重里徹也
　　著）

『鉄砲狩り　長編時代小説　夏目影二郎始
　末旅　8』　決定版　2014.4　371p
　①978-4-334-76720-4
　〔内容〕川越夜舟，若菜の拘引，前橋分領潜入，
　　三の丸荒らし，決闘足尾廃鉱，佐伯泰英外
　　伝 8（重里徹也著）

『奸臣狩り　長編時代小説　夏目影二郎始
　末旅　9』　決定版　2014.5　368p
　①978-4-334-76746-4
　〔内容〕昔の夢，地吹雪草津，烏舞片手斬り，
　　猿面冠者，鼠山闇参り，佐伯泰英外伝 9（重
　　里徹也著）

『役者狩り　長編時代小説　夏目影二郎始
　末旅　10』　決定版　2014.6　356p
　①978-4-334-76752-5
　〔内容〕大江戸の飾り海老，海城の浜，江戸の
　　南蛮屋敷，海燃える，船乗り込み，佐伯泰
　　英外伝 10（重里徹也著）

『秋帆狩り　長編時代小説　夏目影二郎始
　末旅　11』　決定版　2014.7　351p
　①978-4-334-76776-1
　〔内容〕序章，朝顔売りの姉弟，士学館の虎，
　　死者の山，種子島と大筒，双子剣客，佐伯

泰英外伝 11（重里徹也著）

『鵺女狩り　長編時代小説　夏目影二郎始
末旅　12』　決定版　2014.8　358p
①978-4-334-76791-4
〔内容〕東浦道の刺客, 冷川峠の山猿, 猿ケ辻
の鵺, 玉泉寺の月見湯, 妖怪とカノン砲, 佐
伯泰英外伝 12（重里徹也著）

『忠治狩り　長編時代小説　夏目影二郎始
末旅　13』　決定版　2014.9　346p
①978-4-334-76803-4
〔内容〕円蔵の死, 女忍び, 雪の道中, 峠越え,
忠治死す, 佐伯泰英外伝 13（重里徹也著）

『奨金狩り　長編時代小説　夏目影二郎始
末旅　14』　決定版　2014.9　352p
①978-4-334-76804-1
〔内容〕女衒と町奉行, 奈佐原文楽, 茶臼山の
忠治, 奨金稼ぎ三番勝負, 蹴鞠の演者, 佐
伯泰英外伝 14（重里徹也著）

『神君狩り　文庫書下ろし/長編時代小説
夏目影二郎始末旅　15』　2014.10
350p〈文献あり〉
①978-4-334-76810-2
〔内容〕坊主の幸助, 盗区騒乱, 大前田英五郎,
金子の行方, 忠治くどき, 佐伯泰英外伝 15
（重里徹也著）

時代小説文庫（角川春樹事務所）

◇鎌倉河岸捕物控

『お断り　鎌倉河岸捕物控　29の巻』
2016.11　311p
①978-4-7584-4048-6

祥伝社文庫（祥伝社）

◇「密命」シリーズ

『密命　長編時代小説　見参! 寒月霞斬
り』　1999.1　447p
①4-396-32667-X

『密命　長編時代小説　弦月三十二人斬
り』　1999.9　369p
①4-396-32713-7

『密命　長編時代小説　残月無想斬り』
2000.3　367p
①4-396-32756-0

『刺客　密命・斬月剣　長編時代小説
「密命」シリーズ』　2001.1　338p
①4-396-32835-4

『火頭　密命・紅蓮剣　書下ろし長編時代
小説　「密命」シリーズ』　2001.8
380p
①4-396-32871-0

『兒刃　密命・一期一殺　書下ろし長編時
代小説　「密命」シリーズ』　2002.2
337p
①4-396-33029-4

『初陣　密命・霜夜炎返し　長編時代小説
「密命」シリーズ』　2002.9　405p
①4-396-33068-5

『悲恋　密命・尾張柳生剣　長編時代小説
「密命」シリーズ』　2003.4　366p
①4-396-33101-0

『極意　密命・御庭番斬殺　長編時代小説
「密命」シリーズ』　2003.10　373p
①4-396-33132-0

『遺恨　密命・影ノ剣　長編時代小説
「密命」シリーズ』　2004.4　393p
①4-396-33162-2

『残夢　密命・熊野秘法剣　長編時代小説
「密命」シリーズ』　2004.10　336p
①4-396-33191-6

『乱雲　密命・傀儡剣合わせ鏡　長編時代
小説　「密命」シリーズ』　2005.4
330p
①4-396-33217-3

『追善　密命・死の舞　長編時代小説
「密命」シリーズ』　2005.10　348p
①4-396-33255-6

『遠謀　密命・血の絆　長編時代小説
「密命」シリーズ』　2006.4　329p
①4-396-33284-X

『烏鷺　密命・飛鳥山黒白　長編時代小説
　「密命」シリーズ』　2007.6　341p〈著
　作目録あり〉
　①978-4-396-33361-4
『初心　密命・闇参籠　長編時代小説
　「密命」シリーズ』　2007.6　360p〈著
　作目録あり〉
　①978-4-396-33362-1
『密命　巻之1　見参！　寒月霞斬り　長編
　時代小説』　新装版　2007.6　525p
　①978-4-396-33363-8
『密命　巻之2　弦月三十二人斬り　長編
　時代小説』　新装版　2007.6　437p
　①978-4-396-33364-5
『密命　巻之3　残月無想斬り　長編時代
　小説』　新装版　2007.6　433p
　①978-4-396-33365-2
『刺客　密命・斬月剣　長編時代小説
　「密命」シリーズ』　新装版　2007.10
　397p
　①978-4-396-33390-4
『火頭　密命・紅蓮剣　長編時代小説
　「密命」シリーズ』　新装版　2007.10
　445p
　①978-4-396-33391-1
『兜刃　密命・一期一殺　長編時代小説
　「密命」シリーズ』　新装版　2007.10
　393p
　①978-4-396-33392-8
『初陣　密命・霜夜炎返し　長編時代小説
　「密命」シリーズ』　新装版　2007.10
　474p
　①978-4-396-33393-5
『悲恋　密命・尾張柳生剣　長編時代小説
　「密命」シリーズ』　新装版　2007.10
　411p
　①978-4-396-33394-2
『極意　密命・御庭番斬殺　長編時代小説
　「密命」シリーズ』　新装版　2007.10
　416p
　①978-4-396-33395-9
『遺髪　密命・加賀の変　長編時代小説

「密命」シリーズ』　2007.12　347p
　①978-4-396-33401-7
『意地　密命・具足武者の怪　長編時代小
　説　「密命」シリーズ』　2008.6　329p
　①978-4-396-33433-8
『宣告　密命・雪中行　長編時代小説
　「密命」シリーズ』　2008.12　340p
　①978-4-396-33469-7
『相剋　密命・陸奥巴波　長編時代小説
　「密命」シリーズ〔21〕』　2009.6　332p
　①978-4-396-33507-6
『再生　密命・恐山地吹雪　長編時代小説
　「密命」シリーズ〔22〕』　2009.12
　329p
　①978-4-396-33546-5
『仇敵　密命・決戦前夜　長編時代小説
　「密命」シリーズ〔23〕』　2010.6　332p
　①978-4-396-33586-1
『切羽　密命・潰し合い中山道　「密命」
　シリーズ〔24〕』　2010.12　326p
　①978-4-396-33632-5
『覇者　密命・上覧剣術大試合　「密命」
　シリーズ〔25〕』　2011.6　335p
　①978-4-396-33681-3
『晩節　密命・終の一刀　「密命」シリー
　ズ〔26〕』　2011.12　332p
　①978-4-396-33727-8

◇完本密命

『完本密命　巻之1　見参！　寒月霞斬り』
　2015.3　546p〈『密命　見参！　寒月霞斬
　り』（1999年刊）の改題、加筆修正〉
　①978-4-396-34105-3
『完本密命　巻之2　弦月三十二人斬り』
　2015.3　442p〈『密命　弦月三十二人斬
　り』（1999年刊）の改題、加筆・修正〉
　①978-4-396-34106-0
『完本密命　巻之3　残月無想斬り』
　2015.4　441p〈『密命　残月無想斬り』
　（2000年刊）の改題、加筆・修正〉
　①978-4-396-34116-9
『完本密命　巻之4　刺客斬月剣』　2015.

『佐伯泰英

6　414p〈『刺客』(2001年刊)の改題、加筆・修正〉
①978-4-396-34129-9

『完本密命　巻之5　火頭紅蓮剣』　2015.7　458p〈『火頭』(2001年刊)の改題、加筆・修正〉
①978-4-396-34140-4

『完本密命　巻之6　兇刃一期一殺』
2015.9　408p〈『兇刃』(2002年刊)の改題、加筆・修正〉
①978-4-396-34151-0

『完本密命　巻之7　初陣霜夜炎返し』
2015.10　490p〈『初陣』(2002年刊)の改題、加筆・修正〉
①978-4-396-34160-2

『完本密命　巻之8　悲恋尾張柳生剣』
2015.12　418p〈『悲恋』(2003年刊)の改題、加筆・修正〉
①978-4-396-34172-5

『完本密命　巻之9　極意御庭番斬殺』
2016.2　426p〈『極意』(2003年刊)の改題、加筆・修正〉
①978-4-396-34183-1

『完本密命　巻之10　遺恨影ノ剣』
2016.2　434p〈『遺恨』(2004年刊)の改題、加筆・修正〉
①978-4-396-34184-8

『完本密命　巻之11　残夢　熊野秘法剣』
2016.3　370p〈『残夢』(2004年刊)の改題、加筆・修正〉
①978-4-396-34194-7

『完本密命　巻之12　乱雲　傀儡剣合わせ鏡』　2016.4　354p〈『乱雲』(2005年刊)の改題、加筆・修正〉
①978-4-396-34206-7

『完本密命　巻之13　追善　死の舞』
2016.6　362p〈『追善』(2005年刊)の改題、加筆・修正〉
①978-4-396-34219-7

『完本密命　巻之14　遠謀　血の絆』
2016.7　338p〈『遠謀』(2006年刊)の改題、加筆・修正〉
①978-4-396-34235-7

『完本密命　巻之15　無刀　父子鷹』
2016.9　346p〈『無刀』(2006年刊)の改題、加筆・修正〉
①978-4-396-34247-0

『完本密命　巻之16　烏鷺　飛鳥山黒白』
2016.10　338p
①978-4-396-34259-3

『完本密命　巻之17　初心　闇参籠』
2016.11　346p
①978-4-396-34266-1

『秘剣雪割り　長編時代小説　悪松・棄郷編』　2002.8　328p
①4-396-33061-8

『秘剣瀑流返し　悪松・対決「鎌鼬」　長編時代小説』　2002.12　312p
①4-396-33079-0

『秘剣乱舞　悪松・百人斬り　長編時代小説』　2003.9　306p
①4-396-33125-8

『秘剣孤座　書下ろし長編時代小説』
2005.9　318p
①4-396-33247-5

『無刀　密命・父子鷹　長編時代小説』
2006.9　340p
①4-396-33309-9

『秘剣流亡　長編時代小説』　2006.12　331p〈著作目録あり〉
①4-396-33325-0

新潮文庫(新潮社)

◇新・古着屋総兵衛

『血に非ず　新・古着屋総兵衛　第1巻』
2011.2　359p
①978-4-10-138046-9

『百年の呪い　新・古着屋総兵衛　第2巻』
2011.10　361p〈折り込1枚〉
①978-4-10-138047-6

『日光代参　新・古着屋総兵衛　第3巻』
　2012.3　371p
　①978-4-10-138048-3
『南へ舵を　新・古着屋総兵衛　第4巻』
　2012.8　390p
　①978-4-10-138049-0
『〇に十（じゅ）の字　新・古着屋総兵衛
　第5巻』　2012.12　392p
　①978-4-10-138050-6
『転び者（もん）　新・古着屋総兵衛　第6
　巻』　2013.6　389p
　①978-4-10-138051-3
『二都騒乱　新・古着屋総兵衛　第7巻』
　2013.12　402p
　①978-4-10-138052-0
『安南から刺客　新・古着屋総兵衛　第8
　巻』　2014.6　403p
　①978-4-10-138053-7
『たそがれ歌麿　新・古着屋総兵衛　第9
　巻』　2014.12　402p
　①978-4-10-138054-4
『異国の影　新・古着屋総兵衛　第10巻』
　2015.6　399p
　①978-4-10-138055-1
『八州探訪　新・古着屋総兵衛　第11巻』
　2015.12　393p
　①978-4-10-138056-8
『死の舞い　新・古着屋総兵衛　第12巻』
　2016.6　390p
　①978-4-10-138057-5
『虎の尾を踏む　新・古着屋総兵衛　第13
　巻』　2016.12　397p
　①978-4-10-138058-2

◇古着屋総兵衛影始末

『死闘　古着屋総兵衛影始末　第1巻』
　2011.2　478p〈徳間書店平成12年刊の
　加筆修正〉
　①978-4-10-138035-3
『異心　古着屋総兵衛影始末　第2巻』
　2011.2　492p〈徳間書店平成12年刊の
　加筆修正〉
　①978-4-10-138036-0
『抹殺　古着屋総兵衛影始末　第3巻』
　2011.3　483p〈徳間書店平成13年刊の
　加筆修正〉
　①978-4-10-138037-7
『停止（ちょうじ）　古着屋総兵衛影始末
　第4巻』　2011.3　499p〈徳間書店平成
　13年刊の加筆修正〉
　①978-4-10-138038-4
『熱風　古着屋総兵衛影始末　第5巻』
　2011.4　503p〈徳間書店平成13年刊の
　加筆修正〉
　①978-4-10-138039-1
『朱印　古着屋総兵衛影始末　第6巻』
　2011.4　474p〈徳間書店平成14年刊の
　加筆修正〉
　①978-4-10-138040-7
『雄飛　古着屋総兵衛影始末　第7巻』
　2011.5　407p〈徳間書店平成14年刊の
　加筆修正〉
　①978-4-10-138041-4
『知略　古着屋総兵衛影始末　第8巻』
　2011.6　409p〈徳間書店平成15年刊の
　加筆修正〉
　①978-4-10-138042-1
『難破　古着屋総兵衛影始末　第9巻』
　2011.7　389p〈徳間書店平成15年刊の
　加筆修正〉
　①978-4-10-138043-8
『交趾（こうち）　古着屋総兵衛影始末
　第10巻』　2011.8　398p〈徳間書店平
　成16年刊の加筆修正〉
　①978-4-10-138044-5
『帰還　古着屋総兵衛影始末　第11巻』
　2011.9　485p〈徳間書店平成16年刊の
　加筆修正〉
　①978-4-10-138045-2

『光圀　古着屋総兵衛初傳』　2015.4
　417p
　①978-4-10-138034-6

徳間文庫（徳間書店）

◇古着屋総兵衛影始末

『死闘！　古着屋総兵衛影始末』　2000.
7　407p
①4-19-891340-4

『異心！　古着屋総兵衛影始末　2』
2000.12　407p
①4-19-891418-4

『抹殺！　古着屋総兵衛影始末　3』
2001.4　396p
①4-19-891485-0

『停止！　古着屋総兵衛影始末　4』
2001.7　409p
①4-19-891536-9

『熱風！　古着屋総兵衛影始末　5』
2001.12　414p
①4-19-891624-1

『朱印！　古着屋総兵衛影始末』　2002.
6　398p
①4-19-891720-5

『雄飛！　古着屋総兵衛影始末』　2002.
12　396p
①4-19-891809-0

『知略！　古着屋総兵衛影始末』　2003.
7　398p
①4-19-891913-5

『難破！　古着屋総兵衛影始末』　2003.
12　380p
①4-19-891984-4

『交趾！　古着屋総兵衛影始末』　2004.
6　389p
①4-19-892073-7

『帰還！　古着屋総兵衛影始末』　2004.
12　378p
①4-19-892166-0

『死闘！　古着屋総兵衛影始末　1』　新
装版　2008.1　455p
①978-4-19-892722-6

『異心！　古着屋総兵衛影始末　2』　新
装版　2008.1　477p
①978-4-19-892723-3

『抹殺！　古着屋総兵衛影始末　3』　新
装版　2008.2　471p
①978-4-19-892742-4

『停止！　古着屋総兵衛影始末　4』　新
装版　2008.2　487p
①978-4-19-892743-1

『熱風！　古着屋総兵衛影始末　5』　新
装版　2008.3　491p
①978-4-19-892755-4

『朱印！　古着屋総兵衛影始末　6』　新
装版　2008.3　461p
①978-4-19-892756-1

『雄飛！　古着屋総兵衛影始末　7』　新
装版　2008.4　396p
①978-4-19-892767-7

『知略！　古着屋総兵衛影始末　8』　新
装版　2008.4　397p
①978-4-19-892768-4

『難破！　古着屋総兵衛影始末　9』　新
装版　2008.5　380p
①978-4-19-892781-3

『交趾！　古着屋総兵衛影始末　10』
新装版　2008.5　393p
①978-4-19-892782-0

『帰還！　古着屋総兵衛影始末　11』
新装版　2008.6　379p
①978-4-19-892799-8

日文文庫（日本文芸社）

『八州狩り　夏目影二郎赦免旅』　2000.4
351p
①4-537-08093-0

『代官狩り　夏目影二郎危難旅』　2000.9
375p
①4-537-08104-X

ハルキ文庫（角川春樹事務所）

◇鎌倉河岸捕物控

『橘花の仇　鎌倉河岸捕物控』　2001.3
　371p
　①4-89456-839-X
　〔内容〕仇討ち, 逢引き, 神隠し, 板の間荒ら
　　し, 密会船強盗, 火付泥棒

『政次、奔る　鎌倉河岸捕物控　時代小説
　文庫』　2001.6　374p
　①4-89456-869-1

『御金座破り　鎌倉河岸捕物控　時代小説
　文庫』　2002.1　371p
　①4-89456-952-3

『暴れ彦四郎　鎌倉河岸捕物控　時代小説
　文庫』　2002.6　370p
　〔内容〕あらみ七つ, 回向院開帳, 神隠し, 日
　　和下駄, 通夜の客, 暴れ彦四郎

『古町殺し　鎌倉河岸捕物控　時代小説文
　庫』　2003.1　332p
　①4-7584-3023-3

『引札屋おもん　鎌倉河岸捕物控　時代小
　説文庫』　2003.10　314p
　①4-7584-3074-8

『下駄貫の死　鎌倉河岸捕物控　時代小説
　文庫』　2004.6　299p
　①4-7584-3108-6
　〔内容〕引き込みおよう, 綱定のおふじ, 古碇
　　盗難の謎, 下駄貫の死, 若親分初手柄

『銀のなえし　鎌倉河岸捕物控　時代小説
　文庫』　2005.3　288p
　①4-7584-3161-2
　〔内容〕荷足のすり替え, 銀のなえし, 唐獅子
　　の鏡次, 巾着切り, 八つ山勝負

『道場破り　鎌倉河岸捕物控　時代小説文
　庫』　2005.12　293p
　①4-7584-3208-2
　〔内容〕初午と臍の緒, 女武芸者, 金座裏の赤
　　子, 深川色里川端楼, 渡り髪結文蔵

『埋みの棘　鎌倉河岸捕物控　時代小説文

庫』　2006.9　317p
　①4-7584-3253-8
　〔内容〕迷宮入りの事件, 二太郎の仲, 喉の棘,
　　夕間暮れの辻斬り, 十一年後の決着

『代がわり　鎌倉河岸捕物控　時代小説文
　庫』　2007.6　327p〈著作目録あり〉
　①978-4-7584-3292-4
　〔内容〕巾着切り, 腎虚の隠居, 小兵衛殺しの
　　結末, 掛取り探索行, 代がわり

『冬の蜉蝣　鎌倉河岸捕物控　12の巻　時
　代小説文庫』　2008.5　317p
　①978-4-7584-3336-5
　〔内容〕迷い猫, 暮れの入水, 小太郎の父, 銀
　　蔵の弔い, 鱸落としの小兵衛

『橘花の仇　鎌倉河岸捕物控　1の巻　時
　代小説文庫』　新装版　2008.5　437p
　①978-4-7584-3337-2
　〔内容〕仇討ち, 逢引き, 神隠し, 板の間荒ら
　　し, 密会船強盗, 火付泥棒

『政次、奔る　鎌倉河岸捕物控　2の巻
　時代小説文庫』　新装版　2008.5
　439p
　①978-4-7584-3338-9
　〔内容〕嘲家殺し, 少女誘拐, 藪入りの殺人, ち
　　ほの庄太, むじな長屋の怪, 天明四年の謎

『御金座破り　鎌倉河岸捕物控　3の巻
　時代小説文庫』　新装版　2008.8
　455p
　①978-4-7584-3360-0
　〔内容〕屋台騒動, 塾頭弦々斎, 仁佐とはる,
　　外面似菩薩, ほたるの明かり, 御金座破り

『暴れ彦四郎　鎌倉河岸捕物控　4の巻
　時代小説文庫』　新装版　2008.8
　452p
　①978-4-7584-3361-7
　〔内容〕あらみ七つ, 回向院開帳, 神隠し, 日
　　和下駄, 通夜の客, 暴れ彦四郎

『独り祝言　鎌倉河岸捕物控　13の巻　時
　代小説文庫』　2008.11　322p
　①978-4-7584-3377-8
　〔内容〕六所明神, 内密御用, 内蔵の謎, 偽書
　　屋, 蔵の中勝負

『古町殺し　鎌倉河岸捕物控　5の巻　時

代小説文庫』　新装版　2008.11　391p
①978-4-7584-3378-5

『引札屋おもん　鎌倉河岸捕物控　6の巻
時代小説文庫』　新装版　2008.11
364p
①978-4-7584-3379-2

『下駄貫の死　鎌倉河岸捕物控　7の巻
時代小説文庫』　新装版　2009.2
351p
①978-4-7584-3393-8
〔内容〕引き込みようす，綱定のおふじ，古碇
盗難の謎，下駄貫の死，若親分初手柄，解
説（縄田一男著）

『銀のなえし　鎌倉河岸捕物控　8の巻
時代小説文庫』　新装版　2009.2
342p
①978-4-7584-3394-5
〔内容〕荷足のすり替え，銀のなえし，唐獅子
の鏡次，巾着切り，八つ山勝負，解説（井家
上隆幸著）

『隠居宗五郎　鎌倉河岸捕物控　14の巻
時代小説文庫』　2009.5　321p
①978-4-7584-3410-2
〔内容〕挨拶回り，菓子屋の娘，漆の輝き，涙
の握り飯，婿養子

『夢の夢　鎌倉河岸捕物控　15の巻　時代
小説文庫』　2009.11　322p
①978-4-7584-3442-3
〔内容〕妻恋坂の女，大番屋の駆け引き，青梅
街道の駆け落ち者，秋乃の謎，宝登山神社
の悲劇

『道場破り　鎌倉河岸捕物控　9の巻　時
代小説文庫』　新装版　2010.2　349p
①978-4-7584-3457-7
〔内容〕初午と臍の緒，女武芸者，金座裏の赤
子，深川色里川端楼，渡り髪結文蔵，解説
（清原康正著）

『埋みの棘　鎌倉河岸捕物控　10の巻　時
代小説文庫』　新装版　2010.2　327p
①978-4-7584-3458-4
〔内容〕迷宮入りの事件，二太郎の仲，喉の棘，
夕間暮れの辻斬り，十一年後の決着，解説
（細谷正充著）

『八丁堀の火事　鎌倉河岸捕物控　16の巻
時代小説文庫』　2010.4　305p
①978-4-7584-3467-6
〔内容〕居残り亮吉，八丁堀の火事，妾と悪党，
鳥越明神の賭場，富沢町娘の行列

『紫房の十手　鎌倉河岸捕物控　17の巻
時代小説文庫』　2010.7　316p
①978-4-7584-3487-4
〔内容〕湯治行き，浪速疾風のお頭，おしょく
りの荷，中橋広小路の大捕物，政さんの女

『鎌倉河岸捕物控街歩き読本　街歩き読本
時代小説文庫』　鎌倉河岸捕物控読本編
集部編，佐伯泰英監修　2010.7　203p
〈文献あり〉
①978-4-7584-3488-1

『熱海湯けむり　鎌倉河岸捕物控　18の巻
時代小説文庫』　2011.5　310p
①978-4-7584-3537-6
〔内容〕たぼと隠居，湯と紙，偽侍の怪，大湯
長湧き，草履の片方

『針いっぽん　鎌倉河岸捕物控　19の巻
時代小説文庫』　2011.11　313p
①978-4-7584-3611-3

『宝引きさわぎ　鎌倉河岸捕物控　20の巻
時代小説文庫』　2012.5　319p
①978-4-7584-3657-1
〔内容〕手先見習い，宝引きの景品，手拭いと
針，お冬の決心，真打ち登場

『春の珍事　鎌倉河岸捕物控　21の巻　時
代小説文庫』　2012.11　308p
①978-4-7584-3698-4

『よっ，十一代目！　鎌倉河岸捕物控　22
の巻　時代小説文庫』　2013.4　316p
①978-4-7584-3730-1

『うぶすな参り　鎌倉河岸捕物控　23の巻
時代小説文庫』　2013.11　316p
①978-4-7584-3785-1
〔内容〕飾り十手，女こましの源二郎，蛍の別
れ，庖丁正宗，包金さわぎ

『後見の月　鎌倉河岸捕物控　24の巻　時
代小説文庫』　2014.4　308p
①978-4-7584-3816-2

『新友禅の謎　鎌倉河岸捕物控　25の巻
時代小説文庫』　2014.11　315p

①978-4-7584-3857-5
〔内容〕呉服屋の客、柿ずし、弥一の初旅、杣小屋の機屋、火付けと押込み

『閉門謹慎　鎌倉河岸捕物控　26の巻　時代小説文庫』　2015.4　317p
①978-4-7584-3890-2

『店仕舞い　鎌倉河岸捕物控　27の巻　時代小説文庫』　2015.11　318p
①978-4-7584-3956-5

『吉原詣で　鎌倉河岸捕物控　28の巻　時代小説文庫』　2016.4　308p
①978-4-7584-3993-0

◇長崎絵師通吏辰次郎

『悲愁の剣　長崎絵師通吏辰次郎　時代小説文庫』　2001.10　261p〈『瑠璃の寺』（1999年刊）の改題〉
①4-89456-897-7

『白虎の剣　長崎絵師通吏辰次郎　時代小説文庫』　2003.6　280p
①4-7584-3049-7

『悲愁の剣　長崎絵師通吏辰次郎　時代小説文庫』　新装版　2013.2　302p〈文献あり〉
①978-4-7584-3717-2

『白虎の剣　長崎絵師通吏辰次郎　時代小説文庫』　新装版　2013.7　319p
①978-4-7584-3755-4

『異風者』　2000.5　301p
①4-89456-692-3

『「鎌倉河岸捕物控」読本　時代小説文庫』　2006.9　215p〈年表あり〉
①4-7584-3254-6
〔内容〕鎌倉河岸捕物控 特別篇「寛政元年の水遊び」、（佐伯泰英インタビュー）鎌倉河岸捕物控を語る、「鎌倉河岸捕物控」登場人物紹介、豊島屋を訪ねる、「鎌倉河岸捕物控シリーズ」全作品解説、佐伯泰英時代小説シリーズ別解説、「鎌倉河岸捕物控」年表

『異風者（いひゅもん）　時代小説文庫』　新装版　2012.12　334p
①978-4-7584-3706-6

双葉文庫（双葉社）

◇居眠り磐音江戸双紙

『陽炎ノ辻　居眠り磐音江戸双紙』
2002.4　356p
①4-575-66126-0

『寒雷ノ坂　居眠り磐音江戸双紙』
2002.7　365p
①4-575-66130-9

『花芒ノ海　居眠り磐音江戸双紙』
2002.10　357p
①4-575-66134-1

『雪華ノ里　居眠り磐音江戸双紙』
2003.2　345p
①4-575-66140-6

『龍天ノ門　居眠り磐音江戸双紙』
2003.5　361p
①4-575-66146-5

『雨降ノ山　居眠り磐音江戸双紙』
2003.8　357p
①4-575-66149-X

『狐火ノ杜　居眠り磐音江戸双紙』
2003.11　355p
①4-575-66156-2

『朔風ノ岸　居眠り磐音江戸双紙』
2004.3　355p
①4-575-66165-1

『遠霞ノ峠　居眠り磐音江戸双紙』
2004.5　349p
①4-575-66170-8

『朝虹ノ島　居眠り磐音江戸双紙』
2004.9　349p
①4-575-66179-1

『無月ノ橋　居眠り磐音江戸双紙』
2004.11　347p
①4-575-66185-6

佐伯泰英

『探梅ノ家　居眠り磐音江戸双紙』
2005.3　337p
①4-575-66197-X

『残花ノ庭　居眠り磐音江戸双紙』
2005.6　355p
①4-575-66204-6

『夏燕ノ道　居眠り磐音江戸双紙』
2005.9　341p
①4-575-66217-8

『驟雨ノ町　居眠り磐音江戸双紙』
2005.11　343p
①4-575-66222-4

『螢火ノ宿　居眠り磐音江戸双紙』
2006.3　339p
①4-575-66232-1

『紅椿ノ谷　居眠り磐音江戸双紙』
2006.3　349p
①4-575-66233-X

『捨雛ノ川　居眠り磐音江戸双紙』
2006.6　339p
①4-575-66242-9

『梅雨ノ蝶　居眠り磐音江戸双紙』
2006.9　333p
①4-575-66254-2

『野分ノ灘　居眠り磐音江戸双紙』
2007.1　333p
①978-4-575-66265-8

『鯖雲ノ城　居眠り磐音江戸双紙』
2007.1　345p
①978-4-575-66266-5

『荒海ノ津　居眠り磐音江戸双紙』
2007.4　337p
①978-4-575-66278-8

『万両ノ雪　居眠り磐音江戸双紙』
2007.8　381p
①978-4-575-66292-4

『朧夜ノ桜　居眠り磐音江戸双紙』
2008.1　341p
①978-4-575-66314-3

『白桐ノ夢　居眠り磐音江戸双紙』
2008.4　331p
①978-4-575-66328-0

『紅花ノ邨　居眠り磐音江戸双紙』
2008.7　329p
①978-4-575-66338-9

『石榴ノ蠅　居眠り磐音江戸双紙』
2008.9　353p
①978-4-575-66344-0

『照葉ノ露　居眠り磐音江戸双紙』
2009.1　329p
①978-4-575-66364-8

『冬桜ノ雀　居眠り磐音江戸双紙』
2009.4　327p
①978-4-575-66375-4

『侘助ノ白　居眠り磐音江戸双紙』
2009.7　321p
①978-4-575-66387-7

『更衣ノ鷹　居眠り磐音江戸双紙　上』
2010.1　323p
①978-4-575-66422-5

『更衣ノ鷹　居眠り磐音江戸双紙　下』
2010.1　336p
①978-4-575-66423-2

『孤愁ノ春　居眠り磐音江戸双紙』
2010.5　323p　〈著作目録あり〉
①978-4-575-66441-6

『尾張ノ夏　居眠り磐音江戸双紙』
2010.9　327p
①978-4-575-66461-4

『姥捨ノ郷　居眠り磐音江戸双紙』
2011.1　331p
①978-4-575-66478-2

『紀伊ノ変　居眠り磐音江戸双紙』
2011.4　337p
①978-4-575-66492-8

『一矢ノ秋（とき）　居眠り磐音江戸双紙』
2011.7　374p
①978-4-575-66508-6

『橋の上　居眠り磐音江戸双紙　帰着準備
号』　佐伯泰英著・監修,「居眠り磐音
江戸双紙」編集部編　2011.10　382p
図版16枚　〈文献あり〉
①978-4-575-66525-3
〔内容〕巻頭カラー口絵, 特別書き下ろし中

編時代小説「居眠り磐音江戸双紙」青春
編 橋の上（佐伯泰英），磐音が歩いた「江
戸」案内（春ノ旅，夏ノ旅，秋ノ旅，冬ノ旅，
江戸近郊），著者インタビュー 磐音ととも
に—佐伯泰英、十年の歩み，「居眠り磐音
江戸双紙」年表（第24〜37巻）

『東雲ノ空　居眠り磐音江戸双紙』
　2012.1　325p〈著作目録あり〉
　①978-4-575-66539-0

『秋思ノ人　居眠り磐音江戸双紙　39』
　2012.6　340p
　①978-4-575-66565-9

『春霞ノ乱　居眠り磐音江戸双紙　40』
　2012.10　333p〈著作目録あり〉
　①978-4-575-66583-3

『散華ノ刻（とき）　居眠り磐音江戸双紙
　41』　2012.12　341p〈著作目録あり〉
　①978-4-575-66595-6

『木槿ノ賦　居眠り磐音江戸双紙　42』
　2013.1　331p〈著作目録あり〉
　①978-4-575-66596-3

『徒然ノ冬　居眠り磐音江戸双紙　43』
　2013.6　327p〈著作目録あり〉
　①978-4-575-66616-8

『湯島ノ罠　居眠り磐音江戸双紙　44』
　2013.12　323p〈著作目録あり〉
　①978-4-575-66642-7

『空蟬ノ念　居眠り磐音江戸双紙　45』
　2014.1　338p〈著作目録あり〉
　①978-4-575-66646-5

『弓張ノ月　居眠り磐音江戸双紙　46』
　2014.7　328p〈文献あり　著作目録あ
　り〉
　①978-4-575-66672-4

『失意ノ方　居眠り磐音江戸双紙　47』
　2014.12　341p〈著作目録あり〉
　①978-4-575-66698-4

『白鶴ノ紅　居眠り磐音江戸双紙　48』
　2015.1　333p〈著作目録あり〉
　①978-4-575-66706-6

『意次ノ妄　居眠り磐音江戸双紙　49』
　2015.7　327p〈著作目録あり〉
　①978-4-575-66729-5

『竹屋ノ渡　居眠り磐音江戸双紙　50』
　2016.1　329p〈著作目録あり〉
　①978-4-575-66758-5

『旅立ノ朝（あした）　居眠り磐音江戸双
　紙　51』　2016.1　333p〈著作目録あ
　り〉
　①978-4-575-66759-2

文春文庫（文藝春秋）

◇新・酔いどれ小籐次

『神隠し　新・酔いどれ小籐次　1』
　2014.8　331p
　①978-4-16-790156-1

『願かけ　新・酔いどれ小籐次　2』
　2015.2　326p
　①978-4-16-790294-0

『桜（はな）吹雪　新・酔いどれ小籐次
　3』　2015.8　326p
　①978-4-16-790417-3

『姉と弟　新・酔いどれ小籐次　4』
　2016.2　319p
　①978-4-16-790544-6

『柳に風　新・酔いどれ小籐次　5』
　2016.8　324p
　①978-4-16-790669-6

『らくだ　新・酔いどれ小籐次　6』
　2016.9　321p
　①978-4-16-790693-1

◇酔いどれ小籐次

『御鑓拝借　酔いどれ小籐次　1』　決定
　版　2016.3　364p〈初版：幻冬舎文庫
　2004年刊〉
　①978-4-16-790573-6

『意地に候　酔いどれ小籐次　2』　決定
　版　2016.4　356p〈初版：幻冬舎文庫
　2004年刊〉
　①978-4-16-790592-7

『寄残花恋　酔いどれ小籐次　3』　決定

版 2016.5 350p〈初版：幻冬舎文庫
2005年刊〉
①978-4-16-790607-8

『一首千両　酔いどれ小籐次　4』　決定
版 2016.6 350p〈初版：幻冬舎文庫
2005年刊〉
①978-4-16-790633-7

『孫六兼元　酔いどれ小籐次　5』　決定
版 2016.7 351p〈初版：幻冬舎文庫
2006年刊〉
①978-4-16-790653-5

『子育て侍　酔いどれ小籐次　7』　決定
版 2016.11 352p
①978-4-16-790727-3

『竜笛嫋々　酔いどれ小籐次　8』　決定
版 2016.12 356p
①978-4-16-790752-5

『小籐次青春抄　品川の騒ぎ・野鍛冶』
2016.3 337p〈『品川の騒ぎ』(幻冬舎
時代小説文庫 2010年刊)に書き下ろし
「野鍛冶」を追加〉
①978-4-16-790572-9
〔内容〕品川の騒ぎ, 野鍛冶

坂岡　真
さかおか・しん
1961〜

新潟県生まれ。早大卒。大手デベロッパー勤務の後、執筆活動に入る。時代小説で活躍する。

学研M文庫（学研パブリッシング）

◇鬼役矢背蔵人介

『春の修羅　鬼役矢背蔵人介』　2005.4
281p
①4-05-900350-6
〔内容〕天守金蔵荒し, 大奥淫蕩地獄, 群盗隼, 惜別の宴

『炎天の刺客　鬼役矢背蔵人介』　2005.8
299p
①4-05-900365-4
〔内容〕対決鉢屋衆, 黄白の鯖, 三念坂閻魔斬り, 流転茄子

『青時雨の夜叉　鬼役矢背蔵人介』
2006.4 294p
①4-05-900413-8
〔内容〕鬼役受難, 蘭陵乱舞, 不空羂索, 乾闥婆城

『冬木立の月　鬼役矢背蔵人介』　2006.12 301p
①4-05-900448-0

『秋色の風　鬼役矢背蔵人介』　2007.9
271p
①978-4-05-900492-9
〔内容〕婀娜金三千両, 加州力士組, 天保米騒動

角川文庫（KADOKAWA）

◇あっぱれ毬谷慎十郎

『あっぱれ毬谷慎十郎』 2010.12 313p
〈発売：角川グループパブリッシング〉
①978-4-04-394404-0
〔内容〕虎に似たり, 負け犬, 死闘和田倉門外
『あっぱれ毬谷慎十郎 2 命に代えても』
2011.3 314p〈発売：角川グループパ
ブリッシング〉
①978-4-04-394424-8
〔内容〕老女霧島, 富春の伽羅, 命に代えても
『あっぱれ毬谷慎十郎 3 獅子身中の虫』
2011.12 297p〈発売：角川グループパ
ブリッシング〉
①978-4-04-100055-7
〔内容〕白雨の刺客, 不逞の輩, 獅子身中の虫

幻冬舎時代小説文庫（幻冬舎）

『闇同心そぼろ』 2015.4 340p〈『闇同
心地獄斬り』（コスミック・時代文庫
2004年刊）の改題、加筆修正〉
①978-4-344-42334-3

幻冬舎文庫（幻冬舎）

◇ぐずろ兵衛うにゃ桜

『忘れ文 ぐずろ兵衛うにゃ桜』 2008.6
350p
①978-4-344-41140-1
〔内容〕高砂や, どろぼう長屋, 舐め猫, 忘れ文
『黒揚羽 ぐずろ兵衛うにゃ桜』 2009.2
294p
①978-4-344-41256-9
〔内容〕泣きぼくろの女, 黒揚羽, 渤海（ポー
ハイ）の鯨

『春雷 ぐずろ兵衛うにゃ桜』 2010.2
313p
①978-4-344-41433-4
〔内容〕八卦よい, 危な絵心中, 春雷

廣済堂文庫（廣済堂出版）

◇修羅道中悪人狩り

『修羅道中悪人狩り 特選時代小説』
2003.12 315p
①4-331-61055-1
『孤剣北国街道 修羅道中悪人狩り 特選
時代小説』 2004.4 349p
①4-331-61079-9
『孤狼斬刃剣 修羅道中悪人狩り 特選時
代小説』 2004.12 308p
①4-331-61136-1
『孤影奥州街道 修羅道中悪人狩り 特選
時代小説』 2006.2 306p
①4-331-61208-2

光文社文庫（光文社）

◇ひなげし雨竜剣

『薬師小路別れの抜き胴 ひなげし雨竜剣
1〔光文社時代小説文庫〕』 2009.8
299p
①978-4-334-74639-1
〔内容〕麻布暗闇坂 虻の目刺し, 筋遠橋番屋
牛殺しの剣, 薬師小路 別れの抜き胴
『秘剣横雲雪ぐれの渡し ひなげし雨竜剣
2〔光文社時代小説文庫〕』 2010.3
292p
①978-4-334-74753-4
〔内容〕秘剣横雲 雪ぐれの渡し, 蜀江坂 怨み
の首吊り桜, 芝切通しの鐘 うら悲し
『縄手高輪瞬殺剣岩斬り ひなげし雨竜剣
3〔光文社時代小説文庫〕』 2010.9

284p

①978-4-334-74847-0

〔内容〕縄手高輪 瞬殺剣岩斬り, 柳雪おぼろ 死刀の舞い, 備前長船 つばくろ返し

『無声剣どくだみ孫兵衛 ひなげし雨竜剣 4〔光文社時代小説文庫〕』 2011.6

297p

①978-4-334-74962-0

〔内容〕泪橋 二つ黒子の迷い鳥, 無声剣 どく だみ孫兵衛, 乗合夜舟 あやしき花影

◇鬼役

『鬼役 長編時代小説 1』 2012.4 307p 〈『春の修羅』(学研M文庫 2005年 刊)の改題・大幅加筆修正 文献あり〉

①978-4-334-76401-2

『鬼役 2 刺客 長編時代小説』 2012. 5 330p 〈『炎天の刺客』(学研M文庫 2005年刊)の改題・大幅加筆修正 文 献あり〉

①978-4-334-76415-9

『鬼役 3 乱心 長編時代小説』 2012. 6 325p 〈『青時雨の夜叉』(学研M文庫 2006年刊)の改題、加筆修正 文献あ り〉

①978-4-334-76426-5

〔内容〕鬼役受難, 蘭陵乱舞, 不空羂索, 乾闥 婆城

『鬼役 4 遺恨 長編時代小説』 2012. 7 332p 〈『冬木立の月』(学研M文庫 2006年刊)の改題、加筆修正 文献あ り〉

①978-4-334-76442-5

『鬼役 5 惜別 長編時代小説』 2012. 8 297p 〈『秋色の風』(学研M文庫 2007年刊)の改題、加筆修正 文献あ り〉

①978-4-334-76454-8

〔内容〕婀娜金三千両, 加州力士組, 天保米 騒動

『鬼役 6 間者 長編時代小説』 2012. 9 352p 〈文献あり〉

①978-4-334-76465-4

〔内容〕鈴振り谷, 夜光る貝, 黄金の孔雀

『鬼役 7 成敗 文庫書下ろし/長編時代 小説』 2012.10 340p 〈文献あり〉

①978-4-334-76474-6

〔内容〕六文銭, さるすべり, 地獄をみよ

『鬼役 8 覚悟 文庫書下ろし/長編時代 小説』 2013.4 335p

①978-4-334-76562-0

『鬼役 9 大義 文庫書下ろし/長編時代 小説』 2013.10 318p

①978-4-334-76635-1

〔内容〕老中謀殺, 八王子千人同心の誇り, 御 見出し

『鬼役 10 血路 文庫書下ろし/長編時 代小説』 2013.11 338p

①978-4-334-76652-8

〔内容〕公方首, 日光社参, 四面楚歌, 張り子 の城

『鬼役 11 矜持 文庫書下ろし/長編時 代小説』 2014.5 323p

①978-4-334-76743-3

〔内容〕寸志御家人, 子捨て成敗, 算額の誓い

『鬼役 12 切腹 文庫書下ろし/長編時 代小説』 2014.11 346p

①978-4-334-76837-9

〔内容〕蛍, 小姓無念, 供養の蕎麦

『鬼役 13 家督 文庫書下ろし/長編時 代小説』 2014.12 354p

①978-4-334-76851-5

〔内容〕代官殺し, 紅屋の娘, 世直し烏

『鬼役 14 気骨 文庫書下ろし/長編時 代小説』 2015.3 360p

①978-4-334-76892-8

〔内容〕加賀の忠臣, 末期養子, 別れの坂道

『鬼役 15 手練 文庫書下ろし/長編時 代小説』 2015.6 322p

①978-4-334-76930-7

〔内容〕密命破り, 雪白対決, 鎌鼬の女

『鬼役 16 一命 文庫書下ろし/長編時 代小説』 2015.9 333p

①978-4-334-76971-0

〔内容〕子守り侍, 鷹の羽, 藻塩草

『鬼役 17 慟哭 文庫書下ろし/長編時代小説』 2015.12 358p
①978-4-334-77218-5
〔内容〕善知鳥, 六郷川の仇討ち, まんさくの花

『鬼役外伝 文庫オリジナル/傑作時代小説』 2016.3 305p
①978-4-334-77259-8
〔内容〕国綱質入れ, 月の櫛, 手柄, なごり雪, 蹴鞠姫, 現の証拠

『鬼役 文庫書下ろし/長編時代小説 18 跡目〔光文社時代小説文庫〕』 2016.6 316p
①978-4-334-77299-4
〔内容〕彼岸の芹, 商館長の従者, 鬼やんま

『鬼役 文庫書下ろし/長編時代小説 19 予兆〔光文社時代小説文庫〕』 2016.9 319p
①978-4-334-77359-5
〔内容〕落首, 捨て犬, 眉間尺

『鬼役 文庫書下ろし/長編時代小説 20 運命〔光文社時代小説文庫〕』 2016.12 319p
①978-4-334-77405-9

コスミック・時代文庫(コスミック出版)

『闇同心地獄斬り 書下ろし長編時代小説』 2004.2 286p〈東京 コスミックインターナショナル(発売)〉
①4-7747-0761-9

祥伝社文庫(祥伝社)

◇のうらく侍御用箱

『のうらく侍 時代小説』 2008.9 310p
①978-4-396-33450-5
〔内容〕鰡侍, のど傷の女, 無念腹

『百石手鼻 時代小説 のうらく侍御用箱 2』 2009.4 335p
①978-4-396-33494-9
〔内容〕百石手鼻, 追善の花, 世直し大明神, 解説(縄田一男著)

『恨み骨髄 長編時代小説 のうらく侍御用箱 3』 2010.4 314p
①978-4-396-33574-8
〔内容〕疫病神, 恨み骨髄, 白刃踏むべし

『火中の栗 のうらく侍御用箱 4』 2011.4 327p
①978-4-396-33672-1
〔内容〕首吊り侍, 近江牛を奉れ, 火中の栗

『地獄で仏 のうらく侍御用箱 5』 2012.2 300p
①978-4-396-33739-1
〔内容〕暗殺剣帰蝶返し, 昇り鯉の富三郎, 地獄で仏

『お任せあれ 書下ろし のうらく侍御用箱 6』 2013.2 334p
①978-4-396-33820-6
〔内容〕海老で鯛, 庵崎心中, お任せあれ

『崖っぷちにて候 新・のうらく侍』 2014.7 310p
①978-4-396-34057-5
〔内容〕手柄の代償, 崖っぷちにて候, 御赦

徳間文庫(徳間書店)

◇うぽっぽ同心十手綴り

『うぽっぽ同心十手綴り』 2005.10 346p
①4-19-892320-5
〔内容〕いれぼくろ, ゆうかげ草, 霧しぐれ, かごぬけ鳥

『恋文ながし うぽっぽ同心十手綴り』 2006.2 344p〈著作目録あり〉
①4-19-892378-7

〔内容〕恋文ながし, めぐみの纏, こがね汁, あばら一寸

『女殺し坂　うぽっぽ同心十手綴り』
2006.7　341p〈著作目録あり〉
①4-19-892453-8
〔内容〕女殺し坂, 濡れぼとけ, 月のみさき

『凍て雲　うぽっぽ同心十手綴り』
2006.11　315p〈著作目録あり〉
①4-19-892511-9
〔内容〕笹りんどう, 凍て雲, つわぶきの里, 野ぎつね

『藪雨　うぽっぽ同心十手綴り』　2007.4
315p
①978-4-19-892588-8
〔内容〕鹿角落とし, 足力おでん, 藪雨

『病み蛍　うぽっぽ同心十手綴り』
2007.8　347p〈著作目録あり〉
①978-4-19-892646-5
〔内容〕瓜ふたつ, 病み蛍, むくげの花, 不動詣で

『かじけ鳥　うぽっぽ同心十手綴り』
2007.11　318p
①978-4-19-892692-2
〔内容〕穴まどい, きりぎりす, かじけ鳥

◇影聞き浮世雲

『月踊り　影聞き浮世雲』　2008.3　349p
〈著作目録あり〉
①978-4-19-892757-8
〔内容〕上には上, 月踊り, つばくろ帰る, 終わりよければ

『ひとり長兵衛　影聞き浮世雲』　2008.7
339p〈著作目録あり〉
①978-4-19-892815-5
〔内容〕狂い咲き, 乱れ髪女生首, ひとり長兵衛, 老剣士

『雪の別れ　影聞き浮世雲』　2008.12
344p〈著作目録あり〉
①978-4-19-892895-7
〔内容〕浮き寝鳥, 福寿草, 雪の別れ

◇うぽっぽ同心十手裁き

『蓑虫　うぽっぽ同心十手裁き』　2009.9
333p
①978-4-19-893038-7
〔内容〕降りみ降らずみ, れんげ胆, 蓑虫

『まいまいつむろ　うぽっぽ同心十手裁き』　2010.6　331p
①978-4-19-893169-8
〔内容〕冥途の鳥, 夜鰹, まいまいつむろ

『狩り蜂　うぽっぽ同心十手裁き』
2010.11　316p
①978-4-19-893255-8
〔内容〕狩り蜂, あやかり神, 弓箭筋の侍

『ふくろ蜘蛛　うぽっぽ同心十手裁き』
2011.8　327p
①978-4-19-893416-3
〔内容〕橋占おこや, ふくろ蜘蛛, 怪盗むささび

『捨て蜻蛉　うぽっぽ同心十手裁き』
2012.3　332p
①978-4-19-893515-3
〔内容〕捨て蜻蛉, すっぽんの意地, 嫁喰い

『迷い蝶　うぽっぽ同心十手裁き』
2013.3　349p〈著作目録あり〉
①978-4-19-893635-8
〔内容〕錦絵の娘, へその緒, 迷い蝶

◇夜鷹屋人情剣

『用心棒御免帖　夜鷹屋人情剣』　2009.
12　317p〈『夜鷹屋人情剣』(ベストセラーズ2004年刊)の加筆・修正〉
①978-4-19-893084-4

『賞金首　夜鷹屋人情剣』　2010.4　313p
①978-4-19-893127-8
〔内容〕色比丘尼夷金, 群盗夜鴉狩り, 妙義に降る雪, 賞金首

◇死ぬがよく候

『月　死ぬがよく候　1』　2013.5　344p
〈『修羅道中悪人狩り』(廣済堂文庫
2003年刊)の改題、加筆修正　著作目

録あり〉
　①978-4-19-893690-7
『影　死ぬがよく候 2』　2013.6　359p
〈『孤剣北国街道』（廣済堂文庫 2004年刊）の改題、加筆修正〉
　①978-4-19-893702-7
『花　死ぬがよく候 3』　2013.7　309p
〈『孤狼斬刃剣』（廣済堂文庫 2004年刊）の改題、加筆修正〉
　①978-4-19-893712-6
『風　死ぬがよく候 4』　2013.8　341p
〈『孤影奥州街道』（廣済堂文庫 2006年刊）の改題、加筆修正〉
　①978-4-19-893727-0
『雲　死ぬがよく候 5』　2013.9　307p
　①978-4-19-893740-9

『膝丸よ、闇を斬れ』　2010.8　387p
〈『降魔剣膝丸』（2004年刊）の改題〉
　①978-4-19-893208-4
　〔内容〕逢魔辻斬り，妖面戸板流し，初夢七つ仕掛け
『冬の蟬』　2011.2　285p
　①978-4-19-893304-3
　〔内容〕逆月，龍神，鬼，案山子，冬の蟬，流灌頂，解説（細谷正充著）
『地獄の沙汰　群盗雲霧』　2011.5　461p
〈『雲霧仁左衛門』（廣済堂出版 2002年刊）の改題、加筆・修正〉
　①978-4-19-893357-9
『首獲り三左』　2011.10　316p〈『首獲り残忍剣』（廣済堂出版 2003年刊）の改題〉
　①978-4-19-893445-3
　〔内容〕そぼろ斬り，銀狐
『恋々彩々　歌川広重江戸近郊八景』
　2012.8　349p
　①978-4-19-893574-0
　〔内容〕おしゅん 吾嬬杜夜雨，おしち 小金井橋夕照，おゆう 羽根田落雁，おつや 行徳帰帆，おろく 飛鳥山暮雪，おちよ 芝浦晴嵐，おふじ 池上晩鐘，おまつ 玉川秋月

ハルキ文庫（角川春樹事務所）

◇あっぱれ毬谷慎十郎

『虎に似たり　あっぱれ毬谷慎十郎 1　時代小説文庫』　2016.1　350p〈『あっぱれ毬谷慎十郎』（角川文庫 2010年刊）の改題〉
　①978-4-7584-3974-9
　〔内容〕虎に似たり，負け犬，死闘和田倉門外
『命に代えても　あっぱれ毬谷慎十郎 2　時代小説文庫』　2016.2　343p〈角川文庫 2011年刊の加筆・修正〉
　①978-4-7584-3979-4
　〔内容〕老女霧烏，富春の伽羅，命に代えても
『獅子身中の虫　あっぱれ毬谷慎十郎 3　時代小説文庫』　2016.3　329p〈角川文庫 2011年刊の一部を加筆修正〉
　①978-4-7584-3988-6
　〔内容〕白雨の刺客，宿敵，獅子身中の虫
『風雲来たる　あっぱれ毬谷慎十郎 4　時代小説文庫』　2016.4　335p
　①978-4-7584-3994-7
　〔内容〕一偈の剣，小石文，風雲来たる

双葉文庫（双葉社）

◇照れ降れ長屋風聞帖

『大江戸人情小太刀　照れ降れ長屋風聞帖』　2004.10　279p
　①4-575-66183-X
『残情十日の菊　照れ降れ長屋風聞帖』
　2005.2　325p
　①4-575-66195-3
　〔内容〕七両二分，残情十日の菊，思案橋の女，雪兎慕色，役者買い
『遠雷雨燕　照れ降れ長屋風聞帖』
　2005.6　325p
　①4-575-66205-4

〔内容〕青緡五貫文, 遠雷雨燕, 濡れ花, 恋病み半四郎

『富の突留札　照れ降れ長屋風聞帖』
2005.11　344p
Ⓘ4-575-66223-2
〔内容〕供養蕎麦, 大黒の涙, 富の突留札, 江ノ島詣で

『あやめ河岸　照れ降れ長屋風聞帖』
2006.5　334p
Ⓘ4-575-66241-0
〔内容〕松葉時雨, あやめ河岸, ひょうたん, 片�(蔭)

『子授け銀杏　照れ降れ長屋風聞帖』
2006.9　351p
Ⓘ4-575-66255-0
〔内容〕白鼠, 月夜に釜, 木更津女, 子授け銀杏

『仇だ桜　照れ降れ長屋風聞帖』　2007.3
323p
Ⓘ978-4-575-66275-7
〔内容〕地獄で仏, 炭団坂, 鮫屋の女房, 仇だ桜

『濁り鮒　照れ降れ長屋風聞帖』　2007.8
313p
Ⓘ978-4-575-66293-1

『雪見舟　照れ降れ長屋風聞帖』　2007.
12　309p
Ⓘ978-4-575-66309-9
〔内容〕一刻者, 会津魂, 雪見舟

『散り牡丹　照れ降れ長屋風聞帖』
2008.4　310p
Ⓘ978-4-575-66329-7

『盗賊かもめ　照れ降れ長屋風聞帖』
2008.10　316p
Ⓘ978-4-575-66351-8
〔内容〕盗賊かもめ, ぼたもち, 枯露柿

『初鯨　照れ降れ長屋風聞帖』　2009.5
305p
Ⓘ978-4-575-66379-2

『福来　照れ降れ長屋風聞帖』　2009.11
316p
Ⓘ978-4-575-66411-9

『盆の雨　照れ降れ長屋風聞帖』　2010.7
277p

Ⓘ978-4-575-66450-8

『龍の角凧　照れ降れ長屋風聞帖』
2011.2　307p
Ⓘ978-4-575-66484-3

『妻恋の月　照れ降れ長屋風聞帖』
2011.10　287p
Ⓘ978-4-575-66526-0
〔内容〕妻恋の月, 女薬師, 蓮の骨

『日窓　照れ降れ長屋風聞帖』　2012.5
305p
Ⓘ978-4-575-66562-8
〔内容〕日窓, 土俵の鬼六, 拾う神

『まだら雪　照れ降れ長屋風聞帖』
2012.11　315p
Ⓘ978-4-575-66587-1
〔内容〕折り鶴, おすずの恋, まだら雪

◇帳尻屋始末

『抜かずの又四郎　帳尻屋始末』　2014.1
310p
Ⓘ978-4-575-66648-9
〔内容〕封じ刀, 弁天屋騒動, 抜かずの又四郎

『つぐみの佐平次　帳尻屋始末』　2014.2
309p
Ⓘ978-4-575-66653-3
〔内容〕観音黒子の女, つぐみの佐平次, 引かれ者

『相抜け左近　帳尻屋始末』　2014.3
334p
Ⓘ978-4-575-66658-8
〔内容〕相抜け左近, 佐那姫受難, 本懐

◇帳尻屋仕置

『土風　帳尻屋仕置　1』　2015.10　316p
Ⓘ978-4-575-66742-4
〔内容〕入札御免, なぐられ屋おぎん, 筏師の娘

『婆威し　帳尻屋仕置　2』　2015.11
316p
Ⓘ978-4-575-66750-9
〔内容〕婆威し, 雨宿りの女, 殺しの代償

『鈍刀　帳尻屋仕置　3』　2016.7　305p

①978-4-575-66784-4
〔内容〕鯖屋の殺し, あぶな絵の女, 鈍刀
『落雲雀　帳尻屋仕置　4』　2016.11
312p
①978-4-575-66800-1
〔内容〕地蔵斬り, 晴れ姿, よ組の頭

ベスト時代文庫
(ベストセラーズ)

◇夜鷹屋人情剣

『夜鷹屋人情剣　用心棒御免帖』　2004.9
298p
①4-584-36511-3
〔内容〕夜鷹殺し, 月見舟, 猿声, 花散らし
『賞金首　夜鷹屋人情剣』　2005.6　290p
①4-584-36531-8
〔内容〕色比丘尼夷金, 群盗夜鴉狩り, 妙義に
降る雪, 賞金首の男

嵯峨野　晶
さがの・あきら
1968～

東京生まれ。2001年共著「バイオ・テ
ロリスト」で作家デビュー。代表作に
「品川宿人情料理帖」。

学研M文庫 (学研パブリッシング)

◇品川宿人情料理帖

『江戸前七つ星　品川宿人情料理帖』
2011.1　310p〈発売：学研マーケティ
ング〉
①978-4-05-900672-5

〔内容〕七つ星, 十三夜の秋太郎, 紅葉狩り,
星の降る町
『江戸前しののめ飯　品川宿人情料理帖』
2011.8　265p〈発売：学研マーケティ
ング〉
①978-4-05-900709-8
〔内容〕春よ, 鉄火肌, 品川飯, 春雷

廣済堂文庫 (廣済堂出版)

『雪姫もののけ伝々　モノノケ文庫』
2014.10　265p
①978-4-331-61607-9

コスミック・時代文庫
(コスミック出版)

『女術殺し　写楽剣華帖　書下ろし長編時
代小説』　2004.10　286p〈東京 コス
ミックインターナショナル（発売）〉
①4-7747-0795-3

佐々木　譲
ささき・じょう
1950～

北海道生まれ。札幌月寒高卒。2010年
「廃墟に乞う」で直木賞を受賞。「五稜
郭残党伝」「北辰群盗録」「婢伝五稜郭」
の「五稜郭3部作」がある。

朝日文庫 (朝日新聞出版)

『婢伝五稜郭』　2013.10　389p
①978-4-02-264726-9

角川文庫（KADOKAWA）

『くろふね』 2008.7 468p〈発売：角川
グループパブリッシング〉
①978-4-04-199804-5

集英社文庫（集英社）

『五稜郭残党伝』 1994.2 372p
①4-08-748133-6
『北辰群盗録』 1999.12 443p
①4-08-747134-9

新潮文庫（新潮社）

『黒頭巾旋風録』 2005.6 386p
①4-10-122318-1
『天下城 上巻』 2006.10 439p
①4-10-122319-X
『天下城 下巻』 2006.10 450p
①4-10-122320-3
『獅子の城塞』 2016.4 763p
①978-4-10-122327-8

中公文庫（中央公論新社）

『武揚伝 1』 2003.9 397p
①4-12-204254-2
『武揚伝 2』 2003.10 393p
①4-12-204274-7
『武揚伝 3』 2003.11 378p
①4-12-204285-2
『武揚伝 4』 2003.12 471p
①4-12-204300-X
『駿女』 2008.11 463p
①978-4-12-205068-6

徳間文庫（徳間書店）

『北辰群盗録』 2009.2 500p
①978-4-19-892926-8
『黒頭巾旋風録』 2011.3 381p
①978-4-19-893322-7

佐々木 裕一
ささき・ゆういち
1967〜

広島県生まれ。三次高卒。2003年作家
デビュー。「浪人若さま新見左近」「公
家武者松平信平」シリーズがある。

角川文庫（KADOKAWA）

◇もののけ侍伝々

『もののけ侍伝々 京嵐寺平太郎』
2013.3 249p〈静山社文庫 2011年刊の
加筆修正 発売：角川グループパブ
リッシング〉
①978-4-04-100738-9
〔内容〕鬼の風, 戸隠の若殿, 式鬼神, 飛縁魔
『蜘蛛女 もののけ侍伝々 2』 2013.4
216p〈『もののけ侍伝々蜘蛛女』（静山
社文庫 2012年刊）の加筆修正 発売：
角川グループホールディングス〉
①978-4-04-100787-7
〔内容〕呑気者, 白い繭玉, 大奥あかずの間, 大
蛇の鱗
『たたり岩 もののけ侍伝々 3』 2013.
5 293p〈発売：角川グループホール
ディングス〉
①978-4-04-100824-9
〔内容〕猫の怪, 能面の怪, 地獄絵図, たたり岩
『怪刀平丸 もののけ侍伝々 4』 2013.

12　248p
①978-4-04-101155-3
〔内容〕雪ん子, 巫蠱鬼, 山姫, 怪刀平丸, 疫病神
『もみじ姫　もののけ侍伝々　5』　2015.2　254p
①978-4-04-101376-2
〔内容〕池女房, 人喰い, もみじ姫, 鬼女もみじ
『平太郎の命　もののけ侍伝々　6』
2016.1　259p
①978-4-04-103650-1
〔内容〕大百足, 百目鬼, 真の悪, 平太郎の命

幻冬舎時代小説文庫（幻冬舎）

◇旗本ぶらぶら男夜霧兵馬

『旗本ぶらぶら男夜霧兵馬』　2012.12　270p
①978-4-344-41953-7
『影斬り　旗本ぶらぶら男夜霧兵馬　2』
2013.8　258p
①978-4-344-42076-2
『若旦那隠密　旗本ぶらぶら男夜霧兵馬　3』　2016.12　306p
①978-4-344-42557-6

廣済堂文庫（廣済堂出版）

◇佐之介ぶらり道中

『佐之介ぶらり道中　特選時代小説』
2011.1　286p
①978-4-331-61417-4
『佐之介ぶらり道中　箱根峠の虎次郎　特選時代小説』　2011.4　284p
①978-4-331-61427-3
〔内容〕池鯉鮒の馬騒動, 荒井関所の女, 蒲原宿の大泥棒, 箱根峠の虎次郎

講談社文庫（講談社）

『若返り同心如月源十郎　不思議な飴玉』
2016.7　301p
①978-4-06-293448-0
〔内容〕不思議な飴玉, ふられた恨み, 貼り札, 妹の仇

光文社文庫（光文社）

『青い目の旗本ジョゼフ按針　1　衣笠の姫　文庫書下ろし/長編時代小説』
2014.11　265p
①978-4-334-76614-6
〔内容〕峠の山賊, 浪人櫛田佐間ノ助, 宿命, 隠密, 衣笠の姫
『青い目の旗本ジョゼフ按針　2　黒い罠　文庫書下ろし/長編時代小説』　2015.3　267p
①978-4-334-76888-1
『青い目の旗本ジョゼフ按針　3　処罰　文庫書下ろし/長編時代小説』　2016.2　295p
①978-4-334-77247-5
〔内容〕渦巻く陰謀, 暗躍, 島原の乱, 処罰

コスミック・時代文庫
（コスミック出版）

◇浪人若さま新見左近

『浪人若さま新見左近　闇の剣　書下ろし長編時代小説』　2010.9　294p
①978-4-7747-2356-3
『浪人若さま新見左近　雷神斬り　書下ろし長編時代小説』　2010.12　301p
①978-4-7747-2375-4
〔内容〕魔薬, お琴の危機, 雷神斬り, 鳴海屋事件

『浪人若さま新見左近　おてんば姫の恋
　書下ろし長編時代小説』　2011.4
　287p
　①978-4-7747-2399-0
『浪人若さま新見左近　将軍の死　書下ろ
　し長編時代小説』　2012.5　279p
　①978-4-7747-2420-1
　〔内容〕将軍の死, 五両の命, 浪人, 月山善吾,
　左近の危機
『浪人若さま新見左近　陽炎の宿　書下ろ
　し長編時代小説』　2012.11　269p
　①978-4-7747-2568-0
　〔内容〕忍び旅, 古城の女, 陽炎の宿, 千人同
　心の誇り
『浪人若さま新見左近　日光身代わり旅
　書下ろし長編時代小説』　2014.2
　269p
　①978-4-7747-2693-9
　〔内容〕白い花, 天井の穴, 女刀匠, 日光身代
　わり旅
『浪人若さま新見左近　浅草の決闘　書下
　ろし長編時代小説』　2014.3　271p
　①978-4-7747-2706-6
　〔内容〕父の罪, 浅草の決闘, 居座り浪人, 左
　近、男色の危機
『浪人若さま新見左近　風の太刀　書下ろ
　し長編時代小説』　2014.12　259p
　①978-4-7747-2779-0
　〔内容〕憤激の剣, 左近、用心棒になる, 風の
　太刀, 狙い撃ち
『浪人若さま新見左近　大名盗賊　書下ろ
　し長編時代小説』　2015.6　254p
　①978-4-7747-2828-5
　〔内容〕夜鷹狩り, やけのやんぱち, 大名盗賊,
　狙われた左近
『浪人若さま新見左近　江戸城の闇　書下
　ろし長編時代小説』　2015.12　279p
　①978-4-7747-2877-3
　〔内容〕討手の涙, 時雨空, 遺言, 江戸城の闇
『浪人若さま新見左近　左近暗殺指令　書
　下ろし長編時代小説』　2016.7　268p
　①978-4-7747-2940-4
　〔内容〕娘の仇, 泰徳の雪辱, 非道の輩, 左近

　暗殺指令
『浪人若さま新見左近　人斬り純情剣』
　2016.12　261p
　①978-4-7747-2978-7
　〔内容〕卑劣な罠, 武家の妻, 襲撃, 人斬り純
　情剣

祥伝社文庫（祥伝社）

◇隠れ御庭番

『龍眼 老骨伝兵衛　隠れ御庭番』　2013.
　10　265p
　①978-4-396-33889-3
　〔内容〕風呂焚き伝兵衛, 将軍家の秘宝, 毒女,
　隠れ御庭番
『龍眼 流浪　隠れ御庭番　2』　2014.6
　284p
　①978-4-396-34046-9
　〔内容〕山賊, 焦げた味噌, 悪だくみ, 再会
『龍眼争奪戦　隠れ御庭番　3』　2015.9
　282p
　①978-4-396-34147-3
　〔内容〕騙された女, 龍眼の秘密, 争奪戦, 豊
　臣の財宝

静山社文庫（静山社）

◇もののけ侍伝々

『もののけ侍伝々　京嵐寺平太郎』
　2011.7　236p
　①978-4-86389-127-2
　〔内容〕鬼の風, 戸隠の若殿, 式鬼神, 飛縁魔
『もののけ侍伝々　蜘蛛女』　2012.2
　210p
　①978-4-86389-154-8
　〔内容〕呑気者, 白い繭玉, 大奥あかずの間, 大
　蛇の鱗

徳間文庫（徳間書店）

◇春風同心家族日記

『春風同心家族日記』　2011.10　251p
　①978-4-19-893446-0
『初恋の花　春風同心家族日記』　2011.
　11　260p
　①978-4-19-893457-6
『乙女の夢　春風同心家族日記』　2011.
　12　249p〈著作目録あり〉
　①978-4-19-893475-0
『無明の剣　春風同心家族日記』　2012.7
　269p〈著作目録あり〉
　①978-4-19-893559-7
『復讐の渦　春風同心家族日記』　2013.3
　269p
　①978-4-19-893659-4

双葉文庫（双葉社）

◇あきんど百譚

『あかり　あきんど百譚』　2014.9　269p
　①978-4-575-66686-1
　〔内容〕秘密, あかり, 妙な客, 盗人稼業
『さくら　あきんど百譚』　2015.4　289p
　①978-4-575-66719-6
　〔内容〕塗師, ひかりありけり, いい女, さくら
『うきあし　あきんど百譚』　2015.9
　299p
　①978-4-575-66739-4
　〔内容〕鞘の風, うきあし, 早稲田のみょうが,
　　根津の鬼女
『ちからこぶ　あきんど百譚』　2016.3
　287p
　①978-4-575-66770-7
　〔内容〕てまえ勝手, ちからこぶ, 母のぬくも
　　り, 手ぬぐい心中

二見時代小説文庫（二見書房）

◇公家武者松平信平

『公家武者松平信平　狐のちょうちん』
　2011.5　312p
　①978-4-576-11058-5
『姫のため息　公家武者松平信平　2』
　2011.9　265p
　①978-4-576-11112-4
『四谷の弁慶　公家武者松平信平　3』
　2012.3　260p
　①978-4-576-11172-8
『暴れ公卿　公家武者松平信平　4』
　2012.9　273p
　①978-4-576-12113-0
　〔内容〕子連れ善衛門, 湯島天神参り, 女剣士,
　　暴れ公卿
『千石の夢　公家武者松平信平　5』
　2013.1　259p
　①978-4-576-12174-1
　〔内容〕桜の花びら, 千石の夢, 妖しき女, 盗賊
『妖し火　公家武者松平信平　6』　2013.
　5　258p
　①978-4-576-13058-3
　〔内容〕妖し火, 狙われた四千両, 材木騒動,
　　記憶
『十万石の誘い　公家武者松平信平　7』
　2013.9　271p
　①978-4-576-13126-9
　〔内容〕信平、大名屋敷に乗り込む, 十万石
　　の誘い, 土地争い, 酔いどれ兵武
『黄泉の女　公家武者松平信平　8』
　2014.1　266p
　①978-4-576-13188-7
　〔内容〕黄泉の女, 雷鳴, 駆け落ち, 追い出さ
　　れた大名
『将軍の宴　公家武者松平信平　9』
　2014.5　259p
　①978-4-576-14051-3
　〔内容〕鉄の証文, 神楽坂の虎, 天下の茶碗,
　　将軍の宴

沢里裕二

『宮中の華　公家武者松平信平　10』
　2014.9　261p
　①978-4-576-14111-4
　〔内容〕上洛の道, 大井川の老馬, 陰謀, やぶ
　　れ笠の鬼, 宮中の華
『乱れ坊主　公家武者松平信平　11』
　2015.5　260p
　①978-4-576-15055-0
　〔内容〕林檎の香り, 乱れ坊主, 狙われた友,
　　死闘! 鳳凰の舞
『領地の乱　公家武者松平信平　12』
　2015.11　292p
　①978-4-576-15164-9
　〔内容〕あくび大名, 晴天の鳥, 堅物と坂東武
　　者, 領地の乱
『赤坂の達磨　公家武者松平信平　13』
　2016.5　281p
　①978-4-576-16067-2
　〔内容〕赤坂の達磨, 脅し, 馬泥棒と姫, 雨宿り
『将軍の首　公家武者松平信平　14』
　2016.9　267p
　①978-4-576-16129-7
　〔内容〕将軍の首, 改易の危機, 強敵, いくさ
　　支度

沢里　裕二
さわさと・ゆうじ
青山学院大卒。主に官能時代小説を執
筆。2012年「淫府再興」で団鬼六賞優
秀作を受賞した。代表作に「淫具屋半
兵衛」。

学研M文庫（学研パブリッシング）

『淫具屋半兵衛　万擦時雨』　2014.3
　332p〈発売: 学研マーケティング〉
　①978-4-05-900877-4

講談社文庫（講談社）

『淫具屋半兵衛』　2016.7　336p〈学研M
　文庫 2014年刊の加筆訂正〉
　①978-4-06-293370-4

コスミック・時代文庫
（コスミック出版）

『満蜜殺法　伸ばし屋美雪　書下ろし長編
　官能時代小説』　2016.3　293p
　①978-4-7747-2909-1

二見文庫（二見書房）

『桃姫道中記』　2013.11　277p
　①978-4-576-13159-7

沢田　黒蔵
さわだ・くろぞう
1962〜
静岡県生まれ。法政大卒。2001年「黄
金の忍者」で歴史群像大賞優秀賞を受
賞して作家デビューした。

学研M文庫（学研パブリッシング）

『黄金の忍者　伊賀暗闘録』　2001.12
　518p
　①4-05-900100-7
『黄金の忍者　2』　2002.7　381p
　①4-05-900169-4
　〔内容〕根来忍軍の野望
『風魔の牙　黄金の忍者』　2003.4　470p

①4-05-900230-5
『不問ノ速太、疾る　黄金寺院轟現』
2003.11　381p
①4-05-900249-6
『忍び鬼天山　地獄の犬ども』　2005.4
374p
①4-05-900349-2
『真田の狼忍』　2005.11　305p
①4-05-900384-0

澤田 瞳子
さわだ・とうこ
1977〜

京都府生まれ。同志社大卒。2010年初の小説「孤鷹の天」で中山義秀文学賞を最年少で受賞。他に「若冲」など。

幻冬舎時代小説文庫（幻冬舎）

『日輪の賦』　2016.6　556p〈文献あり〉
①978-4-344-42490-6

集英社文庫（集英社）

『泣くな道真　大宰府の詩』　2014.6
246p
①978-4-08-745205-1

中公文庫（中央公論新社）

『夢も定かに』　2016.10　312p
①978-4-12-206298-6

徳間文庫（徳間書店）

『孤鷹の天　上』　2013.9　470p〈2010年刊の2分冊〉
①978-4-19-893741-6
『孤鷹の天　下』　2013.9　364p〈2010年刊の2分冊　文献あり〉
①978-4-19-893742-3
『満つる月の如し　仏師・定朝』　2014.10　476p
①978-4-19-893899-4
『ふたり女房　京都鷹ケ峰御薬園日録』
2016.1　360p
①978-4-19-894057-7
〔内容〕人待ちの冬、春愁悲仏、為朝さま御宿、ふたり女房、初雪の坂、粥杖打ち

潮見 夏之
しおみ・なつゆき
1955〜

北海道生まれ。立命館大卒。ライターを経て作家となる。時代小説に「平四郎無頼行」シリーズがある。

学研M文庫（学研パブリッシング）

◇平四郎無頼行

『孤剣のかなた　平四郎無頼行』　2009.7
316p
①978-4-05-900590-2
〔内容〕かどわかし、辻斬り横行、花川戸の惨劇、眼と腕と、みせすががき、失踪、諜者たち、監禁の闇、ふたつ墓標、初夏の花火
『刃風のうなり　平四郎無頼行』　2010.1
311p〈発売：学研マーケティング〉
①978-4-05-900618-3

志川 節子
しがわ・せつこ
1971〜

島根県生まれ。早大卒。2003年「七転び」でオール読物新人賞を受賞。2013年「春はそこまで 風待ち小路の人々」が直木賞候補となる。

新潮文庫（新潮社）

『ご縁の糸 芽吹長屋仕合せ帖』 2016.10 386p〈『糸を手繰れば』（2014年刊）の改題、加筆修正〉
　①978-4-10-120591-5
〔内容〕糸を手繰れば、まぶたの笑顔、しょっぱいふたり、化けの皮、明日、それぞれの春

文春文庫（文藝春秋）

『手のひら、ひらひら 江戸吉原七色彩』2012.10 363p〈文献あり〉
　①978-4-16-783818-8
〔内容〕しづめる花、うつろひ蔓、手のひら、ひらひら、穴惑い、白糸の郷、攝みの桜、浮寝鳥
『春はそこまで 風待ち小路の人々』2015.2 342p
　①978-4-16-790297-1
〔内容〕冬の芍薬、春はそこまで、胸を張れ、しぐれ比丘尼橋、あじさいの咲く頃に、風が吹いたら

志木沢 郁
しぎさわ・かおる
1955〜

東京生まれ。早大卒。高校非常勤講師の傍ら小説を執筆。「嶋左近戦記 信貴山妖変」でムー伝奇ノベル大賞優秀賞を受賞し、作家デビュー。

学研M文庫（学研パブリッシング）

『立花宗茂』 2004.8 382p
　①4-05-901163-0
『結城秀康』 2005.10 457p
　①4-05-901175-4
『上杉謙信』 2006.6 393p
　①4-05-901185-1
『可児才蔵』 2007.7 409p
　①978-4-05-901200-9
『豊臣秀長』 2008.4 314p
　①978-4-05-901218-4
『真田信之』 2009.4 307p〈文献あり〉
　①978-4-05-901236-8
『前田利家』 2010.2 319p〈文献あり　発売：学研マーケティング〉
　①978-4-05-901257-3
『佐竹義重・義宣 伊達政宗と覇を競った関東の名族』 2011.3 381p〈文献あり　発売：学研マーケティング〉
　①978-4-05-901270-2

コスミック・時代文庫
（コスミック出版）

◇剣客定廻り浅羽啓次郎

『剣客定廻り浅羽啓次郎 旗本同心参上 書下ろし長編時代小説』 2015.6

292p
①978-4-7747-2836-0
『剣客定廻り浅羽啓次郎〔2〕非番にござ
る　書下ろし長編時代小説』　2016.4
286p
①978-4-7747-2919-0
『剣客定廻り浅羽啓次郎　奉行の宝刀』
2016.11　303p
①978-4-7747-2976-3

PHP文庫（PHP研究所）

『仙石秀久、戦国を駆ける　絶対にあきら
めなかった武将』　2016.1　365p〈文
献あり　年譜あり〉
①978-4-569-76459-7

志津 三郎
しづ・さぶろう
1924～

三重県生まれ。宇治山田商卒。脚本家
を経て小説家となる。

廣済堂文庫（廣済堂出版）

◇柳生十兵衛控

『刺客廻状　長篇剣豪列伝　柳生十兵衛控
特選時代小説』　2001.1　318p
①4-331-60852-2
『傀儡刺客状　柳生十兵衛控　特選時代小
説』　2002.3　591p
①4-331-60924-3
『復讐連判状　柳生十兵衛控　特選時代小
説』　2003.9　305p
①4-331-61037-3

◇　◇　◇

『柳生十兵衛　風魔斬奸状　書下ろし長篇
時代小説　特選時代小説』　1998.11
350p
①4-331-60703-8

光文社文庫（光文社）

『幕末最後の剣客　長編時代小説　上』
1997.7　352p
①4-334-72434-5
『幕末最後の剣客　長編時代小説　下』
1997.7　345p
①4-334-72435-3
『柳生秘帖　長編時代小説　上』　1998.8
356p
①4-334-72665-8
『柳生秘帖　長編時代小説　下』　1998.8
369p
①4-334-72666-6
『大盗賊・日本左衛門　長編時代小説
上』　2000.3　365p
①4-334-72980-0
『大盗賊・日本左衛門　長編時代小説
下』　2000.3　365p
①4-334-72981-9
『天魔の乱　長編時代小説』　2001.4
380p
①4-334-73144-9
『鬼の武蔵　長編時代小説』　2002.6
509p
①4-334-73335-2
『地獄十兵衛　長編時代小説』　2003.7
339p
①4-334-73526-6

PHP文庫（PHP研究所）

『九鬼嘉隆　信長・秀吉に仕えた水軍大

将』　1995.8　440p〈付：「九鬼嘉隆」
関係年表〉
①4-569-56791-6

篠　綾子
しの・あやこ
1971～

埼玉県生まれ。東京学芸大卒。2000年
「春の夜の夢のごとく」で健友館文学
賞を受賞。代表作に「更紗屋おりん雛
形帖」。

角川文庫（KADOKAWA）

◇藤原定家・謎合秘帖

『幻の神器　藤原定家・謎合秘帖』
2014.12　398p〈文献あり〉
①978-4-04-102488-1
『華やかなる弔歌　藤原定家・謎合秘帖』
2015.3　376p
①978-4-04-102490-4

小学館文庫（小学館）

『月蝕　在原業平歌解き譚』　2015.12
316p
①978-4-09-406238-0

ハルキ文庫（角川春樹事務所）

◇代筆屋おいち

『梨の花咲く　代筆屋おいち　時代小説文
庫』　2015.7　268p

①978-4-7584-3922-0
〔内容〕歌占師，子故の闇，春の雪，ま幸くあ
らば
『恋し撫子　代筆屋おいち　時代小説文
庫』　2016.1　273p〈文献あり〉
①978-4-7584-3975-6
〔内容〕筆供養，たらちねの，果たし状参る，
天狗の投げ文
『星合の空　代筆屋おいち　時代小説文
庫』　2016.7　283p〈文献あり〉
①978-4-7584-4016-5
〔内容〕墓荒らし，一筆啓上，秘帖，織姫の詫
び状

文芸社文庫（文芸社）

『蒼龍の星　上　若き清盛』　2011.10
367p
①978-4-286-11393-7
『蒼龍の星　中　清盛の野望』　2011.12
391p〈文献あり〉
①978-4-286-11777-5
『蒼龍の星　下　覇王清盛』　2012.2
397p〈文献あり〉
①978-4-286-11978-6
『女人謙信』　2014.4　354p〈文献あり〉
①978-4-286-15283-7
『がらしあ　紅蓮の聖女』　2015.2　402p
〈文献あり〉
①978-4-286-16242-3

文春文庫（文藝春秋）

◇更紗屋おりん雛形帖

『墨染の桜　更紗屋おりん雛形帖』
2014.7　309p〈文献あり〉
①978-4-16-790145-5
〔内容〕薄墨桜，端切れ雛，ほかほか足袋，針
吸石

『黄蝶の橋　更紗屋おりん雛形帖』
　　2015.2　345p　〈文献あり〉
　　①978-4-16-790300-8
　　〔内容〕子捕り蝶、着道楽の奥方、白無地の小
　　袖、見性院雛形帖
『紅い風車　更紗屋おりん雛形帖』
　　2015.8　337p　〈文献あり〉
　　①978-4-16-790426-5
　　〔内容〕名物裂、神田紺屋町、伊勢型紙、紅染
　　の浴衣
『山吹の炎　更紗屋おりん雛形帖』
　　2016.2　312p　〈文献あり〉
　　①978-4-16-790549-1
　　〔内容〕天和の大火、雛形お七、山吹千両、業
　　火の振袖
『白露の恋　更紗屋おりん雛形帖』
　　2016.8　294p　〈文献あり〉
　　①978-4-16-790684-9
　　〔内容〕流し雛の里、鬼女の恋衣、みをつくし、
　　桜紅葉

篠原　景
しのはら・けい
1980～

青森県生まれ。東北大大学院修了。
2013年「柳うら屋奇々怪々譚」でデ
ビュー。

廣済堂文庫（廣済堂出版）

『柳うら屋奇々怪々譚　モノノケ文庫』
　　2013.5　387p　〈文献あり〉
　　①978-4-331-61528-7

ハルキ文庫（角川春樹事務所）

『春は遠く　柏屋藍治郎密か話　時代小説

文庫』　2015.10　255p
　　①978-4-7584-3952-7
　　〔内容〕苔ふくらむ、二分咲き、五分咲き、春
　　は遠く、花影

芝村　凉也
しばむら・りょうや
1961～

宮城県生まれ。早大卒。2011年「返り
忠兵衛 江戸見聞」シリーズで作家デ
ビュー。他に「素浪人半四郎百鬼夜行」
など。

講談社文庫（講談社）

◇素浪人半四郎百鬼夜行

『鬼溜まりの闇　素浪人半四郎百鬼夜行
　　1』　2014.1　309p
　　①978-4-06-277722-3
　　〔内容〕鬼火、表裏の家、刀商叶屋、剣鬼、初
　　雪女郎
『鬼心の刺客　素浪人半四郎百鬼夜行　2』
　　2014.5　313p
　　①978-4-06-277841-1
　　〔内容〕討手来襲、産土神の愛でし女、狸勧進、
　　裏燈籠
『蛇変化の淫　素浪人半四郎百鬼夜行　3』
　　2015.1　349p
　　①978-4-06-277921-0
　　〔内容〕蛇髪変容、土瓶遣い、龍女狂乱、炎龍
　　飛翔
『狐嫁の列　素浪人半四郎百鬼夜行　0』
　　2015.3　327p
　　①978-4-06-293059-8
『怨鬼の執　素浪人半四郎百鬼夜行　4』
　　2015.6　328p
　　①978-4-06-293130-4

〔内容〕光耀鬼, 氷姫, 影法師, 東雲炎上

『夢告の訣れ　素浪人半四郎百鬼夜行　5』
　2015.9　311p
　①978-4-06-293194-6
　〔内容〕誘う井戸, 逢魔ヶ辻, 源内の軛

『孤闘の寂　素浪人半四郎百鬼夜行　6』
　2016.1　317p
　①978-4-06-293297-4
　〔内容〕龍の洞穴, 捜心鬼, 終末の道標

『邂逅の紅蓮　素浪人半四郎百鬼夜行　7』
　2016.5　307p
　①978-4-06-293394-0
　〔内容〕黒旋風, 膏肓虫, 山鬼, 包囲の網

『終焉の百鬼行　素浪人半四郎百鬼夜行
　8』　2016.9　405p
　①978-4-06-293494-7

双葉文庫（双葉社）

◇返り忠兵衛江戸見聞

『春嵐立つ　返り忠兵衛江戸見聞』
　2011.5　306p
　①978-4-575-66503-1

『湿風烟る　返り忠兵衛江戸見聞』
　2011.7　291p
　①978-4-575-66511-6

『秋声惑う　返り忠兵衛江戸見聞』
　2011.10　314p
　①978-4-575-66529-1

『風花躍る　返り忠兵衛江戸見聞』
　2012.1　295p
　①978-4-575-66543-7

『雄風翻（はため）く　返り忠兵衛江戸見
　聞』　2012.3　301p
　①978-4-575-66551-2

『黒雲兆す　返り忠兵衛江戸見聞』
　2012.7　265p
　①978-4-575-66571-0

『無月潜む　返り忠兵衛江戸見聞』
　2012.10　318p

　①978-4-575-66585-7

『寒雷叫ぶ　返り忠兵衛江戸見聞』
　2013.1　323p
　①978-4-575-66599-4

『蘗芽吹く　返り忠兵衛江戸見聞』
　2013.4　355p
　①978-4-575-66609-0

『片蔭焦す　返り忠兵衛江戸見聞』
　2013.7　294p
　①978-4-575-66621-2

『野分荒ぶ　返り忠兵衛江戸見聞』
　2013.10　293p
　①978-4-575-66634-2

『風巻凍ゆ　返り忠兵衛江戸見聞』
　2014.1　280p
　①978-4-575-66650-2

『風炎咽ぶ　返り忠兵衛江戸見聞』
　2014.4　248p
　①978-4-575-66666-3

『刃風閃く　返り忠兵衛江戸見聞』
　2014.7　278p
　①978-4-575-66675-5

『天風遙に　返り忠兵衛江戸見聞』
　2014.10　308p
　①978-4-575-66691-5

◇御家人無頼蹴飛ばし左門

『憂き世往来　御家人無頼蹴飛ばし左門』
　2015.2　319p
　①978-4-575-66713-4

『助太刀始末　御家人無頼蹴飛ばし左門』
　2015.6　323p
　①978-4-575-66727-1

『殺人刀（せつにんとう）無常　御家人無
　頼蹴飛ばし左門』　2015.10　304p
　①978-4-575-66744-8

『富突吉凶　御家人無頼蹴飛ばし左門』
　2016.2　283p
　①978-4-575-66766-0

『落花両断　御家人無頼蹴飛ばし左門』
　2016.6　293p
　①978-4-575-66781-3

『御首級千両　御家人無頼蹴飛ばし左門』
　2016.10　311p
　①978-4-575-66797-4

霜島 ケイ
しもじま・けい
1963〜

大阪府生まれ。東京女子大短大卒。
1990年オカルト・コメディー「出てこ
い！ユーレイ三兄弟」で作家デビュー。

廣済堂文庫（廣済堂出版）

『のっぺら　あやかし同心捕物控　モノノ
　ケ文庫』　2014.3　260p
　①978-4-331-61574-4
　〔内容〕あやかし同心, ばらばら, へのへのも
　　　へじ
『のっぺら　巻ノ2　ひょうたん　モノノ
　ケ文庫』　2014.7　274p
　①978-4-331-61590-4
　〔内容〕ひょうたん, 丑の刻参り

光文社文庫（光文社）

『ぬり壁のむすめ　九十九字ふしぎ屋商い
　中〔光文社時代小説文庫〕』　2016.9
　266p
　①978-4-334-77354-0
　〔内容〕九十九字屋, 鶯笛

霜月 りつ
しもずき・りつ

富山県生まれ。編集者、ライターを経
て作家デビュー。作品に「おとぼけ同
心と小町姉妹」など。

コスミック・時代文庫
（コスミック出版）

◇おとぼけ同心と小町姉妹

『おとぼけ同心と小町姉妹　ギヤマンの花
　書下ろし長編時代小説』　2014.8
　310p
　①978-4-7747-2756-1
　〔内容〕小町蕎麦, 似顔絵の男, 赤蜻蛉の海,
　　　小さい秋, ギヤマンの花
『おとぼけ同心と小町姉妹〔2〕雪坂の決
　闘　書下ろし長編時代小説』　2014.12
　334p
　①978-4-7747-2791-2
　〔内容〕遠い宝物, 影笑みの女, 雪坂の決闘,
　　　春の前
『おとぼけ同心と小町姉妹〔3〕夫婦桜　書
　下ろし長編時代小説』　2015.4　303p
　①978-4-7747-2819-3
　〔内容〕冬の蛍, 幽霊の忘れ物, 三人の母, よ
　　　ろけ縞の女, 夫婦桜

◇若さま人情帖

『若さま人情帖　颯爽！龍之介登場　書
　下ろし長編時代小説』　2015.9　317p
　①978-4-7747-2860-5
　〔内容〕唄う侍, 昏き剣, 火の玉蕎麦屋, よみ
　　　うりの死, 百年の恋
『若さま人情帖〔2〕うそつきの涙　書下
　ろし長編時代小説』　2016.2　278p
　①978-4-7747-2902-2
　〔内容〕かげひなた, 力士殺し, 江戸草紙騒動,

うそつきの涙

『若さま人情帖〔3〕さらば龍之介 書下
ろし長編時代小説』 2016.6 300p
①978-4-7747-2935-0
〔内容〕幽霊の持参金, 父ふたり, 鏡の女, 天
高く, 玄き庭に咲く, さらば龍之介

城 駿一郎
じょう・しゅんいちろう
1938～

東京生まれ。早大卒。作品に「神保鏡
四郎事件控」シリーズ、「素浪人江戸日
和」シリーズがある。

学研M文庫(学研パブリッシング)

◇大江戸始末屋稼業

『旋風の剣 大江戸始末屋稼業』 2002.8
263p
①4-05-900180-5
『紅蓮の剣 大江戸始末屋稼業』 2003.4
318p
①4-05-900231-3
『天空の剣 大江戸始末屋稼業』 2003.9
292p
①4-05-900256-9
『鬼神の剣 大江戸始末屋稼業』 2004.5
284p
①4-05-900290-9

◇龍神剣始末帳

『流浪 龍神剣始末帳』 2005.3 292p
①4-05-900345-X
〔内容〕妖刀, 血闘, 修羅
『夜叉 龍神剣始末帳』 2005.10 292p
①4-05-900382-4

廣済堂文庫(廣済堂出版)

◇神保鏡四郎事件控

『暁の剣風 神保鏡四郎事件控 特選時代
小説』 2003.4 276p
①4-331-61007-1
『漆黒の剣風 神保鏡四郎事件控 特選時
代小説』 2004.1 314p
①4-331-61059-4
『天雷の剣風 神保鏡四郎事件控 特選時
代小説』 2004.10 280p
①4-331-61123-X
『火焔の剣風 神保鏡四郎事件控 特選時
代小説』 2005.4 278p
①4-331-61160-4
『雪花の剣風 神保鏡四郎事件控 特選時
代小説』 2005.12 265p
①4-331-61194-9
『孤高の剣風 神保鏡四郎事件控 特選時
代小説』 2006.8 289p
①4-331-61228-7
『狭霧の剣風 神保鏡四郎事件控 特選時
代小説』 2007.2 284p
①978-4-331-61262-0
『双龍の剣風 神保鏡四郎事件控 特選時
代小説』 2007.9 304p
①978-4-331-61292-7

◇素浪人江戸日和

『辻斬り 素浪人江戸日和 特選時代小
説』 2008.6 287p
①978-4-331-61331-3
〔内容〕純情哀歌, 花の春, 辻斬り
『仇討ち無慚 素浪人江戸日和 特選時代
小説』 2008.12 289p
①978-4-331-61351-1
〔内容〕仇討ち無慚, 仇討ちを捨てた男, 敵の
名は巽慶次郎
『千の剣 素浪人江戸日和 特選時代小
説』 2009.4 305p

①978-4-331-61360-3
〔内容〕千の剣, 復讐鬼, 昔のおとこ

『逆恨み　素浪人江戸日和　特選時代小説』　2009.10　309p
①978-4-331-61374-0
〔内容〕逆恨み, 苦い酒, 横一文字

『福の神　素浪人江戸日和　特選時代小説』　2010.5　316p
①978-4-331-61398-6
〔内容〕死文字, 純愛, 福の神

『酔いどれ秘剣　素浪人江戸日和　特選時代小説』　2010.12　309p
①978-4-331-61415-0
〔内容〕希代の大根役者, 酔いどれ秘剣, 人狩り

『雨宿り　素浪人江戸日和　特選時代小説』　2011.6　314p
①978-4-331-61431-0
〔内容〕雨宿り, 殺し屋お紋, 第三の悪女

『鏡四郎活殺剣　特選時代小説』　2002.10　265p
①4-331-60966-9

『勘当侍と隠居越前　特選時代小説』　2012.6　284p
①978-4-331-61477-8
〔内容〕股肱の臣, 鬼女の怨念, 首吊り松

『逆さ仇討ち　勘当侍と隠居越前　特選時代小説』　2012.11　295p
①978-4-331-61498-3
〔内容〕逆さ仇討ち, 美剣士登場, 遠眼鏡の女

ベスト時代文庫
（ベストセラーズ）

『大江戸殺法陣斬る』　2004.6　285p
①4-584-36506-7

『大江戸殺法陣紅き炎』　2004.11　266p
①4-584-36516-4

『夜来の雨　素浪人三木兵庫』　2005.7　281p
①4-584-36536-9

庄司　圭太
しょうじ・けいた
1940〜

神奈川県生まれ。早大卒。放送作家を経て、1998年時代小説「観相師南龍覚え書きシリーズ」で作家デビュー。

光文社文庫（光文社）

◇岡っ引き源捕物控

『白狐の呪い　長編時代小説　岡っ引き源捕物控』　2003.5　368p
①4-334-73493-6

『まほろし鏡　連作時代小説　岡っ引き源捕物控 2』　2004.3　388p
①4-334-73653-X
〔内容〕まほろし鏡, 富くじ千両, 首なし堀

『迷子石　連作時代小説　岡っ引き源捕物控 3』　2004.11　337p
①4-334-73784-6
〔内容〕迷子石, 爪紅

『鬼火　連作時代小説　岡っ引き源捕物控 4』　2005.3　386p
①4-334-73850-8
〔内容〕百眼, 鬼火, 呪音

『鵺　連作時代小説　岡っ引き源捕物控 5』　2005.11　395p
①4-334-73980-6
〔内容〕鵺, 死霊, 大黒

『眼龍　連作時代小説　岡っ引き源捕物控 6』　2006.3　398p
①4-334-74037-5

〔内容〕眼龍, 紅, 耳ふさぎ餅

『河童淵 連作時代小説 岡っ引き源捕物
控 7』 2006.11 391p
①4-334-74158-4
〔内容〕河童淵, 艶文, 六地蔵

『写し絵殺し 連作時代小説 岡っ引き源
捕物控 8』 2007.9 400p
①978-4-334-74312-3
〔内容〕死絵, 写し絵殺し, 暗行

『捨て首 長編時代小説 岡っ引き源捕物
控 9』 2008.10 335p
①978-4-334-74494-6

『死相 連作時代小説 岡っ引き源捕物控
10〔光文社時代小説文庫〕』 2009.9
311p
①978-4-334-74654-4
〔内容〕死相, 木場稲荷

『深川色暦 連作時代小説 岡っ引き源捕
物控 11〔光文社時代小説文庫〕』
2010.5 343p 〈文献あり〉
①978-4-334-74787-9
〔内容〕深川色暦, 毛垂, 十三夜

◇天保悪党伝

『地獄舟 長編時代小説 天保悪党伝』
2007.5 357p
①978-4-334-74255-3

『闇に棲む鬼 長編時代小説 天保悪党伝
2』 2008.4 353p
①978-4-334-74412-0

『鬼面 長編時代小説 天保悪党伝 3
〔光文社時代小説文庫〕』 2009.4
327p
①978-4-334-74580-6

◇喧嘩屋藤八

『鬼蜘蛛 長編時代小説 喧嘩屋藤八〔光
文社時代小説文庫〕』 2010.11 378p
①978-4-334-74877-7

『赤鯰 長編時代小説 喧嘩屋藤八 2
〔光文社時代小説文庫〕』 2011.5

358p 〈文献あり〉
①978-4-334-74952-1

『陰富 長編時代小説 喧嘩屋藤八 3
光文社時代小説文庫』 2011.11 362p
①978-4-334-76330-5

◇新兵衛隠密帳

『仇花斬り 長編時代小説 新兵衛隠密
帳』 2012.5 349p 〈文献あり〉
①978-4-334-76416-6

『火焔斬り 文庫書下ろし/長編時代小説
新兵衛隠密帳 2』 2012.11 355p
①978-4-334-76494-4

『怨念斬り 文庫書下ろし/長編時代小説
新兵衛隠密帳 3』 2013.5 360p 〈文
献あり〉
①978-4-334-76574-3

集英社文庫(集英社)

◇観相師南龍覚え書き

『沈丁花 観相師南龍覚え書き』 1998.
12 244p
①4-08-748889-6
〔内容〕沈丁花, 蟬衣, 雨しずく

『天女の橋 観相師南龍覚え書き』
1999.3 270p
①4-08-747034-2
〔内容〕てんつく, 天狐, 天女の橋

『蛍沢 観相師南龍覚え書き』 1999.8
275p
①4-08-747090-3
〔内容〕桜雨, 蛍沢, 大山独楽

『夜叉の面 観相師南龍覚え書き』
1999.12 298p
①4-08-747137-3
〔内容〕吉原金波楼, 夜叉の面

『雁金 観相師南龍覚え書き』 2000.8
302p

①4-08-747235-3

『呪い札　観相師南龍覚え書き』　2000.
12　293p
①4-08-747275-2
〔内容〕呪い札, 紅蓮, 大力

『地獄沢　観相師南龍覚え書き』　2004.7
315p
①4-08-747723-1

『孤剣　観相師南龍覚え書き』　2004.12
327p
①4-08-747773-8

◇花奉行幻之介始末

『謀殺の矢　花奉行幻之介始末』　2001.4
307p
①4-08-747314-7

『闇の鴆毒　花奉行幻之介始末』　2001.
12　295p
①4-08-747394-5

『逢魔の刻　花奉行幻之介始末』　2002.4
308p
①4-08-747436-4

『修羅の風　花奉行幻之介始末』　2002.
12　303p
①4-08-747522-0

『暗闇坂　花奉行幻之介始末』　2003.4
337p
①4-08-747570-0

『獄門花暦　花奉行幻之介始末』　2003.
12　352p
①4-08-747649-9
〔内容〕姫桔梗, あかね草, 水仙屋敷

◇十次郎江戸陰働き

『火札　十次郎江戸陰働き』　2005.8
323p
①4-08-747852-1

『紅毛　十次郎江戸陰働き』　2006.2
324p
①4-08-746014-2

『死神記　十次郎江戸陰働き』　2006.8

322p
①4-08-746069-X

◇斬奸ノ剣

『斬奸ノ剣』　2009.12　334p〈文献あり〉
①978-4-08-746520-4

『斬奸ノ剣　其ノ2』　2010.8　349p〈文
献あり〉
①978-4-08-746582-2

『斬奸ノ剣　終撃』　2011.1　342p
①978-4-08-746661-4

翔田　寛
しょうだ・かん
1958〜

東京生まれ。学習院大大学院中退。
2000年「影踏み鬼」で小説推理新人賞
を、2008年「誘拐児」で江戸川乱歩賞
を受賞。

幻冬舎文庫(幻冬舎)

『眠り猫　奥絵師・狩野探信なぞ解き絵
筆』　2007.2　277p
①978-4-344-40909-5

『過去を盗んだ男』　2013.6　438p〈『無
宿島』(2011年刊)の改題〉
①978-4-344-42027-4

小学館文庫(小学館)

◇やわら侍・竜巻誠十郎

『五月雨の凶刃　やわら侍・竜巻誠十郎』
2008.11　304p
①978-4-09-408323-1

『夏至闇の邪剣　やわら侍・竜巻誠十郎』
　2009.5　264p
　①978-4-09-408386-6
『秋疾風の悲槍　やわら侍・竜巻誠十郎』
　2009.11　266p
　①978-4-09-408423-8
『寒新月の魔刃　やわら侍・竜巻誠十郎』
　2010.2　268p
　①978-4-09-408472-6
『炎天華の惨刀　やわら侍・竜巻誠十郎』
　2010.6　269p
　①978-4-09-408512-9
『精霊火の鬼剣　やわら侍・竜巻誠十郎』
　2010.11　268p
　①978-4-09-408559-4
『桜吹雪の雷刃　やわら侍・竜巻誠十郎』
　2011.3　284p
　①978-4-09-408598-3

『魚（さかな）売りのはつ恋に肩入れする忍者侍☆らいぞう』　2011.12　284p
　①978-4-09-408671-3
『十死零生の剣　愛妹草紙』　2013.6
　236p
　①978-4-09-408829-8

PHP文芸文庫(PHP研究所)

『幽霊が返した借金　おでん屋こはる事件帖』　2014.1　341p〈『神隠し』(2010年刊)の改題、改訂〉
　①978-4-569-76127-5
　〔内容〕幽霊が返した借金、運の悪い女、神隠し、叱られっ子、嘘吐き弥次郎

双葉文庫(双葉社)

『影踏み鬼』　2004.3　261p〈2001年刊の増訂〉
　①4-575-66167-8
　〔内容〕影踏み鬼、藁屋の怪、虫酸、血みどろ絵、奈落闇恋乃道行
『参議暗殺』　2011.7　350p〈『参議怪死ス』(2004年刊)の改題、加筆修正〉
　①978-4-575-66513-0

神宮寺　元
じんぐうじ・はじめ
1956～

東京生まれ。早大卒。1996年「孤舟の夢」で小説家デビュー。王朝ホラー「疱瘡将軍」などの幻想的な歴史小説を発表する。

学研M文庫(学研パブリッシング)

『覇前田戦記　1』　2002.1　289p〈『戦国群雄伝』(1999年刊)の改訂〉
　①4-05-900102-3
　〔内容〕織田信忠死せず
『覇前田戦記　2』　2002.3　328p〈『戦国群雄伝』(1999年刊)の増訂〉
　①4-05-900103-1
　〔内容〕憤怒・柴田勝家
『覇前田戦記　3』　2002.5　289p〈『戦国群雄伝』(1999年刊)の増訂〉
　①4-05-900104-X
　〔内容〕鬼神・前田利家
『覇前田戦記　4』　2002.7　305p〈『戦国群雄伝』(2001年刊)の増訂〉
　①4-05-900105-8
　〔内容〕利家・修羅の如く
『覇前田戦記　5』　2002.9　327p〈『戦国群雄伝』(2001年刊)の増訂〉
　①4-05-900106-6
　〔内容〕利家・天下一統

菅沼 友加里
すがぬま・ゆかり

静岡県生まれ。2011年作家デビュー。少女小説を中心に執筆、時代小説に「大奥女中は見た」がある。

富士見新時代小説文庫（KADOKAWA）

『大奥女中は見た　1　江戸城の虜囚』
　2015.1　301p
　①978-4-04-070433-3
　〔内容〕鳥かご, 火種, 黄表紙, 絆

杉澤 和哉
すぎさわ・かずや
1973〜

北海道生まれ。様々な職業を転々とした後、小説を書き始める。

徳間文庫（徳間書店）

『しばられ同心御免帖』　2016.5　317p
　①978-4-19-894107-9
　〔内容〕ゆめかずら・花触千之顔見世, 傀儡の火, 真十郎・かげろう禁秘抄

鈴木 英治
すずき・えいじ
1960〜

静岡県生まれ。明大卒。1999年「駿府に吹く風」で角川春樹小説賞特別賞を受賞。代表作に「手習重兵衛」シリーズなど。

朝日文庫（朝日新聞出版）

『湖上の舞』　2009.10　318p
　①978-4-02-264516-6
『柳生左門雷獣狩り』　2014.10　442p
　①978-4-02-264751-1

角川文庫（KADOKAWA）

◇下っ引夏兵衛捕物控

『闇の目　下っ引夏兵衛捕物控』　2016.1
　346p〈講談社文庫 2008年刊の加筆・修正〉
　①978-4-04-102926-8
『関所破り　下っ引夏兵衛捕物控』
　2016.4　347p〈講談社文庫 2008年刊の加筆・修正〉
　①978-4-04-103486-6
『かどわかし　下っ引夏兵衛捕物控』
　2016.7　349p〈講談社文庫 2009年刊の加筆・修正〉
　①978-4-04-103481-1
　〔内容〕酔いどれ名医, 十両の占い, 仇討

『梟の裂く闇』　2015.4　370p
　①978-4-04-102497-3

鈴木英治

幻冬舎時代小説文庫（幻冬舎）

◇大江戸やっちゃ場伝

『大地　大江戸やっちゃ場伝　1』　2011.8　308p
　①978-4-344-41730-4
『胸突き坂　大江戸やっちゃ場伝　2』
　2012.2　341p
　①978-4-344-41820-2

『忍び音』　2015.6　574p〈2010年刊の再構成〉
　①978-4-344-42357-2

幻冬舎文庫（幻冬舎）

『宵待の月』　2007.12　398p
　①978-4-344-41052-7

講談社文庫（講談社）

◇下っ引夏兵衛

『闇の目　下っ引夏兵衛』　2008.1　346p
　①978-4-06-275868-0
『関所破り　下っ引夏兵衛』　2008.7　343p
　①978-4-06-276112-3
『かどわかし　下っ引夏兵衛』　2009.5　345p
　①978-4-06-276302-8

祥伝社文庫（祥伝社）

◇惚れられ官兵衛謎斬り帖

『野望と忍びと刀　惚れられ官兵衛謎斬り帖　2』　2011.9　435p
　①978-4-396-33706-3
『非道の五人衆　惚れられ官兵衛謎斬り帖　3』　2014.12　341p
　①978-4-396-34087-2

『闇の陣羽織　長編時代小説』　2010.4　470p
　①978-4-396-33572-4

中公文庫（中央公論新社）

◇手習重兵衛

『闇討ち斬　手習重兵衛』　2003.11　298p
　①4-12-204284-4
『梵鐘　手習重兵衛』　2004.1　297p
　①4-12-204311-5
　〔内容〕捜し屋, 花見, 女幽霊, 梵鐘
『暁闇　手習重兵衛』　2004.3　306p
　①4-12-204336-0
『刃舞　手習重兵衛』　2004.9　302p
　①4-12-204418-9
『道中霧　手習重兵衛』　2005.3　298p
　①4-12-204497-9
『天狗変　手習重兵衛』　2005.4　331p
　①4-12-204512-6
『母恋い　手習重兵衛』　2009.10　315p
　①978-4-12-205209-3
『夕映え橋　手習重兵衛』　2009.12　311p
　①978-4-12-205239-0

『隠し子の宿　手習重兵衛』　2010.4
323p
①978-4-12-205256-7

『道連れの文　手習重兵衛』　2010.7
270p
①978-4-12-205337-3

『黒い薬売り　手習重兵衛』　2011.6
308p
①978-4-12-205490-5

『祝い酒　手習重兵衛』　2011.10　330p
①978-4-12-205544-5

『闇討ち斬　手習重兵衛』　新装版;改版
2016.11　337p
①978-4-12-206312-9

◇無言殺剣

『無言殺剣　大名討ち』　2005.11　329p
①4-12-204613-0

『無言殺剣　火縄の寺』　2006.3　305p
①4-12-204662-9

『無言殺剣　首代一万両』　2006.6　303p
①4-12-204698-X

『無言殺剣　野盗薙ぎ』　2006.9　312p
①4-12-204735-8

『無言殺剣　妖気の山路』　2006.11
300p
①4-12-204771-4

『無言殺剣　獣散る刻』　2007.4　291p
①978-4-12-204850-8

◇郷四郎無言殺剣

『妖かしの蜘蛛　郷四郎無言殺剣』
2007.8　305p
①978-4-12-204881-2

『百忍斬り　郷四郎無言殺剣』　2007.12
314p
①978-4-12-204951-2

『正倉院の闇　郷四郎無言殺剣』　2008.5
319p
①978-4-12-205021-1

『柳生一刀石　郷四郎無言殺剣』　2008.7

345p
①978-4-12-204984-0

◇陽炎時雨幻の剣

『歯のない男　陽炎時雨幻の剣』　2013.6
340p
①978-4-12-205790-6

『死神の影　陽炎時雨幻の剣』　2014.4
330p
①978-4-12-205853-8

『角右衛門の恋』　2005.9　322p
①4-12-204580-0

『大脱走　裏切りの姫』　2012.6　370p
①978-4-12-205649-7

中公文庫ワイド版
（中央公論新社）

◇手習重兵衛

『黒い薬売り　手習重兵衛』　2012.3
308p
①978-4-12-553496-1

『祝い酒　手習重兵衛』　2012.3　323p
①978-4-12-553570-8

『大脱走　裏切りの姫』〔オンデマンド〕
2012.11　364p〈印刷・製本：デジタルパブリッシングサービス〉
①978-4-12-553713-9

徳間時代小説文庫（徳間書店）

『湖上の舞　備中高松城目付異聞』
2016.12　317p

①978-4-19-894181-9

徳間文庫（徳間書店）

◇父子十手捕物日記

『父子十手捕物日記』　2004.12　348p
　①4-19-892169-5
『春風そよぐ　父子十手捕物日記』
　2005.1　349p
　①4-19-892185-9
『一輪の花　父子十手捕物日記』　2005.2
　350p
　①4-19-892198-9
『蒼い月　父子十手捕物日記』　2005.9
　363p
　①4-19-892306-X
『鳥かご　父子十手捕物日記』　2006.2
　381p〈著作目録あり〉
　①4-19-892382-5
『お陀仏坂　父子十手捕物日記』　2006.6
　344p〈著作目録あり〉
　①4-19-892439-2
『夜鳴き蟬　父子十手捕物日記』　2006.
　11　344p〈著作目録あり〉
　①4-19-892514-3
『結ぶ縁　父子十手捕物日記』　2007.2
　348p
　①978-4-19-892559-8
『地獄の釜　父子十手捕物日記』　2007.6
　315p
　①978-4-19-892614-4
『なびく髪　父子十手捕物日記』　2007.
　12　316p〈著作目録あり〉
　①978-4-19-892707-3
『情けの背中　父子十手捕物日記』
　2008.5　375p〈著作目録あり〉
　①978-4-19-892770-7
『町方燃ゆ　父子十手捕物日記』　2008.
　10　353p
　①978-4-19-892864-3

『さまよう人　父子十手捕物日記』
　2008.11　362p
　①978-4-19-892885-8
『門出の陽射し　父子十手捕物日記』
　2009.7　347p
　①978-4-19-892963-3
『浪人半九郎　父子十手捕物日記』
　2009.12　341p
　①978-4-19-893068-4
『息吹く魂　父子十手捕物日記』　2010.5
　345p
　①978-4-19-893162-9
『ふたり道　父子十手捕物日記』　2010.
　11　349p〈著作目録あり〉
　①978-4-19-893257-2
『夫婦笑み　父子十手捕物日記』　2010.
　12　344p
　①978-4-19-893271-8

◇新兵衛捕物御用

『水斬の剣　新兵衛捕物御用』　2011.6
　413p〈著作目録あり〉
　①978-4-19-893379-1
『夕霧の剣　新兵衛捕物御用』　2011.8
　393p
　①978-4-19-893419-4
『白閃の剣　新兵衛捕物御用』　2011.10
　381p
　①978-4-19-893447-7
『暁の剣　新兵衛捕物御用』　2011.12
　381p
　①978-4-19-893476-7

◇若殿八方破れ

『若殿八方破れ』　2012.2　408p
　①978-4-19-893505-4
『木曽の神隠し　若殿八方破れ』　2012.3
　380p
　①978-4-19-893516-0
『姫路の恨み木綿　若殿八方破れ』
　2012.7　390p

鈴木英治

①978-4-19-893561-0
『安芸の夫婦貝　若殿八方破れ』　2012.9　350p
　①978-4-19-893599-3
『久留米の恋絣　若殿八方破れ』　2012.12　373p
　①978-4-19-893636-5
『萩の逃れ路　若殿八方破れ』　2013.4　381p〈著作目録あり〉
　①978-4-19-893669-3
『岡山の闇烏　若殿八方破れ』　2013.9　379p〈著作目録あり〉
　①978-4-19-893728-7
『彦根の悪業薬　若殿八方破れ』　2014.6　375p〈著作目録あり〉
　①978-4-19-893842-0
『駿府の裏芝居　若殿八方破れ』　2014.12　381p
　①978-4-19-893916-8
『江戸の角隠し　若殿八方破れ』　2015.2　377p
　①978-4-19-893919-9

◇無言殺剣

『大名討ち　無言殺剣』　2015.11　378p〈『無言殺剣大名討ち』（中公文庫 2005年刊）の改題〉
　①978-4-19-894034-8
『火縄の寺　無言殺剣』　2016.1　350p〈『無言殺剣火縄の寺』（中公文庫 2006年刊）の改題〉
　①978-4-19-894058-4
『首代一万両　無言殺剣』　2016.3　347p〈『無言殺剣首代一万両』（中公文庫 2006年刊）の改題〉
　①978-4-19-894082-9
『野盗薙ぎ　無言殺剣』　2016.5　353p〈『無言殺剣野盗薙ぎ』（中公文庫 2006年刊）の改題〉
　①978-4-19-894108-6
『妖気の山路　無言殺剣〔徳間時代小説文庫〕』　2016.7　343p〈『無言殺剣妖気の山路』（中公文庫 2006年刊）の改題〉
　①978-4-19-894122-2
『獣散る刻（とき）　無言殺剣〔徳間時代小説文庫〕』　2016.9　333p〈『無言殺剣獣散る刻』（中公文庫 2007年刊）の改題〉
　①978-4-19-894145-1
『妖かしの蜘蛛　無言殺剣』　2016.11　327p
　①978-4-19-894166-6

『血の城』　2007.10　489p〈著作目録あり〉
　①978-4-19-892681-6
『にわか雨』　2012.6　340p〈2010年刊の加筆修正〉
　①978-4-19-893584-9

ハルキ文庫（角川春樹事務所）

◇古谷勘兵衛

『闇の剣　時代小説文庫』　2002.3　395p
　①4-89456-964-7
『怨鬼の剣　時代小説文庫』　2002.11　338p
　①4-7584-3017-9
『魔性の剣　時代小説文庫』　2004.4　314p
　①4-7584-3098-5
『烈火の剣　時代小説文庫』　2004.12　321p
　①4-7584-3146-9
『稲妻の剣　時代小説文庫』　2005.6　307p
　①4-7584-3177-9
『陽炎の剣　時代小説文庫』　2005.12　322p
　①4-7584-3209-0

鈴木英治

◇森島新兵衛

『水斬の剣　時代小説文庫』　2003.12
　316p
　①4-7584-3082-9

『夕霧の剣　時代小説文庫』　2004.9
　313p
　①4-7584-3129-9

『白閃の剣　時代小説文庫』　2005.9
　306p
　①4-7584-3194-9

『暁の剣　時代小説文庫』　2006.9　305p
　①4-7584-3255-4

◇徒目付久岡勘兵衛

『凶眼　徒目付久岡勘兵衛　時代小説文庫』　2006.4　311p
　①4-7584-3226-0

『定廻り殺し　徒目付久岡勘兵衛　時代小説文庫』　2007.1　321p
　①978-4-7584-3267-2

『錯乱　徒目付久岡勘兵衛　時代小説文庫』　2007.6　300p
　①978-4-7584-3295-5

『遺痕　徒目付久岡勘兵衛　時代小説文庫』　2007.9　294p
　①978-4-7584-3308-2

『天狗面　徒目付久岡勘兵衛　時代小説文庫』　2008.3　321p
　①978-4-7584-3326-6

『相討ち　徒目付久岡勘兵衛　時代小説文庫』　2008.9　322p
　①978-4-7584-3369-3

『女剣士　徒目付久岡勘兵衛　時代小説文庫』　2009.7　304p
　①978-4-7584-3415-7

『からくり五千両　徒目付久岡勘兵衛　時代小説文庫』　2009.9　328p
　①978-4-7584-3431-7

『罪人の刃　徒目付久岡勘兵衛　時代小説文庫』　2010.6　309p
　①978-4-7584-3482-9

『徒目付失踪　徒目付久岡勘兵衛　時代小説文庫』　2010.10　292p
　①978-4-7584-3507-9

◇裏江戸探索帖

『悪銭　裏江戸探索帖　時代小説文庫』　2012.8　338p
　①978-4-7584-3680-9

『犬の尾　裏江戸探索帖　時代小説文庫』　2014.9　337p
　①978-4-7584-3727-1

『刃引き刀の男　裏江戸探索帖　時代小説文庫』　2015.9　283p
　①978-4-7584-3941-1

『決戦、友へ　裏江戸探索帖　時代小説文庫』　2016.4　275p
　①978-4-7584-3953-4

『飢狼の剣　時代小説文庫』　2001.6
　367p
　①4-89456-870-5

『義元謀殺　上　時代小説文庫』　2001.9
　446p
　①4-89456-891-8

『義元謀殺　下　時代小説文庫』　2001.9
　437p
　①4-89456-892-6

『半九郎残影剣　時代小説文庫』　2003.4
　356p
　①4-7584-3036-5

『半九郎疾風剣　時代小説文庫』　2003.9
　326p
　①4-7584-3066-7

『義元謀殺　上　時代小説文庫』　新装版　2010.9　446p
　①978-4-7584-3500-0

『義元謀殺　下　時代小説文庫』　新装版　2010.9　440p
　①978-4-7584-3501-7

『わが槍を捧ぐ　戦国最強の侍・可児才蔵

時代小説文庫』 2016.8 390p〈2015
年刊の加筆・訂正〉
①978-4-7584-4025-7

PHP文芸文庫（PHP研究所）

『信長誘拐』 2015.11 317p
①978-4-569-76451-1
『大坂城の十字架　最後の義将 明石掃部』
2016.11 301p
①978-4-569-76645-4

双葉文庫（双葉社）

◇口入屋用心棒

『逃げ水の坂　口入屋用心棒』 2005.7
378p
①4-575-66214-3
『匂い袋の宵　口入屋用心棒』 2005.10
379p
①4-575-66220-8
『鹿威しの夢　口入屋用心棒』 2006.1
383p
①4-575-66227-5
『夕焼けの蔕　口入屋用心棒』 2006.5
366p
①4-575-66240-2
『春風の太刀　口入屋用心棒』 2006.8
380p
①4-575-66251-8
『仇討ちの朝　口入屋用心棒』 2006.11
388p
①4-575-66261-5
『野良犬の夏　口入屋用心棒』 2007.3
365p
①978-4-575-66273-3
『手向けの花　口入屋用心棒』 2007.7
358p
①978-4-575-66289-4

『赤富士の空　口入屋用心棒』 2007.11
333p
①978-4-575-66304-4
『雨上りの宮　口入屋用心棒』 2008.3
324p
①978-4-575-66323-5
『旅立ちの橋　口入屋用心棒』 2008.8
328p
①978-4-575-66342-6
『待伏せの渓　口入屋用心棒』 2009.2
349p
①978-4-575-66367-9
『荒南風の海　口入屋用心棒』 2009.5
362p
①978-4-575-66378-5
『乳呑児の瞳（め）　口入屋用心棒』
2009.8 351p
①978-4-575-66395-2
『腕試しの辻　口入屋用心棒』 2010.3
340p
①978-4-575-66434-8
『裏鬼門の変　口入屋用心棒』 2010.8
333p
①978-4-575-66457-7
『火走りの城　口入屋用心棒』 2010.9
333p
①978-4-575-66462-1
『平蜘蛛の剣　口入屋用心棒』 2011.2
339p
①978-4-575-66483-6
『毒飼いの罠　口入屋用心棒』 2011.5
348p
①978-4-575-66499-7
『跡継ぎの胤　口入屋用心棒』 2011.9
356p
①978-4-575-66519-2
『闇隠れの刃　口入屋用心棒』 2011.12
355p
①978-4-575-66535-2
『包丁人の首　口入屋用心棒』 2012.4
354p
①978-4-575-66557-4

『身過ぎの錐　口入屋用心棒』　2012.7
　369p
　①978-4-575-66570-3
『緋木瓜の仇　口入屋用心棒』　2012.11
　348p
　①978-4-575-66586-4
『守り刀の声　口入屋用心棒』　2013.2
　370p
　①978-4-575-66600-7
『兜割りの影　口入屋用心棒』　2013.7
　344p
　①978-4-575-66619-9
『判じ物の主　口入屋用心棒』　2013.11
　339p
　①978-4-575-66641-0
『遺言状の願　口入屋用心棒』　2014.4
　356p
　①978-4-575-66663-2
『九層倍の怨　口入屋用心棒』　2014.10
　377p
　①978-4-575-66688-5
『目利きの難　口入屋用心棒』　2015.5
　397p
　①978-4-575-66721-9
『徒目付の指　口入屋用心棒』　2015.7
　368p
　①978-4-575-66730-1
『三人田の怪　口入屋用心棒』　2015.8
　376p
　①978-4-575-66736-3
『傀儡子の糸　口入屋用心棒』　2016.2
　375p
　①978-4-575-66754-7
『痴れ者の果　口入屋用心棒』　2016.6
　354p
　①978-4-575-66779-0
『木乃伊の気　口入屋用心棒』　2016.8
　375p
　①978-4-575-66790-5

鈴木　輝一郎
すずき・きいちろう
1960〜

岐阜県生まれ。日大卒。1991年「情断！」で作家デビュー。近未来SFから時代小説まで幅広く活躍。代表作に「国書偽造」など。

講談社文庫（講談社）

『美男忠臣蔵』　2000.11　329p
　①4-06-273027-8
『お市の方戦国の鳳』　2011.7　335p
　〈『戦国の鳳お市の方』（河出書房新社2007年刊）の改題〉
　①978-4-06-277010-1

小学館文庫（小学館）

『秀吉夢のまた夢』　2002.3　247p　〈『雲雀』（出版芸術社1995年刊）の増訂〉
　①4-09-402656-8
　〔内容〕雲雀―後藤与三郎, あとひとつ―加藤清正, 背にふれてはなりませぬ―豊臣秀吉
『片桐且元』　2004.11　425p
　①4-09-402657-6

新潮文庫（新潮社）

『国書偽造』　1996.4　375p
　①4-10-145311-X

人物文庫（学陽書房）

『浅井長政正伝　死して残せよ虎の皮』
　2007.9　601p　〈『死して残せよ虎の皮』

（徳間書店2000年刊）の改題〉
　①978-4-313-75228-3
『本願寺顕如　信長が宿敵』　2011.2
　430p
　①978-4-313-75268-9
『織田信雄　狂気の父を敬え』　2013.1
　419p〈『狂気の父を敬え』（新潮社1998年刊）の改題〉
　①978-4-313-75285-6

竹書房文庫（竹書房）

『対決!!片桐且元家康　真説大坂の陣』
　2014.7　432p〈『片桐且元』（小学館2000年刊）の改題、「且元始末」を追記〉
　①978-4-8124-8990-1

双葉文庫（双葉社）

『はぐれ五右衛門』　2000.6　377p
　①4-575-66107-4
『白浪五人男　徳川の埋蔵金』　2003.3
　347p
　①4-575-66142-2

鈴木　晴世
すずき・はるよ

千葉県生まれ。早大卒。テレビドラマの企画・脚本などを経て、小説デビュー。作品に「旗本伝八郎飄々日記」など。

学研M文庫（学研パブリッシング）

◇旗本伝八郎飄々日記

『冬のよもぎ　旗本伝八郎飄々日記』
　2010.12　304p〈発売：学研マーケティング〉
　①978-4-05-900665-7
　〔内容〕冬のよもぎ, 狸囃子, 石の下, 出世がしら
『春の足袋　旗本伝八郎飄々日記』　2012.1　290p〈発売：学研マーケティング〉
　①978-4-05-900733-3
　〔内容〕春の足袋, 無役の役, 純情, かどわかし
『西ノ丸の鯛　旗本伝八郎飄々日記』
　2012.10　301p〈発売：学研マーケティング〉
　①978-4-05-900786-9
　〔内容〕松竹梅, 金魚晩夏, 西ノ丸の鯛

『長屋の神さま』　2013.8　314p〈発売：学研マーケティング〉
　①978-4-05-900846-0
　〔内容〕祠の危機, 丹波の熊, 天泣
『女神の助太刀』　2014.2　299p〈発売：学研マーケティング〉
　①978-4-05-900870-5
　〔内容〕女神の助太刀, 祠の男, 金猫銀猫

廣済堂文庫（廣済堂出版）

◇牢屋同心見習控え

『桜の色　牟屋同心見習控え　特選時代小
　説』　2008.7　302p
　①978-4-331-61336-8
〔内容〕桜の色, 流人の米, 匙加減, 百姓牢の鍵
『草もみじ　牟屋同心見習控え　特選時代
　小説』　2009.1　269p
　①978-4-331-61354-2

鈴木 由紀子
すずき・ゆきこ
　　　1947～

山形県生まれ。1997年「闇はわれを阻
まず 山本覚馬伝」で小学館ノンフィ
クション大賞優秀賞受賞。ノンフィク
ションから歴史小説まで幅広く執筆。

幻冬舎時代小説文庫（幻冬舎）

『義にあらず　吉良上野介の妻』　2010.
　10　324p〈文献あり 年譜あり〉
　①978-4-344-41562-1
『黄金のロザリオ　伊達政宗の見果てぬ
　夢』　2012.2　386p〈文献あり〉
　①978-4-344-41821-9

幻冬舎文庫（幻冬舎）

『花に背いて　直江兼続とその妻』
　2008.12　490p
　①978-4-344-41230-9
『大奥』　2009.6　227p

①978-4-344-41316-0
〔内容〕お静の方―恐妻将軍が愛した女（二
　代将軍秀忠）, お万の方―還俗させられた
　尼僧（三代将軍家光）, 右衛門佐―頭脳で
　挑んだ京女（五代将軍綱吉）

関根 聖
せきね・せい

東京生まれ。雑誌ライターを経て、
2013年「うろつき同心勘久郎 鬼刀始
末」で時代小説作家としてデビュー。

角川文庫（KADOKAWA）

『奇策屋見届け人　仕掛の章』　2015.3
　316p
　①978-4-04-070473-9
〔内容〕いかりの初鮭, 空箱はかく語りき, 米
　よさらば, 十六万六千両の男, 余策

富士見新時代小説文庫

（KADOKAWA）

◇うろつき同心勘久郎鬼刀始末

『うろつき同心勘久郎鬼刀始末』　2013.
　12　260p
　①978-4-04-712989-4
『うろつき同心勘久郎鬼刀始末　2　暗夜
　行』　2014.3　341p
　①978-4-04-070058-8
『うろつき同心勘久郎鬼刀始末　3　陽炎
　鷹』　2014.5　318p
　①978-4-04-070107-3

曽田 博久
そだ・ひろひさ
1947～

島根県生まれ。横浜国立大中退。代表作に「新三郎武狂帖」シリーズなど。

ハルキ文庫（角川春樹事務所）

◇新三郎武狂帖

『千両帯　新三郎武狂帖　時代小説文庫』
　2005.1　278p
　①4-7584-3151-5

『万両剣　新三郎武狂帖　時代小説文庫』
　2006.12　273p
　①4-7584-3270-8

『十両首　新三郎武狂帖　時代小説文庫』
　2008.1　289p
　①978-4-7584-3320-4

◇同行二人長屋物語

『孤剣の絆　同行二人長屋物語　時代小説文庫』　2009.1　298p
　①978-4-7584-3391-4

『江戸の蛍　同行二人長屋物語　時代小説文庫』　2009.12　292p
　①978-4-7584-3443-0
　〔内容〕江戸の蛍, おむつ奉行, 男同士, すっぽんぽん, ぽちの代参

『いのちの秋　同行二人長屋物語　時代小説文庫』　2010.12　284p
　①978-4-7584-3517-8
　〔内容〕按摩伝授, 小さな弟子, 周蔵の休日, つわぶきの武士, 雨宿りの怪

祖父江 一郎
そふえ・いちろう
1945～

群馬県生まれ。神奈川大卒。フリーライターから作家となり、映画脚本、ノンフィクション、歴史小説などを執筆。

ハルキ文庫（角川春樹事務所）

『加賀芳春記　ある逆臣の生涯　時代小説文庫』　2001.12　355p〈『関ヶ原前譜』（2000年刊）の改題〉
　①4-89456-950-7

『まつと家康　明日を築く闘い　時代小説文庫』　2002.4　480p〈『関ヶ原決戦』（2000年刊）の改題〉
　①4-89456-967-1

PHP文庫（PHP研究所）

『阿部正弘　日本を救った幕末の大政治家』　2002.6　377p
　①4-569-57754-7

高井 忍

たかい・しのぶ

1975～

京都府生まれ。立命館大卒。2005年短編「漂流巌流島」で第2回ミステリーズ! 新人賞を受賞しデビュー。

角川文庫(KADOKAWA)

『名刀月影伝』　2016.11　363p
　①978-4-04-104120-8
　〔内容〕陰陽小烏丸, 楠龍正宗, 八幡則国, 天狐宗近

光文社文庫(光文社)

『蜃気楼の王国』　2016.12　395p
　①978-4-334-77400-4
　〔内容〕琉球王の陵, 蒙古帝の碑, 雨月物語だみことば, 槐説弓張月, 蜃気楼の王国

創元推理文庫(東京創元社)

『漂流巌流島』　2010.8　361p〈文献あり〉
　①978-4-488-41211-1
　〔内容〕漂流巌流島, 亡霊忠臣蔵, 慟哭新選組, 彷徨鍵屋ノ辻, 解説(有栖川有栖著)
『柳生十兵衛秘剣考』　2011.2　260p
　①978-4-488-41212-8
　〔内容〕兵法無手勝流, 深甚流 "水鏡", 真新陰流 "八寸ののべがね", 新陰流 "月影", 解説(細谷正充著)
『柳生十兵衛秘剣考〔2〕水月之抄』
　2015.6　245p
　①978-4-488-41213-5
　〔内容〕一刀流 "夢想剣", 新陰流 "水月", 二

階堂流 "心の一方"

鷹井 伶

たかい・れい

兵庫県生まれ。甲南大卒。脚本家を経て、2013年鷹井伶名義で時代小説家としてデビュー。

学研M文庫(学研パブリッシング)

『ご赦免同心辻坂兵庫』　2013.12　290p
　〈発売:学研マーケティング〉
　①978-4-05-900857-6
　〔内容〕紙屋の鬼, 幽霊恩赦, 御家人殺し, 島帰り

コスミック・時代文庫

　　　　　　　　　(コスミック出版)

◇暴れ宰相 徳川綱重

『暴れ宰相 徳川綱重　運命の子』　2016.10　249p
　①978-4-7747-2969-5

徳間文庫(徳間書店)

『番付屋小平太〔徳間時代小説文庫〕』
　2016.8　264p
　①978-4-19-894131-4
　〔内容〕美女と大根, 火消の心意気, 板前の矜恃, 天下一の色男

白泉社招き猫文庫 (白泉社)

『犬同心、奔る！　お蘭と研吾』　2015.3
254p
①978-4-592-83111-2

『雪の殿様』　2015.11　220p
①978-4-592-83128-0

富士見新時代小説文庫

（KADOKAWA）

『廓同心 雷平八郎　1　百花乱れる』
2014.7　275p
①978-4-04-070212-4

『廓同心雷平八郎　2　雷神のごとし』
2014.9　246p
①978-4-04-070213-1

『廓同心雷平八郎　3　野望の宴』　2014.
11　252p
①978-4-04-070436-4

高城　実枝子

たかぎ・みえこ
半村良に小説執筆を勧められてデビュー。作品に「浮世小路父娘捕物帳」がある。

二見時代小説文庫 (二見書房)

◇浮世小路父娘捕物帖

『黄泉からの声』　2015.9　411p
①978-4-576-15147-2
〔内容〕恩返し, 流され人, 箒を買わせる女,
黄泉からの声, 神おろし

『緋色のしごき　浮世小路父娘捕物帖　2』
2016.1　327p
①978-4-576-15212-7
〔内容〕嘘つき, 緋色のしごき, 命なりけり, 苦
界十年

『髪結いの女　浮世小路父娘捕物帖　3』
2016.8　287p
①978-4-576-16117-4
〔内容〕走り火の川, 髪結いの女, 夜雨の殺意,
めざわりな奴

高田　在子

たかだ・ありこ
神奈川県生まれ。「忍桜の武士 開花請負人」でデビュー。

コスミック・時代文庫

（コスミック出版）

『将軍家御鏡役　鷹の剣　書下ろし長編時
代小説』　2016.1　266p
①978-4-7747-2894-0
〔内容〕御鏡役, 鷹の剣

白泉社招き猫文庫 (白泉社)

『忍桜の武士　開花請負人』　2015.5
252p
①978-4-592-83114-3
〔内容〕飛鳥山の桜, 楓のような女

高田 郁
たかだ・かおる

兵庫県生まれ。中央大卒。漫画原作者を経て、2008年「出世花」で時代小説家としてデビュー。「みをつくし料理帖」シリーズで人気作家となる。

幻冬舎時代小説文庫（幻冬舎）

『銀二貫』　2010.8　345p　〈文献あり〉
　①978-4-344-41532-4

祥伝社文庫（祥伝社）

『出世花　長編時代小説』　2008.6　331p
　①978-4-396-33435-2
　〔内容〕出世花, 落合螢, 偽り時雨, 見送り坂暮色

ハルキ文庫（角川春樹事務所）

◇みをつくし料理帖

『八朔の雪　みをつくし料理帖　時代小説文庫』　2009.5　271p
　①978-4-7584-3403-4
　〔内容〕狐のご祝儀, 八朔の雪, 初星, 夜半の梅

『花散らしの雨　みをつくし料理帖　時代小説文庫』　2009.10　293p
　①978-4-7584-3438-6
　〔内容〕俎橋から, 花散らしの雨, 一粒符, 銀菊

『想い雲　みをつくし料理帖　時代小説文庫』　2010.3　281p
　①978-4-7584-3464-5
　〔内容〕豊年星―「う」尽くし, 想い雲―ふっくら鱧の葛叩き, 花一輪―ふわり菊花雪, 初雁―こんがり焼き柿

『今朝の春　みをつくし料理帖　時代小説文庫』　2010.9　290p
　①978-4-7584-3502-4
　〔内容〕花嫁御寮, 友待つ雪, 寒紅, 今朝の春

『小夜しぐれ　みをつくし料理帖　時代小説文庫』　2011.3　290p
　①978-4-7584-3528-4
　〔内容〕迷い蟹―浅蜊の御神酒蒸し, 夢宵桜―菜の花尽くし, 小夜しぐれ―寿ぎ膳, 嘉祥―ひとくち宝珠

『心星ひとつ　みをつくし料理帖　時代小説文庫』　2011.8　297p
　①978-4-7584-3584-0
　〔内容〕青葉闇, 天つ瑞風, 時ならぬ花, 心星ひとつ

『夏天の虹　みをつくし料理帖　時代小説文庫』　2012.3　312p
　①978-4-7584-3645-8
　〔内容〕冬の雲雀―滋味重湯, 忘れ貝―牡蠣の宝船, 一陽来復―鯛の福探し, 夏天の虹―哀し柚べし

『残月　みをつくし料理帖　時代小説文庫』　2013.6　314p
　①978-4-7584-3745-5
　〔内容〕残月―かのひとの面影膳, 彼岸まで―慰め海苔巻, みくじは吉―麗し鼈甲珠, 寒中の麦―心ゆるす葛湯

『美雪晴れ　みをつくし料理帖　時代小説文庫』　2014.2　327p
　①978-4-7584-3804-9
　〔内容〕神帰月―味わい焼き蒲鉾, 美雪晴れ―立春大吉もち, 華燭―宝尽くし, ひと筋の道―昔ながら

『天（そら）の梯　みをつくし料理帖　時代小説文庫』　2014.8　338p
　①978-4-7584-3839-1
　〔内容〕結び草, 張出大関, 明日香風, 天の梯

『出世花　時代小説文庫』　2011.5　328p　〈祥伝社平成20年刊の加筆・修正、新版〉
　①978-4-7584-3555-0

〔内容〕出世花, 落合螢, 偽り時雨, 見送り坂 暮色

『みをつくし献立帖　時代小説文庫』
　2012.5　155p
　①978-4-7584-3661-8
〔内容〕はてなの飯, とろとろ茶碗蒸し, 蓮 の実の粥, ぴりから鰹田麩, 鮎飯/鮎の塩焼 き, ほっこり酒粕汁, 独活の皮の金平 独活 と若布の酢味噌和え, なめらか葛饅頭, 里 の白雪, 蕗の青煮/ほろにが蕗ご飯〔ほか〕

『あい　永遠に在り　時代小説文庫』
　2015.2　429p　〈文献あり〉
　①978-4-7584-3873-5

『蓮花の契り　出世花　時代小説文庫』
　2015.6　299p
　①978-4-7584-3910-7
〔内容〕ふたり静, 青葉風, 夢の浮橋, 蓮花の 契り

『あきない世傳金と銀　源流篇　時代小説 文庫』　2016.2　279p　〈文献あり〉
　①978-4-7584-3981-7

『あきない世傳金と銀　2　早瀬篇　時代 小説文庫』　2016.8　283p
　①978-4-7584-4027-1

高殿　円
たかどの・まどか
1976〜

兵庫県生まれ。ライトノベル作家を経 て, 2010年「トッカン 特別国税徴収官」 がドラマ化。代表作に「剣と紅」。

文春文庫 (文藝春秋)

『剣と紅　戦国の女領主・井伊直虎』
　2015.5　447p
　①978-4-16-790369-5

高橋　直樹
たかはし・なおき
1960〜

東京生まれ。国学院大卒。1992年「尼 子悲話」でオール読物新人賞, 97年「鎌 倉擾乱」で中山義秀文学賞を受賞。代 表作に「日輪を狙う者」。

潮文庫 (潮出版社)

『五代友厚　蒼海を越えた異端児』
　2015.9　284p
　①978-4-267-02033-9

『直虎　乱世に咲いた紅き花』　2016.11 277p
　①978-4-267-02066-7

講談社文庫 (講談社)

『若獅子家康』　2000.8　368p　〈『最後の 総領・松平次郎三郎』1995年刊の改題〉
　①4-06-264957-8

『湖賊の風』　2004.7　409p
　①4-06-274818-5

祥伝社文庫 (祥伝社)

◇虚空伝説

『餓鬼草子の剣　時代小説　虚空伝説』
　2003.7　395p
　①4-396-33119-3

『童鬼の剣　長編時代小説　虚空伝説』
　2003.10　411p
　①4-396-33135-5

『鬼愁の剣　時代小説　虚空伝説』

2003.12　521p
①4-396-33142-8

◇　◇　◇

『野獣めざむる　時代小説』　2000.11
156p
①4-396-32822-2

人物文庫（学陽書房）

『宇喜多直家』　2008.9　381p〈『黒い風
雲児』（新人物往来社1996年刊）の改題〉
①978-4-313-75239-9

中公文庫（中央公論新社）

『日輪を狙う者』　2000.1　373p
①4-12-203567-8

ハルキ文庫（角川春樹事務所）

『平将門　黎明の武者　上　時代小説文
庫』　2006.6　319p
①4-7584-3237-6
『平将門　黎明の武者　下　時代小説文
庫』　2006.6　397p
①4-7584-3238-4

PHP文庫（PHP研究所）

『真田幸村と後藤又兵衛』　2014.12
325p
①978-4-569-76251-7

文春文庫（文藝春秋）

『鎌倉擾乱』　1999.7　301p

①4-16-762901-1
〔内容〕非命に斃る, 異形の寵児, 北条高時の
　　最期
『山中鹿之介』　2000.11　490p〈1997年
刊の改訂〉
①4-16-762902-X
『闇の松明』　2002.6　286p
①4-16-762903-8
〔内容〕尼子悲話, 非刃, 闇に奔る, 闇の松明
『戦国繚乱』　2004.12　319p〈『大友二階
崩れ』（1998年刊）の改題〉
①4-16-762904-6
〔内容〕城井一族の殉節, 大友二階崩れ, 不識
　　庵謙信の影
『霊鬼頼朝』　2007.12　332p
①978-4-16-762905-2
〔内容〕無明の将軍, 平家の封印, 奥羽の風塵,
　　源太の産衣
『曾我兄弟の密命　天皇の刺客』　2009.1
472p〈『天皇の刺客』（2006年刊）の改
題〉
①978-4-16-762906-9
『源氏の流儀　源義朝伝』　2012.3　198p
①978-4-16-762907-6

高橋　三千綱
たかはし・みちつな
1948～

大阪府生まれ。早大中退。様々な職業
を経て小説家となり、1978年「九月の
空」で芥川賞を受賞。近年は時代小説
も執筆している。

講談社文庫（講談社）

『平成のさぶらい』　1996.5　305p
①4-06-263237-3

集英社文庫（集英社）

『空の剣　男谷精一郎の孤独』　2007.11
　534p
　①978-4-08-746235-7

双葉文庫（双葉社）

◇右京之介助太刀始末

『お江戸は爽快　右京之介助太刀始末』
　2004.5　344p〈『平成のさぶらい』（講
　談社1993年刊）の改題〉
　①4-575-66171-6
　〔内容〕若様、ご免遊ばせ、然らば助太刀、若
　　様、赦してたもれ、若様、あれが秘剣"鬼
　　は内"、若様、何処の空へ
『お江戸の若様　右京之介助太刀始末』
　2004.8　342p〈『江戸の若様』（講談社
　1996年刊）の改題〉
　①4-575-66178-3
　〔内容〕抒情あり、前金で三百八十六両、乳房、
　　豊満なれど、破落戸若様、若様の空
『お江戸の用心棒　右京之介助太刀始末
　上』　2007.2　221p
　①978-4-575-66271-9
『お江戸の用心棒　右京之介助太刀始末
　下』　2007.2　247p
　①978-4-575-66272-6
『お江戸の姫君　右京之介助太刀始末』
　2015.12　348p〈文献あり〉
　①978-4-575-66755-4

◇大江戸剣聖一心斎

『黄金の鯉　大江戸剣聖一心斎』　2013.9
　311p〈『剣聖一心斎』（文春文庫 2002年
　刊）の改題、加筆訂正〉
　①978-4-575-66627-4
『秘剣、埋蔵金嗚咽　大江戸剣聖一心斎』
　2013.12　277p〈『剣聖一心斎』（文春文

庫 2002年刊）と「暗闇一心斎」（文春文
庫 2004年刊）の改題、加筆訂正、合本〉
　①978-4-575-66644-1
『魂を風に泳がせ　大江戸剣聖一心斎』
　2014.3　297p〈『暗闇一心斎』（文春文
　庫 2004年刊）の改題、加筆訂正〉
　①978-4-575-66659-5
　〔内容〕秘剣ふぐりほぐし、妖怪七変化、秘め
　　事、異国の空、夕映えを斬る、魂を風に泳
　　がせ、鳥のごとく、フライ

文春文庫（文藝春秋）

『剣聖一心斎』　2002.8　351p
　①4-16-756202-2
『暗闇一心斎』　2004.7　430p
　①4-16-756203-0
　〔内容〕闇の息、片手突き、化け物退治、身代
　　わり獄門、あれが武田の埋蔵金、秘剣ふぐ
　　りほぐし、妖怪七変化、秘め事、異国の空、
　　夕映えを斬る、魂を風に泳がせ、鳥の如く、
　　フライ

高橋　由太
たかはし・ゆた
1972～

千葉県生まれ。2010年「もののけ本所
深川事件帖 オサキ江戸へ」が「この
ミステリーがすごい！」大賞の隠し玉
となってデビュー。妖怪もので人気作
家に。

角川文庫（KADOKAWA）

◇ぽんぽこもののけ江戸語り

『ちょんまげ、ちょうだい　ぽんぽこもの

歴史時代小説文庫総覧 現代の作家

のけ江戸語り』 2011.11 260p〈発売：角川グループパブリッシング〉
①978-4-04-394478-1

『ちょんまげ、ばさら ぽんぽこもののけ江戸語り』 2012.1 246p〈発売：角川グループパブリッシング〉
①978-4-04-100097-7

『ちょんまげ、くろにくる ぽんぽこもののけ江戸語り』 2012.3 250p〈発売：角川グループパブリッシング〉
①978-4-04-100194-3

◇ぽんぽこもののけ陰陽師語り

『おにぎり、ちょうだい ぽんぽこもののけ陰陽師語り』 2012.12 266p〈発売：角川グループパブリッシング〉
①978-4-04-100622-1

『おにぎり、ぽろぽろ ぽんぽこもののけ陰陽師語り』 2013.3 265p〈文献あり 発売：角川グループパブリッシング〉
①978-4-04-100732-7

『おにぎり、ころりん ぽんぽこもののけ陰陽師語り』 2013.6 248p〈文献あり 発売：角川グループホールディングス〉
①978-4-04-100873-7

『お江戸、ほろり 神田もののけ人情語り』 2014.4 238p
①978-4-04-101314-4
〔内容〕早く妖怪になりたーい, 妖怪退治の三爺さん, 現れる, にゃんたま, ちょうだい, 貧乏神, ちょうだい, 小竹の恋

『お江戸、にゃんころり 神田もののけ猫語り』 2014.12 247p
①978-4-04-101541-4
〔内容〕死神の幸吉, ともだち, 若殿と百姓娘, 九回死んだ猫, 岡っ引きと幽霊, 教え子

幻冬舎時代小説文庫（幻冬舎）

◇唐傘小風の幽霊事件帖

『唐傘小風の幽霊事件帖』 2011.6 262p
①978-4-344-41693-2
〔内容〕娘の幽霊, 本所深川に現るの巻, 小風, 夜の墓に行くの巻, 伸吉, 幽霊の師匠になるの巻, 小風, 夜歩きするの巻, しぐれ, 金儲けをするの巻, 百鬼, 江戸を駆けるの巻, 伸吉, 賽の河原への巻

『恋閻魔 唐傘小風の幽霊事件帖』 2011.12 244p
①978-4-344-41782-3

『妖怪泥棒 唐傘小風の幽霊事件帖』 2012.6 230p
①978-4-344-41876-9

『あやかし三國志、ぴゅるり 唐傘小風の幽霊事件帖』 2013.2 237p
①978-4-344-41988-9

『あやかし三國志、たたん 唐傘小風の幽霊事件帖』 2013.4 238p〈文献あり〉
①978-4-344-42014-4

幻冬舎文庫（幻冬舎）

◇大江戸もののけ横町顚末記

『ねこみせ、がやがや 大江戸もののけ横町顚末記』 2013.9 182p
①978-4-344-42080-9

『まねきねこ、おろろん 大江戸もののけ横町顚末記』 2013.12 173p
①978-4-344-42120-2

『神様長屋、空いてます。 新大江戸もののけ横町顚末記』 2014.12 174p
①978-4-344-42283-4

光文社文庫（光文社）

『つばめや仙次ふしぎ瓦版』　2011.7
　207p
　①978-4-334-74976-7
『忘れ簪　文庫書下ろし　つばめや仙次ふ
　しぎ瓦版』　2012.4　241p
　①978-4-334-76396-1
『にんにん忍ふう　少年忍者の捕物帖　文
　庫書下ろし/長編時代小説』　2013.8
　245p
　①978-4-334-76613-9
『契り桜　風太郎江戸事件帖　文庫書下ろ
　し/長編時代小説』　2014.4　255p
　①978-4-334-76701-3

新潮文庫（新潮社）

『もののけ、ぞろり』　2012.11　271p
　〈文献あり〉
　①978-4-10-127061-6
『もののけ、ぞろり　お江戸うろうろ』
　2013.2　261p 〈文献あり〉
　①978-4-10-127062-3
　〔内容〕もののけ、ぞろりお江戸でうろうろ,
　　さんすけ、お留守番をする
『もののけ、ぞろり大奥わらわら』
　2013.5　266p 〈文献あり〉
　①978-4-10-127063-0
『もののけ、ぞろり　東海道どろろん』
　2013.8　288p 〈文献あり〉
　①978-4-10-127064-7
『もののけ、ぞろり 吉原すってんころり』
　2013.11　252p 〈文献あり〉
　①978-4-10-127065-4
『もののけ、ぞろり　巌流島くるりん』
　2014.2　240p 〈文献あり〉
　①978-4-10-127066-1
　〔内容〕もののけ、ぞろり巌流島くるりん, さ
　　んすけ、恋に落ちる
『新選組ござる』　2015.2　231p 〈文献あ

り〉
　①978-4-10-127067-8
『新選組はやる』　2015.5　241p 〈文献あ
　り〉
　①978-4-10-127068-5
『新選組おじゃる』　2015.8　248p
　①978-4-10-127069-2

宝島社文庫（宝島社）

◇もののけ本所深川事件帖

『もののけ本所深川事件帖　オサキ江戸へ
　〔このミス大賞〕』　2010.5　283p 〈文
　献あり〉
　①978-4-7966-7684-7
『もののけ本所深川事件帖　オサキ鰻大食
　い合戦へ』　2010.10　243p
　①978-4-7966-7812-4
『もののけ本所深川事件帖　オサキ婚活す
　る』　2011.8　258p
　①978-4-7966-8479-8
『もののけ本所深川事件帖　オサキと江戸
　の歌姫』　2012.5　267p
　①978-4-7966-9725-5
『オサキつくもがみ、うじゃうじゃ　もの
　のけ本所深川事件帖』　2012.12　284p
　①978-4-8002-0498-1
　〔内容〕絵猫, 唐傘小僧, 小桜, 一反木綿
『オサキと骸骨幽霊　もののけ本所深川事
　件帖』　2014.3　248p 〈文献あり〉
　①978-4-8002-2426-2
『もののけ本所深川事件帖　オサキと江戸
　のまんじゅう　『このミス』大賞シ
　リーズ』　2016.12　248p
　①978-4-8002-6491-6

徳間文庫（徳間書店）

◇雷獣びりびり

『雷獣びりびり　大江戸あやかし犯科帳』
　2011.2　253p
　①978-4-19-893308-1
　〔内容〕びりびり小路, 妖怪改方, 黒天狗, 包丁幽霊, 火鬼, 山姥

『雷獣びりびり　大江戸あやかし犯科帳　クロスケ、吸血鬼になる』　2011.9　205p
　①978-4-19-893431-6
　〔内容〕江戸の吸血鬼, 京の妖かし斬り師, こよりの恋, 染之助, 医者, 守り蛇のハク, 唐人の敵討ち

『雷獣びりびり　大江戸あやかし犯科帳　クロスケ、恋をする』　2011.10　214p
　①978-4-19-893449-1
　〔内容〕田舎娘, 流行病1, クロスケの失恋, 筧三十郎, 流行病2, 幽霊, 善鬼とお久美, 疫病神退治, 妖豆

◇もののけ犯科帳

『雷獣びりびり　もののけ犯科帳』　2015.9　283p〈2011年刊の加筆・修正〉
　①978-4-19-894013-3
　〔内容〕妖怪改方, 黒天狗, 包丁幽霊, 火鬼, 山姥

『吸血鬼にゃあにゃあ　もののけ犯科帳』　2015.10　261p〈『雷獣びりびり』（徳間文庫 2011年刊）の改題、加筆・修正〉
　①978-4-19-894024-9

『疫病神ちちんぷい　もののけ犯科帳』　2015.11　258p〈『雷獣びりびり』（徳間文庫 2011年刊）の改題、加筆・修正〉
　①978-4-19-894035-5

『化け狸あいあい　もののけ犯科帳』　2015.12　252p
　①978-4-19-894044-7
　〔内容〕化け狸あいあい, もののけ天下一武道会, 稲亭の休日

『明日きみは猫になる　もののけ犯科帳』　2016.4　251p
　①978-4-19-894090-4
　〔内容〕明日きみはハゲになる, 明日きみは猫になる, 明日きみはお久美に会う

双葉文庫（双葉社）

『斬られて、ちょんまげ　新選組!!!幕末ぞんび』　2014.8　267p〈文献あり〉
　①978-4-575-66681-6

文春文庫（文藝春秋）

『猫は仕事人』　2014.11　261p
　①978-4-16-790229-2

『猫は大泥棒』　2015.3　247p
　①978-4-16-790326-8
　〔内容〕猫は岡っ引き, 猫はお庭番, 猫は大泥棒

『猫は心配症』　2015.7　261p
　①978-4-16-790409-8
　〔内容〕猫は心配症, 猫は博打うち, 猫は船頭, 猫は浮気者

『猫は剣客商売』　2016.6　290p
　①978-4-16-790635-1
　〔内容〕猫は剣客商売, 猫は大忙し, 猫は行方不明, 猫は見落としていた, 中村様は仕事人

岳 宏一郎
たけ・こういちろう
1938～

宮城県生まれ。早大卒。脚本家を経て
小説家となる。代表作に「群雲、関ケ
原へ」。

講談社文庫（講談社）

『天正十年夏ノ記』　1999.9　347p
　①4-06-264664-1
『花鳥の乱　利休の七哲』　2001.4　256p
　〔内容〕風の武士―荒木村重, 天上の城―高
　山右近, 花の下―織田有楽斎, 早舟の客―
　蒲生氏郷, 雨の中の犬―細川忠興, 加賀の
　狐―前田利長, 美の巡礼―古田織部
『軍師官兵衛　上』　2001.7　289p　〈『乱
　世が好き』(毎日新聞社1997年刊) の改
　題〉
　①4-06-273216-5
『軍師官兵衛　下』　2001.7　283p　〈『乱
　世が好き』(毎日新聞社1997年刊) の改
　題〉
　①4-06-273217-3
『蓮如夏の嵐　上』　2004.4　320p
　①4-06-273952-6
『蓮如夏の嵐　下』　2004.4　333p
　①4-06-273953-4
『御家の狗』　2005.7　316p
　①4-06-275132-1
　〔内容〕胡獱, 鷹狩り, 花ざかりの杏の木

光文社文庫（光文社）

『群雲、関ケ原へ　長編歴史小説　上』
　2007.9　673p
　①978-4-334-74313-0

『群雲、関ケ原へ　長編歴史小説　下』
　2007.9　665p
　①978-4-334-74314-7
『群雲、賤ケ岳へ　長編歴史小説』
　2008.3　567p　〈『軍師官兵衛』(講談社
　2001年刊) の加筆〉
　①978-4-334-74392-5
『天正十年夏ノ記　長編歴史小説〔光文社
　時代小説文庫〕』　2009.3　345p　〈文献
　あり〉
　①978-4-334-74558-5
『群雲、賤ケ岳へ　長編歴史小説』
　2013.10　564p　〈2008年刊の再刊〉
　①978-4-334-76643-6

新潮文庫（新潮社）

『群雲、関ケ原へ　上巻』　1998.1　674p
　①4-10-144621-0
『群雲、関ケ原へ　下巻』　1998.1　666p
　①4-10-144622-9

竹内 大
たけうち・だい
1938～

東京生まれ。早大中退。医学エッセイ
ストの傍ら、時代小説も執筆。

小学館文庫（小学館）

『神隠し』　2002.6　285p
　①4-09-410012-1
　〔内容〕神隠し, 公事だくみ
『人買い』　2003.3　285p
　①4-09-410018-0
『欠落ち』　2005.5　302p

①4–09–410023–7

武内 涼
たけうち・りょう
1978～

群馬県生まれ。早大卒。2011年「忍びの森」でデビュー。「妖草師」シリーズは「この時代小説がすごい！2016年版」文庫書き下ろし部門で1位を獲得した。

角川ホラー文庫
（KADOKAWA）

『忍びの森』 2011.4 486p 〈発売：角川グループパブリッシング〉
①978–4–04–394433–0

『戦都の陰陽師（おんみょうじ）』 2011.12 510p 〈文献あり 発売：角川グループパブリッシング〉
①978–4–04–394492–7

『戦都の陰陽師 騒乱ノ奈良編』 2012.7 507p 〈文献あり 発売：角川グループパブリッシング〉
①978–4–04–100446–3

『戦都の陰陽師 迷宮城編』 2013.2 452p 〈文献あり 発売：角川グループパブリッシング〉
①978–4–04–100713–6

『鬼狩りの梓馬』 2014.4 473p 〈文献あり〉
①978–4–04–101330–4
〔内容〕麻布村の女, 踊りの返し, 山吹の里

光文社文庫 （光文社）

『忍び道 忍者の学舎開校の巻』 2014.

10 293p 〈文献あり〉
①978–4–334–76819–5

『忍び道 利根川激闘の巻』 2015.9 335p 〈文献あり〉
①978–4–334–76972–7

徳間文庫 （徳間書店）

◇妖草師

『妖草師』 2014.2 413p 〈文献あり〉
①978–4–19–893795–9

『人斬り草 妖草師』 2015.3 394p 〈文献あり〉
①978–4–19–893947–2
〔内容〕柿入道, 若冲という男, 夜の海, 文覚の裂裟, 西町奉行

『魔性納言 妖草師』 2016.2 521p 〈文献あり〉
①978–4–19–894069–0

ハルキ文庫 （角川春樹事務所）

『吉野太平記 上 時代小説文庫』 2015.12 319p
①978–4–7584–3968–8

『吉野太平記 下 時代小説文庫』 2015.12 332p 〈文献あり〉
①978–4–7584–3969–5

竹河 聖
たけかわ・せい

東京生まれ。青山学院大卒。「悪魔ス
テーション」でデビューし、SF、怪奇、
ホラーサスペンスの分野で活躍。

光文社文庫（光文社）

『からくり偽清姫　長編時代小説』
　2007.2　327p
　①978-4-334-74206-5

ハルキ文庫（角川春樹事務所）

◇あやかし草紙

『丑三つの月　あやかし草紙　時代小説文
　庫』　2009.3　271p
　①978-4-7584-3399-0
『半夏生の灯　あやかし草紙　時代小説文
　庫』　2009.8　273p
　①978-4-7584-3426-3
『ほおずきの風　あやかし草紙　時代小説
　文庫』　2010.3　288p
　①978-4-7584-3452-2

双葉文庫（双葉社）

『江戸あやかし舟　書き下ろし長編伝奇時
　代小説』　2004.2　311p
　①4-575-66164-3

竹花 咲太郎
たけはな・さくたろう

1947～

埼玉県生まれ。1991年作家デビュー。
松岡弘一名義でミステリーなどを執筆
している。

学研M文庫（学研パブリッシング）

『首刈り無宿　百両首いただきやす』
　2003.12　251p
　①4-05-900268-2

コスミック・時代文庫
（コスミック出版）

『首刈り朝右衛門』　2004.9　270p〈東京
　コスミックインターナショナル（発
　売）〉
　①4-7747-0790-2

竹山 洋
たけやま・よう

1946～

早大卒。脚本家となり、1996年のNHK
大河ドラマ「秀吉」で注目を浴びた。
2002年にはNHK大河ドラマ「利家とま
つ」を手がけ、小説としても発表。

新潮文庫（新潮社）

『利家とまつ　上巻』　2003.10　422p

①4–10–119321–5
『利家とまつ　下巻』　2003.10　446p
　①4–10–119322–3

太佐　順

たさ・じゅん

1937～

鹿児島県生まれ。鹿屋高中退。著書に
「祈りの部屋」「父の年輪」「砲台跡の夏
草」「遠すぎる渚 太田八重子愛と死の
なぞ遺して」など。

学研M文庫 (学研パブリッシング)

◇薬種屋喜十事件控

『夜の琴　薬種屋喜十事件控』　2009.1
　287p
　①978–4–05–900567–4
『異人舟　薬種屋喜十事件控』　2009.12
　265p 〈発売：学研マーケティング〉
　①978–4–05–900612–1
　〔内容〕その夜の阿蘭陀女, 罌粟の花の屋敷
　　で, 薩州船は何処へ

多田　容子

ただ・ようこ

1971～

香川県生まれ。京大卒。在学中から
小説を執筆、1999年「双眼」で作家デ
ビュー。

講談社文庫 (講談社)

『双眼』　2002.5　302p
　①4–06–273431–1
『柳影』　2003.6　309p
　①4–06–273772–8
『やみとり屋』　2004.7　329p
　①4–06–274819–3
『女剣士・一子相伝の影』　2006.12　405p
　〈『秘剣の黙示』(2001年刊) の改題〉
　①4–06–275592–0

時代小説文庫

(ランダムハウス講談社)

『双眼』　2008.7　349p 〈2002年刊の増
　補〉
　①978–4–270–10212–1
『柳影』　2008.9　350p 〈2003年刊の増
　補〉
　①978–4–270–10232–9

集英社文庫 (集英社)

『柳生平定記』　2009.9　369p 〈文献あ
　り〉
　①978–4–08–746483–2
『諸刃の燕』　2012.8　401p
　①978–4–08–746878–6

PHP文芸文庫（PHP研究所）

◇おばちゃんくノ一小笑組

『おばちゃんくノ一小笑組』　2011.5
301p
①978-4-569-67652-4
『おばちゃんくノ一小笑組　女忍隊の罠』
2013.2　365p
①978-4-569-67939-6

PHP文庫（PHP研究所）

『甘水岩　修羅の忍び・伊真』　2009.2
340p
①978-4-569-67167-3

富士見新時代小説文庫

（KADOKAWA）

『寝太郎与力映之進』　2015.1　290p
①978-4-04-070435-7

立花　水馬
たちばな・みずま
1961〜

愛知県生まれ。早大卒。外資系企業を
経て、2010年「虫封じ□」でオール讀
物新人賞を受賞。

徳間時代小説文庫（徳間書店）

『世直し！ 河童大明神』　2016.12　314p
①978-4-19-894175-8

文春文庫（文藝春秋）

『虫封じ□』　2015.10　346p
①978-4-16-790470-8
〔内容〕虫封じ□, 稚児行列, 饅頭怖い, 黒い
舌, 銭がえる

伊達　虔
だて・けん
1937〜

広島県生まれ。茨木高卒。建築資料研
究社を経て、作家デビュー。

学研M文庫（学研パブリッシング）

『鳥刺同心　晩秋の稲妻』　2007.9　292p
①978-4-05-900494-3
〔内容〕晩秋の稲妻, 春の椿

立石　優
たていし・ゆう
1935〜

旧満州生まれ。明大卒。著書に「河井
継之助を支えた男 長岡藩勘定頭村松忠
治右衛門」 など。

廣済堂文庫（廣済堂出版）

『堀部安兵衛　特選歴史小説』　2002.3
371p〈『堀部安兵衛の忠臣蔵』（学陽書
房1998年刊）の増訂〉
①4-331-60923-5

立松和平

PHP文庫（PHP研究所）

『武田勝頼　宿命と闘い続けた若き勇将』
2007.9　333p
①978-4-569-66901-4

『徳川秀忠と妻お江　江戸三百年の礎を築いた夫婦の物語』　2011.1　337p〈文献あり　年表あり〉
①978-4-569-67577-0

『久坂玄瑞　高杉晋作と並び称された松下村塾の俊英』　2015.1　289p〈文献あり　年譜あり〉
①978-4-569-76263-0

立松 和平
たてまつ・わへい
1947～2010

栃木県生まれ。早大卒。様々な職業を経て、「遠雷」で野間文芸新人賞を受賞して作家に。2007年「道元禅師」で泉鏡花文学賞を受賞した。

学研M文庫（学研パブリッシング）

『良寛　上』　2013.1　307p〈大法輪閣2010年刊の再刊　発売：学研マーケティング〉
①978-4-05-900804-0

『良寛　下』　2013.1　309p〈大法輪閣2010年刊の再刊　発売：学研マーケティング〉
①978-4-05-900805-7

新潮文庫（新潮社）

『道元禅師　上巻』　2010.7　494p

①978-4-10-134203-0

『道元禅師　中巻』　2010.7　490p
①978-4-10-134204-7

『道元禅師　下巻』　2010.7　489p〈文献あり〉
①978-4-10-134205-4

田中 啓文
たなか・ひろふみ
1962～

大阪府生まれ。神戸大卒。2009年「渋い夢」で日本推理作家協会賞を受賞。時代小説に「鍋奉行犯科帳」シリーズがある。

コバルト文庫（集英社）

『陰陽師九郎判官』　2003.12　222p
①4-08-600356-2
〔内容〕陰陽師九郎判官, ふたりの九郎判官, 壇ノ浦の怪

集英社スーパーファンタジー文庫（集英社）

『陰に棲む影たち　十兵衛錆刃剣』
1995.2　270p〈背の書名：Shadows in the shadow〉
①4-08-613167-6

集英社文庫（集英社）

◇鍋奉行犯科帳

『鍋奉行犯科帳』　2012.12　386p〈文献

あり〉
　①978-4-08-745022-4
　〔内容〕フグは食ひたし、ウナギとりめせ、カツオと武士、絵に描いた餅

『道頓堀の大ダコ　鍋奉行犯科帳』
　2013.8　424p〈文献あり〉
　①978-4-08-745106-1
　〔内容〕風邪うどん、地獄で豆腐、蛸芝居、長崎の敵を大坂で討つ

『浪花の太公望　鍋奉行犯科帳』　2014.5
　351p〈文献あり〉
　①978-4-08-745191-7
　〔内容〕地車囃子鱧の皮、狸のくれた献立、釣り馬鹿に死

『京へ上った鍋奉行　鍋奉行犯科帳』
　2014.12　365p〈文献あり〉
　①978-4-08-745266-2
　〔内容〕ご落胤波乱盤上、浮瀬騒動、京へ上った鍋奉行

『お奉行様の土俵入り　鍋奉行犯科帳』
　2015.5　398p〈文献あり〉
　①978-4-08-745323-2
　〔内容〕餅屋問答、なんきん忠臣蔵、鯉のゆくえ

『お奉行様のフカ退治　鍋奉行犯科帳』
　2015.12　385p〈文献あり〉
　①978-4-08-745398-0
　〔内容〕ニシンを磨け、お奉行様のフカ退治、苦い味わい

『猫と忍者と太閤さん　鍋奉行犯科帳』
　2016.5　446p〈文献あり〉
　①978-4-08-745449-9
　〔内容〕忍び飯、太閤さんと鍋奉行、猫をかぶった久右衛門

『茶坊主漫遊記』　2012.2　314p
　①978-4-08-746799-4
　〔内容〕茶坊主の知恵、茶坊主の童心、茶坊主の醜聞、茶坊主の不信、茶坊主の秘密

文春文庫（文藝春秋）

『チュウは忠臣蔵のチュウ』　2011.4
　459p
　①978-4-16-780130-4

谷　恒生
たに・こうせい
1945〜2003

東京生まれ。鳥羽商船高専卒。一等航海士を経て「喜望峰」で小説家デビュー。以後海洋冒険小説の第一人者となる。のちSF伝奇小説や時代小説も執筆した

河出文庫（河出書房新社）

『那須与一　上』　1995.10　355p
　①4-309-40458-8

『那須与一　下』　1995.10　347p
　①4-309-40459-6

『毛利元就』　1996.8　389p〈『青雲の鷲』（講談社1990年刊）の改題〉
　①4-309-40484-7

『千利休の謀略』　1997.12　278p
　①4-309-40518-5

『革命児・信長　上』　1998.3　436p
　〈『信長大志を生きる』（ベストセラーズ1991年刊）の改題〉
　①4-309-40528-2

『革命児・信長　下』　1998.3　415p
　〈『信長華か、覇道か』（ベストセラーズ1992年刊）の改題〉
　①4-309-40529-0

ケイブンシャ文庫（勤文社）

『柳生十兵衛　1　妖剣乱舞』　2000.8
　251p
　Ⓘ4-7669-3547-0

講談社文庫（講談社）

『戦国の風』　1992.9　411p
　Ⓘ4-06-185235-3

光文社文庫（光文社）

『安倍晴明・怪　平安時代絵巻』　2001.8
　273p
　Ⓘ4-334-73196-1

小学館文庫（小学館）

『千利休の謀略』　1999.12　327p
　Ⓘ4-09-403771-3
『安倍晴明　陰陽宮　1』　2000.4　274p
　Ⓘ4-09-403772-1
『安倍晴明　陰陽宮　2』　2000.5　270p
　Ⓘ4-09-403773-X
『安倍晴明　陰陽宮　3』　2000.6　267p
　Ⓘ4-09-403774-8
『安倍晴明　陰陽宮　4』　2000.7　269p
　Ⓘ4-09-403775-6
『安倍晴明　陰陽宮　5』　2000.8　277p
　Ⓘ4-09-403776-4
『安倍晴明　陰陽宮　6』　2000.10　270p
　Ⓘ4-09-403777-2
『安倍晴明　陰陽宮　7』　2001.6　267p
　Ⓘ4-09-403779-9
『安倍晴明　陰陽宮　8』　2001.7　264p
　Ⓘ4-09-403780-2
『安倍晴明　陰陽宮　9』　2001.8　261p

　Ⓘ4-09-403786-1
『安倍晴明　紫式部篇』　2001.12　274p
　Ⓘ4-09-403787-X
『安倍晴明　式神篇』　2002.9　270p
　Ⓘ4-09-403788-8
『安倍晴明　妖闘篇』　2002.11　275p
　Ⓘ4-09-403789-6

祥伝社文庫（祥伝社）

◇闇斬り竜四郎

『闇斬り竜四郎　長編時代小説』　2001.
　12　279p
　Ⓘ4-396-33013-8
『乱れ夜叉　時代官能小説　闇斬り竜四
　郎』　2002.5　278p
　Ⓘ4-396-33043-X
『乱れ菩薩　長編時代官能小説　闇斬り竜
　四郎』　2003.6　286p
　Ⓘ4-396-33110-X

徳間文庫（徳間書店）

◇陰陽道・転生安倍晴明

『陰陽道・転生安倍晴明　義経起つ』
　2000.4　280p
　Ⓘ4-19-891295-5
『陰陽道・転生安倍晴明　源平騒乱』
　2000.6　276p
　Ⓘ4-19-891326-9
『陰陽道・転生安倍晴明　義経伝説』
　2000.8　284p
　Ⓘ4-19-891357-9

◇闇斬り稼業

『闇斬り稼業』　2001.8　280p
　Ⓘ4-19-891556-3

『秘事　闇斬り稼業』　2001.12　282p
　①4-19-891625-X
『妖淫　闇斬り稼業』　2002.3　284p
　①4-19-891678-0
『蕩悦　闇斬り稼業』　2003.5　297p
　①4-19-891889-9
『情炎　闇斬り稼業』　2003.9　312p
　①4-19-891940-2

『寒月一凍悪霊斬り』　1992.10　285p
　①4-19-567328-3
『寒月一凍あばれ鉄扇』　1993.1　246p
　①4-19-567441-7
　〔内容〕あばれ鉄扇, みだれ鉄扇, 魑魅狩り, 地獄の掟, 殺人鬼, 鬼子母神
『寒月一凍惨殺』　1993.5　249p
　①4-19-567572-3
『雪姫世直し帖　春色炎の舞』　1999.1　324p〈『雪姫七変化』(講談社1989年刊)の改題〉
　①4-19-891031-6
『神変桜姫　上』　1999.6　392p
　①4-19-891120-7
『神変桜姫　下』　1999.6　407p
　①4-19-891121-5
『蒼竜探索帳』　2003.11　282p
　①4-19-891974-7

双葉文庫(双葉社)

『斎藤伝鬼房』　1989.11　242p
　①4-575-66051-5
『岩見重太郎　慶長水滸伝　1　関ケ原』　1993.3　285p
　①4-575-66080-9
『岩見重太郎　慶長水滸伝　2　好漢雌伏』　1993.4　380p
　①4-575-66081-7
『岩見重太郎　慶長水滸伝　3　雷雲』　1994.1　388p
　①4-575-66084-1
『岩見重太郎　慶長水滸伝　4　疾風大坂城』　1994.2　327p
　①4-575-66085-X
『岩見重太郎　慶長水滸伝　5　滅びの美学』　1994.3　295p
　①4-575-66086-8

玉岡　かおる
たまおか・かおる
1956～

兵庫県生まれ。神戸女学院大卒。作家・コメンテーターとして活躍。代表作に「天涯の船」「お家さん」など。

幻冬舎時代小説文庫(幻冬舎)

『虹、つどうべし　別所一族ご無念御留』　2016.12　414p
　①978-4-344-42559-0

新潮文庫(新潮社)

『銀のみち一条　上巻』　2011.9　420p
　①978-4-10-129619-7
『銀のみち一条　下巻』　2011.9　441p
　〈文献あり〉
　①978-4-10-129620-3
『負けんとき　ヴォーリズ満喜子の種まく日々　上巻』　2014.8　391p
　①978-4-10-129621-0
『負けんとき　ヴォーリズ満喜子の種まく日々　下巻』　2014.8　455p〈文献あり〉
　①978-4-10-129622-7

田牧 大和
たまき・やまと
1966〜

東京生まれ。明星大卒。2007年「色には出でじ 風に牽牛」で小説現代長編新人賞を受賞、同作を改題した「花合せ」でデビュー。

角川文庫(KADOKAWA)

◇とんずら屋請負帖

『とんずら屋請負帖』 2013.10 308p
〈『とんずら屋弥生請負帖』(角川書店2012年刊)の改題〉
①978-4-04-101036-5
〔内容〕船宿―始, 松岡―駆込, 鐘ケ淵―往還, 箱根―夜逃, 浅草―出戻, 御蔵傍―奪還, 高輪―木戸破

『とんずら屋請負帖〔2〕仇討』 2013.12 297p
①978-4-04-101124-9
〔内容〕鈴音, 杜下の郷, 新入り女中, 各務丈之進, 小瀧の姉弟, 小さなとんずら客, 友, 忘れ形見, 元締, 下男, 水方差配, お昌, 進右衛門と丈之進, 藤助, そして, 時は動き出す, 鈴音, 腰抜け佐門, 杜下の郷, 啓治郎

『まっさら 駆け出し目明し人情始末』
2016.1 322p
①978-4-04-103822-2

講談社文庫(講談社)

◇濱次お役者双六

『花合せ 濱次お役者双六』 2010.12

267p〈2007年刊の加筆・修正 文献あり〉
①978-4-06-276823-8

『質草破り 濱次お役者双六 2ます目』
2012.8 312p
①978-4-06-277323-2

『翔ぶ梅 濱次お役者双六 3ます目』
2012.12 325p
①978-4-06-277428-4
〔内容〕とちり蕎麦, 縁, 翔ぶ梅―香風昔語り

『半可心中 濱次お役者双六』 2014.4 319p
①978-4-06-277823-7

『長屋狂言 濱次お役者双六』 2015.5 308p
①978-4-06-293107-6

『三悪人』 2011.7 253p〈2009年刊の加筆・修正〉
①978-4-06-277001-9

『泣き菩薩』 2011.12 278p
①978-4-06-277107-8

『身をつくし 清四郎よろづ屋始末』
2013.6 241p
①978-4-06-277574-8
〔内容〕おふみの簪, 正直与兵衛, お染観音

『錠前破り、銀太』 2016.8 271p
①978-4-06-293476-3

新潮文庫(新潮社)

◇女錠前師謎とき帖

『緋色からくり 女錠前師謎とき帖 1』
2011.10 317p〈文献あり〉
①978-4-10-136431-5

『数えからくり 女錠前師謎とき帖 2』
2013.10 329p〈文献あり〉
①978-4-10-136432-2

◇　◇　◇

『陰陽師阿部雨堂』　2016.7　339p〈『三人小町の恋』(2011年刊) の改題、加筆修正〉
　①978-4-10-136433-9

PHP文芸文庫 (PHP研究所)

『鯖猫長屋ふしぎ草紙』　2016.11　379p
　①978-4-569-76644-7

文春文庫 (文藝春秋)

『甘いもんでもおひとつ　藍千堂菓子噺』
　2016.5　310p
　①978-4-16-790614-6
　〔内容〕四文の柏餅, 氷柱姫, 弥生のかの女, 父の名と祝い菓子, 迷子騒動, 百代桜

千野　隆司
ちの・たかし
1951〜

東京生まれ。国学院大卒。出版社勤務、中学教師を経て、1990年「夜の道行」で小説推理新人賞を受賞し、のち時代小説に転向。

朝日文庫 (朝日新聞出版)

◇寺社役同心事件帖

『竹寶寺の闇からくり　寺社役同心事件帖』　2016.3　284p
　①978-4-02-264810-5

『富くじ狂瀾　寺社役同心事件帖』
　2016.5　287p
　①978-4-02-264815-0

学研M文庫 (学研パブリッシング)

◇本所竪川河岸瓦版

『冬花火　本所竪川河岸瓦版』　2005.6　301p
　①4-05-900357-3
　〔内容〕冬花火, 早桜, 川蜻蛉

『ビードロ風鈴の女　本所竪川河岸瓦版』
　2006.9　283p
　①4-05-900434-0
　〔内容〕青簾の影, ビードロ風鈴の女, 梟の羽音

『花燈籠　本所竪川河岸瓦版』　2007.11　277p
　①978-4-05-900505-6
　〔内容〕願の絲, 花燈籠, 銭二十文の絆

『紅の雁　本所竪川河岸瓦版』　2008.8　269p
　①978-4-05-900544-5
　〔内容〕十六夜の剣, こぼれ萩, 紅の雁

◇霊岸島捕物控

『大川端ふたり舟　霊岸島捕物控』
　2006.1　354p〈2002年刊の増訂〉
　①4-05-900393-X

『新川河岸迷い酒　霊岸島捕物控』
　2007.5　352p〈2003年刊の増訂〉
　①978-4-05-900478-3

◇へっぴり木兵衛聞書帖

『永代橋の女　へっぴり木兵衛聞書帖』
　2009.8　303p
　①978-4-05-900592-6
　〔内容〕永代橋情けの仇討, もらい子, 残された女

『水面の月　へっぴり木兵衛聞書帖』
　2010.1　296p 〈発売：学研マーケティング〉
　①978-4-05-900616-9

◇槍の文蔵江戸草紙

『恋の辻占　槍の文蔵江戸草紙』　2010.7
　285p 〈発売：学研マーケティング〉
　①978-4-05-900644-2
　〔内容〕恋の辻占, おけいの涙, 雨後の神隠し

『残り螢　槍の文蔵江戸草紙』　2010.11
　291p 〈発売：学研マーケティング〉
　①978-4-05-900666-4
　〔内容〕残り螢, やきもち, お女郎の契り

『命の女　槍の文蔵江戸草紙』　2011.5
　271p 〈発売：学研マーケティング〉
　①978-4-05-900686-2
　〔内容〕鶴渡る, 命の女, 雪の行列

◇棒手振り同心事件帖

『初水の夢　棒手振り同心事件帖』
　2011.12　283p 〈発売：学研マーケティング〉
　①978-4-05-900725-8
　〔内容〕雪の狐火, 初水の夢, 新春縁結び

『皐月の風　棒手振り同心事件帖』　2012.
　5　269p 〈発売：学研マーケティング〉
　①978-4-05-900755-5
　〔内容〕お宝争碁, 朔日祝言, 皐月の風

『秋の声　棒手振り同心事件帖』　2012.10
　271p 〈発売：学研マーケティング〉
　①978-4-05-900785-2
　〔内容〕花木槿の家, 秋の声, 露霜の雀

◇船頭岡っ引き控

『花冷えの霞　船頭岡っ引き控』　2013.3
　281p 〈発売：学研マーケティング〉
　①978-4-05-900815-6
　〔内容〕花冷えの霞, 間抜けな岡っ引き, 弥生尽の星

『秋の調べ　船頭岡っ引き控』　2013.9

　282p 〈発売：学研マーケティング〉
　①978-4-05-900853-8
　〔内容〕夏夜のお多福, 船端の草蜉蝣, 秋の調べ

角川文庫 (KADOKAWA)

◇入り婿侍商い帖

『入り婿侍商い帖　関宿御用達』　2015.5
　285p
　①978-4-04-070565-1
　〔内容〕稲と合鴨, 頼母子講, 地べたの米

『入り婿侍商い帖　関宿御用達　2』
　2015.10　302p
　①978-4-04-103652-5
　〔内容〕初秋の風, 値下がり, 消えた水手, 筈緒を握る

『入り婿侍商い帖　関宿御用達　3』
　2016.2　291p
　①978-4-04-103651-8
　〔内容〕濡れ莫蓙, 響く槌音, 新たな店

『入り婿侍商い帖　出仕秘命　1』　2016.
　8　300p
　①978-4-04-104470-4
　〔内容〕崩落永代橋, 店の屋台骨, 幌付の荷船

『入り婿侍商い帖　出仕秘命　2』　2016.
　11　301p
　①978-4-04-104961-7

幻冬舎時代小説文庫 (幻冬舎)

『出世侍　1』　2015.6　291p
　①978-4-344-42358-9

『出世侍　2　出る杭は打たれ強い』
　2015.12　298p
　①978-4-344-42424-1
　〔内容〕二本の爪楊枝, 狡いお方, 馬上の風

『出世侍　3　昨日の敵は今日も敵』
　2016.6　310p

①978-4-344-42491-3
〔内容〕邪魔者, 付け火, 弦の音

講談社文庫（講談社）

『逃亡者』　2001.12　311p
　①4-06-273317-X

光文社文庫（光文社）

◇寺侍市之丞

『寺侍市之丞　長編時代小説〔光文社時代
　小説文庫〕』　2011.9　277p
　①978-4-334-76302-2
『寺侍市之丞　長編時代小説　孔雀の羽
　〔光文社時代小説文庫〕』　2012.3
　288p
　①978-4-334-76378-7
『寺侍市之丞　西方の霊獣　文庫書下ろし
　/長編時代小説』　2012.8　292p
　①978-4-334-76452-4
『寺侍市之丞　打ち壊し　文庫書下ろし/
　長編時代小説』　2013.3　278p
　①978-4-334-76543-9
『寺侍市之丞　干戈の橇　文庫書下ろし/
　長編時代小説』　2013.9　298p
　①978-4-334-76625-2

コスミック・時代文庫
（コスミック出版）

◇密命同心轟三四郎

『密命同心轟三四郎　空飛ぶ千両箱　書下
　ろし長編時代小説』　2011.3　270p
　①978-4-7747-2389-1
『密命同心轟三四郎〔2〕水底二千両　書

下ろし長編時代小説』　2012.4　262p
　①978-4-7747-2504-8

◇へっつい河岸恩情番屋

『夏初月の雨　書下ろし時代小説　へっつ
　い河岸恩情番屋』　2013.4　261p
　①978-4-7747-2613-7
　〔内容〕夏初月の雨, 梔子の香, 未央柳の涙
『鬼灯のにおい　書下ろし時代小説　へっ
　つい河岸恩情番屋』　2014.4　261p
　①978-4-7747-2718-9
　〔内容〕鬼灯のにおい, 絵絣の女, 夢枕の声

◇次男坊若さま修行中

『初雷の祠　書下ろし長編時代小説　次男
　坊若さま修行中』　2015.4　276p
　①978-4-7747-2818-6
　〔内容〕鮫皮の脇差, 看板女郎, 初雷の祠
『願いの錦絵　書下ろし長編時代小説　次
　男坊若さま修行中〔2〕』　2016.9　270p
　①978-4-7747-2959-6
　〔内容〕おいらのちゃん, 願いの錦絵, 文月の
　幽霊

小学館文庫（小学館）

『戸隠秘宝の砦　第1部　吉原惣籬』
　2012.2　312p
　①978-4-09-408692-8
『戸隠秘宝の砦　第2部　気比の長祭り』
　2012.3　279p
　①978-4-09-408698-0
『戸隠秘宝の砦　第3部　光芒はるか』
　2012.4　281p
　①978-4-09-408712-3
『長谷川平蔵人足寄場　平之助事件帖　1
　憧憬』　2016.10　275p
　①978-4-09-406347-9

千野隆司

祥伝社文庫（祥伝社）

◇首斬り浅右衛門人情控

『首斬り浅右衛門人情控　時代小説』
　2008.9　338p
　①978-4-396-33452-9
　〔内容〕形見の簪、身代わり、脇差、音無しの剣、似た女、怯える夜、蟬の音

『莫連娘　時代小説　首斬り浅右衛門人情控　2』　2009.7　308p
　①978-4-396-33520-5
　〔内容〕莫連娘、濡れ衣、やませ風

『安政くだ狐　長編時代小説　首斬り浅右衛門人情控　3』　2009.12　299p
　①978-4-396-33548-9
　〔内容〕黄楊櫛、湯灌場、狼糞煙、似顔絵、路地裏、五十敲

『北辰の剣　千葉周作開眼　書下ろし長編時代小説』　1998.12　279p
　①4-396-32662-9

静山社文庫（静山社）

『お寧結髪秘録秘花二日咲き』　2011.10　245p
　①978-4-86389-137-1

宝島社文庫（宝島社）

『神楽坂化粧暦夕霞の女』　2014.8　285p
　①978-4-8002-2905-2
　〔内容〕夕霞の女、珠簪の夢、うまい話、女誑し

徳間文庫（徳間書店）

『仇討青鼠　火盗改メ異聞』　2008.4　349p
　①978-4-19-892771-4

ハルキ文庫（角川春樹事務所）

◇南町同心早瀬惣十郎捕物控

『夕暮れの女　南町同心早瀬惣十郎捕物控　時代小説文庫』　2002.2　316p
　①4-89456-955-8

『伽羅千尋　南町同心早瀬惣十郎捕物控　時代小説文庫』　2004.11　269p
　①4-7584-3143-4

『鬼心　南町同心早瀬惣十郎捕物控　時代小説文庫』　2005.11　248p
　①4-7584-3205-8

『雪しぐれ　南町同心早瀬惣十郎捕物控　時代小説文庫』　2007.1　260p
　①978-4-7584-3272-6

『霊岸島の刺客　南町同心早瀬惣十郎捕物控　時代小説文庫』　2007.12　249p
　①978-4-7584-3316-7

『わすれ形見　南町同心早瀬惣十郎捕物控　時代小説文庫』　2008.12　240p
　①978-4-7584-3383-9

『四つの千両箱　南町同心早瀬惣十郎捕物控　時代小説文庫』　2009.11　257p
　①978-4-7584-3444-7

◇蕎麦売り平次郎人情帖

『夏越しの夜　蕎麦売り平次郎人情帖　時代小説文庫』　2010.8　274p
　①978-4-7584-3493-5
　〔内容〕覗き見夜鷹、芋飯の匂い、夏越しの夜

『菊月の香　蕎麦売り平次郎人情帖　時代小説文庫』　2011.2　283p
　①978-4-7584-3524-6

千野隆司

〔内容〕おん富一番, 月の岬, 菊月の香
『霜夜のなごり　蕎麦売り平次郎人情帖　時代小説文庫』　2011.8　260p
　①978-4-7584-3585-7
〔内容〕霜夜のなごり, おこし米, 春を待つ餅
『母恋い桜　蕎麦売り平次郎人情帖　時代小説文庫』　2012.2　274p
　①978-4-7584-3636-6
〔内容〕濡れ衣の火, 事八日の笊, 母恋い桜
『初螢の数　蕎麦売り平次郎人情帖　時代小説文庫』　2012.7　276p
　①978-4-7584-3671-7
〔内容〕初螢の数, 金貸しの姉, 驟雨雷鳴
『木枯らしの朝　蕎麦売り平次郎人情帖　時代小説文庫』　2012.11　276p
　①978-4-7584-3699-1
〔内容〕菊膾の味, 木枯らしの朝, 八重の薄紅

◇若殿見聞録

『徳川家慶、推参　若殿見聞録　1　時代小説文庫』　2013.2　281p
　①978-4-7584-3718-9
『逆臣の刃　若殿見聞録　2　時代小説文庫』　2013.7　283p
　①978-4-7584-3757-8
『秋風渡る　若殿見聞録　3　時代小説文庫』　2013.11　277p
　①978-4-7584-3786-8
『閏月の嵐　若殿見聞録　4　時代小説文庫』　2014.3　267p
　①978-4-7584-3811-7
『家慶の一歩　若殿見聞録　6　時代小説文庫』　2014.11　270p
　①978-4-7584-3858-2

◇札差髙田屋繁昌記

『若旦那の覚悟　札差髙田屋繁昌記　1　時代小説文庫』　2015.3　267p
　①978-4-7584-3882-7
〔内容〕兄嫁の姿, 朱色の珠簪, 消えた縁談
『生きる　札差髙田屋繁昌記　2　時代小説文庫』　2015.6　274p
　①978-4-7584-3911-4
〔内容〕秋の茄子, 奥印金, 貸金会所, 夕日の土手
『兄の背中　札差髙田屋繁昌記　3　時代小説文庫』　2015.11　268p
　①978-4-7584-3959-6
〔内容〕桶の金魚, 闕所の品, 長崎留学

『札差市三郎の女房　時代小説文庫』　2004.1　341p
　①4-7584-3086-1

富士見新時代小説文庫
(KADOKAWA)

◇入り婿侍商い帖

『入り婿侍商い帖　1』　2014.9　283p
　①978-4-04-070313-8
〔内容〕米五俵の縁, 新妻の声, 証文の筆跡
『入り婿侍商い帖　2　水運のゆくえ』　2014.10　289p
　①978-4-04-070315-2
〔内容〕百両の重さ, 身代わり, 密書の墨痕
『入り婿侍商い帖　3　女房の声』　2015.2　280p
　①978-4-04-070492-0
〔内容〕口封じ, 飛び地の酒, 泥濘の河岸

双葉文庫(双葉社)

◇主税助捕物暦

『夜叉追い　主税助捕物暦』　2004.10　317p
　①4-575-66182-1
『天狗斬り　主税助捕物暦』　2005.7

千野隆司

317p
①4-575-66209-7

『麒麟越え　主税助捕物暦』　2006.4
301p
①4-575-66239-9

『虎狼舞い　主税助捕物暦』　2007.3
318p
①978-4-575-66277-1

『怨霊崩し　主税助捕物暦』　2008.5
317p
①978-4-575-66333-4

『紅鷽突き　主税助捕物暦』　2009.4
301p
①978-4-575-66377-8

『鮫鰐裁ち　主税助捕物暦』　2009.10
317p
①978-4-575-66409-6

『玄武艶し　主税助捕物暦』　2010.3
293p
①978-4-575-66436-2

◇湯屋のお助け人

『菖蒲の若侍　湯屋のお助け人』　2011.1
307p
①978-4-575-66482-9

『桃湯の産声　湯屋のお助け人』　2011.3
269p
①978-4-575-66491-1

『覚悟の算盤　湯屋のお助け人』　2011.7
264p
①978-4-575-66512-3

『待宵の芒舟　湯屋のお助け人』　2011.11　262p
①978-4-575-66531-4

『神無の恋風　湯屋のお助け人』　2012.1
299p
①978-4-575-66542-0

◇駆け出し同心・鈴原淳之助

『赤鍔の剣　駆け出し同心・鈴原淳之助』
2012.9　265p

①978-4-575-66581-9

『恵方の風　駆け出し同心・鈴原淳之助』
2013.2　311p
①978-4-575-66604-5

『千俵の船　駆け出し同心・鈴原淳之助』
2013.8　284p
①978-4-575-66625-0

『霜降の朝　駆け出し同心・鈴原淳之助』
2013.11　274p
①978-4-575-66636-6

『権現の餅　駆け出し同心・鈴原淳之助』
2014.2　284p
①978-4-575-66656-4

◇雇われ師範・豊之助

『借金道場　雇われ師範・豊之助』
2015.7　292p
①978-4-575-66733-2

『ぬか喜び　雇われ師範・豊之助』
2015.10　277p
①978-4-575-66745-5

『瓢箪から駒　雇われ師範・豊之助』
2016.3　284p
①978-4-575-66769-1

『浜町河岸夕暮れ』　1994.10　275p
①4-575-66089-2
〔内容〕夜の道行、浜町河岸夕暮れ、風のゆくえ、闇の向こう、春霖に消えた影

『かんざし図絵』　1996.2　262p
①4-575-66092-2
〔内容〕凍える炎、秋時雨、花の色、好いて好かれて、美しい継子、七夕の酒

『永代橋、陽炎立つ　江戸仇討模様』
2001.4　342p
①4-575-66114-7
〔内容〕刀傷、手繰り寄せる朝、永代橋、陽炎立つ、望郷の風、らんまん桜の茶屋、辻斬りの影

『二夜の月』　2001.6　381p
①4-575-66118-X

知野 みさき

ちの・みさき

1972〜

ミネソタ大卒。銀行の内部監査員を経
て、2012年「鈴の神さま」でデビュー。
同年「妖国の剣士」で角川春樹小説賞
受賞。

光文社文庫 (光文社)

『落ちぬ椿　上絵師律の似面絵帖　文庫書
　下ろし&オリジナル〔光文社時代小説
　文庫〕』　2016.7　334p
　①978-4-334-77328-1

白泉社招き猫文庫 (白泉社)

『しろとましろ　神田職人町縁はじめ』
　2015.7　253p
　①978-4-592-83118-1
　〔内容〕飛燕の簪, 二つの背守, 小太郎の恋

ハルキ文庫 (角川春樹事務所)

◇妖国の剣士

『妖国の剣士』　2013.8　429p
　①978-4-7584-3765-3
『妖かしの子　妖国の剣士　2』　2013.10
　360p
　①978-4-7584-3780-6
『老術師の罠　妖国の剣士　3』　2014.6
　375p
　①978-4-7584-3829-2
『西都の陰謀　妖国の剣士　4』　2015.3
　389p
　①978-4-7584-3883-4

司 悠司

つかさ・ゆうじ

1959〜

東京生まれ。日大卒。編集者、フリー
ライターを経て、1989年「ムルンド文
学案内」でデビュー。ユーモア、SF、
ホラー、伝奇、歴史時代小説など、広
いジャンルを網羅。

中公文庫 (中央公論新社)

『忍者太閤秀吉』　2016.2　281p〈中央公
　論社 1996年刊の大幅に加筆〉
　①978-4-12-206223-8

司城 志朗

つかさき・しろう

1950〜

愛知県生まれ。名大卒。1983年矢作俊
彦と合作の「暗闇にノーサイド」で角
川小説賞を受賞。以後、サスペンス、
ミステリー、冒険小説、時代小説と幅
広く執筆。

幻冬舎文庫 (幻冬舎)

『許されざる者』　2013.6　318p
　①978-4-344-42028-1

小学館文庫 (小学館)

『斬ばらりん』　2013.3　317p
　①978-4-09-408802-1

『斬ばらりん　2　京都動乱編』　2013.9
317p〈文献あり〉
①978-4-09-408858-8

『斬ばらりん　3　薩摩炎上編』　2015.4
317p
①978-4-09-406143-7

築山　桂
つきやま・けい
1969～

京都府生まれ。阪大卒。大学院在学中に時代小説家としてデビュー。代表作に「緒方洪庵浪華の事件帳」など。

幻冬舎時代小説文庫（幻冬舎）

◇天文御用十一屋

『星ぐるい　天文御用十一屋』　2010.6
314p
①978-4-344-41492-1

『花の形見　天文御用十一屋』　2011.12
306p
①978-4-344-41783-0

『烏刺奴斯の闇　天文御用十一屋』
2012.12　329p
①978-4-344-41955-1

廣済堂文庫（廣済堂出版）

◇一文字屋お紅実事件帳

『紅珊瑚の簪　一文字屋お紅実事件帳　特選時代小説』　2006.4　286p
①4-331-61218-X

『御堂筋の幻　一文字屋お紅実事件帳　特選時代小説』　2006.10　254p
①4-331-61249-X

徳間文庫（徳間書店）

◇寺子屋若草物語

『てのひら一文　寺子屋若草物語』
2008.8　267p
①978-4-19-892835-3

『闇に灯る　寺子屋若草物語』　2009.3
301p
①978-4-19-892946-6

『夕月夜　寺子屋若草物語』　2009.11
286p
①978-4-19-893070-7

ハルキ文庫（角川春樹事務所）

『鴻池小町事件帳　浪華闇からくり　時代小説文庫』　2003.10　248p
①4-7584-3075-6

PHP文芸文庫（PHP研究所）

『未来記の番人』　2015.1　490p
①978-4-569-76296-8

双葉文庫（双葉社）

◇甲次郎浪華始末

『蔵屋敷の遣い　甲次郎浪華始末』
2004.9　300p
①4-575-66181-3

『残照の渡し　甲次郎浪華始末』　2005.3
293p
①4-575-66199-6

『雨宿り恋情　甲次郎浪華始末』　2005.7
298p
①4-575-66213-5

『迷い雲　甲次郎浪華始末』　2006.1
287p
①4-575-66229-1

『巡る風　甲次郎浪華始末』　2006.7
270p
①4-575-66246-1

◇銀杏屋敷捕物控

『初雪の日　銀杏屋敷捕物控』　2006.12
310p
①4-575-66264-X

『葉陰の花　銀杏屋敷捕物控』　2007.6
277p
①978-4-575-66287-0

『まほろしの姫　銀杏屋敷捕物控』
2007.10　302p
①978-4-575-66303-7

◇家請人克次事件帖

『夏しぐれ　家請人克次事件帖』　2008.7
262p〈サブタイトル（誤植）：家請人克
治事件帖〉
①978-4-575-66340-2

『冬の舟影　家請人克次事件帖』　2008.
11　276p〈サブタイトル（誤植）：家請
人克治事件帖〉
①978-4-575-66356-3

『春告げ鳥　家請人克次事件帖』　2009.5
278p
①978-4-575-66380-8

『秋草の花　家請人克次事件帖』　2009.
12　271p
①978-4-575-66419-5

◇緒方洪庵浪華の事件帳

『禁書売り　緒方洪庵浪華の事件帳』
2008.12　365p〈鳥影社2001年刊の増
訂〉

①978-4-575-66363-1
〔内容〕禁書売り, 証文破り, 異国びと, 木綿
さばき

『北前船始末　緒方洪庵浪華の事件帳』
2009.1　428p〈鳥影社2002年刊の加筆
訂正　文献あり〉
①978-4-575-66366-2
〔内容〕神道者の娘, 名目金貸し, 北前船始末,
蘭方医

◇左近浪華の事件帳

『遠き祈り　左近浪華の事件帳』　2011.5
295p
①978-4-575-66501-7

『闇の射手　左近浪華の事件帳』　2012.2
301p
①978-4-575-66545-1

ポプラ文庫ピュアフル

（ポプラ社）

『浪華疾風伝あかね　1　天下人の血』
2010.1　261p
①978-4-591-11562-6

『浪華疾風伝あかね　2　夢のあと』
2010.3　302p
①978-4-591-11679-1

『浪華の翔風（かぜ）』　2011.5　322p
①978-4-591-12451-2

辻堂 魁

つじどう・かい

1948〜

高知県生まれ。早大卒。出版社勤務を経て作家となり、「夜叉萬同心 冬蜉蝣」で時代小説家デビュー。他に「日暮し同心始末帖」シリーズなどがある。

学研M文庫（学研パブリッシング）

◇吟味方与力人情控

『花の嵐　吟味方与力人情控』　2008.12　286p
　①978-4-05-900559-9

『おくれ髪　吟味方与力人情控』　2009.5　286p
　①978-4-05-900583-4

◇日暮し同心始末帖

『はぐれ烏　日暮し同心始末帖』　2010.1　292p〈発売：学研マーケティング〉
　①978-4-05-900617-6
　〔内容〕親のしつけ, 日本橋, 唐櫃, はぐれ烏, 新生

『花ふぶき　日暮し同心始末帖』　2010.6　302p〈発売：学研マーケティング〉
　①978-4-05-900639-8
　〔内容〕春の雪, 送り連, 古着, 娘浄瑠璃, 花吹雪の杜

『冬の風鈴　日暮し同心始末帖』　2010.11　310p〈発売：学研マーケティング〉
　①978-4-05-900667-1

『天地の螢　日暮し同心始末帖』　2011.7　285p〈発売：学研マーケティング〉
　①978-4-05-900701-2

『逃れ道　日暮し同心始末帖』　2012.6　318p〈発売：学研マーケティング〉
　①978-4-05-900760-9

　〔内容〕あぶり団子, 八丁堤, 美人画, 嵐, 馬入川

『縁切り坂　日暮し同心始末帖』　2013.6　302p〈発売：学研マーケティング〉
　①978-4-05-900826-2
　〔内容〕家内暴力, 成子坂, 三間町の尼さん, 七日目の夢, 縁切り坂

『父子（おやこ）の峠　日暮し同心始末帖』　2015.2　285p〈発売：学研マーケティング〉
　①978-4-05-900895-8
　〔内容〕ここだけの話, 猿屋町, 倅には倅を, 山王峠, 定町廻り方

◇夜叉萬同心

『冬かげろう　夜叉萬同心』　2013.5　334p〈『夜叉万同心冬蜉蝣』（ベストセラーズ 2008年刊）の改稿、改題　発売：学研マーケティング〉
　①978-4-05-900825-5

『冥途の別れ橋　夜叉萬同心』　2013.7　317p〈ベスト時代文庫 2008年刊の加筆改稿　発売：学研マーケティング〉
　①978-4-05-900827-9

『親子坂　夜叉萬同心』　2013.8　309p〈ベスト時代文庫 2009年刊の加筆改稿　発売：学研マーケティング〉
　①978-4-05-900828-6

『藍より出でて　夜叉萬同心』　2014.6　317p〈発売：学研マーケティング〉
　①978-4-05-900883-5

角川文庫（KADOKAWA）

『刃鉄の人』　2016.3　296p
　①978-4-04-104024-9

光文社文庫（光文社）

◇読売屋天一郎

『読売屋天一郎　長編時代小説〔光文社時
　代小説文庫〕』　2011.12　333p
　①978-4-334-76346-6

『冬のやんま　文庫書下ろし/長編時代小
　説　読売屋天一郎　2』　2012.12
　350p
　①978-4-334-76512-5

『倅の了見　文庫書下ろし/長編時代小説
　読売屋天一郎　3』　2013.12　320p
　①978-4-334-76674-0

『向島綺譚　文庫書下ろし/長編時代小説
　読売屋天一郎　4』　2014.9　335p
　①978-4-334-76807-2

『笑う鬼　文庫書下ろし/長編時代小説
　読売屋天一郎　5』　2015.8　345p
　①978-4-334-76954-3

『千金の街　文庫書下ろし/長編時代小説
　読売屋天一郎　6〔光文社時代小説文
　庫〕』　2016.8　318p
　①978-4-334-77343-4

コスミック・時代文庫

（コスミック出版）

◇吟味方与力人情控

『花の嵐　傑作長編時代小説　吟味方与力
　人情控』　2015.6　287p〈学研M文庫
　2008年刊の大幅に加筆修正〉
　①978-4-7747-2833-9

『おくれ髪　傑作長編時代小説　吟味方与
　力人情控』　2016.2　286p〈学研M文
　庫 2009年刊の加筆修正〉
　①978-4-7747-2903-9

祥伝社文庫（祥伝社）

◇風の市兵衛

『風の市兵衛　長編時代小説』　2010.3
　313p
　①978-4-396-33567-0

『雷神　長編時代小説　風の市兵衛　2』
　2010.7　349p
　①978-4-396-33601-1

『帰り船　風の市兵衛　3』　2010.10
　359p
　①978-4-396-33621-9

『月夜行　風の市兵衛　4』　2011.2
　351p
　①978-4-396-33645-5

『天空の鷹　風の市兵衛　5』　2011.10
　363p
　①978-4-396-33716-2

『風立ちぬ　上　風の市兵衛　6』　2012.
　5　268p
　①978-4-396-33760-5

『風立ちぬ　下　風の市兵衛　7』　2012.
　5　282p
　①978-4-396-33761-2

『五分の魂　風の市兵衛　8』　2012.10
　353p
　①978-4-396-33798-8

『風塵　上　風の市兵衛　9』　2013.6
　290p
　①978-4-396-33840-4

『風塵　下　風の市兵衛　10』　2013.6
　289p
　①978-4-396-33841-1

『春雷抄　風の市兵衛　11』　2013.10
　383p
　①978-4-396-33884-8

『乱雲の城　風の市兵衛　12』　2014.3
　314p
　①978-4-396-34022-3

『遠雷　風の市兵衛　13』　2014.7　316p

辻堂魁

①978-4-396-34055-1

『科野秘帖　風の市兵衛　14』　2014.12
343p
①978-4-396-34082-7

『夕影　風の市兵衛　15』　2015.6　356p
①978-4-396-34126-8

『秋しぐれ　風の市兵衛　16』　2015.10
328p
①978-4-396-34159-6

『うつけ者の値打ち　風の市兵衛　17』
2016.4　305p
①978-4-396-34201-2

『待つ春や　風の市兵衛』　2016.10
305p
①978-4-396-34254-8

◇日暮し同心始末帖

『はぐれ烏　日暮し同心始末帖』　2016.4
296p〈学研M文庫 2010年刊の大幅に
加筆・修正〉
①978-4-396-34202-9
〔内容〕親のしつけ, 日本橋, 唐櫃, はぐれ烏,
新生

『花ふぶき　日暮し同心始末帖　2』
2016.6　305p〈学研M文庫 2010年刊を
大幅に加筆・修正〉
①978-4-396-34217-3
〔内容〕春の雪, 送り連, 古着, 娘浄瑠璃, 花
吹雪の杜

『冬の風鈴　日暮し同心始末帖　3』
2016.7　315p〈学研M文庫 2010年刊を
大幅に加筆・修正〉
①978-4-396-34233-3
〔内容〕三年三月, 春蟬, 冬の風鈴, おぼろ月,
一刀龍

『天地の螢　日暮し同心始末帖　4』
2016.11　288p
①978-4-396-34263-0

宝島社文庫（宝島社）

『介錯人別所龍玄始末』　2015.3　303p
①978-4-8002-3799-6
〔内容〕龍玄さん, 一期一会, 悲悲…, 雨垂れ

徳間文庫（徳間書店）

◇疾風の義賊

『双星の剣　疾風の義賊』　2011.7　325p
①978-4-19-893396-8

『叛き者　疾風の義賊　2』　2012.6
348p
①978-4-19-893562-7

『乱雨の如く　疾風の義賊　3』　2013.3
345p
①978-4-19-893670-9

◇仕舞屋侍

『仕舞屋侍』　2014.2　297p
①978-4-19-893796-6

『狼　仕舞屋侍』　2015.5　358p
①978-4-19-893971-7

『青紬の女　仕舞屋侍〔徳間時代小説文
庫〕』　2016.6　342p
①978-4-19-894114-7

二見時代小説文庫（二見書房）

◇花川戸町自身番日記

『神の子　花川戸町自身番日記　1』
2011.5　324p
①978-4-576-11057-8
〔内容〕浅草川, 一膳飯屋の女, 神の子, 初恋,
ときの道しるべ

『女房を娶らば　花川戸町自身番日記　2』
2012.10　325p

①978-4-576-12130-7
〔内容〕言問い、ろくでなし、無謀、国士無双、のるかそるか、さねかずら

ベスト時代文庫
（ベストセラーズ）

◇夜叉萬同心

『夜叉萬同心　冬蜉蝣』　2008.3　318p
　①978-4-584-36628-8
『冥途の別れ橋　夜叉萬同心』　2008.8　286p
　①978-4-584-36642-4
『親子坂　夜叉萬同心』　2009.3　286p
　①978-4-584-36656-1

津野田　幸作
つのだ・こうさく
1939～

東京生まれ。東京医科歯科大卒。2001年「戦国大乱(1)」で歴史群像大賞奨励賞を受賞。著書に「天下大乱」(全4巻)「戦国の勇者(1～6)」「戦国大乱(1～20)」など。

学研M文庫（学研パブリッシング）

『真田軍神伝　逆襲大坂の陣』　2012.7　254p〈発売：学研マーケティング〉
　①978-4-05-900768-5

徳間文庫（徳間書店）

『戦国の龍虎　1　上田城逆襲戦』　2015.6　297p
　①978-4-19-893955-7
『戦国の龍虎　2　真田砦の激戦』　2015.11　314p
　①978-4-19-894036-2
『戦国の龍虎　3　躑躅ケ崎館の決戦〔徳間時代小説文庫〕』　2016.7　294p
　①978-4-19-894123-9

出久根　達郎
でくね・たつろう
1944～

茨城県生まれ。古書店経営の傍ら小説を書き、1993年「佃島ふたり書房」で直木賞を受賞。以後、時代小説を多く執筆。

講談社文庫（講談社）

◇御書物同心日記

『御書物同心日記』　2002.12　287p
　①4-06-273560-1
　〔内容〕ぬし、香料、花縁、足音、黒鼠、落鳥、宿直
『御書物同心日記　続』　2004.2　275p
　〈『秘画』(2001年刊)の改題〉
　①4-06-273955-0
　〔内容〕目録、秘画、袖珍、素麺、松茸、土蔵、蓮実
『御書物同心日記　虫姫』　2005.6　312p
　①4-06-275115-1
　〔内容〕一髪、探書、曲竹、不浄、虫姫、鴛替、洲崎

『おんな飛脚人』　2001.8　322p

①4-06-273233-5
『土龍』　2003.5　326p
　①4-06-273748-5
『俥宿』　2004.12　302p
　①4-06-274938-6
『世直し大明神　おんな飛脚人』　2007.5
　422p
　①978-4-06-275739-3

実業之日本社文庫
（実業之日本社）

『大江戸ぐらり　安政大地震人情ばなし』
　2011.8　334p
　①978-4-408-55045-9
　〔内容〕およLuの物語：南天，色宿，猫の毛，
　青鬼灯，手毬唄，安政地震見聞録：寒たな
　ご，いろはにほ，お名指し，生きとむらい，
　千三屋
『将軍家の秘宝　献上道中騒動記』
　2014.8　342p〈『御留山騒乱』（2009年
　刊）の改題、加筆・修正〉
　①978-4-408-55180-7

中公文庫（中央公論新社）

『えじゃないか』　2002.9　311p
　①4-12-204083-3

文春文庫（文藝春秋）

『波のり舟の　佃島渡波風秘帖』　1999.7
　301p
　①4-16-757505-1
『安政大変』　2006.8　282p
　①4-16-757509-4
　〔内容〕赤鯰，銀百足，東湖，円空，おみや，子
　宝，玉手箱

寺林　峻
てらばやし・しゅん
1939～

兵庫県生まれ。慶大卒。「中外日報」記者を経て、1982年「幕切れ」でオール読物新人賞を受賞。他に「河合道臣」など。

学研M文庫（学研パブリッシング）

『新説宮本武蔵　双剣の客人』　2002.11
　346p
　①4-05-900197-X

人物文庫（学陽書房）

『空海秘伝』　2000.11　370p〈東洋経済
　新報社1997年刊の増訂〉
　①4-313-75079-7
『空海　高野開山』　2005.5　337p
　①4-313-75198-X

PHP文庫（PHP研究所）

『服部半蔵　家康を支えた諜報参謀』
　1998.3　326p
　①4-569-57126-3
『河合道臣　財政再建の名家老 姫路城
　凍って寒からず』　2002.3　322p〈『姫
　路城凍って寒からず』（東洋経済新報社
　1998年刊）の改題〉
　①4-569-57709-1

東郷 隆

とうごう・りゅう

1951～

神奈川県生まれ。国学院大卒。様々な
ジャンルで活躍し、「人造記」「猫間」
でそれぞれ直木賞候補となる。「狙う
て候」で新田次郎文学賞を受賞。

講談社文庫（講談社）

『大砲松』　1996.9　341p
　①4-06-263335-3
『御町見役うずら伝右衛門　上』　2002.9
　393p
　①4-06-273542-3
『御町見役うずら伝右衛門　下』　2002.9
　405p
　①4-06-273543-1
『御町見役うずら伝右衛門・町あるき』
　2005.3　409p
　〔内容〕不典にて候, 小便組の女, 河獺, はや
　り神始末, 次郎太刀の行方
『銃士伝』　2007.10　341p〈『本朝銃士
　伝』(1996年刊)の改題〉
　①978-4-06-275871-0
　〔内容〕銃隊, 退き口, 撃発, 墨染, 銃剣, 電信
　鉄砲, 香水, 蓬壺, 木の上
『センゴク兄弟』　2010.9　382p
　①978-4-06-276760-6
『南天』　2011.1　310p〈1995年刊の改
　稿〉
　①978-4-06-276872-6
　〔内容〕南天, 試し胴, 小笠原ミゲル始末, へ
　そくらへ, 牢人噺, 枝もゆるがず

光文社文庫（光文社）

『異国の狐　連作時代小説　とげ抜き万吉
　捕物控』　2006.9　357p
　①4-334-74130-4
　〔内容〕御鷹女郎, 御台場嵐, 白鷺屋敷, 異国
　の狐
『打てや叩けや源平物怪合戦　長編時代小
　説』　2007.7　547p
　①978-4-334-74286-7

実業之日本社文庫

（実業之日本社）

『狙うて候　銃豪村田経芳の生涯　上』
　2010.11　427p
　①978-4-408-55010-7
『狙うて候　銃豪村田経芳の生涯　下』
　2010.11　428p
　①978-4-408-55011-4
『我餓狼と化す』　2012.6　326p
　①978-4-408-55080-0
　〔内容〕雪中の死, 勇の首, 屛風の陰, 血痕, 百
　戦に弛まず, 我餓狼と化す, 下総市川宿の
　戦い, 坐視に堪えず
『九重の雲　闘将桐野利秋』　2014.8
　725p
　①978-4-408-55181-4
『初陣物語』　2015.12　355p
　①978-4-408-55268-2
　〔内容〕大浜焼き, 百足椀, 嫁取り功名, 高麗
　討ち, 還俗初陣, 三州寺部城, 修羅の励み,
　板垣信形の馬, 初陣物語

集英社文庫（集英社）

『おれは清海入道　集結！ 真田十勇士』
　2003.7　526p
　①4-08-747601-4

小学館文庫（小学館）

『いだてん剣法　渡世人瀬越しの半六』
2008.10　604p〈2005年刊の増訂〉
①978-4-09-408314-9

静山社文庫（静山社）

『最後の幻術〔東郷隆collection〕〔2〕』
2012.11　358p〈新人物往来社 2002年
刊に「両口の下女」を増補〉
①978-4-86389-197-5
〔内容〕最後の幻術, 通り魔, イモリの黒焼き,
耳切り, こりゃ御趣向, 艶書代筆, 枝もゆ
るがず, 髪切り異聞, 両口の下女

『浮かれ坊主法界〔東郷隆collection〕〔4〕』
2013.3　377p〈新潮社 2002年刊の加
筆・再編集〉
①978-4-86389-209-5
〔内容〕色恋沙汰は金になるぜ, 野暮なもん
だよ雷見舞い, 花見といったら仇討だろう,
そうよあたいは池袋の女, 五六の蝦蟇は惚
れ薬, 八文三分に男も狂うぜ, 医は算術と
いうけれど, 高頬のホクロも恐くはねえぜ

徳間文庫（徳間書店）

『御用盗銀次郎』　2007.4　413p
①978-4-19-892591-8

文春文庫（文藝春秋）

『人造記』　1993.11　313p
①4-16-746108-0
〔内容〕水阿弥陀仏, 上海魚水石, 放屁権介,
蟻通し, 人造記

『終りみだれぬ』　1998.6　265p
①4-16-746109-9
〔内容〕絵師合戦, 開眼, 鼓, 熊谷往生

『戦国名刀伝』　2003.2　317p〈『にっか
り』（PHP研究所1996年刊）の改題〉
①4-16-746110-2
〔内容〕にっかり, すえひろがり, 竹俣, かた
くり, このてがしわ, 伊達脛中, 石州大太
刀, まつがおか

『黒髪の太刀　戦国姫武者列伝』　2009.11
255p〈『女甲冑録』（2006年刊）の改題〉
①978-4-16-746111-9
〔内容〕黒髪の太刀, 天冠, 朱の面頬, 忍城の
美女, 青黛, つる姫奮戦

『洛中の露　金森宗和覚え書』　2010.8
354p
①978-4-16-746112-6
〔内容〕弥助, 茶筅, 讃岐簾, 鉄線蓮, 共筒, 白
昼夢, 灰天目

『本朝甲冑奇談』　2015.1　289p
①978-4-16-790288-9
〔内容〕しぼ革, モクソカンの首, 角栄螺, 小
猿主水, 甲試し, 金時よろい

藤堂 房良
とうどう・ふさよし

宮崎県生まれ。劇画家から原作者とな
り、さらに時代小説作家に転向。代表
作に「辻占侍」「飴玉同心隠し剣」など。

角川文庫（KADOKAWA）

『蔵闇師飄六　札差の用心棒　1』　2015.
2　329p
①978-4-04-070474-6

『蔵闇師飄六　札差の用心棒　2』　2015.
6　339p
①978-4-04-070475-3

光文社文庫（光文社）

◇辻占侍

『辻占侍　左京之介控　文庫書下ろし/長編時代小説』　2015.3　344p
　①978-4-334-76889-8
　〔内容〕人足寄場、解き放ち

『呪術師　文庫書下ろし/長編時代小説　辻占侍　2』　2015.8　330p
　①978-4-334-76956-7
　〔内容〕呪殺、自鳴磬師

『暗殺者　文庫書下ろし/長編時代小説　辻占侍　3』　2016.2　345p
　①978-4-334-77248-2
　〔内容〕巳之吉の闇、暗殺者　葎

コスミック・時代文庫（コスミック出版）

◇やさぐれ若さま裁き剣

『悪食　やさぐれ若さま裁き剣』　2016.11　327p
　①978-4-7747-2975-6

双葉文庫（双葉社）

◇飴玉同心隠し剣

『吉原見察　飴玉同心隠し剣』　2013.5
　299p
　①978-4-575-66614-4

『廓潰し　飴玉同心隠し剣』　2013.8
　294p
　①978-4-575-66626-7
　〔内容〕廓潰し、富くじ

『花魁金　飴玉同心隠し剣』　2013.11
　298p
　①978-4-575-66640-3
　〔内容〕島帰り、夫婦、花魁金

『春秋組　飴玉同心隠し剣』　2013.12
　291p
　①978-4-575-66645-8
　〔内容〕拐かし、同心殺し、春秋組

『形見雛　引き寄せ新三郎』　2014.6
　310p
　①978-4-575-66671-7

富樫　倫太郎
とがし・りんたろう
　1961〜

北海道生まれ。北大卒。伝奇小説、時代・歴史小説、警察小説など、幅広いジャンルで活躍。代表作は、「早雲の軍配者」「信玄の軍配者」「謙信の軍配者」の「軍配者」シリーズ。

光文社文庫（光文社）

『地獄の佳き日　長編伝奇小説』　2003.6
　685p〈『修羅の磴』（学習研究社1998年刊）の改訂〉
　①4-334-73504-5

『雄呂血　長編伝奇小説　上』　2003.8
　624p
　①4-334-73532-0

『雄呂血　長編伝奇小説　下』　2003.8
　549p
　①4-334-73533-9

『女郎蜘蛛　時代暗黒小説』　2004.7
　959p
　①4-334-73718-8

富樫倫太郎

祥伝社文庫（祥伝社）

◇市太郎人情控

『たそがれの町　市太郎人情控　1』
　2013.6　381p〈徳間文庫 2007年刊の再刊〉
　①978-4-396-33851-0

『残り火の町　市太郎人情控　2』　2013.7　316p〈徳間文庫 2008年刊の再刊〉
　①978-4-396-33863-3
　〔内容〕惣兵衛, つぐない, 残り火

『木枯らしの町　市太郎人情控　3』
　2013.9　323p〈徳間文庫 2008年刊の再刊〉
　①978-4-396-33876-3

中公文庫（中央公論新社）

◇すみだ川物語

『宝善寺組悲譚　すみだ川物語』　2007.2　326p
　①978-4-12-204815-7

『切れた絆　すみだ川物語　2』　2007.3　309p
　①978-4-12-204830-0

『別れ道　すみだ川物語　3』　2007.5　300p
　①978-4-12-204855-3

◇土方歳三蝦夷血風録

『箱館売ります　土方歳三蝦夷血風録　上』　2013.4　440p〈実業之日本社 2004年刊を上下巻に分冊〉
　①978-4-12-205779-1

『箱館売ります　土方歳三蝦夷血風録　下』　2013.4　306p〈実業之日本社 2004年刊を上下巻に分冊〉
　①978-4-12-205780-7

『松前の花　上　土方歳三蝦夷血風録』
　2013.6　257p〈『美姫決戦』（実業之日本社 2005年刊）の改題、分冊〉
　①978-4-12-205808-8

『松前の花　下　土方歳三蝦夷血風録』
　2013.6　279p〈『美姫決戦』（実業之日本社 2005年刊）の改題、分冊〉
　①978-4-12-205809-5

『妖説源氏物語　1』　2005.6　317p
　①4-12-204538-X
　〔内容〕鯰中納言, 行くなの屋敷, 神獣妖変仙人鏡

『妖説源氏物語　2』　2005.7　300p
　①4-12-204552-5
　〔内容〕蛇酒, 藤壺, 宇治の闇, 魔の刻

『妖説源氏物語　3』　2005.9　326p
　①4-12-204582-7
　〔内容〕橋姫, 柏木, 夕霧, 地獄変

『蟻地獄　上』　2007.9　384p〈2002年刊の改訂〉
　①978-4-12-204908-6

『蟻地獄　下』　2007.9　376p〈2002年刊の改訂〉
　①978-4-12-204909-3

『堂島物語　1（曙光篇）』　2011.8　309p
　①978-4-12-205519-3

『堂島物語　2（青雲篇）』　2011.8　323p
　①978-4-12-205520-9

『堂島物語　3（立志篇）』　2011.10　281p〈『いのちの米』（毎日新聞社 2008年刊）の分冊、改題〉
　①978-4-12-205545-2

『堂島物語　4（背水篇）』　2011.10　275p〈『いのちの米』（毎日新聞社 2008年刊）の分冊、改題〉
　①978-4-12-205546-9

『堂島物語　5（漆黒篇）』　2012.2　357p〈『堂島出世物語』（毎日新聞社 2009年刊）の分冊、改題〉
　①978-4-12-205599-5

『堂島物語　6（出世篇）』　2012.2　341p
〈『堂島出世物語』（毎日新聞社2009年刊）の分冊、改題〉
①978-4-12-205600-8

『神威の矢　上　土方歳三蝦夷討伐奇譚』
2013.8　396p　〈『殺生石』（光文社 2004刊）の改題、分冊〉
①978-4-12-205833-0

『神威の矢　下　土方歳三蝦夷討伐奇譚』
2013.8　402p　〈『殺生石』（光文社 2004刊）の改題、分冊〉
①978-4-12-205834-7

『早雲の軍配者　上』　2013.11　288p
〈2010年刊の分冊〉
①978-4-12-205874-3

『早雲の軍配者　下』　2013.11　290p
〈2010年刊の分冊〉
①978-4-12-205875-0

『信玄の軍配者　上』　2014.2　258p
〈2010年刊の分冊〉
①978-4-12-205902-3

『信玄の軍配者　下』　2014.2　268p
〈2010年刊の分冊〉
①978-4-12-205903-0

『謙信の軍配者　上』　2014.5　293p
〈2011年刊を上・下に分冊したもの〉
①978-4-12-205954-2

『謙信の軍配者　下』　2014.5　297p
〈2011年刊を上・下に分冊したもの〉
①978-4-12-205955-9

『闇の獄　上』　2014.12　351p　〈2003年刊の上下2分冊〉
①978-4-12-205963-4

『闇の獄　下』　2014.12　337p　〈2003年刊の上下2分冊〉
①978-4-12-206052-4

『闇夜の鴉』　2015.4　341p　〈徳間文庫2010年刊の再刊〉
①978-4-12-206104-0
〔内容〕闇夜の鴉、隣の女、つぶての孫七、一年殺し、後家狂い、影法師、水蜘蛛組

徳間文庫（徳間書店）

◇市太郎人情控

『たそがれの町　市太郎人情控』　2007.11　359p
①978-4-19-892694-6

『残り火の町　市太郎人情控』　2008.1　295p
①978-4-19-892724-0

『木枯らしの町　市太郎人情控』　2008.7　300p
①978-4-19-892820-9

◇とむらい組見参

『雷神の剣　とむらい組見参』　2008.9　347p
①978-4-19-892853-7

『赤炎の剣　とむらい組見参』　2009.1　366p
①978-4-19-892914-5

『百舌贄の剣　とむらい組見参』　2009.5　311p
①978-4-19-892978-7

『晴明百物語』　2004.5　555p
①4-19-892064-8

『闇夜の鴉』　2010.2　334p
①978-4-19-893115-5
〔内容〕闇夜の鴉、隣の女、つぶての孫七、一年殺し、後家狂い、影法師、水蜘蛛組

鳥羽 亮

とば・りょう

1946〜

埼玉県生まれ。埼玉大卒。小学校教師の傍ら小説を書き、1990年「剣の道殺人事件」で江戸川乱歩賞を受賞。以後は主に時代小説を執筆。

朝日文庫（朝日新聞出版）

◇御助宿控帳

『ももんじや　御助宿控帳』　2009.7
265p
①978-4-02-264508-1

『ごろんぼう　御助宿控帳』　2009.10
263p
①978-4-02-264514-2

『おいぼれ剣鬼　御助宿控帳』　2010.10
275p
①978-4-02-264575-3

『雲の盗十郎　御助宿控帳〔朝日時代小説文庫〕』　2011.10　273p
①978-4-02-264628-6

『百獣屋の猛者たち　御助宿控帳』
2013.2　275p
①978-4-02-264697-2

学研M文庫（学研パブリッシング）

◇柳生連也斎

『決闘・十兵衛　柳生連也斎』　2001.10
300p
①4-05-900082-5

『死闘・宗冬　柳生連也斎』　2001.12
298p　〈『柳生連也斎』（廣済堂出版2000

年刊）の改題〉
①4-05-900097-3

『柳生連也斎　激闘・列堂』　2002.7
260p
①4-05-900166-X

角川文庫（KADOKAWA）

◇流想十郎蝴蝶剣

『流想十郎蝴蝶剣』　2008.5　262p　〈発売：角川グループパブリッシング〉
①978-4-04-191803-6

『剣花舞う　流想十郎蝴蝶剣』　2008.12
268p　〈発売：角川グループパブリッシング〉
①978-4-04-191804-3

『舞首　流想十郎蝴蝶剣』　2009.7　268p
〈発売：角川グループパブリッシング〉
①978-4-04-191805-0

『恋蛍　流想十郎蝴蝶剣』　2009.12
250p　〈発売：角川グループパブリッシング〉
①978-4-04-191806-7

『愛姫受難　流想十郎蝴蝶剣』　2010.5
259p　〈発売：角川グループパブリッシング〉
①978-4-04-191807-4

『双鬼の剣　流想十郎蝴蝶剣』　2010.12
267p　〈発売：角川グループパブリッシング〉
①978-4-04-191808-1

『蝶と稲妻　流想十郎蝴蝶剣』　2011.5
257p　〈発売：角川グループパブリッシング〉
①978-4-04-191809-8

◇火盗改鬼与力

『雲竜　火盗改鬼与力』　2012.1　267p
〈発売：角川グループパブリッシング〉
①978-4-04-100100-4

鳥羽亮

『闇の梟　火盗改鬼与力』　2012.2　265p
〈発売：角川グループパブリッシング〉
①978-4-04-100167-7

『入相の鐘　火盗改鬼与力』　2012.3　267p〈発売：角川グループパブリッシング〉
①978-4-04-100197-4

『百眼の賊　火盗改鬼与力』　2012.11　263p〈発売：角川グループパブリッシング〉
①978-4-04-100563-7

『虎乱　火盗改鬼与力』　2013.5　269p〈発売：角川グループホールディングス〉
①978-4-04-100834-8

『夜隠れおせん　火盗改鬼与力』　2013.12　253p
①978-4-04-101134-8

『極楽宿の刹鬼　火盗改鬼与力』　2014.5　250p
①978-4-04-101637-4

◇火盗改父子雲

『火盗改父子雲』　2014.11　271p
①978-4-04-102388-4

『二剣の絆　火盗改父子雲』　2015.5　277p
①978-4-04-103178-0

◇たそがれ横丁騒動記

『七人の手練　たそがれ横丁騒動記　1』　2015.11　278p
①978-4-04-103735-5

『天狗騒動　たそがれ横丁騒動記　2』　2016.5　276p
①978-4-04-103737-9

『守勢の太刀　たそがれ横丁騒動記　3』　2016.11　271p
①978-4-04-103736-2

幻冬舎時代小説文庫（幻冬舎）

◇半次と十兵衛捕物帳

『ふきだまり長屋大騒動　半次と十兵衛捕物帳』　2012.12　292p
①978-4-344-41957-5

『極楽横丁の鬼　半次と十兵衛捕物帳』　2013.10　300p
①978-4-344-42105-9

◇剣客春秋親子草

『恋しのぶ　剣客春秋親子草』　2014.6　316p
①978-4-344-42210-0

『母子（おやこ）剣法　剣客春秋親子草』　2014.10　294p
①978-4-344-42271-1

『面影に立つ　剣客春秋親子草』　2014.12　306p
①978-4-344-42289-6

『無精者　剣客春秋親子草』　2015.6　302p
①978-4-344-42359-6

『遺恨の剣　剣客春秋親子草』　2015.12　298p
①978-4-344-42425-8

『襲撃者　剣客春秋親子草』　2016.8　290p
①978-4-344-42519-4

『剣狼狩り　剣客春秋親子草』　2016.12　290p
①978-4-344-42560-6

『妻恋坂情死行』　2016.6　322p
①978-4-344-42492-0

幻冬舎文庫（幻冬舎）

◇天保剣鬼伝

『首売り　天保剣鬼伝』　1999.11　323p
　①4-87728-801-5
『骨喰み　天保剣鬼伝』　2000.12　340p
　①4-344-40047-X
『血疾り　天保剣鬼伝』　2001.6　320p
　①4-344-40118-2

◇柳生十兵衛武芸録

『加藤清正の亡霊　柳生十兵衛武芸録　1』
　2001.10　302p
　①4-344-40169-7
『風魔一族の逆襲　柳生十兵衛武芸録　2』
　2002.4　317p
　①4-344-40225-1

◇剣客春秋

『剣客春秋　里美の恋』　2004.4　273p
　①4-344-40508-0
『剣客春秋　女剣士ふたり』　2004.6　270p
　①4-344-40527-7
『剣客春秋　かどわかし』　2006.2　286p
　①4-344-40755-5
『剣客春秋　濡れぎぬ』　2007.12　277p
　①978-4-344-41055-8
『剣客春秋　恋敵』　2008.6　290p
　①978-4-344-41143-2
『剣客春秋　里美の涙』　2009.2　282p
　①978-4-344-41261-3
『剣客春秋　初孫お花』　2009.10　278p
　①978-4-344-41375-7
『剣客春秋　青蛙の剣　幻冬舎時代小説文庫』　2010.6　313p
　①978-4-344-41494-5
『剣客春秋　彦四郎奮戦　幻冬舎時代小説文庫』　2011.6　296p
　①978-4-344-41695-6
『剣客春秋　遠国からの友　幻冬舎時代小説文庫』　2012.6　300p
　①978-4-344-41878-3
『剣客春秋　縁の剣　幻冬舎時代小説文庫』　2013.6　310p
　①978-4-344-42036-6

◇影目付仕置帳

『われら亡者に候　影目付仕置帳』
　2004.8　286p
　①4-344-40555-2
『恋慕に狂いしか　影目付仕置帳』
　2005.6　288p
　①4-344-40663-X
『武士に候　影目付仕置帳』　2006.6　272p
　①4-344-40803-9
『われ刹鬼なり　影目付仕置帳』　2007.6　270p
　①978-4-344-40969-9
『剣鬼流浪　影目付仕置帳』　2008.2　273p
　①978-4-344-41087-9
『鬼哭啾啾　影目付仕置帳』　2008.10　280p
　①978-4-344-41210-1

◇首売り長屋日月譚

『刀十郎と小雪　首売り長屋日月譚』
　2009.11　285p〈文献あり〉
　①978-4-344-41387-0
『文月騒乱　首売り長屋日月譚　幻冬舎時代小説文庫』　2010.10　290p
　①978-4-344-41563-8
『この命一両二分に候　首売り長屋日月譚　幻冬舎時代小説文庫』　2011.12　290p
　①978-4-344-41784-7

『絆　山田浅右衛門斬日譚』　2009.6

349p
①978-4-344-41318-4
〔内容〕土壇場, 生地獄, 絆, 病魔, 斬人剣, 狂気, 志士

廣済堂文庫（廣済堂出版）

◇柳生連也斎

『柳生連也斎　決闘・十兵衛　傑作剣豪小説　特選時代小説』　1999.7　277p
①4-331-60760-7

『柳生連也斎　死闘・宗冬　傑作剣豪小説　特選時代小説』　2000.3　273p
①4-331-60810-7

『刺客柳生十兵衛　傑作剣豪小説　特選時代小説』　2000.9　294p
①4-331-60831-X

講談社文庫（講談社）

◇青江鬼丸夢想剣

『青江鬼丸夢想剣』　2002.4　286p
①4-06-273392-7

『双つ龍　青江鬼丸夢想剣』　2002.12　267p
①4-06-273611-X

『吉宗謀殺　青江鬼丸夢想剣』　2003.9　278p
①4-06-273845-7

◇波之助推理日記

『波之助推理日記』　2006.2　312p
①4-06-275327-8
〔内容〕死霊の手, 幽霊党, 消えた下手人

『からくり小僧　波之助推理日記』

2007.3　304p
①978-4-06-275678-5

『天狗の塒　波之助推理日記』　2008.2
292p
①978-4-06-275976-2

◇影与力嵐八九郎

『遠山桜　影与力嵐八九郎』　2009.10
277p
①978-4-06-276489-6

『浮世の果て　影与力嵐八九郎』　2010.5
270p
①978-4-06-276663-0
〔内容〕剣狼, 女衒の辰, 遊び人, 旗本屋敷, 浮世花

『鬼剣　影与力嵐八九郎』　2011.1　271p
①978-4-06-276867-2

◇深川狼虎伝

『疾風剣冴返し　深川狼虎伝』　2012.11
296p
①978-4-06-277414-7

『修羅剣雷斬り　深川狼虎伝』　2013.9
295p
①978-4-06-277643-1

『狼虎血闘　深川狼虎伝』　2014.7　268p
①978-4-06-277867-1

◇駆込み宿影始末

『御隠居剣法　駆込み宿影始末　1』
2015.2　277p
①978-4-06-293029-1

『ねむり鬼剣　駆込み宿影始末』　2015.7
279p
①978-4-06-293156-4

『霞隠れの女　駆込み宿影始末』　2016.2
275p
①978-4-06-293326-1

『のっとり奥坊主　駆込み宿影始末』
2016.9　272p
①978-4-06-293500-5

『三鬼の剣』　1997.1　325p
　①4-06-263423-6
『隠猿の剣』　1998.10　314p
　①4-06-263874-6
『鱗光の剣　深川群狼伝』　1999.5　292p
　〈『深川群狼伝』（1996年刊）の改題〉
　①4-06-264580-7
『蛮骨の剣』　2000.5　324p
　①4-06-264870-9
『妖鬼の剣』　2000.9　306p
　①4-06-264976-4
『秘剣鬼の骨』　2001.4　303p
　①4-06-273141-X
『幕末浪漫剣』　2001.9　368p
　①4-06-273250-5
『浮舟の剣』　2001.11　277p
　①4-06-273310-2
『風来の剣』　2004.10　283p
　①4-06-274902-5
『影笛の剣』　2005.8　293p
　①4-06-275174-7

光文社文庫（光文社）

◇隠目付江戸日記

『死笛　長編時代小説　隠目付江戸日記　1〔光文社時代小説文庫〕』　2010.3　279p
　①978-4-334-74754-1
『秘剣水車　長編時代小説　隠目付江戸日記　2〔光文社時代小説文庫〕』　2011.1　272p
　①978-4-334-74903-3
『妖剣鳥尾　長編時代小説　隠目付江戸日記　3』　2011.7　272p
　①978-4-334-74977-4
『鬼剣蜻蜓　長編時代小説　隠目付江戸日記　4〔光文社時代小説文庫〕』　2012.2　269p
　①978-4-334-76369-5
『死顔　文庫書下ろし/長編時代小説　隠目付江戸日記　5』　2012.9　277p
　①978-4-334-76463-0
『剛剣馬庭　文庫書下ろし/長編時代小説　隠目付江戸日記　6』　2013.11　270p
　①978-4-334-76659-7
『奇剣柳剛　文庫書下ろし/長編時代小説　隠目付江戸日記　7』　2014.1　302p
　〈文献あり〉
　①978-4-334-76686-3
『幻剣双猿　文庫書下ろし/長編時代小説　隠目付江戸日記　8』　2014.3　299p
　①978-4-334-76716-7
『斬鬼嗤う　文庫書下ろし/長編時代小説　隠目付江戸日記　9』　2015.2　289p
　①978-4-334-76871-3
『斬奸一閃　文庫書下ろし/長編時代小説　隠目付江戸日記　10』　2015.9　296p
　①978-4-334-76969-7

◇隠目付江戸秘帳

『あやかし飛燕　文庫書下ろし/長編時代小説　隠目付江戸秘帳』　2016.2　295p
　①978-4-334-77249-9
『鬼面斬り　隠目付江戸秘帳　光文社時代小説文庫』　2016.10　301p
　①978-4-334-77374-8

時代小説文庫（角川春樹事務所）

◇八丁堀剣客同心

『隼人奔る　八丁堀剣客同心』　2016.11　268p
　①978-4-7584-4049-3

実業之日本社文庫

(実業之日本社)

◇剣客旗本奮闘記

『残照の辻　剣客旗本奮闘記』　2010.10
284p
①978-4-408-55003-9

『茜色の橋　剣客旗本奮闘記』　2011.8
286p
①978-4-408-55047-3

『蒼天の坂　剣客旗本奮闘記』　2012.5
286p
①978-4-408-55076-3

『遠雷の夕　剣客旗本奮闘記』　2012.10
279p
①978-4-408-55094-7

『怨み河岸　剣客旗本奮闘記』　2013.10
280p
①978-4-408-55144-9

『稲妻を斬る　剣客旗本奮闘記』　2014.8
278p
①978-4-408-55182-1

『霞を斬る　剣客旗本奮闘記』　2014.10
279p
①978-4-408-55192-0

『白狐を斬る　剣客旗本奮闘記』　2015.4
285p
①978-4-408-55223-1

『怨霊を斬る　剣客旗本奮闘記』　2015.
10　287p
①978-4-408-55260-6

『妖剣跳る　剣客旗本奮闘記』　2016.4
279p
①978-4-408-55288-0

祥伝社文庫 (祥伝社)

◇介錯人・野晒唐十郎

『鬼哭の剣　長編時代小説　介錯人・野晒
唐十郎』　1998.7　295p〈ノン・ポ
シェット〉
①4-396-32643-2

『妖し陽炎の剣　長編時代小説　介錯人・
野晒唐十郎　ノン・ポシェット』
1999.2　314p
①4-396-32675-0

『妖鬼飛蝶の剣　長編時代小説　介錯人・
野晒唐十郎』　1999.10　327p
①4-396-32720-X

『双蛇の剣　長編時代小説　介錯人・野晒
唐十郎』　2000.7　337p
①4-396-32782-X

『雷神の剣　長編時代小説　介錯人・野晒
唐十郎』　2001.9　300p
①4-396-32882-6

『悲恋斬り　時代小説　介錯人・野晒唐十
郎』　2002.3　355p
①4-396-33037-5

『飛龍の剣　長編時代小説　介錯人・野晒
唐十郎』　2002.9　284p
①4-396-33067-7

『妖剣おぼろ返し　長編時代小説　介錯
人・野晒唐十郎』　2003.4　277p
①4-396-33102-9

『鬼哭霞飛燕　長編時代小説　介錯人・野
晒唐十郎』　2003.9　271p
①4-396-33126-6

『怨刀鬼切丸　長編時代小説　介錯人・野
晒唐十郎』　2004.4　284p
①4-396-33163-0

『悲の剣　長編時代小説　介錯人・野晒唐
十郎』　2005.9　275p
①4-396-33248-3

『死化粧　長編時代小説　介錯人・野晒唐
十郎』　2006.7　277p

①4-396-33303-X

『必殺剣虎伏　長編時代小説　介錯人・野
晒唐十郎』　2007.4　289p
①978-4-396-33346-1

『眠り首　長編時代小説　介錯人・野晒唐
十郎』　2008.4　286p
①978-4-396-33421-5

『双鬼　長編時代小説　介錯人・野晒唐十
郎　15』　2009.4　287p
①978-4-396-33491-8

『京洛斬鬼　介錯人・野晒唐十郎　番外
編』　2011.2　287p
①978-4-396-33644-8

『鬼哭の剣　介錯人・野晒唐十郎　1』
新装版　2011.2　300p
①978-4-396-33648-6

『妖(あやか)し陽炎の剣　介錯人・野晒
唐十郎　2』　新装版　2011.2　314p
①978-4-396-33649-3

『妖鬼飛蝶の剣　介錯人・野晒唐十郎　3』
新装版　2011.2　331p
①978-4-396-33650-9

『双蛇の剣　介錯人・野晒唐十郎　4』
新装版　2011.3　346p
①978-4-396-33661-5

『雷神の剣　介錯人・野晒唐十郎　5』
新装版　2011.3　324p
①978-4-396-33662-2

『悲恋斬り　介錯人・野晒唐十郎　6』
新装版　2011.4　387p
①978-4-396-33673-8
〔内容〕首斬御用承候, 悲恋斬り, 妖刀躍る,
邪鬼の剣, 秘剣虎一足, 一文字胴, 剛剣鬼
一刀, 踊り首

『飛龍の剣　介錯人・野晒唐十郎　7』
新装版　2011.4　308p
①978-4-396-33674-5

『妖剣おぼろ返し　介錯人・野晒唐十郎
8』　新装版　2011.6　296p
①978-4-396-33684-4

『鬼哭霞飛燕　介錯人・野晒唐十郎　9』
新装版　2011.6　297p

①978-4-396-33685-1

『怨刀鬼切丸　介錯人・野晒唐十郎　10』
新装版　2011.6　305p
①978-4-396-33686-8

◇闇の用心棒

『闇の用心棒　時代小説』　2004.2　265p
①4-396-33156-8

『地獄宿　長編時代小説　闇の用心棒』
2005.4　291p
①4-396-33220-3

『剣鬼無情　長編時代小説　闇の用心棒』
2006.2　283p
①4-396-33273-4

『剣狼　長編時代小説　闇の用心棒』
2007.2　272p
①978-4-396-33335-5

『巨魁　長編時代小説　闇の用心棒』
2007.10　290p
①978-4-396-33386-7

『鬼、群れる　長編時代小説　闇の用心
棒』　2008.10　291p
①978-4-396-33461-1

『狼の掟　長編時代小説　闇の用心棒　7』
2009.9　276p
①978-4-396-33531-1

『地獄の沙汰　長編時代小説　闇の用心棒
8』　2010.4　272p
①978-4-396-33571-7

『血闘ケ辻　長編時代小説　闇の用心棒
9』　2010.7　277p
①978-4-396-33599-1

『酔剣　闇の用心棒　10』　2011.4　271p
①978-4-396-33664-6

『右京烈剣　闇の用心棒　11』　2011.10
276p
①978-4-396-33715-5

『悪鬼襲来　闇の用心棒　12』　2012.4
284p
①978-4-396-33758-2

『風雷　闇の用心棒　13』　2012.10
298p　〈著作目録あり〉

①978-4-396-33796-4
『殺鬼狩り　書下ろし　闇の用心棒　14』
　2013.4　275p
　①978-4-396-33835-0

◇首斬り雲十郎

『冥府に候　首斬り雲十郎』　2014.2
　295p
　①978-4-396-34013-1
『殺鬼に候　首斬り雲十郎　2』　2014.3
　285p
　①978-4-396-34021-6
『死地に候　首斬り雲十郎　3』　2014.4
　287p
　①978-4-396-34029-2
『鬼神になりて　首斬り雲十郎　4』
　2015.3　280p
　①978-4-396-34101-5
『阿修羅　首斬り雲十郎　5』　2015.10
　296p
　①978-4-396-34156-5

『必殺剣「二胴」　長編時代小説』　2001.
　2　326p
　①4-396-32844-3
『覇剣　武蔵と柳生兵庫助　長編時代小説』　2003.1　519p
　①4-396-33088-X
『さむらい　青雲の剣　長編時代小説』
　2004.9　330p
　①4-396-33183-5
『さむらい死恋の剣　長編時代小説』
　2006.10　306p
　①4-396-33318-8
『真田幸村の遺言　上　奇謀』　2011.9
　432p
　①978-4-396-33704-9
『真田幸村の遺言　下　覇の刺客』
　2011.9　415p
　①978-4-396-33705-6

『さむらい　修羅の剣』　2015.9　307p
　〈2011年刊の加筆・修正〉
　①978-4-396-34145-9
『はみだし御庭番無頼旅』　2016.3　285p
　①978-4-396-34192-3

徳間文庫（徳間書店）

◇まろほし銀次捕物帳

『まろほし銀次捕物帳』　2002.9　282p
　①4-19-891766-3
『丑の刻参り　まろほし銀次捕物帳』
　2003.3　310p〈著作目録あり〉
　①4-19-891860-0
『閻魔堂の女　まろほし銀次捕物帳』
　2003.11　286p〈著作目録あり〉
　①4-19-891975-5
『死狐の怨霊　まろほし銀次捕物帳』
　2004.12　284p
　①4-19-892171-7
『滝夜叉おこん　まろほし銀次捕物帳』
　2005.9　282p
　①4-19-892307-8
『夜鷹殺し　まろほし銀次捕物帳』
　2006.5　283p
　①4-19-892426-0
　〔内容〕夜鷹殺し，神田川怨霊，銀簪の女，化け狐，髑髏の顔，身代り
『豆太鼓　まろほし銀次捕物帳』　2007.4
　301p〈著作目録あり〉
　①978-4-19-892590-1
　〔内容〕死人の訴え，豆太鼓，女証し，切通坂の殺人，辻斬り，小町殺し
『与三郎の恋　まろほし銀次捕物帳』
　2008.4　309p
　①978-4-19-892777-6
　〔内容〕団扇の血痕，女変化，怪盗猿小僧，老盗，魔剣，提灯斬り，与三郎の恋
『火怨　まろほし銀次捕物帳』　2008.8
　297p

鳥羽亮

①978-4-19-892837-7

『老剣客(けんきゃく) まろほし銀次捕物帳』 2009.5 311p
①978-4-19-892977-0
〔内容〕七つの傷, 穴鼠, 罠, 怨念, 老剣客

『愛弟子 まろほし銀次捕物帳』 2009.10 309p
①978-4-19-893054-7
〔内容〕騙りの権八, 嘘から出た殺人, 九寸五分の男, 叫び, 愛弟子

『凶盗 まろほし銀次捕物帳』 2010.7 274p
①978-4-19-893191-9

『怒り一閃 まろほし銀次捕物帳』 2010.11 281p
①978-4-19-893258-9
〔内容〕まぬけ同心, 夜鴉, 囮, 女掏摸, 亡霊

◇柳生連也斎

『決闘十兵衛 柳生連也斎』 2005.3 318p
①4-19-892219-5

『死闘宗冬 柳生連也斎』 2005.5 318p
①4-19-892244-6

『激闘列堂 柳生連也斎』 2005.7 286p
〈著作目録あり〉
①4-19-892277-2

◇極楽安兵衛剣酔記

『極楽安兵衛剣酔記』 2006.3 283p〈著作目録あり〉
①4-19-892398-1

『とんぼ剣法 極楽安兵衛剣酔記』 2006.9 282p
①4-19-892485-6

『蝶々の玄次 極楽安兵衛剣酔記』 2007.12 286p
①978-4-19-892708-0

『飲ん兵衛千鳥 極楽安兵衛剣酔記』 2010.1 294p
①978-4-19-893101-8

『秘剣風疾(ばし)り 極楽安兵衛剣酔記』 2011.5 278p
①978-4-19-893361-6

『幻剣霞一寸 極楽安兵衛剣酔記』 2011.11 279p
①978-4-19-893459-0

『必殺剣滝落し 極楽安兵衛剣酔記』 2012.7 281p
①978-4-19-893578-8

『流浪(ながれ)鬼 極楽安兵衛剣酔記』 2013.7 276p
①978-4-19-893714-0

『笑う月 極楽安兵衛剣酔記』 2014.7 268p
①978-4-19-893855-0

『幽霊小僧 極楽安兵衛剣酔記』 2015.7 268p
①978-4-19-893990-8

『血闘波返し 極楽安兵衛剣酔記〔徳間時代小説文庫〕』 2016.7 296p
①978-4-19-894124-6

◇用心棒血戦記

『用心棒血戦記』 2013.2 285p
①978-4-19-893661-7

『破邪の剣 用心棒血戦記』 2014.1 311p
①978-4-19-893783-6

『奥羽密殺街道 用心棒血戦記』 2015.1 328p
①978-4-19-893930-4

『上州密殺旅 用心棒血戦記』 2016.1 310p
①978-4-19-894060-7

『鬼を斬る 山田浅右衛門涅槃斬り』 2007.3 299p
①978-4-19-892575-8

『幕末浪漫(ろうまん)剣』 2010.3 393p
①978-4-19-893128-5

『壬生狼　沖田総司』　2010.9　347p〈文献あり〉
　①978-4-19-893232-9
『剣豪たちの関ケ原』　2011.3　382p〈文献あり　著作目録あり〉
　①978-4-19-893324-1

ハルキ文庫（角川春樹事務所）

◇剣客同心鬼隼人

『剣客同心鬼隼人　時代小説文庫』
　2001.6　276p
　①4-89456-871-3
『七人の刺客　剣客同心鬼隼人　時代小説文庫』　2002.1　275p
　①4-89456-953-1
『死神の剣　剣客同心鬼隼人　時代小説文庫』　2002.6　253p
　①4-89456-982-5
『闇鴉　剣客同心鬼隼人　時代小説文庫』
　2003.1　272p
　①4-7584-3024-1
『闇地蔵　剣客同心鬼隼人　時代小説文庫』　2003.6　248p
　①4-7584-3051-9
『赤猫狩り　剣客同心鬼隼人　時代小説文庫』　2005.1　253p
　①4-7584-3152-3
『非情十人斬り　剣客同心鬼隼人　時代小説文庫』　2005.12　233p
　①4-7584-3210-4

◇八丁堀剣客同心

『弦月の風　八丁堀剣客同心　時代小説文庫』　2006.6　259p
　①4-7584-3239-2
『逢魔時の賊　八丁堀剣客同心　時代小説文庫』　2007.6　273p
　①978-4-7584-3296-2

『かくれ蓑　八丁堀剣客同心　時代小説文庫』　2008.3　271p
　①978-4-7584-3327-3
『黒鞘の刺客　八丁堀剣客同心　時代小説文庫』　2008.11　275p
　①978-4-7584-3380-8
『赤い風車　八丁堀剣客同心　時代小説文庫』　2009.6　265p
　①978-4-7584-3416-4
『五弁の悪花　八丁堀剣客同心　時代小説文庫』　2009.11　257p
　①978-4-7584-3445-4
『遠い春雷　八丁堀剣客同心　時代小説文庫』　2010.6　260p
　①978-4-7584-3483-6
『うらみ橋　八丁堀剣客同心　時代小説文庫』　2010.9　253p
　①978-4-7584-3504-8
『夕映えの剣　八丁堀剣客同心　時代小説文庫』　2011.6　267p
　①978-4-7584-3564-2
『闇の閃光　八丁堀剣客同心　時代小説文庫』　2011.11　269p
　①978-4-7584-3613-7
『夜駆け　八丁堀剣客同心　時代小説文庫』　2012.6　269p
　①978-4-7584-3666-3
『蔵前残照　八丁堀剣客同心　時代小説文庫』　2013.1　276p
　①978-4-7584-3712-7
『双剣霞竜　八丁堀剣客同心　時代小説文庫』　2013.6　267p
　①978-4-7584-3746-2
『火龍の剣　八丁堀剣客同心　時代小説文庫』　2013.11　274p
　①978-4-7584-3787-5
『朝焼けの辻　八丁堀剣客同心　時代小説文庫』　2014.6　268p
　①978-4-7584-3830-8
『折鶴舞う　八丁堀剣客同心　時代小説文庫』　2014.11　274p
　①978-4-7584-3859-9

鳥羽亮

『酔狂の剣　八丁堀剣客同心　時代小説文庫』　2015.6　265p
①978-4-7584-3912-1

『鬼面の賊　八丁堀剣客同心　時代小説文庫』　2015.11　272p
①978-4-7584-3960-2

『みみずく小僧　八丁堀剣客同心　時代小説文庫』　2016.6　269p
①978-4-7584-4009-7

◇　◇　◇

『刺客柳生十兵衛　時代小説文庫』　2004.1　303p
①4-7584-3087-X

『用心棒　椿三十郎　時代小説文庫』　2006.12　263p
①4-7584-3268-6

『血戦　用心棒椿三十郎　時代小説文庫』　2007.10　281p
①978-4-7584-3311-2

『剣客同心　上　時代小説文庫』　2008.6　275p
①978-4-7584-3349-5

『剣客同心　下　時代小説文庫』　2008.6　318p
①978-4-7584-3350-1

PHP文芸文庫（PHP研究所）

◇わけあり円十郎江戸暦

『わけあり円十郎江戸暦』　2009.5　278p
①978-4-569-67243-4

『七人の兜賊　わけあり円十郎江戸暦』　2010.11　291p
①978-4-569-67567-1

『奇剣稲妻落し　わけあり円十郎江戸暦』　2011.9　292p
①978-4-569-67728-6

『闇の刺客　わけあり円十郎江戸暦』

2013.4　301p
①978-4-569-67963-1

『一身の剣　わけあり円十郎江戸暦』　2016.5　315p
①978-4-569-76555-6

双葉文庫（双葉社）

◇はぐれ長屋の用心棒

『はぐれ長屋の用心棒　華町源九郎江戸暦』　2003.12　286p
①4-575-66157-0

『袖返し　はぐれ長屋の用心棒』　2004.6　286p
①4-575-66173-2

『紋太夫の恋　はぐれ長屋の用心棒』　2005.1　291p
①4-575-66191-0

『子盗ろ　はぐれ長屋の用心棒』　2005.7　302p
①4-575-66212-7

『深川袖しぐれ　はぐれ長屋の用心棒』　2005.12　283p
①4-575-66224-0

『迷い鶴　はぐれ長屋の用心棒』　2006.4　289p
①4-575-66235-6

『黒衣の刺客　はぐれ長屋の用心棒』　2006.8　295p
①4-575-66250-X

『湯宿の賊　はぐれ長屋の用心棒』　2006.12　293p
①4-575-66263-1

『父子凧　はぐれ長屋の用心棒』　2007.4　285p
①978-4-575-66279-5

『孫六の宝　はぐれ長屋の用心棒』　2007.9　300p
①978-4-575-66296-2

『雛の仇討ち　はぐれ長屋の用心棒』

2007.12　298p
①978-4-575-66308-2

『瓜ふたつ　はぐれ長屋の用心棒』
2008.5　284p
①978-4-575-66331-0

『長屋あやうし　はぐれ長屋の用心棒』
2008.8　299p
①978-4-575-66341-9

『おとら婆　はぐれ長屋の用心棒』
2008.12　294p
①978-4-575-66359-4

『おっかあ　はぐれ長屋の用心棒』
2009.4　291p
①978-4-575-66376-1

『八万石の風来坊　はぐれ長屋の用心棒』
2009.8　286p
①978-4-575-66394-5

『風来坊の花嫁　はぐれ長屋の用心棒』
2009.12　285p
①978-4-575-66417-1

『はやり風邪　はぐれ長屋の用心棒』
2010.4　277p
①978-4-575-66438-6

『秘剣霞颯　はぐれ長屋の用心棒』
2010.8　282p
①978-4-575-66456-0

『きまぐれ藤四郎　はぐれ長屋の用心棒』
2010.12　287p
①978-4-575-66474-4

『おしかけた姫君　はぐれ長屋の用心棒』
2011.4　285p
①978-4-575-66493-5

『疾風の河岸　はぐれ長屋の用心棒』
2011.7　283p
①978-4-575-66509-3

『剣術長屋　はぐれ長屋の用心棒』
2011.12　280p
①978-4-575-66534-5

『怒り一閃　はぐれ長屋の用心棒』
2012.4　295p
①978-4-575-66556-7

『すっとび平太　はぐれ長屋の用心棒』

2012.8　283p
①978-4-575-66574-1

『老骨秘剣　はぐれ長屋の用心棒』
2012.12　284p
①978-4-575-66591-8

『うつけ奇剣　はぐれ長屋の用心棒』
2013.4　293p
①978-4-575-66608-3

『銀簪の絆　はぐれ長屋の用心棒』
2013.8　293p
①978-4-575-66624-3

『烈火の剣　はぐれ長屋の用心棒』
2013.12　281p
①978-4-575-66643-4

『美剣士騒動　はぐれ長屋の用心棒』
2014.4　283p
①978-4-575-66662-5

『娘（こ）連れの武士　はぐれ長屋の用心棒』　2014.8　274p
①978-4-575-66678-6

『磯次の改心　はぐれ長屋の用心棒』
2014.12　289p
①978-4-575-66699-1

『八万石の危機　はぐれ長屋の用心棒』
2015.4　283p
①978-4-575-66718-9

『怒れ、孫六　はぐれ長屋の用心棒』
2015.8　284p
①978-4-575-66735-6

『老剣客躍る　はぐれ長屋の用心棒』
2015.12　284p
①978-4-575-66753-0

『悲恋の太刀　はぐれ長屋の用心棒』
2016.4　279p
①978-4-575-66773-8

『神隠し　はぐれ長屋の用心棒』　2016.8
275p
①978-4-575-66789-9

◇子連れ侍平十郎

『上意討ち始末　子連れ侍平十郎』
2005.2　317p

鳥羽亮

①4-575-66194-5
『江戸の風花　子連れ侍平十郎』　2006.
　11　285p
　①4-575-66259-3
『おれも武士（おとこ）　子連れ侍平十郎』
　2011.9　290p
　①978-4-575-66518-5

◇浮雲十四郎斬日記

『金尽剣法　浮雲十四郎斬日記』　2009.9
　293p
　①978-4-575-66399-0
『酔いどれ剣客（けんきゃく）　浮雲十四
　郎斬日記』　2010.2　309p
　①978-4-575-66427-0
『仇討ち街道　浮雲十四郎斬日記』
　2013.1　284p
　①978-4-575-66597-0
『不知火の剣　浮雲十四郎斬日記』
　2015.1　288p
　①978-4-575-66707-3
『鬼風　浮雲十四郎斬日記』　2016.7
　302p
　①978-4-575-66783-7

『秘剣風哭　剣狼秋山要助』　2005.4
　263p
　①4-575-66200-3
　〔内容〕剣狼, 秘剣風哭, 奇剣袖落とし, カワ
　　セミ兵太, 双子岩の死闘
『十三人の戦鬼　長編剣豪小説』　2008.1
　301p
　①978-4-575-66316-7
『怪談岩淵屋敷　天保妖盗伝』　2008.10
　293p
　①978-4-575-66350-1

文春文庫（文藝春秋）

◇八丁堀吟味帳「鬼彦組」

『八丁堀吟味帳　鬼彦組』　2012.3　299p
　①978-4-16-782901-8
『謀殺　八丁堀吟味帳「鬼彦組」』　2012.
　5　302p
　①978-4-16-782902-5
『闇の首魁　八丁堀吟味帳「鬼彦組」』
　2012.7　300p
　①978-4-16-782903-2
『裏切り　八丁堀吟味帳「鬼彦組」』
　2013.3　294p
　①978-4-16-782904-9
『はやり薬　八丁堀吟味帳「鬼彦組」』
　2013.9　284p
　①978-4-16-782905-6
『謎小町　八丁堀吟味帳「鬼彦組」』
　2014.5　278p
　①978-4-16-790091-5
『心変り　八丁堀吟味帳「鬼彦組」』
　2014.9　290p
　①978-4-16-790181-3
『惑い月　八丁堀吟味帳「鬼彦組」』
　2015.3　290p
　①978-4-16-790327-5
『七変化　八丁堀吟味帳「鬼彦組」』
　2015.9　284p
　①978-4-16-790445-6
『雨中の死闘　八丁堀吟味帳「鬼彦組」』
　2016.3　285p
　①978-4-16-790574-3
『顔なし勘兵衛　八丁堀吟味帳「鬼彦組」』
　2016.9　287p
　①978-4-16-790698-6

土橋 章宏

どばし・あきひろ

1969〜

大阪府生まれ。関西大卒。2010年「超高速! 参勤交代」で城戸賞を受賞、13年には映画化されて大ヒットした。他に「幕末まらそん侍」など。

角川文庫(KADOKAWA)

『遊郭医(くるわい)光蘭闇捌き 1』
2014.12 254p
①978-4-04-070439-5
〔内容〕雪隠斬り, 高貴な客, 女の尻尾, 花魁爆発, 女湯

『遊郭医(くるわい)光蘭闇捌き 2』
2015.3 259p
①978-4-04-070440-1
〔内容〕共生, 転ぶ, 仇, 斬首, 秘密

講談社文庫(講談社)

『超高速! 参勤交代』 2015.4 375p
〈2013年刊の加筆・訂正〉
①978-4-06-293063-5

『超高速! 参勤交代リターンズ』 2016.6 410p 〈『超高速! 参勤交代 老中の逆襲』(2015年刊)の改題、加筆・訂正〉
①978-4-06-293408-4

ハルキ文庫(角川春樹事務所)

『幕末まらそん侍 時代小説文庫』
2015.6 271p
①978-4-7584-3913-8

『引っ越し大名三千里 時代小説文庫』
2016.5 281p 〈文献あり〉

①978-4-7584-4001-1

友野 詳

ともの・しょう

1964〜

大阪府生まれ。大阪府立大卒。小説家、ゲームデザイナーとして活躍。

廣済堂文庫(廣済堂出版)

『あやかし秘帖千槍組 モノノケ文庫』
2014.4 319p
①978-4-331-61579-9

『あやかし秘帖千槍組〔2〕妖貸し狐狸合戦 モノノケ文庫』 2014.11 276p
①978-4-331-61611-6

白泉社招き猫文庫(白泉社)

『風穴屋旋次郎』 2015.11 248p
①978-4-592-83127-3
〔内容〕偽お日さまと爽風と, くるくる迷う旋風, 旋次郎一夜駆け, 夢と裏切り

富士見新時代小説文庫

(KADOKAWA)

◇からくり隠密影成敗

『弧兵衛、推参る からくり隠密影成敗』
2014.4 305p
①978-4-04-070085-4

『弧兵衛、策謀む からくり隠密影成敗 2』 2014.9 250p
①978-4-04-070166-0

永井 紗耶子
ながい・さやこ
1977〜

慶大卒。新聞記者を経てフリーライターとなり、2010年「絡繰り心中」で小学館文庫小説賞受賞、「恋の手本となりにけり」として刊行しデビュー。

小学館文庫(小学館)

『絡繰り心中　部屋住み遠山金四郎』
　2014.3　314p〈『恋の手本となりにけり』(2010年刊)の改題、加筆改稿〉
　①978-4-09-406033-1
『福を届けよ　日本橋紙問屋商い心得』
　2016.3　428p〈『旅立ち寿ぎ申し候』(2012年刊)の改題、改稿〉
　①978-4-09-406274-8

永井 義男
ながい・よしお
1949〜

東京外大卒。国際協力機関勤務などを経て、1995年「深川猟奇心中」で小説家としてデビュー。他に「算学奇人伝」など。

学研M文庫(学研パブリッシング)

◇江戸色里草紙

『鬼武迷惑剣　江戸色里草紙』　2004.3
　288p
　①4-05-900277-1

『鬼武迷惑剣仮宅雀　江戸色里草紙』
　2004.10　260p
　①4-05-900312-3

◇吉原用心棒

『密命居合剣　吉原用心棒』　2005.6
　278p
　①4-05-900356-5
『身請け舟　吉原用心棒』　2006.2　280p
　①4-05-900388-3

◇屋根葺き同心闇御用

『屋根葺き同心闇御用』　2006.6　262p
　①4-05-900420-0
『谷中ころび坂　屋根葺き同心闇御用』
　2006.9　250p
　①4-05-900433-2
　〔内容〕谷中ころび坂, 深川心中
『深川三角屋敷　屋根葺き同心闇御用』
　2006.12　268p
　①4-05-900449-9
　〔内容〕根津の付け火, 深川三角屋敷, 音羽の斬殺

『鬼勘武芸帳封殺』　2002.12　221p
　①4-05-900208-9
『とんび侍喧嘩帳』　2007.7　284p
　①978-4-05-900483-7
『男坂　とんび侍喧嘩帳』　2007.11
　290p
　①978-4-05-900502-5
　〔内容〕算学の達人, 夜鷹の縄張り, 馴染みの花魁, 女張良の秘策, 大夜襲, 真崎稲荷の決闘
『えいびあん先生事件控』　2008.11
　302p
　①978-4-05-900555-1
　〔内容〕寺子屋異変, 中山道の大騒動, 人さらい始末

永井義男

幻冬舎文庫(幻冬舎)

『深川猟奇心中』　1998.10　255p
　①4-87728-656-X

コスミック・時代文庫(コスミック出版)

◇密命斬刑帖

『深川無明剣　書下ろし長編時代小説　密命斬刑帖』　2005.12　255p〈発売：コスミックインターナショナル〉
　①4-7747-2059-3
『吉原天誅剣　書下ろし長編時代小説　密命斬刑帖』　2006.10　253p
　①4-7747-2103-4

◇勇之助世直し始末

『孤剣　書下ろし長編時代小説　勇之助世直し始末』　2007.3　299p
　①978-4-7747-2130-9
『破剣　書下ろし長編時代小説　勇之助世直し始末』　2007.9　301p
　①978-4-7747-2158-3

祥伝社文庫(祥伝社)

◇請負い人阿郷十四郎

『影の剣法　書下ろし長編時代小説　請負い人阿郷十四郎』　2002.2　250p
　①4-396-33030-8
『辻斬り始末　長編時代小説　請負い人阿郷十四郎』　2003.4　260p
　①4-396-33104-5
『示現流始末　長編時代小説　請負い人阿郷十四郎』　2004.2　259p
　①4-396-33157-6
『用心棒始末　長編時代小説　請負い人阿郷十四郎』　2005.12　266p
　①4-396-33266-1

『算学奇人伝　長編時代小説』　2000.8　219p〈TBSブリタニカ1997年刊の増訂〉
　①4-396-32793-5
『阿哥の剣法　よろず請負い　時代小説』　2000.11　153p
　①4-396-32823-0
『濡れ衣　詩魂の剣士・生田嵐峯　長編時代小説』　2004.12　332p
　①4-396-33200-9

徳間文庫(徳間書店)

『幕末一撃必殺隊』　2002.9　350p
　①4-19-891770-1

ノン・ポシェット(祥伝社)

『江戸狼奇談　傑作時代小説』　1998.9　283p
　①4-396-32648-3
　〔内容〕江戸狼奇談、夢酔戯言、深川旦那殺し、虎穴堂弥助、汚穢屋吟味帳、世田谷裁き

ハルキ文庫(角川春樹事務所)

◇剣豪平山行蔵

『豪の剣　剣豪平山行蔵　時代小説文庫』　2004.4　241p
　①4-7584-3097-7
『藩邸始末　剣豪平山行蔵　時代小説文庫』　2004.12　225p

長尾誠夫

①4-7584-3148-5

◇吉原占屋始末

『闇の数珠　吉原占屋始末　時代小説文庫』　2006.8　233p
　①4-7584-3251-1
『奸計　吉原占屋始末　時代小説文庫』
　2007.4　245p
　①978-4-7584-3282-5
　〔内容〕長兵衛の寺, 無理心中

ベスト時代文庫
（ベストセラーズ）

◇平四郎茶屋日記

『いわくの剣　平四郎茶屋日記』　2005.4
　267p
　①4-584-36527-X
『いわくの隠密　平四郎茶屋日記』
　2005.10　245p
　①4-584-36546-6
『いわくのお局　平四郎茶屋日記』
　2006.4　259p
　①4-584-36558-X

『蛇蠍の捨蔵十手修羅』　2007.3　271p
　①978-4-584-36589-2
『蛇蠍の捨蔵赦免花』　2007.9　276p
　①978-4-584-36609-7
『死人は語る　蘭方医長崎浩斎』　2011.5
　276p〈『大江戸謎解き帳』（祥伝社平成
　10年刊）の改題、加筆修正〉
　①978-4-584-36700-1
　〔内容〕両国・麦藁蛇の怪, 神田・男女身二つ
　の怪, 本所・猩猩音呼の怪

長尾　誠夫
ながお・せいお
1955〜

愛媛県生まれ。東京学芸大卒。1986年「源氏物語人殺し絵巻」でサントリーミステリー大賞読者賞を受賞。以後は時代小説を多く執筆。

幻冬舎文庫（幻冬舎）

『前田利家』　2001.10　314p
　①4-344-40174-3

ノン・ポシェット（祥伝社）

『秀吉秘峰の陰謀』　1992.12　321p
　①4-396-32290-9

PHP文庫（PHP研究所）

『柴田勝家　「鬼」と呼ばれた猛将』
　1997.10　440p
　①4-569-57062-3

文春文庫（文藝春秋）

『源氏物語人殺し絵巻』　1989.8　316p
　①4-16-750801-X

中岡 潤一郎

なかおか・じゅんいちろう

1968～

東京生まれ。独協大卒。本名でテクニカルライターとして活躍したのち、作家となる。

学研M文庫（学研パブリッシング）

◇無頼酒慶士郎覚え書き

『酒風、舞う　無頼酒慶士郎覚え書き』
2011.2　316p　〈発売：学研マーケティング〉
①978-4-05-900681-7
〔内容〕酒問屋始末, 涙酒, 勝負酒, 江戸, つれづれ酒

『絆酒　無頼酒慶士郎覚え書き』　2012.2
275p　〈発売：学研マーケティング〉
①978-4-05-900738-8
〔内容〕絆酒, 夢追酒, 名残酒, 御免上酒

廣済堂文庫（廣済堂出版）

◇ご落胤若さま武芸帖

『風斬り秘剣　ご落胤若さま武芸帖　特選
時代小説』　2012.9　290p
①978-4-331-61491-4

『秘剣、闇を斬る　ご落胤若さま武芸帖
特選時代小説』　2013.4　307p
①978-4-331-61523-2
〔内容〕大奥の闇, 逆恨み, 御金蔵破り, 春日局の亡霊

『秘剣、柳生斬り　ご落胤若さま武芸帖
特選時代小説』　2014.4　310p
①978-4-331-61578-2
〔内容〕母子の仇討ち, 謀略のはざま, 伊豆守

の罠, 死闘の果て

コスミック・時代文庫
（コスミック出版）

◇おたすけ源四郎嵐殺剣

『孤狼　書下ろし長編時代小説　おたすけ
源四郎嵐殺剣』　2005.3　333p　〈東京
コスミックインターナショナル（発売）〉
①4-7747-2016-X

『乱刃　書下ろし長編時代小説　おたすけ
源四郎嵐殺剣』　2006.1　318p　〈発
売：コスミックインターナショナル〉
①4-7747-2062-3
〔内容〕浮気, 敵討, 豪剣, 慕情, 風月

『残刃　書下ろし長編時代小説　おたすけ
源四郎嵐殺剣』　2006.8　318p
①4-7747-2092-5

◇やさぐれ同心忠次郎

『やさぐれ同心忠次郎　深川の風　書下ろ
し長編時代小説』　2007.5　334p
①978-4-7747-2137-8

『やさぐれ同心忠次郎　渡世人狩り　書下
ろし長編時代小説』　2008.1　327p
①978-4-7747-2178-1

『やさぐれ同心忠次郎　白虎死す　書下ろ
し長編時代小説』　2008.7　318p
①978-4-7747-2204-7

◇うわばみ勘兵衛

『うわばみ勘兵衛　将軍の居酒屋　書下ろ
し長編時代小説』　2015.10　289p
①978-4-7747-2867-4
〔内容〕将軍の居酒屋, 酒合戦, 恋つ恋われつ,
うごめく欲望, 酒の道

『うわばみ勘兵衛〔2〕酔月の決闘　書下
ろし長編時代小説』　2016.3　303p

①978-4-7747-2913-8
〔内容〕粗忽者、もう飲まない、めぐりめぐって、魔性、酔月の決闘

『捜し人剣九郎　書下ろし長編時代小説』
　2009.5　335p
　①978-4-7747-2256-6
　〔内容〕梅木、小姓、罪、しがらみ、江戸の日々
『渡り秘剣清史郎　めおと傘　書下ろし長編時代小説』　2010.7　366p
　①978-4-7747-2344-0
『仇討ち同心慶次郎　書下ろし長編時代小説』　2012.3　308p
　①978-4-7747-2485-0
『葵の浪人松平新九郎　あぶれ組参上！書下ろし長編時代小説』　2015.6　310p
　①978-4-7747-2835-3
　〔内容〕あぶれ組参上！、妄執、謀略の果て
『特命与力　犬飼平士郎　犯科帳奪還指令』　2016.10　277p
　①978-4-7747-2967-1

富士見新時代小説文庫
（KADOKAWA）

◇秘剣京八流武芸控

『天子の御剣、推参！　秘剣京八流武芸控　1』　2015.2　243p
　①978-4-04-070491-3

中里 融司
なかざと・ゆうじ
1957〜2009

東京生まれ。武蔵大卒。マンガ原作者から小説家となり、1994年「坂東武陣俠 信長を討て！」で歴史群像賞優秀賞を受賞。他に「討たせ屋喜兵衛」など。

学研Ｍ文庫（学研パブリッシング）

◇お歌舞伎夜兵衛颯爽剣

『夜桜の舞　お歌舞伎夜兵衛颯爽剣』
　2005.2　315p
　①4-05-900337-9
『無情の刃　お歌舞伎夜兵衛颯爽剣』
　2006.2　318p
　①4-05-900400-6

『寛永妖星浄瑠璃』　2001.10　306p
　①4-05-900087-6
『戦国覇王伝　3』　2002.12　269p
　①4-05-900203-8
　〔内容〕乱刃信州戦線
『人斬り浅右衛門斬妄剣』　2003.4　307p
　①4-05-900232-1
『極楽絵とんぼ犯画帖』　2006.10　325p
　①4-05-900437-5
　〔内容〕文政触れ太鼓、見立て乙姫の贈り物

廣済堂文庫（廣済堂出版）

◇影町奉行所疾風組

『蘭学剣法　影町奉行所疾風組　特選時代小説』　2004.9　317p

ⓘ4–331–61115–9

『虹の職人　影町奉行所疾風組　特選時代小説』　2005.11　331p
ⓘ4–331–61195–7

光文社文庫（光文社）

◇同行屋稼業

『斬剣冥府の旅　連作時代小説　同行屋稼業』　2003.12　397p
ⓘ4–334–73610–6

『暁の斬友剣　連作時代小説　同行屋稼業2』　2004.12　295p
ⓘ4–334–73804–4
〔内容〕旅は道連れ，暁の斬友剣，若旦那恋煩い

『惜別の残雪剣　連作時代小説　同行屋稼業3』　2005.12　297p
ⓘ4–334–73995–4
〔内容〕惜別の残雪剣，決闘曾根崎新地

『落日の哀惜剣　連作時代小説　同行屋稼業4』　2006.12　312p
ⓘ4–334–74174–6
〔内容〕落日の哀惜剣，妖瞳生き人形，清涼二人旅

『終焉の必殺剣　長編時代小説　同行屋稼業5』　2008.9　288p
ⓘ978–4–334–74480–9

コスミック・時代文庫
（コスミック出版）

『いくさ人春風兵庫　無双の槍　書下ろし長編時代小説』　2009.1　322p
ⓘ978–4–7747–2237–5

小学館文庫（小学館）

◇世話焼き家老星合笑兵衛

『竜虎の剣　世話焼き家老星合笑兵衛』　2005.11　322p
ⓘ4–09–408055–4

『悲願の硝煙　世話焼き家老星合笑兵衛』　2006.10　413p
ⓘ4–09–408121–6

『義俠の賊心　世話焼き家老星合笑兵衛』　2007.6　374p
ⓘ978–4–09–408175–6

『花見の宴　世話焼き家老星合笑兵衛』　2008.7　298p
ⓘ978–4–09–408290–6

ハルキ文庫（角川春樹事務所）

◇討たせ屋喜兵衛

『討たせ屋喜兵衛　斬奸剣　時代小説文庫』　2002.8　294p
ⓘ4–89456–130–1

『討たせ屋喜兵衛　秘剣稲妻　時代小説文庫』　2003.8　308p
ⓘ4–7584–3065–9

『討たせ屋喜兵衛　秘剣陽炎　時代小説文庫』　2004.6　316p
ⓘ4–7584–3110–8

『討たせ屋喜兵衛　浪士討ち入り　時代小説文庫』　2005.4　305p
ⓘ4–7584–3165–5

『討たせ屋喜兵衛　黎明の剣　時代小説文庫』　2006.3　303p
ⓘ4–7584–3220–1

◇出戻り和馬償い剣

『燕返し　出戻り和馬償い剣　時代小説文庫』　2007.4　335p

中路啓太

①978-4-7584-3283-2
『剣風乱璃　出戻り和馬償い剣　時代小説文庫』2008.8　295p
①978-4-7584-3362-4

『女殺　大江戸華奉行　時代小説文庫』
2010.4　359p〈原案：池田裕幾〉
①978-4-7584-3404-1

ベスト時代文庫
（ベストセラーズ）

◇火の玉晴吉十手修業

『錠前破り　火の玉晴吉十手修業』
2007.3　333p
①978-4-584-36591-5
『毒飼い　火の玉晴吉十手修業』　2008.2　346p
①978-4-584-36627-1

中路　啓太
なかじ・けいた
1968〜

東京生まれ。東大卒。2006「火ノ児の剣」で小説現代長編新人賞奨励賞を受賞してデビュー。他に「裏切り涼山」。

講談社文庫（講談社）

『火ノ児の剣』　2009.12　291p
①978-4-06-276574-9
『裏切り涼山』　2010.12　433p
①978-4-06-276840-5

『己惚れの記』　2012.9　410p〈『己惚れの砦』（2009年刊）の改題〉
①978-4-06-277364-5

新潮文庫（新潮社）

『豊国神宝』　2013.1　440p〈『謎斬り右近』（2010年刊）の改題　著作目録あり〉
①978-4-10-127081-4

中公文庫（中央公論新社）

◇渡り奉公人渡辺勘兵衛

『三日月の花　渡り奉公人渡辺勘兵衛』
2016.10　365p〈『恥も外聞もなく売名す』改題書〉
①978-4-12-206299-3

『うつけの采配　上』　2014.10　287p
〈2012年刊の2分冊〉
①978-4-12-206019-7
『うつけの采配　下』　2014.10　304p
〈2012年刊の2分冊〉
①978-4-12-206020-3
『獅子は死せず　上』　2015.11　263p
〈講談社 2011年刊の分冊〉
①978-4-12-206192-7
『獅子は死せず　下』　2015.11　269p
〈講談社 2011年刊の分冊〉
①978-4-12-206193-4

中島 要
なかじま・かなめ

早大卒。2008年に「素見（ひやかし）」で小説宝石新人賞を受賞し、長編『刀圭』でデビュー。他に「着物始末暦」シリーズがある。

光文社文庫（光文社）

『刀圭　長編時代小説』　2013.4　326p
〈文献あり〉
①978-4-334-76563-7

『ひやかし　連作時代小説集』　2014.5
283p
①978-4-334-76744-0
〔内容〕素見, 色男, 泣声, 真贋, 夜明

『晦日の月　六尺文治捕物控』　2014.10
316p
①978-4-334-76822-5
〔内容〕役立たず, うき世小町, 神隠し, ねずみと猫, 晦日の月, 雲隠れ

『ないたカラス〔光文社時代小説文庫〕』
2016.5　327p
①978-4-334-77295-6
〔内容〕ないたカラス, 袷のうら, カラスの足跡, 幽霊札, 文殊のおしえ, 後日噺, うそ 嘘 ウソ

祥伝社文庫（祥伝社）

『江戸の茶碗　まっくら長屋騒動記』
2015.6　307p
①978-4-396-34125-1
〔内容〕江戸の茶碗, 寝小便小僧, 遺言, 真眼, 嫁入り問答, いじっぱり, 男と女の間

ハルキ文庫（角川春樹事務所）

◇着物始末暦

『しのぶ梅　着物始末暦　時代小説文庫』
2012.11　267p 〈文献あり〉
①978-4-7584-3702-8
〔内容〕めぐり咲き, 散り松葉, しのぶ梅, 誰が袖

『藍の糸　着物始末暦　2　時代小説文庫』
2013.7　275p
①978-4-7584-3758-5
〔内容〕藍の糸, 魂結び, 表と裏, 恋接ぎ

『夢かさね　着物始末暦　3　時代小説文庫』　2014.2　277p
①978-4-7584-3806-3
〔内容〕菊とうさぎ, 星花火, 面影のいろ, 夢かさね

『雪とけ柳　着物始末暦　4　時代小説文庫』　2015.2　264p
①978-4-7584-3874-2
〔内容〕禁色, 歳月の実, 雪とけ柳, 絹の毒

『なみだ縮緬　着物始末暦　5　時代小説文庫』　2015.8　280p
①978-4-7584-3932-9
〔内容〕神の衣, 吉原桜, なみだ縮緬, 未だ来らず

『錦の松　着物始末暦　6　時代小説文庫』
2016.2　275p
①978-4-7584-3982-4
〔内容〕赤い闇, なかぬ蛍, 錦の松, 糸の先

『なでしこ日和　着物始末暦　7　時代小説文庫』　2016.8　273p
①978-4-7584-4028-8
〔内容〕男花, 二つの藍, なでしこ日和, 三つの宝珠

双葉文庫（双葉社）

『かりんとう侍』　2016.10　294p
①978-4-575-66798-1

中嶋 隆

なかじま・たかし

1952〜

長野県生まれ。近世文学者。傍ら、2007年「廓の与右衛門控え帳」で小学館文庫小説賞を受賞し、作家デビュー。

小学館文庫（小学館）

『廓の与右衛門控え帳』　2013.12　252p
　〈2007年刊の加筆改稿〉
　①978-4-09-408882-3
　〔内容〕男傾城、闇夜と伴天連、枯れない紅葉、幇間弥七の盃回し、鹿恋猫、浪人巾着切り、泥鰌女郎、間男怨霊、吉弥の新艘出し、其角怒る

長島 槇子

ながしま・まきこ

1953〜

東京生まれ。東洋大卒。脚本家を経て、2003年「旅芝居怪談双六」でムー伝奇ノベル大賞優秀賞を受賞して作家デビュー。他に「七夕の客 新吉原くるわばなし」など。

学研M文庫（学研パブリッシング）

『七夕の客　新吉原くるわばなし』
　2006.3　319p
　①4-05-900406-5
　〔内容〕七夕の客, 格子幽霊, 浮舟, 禿桜, 野太鼓心中, 福笑い, 案山子の三佐

中島 丈博

なかじま・たけひろ

1935〜

京都府生まれ。中村高卒。脚本家としてNHK大河ドラマ「草燃える」「春の波濤」「炎立つ」「元禄繚乱」などを執筆。

角川文庫（KADOKAWA）

『元禄繚乱　上』　中島丈博〔著〕, 舟橋聖一原作　2001.11　628p
　①4-04-179202-9
『元禄繚乱　下』　中島丈博〔著〕, 舟橋聖一原作　2001.11　648p
　①4-04-179203-7

中谷 航太郎

なかたに・こうたろう

広島県生まれ。早大卒。代表作に「風と龍」などがある。

角川文庫（KADOKAWA）

『ふたつぼし　1』　2015.12　254p
　①978-4-04-103483-5
『ふたつぼし　2』　2016.1　246p
　①978-4-04-103484-2
『旅立ち　ふたつぼし　零』　2016.6　245p
　①978-4-04-103482-8

中谷航太郎

廣済堂文庫(廣済堂出版)

◇晴れときどき、乱心

『晴れときどき、乱心　特選時代小説』
　　2012.12　330p
　　①978-4-331-61504-1
『黒い将軍　晴れときどき、乱心　モノノケ文庫』　2013.6　325p
　　①978-4-331-61532-4
『首のない亡霊　晴れときどき、乱心　モノノケ文庫』　2014.2　313p
　　①978-4-331-61572-0
『血も滴るいい男　晴れときどき、乱心　モノノケ文庫』　2015.1　328p
　　①978-4-331-61620-8

光文社文庫(光文社)

◇風と龍

『風と龍　文庫書下ろし/長編時代小説』
　　2013.9　254p
　　①978-4-334-76624-5
『流々浪々　文庫書下ろし/長編時代小説　風と龍 2』　2014.5　315p
　　①978-4-334-76745-7

新潮文庫(新潮社)

◇秘闘秘録新三郎&魁

『隠れ谷のカムイ　秘闘秘録新三郎&魁』
　　2012.5　364p
　　①978-4-10-136632-6
『オニウドの里　秘闘秘録新三郎&魁』
　　2013.1　350p
　　①978-4-10-136633-3
『覇王のギヤマン　秘闘秘録新三郎&魁』
　　2013.7　344p
　　①978-4-10-136634-0
『アテルイの遺刀　秘闘秘録新三郎&魁』
　　2014.4　373p
　　①978-4-10-136635-7
『シャクシャインの秘宝　秘闘秘録新三郎&魁』　2015.3　374p
　　①978-4-10-136636-4

『ヤマダチの砦』　2011.10　373p
　　①978-4-10-136631-9

宝島社文庫(宝島社)

『奔る吉原用心棒　小蝶丸騒動伝』
　　2014.7　261p
　　①978-4-8002-2902-1
　〔内容〕とぼけた男、付け馬、縁切榎、品川無理心中

ハルキ文庫(角川春樹事務所)

◇首売り丹左

『首売り丹左　時代小説文庫』　2012.10
　　258p
　　①978-4-7584-3691-5
『信長の密偵　首売り丹左　時代小説文庫』　2013.8　254p
　　①978-4-7584-3766-0
『秘闘・川中島　首売り丹左　時代小説文庫』　2014.2　278p
　　①978-4-7584-3805-6

中見 利男

なかみ・としお

1959～

岡山県生まれ。岡山大卒。地方テレビ局勤務を経て作家となり、様々なジャンルの作品を執筆。

ハルキ文庫（角川春樹事務所）

『信長の暗号　上』　2011.2　357p
　①978-4-7584-3525-3

『信長の暗号　下』　2011.2　316p〈文献あり〉
　①978-4-7584-3526-0

『秀吉の暗号　太閤の復活祭　1』　2011.6　256p〈『太閤の復活祭』(2001年刊)の加筆訂正、改題〉
　①978-4-7584-3565-9

『秀吉の暗号　太閤の復活祭　2』　2011.6　359p〈『太閤の復活祭』(2001年刊)の加筆訂正、改題〉
　①978-4-7584-3566-6

『秀吉の暗号　太閤の復活祭　3』　2011.6　388p〈『太閤の復活祭』(2001年刊)の加筆訂正、改題　文献あり〉
　①978-4-7584-3567-3

『家康の暗号』　2012.7　427p〈『黄金の闇』(有楽出版社 2005年刊)の改題、加筆訂正〉
　①978-4-7584-3672-4

『天海の暗号　絶体絶命作戦　上』　2012.11　379p
　①978-4-7584-3700-4

『天海の暗号　絶体絶命作戦　下』　2012.11　431p〈文献あり〉
　①978-4-7584-3701-1

『官兵衛の陰謀　忍者八門　時代小説文庫』　2014.4　356p
　①978-4-7584-3817-9

永峯 清成

ながみね・きよなり

1932～

愛知県生まれ。名城大中退。大曽根社会保険事務所長を最後に退官し作家となる。著書に「楠木一族」「北畠親房」「怨みの皇子たち」「夢法師」「新田義貞」などがある。

PHP文庫（PHP研究所）

『上杉謙信　至誠を貫いた希代の勇将』　1998.6　364p〈年表あり〉
　①4-569-57156-5

中村 彰彦

なかむら・あきひこ

1949～

栃木県生まれ。東北大卒。文藝春秋に勤務の後に作家となり、1994年「二つの山河」で直木賞を受賞。会津を舞台とした作品が多い。

角川文庫（KADOKAWA）

『明治新選組』　1993.11　281p
　①4-04-190601-6
　〔内容〕明治新選組, 近江屋に来た男, 後鳥羽院の密使, 斬馬剣新六郎, 一つ岩柳陰の太刀, 尾張忍び駕篭

『鬼官兵衛烈風録』　1995.6　431p
　①4-04-190602-4

『五左衛門坂の敵討』　1996.4　273p
　①4-04-190603-2

〔内容〕五左衛門坂の敵討, 白坂宿の驟雨, 龍ノ口の美少年, 伊吹山の忠臣

『保科肥後守お耳帖』　1997.2　287p
①4-04-190604-0
〔内容〕夏目伊織の門人, 会津騒動ふたたび, 弥太之進は踊る, 第二の助太刀, 馬之助綺譚

『その名は町野主水』　1997.8　337p
①4-04-190605-9

『闘将伝　小説立見鑑三郎』　1998.1　421p
①4-04-190606-7

『保科肥後守お袖帖』　1999.3　258p
①4-04-190607-5
〔内容〕浄光院さま逸事, 骸骨侍, 名君と振袖火事, 保科三勇士, 又市殺し

『槍弾正の逆襲』　1999.9　237p
①4-04-190608-3
〔内容〕槍弾正の逆襲, 袖の火種, 松野主馬は動かず, 加納殿の復讐, 醜女の敵討

『明治無頼伝』　2000.2　461p
①4-04-190609-1

『海将伝』　2000.8　346p
①4-04-190610-5

『新選組全史　戊辰・箱館編』　2001.7　332p 《『決断! 新選組』(ダイナミックセラーズ昭和60年刊) の増訂》
①4-04-190612-1

『新選組全史　幕末・京都編』　2001.7　346p 《『決断! 新選組』(ダイナミックセラーズ昭和60年刊) の増訂》
①4-04-190611-3

『豪姫夢幻』　2001.11　525p
①4-04-190613-X

『明治忠臣蔵』　2002.3　301p
①4-04-190614-8

『恋形見』　2002.10　223p 《『眉山は哭く』(文藝春秋 1995年刊) の改題》
①4-04-190615-6
〔内容〕恋形見, 間諜, 許すまじ, 眉山は哭く, 明治四年黒谷の私闘

『侍たちの海　小説伊東祐亨』　2004.9　350p 《読売新聞社1998年刊の増補》

①4-04-190616-4

『若君御謀反』　2009.12　295p 〈発売: 角川グループパブリッシング〉
①978-4-04-190617-0
〔内容〕若君御謀反, 母恋常珍坊, 二度目の敵討, おりん昭吉すかしの敵討, おとよ善左衛門, 紺屋町の女房, 堀部安兵衛の許婚

講談社文庫（講談社）

『知恵伊豆と呼ばれた男　老中松平信綱の生涯』　2009.12　319p 〈文献あり 年譜あり〉
①978-4-06-276539-8

光文社文庫（光文社）

『明治新選組』　2016.6　349p 〈角川文庫1993年刊に「五稜郭の夕日」を追加〉
①978-4-334-77310-6
〔内容〕明治新選組, 近江屋に来た男, 後鳥羽院の密使, 斬馬剣新六郎, 一つ岩柳陰の太刀, 尾張忍び駕籠, 五稜郭の夕日

実業之日本社文庫
（実業之日本社）

『保科肥後守お耳帖　完本』　2011.8　557p
①978-4-408-55048-0
〔内容〕浄光院さま逸事, 骸骨侍, 夏目伊織の門人, 保科三勇士, 雀の宮の盗賊, 名君と振袖火事, 会津騒動ふたたび, 又市殺し, 弥太之進は踊る, 第二の助太刀, 馬之助綺譚

『真田三代風雲録　上』　2015.2　479p
①978-4-408-55210-1

『真田三代風雲録　下』　2015.2　484p
①978-4-408-55211-8

中村彰彦

人物文庫（学陽書房）

『竜馬伝説を追え』　2000.1　433p
　①4-313-75095-9
『山川家の兄弟　浩と健次郎』　2005.11
　402p〈『逆風に生きる』（角川書店2000
　年刊）の改題〉
　①4-313-75207-2

中公文庫（中央公論新社）

『修理さま雪は』　2005.9　266p〈新潮社
　1996年刊の増補〉
　①4-12-204579-7
　〔内容〕修理さま 雪は，涙橋まで，雁の行方，
　　残す月影，飯盛山の盗賊，開城の使者，第
　　二の白虎隊
『落花は枝に還らずとも　会津藩士・秋月
　悌次郎　上』　2008.1　430p
　①978-4-12-204960-4
『落花は枝に還らずとも　会津藩士・秋月
　悌次郎　下』　2008.1　436p
　①978-4-12-204959-8
『北風の軍師たち　上』　2009.10　319p
　①978-4-12-205211-6
『北風の軍師たち　下』　2009.10　368p
　①978-4-12-205212-3
『天保暴れ奉行　気骨の幕臣矢部定謙
　上』　2010.7　336p
　①978-4-12-205340-3
『天保暴れ奉行　気骨の幕臣矢部定謙
　下』　2010.7　311p
　①978-4-12-205341-0
『戊辰転々録』　2014.12　278p〈角川学
　芸出版 2010年刊の再刊〉
　①978-4-12-206050-0
　〔内容〕虎に狩られた男，かわ姥物語，思い
　　出かんざし，大江戸御金蔵破り，もう悪い
　　こと仙之助，権田原与一郎遺稿「幕末烈女
　　伝」，戊辰転々録

中公文庫ワイド版
（中央公論新社）

『落花は枝に還らずとも　会津藩士・秋月
　悌次郎　上』　2012.3　430p
　①978-4-12-552869-4
『天保暴れ奉行　気骨の幕臣矢部定謙
　上』　2012.3　336p〈叢書名の他言語
　表記：Chuko bunko wide-print
　edition〉
　①978-4-12-553313-1
『落花は枝に還らずとも　会津藩士・秋月
　悌次郎　下』　2012.3　430p
　①978-4-12-552868-7
『天保暴れ奉行　気骨の幕臣矢部定謙
　下』　2012.3　311p〈叢書名の他言語
　表記：Chuko bunko wide-print
　edition〉
　①978-4-12-553312-4

徳間文庫（徳間書店）

『名剣士と照姫さま』　1998.11　263p
　①4-19-890998-9
　〔内容〕男は多門伝八郎，最後の黒頭巾，渡
　　辺豹吉の嘘，巨体倒るとも，名剣士と照姫
　　さま
『柳生最後の日』　2003.1　285p
　①4-19-891826-0
　〔内容〕雀の宮の盗賊，髷は茶筅に，鳥居家七
　　代，偽名は山田順吉，桂小五郎の客，紀三
　　井寺まで，忠助の赤いふんどし，柳生最後
　　の日
『敵は微塵弾正』　2007.9　349p
　①978-4-19-892666-3
　〔内容〕紅い袖口，ガラシャを棄てて，敵は微
　　塵弾正，晋州城の義妓，亡霊お花，恋の重
　　荷 白河栄華の夢

日経文芸文庫
(日本経済新聞出版社)

『鬼官兵衛烈風録』 2015.6 461p 〈歴史春秋出版 2008年刊の再刊 文献あり〉
①978-4-532-28055-0

PHP文芸文庫(PHP研究所)

『花ならば花咲かん 会津藩家老・田中玄宰』 2013.11 762p
①978-4-569-76097-1

『明治無頼伝』 2015.9 557p 〈角川文庫2000年刊の再刊〉
①978-4-569-76415-3

文春文庫(文藝春秋)

◇家老列伝

『東に名臣あり 家老列伝』 2010.5 319p
①978-4-16-756712-5
〔内容〕不義の至りに候―小山田出羽守信茂, 花に背いて帰らん―直江山城守兼続, 最後の武辺者―後藤又兵衛基次, 東に名臣あり―田中三郎兵衛玄宰, さらば, そうせい公―福原越後元僴, ガットリング砲を撃て―河井継之助秋義

『跡を濁さず 家老列伝』 2014.2 300p
①978-4-16-790035-9
〔内容〕雷を斬った男―立花伯耆守道雪, 夢路はかなき―柴田修理亮勝家, 跡を濁さず―福島丹波守治重, 主君, 何するものぞ―堀主水一積, 行けば十六里―後藤象二郎元曄, 入城戦ふたたび―男爵山川浩

『二つの山河』 1997.9 238p
①4-16-756703-2

〔内容〕二つの山河, 臥牛城の虜, 甘利源治の潜入

『遊撃隊始末』 1997.12 572p
①4-16-756704-0

『名君の碑 保科正之の生涯』 2001.10 698p
①4-16-756705-9

『禁じられた敵討』 2003.1 263p
①4-16-756706-7
〔内容〕密偵きたる, 近藤勇を撃った男, 上役は世良修蔵, 木村銃太郎門下, 小又一の力戦, 禁じられた敵討

『いつの日か還る 新選組伍長島田魁伝』 2003.12 630p
①4-16-756708-3

『新選組秘帖』 2005.12 404p
①4-16-756709-1
〔内容〕輪違屋の客, 密偵きたる, ふらつき愛之助, 近藤勇を撃った男, 忠助の赤いふんどし, 巨体倒るとも, 五稜郭の夕日, 明治四年黒谷の私闘, 明治新選組, 対談 山内昌之×中村彰彦「新選組と日本精神」

『桶狭間の勇士』 2006.6 399p
①4-16-756710-5

『知恵伊豆に聞け』 2007.4 552p
①978-4-16-756711-8

『われに千里の思いあり 上 風雲児・前田利常』 2011.5 478p
①978-4-16-756714-9

『われに千里の思いあり 中 快男児・前田光高』 2011.5 486p
①978-4-16-756715-6

『われに千里の思いあり 下 名君・前田綱紀』 2011.5 490p
①978-4-16-756716-3

『闘将伝 小説立見尚文』 2011.10 412p
①978-4-16-756717-0

『海将伝 小説島村速雄』 2011.11 351p 〈文献あり〉
①978-4-16-756718-7

『新選組全史 戊辰・箱館編』 2015.5 358p 〈角川文庫2001年刊の再刊 索

引あり〉
　①978-4-16-790367-1
『新選組全史　幕末・京都編』　2015.5
　363p〈角川文庫 2001年刊の再刊　索
　引あり〉
　①978-4-16-790366-4

中村　朋臣
なかむら・ともおみ
1973～

埼玉県生まれ。慶大卒。「北天双星」で
歴史群像大賞優秀賞を受賞。

宝島社文庫（宝島社）

『怒濤の慶次』　2014.1　398p
　①978-4-8002-2016-5
『野晒の剣　人斬り左兵衛二刀流』
　2014.10　350p
　①978-4-8002-3237-3
『最強二天の用心棒』　2015.8　349p
　①978-4-8002-4404-8
『闇斬り二天の用心棒』　2016.8　324p
　①978-4-8002-5901-1

中村　ふみ
なかむら・ふみ

秋田県生まれ。2010年「裏閻魔」でゴー
ルデン・エレファント賞大賞を受賞し、
デビュー。

幻冬舎時代小説文庫（幻冬舎）

『冬青寺奇譚帖』　2014.6　318p
　①978-4-344-42211-7

七海　壮太郎
ななみ・そうたろう
1964～

千葉県生まれ。日大卒。広告代理店勤
務を経て、作家となる。代表作に「引
越し侍 内藤三左」。

双葉文庫（双葉社）

◇引越し侍内藤三左

『門出の凶刃　引越し侍内藤三左』
　2012.5　298p
　①978-4-575-66564-2
『新居の秘剣　引越し侍内藤三左』
　2012.6　298p
　①978-4-575-66567-3
『情斬りの辻　引越し侍内藤三左』
　2012.9　276p
　①978-4-575-66582-6

鳴神 響一

なるかみ・きょういち
1962〜

東京生まれ。中央大卒。2014年「蜃気楼の如く」(のち「私が愛したサムライの娘」)で角川春樹小説賞を受賞しデビュー。同作品で野村胡堂文学賞も受賞した。

時代小説文庫(角川春樹事務所)

『私が愛したサムライの娘』 2016.1
295p〈2014年刊の加筆・修正〉
①978-4-7584-3976-3

『影の火盗犯科帳 1 七つの送り火』
2016.4 326p
①978-4-7584-3995-4

『鬼船の城塞』 2016.7 327p〈文献あり〉
①978-4-7584-4018-9

『影の火盗犯科帳 2 忍びの覚悟』
2016.10 307p
①978-4-7584-4040-0

鳴海 丈

なるみ・たけし
1955〜

山形県生まれ。西南学院大卒。シナリオ作家から漫画原作者となり、多くの作品を発表。のち時代小説も執筆。

学研M文庫(学研パブリッシング)

◇卍屋麗三郎

『卍屋麗三郎 妖華篇』 2001.10 282p
〈『卍屋麗三郎妖花斬り』(有楽出版社1997年刊)の改題〉
①4-05-900084-1

『卍屋麗三郎 斬鬼篇』 2001.12 235p
〈『独眼龍謀反状』(有楽出版社1998年刊)の改題〉
①4-05-900099-X

◇卍屋龍次

『卍屋龍次無明斬り』 2003.12 268p
①4-05-900261-5

『卍屋龍次地獄旅』 2004.1 233p
①4-05-900262-3

『卍屋龍次血煙り道中』 2004.4 237p
①4-05-900263-1

◇黒十手捕物帖

『黒十手捕物帖 血染めの花嫁』 2011.3
330p〈発売:学研マーケティング〉
①978-4-05-900683-1
〔内容〕血染めの花嫁, 辻斬り姫

『黒十手捕物帖 尼僧地獄』 2012.2
322p〈発売:学研マーケティング〉
①978-4-05-900736-4
〔内容〕色後家殺し, 尼僧地獄

◇美女斬り御免！

『美女斬り御免！　だるま大吾郎艶情剣
　女侠篇』　2011.6　329p〈発売：学研
　マーケティング〉
　①978-4-05-900699-2
　〔内容〕悪女への報酬，死美人狩り，尼僧は啜
　　り哭く，華魁くずし，美女やくざ姉妹仁義

『美女斬り御免！　だるま大吾郎艶情剣
　ふたり妻篇』　2012.6　353p〈文献あ
　り　発売：学研マーケティング〉
　①978-4-05-900762-3
　〔内容〕復讐鬼の淫影，美人鮫，競艶男装娘・
　　白狐の呪い，美人女医・やわ肌ぐるい，外
　　道砦の女山賊，初春ふたり妻・乱れ簪

『美女斬り御免！　だるま大吾郎艶情剣
　淫華篇』　2014.10　269p〈発売：学研
　マーケティング〉
　①978-4-05-900893-4
　〔内容〕犯し屋大吾郎，生娘五万両

◇お通夜坊主龍念

『お通夜坊主龍念　大江戸非情拳』
　2011.12　347p〈文献あり　『極悪狩
　り』（徳間書店2002年刊）の加筆修正、
　新構成　発売：学研マーケティング〉
　①978-4-05-900730-2
　〔内容〕死美人に葬いの唄を，夜鷹が流す血
　　の涙，女壺に濡れた賽一つ，聖女は闇に啜
　　り哭く，女狐姉妹は地獄責めに，首なし娘
　　は淫らにさぐれ，悪女に別離の接吻を

『お通夜坊主龍念　東海道無頼拳』　2012.
　3　333p〈文献あり　『無法狩り』（徳
　間書店2002年刊）の加筆修正、増補、新
　構成　発売：学研マーケティング〉
　①978-4-05-900745-6
　〔内容〕湯煙に女体は溶けた，闇に嗤う弁慶
　　塚，涙に濡れた馬子娘，品川宿に美女を狩
　　れ，女犯の檻は血の匂い，巫女が企む肉地
　　獄，龍虎相い撃つ姫変化

◇　　◇　　◇

『城之介征魔剣』　2007.9　405p

　①978-4-05-900493-6

『乱愛剣法』　2008.9　327p
　①978-4-05-900549-0

『乱愛五十三次』　2009.10　389p〈文献
　あり　発売：学研マーケティング〉
　①978-4-05-900604-6

『乱愛無頼』　2010.4　365p〈文献あり
　発売：学研マーケティング〉
　①978-4-05-900634-3

『乱愛天狗』　2010.9　353p〈文献あり
　発売：学研マーケティング〉
　①978-4-05-900652-7

『乱愛修業』　2010.12　337p〈発売：学
　研マーケティング〉
　①978-4-05-900671-8

『艶色美女やぶり　若殿浪人乱れ旅』
　2011.9　494p〈発売：学研マーケティ
　ング〉
　①978-4-05-900713-5

『乱愛御殿』　2012.9　300p〈発売：学研
　マーケティング〉
　①978-4-05-900778-4

『艶色美女ちらし　絶倫乱れ双六』
　2012.12　462p〈『大江戸美女ちらし　野
　望篇・奮闘篇』（徳間文庫 1999年刊）の
　改題、合本　著作目録あり　発売：学
　研マーケティング〉
　①978-4-05-900797-5

『乱愛一刀流』　2013.2　314p〈文献あり
　発売：学研マーケティング〉
　①978-4-05-900807-1

『妹十手　乳兄妹捕物帖』　2013.5　330p
　〈発売：学研マーケティング〉
　①978-4-05-900834-7
　〔内容〕夜の凶刃，七人小町

『江戸っ娘事件帖』　2013.9　557p〈『べ
　らんめぇ！』（徳間文庫 2008年刊・2009
　年刊）の改題、合本、加筆・修正　文献
　あり　発売：学研マーケティング〉
　①978-4-05-900854-5
　〔内容〕妹は柔術小町―死の足音，幕間 花嫁
　　行列，ふたり姫，娘死客人・手車お凶―闇
　　に棲む者，水底の死美人，手車お凶対斬環

お龍―黄金地獄, 外伝 源太お咲・夫婦十手
　―赤の死人

『艶色美女ちぎり　八犬女宝珠乱れ咲き』
　2013.12　527p　〈『乱華八犬伝』（徳間文
　庫 2007年刊）の改題、加筆修正　文献
　あり　発売：学研マーケティング〉
　①978-4-05-900865-1

『乱愛指南　姫割り役・御崎源三郎』
　2014.3　274p　〈文献あり　発売：学研
　マーケティング〉
　①978-4-05-900876-7

『乱愛若殿　新・艶色美女やぶり』
　2014.6　316p　〈文献あり　発売：学研
　マーケティング〉
　①978-4-05-900884-2

角川文庫（KADOKAWA）

『卍屋竜次無明斬り』　1996.7　274p
　①4-04-198901-9

廣済堂文庫（廣済堂出版）

◇黒十手捕物帖

『黒十手捕物帖〔1〕夜を濡らす艶女　特
　選時代小説』　2016.3　342p　〈学研M
　文庫 2011年刊を加筆修正し、書き下ろ
　し番外篇を加え再刊〉
　①978-4-331-61656-7
　〔内容〕血染めの花嫁, 番外篇 息子犬, 辻斬
　り姫

『黒十手捕物帖〔2〕闇に咲く淫華　特選
　時代小説』　2016.3　337p　〈学研M文
　庫 2012年刊を加筆修正し、書き下ろし
　番外篇を加え再刊〉
　①978-4-331-61657-4
　〔内容〕色後家殺し, 番外篇 女装娘, 尼僧地獄

　　　　◇　　◇　　◇

『娘同心七変化　辻斬り牡丹　特選時代小
　説』　2011.12　298p
　①978-4-331-61451-8
　〔内容〕辻斬り牡丹, 怪異・鬼隠し

『娘同心七変化〔2〕謎の黄金観音　特選時
　代小説』　2012.8　340p　〈文献あり〉
　①978-4-331-61487-7

『大江戸巨魂侍　特選時代小説』　2012.
　11　286p　〈文献あり〉
　①978-4-331-61500-3
　〔内容〕巨魂侍、登場す, 巨魂侍、美女幽霊に
　　会う, 巨魂侍、女忍三姉妹と闘う

『大江戸巨魂侍　2　妖女邪教団　特選時
　代小説』　2013.7　315p　〈文献あり〉
　①978-4-331-61536-2

『大江戸巨魂侍　3　艶風女難道中　特選
　時代小説』　2013.9　277p　〈文献あり〉
　①978-4-331-61546-1

『大江戸巨魂侍　4　復讐の夜叉姫　特選
　時代小説』　2013.12　278p　〈文献あ
　り〉
　①978-4-331-61557-7

『娘同心七変化〔3〕毒蛇魔殿　特選時代
　小説』　2014.5　258p　〈文献あり〉
　①978-4-331-61582-9

『大江戸巨魂侍　5　美女狩り天空魔　特
　選時代小説』　2014.9　278p　〈文献あ
　り〉
　①978-4-331-61598-0

『大江戸巨魂侍　6　魔煙美女地獄　特選
　時代小説』　2015.1　291p　〈文献あり〉
　①978-4-331-61619-2

『大江戸巨魂侍　7　無惨牝犬狩り　特選
　時代小説』　2015.4　292p
　①978-4-331-61630-7

『あやかし小町　大江戸怪異事件帳　特選
　時代小説』　2015.7　276p
　①978-4-331-61642-0
　〔内容〕蔵の中, 出逢い, 九芒星の娘

『大江戸巨魂侍　8　血煙り淫華園　特選

時代小説』 2015.10 258p
①978-4-331-61650-5

『大江戸巨魂侍 9 怪魔人妖獄の大血戦
特選時代小説』 2016.1 293p〈文献
あり〉
①978-4-331-61655-0

『あやかし小町 大江戸怪異事件帳〔2〕
鬼砲 特選時代小説』 2016.4 268p
①978-4-331-61658-1
〔内容〕かみへび, 鬼砲, 狐の嫁入り

『大江戸巨魂侍 10 女忍地獄変 特選時
代小説』 2016.7 284p〈文献あり〉
①978-4-331-61661-1
〔内容〕首刈村の乙女祭, 凶賊の巣, 女忍地
獄変

『あやかし小町 大江戸怪異事件帳〔3〕
廻り地蔵 特選時代小説』 2016.10
250p〈文献あり〉
①978-4-331-61663-5
〔内容〕廻り地蔵, 消える男, 死神娘

光文社文庫(光文社)

◇彦六捕物帖

『彦六捕物帖 連作時代小説 外道編』
2000.12 289p〈『女斬り』(桃園書房
1997年刊)の改題〉
①4-334-73094-9
〔内容〕哭く女, 女斬り, 顔のない女, 女を忘
れろ, 幻の女, 姦殺者

『彦六捕物帖 連作時代小説 凶賊編』
2001.7 295p〈『凶賊の牙』(桃園書房
1998年刊)の改題〉
①4-334-73181-3

◇ものぐさ右近

『ものぐさ右近風来剣 連作時代小説』
2001.3 287p
①4-334-73133-3
〔内容〕江戸の春, 鞘の中, 仇討ち乙女, 夏の

音, 賭場の客, 紅葉の女, てのひら侍

『ものぐさ右近酔夢剣 連作時代小説』
2002.10 285p
①4-334-73395-6
〔内容〕春風街道, 生死の岸, 夜の底, こころ
の中, 陥穽, 玉手箱, 星下り

『ものぐさ右近義心剣 連作時代小説』
2005.10 318p
①4-334-73963-6
〔内容〕殺しに来た男, 九一, ろくでなし, 幕
間―愛哀包丁, お天道さま, 生首観音, 永
すぎた地獄, 男たちの掟

『ものぐさ右近多情剣 連作時代小説』
2008.9 243p
①978-4-334-74479-3
〔内容〕陰溜, ごて鮫, 神隠し, 落とし噺―六
助大明神

◇炎四郎外道剣

『炎四郎外道剣 連作時代小説 血涙篇』
2002.1 243p
①4-334-73269-0
〔内容〕辻斬りを斬れ, 牝犬の罠, 小町娘は消
えた, 忌わしき遺産, 赫い髪の娘

『炎四郎外道剣 連作時代小説 非情篇』
2002.4 286p〈『邪淫殺法』(桃園文庫
1998年刊)の改題〉
①4-334-73304-2

『炎四郎外道剣 連作時代小説 魔像篇』
2002.7 277p〈『魔像狩り』の改題〉
①4-334-73355-7

◇再問役事件帳

『再問役事件帳 江戸の冤罪専門捜査官
文庫書下ろし&オリジナル/時代推理小
説』 2013.1 365p〈文献あり〉
①978-4-334-76527-9
〔内容〕濡れ衣, 鬼神の祟り, 炎, 運の悪い奴

『かどわかし 文庫書下ろし/時代推理小
説 再問役事件帳 2』 2014.2 278p
〈文献あり〉
①978-4-334-76689-4

〔内容〕娘分, かどわかし

『光る女　文庫書下ろし/時代推理小説　再間役事件帳　3』　2014.8　293p〈文献あり〉
①978-4-334-76790-7
〔内容〕光る女, 鴉金, 斬る

『髪結新三事件帳　連作時代ロマン』
1999.7　305p
①4-334-72853-7
〔内容〕三日月斬り, 牢人狩り, 闇からの刺客, 黒髪悲恋, 漢の背中, 大奥の牙, 剣の心

『柳屋お藤捕物暦　傑作時代小説』
2003.10　312p〈『柳屋お藤捕物帳』(PHP研究所2000年刊)の増補〉
①4-334-73573-8
〔内容〕柳屋お藤捕物暦, 二階の若旦那, 犬死将軍

『闇目付・嵐四郎破邪の剣　連作時代小説』　2004.9　286p
①4-334-73754-4
〔内容〕幻小僧始末, 無惨・死人講, 魔煙の使者, 辻斬り狩り, 地獄の掟

『闇目付・嵐四郎邪教斬り　長編時代小説』　2006.9　328p
①4-334-74129-0

『さすらい右近無頼剣　連作時代小説』　2007.10　289p
①978-4-334-74328-4
〔内容〕かげろう, 紅の三度笠, 若君街道

『右近百八人斬り　長編時代小説〔光文社時代小説文庫〕』　2010.5　399p〈文献あり〉
①978-4-334-74785-5

『ご存じ遠山桜　長編時代小説　ふたり金四郎大暴れ！〔光文社時代小説文庫〕』
2010.10　327p〈文献あり〉
①978-4-334-74862-3

『ご存じ大岡越前　長編時代小説　雲霧仁左衛門の復讐〔光文社時代小説文庫〕』
2011.11　337p〈文献あり〉

①978-4-334-74951-4

コスミック・時代文庫
(コスミック出版)

◇美女斬り御免！

『美女斬り御免！　死美人狩り　傑作長編時代小説』　2015.7　319p〈学研M文庫2011年刊に書下ろし「番外篇生娘夜叉」を加え, 加筆修正〉
①978-4-7747-2834-6
〔内容〕悪女への報酬, 死美人狩り, 尼僧は嗤り哭く, 華魁くずし, 生娘夜叉

『美女斬り御免！〔2〕復讐鬼の淫影　傑作長編時代小説』　2015.10　291p
〈『美女斬り御免！　女俠篇』(学研M文庫2011年刊)と「美女斬り御免！　ふたり妻篇」(学研M文庫2012年刊)の抜粋に書き下ろし「番外篇牝犬の檻」を加え加筆修正〉
①978-4-7747-2866-7

『美女斬り御免！〔3〕初春ふたり妻　傑作長編時代小説』　2016.1　277p〈『美女斬り御免！　ふたり妻篇』(学研M文庫2012年刊)の抜粋に書き下ろし「番外篇餓狼の宴」を加え加筆修正〉
①978-4-7747-2895-7
〔内容〕美人女医が乱れる, 外道砦の女山賊, 初春ふたり妻, 餓狼の宴

『美女斬り御免！〔4〕柔肌五万両　傑作長編時代小説』　2016.4　310p〈『美女斬り御免！　淫華篇』(学研M文庫2014年刊)の抜粋に書き下ろし「祟り屋敷の三姉妹」を加え加筆修正　文献あり〉
①978-4-7747-2921-3
〔内容〕犯し屋大吾郎, 柔肌五万両, 祟り屋敷の三姉妹(書下ろし)

◇若殿はつらいよ

『若殿はつらいよ　松平竜之介艶色旅　傑

作長編時代小説』 2016.5 310p 〈『艶
色美女やぶり』(学研M文庫 2011年刊)
の抜粋に書き下ろし「女親分と女壺師」
を加え加筆修正 文献あり〉
①978-4-7747-2931-2
『若殿はつらいよ〔2〕松平竜之介江戸艶
愛記 傑作長編時代小説』 2016.8
329p 〈『艶色美女やぶり』(学研M文庫
2011年刊)の抜粋に書き下ろし「善光寺
の娘盗賊」を加え加筆修正 文献あり〉
①978-4-7747-2952-7
『若殿はつらいよ 松平竜之介競艶剣』
2016.11 349p 〈『乱愛若殿 新・艶色美
女やぶり』を加筆修正・改題〉
①978-4-7747-2977-0

集英社スーパーファンタジー文庫(集英社)

『かげろう闘魔変』 1992.1 248p 〈参考
資料:p247〜248〉
①4-08-613044-0
〔内容〕無防備都市, レッド・ムーン

集英社文庫(集英社)

『大江戸えいりあん草紙 異色時代コメ
ディ Cobalt-series』 1988.8 277p
〈参考文献:p277〉
①4-08-611187-X
〔内容〕江戸に落ちてきた少年, 大奥 マルタ
物語

青樹社文庫(青樹社)

◇夜霧のお藍淫殺剣

『復讐鬼 夜霧のお藍淫殺剣』 1998.6
267p 〈『獣物狩り』(有楽出版社1996年

刊)の増訂〉
①4-7913-1094-2
『愛斬鬼 夜霧のお藍淫殺剣』 1998.7
277p 〈『獣物狩り』(有楽出版社1996年
刊)の増訂〉
①4-7913-1099-3

◇お通夜坊主龍念

『お通夜坊主龍念 極悪狩り』 1999.8
289p 〈『お通夜坊主龍念事件帖』(有楽
出版社1996年刊)の増訂〉
①4-7913-1165-5
〔内容〕死美人に葬いの唄を, 夜鷹が流す血
の涙, 女壺に濡れた賽ひとつ, 聖女は闇に
すすり哭く, 首なし娘は淫らにさぐれ, 悪
女に別離の接吻を
『お通夜坊主龍念 無法狩り』 2000.1
273p 〈有楽出版社1997年刊の増補〉
①4-7913-1191-4

桃園文庫(桃園書房)

◇炎四郎外道剣

『炎四郎外道剣』 1998.4 285p
①4-8078-0353-0
『邪淫殺法 炎四郎外道剣 2』 1998.5
308p
①4-8078-0355-7
『魔像狩り 炎四郎外道剣 3』 1998.6
325p
①4-8078-0357-3

徳間文庫(徳間書店)

◇卍屋龍次

『卍屋龍次無明斬り』 1999.9 293p
①4-19-891174-6
『卍屋龍次地獄旅』 1999.11 270p

①4-19-891212-2
『卍屋龍次修羅街道』　2000.1　237p
　①4-19-891243-2

◇夜霧のお藍

『夜霧のお藍秘殺帖　外道篇』　2000.7
314p〈『夜霧のお藍淫殺帖』(飛天文庫
1996年7月刊)の改題〉
　①4-19-891344-7
『夜霧のお藍秘殺帖　鬼哭篇』　2000.8
334p〈『夜霧のお藍淫殺帖』(飛天文庫
1997年刊)の改題〉
　①4-19-891359-5
『夜霧のお藍復讐剣　非情篇』　2001.8
249p〈『復讐鬼』(青樹社1998年刊)の
改題〉
　①4-19-891560-1
『夜霧のお藍復讐剣　愛斬篇』　2001.9
266p〈『愛斬鬼夜霧のお藍淫殺剣』(青
樹社1998年刊)の改題〉
　①4-19-891577-6

◇お通夜坊主龍念

『極悪狩り　お通夜坊主龍念』　2002.6
269p
　①4-19-891723-X
　〔内容〕死美人に葬いの唄を, 夜鷹が流す血
の涙, 女壷に濡れた賽ひとつ, 聖女は闇に
すすり哭く, 首なし娘は淫らにさぐれ, 悪
女に別離の接吻を
『無法狩り　お通夜坊主龍念』　2002.10
254p
　①4-19-891779-5

◇べらんめぇ！

『べらんめぇ！　ふたり姫』　2008.10
281p
　①978-4-19-892869-8
　〔内容〕死の足音, ふたり姫, 闇に棲む者
『べらんめぇ！　水底の死美人』　2009.
11　301p〈文献あり〉
　①978-4-19-893071-4

　〔内容〕水底の死美人, 黄金地獄, 赤の死人―
石切の源太おしどり十手

◇　　◇　　◇

『修羅之介斬魔剣　1　死鎌紋の男』
1996.12　279p
　①4-19-890610-6
『修羅之介斬魔剣　2　天下丸襲撃』
1997.2　245p
　①4-19-890642-4
『修羅之介斬魔剣　3　正雪流手裏剣術』
1997.4　219p
　①4-19-890672-6
『修羅之介斬魔剣　4　寛永御前試合』
1997.6　213p
　①4-19-890709-9
『修羅之介斬魔剣　5　地獄の城』　1997.
8　243p
　①4-19-890740-4
『処刑人魔狼次』　1998.1　218p
　①4-19-890821-4
『艶色五十三次　若殿様女人修業篇』
1998.7　247p
　①4-19-890926-1
『艶色五十三次　若殿様美女づくし篇』
1998.9　278p
　①4-19-890966-0
『大江戸美女ちらし　野望篇』　1999.1
252p〈『花のお江戸のでっかい奴』(有
楽出版社1996年刊)の改題〉
　①4-19-891033-2
『大江戸美女ちらし　奮闘篇』　1999.3
253p〈『花のお江戸のでっかい奴　絶倫
篇』(有楽出版社1996年刊)の改題〉
　①4-19-891069-3
『坂四郎降魔剣　独り寺社同心事件控』
1999.6　283p
　①4-19-891124-X
　〔内容〕還って来た男, 六百歳の娘, 吉祥門の
童子, 過去を知る女
『処刑人魔狼次　死闘篇』　2001.3　341p
　①4-19-891471-0

『乱華八犬伝』　2007.4　461p
　①978-4-19-892592-5
　〔内容〕宝珠転生, 大江戸血風陣, 怪異奉魔衆,
　　館林城炎上, 黄金鬼, 神変女人能, 迦楼羅,
　　尾張非情剣, 八犬女変化, 凶女復活

PHP文庫(PHP研究所)

『柳屋お藤捕物帳』　2000.10　298p
　①4-569-57471-8
　〔内容〕処女の生首, 二人の許婚, 鮮血の湯殿,
　　心の毒
『ぼんくら武士道』　2009.5　249p〈文献
　あり〉
　①978-4-569-67244-1

飛天文庫(飛天出版)

◇夜霧のお藍

『夜霧のお藍淫殺帳　外道篇』　1996.7
　259p
　①4-89440-034-0
『夜霧のお藍淫殺帳　鬼哭編』　1997.1
　294p
　①4-89440-052-9

文芸社文庫(文芸社)

◇彦六女色捕物帖

『外道　彦六女色捕物帖』　2012.12
　280p〈『彦六捕物帖 外道編』(光文社
　2000年刊)の改題、加筆・修正　文献あ
　り〉
　①978-4-286-13412-3
　〔内容〕哭く女, 女斬り, 顔のない女, 女を忘
　　れろ, 幻の女, 姦殺者
『悪鬼　彦六女色捕物帖』　2013.4　304p

〈『彦六捕物帖 凶賊編』(光文社文庫
2001年刊)の改題、加筆・修正　文献あ
り〉
　①978-4-286-13830-5

◇闇目付参上

『地獄の掟　闇目付参上』　2014.2　280p
〈『闇目付・嵐四郎破邪の剣』(光文社文
庫 2004年刊)の改題、加筆・修正　文
献あり〉
　①978-4-286-15086-4
　〔内容〕娘盗賊の裸身, 無惨・死人講, 淫煙の
　　比丘尼, 辻斬り狩り, 地獄の掟
『富士地獄変　闇目付参上』　2014.10
　314p〈『闇目付・嵐四郎邪教斬り』(光
　文社文庫 2006年刊)の改題、加筆・修
　正〉
　①978-4-286-15486-2

◇炎四郎無頼剣

『炎四郎無頼剣　淫殺篇』　2015.6　254p
〈『炎四郎外道剣 血涙篇』(光文社文庫
2002年刊)の改題、加筆・修正　文献あ
り〉
　①978-4-286-16305-5
『炎四郎無頼剣　艶情篇』　2015.10
　299p〈『炎四郎外道剣 非情篇』(光文社
　文庫 2002年刊)の改題、加筆・修正
　文献あり〉
　①978-4-286-17034-3
　〔内容〕江戸に消えた男, 牝と毒蛇, 地獄への
　　案内人, 月を斬るな, 燃える黄金, 熱い氷
『炎四郎無頼剣　魔姦篇』　2016.2　289p
〈『炎四郎外道剣 魔像篇』(光文社文庫
2002年刊)の改題、加筆・修正　文献あ
り〉
　①978-4-286-17323-8

鳴海 風

なるみ・ふう

1953〜

新潟県生まれ。東北大卒。和算をテーマとした作品を発表。代表作に「円周率を計算した男」「算聖伝 関孝和の生涯」がある。

小学館文庫（小学館）

『美しき魔方陣　久留島義太見参！』
　2007.10　284p
　①978-4-09-408210-4

新人物文庫（新人物往来社）

『円周率を計算した男』　2009.5　381p
　〈平成10年刊の修正〉
　①978-4-404-03703-9
　〔内容〕円周率を計算した男, 初夢, 空出, 算子塚, 風狂算法, やぶつばきの降り敷く
『怒濤逆巻くも　日本近代化を導いた小野友五郎と小栗忠順』　2009.12　671p
　〈文献あり〉
　①978-4-404-03781-7

新潮文庫（新潮社）

『和算の侍』　2016.10　367p〈『円周率を計算した男』（新人物文庫 2009年刊）を再編集し, 書き下ろし「八尾の廻り盆」を加えて再刊〉
　①978-4-10-120526-7
　〔内容〕円周率を計算した男―関孝和の高弟, 建部賢弘, 初夢―天才数学者, 久留島義太, 空出―大名数学者, 有馬頼徸（ゆき）, 算子塚―関流に挑んで数学論争, 会田安明, 風狂算法―孤高の遊歴算家, 山口和, 八尾の

廻り盆―遺題継承に終止符を打った男, 石黒信由

南房 秀久

なんぼう・ひでひさ

「黄金の鹿の闘騎士」でファンタジー作家としてデビュー。近年は時代小説も執筆し,「おっとり若旦那 事件控」シリーズがある。

富士見新時代小説文庫

（KADOKAWA）

◇おっとり若旦那事件控

『大江戸世間知らず　おっとり若旦那事件控 1』　2013.12　232p
　①978-4-04-712990-0
　〔内容〕女土左衛門, 世間知らず, 般若の女, 拐かし
『大江戸遊び暮らし　おっとり若旦那事件控 2』　2014.1　254p
　①978-4-04-712998-6
　〔内容〕後家の涙, 雪夜の屋形船, 江戸の休日, 道場破り
『大江戸宝さがし　おっとり若旦那事件控 3』　2014.4　228p
　①978-4-04-070086-1
　〔内容〕火付け, 娘壼振り, 独眼竜の十万両, 現金掛け値なし
『大江戸浮かれ歩き　おっとり若旦那事件控 4』　2014.7　234p
　①978-4-04-070211-7

新美 健

にいみ・けん

1968～

愛知県生まれ。金沢経済大卒。ゲーム関係のライターを経て、「明治剣狼伝西郷暗殺指令」で角川春樹小説賞特別賞を受賞してデビュー。

時代小説文庫（角川春樹事務所）

『つわもの長屋 三匹の侍』　2016.10　318p
　①978-4-7584-4042-4
　〔内容〕古町長屋の三隠居, 残照開眼, 野良の意気, 青き稲穂, 若気の陽炎, 冬支度

二階堂 玲太

にかいどう・れいた

1943～

神奈川県生まれ。小田原城東高卒。代表作に「龍の軍扇・三方ケ原」「罠・戦国長篠秘帖」。

PHP文庫（PHP研究所）

『真田昌幸　家康と秀忠を翻弄した稀代の名将』　2008.11　413p
　①978-4-569-67088-1

仁木 英之

にき・ひでゆき

1973～

大阪府生まれ。信州大卒。2006年中国を舞台とした「僕僕先生」で日本ファンタジーノベル大賞を受賞、以後同シリーズで人気作家となる。

学研M文庫（学研パブリッシング）

『飯綱颪　十六夜長屋日月抄』　2006.12　369p
　①4-05-900450-2

幻冬舎時代小説文庫（幻冬舎）

『我ニ救国ノ策アリ』　2015.6　353p
　〈2012年刊の加筆修正〉
　①978-4-344-42360-2

講談社文庫（講談社）

『真田を云て、毛利を云わず　大坂将星伝 上』　2016.6　468p〈『大坂将星伝 上・中・下』（星海社 2013年刊）の二分冊、修正・加筆〉
　①978-4-06-293409-1

『真田を云て、毛利を云わず　大坂将星伝 下』　2016.6　540p〈『大坂将星伝 上・中・下』（星海社 2013年刊）の二分冊、修正・加筆〉
　①978-4-06-293410-7

祥伝社文庫（祥伝社）

『くるすの残光』　2013.6　303p

①978-4-396-33852-7

『くるすの残光〔2〕月の聖槍』 2014.9
334p〈2012年刊の加筆・修正〉
①978-4-396-34066-7

『くるすの残光〔3〕いえす再臨』 2015.7
323p〈2013年刊の加筆・修正〉
①978-4-396-34136-7

『くるすの残光〔4〕天の庭』 2016.7
326p〈2015年刊の加筆・修正〉
①978-4-396-34234-0

二宮 隆雄
にのみや・たかお
1946～2007

愛知県生まれ。立教大卒。ヨット選手
を経て、1990年「疾風伝」で小説現代
新人賞を受賞して作家デビュー。「海」
をテーマにした作品が多い。

角川文庫 (KADOKAWA)

『覇王の海　海将九鬼嘉隆』 2001.11
431p
①4-04-361301-6

『海援隊烈風録』 2002.10 506p
①4-04-361302-4

廣済堂文庫 (廣済堂出版)

◇俊傑江戸始末

『暗闘　特選時代小説　俊傑江戸始末　1』
2007.6　313p
①978-4-331-61281-1

『逆襲　特選時代小説　俊傑江戸始末　2』
2007.9　301p

①978-4-331-61294-1

PHP文庫 (PHP研究所)

『雑賀孫市　信長と戦った鉄砲大将』
1997.5　404p〈年譜あり　文献あり〉
①4-569-57017-8

『蓮如　信仰で時代を動かした男』
1998.4　322p
①4-569-57133-6

『長宗我部盛親　大坂の陣に散った悲運の
名将』 2007.5　349p
①978-4-569-66833-8

ベスト時代文庫
(ベストセラーズ)

『白魚の陣十郎　江戸隠密水軍』 2005.5
279p
①4-584-36528-8

ねじめ 正一
ねじめ・しょういち
1948～

東京生まれ。青山学院大中退。詩人と
して活躍したのち、1989年「高円寺純
情商店街」で直木賞を受賞。以後、様々
なジャンルの作品を発表している。

集英社文庫 (集英社)

『眼鏡屋直次郎』 2001.12　436p
①4-08-747392-9
〔内容〕薄雲太夫, 長崎屋, かんざし眼鏡, 白
皙, 嵐の前, 別れの空, 戻りし恋, 海の遠眼

野口 卓

鏡, 旅の途中に, 大井川雨情, 火事場の花嫁, 三太の母, 善兵衛の死

『シーボルトの眼　出島絵師川原慶賀』
2008.12　318p
①978-4-08-746388-0

『商人』　2012.3　382p
①978-4-08-746808-3

野口 卓
のぐち・たく
1944〜

徳島県生まれ。立命館大中退。脚本家として「風の民」で菊池寛ドラマ賞を受賞したのち、2002年「軍鶏侍」で歴史時代作家クラブ賞新人賞を受賞して時代小説家としてデビュー。

角川文庫 (KADOKAWA)

『手蹟指南所「薫風堂」』　2016.7　293p
①978-4-04-103827-7
〔内容〕一本立ち, よく遊べ, よく学べ, じゃじゃ馬, 不意討ち, 道はるか

祥伝社文庫 (祥伝社)

◇軍鶏侍

『軍鶏侍』　2011.2　340p
①978-4-396-33647-9

『獺祭　軍鶏侍　2』　2011.10　326p
①978-4-396-33718-6
〔内容〕獺祭, 軍鶏と矮鶏, 岐路, 青田風

『飛翔　軍鶏侍　3』　2012.6　318p
①978-4-396-33769-8
〔内容〕名札, 咬ませ, 巣立ち

『水を出る　軍鶏侍　4』　2013.10　324p
①978-4-396-33885-5
〔内容〕道教え, 語る男, 口に含んだ山桃は, 水を出る

『ふたたびの園瀬　軍鶏侍　5』　2014.4　326p
①978-4-396-34031-5
〔内容〕新しい風, ふたたびの園瀬, 黄金丸

『危機　軍鶏侍　6』　2014.12　321p
①978-4-396-34088-9

『遊び奉行　軍鶏侍　外伝』　2015.10　470p〈2012年刊の加筆・修正〉
①978-4-396-34157-2

『猫の椀』　2012.3　304p
①978-4-396-33746-9
〔内容〕猫の椀, 糸遊, 閻魔堂の見える所で, えくぼ, 幻祭夢譚

新潮文庫 (新潮社)

◇北町奉行所朽木組

『闇の黒猫　北町奉行所朽木組』　2013.12　350p〈文献あり〉
①978-4-10-125661-0
〔内容〕冷や汗, 消えた花婿, 闇の黒猫

『隠れ蓑　北町奉行所朽木組』　2014.12　393p
①978-4-10-125662-7
〔内容〕門前捕り, 開かずの間, 木兎引き, 隠れ蓑

文春文庫 (文藝春秋)

◇ご隠居さん

『ご隠居さん』　2015.4　298p
①978-4-16-790341-1

〔内容〕三猿の人, へびジャ蛇じゃ, 皿屋敷
の真実, 熊胆殺人事件, 椿の秘密, 庭蟹は,
ちと

『心の鏡　ご隠居さん　2』　2015.9
285p 〈文献あり〉
①978-4-16-790446-3
〔内容〕松山鏡, 祭囃子が流れて, 婦唱夫随,
夏の讃歌, 心の鏡

『犬の証言　ご隠居さん　3』　2016.1
271p 〈文献あり〉
①978-4-16-790529-3
〔内容〕犬の証言, ススキの木兎, 幸せの順番,
コドモルス, 百物語

『出来心　ご隠居さん　4』　2016.5
276p 〈文献あり〉
①978-4-16-790611-5
〔内容〕知恵袋, ジッカイの人, 約束, 夫唱婦
随, 年下の親父, 出来心

『還暦猫　ご隠居さん　5』　2016.9
301p 〈文献あり〉
①978-4-16-790699-3
〔内容〕呼ぶ声, 拈華微笑, あたし, 待つよ,
曰く付きの鏡, 還暦猫

野中 信二
のなか・しんじ
1952〜

兵庫県生まれ。岐阜大卒。医師。耳鼻
咽喉科を開業するかたわら, 時代小説
を執筆。代表作に「軍師 黒田官兵衛」。

光文社文庫（光文社）

『高杉晋作　長編歴史小説』　1998.7
305p 〈『晋作挙兵す』の改題〉
①4-334-72649-6

『西国城主　傑作時代小説』　2000.1
288p

①4-334-72942-8
〔内容〕武士の宴, 首桶, 武門の意地

『軍師・黒田官兵衛　文庫書下ろし/長編
時代小説』　2002.4　398p
①4-334-73305-0

人物文庫（学陽書房）

『籠城』　2012.12　310p 〈『西国城主』
（光文社文庫 2000年刊）の改題　文献
あり〉
①978-4-313-75284-9
〔内容〕武士の宴, 首桶, 武門の意地

『軍師黒田官兵衛』　2013.3　379p 〈光文
社文庫 2002年刊の再刊　文献あり〉
①978-4-313-75286-3

『長州藩人物列伝』　2014.10　413p 〈文
献あり〉
①978-4-313-75294-8
〔内容〕吉田松陰, 久坂玄瑞, 井上聞多・伊藤
俊輔, 高杉晋作, 桂小五郎, 村田蔵六（大村
益次郎）

『真田信繁』　2015.10　393p 〈文献あり〉
①978-4-313-75298-6

『直虎と直政』　2016.8　423p 〈文献あ
り〉
①978-4-313-75299-3

野火 迅
のび・じん
1957〜

東京生まれ。早大卒。編集者を経て、2002年「聖徳の息子」を発表して作家となる。他に「浮世の同心柊夢之介」など。

葉治 英哉
はじ・えいさい
1928〜2016

青森県生まれ。法政大卒。1994年に松本清張賞を受賞して作家となる。代表作に「松平容保」など。

ベスト時代文庫
（ベストセラーズ）

『佃島沖の天の川　ご隠居同心眠り目文蔵事件帖』　2012.9　316p
　①978-4-584-36717-9

ポプラ文庫（ポプラ社）

◇浮世の同心柊夢之介

『襖貼りの縊り鬼　浮世の同心柊夢之介』
　2011.2　249p
　①978-4-591-12278-5
　〔内容〕春の光，梅に鴬，仏と鬼，まがきの外
『怨讐の旅路　浮世の同心柊夢之介　2』
　2011.8　335p
　①978-4-591-12547-2

幻冬舎文庫（幻冬舎）

『定年影奉行仕置控　幕末大江戸けもの道』　2007.10　387p
　①978-4-344-41034-3
『幕末大江戸だまし絵図　定年影奉行仕置控』　2008.6　413p
　①978-4-344-41145-6

新人物文庫（新人物往来社）

『春マタギ』　2010.1　351p〈『春またぎ』（文藝春秋2001年刊）の改題〉
　①978-4-404-03800-5
　〔内容〕穴もたず，落ちこぼれ，初てがら，偽ぐすり，苺ばなれ，春マタギ
『マタギ物見隊顚末』　2010.9　303p
　①978-4-404-03906-4
　〔内容〕マタギ物見隊顚末，戊辰牛方参陣記，勝手救援隊始末
『マタギ半蔵事件帖』　2011.1　287p
　①978-4-404-03959-0

PHP文庫（PHP研究所）

『松平容保　武士の義に生きた幕末の名君』　1997.1　471p
　①4-569-56976-5

羽太 雄平

はた・ゆうへい

1944〜

台湾生まれ。カメラマン、広告会社社長を経て作家に。1991年「本多の狐」で時代小説大賞を受賞。他に「芋奉行青木昆陽」「乱の裔」など。

学研M文庫 (学研パブリッシング)

『江戸闇草紙』　2001.12　291p
　①4 05-900077-9
　〔内容〕ほどき屋お絹, 雪隠大工, 半可打ち, 養生人志願, 売りごろ指南, 噂の屑買い, こぎれ重兵衛

『江戸闇からくり』　2004.5　297p
　①4-05-900287-9
　〔内容〕天明の鐘, 伊勢の片焼き, 駆け落ち脅し, 放ち鳥奇談, 話売り伝吉, 黒御簾かせぎ, 嘘は売り切れ

『無頼の辻』　2008.10　366p
　①978-4-05-900552-0

角川文庫 (KADOKAWA)

『峠越え』　2001.11　350p
　①4-04-361201-X

『新任家老与一郎』　2002.10　430p〈『されど道なかば』(1998年刊)の改題〉
　①4-04-361202-8

『家老脱藩　与一郎、江戸を行く』
　2008.7　406p〈発売：角川グループパブリッシング〉
　①978-4 04-361203-1

『転び坂　旗本与一郎』　2010.4　386p
　〈発売：角川グループパブリッシング〉
　①978-4-04-361204-8

『黒船の密約』　2011.4　407p〈『曙光』

(2008年刊)の改題　文献あり　発売：角川グループパブリッシング〉
　①978-4-04-361205-5

『流れ者　旗本与一郎』　2012.12　339p
　〈発売：角川グループパブリッシング〉
　①978-4-04-100615-3

廣済堂文庫 (廣済堂出版)

『江戸闇小路　特選時代小説』　1998.3
　329p
　①4-331-60643-0
　〔内容〕時鳥のお紺, 情け井戸, 根付の味, 消える蠟燭, 紐, 男竹女竹, 蔵師忠吉

『乱の裔　大坂城を救った男　特選時代小説』　1999.3　350p
　①4-331-60732-1

講談社文庫 (講談社)

『本多の狐　徳川家康の秘宝』　1995.1
　366p
　①4-06-185865-3

『竜の見た夢』　1996.8　371p
　①4-06-263310-8

光文社文庫 (光文社)

『芋奉行青木昆陽　長編時代小説』
　2000.1　339p
　①4-334-72941-X

畠中 恵
はたけなか・めぐみ
1959〜

高知県生まれ。名古屋造形芸術短大卒。
漫画家アシスタントを経て、2001「しゃ
ばけ」で日本ファンタジーノベル大賞
優秀賞を受賞してデビュー。以後同シ
リーズで人気作家となる。

角川文庫(KADOKAWA)

『ゆめつげ』 2008.4 317p〈発売:角川
　グループパブリッシング〉
　①978-4-04-388801-6
『つくもがみ貸します』 2010.6 286p
　〈発売:角川グループパブリッシング〉
　①978-4-04-388802-3
　〔内容〕利休鼠, 裏葉柳, 秘色, 似せ紫, 蘇芳,
　　解説(東雅夫著)
『つくもがみ、遊ぼうよ』 2016.4 338p
　〈角川書店 2013年刊の再刊〉
　①978-4-04-103880-2
　〔内容〕つくもがみ、遊ぼうよ, つくもがみ、
　　探します, つくもがみ、叶えます, つくもが
　　み、家出します, つくもがみ、がんばるぞ

講談社文庫(講談社)

『アイスクリン強し』 2011.12 341p
　〈文献あり〉
　①978-4-06-277076-7
　〔内容〕チヨコレイト甘し, シユウクリーム
　　危うし, アイスクリン強し, ゼリケーキ儚
　　し, ワッフルス熱し, 解説 チヨコレイトを
　　かじってみれば、文明開化の味がする(福
　　田里香著)
『若様組まいる』 2013.7 460p〈2010
　年刊の加筆・修正〉
　①978-4-06-277540-3

光文社文庫(光文社)

『こころげそう〔光文社時代小説文庫〕』
　2010.8 332p
　①978-4-334-74823-4
　〔内容〕恋はしがち, 乞目, 八卦置き, 力味, こ
　　わる, 幼なじみ

新潮文庫(新潮社)

◇しゃばけ

『しゃばけ』 2004.4 342p
　①4-10-146121-X
『ぬしさまへ』 2005.12 318p
　①4-10-146122-8
　〔内容〕ぬしさまへ, 栄吉の菓子, 空のビード
　　ロ, 四布の布団, 仁吉の思い人, 虹を見し事
『ねこのばば』 2006.12 321p
　①4-10-146123-6
　〔内容〕茶巾たまご, 花かんざし, ねこのばば,
　　産土, たまやたまや
『おまけのこ』 2007.12 322p
　①978-4-10-146124-3
　〔内容〕こわい, 畳紙, 動く影, ありんすこく,
　　おまけのこ
『うそうそ』 2008.12 348p
　①978-4-10-146125-0
『ちんぷんかん』 2009.12 343p〈文献
　あり〉
　①978-4-10-146126-7
　〔内容〕鬼と小鬼, ちんぷんかん, 男ぶり, 今
　　昔, はるがいくよ
『いっちばん』 2010.12 343p
　①978-4-10-146127-4
　〔内容〕いっちばん, いっぷく, 天狗の使い魔,
　　餡子は甘いか, ひなのちよがみ
『ころころろ』 2011.12 343p〈文献あ
　り〉
　①978-4-10-146128-1
　〔内容〕はじめての, ほねぬすびと, ころころ

『ゆんでめて』　2012.12　335p
　①978-4-10-146129-8
　〔内容〕ゆんでめて、こいやこい、花の下にて合戦したる、雨の日の客、始まりの日

『やなりいなり』　2013.12　334p〈文献あり〉
　①978-4-10-146130-4
　〔内容〕こいしくて、やなりいなり、からかみなり、長崎屋のたまご、あましょう、福田浩×畠中恵対談 若だんなの朝ごはん―とうふづくし

『ひなこまち』　2014.12　326p
　①978-4-10-146131-1
　〔内容〕ろくでなしの船箪笥、ばくのふだ、ひなこまち、さくらがり、河童の秘薬

『えどさがし』　2014.12　329p
　①978-4-10-146132-8
　〔内容〕五百年の判じ絵、太郎君、東へ、たちまちづき、親分のおかみさん、えどさがし

『たぶんねこ』　2015.12　344p
　①978-4-10-146133-5
　〔内容〕跡取り三人、こいさがし、くたびれ砂糖、みどりのたま、たぶんねこ

『すえずえ』　2016.12　341p
　①978-4-10-146134-2

『ちょちょら』　2013.9　535p〈文献あり〉
　①978-4-10-146191-5

『けさくしゃ』　2015.5　497p
　①978-4-10-146192-2

『すえずえ』　2016.12　341p
　①978-4-10-146134-2

文春文庫(文藝春秋)

◇まんまこと

『まんまこと』　2010.3　356p

　①978-4-16-778301-3
　〔内容〕まんまこと、柿の実を半分、万年、青いやつ、吾が子か、他の子か、誰の子か、こけ未練、静心なく

『こいしり』　2011.11　350p
　①978-4-16-778302-0
　〔内容〕こいしり、みけとらふに、百物語の後、清十郎の問い、今日の先、せなかあわせ

『こいわすれ』　2014.4　362p
　①978-4-16-790067-0
　〔内容〕おさかなばなし、お江戸の一番、御身の名は、おとこだて、鬼神のお告げ、こいわすれ

『ときぐすり』　2015.7　357p
　①978-4-16-790397-8
　〔内容〕朝を覚えず、たからづくし、きんこんかん、すこたん、ともすぎ、ときぐすり

畠山　健二
はたけやま・けんじ
1957～

東京生まれ。漫才の台本執筆などを経て、2012年「スプラッシュマンション」で小説家デビュー。「本所おけら長屋」シリーズで人気作家となる。

PHP文芸文庫(PHP研究所)

『本所おけら長屋』　2013.7　292p
　①978-4-569-76041-4
　〔内容〕だいくま、かんおけ、もののふ、くものす、おかぼれ、はこいり、ふんどし

『本所おけら長屋 2』　2014.3　300p
　①978-4-569-76157-2
　〔内容〕だいやく、すていし、まよいご、こくいん、あいおい、つじぎり

『本所おけら長屋 3』　2014.9　298p
　①978-4-569-76234-0

〔内容〕うたかた, こばなれ, あいえん, ふろ
しき, てておや

『本所おけら長屋　4』　2015.3　298p
①978-4-569-76313-2
〔内容〕おいてけ, あかいと, すりきず, よい
よい, あやかり

『本所おけら長屋　5』　2015.9　298p
①978-4-569-76411-5
〔内容〕ねのこく, そめさし, はるこい, まさ
ゆめ, わけあり

『本所おけら長屋　6』　2016.3　296p
①978-4-569-76499-3
〔内容〕しおあじ, ゆめとき, とうなす, やぶ
へび, だきざる

『本所おけら長屋　7』　2016.9　311p
①978-4-569-76607-2
〔内容〕ねずみや, ひだまり, しらさぎ, おし
ろい, あまから

服部 真澄
はっとり・ますみ
1961～

東京生まれ。早大卒。1995年「龍の契
り」で小説家デビュー。97年には「鷲
の驕り」で吉川英治文学新人賞を受賞。

新潮文庫（新潮社）

『海国記　上巻』　2008.1　505p
①978-4-10-134134-7
『海国記　下巻』　2008.1　488p
①978-4-10-134135-4

中公文庫（中央公論新社）

『最勝王　上』　2009.7　318p

①978-4-12-205175-1
『最勝王　下』　2009.7　379p〈文献あ
り〉
①978-4-12-205176-8
『平家三代　海国記　上』　2012.6　477p
〈『海国記』（新潮文庫 2008年刊）の改
題〉
①978-4-12-205653-4
『平家三代　海国記　下』　2012.6　443p
〈『海国記』（新潮文庫 2008年刊）の改
題〉
①978-4-12-205654-1

花家 圭太郎
はなや・けいたろう
1946～2012

秋田県生まれ。明大卒。フリーライ
ターを経て、1998年時代小説「暴れ影
法師」でデビュー。以後、「花の小十郎」
シリーズで人気作家となった。

集英社文庫（集英社）

◇花の小十郎

『暴れ影法師　花の小十郎見参』　2002.7
397p
①4-08-747472-0
『荒舞　花の小十郎始末』　2003.7　395p
①4-08-747597-2
『乱舞　花の小十郎京はぐれ』　2004.8
570p
①4-08-747731-2
『鬼しぐれ　花の小十郎はぐれ剣』
2010.1　549p
①978-4-08-746528-0

◇　◇　◇

『八丁堀春秋』　2008.8　356p
　Ⓘ978-4-08-746340-8
　〔内容〕初音, 月おぼろ, 春雨, しのび音, 夏雲
『日暮れひぐらし　八丁堀春秋』　2009.8
　367p
　Ⓘ978-4-08-746474-0
　〔内容〕天空の華, 雲の峰, 紺深し, 恋ぼたる,
　　日暮れひぐらし, 赤とんぼ, 解説（細谷正充
　　著）

中公文庫 (中央公論新社)

『青き剣舞』　2006.7　302p
　Ⓘ4-12-204711-0

徳間文庫 (徳間書店)

◇竹光半兵衛うらうら日誌

『竹光半兵衛うらうら日誌』　2010.10
　294p
　Ⓘ978-4-19-893243-5
　〔内容〕銘仙の女, 浅草の元締, うわさの女,
　　本所の隠居, 島帰り, 解説（細谷正充著）
『花屋敷　竹光半兵衛うらうら日誌』
　2010.11　282p
　Ⓘ978-4-19-893260-2
　〔内容〕役者くずれ, 辻斬り, 花屋敷
『裏切りの雪　竹光半兵衛うらうら日誌』
　2011.2　247p〈著作目録あり〉
　Ⓘ978-4-19-893295-4
　〔内容〕浅草奥山, 裏切りの雪, 恋はぐれ, 国柱

双葉文庫 (双葉社)

◇無用庵日乗

『上野不忍無縁坂　無用庵日乗』　2005.9
　290p
　Ⓘ4-575-66219-4
『乱菊慕情　無用庵日乗』　2007.2　301p
　Ⓘ978-4-575-66268-9
『大川しぐれ　無用庵日乗』　2007.10
　299p
　Ⓘ978-4-575-66301-3

二見時代小説文庫 (二見書房)

◇口入れ屋人道楽帖

『木の葉侍　口入れ屋人道楽帖』　2008.7
　276p
　Ⓘ978-4-576-08084-0
『影花侍　口入れ屋人道楽帖 2』　2010.
　3　276p
　Ⓘ978-4-576-10025-8
『葉隠れ侍　口入れ屋人道楽帖　3』
　2011.10　278p
　Ⓘ978-4-576-11127-8

羽生 道英

はぶ・みちひで

1935～

大阪府生まれ。近畿大卒。国家公務員を経て、作家となる。代表作に「小説大石内蔵助」「佐々木道誉」など。

幻冬舎文庫（幻冬舎）

『直江兼続』　2001.3　342p
　①4-344-40087-9

廣済堂文庫（廣済堂出版）

『紀伊国屋文左衛門　元禄豪商風雲録　特選歴史小説』　2001.12　492p
　①4-331-60906-5

光文社文庫（光文社）

『井伊直政　家康第一の功臣　長編時代小説』　2004.10　334p
　①4-334-73774-9
『吼えろ一豊　山内一豊と妻・千代　長編時代小説』　2006.3　425p
　①4-334-74039-1
『大老井伊直弼　長編時代小説』　2009.5　273p
　①978-4-334-74594-3

人物文庫（学陽書房）

『小説母里太兵衛』　2013.8　297p〈文献あり〉
　①978-4-313-75289-4

PHP文庫（PHP研究所）

『徳川慶喜　あえて汚名を着た男』
　1997.9　440p〈文献あり　年表あり〉
　①4-569-57050-X
『小説大石内蔵助　男の本懐を遂げた赤穂藩家老』　1998.8　403p〈年表あり〉
　①4-569-57183-2
『徳川家光　英明・武勇の三代将軍』
　1999.11　319p
　①4-569-57338-X
『東郷平八郎　明治日本を救った強運の提督』　2000.5　335p
　①4-569-57403-3
『佐々木道誉　南北朝の争乱を操ったバサラ大名』　2002.11　301p
　①4-569-57838-1
『伊藤博文　近代国家を創り上げた宰相』
　2004.1　342p〈文献あり〉
　①4-569-66122-X
『藤堂高虎　秀吉と家康が惚れ込んだ男』
　2005.5　383p
　①4-569-66300-1
『織田三代記　信秀・信長・信忠、天下取りへの道　小説』　2006.10　467p
　①4-569-66700-7
『長宗我部三代記　四国制覇の夢』
　2008.5　454p
　①978-4-569-67023-2
『明智左馬助　光秀を最後まで支えた智勇兼備の将』　2010.9　359p〈文献あり〉
　①978-4-569-67516-9
『豊臣秀次　抹殺された秀吉の後継者』
　2011.8　267p〈文献あり〉
　①978-4-569-67693-7

葉室 麟
はむろ・りん
1951〜

福岡県生まれ。西南学院大卒。2004年
「乾山晩愁」で歴史文学賞を受賞して
デビュー。12年「蜩ノ記」で直木賞を
受賞。

朝日文庫（朝日新聞出版）

『柚子の花咲く』　2013.10　355p
　①978-4-02-264725-2
『この君なくば』　2015.10　298p
　①978-4-02-264794-8

角川文庫（KADOKAWA）

『乾山晩愁』　2008.12　344p〈発売：角
　川グループパブリッシング〉
　①978-4-04-393001-2
　〔内容〕乾山晩愁, 永徳翔天, 等伯慕影, 雪信
　花匂, 一蝶幻景
『実朝の首』　2010.5　334p〈文献あり
　発売：角川グループパブリッシング〉
　①978-4-04-393002-9
『秋月記』　2011.12　361p〈文献あり
　発売：角川グループパブリッシング〉
　①978-4-04-100067-0
『散り椿』　2014.12　422p〈角川書店
　2012年刊の再刊〉
　①978-4-04-102311-2
『さわらびの譜』　2015.12　326p〈角川
　書店 2013年刊の再刊〉
　①978-4-04-103649-5

幻冬舎時代小説文庫（幻冬舎）

『おもかげ橋』　2015.6　366p
　①978-4-344-42361-9

講談社文庫（講談社）

『風渡る』　2012.5　384p〈文献あり〉
　①978-4-06-277250-1
『風の軍師　黒田官兵衛』　2013.2　342p
　〈『風の王国』（2009年刊）の改題〉
　①978-4-06-277444-4
　〔内容〕太閤謀殺, 謀攻関ケ原, 秘謀, 背教者,
　伽羅奢
『星火瞬く』　2014.8　379p〈文献あり〉
　①978-4-06-277886-2
『陽炎の門』　2016.4　381p
　①978-4-06-293361-2
『紫匂う』　2016.10　381p
　①978-4-06-293435-0

実業之日本社文庫
（実業之日本社）

『刀伊入寇　藤原隆家の闘い』　2014.4
　413p〈文献あり〉
　①978-4-408-55167-8

集英社文庫（集英社）

『冬姫』　2014.11　399p
　①978-4-08-745246-4

祥伝社文庫（祥伝社）

『蜩ノ記』　2013.11　404p
　①978-4-396-33890-9

『潮鳴り』　2016.5　400p
　①978-4-396-34209-8

新潮文庫（新潮社）

『橘花抄』　2013.5　492p 〈文献あり〉
　①978-4-10-127371-6
『春風伝』　2015.10　660p 〈文献あり〉
　①978-4-10-127372-3

徳間時代小説文庫（徳間書店）

『天の光』　2016.12　312p
　①978-4-19-894177-2

徳間文庫（徳間書店）

『千鳥舞う』　2015.1　429p
　①978-4-19-893931-1
　〔内容〕比翼屏風, 濡衣夜雨, 長橋春潮, 箱崎
　晴嵐, 奈多落雁, 名島夕照, 香椎暮雪, 横岳
　晩鐘, 博多帰帆, 挙哀女図

ハヤカワ文庫 JA（早川書房）

『オランダ宿の娘』　2012.4　349p 〈文献
　あり〉
　①978-4-15-031065-3

ハルキ文庫（角川春樹事務所）

『月神　時代小説文庫』　2015.8　287p
　①978-4-7584-3934-3

PHP文芸文庫（PHP研究所）

『霖雨』　2014.11　397p
　①978-4-569-76256-2

双葉文庫（双葉社）

『川あかり』　2014.2　386p
　①978-4-575-66652-6
『螢草』　2015.11　372p
　①978-4-575-66747-9

文春文庫（文藝春秋）

『銀漢の賦』　2010.2　283p 〈文献あり〉
　①978-4-16-778101-9
『いのちなりけり』　2011.2　294p
　①978-4-16-778102-6
『花や散るらん』　2012.10　308p
　①978-4-16-778103-3
『恋しぐれ』　2013.8　294p
　①978-4-16-778104-0
　〔内容〕夜半亭有情, 春しぐれ, 隠れ鬼, 月渓
　の恋, 雛灯り, 牡丹散る, 梅の影
『無双の花』　2014.7　282p
　①978-4-16-790136-3
『山桜記』　2016.7　279p
　①978-4-16-790649-8
　〔内容〕汐の恋文, 氷雨降る, 花の陰, ぎんぎ
　んじょ, くのないように, 牡丹咲くころ, 天
　草の賦

早坂 倫太郎
はやさか・りんたろう

1935〜

東京生まれ。青山学院大中退。広告会社勤務、フリーライターを経て作家に。代表作に「遠山奉行影同心」シリーズがある。

学研M文庫（学研パブリッシング）

◇遠山奉行影同心

『竜神乱れ討ち　遠山奉行影同心』
　2001.10　332p〈『遠山奉行影同心』（廣済堂出版1995年刊）の改題〉
　①4-05-900073-6
『闇の乱れ討ち　遠山奉行影同心　2』
　2001.12　329p
　①4-05-900074-4
『炎の乱れ討ち　遠山奉行影同心　3』
　2002.2　331p
　①4-05-900111-2
『虹の乱れ討ち　遠山奉行影同心　4』
　2002.4　325p
　①4-05-900129-5
『暗黒の乱れ討ち　遠山奉行影同心　5』
　2002.6　320p
　①4-05-900156-2
『黄金の乱れ討ち　遠山奉行影同心　6』
　2002.7　317p
　①4-05-900168-6

◇大岡奉行影同心

『幻蝶斬人剣　疾風烏狩り　大岡奉行影同心』　2002.9　323p
　①4-05-900188-0
『幻蝶斬人剣　魔童子狩り　大岡奉行影同心』　2002.12　307p

　①4-05-900205-4
『幻蝶斬人剣　隠密さざ波　大岡奉行影同心』　2005.7　367p
　①4-05-900223-2

◇右京裏捕物帖

『凶賊闇の麝香　右京裏捕物帖』　2006.8　285p
　①4-05-900429-4

廣済堂文庫（廣済堂出版）

◇遠山奉行影同心

『遠山奉行影同心　特選時代小説』
　1995.9　325p
　①4-331-60469-1
『遠山奉行影同心　2　闇の乱れ討ち　特選時代小説』　1996.3　331p
　①4-331-60503-5
『遠山奉行影同心　3　炎の乱れ討ち　特選時代小説』　1996.9　332p
　①4-331-60527-2
『遠山奉行影同心　4　虹の乱れ討ち　特選時代小説』　1996.11　329p
　①4-331-60548-5
『遠山奉行影同心　書下ろし長篇　5　暗黒の乱れ討ち　特選時代小説』　1997.7　325p
　①4-331-60592-2
『遠山奉行影同心　6　黄金の乱れ討ち　特選時代小説』　1998.7　314p
　①4-331-60676-7

◇大岡奉行影同心

『幻蝶斬人剣　疾風烏狩り　大岡奉行影同心　1』　1999.7　317p
　①4-331-60763-1

早坂倫太郎

集英社文庫（集英社）

◇不知火清十郎

『不知火清十郎　龍琴の巻』　1997.11
313p
①4-08-748670-2

『不知火清十郎　鬼琴の巻』　1998.5
314p
①4-08-748783-0

『不知火清十郎　血風の巻』　1998.12
316p
①4-08-748888-8

『不知火清十郎　辻斬り雷神』　1999.3
297p
①4-08-747032-6

『不知火清十郎　将軍密約の書』　1999.8
301p
①4-08-747089-X

『不知火清十郎　妖花の陰謀』　1999.12
302p
①4-08-747136-5

『不知火清十郎　木乃伊斬り』　2000.8
298p
①4-08-747234-5

『不知火清十郎　夜叉血殺』　2001.3
311p
①4-08-747274-4

◇波浪島の刺客

『波浪島の刺客　弦四郎鬼神斬り』
2002.7　324p
①4-08-747471-2

『毒牙狩り　波浪島の刺客』　2004.3
319p
①4-08-747679-0

『天海僧正の予言書　波浪島の刺客』
2005.12　318p
①4-08-747894-7

大洋時代文庫 時代小説
（ミリオン出版）

◇闇の仕事人半次郎

『修羅の嵐　闇の仕事人半次郎』　2005.6
350p〈東京 大洋図書（発売）　『女仕
置』（1997年刊）の改題〉
①4-8130-7032-9

『吉原探索行　闇の仕事人半次郎』
2005.9　291p〈東京 大洋図書（発売）
『女市場』（徳間書店1998年刊）の改題〉
①4-8130-7039-6

『復讐の血煙り　闇の仕事人半次郎』
2005.11　293p〈東京 大洋図書（発売）
『女地獄』（徳間書店1998年刊）の改題〉
①4-8130-7045-0

徳間文庫（徳間書店）

◇復讐鬼半次郎

『女仕置　復讐鬼半次郎』　1997.5　350p
①4-19-890692-0

『女市場　復讐鬼半次郎』　1998.1　278p
①4-19-890823-0

『女地獄　復讐鬼半次郎』　1998.11
278p
①4-19-891000-6

◇右京裏捕物帖

『凶賊闇の麝香　右京裏捕物帖』　2000.5
278p
①4-19-891313-7

『神変女郎蜘蛛　右京裏捕物帖』　2001.9
277p
①4-19-891578-4

◇　◇　◇

『十兵衛暗殺　柳生炎之抄』　2003.11
　313p〈著作目録あり〉
　①4-19-891978-X

双葉文庫(双葉社)

◇橘乱九郎探索帖

『閃殺　橘乱九郎探索帖』　2002.9　317p
　①4-575-66133-3

『髑髏夜叉　橘乱九郎探索帖』　2003.6
　317p
　①4-575-66144-9

『念仏狩り　橘乱九郎探索帖』　2004.12
　305p
　①4-575-66190-2

早瀬　詠一郎
はやせ・えいいちろう
1952〜

東京生まれ。学習院大卒。脚本家や新内語りを経て、2000年「萩大老」で小説家デビューした。

講談社文庫(講談社)

◇裏十手からくり草紙

『早烏　裏十手からくり草紙』　2008.8
　310p
　①978-4-06-276140-6
　〔内容〕早烏、彫物奉行、蛮社始末、秋蚊、芝居、女あんま、場末、おででこ、深川艶紫、雁首、上州無宿、座頭貸

『つげの箸　裏十手からくり草紙』
　2009.12　345p
　①978-4-06-276540-4
　〔内容〕天保下総土産、幇間、玉屋、女房食い、黄楊の箸

◇　◇　◇

『平手造酒(みき)』　2012.2　309p
　①978-4-06-277188-7

コスミック・時代文庫

(コスミック出版)

◇出世若殿田河意周

『出世若殿田河意周　雨後の月　書下ろし長編時代小説』　2015.10　248p
　①978-4-7747-2868-1

『出世若殿田河意周〔2〕幕閣への門　書下ろし長編時代小説』　2015.12　257p
　①978-4-7747-2883-4

『出世若殿田河意周〔3〕巨城の奥　書下ろし長編時代小説』　2016.3　250p
　①978-4-7747-2910-7

『出世若殿田河意周〔4〕親子の鷹　書下ろし長編時代小説』　2016.6　261p
　①978-4-7747-2937-4

『出世若殿田河意周〔5〕天下大変　書下ろし長編時代小説』　2016.9　262p
　①978-4-7747-2960-2

◇　◇　◇

『町人若殿左近司多聞　書下ろし長編時代小説』　2014.5　269p
　①978-4-7747-2729-5
　〔内容〕おしゅん佐平、おたね俊啓、おろく若三郎、おあき長之助

『町人若殿左近司多聞〔2〕深川のあじさい　書下ろし長編時代小説』　2014.8　264p

①978-4-7747-2757-8

『町人若殿左近司多聞〔3〕大川の柳　書
　下ろし長編時代小説』　2014.11　261p
　①978-4-7747-2781-3
　〔内容〕おせん幸助, おちか弥十郎, おゑん佐
　　太郎, おしほ重蔵

静山社文庫（静山社）

『役者侍白鷺の殺陣』　2011.1　269p
　①978-4-86389-095-4
　〔内容〕六世八百蔵, 雪舞台, 荒砥の刃, 抜け
　　荷, 駕籠兄妹
『役者侍密書の始末』　2011.11　263p
　①978-4-86389-117-3

PHP文庫（PHP研究所）

『ひろう神　女髪結人情がたり』　2010.1
　201p
　①978-4-569-67374-5
　〔内容〕髪結お徳, 六部, お天道さま, 脛の疵,
　　ひろう神, ひとり相撲, 濡れ衣, へそくり,
　　つばくろ

双葉文庫（双葉社）

◇朝帰り半九郎

『雨晴れて　朝帰り半九郎』　2009.9
　325p
　①978-4-575-66403-4
『待宵すぎて　朝帰り半九郎』　2009.10
　310p
　①978-4-575-66408-9
『紅そえて　朝帰り半九郎』　2010.2
　332p
　①978-4-575-66432-4
『雪止まず　朝帰り半九郎』　2010.6

273p
　①978-4-575-66447-8
『明けて春　朝帰り半九郎』　2010.10
　263p
　①978-4-575-66468-3
『桃ほころびて　朝帰り半九郎』　2011.3
　277p
　①978-4-575-66490-4
『夢さめて　朝帰り半九郎』　2011.7
　294p
　①978-4-575-66510-9

◇朧月お小夜

『月に上げ帆　朧月お小夜』　2011.11
　293p
　①978-4-575-66532-1
『上げ帆に富士　朧月お小夜』　2012.3
　298p
　①978-4-575-66553-6
『富士に群雲　朧月お小夜』　2012.7
　317p
　①978-4-575-66573-4

早見　俊
はやみ・しゅん
1961〜

岐阜県生まれ。法政大卒。1997年から
小説家に専念、「公家さま同心 飛鳥業
平」など、多くの文庫書き下ろしシリー
ズを発表。

学研M文庫（学研パブリッシング）

◇はみだし与力無頼帖

『菊一輪　はみだし与力無頼帖』　2006.
　11　299p

①4-05-900443-X
『朝顔の花　はみだし与力無頼帖』
2007.7　306p
①978-4-05-900485-1

◇婿同心捕物控え

『婿同心捕物控え』　2010.9　307p〈発売：学研マーケティング〉
①978-4-05-900655-8
『婿同心捕物控え　遅咲きの男』　2011.2　309p〈発売：学研マーケティング〉
①978-4-05-900678-7
『踊る女狐　婿同心捕物控え』　2011.9　309p〈発売：学研マーケティング〉
①978-4-05-900710-4
『奉行の娘　婿同心捕物控え』　2012.7　285p〈発売：学研マーケティング〉
①978-4-05-900765-4
『青猫騒動　婿同心捕物控え』　2012.12　258p〈発売：学研マーケティング〉
①978-4-05-900794-4

角川文庫（KADOKAWA）

◇小伝馬町牢日誌

『お帰り稲荷　小伝馬町牢日誌』　2013.12　305p
①978-4-04-101135-5
〔内容〕寒夜のたくらみ, 虜の牢名主, 悲しき名門, 驚きの入牢者
『惑いの面影　小伝馬町牢日誌』　2014.4　269p
①978-4-04-101321-2
〔内容〕濡れ衣被り, 出世検校, 贋作一筋, 欲の果て
『秋声のうつろい　小伝馬町牢日誌』　2014.8　279p
①978-4-04-101436-3
〔内容〕朴訥の罪, 幽霊力士, 毒婦, 狙われた牢名主

◇佃島用心棒日誌

『佃島用心棒日誌　白魚の絆』　2015.2　310p
①978-4-04-102484-3
〔内容〕白魚の絆, 埋蔵金, 真の敵
『佃島用心棒日誌〔2〕溺れた閻魔』　2015.8　302p
①978-4-04-102485-0
〔内容〕漂流の茄子, 帰って来た女, 溺れた閻魔
『佃島用心棒日誌〔3〕大御所の来島』　2016.2　296p
①978-4-04-102486-7
〔内容〕人情渡し舟, 欲の餅, 大御所佃島詣で

廣済堂文庫（廣済堂出版）

◇町医者順道事件帳

『月下のあだ花　町医者順道事件帳　特選時代小説』　2008.2　307p
①978-4-331-61315-3
『天魔の罠　町医者順道事件帳　特選時代小説』　2008.7　312p
①978-4-331-61335-1

◇粗忽の銀次捕物帳

『消えた花嫁　粗忽の銀次捕物帳　特選時代小説』　2008.11　302p
①978-4-331-61347-4
〔内容〕間抜けな盗人, ふな屋敷の謎, 消えた花嫁, きわみの茶碗
『十手（じゅって）剝奪　粗忽の銀次捕物帳　特選時代小説』　2009.4　300p
①978-4-331-61364-1
〔内容〕見合い騒動, 呪いのわら人形, 十手剝奪, 法螺から出た真

『あぶれ東次郎裏成敗　特選時代小説』

2010.1　345p
①978-4-331-61381-8
〔内容〕あぶれ者参集、泣き寝入りの報酬、放蕩の報い

講談社文庫(講談社)

◇双子同心捕物競い

『双子同心捕物競い』　2011.8　340p
　①978-4-06-276982-2
『右近の鰯背銀杏　双子同心捕物競い　2』
　2011.12　349p
　①978-4-06-277129-0
『同心の鑑　双子同心捕物競い　3』
　2012.7　353p
　①978-4-06-277170-2

『上方与力江戸暦』　2013.6　302p
　①978-4-06-277177-1

光文社文庫(光文社)

◇浪花の江戸っ子与力事件帳

『不義士の宴　長編時代小説　浪花の江戸っ子与力事件帳　1〔光文社時代小説文庫〕』　2009.11　349p
　①978-4-334-74690-2
『お蔭の宴　長編時代小説　浪花の江戸っ子与力事件帳　2〔光文社時代小説文庫〕』　2010.5　356p〈文献あり〉
　①978-4-334-74786-2
『抜け荷の宴　長編時代小説　浪花の江戸っ子与力事件帳　3〔光文社時代小説文庫〕』　2010.11　366p
　①978-4-334-74878-4

◇鳥見役京四郎裏御用

『孤高の若君　長編時代小説　鳥見役京四郎裏御用　1〔光文社時代小説文庫〕』
　2011.6　320p
　①978-4-334-74965-1
『まやかし舞台　長編時代小説　鳥見役京四郎裏御用　2〔光文社時代小説文庫〕』
　2011.12　336p〈著作目録あり〉
　①978-4-334-76347-3
『魔笛の君　文庫書下ろし/長編時代小説　鳥見役京四郎裏御用　3』　2012.6　323p
　①978-4-334-76427-2
『悪謀討ち　文庫書下ろし/長編時代小説　鳥見役京四郎裏御用　4』　2013.1　255p
　①978-4-334-76526-2
『若殿討ち　文庫書下ろし/長編時代小説　鳥見役京四郎裏御用　5』　2013.7　255p
　①978-4-334-76598-9

◇道具侍隠密帳

『道具侍隠密帳　四つ巴の御用　文庫書下ろし/長編時代小説』　2014.11　280p
　①978-4-334-76835-5
『囮の御用　文庫書下ろし/長編時代小説　道具侍隠密帳　2』　2015.4　300p
　①978-4-334-76901-7
『獣の涙　文庫書下ろし/長編時代小説　道具侍隠密帳　3』　2015.10　300p
　①978-4-334-76985-7
『天空の御用　文庫書下ろし/長編時代小説　道具侍隠密帳　4〔光文社時代小説文庫〕』　2016.5　273p
　①978-4-334-77296-3

コスミック・時代文庫

（コスミック出版）

◇見習い同心如月右京

『見習い同心如月右京　予言殺人　書下ろし長編時代小説』　2007.9　318p
　①978-4-7747-2157-6

『見習い同心如月右京　宿命剣　書下ろし長編時代小説』　2008.3　325p
　①978-4-7747-2188-0

『見習い同心如月右京　かなしみ観音　書下ろし長編時代小説』　2008.7　319p
　①978-4-7747-2205-4

『見習い同心如月右京　辻斬り悲恋　書下ろし長編時代小説』　2008.11　319p
　①978-4-7747-2223-8

◇よわむし同心信長

『よわむし同心信長　天下人の声　書下ろし長編時代小説』　2009.3　318p
　①978-4-7747-2247-4
　〔内容〕天下人の声, 一夜だけの和解, 龍神の池, 不死の薬

『よわむし同心信長　うらみ笛　書下ろし長編時代小説』　2009.7　318p
　①978-4-7747-2267-2
　〔内容〕極楽講, 奉行所内偵, 天童藩の秘宝, 勘定吟味役暗殺

『よわむし同心信長　消えた天下人　書下ろし長編時代小説』　2010.1　319p
　①978-4-7747-2308-2

『よわむし同心信長　春の夢　書下ろし長編時代小説』　2010.9　302p
　①978-4-7747-2354-9

◇公家さま同心飛鳥業平

『公家さま同心飛鳥業平』　2011.1　319p
　①978-4-7747-2380-8

『公家さま同心飛鳥業平　踊る殿さま　書下ろし長編時代小説』　2011.5　311p
　①978-4-7747-2405-8

『公家さま同心飛鳥業平　どら息子の涙　書下ろし長編時代小説』　2011.9　303p
　①978-4-7747-2438-6
　〔内容〕対決中納言, 越すべし大井川, 旅は刺客連れ, どら息子の涙

『公家さま同心飛鳥業平　世直し桜　書下ろし長編時代小説』　2012.1　306p
　①978-4-7747-2473-7
　〔内容〕正月の蝮, 業平の休日, 婿は短命, 世直し桜

『公家さま同心飛鳥業平　江戸の義経　書下ろし長編時代小説』　2012.5　302p
　①978-4-7747-2510-9
　〔内容〕劫火の江戸, 三次郎奮闘記, 雨上がりの見合い, 江戸の義経

『公家さま同心飛鳥業平　天空の塔　書下ろし長編時代小説』　2012.9　292p
　①978-4-7747-2548-2
　〔内容〕千早ふる, 寅吉恋煩い, 宮家の御曹子, 天空の塔

『公家さま同心飛鳥業平　魔性の女　書下ろし長編時代小説』　2013.1　287p
　①978-4-7747-2586-4
　〔内容〕お里々, 抜け駆けの仇, かよわき武士, 魔性の女

『公家さま同心飛鳥業平　宿縁討つべし　書下ろし長編時代小説』　2013.5　303p
　①978-4-7747-2621-2

『公家さま同心飛鳥業平　最後の瓦版　書下ろし長編時代小説』　2013.9　300p
　①978-4-7747-2656-4
　〔内容〕恐怖の面影, 殺しは逆さまに, 猫小僧太郎吉, 最期の瓦版

『公家さま同心飛鳥業平　心の闇晴らします　書下ろし長編時代小説』　2014.1　302p
　①978-4-7747-2692-2
　〔内容〕老僧物の怪と戦う, 心の相談所, 月光の使者, 闇の崩壊

『公家さま同心飛鳥業平　別れの酒　書下ろし長編時代小説』　2014.5　282p
　①978-4-7747-2727-1
　〔内容〕瞼の父、純情な殺し、記憶喪失中納言、別れの酒

『公家さま同心飛鳥業平　最後の挨拶　書下ろし長編時代小説』　2014.9　287p
　①978-4-7747-2764-6
　〔内容〕大川心中、闇の稲荷、王子の狐、最後の挨拶

◇若さま十兵衛

『若さま十兵衛　天下無双の居候　書下ろし長編時代小説』　2015.5　285p
　①978-4-7747-2827-8
　〔内容〕天下無双の居候、天狗騒動、御典医失格、宮本武蔵見参

『若さま十兵衛　天下無双の居候〔2〕暗殺　書下ろし長編時代小説』　2015.9　287p
　①978-4-7747-2859-9
　〔内容〕鼠盗人参上、化け猫騒動、悪党に付ける薬なし、謎の海賊船

『若さま十兵衛　天下無双の居候〔3〕謀叛　書下ろし長編時代小説』　2016.2　289p
　①978-4-7747-2893-3
　〔内容〕名刀狩り、真実の宝、独眼竜ともぐら、春雷の別れ

『若さま十兵衛　天下無双の居候〔4〕御前試合　書下ろし長編時代小説』　2016.5　286p
　①978-4-7747-2929-9
　〔内容〕逆裂裟の企み、妖魔の公家、風頓剣法の男、御前試合

『若さま十兵衛　天下無双の居候〔5〕対決燕返し　書下ろし長編時代小説』　2016.9　291p
　①978-4-7747-2958-9
　〔内容〕序、極楽案内、愚弟賢姉、山賊の妻、対決燕返し

『さすらい同心坂東一徹　仇討ち日光　書下ろし長編時代小説』　2010.5　335p
　①978-4-7747-2332-7

祥伝社文庫(祥伝社)

◇蔵宿師善次郎

『賄賂(まいない)千両　長編時代小説　蔵宿師善次郎』　2010.4　335p
　①978-4-396-33575-5

『三日月検校　蔵宿師善次郎　2』　2010.12　305p
　①978-4-396-33635-6

◇一本鑓悪人狩り

『一本鑓悪人狩り』　2014.6　294p
　①978-4-396-34044-5

『横道芝居　一本鑓悪人狩り　2』　2014.12　279p
　①978-4-396-34085-8

『大塩平八郎の亡霊　一本鑓悪人狩り　3』　2015.7　301p
　①978-4-396-34139-8

新潮文庫(新潮社)

◇やったる侍涼之進奮闘剣

『青雲の門出　やったる侍涼之進奮闘剣』　2012.8　407p
　①978-4-10-138971-4

『茜空の誓い　やったる侍涼之進奮闘剣　2』　2012.12　303p
　①978-4-10-138972-1

『白銀(しろがね)の野望　やったる侍涼之進奮闘剣　3』　2013.6　299p

①978-4-10-138973-8

『新緑の訣別　やったる侍涼之進奮闘剣
4』　2013.11　311p
①978-4-10-138974-5

『虹色の決着　やったる侍涼之進奮闘剣
5』　2014.5　291p
①978-4-10-138975-2

◇大江戸無双七人衆

『暴れ日光旅　大江戸無双七人衆』
2014.10　293p
①978-4-10-138976-9

『諏訪はぐれ旅　大江戸無双七人衆』
2015.5　286p
①978-4-10-138977-6

『久能山血煙り旅　大江戸無双七人衆』
2016.2　309p
①978-4-10-138978-3

静山社文庫（静山社）

◇密命御庭番

『密命御庭番　黒影』　2010.1　295p
①978-4-86389-028-2
〔内容〕紅蓮の炎, 女御庭番, 放蕩息子, 暗殺
指令

『密命御庭番　稲妻』　2010.8　289p
①978-4-86389-061-9
〔内容〕闇の巨魁, 落とし胤, 白雪の暗殺行,
黒船潜入指令

『密命御庭番　邪教』　2010.10　281p
①978-4-86389-074-9
〔内容〕日輪の女教祖, 殺し俳諧, 禁裏の密約
書, 姿なき敵

『密命御庭番　策動』　2011.4　282p
①978-4-86389-111-1
〔内容〕文書流出, 将軍鷹狩り, 大道芸の怪人,
陰謀犬山城

だいわ文庫（大和書房）

◇闇御庭番

『江戸城御駕籠台　闇御庭番』　2008.2
318p
①978-4-479-30161-5
〔内容〕佞臣掃除, 外記暗殺, 初鰹の宴, 闇御
庭番, 髷盗り

『天保三方領知替　闇御庭番』　2008.3
321p
①978-4-479-30167-7
〔内容〕妖怪の逆襲, 紅花の棘, 血潮の嘆願書,
秘本おくのほそ道, 呪縛

『妖怪南町奉行　闇御庭番』　2008.4
305p
①978-4-479-30173-8
〔内容〕抜け荷の壺, 決闘三国峠, 恵みの薩摩
芋, 強請り同心, 妖怪奉行誕生

『密謀奢侈禁止令　闇御庭番』　2008.8
328p
①978-4-479-30194-3
〔内容〕無尽大名, 席亭殺し, 椿事, 八百屋の
床下, 大塩平八郎の密書

『春画氾濫遠山景元　闇御庭番』　2008.
10　314p
①978-4-479-30203-2

竹書房時代小説文庫（竹書房）

◇純情浪人朽木三四郎

『純情浪人朽木三四郎　千住宿始末記 出
立の風』　2008.9　300p
①978-4-8124-3599-1
〔内容〕寺子屋開業, 閉ざされた心, 水戸から
来た若者, さらわれた姉妹

『純情浪人朽木三四郎　千住宿始末記 仇
討ち兄妹』　2009.5　286p
①978-4-8124-3865-7
〔内容〕改心の千里眼, 父を訪ねて百五十里,

仇討ち兄妹、若君騒動

徳間文庫(徳間書店)

◇龍之助一両剣

『狐退治　龍之助一両剣』　2009.6　317p
　①978-4-19-892995-4
『狢ごろし　龍之助一両剣』　2009.10　317p
　①978-4-19-893058-5
『斬雪　龍之助一両剣』　2010.7　280p
　①978-4-19-893194-0

◇ご落胤隠密金五郎

『しのび姫　ご落胤隠密金五郎』　2011.1　310p
　①978-4-19-893294-7
『独眼竜の弁天　ご落胤隠密金五郎』　2011.7　313p〈著作目録あり〉
　①978-4-19-893399-9
『早春の志　書下し時代活劇　ご落胤隠密金五郎』　2012.4　299p
　①978-4-19-893534-4

◇大太刀軍兵衛奔る

『稲葉山城乗っ取り　大太刀軍兵衛奔る』　2015.4　332p
　①978-4-19-893958-8
『血戦！　蛇神金山　大太刀軍兵衛奔る』　2015.10　311p
　①978-4-19-894026-3

『藤十郎駆ける！　1　さらば刈谷城〔徳間時代小説文庫〕』　2016.8　311p
　①978-4-19-894126-0

ハルキ文庫(角川春樹事務所)

◇偽者同心捕物控

『おくり梅雨　偽者同心捕物控　時代小説文庫』　2008.12　325p
　①978-4-7584-3385-3
『寒雷日和　偽者同心捕物控　時代小説文庫』　2010.2　278p
　①978-4-7584-3459-1
　〔内容〕鶯送り、篤志家は死せず、寒雷の里
『孤鳥の刺客　偽者同心捕物控　時代小説文庫』　2010.8　301p
　①978-4-7584-3495-9
　〔内容〕施行の初夢、吝嗇の報酬、春麗の刺客

◇八丁堀夫婦ごよみ

『八丁堀夫婦ごよみ　時代小説文庫』　2011.4　292p
　①978-4-7584-3539-0
『秋彼岸　八丁堀夫婦ごよみ　時代小説文庫』　2011.9　289p
　①978-4-7584-3594-9
『盗人花見　八丁堀夫婦ごよみ　時代小説文庫』　2012.2　289p
　①978-4-7584-3637-3
　〔内容〕初夢見立て、見習い歌留多、土左衛門の恋、盗人花見
『短夜の夢　八丁堀夫婦ごよみ　時代小説文庫』　2012.6　303p
　①978-4-7584-3667-0
　〔内容〕操の妊娠、迷い心中、日盛りの岩田帯、名残の乳
『秋風の密命　八丁堀夫婦ごよみ　時代小説文庫』　2012.10　294p
　①978-4-7584-3694-6
　〔内容〕秋風の密命、贋博打、幼な恋、凍雲の誓い
『逆恨みの春夜　八丁堀夫婦ごよみ　時代小説文庫』　2013.2　281p
　①978-4-7584-3719-6

〔内容〕悔恨の捕物, 不思議な亭主, 砕かれた誇り, 逆恨みの春夜

『炎暑に奔る　八丁堀夫婦ごよみ　時代小説文庫』　2013.6　280p
①978-4-7584-3747-9
〔内容〕夏前の訴え, 氷の眼差し, 大暑の投げ文, 秋隣りの騒動

『秘剣の秋　八丁堀夫婦ごよみ　時代小説文庫』　2013.10　275p
①978-4-7584-3781-3

『春の仇敵　八丁堀夫婦ごよみ　時代小説文庫』　2014.3　274p
①978-4-7584-3812-4
〔内容〕下っ引志願, 絆の茶碗, 漆黒の企み, 不忍の男女

『嘘つき閻魔　偽物同心捕物控　時代小説文庫』　2009.8　304p
①978-4-7584-3427-0
〔内容〕お鶴かどかわし, 嘘つき閻魔, 宗庵捕縛

PHP文芸文庫(PHP研究所)

◇二本十手捕物控

『寄場の仇　二本十手捕物控』　2012.1　314p
①978-4-569-67783-5

『辻斬り無情　二本十手捕物控』　2013.4　269p
①978-4-569-67968-6

双葉文庫(双葉社)

◇千代ノ介御免蒙る

『目黒の鰻　千代ノ介御免蒙る』　2016.3　310p
①978-4-575-66771-4

『両国の華　千代ノ介御免蒙る』　2016.7　310p
①978-4-575-66787-5

『巫女の蕎麦　千代ノ介御免蒙る』　2016.11　296p
①978-4-575-66803-2

二見時代小説文庫(二見書房)

◇目安番こって牛征史郎

『憤怒の剣　目安番こって牛征史郎』　2008.1　313p
①978-4-576-07235-7

『誓いの酒　目安番こって牛征史郎　2』　2008.5　316p
①978-4-576-08054-3

『虚飾の舞　目安番こって牛征史郎　3』　2008.9　304p
①978-4-576-08130-4

『雷剣の都　目安番こって牛征史郎　4』　2009.3　294p
①978-4-576-09025-2

『父子(おやこ)の剣　目安番こって牛征史郎　5』　2009.11　291p
①978-4-576-09163-1

◇居眠り同心影御用

『居眠り同心影御用　源之助人助け帖』　2010.4　310p
①978-4-576-10038-8

『朝顔の姫　居眠り同心影御用　2』　2010.8　300p
①978-4-576-10105-7

『与力の娘　居眠り同心影御用　3』　2010.12　304p
①978-4-576-10168-2

『犬侍の嫁　居眠り同心影御用　4』　2011.4　306p
①978-4-576-11037-0

『草笛が啼く　居眠り同心影御用　5』
2011.8　299p
①978-4-576-11098-1

『同心の妹　居眠り同心影御用　6』
2011.12　306p
①978-4-576-11157-5

『殿さまの貌　居眠り同心影御用　7』
2012.4　295p
①978-4-576-12036-2

『信念の人　居眠り同心影御用　8』
2012.8　296p
①978-4-576-12096-6

『惑いの剣　居眠り同心影御用　9』
2012.12　286p
①978-4-576-12156-7

『青嵐を斬る　居眠り同心影御用　10』
2013.4　291p
①978-4-576-13040-8

『風神狩り　居眠り同心影御用　11』
2013.8　292p
①978-4-576-13108-5

『嵐の予兆　居眠り同心影御用　12』
2013.12　267p
①978-4-576-13172-6

『七福神斬り　居眠り同心影御用　13』
2014.4　277p
①978-4-576-14035-3

『名門斬り　居眠り同心影御用　14』
2014.8　259p
①978-4-576-14095-7

『闇の狐狩り　居眠り同心影御用　15』
2014.12　272p
①978-4-576-14157 2

『悪手斬り　居眠り同心影御用　16』
2015.4　292p
①978-4-576-15038-3

『無法許さじ　居眠り同心影御用　17』
2015.8　282p
①978-4-576-15108-3

『十万石を蹴る　居眠り同心影御用　18』
2015.12　300p
①978-4-576-15181-6

『闇への誘い　居眠り同心影御用　19』
2016.4　293p
①978-4-576-16049-8

『流麗の刺客　居眠り同心影御用　20』
2016.8　287p
①978-4-576-16115-0

『虚構斬り　居眠り同心影御用　21』
2016.12　287p
①978-4-576-16183-9

ベスト時代文庫

（ベストセラーズ）

◇せっこの平蔵道場ごよみ

『せっこの平蔵道場ごよみ』　2008.1
316p
①978-4-584-36622-6
〔内容〕剣術指南も楽じゃない, 仇討ちに御
用心, 唐茄子は人のためならず, 初恋は木
枯らしと去りぬ, 美人局も芸の肥やし

『ちぎりの渡し　せっこの平蔵道場ごよ
み』　2008.5　297p
①978-4-584-36633-2
〔内容〕人事を尽くして天命を待つ, 年寄り
はいたわるべし, 若旦那恋わずらい, 義太
夫から出た盗賊

◇闇御庭番

『遠山追放（おいはなち）　闇御庭番始末
帖』　2011.6　296p
①978-4-584-36701-8
〔内容〕近江大一揆, 無念の醜聞, 秋汎襲撃,
遠山追放

原田 孔平
はらだ・こうへい
1949〜

東京生まれ。珠算塾経営を経て、「元禄三春日和 春の館」で歴史群像大賞優秀賞を受賞してデビュー。

学研M文庫(学研パブリッシング)

◇冷や飯喰い怜三郎

『冷や飯喰い怜三郎　旗本横紙破り』
　2011.7　347p〈発売：学研マーケティング〉
　①978-4-05-900704-3

『決意の門出　冷や飯喰い怜三郎』
　2011.12　315p〈発売：学研マーケティング〉
　①978-4-05-900726-5

『流星の里　冷や飯喰い怜三郎』　2012.5
　313p〈発売：学研マーケティング〉
　①978-4-05-900754-8

『夢つぎし者　冷や飯喰い怜三郎』　2013.1　309p〈発売：学研マーケティング〉
　①978-4-05-900802-6

『春の館　元禄三春日和』　2010.12
　341p〈発売：学研マーケティング〉
　①978-4-05-900668-8

祥伝社文庫(祥伝社)

◇浮かれ鳶の事件帖

『浮かれ鳶の事件帖』　2015.12　380p
　①978-4-396-34171-8

『月の剣　浮かれ鳶の事件帖』　2016.10
　385p
　①978-4-396-34258-6

原田 真介
はらだ・しんすけ
1935〜

東京生まれ。早大卒。フリーライター、新聞記者を経て、小説家に。1996年「無限青春」で日本文芸家クラブ大賞を受賞。

学研M文庫(学研パブリッシング)

◇楠流忍者闇始末

『密通　楠流忍者闇始末』　2004.11
　312p
　①4-05-900320-4

『姦計　楠流忍者闇始末』　2005.10
　308p
　①4-05-900376-X

廣済堂文庫(廣済堂出版)

◇「鮎掛けの辰」艶始末

『脱藩忍者女殺し　「鮎掛けの辰」艶始末　特選時代小説』　2002.8　279p
　①4-331-60953-7

『悦楽忍者大奥狩り　「鮎掛けの辰」艶始末　特選時代小説』　2003.8　308p
　①4-331-61031-4

『はぐれ忍者女体遍路　「鮎掛けの辰」艶始末　特選時代小説』　2004.2　319p
　①4-331-61067-5

『復讐忍者閨さぐり　「鮎掛けの辰」艶始
　末　特選時代小説』　2004.8　319p
　①4-331-61109-4

◇読売屋吉三の闇裁き

『大奥・殺しの徒花　読売屋吉三の闇裁き
　特選時代小説』　2005.4　316p
　①4-331-61161-2
『女郎花は死の匂い　読売屋吉三の闇裁き
　特選時代小説』　2005.12　314p
　①4-331-61199-X

春名　徹
はるな・あきら
1935～

東京生まれ。東大卒。出版社勤務を経
て、作家になる。「にっぽん音吉漂流
記」で日本ノンフィクション賞、大宅
壮一ノンフィクション賞を受賞。

PHP文庫（PHP研究所）

『細川幽斎　栄華をつかんだ文武両道の
　才』　1998.10　344p
　①4-569-57205-7

必読名作シリーズ（旺文社）

『音吉少年漂流記』　1989.4　207p〈音吉
　の年表：p191～193〉
　①4-01-066028-7

晴間　順
はれま・じゅん

東京生まれ。江戸時代研究家。時代小
説に「旗本若様放浪記」がある。

学研M文庫（学研パブリッシング）

『旗本若様放浪記』　2013.6　283p〈発
　売：学研マーケティング〉
　①978-4-05-900837-8
　〔内容〕押込み盗人大流行り，こそ泥はこっ
　そり大仕掛け，横領役人雲隠れ，武士の算
　盤帳尻合わず，天下の大変打ちこわし

磐　紀一郎
ばん・きいちろう
1938～

福島県生まれ。「虫プロダクション」を
経て、作家デビュー。時代小説に「四
ツ目屋闇草紙」がある。

学研M文庫（学研パブリッシング）

『四ツ目屋闇草紙』　2001.10　218p
　①4-05-900086-8

ベスト時代文庫
（ベストセラーズ）

『悉皆屋鬼次やみばなし』　2006.2　268p
　①4-584-36555-5
　〔内容〕両国・仁虚堂，悉皆屋・鬼次，韓の抱
　籠，鬼が哭く，お道具奇談，局の使い，七草

粥, 鬼次曼陀羅

『吉宗影御用』 2006.6 349p
ⓘ4-584-36563-6

『陰陽の城 吉宗影御用』 2006.12 268p〈『江戸城大変』(徳間書店1995年刊)の増訂〉
ⓘ4-584-36582-2

幡 大介
ばん・だいすけ
1968～

栃木県生まれ。武蔵野美大卒。CM制作会社などを経て、2008年「天下御免の信十郎」シリーズで時代小説家デビュー。以来、多数の書きおろし時代小説を執筆。

角川文庫(KADOKAWA)

◇やぶ医薄斎

『やぶ医薄斎』 2016.3 317p
ⓘ978-4-04-104027-0

『やぶ医薄斎〔2〕贋銀の湊』 2016.9 299p
ⓘ978-4-04-104782-8

幻冬舎時代小説文庫(幻冬舎)

◇公事師卍屋甲太夫三代目

『公事師卍屋甲太夫三代目』 2012.12 334p
ⓘ978-4-344-41958-2

『上州騒乱 公事師卍屋甲太夫三代目』 2013.12 326p
ⓘ978-4-344-42129-5

『人食い鬼 公事師卍屋甲太夫三代目』 2014.6 294p
ⓘ978-4-344-42212-4

講談社文庫(講談社)

『猫間地獄のわらべ歌』 2012.7 445p
ⓘ978-4-06-277313-3
〔内容〕下屋敷の骸, 猫間地獄のわらべ歌, 月照館の殺人, 春の足音

『股旅探偵上州呪い村』 2014.2 493p
ⓘ978-4-06-277553-3

光文社文庫(光文社)

◇でれすけ忍者

『でれすけ忍者 文庫書下ろし/長編時代小説』 2013.3 284p
ⓘ978-4-334-76542-2

『でれすけ忍者江戸を駆ける 文庫書下ろし/長編時代小説』 2013.11 304p
ⓘ978-4-334-76654-2

『でれすけ忍者雷光に慄く 文庫書下ろし/長編時代小説』 2014.8 294p
ⓘ978-4-334-76788-4

『夏宵の斬 文庫書下ろし/長編時代小説』 2015.10 339p
ⓘ978-4-334-76988-8

竹書房時代小説文庫(竹書房)

◇独活の丙内密命録

『咎斬りの太刀 独活の丙内密命録』

2009.4　333p
①978-4-8124-3805-3

『大奥の修羅　独活の丙内密命録』
2010.2　333p
①978-4-8124-4110-7

『奉行討ちの懐剣　独活の丙内密命録』
2010.5　329p
①978-4-8124-4165-7

『暗鬼狩りの豪刀　独活の丙内密命録』
2010.12　324p
①978-4-8124-4394-1

『公家断ちの凶刃　独活の丙内密命録』
2011.1　324p
①978-4-8124-4425-2

徳間文庫（徳間書店）

◇真田合戦記

『真田合戦記　幸綱風雲篇』　2015.3
345p
①978-4-19-893948-9

『真田合戦記　幸綱雌伏篇』　2015.8
329p
①978-4-19-893996-0

『真田合戦記　幸綱雄飛篇』　2015.11
347p
①978-4-19-894038-6

『真田合戦記　幸綱躍進篇』　2016.3
325p
①978-4-19-894087-4

『真田合戦記　昌幸の初陣〔徳間時代小説
文庫〕』　2016.5　327p
①978-4-19-894110-9

ハルキ文庫（角川春樹事務所）

◇千両役者捕物帖

『千両役者捕物帖　時代小説文庫』

2011.10　312p
①978-4-7584-3592-5

『姫さま、お輿入れ　千両役者捕物帖　時
代小説文庫』　2012.2　318p
①978-4-7584-3638-0

『天狗と花魁　千両役者捕物帖　時代小説
文庫』　2012.7　319p
①978-4-7584-3674-8

『富くじ始末　千両役者捕物帖　時代小説
文庫』　2013.5　303p
①978-4-7584-3731-8

『夏まち舞台　千両役者捕物帖　時代小説
文庫』　2014.1　302p
①978-4-7584-3797-4

『水戸の若さま　千両役者捕物帖　時代小
説文庫』　2014.9　299p
①978-4-7584-3847-6

『最後の大舞台　千両役者捕物帖　時代小
説文庫』　2015.3　303p
①978-4-7584-3885-8

双葉文庫（双葉社）

◇大富豪同心

『大富豪同心　八巻卯之吉放蕩記』
2010.1　299p
①978-4-575-66426-3

『天狗小僧　大富豪同心』　2010.4　299p
①978-4-575-66440-9

『一万両の長屋　大富豪同心』　2010.8
301p
①978-4-575-66460-7

『御前試合　大富豪同心』　2010.12
305p
①978-4-575-66477-5

『遊里の旋風（かぜ）　大富豪同心』
2011.4　294p
①978-4-575-66495-9

『お化け大名　大富豪同心』　2011.8
310p

①978-4-575-66515-4

『水難女難　大富豪同心』　2011.9　318p
　①978-4-575-66521-5

『刺客三人　大富豪同心』　2011.12
　310p
　①978-4-575-66537-6

『卯之吉子守唄　大富豪同心』　2012.4
　307p
　①978-4-575-66559-8

『仇討ち免状　大富豪同心』　2012.8
　310p
　①978-4-575-66575-8

『湯船盗人　大富豪同心』　2012.12
　299p
　①978-4-575-66592-5

『甲州隠密旅　大富豪同心』　2013.5
　302p
　①978-4-575-66612-0

『春の剣客　大富豪同心』　2013.9　302p
　①978-4-575-66629-8

『千里眼験力比べ　大富豪同心』　2014.2
　305p
　①978-4-575-66655-7

『隠密流れ旅　大富豪同心』　2014.7
　307p
　①978-4-575-66674-8

『天下覆滅　大富豪同心』　2015.2　302p
　①978-4-575-66712-7

『御用金着服　大富豪同心』　2015.7
　308p
　①978-4-575-66732-5

『卯之吉江戸に還る　大富豪同心』
　2016.2　307p
　①978-4-575-66765-3

『走れ銀八　大富豪同心』　2016.7　310p
　①978-4-575-66785-1

二見時代小説文庫（二見書房）

◇天下御免の信十郎

『快刀乱麻　天下御免の信十郎　1』
　2008.7　356p
　①978-4-576-08083-3

『獅子奮迅　天下御免の信十郎　2』
　2008.11　337p
　①978-4-576-08164-9

『刀光剣影　天下御免の信十郎　3』
　2009.3　346p
　①978-4-576-09024-5

『豪刀一閃　天下御免の信十郎　4』
　2009.7　338p
　①978-4-576-09091-7

『神算鬼謀　天下御免の信十郎　5』
　2009.11　325p
　①978-4-576-09155-6

『斬刃乱舞　天下御免の信十郎　6』
　2010.2　314p
　①978-4-576-10024-1

『空城騒然　天下御免の信十郎　7』
　2011.2　319p
　①978-4-576-11011-0

『疾風怒濤　天下御免の信十郎　8』
　2012.3　317p
　①978-4-576-12023-2

『駿河騒乱　天下御免の信十郎　9』
　2013.5　310p
　①978-4-576-13059-0

◇大江戸三男事件帖

『大江戸三男事件帖　与力と火消と相撲取
　りは江戸の華』　2010.6　321p
　①978-4-576-10072-2

『仁王の涙　大江戸三男事件帖　2』
　2010.10　329p
　①978-4-576-10138-5

『八丁堀の天女　大江戸三男事件帖　3』
　2011.7　315p

①978-4-576-11067-7

『兄ィは与力　大江戸三男事件帖　4』
2011.11　319p
①978-4-576-11147-6

『定火消の殿　大江戸三男事件帖　5』
2012.8　306p
①978-4-576-12098-0

ベスト時代文庫

（ベストセラーズ）

◇関八州御用狩り

『風聲　関八州御用狩り』　2010.10
314p
①978-4-584-36689-9

『逃（にがし）屋　関八州御用狩り』
2011.5　310p
①978-4-584-36698-1

坂東　眞砂子
ばんどう・まさこ
1958～2014

高知県生まれ。奈良女子大卒。主にホ
ラー小説を執筆し、「山妣」で直木賞を
受賞。代表作に映画化された「死国」
「狗神」など。

朝日文庫（朝日新聞出版）

『天唄歌い』　2009.11　405p　〈文献あり〉
①978-4-02-264525-8

角川文庫（KADOKAWA）

『恍惚』　2011.11　236p　〈発売：角川グ
ループパブリッシング〉
①978-4-04-100026-7
〔内容〕緑の女の還る地は, とぐろ巻く刻, 乱
の徒花, あたしはあなた…, 伽羅の魔, 神
の返杯, おっぱいシグナル

集英社文庫（集英社）

『鬼に喰われた女　今昔千年物語』
2009.11　219p
①978-4-08-746499-3
〔内容〕鬼に喰われた女, 死ぬも生きるも, 虚
空の板, 生霊, 月下の誓い, 歌う女, 蛇神祀
り, 稲荷詣, 油壺の話, 闇に招く手

『傀儡』　2012.7　562p　〈文献あり〉
①978-4-08-746856-4

『朱鳥（あかみどり）の陵』　2015.1
422p　〈文献あり〉
①978-4-08-745273-0

新潮文庫（新潮社）

『善魂宿』　2004.12　311p
①4-10-132325-9
〔内容〕侍の妻, 毒消し売り, 盆嬶, 無限寺, 天
鏡峠, 餅のなる樹

『岐かれ路　春話二十六夜』　2007.8
242p
①978-4-10-132326-8
〔内容〕震える記憶, 極楽蜻蛉, 白の陶酔, 粽
の味, 吉原夢枕, 小袖貝, 蚊帳の中, 湯の華,
爪痕, ふたつの契り, 若紫の影, 踊らへん
かえ, 雪の焔

『月待ちの恋　春話二十六夜』　2007.8
252p
①978-4-10-132327-5
〔内容〕夏の鯨, せきぞろ, めでたい, 悦楽の

夢, びいどろに棲む女, 鹿威し, 夢幻の浮
世なれば, 木の精, 川の精, 川底の足音, 羽
化, 落花哀惜, まどろむ猫女, 善光寺聖, 月
待ちの恋

中公文庫（中央公論新社）

『瓜子姫の艶文』　2016.10　264p
　①978-4-12-206301-3
『瓜子姫の艶文』　2016.10　264p
　①978-4-12-206301-3

文春文庫（文藝春秋）

『パライゾの寺』　2010.4　284p
　①978-4-16-758403-0
　〔内容〕まんなおし, 残り香, パライゾの寺,
　虫の声, 六部さま, 朱の棺, お接待

樋口　茂子
ひぐち・しげこ
1928～2013

静岡県生まれ。堀川高女卒。闘病生活
の傍ら小説を執筆し、1996年「小説壬
申の乱」を発表した。

PHP文庫（PHP研究所）

『小説壬申の乱　星空の帝王』　1996.5
　445p
　①4-569-56894-7

火坂　雅志
ひさか・まさし
1956～2015

新潟県生まれ。早大卒。1988年「花月
秘拳行」でデビュー。「天地人」で中山
義秀文学賞を受賞し、2009年NHK大河
ドラマの原作となった。

学研M文庫（学研パブリッシング）

『信長の密使　異聞・桶狭間の合戦』
　2001.10　331p
　①4-05-900083-3
『武蔵二刀流』　2001.12　272p
　①4-05-900098-1
『黄金の牙　伊賀の影法師』　2002.2
　318p〈『伊賀の影法師』（廣済堂出版
　1998年刊）の増訂〉
　①4-05-900114-7
『おぼろ秘剣帳』　2002.4　277p〈『おぼ
　ろ秘剣帖』（廣済堂出版2000年刊）の改
　題〉
　①4-05-900131-7

角川文庫（KADOKAWA）

『美食探偵』　2008.12　321p〈発売：角
　川グループパブリッシング〉
　①978-4-04-391903-1
　〔内容〕海から来た女, 薄荷屋敷, 消えた大隈,
　冬の鵼, 滄浪閣異聞
『霧隠才蔵　上』　2009.3　453p〈発売：
　角川グループパブリッシング〉
　①978-4-04-391901-7
『霧隠才蔵　下』　2009.3　391p〈発売：
　角川グループパブリッシング〉
　①978-4-04-391902-4
『花月秘拳行』　2009.8　342p〈発売：角

川グループパブリッシング〉
①978-4-04-391905-5

『忠臣蔵心中』 2009.11 372p 〈発売：
角川グループパブリッシング〉
①978-4-04-391906-2

『軍師の門 上』 2011.12 479p 〈発
売：角川グループパブリッシング〉
①978-4-04-400302-9

『軍師の門 下』 2011.12 479p 〈発
売：角川グループパブリッシング〉
①978-4-04-400303-6

『業政駈ける』 2013.10 348p 〈角川学
芸出版 2010年刊の再刊〉
①978-4-04-400314-2

ケイブンシャ文庫(勁文社)

『関ヶ原幻魔帖』 2000.11 300p 〈『関ヶ
原死霊大戦』(徳間書店1991年刊)の増
訂〉
①4-7669-3654-X

『徳川外法忍風録』 2001.4 322p 〈『家
康外法首』(1996年飛天出版刊)の増訂〉
①4-7669-3775-9

廣済堂文庫(廣済堂出版)

『武蔵二刀流 長篇時代小説 特選時代小
説』 1997.6 264p 〈『武蔵奇巌城』
(廣済堂出版1995年刊)の改題〉
①4-331-60585-X

『信長の密使 異聞・桶狭間の合戦 長篇
時代小説 特選時代小説』 1998.3
320p
①4-331-60639-2

『伊賀の影法師 長篇時代小説 特選時代
小説』 1999.3 292p 〈『信長狩り』
(双葉社1992年刊)の増訂〉
①4-331-60728-3

『おぼろ秘剣帖 痛快・連作時代活劇 特

選時代小説』 2000.7 259p 〈『戦国妖
剣録』(徳間書店1991年刊)の増訂〉
①4-331-60826-3

『竜馬復活 特選時代小説』 2002.2
287p
①4-331-60917-0

『花月秘拳行 特選時代小説』 2002.5
332p
①4-331-60936-7

『北斗秘拳行 特選時代小説』 2002.8
266p 〈『花月秘拳行』続編(富士見書房
1996年刊)の増補〉
①4-331-60952-9

『魔都秘拳行 特選時代小説』 2003.2
303p 〈『京都呪殺』(富士見書房1994年
刊)の増訂〉
①4-331-60989-8

講談社文庫(講談社)

『桂籠』 2002.3 389p 〈『桂籠とその他
の短篇』(1998年刊)の改題〉
①4-06-273396-X
〔内容〕桂籠, 命, 一千枚, 釣って候, 人斬り
水野, 隠密商人, 利休燈籠斬り, とっぽど
ん, 羊羹合戦

『忠臣蔵心中』 2003.1 392p
①4-06-273645-4

『美食探偵』 2003.8 334p
①4-06-273825-2
〔内容〕海から来た女, 薄荷屋敷, 消えた大隈,
冬の鶉, 滄浪閣異聞

『骨董屋征次郎手控』 2005.6 451p
①4-06-275116-X
〔内容〕楢柴, 流れ圜悟, 女肌, 海揚り, 屏風
からくり, 胡弓の女, 彦馬の写真, 翡翠峡,
黒壁山, 隠れ窯, 解説(細谷正充著)

『骨董屋征次郎京暦』 2007.4 395p
①978-4-06-275707-2
〔内容〕敦盛, わくら葉, 海の音, 五条坂, 鴨
川, 仇討ち, 冴ゆる月, 夢見坂

光文社文庫（光文社）

『新選組魔道剣』　1999.11　272p
　①4-334-72914-2
　〔内容〕勇の腰痛, 祇園の女, くらくら鞍馬,
　　秘事, 狐憑き, 石段下の闇, 古疵

時代小説文庫（富士見書房）

『花月秘拳行』　1993.9　363p
　①4-8291-1245-X
『花月秘拳行　続』　1993.9　286p
　①4-8291-1246-8
『京都呪殺』　1994.1　310p
　①4-8291-1252-2
『竜馬復活』　1994.12　278p
　①4-8291-1262-X
『拳豪宮本武蔵』　1995.12　343p
　①4-8291-1271-9

実業之日本社文庫
（実業之日本社）

『上杉かぶき衆』　2011.10　380p
　①978-4-408-55056-5
　〔内容〕大ふへん者, 弟, 生き過ぎたりや, 甲
　　斐御料人, 剣の漢, 百戦百勝, ぬくもり

小学館文庫（小学館）

『西行桜』　1994.2　342p
　①4-09-403591-5
『全宗』　2002.6　602p
　①4-09-408011-2
『蒼き海狼』　2005.3　718p
　①4-09-408037-6
『太平記鬼伝―児島高徳』　2005.11
　443p〈『鬼道太平記』（PHP研究所1995

年刊）の増訂〉
　①4-09-408054-6
『利休椿』　2006.11　370p〈実業之日本
　社1997年刊の改訂〉
　①4-09-408125-9
　〔内容〕山三の恋, 関寺小町, 辻が花, 天下百
　　韻, 包丁奥義, 笑うて候, 利休椿
『羊羹合戦』　2008.10　381p〈『桂籠』
　（講談社2002年刊）の増訂〉
　①978-4-09-408312-5
　〔内容〕羊羹合戦, 命, 一千枚, 釣って候, 人
　　斬り水野, 隠密商人, 利休燈篭斬り, とっ
　　ぽどん, 桂籠
『沢彦　上』　2009.3　478p
　①978-4-09-408367-5
『沢彦　下』　2009.3　452p
　①978-4-09-408368-2
『新潟樽きぬた　明和義人口伝』　2011.7
　193p〈2007年刊の加筆修正〉
　①978-4-09-408628-7
『武蔵と無二斎』　2014.10　314p〈徳間
　文庫 2007年刊の再刊〉
　①978-4-09-406090-4
　〔内容〕武蔵と無二斎, 鬼の髪, 殺活, 卜伝峰
　　入り, 一の太刀, あばれ絵師, 柳生殺人刀

祥伝社文庫（祥伝社）

◇柳生烈堂

『柳生烈堂　開祖・石舟斎を凌いだ無刀の
　剣　長編時代小説』　1999.7　317p
　①4-396-32697-1
『柳生烈堂　対決 服部半蔵』　2008.10
　296p
　①978-4-396-32517-6
『柳生烈堂　秘剣狩り』　2008.10　327p
　①978-4-396-32603-6
『柳生烈堂　無刀取り』　2008.10　317p
　〈『柳生烈堂 開祖・石舟斎を凌いだ無刀
　の剣』改題書〉

①978-4-396-32697-5

『武蔵復活二刀流　長編時代小説』
2000.1　355p〈『拳豪宮本武蔵』(富士見書房平成7年刊)の改題〉
①4-396-32735-8

『尾張柳生秘剣　時代小説』　2000.11
150p
①4-396-32821-4

『源氏無情の剣　時代小説』　2001.5
389p〈『源氏無情剣』(青樹社平成9年刊)の改題〉
①4-396-32858-3
〔内容〕心なき者, にせの義親, 為朝島渡り, 鵺, 熊野の美姫, もうひとりの義経, 人穴, 幻の将軍, 独眼法印

『覇商の門　長編歴史小説　上』　2004.1
477p
①4-396-33147-9
〔内容〕戦国立志編

『覇商の門　長編歴史小説　下』　2004.1
435p
①4-396-33148-7
〔内容〕天下士商編

『虎の城　上　乱世疾風編　長編歴史小説』　2007.9　699p
①978-4-396-33378-2

『虎の城　下　智将咆哮編　長編歴史小説』　2007.9　694p
①978-4-396-33379-9

『武者の習　時代小説』　2009.4　328p
①978-4-396-33495-6
〔内容〕尾張柳生秘剣, 吉良邸異聞, 鬼同丸, 結城恋唄, 愛宕聖, 浮かれ猫, 青田波

『武者の習』　2009.4　1冊
①978-4-396-33495-6

『臥竜の天　長編歴史小説　上』　2010.6
364p
①978-4-396-33587-8

『臥竜の天　長編歴史小説　中』　2010.6
371p

①978-4-396-33588-5

『臥竜の天　長編歴史小説　下』　2010.6
378p
①978-4-396-33589-2

人物文庫(学陽書房)

『もうひとりの義経　源氏武者列伝』
2004.12　368p〈『源氏無情の剣』(2001年刊)の改題〉
①4-313-75191-2
〔内容〕心なき者, にせの義親, 為朝島渡り, 鵺, 熊野の美姫, もうひとりの義経, 人穴, 幻の将軍, 独眼法印

大洋時代文庫(ミリオン出版)

『関ヶ原幻魔帖　時代小説』　2005.8
303p〈発売：大洋図書〉
①4-8130-7037-X

徳間文庫(徳間書店)

『骨法秘伝』　1997.4　282p
①4-19-890675-0

『骨法無頼拳』　1997.10　279p〈『摩都殺拳』(1990年刊)の改題〉
①4-19-890776-5

『神異伝 1』　2001.6　373p
①4-19-891527-X
〔内容〕太子未来記

『神異伝 2』　2001.7　359p
①4-19-891541-5
〔内容〕闇の祭主

『神異伝 3』　2001.8　333p
①4-19-891562-8
〔内容〕夢守の血脈

『神異伝 4』　2001.9　343p
①4-19-891579-2

〔内容〕四海王復活
『神異伝　5』　2001.10　299p
　①4-19-891594-6
　〔内容〕金人出現
『壮心の夢』　2003.1　541p
　①4-19-891830-9
　〔内容〕うずくまる（荒木村重），桃源（赤松広通），おらんだ櫓（亀井茲矩），抜擢（木村吉清），花は散るものを（蒲生氏郷），幻の軍師（神子田正治），男たちの渇き（前野長康），冥府の花（木下吉隆），武装商人（今井宗久），盗っ人宗湛（神屋宗湛），石鹸（石田光成），おさかべ姫（池田輝政），天神の裔（菅道長），老将（和久宗是）
『武蔵と無二斎』　2007.9　334p
　①978-4-19-892667-0
　〔内容〕武蔵と無二斎，鬼の髪，殺活，卜伝峰入り，一の太刀，あばれ絵師，柳生殺人刀

ノン・ポシェット（祥伝社）

◇柳生烈堂

『柳生烈堂　十兵衛を超えた非情剣』　1995.4　347p
　①4-396-32438-3
『柳生烈堂血風録　宿敵・連也斎の巻』　1996.1　310p
　①4-396-32483-9
『柳生烈堂　対決服部半蔵』　1996.7　296p
　①4-396-32517-7
『柳生烈堂　秘剣狩り　傑作時代小説』　1997.12　327p
　①4-396-32603-3
　〔内容〕骨喰藤四郎，大わっぱ助平，狐の太刀，巌通し，ふたご片山，妖刀村正，有情剣金道

『霧隠才蔵』　1997.1　327p
　①4-396-32550-9

『霧隠才蔵　紅の真田幸村陣』　1997.7　314p
　①4-396-32582-7
『霧隠才蔵　血闘根来忍び衆　長編時代小説』　1998.1　315p
　①4-396-32615-7

PHP文芸文庫（PHP研究所）

『軒猿の月』　2010.10　410p
　①978-4-569-67554-1
　〔内容〕軒猿の月，人魚の海，夜光木，木食上人，家紋狩り，卜伝花斬り，戦国かぶき者，子守唄
『桜と刀　俗人西行』　2016.1　198p〈『西行その「聖」と「俗」』（2012年刊）の改題，加筆・修正　文献あり　年譜あり〉
　①978-4-569-76494-8

飛天文庫（飛天出版）

『家康外法首』　1996.2　308p
　①4-89440-020-0

文春文庫（文藝春秋）

『黒衣の宰相』　2004.8　767p
　①4-16-767919-1
『黄金の華』　2006.1　489p
　①4-16-767971-X
『家康と権之丞』　2006.10　631p
　①4-16-771706-9
『壮心の夢』　2009.2　493p
　①978-4-16-775342-9
　〔内容〕うずくまる（荒木村重），桃源（赤松広通），おらんだ櫓（亀井茲矩），抜擢（木村吉清），花は散るものを（蒲生氏郷），幻の軍師（神子田正治），男たちの渇き（前野長康），冥府の花（木下吉隆），武装商人（今井宗久），盗っ人宗湛（神屋宗湛），石鹸（石田

三成），おさかべ姫（池田輝政），天神の裔（菅道真），老将（和久宗是）

『新選組魔道剣』　2009.7　278p
　①978-4-16-777302-1
　〔内容〕勇の腰痛，祇園の女，くらくら鞍馬，秘事，狐憑き，石段下の闇，古疵

『天地人　上』　2010.4　460p
　①978-4-16-777358-8

『天地人　下』　2010.4　508p
　①978-4-16-777359-5

『墨染の鎧　上』　2012.5　393p
　①978-4-16-779702-7

『墨染の鎧　下』　2012.5　447p
　①978-4-16-779703-4

『真田三代　上』　2014.11　537p〈NHK出版 2011年刊の再刊〉
　①978-4-16-790227-8

『真田三代　下』　2014.11　550p〈NHK出版 2011年刊の再刊〉
　①978-4-16-790228-5

『常在戦場』　2015.5　355p
　①978-4-16-790376-3
　〔内容〕ワタリ，井伊の虎，毒まんじゅう，梅，一輪，馬上の局，川天狗，常在戦場

聖 龍人
ひじり・りゅうと
佐賀県生まれ。日大卒。ライターを経て作家となり、時代小説や官能小説を執筆。著書に「はぐれ鷹始末帳」シリーズなど。

学研M文庫（学研パブリッシング）

『錦絵の女　楽庵先生事件帖』　2008.10　306p
　①978-4-05-900550-6

『恨みからくり　根岸の御隠居人情裁き』

2009.2　293p
　①978-4-05-900568-1

『惚れさせ若様　もののけ長屋浮世始末』　2014.4　302p〈発売：学研マーケティング〉
　①978-4-05-900878-1
　〔内容〕桔梗の謎，化け猫騒ぎ，偽の殺し，影との対決

廣済堂文庫（廣済堂出版）

◇盗っ人次郎八事件帖

『ひぐらし長屋　盗っ人次郎八事件帖　特選時代小説』　2010.3　293p
　①978-4-331-61388-7

『みだれ月　盗っ人次郎八事件帖　特選時代小説』　2010.8　303p
　①978-4-331-61405-1
　〔内容〕みだれ月，六間堀，夏のしずく，秋の葉音

◇白頭巾参上！

『冬の海火　白頭巾参上！　特選時代小説』　2011.3　288p
　①978-4-331-61423-5
　〔内容〕白頭巾参上！，燃える月，冬の海火

『闇火の舞　白頭巾参上！　特選時代小説』　2011.8　273p
　①978-4-331-61438-9
　〔内容〕一本杉，月の巣鴨村，闇火の舞

◇家なき殿さま旅日記

『家なき殿さま旅日記　特選時代小説』　2012.2　298p
　①978-4-331-61460-0
　〔内容〕家なき殿さま，闇の駕籠，雨の八木宿，虚無僧変化

『母恋雲　家なき殿さま旅日記　特選時代小説』　2012.9　287p
　①978-4-331-61481-5

『月待ち坂　家なき殿さま旅日記　特選時代小説』　2013.2　317p
①978-4-331-61514-0
〔内容〕老掏摸の涙, 酒乱, 月待ち坂, 街道の人

『お百度橋　家なき殿さま旅日記　特選時代小説』　2013.5　301p
①978-4-331-61526-3
〔内容〕小五郎と女盗人, お百度橋, 時の鐘, 花と剣

『別れの秋空　家なき殿さま旅日記　特選時代小説』　2013.10　316p
①978-4-331-61551-5

コスミック・時代文庫

（コスミック出版）

◇はぐれ隠密始末帖

『真之介活殺剣　書下ろし長編時代小説　はぐれ隠密始末帖』　2005.2　271p
〈発売：コスミックインターナショナル〉
①4-7747-2009-7

『真之介春風剣　書下ろし長編時代小説　はぐれ隠密始末帖』　2006.4　319p
〈発売：コスミックインターナショナル〉
①4-7747-2075-5

『真之介風流剣　書下ろし長編時代小説　はぐれ隠密始末帖』　2006.11　299p
①4-7747-2107-7
〔内容〕別れの朝, 剣豪の涙, 力士の誓い, 男の纏, 旅立ち, 佃の夕日

『真之介恩情剣　書下ろし長編時代小説　はぐれ隠密始末帖』　2007.3　303p
①978-4-7747-2129-3
〔内容〕迷子, 富くじの毒, お栄の失踪, 紫頭巾対白頭巾

『真之介恋情剣　書下ろし長編時代小説　はぐれ隠密始末帖』　2008.5　302p
①978-4-7747-2194-1

『真之介活殺剣　はぐれ隠密始末帖』　新装版　2010.8　335p〈2005年刊の加筆訂正, 新装版〉
①978-4-7747-2352-5
〔内容〕真之介活殺剣, 外伝 待つおんな

『真之介春風剣　傑作長編時代小説　はぐれ隠密始末帖』　2011.4　351p〈2006年刊の新装版〉
①978-4-7747-2403-4
〔内容〕真之介春風剣, ゆうがお

『真之介風流剣　書下ろし長編時代小説　はぐれ隠密始末帖』　2011.5　330p
①978-4-7747-2404-1
〔内容〕別れの朝, 剣豪の涙, 力士の誓い, 男の纏, 旅立ち, 佃の夕日, 外伝 殿さまと真之介

『真之介恩情剣　傑作長編時代小説　はぐれ隠密始末帖』　2011.10　335p
〈2007年刊の新装版〉
①978-4-7747-2448-5
〔内容〕真之介恩情剣, 月夜

◇十二支組秘命帖

『辰之介虎殺剣　書下ろし長編時代小説　十二支組秘命帖』　2007.7　287p
①978-4-7747-2147-7

『辰之介運命剣　書下ろし長編時代小説　十二支組秘命帖』　2007.11　287p
①978-4-7747-2168-2

◇殿さま浪人幸四郎

『殿さま浪人幸四郎　書下ろし長編時代小説』　2008.11　294p
①978-4-7747-2224-5
〔内容〕からくり駕籠, 雨降り重蔵, 軽業変化, 夕焼けとんび

『殿さま浪人幸四郎　哀しみ桜　書下ろし長編時代小説』　2009.3　287p
①978-4-7747-2249-8
〔内容〕六助の恋, 越してきた男, 大酒飲み大会, 哀しみ桜

『殿さま浪人幸四郎　なみだ雨　書下ろし

長編時代小説』　2009.7　311p
①978-4-7747-2268-9
〔内容〕偽物幸四郎, なみだ雨, 岡っ引き若さま, うらみ火

『殿さま浪人幸四郎　雪うさぎ　書下ろし長編時代小説』　2009.11　298p
①978-4-7747-2292-4
〔内容〕恨み晴らします, 雪うさぎ, 女だらけの武道会, 貫太郎昔語り

『殿さま浪人幸四郎　おもいで橋　書下ろし長編時代小説』　2010.3　301p
①978-4-7747-2319-8

『殿さま浪人幸四郎　まぼろしの女　書下ろし長編時代小説』　2010.7　283p
①978-4-7747-2343-3

『殿さま浪人幸四郎　へち貫の恋　書下ろし長編時代小説』　2011.1　317p
①978-4-7747-2366-2
〔内容〕牙狼の日, 角兵衛獅子の反乱, 浜吉の災難, へち貫の恋

『殿さま浪人幸四郎　わかれの空　書下ろし長編時代小説』　2011.7　301p
①978-4-7747-2413-3
〔内容〕幸四郎吉原に行く, 六助号泣, 盗人お里, わかれの空

『殿さま浪人幸四郎　お殿さま復活　書下ろし長編時代小説』　2013.3　287p
①978-4-7747-2603-8
〔内容〕お殿さま復活, 飛び出る亡霊, 井戸の茶碗, 取り違え姫

『殿さま浪人幸四郎　とむらい行灯　書下ろし長編時代小説』　2013.7　287p
①978-4-7747-2639-7
〔内容〕賭け浪人, ぬすっと簪, とむらい行灯, 甘いお裁き

『殿さま浪人幸四郎　鬼女の涙　書下ろし長編時代小説』　2013.11　293p
①978-4-7747-2673-1
〔内容〕鬼女の涙, 品川の無宿人, 海の狼, 手裏剣撃ちの娘

『殿さま浪人幸四郎　逃げる姫さま　書下ろし長編時代小説』　2014.3　279p
①978-4-7747-2711-0

〔内容〕騙されたのは誰だ, 敵と味方と男と女, 鯉の滝登り, 逃げる姫さま

『殿さま浪人幸四郎　月夜の密偵　書下ろし長編時代小説』　2014.7　293p
①978-4-7747-2748-6
〔内容〕刺客たち, 夢の塊, 月夜の密偵, 恋の辻占

『殿さま浪人幸四郎　まぼろし小判　書下ろし長編時代小説』　2014.12　269p
①978-4-7747-2792-9
〔内容〕火事場泥棒, 若旦那の嫁探し, 真剣白刃取り, まぼろし小判

『殿さま浪人幸四郎　湯けむりの殺意　書下ろし長編時代小説』　2015.4　303p
①978-4-7747-2820-9
〔内容〕六助と八助, 湯けむりの殺意, 後悔の雨, 替え玉裁き

『殿さま浪人幸四郎　裏切りの夏祭り　書下ろし長編時代小説』　2015.8　267p
①978-4-7747-2850-6
〔内容〕越後獅子の涙, 真夏の夜風, 裏切りの夏祭り, 天に昇った娘

◇快盗若さま幻四郎

『快盗若さま幻四郎　書下ろし長編時代小説』　2011.11　290p
①978-4-7747-2456-0

『快盗若さま幻四郎〔2〕宴のあと　書下ろし長編時代小説』　2012.3　280p
①978-4-7747-2493-5
〔内容〕ぬすっと悲恋, 騙り屋の恩返し, 明神小町, 宴のあと

『快盗若さま幻四郎〔3〕想い橋　書下ろし長編時代小説』　2012.9　280p
①978-4-7747-2530-7
〔内容〕因縁の壺, 消えた花嫁, 想い橋, 荒らしの内藤新宿

◇ぼんくら同心と徳川の姫

『ぼんくら同心と徳川の姫　雨あがりの恋　書下ろし長編時代小説』　2016.1　289p

聖龍人

①978-4-7747-2892-6
〔内容〕光る橋、大川端の虹、稲荷の契り、妻の誇り

『ぽんくら同心と徳川の姫〔2〕すれ違う二人　書下ろし長編時代小説』　2016.5　288p
①978-4-7747-2928-2
〔内容〕雨の訪問者、偽の駆け落ち、白い顔、すれ違う二人

『ぽんくら同心と徳川の姫〔3〕届かぬ想い　書下ろし長編時代小説』　2016.9　298p
①978-4-7747-2957-2
〔内容〕祝言船、見えぬ賊、虚ろな顔、届かぬ想い

『霞の剣　はぐれ鷹始末帳　書下ろし長編時代小説』　2005.11　302p　〈発売：コスミックインターナショナル〉
①4-7747-2054-2
〔内容〕家出娘と十郎、掏摸と十郎、人斬りと十郎、幽霊と十郎、夫婦愛と十郎、盗賊団と十郎

『おもかげ坂　お幸謎とき帖　書下ろし長編時代小説』　2006.7　287p
①4-7747-2086-0
〔内容〕消えた子ども、犬の恩返し、小太郎の恋、女芸人と若旦那、面影坂

祥伝社文庫(祥伝社)

◇気まぐれ用心棒

『深川日記　気まぐれ用心棒』　2011.6　310p
①978-4-396-33687-5

『迷子と梅干し　気まぐれ用心棒　2』　2012.9　327p
①978-4-396-33789-6
〔内容〕迷子と梅干し、絵師の恋、糸屋の嫁

◇本所若さま悪人退治

『本所若さま悪人退治』　2014.4　295p
①978-4-396-34033-9
〔内容〕本所の若さま、空飛ぶ独楽、許嫁、上弦の月

『姫君道中　本所若さま悪人退治　2』　2015.2　317p
①978-4-396-34096-4

『向日葵の涙　本所若さま悪人退治　3』　2015.9　300p
①978-4-396-34148-0

静山社文庫(静山社)

『ぶらぶら侍お助け帖適当剣法』　2012.4　285p
①978-4-86389-158-6
〔内容〕ぶらぶら浪人裏稼業、火付けの理由、掏られた恋文、仲町小町の難

宝島社文庫(宝島社)

『江戸の陰陽師　風流もののけ始末帖』　2014.6　298p
①978-4-8002-2751-5
〔内容〕狸降ろし、謎のぼんぼり屋敷、透視目事件、空の風呂敷

中公文庫(中央公論新社)

◇逃亡侍戯作手控え

『満月の夜　逃亡侍戯作手控え』　2012.2　284p
①978-4-12-205601-5
〔内容〕春の涙、女大道芸人の舞い、逃亡侍

『女難剣難　逃亡侍戯作手控え』　2012.5　280p

①978-4-12-205640-4
『晩秋の月影　逃亡侍戯作手控え』
　2012.9　311p
　①978-4-12-205696-1

中公文庫ワイド版
（中央公論新社）

◇逃亡侍戯作手控え

『満月の夜　逃亡侍戯作手控え』〔オンデ
　マンド〕2012.11　284p〈印刷・製本：
　デジタルパブリッシングサービス〉
　①978-4-12-553712-2
　〔内容〕春の涙, 女大道芸人の舞い, 逃亡侍

徳間文庫（徳間書店）

『大名時計の謎　道具屋才蔵からくり絵解
　き』　2015.5　310p
　①978-4-19-893973-1
　〔内容〕大名時計の謎, 隠し女, 消えた茶屋娘,
　印の秘密

PHP文庫（PHP研究所）

『紅色小判　女形同心事件帖』　2009.10
　202p
　①978-4-569-67314-1

二見時代小説文庫（二見書房）

◇夜逃げ若殿捕物噺

『夜逃げ若殿捕物噺　夢千両すご腕始末』
　2011.1　302p
　①978-4-576-10186-6

〔内容〕景徳鎮の謎, 魔の夕景画, 猫は知って
　いた, 想い出風車
『夢の手ほどき　夜逃げ若殿捕物噺　2』
　2011.5　298p
　①978-4-576-11059-2
『姫さま同心　夜逃げ若殿捕物噺　3』
　2011.10　309p
　①978-4-576-11113-1
『妖かし始末　夜逃げ若殿捕物噺　4』
　2012.2　290p
　①978-4-576-12009-6
　〔内容〕雪の千両箱, 逆袈裟侍, 風の約束, き
　つねの恩返し
『姫は看板娘　夜逃げ若殿捕物噺　5』
　2012.6　294p
　①978-4-576-12069-0
　〔内容〕剣術指南番, 看板娘, 根なし草の意地,
　にごり雲
『贋若殿の怪　夜逃げ若殿捕物噺　6』
　2012.11　283p
　①978-4-576-12143-7
　〔内容〕独楽の縁, 十軒店の親娘, 千太郎の贋
　者, 初冬の虫聞き
『花瓶の仇討ち　夜逃げ若殿捕物噺　7』
　2013.3　313p
　①978-4-576-13026-2
　〔内容〕花瓶の仇討ち, 偽女と贋絵, 姫の宝探
　し, 化かし合い
『お化け指南　夜逃げ若殿捕物噺　8』
　2013.7　274p
　①978-4-576-13090-3
『笑う永代橋　夜逃げ若殿捕物噺　9』
　2013.11　285p
　①978-4-576-13157-3
　〔内容〕虫聴き裁き, 笑う永代橋, 居残り姫,
　赤とんぼ
『悪魔の囁き　夜逃げ若殿捕物噺　10』
　2014.3　286p
　①978-4-576-14022-3
　〔内容〕悪魔の囁き, 小紋の秘密, 提灯怖い,
　夜泣き道祖神
『牝狐の夏　夜逃げ若殿捕物噺　11』
　2014.7　292p

①978-4-576-14083-4
　〔内容〕立てこもり, 風車, 夏の嵐, 福丸屋の謎, 牝狐の夏

『提灯殺人事件　夜逃げ若殿捕物噺　12』
　2014.11　283p
　①978-4-576-14145-9
　〔内容〕提灯殺人事件, 筆の復讐, 落ちた手柄, 黄金の壺

『華厳の刃　夜逃げ若殿捕物噺　13』
　2015.3　285p
　①978-4-576-15024-6
　〔内容〕隠密指令, 日光の出来事, 飛魚の丹治, 悪巧みの正体, 華厳の刃

『大泥棒の女　夜逃げ若殿捕物噺　14』
　2015.7　290p
　①978-4-576-15090-1
　〔内容〕大泥棒の女, 岡っ引きの涙, 満月を待つ女, 夏の舞扇

『見えぬ敵　夜逃げ若殿捕物噺　15』
　2015.11　287p
　①978-4-576-15165-6
　〔内容〕火消しの男, 謎の黒装束, 花活けの行方, 動く標的, 見えぬ敵

『踊る千両桜　夜逃げ若殿捕物噺　16』
　2016.3　311p
　①978-4-576-16028-3
　〔内容〕稲月, 城下町, あぶりだされた敵, イヌワシの正体, 惨殺, 能舞台の罠, 踊る千両桜

『火の玉同心極楽始末　木魚の駆け落ち』
　2016.7　297p
　①978-4-576-16098-6

ベスト時代文庫
（ベストセラーズ）

『ふりそで傘　女目明かしおけい捕物帖』
　2006.10　285p
　①4-584-36575-X

　〔内容〕大川百本杭, 謎の深編み笠, おけいの決断, 島次郎の嫉妬, 神奈川宿, ふりそで傘

『辻斬り橋　八坂鏡之介人情占い事件帖』
　2007.5　271p
　①978-4-584-36597-7

氷月 葵
ひづき・あおい

東京生まれ。他の筆名でフリーライターとして活躍したのち, 小説家に転向。代表作に「公事宿 裏始末」シリーズがある。

二見時代小説文庫（二見書房）

◇公事宿裏始末

『公事宿裏始末〔1〕火車廻る』　2013.9
　380p
　①978-4-576-13127-6

『公事宿裏始末　2　気炎立つ』　2014.1
　303p
　①978-4-576-13189-4

『公事宿裏始末　3　濡れ衣奉行』　2014.6　284p
　①978-4-576-14066-7

『公事宿裏始末　4　孤月の剣』　2014.10
　307p
　①978-4-576-14127-5

『公事宿裏始末　5　追っ手討ち』　2015.2　337p
　①978-4-576-15011-6

◇婿殿は山同心

『世直し隠し剣　婿殿は山同心　1』
　2015.6　332p
　①978-4-576-15071-0

『首吊り志願　婿殿は山同心　2』　2015.
　10　313p
　①978-4-576-15155-7
『けんか大名　婿殿は山同心　3』　2016.
　2　285p
　①978-4-576-16010-8

◇御庭番の二代目

『将軍の跡継ぎ　御庭番の二代目　1』
　2016.6　290p
　①978-4-576-16083-2
『藩主の乱　御庭番の二代目　2』　2016.
　10　293p
　①978-4-576-16148-8

百田　尚樹
ひゃくた・なおき
1956～

大阪府生まれ。同志社大中退。バラエティ番組の構成作家を経て、2006年「永遠の0」で小説家デビュー。2013年「海賊とよばれた男」で本屋大賞を受賞。

講談社文庫（講談社）

『影法師』　2012.6　397, 7p
　①978-4-06-277283-9

平茂　寛
ひらしげ・かん

東京農工大卒。「隈取絵師」で朝日時代小説大賞を受賞して作家デビュー。

学研M文庫（学研パブリッシング）

『暴れ茶人無頼剣』　2013.10　264p〈文献あり　発売：学研マーケティング〉
　①978-4-05-900860-6
　〔内容〕目覚めの長兵衛, 茶の湯比べ, 闘酒会

コスミック・時代文庫
（コスミック出版）

『若さま水鏡剣　書下ろし長編時代小説』
　2016.5　274p
　①978-4-7747-2930-5
　〔内容〕水鏡の剣, 御仏の光明, 疾風の断

白泉社招き猫文庫（白泉社）

『ねぼけ医者月を斬る』　2015.5　247p
　①978-4-592-83113-6

富士見新時代小説文庫
（KADOKAWA）

◇年番方筆頭事件帖

『とっぱあ与力　年番方筆頭事件帖　1』
　2014.9　262p
　①978-4-04-070296-4
『とっぱあ与力火事場の華　年番方筆頭事件帖　2』　2014.11　243p

①978-4-04-070297-1

平谷 美樹
ひらや・よしき

1960〜

岩手県生まれ。大阪芸大卒。美術教師から、2000年に作家デビュー。「風の王国」シリーズで歴史時代作家クラブ賞シリーズ賞を受賞。

角川文庫 (KADOKAWA)

◇採薬使佐平次

『採薬使佐平次』 2015.10 348p〈角川書店 2013年刊の再刊 文献あり〉
　①978-4-04-103655-6
『採薬使佐平次〔2〕将軍の象』 2016.1 409p〈『将軍の象』(角川書店 2013年刊)の改題 文献あり〉
　①978-4-04-103654-9
『採薬使佐平次〔3〕吉祥の誘惑』 2016.5 372p〈『吉祥の誘惑』(2013年刊)の改題〉
　①978-4-04-104190-1

講談社文庫 (講談社)

『小倫敦(リトル・ロンドン)の幽霊　居留地同心・凌之介秘帖』 2014.3 365p
　①978-4-06-277781-0

光文社文庫 (光文社)

◇ゴミソの鐵次調伏覚書

『萩供養　文庫書下ろし&オリジナル　ゴミソの鐵次調伏覚書』 2012.8 285p
　①978-4-334-76455-5
　〔内容〕雛ざんげ, 鈴虫牢, 萩供養, おばけ長屋の怪, 傀儡使い, 妖かし沼, 夜桜振袖, 百物語の夜
『お化け大黒　文庫書下ろし　ゴミソの鐵次調伏覚書』 2013.2 353p
　①978-4-334-76531-6
　〔内容〕梅供養, 檜舞台, 庚申待, 下燃の蟲, 飛鳥山寮, 湯屋怪談, お化け大黒, 辻斬り
『丑寅の鬼　文庫書下ろし/長編時代小説　ゴミソの鐵次調伏覚書』 2014.3 337p
　①978-4-334-76714-3

実業之日本社文庫
(実業之日本社)

『蘭学探偵岩永淳庵　海坊主と河童』 2014.8 350p
　①978-4-408-55184-5
　〔内容〕高櫓と鉄鍋, 鬼火と革紐, 吉と橘, 海坊主と河童
『蘭学探偵岩永淳庵〔2〕幽霊と若侍』 2015.6 377p
　①978-4-408-55238-5
　〔内容〕蚕と毒薬, 犬と砂, 幽霊と若侍, 球と箱

小学館文庫 (小学館)

◇修法師百夜まじない帖

『冬の蝶　修法師百夜まじない帖』 2013.12 268p

平谷美樹

①978–4–09–408885–4
〔内容〕冬の蝶, 魔物の目玉, 台所の龍, 化人の剣客, 花の宴, 漆黒の飛礫, 沓脱石, 昨夜の月

『慚愧の赤鬼　修法師百夜まじない帖　巻之2』　2014.5　268p
①978–4–09–406044–7
〔内容〕神将の怒り, 春な忘れそ, 薫風, あかしの蠟燭, 勝虫, 紅い鳥, 慚愧の赤鬼, 義士の太鼓

だいわ文庫（大和書房）

『草紙屋薬楽堂ふしぎ始末』　2016.10　309p
①978–4–479–30620–7
〔内容〕春爛漫 桜下の捕り物, 尾張屋敷 強請りの裏, 池袋の女 怪異の顛末, 師走の吉原 天狗の悪戯

白泉社招き猫文庫（白泉社）

◇貸し物屋お庸

『貸し物屋お庸〔1〕江戸娘, 店主となる』　2015.1　273p
①978–4–592–83105–1
〔内容〕一難去って, 初仕事, 桜の茶屋, 盂蘭盆会

『貸し物屋お庸〔2〕娘店主, 奔走する』　2015.5　251p
①978–4–592–83112–9
〔内容〕紙三味線, からくり簞笥, 爼の下, 貸し母

『貸し物屋お庸〔3〕娘店主, 捕物に出張る』　2016.1　278p
①978–4–592–83130–3
〔内容〕行李, 拐かし, 貸し猫探し, 亡魂の家

『貸し物屋お庸〔4〕娘店主, 想いを秘める』　2016.9　251p
①978–4–592–83138–9

〔内容〕萱草の簪, 六文銭の夜, 秋時雨の矢立, 人形, 初雪

ハルキ文庫（角川春樹事務所）

『義経になった男　1　三人の義経　時代小説文庫』　2011.6　366p
①978–4–7584–3533–8

『義経になった男　2　壇ノ浦　時代小説文庫』　2011.6　367p
①978–4–7584–3534–5

『義経になった男　3　義経北行　時代小説文庫』　2011.6　326p
①978–4–7584–3535–2

『義経になった男　4　奥州合戦　時代小説文庫』　2011.6　333p〈文献あり〉
①978–4–7584–3536–9

『風の王国　1　落日の渤海　時代小説文庫』　2012.4　311p
①978–4–7584–3648–9

『風の王国　2　契丹帝国の野望　時代小説文庫』　2012.6　309p
①978–4–7584–3668–7

『風の王国　3　東日流の御霊使　時代小説文庫』　2012.8　305p
①978–4–7584–3683–0

『風の王国　4　東日流府の台頭　時代小説文庫』　2012.10　311p
①978–4–7584–3695–3

『風の王国　5　渤海滅亡　時代小説文庫』　2012.12　319p
①978–4–7584–3709–7

『風の王国　6　隻腕の女帝　時代小説文庫』　2013.2　332p
①978–4–7584–3720–2

『風の王国　7　突欲死す　時代小説文庫』　2013.4　301p
①978–4–7584–3728–8

『風の王国　8　黄金の仮面　時代小説文庫』　2013.6　319p
①978–4–7584–3748–6

『風の王国　9　運命の足音　時代小説文庫』　2013.8　299p
①978-4-7584-3769-1

『風の王国　10　草原の風の如く　時代小説文庫』　2013.10　348p〈文献あり〉
①978-4-7584-3782-0

富士見新時代小説文庫

（KADOKAWA）

『独眼竜の忍び　伊達藩黒脛巾組　上』
2014.12　361p
①978-4-04-070437-1

『独眼竜の忍び　伊達藩黒脛巾組　下』
2014.12　308p
①978-4-04-070438-8

笛吹　明生
ふえふき・あきお

東京生まれ。成蹊大卒。「サンデー毎日」記者を経て、1996年歴史群像大賞を受賞し、2004年「退屈御家人気質　悪人釣り」で小説家デビュー。

学研M文庫（学研パブリッシング）

◇退屈御家人気質

『悪人釣り　退屈御家人気質』　2004.5　298p
①4-05-900288-7

『悪人釣り面影の月　退屈御家人気質』
2004.10　281p
①4-05-900313-1
〔内容〕かくしわざ, 金魚釣り

『悪人釣り十万坪の決闘　退屈御家人気質』　2005.3　325p
①4-05-900331-X
〔内容〕うそ寒む, わいは猫や

◇新之助気まま旅

『三人道中ともえの大浪　新之助気まま旅』　2005.7　294p
①4-05-900363-8

『夢さくら錦絵暦　新之助気まま旅』
2005.10　293p
①4-05-900381-6

◇まさかの時之助

『そっくり侍　まさかの時之助』　2006.4　323p
①4-05-900411-1
〔内容〕カルタ三昧, 横目の流し目, 頭痛の種

『にせもの侍　まさかの時之助』　2006.8　321p
①4-05-900430-8
〔内容〕仇討ちもどき, 名刀まがい, いかもの密使

◇釣り指南役覚え書

『逃げ水の淵　釣り指南役覚え書』
2009.12　285p〈発売：学研マーケティング〉
①978-4-05-900609-1
〔内容〕逃げ水, 地獄針, 掘割の壱, 掘割の弐

『光影の水際　釣り指南役覚え書』　2010.3　316p〈発売：学研マーケティング〉
①978-4-05-900629-9
〔内容〕根がかり, 放生, 洞

◇お目付役長屋控え

『なりすまし　お目付役長屋控え』
2010.10　301p〈発売：学研マーケティング〉
①978-4-05-900661-9
〔内容〕アダな仇討ち, 金貸しが仏, なりすまし

深水 越
ふかみ・えつ
1956〜

群馬県生まれ。漫画創作をしたのち、「岡場所揉めごと始末記」シリーズでデビュー。

『隠しごと　お目付役長屋控え』　2011.2
　299p〈発売：学研マーケティング〉
　①978-4-05-900679-4
　〔内容〕かばいだて、藪からヘビ、隠しごと

『心のこり　お目付役長屋控え』　2011.6
　333p〈発売：学研マーケティング〉
　①978-4-05-900698-5
　〔内容〕しかえし、身投げ、心のこり

『雨やどり　お目付役長屋控え』　2011.10
　316p〈発売：学研マーケティング〉
　①978-4-05-900717-3
　〔内容〕文づかい、食いあわせ、雨やどり

『月もおぼろに　鉄太郎日暮れ剣』
　2007.4　310p
　①978-4-05-900472-1

『箱庭の嵐　宗兼刀剣始末』　2008.2
　319p
　①978-4-05-900518-6

『世話やき侍　小普請旗本かげ裁き』
　2012.7　286p〈発売：学研マーケティング〉
　①978-4-05-900766-1

徳間文庫(徳間書店)

◇剣客稼業

『雨晴し　剣客稼業』　2009.7　285p〈著作目録あり〉
　①978-4-19-893012-7

『雨ふらし　剣客稼業』　2009.12　251p
　①978-4-19-893087-5

双葉文庫(双葉社)

◇岡場所揉めごと始末記

『九十新さん　岡場所揉めごと始末記』
　2016.1　318p
　①978-4-575-66762-2

『千弥一夜　岡場所揉めごと始末記　2』
　2016.9　333p
　①978-4-575-66795-0

福原 俊彦
ふくはら・としひこ
1977〜

東京生まれ。榎本秋名義で歴史解説書や新書、評論や解説などを数多く手掛け、2014年「裏門切手番頭秘抄」で作家デビュー。

朝日文庫(朝日新聞出版)

◇書物奉行、江戸を奔る！

『書物奉行、江戸を奔る！　新井白石の秘文書』　2015.7　287p
　①978-4-02-264783-2

『行人坂大火の策謀　書物奉行、江戸を奔る！』　2016.1　254p
　①978-4-02-264804-4
『徳川吉宗の機密書　書物奉行、江戸を奔る！』　2016.4　226p
　①978-4-02-264811-2

角川文庫（KADOKAWA）

『火の子燃ゆ　白石と大老暗殺』　2015.10　285p
　①978-4-04-070602-3

幻冬舎時代小説文庫
（KADOKAWA）

『露払い　仇討探索方控』　2016.12　270p
　①978-4-344-42561-3

宝島社文庫（宝島社）

◇家斉の料理番

『家斉の料理番』　2015.6　267p
　①978-4-8002-4138-2
『異国の御馳走　家斉の料理番』　2015.11　317p
　①978-4-8002-4556-4

徳間文庫（徳間書店）

◇平賀源内江戸長屋日記

『春風駘蕩　平賀源内江戸長屋日記〔徳間時代小説文庫〕』　2016.5　285p〈著作目録あり〉

　①978-4-19-894092-8
　〔内容〕薬品会の顛末, 神田明神芝居の始末, 松平家江戸屋敷の騒動
『青嵐薫風　平賀源内江戸長屋日記〔徳間時代小説文庫〕』　2016.8　285p〈著作目録あり〉
　①978-4-19-894134-5
　〔内容〕菓子屋立て直しの騒動, 北町奉行所同心の事情, 大名家留守居番の紛糾
『颱風秋晴　平賀源内江戸長屋日記〔徳間時代小説文庫〕』　2016.9　283p〈著作目録あり〉
　①978-4-19-894147-5
　〔内容〕源内印騙りの騒動, 源内弟子入りの騒動, 吉原女郎かぐや姫の一件

富士見新時代小説文庫
（KADOKAWA）

◇裏門切手番頭秘抄

『青雲ノ閃　裏門切手番頭秘抄　1』　2014.9　259p
　①978-4-04-070300-8
『紫電ノ兆　裏門切手番頭秘抄　2』　2014.10　259p
　①978-4-04-070301-5
『暁天ノ斗　裏門切手番頭秘抄　3』　2015.2　270p
　①978-4-04-070496-8

藤 水名子

ふじ・みなこ
1964〜

東京生まれ。日大中退。1991年「涼州賦」で小説すばる新人賞を受賞、以後中国を舞台とした作品を多く発表。

ヴィレッジブックスedge（ヴィレッジブックス）

『Destiny 桜子姫悲恋剣』 2006.2 281p
①4-7897-2716-5

講談社文庫（講談社）

『色判官絶句』 1996.6 497p
①4-06-263273-X

ハルキ文庫（角川春樹事務所）

『独孤剣 時代小説文庫』 2002.10 269p
①4-7584-3010-1

二見時代小説文庫（二見書房）

◇女剣士美涼

『枕橋の御前 女剣士美涼 1』 2012.6 281p
①978-4-576-12070-6
『姫君ご乱行 女剣士美涼 2』 2012.10 288p
①978-4-576-12147-5

◇与力・仏の重蔵

『与力・仏の重蔵 情けの剣』 2014.2 290p
①978-4-576-14011-7
『密偵（いぬ）がいる 与力・仏の重蔵 2』 2014.6 285p
①978-4-576-14067-4
『奉行闇討ち 与力・仏の重蔵 3』 2014.10 293p
①978-4-576-14128-2
『修羅の剣 与力・仏の重蔵 4』 2015.2 293p
①978-4-576-15012-3
『鬼神の微笑（ほほえみ） 与力・仏の重蔵 5』 2015.6 300p
①978-4-576-15070-3

◇旗本三兄弟事件帖

『闇公方の影 旗本三兄弟事件帖 1』 2015.10 300p
①978-4-576-15146-5
『徒目付密命 旗本三兄弟事件帖 2』 2016.2 304p
①978-4-576-16009-2
『六十万石の罠 旗本三兄弟事件帖 3』 2016.6 294p
①978-4-576-16082-5

『隠密奉行 柘植長門守 松平定信の懐刀』 2016.11 281p
①978-4-576-16164-8

藤井 邦夫
ふじい・くにお
1946〜

北海道生まれ。日大卒。時代劇の助監督や脚本家を経て、2002年小説家デビュー。代表作に「秋山久蔵御用控」シリーズなど。

朝日文庫（朝日新聞出版）

『無双流逃亡（のがれ）剣　御刀番黒木兵庫』　2013.10　294p
①978-4-02-264724-5

学研M文庫（学研パブリッシング）

◇結城半蔵事件始末

『不忠者　結城半蔵事件始末』　2008.12　308p
①978-4-05-900560-5

『御法度　結城半蔵事件始末』　2009.3　297p
①978-4-05-900576-6
〔内容〕赤蜻蛉、御法度、復讐鬼、吹溜り

『追跡者　結城半蔵事件始末』　2009.8　307p
①978-4-05-900594-0
〔内容〕追跡者、紫陽花、裏切者、生け贄

『濡れ衣　結城半蔵事件始末』　2010.9　302p〈発売：学研マーケティング〉
①978-4-05-900651-0
〔内容〕死装束、名無し、濡れ衣、籠り者

『無宿者　結城半蔵事件始末』　2012.3　286p〈発売：学研マーケティング〉
①978-4-05-900742-5
〔内容〕無宿者、助っ人、お守役、青い痣

『歳三の首』　2011.9　336p〈文献あり　発売：学研マーケティング〉
①978-4-05-900715-9

幻冬舎時代小説文庫（幻冬舎）

『三匹の浪人』　2016.6　346p
①978-4-344-42493-7
〔内容〕さらば、江戸よ、女郎坂、返り討ち、御金蔵破り

幻冬舎文庫（幻冬舎）

◇閻魔亭事件草紙

『夏は陽炎　閻魔亭事件草紙』　2008.6　292p
①978-4-344-41147-0
〔内容〕春は朧に、夏は陽炎、秋は泡沫、冬は風花

『迷い花　閻魔亭事件草紙』　2009.6　298p
①978-4-344-41319-1
〔内容〕霰小紋の女、切支丹の女、草双紙の女、密告する女

『婿養子　閻魔亭事件草紙　幻冬舎時代小説文庫』　2010.6　319p
①978-4-344-41495-2
〔内容〕日陰花、婿養子、恨み舟、百合鷗

『四人雀　お江戸吉原事件帖』　2007.10　292p
①978-4-344-41042-8

藤井邦夫

廣済堂文庫（廣済堂出版）

◇日暮左近事件帖

『陽炎斬刃剣　日暮左近事件帖　特選時代
　小説』　2002.7　309p
　①4-331-60947-2

『無明暗殺剣　日暮左近事件帖　特選時代
　小説』　2003.5　322p
　①4-331-61006-3

『愛染夢想剣　日暮左近事件帖　特選時代
　小説』　2004.6　341p
　①4-331-61099-3

『陽炎斬刃剣　日暮左近事件帖　特選時代
　小説』　改訂版　2010.1　336p〈初
　版：廣済堂出版2002年刊〉
　①978-4-331-61380-1

『無明暗殺剣　日暮左近事件帖　特選時代
　小説』　改訂版　2010.2　347p〈初
　版：廣済堂出版2003年刊〉
　①978-4-331-61384-9

『愛染夢想剣　日暮左近事件帖　特選時代
　小説』　改訂版　2010.3　371p〈初
　版：廣済堂出版2004年刊〉
　①978-4-331-61390-0

『化粧面　日暮左近事件帖　特選時代小
　説』　2010.4　291p
　①978-4-331-61394-8
　〔内容〕吟味人, 化粧面, 流離い, 活殺剣

『修羅活人剣　日暮左近事件帖　特選時代
　小説』　2012.6　283p
　①978-4-331-61476-1
　〔内容〕修羅活人剣, 白い虎, 狸堂異聞

光文社文庫（光文社）

◇評定所書役・柊左門裏仕置

『坊主金　長編時代小説　評定所書役・柊
　左門裏仕置　1〔光文社時代小説文庫〕』

2009.9　289p
　①978-4-334-74651-3

『鬼夜叉　長編時代小説　評定所書役・柊
　左門裏仕置　2〔光文社時代小説文庫〕』
　2010.4　287p
　①978-4-334-74765-7
　〔内容〕仕官話, 鬼夜叉, 裏稼業, 勘違い

『見殺し　長編時代小説　評定所書役・柊
　左門裏仕置　3〔光文社時代小説文庫〕』
　2010.8　294p
　①978-4-334-74824-1
　〔内容〕悪坊主, 暴れ馬, 鏡ヶ池, 見殺し

『見聞組　長編時代小説　評定所書役・柊
　左門裏仕置　4』　2011.7　290p
　①978-4-334-74961-3
　〔内容〕黒文字, 死に様, 親父橋, 見聞組

『始末屋　長編時代小説　評定所書役・柊
　左門裏仕置　5〔光文社時代小説文庫〕』
　2011.10　304p
　①978-4-334-76319-0
　〔内容〕極楽亭, 神楽坂, 始末屋, 秋の風

『綱渡り　長編時代小説　評定所書役・柊
　左門裏仕置　6〔光文社時代小説文庫〕』
　2012.2　316p
　①978-4-334-76370-1
　〔内容〕夜逃げ, 馬の骨, 春の嵐, 綱渡り

『死に様　文庫書下ろし/長編時代小説
　評定所書役・柊左門裏仕置　7』
　2012.7　307p
　①978-4-334-76425-8

◇乾蔵人隠密秘録

『彼岸花の女　文庫書下ろし/長編時代小
　説　乾蔵人隠密秘録　1』　2012.10
　315p
　①978-4-334-76473-9
　〔内容〕本所業平橋, 大蛸の義平, 斬り抜ける,
　　彼岸花の女

『田沼の置文　文庫書下ろし/長編時代小
　説　乾蔵人隠密秘録　2』　2013.2
　301p
　①978-4-334-76537-8

〔内容〕娘生き人形, 酔いどれ女, 田沼の置文

『隠れ切支丹　文庫書下ろし/長編時代小
　説　乾蔵人隠密秘録　3』　2013.6
　297p
　①978-4-334-76585-9
　〔内容〕秋風に散る, 極楽亭始末, 隠れ切支丹

『河内山異聞　文庫書下ろし/長編時代小
　説　乾蔵人隠密秘録　4』　2013.9
　298p
　①978-4-334-76622-1
　〔内容〕仕置屋の女, 紫陽花長屋, 河内山異聞

『政宗の密書　文庫書下ろし/長編時代小
　説　乾蔵人隠密秘録　5』　2013.11
　299p
　①978-4-334-76653-5
　〔内容〕密告する女, 忘れ去り候, 政宗の密書

『家光の陰謀　文庫書下ろし/長編時代小
　説　乾蔵人隠密秘録　6』　2014.3
　298p
　①978-4-334-76713-6
　〔内容〕犬, 内通者, いろは茶屋, 家光の陰謀

『百万石遺聞　文庫書下ろし/長編時代小
　説　乾蔵人隠密秘録　7』　2014.6
　292p
　①978-4-334-76753-2
　〔内容〕未練者始末, 楽しい末路, 百万石遺聞

『忠臣蔵秘説　文庫書下ろし/長編時代小
　説　乾蔵人隠密秘録　8』　2014.10
　285p
　①978-4-334-76818-8
　〔内容〕三十郎仕置, 左万字の謎, 忠臣蔵秘説

◇御刀番左京之介

『御刀番　左京之介妖刀始末　文庫書下ろ
　し/長編時代小説』　2015.5　311p
　①978-4-334-76913-0

『来国俊　文庫書下ろし/長編時代小説
　御刀番左京之介　2』　2015.9　306p
　①978-4-334-76970-3

『数珠丸恒次　文庫書下ろし/長編時代小
　説　御刀番左京之介　3』　2016.1
　310p

　①978-4-334-77233-8

『虎徹入道　文庫書下ろし/長編時代小説
　御刀番左京之介　4〔光文社時代小説文
　庫〕』　2016.5　318p
　①978-4-334-77298-7

『五郎正宗　文庫書下ろし/長編時代小説
　御刀番左京之介　5〔光文社時代小説文
　庫〕』　2016.9　319p
　①978-4-334-77358-8

祥伝社文庫（祥伝社）

◇素浪人稼業

『素浪人稼業　時代小説』　2007.4　308p
　①978-4-396-33353-9
　〔内容〕その首十石, 御隠居始末, 仇討ち異聞,
　　身投げ志願

『にせ契り　時代小説　素浪人稼業』
　2007.12　318p
　①978-4-396-33402-4
　〔内容〕不義密通, 一日一分, やっかい叔父,
　　にせ契り

『逃れ者　時代小説　素浪人稼業』
　2008.10　305p
　①978-4-396-33463-5
　〔内容〕昔の男, 逃れ者, 取立屋, 裏の顔

『蔵法師　時代小説　素浪人稼業　4』
　2009.4　305p
　①978-4-396-33493-2
　〔内容〕駕籠昇, 蔵法師, 献残屋, 便り屋

『命懸け　時代小説　素浪人稼業　5』
　2009.10　304p
　①978-4-396-33538-0
　〔内容〕命懸け, 笑う女, 家灯り, 用心棒

『破れ傘　時代小説　素浪人稼業　6』
　2010.7　304p
　①978-4-396-33602-8
　〔内容〕破れ傘, 焼き芋, 福の神

『死に神　素浪人稼業　7』　2011.4
　304p

藤井邦夫

①978-4-396-33668-4
〔内容〕死に神, 敵持ち, 弟捜し, 果し状

『銭十文 書下ろし 素浪人稼業 8』
2013.3 306p
①978-4-396-33827-5
〔内容〕影武者, 悪餓鬼, 銭十文, 助太刀

『迷い神 素浪人稼業 9』 2014.2
314p
①978-4-396-34014-8
〔内容〕御隠居, 酒一升, 迷い神, 立ち腹

『岡惚れ 素浪人稼業 10』 2014.7
306p
①978-4-396-34056-8
〔内容〕悪い夢, 岡惚れ, 狸親父, 鬼百合

『にわか芝居 素浪人稼業 11』 2015.2
320p
①978-4-396-34095-7
〔内容〕横恋慕, 宝探し, 蚊遣り, 俄芝居

『開帳師 素浪人稼業 12』 2015.7
316p
①978-4-396-34138-1
〔内容〕開帳師, 師範代, 莫蓮女, 銀流し

『隙間風 素浪人稼業 13』 2016.7
322p
①978-4-396-34232-6
〔内容〕隙間風, 便り屋, 父の敵, 亭主殺し

双葉文庫 (双葉社)

◇知らぬが半兵衛手控帖

『姿見橋 知らぬが半兵衛手控帖』
2006.2 317p
①4-575-66230-5
〔内容〕寒椿, 古傷, 波紋, 汚名

『投げ文 知らぬが半兵衛手控帖』
2006.6 324p
①4-575-66244-5
〔内容〕勾かし, 残り火, 雨宿り, 投げ文

『半化粧 知らぬが半兵衛手控帖』
2006.8 317p

①4-575-66253-4
〔内容〕半化粧, 閻魔堂, 御落胤, 風車

『辻斬り 知らぬが半兵衛手控帖』
2006.12 324p
①4-575-66262-3
〔内容〕迷い道, 乱れ髪, 妻恋坂, 辻斬り

『乱れ華 知らぬが半兵衛手控帖』
2007.5 322p
①978-4-575-66283-2
〔内容〕乱れ華, 恨み蝶, 玉の輿, 立篭り

『通い妻 知らぬが半兵衛手控帖』
2008.2 306p
①978-4-575-66319-8

『籠の鳥 知らぬが半兵衛手控帖』
2008.9 314p
①978-4-575-66346-4
〔内容〕赤い蝶, 出来心, 籠の鳥, 強請り

『離縁状 知らぬが半兵衛手控帖』
2009.2 311p
①978-4-575-66368-6
〔内容〕脅し文, 離縁状, 紙風船, むく鳥

『捕違い 知らぬが半兵衛手控帖』
2009.7 307p
①978-4-575-66390-7
〔内容〕捕違い, 迷い道, 十五夜, 二枚目

『無縁坂 知らぬが半兵衛手控帖』
2009.10 319p
①978-4-575-66404-1
〔内容〕無縁坂, 赤い花, 勾引し, 戻り橋

『雪見酒 知らぬが半兵衛手控帖』
2010.1 312p
①978-4-575-66425-6
〔内容〕律義者, 逆恨み, 雪見酒, 父ゃん

『迷い猫 知らぬが半兵衛手控帖』
2010.5 309p
①978-4-575-66443-0
〔内容〕裏の裏, 迷い猫, 半端者, 三行半

『秋日和 知らぬが半兵衛手控帖』
2010.10 313p
①978-4-575-66466-9
〔内容〕秋日和, 雪時雨, 罰当り, 冬の日

『詫び状 知らぬが半兵衛手控帖』

2011.5　316p
①978-4-575-66500-0
〔内容〕冬の夜, 詫び状, 貧乏神, 花吹雪

『五月雨　知らぬが半兵衛手控帖』
2011.8　312p
①978-4-575-66514-7
〔内容〕五月雨, 身代り, 腐れ縁, 妻恋坂

『渡り鳥　知らぬが半兵衛手控帖』
2011.12　310p
①978-4-575-66536-9
〔内容〕渡り鳥, 出稼ぎ, 立ち腹, 献上品

『夕映え　知らぬが半兵衛手控帖』
2012.4　322p
①978-4-575-66558-1
〔内容〕春一番, 花見客, 夕映え, 蚊遣り

『主殺し　知らぬが半兵衛手控帖』
2012.9　318p
①978-4-575-66579-6
〔内容〕主殺し, 落し物, 鼻摘み, 金づる

『忘れ雪　知らぬが半兵衛手控帖』
2013.1　315p
①978-4-575-66598-7
〔内容〕生き恥, 忘れ雪, 仁徳者, 噂の女

『夢芝居　知らぬが半兵衛手控帖』
2013.5　331p
①978-4-575-66610-6
〔内容〕昔馴染, 女誑し, 幽霊花, 夢芝居

◇日溜り勘兵衛極意帖

『眠り猫　日溜り勘兵衛極意帖』　2014.1
307p
①978-4-575-66647-2
〔内容〕眠り猫, 時雨の岡, 外道狩り, 如何様観音

『仕掛け蔵　日溜り勘兵衛極意帖』
2014.5　306p
①978-4-575-66667-0
〔内容〕仕掛け蔵, 札付き, 拐かす, 妖怪の首

『賞金首　日溜り勘兵衛極意帖』　2014.9
310p
①978-4-575-66683-0
〔内容〕賞金首, 座敷牢, お墨付, 菩薩の喜十

『偽者始末　日溜り勘兵衛極意帖』
2014.11　310p
①978-4-575-66695-3
〔内容〕見張り蔵, 偽者始末, 化けの皮, 恨み節

『亡八仕置　日溜り勘兵衛極意帖』
2015.6　307p
①978-4-575-66726-4
〔内容〕亡八仕置, 贋作正宗, 悪運の女, 駆っ込み

『盗賊狩り　日溜り勘兵衛極意帖』
2015.10　300p
①978-4-575-66741-7
〔内容〕雪時雨, 盗賊狩り, 老黒猫, 花見時

『贋金作り　日溜り勘兵衛極意帖』
2016.2　309p
①978-4-575-66763-9
〔内容〕贋金作り, 八百比丘尼, 目撃者, 通りゃんせ

『盗賊の首　日溜り勘兵衛極意帖』
2016.6　311p
①978-4-575-66780-6
〔内容〕初秋, 闇に秘める, 盗賊の首, 囲われ女

『冬の螢　日溜り勘兵衛極意帖』　2016.
10　311p
①978-4-575-66796-7

『押込み始末　日溜り勘兵衛極意帖』
2016.11　301p
①978-4-575-66799-8

◇柳橋の弥平次捕物噺

『影法師　柳橋の弥平次捕物噺　1』
2014.8　325p〈二見時代小説文庫 2006
年刊の加筆訂正〉
①978-4-575-66679-3
〔内容〕影法師, 藪入り, 大八車, 猫ばば

『祝い酒　柳橋の弥平次捕物噺　2』
2014.9　317p〈二見時代小説文庫 2007
年刊の加筆訂正〉
①978-4-575-66684-7
〔内容〕思案橋, 祝い酒, 捨て子, 入墨者

『宿無し　柳橋の弥平次捕物噺　3』
2014.10　303p〈二見時代小説文庫

藤井邦夫

2008年刊の加筆訂正〉
①978-4-575-66689-2
〔内容〕宿無し, 張込み, 権兵衛, 人殺し
『道連れ　柳橋の弥平次捕物噺　4』
2014.11　314p〈二見時代小説文庫
2009年刊の加筆訂正〉
①978-4-575-66696-0
〔内容〕両国橋, 道連れ, 償い, 殺意
『裏切り　柳橋の弥平次捕物噺　5』
2014.12　310p〈二見時代小説文庫
2010年刊の加筆訂正〉
①978-4-575-66700-4
〔内容〕裏切り, 逢引き, 猿子橋, 想い人
『愚か者　柳橋の弥平次捕物噺　6』
2015.1　315p
①978-4-575-66708-0
〔内容〕愚か者, 子守唄, 悪い噂, 足洗い

『歳三の首』　2015.11　336p〈学研M文庫 2011年刊の加筆訂正　文献あり〉
①978-4-575-66749-3

二見時代小説文庫(二見書房)

◇柳橋の弥平次捕物噺

『影法師　柳橋の弥平次捕物噺』　2006.11　319p
①4-576-06176-3
〔内容〕影法師, 薮入り, 大八車, 猫ばば
『祝い酒　柳橋の弥平次捕物噺　2』
2007.7　311p
①978-4-576-07125-1
〔内容〕思案橋, 祝い酒, 捨て子, 入墨者
『宿無し　柳橋の弥平次捕物噺　3』
2008.11　296p
①978-4-576-08163-2
〔内容〕宿無し, 張込み, 権兵衛, 人殺し
『道連れ　柳橋の弥平次捕物噺　4』

2009.5　311p
①978-4-576-09065-8
〔内容〕両国橋, 道連れ, 償い, 殺意
『裏切り　柳橋の弥平次捕物噺　5』
2010.2　303p
①978-4-576-10023-4
〔内容〕裏切り, 逢引き, 猿子橋, 想い人

文春文庫(文藝春秋)

◇養生所見廻り同心神代新吾事件覚

『指切り　養生所見廻り同心神代新吾事件覚』　2011.1　314p
①978-4-16-780501-2
〔内容〕指切り, 待ち人, 地蔵堂, 渡世人
『花一匁　養生所見廻り同心神代新吾事件覚』　2011.2　318p
①978-4-16-780502-9
〔内容〕手遅れ, 花一匁, 嘘つき, 狐憑き
『心残り　養生所見廻り同心神代新吾事件覚』　2011.3　308p
①978-4-16-780503-6
〔内容〕心残り, 赤い桜, 曲り角, 残り火
『淡路坂　養生所見廻り同心神代新吾事件覚』　2011.8　325p
①978-4-16-780504-3
〔内容〕花曇り, 見舞客, 紫陽花, 淡路坂
『人相書　養生所見廻り同心神代新吾事件覚』　2012.4　330p
①978-4-16-780507-4
〔内容〕秋の風, 人相書, 雪化粧, 木戸番

◇秋山久蔵御用控

『傀儡師　秋山久蔵御用控』　2011.12　327p
①978-4-16-780505-0
〔内容〕傀儡師, 闇討ち, 花明り, 身投げ
『神隠し　秋山久蔵御用控』　2012.3　323p
①978-4-16-780506-7

〔内容〕神隠し, 伽羅香, 切放し, 狐憑き, 幽霊

『帰り花　秋山久蔵御用控』　2012.5
329p
①978-4-16-780508-1
〔内容〕暗闘, 泡沫, 鬼女, 雀凧, 切腹

『迷子石　秋山久蔵御用控』　2012.6
341p 〈ベスト時代文庫 2005年間の再
刊〉
①978-4-16-780509-8
〔内容〕幻の女, 疫病神, 昔の女, 生証人, 迷
子石

『埋み火　秋山久蔵御用控』　2012.7
321p 〈ベスト時代文庫 2005年刊の再
刊〉
①978-4-16-780510-4
〔内容〕凶剣, 遺恨, 埋み火, 密告

『余計者　秋山久蔵御用控』　2012.8
330p
①978-4-16-780511-1
〔内容〕垂込み, 生き様, 暑い日, 余計者

『空ろ蝉　秋山久蔵御用控』　2012.9
335p
①978-4-16-780512-8
〔内容〕恨み坂, 空ろ蝉, 樽流れ, 仕舞湯

『彼岸花　秋山久蔵御用控』　2012.10
331p 〈ベスト時代文庫 2005年刊の再
刊〉
①978-4-16-780513-5
〔内容〕彼岸花, 土壇場, 美人局, 妻敵討

『乱れ舞　秋山久蔵御用控』　2012.11
333p 〈ベスト時代文庫 2006年刊の再
刊〉
①978-4-16-780514-2
〔内容〕乱れ舞, 腐れ縁, 名残雪, 思案橋

『付け火　秋山久蔵御用控』　2012.12
329p
①978-4-16-780515-9
〔内容〕藪医者, 木枯し, 付け火, 野良犬

『花始末　秋山久蔵御用控』　2013.1
316p 〈ベスト時代文庫 2006年刊の再
刊〉
①978-4-16-780516-6

〔内容〕始末人, 伽羅香, 大黒天, 乱れ雲, 紫
陽花

『騙り者　秋山久蔵御用控』　2013.2
323p 〈ベスト時代文庫 2007年刊の再
刊〉
①978-4-16-780517-3
〔内容〕挑む女, 忍び口, 騙り者, 大捕物

『赤い馬　秋山久蔵御用控』　2013.3
316p 〈ベスト時代文庫 2007年刊の再
刊〉
①978-4-16-780518-0
〔内容〕残り火, 赤い馬, 駆落ち, 付け文

『大禍時　秋山久蔵御用控』　2013.4
324p
①978-4-16-780519-7
〔内容〕裏切り, 性悪女, 後始末, 大禍時

『後添え　秋山久蔵御用控』　2013.5
290p 〈ベスト時代文庫 2008年刊の再
刊〉
①978-4-16-780520-3
〔内容〕御法度, 後添え, 恋坊主

『隠し金　秋山久蔵御用控』　2013.6
308p 〈ベスト時代文庫 2010年刊の再
刊〉
①978-4-16-780521-0
〔内容〕隠し金, 化粧花, 乱心者, 子守唄

『垂込み　秋山久蔵御用控』　2013.8
329p
①978-4-16-780522-7
〔内容〕初節句, 奥医師, 権兵衛, 垂込み

『虚け者　秋山久蔵御用控』　2013.12
330p
①978-4-16-780523-4
〔内容〕窩主買, 割り符, 虚け者, 尾行者

『口封じ　秋山久蔵御用控』　2014.1
293p 〈ベスト時代文庫 2011年刊の再
刊〉
①978-4-16-790008-3
〔内容〕隠れ蓑, 日限尋, 口封じ

『花飾り　秋山久蔵御用控』　2014.4
329p
①978-4-16-790069-4

藤井邦夫

〔内容〕長い日, 助太刀, 皆殺し, 花飾り

『無法者　秋山久蔵御用控』　2014.8
316p
①978-4-16-790159-2

『島帰り　秋山久蔵御用控』　2014.12
324p
①978-4-16-790245-2
〔内容〕計り事, 島帰り, 取立屋, 大掃除

『生き恥　秋山久蔵御用控』　2015.4
322p
①978-4-16-790344-2
〔内容〕達磨凧, 生き恥, 上意討, 巻添え

『守り神　秋山久蔵御用控』　2015.8
332p
①978-4-16-790425-8
〔内容〕邪魔者, 人違い, 守り神, 腐れ縁

『始末屋　秋山久蔵御用控』　2015.12
327p
①978-4-16-790511-8
〔内容〕棄て子, 始末屋, 失踪者, 呉服橋

『冬の椿　秋山久蔵御用控』　2016.4
327p
①978-4-16-790589-7
〔内容〕臆病神, 冬の椿, 木戸番, 落し前

『夕涼み　秋山久蔵御用控』　2016.8
328p
①978-4-16-790681-8
〔内容〕忠義者, 夕涼み, 厩河岸, 捕物出役

『煤払い　秋山久蔵御用控』　2016.12
317p
①978-4-16-790750-1

ベスト時代文庫

(ベストセラーズ)

◇秋山久蔵御用控

『神隠し　秋山久蔵御用控』　2004.9
299p
①4-584-36512-1

〔内容〕神隠し, 伽羅香, 切放し, 狐憑き, 幽霊

『帰り花　秋山久蔵御用控』　2004.12
303p
①4-584-36518-0
〔内容〕暗闘, 泡沫, 鬼女, 雀凧, 切腹

『迷子石　秋山久蔵御用控』　2005.3
317p
①4-584-36524-5
〔内容〕幻の女, 疫病神, 昔の女, 生証人, 迷子石

『埋み火　秋山久蔵御用控』　2005.6
299p
①4-584-36535-0
〔内容〕凶剣, 遺恨, 埋み火, 密告

『空ろ蝉　秋山久蔵御用控』　2005.8
313p
①4-584-36539-3
〔内容〕恨み坂, 空ろ蝉, 樽流れ, 仕舞湯

『彼岸花　秋山久蔵御用控』　2005.12
307p
①4-584-36548-2
〔内容〕彼岸花, 土壇場, 美人局, 妻敵討

『乱れ舞　秋山久蔵御用控』　2006.5
309p
①4-584-36556-3
〔内容〕乱れ舞, 腐れ縁, 名残雪, 思案橋

『花始末　秋山久蔵御用控』　2006.9
293p
①4-584-36570-9
〔内容〕始末人, 伽羅香, 大黒天, 乱れ雲, 紫陽花

『騙り者　秋山久蔵御用控』　2007.2
301p
①978-4-584-36584-7
〔内容〕挑む女, 忍び口, 騙り者, 大捕物

『赤い馬　秋山久蔵御用控』　2007.10
293p
①978-4-584-36612-7
〔内容〕残り火, 赤い馬, 駆落ち, 付け文

『後添え　秋山久蔵御用控』　2008.6
295p
①978-4-584-36636-3

354　歴史時代小説文庫総覧 現代の作家

〔内容〕御法度, 後添え, 恋坊主

『隠し金　秋山久蔵御用控』　2010.1
　314p
　①978-4-584-36674-5
〔内容〕隠し金, 化粧花, 乱心者, 子守唄

『口封じ　秋山久蔵御用控』　2011.1
　299p
　①978-4-584-36693-6
〔内容〕隠れ蓑, 日限尋, 口封じ

藤井 龍
ふじい・りゅう

阪大卒。行政書士から作家となる。代表作に「若さま剣客」シリーズ。

コスミック・時代文庫
（コスミック出版）

◇若さま剣客一色綾之丞

『若さま剣客一色綾之丞〔1〕世嗣の子　書下ろし長編時代小説』　2015.8　307p
　①978-4-7747-2852-0
〔内容〕拐かし, 曼珠沙華の女, 紅蓮の先に, 落胤

『若さま剣客一色綾之丞〔2〕家慶暗殺　書下ろし長編時代小説』　2016.2　310p
　①978-4-7747-2900-8
〔内容〕暗雲, 無残花, 恥辱, 家慶暗殺

『若さま剣客一色綾之丞〔3〕雨中の決闘　書下ろし長編時代小説』　2016.9　316p
　①978-4-7747-2961-9
〔内容〕序, 新たなる縁, 陰雨, 死闘

藤谷 治
ふじたに・おさむ
1963～

東京生まれ。日大卒。書店経営を経て、2003年「アンダンテ・モッツァレラ・チーズ」で小説家デビュー。2014年織田作之助賞を受賞。

小学館文庫（小学館）

『またたび峠』　2009.4　390p〈文献あり〉
　①978-4-09-408374-3

藤村 与一郎
ふじむら・よいちろう
1957～

東京生まれ。ニューヨーク大学大学院修了。2009年に作家デビューし、翌年「鮫巻き直四郎役人狩り」で歴史群像大賞最優秀賞を受賞。

学研M文庫（学研パブリッシング）

◇鮫巻き直四郎役人狩り

『鮫巻き直四郎役人狩り』　2010.7　361p
〈発売：学研マーケティング〉
　①978-4-05-900645-9
〔内容〕深川仲町・身請け勝負, 首振り美女, 野菊と小菊

『鮫巻き直四郎役人狩り　流離の花』
2011.3　304p〈発売：学研マーケティング〉

藤村与一郎

①978-4-05-900684-8
〔内容〕流離の花、跡取りの顔、天保銭に落ちる涙

◇若様侍始末帖

『二天の剣　若様侍始末帖』　2011.10　310p〈発売：学研マーケティング〉
①978-4-05-900718-0
〔内容〕上野山の怪、浅茅が原、修羅に向かう春

『陰陽師破り　若様侍始末帖』　2012.5　310p〈発売：学研マーケティング〉
①978-4-05-900757-9
〔内容〕大川の幽霊船、妖刀村正、上野・鐘楼堂の殺人

『極楽とんぼ事件帖　天狗狩り』　2013.6　309p〈発売：学研マーケティング〉
①978-4-05-900839-6
〔内容〕ひとめ惚れ、魂依姫、天狗狩り、風津波

廣済堂文庫（廣済堂出版）

◇江戸の六文銭

『江戸の六文銭　特選時代小説』　2010.6　317p
①978-4-331-61400-6
〔内容〕江戸の六文銭、吼える異形

『葉月の縁談　江戸の六文銭　特選時代小説』　2011.2　333p
①978-4-331-61421-1
〔内容〕浅草今戸・松籟荘の殺人、六文銭の質種、葉月の縁談

『天馬の厩戸　江戸の六文銭　特選時代小説』　2011.8　327p
①978-4-331-61439-6
〔内容〕天馬の厩戸、真葛の光、夜嵐お冴と羽衣お絹、水野と水野

◇金さん銀さん捕物帳

『遠山兄弟桜　金さん銀さん捕物帳　特選時代小説』　2012.9　315p
①978-4-331-61490-7

『お軽の涙　金さん銀さん捕物帳　特選時代小説』　2013.8　319p
①978-4-331-61540-9
〔内容〕消えた言上帳、湯島天神・源氏座の殺人、お軽の涙、世田谷村の鷺草

コスミック・時代文庫（コスミック出版）

◇殿は替え玉

『殿は替え玉　松平玉三郎殿さま草紙　書下ろし長編時代小説』　2012.11　333p
①978-4-7747-2567-3
〔内容〕小梅の歌垣、羽州からきた姉妹、坊主金、赤い石榴の絵馬

『殿は替え玉〔2〕両面小町　書下ろし長編時代小説』　2013.5　327p
①978-4-7747-2622-9

『殿は替え玉〔3〕最高のふたり　書下ろし長編時代小説』　2013.9　318p
①978-4-7747-2657-1
〔内容〕伊勢の山田羽書、青梅の実る庭、天国小三郎のこと、最高のふたり

◇落ちぶれ同心と将軍さま

『落ちぶれ同心と将軍さま〔1〕まほろしの声　書下ろし長編時代小説』　2014.2　302p
①978-4-7747-2703-5
〔内容〕上さま、江戸城を出る、番町あやかし池、まほろしの声、父ふたり

『落ちぶれ同心と将軍さま〔2〕蜂のひと刺し　書下ろし長編時代小説』　2014.6　315p
①978-4-7747-2737-0

〔内容〕石見銀山—鼠狩り, 餞の高麗茶碗, 懐かしい佳人, 蜂のひと刺し, 枕絵に寄せる想いを

『落ちぶれ同心と将軍さま〔3〕想い笛　書下ろし長編時代小説』　2014.10　316p
①978-4-7747-2774-5
〔内容〕飛脚の罠, お奈美のいく道, 守り刀, 想い笛

『落ちぶれ同心と将軍さま〔4〕上さま危機一髪　書下ろし長編時代小説』
2015.2　311p
①978-4-7747-2807-0
〔内容〕横車, ふたりの軍師, 死人と添う女, 上さま危機一髪

『落ちぶれ同心と将軍さま〔5〕影踏みの秘剣　書下ろし長編時代小説』　2015.7　327p
①978-4-7747-2843-8
〔内容〕影踏みの秘剣, 謎の遺状, 真鈴の客, 梅咲くころに, 上さまの憂鬱

『落ちぶれ同心と将軍さま〔6〕とらわれた家斉　書下ろし長編時代小説』
2015.12　325p
①978-4-7747-2884-1
〔内容〕遊里案内茶屋, 将軍の手妻, 侍女の乳房, とらわれた家斉

『落ちぶれ同心と将軍さま〔7〕旅立ちの花　書下ろし長編時代小説』　2016.4　311p
①978-4-7747-2922-0
〔内容〕真鈴の許婚, 磯八の改心, のめりこむ女, 旅立ちの花

◇天神長屋事件帖

『若さま双剣裁き　書下ろし長編時代小説　天神長屋事件帖』　2016.8　319p
①978-4-7747-2951-0
〔内容〕火事場の若さま, 浄瑠璃坂に死す, 姫さま人形, 化け猫屋敷の怪

静山社文庫（静山社）

『姫さま同心控帖名刀菊一文字』　2012.3　253p
①978-4-86389-156-2
〔内容〕天下の名刀, 橘町の黒鬼, 消えた五百両, 面影の鏡

宝島社文庫（宝島社）

『招き鳥同心詠月兼四郎』　2015.5　319p
①978-4-8002-4069-9
〔内容〕有り得ない罠, 凶賊・須走り判官, 空の米蔵

徳間文庫（徳間書店）

◇夫婦隠密行

『野分の剣　夫婦隠密行』　2012.7　349p
①978-4-19-893581-8

『副将軍の奸計　夫婦隠密行』　2013.5　333p
①978-4-19-893692-1

白泉社招き猫文庫（白泉社）

『振り子のお稲　水晶占い捕物噺』　2015.9　287p
①978-4-592-83122-8
〔内容〕それぞれのさだめ, 麻布・和泉庵の水, 二八殺し, 時を紡ぐ糸

PHP文芸文庫（PHP研究所）

◇帳合屋音次郎取引始末

『将軍の切り花　帳合屋音次郎取引始末』
　2013.2　334p
　①978-4-569-67940-2
　〔内容〕将軍の切り花, 大直しの酒, 砂糖の色
『大福帳の狩人　帳合屋音次郎取引始末』
　2014.5　331p
　①978-4-569-76182-4
　〔内容〕呂宋の壺, 危ない読売, 落とし文, 大
　福帳の狩人

富士見新時代小説文庫
（KADOKAWA）

『縁切り屋要介人情控　1』　2014.10
　290p
　①978-4-04-070368-8
　〔内容〕謎の海坊主, 異形の旗本, 狐憑き落
　とし

ベスト時代文庫
（ベストセラーズ）

◇影与力小野炎閻魔帳

『囁く駒鳥　影与力小野炎閻魔帳』
　2009.5　317p
　①978-4-584-36658-5
　〔内容〕小夜町江戸暦, 囁く駒鳥
『一期一振　影与力小野炎閻魔帳』
　2009.8　316p
　①978-4-584-36667-7
　〔内容〕一期一振, 月ノ岬寮の怪
『夜叉と天女　影与力小野炎閻魔帳』
　2009.12　310p

　①978-4-584-36673-8
　〔内容〕御隠殿の天女, ふしぎ雷獣屋敷

藤原　緋沙子
ふじわら・ひさこ
1947～

高知県生まれ。立命館大卒。脚本家を
経て、「雁の宿 隅田川御用帳」で時代
小説家としてデビュー。代表作に「隅
田川御用帳」シリーズなど。

学研M文庫（学研パブリッシング）

『花鳥』　2005.9　349p〈廣済堂出版
2004年刊の増訂〉
　①4-05-900374-3

廣済堂文庫（廣済堂出版）

◇隅田川御用帳

『雁の宿　隅田川御用帳　特選時代小説』
　2002.12　313p
　①4-331-60979-0
　〔内容〕裁きの宿, 鬼の棲家, 蟬しぐれ, 不義
　の花始末
『花の闇　隅田川御用帳　特選時代小説』
　2003.3　315p
　①4-331-61000-4
　〔内容〕虎落笛, かがり火, 春萌, 名残の雪
『螢籠　隅田川御用帳　特選時代小説』
　2003.5　311p
　①4-331-61008-X
　〔内容〕忍び雨, 通し鴨, 狐火, 月あかり
『宵しぐれ　隅田川御用帳　特選時代小
説』　2003.7　319p

①4–331–61023–3
『おぼろ舟　隅田川御用帳　特選時代小説』　2003.9　283p
①4–331–61033–0
〔内容〕鹿鳴の声, 赤い糸, 砧, 月の弓
『冬桜　隅田川御用帳　特選時代小説』　2003.12　298p
①4–331–61057–8
〔内容〕桐一葉, 冬の鴬, 風凍つる, 寒梅
『春雷　隅田川御用帳　特選時代小説』　2004.2　300p
①4–331–61065–9
〔内容〕風呂屋船, 蕗味噌, 畦火, 花の雨
『夏の霧　隅田川御用帳　特選時代小説』　2004.8　299p
①4–331–61107–8
〔内容〕雨上がり, ひぐらし, 凧の糸, 母恋草
『紅椿　隅田川御用帳　特選時代小説』　2005.1　284p
①4–331–61141–8
〔内容〕雪の朝, 弦の声, 東風よ吹け, 残る雁
『風蘭　隅田川御用帳　特選時代小説』　2005.7　293p〈折り込1枚〉
①4–331–61174–4
〔内容〕羽根の実, 龍の涙, 紅紐, 雨の萩
『雪見船　隅田川御用帳　特選時代小説』　2006.1　300p
①4–331–61202–3
〔内容〕冬の鶏, 塩の花, 詫助, 雪見船
『鹿鳴の声　隅田川御用帳　特選時代小説』　2006.10　289p〈著作目録あり〉
①4–331–61245–7
〔内容〕ぬくもり, 菊形見, 月の萩
『さくら道　隅田川御用帳　特選時代小説』　2008.4　319p
①978–4–331–61323–8
〔内容〕さくら道, まもり亀, 若萩, 怨み舟
『日の名残り　隅田川御用帳　特選時代小説』　2010.2　281p
①978–4–331–61382–5
〔内容〕日の名残り, 再会, 爪紅
『鳴き砂　隅田川御用帳　特選時代小説』

2012.4　288p
①978–4–331–61468–6
〔内容〕遠い春, 菜の花, 鳴き砂
『花野　隅田川御用帳〔16〕特選時代小説』　2013.12　289p〈著作目録あり〉
①978–4–331–61562–1
〔内容〕花野, 雪の朝

講談社文庫(講談社)

◇見届け人秋月伊織事件帖

『遠花火　見届け人秋月伊織事件帖』　2005.7　315p
①4–06–275133–X
〔内容〕遠花火, 麦笛, 草を摘む人, 夕顔
『春疾風　見届け人秋月伊織事件帖』　2006.3　297p
①4–06–275350–2
〔内容〕寒紅, 薄氷, 悲恋桜, 春疾風
『暖鳥　見届け人秋月伊織事件帖』　2006.12　295p〈著作目録あり〉
①4–06–275597–1
〔内容〕父の一分, 鶴と亀, 暖鳥
『霧の路　見届け人秋月伊織事件帖』　2009.2　298p〈著作目録あり〉
①978–4–06–276289–2
〔内容〕霧の路, 猩々, 蕗摘み
『鳴子守　見届け人秋月伊織事件帖』　2011.9　284p〈著作目録あり〉
①978–4–06–277035–4
〔内容〕花桐, 半夏生, 鳴子守
『夏ほたる　見届け人秋月伊織事件帖』　2013.7　313p〈著作目録あり〉
①978–4–06–277607–3
〔内容〕雪の果て, 兄、弟, 夏ほたる
『笛吹川　見届け人秋月伊織事件帖』　2016.3　281p〈著作目録あり〉
①978–4–06–293330–8
〔内容〕笛吹川, 飛鶴

藤原緋沙子

光文社文庫（光文社）

◇渡り用人片桐弦一郎控

『白い霧　連作時代小説　渡り用人片桐弦
一郎控』　2006.8　296p
①4-334-74113-4
〔内容〕雨のあと, こおろぎ, 白い霧

『桜雨　連作時代小説　渡り用人片桐弦一
郎控　2』　2007.2　279p
①978-4-334-74203-4
〔内容〕鳴鳥狩, 蕗の盃, 桜雨

『密命　連作時代小説　渡り用人片桐弦一
郎控　3〔光文社時代小説文庫〕』
2010.1　282p
①978-4-334-74718-3
〔内容〕手鞠, 密命, 初雪

『すみだ川　文庫書下ろし/長編時代小説
渡り用人片桐弦一郎控　4』　2012.6
286p
①978-4-334-76424-1
〔内容〕すみだ川, 楠の下

『つばめ飛ぶ　文庫書下ろし/長編時代小
説　渡り用人片桐弦一郎控　5』
2014.7　306p
①978-4-334-76721-1
〔内容〕冬の庭, つばめ飛ぶ

◇隅田川御用帳

『雁の宿　長編時代小説　隅田川御用帳
1〔光文社時代小説文庫〕』　2016.6
361p〈廣済堂文庫（2002年刊）の再刊〉
①978-4-334-77312-0
〔内容〕裁きの宿, 鬼の棲家, 蟬しぐれ, 不義
の花始末

『花の闇　長編時代小説　隅田川御用帳
2〔光文社時代小説文庫〕』　2016.6
363p〈廣済堂文庫（2003年刊）の再刊〉
①978-4-334-77313-7
〔内容〕虎落笛, かがり火, 春萌, 名残の雪

『螢籠　長編時代小説　隅田川御用帳　3

〔光文社時代小説文庫〕』　2016.7
355p〈廣済堂文庫 2003年刊の再刊〉
①978-4-334-77325-0
〔内容〕忍び雨, 通し鴨, 狐火, 月あかり

『宵しぐれ　長編時代小説　隅田川御用帳
4〔光文社時代小説文庫〕』　2016.8
363p〈廣済堂文庫 2003年刊の加筆〉
①978-4-334-77338-0
〔内容〕闇燃ゆる, 釣忍, ちぎれ雲, 夏の霧

『おぼろ舟　長編時代小説　隅田川御用帳
5〔光文社時代小説文庫〕』　2016.9
304p〈廣済堂文庫 2003年刊の再刊〉
①978-4-334-77355-7
〔内容〕昔の男, 赤い糸, 砧, 月の弓

『冬桜　隅田川御用帳　6　光文社時代小
説文庫』　2016.10　317p
①978-4-334-77370-0
〔内容〕桐一葉, 冬の鶯, 風凍つる, 寒梅

『春雷　隅田川御用帳　7　光文社時代小
説文庫』　2016.11　322p
①978-4-334-77386-1
〔内容〕風呂屋船, 蕗未噌, 畦火, 花の雨

『夏の霧　隅田川御用帳　8　光文社時代
小説文庫』　2016.12　320p
①978-4-334-77403-5
〔内容〕雨上がり, ひぐらし, 凪の糸, 母恋草

祥伝社文庫（祥伝社）

◇橋廻り同心・平七郎控

『恋椿　時代小説　橋廻り同心・平七郎
控』　2004.6　300p
①4-396-33170-3
〔内容〕桜散る, 迷子札, 闇の風, 朝霧

『火の華　時代小説　橋廻り同心・平七郎
控』　2004.10　297p
①4-396-33192-4
〔内容〕菊枕, 蘆火, 忍び花, 呼子鳥

『雪舞い　時代小説　橋廻り同心・平七郎
控』　2004.12　295p

①4-396-33199-1
〔内容〕道連れ, 木守柿, 絆, 雪鳥

『夕立ち　時代小説　橋廻り同心・平七郎
控』　2005.4　297p
①4-396-33219-X
〔内容〕優しい雨, 蛍舟, 夢の女, 泣き虫密使

『冬萌え　時代小説　橋廻り同心・平七郎
控』　2005.10　312p
①4-396-33257-2
〔内容〕菊一輪, 白い朝, 風が哭く, 冬萌え

『夢の浮き橋　時代小説　橋廻り同心・平
七郎控』　2006.4　266p
①4-396-33288-2
〔内容〕夫婦螢, 焼き蛤, 夢の浮き橋

『蚊遣り火　時代小説　橋廻り同心・平七
郎控』　2007.9　296p
①978-4-396-33380-5
〔内容〕蚊遣り火, 秋茜, ちちろ鳴く

『梅灯り　時代小説　橋廻り同心・平七郎
控　8』　2009.4　304p
①978-4-396-33490-1
〔内容〕まぼろし, 報復, 白雨の橋

『麦湯の女　時代小説　橋廻り同心・平七
郎控　9』　2009.7　307p
①978-4-396-33518-2
〔内容〕彩雲, 麦湯の女, 迎え松

『残り鷺　橋廻り同心・平七郎控　10』
2012.2　304p
①978-4-396-33737-7
〔内容〕ご落胤の女, 雪の橋, 残り鷺

『風草の道　橋廻り同心・平七郎控　11』
2013.9　305p　〈著作目録あり〉
①978-4-396-33878-7
〔内容〕龍の涙, 風草の道

新潮文庫（新潮社）

◇人情江戸彩時記

『月凍てる　人情江戸彩時記』　2012.10
349p　〈『坂ものがたり』(2010年刊)の

改題、再編集〉
①978-4-10-139161-8
〔内容〕夜明けの雨―聖坂・春, ひょろ太鳴
く―鳶坂・夏, 秋つばめ―逢坂・秋, 月凍
てる―九段坂・冬

『百年桜　人情江戸彩時記』　2015.10
338p
①978-4-10-139162-5
〔内容〕百年桜, 葭切, 山の宿, 初雪, 海霧

『雪の果て　人情江戸彩時記』　2016.5
323p
①978-4-10-139163-2
〔内容〕雪の果て, 梅香餅, 甘酒, 永代橋

徳間文庫（徳間書店）

◇浄瑠璃長屋春秋記

『照り柿　浄瑠璃長屋春秋記』　2005.10
283p
①4-19-892323-X
〔内容〕盗まれた亀, 弦月, 花もみじ, 照り柿

『潮騒　浄瑠璃長屋春秋記』　2006.7
254p
①4-19-892459-7
〔内容〕潮騒, 雨の声, 別れ蟬

『紅梅　浄瑠璃長屋春秋記』　2008.4
285p
①978-4-19-892775-2
〔内容〕秋の雨, いのこずち, 紅梅

『雪燈　浄瑠璃長屋春秋記』　2010.11
318p
①978-4-19-893225-1
〔内容〕月の道, 冬螢, 雪燈

『照り柿　浄瑠璃長屋春秋記』　新装版
2014.9　328p
①978-4-19-893885-7
〔内容〕盗まれた亀, 弦月, 花もみじ, 照り柿

『潮騒　浄瑠璃長屋春秋記』　新装版
2014.10　316p
①978-4-19-893903-8

〔内容〕潮騒、雨の声、別れ蟬

『紅梅　浄瑠璃長屋春秋記』　新装版
　2014.11　316p
　①978-4-19-893912-0
　〔内容〕秋の雨、いのこずち、紅梅

『雪燈　浄瑠璃長屋春秋記』　新装版
　2014.12　327p
　①978-4-19-893922-9
　〔内容〕月の道、冬螢、雪燈

双葉文庫（双葉社）

◇藍染袴お匙帖

『風光る　藍染袴お匙帖』　2005.2　313p
　①4-575-66193-7
　〔内容〕蜻火、花蠟燭、春落葉、走り雨

『雁渡し　藍染袴お匙帖』　2005.8　315p
　①4-575-66215-1
　〔内容〕別れ烏、花襦袢、月下恋、霧雨

『父子雲　藍染袴お匙帖』　2006.4　300p
　①4-575-66236-4
　〔内容〕父子雲、残り香

『紅い雪　藍染袴お匙帖』　2006.11
　299p〈著作目録あり〉
　①4-575-66260-7
　〔内容〕紅い雪、恋文、藤かずら

『漁り火　藍染袴お匙帖』　2008.7　305p
　〈著作目録あり〉
　①978-4-575-66339-6
　〔内容〕漁り火、恋しぐれ、雨のあと

『恋指南　藍染袴お匙帖』　2010.6　299p
　〈著作目録あり〉
　①978-4-575-66445-4
　〔内容〕長屋の梅、草餅、恋指南

『桜紅葉　藍染袴お匙帖』　2010.8　287p
　〈著作目録あり〉
　①978-4-575-66458-4
　〔内容〕螻蛄鳴く、幼馴染み、桜紅葉

『月の雫　藍染袴お匙帖』　2010.12
　282p〈著作目録あり〉
　①978-4-575-66475-1
　〔内容〕花魁刃傷、月の雫、紅唐子

『貝紅　藍染袴お匙帖』　2012.9　309p
　〈著作目録あり〉
　①978-4-575-66578-9
　〔内容〕初嵐、貝紅、菊の涙

『雪婆　藍染袴お匙帖』　2014.11　285p
　〈著作目録あり〉
　①978-4-575-66694-6
　〔内容〕再会、雪婆

文春文庫（文藝春秋）

◇切り絵図屋清七

『ふたり静　切り絵図屋清七』　2011.6
　303p
　①978-4-16-781001-6
　〔内容〕春塵、紅梅坂、ふたり静

『紅染の雨　切り絵図屋清七』　2011.10
　297p
　①978-4-16-781002-3
　〔内容〕竹の春、紅染の雨、夔の神

『飛び梅　切り絵図屋清七』　2013.2
　293p
　①978-4-16-781003-0
　〔内容〕雨晴れて、飛び梅、山桜

『栗めし　切り絵図屋清七』　2015.2
　282p
　①978-4-16-790246-9
　〔内容〕野分、栗めし

『花鳥』　2015.11　377p〈廣済堂出版
　2004年刊の再刊〉
　①978-4-16-790489-0

宝珠 なつめ
ほうじゅ・なつめ
1974〜

埼玉県生まれ。東洋大卒。「くちなわひめ」で作家デビュー。

学研M文庫 (学研パブリッシング)

『修羅の縁　佐馬之助無頼流始末』
　　2004.4　282p
　　①4−05−900281−X
　　〔内容〕修羅の縁, 初恋

堀川 アサコ
ほりかわ・あさこ
1964〜

青森県生まれ。青森高卒。ファンタジーノベルでデビューし、時代小説も執筆。代表作は、連続テレビ小説「あさが来た」の原作「土佐堀川」。

講談社文庫 (講談社)

『大奥の座敷童子』　2016.5　347p
　　①978−4−06−293382−7
　　〔内容〕大奥の座敷童子, おっかさま
『おちゃっぴい　大江戸八百八』　2016.
　　11　345p
　　①978−4−06−293538−8
　　〔内容〕怪人, 太郎塚, 雨月小町, カタキ憑き,
　　蝶の影

新潮文庫 (新潮社)

『ゆかし妖し〔nex〕』　2015.10　375p
　　〈『闇鏡』(2006年刊) の改題〉
　　①978−4−10−180048−6

誉田 哲也
ほんだ・てつや
1969〜

東京生まれ。学習院大卒。ロックバンドを経て、作家となる。伝奇小説、ホラー小説、時代小説、警察小説と多彩な作品を発表している。

学研M文庫 (学研パブリッシング)

『吉原暗黒譚　狐面慕情』　2004.4　311p
　　①4−05−900285−2

文春文庫 (文藝春秋)

『吉原暗黒譚』　2013.2　311p 〈学研M文庫 2004年刊の再刊〉
　　①978−4−16−778005−0

誉田 龍一
ほんだ・りゅういち
1963〜

大阪府生まれ。2006年時代物ミステリー『消えずの行灯』で小説推理新人賞を受賞。

コスミック・時代文庫
(コスミック出版)

◇お裁き将軍天下吟味

『公事上聴　書下ろし長編時代小説　お裁き将軍天下吟味』2016.7　304p
①978-4-7747-2945-9
〔内容〕相棒, 美女, 掏摸

『お裁き将軍天下吟味　幽霊退治』
2016.10　302p
①978-4-7747-2968-8
〔内容〕幽霊, 質草, 甲申

『大目付光三郎殿様召捕り候　書下ろし長編時代小説』2013.12　332p
①978-4-7747-2685-4
〔内容〕出女, 抜け荷, お世継, 辻斬り

『大目付光三郎殿様召捕り候〔2〕暗殺　書下ろし長編時代小説』2014.4　326p
①978-4-7747-2719-6
〔内容〕火附盗賊, 贋金, 毒薬, 暗殺

『大目付光三郎殿様召捕り候〔3〕刺客　書下ろし長編時代小説』2014.7　335p
①978-4-7747-2749-3
〔内容〕神隠し, 化け猫, 刺客, 側室

『大目付光三郎殿様召捕り候〔4〕謀反　書下ろし長編時代小説』2014.10　343p
①978-4-7747-2771-4
〔内容〕人身御供, 阿片, 謀反, 狙撃

『大目付光三郎殿様召捕り候〔5〕騒動　書下ろし長編時代小説』2015.1　302p
①978-4-7747-2797-4
〔内容〕密偵, 薬売り, 祟り, 騒動

『殿さま同心天下御免　書下ろし長編時代小説』2015.4　297p
①978-4-7747-2816-2
〔内容〕殿さま同心推参, 辻斬り, 消えた女掏摸

『殿さま同心天下御免〔2〕旗本殺し　書下ろし長編時代小説』2015.8　301p
①978-4-7747-2853-7
〔内容〕旗本殺し, 将棋所, 岡場所

『殿さま同心天下御免〔3〕奉行暗殺　書下ろし長編時代小説』2015.11　299p
①978-4-7747-2875-9
〔内容〕修験者, 古筆見, 奉行暗殺

『殿さま同心天下御免〔4〕上様襲撃　書下ろし長編時代小説』2016.3　289p
①978-4-7747-2911-4
〔内容〕富くじ, 噺家の女房, 上様襲撃

徳間文庫(徳間書店)

『窓際同心定中役捕物帖』2015.2　316p
①978-4-19-893941-0

『金と銀　定中役捕物帖』2015.12　299p
①978-4-19-894046-1

双葉文庫(双葉社)

『消えずの行灯　本所七不思議捕物帖』
2009.5　382p
①978-4-575-66382-2
〔内容〕消えずの行灯, 送り提灯, 足洗い屋敷, 片葉の芦, 落葉なしの椎, 置いてけ堀, 馬鹿囃子

『使の者の事件帖　1　女湯に刀掛け』
2015.11　283p

①978-4-575-66751-6

『使の者の事件帖　2　口に蜜あり腹に剣あり』　2016.2　294p
①978-4-575-66767-7

『使の者の事件帖　3　何れ菖蒲か杜若』
2016.5　290p
①978-4-575-66777-6

『使の者の事件帖　4　魚の目に水見えず』
2016.8　292p
①978-4-575-66791-2

『使の者の事件帖　5　終わりよければすべてよし』　2016.11　287p
①978-4-575-66802-5

牧　秀彦
まき・ひでひこ
1969～

東京生まれ。早大卒。「B-ing」の取材記者を経て、時代小説作家としてデビュー。小説、脚本、漫画原作の分野でも執筆活動を行う。

朝日文庫（朝日新聞出版）

◇深川船番心意気

『お助け奉公　深川船番心意気　1』
2012.10　315p
①978-4-02-264679-8

『出女に御用心　深川船番心意気　2』
2012.11　269p
①978-4-02-264687-3

学研M文庫（学研パブリッシング）

◇松平蒼二郎始末帳

『陰流・闇仕置　隠密狩り　松平蒼二郎始末帳』　2003.9　350p
①4-05-900245-3

『陰流・闇仕置　悪党狩り　松平蒼二郎始末帳』　2004.3　324p
①4-05-900278-X

『陰流・闇仕置　夜叉狩り　松平蒼二郎始末帳』　2004.6　304p
①4-05-900299-2

『陰流・闇仕置　悪淫狩り　松平蒼二郎始末帳』　2004.9　323p
①4-05-900310-7

『陰流・闇仕置　怨讐狩り　松平蒼二郎始末帳』　2004.12　283p
①4-05-900330-1

◇松平蒼二郎無双剣

『陰流・闇始末　悪人斬り　松平蒼二郎無双剣』　2005.9　311p
①4-05-900370-0

『陰流・闇始末　流浪斬り　松平蒼二郎無双剣』　2006.1　335p
①4-05-900394-8

『陰流・闇始末　宿命斬り　松平蒼二郎無双剣』　2006.6　342p
①4-05-900417-0

◇深川素浪人生業帖

『仇討ちて候　深川素浪人生業帖』
2007.1　295p
①978-4-05-900458-5
〔内容〕逢魔が時, 大川の出会い, 曖昧宿の悪鬼, 友は悔いていた, 仇討ちて候

『裁いて候　深川素浪人生業帖』　2007.7
279p
①978-4-05-900486-8
〔内容〕主家無用, 花狩人, いきな女, 木場の

牧秀彦

暗闘, 仇討ち再び

『旅立ちて候　深川素浪人生業帖』
　2008.2　262p
　①978-4-05-900517-9

◇隠居与力吟味帖

『錆びた十手　隠居与力吟味帖』　2008.6
　309p
　①978-4-05-900533-9
　〔内容〕錆びた十手, 百化けの仮面, 六百万石の首, 砕身の報酬

『月下の相棒　隠居与力吟味帖』　2008.11　306p
　①978-4-05-900554-4
　〔内容〕見えない短筒, 御用屋敷の化生, 心を同じくすればこそ

『男の背中　隠居与力吟味帖』　2009.6
　307p
　①978-4-05-900585-8
　〔内容〕初春の桜花, 忍び寄る魔手, 悪しき謀計, 鬼仏走る

『遠い雷鳴　隠居与力吟味帖』　2010.9
　313p〈発売：学研マーケティング〉
　①978-4-05-900653-4
　〔内容〕盛夏の新大橋, 標的は耀甲斐, 生きた試し, 荒野の墓標, 遠い雷鳴

『埋火 (うずみび) の如く　隠居与力吟味帖』　2011.6　294p〈発売：学研マーケティング〉
　①978-4-05-900697-8
　〔内容〕妖甲斐と鬼仏, 無欲は罪か, 剣と黄金, 十五万石の隠居, 埋火の如く

『抜刀秘伝抄　流浪の剣聖・林崎重信』
　2002.6　294p
　①4-05-900089-2

『抜刀復讐剣　居合の開祖・林崎重信』
　2003.2　306p
　①4-05-900220-8

『音無しの凶銃　大江戸火盗改荒神仕置帳』　2005.4　333p
　①4-05-900344-1
　〔内容〕音無しの凶銃, 荒ぶる男, 恍惚の死美人

角川文庫 (KADOKAWA)

『ふらっと銀次事件帳　1　天ぷら長屋の快男児』　2014.2　267p
　①978-4-04-101212-3
　〔内容〕女房子供を大事にしろ, 惚れた女はとっとと口説け, 辻斬り野郎が許せねぇ

『ふらっと銀次事件帳　2　絆と刺客とあなご天』　2014.4　269p
　①978-4-04-101493-6

『ふらっと銀次事件帳　3　天かす将軍市中見習い』　2014.6　278p
　①978-4-04-101494-3
　〔内容〕呆れた奴がやって来た, この娘のためなら一肌脱ぐぜ, 武士なら刀は大事にしろ, 上様も楽じゃないぜ

幻冬舎時代小説文庫 (幻冬舎)

◇甘味屋十兵衛子守り剣

『甘味屋十兵衛子守り剣』　2012.6　290p
　①978-4-344-41879-0

『殿のどら焼き　甘味屋十兵衛子守り剣2』　2013.4　241p
　①978-4-344-42015-1

『桜夜の金つば　甘味屋十兵衛子守り剣3』　2013.6　251p
　①978-4-344-42037-3

『ご恩返しの千歳飴　甘味屋十兵衛子守り剣　4』　2013.12　272p
　①978-4-344-42130-1

『はなむけ草餅　甘味屋十兵衛子守り剣5』　2014.6　269p
　①978-4-344-42213-1

講談社文庫（講談社）

◇五坪道場一手指南

『裂帛　五坪道場一手指南』　2008.5
289p
①978-4-06-276059-1
〔内容〕助太刀仕り候, いのち散るとき, 漢の気概, 老爺の明日は…

『凛々　五坪道場一手指南』　2008.12
292p
①978-4-06-276228-1
〔内容〕流れて悔いなし, 生き胴試し, 奇傑からの助言

『雄飛　五坪道場一手指南』　2009.5
299p
①978-4-06-276340-0
〔内容〕因果応報, 我が剣は誰がために

『清冽　五坪道場一手指南』　2009.12
293p
①978-4-06-276519-0
〔内容〕対決・中条流対十手術, 一手指南, 再び

『美剣　五坪道場一手指南』　2010.11
307p
①978-4-06-276808-5
〔内容〕蜘蛛糸の太刀, 女の戦い, 少年の仇討ち

『無我　五坪道場一手指南』　2010.12
312p
①978-4-06-276824-5
〔内容〕兄はやって来た, 闇仕置の的, 強者の野望, 克己の日々, 無我の剣

光文社文庫（光文社）

『辻風の剣　連作時代小説』　2005.1
310p
①4-334-73822-2
〔内容〕辻風の剣, 父様の子守唄, 仲間なればこそ

『悪滅の剣　連作時代小説』　2005.6
311p
①4-334-73900-8
〔内容〕言祝ぎ奉り候, 情けは他人のためならず, 夢花火

『深雪の剣　連作時代小説』　2006.1
323p
①4-334-74012-X
〔内容〕夏越の一閃, 茂れりや青葉, 寒稽古

『碧燕の剣　連作時代小説』　2006.6
314p
①4-334-74083-9
〔内容〕笑う門から邪を払え, 対決・異人剣, 学び舎は誰がために

『哀斬の剣　連作時代小説』　2007.1
330p
①978-4-334-74190-7
〔内容〕復讐を望む者たち, 我らが朋友の名は, 大殺陣・八百八町

『幕末機関説いろはにほへと　長編時代小説』矢立肇, 高橋良輔原作, 牧秀彦著
2007.4　491p
①978-4-334-74238-6

『雷迅剣の旋風　連作時代小説』　2007.8
330p
①978-4-334-74301-7
〔内容〕無頼の旋風, 愛しや我が子, 砕け凶剣

『電光剣の疾風　連作時代小説』　2008.2
297p
①978-4-334-74386-4
〔内容〕松風薫る, 妹背の山, 鼠小僧異聞

『天空剣の蒼風　連作時代小説』　2008.8
307p
①978-4-334-74467-0
〔内容〕老絵師の目, 激走！ 血煙街道

『波浪剣の潮風（かぜ）　連作時代小説〔光文社時代小説文庫〕』　2009.2　297p
①978-4-334-74549-3
〔内容〕盗まれた秘技, 雪国の記

『火焔剣の突風（かぜ）　連作時代小説〔光文社時代小説文庫〕』　2010.1　372p
①978-4-334-74625-4
〔内容〕俺の妹・前編, 俺の妹・後編, 弟よ…！, 誠の字の下に, 終章

牧秀彦

『若木の青嵐（あらし）　連作時代小説』
　2010.7　366p
　①978-4-334-74802-9
　〔内容〕わが町は根津, 青き嵐, 赤き血潮

『宵闇の破嵐（あらし）　連作時代小説〔光
　文社時代小説文庫〕』　2011.3　336p
　①978-4-334-74876-0
　〔内容〕黒き宿命, 白き贖罪

『朱夏の涼嵐（あらし）　連作時代小説〔光
　文社時代小説文庫〕』　2011.8　343p
　①978-4-334-74988-0
　〔内容〕青梅雨の暗闘, 紅殻の檻, 哀歌・浅黄
　裏, 銅の男たち

『黒冬の炎嵐（あらし）　連作時代小説〔光
　文社時代小説文庫〕』　2012.2　313p
　①978-4-334-76371-8
　〔内容〕北町の蝮, 有情の父子十手, 葵の醜聞

『青春の雄嵐（あらし）　文庫書下ろし/連
　作時代小説〔光文社時代小説文庫〕』
　2016.5　371p
　①978-4-334-76414-2
　〔内容〕序章, 師走に来た厄介者, 穀潰しの涙,
　為すべきは何か, 血は水よりも濃く, 終章

祥伝社文庫(祥伝社)

◇影侍

『影侍　長編時代小説』　2006.12　331p
　①4-396-33328-5
『落花流水の剣　長編時代小説　影侍』
　2007.12　309p
　①978-4-396-33403-1

竹書房時代小説文庫(竹書房)

『さむらい残党録　維新の老剣鬼　三遊亭
　圓士お仕置き控』　2010.4　346p〈文
　献あり〉
　①978-4-8124-3984-5

〔内容〕士族の気概, 維新の老剣鬼

徳間文庫(徳間書店)

◇塩谷隼人江戸常勤記

『還暦　塩谷隼人江戸常勤記　1』　2013.
　7　365p〈ベスト時代文庫 2009年刊に
　「硬骨の老漢」「晩夏の抜刀」を併録〉
　①978-4-19-893721-8
　〔内容〕硬骨の老漢, 春まだ遠し, 桃色紅葉,
　愛しや我が君, 晩夏の抜刀

『妖刀始末　塩谷隼人江戸常勤記　2』
　2013.9　349p〈『老骨』(ベスト時代文
　庫 2009年刊)の改題、書下ろし「春の
　若武者」「月見稽古」を加えて再刊〉
　①978-4-19-893745-4
　〔内容〕春の若武者, 江戸常勤の日々, 六十歳
　の剣難女難, 妖刀始末, 月見稽古

『剣に偽りなし　塩谷隼人江戸常勤記　3』
　2013.11　345p〈『晩春』(ベスト時代文
　庫 2010年刊)の改題、書下ろし「独り
　寝寂し」「暗闘」を加えて再刊〉
　①978-4-19-893764-5
　〔内容〕独り寝寂し, 女護が島の宿敵, 剣に偽
　りなし, 追儺の鬼退治, 暗闘

『老花　塩谷隼人江戸常勤記　4』　2014.
　2　347p〈ベスト時代文庫 2010年刊の
　加筆・修正に、書下し「舌びらめ」「老
　漢夢現」を加えて再刊〉
　①978-4-19-893798-0
　〔内容〕舌びらめ, 還暦の盂蘭盆会, 人を憎ま
　ず, 大次郎の恋, 夏の蜜柑, 老漢夢現

◇塩谷隼人江戸活人剣

『晴れの出稽古　塩谷隼人江戸活人剣　1』
　2014.8　283p
　①978-4-19-893869-7
　〔内容〕八丁堀の楽隠居, 暗雲の下で, 晴れの
　出稽古, はじめての店子, 女は老いても…

『棒手振り剣法　塩谷隼人江戸活人剣　2』

2014.11　284p
①978-4-19-893913-7
〔内容〕十軒長屋の朝, 美女に難あり, 棒手振り剣法, 人でなしを斬る

◇日比野左内一手指南

『助っ人剣客　日比野左内一手指南　1』
2015.4　353p
①978-4-19-893960-1
〔内容〕助太刀仕り候, 漢の気概, 流れて悔いなし, 我が剣は誰がために

『謎呼ぶ美剣　日比野左内一手指南　2』
2015.9　347p
①978-4-19-894016-4
〔内容〕対決・中条流対十手術, 一手指南, 再び, 蜘蛛糸の太刀

『愛されて候　日比野左内一手指南　3』
2015.10　377p
①978-4-19-894027-0
〔内容〕少年の仇討ち, 兄はやって来た, 闇仕置の的, 強者の野望, 克己の日々, 無我の剣

◇中條流不動剣

『紅い剣鬼　中條流不動剣　1』　2016.4　309p
①978-4-19-894093-5

『蒼き乱刃　中條流不動剣　2〔徳間時代小説文庫〕』　2016.8　307p
①978-4-19-894136-9

『上様出陣！　徳川家斉挽回伝』　2012.8　283p
①978-4-19-893592-4

『上様出陣！　徳川家斉挽回伝　2』
2013.1　308p
①978-4-19-893651-8

『上様出陣！　徳川家斉挽回伝　3』
2014.1　276p
①978-4-19-893718-8

『さむらい残党録』　2015.12　355p〈竹書房時代小説文庫 2010年刊の加筆・修正に書下し「序章 帝都の闇斬り」を加え再刊　文献あり〉
①978-4-19-894047-8
〔内容〕帝都の闇斬り, 士族の気概, 維新の老剣鬼

双葉文庫 (双葉社)

◇江都の暗闘者

『将軍の刺客　江都の暗闘者』　2007.12　302p
①978-4-575-66312-9

『青鬼の秘計　江都の暗闘者』　2008.4　295p
①978-4-575-66330-3

『金鯱の牙　江都の暗闘者』　2008.9　303p
①978-4-575-66349-5

『大奥の若豹　江都の暗闘者』　2009.1　287p
①978-4-575-66365-5

『尾張暗殺陣　江都の暗闘者』　2009.8　287p
①978-4-575-66396-9

『甲賀の女豹　江都の暗闘者』　2009.11　286p
①978-4-575-66412-6

『巣立ちの朝　江都の暗闘者』　2010.5　295p
①978-4-575-66442-3

◇算盤侍影御用

『婿殿開眼　算盤侍影御用』　2011.1　294p
①978-4-575-66480-5

『婿殿激走　算盤侍影御用』　2011.4　295p
①978-4-575-66496-6

『婿殿修行　算盤侍影御用』　2011.9　287p

①978-4-575-66520-8

『婿殿勝負　算盤侍影御用』　2011.10
287p
①978-4-575-66527-7

『婿殿大変　算盤侍影御用』　2012.1
287p
①978-4-575-66541-3

『婿殿女難　算盤侍影御用』　2012.5
295p
①978-4-575-66561-1

『婿殿帰郷　算盤侍影御用』　2012.9
295p
①978-4-575-66580-2

『婿殿懇願　算盤侍影御用』　2013.2
287p
①978-4-575-66602-1

『婿殿葛藤　算盤侍影御用』　2013.5
285p
①978-4-575-66611-3

『婿殿満足　算盤侍影御用』　2013.9
292p
①978-4-575-66628-1

◇暗殺奉行

『抜刀　暗殺奉行』　2014.4　301p
①978-4-575-66664-9

『怒刀　暗殺奉行』　2014.5　303p
①978-4-575-66668-7

『激刀　暗殺奉行』　2014.9　319p
①978-4-575-66685-4

『牙刀　暗殺奉行』　2014.12　309p
①978-4-575-66701-1

『極刀　暗殺奉行』　2015.3　303p
①978-4-575-66716-5

二見時代小説文庫（二見書房）

◇毘沙侍降魔剣

『誇（ほこり）　毘沙侍降魔剣　1』　2009.

3　310p
①978-4-576-09023-8
〔内容〕乱刃, ろくでな死, 撃斬四重葬, 桜吹雪

『母　毘沙侍降魔剣　2』　2009.7　300p
①978-4-576-09093-1
〔内容〕姐さん, 藤丸, 藤紫, 藤華

『男　毘沙侍降魔剣　3』　2009.11　338p
①978-4-576-09157-0
〔内容〕大吾, 宗光, 重蔵, 清之介

『将軍の首　毘沙侍降魔剣　4』　2010.5
298p
①978-4-576-10055-5
〔内容〕何処へ, 再会, 過去, 衆生, 暗躍, 愛と
憎, 自信, 剛剣魔剣, 激突, 落着

◇八丁堀裏十手

『間借り隠居　八丁堀裏十手　1』　2011.
4　305p
①978-4-576-11038-7

『お助け人情剣　八丁堀裏十手　2』
2011.9　316p
①978-4-576-11114-8

『剣客の情け　八丁堀裏十手　3』　2012.
4　311p
①978-4-576-12038-6

『白頭の虎　八丁堀裏十手　4』　2012.12
277p
①978-4-576-12157-4

『哀しき刺客　八丁堀裏十手　5』　2013.
7　277p
①978-4-576-13091-0

『新たな仲間　八丁堀裏十手　6』　2013.
12　278p
①978-4-576-13173-3

『魔剣供養　八丁堀裏十手　7』　2014.7
287p
①978-4-576-14084-1

『荒波越えて　八丁堀裏十手　8』　2015.
1　295p
①978-4-576-14160-2

◇孤高の剣聖林崎重信

『抜き打つ剣　孤高の剣聖林崎重信　1』
　2015.7　340p〈『抜刀復讐剣』（学研M文庫 2003年刊）の改題、加筆〉
　①978-4-576-15092-5

『燃え立つ剣　孤高の剣聖林崎重信　2』
　2015.12　344p〈『抜刀秘伝抄』（学研M文庫 2002年刊）の改題、加筆〉
　①978-4-576-15183-0

『不殺の剣　神道無念流練兵館　1』
　2016.7　285p
　①978-4-576-16099-3

ベスト時代文庫
（ベストセラーズ）

◇巴の破剣

『巴の破剣　羅刹を斬れ』　2006.5　309p
　①4-584-36560-1
〔内容〕孤独なる復讐者, 相棒, 羅刹を斬れ

『驟雨を断つ　巴の破剣』　2006.11　303p
　①4-584-36577-6

『邪炎に吠える　巴の破剣』　2007.6　302p
　①978-4-584-36601-1

『裏切りに啼く　巴の破剣』　2007.11　302p
　①978-4-584-36618-9

『仕置仕舞　巴の破剣』　2008.7　284p
　①978-4-584-36639-4

◇塩谷隼人江戸常勤記

『還暦　塩谷隼人江戸常勤記』　2009.1　342p
　①978-4-584-36653-0

〔内容〕春まだ遠し, 桃色紅葉, 愛しや我が君

『老骨　塩谷隼人江戸常勤記』　2009.6　303p
　①978-4-584-36662-2
〔内容〕江戸常勤の日々, 六十歳の剣難女難, 妖刀始末記

『晩春　塩谷隼人江戸常勤記』　2010.3　302p
　①978-4-584-36676-9
〔内容〕女護が島の宿敵, その剣に偽りなし, 追儺の鬼退治

『老花　塩谷隼人江戸常勤記』　2010.9　318p
　①978-4-584-36688-2
〔内容〕還暦の盂蘭盆会, 人を憎まず, 大次郎の恋, 夏の蜜柑

牧南　恭子
まきなみ・やすこ

中国生まれ。名古屋市立女子短大卒。三菱電機に入社。OL生活の傍ら, サンリオロマンス賞に応募。佳作に2度入選。「爪先」でデビュー。ミステリーやホラータッチの短編を得意とする。また, 日中戦争や満州を題材にした作品もある。著書に「帰らざる故国」など。

学研M文庫（学研パブリッシング）

◇ひぐらし同心捕物控

『夫婦ごよみ　ひぐらし同心捕物控』
　2008.3　325p
　①978-4-05-900520-9

『夏越のわかれ　ひぐらし同心捕物控』
　2008.8　307p
　①978-4-05-900542-1
〔内容〕七夕情話, 駕籠の中の女, 京の水, み

牧南恭子

　の衣, 影向の菊
『てのひらの春　ひぐらし同心捕物控』
　2009.1　301p
　①978-4-05-900563-6
　〔内容〕曽根の涙, 潮目の海, 船宿ますや, 初
　　春の落書, 木更津船

◇旗本四つ葉姉妹

『旗本四つ葉姉妹』　2009.7　309p
　①978-4-05-900588-9
『恋つぼみ　旗本四つ葉姉妹』　2010.2
　293p〈発売：学研マーケティング〉
　①978-4-05-900623-7
『七夕の使者　旗本四つ葉姉妹』　2010.7
　301p〈発売：学研マーケティング〉
　①978-4-05-900641-1

『秋のひかり　三冬塾ものがたり』
　2007.1　283p
　①978-4-05-900454-7
　〔内容〕出世魚, 風前の灯火, 襖の下貼り, 小
　　田原の風, 当世筆子事情, 秋のひかり, ム
　　ラサキシキブ

廣済堂文庫（廣済堂出版）

◇つぐない屋お房始末帖

『つぐない屋お房始末帖　特選時代小説』
　2009.1　285p
　①978-4-331-61355-9
『千里耳　つぐない屋お房始末帖　特選時
　代小説』　2009.6　285p
　①978-4-331-61368-9
　〔内容〕千里耳, お世田稲荷, 霧雨の降る夜,
　　十九文横町, 閉ざされた門
『名残の灯　つぐない屋お房始末帖　特選
　時代小説』　2009.11　274p
　①978-4-331-61377-1
　〔内容〕滴のゆくえ, おいらの凧, 姿かくしの

　　霧, 濁った水, 名残の灯
『春に添うて　つぐない屋お房始末帖　特
　選時代小説』　2010.4　284p
　①978-4-331-61395-5
　〔内容〕うなされ車力, 春に添うて, 雪の滴,
　　昌平坂学問所, 濃尾くずれ

ワンツー時代小説文庫
（ワンツーマガジン社）

◇ひぐらし同心捕物控

『ひぐらし同心捕物控』　2006.9　317p
　①4-903012-77-8

『女泣川花ごよみ』　2005.12　300p
　①4-903012-28-X
　〔内容〕花筏, 十万坪, 菜の花の舟, 塩なめ地
　　蔵, 田楽屋敷, 草深百合, 薔薇の花園, 草莽
　　の臣
『やがすり信助捕物控』　2008.1　310p
　①978-4-86296-073-3

万城目 学

まきめ・まなぶ

1976〜

大阪府生まれ。京大卒。「鴨川ホルモー」で本屋大賞を受賞。「プリンセス・トヨトミ」など映画化された作品も多い。時代小説作品に「とっぴんぱらりの風太郎」。

文春文庫（文藝春秋）

『とっぴんぱらりの風太郎　上』　2016.9
　468p〈2013年刊の上下2分冊〉
　①978-4-16-790689-4
『とっぴんぱらりの風太郎　下』　2016.9
　404p〈2013年刊の上下2分冊〉
　①978-4-16-790690-0

増田 貴彦

ますだ・たかひこ

1960〜

静岡県生まれ。フリーライター、漫画原作者を経て、1990年「特警ウインスペクター」でシナリオデビュー。以後、特撮、アニメを中心に脚本を多数執筆。

学研M文庫（学研パブリッシング）

『仕組人必殺剣』　2004.3　257p
　①4-05-900280-1
『紙蝶の舞　仕組人必殺剣』　2004.7
　268p
　①4-05-900302-6
『首なし美人　ぼんくら和太郎捕物帖』

　2005.12　252p
　①4-05-900386-7

廣済堂文庫（廣済堂出版）

◇蛇ノ目屋乱兵衛

『蛇ノ目屋乱兵衛裏始末　特選時代小説』
　2004.8　261p
　①4-331-61113-2
『蛇ノ目屋乱兵衛闇しぐれ　特選時代小説』　2004.11　266p
　①4-331-61131-0
『蛇ノ目屋乱兵衛影法師　特選時代小説』
　2005.2　253p
　①4-331-61147-7
『蛇ノ目屋乱兵衛鬼退治　特選時代小説』
　2005.6　247p
　①4-331-61169-8
『蛇ノ目屋乱兵衛卍秘帖　月下の華　特選時代小説』　2005.9　245p
　①4-331-61185-X

ハルキ文庫（角川春樹事務所）

『見送り坂　凌ぎ人戸田飛車ノ介　時代小説文庫』　2007.6　272p
　①978-4-7584-3297-9

松井 今朝子

まつい・けさこ

1953～

京都府生まれ。早大大学院修了。歌舞伎研究家、脚本家として活躍し、1997年「仲蔵狂乱」で時代小説大賞を受賞。2007年「吉原手引草」で直木賞を受賞した。

幻冬舎時代小説文庫(幻冬舎)

『東洲しゃらくさし』　2011.12　398p
　①978-4-344-41785-4
『幕末あどれさん』　2012.6　726p
　〈PHP文庫 2004年刊の再刊〉
　①978-4-344-41880-6
『吉原十二月』　2013.6　420p
　①978-4-344-42038-0

幻冬舎文庫(幻冬舎)

『吉原手引草』　2009.4　326p
　①978-4-344-41294-1

講談社文庫(講談社)

『仲蔵狂乱』　2001.2　362p
　①4-06-273071-5
『奴の小万と呼ばれた女』　2003.4　373p
　①4-06-273730-2
『似せ者』　2005.8　353p
　①4-06-275167-4
　〔内容〕似せ者, 狛犬, 鶴亀, 心残して
『そろそろ旅に』　2011.3　563p
　①978-4-06-276902-0
『星と輝き花と咲き』　2013.12　324p

　〈文献あり〉
　①978-4-06-277717-9

集英社文庫(集英社)

『非道、行ずべからず』　2005.4　545p
　①4-08-747812-2
『家、家にあらず』　2007.9　414p
　①978-4-08-746219-7
『道絶えずば、また』　2012.7　402p
　①978-4-08-746854-0

新潮文庫(新潮社)

◇銀座開化おもかげ草紙

『銀座開化おもかげ草紙』　2007.10
　362p〈『銀座開化事件帖』(平成17年刊)
　の改題〉
　①978-4-10-132871-3
　〔内容〕明治の耶蘇祭典, 井戸の幸福, 姫も縫
　ひます, 雨中の物語り, 父娘草
『果ての花火　銀座開化おもかげ草紙』
　2010.8　351p〈文献あり〉
　①978-4-10-132872-0
　〔内容〕水とあぶら, 血の税ぎ, 狸穴の簪, 醜
　い筆, 果ての花火, 直びの神
『西南の嵐　銀座開化おもかげ草紙』
　2013.3　305p
　①978-4-10-132873-7
　〔内容〕西南の嵐, 停車場の出陣, 雨の日の記
　憶, 彼岸の声, 生と死の波打ち際

ちくま文庫(筑摩書房)

『辰巳屋疑獄』　2007.9　313p
　①978-4-480-42375-7

ハルキ文庫（角川春樹事務所）

◇並木拍子郎種取帳

『一の富　並木拍子郎種取帳　時代小説文庫』　2004.6　262p
　①4-7584-3111-6
　〔内容〕阿吽、出合茶屋、烏金、急用札の男、一の富

『二枚目　並木拍子郎種取帳　時代小説文庫』　2006.6　291p
　①4-7584-3241-4
　〔内容〕輪廻の家、二枚目、見出人、宴のあと始末、恋じまい

『三世相　並木拍子郎種取帳　時代小説文庫』　2010.10　246p
　①978-4-7584-3508-6
　〔内容〕短い春、雨の鼓、子ども屋の女、三世相、旅芝居

『四文屋　並木拍子郎種取帳　時代小説文庫』　2012.6　261p
　①978-4-7584-3669-4
　〔内容〕蔦と幹、頼もしい男、惚れた弱み、四文屋、札付き

『大江戸亀奉行日記　時代小説文庫』　2004.12　111p〈絵：中澤寿美子〉
　①4-7584-3149-3

PHP文庫（PHP研究所）

『東洲しゃらくさし』　2001.8　358p
　①4-569-57600-1
『幕末あどれさん』　2004.2　611p
　①4-569-66109-2

文春文庫（文藝春秋）

『円朝の女』　2012.5　321p
　①978-4-16-783301-5
　〔内容〕惜身の女、玄人の女、すれ違う女、時をつくる女、円朝の娘、対談—大名人と時代、女たち（春風亭小朝、松井今朝子述）

『老いの入舞い　麴町常楽庵月並の記』　2016.7　308p
　①978-4-16-790652-8
　〔内容〕巳待ちの春、怪火の始末、母親気質、老いの入舞い

> ## 松尾　清貴
> まつお・きよたか
> 1976〜
>
> 福岡県生まれ。北九州高専中退。様々な職業を経て、2004年「簡単な生活」で小説家デビュー。「小説 隠し砦の三悪人」などがある。

小学館文庫（小学館）

『小説隠し砦の三悪人』　2008.4　333p
　①978-4-09-408259-3
『真田十勇士』　2016.7　300p
　①978-4-09-406310-3

松岡　弘一
まつおか・こういち
1947～

埼玉県生まれ。日大中退。アルバイト生活を続けながら小説を執筆。1991年にプロ作家に。竹花咲太郎名義の時代小説もある。

学研M文庫（学研パブリッシング）

◇妻恋い同心

『夜鷹殺し　妻恋い同心』　2008.1　283p
　①978-4-05-900512-4
　〔内容〕夜鷹殺し、鳩は知っていた、消えた許嫁、針千本

『人待ち小町　妻恋い同心』　2008.6　282p
　①978-4-05-900536-0
　〔内容〕女花火師、人待ち小町、昔日無情、余命五十日

『みだれ振袖　格安殺し屋十六文』　2009.4　313p
　①978-4-05-900580-3
　〔内容〕間違われた男、白粉花、みだれ振袖、神隠し

『斬られ屋新左』　2011.3　270p〈発売：学研マーケティング〉
　①978-4-05-900685-5

コスミック・時代文庫（コスミック出版）

『みかえり花　小江戸川越お恋御用控　書下ろし長編時代小説』　2006.10　293p
　①4-7747-2094-1
　〔内容〕行きはよいよい帰りはこわい、のっぺらぼう、送り首、みかえり花

竹書房時代小説文庫（竹書房）

『老雄の剣　お江戸養生道』　2009.8　322p
　①978-4-8124-3884-8

『恋わずらい　お江戸養生道老雄の剣』　2010.2　295p
　①978-4-8124-4080-3
　〔内容〕百貫花嫁、小鈴の音色、余生いかに生きるべきか、恋わずらい

徳間文庫（徳間書店）

◇思い出料理人

『涙めし　思い出料理人』　2012.8　279p
　①978-4-19-893582-5
　〔内容〕蕎麦団子汁、ぼたもち、煮こごり

『嫁菜雑炊　思い出料理人』　2012.12　297p
　①978-4-19-893642-6
　〔内容〕節分豆、嫁菜雑炊、お茶の味、なま温かいむすび

ベスト時代文庫（ベストセラーズ）

『妖猫剣　ものの怪よろずお助け処』　2010.12　291p〈出版芸術社2007年刊の加筆修正〉
　①978-4-584-36695-0
　〔内容〕暗殺密書、命賭け、吸血獣、毒地獄

松田 十刻
まつだ・じゅっこく
1955～

岩手県生まれ。立教大卒。新聞記者、フリーライターを経て、小説家となる。本名の高橋文彦名義でも作品を発表。

新人物文庫（新人物往来社）

『紫電改よ、永遠なれ　祖国防衛に散った若者たち』　2010.10　367p〈『紫電改』（幻冬舎2002年刊）の改題、改稿　文献あり〉
Ⓘ978-4-404-03917-0

PHP文庫（PHP研究所）

『沖田総司　新選組きっての天才剣士』　2003.12　391p
Ⓘ4-569-66087-8
『乃木稀典　「廉潔・有情」に生きた最後の武人』　2005.1　421p〈年譜あり〉
Ⓘ4-569-66322-2

松本 賢吾
まつもと・けんご
1940～

千葉県生まれ。豊川工卒。様々な職業を転々としたのち、1996年「墓碑銘に接吻を」でデビュー。

学研M文庫（学研パブリッシング）

◇羽生新八郎怨念剣

『十兵衛を斬る　羽生新八郎怨念剣』　2005.5　282p
Ⓘ4-05-900352-2
『正雪を斬る　羽生新八郎怨念剣』　2005.8　262p
Ⓘ4-05-900371-9

廣済堂文庫（廣済堂出版）

『夜鷹屋お万　捨九郎夢遊剣　特選時代小説』　2006.1　269p
Ⓘ4-331-61205-8

コスミック・時代文庫
（コスミック出版）

◇八丁堀の狐

『八丁堀の狐　書下ろし長編時代小説』　2006.12　271p
Ⓘ4-7747-2115-8
『赤い十手　書下ろし長編時代小説　八丁堀の狐』　2007.5　263p
Ⓘ978-4-7747-2136-1
『悪鬼狩り　書下ろし長編時代小説　八丁

堀の狐』 2007.11 287p
①978-4-7747-2169-9
『稲妻狩り 書下ろし長編時代小説 八丁
堀の狐』 2008.5 270p
①978-4-7747-2195-8

◇目明かし朝吉捕物帖

『てやんでえ 書下ろし長編時代小説 目
明かし朝吉捕物帖』 2009.5 284p
①978-4-7747-2257-3
『からすがね 書下ろし長編時代小説 目
明かし朝吉捕物帖』 2009.11 276p
①978-4-7747-2294-8

竹書房時代小説文庫(竹書房)

◇天保裏与力我慢様

『はぐれ鬼 天保裏与力我慢様』 2008.8
255p
①978-4-8124-3533-5
『秘剣返し 天保裏与力我慢様』 2009.2
293p
①978-4-8124-3722-3

徳間文庫(徳間書店)

『炎上』 2007.2 313p
①978-4-19-892563-5

双葉文庫(双葉社)

◇竜四郎疾風剣

『流星を斬る 竜四郎疾風剣』 2004.7
255p
①4-575-66177-5
『邪悪を斬る 竜四郎疾風剣』 2004.11
276p
①4-575-66186-4
『吉原を斬る 竜四郎疾風剣』 2005.3
286p
①4-575-66198-8
『群雲を斬る 竜四郎疾風剣』 2005.6
292p
①4-575-66206-2
『水月を斬る 竜四郎疾風剣』 2005.10
289p
①4-575-66221-6

◇はみだし同心人情剣

『片恋十手 はみだし同心人情剣』
2006.2 299p
①4-575-66231-3
『忍恋十手 はみだし同心人情剣』
2006.4 301p
①4-575-66237-2
『悲恋十手 はみだし同心人情剣』
2006.6 270p
①4-575-66243-7
『仇恋十手 はみだし同心人情剣』
2006.8 264p
①4-575-66252-6

◇八丁堀の狐

『女郎蜘蛛 八丁堀の狐』 2007.5 275p
①978-4-575-66284-9
『鬼火 八丁堀の狐』 2007.9 292p
①978-4-575-66299-3
『鬼あざみ 八丁堀の狐』 2007.12
282p
①978-4-575-66313-6
『七化け 八丁堀の狐』 2008.3 265p
①978-4-575-66325-9
『大化け 八丁堀の狐』 2008.6 251p
①978-4-575-66336-5
『蟻地獄 八丁堀の狐』 2008.11 305p
①978-4-575-66355-6
『神隠し 八丁堀の狐』 2009.3 286p

①978-4-575-66374-7
『本懐　八丁堀の狐』　2009.8　281p
　①978-4-575-66397-6

◇平塚一馬十手道

『黄色い桜　平塚一馬十手道』　2010.2　282p
　①978-4-575-66430-0
『冥途の初音　平塚一馬十手道』　2010.7　292p
　①978-4-575-66452-2
『女賊の恋　平塚一馬十手道』　2011.2　304p
　①978-4-575-66485-0

松本　茂樹
まつもと・しげき
1944～

日大卒。青島幸男、立川談志の付人を経て、放送作家となり、テレビ、ラジオの台本を手がける。「よろず請負人江戸見参」シリーズがある。

廣済堂文庫（廣済堂出版）

◇よろず請負人江戸見参

『よろず請負人江戸見参　特選時代小説』
　2010.4　317p
　①978-4-331-61393-1
　〔内容〕一寸の虫、拐かし、錠前師巳之吉、むささびの又蔵、源八郎奔る
『硝子職人の娘　よろず請負人江戸見参　特選時代小説』　2010.9　314p
　①978-4-331-61409-9
　〔内容〕囮、島帰り、浮世絵の女、硝子職人の娘
『作兵衛の犬　よろず請負人江戸見参　特選時代小説』　2011.1　309p
　①978-4-331-61419-8
　〔内容〕密通、厄介者、手代竹蔵の恋、作兵衛の犬
『ろくでなし　よろず請負人江戸見参　特選時代小説』　2011.5　320p
　①978-4-331-61430-3
　〔内容〕刺された女、貰い子、書付の謎、ろくでなし

『孤狼江戸を奔る　半次血風控　特選時代小説』　2008.6　333p
　①978-4-331-61332-0

松本　侑子
まつもと・ゆうこ
1963～

島根県生まれ。筑波大卒。「巨食症の明けない夜明け」で作家デビュー。「恋の蛍　山崎富栄と太宰治」では新田次郎文学賞を受賞。

光文社文庫（光文社）

『島燃ゆ隠岐騒動』　2016.5　467p〈『神と語って夢ならず』(2013年刊)の改題、加筆訂正　文献あり〉
　①978-4-334-77284-0

三雲 岳斗

みくも・がくと

1970〜

大分県生まれ。上智大卒。電撃ゲーム小説大賞銀賞受賞作品「コールド・ゲヘナ」で作家デビュー。

双葉文庫(双葉社)

『煉獄の鬼王　新・将門伝説』　2011.2
　423p
　①978-4-575-51416-2

水沢 龍樹

みずさわ・たつき

1957〜

群馬県生まれ。群馬大卒。養護学校教師を経て、作家となる。著書に「妖艶小野小町」「オオカミ判官」などがある。

桃園文庫(桃園書房)

『平安京物怪伝』　2002.2　324p
　①4-8078-0444-8

ベスト時代文庫
(ベストセラーズ)

『御試人山田朝右衛門』　2008.11　350p
　①978-4-584-36649-3

水田 勁

みずた・けい

2012年「紀之屋玉吉残夢録」シリーズ第一作「あばれ鞘間」で文庫書き下ろし時代小説作家としてデビュー。

双葉文庫(双葉社)

◇紀之屋玉吉残夢録

『あばれ鞘間　紀之屋玉吉残夢録』
　2012.12　320p
　①978-4-575-66594-9
『いくさ中間　紀之屋玉吉残夢録』
　2013.5　329p
　①978-4-575-66613-7
『海よかもめよ　紀之屋玉吉残夢録』
　2014.1　315p
　①978-4-575-66651-9
『江戸ながれ人　紀之屋玉吉残夢録』
　2014.7　310p
　①978-4-575-66677-9

三谷 幸喜

みたに・こうき

1961〜

東京生まれ。日大卒。映画監督、脚本家として、NHK大河ドラマ「真田丸」はじめ、数々の話題作を発表。

幻冬舎文庫(幻冬舎)

『清須会議』　2013.7　300p
　①978-4-344-42055-7

三戸岡 道夫
みとおか・みちお
1928～

静岡県生まれ。東大卒。協和銀行副頭取を経て作家となり、主に経済小説を執筆。時代小説作品には「二宮金次郎の一生」「哀愁武士道」などがある。

PHP文庫 (PHP研究所)

『保科正之　徳川将軍家を支えた名君』
　1998.7　397p
　①4-569-57171-9
『大山巌　剛腹にして果断の将軍』
　2000.6　450p
　①4-569-57414-9

湊谷 卓生
みなとや・たくみ
東京生まれ。早大卒。時代小説作品に「ご制外新九郎風月行」がある。

学研M文庫 (学研パブリッシング)

◇ご制外新九郎風月行
『邪神　ご制外新九郎風月行』　2012.2
　288p〈発売：学研マーケティング〉
　①978-4-05-900741-8
『死を売る男　ご制外新九郎風月行』
　2012.9　303p〈発売：学研マーケティング〉
　①978-4-05-900779-1

見延 典子
みのべ・のりこ
1955～

北海道生まれ。早大卒。デビュー作「もう頬づえはつかない」がベストセラーとなる。時代小説の代表作に「頼山陽」がある。

徳間文庫 (徳間書店)

『頼山陽　上』　2011.7　651p
　①978-4-19-893403-3
『頼山陽　中』　2011.8　592p
　①978-4-19-893423-1
『頼山陽　下』　2011.9　535p
　①978-4-19-893436-1

宮木 あや子
みやぎ・あやこ
1976～

神奈川県生まれ。システムエンジニアなどを経て、2006年短編集「花宵道中」で、女による女のためのR-18文学賞の大賞と読者賞を受賞。他に「泥ぞつもりて」など。

新潮文庫 (新潮社)

『花宵道中』　2009.9　374p
　①978-4-10-128571-9
　〔内容〕花宵道中、薄羽蜉蝣、青花牡丹、十六夜時雨、雪紐観音、大門切手
『ガラシャ』　2013.9　380p〈文献あり〉
　①978-4-10-128574-0

文春文庫（文藝春秋）

『泥（こひ）ぞつもりて』　2014.4　311p
　①978-4-16-790072-4
　〔内容〕泥ぞつもりて，凍れる涙，東風吹かば

宮城　賢秀
みやぎ・けんしゅう
1946～

台湾生まれ。様々な職業を経験した後、40歳より文筆業に専念。書き下ろし時代小説作家として活躍。作品に「天保刺客群像」「八丁堀親子鷹」「一橋隠密帳」「鏖殺」など。

学研M文庫（学研パブリッシング）

◇道中奉行隠密帳

『道中奉行隠密帳』　2002.2　302p
　①4-05-900119-8
『美濃路の決闘　道中奉行隠密帳　2』
　2002.6　305p
　①4-05-900164-3
『日光斬殺剣　道中奉行隠密帳』　2002.12　307p
　①4-05-900204-6
『斬人斬馬剣　道中奉行隠密帳』　2003.4　302p
　①4-05-900233-X
『東海非情剣　道中奉行隠密帳』　2003.8　303p
　①4-05-900247-X

◇徒目付事件控

『剣狼　徒目付事件控』　2002.4　328p

　①4-05-900146-5
『剣魂　徒目付事件控　2』　2002.8　298p
　①4-05-900158-9
『剣賊　徒目付事件控　3』　2002.10　302p
　①4-05-900192-9

◇火付盗賊改

『火付盗賊改』　2004.1　306p
　①4-05-900269-0
『影富五人衆　火付盗賊改』　2004.5　302p
　①4-05-900286-0
『惨殺追跡行　火付盗賊改』　2004.12　310p
　①4-05-900316-6
『血闘御用船　火付盗賊改』　2005.10　310p
　①4-05-900369-7
『血風闇街道　火付盗賊改』　2006.1　309p
　①4-05-900398-0

◇大江戸裏探索

『伐折羅剣　大江戸裏探索』　2004.3　326p〈『蛮社の獄』（徳間書店1998年刊）の改題〉
　①4-05-900283-6
『摩虎羅剣　大江戸裏探索』　2004.8　326p〈『薩摩暗躍』（徳間書店1998年刊）の改題〉
　①4-05-900301-8
『羅刹剣　大江戸裏探索』　2005.3　333p〈『北の桜南の剃刀』（徳間書店1999年刊）の改題〉
　①4-05-900340-9
『天魔斬剣　大江戸裏探索』　2005.8　334p〈『凶刀』（1999年刊）の改題〉
　①4-05-900372-7

◇平八捕物帳

『月下の三つ巴　平八捕物帳』　2006.5
310p
①4-05-900416-2

『落とし胤　平八捕物帳』　2006.10
314p
①4-05-900436-7

『待ち伏せ　平八捕物帳』　2007.4　310p
①978-4-05-900470-7

『京の仇討ち　平八捕物帳』　2007.11
310p
①978-4-05-900504-9

◇将軍舎弟隠密帳

『将軍舎弟隠密帳』　2009.10　313p〈発
売：学研マーケティング〉
①978-4-05-900600-8

『掟破り　将軍舎弟隠密帳』　2010.3
310p〈発売：学研マーケティング〉
①978-4-05-900628-2

『裏稼ぎ　将軍舎弟隠密帳』　2010.8
310p〈発売：学研マーケティング〉
①978-4-05-900646-6

『闇討ち　将軍舎弟隠密帳』　2011.1
310p〈発売：学研マーケティング〉
①978-4-05-900673-2

『影仕置　将軍舎弟隠密帳』　2011.6
310p〈発売：学研マーケティング〉
①978-4-05-900696-1

◇裏柳生探索帳

『裏柳生探索帳』　2011.11　310p〈発
売：学研マーケティング〉
①978-4-05-900722-7

『身代わり　裏柳生探索帳』　2012.4
310p〈発売：学研マーケティング〉
①978-4-05-900748-7

『柳生狩り　裏柳生探索帳』　2012.9
315p〈発売：学研マーケティング〉
①978-4-05-900777-7

◇　◇　◇

『暗闘斬刃　徒目付探索控』　2003.2
322p
①4-05-900222-4

『闘剣　備場掛手付控』　2003.6　301p
①4-05-900240-2

『阿修羅剣　鳥居耀蔵裏探索』　2003.10
327p〈『妖怪犯科帳』（徳間書店1997年
刊）の改題〉
①4-05-900258-5

ケイブンシャ文庫（勁文社）

◇一橋隠密帳

『一橋隠密帳』　1997.12　317p
①4-7669-2873-3

『一橋隠密帳　2　紀州徳川家世子暗殺秘
聞』　1998.4　301p
①4-7669-2944-6

『一橋隠密帳　3　彦根藩年貢縮緬抜荷秘
聞』　1998.8　315p
①4-7669-3017-7

『一橋隠密帳　4　阿蘭陀商館阿片密売秘
聞』　1999.1　315p
①4-7669-3129-7

◇賞金稼ぎ惨殺剣

『賞金稼ぎ惨殺剣』　1999.4　315p
①4-7669-3184-X

『旗本屋敷の女首領　賞金稼ぎ惨殺剣　2』
1999.10　317p
①4-7669-3334-6

『室町公方の遺刀　賞金稼ぎ惨殺剣　3』
2000.3　317p
①4-7669-3436-9

◇多羅尾佐介甲賀隠密帳

『三代将軍の密命　多羅尾佐介甲賀隠密

帳』　2000.8　319p
①4-7669-3550-0

『逆賊の群れ　多羅尾佐介甲賀隠密帳』
2001.2　315p
①4-7669-3714-7

『密命斬殺剣　多羅尾佐介甲賀隠密帳』
2001.6　318p
①4-7669-3827-5

『甲州街道密殺剣　多羅尾佐介甲賀隠密
帳』　2001.12　317p
①4-7669-3992-1

『奥州必殺闇街道　多羅尾佐介甲賀隠密
帳』　2002.4　319p
①4-7669-4093-8

幻冬舎文庫(幻冬舎)

◇長谷川平蔵事件控

『長谷川平蔵事件控　神稲小僧』　2000.
10　318p
①4-344-40037-2

『謎の伝馬船　長谷川平蔵事件控　2』
2000.12　318p
①4-344-40048-8

『江戸騒擾　長谷川平蔵事件控　3』
2001.10　318p
①4-344-40172-7

『蜂須賀小六の末裔　長谷川平蔵事件控
4』　2002.10　317p
①4-344-40290-1

廣済堂文庫(廣済堂出版)

◇南町奉行所七人衆

『定町廻り必殺剣　南町奉行所七人衆』
1995.4　313p
①4-331-60449-7

『定町廻り無双剣　南町奉行所七人衆　特

選時代小説』　1995.10　313p
①4-331-60480-2

『定町廻り活殺剣　南町奉行所七人衆　特
選時代小説』　1996.2　311p
①4-331-60504-3

『定町廻り飛竜剣　南町奉行所七人衆　特
選時代小説』　1996.6　306p
①4-331-60523-X

『定町廻り蒼竜剣　南町奉行所七人衆　特
選時代小説』　1996.11　299p
①4-331-60546-9

◇八丁堀親子鷹

『八丁堀親子鷹　北町奉行所捕物控　特選
時代小説』　1997.3　302p
①4-331-60570-1

『八丁堀親子鷹　特選時代小説　2　紀州
新宮鷹撃剣』　1997.7　309p
①4-331-60590-6

『八丁堀親子鷹　北町奉行所捕物控　3
野州黒羽鷹爪剣　特選時代小説』
1997.11　311p
①4-331-60614-7

『八丁堀親子鷹　北町奉行所捕物控　4
奥州仙台鷹隼剣　特選時代小説』
1998.4　309p
①4-331-60652-X

『八丁堀親子鷹　北町奉行所捕物控　5
越州新潟鷹揚剣　特選時代小説』
1998.8　311p
①4-331-60678-3

◇柳生隠密帳　幕府探索方控

『柳生隠密帳　幕府探索方控　特選時代小
説』　1999.6　321p
①4-331-60750-X

『柳生隠密帳　幕府探索方控　2　特選時代
小説』　1999.10　318p
①4-331-60781-X

『柳生隠密帳　幕府探索方控　3　特選時代
小説』　2000.3　314p

①4-331-60812-3

◇示現流秘蝶剣

『示現流秘蝶剣　特選時代小説』　2001.
　12　322p〈『若さま御用帳』(春陽堂書
　店1993年刊)の改題〉
　　①4-331-60910-3

『示現流秘蝶剣　2　特選時代小説』
　2002.4　335p〈『若さま御用帳　続』(春
　陽堂書店1993年刊)の改題〉
　　①4-331-60926-X

『閃刃　特選時代小説　示現流秘蝶剣　3』
　2002.8　320p
　　①4-331-60951-0

『斬奸　特選時代小説　示現流秘蝶剣　4』
　2002.12　322p〈『若さま信濃路を行
　く』(春陽堂書店1995年刊)の改題〉
　　①4-331-60974-X

『刀魂　特選時代小説　示現流秘蝶剣　5』
　2003.6　318p〈関連タイトル:若さま
　奥州路を行く　『若さま奥州路を行く』
　(春陽堂書店平成8年刊)の改題〉
　　①4-331-61017-9

◇一橋隠密帳

『血闘　特選時代小説　一橋隠密帳　1』
　2003.9　318p〈『一橋隠密帳』(勁文社
　1997年刊)の改題〉
　　①4-331-61032-2

『殺掠　特選時代小説　一橋隠密帳　2』
　2003.12　319p〈『一橋隠密帳』(勁文社
　1998年刊)の改題〉
　　①4-331-61056-X

『策謀　特選時代小説　一橋隠密帳　3』
　2004.9　326p〈『一橋隠密帳』(勁文社
　1998年刊)の改題〉
　　①4-331-61116-7

◇戦国群盗伝

『戦国群盗伝　特選時代小説』　2004.3
　326p

　　①4-331-61075-6

『家康の隠密　特選時代小説　戦国群盗伝
　2』　2004.6　335p
　　①4-331-61097-7

『御用盗　幕末風雲録　特選時代小説』
　1994.3　314p
　　①4-331-60402-0

『大目付一件帳　庶藩探索方控　特選時代
　小説』　1998.3　313p
　　①4-331-60640-6

『大目付一件帳　庶藩探索方控　2　特選
　時代小説』　1998.11　315p
　　①4-331-60699-6

『大目付一件帳　庶藩裏探索方控　3　特
　選時代小説』　1999.3　316p
　　①4-331-60729-1

『示現流必殺剣　痛快長篇時代小説　特選
　時代小説』　2000.11　317p
　　①4-331-60841-7

『薩摩・御庭番が疾る　長篇活劇時代小説
　特選時代小説』　2001.3　320p〈『琉球
　御庭番事件帳』(実業之日本社1997年
　刊)の改題〉
　　①4-331-60860-3

『裏目付犯科帳　痛快活劇時代小説　特選
　時代小説』　2001.6　311p
　　①4-331-60874-3
　〔内容〕裏目付犯科帳,文政潮来心中,二流の
　　志士,竹内啓の最期,御用盗と十津川郷士

『刺客稼業　痛快活劇時代小説　特選時代
　小説』　2001.9　320p〈『天保刺客群
　像』(春陽堂書店1992年刊)の改題〉
　　①4-331-60886-7

『雄呂血　異聞・真忠組隊士　特選時代小
　説』　2003.2　326p
　　①4-331-60988-X

宮城賢秀

光文社文庫(光文社)

◇裏お庭番探索控

『将軍の密偵　長編時代小説　裏お庭番探索控』　2000.2　312p
①4-334-72964-9

『将軍暗殺　長編時代小説　裏お庭番探索控 2』　2000.8　319p
①4-334-73045-0

『斬殺指令　文庫書下ろし　長編時代小説　裏お庭番探索控 3』　2000.11　312p
①4-334-73082-5

『公儀隠密行　長編時代小説　裏お庭番探索控 4』　2001.9　313p
①4-334-73210-0

『隠密影始末　長編時代小説　裏お庭番探索控 5』　2002.2　312p
①4-334-73283-6

◇賞金首

『賞金首　長編時代小説』　2001.1　315p
①4-334-73099-X

『鏖殺　文庫書下ろし/長編時代小説　賞金首 2』　2001.5　315p
①4-334-73155-4

『乱波の首　長編時代小説　賞金首 3』　2001.11　313p
①4-334-73228-3

『千両の獲物　長編時代小説　賞金首 4』　2002.5　320p
①4-334-73320-4

『謀叛人の首　長編時代小説　賞金首 5』　2003.2　314p
①4-334-73449-9

◇一橋慶喜隠密帳

『隠密目付疾る　長編時代小説　一橋慶喜隠密帳』　2002.11　313p
①4-334-73400-6
〔内容〕隠密目付、処士の夢、押し込み、追跡の旅、尊皇攘夷、神奈川宿、梶谷兄弟、東子安村、刺客集団、老暗殺者、悪党狩り、美女と剣

『伊豆惨殺剣　長編時代小説　一橋慶喜隠密帳 2』　2003.7　315p
①4-334-73525-8

『闇の元締　長編時代小説　一橋慶喜隠密帳 3』　2004.1　318p
①4-334-73626-2

『阿蘭陀麻薬商人　長編時代小説　一橋慶喜隠密帳 4』　2004.10　318p
①4-334-73773-0

『安政の大地震　長編時代小説　一橋慶喜隠密帳 5』　2005.6　319p
①4-334-73898-2

『義弘敗走　長編時代小説　慶長風雲録』　2006.8　328p
①4-334-74114-2

コスミック・時代文庫
(コスミック出版)

◇柳生隠密帳 幕府探索方控

『柳生隠密帳 幕府探索方控　長編痛快時代小説 1』　2004.6　300p〈東京コスミックインターナショナル(発売)〉
①4-7747-0778-3

『柳生隠密帳 幕府探索方控 2 九鬼水軍斬殺剣』　2004.10　300p〈東京コスミックインターナショナル(発売)〉
①4-7747-0793-7

『柳生隠密帳 幕府探索方控 3 甲賀流八双くずし』　2005.1　301p〈東京コスミックインターナショナル(発売)〉
①4-7747-2008-9

宮城賢秀

◇長谷川平蔵事件控

『長谷川平蔵事件控　神稲小僧　傑作長編時代小説』　2005.4　335p〈東京 コスミックインターナショナル（発売）〉
①4-7747-2019-4

『長谷川平蔵事件控　2　謎の伝馬船　傑作長編時代小説』　2005.7　335p〈東京 コスミックインターナショナル（発売）〉
①4-7747-2032-1

『長谷川平蔵事件控　3　江戸騒乱　傑作長編時代小説』　2005.10　335p〈発売：コスミックインターナショナル〉
①4-7747-2050-X

『長谷川平蔵事件控　4　蜂須賀小六の末裔　傑作長編時代小説』　2006.1　335p〈発売：コスミックインターナショナル〉
①4-7747-2063-1

『大江戸処刑人　御小人目付事件控』　2003.7　286p〈東京 コスミックインターナショナル（発売）〉
①4-7747-0714-7

『群狼狩り　寺社奉行吟味物調役事件控』　2003.10　285p〈東京 コスミックインターナショナル（発売）〉
①4-7747-0740-6

『裏目付犯科帳　傑作時代小説』　2004.2　399p〈東京 コスミックインターナショナル（発売）〉
①4-7747-0762-7
〔内容〕くノ一お竜事件帳、女密偵一件帳、裏目付犯科帳、文政潮来心中、二流の志士（前篇）、竹内啓の最期、御用盗と十津川郷士、二流の志士（後篇）

春陽文庫（春陽堂書店）

◇琉球秘蝶剣御用旅

『若さま信濃路を行く　琉球秘蝶剣御用旅』　1995.10　286p
①4-394-16905-4

『若さま奥州路を行く　琉球秘蝶剣御用旅』　1996.11　284p
①4-394-16906-2

『天保刺客群像』　1992.10　293p
①4-394-16901-1
〔内容〕深川茶屋、目黒不動、浅草馬道、三囲稲荷、上野不忍、下谷車坂、本所弥勒寺、深川御船蔵、洲崎弁財天、富岡八幡宮、古川二ノ橋、白銀妙見堂

『若さま御用帳　琉球示現流秘蝶剣』　1993.2　295p
①4-394-16902-X

『若さま御用帳　続』　1993.9　305p
①4-394-16903-8

『新若さま御用帳』　1994.10　288p
①4-394-16904-6

青樹社文庫（青樹社）

◇徒目付事件控

『剣狼　徒目付事件控』　1998.8　325p
①4-7913-1103-5

『剣魂　徒目付事件控　2』　1999.6　301p
①4-7913-1157-4

『剣賊　徒目付事件控　3』　1999.11　301p
①4-7913-1179-5

宮城賢秀

◇　◇　◇

『闘剣　間宮林蔵隠密控』　1998.12
299p
①4-7913-1123-X
『暗闘斬刃　徒目付探索控』　2000.11
317p
①4-7913-1218-X

だいわ文庫(大和書房)

『先手刺客　吉宗の隠密』　2007.12
316p
①978-4-479-30146-2

桃園文庫(桃園書房)

◇八丁堀父子鷹

『八丁堀父子鷹』　2001.6　310p〈『八丁堀親子鷹』(廣済堂出版1997年刊)の改題〉
①4-8078-0428-6
『八丁堀父子鷹 2』　2001.12　310p〈『紀州親宮鷹撃剣』(廣済堂出版1997年刊)の改題〉
①4-8078-0440-5
『八丁堀父子鷹 3』　2002.8　318p〈『野州黒羽鷹爪剣』(廣済堂出版1997年刊)の改題〉
①4-8078-0456-1
『奥州仙台鷹隼剣　八丁堀父子鷹 4』
2005.7　321p〈『八丁堀親子鷹 4』(1998年刊)の改題〉
①4-8078-0524-X

『大江戸処刑人』　1998.7　332p
①4-8078-0361-1
〔内容〕松平外記の刃傷、足利義輝の遺刀、無常の御家人株、白骨の直参旗本、寄場役人の惨死、怨みの関所手形、鳥見見習の横死
『群狼狩り　寺社奉行吟味物調役事件控』
2000.6　323p
①4-8078-0408-1
〔内容〕羅漢寺の破戒僧、虚無僧寺と男色、将棋所職と春画、紅葉山の火之番、偽比丘尼と盗賊
『凶悪狩り　道中奉行裏探索方事件控』
2000.12　357p
①4-8078-0418-9
『御庭番隠密控』　2004.5　318p〈『上皇の首』(徳間書店平成12年刊)の改題〉
①4-8078-0500-2
『雄呂血　異聞・真忠組隊士』　2005.11
317p
①4-8078-0532-0

徳間文庫(徳間書店)

◇妖怪犯科帳 鳥居甲斐守忠耀事件控

『妖怪犯科帳　妖怪犯科帳 鳥居甲斐守忠耀事件控』　1997.6　345p
①4-19-890712-9
『蛮社の獄　妖怪犯科帳 鳥居甲斐守忠耀事件控』　1998.2　346p
①4-19-890845-1
『薩摩暗躍　妖怪犯科帳 鳥居甲斐守忠耀事件控』　1998.7　344p
①4-19-890928-8
『北の桜南の剃刀　妖怪犯科帳 鳥居甲斐守忠耀事件控』　1999.3　343p
①4-19-891072-3
『凶刃　妖怪犯科帳 鳥居甲斐守忠耀事件控』　1999.9　345p
①4-19-891179-7

◇公儀刺客七人衆

『公儀刺客七人衆』　2007.1　344p
①978-4-19-892545-1

『偽金造り　公儀刺客七人衆』　2007.7
　345p
　　①978-4-19-892639-7
『闇商人　公儀刺客七人衆』　2008.3
　318p
　　①978-4-19-892762-2

『上皇の首　御庭番暗闘録』　2000.3
　314p
　　①4-19-891283-1
『血の報償　用心棒稼業』　2001.3　317p
　　①4-19-891473-7
『忍びの女』　2004.9　348p
　　①4-19-892128-8
『忍びの女　秘命家康暗殺』　2005.5
　310p
　　①4-19-892247-0
『忍びの女　関ケ原合戦』　2006.3　343p
　　①4-19-892400-7

ハルキ文庫（角川春樹事務所）

◇隠密助太刀稼業

『隠密助太刀稼業』　2000.5　286p
　　①4-89456-698-2
『隠密助太刀稼業　2』　2000.9　287p
　　①4-89456-761-X
　　〔内容〕大和新陰流
『十三の敵討ち　隠密助太刀稼業　時代小説文庫』　2001.6　282p
　　①4-89456-872-1
『老盗賊の逆襲　隠密助太刀稼業　時代小説文庫』　2002.6　285p
　　①4-89456-983-3
『陰謀ノ砦　隠密助太刀稼業　時代小説文庫』　2006.9　284p
　　①4-7584-3257-0

◇多羅尾佐介甲賀隠密帳

『三代将軍の密命　多羅尾佐介甲賀隠密帳　時代小説文庫』　2005.1　287p
　　①4-7584-3153-1
『逆賊の群れ　多羅尾佐介甲賀隠密帳　時代小説文庫』　2005.2　286p
　　①4-7584-3156-6
『密命斬殺剣　多羅尾佐介甲賀隠密帳　時代小説文庫』　2005.3　286p
　　①4-7584-3162-0
『甲州海道密殺剣　多羅尾佐介甲賀隠密帳　時代小説文庫』　2005.8　287p
　　①4-7584-3192-2
『奥州必殺闇街道　多羅尾佐介甲賀隠密帳　時代小説文庫』　2005.9　287p
　　①4-7584-3197-3

『幕末志士伝赤報隊　上』　2000.6　280p
　〈『御用盗』（廣済堂出版1994年刊）の増訂〉
　　①4-89456-710-5
『幕末志士伝赤報隊　下』　2000.6　273p
　　①4-89456-711-3
『おろしゃ小僧常吉　時代小説文庫』
　2001.10　290p
　　①4-89456-898-5
『大目付一件帳　時代小説文庫』　2002.9
　283p
　　①4-7584-3006-3
『大目付一件帳　2　時代小説文庫』
　2002.12　283p
　　①4-7584-3020-9
　　〔内容〕老中首座失脚
『大目付一件帳　3　時代小説文庫』
　2003.3　283p
　　①4-7584-3035-7
　　〔内容〕盛岡藩の暗闘
『近衛前久隠密帳　時代小説文庫』
　2003.6　288p
　　①4-7584-3053-5

宮城賢秀

『隠密御用一刀流　時代小説文庫』
2004.6　286p
①4-7584-3112-4

『青竜の剣　時代小説文庫』　2004.8
281p
①4-7584-3126-4
〔内容〕異聞・保辰琉聘録、江戸与那、親雲上江戸に死す、文政潮来心中

『将軍義輝の死　時代小説文庫』　2005.6
295p
①4-7584-3180-9

『葵の剣客　享保武芸帳　時代小説文庫』
2007.6　332p
①978-4-7584-3298-6

『家康の隠密　時代小説文庫』　2007.10
479p
①978-4-7584-3312-9

『暴れ琉人剣　天保三国志　時代小説文庫』　2008.4　287p
①978-4-7584-3332-7

『隠密の掟　時代小説文庫』　2008.10
325p
①978-4-7584-3376-1

『暗躍　大久保利通の密偵　時代小説文庫』　2008.12　331p
①978-4-7584-3386-0

『龍虎隠密帳　時代小説文庫』　2009.8
329p
①978-4-7584-3428-7

『八丁堀の虎　時代小説文庫』　2010.8
327p
①978-4-7584-3496-6

双葉文庫（双葉社）

◇内与力捕物帳

『必殺剣　内与力捕物帳』　2003.9　348p
①4-575-66152-X

『無双剣　内与力捕物帳』　2004.7　349p
①4-575-66174-0

◇伊丹十兵衛惨殺控

『賞金稼ぎ　伊丹十兵衛惨殺控』　2004.9
341p〈『賞金稼ぎ惨殺剣』（勁文社1999年刊）の改題〉
①4-575-66180-5

『女首領　伊丹十兵衛惨殺控』　2005.4
341p〈『旗本屋敷の女首領』（勁文社1999年刊）の改題〉
①4-575-66201-1

『将軍の遺刀　伊丹十兵衛惨殺控』
2005.8　341p〈『室町公方の遺刀』（勁文社2000年刊）の改題〉
①4-575-66216-X

『凶悪狩り　道中奉行裏探索方事件控』
2003.6　450p
①4-575-66147-3

『刺客狩り　城右近隠密帳』　2003.12
338p〈『示現流必殺剣』（廣済堂出版2000年刊）の改題〉
①4-575-66158-9

『血の報償　用心棒稼業』　2004.2　346p
①4-575-66162-7

『血陣　吉宗の御庭番』　2005.2　341p
①4-575-66196-1

ベスト時代文庫（ベストセラーズ）

『柳生隠密一件帳』　2011.3　311p
①978-4-584-36696-7

宮城谷 昌光
みやぎたに・まさみつ
1945〜

愛知県生まれ。早大卒。古代中国を舞台とした作品を次々と発表、1991年「夏姫春秋」で直木賞を受賞。地元愛知県を舞台とした「風は山河より」などもある。

新潮文庫（新潮社）

『風は山河より　第1巻』　2009.11　355p
　①978-4-10-144451-2

『風は山河より　第2巻』　2009.11　320p
　①978-4-10-144452-9

『風は山河より　第3巻』　2009.12　316p
　①978-4-10-144453-6

『風は山河より　第4巻』　2009.12　315p
　①978-4-10-144454-3

『風は山河より　第5巻』　2010.1　322p
　①978-4-10-144455-0

『風は山河より　第6巻』　2010.1　347p
　〈文献あり〉
　①978-4-10-144456-7

『新三河物語　上巻』　2011.4　474p
　①978-4-10-144457-4

『新三河物語　中巻』　2011.4　468p
　①978-4-10-144458-1

『新三河物語　下巻』　2011.4　426p
　①978-4-10-144459-8

三宅 孝太郎
みやけ・こうたろう
1937〜

大阪府生まれ。早大卒。電通映画社を経て、1984年「夕映え河岸」でオール読物新人賞を受賞。他に「竹中半兵衛」など。

幻冬舎文庫（幻冬舎）

『竹中半兵衛　秀吉の天下奪りを熱望した名補佐役』　2001.3　458p
　①4-344-40088-7

人物文庫（学陽書房）

『竹中半兵衛』　2008.5　432p
　①978-4-313-75236-8

『北条綱成』　2010.2　334p
　①978-4-313-75257-3

『石川数正』　2014.1　485p
　①978-4-313-75292-4

PHP文庫（PHP研究所）

『安国寺恵瓊　毛利の参謀といわれた智僧』　1997.11　437p　〈年譜あり〉
　①4-569-57067-4

三宅 登茂子
みやけ・ともこ
1963～

京都府生まれ。山村正夫記念小説講座に学んだ後、2004年「密偵美作新九郎 猫股秘聞」で作家デビュー。

廣済堂文庫(廣済堂出版)

◇右近隠密控え

『隠し仏 右近隠密控え 特選時代小説』 2011.3 263p
①978-4-331-61424-2

『春雷の宴 右近隠密控え 特選時代小説』 2011.7 285p
①978-4-331-61434-1

『身代り右近 特選時代小説』 2010.10 250p
①978-4-331-61411-2

『葵の疾風(かぜ) 家光市中お忍び控え 特選時代小説』 2012.1 270p
①978-4-331-61456-3
〔内容〕若君はかぶき者, 信綱還る, 将軍の御落胤, 夜叉面組の逆襲

双葉文庫(双葉社)

『猫股秘聞 密偵美作新九郎』 2004.10 279p
①4-575-66184-8

『山雨の寺 小検使結城左内』 2006.7 292p
①4-575-66245-3

宮部 みゆき
みやべ・みゆき
1960～

東京生まれ。墨田川高卒。1999年「理由」で直木賞を受賞。のち時代小説にも進出し、推理小説と時代小説の双方を代表する作家となった。代表作に「本所深川ふしぎ草紙」。

角川文庫(KADOKAWA)

◇三島屋変調百物語

『おそろし 三島屋変調百物語事始』 2012.4 489p〈発売:角川グループパブリッシング〉
①978-4-04-100281-0
〔内容〕曼珠沙華, 凶宅, 邪恋, 魔鏡, 家鳴り

『あんじゅう 三島屋変調百物語事続』 2013.6 629p〈中央公論新社 2010年刊の再刊 発売:角川グループホールディングス〉
①978-4-04-100822-5
〔内容〕変わり百物語, 逃げ水, 藪から千本, 暗獣, 吼える仏, 変調百物語事続

『泣き童子(わらし) 三島屋変調百物語参之続』 2016.6 475p〈文藝春秋 2013年刊の再刊〉
①978-4-04-103991-5
〔内容〕魂取の池, くりから御殿, 泣き童子, 小雪舞う日の怪談語り, まぐる笛, 節気顔

『あやし』 2003.4 303p
①4-04-361104-8
〔内容〕居眠り心中, 影牢, 布団部屋, 梅の雨降る, 安達家の鬼, 女の首, 時雨鬼, 灰神楽, 蜆塚

『お文の影』 2014.6 392p〈『ばんば憑

き』〈角川書店 2011年刊〉の改題〉
①978-4-04-101333-5
〔内容〕坊主の壺, お文の影, 博打眼, 討債鬼,
ばんば憑き, 野槌の墓

角川ホラー文庫
（KADOKAWA）

『あやし』　2007.11　342p　〈発売：角川
グループパブリッシング〉
①978-4-04-361114-0
〔内容〕居眠り心中, 影牢, 布団部屋, 梅の雨
降る, 安達家の鬼, 女の首, 時雨鬼, 灰神楽,
蜆塚

講談社文庫（講談社）

◇霊験お初捕物控

『震える岩　霊験お初捕物控』　1997.9
407p
①4-06-263590-9
『天狗風　霊験お初捕物控　2』　2001.9
573p
①4-06-273257-2
『震える岩　霊験お初捕物控』　新装版
2014.3　425p
①978-4-06-277782-7
〔内容〕死人憑き, 油樽, 鳴動する石, 義挙の
裏側, 百年目の仇討始末
『天狗風　霊験お初捕物控』　新装版
2014.4　625p
①978-4-06-277826-8

◇ぼんくら

『ぼんくら　上』　2004.4　326p
①4-06-274751-0
『ぼんくら　下』　2004.4　297p
①4-06-274752-9

『日暮らし　上』　2008.11　300p
①978-4-06-276203-8
『日暮らし　中』　2008.11　277p
①978-4-06-276204-5
『日暮らし　下』　2008.11　285p
①978-4-06-276205-2
『日暮らし　上』　新装版　2011.9　444p
①978-4-06-277048-4
〔内容〕おまんま, 嫌いの虫, 子盗り鬼, なけ
なし三昧, 日暮らし 1～5
『おまえさん　上』　2011.9　610p
①978-4-06-277072-9
『日暮らし　下』　新装版　2011.9　461p
①978-4-06-277049-1
〔内容〕日暮らし 6～18, 鬼は外、福は内, 解
説（末國善己著）
『おまえさん　下』　2011.9　609p
①978-4-06-277073-6
〔内容〕おまえさん・下, 残り柿, 転び神, 磯
の鮑, 犬おどし

新潮文庫（新潮社）

『本所深川ふしぎ草紙』　1995.9　266p
①4-10-136915-1
〔内容〕片葉の芦, 送り提灯, 置いてけ堀, 落
葉なしの椎, 馬鹿囃子, 足洗い屋敷, 消え
ずの行灯
『かまいたち』　1996.10　274p
①4-10-136916-X
〔内容〕かまいたち, 師走の客, 迷い鳩, 騒ぐ刀
『幻色江戸ごよみ』　1998.9　330p
①4-10-136919-4
〔内容〕鬼子母火, 紅の玉, 春花秋燈, 器量の
ぞみ, 庄助の夜着, まひごのしるべ, だる
ま猫, 小袖の手, 首吊り御本尊, 神無月, 侘
助の花, 紙吹雪
『初ものがたり』　1999.9　272p
①4-10-136920-8
〔内容〕お勢殺し, 白魚の目, 鰹千両, 太郎柿
次郎柿, 凍る月, 遺恨の桜
『堪忍箱』　2001.11　244p

①4-10-136922-4
〔内容〕堪忍箱, かどわかし, 敵持ち, 十六夜
髑髏, お墓の下まで, 謀りごと, てんびん
ばかり, 砂村新田

『あかんべえ　上巻』　2007.1　349p
①4-10-136929-1

『あかんべえ　下巻』　2007.1　346p
①4-10-136930-5

『孤宿の人　上巻』　2009.12　493p
①978-4-10-136931-0

『孤宿の人　下巻』　2009.12　520p
①978-4-10-136932-7

『本所深川ふしぎ草紙』　改版　2012.1
294p
①978-4-10-136915-0
〔内容〕片葉の芦, 送り提灯, 置いてけ堀, 落
葉なしの椎, 馬鹿囃子, 足洗い屋敷, 消え
ずの行灯

『幻色江戸ごよみ』　改版　2014.8　386p
〈46刷（1刷1998年）〉
①978-4-10-136919-8
〔内容〕鬼子母火, 紅の玉, 春花秋燈, 器量の
ぞみ, 庄助の夜着, まひごのしるべ, だる
ま猫, 小袖の手, 首吊り御本尊, 神無月, 侘
鋤の花, 紙吹雪

『堪忍箱』　改版　2014.8　265p　〈27刷
（1刷2001年）〉
①978-4-10-136922-8
〔内容〕堪忍箱, かどわかし, 敵持ち, 十六夜
髑髏, お墓の下まで, 謀りごと, てんびん
ばかり, 砂村新田

PHP文芸文庫（PHP研究所）

『〈完本〉初ものがたり』　2013.7　477p
〈『初ものがたり』（1997年刊）の改題〉
①978-4-569-76056-8
〔内容〕お勢殺し, 白魚の目, 鰹千両, 太郎柿
次郎柿, 凍る月, 遺恨の桜, 糸吉の恋, 寿の
毒, 鬼は外

『あかんべえ』　2014.9　689p
①978-4-569-76231-9

『桜ほうさら　上』　2016.1　412p
〈2013年刊の2分冊〉
①978-4-569-76481-8
〔内容〕富勘長屋, 三八野愛郷録

『桜ほうさら　下』　2016.1　429p
〈2013年刊の2分冊〉
①978-4-569-76482-5
〔内容〕拐かし, 桜ほうさら

PHP文庫（PHP研究所）

『初ものがたり』　1997.3　289p
①4-569-56992-7

宮本　正樹
みやもと・まさき
1973～

日大卒。映画監督として数々の賞を受
賞。時代小説に「半次郎」がある。

幻冬舎時代小説文庫（幻冬舎）

『半次郎』　2010.9　202p
①978-4-344-41540-9

宮本 昌孝
みやもと・まさたか
1955～

静岡県生まれ。日大卒。シナリオ作家やコミックス原作者を経て、「剣豪将軍義輝」で時代小説作家としてデビュー。他に「ふたり道三」など。

講談社文庫(講談社)

『夕立太平記』 2000.2 411p
　①4-06-264796-6

『尼首二十万石』 2000.7 292p
　①4-06-264944-6
　〔内容〕尼首二十万石、最後の赤備え、袖簾、雨の大炊殿橋、黒い川、はては嵐の

『春風仇討行』 2000.10 226p〈『こんぴら樽』(1995年刊)の改題〉
　①4-06-264992-6
　〔内容〕春風仇討行、一の人、自裁剣、蘭丸、叛く、瘤取り作兵衛

『北斗の銃弾』 2001.10 392p
　①4-06-273276-9

『影十手活殺帖』 2002.6 294p
　①4-06-273464-8
　〔内容〕血煙因縁坂、白浪反魂丹、冬霞妻敵討、忠臣徒名草、入聟菊之丞

『おねだり女房　影十手活殺帖』 2010.3 295p
　①978-4-06-276607-4
　〔内容〕助六小僧、おねだり女房、長命水と桜餅、雨の離れ山

『家康、死す　上』 2014.1 355p
　①978-4-06-277718-6

『家康、死す　下』 2014.1 318p〈文献あり〉
　①978-4-06-277719-3

集英社文庫(集英社)

『藩校早春賦』 2002.7 440p
　①4-08-747465-8

『夏雲あがれ　上』 2005.8 359p
　①4-08-747857-2

『夏雲あがれ　下』 2005.8 394p
　①4-08-747858-0

祥伝社文庫(祥伝社)

◇陣借り平助

『陣借り平助　長編時代小説』 2004.4 378p
　①4-396-33159-2

『天空の陣風(はやて)　陣借り平助』 2013.9 337p
　①978-4-396-33873-2
　〔内容〕城を喰う紙魚、咲くや、甲越の花、鵺鴒の尾、五月雨の時鳥、月下氷人剣

『陣星(いくさぼし)、翔ける　陣借り平助』 2015.4 350p
　①978-4-396-34114-5
　〔内容〕鵺と麝香と鬼丸と、死者への陣借り、女弁慶と女大名、勝鬨姫始末、木阿弥の夢

『風魔　長編時代小説　上』 2009.9 453p
　①978-4-396-33528-1

『風魔　長編時代小説　中』 2009.9 506p
　①978-4-396-33529-8

『風魔　長編時代小説　下』 2009.9 453p
　①978-4-396-33530-4

『紅蓮の狼　時代小説』 2010.2 390p〈『青嵐の馬』(文藝春秋平成13年刊)の改題〉

宮本昌孝

①978-4-396-33555-7
〔内容〕白日の鹿, 紅蓮の狼, 青嵐の馬, 解説
（菊池仁著）

新潮文庫（新潮社）

『ふたり道三　上巻』　2005.10　567p
　①4-10-121251-1
『ふたり道三　中巻』　2005.10　569p
　①4-10-121252-X
『ふたり道三　下巻』　2005.10　558p
　①4-10-121253-8

徳間文庫（徳間書店）

『剣豪将軍義輝　上　鳳雛ノ太刀』
　2000.1　358p
　①4-19-891247-5
『剣豪将軍義輝　中　孤雲ノ太刀』
　2000.2　397p
　①4-19-891266-1
『剣豪将軍義輝　下　流星ノ太刀』
　2000.3　486p
　①4-19-891284-X
『将軍の星　義輝異聞』　2003.5　309p
　①4-19-891892-9
　〔内容〕前髪公方, 妄執の人, 紅楓子の恋, 義
　輝異聞 丹波の黒豆, 義輝異聞 将軍の星, 義
　輝異聞 遺恩, 義輝異聞 三好検校
『ふたり道三　上』　2010.12　616p
　①978-4-19-893275-6
『ふたり道三　中』　2011.1　620p
　①978-4-19-893298-5
『ふたり道三　下』　2011.2　605p
　①978-4-19-893312-8
『剣豪将軍義輝　上　鳳雛ノ太刀』　新装
　版　2011.11　362p
　①978-4-19-893461-3
『剣豪将軍義輝　中　孤雲ノ太刀』　新装
　版　2011.11　406p

①978-4-19-893462-0
『剣豪将軍義輝　下　流星ノ太刀』　新装
　版　2011.11　541p
　①978-4-19-893463-7
『海王　上　蒼波ノ太刀』　2011.12
　541p
　①978-4-19-893478-1
『海王　中　潮流ノ太刀』　2011.12
　620p
　①978-4-19-893479-8
『海王　下　解纜の太刀』　2011.12
　611p
　①978-4-19-893480-4
『将軍の星　義輝異聞』　2012.3　325p
　〈2003年刊の新装版〉
　①978-4-19-893520-7
　〔内容〕前髪公方, 妄執の人, 紅楓子の恋, 義
　輝異聞 丹波の黒豆, 義輝異聞 将軍の星, 義
　輝異聞 三好検校, 義輝異聞 遺恩

ハヤカワ文庫（早川書房）

『旗本花咲男　1』　1991.1　310p
　①4-15-030341-X
　〔内容〕留主水之介登場, 四十八人目の義士,
　剣鬼, 問われて名乗るも

文春文庫（文藝春秋）

『青嵐の馬』　2001.5　331p
　①4-16-716502-3
　〔内容〕白日の鹿, 紅蓮の狼, 青嵐の馬

ベスト時代文庫
（ベストセラーズ）

『旗本花咲男　上』　2006.8　264p
　①4-584-36567-9
　〔内容〕留主水之介登場, 四十八人目の義士,

剣鬼, 問われて名乗るも

『旗本花咲男　下』　2006.8　270p
　①4-584-36568-7
　〔内容〕残香, 女難, 城攻

三吉　眞一郎
みよし・しんいちろう

静岡県生まれ。独協大卒。広告プランナーを定年退職後、2013年に「翳りの城」で作家デビュー。

竹書房文庫 (竹書房)

『翳りの城　長編小説』　2016.6　347p
　①978-4-8019-0754-6

向谷　匡史
むかいだに・ただし
　1950〜

広島県生まれ。拓殖大卒。僧侶の傍ら、編集企画会社を経営し、劇画原作や小説を執筆。

ベスト時代文庫
（ベストセラーズ）

◇江戸の闇鴉

『江戸の闇鴉』　2007.2　323p
　①978-4-584-36588-5
『検校の首　江戸の闇鴉』　2007.8　285p
　①978-4-584-36606-6

◇　◇　◇

『花一輪　深川同心人情裁き』　2008.6
　267p
　①978-4-584-36637-0
　〔内容〕陽炎, 竹とんぼ, 花一輪, 鹿島立ち

武藤　大成
むとう・だいせい
　1947〜

旧満州生まれ。松竹のプロデューサーなどを経て、2006年「撃剣 鞘走り暮鐘」で歴史群像大賞奨励賞を受賞。

学研M文庫 (学研パブリッシング)

『撃剣　鞘走り暮鐘』　2007.5　298p
　①978-4-05-900479-0

村木　嵐
むらき・らん
　1967〜

京都府生まれ。京大卒。司馬遼太郎夫人の秘書を経て作家となり、2010年「マルガリータ」で松本清張賞を受賞。以後は、時代小説を多く執筆。

実業之日本社文庫
（実業之日本社）

『火狐　八丁堀捕物始末』　2016.2　317p
　〈『多助の女』(2013年刊)の改題〉

①978−4−408−55280−4

中公文庫（中央公論新社）

『船を待つ日　古物屋お嬢と江戸湊人買い
　船』　2014.5　283p
　　①978−4−12−205945−0

文春文庫（文藝春秋）

『マルガリータ』　2013.6　345p
　　①978−4−16−783859−1
『遠い勝鬨』　2014.8　393p
　　①978−4−16−790161−5

村咲 数馬
むらさき・かずま
1963〜2004

山形県生まれ。東洋大卒。銀行員、漫画
編集者などを経て、作家デビューした。

コスミック・時代文庫

（コスミック出版）

◇不知火半兵衛闇始末

『隠し人炎斬り　書下ろし長編時代小説
　不知火半兵衛闇始末　1』　2004.5
　283p〈東京 コスミックインターナショ
　ナル（発売）〉
　　①4−7747−0775−9
『隠し人無情剣　書下ろし長編時代小説
　不知火半兵衛闇始末　2』　2004.8
　285p〈東京 コスミックインターナショ
　ナル（発売）〉

①4−7747−0786−4

『隠し人斬雪剣　書下ろし長編時代小説
　不知火半兵衛闇始末　3』　2004.12
　255p〈東京 コスミックインターナショ
　ナル（発売）〉
　　①4−7747−2002−X

◇たけみつ同心事件帖

『秋つばめ　書下ろし長編時代小説　たけ
　みつ同心事件帖』　2005.10　302p〈発
　売：コスミックインターナショナル〉
　　①4−7747−2049−6
　　〔内容〕文月の愁、誓い星、夜空咲く、猫の恋、
　　残菊、わらべ歌、問わず語り、秋つばめ
『春の虹　書下ろし長編時代小説　たけみ
　つ同心事件帖』　2005.5　319p〈東京
　コスミックインターナショナル（発
　売）〉
　　①4−7747−2025−9
　　〔内容〕紅涙の月、恋模様、猫とおてんば、人
　　生艶々、男の溜息、春の虹
『夏ほたる　書下ろし長編時代小説　たけ
　みつ同心事件帖』　2005.8　318p〈東
　京 コスミックインターナショナル（発
　売）〉
　　①4−7747−2039−9
　　〔内容〕かくれんぼ、水無月雨情、夏ほたる、
　　蝉風鈴、昼鳶、待ちわびて

大洋時代文庫 時代小説

（ミリオン出版）

『闇の恋唄　占い屋福兵衛禊ぎ払い』
　2006.4　271p〈発売：大洋図書〉
　　①4−8130−7054−X
　　〔内容〕願い星、鬼の目にも泪、三味線掘の女、
　　闇の恋唄

大洋文庫（ミリオン出版）

『夢太郎色暦』　2004.12　247p〈東京 大洋図書（発売）〉
　①4-8130-7016-7

だいわ文庫（大和書房）

◇嘘屋絵師

『国芳必殺絵巻流し　嘘屋絵師』　2008.4　297p
　①978-4-479-30174-5
　〔内容〕七夕流し, 嘘も方便, 情けが仇, 遣らずの雨

『鶴寿必殺狂歌送り　嘘屋絵師』　2008.5　265p
　①978-4-479-30178-3
　〔内容〕深い闇, 時鳥, 蛍火, 暁光の別れ, 狂歌送り

『金四郎必殺大刀返し　嘘屋絵師』　2008.6　291p
　①978-4-479-30184-4
　〔内容〕初雪, 嘘か真か, 罠, 罠, 罠, 大返し

双葉文庫（双葉社）

◇くしゃみ藤次郎始末記

『稲妻剣　くしゃみ藤次郎始末記』　2007.8　340p
　①978-4-575-66295-5

『菊の雫　くしゃみ藤次郎始末記』　2007.11　295p
　①978-4-575-66306-8

ベスト時代文庫
（ベストセラーズ）

『たそがれ右京花暦』　2006.4　298p
　①4-584-36552-0
　〔内容〕泪雨, 緑, 夫婦明かり, 雪化粧

村崎 れいと
むらさき・れいと

大阪生まれ。別名でミステリーを書いていたが、「陰御用江戸日記」シリーズで時代小説家として再デビュー。

双葉文庫（双葉社）

◇壮志郎青春譜

『陰御用江戸日記　孤愁の刺客　壮志郎青春譜』　2014.12　358p
　①978-4-575-66704-2

『陰御用江戸日記〔2〕笑う蔵王権現　壮志郎青春譜』　2015.2　339p
　①978-4-575-66715-8

『陰御用江戸日記〔3〕仇討秘録　壮志郎青春譜』　2015.11　306p
　①978-4-575-66752-3

森 詠
もり・えい
1941〜

東京生まれ。東京外大卒。「週刊読書人」勤務の後ジャーナリストとなり、さらに小説家に。1995年「オサムの朝（あした）」で坪田譲治文学賞を受賞し、映画化もされた。

学研M文庫（学研パブリッシング）

◇おーい、半兵衛

『剣客志願　おーい、半兵衛』　2012.12
　326p〈発売：学研マーケティング〉
　①978-4-05-900800-2

『剣客修行　おーい、半兵衛　2』　2013.
　5　340p〈発売：学研マーケティング〉
　①978-4-05-900833-0

『剣客慕情　おーい、半兵衛　3』　2013.
　11　311p〈発売：学研マーケティング〉
　①978-4-05-900859-0

『剣客隠密　おーい、半兵衛　4』　2014.
　2　277p〈発売：学研マーケティング〉
　①978-4-05-900869-9

『剣客失格　おーい、半兵衛　5』　2014.
　6　314p〈発売：学研マーケティング〉
　①978-4-05-900881-1

『剣客無双　おーい、半兵衛　6』　2014.
　9　319p〈発売：学研マーケティング〉
　①978-4-05-900889-7

講談社文庫（講談社）

『吉原首代左助始末帳』　2014.3　349p
　〈文献あり〉
　①978-4-06-277791-9

〔内容〕風花の女, 首代見習い, 浜月, 桜吹雪

実業之日本社文庫（実業之日本社）

◇走れ、半兵衛

『風神剣始末　走れ、半兵衛』　2016.4
　318p
　①978-4-408-55291-0

『双龍剣異聞　走れ、半兵衛　2』　2016.
　8　297p
　①978-4-408-55309-2

徳間文庫（徳間書店）

◇ひぐらし信兵衛残心録

『ひぐらし信兵衛残心録』　2012.1　269p
　①978-4-19-893493-4
　〔内容〕辻の鬼, お宝絵, 恋わずらい, ひぐらし哭く

『秘すれば、剣　ひぐらし信兵衛残心録』
　2012.5　314p
　①978-4-19-893550-4
　〔内容〕お父っつぁん, 絵描き侍, 秘すれば、剣

『花刺客　ひぐらし信兵衛残心録』
　2012.10　282p
　①978-4-19-893615-0
　〔内容〕花刺客, 富み突く, 果たし合い

双葉文庫（双葉社）

『七人の弁慶　風の巻』　2008.8　251p
　①978-4-575-66343-3

二見時代小説文庫（二見書房）

◇忘れ草秘剣帖

『進之介密命剣　忘れ草秘剣帖　1』
　2009.7　274p
　①978-4-576-09097-9
　〔内容〕忘却剣, 花冷え, 忘れ草をあなたに

『流れ星　忘れ草秘剣帖　2』　2009.11
　286p
　①978-4-576-09158-7
　〔内容〕忘れ草秘話, 秘剣流れ星, 用心棒事
　始め

『孤剣、舞う　忘れ草秘剣帖　3』　2010.
　3　294p
　①978-4-576-10026-5
　〔内容〕再会の刻, 千葉道場, 秘剣白波, 雪中
　の決闘

『影狩り　忘れ草秘剣帖　4』　2010.7
　298p
　①978-4-576-10095-1

◇剣客相談人

『剣客相談人　長屋の殿様文史郎』
　2010.11　280p
　①978-4-576-10153-8
　〔内容〕殿様出奔す, 姫君の涙, 恋時雨れ, 辻
　斬り哀話

『赤い風花　剣客相談人　3』　2011.7
　369p
　①978-4-576-11082-0

『乱れ髪残心剣　剣客相談人　4』　2011.
　11　282p
　①978-4-576-11143-8
　〔内容〕おぼろ月, 秘剣胡蝶返し, 乱れ髪残
　心剣

『剣鬼往来　書き下ろし長編時代小説　剣
　客相談人　5』　2012.5　304p
　①978-4-576-12022-5
　〔内容〕道場鬼, 二人殿様, 剣鬼往来

『夜の武士　剣客相談人　6』　2012.10
　314p

　①978-4-576-12128-4
　〔内容〕おとしまえ, 夜の武士, 遺恨

『笑う傀儡　剣客相談人　7』　2013.2
　333p
　①978-4-576-13009-5
　〔内容〕からくり人形芝居, 神隠し, 火盗改登
　場, 傀儡斬り

『七人の刺客　剣客相談人　8』　2013.6
　305p
　①978-4-576-13074-3
　〔内容〕依頼, 探索, 追跡, 始末

『必殺、十文字剣　剣客相談人　9』
　2013.10　346p
　①978-4-576-13142-9

『用心棒始末　剣客相談人　10』　2014.3
　305p
　①978-4-576-14010-0

『疾れ、影法師　剣客相談人　11』
　2014.6　304p
　①978-4-576-14065-0

『必殺迷宮剣　剣客相談人　12』　2014.
　11　325p
　①978-4-576-14126-8

『賞金首始末　剣客相談人　13』　2015.2
　322p
　①978-4-576-15010-9

『秘大刀葛の葉　剣客相談人　14』
　2015.6　295p
　①978-4-576-15069-7
　〔内容〕藩主失踪, 夜叉姫参上, 水戸街道花景
　色, 筑波女体山頂の決闘

『残月殺法剣　剣客相談人　15』　2015.
　11　362p
　①978-4-576-15172-4

『風の剣士　剣客相談人　16』　2016.4
　294p
　①978-4-576-16029-0

『刺客見習い　剣客相談人　17』　2016.8
　323p
　①978-4-576-16116-7

『秘剣虎の尾　剣客相談人　18』　2016.
　12　318p

①978-4-576-16182-2

◇　◇　◇

『狐憑きの女　長屋の殿様剣客相談人 2』
　2011.3　343p
　①978-4-576-11024-0

森　真沙子
もり・まさこ
　1944～

神奈川県生まれ。奈良女子大卒。1979年「バラード・イン・ブルー」で小説現代新人賞を受賞、主にミステリーを執筆。近年は歴史小説も発表。

学研M文庫(学研パブリッシング)

『川明かり　木阿弥探偵帖』　2006.8
　282p
　①4-05-900431-6

小学館文庫(小学館)

『地獄太夫　やなぎばし浮舟亭秘め暦』
　2009.6　314p
　①978-4-09-408397-2
　〔内容〕地獄太夫、流人船、秘め絵、海童丸、十三夜、迷い橋

中公文庫(中央公論新社)

『龍馬永遠の許嫁』　2010.6　285p〈文献あり〉
　①978-4-12-205327-4

二見時代小説文庫(二見書房)

◇日本橋物語

『日本橋物語　蜻蛉屋お瑛』　2007.3
　321p
　①978-4-576-07037-7
　〔内容〕雨色お月さん、金襴緞子の帯しめて、化け地蔵、狸御殿、七夕美人、葛橋
『迷い蛍　日本橋物語 2』　2007.11
　330p
　①978-4-576-07178-7
　〔内容〕猫名人、戻り蝶、走り梅雨、名陶『薄暮』、蛍舞う、四万六千日
『まどい花　日本橋物語 3』　2008.3
　286p
　①978-4-576-08020-8
　〔内容〕恋撫子、曼珠沙華の咲く頃、萩花の寝床、菊薫る、行き暮れて、紅葉、雪の山茶花
『秘め事　日本橋物語 4』　2008.9
　298p
　①978-4-576-08129-8
　〔内容〕お耳様、春宵の客、秘めやかな声、桜供養、幸せのお呪い、お耳様異聞
『旅立ちの鐘　日本橋物語 5』　2009.7
　287p
　①978-4-576-09092-4
『子別れ　日本橋物語 6』　2010.1
　323p
　①978-4-576-09196-9
『やらずの雨　日本橋物語 7』　2010.8
　299p
　①978-4-576-10106-4
『お日柄もよく　日本橋物語 8』　2011.6　308p
　①978-4-576-11069-1
『桜追い人　書き下ろし時代小説　日本橋物語 9』　2012.5　276p
　①978-4-576-12056-0
　〔内容〕春雷、男雛と女雛、冬の猿、春逝く、花吹雪一番勝負、桜雨
『冬螢　日本橋物語 10』　2013.4　318p

①978-4-576-13041-5
〔内容〕夢ぞかし, 螢狩り, 車輪の下, 弔い花, 乱れ三味線, 泣き虫びいどろ

◇箱館奉行所始末

『箱館奉行所始末　異人館の犯罪』
　　2013.12　339p　〈文献あり〉
　　①978-4-576-13174-0
　　〔内容〕自分の流儀, 捨て子童子, 山ノ上遊廓
　　　月女郎, 領事の置きみやげ, 盗まれた人骨

『小出大和守の秘命　箱館奉行所始末　2』
　　2014.4　320p
　　①978-4-576-14036-0
　　〔内容〕雪達磨は見た, ヤンキー・ドゥドゥ
　　　ル〈まぬけなヤンキー〉, 暁の訪問者, 海吠
　　　え, 蝦夷絵の女

『密命狩り　箱館奉行所始末　3』　2014.
　　11　331p
　　①978-4-576-14146-6
　　〔内容〕馬名人, 一本桜, 独眼の男, 巴御前, 化
　　　かしの山

『幕命奉らず　箱館奉行所始末　4』
　　2015.8　303p
　　①978-4-576-15110-6
　　〔内容〕想いのとどく日, 幕命, 飛べ, 小鳥よ,
　　　飛べ, 地獄鍋, 鈴蘭の花咲く頃

『海峡炎ゆ　箱館奉行所始末　5』　2016.
　　6　322p
　　①978-4-576-16051-1

◇時雨橋あじさい亭

『千葉道場の鬼鉄　時雨橋あじさい亭　1』
　　2016.12　308p
　　①978-4-576-16184-6

森谷　明子
もりや・あきこ
1961〜

神奈川県生まれ。2003年王朝ミステリ「千年の黙」で鮎川哲也賞を受賞。他に「七姫幻想」など。

創元推理文庫（東京創元社）

『千年の黙　異本源氏物語』　2009.6
　　477p　〈文献あり〉
　　①978-4-488-48201-5
　　〔内容〕上にさぶらふ御猫（長保元年）, かか
　　　やく日の宮（寛弘二年）, 雲隠（長和二年―
　　　寛仁四年）

『白の祝宴　逸文紫式部日記』　2015.7
　　541p　〈文献あり〉
　　①978-4-488-48203-9

双葉文庫（双葉社）

『七姫（ななひめ）幻想』　2009.1　369p
　　①978-4-575-51254-0
　　〔内容〕ささがにの泉, 秋去衣, 薫物合, 朝顔
　　　斎王, 梶葉襲, 百子淵, 糸織草子

森山 茂里
もりやま・しげり
1959〜

岡山県生まれ。早大大学院修了。国家公務員を経て、翻訳業のかたわら作家となる。

学研M文庫（学研パブリッシング）

◇婿侍事件帳

『夫婦坂　婿侍事件帳』　2006.7　299p
　①4-05-900423-5
『鬼小町　婿侍事件帳』　2008.2　306p
　①978-4-05-900519-3
『五月雨　婿侍事件帳』　2008.12　306p
　①978-4-05-900562-9
『二十三夜　婿侍事件帳』　2010.5　302p
　〈発売：学研マーケティング〉
　①978-4-05-900636-7

『想い川　普請役見習い礼四郎御用帳』
　2006.11　317p
　①4-05-900442-1
『密書　婿どの陽だまり事件帖』　2012.11
　302p　〈発売：学研マーケティング〉
　①978-4-05-900791-3

廣済堂文庫（廣済堂出版）

『あやかし絵師　モノノケ文庫』　2014.7
　284p
　①978-4-331-61587-4
　〔内容〕百鬼夜行、猫又の恩返し、大奥の怪異、化物屋敷、陰陽師

コスミック・時代文庫（コスミック出版）

『葵の剣士風来坊兵馬　書下ろし長編時代小説』　2016.7　269p
　①978-4-7747-2944-2
　〔内容〕序、二代目鼠小僧、英雄伝説、妖怪退治、抜け荷襲撃

白泉社招き猫文庫（白泉社）

『犬神の弟子』　2015.11　280p
　①978-4-592-83129-7
　〔内容〕椿、化けもの寺、迷い霊、若君

双葉文庫（双葉社）

◇浅利又七郎熱血剣

『青雲之章　浅利又七郎熱血剣』　2010.11　324p
　①978-4-575-66473-7
『飛天之章　浅利又七郎熱血剣』　2011.6　308p
　①978-4-575-66507-9
『風雲之章　浅利又七郎熱血剣』　2012.3　291p
　①978-4-575-66554-3

ベスト時代文庫（ベストセラーズ）

『夕映え　表具師清次捕物秘帖』　2009.9　303p
　①978-4-584-36668-4

諸田 玲子
もろた・れいこ
1954〜

静岡県生まれ。上智大卒。1996年「眩惑」でデビューし。2007年「奸婦にあらず」で新田次郎文学賞を受賞。他に「四十八人目の忠臣」など。

角川文庫(KADOKAWA)

『山流し、さればこそ』 2008.1 361p
〈発売：角川グループパブリッシング〉
①978-4-04-387401-9

『めおと』 2008.12 222p〈発売：角川グループパブリッシング〉
①978-4-04-387402-6
〔内容〕江戸褄の女, 猫, 佃心中, 駆け落ち, 虹, 眩惑

『青嵐』 2010.3 446p〈文献あり 発売：角川グループパブリッシング〉
①978-4-04-387403-3

『楠の実が熟すまで』 2012.7 302p〈文献あり 発売：角川グループパブリッシング〉
①978-4-04-100388-6

講談社文庫(講談社)

◇天女湯おれん

『天女湯おれん』 2007.12 459p
①978-4-06-275927-4
〔内容〕雨夜の怪事件, 辻斬り退治, 師走のコソ泥, 宿敵, 大黒湯, 湯船の決闘

『天女湯おれん これがはじまり』
2012.5 231p
①978-4-06-277266-2

『天女湯おれん 春色恋ぐるい』 2014.3
304p
①978-4-06-277792-6
〔内容〕女、貰い受け候、昇天、鼬小僧、ソにして漏らさず、ホオズキの秘密、春色恋苦留異、大姦は忠に似たり、忍法、天遁の術

『空っ風』 2001.9 342p
①4-06-273259-9

『鬼あざみ』 2003.6 356p
①4-06-273780-9

『笠雲』 2004.9 359p
①4-06-274858-4

『からくり乱れ蝶』 2005.7 358p
①4-06-275134-8

『其の一日』 2005.12 260p
①4-06-275252-2
〔内容〕立つ鳥, 蛙, 小の虫, 釜中の魚

『末世炎上』 2008.6 617p
①978-4-06-276082-9

『昔日より』 2008.12 357p
①978-4-06-276231-1
〔内容〕新天地, 黄鷹, 似非侍, 微笑, 女犯, 子竜, 打役, 船出

『日月めぐる』 2011.3 301p
①978-4-06-276907-5
〔内容〕渦, 川底の石, 女たらし, 川沿いの道, 紙漉, 男惚れ, 渦中の恋

光文社文庫(光文社)

『仇花 長編歴史小説』 2007.3 375p
①978-4-334-74209-6

『きりきり舞い〔光文社時代小説文庫〕』
2012.1 325p〈文献あり〉
①978-4-334-76350-3
〔内容〕奇人がいっぱい, ああ、大晦日！, よりにもよって, くたびれ儲け, 飛んで火に入る, 逃がした魚, 毒を食らわば

『相も変わらずきりきり舞い〔光文社時代小説文庫〕』 2016.12 346p

諸田玲子

①978-4-334-77404-2
〔内容〕相も変わらず、祝言コワイ、身から出たサビ、蓼食う虫も、人は見かけに、喧嘩するほど、人には添うてみよ

集英社文庫(集英社)

◇狸穴あいあい坂

『狸穴あいあい坂』　2010.9　325p
①978-4-08-746613-3
〔内容〕ムジナのしっぽ、涙雨、割れ鍋のふた、ぐずり心中、遠花火、ミミズかオケラか、恋心、春の兆し

『恋かたみ　狸穴あいあい坂』　2014.7　316p
①978-4-08-745207-5
〔内容〕春の雪、鬼の宿、駆け落ち、星の坂、恋の形見、お婆さまの猫、雪見船、盗難騒ぎ

『心がわり　狸穴あいあい坂』　2015.12　308p
①978-4-08-745391-1
〔内容〕月と幽霊、父子、心がわり、大火のあと、平左衛門の心、小山田家の長い一日、夫婦

『月を吐く』　2003.11　447p
①4-08-747638-3

『髭麻呂　王朝捕物控え』　2005.5　295p
①4-08-747821-1
〔内容〕楓館の怪、女心の怪、月夜の政変、かけがえのないもの、烏丸小路の女人、笙と琴、香たがえ、鬼法師の正体

『恋縫』　2007.3　294p
①978-4-08-746136-7
〔内容〕恋縫、路地の奥、竹藪をぬけて、花火

『おんな泉岳寺』　2007.11　230p
①978-4-08-746234-0
〔内容〕おんな泉岳寺、悲恋、いびつ、坐漁の人

『炎天の雪　上』　2013.7　580p
①978-4-08-745090-3

『炎天の雪　下』　2013.7　597p〈文献あり〉
①978-4-08-745091-0

『四十八人目の忠臣』　2014.10　574p
〈毎日新聞社 2011年刊の再刊〉
①978-4-08-745235-8

祥伝社文庫(祥伝社)

『蓬莱橋にて　時代小説』　2004.4　278p
①4-396-33161-4
〔内容〕反逆児、深情け、雲助の恋、旅役者、瞽女の顔、はぐれ者指南、白粉彫り、蓬莱橋にて

新潮文庫(新潮社)

◇お鳥見女房

『お鳥見女房』　2005.8　356p
①4-10-119423-8
〔内容〕千客万来、石榴の絵馬、恋猫奔る、雨小僧、幽霊坂の女、忍びよる影、大鷹狩

『蛍の行方　お鳥見女房』　2006.11　347p
①4-10-119425-4
〔内容〕第1話 ちまき泥棒、第2話 蛍の行方、第3話 捨案山子、第4話 緑の白菊、第5話 大凧、揚がれ、第6話 雛の微笑、第7話 裸嫁、第8話 風が来た道

『鷹姫さま　お鳥見女房』　2007.10　341p
①978-4-10-119426-4
〔内容〕雪夜の客、鷹姫さま、合歓の花、草雲雀、嵐の置き土産、鷹盗人、しゃぼん玉、一輪草

『狐狸の恋　お鳥見女房』　2008.10　346p
①978-4-10-119428-8
〔内容〕この母にして、悪たれ矢之吉、狐狸の恋、日盛りの道、今ひとたび、別の顔、末黒

諸田玲子

の薄, 菖蒲刀
『巣立ち　お鳥見女房』　2011.10　312p
①978-4-10-119432-5
〔内容〕ぎぎゅう, 巣立ち, 佳き日, お犬騒ぎ, 蛹のままで, 安産祈願, 剛の者
『幽霊の涙　お鳥見女房』　2014.5　333p
①978-4-10-119434-9
〔内容〕幽霊の涙, 春いちばん, ボタモチと恋, 鷹は知っている, 福寿草, 白暁, 海辺の朝
『来春まで　お鳥見女房』　2015.10　334p
①978-4-10-119435-6
〔内容〕女ごころ, 新春の客, 社の森の殺人, 七夕の人, 蝸牛, 鷹匠の妻, 来春まで

『幽恋舟』　2004.10　407p
①4-10-119422-X
『恋ぐるい』　2006.5　432p〈『源内狂恋』(平成14年刊)の増訂〉
①4-10-119424-6
『灼恋』　2008.5　521p
①978-4-10-119427-1
『黒船秘恋』　2009.4　340p〈『紅の袖』(2004年刊)の改題　文献あり〉
①978-4-10-119429-5
『王朝まやかし草紙』　2010.2　537p〈『まやかし草紙』(1998年刊)の加筆修正　文献あり〉
①978-4-10-119430-1
『遊女(ゆめ)のあと』　2010.10　533p〈文献あり〉
①978-4-10-119431-8

中公文庫(中央公論新社)

『恋ほおずき』　2006.7　334p
①4-12-204710-2
〔内容〕初蛙, 施餓鬼舟, 草紅葉, 寒雀
『美女いくさ』　2010.9　545p〈文献あり〉
①978-4-12-205360-1
『花見ぬひまの』　2015.11　303p〈文献あり〉
①978-4-12-206190-3
〔内容〕おもしろきこともなき, 対岸まで, 待ちわびた人, おもいあまりて, 鬼となりても, 辛夷の花がほころぶように, 心なりけり

徳間文庫(徳間書店)

『眩惑』　2000.5　281p
①4-19-891315-3
〔内容〕花火, 竹藪をぬけて, 眩惑

文春文庫(文藝春秋)

◇あくじゃれ瓢六捕物帖

『あくじゃれ瓢六捕物帖』　2004.11　330p〈『あくじゃれ瓢六』(2001年刊)の改題〉
①4-16-767702-4
〔内容〕地獄の目利き, ギヤマンの花, 鬼の目, 虫の声, 紅絹の蹴出し, さらば地獄
『こんちき　あくじゃれ瓢六捕物帖』　2007.7　285p
①978-4-16-767704-6
〔内容〕消えた女, 孝行息子, 鬼と仏, あべこべ, 半夏, こんちき
『べっぴん　あくじゃれ瓢六捕物帖』　2011.11　330p
①978-4-16-767708-4
〔内容〕きらら虫, 女雛, 春の別れ, 災い転じて, 金平糖, べっぴん, 杵蔵の涙
『再会　あくじゃれ瓢六捕物帖』　2016.7　328p
①978-4-16-790651-1
〔内容〕再会, 無念, 甲比丹, 縁者, でたらめ, 毒牙, 泣き所
『破落戸　あくじゃれ瓢六捕物帖』　2016.8　329p

八神淳一

①978-4-16-790683-2
〔内容〕織姫, ちょぼくれ, 恋雪夜, 於玉ヶ池の幽霊, 化けの皮, 破落戸, 熊の仇討

◇　◇　◇

『氷葬』　2004.1　325p
　①4-16-767701-6
『犬吉』　2006.3　251p
　①4-16-767703-2
『奸婦にあらず』　2009.11　627p〈文献あり〉
　①978-4-16-767706-0
『かってまま』　2010.7　319p
　①978-4-16-767707-7
〔内容〕かげっぽち, だりむくれ, しわんぼう, とうへんぼく, かってまま, みょうちき, けれん
『お順　上』　2014.9　310p〈毎日新聞社2010年刊の再刊〉
　①978-4-16-790183-7
『お順　下』　2014.9　347p〈毎日新聞社2010年刊の再刊　文献あり〉
　①978-4-16-790184-4

八神 淳一
やがみ・じゅんいち
1962〜

熊本県生まれ。西南学院大卒。雑誌編集者を経て, 作家デビュー。時代官能小説を多数執筆。

イースト・プレス悦文庫
（イースト・プレス）

『未通（おぼこ）姫と蜜剣客』　2014.2　301p
　①978-4-7816-1129-7

学研M文庫（学研パブリッシング）

『姫様剣客　秘め肌乱れ舞い』　2012.8　293p〈発売：学研マーケティング〉
　①978-4-05-900773-9
『姫様剣客〔2〕春情恋の乱れ斬り』　2013.3　285p〈発売：学研マーケティング〉
　①978-4-05-900813-2
『美咲は十手持ち　生娘捕物帖』　2014.2　243p〈発売：学研マーケティング〉
　①978-4-05-900871-2

廣済堂文庫（廣済堂出版）

◇女剣客・沙雪

『女剣客・沙雪　秘めごと一万両　特選時代小説』　2011.8　311p
　①978-4-331-61440-2
『女剣客・沙雪　やわ肌秘図　特選時代小説』　2011.12　309p〈正編の出版者：廣済堂あかつき出版事業部〉
　①978-4-331-61452-5
『女剣客・沙雪　寝乱れ拝領刀始末　特選時代小説』　2012.3　308p
　①978-4-331-61467-9
『女剣客・沙雪　秘め肌道中　特選時代小説』　2012.6　308p
　①978-4-331-61478-5

◇夜桜艶舞い

『美姉妹怪盗　夜桜艶舞い　特選時代小説』　2012.10　309p
　①978-4-331-61496-9
『やわ肌巡りあい　夜桜艶舞い　特選時代小説』　2013.2　307p
　①978-4-331-61515-7

コスミック・時代文庫
（コスミック出版）

『艶用心棒　書下ろし長編官能時代小説』
　　2014.6　303p
　　①978-4-7747-2739-4

『艶用心棒〔2〕刺青のおんな　書下ろし
　長編官能時代小説』　2014.10　303p
　　①978-4-7747-2773-8

『艶用心棒〔3〕五万石の姫君　書下ろし
　長編官能時代小説』　2015.3　303p
　　①978-4-7747-2811-7

『艶用心棒〔4〕枕絵小町　書下ろし長編
　官能時代小説』　2015.7　302p
　　①978-4-7747-2845-2

『艶用心棒〔5〕悪の巣窟　書下ろし長編
　官能時代小説』　2015.11　302p
　　①978-4-7747-2874-2

『緋牡丹頭巾　書下ろし長編官能時代小
　説』　2016.7　303p
　　①978-4-7747-2936-7

時代艶文庫（フランス書院）

『艶仇討ち　肉刀真剣二刀流』　2010.12
　332p
　　①978-4-8296-8112-1

『人妻仕置き人・初音』　2011.2　308p
　　①978-4-8296-8115-2

『人妻大奥』　2011.4　302p
　　①978-4-8296-8117-6

『艶・隠し剣　人妻仕置き人・初音』
　2011.6　302p
　　①978-4-8296-8119-0

祥伝社文庫（祥伝社）

『艶同心』　2013.10　366p
　　①978-4-396-33887-9

竹書房ラブロマン文庫
（竹書房）

◇艶剣客

『艶剣客　長編時代官能小説』　2009.2
　285p
　　①978-4-8124-3734-6

『艶剣客　妖忍の里　長編時代官能小説』
　2009.5　285p
　　①978-4-8124-3819-0

『艶剣客　姦計の城下　長編時代官能小
　説』　2009.7　281p
　　①978-4-8124-3881-7

『艶剣客　色見世の宿　長編時代官能小
　説』　2009.11　282p
　　①978-4-8124-4015-5

『艶剣客　真冬の華　長編時代官能小説』
　2010.1　288p
　　①978-4-8124-4075-9

『艶剣客　ほむらの柔肌　長編時代官能小
　説』　2010.3　290p
　　①978-4-8124-4122-0

『艶剣客　姫泣きの都　長編時代官能小
　説』　2010.5　284p
　　①978-4-8124-4189-3

『艶剣客　異人館の虜　長編時代官能小
　説』　2010.7　281p
　　①978-4-8124-4251-7

『艶剣客　傀儡の女　長編時代官能小説』
　2010.10　284p
　　①978-4-8124-4342-2

『艶剣客　傾国の秘香　長編時代官能小
　説』　2010.12　285p
　　①978-4-8124-4416-0

『艶剣客　散華のほとり　長編時代官能小
　説』　2011.2　285p
　　①978-4-8124-4475-7

『艶剣客　女隠しの山　長編時代官能小
　説』　2011.4　283p
　　①978-4-8124-4534-1

谷津 矢車
やつ・やぐるま
1986〜

東京生まれ。駒沢大卒。2012年「蒲生の記」で歴史群像大賞優秀賞を受賞し、2013年『洛中洛外画狂伝 狩野永徳』でデビュー。

『艶剣客 肉縁の塔 長編時代官能小説』
 2011.6 286p
 ①978-4-8124-4595-2
『艶剣客 みだれる潮騒 長編時代官能小説』 2011.8 286p
 ①978-4-8124-4664-5
『艶剣客 長編時代官能小説 果てのふたり』 2011.10 290p
 ①978-4-8124-4729-1

『くノ一淫花伝 長編時代官能小説』
 2008.9 323p
 ①978-4-8124-3602-8
『艶無双 長編時代官能小説』 2012.1 278p
 ①978-4-8124-4807-6
『くちいれ美人 長編時代官能小説』
 2012.3 283p
 ①978-4-8124-4872-4

二見文庫(二見書房)

『艶刺客 書き下ろし時代官能小説』
 2012.8 254p
 ①978-4-576-12099-7
『汗ばむ白肌 書き下ろし時代官能小説 艶刺客』 2013.3 253p
 ①978-4-576-13027-9

学研M文庫(学研パブリッシング)

『ふりだし 馬律流青春雙六』 2014.8 255p〈発売:学研マーケティング〉
 ①978-4-05-900886-6
 〔内容〕丈衛門人生やり直し計画、お犬様面倒計画、呉服屋再建計画、毒蜘蛛退治計画
『洛中洛外画狂伝 狩野永徳 上』
 2014.10 263p〈発売:学研マーケティング〉
 ①978-4-05-900891-0
『洛中洛外画狂伝 狩野永徳 下』
 2014.10 265p〈発売:学研マーケティング〉
 ①978-4-05-900892-7
 〔内容〕洛中洛外画狂伝 下、白屏風と平蜘蛛

角川文庫(KADOKAWA)

『からくり同心 景』 2015.8 189p
 ①978-4-04-103150-7
 〔内容〕景、起動、井戸に出る幽霊、戦おう、機動石像おいなりさん
『ふたり十兵衛 柳生剣法帖』 2015.9 300p
 ①978-4-04-070603-0

幻冬舎時代小説文庫（幻冬舎）

『唸る長刀』　2014.6　349p
　①978-4-344-42214-8

八柳 誠
やつやなぎ・せい

東京生まれ。日大卒。放送作家を経て、1998年「小説CLUB」新人賞佳作となりデビュー。代表作に「若君世直し草紙」など。

廣済堂文庫（廣済堂出版）

◇若君世直し草紙

『若君世直し草紙　将軍危うし！　特選時代小説』　2011.6　320p
　①978-4-331-61432-7
　〔内容〕謎の辻斬り，十八大通の天罰，攫われた女たち，将軍危うし！
『若君世直し草紙　贋定信現る！　特選時代小説』　2011.10　306p
　①978-4-331-61444-0
　〔内容〕贋定信現る！，大奥の奸計，元御家人の末路，義賊の正体
『若君世直し草紙　闇を奔る刺客　特選時代小説』　2012.1　324p
　①978-4-331-61455-6
　〔内容〕田安家のお世継ぎ，消えた女房，名君を救え，闇を奔る刺客
『若君世直し草紙　定信の恋　特選時代小説』　2012.5　309p
　①978-4-331-61472-3
　〔内容〕流された赤子，謎の南蛮文字，身を投げた女，定信の恋

◇平四郎犯科帳

『死んでたまるか！　平四郎犯科帳　特選時代小説』　2013.2　309p
　①978-4-331-61513-3
　〔内容〕島帰りの男，千両箱の在処，神隠し，死んでたまるか！
『華を散らすな！　平四郎犯科帳　特選時代小説』　2013.6　310p
　①978-4-331-61531-7
　〔内容〕月を見る女，一分の命，次郎吉の恋，華を散らすな！
『別れるものか！　平四郎犯科帳　特選時代小説』　2013.11　293p
　①978-4-331-61556-0

双葉文庫（双葉社）

◇縁結び浪人事件帖

『縁結び浪人事件帖　書き下ろし長編時代小説』　2012.12　307p
　①978-4-575-66593-2
『まやかしの刃　縁結び浪人事件帖』　2013.3　303p
　①978-4-575-66606-9
『危うし無想剣　縁結び浪人事件帖』　2013.7　291p
　①978-4-575-66622-9

柳 蒼二郎
やなぎ・そうじろう
1964〜

千葉県生まれ。日大卒。ジャスティー・プロモーション代表取締役の傍ら、「異形の者」で歴史群像大賞を受賞。

学研M文庫（学研パブリッシング）

◇風の忍び六代目小太郎

『風の忍び　六代目小太郎』　2008.7　288p
　①978-4-05-900539-1

『恋の闇　風の忍び六代目小太郎』　2009.3　280p
　①978-4-05-900577-3

『影の剣　風の忍び六代目小太郎』　2010.1　260p〈発売：学研マーケティング〉
　①978-4-05-900620-6

『太夫の夢　風の忍び六代目小太郎』　2010.6　282p〈発売：学研マーケティング〉
　①978-4-05-900637-4

『風の掟　風の忍び六代目小太郎』　2010.8　275p〈発売：学研マーケティング〉
　①978-4-05-900649-7

『異形の者　甲賀忍・佐助異聞』　2005.1　433p
　①4-05-900334-4

『大岡の鈴　あっぱれ三爺世直し帖』　2013.7　285p〈発売：学研マーケティング〉
　①978-4-05-900844-6

中公文庫（中央公論新社）

『天保水滸伝』　2014.4　437p〈『天保バガボンド』（2010年刊）の改題　文献あり〉
　①978-4-12-205938-2

『明暦水滸伝』　2014.5　307p〈『無頼の剣』（2012年刊）の改題〉
　①978-4-12-205947-4

『慶応水滸伝』　2014.6　429p〈文献あり〉
　①978-4-12-205962-7

徳間文庫（徳間書店）

『秘伝元禄血風の陣』　2008.4　329p〈『元禄魔伝八咫鴉』（徳間書店2004年刊）の改題〉
　①978-4-19-892730-1

『秘伝元禄骨影の陣』　2008.7　364p〈『元禄魔伝狗五芒』（徳間書店2004年刊）の改題〉
　①978-4-19-892824-7

『秘伝元禄無命（むみょう）の陣』　2009.1　542p〈『元禄魔伝悲巫女』（2004年刊）の改題〉
　①978-4-19-892918-3

『天下泰平、まかり通る』　2010.12　308p
　①978-4-19-893278-7

『海商　幕末の日本を変えた男』　2012.10　471p〈文献あり〉
　①978-4-19-893616-7

山内 美樹子
やまうち・みきこ
1961〜

青森県生まれ。神奈川大卒。2005年「十六夜華泥棒」で北区内田康夫ミステリー文学賞審査員特別賞を受賞してデビュー。「山内美樹」名義の作品もある。

光文社文庫（光文社）

◇鍵屋お仙見立絵解き

『十六夜華泥棒　連作時代小説　鍵屋お仙見立絵解き』　2006.1　253p
①4-334-74011-1
〔内容〕曲水の宴、流星菊寿七変化、五月雨琴の音遊び、十六夜華泥棒

『善知鳥伝説闇小町　連作時代小説　鍵屋お仙見立絵解き』　2007.11　286p
①978-4-334-74344-4
〔内容〕遊女梅若八朔の雪、びいどろ鏡紅染月、善知鳥伝説闇小町、爪紅お駒とはた神

静山社文庫（静山社）

◇お仙探索手帖

『お仙探索手帖　鐘の音』　2011.2　292p
①978-4-86389-100-5
〔内容〕大岡裁き見習い、秘められた想い、お仙の杯、伊達虚無僧の音色、義の黄八丈、解説（森村誠一著）

『お仙探索手帖　酉の市』　2011.11　277p
①978-4-86389-141-8
〔内容〕熊手の簪、ふいご祭り、かまいたち、お仙大岡裁き

山田 剛
やまだ・たけし
1951〜

東京生まれ。早大卒。「刺客　用心棒日和」で歴史群像大賞佳作を受賞し、改題した「大江戸旅の用心棒雪見の刺客」でデビュー。

学研M文庫（学研パブリッシング）

◇大江戸旅の用心棒

『雪見の刺客　大江戸旅の用心棒』　2011.11　238p〈発売：学研マーケティング〉
①978-4-05-900721-0

『露草の契り　大江戸旅の用心棒』　2012.2　280p〈発売：学研マーケティング〉
①978-4-05-900737-1
〔内容〕冬の幽霊、露草の契り

『かみそり右近　中町奉行所内与力』　2012.8　275p〈発売：学研マーケティング〉
①978-4-05-900776-0

『返り咲き三左　御花畑役秘帖』　2013.4　307p〈発売：学研マーケティング〉
①978-4-05-900820-0

山中 公男
やまなか・きみお

1934〜

山梨県生まれ。学習院大卒。週刊誌編集部、編集プロダクション勤務を経て、作家デビュー。

学研M文庫（学研パブリッシング）

『風神送り　四谷崖下騒動記』　2006.2
　269p
　Ⓘ4-05-900399-9
　〔内容〕願人坊主げぇろ, 風神送り
『煮売屋の入り婿　湯島坂下狂騒記』
　2007.3　297p
　Ⓘ978-4-05-900465-3
　〔内容〕煮売屋の入り婿, いかさま願人
『夫婦箸　やきもち坂情愛記』　2008.1
　291p
　Ⓘ978-4-05-900513-1
　〔内容〕夫婦箸, 玉虫浪人
『師走の火付け　玉虫浪人始末控』
　2009.1　293p
　Ⓘ978-4-05-900564-3
　〔内容〕かわず合戦, 師走の火付け, しのだ鮨

山本 一力
やまもと・いちりき

1948〜

高知県生まれ。世田谷工卒。1997年「蒼龍」でデビューし、「あかね空」で直木賞を受賞。現代を代表する時代小説家の一人として活躍。

朝日文庫（朝日新聞出版）

『欅しぐれ』　2007.2　371p
　Ⓘ978-4-02-264391-9
『たすけ鍼』　2010.10　295p
　Ⓘ978-4-02-264576-0
『早刷り岩次郎〔朝日時代小説文庫〕』
　2011.10　483p
　Ⓘ978-4-02-264632-3
『五二屋傳蔵』　2015.10　586p
　Ⓘ978-4-02-264795-5

角川文庫（KADOKAWA）

『道三堀のさくら』　2008.12　467p〈発売：角川グループパブリッシング〉
　Ⓘ978-4-04-392901-6
『ほうき星　上』　2011.12　364p〈発売：角川グループパブリッシング〉
　Ⓘ978-4-04-100059-5
『ほうき星　下』　2011.12　373p〈発売：角川グループパブリッシング〉
　Ⓘ978-4-04-100058-8

講談社文庫（講談社）

『深川黄表紙掛取り帖』　2005.11　393p
　Ⓘ4-06-275254-9
　〔内容〕端午のとうふ, 水晴れの渡し, 夏負け

山本一力

大尽, あとの祭り, そして, さくら湯
『牡丹酒　深川黄表紙掛取り帖2』　2009.
10　457p
①978-4-06-276451-3
〔内容〕ひねりもち, ながいきの, ます, 酒盗, 酒甫手, 仏手柑, 黄赤の珊瑚, 油照り, 六ツ参り, 痩せ我慢, 土佐堀の返し, 土佐の酒, 江戸へ, 大輪の牡丹, もみじ酒, 飲みたくなるわけ(春風亭昇太著)

『ジョン・マン　1　波濤編』　2014.10
287p 〈文献あり〉
①978-4-06-277950-0

『ジョン・マン　2　大洋編』　2014.10
301p 〈文献あり〉
①978-4-06-277951-7

『ジョン・マン　3　望郷編』　2015.6
339p 〈文献あり〉
①978-4-06-293013-0

光文社文庫(光文社)

『だいこん　長編時代小説』　2008.1
629p
①978-4-334-74361-1

集英社文庫(集英社)

『銭売り賽蔵』　2007.12　471p
①978-4-08-746241-8

小学館文庫(小学館)

『銀しゃり』　2009.7　509p 〈2007年刊の加筆修正〉
①978-4-09-408407-8

祥伝社文庫(祥伝社)

◇深川駕籠

『深川駕籠　時代小説』　2006.4　412p
①4-396-33283-1
〔内容〕菱あられ, ありの足音, 今戸のお軽, 開かずの壺, うらじろ, 紅白餅, みやこ嵐

『お神酒徳利　時代小説　深川駕籠』
2008.9　435p
①978-4-396-33453-6
〔内容〕紅蓮退治, 紺がすり, お神酒徳利

『花明かり　深川駕籠』　2015.2　457p
①978-4-396-34094-0
〔内容〕花明かり, 菖蒲の湯

『大川わたり　長編時代小説』　2005.4
346p
①4-396-33216-5

新潮文庫(新潮社)

『いっぽん桜』　2005.10　330p
①4-10-121341-0
〔内容〕いっぽん桜, 萩ゆれて, そこに, すいかずら, 芒種のあさがお

『辰巳八景』　2007.10　402p
①978-4-10-121342-2
〔内容〕永代橋帰帆, 永代寺晩鐘, 仲町の夜雨, 木場の落雁, 佃町の晴嵐, 洲崎の秋月, やぐら下の夕照, 石場の暮雪

『かんじき飛脚』　2008.10　571p
①978-4-10-121343-9

『研ぎ師太吉』　2010.10　363p
①978-4-10-121344-6

『八つ花ごよみ』　2012.5　293p
①978-4-10-121345-3
〔内容〕路ばたのききょう, 海辺橋の女郎花, 京橋の小梅, 西應寺の桜, 佃町の菖蒲, 砂

村の尾花, 御船橋の紅花, 仲町のひいらぎ
『千両かんばん』　2016.1　402p
①978-4-10-121346-0

中公文庫（中央公論新社）

『菜種晴れ』　2011.3　537p
①978-4-12-205450-9
『まねき通り十二景』　2012.12　317p
①978-4-12-205730-2
〔内容〕初天神, 鬼退治, 桃明かり, 菜種梅雨, 菖蒲湯, 鬼灯, 天の川, 祭半纏, 十三夜, もみじ時雨, 牡丹餅, 餅搗き, 凧揚げ

徳間文庫（徳間書店）

『晋平の矢立』　2012.2　269p
①978-4-19-893508-5
〔内容〕船簞笥, うずくまる, すんころく, なで肩, 砂糖壺, 解説（縄田一男著）
『夢曳き船』　2013.2　471p
①978-4-19-893663-1

ハルキ文庫（角川春樹事務所）

『はぐれ牡丹　時代小説文庫』　2005.6　267p
①4-7584-3183-3
『いかだ満月　時代小説文庫』　2011.6　378p〈文献あり〉
①978-4-7584-3568-0
『龍馬奔る　少年篇　時代小説文庫』　2015.8　301p
①978-4-7584-3938-1

PHP文芸文庫（PHP研究所）

『献残屋佐吉御用帖　まいない節』

2016.11　669p
①978-4-569-76641-6

PHP文庫（PHP研究所）

『峠越え』　2008.4　491p
①978-4-569-67004-1

文春文庫（文藝春秋）

◇損料屋喜八郎始末控え

『損料屋喜八郎始末控え』　2003.6　368p
①4-16-767001-1
〔内容〕万両駕篭, 騙り御前, いわし祝言, 吹かずとも
『赤絵の桜　損料屋喜八郎始末控え』
2008.6　280p
①978-4-16-767007-8
〔内容〕ほぐし窯, 赤絵の桜, 枯れ茶のつる, 逃げ水, 初雪だるま
『粗茶を一服　損料屋喜八郎始末控え』
2011.8　289p
①978-4-16-767016-0
〔内容〕猫札, またたび囃子, 猫いらず, 惣花うどん, いわし雲, 粗茶を一服, 十三夜のにゅうめん

『あかね空』　2004.9　411p
①4-16-767002-X
『蒼龍』　2005.4　361p
①4-16-767003-8
〔内容〕のぼりうなぎ, 節分かれ, 菜の花かんざし, 長い串, 蒼龍
『草笛の音次郎』　2006.4　453p
①4-16-767004-6
『梅咲きぬ』　2007.9　389p
①978-4-16-767006-1
『背負い富士』　2009.2　511p

①978-4-16-767009-2

『まとい大名』 2010.1 490p〈毎日新聞社2006年刊の加筆〉
①978-4-16-767010-8

『いすゞ鳴る』 2011.1 524p
①978-4-16-767014-6

『くじら組』 2012.7 412p
①978-4-16-767017-7

『いかずち切り』 2012.9 547p
①978-4-16-767018-4
〔内容〕しゃがみ屋, 騙り屋

『おたふく』 2013.4 601p〈日本経済新聞出版社 2010年刊の再刊〉
①978-4-16-767020-7

『ほかげ橋夕景』 2013.9 399p
①978-4-16-767021-4
〔内容〕泣き笑い, 湯呑み千両, 言えねえずら, 不意峨朗, 藍染めの, お燈まつり, 銀子三枚, ほかげ橋夕景

『たまゆらに』 2014.1 375p〈潮出版社2011年刊の再刊〉
①978-4-16-790004-5

『朝の霧』 2014.9 266p
①978-4-16-790180-6
〔内容〕花つぶて, 峰の桜, 朝の霧, 海部の欅, たもと石

山本 兼一
やまもと・けんいち
1956～2014

京都府生まれ。同志社大卒。1999年「弾正の鷹」で歴史作家としてデビュー。2009年「利休にたずねよ」で直木賞を受賞した。

朝日文庫（朝日新聞出版）

『銀の島』 2014.5 568p〈文献あり〉
①978-4-02-264743-6

角川文庫（KADOKAWA）

『信長死すべし』 2014.12 475p〈角川書店 2012年刊の再刊 文献あり〉
①978-4-04-102168-2

講談社文庫（講談社）

◇刀剣商ちょうじ屋光三郎

『狂い咲き正宗 刀剣商ちょうじ屋光三郎』 2011.9 339p
①978-4-06-277050-7
〔内容〕狂い咲き正宗, 心中むらくも村正, 酒しぶき清麿, 康継あおい慕情, うわき国広, 浪花みやげ助広, だいきち虎徹

『黄金の太刀 刀剣商ちょうじ屋光三郎』 2013.9 365p〈文献あり〉
①978-4-06-277631-8
〔内容〕黄金の太刀, 正宗の井戸, 美濃刀すすどし, きつね宗近, 天国千年, 丁子刃繚乱, 江戸の淬ぎ

山本兼一

集英社文庫（集英社）

『雷神の筒』　2009.3　444p〈文献あり〉
　①978-4-08-746421-4
『ジパング島発見記』　2012.7　386p〈文献あり〉
　①978-4-08-746855-7
　〔内容〕鉄砲をもってきた男，ホラ吹きピント，ザビエルの耳鳴り，アルメイダの悪魔祓い，フロイスのインク壺，カブラルの赤ワイン，ヴァリニャーノの思惑
『命もいらず名もいらず　上　幕末篇』
　2013.5　486p
　①978-4-08-745065-1
『命もいらず名もいらず　下　明治篇』
　2013.5　587p〈文献あり〉
　①978-4-08-745066-8
『修羅走る関ケ原』　2016.1　607p
　①978-4-08-745403-1

祥伝社文庫（祥伝社）

『白鷹伝　戦国秘録　長編時代小説』
　2007.4　474p
　①978-4-396-33349-2
『弾正の鷹　時代小説』　2009.7　272p
　①978-4-396-33517-5
　〔内容〕下針，ふたつ玉，弾正の鷹，安土の草，倶尸羅
『おれは清麿』　2015.4　420p〈文献あり〉
　①978-4-396-34115-2

中公文庫（中央公論新社）

『神変　役小角絵巻』　2014.6　526p〈文献あり〉
　①978-4-12-205959-7

ハルキ文庫（角川春樹事務所）

『心中しぐれ吉原　時代小説文庫』
　2016.6　246p
　①978-4-7584-4012-7

PHP文芸文庫（PHP研究所）

『利休にたずねよ』　2010.10　540p〈文献あり〉
　①978-4-569-67546-6
『まりしてん闇千代姫』　2015.11　567p
　①978-4-569-76449-8

文春文庫（文藝春秋）

◇とびきり屋見立て帖

『千両花嫁　とびきり屋見立て帖』
　2010.11　422p
　①978-4-16-773503-6
　〔内容〕千両花嫁，金蒔絵の蝶，皿ねぶり，平蜘蛛の釜，今宵の虎徹，猿ヶ辻の鬼，目利き一万両
『ええもんひとつ　とびきり屋見立て帖』
　2012.12　291p
　①978-4-16-773504-3
　〔内容〕夜市の女，ええもんひとつ，さきのお礼，お金のにおい，花結び，鶴と亀のゆくえ—とびきり屋なれそめ噺
『赤絵そうめん　とびきり屋見立て帖』
　2014.6　304p
　①978-4-16-790117-2
　〔内容〕赤絵そうめん，しょんべん吉左衛門，からこ夢幻，笑う髑髏，うつろ花，虹の橋
『利休の茶杓　とびきり屋見立て帖』
　2016.2　303p
　①978-4-16-790546-0
　〔内容〕よろこび百万両，みやこ鳥，鈴虫，自在の龍，ものいわずひとがくる，利休の茶杓

◇　◇　◇

『火天の城』　2007.6　430p
　①978-4-16-773501-2
『いっしん虎徹』　2009.10　508p〈文献
　あり〉
　①978-4-16-773502-9
『花鳥の夢』　2015.3　508p〈文献あり〉
　①978-4-16-790318-3

山本　雄生
やまもと・ゆうせい
1971～

神奈川県生まれ。早大中退。脚本「火
急の水」が城戸賞最終候補となり、小
説化した「お奉行、水がありません！」
でデビュー。

徳間文庫（リンダパブリッシャーズ）

『お奉行、水がありません！』　2016.11
　285p〈発売：徳間書店〉
　①978-4-19-905214-9

結城　光流
ゆうき・みつる

2000年「篁破幻草子 あだし野に眠れる
もの」でデビュー。

角川ティーンズルビー文庫（角川書店）

◇篁破幻草子

『あだし野に眠るもの　篁破幻草子』
　2000.9　222p
　①4-04-441601-X
『ちはやぶる神のめざめの　篁破幻草子』
　2001.1　223p
　①4-04-441602-8

角川ビーンズ文庫
（KADOKAWA）

◇少年陰陽師

『異邦の影を探しだせ　少年陰陽師』
　2002.1　221p
　①4-04-441603-6
『闇の呪縛を打ち砕け　少年陰陽師』
　2002.5　254p
　①4-04-441604-4
『鏡の檻をつき破れ　少年陰陽師』
　2002.8　254p
　①4-04-441605-2
『禍つ鎖を解き放て　少年陰陽師』
　2002.11　252p
　①4-04-441608-7
『六花に抱かれて眠れ　少年陰陽師』
　2003.2　249p
　①4-04-441609-5

結城光流

『黄泉に誘う風を追え　少年陰陽師』
2003.5　254p
①4-04-441610-9

『焔の刃を研ぎ澄ませ　少年陰陽師』
2003.8　254p
①4-04-441611-7

『うつつの夢に鎮めの歌を　少年陰陽師』
2003.10　254p
①4-04-441612-5
〔内容〕霧の籬を吹き払え，朧の轍をたどれ，うつつの夢に鎮めの歌を，玉箒は愁いを祓う

『真紅の空を翔けあがれ　少年陰陽師』
2004.2　254p
①4-04-441613-3

『光の導を指し示せ　少年陰陽師』
2004.6　252p
①4-04-441614-1

『冥夜の帳を切り開け　少年陰陽師』
2004.10　248p
①4-04-441615-X

『羅刹の腕を振りほどけ　少年陰陽師』
2005.1　218p
①4-04-441616-8

『儚き運命をひるがえせ　少年陰陽師』
2005.7　254p
①4-04-441618-4

『其はなよ竹の姫のごとく　少年陰陽師』
2005.10　254p
①4-04-441619-2
〔内容〕玄の幻妖を討て，触らぬ神に祟りあり，その理由は誰知らず，其はなよ竹の姫のごとく

『いにしえの魂を呼び覚ませ　少年陰陽師』　2006.1　254p
①4-04-441620-6

『妙なる絆を摑みとれ　少年陰陽師』
2006.7　253p
①4-04-441622-2

『真実を告げる声をきけ　少年陰陽師』
2006.10　251p
①4-04-441623-0

『嘆きの雨を薙ぎ払え　少年陰陽師』

2007.2　250p 〈発売：角川グループパブリッシング〉
①978-4-04-441624-9

『翼よいま，天へ還れ　少年陰陽師』
2007.5　254p 〈発売：角川グループパブリッシング〉
①978-4-04-441625-6

『果てなき誓いを刻み込め　少年陰陽師』
2007.7　249p 〈発売：角川グループパブリッシング〉
①978-4-04-441627-0

『思いやれども行くかたもなし　少年陰陽師』　2007.10　237p 〈発売：角川グループパブリッシング〉
①978-4-04-441628-7
〔内容〕百鬼夜行の蠢く場所は，思いやれども行くかたもなし，疾きこと嵐の如く，それはこの手の中に

『数多のおそれをぬぐい去れ　少年陰陽師』　2008.2　251p 〈発売：角川グループパブリッシング〉
①978-4-04-441629-4

『愁いの波に揺れ惑え　少年陰陽師』
2008.6　236p 〈発売：角川グループパブリッシング〉
①978-4-04-441630-0

『刹那の静寂に横たわれ　少年陰陽師』
2008.8　223p 〈発売：角川グループパブリッシング〉
①978-4-04-441631-7

『迷いの路をたどりゆけ　少年陰陽師』
2008.10　204p 〈発売：角川グループパブリッシング〉
①978-4-04-441632-4

『彼方のときを見はるかせ　少年陰陽師』
2009.2　253p 〈発売：角川グループパブリッシング〉
①978-4-04-441633-1

『嵐の剣を吹き降ろせ　少年陰陽師』
2009.6　250p 〈発売：角川グループパブリッシング〉
①978-4-04-441634-8

『祈りの糸をより結べ　少年陰陽師』

2009.10　250p　〈発売：角川グループパブリッシング〉

①978-4-04-441635-5

『まだらの印を削ぎ落とせ　少年陰陽師』
2010.1　239p　〈発売：角川グループパブリッシング〉

①978-4-04-441636-2

『千尋の渦を押し流せ　少年陰陽師』
2010.4　251p　〈発売：角川グループパブリッシング〉

①978-4-04-441637-9

『御厳（みいつ）の調べに舞い踊れ　少年陰陽師』　2010.7　269p　〈発売：角川グループパブリッシング〉

①978-4-04-441639-3

〔内容〕笛の音に踊れ, 出だしを思いめぐらせば, なんてことなくありふれた日常, 御厳の調べに舞い踊れ

『夕べの花と散り急げ　少年陰陽師』
2010.9　221p　〈発売：角川グループパブリッシング〉

①978-4-04-441640-9

『仄めく灯（あかり）とひた走れ　少年陰陽師』　2011.2　252p　〈発売：角川グループパブリッシング〉

①978-4-04-441643-0

『さやかの頃にたちかえれ　少年陰陽師』
2011.6　235p　〈発売：角川グループパブリッシング〉

①978-4-04-441647-8

『願いの証に思い成せ　少年陰陽師』
2011.10　237p　〈発売：角川グループパブリッシング〉

①978-4-04-441649-2

『朝（あした）の雪と降りつもれ　少年陰陽師』　2012.2　253p　〈発売：角川グループパブリッシング〉

①978-4-04-100160-8

『ひらめく欠片に希え　少年陰陽師』
2012.7　236p　〈発売：角川グループパブリッシング〉

①978-4-04-100368-8

『こぼれる滴とうずくまれ　少年陰陽師』

2012.10　238p　〈発売：角川グループパブリッシング〉

①978-4-04-100506-4

『うごもつ蔽に捧げもて　少年陰陽師』
2013.3　222p　〈発売：角川グループパブリッシング〉

①978-4-04-100728-0

『慄く瞳にくちずさめ　少年陰陽師』
2013.6　231p　〈発売：角川グループホールディングス〉

①978-4-04-100869-0

『かなしき日々に咲き遺れ　少年陰陽師』
2013.10　270p

①978-4-04-101030-3

『夢見ていられる頃を過ぎ　少年陰陽師』
2014.4　235p

①978-4-04-101311-3

〔内容〕その差は如何ばかり, 鳴神の行方, だから最短距離を, 夢見ていられる頃を過ぎ

『招きの音に乱れ飛べ　少年陰陽師』
2014.7　249p

①978-4-04-101661-9

『こごりの囲にもの騒げ　少年陰陽師』
2014.10　244p

①978-4-04-101662-6

『留めの底にわだかまれ　少年陰陽師』
2015.3　248p

①978-4-04-101663-3

『そこに、あどなき祈りを　少年陰陽師』
2016.7　306p

①978-4-04-103021-9

『いつか命の終わる日が　少年陰陽師』
2016.8　238p

①978-4-04-103944-1

◇篁破幻草子

『あだし野に眠るもの　篁破幻草子』
2002.10　222p

①4-04-441606-0

『ちはやぶる神のめざめの　篁破幻草子』
2002.10　223p

①4-04-441607-9

結城光流

『宿命よりもなお深く　篁破幻草子』
　　2005.4　246p
　　①4-04-441617-6
『六道の辻に鬼の哭く　篁破幻草子』
　　2006.4　254p
　　①4-04-441621-4
『めぐる時、夢幻の如く　篁破幻草子』
　　2007.6　286p〈発売：角川グループパ
　　ブリッシング〉
　　①978-4-04-441626-3
　　〔内容〕めぐる時、夢幻の如く、橘少将、鬼の
　　「腕」と闘うの事，終わりなき，それは

角川文庫(KADOKAWA)

◇少年陰陽師

『少年陰陽師（おんみょうじ）　異邦の影』
　　2011.2　207p〈『異邦の影を探しだせ』
　　（平成14年刊）の改題　発売：角川グ
　　ループパブリッシング〉
　　①978-4-04-441642-3
『少年陰陽師（おんみょうじ）　闇の呪縛』
　　2011.3　252p〈『闇の呪縛を打ち砕け』
　　（平成14年刊）の改題　発売：角川グ
　　ループパブリッシング〉
　　①978-4-04-441644-7
『少年陰陽師（おんみょうじ）　鏡の檻』
　　2011.5　254p〈『鏡の檻をつき破れ』
　　（平成14年刊）の改題　発売：角川グ
　　ループパブリッシング〉
　　①978-4-04-441646-1
『少年陰陽師（おんみょうじ）　禍つ鎖』
　　2011.8　223p〈『禍つ鎖を解き放て』
　　（平成14年刊）の改題　発売：角川グ
　　ループパブリッシング〉
　　①978-4-04-441648-5
『少年陰陽師（おんみょうじ）　六花の眠
　　り』　2011.11　237p〈『六花に抱かれ
　　て眠れ』（平成15年刊）の改題　発売：
　　角川グループパブリッシング〉
　　①978-4-04-100021-2

『少年陰陽師（おんみょうじ）　黄泉の風』
　　2012.2　223p〈『黄泉に誘う風を追え』
　　（平成15年刊）の改題　発売：角川グ
　　ループパブリッシング〉
　　①978-4-04-100170-7
『少年陰陽師　焔の刃』　2012.5　248p
　　〈『焔の刃を研ぎ澄ませ』（角川ビーンズ
　　文庫 2003年刊）の改題　発売：角川グ
　　ループパブリッシング〉
　　①978-4-04-100289-6
『少年陰陽師〔8〕天狐の章 1（真紅の空）』
　　2013.1　246p〈『真紅の空を翔けあが
　　れ』（角川ビーンズ文庫 2004年刊）の改
　　題　発売：角川グループパブリッシン
　　グ〉
　　①978-4-04-100651-1
『少年陰陽師〔9〕天狐の章 2（光の導）』
　　2013.4　266p〈『光の導を指し示せ』
　　（角川ビーンズ文庫 2004年刊）の改題
　　発売：角川グループホールディングス〉
　　①978-4-04-100782-2
『少年陰陽師〔10〕天狐の章 3（冥夜の
　　帳）』　2013.7　260p〈『冥夜の帳を切
　　り開け』（角川ビーンズ文庫 2004年刊）
　　の改題〉
　　①978-4-04-100910-9
『少年陰陽師〔11〕天狐の章 4（羅刹の
　　腕）』　2013.11　226p〈『羅刹の腕を
　　振りほどけ』（角川ビーンズ文庫 2005年
　　刊）の改題〔10〕までの出版者：角川書
　　店〉
　　①978-4-04-101083-9
『少年陰陽師〔12〕天狐の章 5（儚き運
　　命）』　2014.2　275p〈『儚き運命（さ
　　だめ）をひるがえせ』（角川ビーンズ文
　　庫 2005年刊）の改題〉
　　①978-4-04-101226-0

◇陰陽師・安倍晴明

『我、天命を覆す　陰陽師・安倍晴明』
　　2013.3　366p〈発売：角川グループパ
　　ブリッシング〉
　　①978-4-04-100745-7

『その冥がりに、華の咲く　陰陽師・安倍晴明』　2016.2　325p〈角川書店 2013年刊の再刊〉
①978-4-04-103615-0

吉川　永青
よしかわ・ながはる
1968～

東京生まれ。横浜国立大卒。2010年「我が糸は誰を操る」で小説現代長編新人賞奨励賞を受賞、改稿した「戯史三国志　我が糸は誰を操る」でデビュー。

講談社文庫（講談社）

『誉れの赤』　2016.6　487p〈文献あり〉
①978-4-06-293439-8

吉田　親司
よしだ・ちかし
1969～

福岡県生まれ。岡山商大卒。「新世界大戦EPISODE3（ACT1）赤土の皇国」で作家デビュー。

富士見新時代小説文庫（KADOKAWA）

『闇蝙蝠　江戸詰め始末剣　1』　2014.1　235p
①978-4-04-712999-3

『闇蝙蝠　江戸詰め始末剣　2』　2014.7　230p
①978-4-04-070164-6

『闇蝙蝠　江戸詰め始末剣　3』　2014.9　223p
①978-4-04-070241-4

吉田　雄亮
よしだ・ゆうすけ
1946～

佐賀県生まれ。フリーライターを経て、2002年「裏火盗罪科帖」シリーズで時代小説作家デビュー。

角川文庫（KADOKAWA）

◇留守居役日々暦

『留守居役日々暦』　2014.4　333p
①978-4-04-101473-8
〔内容〕武士商人, 柔弱の科, 駆け入り

『茜色の雨　留守居役日々暦』　2014.10　301p
①978-4-04-101952-8
〔内容〕お供外し, 御追放, 残る所

『落葉の虹　留守居役日々暦』　2015.4　296p
①978-4-04-102935-0
〔内容〕婦道の罪, 御暇願, 鞘当

『松風の香　留守居役日々暦』　2015.12　277p
①978-4-04-103562-7
〔内容〕供先切, 絡繰婚礼, 蔭富

『渡り辻番人情帖』　2016.8　297p
①978-4-04-104461-2
〔内容〕本所三つ目橋, 入江町の鐘, 花町賭場

吉田雄亮

屋敷

光文社文庫（光文社）

◇裏火盗罪科帖

『修羅裁き　長編時代小説　裏火盗罪科帖』　2002.10　317p
①4-334-73396-4

『夜叉裁き　長編時代小説　裏火盗罪科帖 2』　2003.5　300p
①4-334-73492-8

『龍神裁き　長編時代小説　裏火盗罪科帖 3』　2004.1　310p
①4-334-73578-9

『鬼道裁き　長編時代小説　裏火盗罪科帖 4』　2004.9　360p
①4-334-73755-2

『閻魔裁き　長編時代小説　裏火盗罪科帖 5』　2005.6　319p
①4-334-73899-0

『観音裁き　長編時代小説　裏火盗罪科帖 6』　2005.12　315p
①4-334-73994-6

『火怨裁き　長編時代小説　裏火盗罪科帖 7』　2007.4　332p
①978-4-334-74173-0

『転生裁き　長編時代小説　裏火盗罪科帖 8』　2008.5　299p
①978-4-334-74423-6

『陽炎裁き　長編時代小説　裏火盗罪科帖 9』　2008.11　314p
①978-4-334-74495-3

『夢幻裁き　長編時代小説　裏火盗罪科帖 10〔光文社時代小説文庫〕』　2009.10　310p〈文献あり〉
①978-4-334-74624-7

◇盗人奉行お助け組

『盗人奉行お助け組　文庫書下ろし/長編時代小説』　2013.1　309p〈文献あり〉
①978-4-334-76525-5

『家宝失い候　文庫書下ろし/長編時代小説　盗人奉行お助け組 2』　2013.12　306p
①978-4-334-76641-2

『中臈隠し候　文庫書下ろし/長編時代小説　盗人奉行お助け組 3』　2014.8　340p
①978-4-334-76789-1

『鬼神舞い　黄門黒衣組 1　長編時代小説〔光文社時代小説文庫〕』　2011.11　328p
①978-4-334-76329-9

祥伝社文庫（祥伝社）

◇投込寺闇供養

『花魁殺　長編時代小説　投込寺闇供養』　2005.2　332p
①4-396-33215-7

『弁天殺　書下ろし長編時代小説　投込寺闇供養 2』　2005.9　307p
①4-396-33250-5

◇深川鞘番所

『深川鞘番所　長編時代小説』　2008.3　348p
①978-4-396-33420-8

『恋慕舟　長編時代小説　深川鞘番所』　2008.9　321p〈著作目録あり〉
①978-4-396-33454-3

『紅燈川　長編時代小説　深川鞘番所』　2008.12　305p〈著作目録あり〉
①978-4-396-33472-7

『化粧（けわい）堀　長編時代小説　深川鞘番所 4』　2009.6　329p〈文献あり

著作目録あり〉
①978-4-396-33508-3

『浮寝岸　長編時代小説　深川鞘番所　5』
2009.12　331p〈文献あり　著作目録あり〉
①978-4-396-33547-2

『逢初橋　長編時代小説　深川鞘番所　6』
2010.3　321p〈文献あり　著作目録あり〉
①978-4-396-33566-3

『縁切柳　長編時代小説　深川鞘番所　7』
2010.7　350p〈文献あり　著作目録あり〉
①978-4-396-33600-4

『涙絵馬　深川鞘番所　8』　2010.12　314p〈文献あり　著作目録あり〉
①978-4-396-33633-2

『夢燈籠　深川鞘番所　9』　2012.2　305p〈文献あり　著作目録あり〉
①978-4-396-33730-8

『情八幡　書下ろし　深川鞘番所　10』
2012.7　315p
①978-4-396-33781-0

『居残り同心神田祭　書下ろし』　2013.3　331p
①978-4-396-33829-9

徳間文庫（徳間書店）

◇草同心闇改メ

『蛇骨の剣　草同心闇改メ』　2010.11　315p〈著作目録あり〉
①978-4-19-893264-0

『徒花の刃　草同心闇改メ』　2011.5　315p
①978-4-19-893370-8

『鬼門の杜　草同心闇改メ』　2012.5　310p〈著作目録あり〉

①978-4-19-893552-8

ハルキ文庫（角川春樹事務所）

『朱引黒引双つ江戸　時代小説文庫』
2013.8　299p
①978-4-7584-3749-3

『飛鳥山の骸　朱引黒引双つ江戸　時代小説文庫』　2014.1　315p
①978-4-7584-3792-9

『千住宿情け橋　1　時代小説文庫』
2015.6　283p
①978-4-7584-3915-2

『後追い花　千住宿情け橋2　時代小説文庫』　2015.10　270p
①978-4-7584-3947-3

双葉文庫（双葉社）

◇聞き耳幻八浮世鏡

『黄金小町　聞き耳幻八浮世鏡』　2006.9　315p
①4-575-66256-9

『傾城番附　聞き耳幻八浮世鏡』　2007.11　331p
①978-4-575-66305-1

『放浪悲剣　聞き耳幻八浮世鏡』　2008.8　324p
①978-4-575-66337-2

『繚乱断ち　仙石隼人探察行』　2003.9　315p
①4-575-66153-8

好村兼一

二見時代小説文庫（二見書房）

◇新宿武士道

『遊里ノ戦　新宿武士道　1』　2009.5
　312p
　①978-4-576-09061-0

◇　◇　◇

『俠盗五人世直し帖　姫君を盗み出し候』
　2011.3　311p
　①978-4-576-11012-7

好村　兼一
よしむら・けんいち
1949～

東大中退。剣道指導者を経て、2007年「侍の翼」でデビュー。「伊藤一刀斎」など、剣豪小説などを多く発表。

講談社文庫（講談社）

『兜割源三郎　玄冶店密命始末』　2014.11　273p
　①978-4-06-277980-7

光文社文庫（光文社）

『青江の太刀　傑作時代小説〔光文社時代小説文庫〕』　2012.2　345p
　①978-4-334-76372-5
　〔内容〕安永小普請の恋、青江の太刀、妻敵討ち異聞、策を弄する男、闇中斎剣法書

『日影の剣　影流開祖愛洲移香　長編時代小説』　2015.5　446p〈『影と胡蝶』

（2012年刊）の改題　文献あり〉
　①978-4-334-76916-1

徳間文庫（徳間書店）

『伊藤一刀斎　上』　2015.4　615p〈廣済堂あかつき 2009年刊の加筆・修正〉
　①978-4-19-893965-6

『伊藤一刀斎　下』　2015.4　507p〈廣済堂あかつき 2009年刊の加筆・修正　文献あり〉
　①978-4-19-893966-3

文春文庫（文藝春秋）

『侍の翼』　2010.8　356p
　①978-4-16-777394-6

吉村　夜
よしむら・よる
1972～

千葉県生まれ。著書に「メルティの冒険 遙かなるアーランド伝説」「海賊少女チャリィ」など。

富士見新時代小説文庫（KADOKAWA）

『くちなわ剣風帖　1　蝦蟇と大蛇』
　2015.1　273p
　①978-4-04-070393-0

『くちなわ剣風帖　2　鯰の鳴動』　2015.2　309p
　①978-4-04-070394-7

米村 圭伍
よねむら・けいご
1956〜

神奈川県生まれ。早大卒。1999年「風流冷飯伝」が小説新潮長篇新人賞を受賞してデビュー。代表作に「退屈姫君伝」シリーズなど。

幻冬舎時代小説文庫(幻冬舎)

◇敬恩館青春譜

『君がいれば　敬恩館青春譜 1』　2014.6　394p〈『青葉耀く 上』(2012年刊)の改題〉
①978-4-344-42215-5

『青葉耀く　敬恩館青春譜 2』　2014.12　437p
①978-4-344-42290-2

『いそさん』　2013.12　317p〈文献あり〉
①978-4-344-42131-8
〔内容〕政吉, おもん, 久兵衛, いそさん

幻冬舎文庫(幻冬舎)

◇紅無威おとめ組

『紅無威おとめ組　かるわざ小蝶』　2008.4　250p
①978-4-344-41125-8

『紅無威おとめ組　南総里見白珠伝』　2009.6　353p
①978-4-344-41322-1

『紅無威おとめ組　壇ノ浦の決戦　幻冬舎時代小説文庫』　2010.6　408p
①978-4-344-41496-9

新潮文庫(新潮社)

『風流冷飯伝』　2002.4　351p
①4-10-126531-3
〔内容〕桜道なぜ魚屋に嗤われる, あれもうもうたまりませんと娘連, のどかさや凧をあやつる怪物かな, 眉に唾たいこ狐に化かされて, 手毬唄つまらぬ殿は雪隠に, もてあます葛籠の底の春画本, 大暴れ冷飯どもが夢の跡, 詰将棋はたして詰むや詰まざるや, あれごらん凧のおじちゃん右回り, 入婿の閨を怖がる情けなさ, 締められて蛤に泣く俄医者, へぼ将棋待った反則咲き乱れ, だるまさん田沼転んで都詰め, 帰りなん薫風にそでなびかせて

『退屈姫君伝』　2002.10　433p
①4-10-126532-1

『面影小町伝』　2003.10　509p〈『錦絵双花伝』(平成13年刊)の改題〉
①4-10-126533-X

『退屈姫君海を渡る』　2004.10　300p
①4-10-126534-8

『退屈姫君恋に燃える』　2005.10　333p
①4-10-126535-6

『紀文大尽舞』　2006.6　523p
①4-10-126536-4

『おんみつ蜜姫』　2007.1　526p
①4-10-126537-2

『真田手毬唄』　2008.1　359p〈『影法師夢幻』(集英社平成13年刊)の改題〉
①978-4-10-126538-4

『退屈姫君これでおしまい』　2009.1　420p〈文献あり〉
①978-4-10-126539-1

『おたから蜜姫』　2010.10　641p
①978-4-10-126540-7

『山彦ハヤテ』　2011.10　481p
①978-4-10-126541-4
〔内容〕雪虫, 胎内くぐり, かごめかごめ, 通せんぼ, 解説(末國善己著)

六道慧

『道草ハヤテ』 2012.10 391p
①978-4-10-126542-1
〔内容〕嫌われ尾ナシ、逃げろ徳念、狐の嫁入り

徳間文庫(徳間書店)

◇ひやめし冬馬四季綴

『桜小町　ひやめし冬馬四季綴』 2010.2 381p
①978-4-19-893121-6

『ふくら雀　ひやめし冬馬四季綴』 2010.11 349p
①978-4-19-893263-3

『孔雀茶屋　ひやめし冬馬四季綴』 2011.8 308p
①978-4-19-893406-4

六道 慧
りくどう・けい

東京生まれ。和洋国府台高卒。1988年「大神伝」シリーズでデビュー。ファンタジー、伝奇の分野で活躍後、時代小説を手がける。

幻冬舎時代小説文庫(幻冬舎)

◇御家人風来抄

『花狩人(かりうど)　御家人風来抄』 2010.6 358p
①978-4-344-41497-6

『恋文　御家人風来抄』 2010.12 349p
①978-4-344-41581-2

幻冬舎文庫(幻冬舎)

◇御家人風来抄

『天は長く　御家人風来抄』 2008.8 371p
①978-4-344-41186-9

『日月(じつげつ)の花　御家人風来抄』 2008.10 374p
①978-4-344-41217-0

『風雲あり　御家人風来抄』 2009.6 379p
①978-4-344-41323-8

『五月闇　御家人風来抄』 2009.12 374p
①978-4-344-41401-3

『代言人真田慎之介』 2013.6 395p
①978-4-344-42032-8

光文社文庫(光文社)

◇妖し小町

『おぼろ隠密記　新感覚時代小説　妖し小町』 2000.8 341p
①4-334-73047-7

『おぼろ隠密記　新感覚時代小説　大奥騒乱ノ巻　妖し小町』 2001.1 363p
①4-334-73101-5

『おぼろ隠密記　新感覚時代小説　振袖御霊ノ巻　妖し小町 3』 2001.6 348p
①4-334-73169-4

『おぼろ隠密記　新感覚時代小説　夢歌舞伎ノ巻　妖し小町 4』 2001.10 359p
①4-334-73225-9

『おぼろ隠密記　新感覚時代小説　歌比丘尼ノ巻　妖し小町 5』 2002.4 373p

①4-334-73308-5

◇十手小町事件帳

『十手小町事件帳　新感覚時代小説』
2003.5　347p
①4-334-73494-4

『まろばし牡丹　新感覚時代小説　十手小
町事件帳』　2003.10　370p
①4-334-73572-X

『ひよりみ法師　新感覚時代小説　十手小
町事件帳』　2004.2　369p
①4-334-73642-4

『いざよい変化　新感覚時代小説　十手小
町事件帳』　2004.8　362p
①4-334-73736-6

◇御算用日記

『青嵐吹く　長編時代小説　御算用日記』
2005.3　337p
①4-334-73851-6

『天地に愧じず　長編時代小説　御算用日
記』　2005.9　368p
①4-334-73948-2

『まことの花　長編時代小説　御算用日
記』　2006.4　367p
①4-334-74053-7

『流星のごとく　長編時代小説　御算用日
記』　2006.9　373p
①4-334-74132-0

『春風を斬る　長編時代小説　御算用日
記』　2007.4　359p
①978-4-334-74237-9

『月を流さず　長編時代小説　御算用日
記』　2007.10　371p
①978-4-334-74329-1

『一鳳を得る　長編時代小説　御算用日
記』　2008.5　368p
①978-4-334-74424-3

『径に由らず　長編時代小説　御算用日
記』　2008.12　371p
①978-4-334-74522-6

『星星の火　長編時代小説　御算用日記』
2009.5　374p
①978-4-334-74593-6

『護国の剣　長編時代小説　御算用日記
〔光文社時代小説文庫〕』　2009.9
387p〈文献あり〉
①978-4-334-74652-0

『鴛馬十駕　長編時代小説　御算用日記
〔光文社時代小説文庫〕』　2010.4
374p〈文献あり〉
①978-4-334-74767-1

『甚を去る　長編時代小説　御算用日記
〔光文社時代小説文庫〕』　2010.10
381p〈文献あり〉
①978-4-334-74861-6

『石に匪(あら)ず　長編時代小説　御算
用日記〔光文社時代小説文庫〕』
2011.5　382p〈文献あり〉
①978-4-334-74950-7

◇奥方様は仕事人

『奥方様は仕事人　長編時代小説〔光文社
時代小説文庫〕』　2011.8　361p
①978-4-334-74990-3

『寒鴉　長編時代小説　奥方様は仕事人
〔光文社時代小説文庫〕』　2011.12
376p
①978-4-334-76345-9

『そげもの芸者　文庫書下ろし/長編時代
小説　奥方様は仕事人』　2012.7
397p
①978-4-334-76441-8

『ちりぬる命　文庫書下ろし/長編時代小
説　奥方様は仕事人』　2013.3　388p
①978-4-334-76541-5

◇御算用始末日記

『天下を善くす　長編時代小説　御算用始
末日記〔光文社時代小説文庫〕』
2012.3　404p〈文献あり〉
①978-4-334-76377-0

『一琴一鶴　文庫書下ろし/長編時代小説

六道慧

御算用始末日記』 2012.11 399p〈文献あり〉
①978-4-334-76493-7

『則ち人を捨てず 文庫書下ろし/長編時代小説 御算用始末日記』 2013.7 395p〈文献あり〉
①978-4-334-76597-2

徳間文庫（徳間書店）

◇くノ一元禄帖

『くノ一元禄帖』 2002.9 332p
①4-19-891773-6

『大江戸繚乱 くノ一元禄帖』 2003.2 344p
①4-19-891847-3

『はごろも天女 くノ一元禄帖』 2003.7 349p
①4-19-891919-4

『妃女曼陀羅 くノ一元禄帖』 2003.12 362p
①4-19-891993-3

◇いろは双六屋

『明烏 いろは双六屋』 2006.8 346p
①4-19-892474-0

『千両花 いろは双六屋』 2006.12 375p
①4-19-892530-5

『桜の仇討 いろは双六屋』 2007.6 345p
①978-4-19-892622-9

『恋時雨 いろは双六屋』 2008.1 347p
①978-4-19-892715-8

◇公儀鬼役御膳帳

『公儀鬼役御膳帳』 2009.9 379p
①978-4-19-893045-5

『連理の枝 公儀鬼役御膳帳』 2010.4 363p
①978-4-19-893149-0

『春疾風（はやて） 公儀鬼役御膳帳』 2011.3 389p
①978-4-19-893334-0

『ゆずり葉 公儀鬼役御膳帳』 2011.10 413p
①978-4-19-893452-1

『外待雨 公儀鬼役御膳帳』 2012.6 417p〈著作目録あり〉
①978-4-19-893553-5

◇山同心花見帖

『山同心花見帖』 2013.1 423p〈著作目録あり〉
①978-4-19-893654-9

『慶花の夢 山同心花見帖』 2014.2 395p〈著作目録あり〉
①978-4-19-893801-7

『まねきの紅葉 山同心花見帖』 2014.3 405p〈著作目録あり〉
①978-4-19-893813-0

『安倍晴明あやかし鬼譚』 2014.7 442p〈『源氏夢幻抄』（桜桃書房 2001年刊）の改題 文献あり〉
①978-4-19-893861-1

双葉文庫（双葉社）

◇浦之助手留帳

『花も花なれ 浦之助手留帳』 2004.6 339p
①4-575-66172-4

『霧しぐれ 浦之助手留帳』 2004.12 351p
①4-575-66189-9

『夢のあかり 浦之助手留帳』 2005.6

353p
①4–575–66208–9

『小夜嵐　浦之助手留帳』　2005.12
381p
①4–575–66226–7

◇深川日向ごよみ

『凍て蝶　深川日向ごよみ』　2007.2
323p
①978–4–575–66270–2

『催花雨　深川日向ごよみ』　2007.8
330p
①978–4–575–66294–8

『忍び音　深川日向ごよみ』　2008.3
325p
①978–4–575–66324–2

竜崎　攻
りゅうざき・おさむ
1943〜

岡山県生まれ。1989年「週刊新潮」の
「日本史血の年表」の古代部分を連載。
主な作品に「衣通姫恋歌」など。

PHP文庫（PHP研究所）

『真田昌幸　家康が怖れた機略縦横の智
　将』　1999.1　570p
　①4–569–57232–4

『平将門　坂東八ヶ国を制した覇王』
　2008.4　389p
　①978–4–569–67010–2

わかつき　ひかる
京都生まれ。第6回幻冬舎アウトロー
大賞特別賞受賞。

宝島社文庫（宝島社）

『あきんど姫様』　2015.12　260p〈文献
　あり〉
　①978–4–8002–4773–5

白泉社招き猫文庫（白泉社）

『公家姫挿し花屋控帳』　2015.9　219p
　①978–4–592–83123–5
　〔内容〕寛永寺献花, お化けの姫, 初恋の葬送,
　　型破りと型無し, 流派樹立, 桜花爛漫

富士見新時代小説文庫
（KADOKAWA）

『おいらん同心捕物控』　2015.3　246p
　①978–4–04–070544–6

和久田 正明

わくだ・まさあき

1945〜

静岡県生まれ。脚本家として「長七郎江戸日記」「暴れん坊将軍」など、時代劇を多数執筆。2003年「残月剣」で小説家デビューした。

学研M文庫（学研パブリッシング）

◇夜桜乙女捕物帳

『夜桜乙女捕物帳』　2003.8　339p
　①4-05-900250-X

『鉄火牡丹　夜桜乙女捕物帳』　2004.2
315p
　①4-05-900272-0
　〔内容〕鉄火牡丹, 闇の梯子, 悪女は嗤う, お役者小僧

『つむじ風　夜桜乙女捕物帳』　2004.6
308p
　①4-05-900292-5

『箱根の女狐　夜桜乙女捕物帳』　2004.9
297p
　①4-05-900308-5
　〔内容〕海を見ていた女, 丑の刻参り, 箱根の女狐, かまいたち

『蝶が哭く　夜桜乙女捕物帳』　2005.1
292p
　①4-05-900324-7

『白刃の紅　夜桜乙女捕物帳』　2005.4
304p
　①4-05-900347-6
　〔内容〕説教癖の男, 夜鷹の子, からす蛇, 白刃の紅

『夜の風花　夜桜乙女捕物帳』　2005.8
261p
　①4-05-900367-0
　〔内容〕夜の風花, 花を喰う虫, 上州の客

『猫の仇討　夜桜乙女捕物帳』　2005.12
316p
　①4-05-900387-5
　〔内容〕力婦伝, おしゃれ殿様, ふり袖変化, 猫の仇討

『浮雲　夜桜乙女捕物帳』　2006.3　287p
　①4-05-900403-0

『みだれ髪　夜桜乙女捕物帳』　2006.8
335p
　①4-05-900428-6
　〔内容〕みんな元気で, 禍福の縄, 毒薬問屋, みだれ髪

『殺し屋　夜桜乙女捕物帳』　2007.1
332p
　①978-4-05-900456-1
　〔内容〕不問に付す, 江戸の夜王, 女の意地, 殺し屋

『夜桜乙女捕物帳』　新装版　2013.3
356p 〈発売：学研マーケティング〉
　①978-4-05-900814-9

『鉄火牡丹　夜桜乙女捕物帳』　新装版
2013.4　326p 〈初版：学研 2004年刊
発売：学研マーケティング〉
　①978-4-05-900822-4
　〔内容〕鉄火牡丹, 闇の梯子, 悪女は嗤う, お役者小僧

『鬼同心の涙　夜桜乙女捕物帳』　新装版
2013.5　316p 〈初版：廣済堂出版 2004
年刊　発売：学研マーケティング〉
　①978-4-05-900831-6
　〔内容〕鬼同心の涙, 説教泥棒, 親子刺客

◇牙小次郎無頼剣

『夜来る鬼　牙小次郎無頼剣』　2007.8
326p
　①978-4-05-900488-2
　〔内容〕毒蛇姫, 雅な狼, 娘二人, 父が敵

『桜子姫　牙小次郎無頼剣』　2008.1
323p
　①978-4-05-900511-7
　〔内容〕誰ケ袖, ぽん太, 桜子姫

『黄泉知らず　牙小次郎無頼剣』　2008.7

303p
①978-4-05-900540-7
〔内容〕白か黒か、黄泉知らず、清正の遺言、狩人の夜

『月を抱く女　牙小次郎無頼剣』　2009.2
311p
①978-4-05-900572-8
〔内容〕光子と梅子、偽証の行方、月を抱く女

『緋の孔雀　牙小次郎無頼剣』　2009.7
307p
①978-4-05-900587-2
〔内容〕白骨美女、なさぬ仲、緋の孔雀

『恋小袖　牙小次郎無頼剣』　2011.5
277p〈発売：学研マーケティング〉
①978-4-05-900693-0
〔内容〕嗤う死神、赤鰯一味、芸者夕顔、夜盗虫、紅の花

◇女ねずみ

『女ねずみ忍び込み控』　2011.9　310p
〈発売：学研マーケティング〉
①978-4-05-900714-2

『女ねずみみだれ桜』　2012.4　309p〈発売：学研マーケティング〉
①978-4-05-900749-4
〔内容〕まぼろし小僧、金さんの失敗、ねずみの亡霊、からくり屋敷

『女ねずみ泥棒番付』　2012.12　302p
〈発売：学研マーケティング〉
①978-4-05-900798-2
〔内容〕善人の鑑、幼な後家、泥棒番付

『三代目五右衛門』　2013.10　316p〈発売：学研マーケティング〉
①978-4-05-900861-3

角川文庫(KADOKAWA)

◇将軍の猫

『将軍の猫』　2015.12　302p
①978-4-04-103653-2
『悪の華　将軍の猫』　2016.10　308p
①978-4-04-104366-0

幻冬舎時代小説文庫(幻冬舎)

◇黒衣忍び人

『黒衣忍び人』　2010.2　283p
①978-4-344-41440-2
『邪忍の旗　黒衣忍び人』　2010.12
321p
①978-4-344-41582-9
『天草の乱　黒衣忍び人』　2011.12
322p
①978-4-344-41787-8

廣済堂文庫(廣済堂出版)

◇公儀刺客御用

『残月剣　公儀刺客御用　特選時代小説』
2003.2　318p
①4-331-60991-X
『千両首　公儀刺客御用　特選時代小説』
2003.10　325p
①4-331-61041-1
『血笑剣　公儀刺客御用　特選時代小説』
2004.2　323p
①4-331-61066-7

◇夜桜乙女捕物帳

『鬼同心の涙　夜桜乙女捕物帳　特選時代

小説』　2004.4　310p
①4-331-61081-0
〔内容〕鬼同心の涙, 説教泥棒, 親子刺客

『紅の雨　夜桜乙女捕物帳　特選時代小
説』　2004.8　301p
①4-331-61108-6
〔内容〕兄弟の星, 乙女と春画, 紅の雨

『情け傘　夜桜乙女捕物帳　特選時代小
説』　2004.11　291p
①4-331-61130-2
〔内容〕女の疵, 情け傘, 鬼の片腕

『なみだ町　夜桜乙女捕物帳　特選時代小
説』　2005.3　311p
①4-331-61154-X
〔内容〕逃げる女, 道化の恋, ふり袖鬼女, 秘
録女牢

◇八丁堀つむじ風

『月の牙　八丁堀つむじ風　特選時代小
説』　2005.11　291p
①4-331-61193-0
〔内容〕見えない影, 逢魔が刻, やさしい隣人

『風の牙　八丁堀つむじ風　特選時代小
説』　2006.3　281p
①4-331-61214-7
〔内容〕夜の梅, 怨み節, 密談, 大盗の恋

『火の牙　八丁堀つむじ風　特選時代小
説』　2006.7　296p
①4-331-61232-5
〔内容〕桜雨, 無冤録述, 女医者, 金貸殺し

『夜の牙　八丁堀つむじ風　特選時代小
説』　2007.1　338p
①4-331-61263-5
〔内容〕暗がりの鬼, 改悛の情, 嫁の敵, 女別式

『鬼の牙　八丁堀つむじ風　特選時代小
説』　2007.4　313p
①978-4-331-61276-7
〔内容〕妖盗, 魔性の泪, 泣き芋屋

『炎の牙　八丁堀つむじ風　特選時代小
説』　2007.11　319p
①978-4-331-61301-6
〔内容〕堕天女, 捨て親, 不義の罠

『氷の牙　八丁堀つむじ風　特選時代小
説』　2008.6　325p
①978-4-331-61333-7
〔内容〕牢死の怪, 闇夜の灯, 孔雀夫人

『紅の牙　八丁堀つむじ風　特選時代小
説』　2008.12　322p
①978-4-331-61348-1
〔内容〕盗賊廻状, 危険な誘い, お紋の昔, 不
運な男, 地獄の花

『妖の牙　八丁堀つむじ風　特選時代小
説』　2009.6　305p
①978-4-331-61361-0
〔内容〕美白香, 夫婦狸, 神隠し

『海の牙　八丁堀つむじ風　特選時代小
説』　2010.11　311p
①978-4-331-61412-9
〔内容〕空飛ぶ花魁, 一犬伝, 鬼女姉妹

『魔性の牙　八丁堀つむじ風　特選時代小
説』　2011.12　297p
①978-4-331-61450-1
〔内容〕雄呂血, 百枚衣, 夜の恋, あばずれ

◇読売り雷蔵世直し帖

『美女桜　読売り雷蔵世直し帖　1　特選
時代小説』　2012.2　277p〈『彼岸桜』
（双葉社2005年刊）の加筆・改題〉
①978-4-331-61461-7
〔内容〕与力落とし, 盗賊落とし, 若旦那落
とし

『毒の花　読売り雷蔵世直し帖　2　特選
時代小説』　2012.3　285p〈『螢の川』
（双葉社2005年刊）の加筆・改題〉
①978-4-331-61464-8
〔内容〕教祖落とし, 絵師落とし, くノ一落
とし

『地獄花　読売り雷蔵世直し帖　3　特選
時代小説』　2012.4　269p〈『初雁翔
ぶ』（双葉社2006年刊）の加筆・改題〉
①978-4-331-61471-6
〔内容〕閻魔落とし, 萬葉落とし, 黒髪落とし

『うら獄門　読売り雷蔵世直し帖　4　特
選時代小説』　2012.8　309p

①978-4-331-61486-0
　〔内容〕家宝落とし, 悪鬼落とし, 名主落とし

◇新八丁堀つむじ風

『黒衣の牙　新八丁堀つむじ風　特選時代小説』　2015.7　318p
　①978-4-331-61634-5
　〔内容〕眠れる美女, 女の意地, 天狗騒ぎ, 景虎殿遺文

『妖怪十手　モノノケ文庫』　2014.5　321p
　①978-4-331-61583-6
　〔内容〕泣き布団, 血を吸う, 黒髪村, 物怪夫婦

光文社文庫(光文社)

◇くノ一忍び化粧

『くノ一忍び化粧　長編時代小説〔光文社時代小説文庫〕』　2010.9　298p〈文献あり〉
　①978-4-334-74848-7
『くノ一忍び化粧　長編時代小説　外様喰い〔光文社時代小説文庫〕』　2011.5　304p
　①978-4-334-74939-2

『夫婦十手　文庫書下ろし 長編時代小説』　2012.4　285p
　①978-4-334-76379-4
　〔内容〕骰子地獄, 赤い陽炎, 流浪の紅
『夫婦十手大奥の怪　文庫書下ろし/長編時代小説』　2013.2　330p
　①978-4-334-76538-5
『夫婦十手正義の仮面　文庫書下ろし/長編時代小説』　2013.11　332p
　①978-4-334-76655-9

『嵐を呼ぶ女　文庫書下ろし/長編時代小説〔光文社時代小説文庫〕』　2016.4　334p
　①978-4-334-77277-2
　〔内容〕からすねこ, 消えた娘, 闇金の闇, 土蜘蛛の変

コスミック・時代文庫(コスミック出版)

◇鎧月之介殺法帖

『女怪　書下ろし長編時代小説　鎧月之介殺法帖』　2014.12　301p
　①978-4-7747-2788-2

徳間文庫(徳間書店)

◇はぐれ十左御用帳

『はぐれ十左御用帳』　2006.5　285p
　①4-19-892430-9
　〔内容〕鬼が来た, 島破り, 裏技組
『情け無用　はぐれ十左御用帳』　2006.10　282p
　①4-19-892505-4
　〔内容〕夢一夜, 三日月心中, 冬猿
『冷たい月　はぐれ十左御用帳』　2007.5　313p〈著作目録あり〉
　①978-4-19-892608-3
　〔内容〕災厄の町, 妖怪同心, 血笑旅
『狐の穴　はぐれ十左御用帳』　2007.11　329p〈著作目録あり〉
　①978-4-19-892699-1
『逆臣蔵　はぐれ十左御用帳』　2008.6　302p〈著作目録あり〉
　①978-4-19-892809-4
　〔内容〕狂気の門, 逆臣蔵
『ふるえて眠れ　はぐれ十左御用帳』

和久田正明

2008.12　285p
①978-4-19-892905-3

『家康の靴　はぐれ十左御用帳』　2009.6
300p〈著作目録あり〉
①978-4-19-892999-2

『卍の証　はぐれ十左御用帳』　2009.12
281p〈著作目録あり〉
①978-4-19-893090-5

『罪なき女　はぐれ十左御用帳』　2010.6
298p
①978-4-19-893178-0

『女俠　はぐれ十左御用帳』　2011.2
309p
①978-4-19-893299-2

◇はぐれ十左暗剣殺

『はぐれ十左暗剣殺』　2011.7　243p〈著作目録あり〉
①978-4-19-893407-1

『蜘蛛女　はぐれ十左暗剣殺』　2012.1
310p〈著作目録あり〉
①978-4-19-893495-8
〔内容〕黒法師, 毒の花, 蜘蛛女

『悪の華　はぐれ十左暗剣殺』　2012.9
284p
①978-4-19-893605-1

『笑う女狐　はぐれ十左暗剣殺』　2013.4
275p〈著作目録あり〉
①978-4-19-893682-2

『黒刺客　はぐれ十左暗剣殺』　2013.12
312p
①978-4-19-893756-0

『弾丸を嚙め　はぐれ十左暗剣殺〔徳間時代小説文庫〕』　2016.8　347p〈著作目録あり〉
①978-4-19-894097-3

『特命　前篇　殺し蝶』　2014.8　323p〈著作目録あり〉
①978-4-19-893873-4
〔内容〕密告者, 森の宿, 子は宝, 殺し蝶

『特命　前篇　殺し蝶』改訂版　2014.11　323p〈著作目録あり〉
①978-4-19-893917-5
〔内容〕密告者, 森の宿, 子は宝, 殺し蝶

『特命　後篇　虎の爪』　2014.12　317p〈著作目録あり〉
①978-4-19-893891-8

『身代金』　2015.4　305p〈著作目録あり〉
①978-4-19-893961-8

『残酷な月　特命』　2015.10　311p〈著作目録あり〉
①978-4-19-894017-1

ハルキ文庫（角川春樹事務所）

◇死なない男・同心野火陣内

『死なない男・同心野火陣内　時代小説文庫』　2009.9　287p
①978-4-7584-3433-1

『月夜の鴉　死なない男・同心野火陣内　時代小説文庫』　2010.1　295p
①978-4-7584-3455-3
〔内容〕死ねない女, 兄嫁直し, 月夜の鴉

『狐化粧　死なない男・同心野火陣内　時代小説文庫』　2010.6　307p
①978-4-7584-3485-0
〔内容〕怒らない, 乙女の仕事, 箱根の変, 狐化粧

『嫁が君　死なない男・同心野火陣内　時代小説文庫』　2011.1　292p
①978-4-7584-3522-2
〔内容〕似たもの父娘, 罪ある女, 魔少女, 嫁が君

『虎の尾　死なない男・同心野火陣内　時代小説文庫』　2011.6　303p
①978-4-7584-3569-7
〔内容〕油照り, 父子鷹, 長崎奉行, 御先手組, お楽の方

『幻の女　死なない男・同心野火陣内　時

代小説文庫』 2012.2 301p
①978-4-7584-3640-3
『赤頭巾 死なない男・同心野火陣内 時代小説文庫』 2012.9 308p
①978-4-7584-3688-5
〔内容〕上海帰り, 隠亡堀, 赤頭巾
『女義士 死なない男・同心野火陣内 時代小説文庫』 2013.5 287p
①978-4-7584-3739-4
『鬼花火 死なない男・同心野火陣内 時代小説文庫』 2014.1 303p
①978-4-7584-3800-1
〔内容〕大鴉, 紅花, 鬼花火
『なみだ酒 死なない男・同心野火陣内 時代小説文庫』 2014.6 295p
①978-4-7584-3832-2

『髪結の亭主 1 時代小説文庫』 2015.1 307p
①978-4-7584-3871-1
〔内容〕虎と鼠, 殺しを囁く, 女別式, 一座掛
『髪結の亭主 2 黄金の夢 時代小説文庫』 2015.2 294p
①978-4-7584-3877-3
『髪結の亭主 3 お艶の言い分 時代小説文庫』 2015.7 299p
①978-4-7584-3903-9
『髪結の亭主 4 兄妹の星 時代小説文庫』 2015.8 306p
①978-4-7584-3940-4
『髪結の亭主 5 子別れ橋 時代小説文庫』 2016.3 298p
①978-4-7584-3983-1
『髪結の亭主 6 猫とつむじ風 時代小説文庫』 2016.6 299p
①978-4-7584-3997-8

双葉文庫（双葉社）

◇読売り雷蔵世直し帖

『彼岸桜 読売り雷蔵世直し帖』 2005.5 286p
①4-575-66203-8
〔内容〕与力落とし, 盗賊落とし, 若旦那落とし
『螢の川 読売り雷蔵世直し帖』 2005.9 298p
①4-575-66218-6
〔内容〕教祖落とし, 絵師落とし, くノ一落とし
『初雁翔ぶ 読売り雷蔵世直し帖』 2006.1 277p
①4-575-66228-3
〔内容〕閻魔落とし, 萬葉落とし, 黒髪落とし

◇火賊捕盗同心捕者帳

『あかね傘 火賊捕盗同心捕者帳』 2006.4 288p
①4-575-66238-0
〔内容〕冬の稲妻, あかね傘, 黒猫の鈴
『海鳴 火賊捕盗同心捕者帳』 2006.10 333p
①4-575-66258-5
〔内容〕いかずちお仙, 初代ねずみ, まぼろしお紺
『こぼれ紅 火賊捕盗同心捕者帳』 2007.2 324p
①978-4-575-66269-6
〔内容〕音無し源, 姫ねずみ, こぼれ紅

◇鎧月之介殺法帖

『飛燕 鎧月之介殺法帖』 2007.7 346p
①978-4-575-66290-0
『魔笛 鎧月之介殺法帖』 2007.11 295p
①978-4-575-66307-5
〔内容〕月夜船, 泥棒成金, 魔笛

『闇公方　鎧月之介殺法帖』　2008.2
333p
①978-4-575-66320-4
『斬奸状　鎧月之介殺法帖』　2008.9
314p
①978-4-575-66347-1
〔内容〕人殺し, 斬奸状, 鬼鬼灯, 蚊喰鳥
『女刺客　鎧月之介殺法帖』　2009.3
300p
①978-4-575-66373-0
『手鎖行　鎧月之介殺法帖』　2009.10
301p
①978-4-575-66406-5
『桜花の乱　鎧月之介殺法帖』　2010.4
295p
①978-4-575-66439-3

二見時代小説文庫（二見書房）

『地獄耳　1　奥祐筆秘聞』　2016.11
307p
①978-4-576-16165-5

ベスト時代文庫

（ベストセラーズ）

『影法師殺し控』　2012.7　333p
①978-4-584-36711-7
〔内容〕小夜, 右近, 吉兵衛, 事始め, 銀猫

和田　恭太郎
わだ・きょうたろう

広島県生まれ。著書に「毛利元就」「姫大将」などがある。

PHP文庫（PHP研究所）

『毛利元就　知略に長けた西国の覇者』
1996.4　475p
①4-569-56882-3

和田　はつ子
わだ・はつこ
1952〜

東京生まれ。日本女子大卒。テレビドラマ「お入学」の原作で注目され、以後はミステリー、ホラーを執筆。近年は時代小説の執筆が多い。

幻冬舎時代小説文庫（幻冬舎）

『はぐれ名医事件暦』　2014.6　261p
〈『恋刀』（ベスト時代文庫 2007年刊）と
「三匹の侍捕物控」（ベスト時代文庫
2012年刊）の改題、加筆修正・再構成・
合本〉
①978-4-344-42216-2
〔内容〕ほととぎす, 江戸七夕, 放生会, 菊合わせ
『はぐれ名医事件暦　2　女雛月』　2015.
6　317p〈『雪中花』（ベスト時代文庫
2007年刊）の改題、大幅に加筆修正〉
①978-4-344-42362-6
〔内容〕師走厄, 雪中花, 初午忘れ, 女雛月
『はぐれ名医診療暦　春思の人』　2015.

12　390p〈『大江戸ドクター』(2013年刊)の改題　文献あり〉
①978-4-344-42426-5

廣済堂文庫（廣済堂出版）

◇余々姫夢見帖

『笑う幽霊　余々姫夢見帖　特選時代小説』　2007.10　269p
①978-4-331-61298-9
〔内容〕夢花嫁, 笑う幽霊, おしらさま, 剃刀華

『姉さま人形　余々姫夢見帖　特選時代小説』　2008.3　245p
①978-4-331-61319-1
〔内容〕姉さま人形, 兄弟凧, あやかし姫, 闇のささやき

『竹馬名月　余々姫夢見帖　特選時代小説』　2008.4　254p
①978-4-331-61325-2
〔内容〕竹馬名月, 錦絵の彼方に, 浅き夢みし, 木瓜の花

『夕顔殺し　余々姫夢見帖　特選時代小説』　2008.10　288p
①978-4-331-61344-3
〔内容〕癒し姫, 死に薬, 飴幽霊, 夕顔殺し

『判じ絵殺し　余々姫夢見帖　特選時代小説』　2009.9　280p
①978-4-331-61373-3
〔内容〕ふくれまんじゅう奇譚, かもじの涙, 信二郎の受難, 判じ絵殺し

『鬼法眼　余々姫夢見帖　特選時代小説』　2009.12　269p
①978-4-331-61379-5
〔内容〕夢の浮橋, 空蟬, 鬼法眼, 賽の河原

『母子幽霊　余々姫夢見帖　特選時代小説』　2010.2　274p
①978-4-331-61386-3
〔内容〕母子幽霊, 人でなし, 白牡丹, 女雛悲し

講談社文庫（講談社）

◇お医者同心中原龍之介

『猫始末　お医者同心中原龍之介』　2010.3　264p
①978-4-06-276609-8

『なみだ菖蒲　お医者同心中原龍之介』　2010.5　273p
①978-4-06-276664-7

『走り火　お医者同心中原龍之介』　2010.7　269p
①978-4-06-276712-5

『冬亀　お医者同心中原龍之介』　2010.11　273p
①978-4-06-276811-5

『花御堂　お医者同心中原龍之介』　2011.4　257p
①978-4-06-276947-1

『お十夜恋　お医者同心中原龍之介』　2011.10　261p
①978-4-06-277081-1

『金魚心　お医者同心中原龍之介』　2012.10　261p
①978-4-06-277378-2

『師走うさぎ　お医者同心中原龍之介』　2013.10　286p〈文献あり〉
①978-4-06-277682-0
〔内容〕師走うさぎ, 富くじ噺, 女飴売り, 高輪招福寺

時代小説文庫（角川春樹事務所）

◇ゆめ姫事件帖

『秘密　ゆめ姫事件帖』　2016.10　253p
①978-4-7584-4045-5
〔内容〕ゆめ姫が真の裁きを問う, ゆめ姫, 夢の浮き橋を見る, ゆめ姫が飴幽霊に手こずらされる, ゆめ姫は慶斉の秘密を知る

和田はつ子

小学館文庫(小学館)

◇口中医桂助事件帖

『南天うさぎ　口中医桂助事件帖』
　2005.11　317p
　①4-09-408056-2
　〔内容〕南天うさぎ、天上蓮、しろつめくさ、よわい桃、まむし草

『手鞠花おゆう　口中医桂助事件帖』
　2006.3　307p
　①4-09-408072-4
　〔内容〕手鞠花、朝顔奉公、菊姫様奇譚、はこべ髪結い、忍冬屋敷

『花びら葵　口中医桂助事件帖』　2006.7
　325p
　①4-09-408089-9
　〔内容〕笹の花、竹の花、ふじ抄紙、蕎麦の里、花びら葵、佐渡小豆

『葉桜慕情　口中医桂助事件帖』　2006.11　323p
　①4-09-408123-2
　〔内容〕梅花凶事、葉桜慕情、匂い花、冬瓜患い、直山柿

『すみれ便り　口中医桂助事件帖』
　2007.6　331p
　①978-4-09-408177-0
　〔内容〕すみれ便り橘壺、五臓花、寒梅地蔵、花散里

『想いやなぎ　口中医桂助事件帖』
　2007.12　293p
　①978-4-09-408228-9
　〔内容〕孝行かぼちゃ、想いやなぎ、拓植災い、鬼あざみ、詫び桔梗

『菜の花しぐれ　口中医桂助事件帖』
　2009.4　285p
　①978-4-09-408382-8
　〔内容〕椿禍、さくら湯、菜の花しぐれ

『末期葵　口中医桂助事件帖』　2009.5
　303p
　①978-4-09-408385-9
　〔内容〕雛すみれ、葡萄若君、末期葵

『幽霊蕨　口中医桂助事件帖』　2009.12
　253p
　①978-4-09-408448-1
　〔内容〕牡丹屋異聞、さざんか散らし、幽霊蕨

『淀君の黒ゆり　口中医桂助事件帖』
　2010.4　263p
　①978-4-09-408490-0
　〔内容〕桜草売り、病葉、淀君の黒ゆり、やなかげ茶屋

『かたみ薔薇　口中医桂助事件帖』
　2011.5　255p
　①978-4-09-408614-0
　〔内容〕五月治療、蛍花、枇杷葉湯売り、かたみ薔薇

『江戸菊美人　口中医桂助事件帖』
　2011.11　261p
　①978-4-09-408665-2
　〔内容〕江戸菊美人、柘植の音、花咲爺、冬の附子

『春告げ花　口中医桂助事件帖』　2014.1
　275p〈文献あり〉
　①978-4-09-408889-2
　〔内容〕二代目中村梅之丞、吉原やなぎ、お歯黒の樹、春告げ花

『恋文の樹　口中医桂助事件帖』　2016.2
　263p〈著作目録あり〉
　①978-4-09-406271-7
　〔内容〕薬草園荒らし、恋文の樹、癒し草、紫陽花弔い

『藩医宮坂涼庵』　2008.1　270p
　①978 4 09 408238-8
『藩医宮坂涼庵　続』　2008.2　310p
　①978-4-09-408246-3

宝島社文庫(宝島社)

『鬼の大江戸ふしぎ帖　鬼が見える』
　2015.8　309p
　①978-4-8002-4448-2

〔内容〕鬼が見える, 鬼の声, 鬼の饗宴, 鬼が
匂う
『鬼の大江戸ふしぎ帖〔2〕鬼が飛ぶ』
2016.1　312p
①978-4-8002-4916-6
〔内容〕鬼薬, 鬼が飛ぶ, 鬼の呪縛, 鬼が恐い,
人が怖い

ハルキ文庫（角川春樹事務所）

◇料理人季蔵捕物控

『雛の鮨　料理人季蔵捕物控　時代小説文
庫』　2007.6　255p
①978-4-7584-3299-3
〔内容〕雛の鮨, 七夕麝香, 長次郎柿, 風流雪
見鍋
『悲桜餅　料理人季蔵捕物控　時代小説文
庫』　2007.12　237p
①978-4-7584-3317-4
〔内容〕椋鳥飯, 焼きみかん, 悲桜餅, 蜜紅
『あおば鰹　料理人季蔵捕物控　時代小説
文庫』　2008.6　219p
①978-4-7584-3352-5
〔内容〕振り袖天麩羅, あおば鰹, ボーロ月,
こおり豆腐
『お宝食積　料理人季蔵捕物控　時代小説
文庫』　2008.12　227p
①978-4-7584-3387-7
〔内容〕お宝食積, ももんじ姫, 紅白酒, 精進
斬り
『旅うなぎ　料理人季蔵捕物控　時代小説
文庫』　2009.6　231p
①978-4-7584-3418-8
〔内容〕想い筍, 早水無月, 鯛供養, 旅うなぎ
『時そば　料理人季蔵捕物控　時代小説文
庫』　2009.12　225p　〈文献あり〉
①978-4-7584-3448-5
〔内容〕目黒のさんま, まんじゅう怖い, 蛸芝
居, 時そば
『おとぎ菓子　料理人季蔵捕物控　時代小
説文庫』　2010.6　222p

①978-4-7584-3484-3
〔内容〕春卵, 鰯の子, あけぼの薬膳, おとぎ
菓子
『へっつい飯　料理人季蔵捕物控　時代小
説文庫』　2010.8　225p　〈文献あり〉
①978-4-7584-3497-3
〔内容〕へっつい飯, 三年桃, イナお化け, 一
眼国豆腐
『菊花酒　料理人季蔵捕物控　時代小説文
庫』　2010.10　224p　〈文献あり〉
①978-4-7584-3509-3
〔内容〕下り鰹, 菊花酒, 御松茸, 黄翡翠芋
『思い出鍋　料理人季蔵捕物控　時代小説
文庫』　2010.12　226p
①978-4-7584-3516-1
〔内容〕相愛まんじゅう, 希望餅, 牛蒡孝行,
思い出鍋
『ひとり膳　料理人季蔵捕物控　時代小説
文庫』　2011.3　227p　〈文献あり〉
①978-4-7584-3532-1
〔内容〕梅見鰤, 饅頭卵, 吹立菜, ひとり膳
『涼み菓子　料理人季蔵捕物控　時代小説
文庫』　2011.6　231p　〈文献あり〉
①978-4-7584-3570-3
〔内容〕涼み菓子, 婿入り白玉, 夏の海老, 乙
女鮨
『祝い飯　料理人季蔵捕物控　時代小説文
庫』　2011.9　223p　〈文献あり〉
①978-4-7584-3597-0
〔内容〕祝い飯, 里芋観音, 伊賀粥, 秋寄せ箱
『大江戸料理競べ　料理人季蔵捕物控　時
代小説文庫』　2011.12　227p　〈文献あ
り〉
①978-4-7584-3625-0
〔内容〕新年福茶話, 大江戸料理競べ, ごちそ
う大根, 千両役者菓子
『春恋魚　料理人季蔵捕物控　時代小説文
庫』　2012.3　239p　〈文献あり〉
①978-4-7584-3646-5
〔内容〕煮豆売り吉次, 鮟鱇武士, 春恋魚, 美
し餅
『夏まぐろ　料理人季蔵捕物控　時代小説
文庫』　2012.6　220p　〈文献あり〉

和田はつ子

①978-4-7584-3670-0

〔内容〕幽霊御膳, 夏まぐろ, 茶漬け屋小町, 山姫糖

『秋はまぐり　料理人季蔵捕物控　時代小説文庫』　2012.9　216p〈文献あり〉

①978-4-7584-3687-8

〔内容〕長屋はぎ, さんま月, 江戸粋丼, 秋はまぐり

『冬うどん　料理人季蔵捕物控　時代小説文庫』　2012.12　219p〈文献あり〉

①978-4-7584-3710-3

〔内容〕冬うどん, 風薬尽くし, 南蛮かぼちゃ, 初春めし

『料理侍　料理人季蔵捕物控　時代小説文庫』　2013.3　218p〈文献あり〉

①978-4-7584-3725-7

〔内容〕料理侍, 烏賊競べ, 春菓子箱, つくし酒

『おやこ豆　料理人季蔵捕物控　時代小説文庫』　2013.6　228p〈文献あり〉

①978-4-7584-3750-9

〔内容〕五月菓子, おやこ豆, 夏うどん, 生き身鯖

『蓮美人　料理人季蔵捕物控　時代小説文庫』　2013.9　235p〈文献あり〉

①978-4-7584-3776-9

〔内容〕風流鮨, 禅寺丸柿, 蓮美人, 牡蛎三昧

『ゆず女房　料理人季蔵捕物控　時代小説文庫』　2013.12　269p〈文献あり〉

①978-4-7584-3793-6

〔内容〕冬どんぶり, 河豚毒食い, 漬物長者, ゆず女房

『花見弁当　料理人季蔵捕物控　時代小説文庫』　2014.3　238p

①978-4-7584-3813-1

〔内容〕花見弁当, 江戸っ子肴, 若葉膳, 供養タルタ

『瑠璃の水菓子　料理人季蔵捕物控　時代小説文庫』　2014.6　232p〈文献あり〉

①978-4-7584-3831-5

〔内容〕河童きゅうり, 江戸香魚, 瑠璃の水菓子, 鮎姫めし

『かぼちゃ小町　料理人季蔵捕物控　時代小説文庫』　2014.9　228p

①978-4-7584-3849-0

〔内容〕あま干し柿, 秋すっぽん, かぼちゃ小町, もみじ大根

『恋しるこ　料理人季蔵捕物控　時代小説文庫』　2014.12　247p〈文献あり〉

①978-4-7584-3866-7

〔内容〕師走魚, 兄弟海苔, 新年薬膳雑煮, 恋しるこ

『あんず花菓子　料理人季蔵捕物控　時代小説文庫』　2015.3　235p〈文献あり〉

①978-4-7584-3886-5

〔内容〕高輪御膳, 名残り魚, あんず花菓子, 彼岸鮨

『夏おにぎり　料理人季蔵捕物控　時代小説文庫』　2015.7　234p〈文献あり〉

①978-4-7584-3925-1

〔内容〕滋味そうめん, 夏おにぎり, 冷やし煎餅, 江戸一穴子

『えんがわ尽くし　料理人季蔵捕物控　時代小説文庫』　2015.11　251p

①978-4-7584-3964-0

〔内容〕百合根商い, えんがわ尽くし, まかない鶏, 初雪もち

『桜おこわ　料理人季蔵捕物控　時代小説文庫』　2016.4　244p〈文献あり〉

①978-4-7584-3996-1

〔内容〕桜おこわ, 猫饅頭, 春牛蒡, 天麩羅魚

『江戸あわび　料理人季蔵捕物控　時代小説文庫』　2016.9　245p〈文献あり〉

①978-4-7584-4037-0

〔内容〕骨董飯, 萩豆腐, おき玖飴, 江戸あわび

◇ゆめ姫事件帖

『ゆめ姫事件帖　時代小説文庫』　2016.3　253p

①978-4-7584-3992-3

〔内容〕ゆめ姫が幽霊に出会う, ゆめ姫は凧に感じる, ゆめ姫が二人？, ゆめ姫と剃刀花

『神かくし　ゆめ姫事件帖　時代小説文庫』　2016.6　242p

①978-4-7584-4013-4

〔内容〕ゆめ姫が悪を裁く, ゆめ姫は妖の謎を解く, ゆめ姫が悲恋を演じる, ゆめ姫は

戦国武者に遭遇する

◇　◇　◇

『円朝なぞ解きばなし　時代小説文庫』
2015.9　254p〈『噺まみれ三楽亭仙朝』（小学館 2008年刊）の改題、加筆・修正　文献あり〉
①978-4-7584-3948-0
〔内容〕幽霊師匠, 怪談泥棒, 黄金往生

双葉文庫（双葉社）

◇鶴亀屋繁盛記

『夜半の雛　鶴亀屋繁盛記』　2008.10
267p
①978-4-575-66354-9
〔内容〕梅屋敷, 二日灸, 夜半の雛, 看板娘

『恋あやめ　鶴亀屋繁盛記』　2008.11
277p
①978-4-575-66357-0
〔内容〕恋あやめ, 双葉婚, 鬼子母神, 噛み爪

『春待ち柊　鶴亀屋繁盛記』　2008.12
275p
①978-4-575-66362-4
〔内容〕九月蚊帳, 蜜柑の里, つれづれ草, 鬼は内

『花嫁御寮　鶴亀屋繁盛記』　2009.7
261p
①978-4-575-66393-8
〔内容〕子にしかめやも, 口中医藤壺源二郎, 花嫁御寮

『隠居始末　鶴亀屋繁盛記』　2009.9
276p
①978-4-575-66402-7
〔内容〕黒月忌, 隠居始末, 岡っ引き魂

『道楽息子　鶴亀屋繁盛記』　2009.11
281p
①978-4-575-66413-3
〔内容〕道楽息子, 横綱相撲, 冬の花火

『慈悲和尚　鶴亀屋繁盛記』　2010.2
274p
①978-4-575-66431-7
〔内容〕天神詣, 慈悲和尚, 女絵師

『胡蝶隠し　鶴亀屋繁盛記』　2010.9
270p
①978-4-575-66464-5
〔内容〕胡蝶隠し, 冬桜, 仲人医者, おもん梅太郎

ベスト時代文庫（ベストセラーズ）

◇やさぐれ三匹事件帖

『やさぐれ三匹事件帖』　2007.4　275p
①978-4-584-36590-8
〔内容〕「山くじら」, 仇討ち凍花剣, 伽羅の寺, 天誅の治五郎

『恋刀　やさぐれ三匹事件帖』　2007.6
258p
①978-4-584-36596-0
〔内容〕菊供養, 恋刀, 花とこそ見れ, みろく十年鬼の年, 与力中島嘉良家の骸

『雪中花　やさぐれ三匹事件帖』　2007.11　266p
①978-4-584-36615-8
〔内容〕師走厄, 雪中花, ご禁制猫, 初午忘れ

◇　◇　◇

『三匹の侍捕物控』　2012.10　270p〈『やさぐれ三匹事件帖』(2007年刊)の改題、加筆・修正〉
①978-4-584-36719-3
〔内容〕医剣 園田孝陽, 仇討ち凍花剣, 伽羅の寺, 天誅の治五郎

和田 竜
わだ・りょう
1969〜

大阪府生まれ。早大卒。脚本家を経て、2007年「のぼうの城」がベストセラーとなり、13年には「村上海賊の娘」が本屋大賞に選ばれた。

小学館文庫（小学館）

『のぼうの城　上』　2010.10　219p
　①978-4-09-408551-8

『のぼうの城　下』　2010.10　218p〈文献あり〉
　①978-4-09-408552-5

『小太郎の左腕』　2011.9　381p〈2009年刊の加筆・改稿〉
　①978-4-09-408642-3

新潮文庫（新潮社）

『忍びの国』　2011.3　375p〈文献あり〉
　①978-4-10-134977-0

『村上海賊の娘　第1巻』　2016.7　343p
　①978-4-10-134978-7

『村上海賊の娘　第2巻』　2016.7　327p
　①978-4-10-134979-4

『村上海賊の娘　第3巻』　2016.8　358p
　①978-4-10-134980-0

『村上海賊の娘　第4巻』　2016.8　363p〈文献あり〉
　①978-4-10-134981-7

渡辺 毅
わたなべ・たけし
1934〜

旧樺太生まれ。1997年「ぼくたちの〈日露〉戦争」で坪田譲治文学賞を受賞。時代小説の代表作に「さむらいの門」シリーズがある。

学研M文庫（学研パブリッシング）

◇奥州岩月藩出入司元締手控

『そこむし兵伍郎　奥州岩月藩出入司元締手控』　2003.10　368p
　①4-05-900254-2

『鳴動　そこむし兵伍郎　奥州岩月藩出入司元締手控』　2004.8　386p
　①4-05-900305-0

◇さむらいの門

『雪すだれ　さむらいの門』　2006.11　264p
　①4-05-900440-5

『風を斬る　さむらいの門』　2007.8　259p
　①978-4-05-900487-5

『決断の標　さむらいの門』　2008.8　276p
　①978-4-05-900541-4

輪渡 颯介
わたり・そうすけ
1972～

東京生まれ。明大卒。「掘割で笑う女
浪人左門あやかし指南」でメフィスト
賞を受賞しデビュー。

講談社文庫（講談社）

◇浪人左門あやかし指南

『掘割で笑う女　浪人左門あやかし指南』
　　2010.1　344p〈文献あり〉
　　①978-4-06-276529-9
　　〔内容〕小怪四題, 殺す女, 笑う女, 蹴り上げ
　　る足, 覗く女, 殺す死人 1, 小怪三題, 這い
　　回る女, 殺す死人.2, 遊ぶ子供, 語る臆病
　　者, 語る死人, 解説（末國善己著）

『百物語　浪人左門あやかし指南』
　　2010.3　328p〈文献あり〉
　　①978-4-06-276568-8

『無縁塚　浪人左門あやかし指南』
　　2011.12　304p〈文献あり〉
　　①978-4-06-277128-3

『狐憑きの娘　浪人左門あやかし指南』
　　2012.7　296p
　　①978-4-06-277315-7

◇古道具屋皆塵堂

『古道具屋皆塵堂』　2014.3　312p〈文献
　　あり〉
　　①978-4-06-277796-4
　　〔内容〕道具屋には向かない男, 鰻の住み処,
　　鈍刀が切る縁, その娘はやめておけ, 猫屋
　　敷に棲むもの

『猫除け　古道具屋皆塵堂』　2014.9
　　304p〈文献あり〉
　　①978-4-06-277916-6
　　〔内容〕丑の刻参りの女, 曰く品の始末の仕

方, 憑いているのは, 頭の潰れたふたつの
屍体, 猫除け根付

『蔵盗み　古道具屋皆塵堂』　2015.3
　　292p〈文献あり〉
　　①978-4-06-293054-3
　　〔内容〕水底の腕, おいらの机だ, 幽霊屋敷 出
　　るか出ないか, 人形の囁き, 蔵の中

『迎え猫　古道具屋皆塵堂』　2016.3
　　295p
　　①978-4-06-293359-9
　　〔内容〕次に死ぬのは, 肝試しの後に, 観音像
　　に呪われた男, 煙草の味, 三途の川で釣り
　　三昧

作品名索引

作品名索引　　　あおし

【あ】

あい（高田郁）ハルキ文庫（2015）………… 225

藍色のベンチャー →あきんど 上巻（幸田真
音）新潮文庫（2006）……………………… 154

藍色のベンチャー →あきんど 下巻（幸田真
音）新潮文庫（2006）……………………… 154

相討ち（鈴木英治）ハルキ文庫（2008）……… 216

合縁奇縁（岡本さとる）祥伝社文庫（2014）
………………………………………………… 91

愛加那と西郷（植松三十里）小学館文庫
（2016）……………………………………… 79

愛されて候（牧秀彦）徳間文庫（2015）……… 369

愛斬鬼（鳴海丈）青樹社文庫（1998）………… 294

愛斬鬼夜霧のお藍淫殺剣 →夜霧のお藍復讐
剣 愛斬篇（鳴海丈）徳間文庫（2001）…… 295

哀斬の剣（牧秀彦）光文社文庫（2007）……… 367

アイスクリン強し（畠中恵）講談社文庫
（2011）……………………………………… 304

哀切無情剣（稲葉稔）コスミック・時代文庫
（2005）……………………………………… 53

哀切無情剣 →閃剣残情（稲葉稔）双葉文庫
（2012）……………………………………… 56

愛 染 桜 花 地 獄（風 間 九 郎）学 研Ｍ文 庫
（2007）……………………………………… 105

愛染夢想剣（藤井邦夫）廣済堂文庫（2004）
………………………………………………… 348

愛染夢想剣（藤井邦夫）廣済堂文庫（2010）
………………………………………………… 348

愛憎（佐伯泰英）光文社文庫（2011）………… 174

藍染めしぐれ（岳真也）双葉文庫（2009）…… 104

◇藍染袴お匙帖（藤原緋沙子）双葉文庫……… 362

藍染袴お匙帖 紅い雪（藤原緋沙子）双葉文庫
（2006）……………………………………… 362

藍染袴お匙帖 漁り火（藤原緋沙子）双葉文庫
（2008）……………………………………… 362

藍染袴お匙帖 貝紅（藤原緋沙子）双葉文庫
（2012）……………………………………… 362

藍染袴お匙帖 風光る（藤原緋沙子）双葉文庫
（2005）……………………………………… 362

藍染袴お匙帖 雁渡し（藤原緋沙子）双葉文庫
（2005）……………………………………… 362

藍染袴お匙帖 恋指南（藤原緋沙子）双葉文庫
（2010）……………………………………… 362

藍染袴お匙帖 桜紅葉（藤原緋沙子）双葉文庫
（2010）……………………………………… 362

藍染袴お匙帖 父子雲（藤原緋沙子）双葉文庫
（2006）……………………………………… 362

藍染袴お匙帖 月の雫（藤原緋沙子）双葉文庫
（2010）……………………………………… 362

藍染袴お匙帖 雪婆（藤原緋沙子）双葉文庫
（2014）……………………………………… 362

逢初橋（吉田雄亮）祥伝社文庫（2010）……… 425

相抜け左近（坂岡真）双葉文庫（2014）……… 192

藍の糸（中島要）ハルキ文庫（2013）………… 281

相棒（五十嵐貴久）PHP文芸文庫（2010）…… 28

相も変わらずきりきり舞い（諸田玲子）光文
社文庫（2016）……………………………… 405

藍より出でて（辻堂魁）学研Ｍ文庫（2014）
………………………………………………… 250

青嵐（諸田玲子）角川文庫（2010）…………… 405

青嵐吹く（六道慧）光文社文庫（2005）……… 429

青い剣（加藤文）だいわ文庫（2016）………… 121

蒼い月（鈴木英治）徳間文庫（2005）………… 214

青い天狗（飯島一次）双葉文庫（2014）……… 25

葵の疾風（かぜ）（三宅登茂子）廣済堂文庫
………………………………………………… 392

葵の剣客（宮城賢秀）ハルキ文庫（2007）…… 390

葵の剣士風来坊兵馬（森山茂里）コスミック・
時代文庫（2016）…………………………… 404

葵の刃風（稲葉稔）双葉文庫（2011）………… 56

葵の浪人松平新九郎（中岡潤一郎）コスミッ
ク・時代文庫（2015）……………………… 278

青い目の旗本ジョゼフ按針１ 衣笠の姫（佐々
木裕一）光文社文庫（2014）……………… 195

青い目の旗本ジョゼフ按針２ 黒い罠（佐々木
裕一）光文社文庫（2015）………………… 195

青い目の旗本ジョゼフ按針３ 処罰（佐々木裕
一）光文社文庫（2016）…………………… 195

◇青江鬼丸夢想剣（鳥羽亮）講談社文庫……… 263

青江鬼丸夢想剣（鳥羽亮）講談社文庫（2002）
………………………………………………… 263

青江鬼丸夢想剣 双つ龍（鳥羽亮）講談社文庫
（2002）……………………………………… 263

青江鬼丸夢想剣 吉宗謀殺（鳥羽亮）講談社文
庫（2003）…………………………………… 263

青江の太刀（好村兼一）光文社文庫（2012）
………………………………………………… 426

青鬼の秘計（牧秀彦）双葉文庫（2008）……… 369

青蛙の剣（鳥羽亮）幻冬舎文庫（2010）……… 262

蒼き狼（岳真也）学研Ｍ文庫（2010）………… 102

蒼き海狼（火坂雅志）小学館文庫（2005）…… 331

青き剣舞（花家圭太郎）中公文庫（2006）…… 307

青き踏む（今井絵美子）双葉文庫（2014）…… 65

蒼き乱刃（牧秀彦）徳間文庫（2016）………… 369

青時雨の夜叉（坂岡真）学研Ｍ文庫（2006）
………………………………………………… 186

青時雨の夜叉 →鬼役３（坂岡真）光文社文庫
（2012）……………………………………… 188

歴史時代小説文庫総覧 現代の作家　**449**

青紬の女（辻堂魁）徳間文庫（2016）‥‥‥‥ 252

青猫騒動（早見俊）学研M文庫（2012）‥‥‥ 315

青葉耀く（米村圭伍）幻冬舎時代小説文庫
（2014）‥‥‥‥‥‥‥‥‥‥‥‥‥‥‥ 427

青葉耀く 上 →君がいれば（米村圭伍）幻冬舎
時代小説文庫（2014）‥‥‥‥‥‥‥‥‥ 427

あおば鰹（和田はつ子）ハルキ文庫（2008）
‥‥‥‥‥‥‥‥‥‥‥‥‥‥‥‥‥‥ 441

青葉のごとく 会津純真篇（池永陽）集英社文
庫（2013）‥‥‥‥‥‥‥‥‥‥‥‥‥‥ 39

蒼火（北重人）文春文庫（2008）‥‥‥‥‥ 133

青不動（小杉健治）祥伝社文庫（2013）‥‥ 158

赤い馬（藤井邦夫）文春文庫（2013）‥‥‥ 353

赤い馬（藤井邦夫）ベスト時代文庫（2007）
‥‥‥‥‥‥‥‥‥‥‥‥‥‥‥‥‥‥ 354

紅い風車（篠綾子）文春文庫（2015）‥‥‥ 203

赤い風車（鳥羽亮）ハルキ文庫（2009）‥‥ 269

赤い風花（森詠）二見時代小説文庫（2011）
‥‥‥‥‥‥‥‥‥‥‥‥‥‥‥‥‥‥ 401

紅い剣鬼（牧秀彦）徳間文庫（2016）‥‥‥ 369

赤い十手（松本賢吾）コスミック・時代文庫
（2007）‥‥‥‥‥‥‥‥‥‥‥‥‥‥‥ 377

紅い雪（藤原緋沙子）双葉文庫（2006）‥‥ 362

赤絵そうめん（山本兼一）文春文庫（2014）
‥‥‥‥‥‥‥‥‥‥‥‥‥‥‥‥‥‥ 418

赤絵の桜（山本一力）文春文庫（2008）‥‥ 416

赤鬼奉行根岸肥前（風野真知雄）だいわ文庫
（2007）‥‥‥‥‥‥‥‥‥‥‥‥‥‥‥ 114

赤鬼奉行根岸肥前（風野真知雄）文春文庫
（2011）‥‥‥‥‥‥‥‥‥‥‥‥‥‥‥ 117

赤銅（あかがね）の峰（井川香四郎）徳間文庫
（2009）‥‥‥‥‥‥‥‥‥‥‥‥‥‥‥ 34

赤毛侍幻九郎（沖田正午）コスミック・時代文
庫（2015）‥‥‥‥‥‥‥‥‥‥‥‥‥‥ 94

赤毛侍幻九郎（沖田正午）ベスト時代文庫
（2010）‥‥‥‥‥‥‥‥‥‥‥‥‥‥‥ 97

赤坂の達磨（佐々木裕一）二見時代小説文庫
（2016）‥‥‥‥‥‥‥‥‥‥‥‥‥‥‥ 198

朱鞘の大刀（喜安幸夫）二見時代小説文庫
（2014）‥‥‥‥‥‥‥‥‥‥‥‥‥‥‥ 140

赤頭巾（和久田正明）ハルキ文庫（2012）‥‥ 437

暁の剣（鈴木英治）徳間文庫（2011）‥‥‥ 214

暁の剣（鈴木英治）ハルキ文庫（2006）‥‥ 216

暁の剣風（城駿一郎）廣済堂文庫（2003）‥‥ 206

暁の斬友剣（中里融司）光文社文庫（2004）
‥‥‥‥‥‥‥‥‥‥‥‥‥‥‥‥‥‥ 279

暁の空（片岡麻紗子）廣済堂文庫（2011）‥‥ 119

赤鍔の剣（千野隆司）双葉文庫（2012）‥‥ 246

赤鯰（庄司圭太）光文社文庫（2011）‥‥‥ 208

茜色の雨（吉田雄亮）角川文庫（2014）‥‥ 423

茜色の橋（鳥羽亮）実業之日本社文庫（2011）
‥‥‥‥‥‥‥‥‥‥‥‥‥‥‥‥‥‥ 265

あかね傘（和久田正明）双葉文庫（2006）‥‥ 437

赤猫異聞（浅田次郎）新潮文庫（2015）‥‥ 10

赤猫狩り（鳥羽亮）ハルキ文庫（2005）‥‥ 269

赤猫始末（上田秀人）中公文庫（2010）‥‥ 77

あかね空（山本一力）文春文庫（2004）‥‥ 416

茜空の誓い（早見俊）新潮文庫（2012）‥‥ 318

赤鬚の乱（麻倉一矢）二見時代小説文庫
（2016）‥‥‥‥‥‥‥‥‥‥‥‥‥‥‥ 9

赤姫心中（小杉健治）集英社文庫（2014）‥‥ 157

赤富士の空（鈴木英治）双葉文庫（2007）‥‥ 217

赤まんま（今井絵美子）角川文庫（2015）‥‥ 61

朱鳥（あかみどり）の陵（坂東眞砂子）集英社
文庫（2015）‥‥‥‥‥‥‥‥‥‥‥‥‥ 328

あかり（佐々木裕一）双葉文庫（2014）‥‥ 197

あかんべえ（宮部みゆき）PHP文芸文庫
（2014）‥‥‥‥‥‥‥‥‥‥‥‥‥‥‥ 394

あかんべえ 上巻（宮部みゆき）新潮文庫
（2007）‥‥‥‥‥‥‥‥‥‥‥‥‥‥‥ 394

あかんべえ 下巻（宮部みゆき）新潮文庫
（2007）‥‥‥‥‥‥‥‥‥‥‥‥‥‥‥ 394

秋色の風 →鬼役 5（坂岡真）光文社文庫
（2012）‥‥‥‥‥‥‥‥‥‥‥‥‥‥‥ 188

秋風の密命（早見俊）ハルキ文庫（2012）‥‥ 320

秋風渡る（千野隆司）ハルキ文庫（2013）‥‥ 245

秋草の花（築山桂）双葉文庫（2009）‥‥‥ 249

秋暮るる（今井絵美子）双葉文庫（2014）‥‥ 65

秋しぐれ（辻堂魁）祥伝社文庫（2015）‥‥ 252

秋月記（葉室麟）角川文庫（2011）‥‥‥‥ 309

秋月に香る（片岡麻紗子）徳間文庫（2006）
‥‥‥‥‥‥‥‥‥‥‥‥‥‥‥‥‥‥ 119

秋つばめ（村咲数馬）コスミック・時代文庫
（2005）‥‥‥‥‥‥‥‥‥‥‥‥‥‥‥ 398

あきない世傳金と銀 2 早瀬篇（高田郁）ハル
キ文庫（2016）‥‥‥‥‥‥‥‥‥‥‥‥ 225

あきない世傳金と銀 源流篇（高田郁）ハルキ
文庫（2016）‥‥‥‥‥‥‥‥‥‥‥‥‥ 225

商い同心（梶よう子）実業之日本社文庫
（2016）‥‥‥‥‥‥‥‥‥‥‥‥‥‥‥ 106

秋の金魚（河治和香）小学館文庫（2005）‥‥ 129

秋の声（千野隆司）学研M文庫（2012）‥‥ 242

秋の調べ（千野隆司）学研M文庫（2013）‥‥ 242

秋の蝶（今井絵美子）ハルキ文庫（2008）‥‥ 63

秋のひかり（牧南恭子）学研M文庫（2007）
‥‥‥‥‥‥‥‥‥‥‥‥‥‥‥‥‥‥ 372

安芸の夫婦貝（鈴木英治）徳間文庫（2012）
‥‥‥‥‥‥‥‥‥‥‥‥‥‥‥‥‥‥ 215

秋はまぐり（和田はつ子）ハルキ文庫（2012）
‥‥‥‥‥‥‥‥‥‥‥‥‥‥‥‥‥‥ 442

秋疾風の悲槍（翔田寛）小学館文庫（2009）
………………………………………… 210
秋彼岸（早見俊）ハルキ文庫（2011） … 320
秋日和（藤井邦夫）双葉文庫（2010） … 350
秋螢（井川香四郎）ベスト時代文庫（2008）
………………………………………… 38
秋螢（今井絵美子）ハルキ文庫（2009） ……… 63
◇秋山久蔵御用控（藤井邦夫）文春文庫 …… 352
◇秋山久蔵御用控（藤井邦夫）ベスト時代文
庫 ……………………………………… 354
秋山久蔵御用控 赤い馬（藤井邦夫）文春文庫
（2013） ……………………………… 353
秋山久蔵御用控 赤い馬（藤井邦夫）ベスト時
代文庫（2007） ……………………… 354
秋山久蔵御用控 生き恥（藤井邦夫）文春文庫
（2015） ……………………………… 354
秋山久蔵御用控 埋み火（藤井邦夫）文春文庫
（2012） ……………………………… 353
秋山久蔵御用控 埋み火（藤井邦夫）ベスト時
代文庫（2005） ……………………… 354
秋山久蔵御用控 虚け者（藤井邦夫）文春文庫
（2013） ……………………………… 353
秋山久蔵御用控 空ろ蟬（藤井邦夫）文春文庫
（2012） ……………………………… 353
秋山久蔵御用控 空ろ蟬（藤井邦夫）ベスト時
代文庫（2005） ……………………… 354
秋山久蔵御用控 大禍時（藤井邦夫）文春文庫
（2013） ……………………………… 353
秋山久蔵御用控 帰り花（藤井邦夫）文春文庫
（2012） ……………………………… 353
秋山久蔵御用控 帰り花（藤井邦夫）ベスト時
代文庫（2004） ……………………… 354
秋山久蔵御用控 隠し金（藤井邦夫）文春文庫
（2013） ……………………………… 353
秋山久蔵御用控 隠し金（藤井邦夫）ベスト時
代文庫（2010） ……………………… 355
秋山久蔵御用控 騙り者（藤井邦夫）文春文庫
（2013） ……………………………… 353
秋山久蔵御用控 騙り者（藤井邦夫）ベスト時
代文庫（2007） ……………………… 354
秋山久蔵御用控 神隠し（藤井邦夫）文春文庫
（2012） ……………………………… 352
秋山久蔵御用控 神隠し（藤井邦夫）ベスト時
代文庫（2004） ……………………… 354
秋山久蔵御用控 傀儡師（藤井邦夫）文春文庫
（2011） ……………………………… 352
秋山久蔵御用控 口封じ（藤井邦夫）文春文庫
（2014） ……………………………… 353
秋山久蔵御用控 口封じ（藤井邦夫）ベスト時
代文庫（2011） ……………………… 355
秋山久蔵御用控 島帰り（藤井邦夫）文春文庫
（2014） ……………………………… 354

秋山久蔵御用控 始末屋（藤井邦夫）文春文庫
（2015） ……………………………… 354
秋山久蔵御用控 煤払い（藤井邦夫）文春文庫
（2016） ……………………………… 354
秋山久蔵御用控 垂込み（藤井邦夫）文春文庫
（2013） ……………………………… 353
秋山久蔵御用控 付け火（藤井邦夫）文春文庫
（2012） ……………………………… 353
秋山久蔵御用控 後添え（藤井邦夫）文春文庫
（2013） ……………………………… 353
秋山久蔵御用控 後添え（藤井邦夫）ベスト時
代文庫（2008） ……………………… 354
秋山久蔵御用控 花飾り（藤井邦夫）文春文庫
（2014） ……………………………… 353
秋山久蔵御用控 花始末（藤井邦夫）文春文庫
（2013） ……………………………… 353
秋山久蔵御用控 花始末（藤井邦夫）ベスト時
代文庫（2006） ……………………… 354
秋山久蔵御用控 彼岸花（藤井邦夫）文春文庫
（2012） ……………………………… 353
秋山久蔵御用控 彼岸花（藤井邦夫）ベスト時
代文庫（2005） ……………………… 354
秋山久蔵御用控 冬の椿（藤井邦夫）文春文庫
（2016） ……………………………… 354
秋山久蔵御用控 迷子石（藤井邦夫）文春文庫
（2013） ……………………………… 353
秋山久蔵御用控 迷子石（藤井邦夫）ベスト時
代文庫（2005） ……………………… 354
秋山久蔵御用控 守り神（藤井邦夫）文春文庫
（2015） ……………………………… 354
秋山久蔵御用控 乱れ舞（藤井邦夫）文春文庫
（2012） ……………………………… 353
秋山久蔵御用控 乱れ舞（藤井邦夫）ベスト時
代文庫（2006） ……………………… 354
秋山久蔵御用控 無法者（藤井邦夫）文春文庫
（2014） ……………………………… 354
秋山久蔵御用控 夕涼み（藤井邦夫）文春文庫
（2016） ……………………………… 354
秋山久蔵御用控 余計者（藤井邦夫）文春文庫
（2012） ……………………………… 353
あきんど 上巻（幸田真音）新潮文庫（2006）
………………………………………… 154
あきんど 上（幸田真音）文春文庫（2009） …… 154
あきんど 下巻（幸田真音）新潮文庫（2006）
………………………………………… 154
あきんど 下（幸田真音）文春文庫（2009） …… 154
商人（ねじめ正一）集英社文庫（2012） ……… 300
あきんど姫様（わかつきひかる）宝島社文庫
（2015） ……………………………… 431
◇あきんど百譚（佐々木裕一）双葉文庫 …… 197
あきんど百譚 あかり（佐々木裕一）双葉文庫
（2014） ……………………………… 197

あきんど百譚 うきあし（佐々木裕一）双葉文庫（2015）……………… 197

あきんど百譚 さくら（佐々木裕一）双葉文庫（2015）……………… 197

あきんど百譚 ちからこぶ（佐々木裕一）双葉文庫（2016）……………… 197

悪淫狩り（牧秀彦）学研M文庫（2004）……… 365

悪食（藤堂房良）コスミック・時代文庫（2016）……………… 257

あくじゃれ瓢六 →あくじゃれ瓢六捕物帖（諸田玲子）文春文庫（2004）……………… 407

◇あくじゃれ瓢六捕物帖（諸田玲子）文春文庫 ……………… 407

あくじゃれ瓢六捕物帖（諸田玲子）文春文庫（2004）……………… 407

あくじゃれ瓢六捕物帖 破落戸（諸田玲子）文春文庫（2016）……………… 407

あくじゃれ瓢六捕物帖 こんちき（諸田玲子）文春文庫（2007）……………… 407

あくじゃれ瓢六捕物帖 再会（諸田玲子）文春文庫（2016）……………… 407

あくじゃれ瓢六捕物帖 べっぴん（諸田玲子）文春文庫（2011）……………… 407

悪手斬り（早見俊）二見時代小説文庫（2015）……………… 322

悪女と悪党（稲葉稔）幻冬舎時代小説文庫（2015）……………… 50

悪銭（鈴木英治）ハルキ文庫（2012）…… 216

芥火 →夜の小紋（乙川優三郎）講談社文庫（2007）……………… 99

悪党狩り（牧秀彦）学研M文庫（2004）……… 365

悪党の戦旗（岩井三四二）新人物文庫（2009）……………… 68

悪党の戦旗（岩井三四二）日経文芸文庫（2014）……………… 68

悪徳（稲葉稔）コスミック・時代文庫（2014）……………… 54

悪徳掃除（喜安幸夫）学研M文庫（2009）… 136

悪忍（海道龍一朗）双葉文庫（2009）…… 101

悪人斬り（牧秀彦）学研M文庫（2005）…… 365

悪人釣り（笛吹明生）学研M文庫（2004）…… 343

悪人釣り 面影の月（笛吹明生）学研M文庫（2004）……………… 343

悪人釣り 十万坪の決闘（笛吹明生）学研M文庫（2005）……………… 343

悪の華（和久田正明）角川文庫（2016）…… 433

悪の華（和久田正明）徳間文庫（2012）…… 436

悪謀討ち（早見俊）光文社文庫（2013）…… 316

悪魔の囁き（聖龍人）二見時代小説文庫（2014）……………… 338

悪滅の剣（牧秀彦）光文社文庫（2005）…… 367

明烏（六道慧）徳間文庫（2006）…………… 430

明烏の女（小杉健治）二見時代小説文庫（2012）……………… 161

明智左馬助（羽生道英）PHP文庫（2010）…… 308

明智左馬助の恋 上（加藤廣）文春文庫（2010）……………… 122

明智左馬助の恋 下（加藤廣）文春文庫（2010）……………… 122

明智光秀の密書（井沢元彦）ノン・ポシェット（1996）……………… 43

明智光秀本能寺への道1（池端洋介）ぶんか社文庫（2008）……………… 41

明智光秀本能寺への道2（池端洋介）ぶんか社文庫（2008）……………… 41

明けて春（早瀬詠一郎）双葉文庫（2010）…… 314

上げ帆に富士（早瀬詠一郎）双葉文庫（2012）……………… 314

阿哥の剣法（永井義男）祥伝社文庫（2000）……………… 275

浅井（あざい）長政（江宮隆之）学研M文庫（2010）……………… 86

浅井長政正伝（鈴木輝一郎）人物文庫（2007）……………… 218

浅井長政とお市の方（近衛龍春）PHP文庫（2011）……………… 164

◇朝帰り半九郎（早瀬詠一郎）双葉文庫 …… 314

朝帰り半九郎 明けて春（早瀬詠一郎）双葉文庫（2010）……………… 314

朝帰り半九郎 雨晴れて（早瀬詠一郎）双葉文庫（2009）……………… 314

朝帰り半九郎 紅そえて（早瀬詠一郎）双葉文庫（2010）……………… 314

朝帰り半九郎 待宵すぎて（早瀬詠一郎）双葉文庫（2009）……………… 314

朝帰り半九郎 桃ほころびて（早瀬詠一郎）双葉文庫（2011）……………… 314

朝帰り半九郎 雪止まず（早瀬詠一郎）双葉文庫（2010）……………… 314

朝帰り半九郎 夢さめて（早瀬詠一郎）双葉文庫（2011）……………… 314

◇朝顔ざむらい（鎌田樹）廣済堂文庫 ……… 127

朝顔ざむらい（鎌田樹）廣済堂文庫（2007）……………… 127

朝顔ざむらい 父子時雨（鎌田樹）廣済堂文庫（2007）……………… 127

朝顔の花（早見俊）学研M文庫（2007）…… 315

朝顔の姫（早見俊）二見時代小説文庫（2010）……………… 321

浅き夢みし（岳真也）双葉文庫（2010）……… 104

◇浅草かみなり大家族（沖田正午）徳間文庫 ……………… 95

作品名索引　　あたう

浅草かみなり大家族(沖田正午)徳間文庫
　(2012) ………………………………… 95
浅草かみなり大家族 おれおれ騙りに気をつ
　けな(沖田正午)徳間文庫(2013) …… 95
浅草かみなり大家族 家族の絆でやっつけろ
　(沖田正午)徳間文庫(2013) ………… 95
浅草かみなり大家族 娘の純情なんとする(沖
　田正午)徳間文庫(2012) ……………… 95
浅草くれない座(岳真也)双葉文庫(2009)
　………………………………………… 103
◇浅草古翁堂隠れひさぎ(片岡麻紗子)廣済
　堂文庫 ………………………………… 119
浅草古翁堂隠れひさぎ(片岡麻紗子)廣済堂
　文庫(2010) …………………………… 119
浅草古翁堂隠れひさぎ 暁の空(片岡麻紗子)
　廣済堂文庫(2011) …………………… 119
浅草古翁堂隠れひさぎ 五月雨(片岡麻紗子)
　廣済堂文庫(2010) …………………… 119
浅草こととい湯(岳真也)祥伝社文庫(2011)
　………………………………………… 103
浅草の決闘(佐々木裕一)コスミック・時代文
　庫(2014) ……………………………… 196
浅草妖刀殺人事件(風野真知雄)だいわ文庫
　(2007) ………………………………… 114
浅草妖刀殺人事件(風野真知雄)文春文庫
　(2012) ………………………………… 117
◇浅草料理捕物帖(小杉健治)ハルキ文庫 … 160
浅草料理捕物帖 1(小杉健治)ハルキ文庫
　(2015) ………………………………… 160
浅草料理捕物帖 2の巻 市太郎ずし(小杉健
　治)ハルキ文庫(2015) ……………… 160
浅草料理捕物帖 3の巻 正直そば(小杉健治)
　ハルキ文庫(2016) …………………… 160
◇朝露の楽多郎(芦川淳一)徳間文庫 ……… 17
朝露の楽多郎 居残り侍(芦川淳一)徳間文庫
　(2009) …………………………………… 17
朝露の楽多郎 ぞろっぺ侍(芦川淳一)徳間文
　庫(2009) ………………………………… 17
朝露の楽多郎 流され侍(芦川淳一)徳間文庫
　(2009) …………………………………… 17
朝虹ノ島(佐伯泰英)双葉文庫(2004) …… 183
朝の霧(山本一力)文春文庫(2014) ……… 417
麻布暗闇坂殺人事件(風野真知雄)だいわ文
　庫(2008) ……………………………… 114
麻布暗闇坂殺人事件(風野真知雄)文春文庫
　(2012) ………………………………… 117
麻布むじな屋敷(岳真也)祥伝社文庫(2010)
　………………………………………… 103
朝焼けの辻(鳥羽亮)ハルキ文庫(2014) … 269
◇浅利又七郎熱血剣(森山茂里)双葉文庫 … 404
浅利又七郎熱血剣 青雲之章(森山茂里)双葉
　文庫(2010) …………………………… 404

浅利又七郎熱血剣 飛天之章(森山茂里)双葉
　文庫(2011) …………………………… 404
浅利又七郎熱血剣 風雲之章(森山茂里)双葉
　文庫(2012) …………………………… 404
紫陽花寺(伊多波碧)廣済堂文庫(2005) …… 46
明日きみは猫になる(高橋由太)徳間文庫
　(2016) ………………………………… 230
朝(あした)の雪と降りつもれ(結城光流)角
　川ビーンズ文庫(2012) ……………… 421
足留め箱根宿(小杉健治)幻冬舎時代小説文
　庫(2015) ……………………………… 155
足抜(佐伯泰英)ケイブンシャ文庫(2002)
　………………………………………… 170
足抜(佐伯泰英)光文社文庫(2003) ……… 173
味の船(倉阪鬼一郎)二見時代小説文庫
　(2013) ………………………………… 148
阿修羅(梓沢要)新人物文庫(2009) ……… 19
阿修羅(鳥羽亮)祥伝社文庫(2015) ……… 267
阿修羅剣(宮城賢秀)学研M文庫(2003) … 383
阿修羅舞う(菅靖匡)学研M文庫(2012) … 130
飛鳥山の骸(吉田雄亮)ハルキ文庫(2014)
　………………………………………… 425
安土城の幽霊(加藤廣)文春文庫(2013) … 122
明日のことは知らず(宇江佐真理)文春文庫
　(2015) …………………………………… 73
あづま橋髪結い事始(入江棟)富士見新時代
　小説文庫(2014) ……………………… 66
汗ばむ白肌(八神淳一)二見文庫(2013) … 410
遊び奉行(野口卓)祥伝社文庫(2015) …… 300
遊部 上(梓沢要)講談社文庫(2004) …… 19
遊部 下(梓沢要)講談社文庫(2004) …… 19
仇討(佐伯泰英)光文社文庫(2012) ……… 174
仇討(田牧大和)角川文庫(2013) ………… 240
仇討青鼠(千野隆司)徳間文庫(2008) …… 244
仇 討 ち 艶 迷 剣(風 間 九 郎)学 研M文 庫
　(2006) ………………………………… 105
仇討ち街道(鳥羽亮)双葉文庫(2013) …… 272
仇討ち隠し(喜安幸夫)ベスト時代文庫
　(2006) ………………………………… 141
仇討ち芸者(飯野笙子)コスミック・時代文庫
　(2012) …………………………………… 26
仇討献立(芦川淳一)光文社文庫(2013) …… 16
仇討ち修羅街道(喜安幸夫)コスミック・時代
　文庫(2004) …………………………… 139
仇討ちて候(牧秀彦)学研M文庫(2007) … 365
◇仇討ち東海道(小杉健治)幻冬舎時代小説
　文庫 …………………………………… 155
仇討ち東海道 1 お情け戸塚宿(小杉健治)幻
　冬舎時代小説文庫(2015) …………… 155
仇討ち東海道 2 足留め箱根宿(小杉健治)幻
　冬舎時代小説文庫(2015) …………… 155

歴史時代小説文庫総覧 現代の作家　**453**

仇討ち東海道 3 振り出し三島宿（小杉健治）幻冬舎時代小説文庫（2016） …… 155

仇討ち東海道 4 幕切れ丸子宿（小杉健治）幻冬舎時代小説文庫（2016） …… 155

仇討ち同心慶次郎（中岡潤一郎）コスミック・時代文庫（2012） …………… 278

仇討ちの朝（鈴木英治）双葉文庫（2006） …… 217

仇討ち橋（岩切正吾）双葉文庫（2005） ……… 69

仇討秘録（村崎れいと）双葉文庫（2015） … 399

仇討ち慕情（喜安幸夫）学研M文庫（2007） ………………………………… 136

仇討ち無慙（城駿一郎）廣済堂文庫（2008） ………………………………… 206

仇討ち免状（幡大介）双葉文庫（2012） …… 327

仇返し（小杉健治）祥伝社文庫（2010） …… 158

仇恋十手（松本賢吾）双葉文庫（2006） …… 378

仇だ桜（坂岡真）双葉文庫（2007） ………… 192

あだし野に眠るもの（結城光流）角川ティーンズルビー文庫（2000） ……… 419

あだし野に眠るもの（結城光流）角川ビーンズ文庫（2002） ……………… 421

仇の風（井川香四郎）双葉文庫（2007） …… 36

仇花（諸田玲子）光文社文庫（2007） ……… 405

仇花斬り（庄司圭太）光文社文庫（2012） … 208

徒花の刃（吉田雄亮）徳間文庫（2011） …… 425

あだ惚れ（河治和香）小学館文庫（2007） … 129

熱海湯けむり（佐伯泰英）ハルキ文庫（2011） ………………………………… 182

当たらぬが八卦（風野真知雄）祥伝社文庫（2014） …………………………… 113

悪鬼（鳴海丈）文芸社文庫（2013） ………… 296

悪鬼狩り（松本賢吾）コスミック・時代文庫（2007） ……………………… 377

悪鬼裁き（えとう乱星）大洋時代文庫 時代小説（2005） …………………… 85

悪鬼襲来（鳥羽亮）祥伝社文庫（2012） …… 266

◇あっぱれ毬谷慎十郎（坂岡真）角川文庫 …… 187

◇あっぱれ毬谷慎十郎（坂岡真）ハルキ文庫 ………………………………… 191

あっぱれ毬谷慎十郎（坂岡真）角川文庫（2010） ……………………………… 187

あっぱれ毬谷慎十郎 →虎に似たり（坂岡真）ハルキ文庫（2016） ………… 191

あっぱれ毬谷慎十郎 1 虎に似たり（坂岡真）ハルキ文庫（2016） ………… 191

あっぱれ毬谷慎十郎 2 命に代えても（坂岡真）角川文庫（2011） ………… 187

あっぱれ毬谷慎十郎 2 命に代えても（坂岡真）ハルキ文庫（2016） ……… 191

あっぱれ毬谷慎十郎 3 獅子身中の虫（坂岡真）角川文庫（2011） ………… 187

あっぱれ毬谷慎十郎 3 獅子身中の虫（坂岡真）ハルキ文庫（2016） ……… 191

あっぱれ毬谷慎十郎 4 風雲来たる（坂岡真）ハルキ文庫（2016） ………… 191

艶姿七変化（天宮響一郎）学研M文庫（2007） ………………………………… 21

アテルイの遺刀（中谷航太郎）新潮文庫（2014） …………………………… 283

後追い花（吉田雄亮）ハルキ文庫（2015） … 425

跡を濁さず（中村彰彦）文春文庫（2014） … 287

あと始末承り候（沖田正午）双葉文庫（2011） ………………………………… 96

跡継ぎの嵐（鈴木英治）双葉文庫（2011） … 217

跡目（坂岡真）光文社文庫（2016） ………… 189

穴熊崩し（沖田正午）幻冬舎文庫（2007） … 93

穴めぐり八百八町（風野真知雄）徳間文庫（2012） …………………………… 115

◇穴屋佐平次難題始末（風野真知雄）徳間文庫 ………………………………… 115

穴屋佐平次難題始末（風野真知雄）徳間文庫（2008） ……………………… 115

穴屋佐平次難題始末 穴めぐり八百八町（風野真知雄）徳間文庫（2012） … 115

穴屋佐平次難題始末 幽霊の耳たぶに穴（風野真知雄）徳間文庫（2009） … 115

兄ィは与力（幡大介）二見時代小説文庫（2011） …………………………… 328

兄の背中（千野隆司）ハルキ文庫（2015） … 245

姉さま人形（和田はつ子）廣済堂文庫（2008） ………………………………… 439

姉と弟（佐伯泰英）文春文庫（2016） ……… 185

姉は幽霊（芦川淳一）ハルキ文庫（2013） …… 17

暴れ影法師 花の小十郎見参（花家圭太郎）集英社文庫（2002） …………… 306

暴れ公卿（佐々木裕一）二見時代小説文庫（2012） …………………………… 197

◇暴れ宰相 徳川綱重（鷹井伶）コスミック・時代文庫 ……………………… 222

暴れ宰相 徳川綱重 運命の子（鷹井伶）コスミック・時代文庫（2016） … 222

暴れ茶人 無頼剣（平茂寛）学研M文庫（2013） ……………………………… 340

暴れ日光旅（早見俊）新潮文庫（2014） …… 319

◇暴れ旗本御用斬り（井川香四郎）徳間文庫 …………………………………… 34

暴れ旗本御用斬り 雲海の城（井川香四郎）徳間文庫（2013） ……………… 35

暴れ旗本御用斬り 栄華の夢（井川香四郎）徳間文庫（2011） ……………… 34

暴れ旗本御用斬り 黄金の峠（井川香四郎）徳間文庫（2013） ……………… 35

作品名索引　　**あめた**

暴れ旗本御用斬り　虎狼吼える（井川香四郎）
　徳間文庫（2012）‥‥‥‥‥‥‥　35
暴れ旗本御用斬り　龍雲の群れ（井川香四郎）
　徳間文庫（2011）‥‥‥‥‥‥‥　35
◇暴れ旗本八代目（井川香四郎）徳間文庫‥‥　34
暴れ旗本八代目　赤銅（あかがね）の峰（井川
　香四郎）徳間文庫（2009）‥‥‥‥　34
暴れ旗本八代目　天翔る（井川香四郎）徳間文
　庫（2005）‥‥‥‥‥‥‥‥‥‥　34
暴れ旗本八代目　荒鷹の鈴（井川香四郎）徳間
　文庫（2006）‥‥‥‥‥‥‥‥‥　34
暴れ旗本八代目　海峡遥か（井川香四郎）徳間
　文庫（2009）‥‥‥‥‥‥‥‥‥　34
暴れ旗本八代目　けんか凧（井川香四郎）徳間
　文庫（2005）‥‥‥‥‥‥‥‥‥　34
暴れ旗本八代目　山河あり（井川香四郎）徳間
　文庫（2007）‥‥‥‥‥‥‥‥‥　34
暴れ旗本八代目　不知火の雪（井川香四郎）徳
　間文庫（2007）‥‥‥‥‥‥‥‥　34
暴れ旗本八代目　天守燃ゆ（井川香四郎）徳間
　文庫（2011）‥‥‥‥‥‥‥‥‥　34
暴れ旗本八代目　怒濤の果て（井川香四郎）徳
　間文庫（2008）‥‥‥‥‥‥‥‥　34
暴れ旗本八代目　はぐれ雲（井川香四郎）徳間
　文庫（2006）‥‥‥‥‥‥‥‥‥　34
暴れ旗本八代目　万里の波（井川香四郎）徳間
　文庫（2010）‥‥‥‥‥‥‥‥‥　34
暴れ旗本八代目　嫁入り桜（井川香四郎）徳間
　文庫（2010）‥‥‥‥‥‥‥‥‥　34
暴れ彦四郎（佐伯泰英）ハルキ文庫（2002）
　‥‥‥‥‥‥‥‥‥‥‥‥‥‥‥　181
暴れ彦四郎（佐伯泰英）ハルキ文庫（2008）
　‥‥‥‥‥‥‥‥‥‥‥‥‥‥‥　181
あばれ奉行（えとう乱星）ベスト時代文庫
　（2006）‥‥‥‥‥‥‥‥‥‥‥　85
あばれ剤間（水田勁）双葉文庫（2012）‥‥　380
暴れ琉人剣（宮城賢秀）ハルキ文庫（2008）
　‥‥‥‥‥‥‥‥‥‥‥‥‥‥‥　390
雨降ノ山（佐伯泰英）双葉文庫（2003）‥‥‥‥　183
あぶれ東次郎裏成敗（早見俊）廣済堂文庫
　（2010）‥‥‥‥‥‥‥‥‥‥‥　315
安倍晴明 1（谷恒生）小学館文庫（2000）　238
安倍晴明 2（谷恒生）小学館文庫（2000）　238
安倍晴明 3（谷恒生）小学館文庫（2000）　238
安倍晴明 4（谷恒生）小学館文庫（2000）　238
安倍晴明 5（谷恒生）小学館文庫（2000）　238
安倍晴明 6（谷恒生）小学館文庫（2000）　238
安倍晴明 7（谷恒生）小学館文庫（2001）　238
安倍晴明 8（谷恒生）小学館文庫（2001）　238
安倍晴明 9（谷恒生）小学館文庫（2001）　238

安倍晴明　紫式部篇（谷恒生）小学館文庫
　（2001）‥‥‥‥‥‥‥‥‥‥‥　238
安倍晴明　式神篇（谷恒生）小学館文庫
　（2002）‥‥‥‥‥‥‥‥‥‥‥　238
安倍晴明　妖闘篇（谷恒生）小学館文庫
　（2002）‥‥‥‥‥‥‥‥‥‥‥　238
安倍晴明あやかし鬼譚（六道慧）徳間文庫
　（2014）‥‥‥‥‥‥‥‥‥‥‥　430
安倍晴明・怪（谷恒生）光文社文庫（2001）‥‥　238
阿部正弘（祖父江一郎）PHP文庫（2002）‥‥‥　221
阿片（佐伯英英）講談社文庫（2007）‥‥‥　172
甘いもんでもおひとつ（田牧大和）文春文庫
　（2016）‥‥‥‥‥‥‥‥‥‥‥　241
天唄歌い（坂東眞砂子）朝日文庫（2009）‥‥‥　328
天翔る（井川香四郎）徳間文庫（2005）‥‥‥‥　34
あまから春秋（倉阪鬼一郎）徳間文庫（2015）
　‥‥‥‥‥‥‥‥‥‥‥‥‥‥‥　147
天草の乱（和久田正明）幻冬舎時代小説文庫
　（2011）‥‥‥‥‥‥‥‥‥‥‥　433
尼首二十万石（宮本昌孝）講談社文庫（2000）
　‥‥‥‥‥‥‥‥‥‥‥‥‥‥‥　395
数多のおそれをぬぐい去れ（結城光流）角川
　ビーンズ文庫（2008）‥‥‥‥‥‥　420
天姫（倉本由布）コバルト文庫（2000）‥‥‥‥　148
雨晴し（笛吹明生）徳間文庫（2009）‥‥‥‥‥　344
甘水岩（多田容子）PHP文庫（2009）‥‥‥‥　235
天満月夜の怪事（ケチ）（浅黄斑）二見時代小
　説文庫（2014）‥‥‥‥‥‥‥‥‥　7
雨やどり（笛吹明生）学研M文庫（2011）‥‥‥　344
雨宿り（城駿一郎）廣済堂文庫（2011）‥‥‥‥　207
雨宿り恋情（築山桂）双葉文庫（2005）‥‥‥　249
◇阿弥陀小僧七変化（飯島一次）双葉文庫‥‥　25
阿弥陀小僧七変化　殺された千両役者（飯島一
　次）双葉文庫（2015）‥‥‥‥‥‥　25
阿弥陀小僧七変化　縛られた若殿様（飯島一
　次）双葉文庫（2015）‥‥‥‥‥‥　25
阿弥陀小僧七変化　盗まれた小町娘（飯島一
　次）双葉文庫（2015）‥‥‥‥‥‥　25
雨あがり（稲葉稔）徳間文庫（2009）‥‥‥‥　54
雨あがりの恋（聖龍人）コスミック・時代文庫
　（2016）‥‥‥‥‥‥‥‥‥‥‥　336
雨上がりの空（小杉健治）宝島社文庫（2014）
　‥‥‥‥‥‥‥‥‥‥‥‥‥‥‥　159
雨上りの宮（鈴木英治）双葉文庫（2008）‥‥‥　217
雨を見たか（宇江佐真理）文春文庫（2009）
　‥‥‥‥‥‥‥‥‥‥‥‥‥‥‥　72
◇飴玉同心隠し剣（藤堂房良）双葉文庫‥‥‥　257
飴玉同心隠し剣　花魁金（藤堂房良）双葉文庫
　（2013）‥‥‥‥‥‥‥‥‥‥‥　257
飴玉同心隠し剣　廓潰し（藤堂房良）双葉文庫
　（2013）‥‥‥‥‥‥‥‥‥‥‥　257

歴史時代小説文庫総覧　現代の作家　**455**

飴玉同心隠し剣 春秋組（藤堂房良）双葉文庫（2013） …… 257

飴玉同心隠し剣 吉原見察（藤堂房良）双葉文庫（2013） …… 257

雨の刺客（風野真知雄）コスミック・時代文庫（2005） …… 112

雨の刺客（風野真知雄）コスミック・時代文庫（2011） …… 112

雨晴れて（早瀬詠一郎）双葉文庫（2009） …… 314

雨ふらし（笛吹明生）徳間文庫（2009） …… 344

綾（岳真也）徳間文庫（2010） …… 103

危うし無想剣（八柳誠）双葉文庫（2013） …… 411

あやかし絵師（森山茂里）廣済堂文庫（2014） …… 404

妖（あやか）し陽炎の剣（鳥羽亮）祥伝社文庫（2011） …… 266

妖し陽炎の剣（鳥羽亮）祥伝社文庫（1999） …… 265

妖かし斬り（風野真知雄）角川文庫（2011） …… 109

妖かし斬り（風野真知雄）ベスト時代文庫（2005） …… 118

◇妖し小町（六道慧）光文社文庫 …… 428

あやかし小町（鳴海丈）廣済堂文庫（2015） …… 291

あやかし小町〔2〕鬼砲（鳴海丈）廣済堂文庫（2016） …… 292

あやかし小町〔3〕廻り地蔵（鳴海丈）廣済堂文庫（2016） …… 292

妖し小町 3 おぼろ隠密記 振袖御霊ノ巻（六道慧）光文社文庫（2001） …… 428

妖し小町 4 おぼろ隠密記 夢歌舞伎ノ巻（六道慧）光文社文庫（2001） …… 428

妖し小町 5 おぼろ隠密記 歌比丘尼ノ巻（六道慧）光文社文庫（2002） …… 428

妖し小町 おぼろ隠密記（六道慧）光文社文庫（2000） …… 428

妖し小町 おぼろ隠密記 大奥騒乱ノ巻（六道慧）光文社文庫（2001） …… 428

あやかし三國志、たたん（高橋由太）幻冬舎時代小説文庫（2013） …… 228

あやかし三國志、ぴゅるり（高橋由太）幻冬舎時代小説文庫（2013） …… 228

妖かし始末（聖龍人）二見時代小説文庫（2012） …… 338

◇あやかし草紙（竹河聖）ハルキ文庫 …… 233

あやかし草紙 丑三つの月（竹河聖）ハルキ文庫（2009） …… 233

あやかし草紙 半夏生の灯（竹河聖）ハルキ文庫（2009） …… 233

あやかし草紙 ほおずきの風（竹河聖）ハルキ文庫（2010） …… 233

妖かしの蜘蛛（鈴木英治）中公文庫（2007） …… 213

妖かしの蜘蛛（鈴木英治）徳間文庫（2016） …… 215

妖かしの子（知野みさき）ハルキ文庫（2013） …… 247

あやかし飛燕（鳥羽亮）光文社文庫（2016） …… 264

あやかし秘帖千槍組（友野詳）廣済堂文庫（2014） …… 273

あやかし秘帖千槍組〔2〕妖貸し狐狸合戦（友野詳）廣済堂文庫（2014） …… 273

あやかし娘（金子成人）小学館文庫（2014） …… 124

あやか師夢介元禄夜話（小沢章友）白泉社招き猫文庫（2015） …… 98

あやし（宮部みゆき）角川文庫（2003） …… 392

あやし（宮部みゆき）角川ホラー文庫（2007） …… 393

妖し火（佐々木裕一）二見時代小説文庫（2013） …… 197

あやめ河岸（坂岡真）双葉文庫（2006） …… 192

あやめ咲く（井川香四郎）廣済堂文庫（2004） …… 29

あやめ咲く（井川香四郎）光文社文庫（2016） …… 32

あやめ咲く →おっとり聖四郎事件控3（井川香四郎）光文社文庫（2016） …… 32

あやめ横丁の人々（宇江佐真理）講談社文庫（2006） …… 70

◇「鮎掛けの辰」艶始末（原田真介）廣済堂文庫 …… 323

「鮎掛けの辰」艶始末 悦楽忍者大奥狩り（原田真介）廣済堂文庫（2003） …… 323

「鮎掛けの辰」艶始末 脱藩忍者女殺し（原田真介）廣済堂文庫（2002） …… 323

「鮎掛けの辰」艶始末 はぐれ忍者女体遍路（原田真介）廣済堂文庫（2004） …… 323

「鮎掛けの辰」艶始末 復讐忍者闇さぐり（原田真介）廣済堂文庫（2004） …… 324

新井白石の秘文書（福原俊彦）朝日文庫（2015） …… 344

洗い屋（井川香四郎）徳間文庫（2016） …… 35

◇洗い屋十兵衛江戸日和（井川香四郎）徳間文庫 …… 34

◇洗い屋十兵衛江戸日和（井川香四郎）双葉文庫 …… 36

洗い屋十兵衛江戸日和 恋しのぶ（井川香四郎）徳間文庫（2011） …… 34

洗い屋十兵衛江戸日和 恋しのぶ（井川香四郎）双葉文庫（2005） …… 36

作品名索引　　あんや

洗い屋十兵衛江戸日和　遠い陽炎（井川香四郎）徳間文庫（2011）………………… 34
洗い屋十兵衛江戸日和　遠い陽炎（井川香四郎）双葉文庫（2006）………………… 36
洗い屋十兵衛江戸日和　逃がして候（井川香四郎）徳間文庫（2011）……………… 34
洗い屋十兵衛江戸日和　逃がして候（井川香四郎）双葉文庫（2004）……………… 36
◇洗い屋十兵衛影捌き（井川香四郎）徳間文庫 …………………………………… 35
洗い屋十兵衛影捌き　隠し神（井川香四郎）徳間文庫（2013）……………………… 35
洗い屋十兵衛影捌き　からくり心中（井川香四郎）徳間文庫（2012）……………… 35
荒海ノ津（佐伯泰英）双葉文庫（2007）／ 184
嵐を呼ぶ刃（和久田正明）光文社文庫（2016）……………………………………… 435
嵐を呼ぶ刃（菅靖匡）学研M文庫（2011）… 130
嵐の剣を吹き降ろせ（結城光流）角川ビーンズ文庫（2009）…………………………… 420
嵐の予兆（早見俊）二見時代小説文庫（2013）……………………………………… 322
荒鷹の鈴（井川香四郎）徳間文庫（2006）… 34
新たな敵（荒崎一海）徳間文庫（2009）……… 24
新たな仲間（牧秀彦）二見時代小説文庫（2013）……………………………………… 370
荒波越えて（牧秀彦）二見時代小説文庫（2015）……………………………………… 370
荒南風の海（鈴木英治）双葉文庫（2009）… 217
荒舞　花の小十郎始末（花家圭太郎）集英社文庫（2003）…………………………… 306
アラミスと呼ばれた女（宇江佐真理）講談社文庫（2009）…………………………… 70
あられ雪（倉阪鬼一郎）光文社文庫（2012）………………………………………… 146
蟻地獄　上（富樫倫太郎）中公文庫（2007）… 258
蟻地獄　下（富樫倫太郎）中公文庫（2007）… 258
蟻地獄（松本賢吾）双葉文庫（2008）……… 378
ありゃ徳右衛門（稲葉稔）文春文庫（2014）………………………………………… 57
主を七人替え候（小松哲史）幻冬舎時代小説文庫（2010）…………………………… 168
あるじは家康（岩井三四二）PHP文芸文庫（2014）……………………………………… 68
あるじは信長（岩井三四二）PHP文芸文庫（2014）……………………………………… 68
あるじは秀吉（岩井三四二）PHP文芸文庫（2014）……………………………………… 68
淡路坂（藤井邦夫）文春文庫（2011）……… 352
あわせ鏡（井川香四郎）祥伝社文庫（2007）………………………………………… 33

淡雪の小舟（芦川淳一）光文社文庫（2014）………………………………………… 16
暗鬼（井沢元彦）新潮文庫（1989）………… 43
暗鬼狩りの豪刀（幡大介）竹書房時代小説文庫（2010）…………………………… 326
暗鬼の刃（浅野里沙子）光文社文庫（2010）………………………………………… 12
安国寺恵瓊（三宅孝太郎）PHP文庫（1997）………………………………………… 391
暗黒の乱れ討ち（早坂倫太郎）学研M文庫（2002）……………………………………… 311
暗黒の乱れ討ち（早坂倫太郎）廣済堂文庫（1997）……………………………………… 311
暗殺（佐伯泰英）講談社文庫（2014）……… 173
暗殺（早見俊）コスミック・時代文庫（2015）……………………………………… 318
暗殺街道（喜安幸夫）ベスト時代文庫（2010）……………………………………… 141
暗殺剣（岡本さとる）ハルキ文庫（2013）… 92
暗殺者（藤堂房良）光文社文庫（2016）…… 257
◇暗殺奉行（牧秀彦）双葉文庫 …………… 370
暗殺奉行　牙刀（牧秀彦）双葉文庫（2014）… 370
暗殺奉行　激刀（牧秀彦）双葉文庫（2014）… 370
暗殺奉行　極刀（牧秀彦）双葉文庫（2015）… 370
暗殺奉行　怒刀（牧秀彦）双葉文庫（2014）… 370
暗殺奉行　抜刀（牧秀彦）双葉文庫（2014）… 370
あんじゅう　三島屋変調百物語事続（宮部みゆき）角川文庫（2013）……………… 392
あんず花菓子（和田はつ子）ハルキ文庫（2015）……………………………………… 442
安政くだ狐（千野隆司）祥伝社文庫（2009）………………………………………… 244
安政五年の大脱走（五十嵐貴久）幻冬舎文庫（2005）……………………………… 27
安政大変（出久根達郎）文春文庫（2006）… 254
安政の大地震（宮城賢秀）光文社文庫（2005）……………………………………… 386
暗闘（二宮隆雄）廣済堂文庫（2007）……… 299
暗闘斬刃（宮城賢秀）学研M文庫（2003）… 383
暗闘斬刃（宮城賢秀）青樹社文庫（2000）… 388
安徳天皇漂海記（宇月原晴明）中公文庫（2009）……………………………………… 82
安南から刺客（佐伯泰英）新潮文庫（2014）………………………………………… 179
暗夜行（関根聖）富士見新時代小説文庫（2014）……………………………………… 220
暗躍（宮城賢秀）ハルキ文庫（2008）……… 390

歴史時代小説文庫総覧　現代の作家　**457**

【い】

居合林崎甚助(近衛龍春)PHP文芸文庫
(2014) ……………… 163
いいかげんにおし(沖田正午)徳間文庫
(2011) ……………… 95
井伊直虎(梓沢要)角川文庫(2016) ………… 19
井伊直政(羽生道英)光文社文庫(2004) …… 308
井伊直政と家康(江宮隆之)学研M文庫
(2008) ……………… 86
家、家にあらず(松井今朝子)集英社文庫
(2007) ……………… 374
◇家請人克次事件帖(築山桂)双葉文庫 …… 249
家請人克次事件帖 秋草の花(築山桂)双葉文
庫(2009) ……………… 249
家請人克次事件帖 夏しぐれ(築山桂)双葉文
庫(2008) ……………… 249
家請人克次事件帖 春告げ鳥(築山桂)双葉文
庫(2009) ……………… 249
家請人克次事件帖 冬の舟影(築山桂)双葉文
庫(2008) ……………… 249
◇家なき殿さま旅日記(聖龍人)廣済堂文庫
……………… 334
家なき殿さま旅日記(聖龍人)廣済堂文庫
(2012) ……………… 334
家なき殿さま旅日記 お百度橋(聖龍人)廣済
堂文庫(2013) ……………… 335
家なき殿さま旅日記 月待ち坂(聖龍人)廣済
堂文庫(2013) ……………… 335
家なき殿さま旅日記 母恋雲(聖龍人)廣済堂
文庫(2012) ……………… 334
家なき殿さま旅日記 別れの秋空(聖龍人)廣
済堂文庫(2013) ……………… 335
◇家斉の料理番(福原俊彦)宝島社文庫 …… 345
家斉の料理番(福原俊彦)宝島社文庫(2015)
……………… 345
家斉の料理番 異国の御馳走(福原俊彦)宝島
社文庫(2015) ……………… 345
家光の陰謀(藤井邦夫)光文社文庫(2014)
……………… 349
家康(岳真也)PHP文庫(2002) ……………… 103
家康外法首 →徳川外法忍風録(火坂雅志)ケ
イブンシャ文庫(2001) ……………… 330
家康外法首(火坂雅志)飛天文庫(1996) …… 333
家康、死す 上(宮本昌孝)講談社文庫(2014)
……………… 395
家康、死す 下(宮本昌孝)講談社文庫(2014)
……………… 395
家康と権之丞(火坂雅志)文春文庫(2006)
……………… 333

家康の暗号(中見利男)ハルキ文庫(2012)
……………… 284
家康の遺策(上田秀人)幻冬舎時代小説文庫
(2011) ……………… 74
家康の隠密(宮城賢秀)廣済堂文庫(2004)
……………… 385
家康の隠密(宮城賢秀)ハルキ文庫(2007)
……………… 390
家康の靴(和久田正明)徳間文庫(2009) …… 436
家康の子(植松三十里)中公文庫(2014) …… 79
家康の母お大(植松三十里)集英社文庫
(2016) ……………… 79
家康の野望(麻倉一矢)ノン・ポシェット
(1991) ……………… 8
家慶暗殺(藤井龍)コスミック・時代文庫
(2016) ……………… 355
家慶の一歩(千野隆司)ハルキ文庫(2014)
……………… 245
いかさま奉行(小林力)学研M文庫(2009)
……………… 166
いかずち切り(山本一力)文春文庫(2012)
……………… 417
いかだ満月(山本一力)ハルキ文庫(2011)
……………… 416
伊賀の影法師 →黄金の牙(火坂雅志)学研M
文庫(2002) ……………… 329
伊賀の影法師(火坂雅志)廣済堂文庫(1999)
……………… 330
伊賀の残光(青山文平)新潮文庫(2015) …… 2
怒り一閃(鳥羽亮)徳間文庫(2010) …… 268
怒り一閃(鳥羽亮)双葉文庫(2012) …… 271
怒れ、孫六(鳥羽亮)双葉文庫(2015) …… 271
異館(佐伯泰英)光文社文庫(2009) …… 174
生き恥(藤井邦夫)文春文庫(2015) …… 354
異形の者(柳蒼二郎)学研M文庫(2005) …… 412
生きる(乙川優三郎)文春文庫(2005) …… 100
生きる(千野隆司)ハルキ文庫(2015) …… 245
いくさ中間(水田勁)双葉文庫(2013) …… 380
いくさ人春風兵衛(中里融司)コスミック・時
代文庫(2009) ……………… 279
陣星(いくさぼし)、翔ける(宮本昌孝)祥伝
社文庫(2015) ……………… 395
池田屋の血闘(加野厚志)双葉文庫(2004)
……………… 126
異国の影(佐伯泰英)新潮文庫(2015) …… 179
異国の狐(東郷隆)光文社文庫(2006) …… 255
異国の御馳走(福原俊彦)宝島社文庫(2015)
……………… 345
囲碁小町嫁入り七番勝負(犬飼六岐)講談社
文庫(2013) ……………… 59
遺恨(佐伯泰英)祥伝社文庫(2004) ……… 176

作品名索引　　　　いちま

遺恨 →完本密命 巻之10（佐伯泰英）祥伝社文庫（2016） ………………………… 178
遺恨（坂岡真）光文社文庫（2012） …… 188
遺痕（鈴木英治）ハルキ文庫（2007） … 216
遺恨影ノ剣（佐伯泰英）祥伝社文庫（2016） …………………………………… 178
遺恨の剣（鳥羽亮）幻冬舎時代小説文庫（2015） ……………………………… 261
遺恨の譜（上田秀人）光文社文庫（2008） …… 75
◇居酒屋お夏（岡本さとる）幻冬舎時代小説文庫 …………………………… 90
居酒屋お夏（岡本さとる）幻冬舎時代小説文庫（2014） …………………… 90
居酒屋お夏 2 春呼ぶどんぶり（岡本さとる）幻冬舎時代小説文庫（2015） …… 91
居酒屋お夏 3 つまみ食い（岡本さとる）幻冬舎時代小説文庫（2015） …… 91
居酒屋お夏 4 大根足（岡本さとる）幻冬舎時代小説文庫（2016） ………… 91
居酒屋お夏 5 縁むすび（岡本さとる）幻冬舎時代小説文庫（2016） ……… 91
いさご波（安住洋子）新潮文庫（2012） … 20
十六夜華泥棒（山内美樹子）光文社文庫（2006） ……………………………… 413
いざよい変化（六道慧）光文社文庫（2004） …………………………………… 429
漁り火（藤原緋沙子）双葉文庫（2008） …… 362
意地（佐伯泰英）祥伝社文庫（2008） …… 177
石を投げる女 →忘れ花（片桐京介）双葉文庫（2005） ……………………… 120
石川数正（三宅孝太郎）人物文庫（2014） … 391
石田三成（江宮隆之）学研M文庫（2006） …… 86
石に�（あら）ず（六道慧）光文社文庫（2011） ……………………… 429
意地に候（佐伯泰英）幻冬舎文庫（2004） … 171
意地に候（佐伯泰英）幻冬舎文庫（2011） … 171
意地に候（佐伯泰英）文春文庫（2016） … 185
意趣斬り（木村友馨）ベスト時代文庫（2006） …………………………………… 135
異心（佐伯泰英）新潮文庫（2011） …… 179
異心！（佐伯泰英）徳間文庫（2000） …… 180
異心！（佐伯泰英）徳間文庫（2008） …… 180
遺臣（上田秀人）講談社文庫（2014） …… 75
異人館の虜（八神淳一）竹書房ラブロマン文庫（2010） ……………………… 409
異人館の犯罪（森真沙子）二見時代小説文庫（2013） ………………………… 403
異人舟（太佐順）学研M文庫（2009） …… 234
異人屋敷の遊女（乾荘次郎）廣済堂文庫（2005） ……………………………… 58

伊豆惨殺剣（宮城賢秀）光文社文庫（2003） …………………………………… 386
いすゞ鳴る（山本一力）文春文庫（2011） …… 417
飯綱颪（仁木英之）学研M文庫（2006） … 298
異西部の剣士（菊地秀行）ソノラマ文庫（1986） ……………………………… 132
以蔵は死なず（桑原譲太郎）ハルキ文庫（2005） ……………………………… 153
いそさん（米村圭伍）幻冬舎時代小説文庫（2013） …………………………… 427
磯次の改心（鳥羽亮）双葉文庫（2014） … 271
韋駄天おんな（稲葉稔）幻冬舎文庫（2008） …………………………………… 51
いだてん剣法（東郷隆）小学館文庫（2008） …………………………………… 256
◇伊丹十兵衛惨殺控（宮城賢秀）双葉文庫 …… 390
伊丹十兵衛惨殺控 女首領（宮城賢秀）双葉文庫（2005） …………………… 390
伊丹十兵衛惨殺控 賞金稼ぎ（宮城賢秀）双葉文庫（2004） ………………… 390
伊丹十兵衛惨殺控 将軍の遺刀（宮城賢秀）双葉文庫（2005） ……………… 390
異譚・千早振る →幕末時そば伝（鯨統一郎）実業之日本社文庫（2011） …… 143
一期一振（藤村与一郎）ベスト時代文庫（2009） ……………………………… 358
一途（岡本さとる）ハルキ文庫（2016） … 92
市太郎ずし（小杉健治）ハルキ文庫（2015） …………………………………… 160
◇市太郎人情控（富樫倫太郎）祥伝社文庫 …… 258
◇市太郎人情控（富樫倫太郎）徳間文庫 …… 259
市太郎人情控 1 たそがれの町（富樫倫太郎）祥伝社文庫（2013） ………… 258
市太郎人情控 2 残り火の町（富樫倫太郎）祥伝社文庫（2013） …………… 258
市太郎人情控 3 木枯らしの町（富樫倫太郎）祥伝社文庫（2013） ………… 258
市太郎人情控 木枯らしの町（富樫倫太郎）徳間文庫（2008） ……………… 259
市太郎人情控 たそがれの町（富樫倫太郎）徳間文庫（2007） ……………… 259
市太郎人情控 残り火の町（富樫倫太郎）徳間文庫（2008） ………………… 259
一の富（松井今朝子）ハルキ文庫（2004） … 375
いちばん嫌な敵（風野真知雄）角川文庫（2013） ……………………………… 108
一番手柄（岡本さとる）祥伝社文庫（2013） …………………………………… 91
一鳳を得る（六道慧）光文社文庫（2008） …… 429
一万石の賭け（沖田正午）二見時代小説文庫（2011） ………………………… 96

歴史時代小説文庫総覧 現代の作家　**459**

いちま　作品名索引

一万石の刺客（小杉健治）光文社文庫（2010）
……………………………………… 156

一万両の仇討（小杉健治）光文社文庫（2010）
……………………………………… 156

一万両の長屋（幡大介）双葉文庫（2010） ……… 326

一身の剣（鳥羽亮）PHP文芸文庫（2016） …… 270

一命（坂岡真）光文社文庫（2015） ……………… 188

◇一文字屋お紅実事件帳（築山桂）廣済堂文
庫 …………………………………… 248

一文字屋お紅実事件帳 紅珊瑚の簪（築山桂）
廣済堂文庫（2006） ……………… 248

一文字屋お紅実事件帳 御堂筋の幻（築山桂）
廣済堂文庫（2006） ……………… 248

◇銀杏屋敷捕物控（築山桂）双葉文庫 ……… 249

銀杏屋敷捕物控 葉陰の花（築山桂）双葉文庫
（2007） ……………………………… 249

銀杏屋敷捕物控 初雪の日（築山桂）双葉文庫
（2006） ……………………………… 249

銀杏屋敷捕物控 まぼろしの姫（築山桂）双葉
文庫（2007） ……………………… 249

一流の客（今井絵美子）ハルキ文庫（2015）
……………………………………… 64

一輪の花（鈴木英治）徳間文庫（2005） …… 214

一路 上（浅田次郎）中公文庫（2015） ……… 10

一路 下（浅田次郎）中公文庫（2015） ……… 10

いつか命の終わる日が（結城光流）角川ビー
ンズ文庫（2016） ………………… 421

◇一鬼夜行（小松エメル）ポプラ文庫ピュア
フル …………………………………… 167

一鬼夜行（小松エメル）ポプラ文庫ピュアフ
ル（2010） …………………………… 167

一鬼夜行 上 鬼やらい（小松エメル）ポプラ文
庫ピュアフル（2011） …………… 167

一鬼夜行 下 鬼やらい（小松エメル）ポプラ文
庫ピュアフル（2011） …………… 167

一鬼夜行 鬼の祝言（小松エメル）ポプラ文庫
ピュアフル（2013） ……………… 167

一鬼夜行 花守り鬼（小松エメル）ポプラ文庫
ピュアフル（2012） ……………… 167

一休暗夜行（朝松健）光文社文庫（2001） …… 13

一休闇物語（朝松健）光文社文庫（2002） …… 13

一琴一鶴（六道慧）光文社文庫（2012） …… 429

一矢ノ秋（とき）（佐伯泰英）双葉文庫
（2011） ……………………………… 184

一所懸命（岩井三四二）講談社文庫（2012）
……………………………………… 67

いっしん虎徹（山本兼一）文春文庫（2009）
……………………………………… 419

一心の絆（沖田正午）徳間文庫（2009） …… 94

一閃なり 上（門田泰明）光文社文庫（2007）
……………………………………… 123

一閃なり 下（門田泰明）光文社文庫（2008）
……………………………………… 123

いっちばん（畠中恵）新潮文庫（2010） …… 304

一朝の夢（梶よう子）文春文庫（2011） …… 107

五つの首（井沢元彦）講談社文庫（1989） …… 43

一手千両（岩井三四二）文春文庫（2011） …… 68

一刀斎夢録 上（浅田次郎）文春文庫（2013）
……………………………………… 10

一刀斎夢録 下（浅田次郎）文春文庫（2013）
……………………………………… 10

いつの日か還る（中村彰彦）文春文庫（2003）
……………………………………… 287

一本うどん（倉阪鬼一郎）宝島社文庫（2014）
……………………………………… 146

いっぽん桜（山本一力）新潮文庫（2005） …… 415

◇一本鑓悪人狩り（早見俊）祥伝社文庫 …… 318

一本鑓悪人狩り（早見俊）祥伝社文庫（2014）
……………………………………… 318

一本鑓悪人狩り 2 横道芝居（早見俊）祥伝社
文庫（2014） ………………………… 318

一本鑓悪人狩り 3 大塩平八郎の亡霊（早見
俊）祥伝社文庫（2015） ………… 318

一本槍疾風録 →後藤又兵衛（麻倉一矢）人物
文庫（2013） ………………………… 8

一本槍疾風録（麻倉一矢）ノン・ポシェット
（1994） ……………………………… 8

凍て雲（坂岡真）徳間文庫（2006） ………… 190

射手座の侍（押川国秋）講談社文庫（2009）
……………………………………… 98

凍て蝶（六道慧）双葉文庫（2007） ………… 431

伊藤一刀斎 上（好村兼一）徳間文庫（2015）
……………………………………… 426

伊藤一刀斎 下（好村兼一）徳間文庫（2015）
……………………………………… 426

伊藤博文（羽生道英）PHP文庫（2004） …… 308

糸を手繰れば →ご縁の糸（志川節子）新潮文
庫（2016） …………………………… 200

糸切れ凧（稲葉稔）光文社文庫（2006） …… 52

糸車（宇江佐真理）集英社文庫（2016） …… 71

糸のさだめ（石月正広）講談社文庫（2008）
……………………………………… 44

◇糸針屋見立帖（稲葉稔）幻冬舎文庫 ……… 51

糸針屋見立帖 韋駄天おんな（稲葉稔）幻冬舎
文庫（2008） ………………………… 51

糸針屋見立帖 逃げる女（稲葉稔）幻冬舎文庫
（2010） ……………………………… 51

糸針屋見立帖 宵闇の女（稲葉稔）幻冬舎文庫
（2009） ……………………………… 51

いとま化粧（飯野笙子）廣済堂文庫（2005）
……………………………………… 26

挑まれた戦い（沖田正午）二見時代小説文庫
（2016） ……………………………… 97

作品名索引　　　　　いねむ

稲妻（早見俊）静山社文庫（2010）……………　319
稲妻を斬る（鳥羽亮）実業之日本社文庫
　（2014）　……………………………………　265
稲妻狩り（松本賢吾）コスミック・時代文庫
　（2008）　……………………………………　378
稲妻剣（村咲数馬）双葉文庫（2007）…………　399
稲妻の剣（鈴木英治）ハルキ文庫（2005）……　215
稲葉山城乗っ取り（早見俊）徳間文庫（2015）
　………………………………………………　320
異なもの（雑賀俊一郎）学研M文庫（2011）
　………………………………………………　169
いにしえの魂を呼び覚ませ（結城光流）角川
　ビーンズ文庫（2006）……………………　420
◇乾蔵人隠密秘録（藤井邦夫）光文社文庫　…　348
乾蔵人隠密秘録 1 彼岸花の女（藤井邦夫）光
　文社文庫（2012）…………………………　348
乾蔵人隠密秘録 2 田沼の置文（藤井邦夫）光
　文社文庫（2013）…………………………　348
乾蔵人隠密秘録 3 隠れ切支丹（藤井邦夫）光
　文社文庫（2013）…………………………　349
乾蔵人隠密秘録 4 河内山異聞（藤井邦夫）光
　文社文庫（2013）…………………………　349
乾蔵人隠密秘録 5 政宗の密書（藤井邦夫）光
　文社文庫（2013）…………………………　349
乾蔵人隠密秘録 6 家光の陰謀（藤井邦夫）光
　文社文庫（2014）…………………………　349
乾蔵人隠密秘録 7 百万石遺聞（藤井邦夫）光
　文社文庫（2014）…………………………　349
乾蔵人隠密秘録 8 忠臣蔵秘説（藤井邦夫）光
　文社文庫（2014）…………………………　349
密偵（いぬ）がいる（藤水名子）二見時代小説
　文庫（2014）………………………………　346
犬神の弟子（森山茂里）白泉社招き猫文庫
　（2015）　……………………………………　404
犬吉（諸田玲子）文春文庫（2006）……………　408
犬侍の嫁（早見俊）二見時代小説文庫（2011）
　………………………………………………　321
犬同心、奔る！（鷹井伶）白泉社招き猫文庫
　（2015）　……………………………………　223
犬の尾（鈴木英治）ハルキ文庫（2014）………　216
犬の証言（野口卓）文春文庫（2016）…………　301
◇居眠り磐音江戸双紙（佐伯泰英）双葉文庫
　………………………………………………　183
居眠り磐音江戸双紙 上 更衣ノ鷹（佐伯泰英）
　双葉文庫（2010）…………………………　184
居眠り磐音江戸双紙 下 更衣ノ鷹（佐伯泰英）
　双葉文庫（2010）…………………………　184
居眠り磐音江戸双紙 39 秋思ノ人（佐伯泰英）
　双葉文庫（2012）…………………………　185
居眠り磐音江戸双紙 40 春霞ノ乱（佐伯泰英）
　双葉文庫（2012）…………………………　185

居眠り磐音江戸双紙 41 散華ノ刻（とき）（佐
　伯泰英）双葉文庫（2012）………………　185
居眠り磐音江戸双紙 42 木槿ノ賦（佐伯泰英）
　双葉文庫（2013）…………………………　185
居眠り磐音江戸双紙 43 徒然ノ冬（佐伯泰英）
　双葉文庫（2013）…………………………　185
居眠り磐音江戸双紙 44 湯島ノ罠（佐伯泰英）
　双葉文庫（2013）…………………………　185
居眠り磐音江戸双紙 45 空蟬ノ念（佐伯泰英）
　双葉文庫（2014）…………………………　185
居眠り磐音江戸双紙 46 弓張ノ月（佐伯泰英）
　双葉文庫（2014）…………………………　185
居眠り磐音江戸双紙 47 失意ノ方（佐伯泰英）
　双葉文庫（2014）…………………………　185
居眠り磐音江戸双紙 48 白鶴ノ紅（佐伯泰英）
　双葉文庫（2015）…………………………　185
居眠り磐音江戸双紙 49 意次ノ妄（佐伯泰英）
　双葉文庫（2015）…………………………　185
居眠り磐音江戸双紙 50 竹屋ノ渡（佐伯泰英）
　双葉文庫（2016）…………………………　185
居眠り磐音江戸双紙 51 旅立ノ朝（あした）
　（佐伯泰英）双葉文庫（2016）……………　185
居眠り磐音江戸双紙 帰着準備号 橋の上（佐
　伯泰英）双葉文庫（2011）………………　184
居眠り磐音江戸双紙 朝虹ノ島（佐伯泰英）双
　葉文庫（2004）……………………………　183
居眠り磐音江戸双紙 雨降ノ山（佐伯泰英）双
　葉文庫（2003）……………………………　183
居眠り磐音江戸双紙 荒海ノ津（佐伯泰英）双
　葉文庫（2007）……………………………　184
居眠り磐音江戸双紙 一矢ノ秋（とき）（佐伯
　泰英）双葉文庫（2011）…………………　184
居眠り磐音江戸双紙 姥捨ノ郷（佐伯泰英）双
　葉文庫（2011）……………………………　184
居眠り磐音江戸双紙 遠霞ノ峠（佐伯泰英）双
　葉文庫（2004）……………………………　183
居眠り磐音江戸双紙 尾張ノ夏（佐伯泰英）双
　葉文庫（2010）……………………………　184
居眠り磐音江戸双紙 陽炎ノ辻（佐伯泰英）双
　葉文庫（2002）……………………………　183
居眠り磐音江戸双紙 寒雷ノ坂（佐伯泰英）双
　葉文庫（2002）……………………………　183
居眠り磐音江戸双紙 紀伊ノ変（佐伯泰英）双
　葉文庫（2011）……………………………　184
居眠り磐音江戸双紙 狐火ノ杜（佐伯泰英）双
　葉文庫（2003）……………………………　183
居眠り磐音江戸双紙 孤愁ノ春（佐伯泰英）双
　葉文庫（2010）……………………………　184
居眠り磐音江戸双紙 朔風ノ岸（佐伯泰英）双
　葉文庫（2004）……………………………　183
居眠り磐音江戸双紙 石榴ノ蝿（佐伯泰英）双
　葉文庫（2008）……………………………　184

歴史時代小説文庫総覧 現代の作家　**461**

居眠り磐音江戸双紙 鯖雲ノ城 (佐伯泰英) 双
　葉文庫 (2007) ················· 184
居眠り磐音江戸双紙 残花ノ庭 (佐伯泰英) 双
　葉文庫 (2005) ················· 184
居眠り磐音江戸双紙 東雲ノ空 (佐伯泰英) 双
　葉文庫 (2012) ················· 185
居眠り磐音江戸双紙 驟雨ノ町 (佐伯泰英) 双
　葉文庫 (2005) ················· 184
居眠り磐音江戸双紙 白桐ノ夢 (佐伯泰英) 双
　葉文庫 (2008) ················· 184
居眠り磐音江戸双紙 捨雛ノ川 (佐伯泰英) 双
　葉文庫 (2006) ················· 184
居眠り磐音江戸双紙 雪華ノ里 (佐伯泰英) 双
　葉文庫 (2003) ················· 183
居眠り磐音江戸双紙 探梅ノ家 (佐伯泰英) 双
　葉文庫 (2005) ················· 184
居眠り磐音江戸双紙 照葉ノ露 (佐伯泰英) 双
　葉文庫 (2009) ················· 184
居眠り磐音江戸双紙 夏燕ノ道 (佐伯泰英) 双
　葉文庫 (2005) ················· 184
居眠り磐音江戸双紙 野分ノ灘 (佐伯泰英) 双
　葉文庫 (2007) ················· 184
居眠り磐音江戸双紙 梅雨ノ蝶 (佐伯泰英) 双
　葉文庫 (2006) ················· 184
居眠り磐音江戸双紙 花芒ノ海 (佐伯泰英) 双
　葉文庫 (2002) ················· 183
居眠り磐音江戸双紙 冬桜ノ雀 (佐伯泰英) 双
　葉文庫 (2009) ················· 184
居眠り磐音江戸双紙 紅椿ノ谷 (佐伯泰英) 双
　葉文庫 (2006) ················· 184
居眠り磐音江戸双紙 紅花ノ邨 (佐伯泰英) 双
　葉文庫 (2008) ················· 184
居眠り磐音江戸双紙 螢火ノ宿 (佐伯泰英) 双
　葉文庫 (2006) ················· 184
居眠り磐音江戸双紙 万両ノ雪 (佐伯泰英) 双
　葉文庫 (2007) ················· 184
居眠り磐音江戸双紙 無月ノ橋 (佐伯泰英) 双
　葉文庫 (2004) ················· 183
居眠り磐音江戸双紙 龍天ノ門 (佐伯泰英) 双
　葉文庫 (2003) ················· 183
居眠り磐音江戸双紙 朧夜ノ桜 (佐伯泰英) 双
　葉文庫 (2008) ················· 184
居眠り磐音江戸双紙 侘助ノ白 (佐伯泰英) 双
　葉文庫 (2009) ················· 184
◇居眠り同心影御用 (早見俊) 二見時代小説
　文庫 ····················· 321
居眠り同心影御用 2 朝顔の姫 (早見俊) 二見
　時代小説文庫 (2010) ··········· 321
居眠り同心影御用 3 与力の娘 (早見俊) 二見
　時代小説文庫 (2010) ··········· 321
居眠り同心影御用 4 犬侍の嫁 (早見俊) 二見
　時代小説文庫 (2011) ··········· 321

居眠り同心影御用 5 草笛が啼く (早見俊) 二
　見時代小説文庫 (2011) ·········· 322
居眠り同心影御用 6 同心の妹 (早見俊) 二見
　時代小説文庫 (2011) ··········· 322
居眠り同心影御用 7 殿さまの貌 (早見俊) 二
　見時代小説文庫 (2012) ·········· 322
居眠り同心影御用 8 信念の人 (早見俊) 二見
　時代小説文庫 (2012) ··········· 322
居眠り同心影御用 9 惑いの剣 (早見俊) 二見
　時代小説文庫 (2012) ··········· 322
居眠り同心影御用 10 青嵐を斬る (早見俊) 二
　見時代小説文庫 (2013) ·········· 322
居眠り同心影御用 11 風神狩り (早見俊) 二見
　時代小説文庫 (2013) ··········· 322
居眠り同心影御用 12 嵐の予兆 (早見俊) 二見
　時代小説文庫 (2013) ··········· 322
居眠り同心影御用 13 七福神斬り (早見俊) 二
　見時代小説文庫 (2014) ·········· 322
居眠り同心影御用 14 名門斬り (早見俊) 二見
　時代小説文庫 (2014) ··········· 322
居眠り同心影御用 15 闇の狐狩り (早見俊) 二
　見時代小説文庫 (2014) ·········· 322
居眠り同心影御用 16 悪手斬り (早見俊) 二見
　時代小説文庫 (2015) ··········· 322
居眠り同心影御用 17 無法許さじ (早見俊) 二
　見時代小説文庫 (2015) ·········· 322
居眠り同心影御用 18 十万石を蹴る (早見俊)
　二見時代小説文庫 (2015) ········· 322
居眠り同心影御用 19 闇への誘い (早見俊) 二
　見時代小説文庫 (2016) ·········· 322
居眠り同心影御用 20 流麗の刺客 (早見俊) 二
　見時代小説文庫 (2016) ·········· 322
居眠り同心影御用 21 虚構斬り (早見俊) 二見
　時代小説文庫 (2016) ··········· 322
居眠り同心影御用 源之助人助け帖 (早見俊)
　二見時代小説文庫 (2010) ········· 321
◇異能の絵師爛水 (海野謙四郎) 双葉文庫 ···· 82
異能の絵師爛水 くれないの道 (海野謙四郎)
　双葉文庫 (2012) ·············· 82
異能の絵師爛水 花鎮めの里 (海野謙四郎) 双
　葉文庫 (2012) ················ 82
異能の絵師爛水 光る月山 (海野謙四郎) 双葉
　文庫 (2013) ················· 82
居残り侍 (芦川淳一) 徳間文庫 (2009) ········ 17
居残り同心神田祭 (吉田雄亮) 祥伝社文庫
　(2013) ··················· 425
命懸け (藤井邦夫) 祥伝社文庫 (2009) ······· 349
命賭け候 (門田泰明) 祥伝社文庫 (2015) ····· 124
命賭け候 (門田泰明) 徳間文庫 (2009) ······· 124
命毛 (河治和香) 小学館文庫 (2011) ········· 129

作品名索引　　　　　　　　　　　　　いわい

いのち千両（芦川淳一）コスミック・時代文庫
　（2015）……………………………… 16
いのちなりけり（葉室麟）文春文庫（2011）
　…………………………………………… 310
命に代えても（坂岡真）角川文庫（2011）…… 187
命に代えても（坂岡真）ハルキ文庫（2016）
　…………………………………………… 191
いのちの秋（曽田博久）ハルキ文庫（2010）
　…………………………………………… 221
命の女（千野隆司）学研M文庫（2011） 242
いのちの絆（井川香四郎）幻冬舎文庫（2006）
　…………………………………………… 29
いのちの米 →堂島物語 3（立志篇）（富樫倫
　太郎）中公文庫（2011） ………… 258
いのちの米 →堂島物語 4（背水篇）（富樫倫
　太郎）中公文庫（2011） ………… 258
命のたれ（倉阪鬼一郎）二見時代小説文庫
　（2013）……………………………… 148
命の版木（植松三十里）中公文庫（2011）…… 79
命の版木（植松三十里）中公文庫ワイド版
　（2012）……………………………… 80
命もいらず名もいらず 上 幕末篇（山本兼一）
　集英社文庫（2013）………………… 418
命もいらず名もいらず 下 明治篇（山本兼一）
　集英社文庫（2013）………………… 418
祈りの糸をより結べ（結城光流）角川ビーン
　ズ文庫（2009）……………………… 420
遺髪（佐伯泰英）祥伝社文庫（2007）……… 177
◇伊庭八郎幕末異聞（秋山香乃）双葉文庫 … 5
伊庭八郎幕末異聞 士道の値（秋山香乃）双葉
　文庫（2009）…………………………… 5
伊庭八郎幕末異聞 未熟者（秋山香乃）双葉文
　庫（2009）……………………………… 5
伊庭八郎幕末異聞 櫓のない舟（秋山香乃）双
　葉文庫（2010）………………………… 5
異風者（佐伯泰英）ハルキ文庫（2000）… 183
異風者（いひゅもん）（佐伯泰英）ハルキ文庫
　（2012）……………………………… 183
息吹く魂（鈴木英治）徳間文庫（2010）…… 214
遺文（佐伯泰英）光文社文庫（2014）……… 174
異邦の影（結城光流）角川文庫（2011）…… 422
異邦の影を探しだせ（結城光流）角川ビーン
　ズ文庫（2002）……………………… 419
異邦の影を探しだせ →少年陰陽師（おんみょ
　うじ）（結城光流）角川文庫（2011）…… 422
いもうと（岡本さとる）ハルキ文庫（2012）
　…………………………………………… 92
妹十手（鳴海丈）学研M文庫（2013）……… 290
芋奉行 青木昆陽（羽太雄平）光文社文庫
　（2000）……………………………… 303
入相の鐘（鳥羽亮）角川文庫（2012）……… 261

◇入り婿侍商い帖（千野隆司）角川文庫 …… 242
◇入り婿侍商い帖（千野隆司）富士見新時代
　小説文庫 …………………………… 245
入り婿侍商い帖 1（千野隆司）角川文庫
　（2016）……………………………… 242
入り婿侍商い帖 1（千野隆司）富士見新時代小
　説文庫（2014）……………………… 245
入り婿侍商い帖 2（千野隆司）角川文庫
　（2015）……………………………… 242
入り婿侍商い帖 2（千野隆司）角川文庫
　（2016）……………………………… 242
入り婿侍商い帖 2 水運のゆくえ（千野隆司）
　富士見新時代小説文庫（2014）……… 245
入り婿侍商い帖 3（千野隆司）角川文庫
　（2016）……………………………… 242
入り婿侍商い帖 3 女房の声（千野隆司）富士
　見新時代小説文庫（2015）………… 245
入り婿侍商い帖 関宿御用達（千野隆司）角川
　文庫（2015）………………………… 242
刺青狩り（風間九郎）廣済堂文庫（2008）…… 105
いろあわせ（梶よう子）ハルキ文庫（2013）
　…………………………………………… 107
色里おんな双六（雑賀俊一郎）学研M文庫
　（2007）……………………………… 169
色里攻防（上田秀人）幻冬舎時代小説文庫
　（2014）……………………………… 74
色散華（岳真也）講談社文庫（2008）……… 102
彩り河（井川香四郎）光文社文庫（2015）…… 31
彩り河（井川香四郎）ベスト時代文庫（2007）
　…………………………………………… 38
色に溺れる大井川（雑賀俊一郎）学研M文庫
　（2002）……………………………… 168
いろは歌に暗号（鯨統一郎）祥伝社文庫
　（2008）……………………………… 143
◇いろは双六屋（六道慧）徳間文庫 ……… 430
いろは双六屋 明烏（六道慧）徳間文庫
　（2006）……………………………… 430
いろは双六屋 恋時雨（六道慧）徳間文庫
　（2008）……………………………… 430
いろは双六屋 桜の仇討（六道慧）徳間文庫
　（2007）……………………………… 430
いろは双六屋 千両花（六道慧）徳間文庫
　…………………………………………… 430
色判官絶句（藤水名子）講談社文庫（1996）
　…………………………………………… 346
色見世の宿（八神淳一）竹書房ラブロマン文
　庫（2009）…………………………… 409
祝い酒（鈴木英治）中公文庫（2011）……… 213
祝い酒（鈴木英治）中公文庫ワイド版（2012）
　…………………………………………… 213
祝い酒（藤井邦夫）双葉文庫（2014）……… 351

祝い酒（藤井邦夫）二見時代小説文庫（2007）
………………………………………… 352

祝い飯（和田はつ子）ハルキ文庫（2011）…… 441

いわくのお局（永井義男）ベスト時代文庫
（2006）……………………………… 276

いわくの隠密（永井義男）ベスト時代文庫
（2005）……………………………… 276

いわくの剣（永井義男）ベスト時代文庫
（2005）……………………………… 276

日窓（坂岡真）双葉文庫（2012）………… 192

医は仁術なり（沖田正午）ハルキ文庫（2013）
………………………………………… 95

岩見重太郎 1 関ケ原（谷恒生）双葉文庫
（1993）……………………………… 239

岩見重太郎 2 好漢雌伏（谷恒生）双葉文庫
（1993）……………………………… 239

岩見重太郎 3 雷雲（谷恒生）双葉文庫
（1994）……………………………… 239

岩見重太郎 4 疾風大坂城（谷恒生）双葉文庫
（1994）……………………………… 239

岩見重太郎 5 滅びの美学（谷恒生）双葉文庫
（1994）……………………………… 239

淫花人形（風間九郎）学研M文庫（2008） 105

因果の棺桶（喜安幸夫）二見時代小説文庫
（2011）……………………………… 140

◇隠居右善江戸を走る（喜安幸夫）二見時代
小説文庫 …………………………… 141

隠居右善江戸を走る 1 つけ狙う女（喜安幸
夫）二見時代小説文庫（2016）…… 141

隠居始末（和田はつ子）双葉文庫（2009） 443

隠居宗五郎（佐伯英英）ハルキ文庫（2009）
………………………………………… 182

◇隠居与力吟味帖（牧秀彦）学研M文庫 …… 366

隠居与力吟味帖 埋火（うずみび）の如く（牧
秀彦）学研M文庫（2011）………… 366

隠居与力吟味帖 男の背中（牧秀彦）学研M文
庫（2009）…………………………… 366

隠居与力吟味帖 月下の相棒（牧秀彦）学研M
文庫（2008）………………………… 366

隠居与力吟味帖 錆びた十手（牧秀彦）学研M
文庫（2008）………………………… 366

隠居与力吟味帖 遠い雷鳴（牧秀彦）学研M文
庫（2010）…………………………… 366

淫具屋半兵衛（沢里裕二）学研M文庫
（2014）……………………………… 198

淫具屋半兵衛（沢里裕二）講談社文庫（2016）
………………………………………… 198

淫斎美女くずし（天宮響一郎）廣済堂文庫
（2004）……………………………… 21

淫斎美女くらべ（天宮響一郎）廣済堂文庫
（2004）……………………………… 21

淫斎美女ごよみ（天宮響一郎）廣済堂文庫
（2005）……………………………… 21

淫獣斬り（黒崎裕一郎）学研M文庫（2003）
………………………………………… 150

陰謀（小杉健治）光文社文庫（2014）…… 156

陰謀（小杉健治）ベスト時代文庫（2009）…… 161

陰謀 →般若同心と変化小僧 3（小杉健治）光
文社文庫（2014）…………………… 156

陰謀ノ砦（宮城賢秀）ハルキ文庫（2006）… 389

陰謀の果て（沖田正午）徳間文庫（2009）… 94

陰謀の径（浅黄斑）二見時代小説文庫（2009）
………………………………………… 6

【う】

初陣（佐伯泰英）祥伝社文庫（2002）…… 176

初陣（佐伯泰英）祥伝社文庫（2007）…… 177

初陣 →完本密命 巻之7（佐伯泰英）祥伝社文
庫（2015）…………………………… 178

初陣霜夜炎返し（佐伯泰英）祥伝社文庫
（2015）……………………………… 178

初陣物語（東郷隆）実業之日本社文庫（2015）
………………………………………… 255

上さま危機一髪（藤村与一郎）コスミック・時
代文庫（2015）……………………… 357

上様出陣！（牧秀彦）徳間文庫（2012）…… 369

上様出陣！ 2（牧秀彦）徳間文庫（2013）…… 369

上様出陣！ 3（牧秀彦）徳間文庫（2014）…… 369

上様と大老（北川哲史）コスミック・時代文庫
（2015）……………………………… 134

上様の密命（北川哲史）コスミック・時代文庫
（2014）……………………………… 133

◇上様は用心棒（麻倉一矢）二見時代小説文
庫 …………………………………… 9

上様は用心棒 1 はみだし将軍（麻倉一矢）二
見時代小説文庫（2015）…………… 9

上様は用心棒 2 浮かぶ城砦（麻倉一矢）二見
時代小説文庫（2015）……………… 9

上杉景勝（近衛龍春）学研M文庫（2008）…… 162

上杉かぶき衆（火坂雅志）実業之日本社文庫
（2011）……………………………… 331

上杉謙信（志木沢郁）学研M文庫（2006）… 200

上杉謙信（永峯清成）PHP文庫（1998）… 284

上杉三郎景虎（近衛龍春）光文社文庫（2005）
………………………………………… 163

上野不忍無縁坂（花家圭太郎）双葉文庫
（2005）……………………………… 307

浮かぶ城砦（麻倉一矢）二見時代小説文庫
（2015）……………………………… 9

作品名索引　　　　　うけお

浮かぶ瀬（岡本さとる）祥伝社文庫（2012）
　…………………………………………　91
◇浮かれ鳶の事件帖（原田孔平）祥伝社文庫
　…………………………………………　323
浮かれ鳶の事件帖（原田孔平）祥伝社文庫
　（2015）…………………………………　323
浮かれ鳶の事件帖 月の剣（原田孔平）祥伝社
　文庫（2016）……………………………　323
浮かれ坊主法界（東郷隆）静山社文庫（2013）
　…………………………………………　256
うきあし（佐々木裕一）双葉文庫（2015）……　197
浮雲（和久田正明）学研M文庫（2006）………　432
◇浮雲十四郎斬日記（鳥羽亮）双葉文庫……　272
浮雲十四郎斬日記 仇討ち街道（鳥羽亮）双葉
　文庫（2013）……………………………　272
浮雲十四郎斬日記 鬼風（鳥羽亮）双葉文庫
　（2016）…………………………………　272
浮雲十四郎斬日記 金尽剣法（鳥羽亮）双葉文
　庫（2009）………………………………　272
浮雲十四郎斬日記 不知火の剣（鳥羽亮）双葉
　文庫（2015）……………………………　272
浮雲十四郎斬日記 酔いどれ剣客（けんきゃ
　く）（鳥羽亮）双葉文庫（2010）…………　272
宇喜多直家（高橋直樹）人物文庫（2008）……　226
浮寝岸（吉田雄亮）祥伝社文庫（2009）………　425
浮舟の剣（鳥羽亮）講談社文庫（2001）………　264
◇右京裏捕物帖（早坂倫太郎）学研M文庫……　311
◇右京裏捕物帖（早坂倫太郎）徳間文庫………　312
右京裏捕物帖 凶賊闇の麝香（早坂倫太郎）学
　研M文庫（2006）………………………　311
右京裏捕物帖 凶賊闇の麝香（早坂倫太郎）徳
　間文庫（2000）…………………………　312
右京裏捕物帖 神変女郎蜘蛛（早坂倫太郎）徳
　間文庫（2001）…………………………　312
浮世唄三味線侍（小杉健治）二見時代小説文
　庫（2006）………………………………　161
◇右京之介助太刀始末（高橋三千綱）双葉文
　庫………………………………………　227
右京之介助太刀始末 上 お江戸の用心棒（高
　橋三千綱）双葉文庫（2007）……………　227
右京之介助太刀始末 下 お江戸の用心棒（高
　橋三千綱）双葉文庫（2007）……………　227
右京之介助太刀始末 お江戸の姫君（高橋三千
　綱）双葉文庫（2015）……………………　227
右京之介助太刀始末 お江戸の若様（高橋三千
　綱）双葉文庫（2004）……………………　227
右京之介助太刀始末 お江戸は爽快（高橋三千
　綱）双葉文庫（2004）……………………　227
右京烈剣（鳥羽亮）祥伝社文庫（2011）………　266
◇浮世絵宗次日月抄（門田泰明）光文社文庫
　…………………………………………　123

浮世絵宗次日月抄 任せなせえ（門田泰明）光
　文社文庫（2011）………………………　123
◇浮世絵宗次日月抄（門田泰明）祥伝社文庫
　…………………………………………　124
◇浮世絵宗次日月抄（門田泰明）徳間文庫 ……　124
浮世絵宗次日月抄 命賭け候（門田泰明）祥伝
　社文庫（2015）…………………………　124
浮世絵宗次日月抄 命賭け候（門田泰明）徳間
　文庫（2009）……………………………　124
浮世絵宗次日月抄 奥傳夢千鳥（門田泰明）光
　文社文庫（2012）………………………　123
浮世絵宗次日月抄 汝（きみ）薫るが如し（門
　田泰明）光文社文庫（2014）……………　123
浮世絵宗次日月抄 皇帝の剣 上（門田泰明）祥
　伝社文庫（2015）………………………　124
浮世絵宗次日月抄 皇帝の剣 下（門田泰明）祥
　伝社文庫（2015）………………………　124
浮世絵宗次日月抄 冗談じゃねえや（門田泰
　明）光文社文庫（2014）…………………　123
浮世絵宗次日月抄 冗談じゃねえや（門田泰
　明）徳間文庫（2010）……………………　124
浮世絵宗次日月抄 半斬ノ蝶 上（門田泰明）祥
　伝社文庫（2013）………………………　124
浮世絵宗次日月抄 半斬ノ蝶 下（門田泰明）祥
　伝社文庫（2013）………………………　124
浮世絵宗次日月抄 秘剣双ツ竜（門田泰明）祥
　伝社文庫（2012）………………………　124
浮世絵宗次日月抄 夢剣霞ざくら（門田泰明）
　光文社文庫（2013）……………………　123
憂き世往来（芝村凉也）双葉文庫（2015）……　204
◇浮世小路父娘捕物帖（高城実枝子）二見時
　代小説文庫……………………………　223
浮世小路父娘捕物帖 2 緋色のしごき（高城実
　枝子）二見時代小説文庫（2016）………　223
浮世小路父娘捕物帖 3 髪結いの女（高城実枝
　子）二見時代小説文庫（2016）…………　223
浮世頭巾（飯島一次）双葉文庫（2013）………　25
憂き世店（宇江佐真理）朝日文庫（2007）……　69
◇浮世の同心柊夢之介（野火迅）ポプラ文庫
　…………………………………………　302
浮世の同心柊夢之介 2 怨讐の旅路（野火迅）
　ポプラ文庫（2011）……………………　302
浮世の同心柊夢之介 襖貼りの縊り鬼（野火
　迅）ポプラ文庫（2011）…………………　302
浮世の果て（鳥羽亮）講談社文庫（2010）……　263
浮世袋（河治和香）小学館文庫（2010）………　129
鶯の声（稲葉稔）双葉文庫（2009）……………　56
鶯の声（稲葉稔）双葉文庫（2014）……………　57
◇請負い人阿郷十四郎（永井義男）祥伝社文
　庫………………………………………　275

うけお　作品名索引

請負い人阿郷十四郎 影の剣法（永井義男）祥
　伝社文庫（2002）……………………… 275
請負い人阿郷十四郎 示現流始末（永井義男）
　祥伝社文庫（2004）…………………… 275
請負い人阿郷十四郎 辻斬り始末（永井義男）
　祥伝社文庫（2003）…………………… 275
請負い人阿郷十四郎 用心棒始末（永井義男）
　祥伝社文庫（2005）…………………… 275
雨月の道（稲葉稔）幻冬舎時代小説文庫
　（2011）…………………………………… 50
雨後の月（早瀬詠一郎）コスミック・時代文庫
　（2015）………………………………… 313
うごめく陰謀（喜安幸夫）学研M文庫
　（2010）………………………………… 136
うごもつ蔵に捧げもて（結城光流）角川ビー
　ンズ文庫（2013）……………………… 421
◇右近隠密控え（三宅登茂子）廣済堂文庫 … 392
右近隠密控え 隠し仏（三宅登茂子）廣済堂文
　庫（2011）……………………………… 392
右近隠密控え 春雷の宴（三宅登茂子）廣済堂
　文庫（2011）…………………………… 392
右近の鰡背銀杏（早見俊）講談社文庫（2011）
　………………………………………… 316
右近百八人斬り（鳴海丈）光文社文庫（2010）
　………………………………………… 293
丑寅の鬼（平谷美樹）光文社文庫（2014）… 341
丑の刻参り（小杉健治）ハルキ文庫（2005）
　………………………………………… 159
丑の刻参り（鳥羽亮）徳間文庫（2003）… 267
丑三つの月（竹河聖）ハルキ文庫（2009）… 233
後見の月（佐伯泰英）ハルキ文庫（2014）… 182
薄毛の秋（風野真知雄）双葉文庫（2013）… 116
埋みの棘（佐伯泰英）ハルキ文庫（2006）… 181
埋みの棘（佐伯泰英）ハルキ文庫（2010）… 182
埋み火（浅野里沙子）光文社文庫（2011）… 12
埋み火（藤井邦夫）文春文庫（2012）…… 353
埋み火（藤井邦夫）ベスト時代文庫（2005）
　………………………………………… 354
埋火（うずみび）の如く（牧秀彦）学研M文庫
　（2011）………………………………… 366
薄闇の唄（風野真知雄）双葉文庫（2013）… 116
鶯（庄司圭太）光文社文庫（2005）…… 207
うそうそ（畠中恵）新潮文庫（2008）…… 304
嘘つき（風野真知雄）幻冬舎時代小説文庫
　（2012）………………………………… 110
嘘つき閻魔（早見俊）ハルキ文庫（2009）… 321
うそつきの涙（霜月りつ）コスミック・時代文
　庫（2016）……………………………… 205
うそつき無用（沖田正午）祥伝社文庫（2013）
　…………………………………………… 94
◇嘘屋絵師（村咲数馬）だいわ文庫 ……… 399

嘘屋絵師 鶴寿必殺狂歌送り（村咲数馬）だい
　わ文庫（2008）………………………… 399
嘘屋絵師 金四郎必殺大刀返し（村咲数馬）だ
　いわ文庫（2008）……………………… 399
嘘屋絵師 国芳必殺絵巻流し（村咲数馬）だい
　わ文庫（2008）………………………… 399
うたかたの恋（小杉健治）朝日時代小説文庫
　（2016）………………………………… 154
歌川国芳猫づくし（風野真知雄）文春文庫
　（2016）………………………………… 118
疑わしき男（稲葉稔）文春文庫（2016）… 57
宴のあと（聖龍人）コスミック・時代文庫
　（2012）………………………………… 336
◇討たせ屋喜兵衛（中里融司）ハルキ文庫 … 279
討たせ屋喜兵衛 斬奸剣（中里融司）ハルキ文
　庫（2002）……………………………… 279
討たせ屋喜兵衛 秘剣稲妻（中里融司）ハルキ
　文庫（2003）…………………………… 279
討たせ屋喜兵衛 秘剣陽炎（中里融司）ハルキ
　文庫（2004）…………………………… 279
討たせ屋喜兵衛 黎明の剣（中里融司）ハルキ
　文庫（2006）…………………………… 279
討たせ屋喜兵衛 浪士討ち入り（中里融司）ハ
　ルキ文庫（2005）……………………… 279
◇うだつ屋智右衛門縁起帳（井川香四郎）光
　文社文庫 ……………………………… 31
うだつ屋智右衛門縁起帳（井川香四郎）光文
　社文庫（2012）………………………… 31
うだつ屋智右衛門縁起帳2 恋知らず（井川香
　四郎）光文社文庫（2013）…………… 31
討ち入り非情 →真伝忠臣蔵（喜安幸夫）学研
　M文庫（2007）………………………… 137
討ち入り非情（喜安幸夫）コスミック・時代文
　庫（2003）……………………………… 139
打ち壊し（千野隆司）光文社文庫（2013）… 243
討ちて候 上（門田泰明）祥伝社文庫（2010）
　………………………………………… 123
討ちて候 下（門田泰明）祥伝社文庫（2010）
　………………………………………… 123
内山良休（大島昌宏）人物文庫（2012）… 88
雨中の決闘（藤井龍）コスミック・時代文庫
　（2016）………………………………… 355
雨中の死闘（鳥羽亮）文春文庫（2016）… 272
美しき魔方陣（鳴海風）小学館文庫（2007）
　………………………………………… 297
うつけ奇剣（鳥羽亮）双葉文庫（2013）… 271
うつけの采配　上（中路啓太）中公文庫
　（2014）………………………………… 280
うつけの采配　下（中路啓太）中公文庫
　（2014）………………………………… 280
虚けの舞（伊東潤）講談社文庫（2013）……… 47

虚け者 (藤井邦夫) 文春文庫 (2013) ‥‥‥‥ 353
うつけ者の値打ち (辻堂魁) 祥伝社文庫
（2016）‥‥‥‥‥‥‥‥‥‥‥‥‥‥‥‥ 252
◇うつけ与力事件帖 (芦川淳一) 学研M文庫
‥‥‥‥‥‥‥‥‥‥‥‥‥‥‥‥‥‥‥‥ 15
うつけ与力事件帖 皐月の空 (芦川淳一) 学研
M文庫 (2009) ‥‥‥‥‥‥‥‥‥‥‥‥ 15
うつけ与力事件帖 初恋のゆくえ (芦川淳一)
学研M文庫 (2010) ‥‥‥‥‥‥‥‥‥ 15
うつけ与力事件帖 身代わり娘 (芦川淳一) 学
研M文庫 (2011) ‥‥‥‥‥‥‥‥‥‥‥ 15
うつけ与力事件帖 娘の敵討ち (芦川淳一) 学
研M文庫 (2010) ‥‥‥‥‥‥‥‥‥‥‥ 15
写し絵 (井川香四郎) 祥伝社文庫 (2008) ‥‥ 33
写し絵殺し (庄司圭太) 光文社文庫 (2007)
‥‥‥‥‥‥‥‥‥‥‥‥‥‥‥‥‥‥‥‥ 208
うつし花 (今井絵美子) 徳間文庫 (2014) ‥‥ 63
空蟬 元御庭番半九郎影仕置 (笠岡治次) コス
ミック・時代文庫 (2014) ‥‥‥‥‥‥ 104
空蟬の刻 (とき) (小杉健治) 二見時代小説文
庫 (2015) ‥‥‥‥‥‥‥‥‥‥‥‥‥‥ 161
空蟬ノ念 (佐伯泰英) 双葉文庫 (2014) ‥‥‥ 185
うつつの夢に鎮めの歌を (結城光流) 角川ビー
ンズ文庫 (2003) ‥‥‥‥‥‥‥‥‥‥‥ 420
空ろ蟬 (藤井邦夫) 文春文庫 (2012) ‥‥‥‥ 353
空ろ蟬 (藤井邦夫) ベスト時代文庫 (2005)
‥‥‥‥‥‥‥‥‥‥‥‥‥‥‥‥‥‥‥‥ 354
虚ろ舟 (宇江佐真理) 講談社文庫 (2013) ‥‥ 70
腕試しの辻 (鈴木英治) 双葉文庫 (2010) ‥‥ 217
打てや叩けや源平物怪合戦 (東郷隆) 光文社
文庫 (2007) ‥‥‥‥‥‥‥‥‥‥‥‥‥ 255
善知鳥伝説闇小町 (山内美樹子) 光文社文庫
（2007）‥‥‥‥‥‥‥‥‥‥‥‥‥‥‥ 413
◇独活の丙内密命録 (幡大介) 竹書房時代小
説文庫 ‥‥‥‥‥‥‥‥‥‥‥‥‥‥‥‥ 325
独活の丙内密命録 暗鬼狩りの豪刀 (幡大介)
竹書房時代小説文庫 (2010) ‥‥‥‥‥ 326
独活の丙内密命録 大奥の修羅 (幡大介) 竹書
房時代小説文庫 (2010) ‥‥‥‥‥‥‥ 326
独活の丙内密命録 公家断ちの凶刃 (幡大介)
竹書房時代小説文庫 (2011) ‥‥‥‥‥ 326
独活の丙内密命録 咎斬りの太刀 (幡大介) 竹
書房時代小説文庫 (2009) ‥‥‥‥‥‥ 325
独活の丙内密命録 奉行討ちの懐剣 (幡大介)
竹書房時代小説文庫 (2010) ‥‥‥‥‥ 326
唸る長刀 (谷津矢車) 幻冬舎時代小説文庫
（2014）‥‥‥‥‥‥‥‥‥‥‥‥‥‥‥ 411
己惚れの記 (中路啓太) 講談社文庫 (2012)
‥‥‥‥‥‥‥‥‥‥‥‥‥‥‥‥‥‥‥‥ 280
己惚れの砦 →己惚れの記 (中路啓太) 講談社
文庫 (2012) ‥‥‥‥‥‥‥‥‥‥‥‥‥ 280

卯之吉江戸に還る (幡大介) 双葉文庫 (2016)
‥‥‥‥‥‥‥‥‥‥‥‥‥‥‥‥‥‥‥‥ 327
卯之吉子守唄 (幡大介) 双葉文庫 (2012) ‥‥ 327
姥捨ノ郷 (佐伯泰英) 双葉文庫 (2011) ‥‥‥ 184
うぶすな参り (佐伯泰英) ハルキ文庫 (2013)
‥‥‥‥‥‥‥‥‥‥‥‥‥‥‥‥‥‥‥‥ 182
◇うぽっぽ同心十手裁き (坂岡真) 徳間文庫
‥‥‥‥‥‥‥‥‥‥‥‥‥‥‥‥‥‥‥‥ 190
うぽっぽ同心十手裁き 狩り蜂 (坂岡真) 徳間
文庫 (2010) ‥‥‥‥‥‥‥‥‥‥‥‥‥ 190
うぽっぽ同心十手裁き 捨て蜻蛉 (坂岡真) 徳
間文庫 (2012) ‥‥‥‥‥‥‥‥‥‥‥‥ 190
うぽっぽ同心十手裁き ふくろ蜘蛛 (坂岡真)
徳間文庫 (2011) ‥‥‥‥‥‥‥‥‥‥‥ 190
うぽっぽ同心十手裁き まいまいつむろ (坂岡
真) 徳間文庫 (2010) ‥‥‥‥‥‥‥‥‥ 190
うぽっぽ同心十手裁き 迷い蝶 (坂岡真) 徳間
文庫 (2013) ‥‥‥‥‥‥‥‥‥‥‥‥‥ 190
うぽっぽ同心十手裁き 蓑虫 (坂岡真) 徳間文
庫 (2009) ‥‥‥‥‥‥‥‥‥‥‥‥‥‥ 190
◇うぽっぽ同心十手綴り (坂岡真) 徳間文庫
‥‥‥‥‥‥‥‥‥‥‥‥‥‥‥‥‥‥‥‥ 189
うぽっぽ同心十手綴り (坂岡真) 徳間文庫
（2005）‥‥‥‥‥‥‥‥‥‥‥‥‥‥‥ 189
うぽっぽ同心十手綴り 凍て雲 (坂岡真) 徳間
文庫 (2006) ‥‥‥‥‥‥‥‥‥‥‥‥‥ 190
うぽっぽ同心十手綴り 女殺し坂 (坂岡真) 徳
間文庫 (2006) ‥‥‥‥‥‥‥‥‥‥‥‥ 190
うぽっぽ同心十手綴り かじけ鳥 (坂岡真) 徳
間文庫 (2007) ‥‥‥‥‥‥‥‥‥‥‥‥ 190
うぽっぽ同心十手綴り 恋文ながし (坂岡真)
徳間文庫 (2006) ‥‥‥‥‥‥‥‥‥‥‥ 189
うぽっぽ同心十手綴り 藪雨 (坂岡真) 徳間文
庫 (2007) ‥‥‥‥‥‥‥‥‥‥‥‥‥‥ 190
うぽっぽ同心十手綴り 病み蛍 (坂岡真) 徳間
文庫 (2007) ‥‥‥‥‥‥‥‥‥‥‥‥‥ 190
海灯り (井川香四郎) 双葉文庫 (2009) ‥‥ 36
海鳴 (和久田正明) 双葉文庫 (2006) ‥‥‥‥ 437
海の牙 (和久田正明) 廣済堂文庫 (2010) ‥‥ 434
海光る (井川香四郎) 幻冬舎時代小説文庫
（2013）‥‥‥‥‥‥‥‥‥‥‥‥‥‥‥ 29
海山の幸 (倉阪鬼一郎) 角川文庫 (2013) ‥‥ 145
海よかもめよ (水田勁) 双葉文庫 (2014) ‥‥ 380
海より深し (岡本さとる) 祥伝社文庫 (2012)
‥‥‥‥‥‥‥‥‥‥‥‥‥‥‥‥‥‥‥‥ 91
梅灯り (藤原緋沙子) 祥伝社文庫 (2009) ‥‥ 361
梅咲きぬ (山本一力) 文春文庫 (2007) ‥‥‥ 416
梅の香 (今井絵美子) ハルキ文庫 (2010) ‥‥ 65
◇裏江戸探索帖 (鈴木英治) ハルキ文庫 ‥‥ 216
裏江戸探索帖 悪銭 (鈴木英治) ハルキ文庫
（2012）‥‥‥‥‥‥‥‥‥‥‥‥‥‥‥ 216

うらえ　　作品名索引

裏江戸探索帖 犬の尾 (鈴木英治) ハルキ文庫
　(2014) ·········· 216
裏江戸探索帖 決戦、友へ (鈴木英治) ハルキ
　文庫 (2016) ·········· 216
裏江戸探索帖 刃引き刀の男 (鈴木英治) ハル
　キ文庫 (2015) ·········· 216
◇裏お庭番探索控 (宮城賢秀) 光文社文庫 ········ 386
裏お庭番探索控 2 将軍暗殺 (宮城賢秀) 光文
　社文庫 (2000) ·········· 386
裏お庭番探索控 3 斬殺指令 (宮城賢秀) 光文
　社文庫 (2000) ·········· 386
裏お庭番探索控 4 公儀隠密行 (宮城賢秀) 光
　文社文庫 (2001) ·········· 386
裏お庭番探索控 5 隠密影始末 (宮城賢秀) 光
　文社文庫 (2002) ·········· 386
裏お庭番探索控 将軍の密偵 (宮城賢秀) 光文
　社文庫 (2000) ·········· 386
裏稼ぎ (宮城賢秀) 学研M文庫 (2010) ········ 383
◇裏火盗罪科帖 (吉田雄亮) 光文社文庫 ········· 424
裏火盗罪科帖 2 夜叉裁き (吉田雄亮) 光文社
　文庫 (2003) ·········· 424
裏火盗罪科帖 3 龍神裁き (吉田雄亮) 光文社
　文庫 (2004) ·········· 424
裏火盗罪科帖 4 鬼道裁き (吉田雄亮) 光文社
　文庫 (2004) ·········· 424
裏火盗罪科帖 5 閻魔裁き (吉田雄亮) 光文社
　文庫 (2005) ·········· 424
裏火盗罪科帖 6 観音裁き (吉田雄亮) 光文社
　文庫 (2005) ·········· 424
裏火盗罪科帖 7 火怨裁き (吉田雄亮) 光文社
　文庫 (2007) ·········· 424
裏火盗罪科帖 8 転生裁き (吉田雄亮) 光文社
　文庫 (2008) ·········· 424
裏火盗罪科帖 9 陽炎裁き (吉田雄亮) 光文社
　文庫 (2008) ·········· 424
裏火盗罪科帖 10 夢幻裁き (吉田雄亮) 光文社
　文庫 (2009) ·········· 424
裏火盗罪科帖 修羅裁き (吉田雄亮) 光文社文
　庫 (2002) ·········· 424
裏切った女 (冴雄一郎) 小学館文庫 (2011)
　·········· 162
裏鬼門の変 (鈴木英治) 双葉文庫 (2010) ····· 217
裏切り (鳥羽亮) 文春文庫 (2013) ·········· 272
裏切り (藤井邦夫) 双葉文庫 (2014) ·········· 352
裏切り (藤井邦夫) 二見時代小説文庫 (2010)
　·········· 352
裏切りに啼く (牧秀彦) ベスト時代文庫
　(2007) ·········· 371
裏切りの関ケ原 上 (近衛龍春) 日経文芸文庫
　(2015) ·········· 163

裏切りの関ケ原 下 (近衛龍春) 日経文芸文庫
　(2015) ·········· 163
裏切りの夏祭り (聖龍人) コスミック・時代文
　庫 (2015) ·········· 336
裏切りの雪 (花家圭太郎) 徳間文庫 (2011)
　·········· 307
裏切り者 (小杉健治) ハルキ文庫 (2009) ····· 160
裏切り涼山 (中路啓太) 講談社文庫 (2010)
　·········· 280
裏小路しぐれ傘 (えとう乱星) 学研M文庫
　(2005) ·········· 84
うら獄門 (和久田正明) 廣済堂文庫 (2012)
　·········· 434
◇裏十手からくり草紙 (早瀬詠一郎) 講談社
　文庫 ·········· 313
裏十手からくり草紙 早烏 (早瀬詠一郎) 講談
　社文庫 (2008) ·········· 313
裏十手からくり草紙 つげの箸 (早瀬詠一郎)
　講談社文庫 (2009) ·········· 313
裏始末御免 (井川香四郎) 光文社文庫 (2015)
　·········· 31
裏店とんぼ (稲葉稔) 光文社文庫 (2005) ······ 52
◇占い同心鬼堂民斎 (風野真知雄) 祥伝社文
　庫 ·········· 113
占い同心鬼堂民斎 1 当たらぬが八卦 (風野真知
　雄) 祥伝社文庫 (2014) ·········· 113
占い同心鬼堂民斎 2 女難の相あり (風野真知
　雄) 祥伝社文庫 (2014) ·········· 113
占い同心鬼堂民斎 3 待ち人来たるか (風野真
　知雄) 祥伝社文庫 (2015) ·········· 113
占い同心鬼堂民斎 4 笑う奴ほどよく盗む (風
　野真知雄) 祥伝社文庫 (2016) ·········· 113
占い屋重四郎江戸手控え (池永陽) 徳間文庫
　(2012) ·········· 39
裏長屋のお殿さま (飯野笙子) コスミック・時
　代文庫 (2015) ·········· 27
烏刺奴斯の闇 (築山桂) 幻冬舎時代小説文庫
　(2012) ·········· 248
◇浦之助手留帳 (六道慧) 双葉文庫 ·········· 430
浦之助手留帳 霧しぐれ (六道慧) 双葉文庫
　(2004) ·········· 430
浦之助手留帳 小夜嵐 (六道慧) 双葉文庫
　(2005) ·········· 431
浦之助手留帳 花も花なれ (六道慧) 双葉文庫
　(2004) ·········· 430
浦之助手留帳 夢のあかり (六道慧) 双葉文庫
　(2005) ·········· 430
うらぶれ侍 (稲葉稔) 光文社文庫 (2007) ······ 52
裏町奉行闇仕置黒州裁き (倉阪鬼一郎) ベス
　ト時代文庫 (2012) ·········· 148
怨み河岸 (鳥羽亮) 実業之日本社文庫 (2013)
　·········· 265

作品名索引　　　　　　　　　　えいし

恨みからくり（聖龍人）学研M文庫（2009）
　……………………………………… *334*
恨み骨髄（坂岡真）祥伝社文庫（2010）…… *189*
恨み猫（風野真知雄）コスミック・時代文庫
　（2008）…………………………… *112*
うらみ橋（鳥羽亮）ハルキ文庫（2010）…… *269*
うらみ笛（早見俊）コスミック・時代文庫
　（2009）…………………………… *317*
裏目付犯科帳（宮城賢秀）廣済堂文庫（2001）
　……………………………………… *385*
裏目付犯科帳（宮城賢秀）コスミック・時代文
　庫（2004）………………………… *387*
◇裏門切手番頭秘抄（福原俊彦）富士見新時
　代小説文庫 ………………………… *345*
裏門切手番頭秘抄 1 青雲ノ閃（福原俊彦）富
　士見新時代小説文庫（2014）……… *345*
裏門切手番頭秘抄 2 紫電ノ兆（福原俊彦）富
　士見新時代小説文庫（2014）……… *345*
裏門切手番頭秘抄 3 暁天ノ斗（福原俊彦）富
　士見新時代小説文庫（2015）……… *345*
◇裏柳生探索帳（宮城賢秀）学研M文庫 …… *383*
裏 柳 生 探 索 帳（宮 城 賢 秀）学 研M文庫
　（2011）…………………………… *383*
裏柳生探索帳 身代わり（宮城賢秀）学研M文
　庫（2012）………………………… *383*
裏柳生探索帳 柳生狩り（宮城賢秀）学研M文
　庫（2012）………………………… *383*
売られた女房（木乃甲）学研M文庫（2011）
　……………………………………… *135*
瓜子姫の艶文（坂東眞砂子）中公文庫（2016）
　……………………………………… *329*
瓜ふたつ（鳥羽亮）双葉文庫（2008）……… *271*
閏月の嵐（千野隆司）ハルキ文庫（2014）… *245*
麗しき花実（乙川優三郎）朝日文庫（2013）
　……………………………………… *99*
愁いの波に揺れ惑え（結城光流）角川ビーン
　ズ文庫（2008）…………………… *420*
烏鷺（佐伯泰英）祥伝社文庫（2007）……… *177*
烏鷺　飛鳥山黒白（佐伯泰英）祥伝社文庫
　（2016）…………………………… *178*
うろこ雲（稲葉稔）光文社文庫（2006）……… *52*
鱗や繁盛記（西条奈加）新潮文庫（2016）… *170*
◇うろつき同心勘久郎鬼刀始末（関根聖）富
　士見新時代小説文庫 ……………… *220*
うろつき同心勘久郎鬼刀始末（関根聖）富士
　見新時代小説文庫（2013）………… *220*
うろつき同心勘久郎鬼刀始末 2 暗夜行（関根
　聖）富士見新時代小説文庫（2014）… *220*
うろつき同心勘久郎鬼刀始末 3 陽炎鷹（関根
　聖）富士見新時代小説文庫（2014）… *220*
うろんもの（朝松健）光文社文庫（2014）…… *14*

◇うわばみ勘兵衛（中岡潤一郎）コスミック・
　時代文庫 …………………………… *277*
うわばみ勘兵衛〔2〕酔月の決闘（中岡潤一
　郎）コスミック・時代文庫（2016）… *277*
うわばみ勘兵衛 将軍の居酒屋（中岡潤一郎）
　コスミック・時代文庫（2015）…… *277*
◇うわん（小松エメル）光文社文庫 ……… *167*
うわん〔2〕流れ医師と黒魔の影（小松エメ
　ル）光文社文庫（2015）…………… *167*
うわん〔3〕九九九番目の妖（小松エメル）
　光文社文庫（2016）……………… *167*
うわん 七つまでは神のうち（小松エメル）光
　文社文庫（2013）………………… *167*
雲海の城（井川香四郎）徳間文庫（2013）…… *35*
運気をつかめ！（沖田正午）二見時代小説文
　庫（2015）…………………………… *96*
運命師降魔伝（小沢章友）双葉文庫（2014）
　……………………………………… *98*
運命の子（鷹井伶）コスミック・時代文庫
　（2016）…………………………… *222*
運命のひと（風野真知雄）角川文庫（2014）
　……………………………………… *109*
雲竜（鳥羽亮）角川文庫（2012）…………… *260*

【 え 】

栄華の夢（井川香四郎）徳間文庫（2011）…… *34*
◇栄次郎江戸暦（小杉健治）二見時代小説文
　庫 …………………………………… *161*
栄次郎江戸暦 2 間合い（小杉健治）二見時代
　小説文庫（2007）………………… *161*
栄次郎江戸暦 3 見切り（小杉健治）二見時代
　小説文庫（2008）………………… *161*
栄次郎江戸暦 4 残心（小杉健治）二見時代小
　説文庫（2009）…………………… *161*
栄次郎江戸暦 5 なみだ旅（小杉健治）二見時
　代小説文庫（2010）……………… *161*
栄次郎江戸暦 6 春情の剣（小杉健治）二見時
　代小説文庫（2011）……………… *161*
栄次郎江戸暦 7 神田川斬殺始末（小杉健治）
　二見時代小説文庫（2012）………… *161*
栄次郎江戸暦 8 明烏の女（小杉健治）二見時
　代小説文庫（2012）……………… *161*
栄次郎江戸暦 9 火盗改めの辻（小杉健治）二
　見時代小説文庫（2013）…………… *161*
栄次郎江戸暦 10 大川端密会宿（小杉健治）二
　見時代小説文庫（2013）…………… *161*
栄次郎江戸暦 11 秘剣音無し（小杉健治）二見
　時代小説文庫（2013）…………… *161*

歴史時代小説文庫総覧 現代の作家　**469**

栄次郎江戸暦 12 永代橋哀歌（小杉健治）二見
　　時代小説文庫（2014）……………… 161
栄次郎江戸暦 13 老剣客（小杉健治）二見時代
　　小説文庫（2015）……………………… 161
栄次郎江戸暦 14 空蝉の刻（とき）（小杉健治）
　　二見時代小説文庫（2015）………… 161
栄次郎江戸暦 15 涙雨の刻（とき）（小杉健治）
　　二見時代小説文庫（2016）………… 161
栄次郎江戸暦 16 闇仕合 上（小杉健治）二見
　　時代小説文庫（2016）………………… 161
栄次郎江戸暦 浮世唄三味線侍（小杉健治）二
　　見時代小説文庫（2006）……………… 161
永代橋哀歌（小杉健治）二見時代小説文庫
　　（2014）………………………………… 161
永代橋、陽炎立つ（千野隆司）双葉文庫
　　（2001）………………………………… 246
永代橋の女（千野隆司）学研M文庫（2009）
　　……………………………………………… 241
えいびあん先生事件控（永井義男）学研M文
　　庫（2008）……………………………… 274
ええもんひとつ（山本兼一）文春文庫（2012）
　　……………………………………………… 418
◇絵師金蔵闇の道しるべ（安芸宗一郎）双葉
　　文庫 ……………………………………… 3
絵師金蔵闇の道しるべ 黒幕（安芸宗一郎）双
　　葉文庫（2015）………………………… 4
絵師金蔵闇の道しるべ 奈落（安芸宗一郎）双
　　葉文庫（2015）………………………… 3
絵師金蔵闇の道しるべ 能面（安芸宗一郎）双
　　葉文庫（2015）………………………… 3
えじゃないか（出久根達郎）中公文庫（2002）
　　……………………………………………… 254
越前宰相秀康（梓沢要）文春文庫（2013）…… 19
謁見（佐伯泰英）講談社文庫（2010）……… 172
越州新潟鷹揚剣（宮城賢秀）廣済堂文庫
　　（1998）………………………………… 384
悦楽忍者大奥狩り（原田真介）廣済堂文庫
　　（2003）………………………………… 323
江戸あやかし舟（竹河聖）双葉文庫（2004）
　　……………………………………………… 233
江戸あわび（和田はつ子）ハルキ文庫（2016）
　　……………………………………………… 442
◇江戸色里草紙（永井義男）学研M文庫 …… 274
江戸色里草紙 鬼武迷惑剣（永井義男）学研M
　　文庫（2004）…………………………… 274
江戸色里草紙 鬼武迷惑剣仮宅雀（永井義男）
　　学研M文庫（2004）…………………… 274
江戸裏御用帖（小杉健治）角川文庫（2013）
　　……………………………………………… 154
江戸裏日月抄（小杉健治）角川文庫（2015）
　　……………………………………………… 155

江戸裏抜荷記（小杉健治）角川文庫（2014）
　　……………………………………………… 155
江戸裏枕絵噺（小杉健治）角川文庫（2014）
　　……………………………………………… 154
江戸裏吉原ύ（小杉健治）角川文庫（2014）
　　……………………………………………… 155
江戸への嵐道（喜安幸夫）ベスト時代文庫
　　（2009）………………………………… 141
江戸狼奇談（永井義男）ノン・ポシェット
　　（1998）………………………………… 275
江戸・尾張放火事件（池端洋介）だいわ文庫
　　（2009）………………………………… 40
江戸家老暗殺秘命（池端洋介）ベスト時代文
　　庫（2005）……………………………… 41
江戸菊美人（和田はつ子）小学館文庫（2011）
　　……………………………………………… 440
江戸群炎記 →火の砦 上（大久保智弘）二見時
　　代小説文庫（2012）…………………… 88
江戸群炎記 →火の砦 下（大久保智弘）二見時
　　代小説文庫（2012）…………………… 88
江戸剣客遊戯 1 侍ふたり、跳ねて候（荻野目
　　悠樹）富士見新時代小説文庫（2014）…… 97
江戸剣客遊戯 2 侍ふたり、暴れて候（荻野目
　　悠樹）富士見新時代小説文庫（2014）…… 97
えどさがし（畠中恵）新潮文庫（2014）…… 305
江戸出府（稲葉稔）角川文庫（2016）……… 50
◇江戸城案内仕る（北川哲史）コスミック・時
　　代文庫 ………………………………… 134
江戸城案内仕る〔2〕上様と大老（北川哲史）
　　コスミック・時代文庫（2015）……… 134
江戸城案内仕る 将軍の朋友（北川哲史）コス
　　ミック・時代文庫（2015）…………… 134
江戸城御駕籠台（早見俊）だいわ文庫（2008）
　　……………………………………………… 319
江戸城奇譚（風野真知雄）角川文庫（2015）
　　……………………………………………… 109
江戸城仰天（風野真知雄）実業之日本社文庫
　　（2015）………………………………… 113
江戸城御金蔵破り（黒崎裕一郎）徳間文庫
　　（2004）………………………………… 151
江戸城大変 →陰陽の城（磐紀一郎）ベスト時
　　代文庫（2006）………………………… 325
江戸城の御厄介介様（飯島一次）富士見新時代
　　小説文庫（2015）……………………… 25
江戸城の闇（佐々木裕一）コスミック・時代文
　　庫（2015）……………………………… 196
江戸城某重大事件（北川哲史）静山社文庫
　　（2010）………………………………… 134
江戸騒擾（宮城賢秀）幻冬舎文庫（2001）…… 384
江戸騒乱（宮城賢秀）コスミック・時代文庫
　　（2005）………………………………… 387

江戸っ娘事件帖（鳴海丈）学研M文庫
（2013）……………………………… *290*

江戸ながれ人（水田勁）双葉文庫（2014）…… *380*

江戸の哀花（小杉健治）集英社文庫（2001）
……………………………………… *157*

江戸の陰陽師（聖龍人）宝島社文庫（2014）
……………………………………… *337*

江戸の風花（鳥羽亮）双葉文庫（2006）……… *272*

◇江戸のご隠居意見番（岳真也）学研M文庫
……………………………………… *102*

江戸のご隠居意見番 恋しぐれ（岳真也）学研
M文庫（2012）…………………… *102*

江戸のご隠居意見番 小春びより（岳真也）学
研M文庫（2012）………………… *102*

江戸の茶碗（中島要）祥伝社文庫（2015）…… *281*

江戸の角隠し（鈴木英治）徳間文庫（2015）
……………………………………… *215*

江戸のつむじ風（高妻秀樹）学研M文庫
（2011）……………………………… *153*

江戸の蛍（曽田博久）ハルキ文庫（2009）…… *221*

◇江戸の闇鴉（向谷匡史）ベスト時代文庫 …… *397*

江戸の闇鴉（向谷匡史）ベスト時代文庫
（2007）……………………………… *397*

江戸の闇鴉 検校の首（向谷匡史）ベスト時代
文庫（2007）……………………… *397*

江戸の義経（早見俊）コスミック・時代文庫
（2012）……………………………… *317*

◇江戸の六文銭（藤村与一郎）廣済堂文庫 …… *356*

江戸の六文銭（藤村与一郎）廣済堂文庫
（2010）……………………………… *356*

江戸の六文銭 天馬の賑戸（藤村与一郎）廣済
堂文庫（2011）…………………… *356*

江戸の六文銭 葉月の縁談（藤村与一郎）廣済
堂文庫（2011）…………………… *356*

江戸の若様 →お江戸の若様（高橋三千綱）双
葉文庫（2004）…………………… *227*

江戸橋慕情（稲葉稔）光文社文庫（2008）…… *52*

江戸ふしぎ女繰り（雑賀俊一郎）学研M文庫
（2008）……………………………… *169*

江戸へ吹く風 →崖っぷち侍（岩井三四二）文
春文庫（2015）…………………… *68*

江戸前祝い膳（倉阪鬼一郎）二見時代小説文
庫（2015）………………………… *148*

江戸前しののめ飯（嵯峨野晶）学研M文庫
（2011）……………………………… *193*

江戸前七つ星（嵯峨野晶）学研M文庫
（2011）……………………………… *193*

◇江戸町奉行所吟味控（植松三十里）双葉文
庫 ………………………………… *80*

江戸町奉行所吟味控 半鐘（植松三十里）双葉
文庫（2011）……………………… *80*

江戸町奉行所吟味控 比翼塚（植松三十里）双
葉文庫（2011）…………………… *80*

江戸娘、店主となる（平谷美樹）白泉社招き猫
文庫（2015）……………………… *342*

◇江戸屋敷渡り女中お家騒動記（桑島かおり）
だいわ文庫 ……………………… *152*

江戸屋敷渡り女中お家騒動記 花嫁衣裳（桑島
かおり）だいわ文庫（2015）…… *152*

江戸屋敷渡り女中お家騒動記 祭の甘酒（桑島
かおり）だいわ文庫（2015）…… *152*

江戸闇からくり（羽太雄平）学研M文庫
（2004）……………………………… *303*

江戸闇小路（羽太雄平）廣済堂文庫（1998）
……………………………………… *303*

江戸闇草紙（羽太雄平）学研M文庫（2001）
……………………………………… *303*

江戸は負けず（倉阪鬼一郎）二見時代小説文
庫（2014）………………………… *148*

縁の糸（今井絵美子）徳間文庫（2012）……… *63*

縁の剣（鳥羽亮）幻冬舎文庫（2013）………… *262*

恵方の風（千野隆司）双葉文庫（2013）……… *246*

衣紋坂の時雨（浅黄斑）ハルキ文庫（2007）
……………………………………… *6*

遠霞ノ峠（佐伯泰英）双葉文庫（2004）……… *183*

えんがわ尽くし（和田はつ子）ハルキ文庫
（2015）……………………………… *442*

怨鬼の剣（鈴木英治）ハルキ文庫（2002）…… *215*

縁切り坂（辻堂魁）学研M文庫（2013）……… *250*

縁切り橋（井川香四郎）光文社文庫（2015）
……………………………………… *31*

縁切り橋（井川香四郎）ベスト時代文庫
（2004）……………………………… *38*

縁切り花（藍川慶次郎）双葉文庫（2008）……… *1*

縁切柳（吉田雄亮）祥伝社文庫（2010）……… *425*

縁切り屋要介入情控1（藤村与一郎）富士見新
時代小説文庫（2014）…………… *358*

烟月棲愴（荒崎一海）祥伝社文庫（2013）…… *23*

遠国からの友（鳥羽亮）幻冬舎文庫（2012）
……………………………………… *262*

冤罪 →奈落（小杉健治）講談社文庫（2003）
……………………………………… *155*

円周率を計算した男（鳴海風）新人物文庫
（2009）……………………………… *297*

円周率を計算した男 →和算の侍（鳴海風）新
潮文庫（2016）…………………… *297*

炎上（佐伯泰英）光文社文庫（2007）………… *174*

炎上（松本賢吾）徳間文庫（2007）…………… *378*

艶色五十三次 若殿様女人修業篇（鳴海丈）徳
間文庫（1998）…………………… *295*

艶色五十三次 若殿様美女づくし篇（鳴海丈）
徳間文庫（1998）………………… *295*

えんし 作品名索引

艶色美女ちぎり(鳴海丈)学研M文庫
(2013) ……………………… 291

艶色美女ちらし(鳴海丈)学研M文庫
(2012) ……………………… 290

艶色美女やぶり(鳴海丈)学研M文庫
(2011) ……………………… 290

艶色美女やぶり →若殿はつらいよ(鳴海丈)
コスミック・時代文庫(2016) ……… 293

艶色美女やぶり →若殿はつらいよ 〔2〕(鳴
海丈)コスミック・時代文庫(2016) … 294

炎暑に奔る(早見俊)ハルキ文庫(2013) …… 321

◇炎四郎外道剣(鳴海丈)光文社文庫 ……… 292

◇炎四郎外道剣(鳴海丈)桃園文庫 ……… 294

炎四郎外道剣(鳴海丈)桃園文庫(1998) … 294

炎四郎外道剣 2 邪淫殺法(鳴海丈)桃園文庫
(1998) ……………………… 294

炎四郎外道剣 3 魔像狩り(鳴海丈)桃園文庫
(1998) ……………………… 294

炎四郎外道剣 血涙篇(鳴海丈)光文社文庫
(2002) ……………………… 292

炎四郎外道剣 非情篇(鳴海丈)光文社文庫
(2002) ……………………… 292

炎四郎外道剣 魔像篇(鳴海丈)光文社文庫
(2002) ……………………… 292

炎四郎外道剣 血涙篇 →炎四郎無頼剣 淫殺篇
(鳴海丈)文芸社文庫(2015) ……… 296

炎四郎外道剣 非情篇 →炎四郎無頼剣 艶情篇
(鳴海丈)文芸社文庫(2015) ……… 296

炎四郎外道剣 魔像篇 →炎四郎無頼剣 魔姦篇
(鳴海丈)文芸社文庫(2016) ……… 296

◇炎四郎無頼剣(鳴海丈)文芸社文庫 ……… 296

炎四郎無頼剣 淫殺篇(鳴海丈)文芸社文庫
(2015) ……………………… 296

炎四郎無頼剣 艶情篇(鳴海丈)文芸社文庫
(2015) ……………………… 296

炎四郎無頼剣 魔姦篇(鳴海丈)文芸社文庫
(2016) ……………………… 296

縁談(小杉健治)ハルキ文庫(2012) ……… 160

縁談つぶし(芦川淳一)ハルキ文庫(2012)
……………………… 17

圓朝語り →圓朝謎語り(稲葉稔)徳間文庫
(2013) ……………………… 55

圓朝謎語り(稲葉稔)徳間文庫(2013) ……… 55

円朝なぞ解きばなし(和田はつ子)ハルキ文
庫(2015) ……………………… 443

円朝の女(松井今朝子)文春文庫(2012) …… 375

炎天華の惨刀(翔田寛)小学館文庫(2010)
……………………… 210

炎天の刺客(坂岡真)学研M文庫(2005) …… 186

炎天の刺客 →鬼役 2(坂岡真)光文社文庫
(2012) ……………………… 188

炎天の雪 上(諸田玲子)集英社文庫(2013)
……………………… 406

炎天の雪 下(諸田玲子)集英社文庫(2013)
……………………… 406

遠謀(佐伯泰英)祥伝社文庫(2006) ……… 176

遠謀(佐伯泰英)祥伝社文庫(2016) ……… 178

遠謀 →完本密命 巻之14(佐伯泰英)祥伝社文
庫(2016) ……………………… 178

閻魔裁き 1 寺社奉行脇坂閻魔見参!(風野真
知雄)(2016) ……………………… 115

閻魔裁き 2 雨乞いの美女が消えた(風野真知
雄)時代小説文庫(2016) ……… 112

閻魔裁き(吉田雄亮)光文社文庫(2005) …… 424

◇閻魔亭事件草紙(藤井邦夫)幻冬舎文庫 … 347

閻魔亭事件草紙 夏は陽炎(藤井邦夫)幻冬舎
文庫(2008) ……………………… 347

閻魔亭事件草紙 迷い花(藤井邦夫)幻冬舎文
庫(2009) ……………………… 347

閻魔亭事件草紙 婚養子(藤井邦夫)幻冬舎文
庫(2010) ……………………… 347

◇えんま同心慶次郎(飯野笙子)コスミック・
時代文庫 ……………………… 26

えんま同心慶次郎 恋ちどり(飯野笙子)コス
ミック・時代文庫(2009) ……… 26

閻魔堂の女(鳥羽亮)徳間文庫(2003) ……… 267

閻魔の刀(井川香四郎)祥伝社文庫(2008)
……………………… 33

閻魔の女房(沖田正午)二見時代小説文庫
(2016) ……………………… 97

閻魔の世直し(西条奈加)新潮文庫(2015)
……………………… 170

縁むすび(稲葉稔)光文社文庫(2010) ……… 52

縁むすび(岡本さとる)幻冬舎時代小説文庫
(2016) ……………………… 91

◇縁結び浪人事件帖(八柳誠)双葉文庫 ……… 411

縁結び浪人事件帖(八柳誠)双葉文庫(2012)
……………………… 411

縁結び浪人事件帖 危うし無想剣(八柳誠)双
葉文庫(2013) ……………………… 411

縁結び浪人事件帖 まやかしの刃(八柳誠)双
葉文庫(2013) ……………………… 411

遠雷(辻堂魁)祥伝社文庫(2014) ……… 251

遠雷雨燕(坂岡真)双葉文庫(2005) ……… 191

遠雷の夕(鳥羽亮)実業之日本社文庫(2012)
……………………… 265

【 お 】

御家の狗(岳宏一郎)講談社文庫(2005) …… 231

作品名索引　　おうし

お医者様でも（沖田正午）ハルキ文庫（2014）
　　……………………………………………… 95
◇お医者同心中原龍之介（和田はつ子）講談
　社文庫 …………………………………… 439
お医者同心中原龍之介 お十夜恋（和田はつ
　子）講談社文庫（2011） ……………… 439
お医者同心中原龍之介 金魚心（和田はつ子）
　講談社文庫（2012） …………………… 439
お医者同心中原龍之介 師走うさぎ（和田はつ
　子）講談社文庫（2013） ……………… 439
お医者同心中原龍之介 なみだ菖蒲（和田はつ
　子）講談社文庫（2010） ……………… 439
お医者同心中原龍之介 猫始末（和田はつ子）
　講談社文庫（2010） …………………… 439
お医者同心中原龍之介 走り火（和田はつ子）
　講談社文庫（2010） …………………… 439
お医者同心中原龍之介 花御堂（和田はつ子）
　講談社文庫（2011） …………………… 439
お医者同心中原龍之介 冬亀（和田はつ子）講
　談社文庫（2010） ……………………… 439
お伊勢ものがたり（梶よう子）集英社文庫
　（2016） ………………………………… 106
お市の方戦国の風（鈴木輝一郎）講談社文庫
　（2011） ………………………………… 218
おいち不思議がたり（あさのあつこ）PHP文
　芸文庫（2011） …………………………… 11
御暇（佐伯泰英）講談社文庫（2008） ……… 172
老いの入舞い（松井今朝子）文春文庫（2016）
　………………………………………………… 375
老花（牧秀彦）徳間文庫（2014） …………… 368
老花（牧秀彦）ベスト時代文庫（2010） …… 371
◇おーい、半兵衛（森詠）学研M文庫 ……… 400
おーい、半兵衛 2 剣客修行（森詠）学研M文
　庫（2013） ……………………………… 400
おーい、半兵衛 3 剣客慕情（森詠）学研M文
　庫（2013） ……………………………… 400
おーい、半兵衛 4 剣客隠密（森詠）学研M文
　庫（2014） ……………………………… 400
おーい、半兵衛 5 剣客失格（森詠）学研M文
　庫（2014） ……………………………… 400
おーい、半兵衛 6 剣客無双（森詠）学研M文
　庫（2014） ……………………………… 400
おーい、半兵衛 剣客志願（森詠）学研M文庫
　（2012） ………………………………… 400
おいぼれ剣鬼（鳥羽亮）朝日文庫（2010） … 260
◇おいらか俊作江戸綴り（芦川淳一）双葉文
　庫 …………………………………………… 18
おいらか俊作江戸綴り 形見酒（芦川淳一）双
　葉文庫（2009） …………………………… 18
おいらか俊作江戸綴り 惜別の剣（芦川淳一）
　双葉文庫（2009） ………………………… 18

おいらか俊作江戸綴り 猫の匂いのする侍（芦
　川淳一）双葉文庫（2009） ……………… 18
おいらか俊作江戸綴り 雪消水（芦川淳一）双
　葉文庫（2010） …………………………… 18
おいらか俊作江戸綴り 若竹ざむらい（芦川淳
　一）双葉文庫（2008） …………………… 18
花魁金（藤堂房良）双葉文庫（2013） ……… 257
花魁殺（吉田雄亮）祥伝社文庫（2005） …… 424
おいらん同心捕物控（わかつきひかる）富士
　見新時代小説文庫（2015） ……………… 431
奥羽密殺街道（鳥羽亮）徳間文庫（2015） … 268
桜下の決闘（犬飼六岐）講談社文庫（2012）
　………………………………………………… 59
桜花の乱（和久田正明）双葉文庫（2010） … 438
奥義・殺人剣（えとう乱星）光文社文庫
　（2000） ………………………………… 84
黄金観音（小杉健治）光文社文庫（2012） … 156
黄金戦線（麻倉一矢）光文社文庫（1990） …… 7
黄金の牙（火坂雅志）学研M文庫（2002） … 329
黄金の鯉（高橋三千綱）双葉文庫（2013） … 227
黄金の太刀（山本兼一）講談社文庫（2013）
　………………………………………………… 417
黄金の地下城（安芸宗一郎）文芸社文庫
　（2016） …………………………………… 4
黄金の峠（井川香四郎）徳間文庫（2013） …… 35
黄金の忍者（沢田黒蔵）学研M文庫（2001）
　………………………………………………… 198
黄金の忍者 2（沢田黒蔵）学研M文庫（2002）
　………………………………………………… 198
黄金の華（火坂雅志）文春文庫（2006） …… 333
黄金の乱れ討ち（早坂倫太郎）学研M文庫
　（2002） ………………………………… 311
黄金の乱れ討ち（早坂倫太郎）廣済堂文庫
　（1998） ………………………………… 311
黄金の闇 →家康の暗号（中見利男）ハルキ文
　庫（2012） ……………………………… 284
黄金のロザリオ（鈴木由紀子）幻冬舎時代小
　説文庫（2012） ………………………… 220
黄金無双剣（えとう乱星）学研M文庫
　（2005） ………………………………… 84
黄金旅風（飯嶋和一）小学館文庫（2008） …… 24
王子狐火殺人事件（風野真知雄）文春文庫
　（2011） ………………………………… 117
◇奥州岩月藩出入司元締手控（渡辺毅）学研
　M文庫 …………………………………… 444
奥州岩月藩出入司元締手控 そこむし兵伍郎
　（渡辺毅）学研M文庫（2003） ………… 444
奥州岩月藩出入司元締手控 鳴動（渡辺毅）学
　研M文庫（2004） ……………………… 444
奥州仙台鷹隼剣（宮城賢秀）廣済堂文庫
　（1998） ………………………………… 384

歴史時代小説文庫総覧 現代の作家　**473**

おうし

作品名索引

奥州仙台鷹隼剣（宮城賢秀）桃園文庫（2005）
.... *388*

奥州必殺闇街道（宮城賢秀）ケイブンシャ文
庫（2002）　*384*

奥州必殺闇街道（宮城賢秀）ハルキ文庫
（2005）　*389*

往生しなはれ（沖田正午）二見時代小説文庫
（2013）　*96*

往診（上田秀人）角川文庫（2015）　*73*

逢瀬（伊多波碧）廣済堂文庫（2014）　*46*

王朝まやかし草紙（諸田玲子）新潮文庫
（2010）　*407*

王になろうとした男（伊東潤）文春文庫
（2016）　*48*

応仁秘譚抄（岡田秀文）光文社文庫（2015）
.... *90*

おうぅねぇすてぃ（宇江佐真理）祥伝社文庫
（2004）　*71*

おうぅねぇすてぃ（宇江佐真理）新潮文庫
（2010）　*71*

逢魔が源内（菊地秀行）角川文庫（2008）　*131*

逢魔時の賊（鳥羽亮）ハルキ文庫（2007）　*269*

逢魔の刻（庄司圭太）集英社文庫（2002）　*209*

お江戸、にゃんころり（高橋由太）角川文庫
（2014）　*228*

お江戸の姫君（高橋三千綱）双葉文庫（2015）
.... *227*

お江戸の用心棒（高橋三千綱）双葉文庫
（2007）　*227*

お江戸の若様（高橋三千綱）双葉文庫（2004）
.... *227*

お江戸、ほろり（高橋由太）角川文庫（2014）
.... *228*

お江戸は爽快（高橋三千綱）双葉文庫（2004）
.... *227*

大あくびして、猫の恋（かたやま和華）集英社
文庫（2016）　*121*

大江戸遊び暮らし（南房秀久）富士見新時代
小説文庫（2014）　*297*

◇大江戸あぶな絵草紙（天宮響一郎）廣済堂
文庫　*21*

大江戸あぶな絵草紙 淫斎美女くずし（天宮響
一郎）廣済堂文庫（2004）　*21*

大江戸あぶな絵草紙 淫斎美女ごよみ（天宮響
一郎）廣済堂文庫（2005）　*21*

大江戸あやかし犯科帳（高橋由太）徳間文庫
（2011）　*230*

◇大江戸いきもの草紙（小早川涼）双葉文庫
.... *166*

大江戸いきもの草紙 猫の恩返し（小早川涼）
双葉文庫（2014）　*166*

大江戸いきもの草紙 迷い犬迷い人（小早川
涼）双葉文庫（2013）　*166*

大江戸浮かれ歩き（南房秀久）富士見新時代
小説文庫（2014）　*297*

◇大江戸裏探索（宮城賢秀）学研M文庫　*382*

大江戸裏探索 天魔斬剣（宮城賢秀）学研M文
庫（2005）　*382*

大江戸裏探索 伐折羅剣（宮城賢秀）学研M文
庫（2004）　*382*

大江戸裏探索 摩虎羅剣（宮城賢秀）学研M文
庫（2004）　*382*

大江戸裏探索 羅利剣（宮城賢秀）学研M文庫
（2005）　*382*

大江戸えいりあん草紙（鳴海丈）集英社文庫
（1988）　*294*

◇大江戸隠密おもかげ堂（倉阪鬼一郎）実業
之日本社文庫　*146*

大江戸隠密おもかげ堂 からくり成敗（倉阪鬼
一郎）実業之日本社文庫（2016）　*146*

大江戸隠密おもかげ堂 笑う七福神（倉阪鬼一
郎）実業之日本社文庫（2015）　*146*

大江戸亀奉行日記（松井今朝子）ハルキ文庫
（2004）　*375*

◇大江戸瓦版始末（江宮隆之）ベスト時代文
庫　*86*

大江戸瓦版始末 影法師（江宮隆之）ベスト時
代文庫（2008）　*86*

大江戸瓦版始末 写楽の首（江宮隆之）ベスト
時代文庫（2008）　*86*

◇大江戸木戸番始末（喜安幸夫）光文社文庫
.... *139*

大江戸木戸番始末 2 贖罪の女（喜安幸夫）光
文社文庫（2016）　*139*

大江戸木戸番始末 3 千住の夜討（喜安幸夫）
光文社文庫（2016）　*139*

大江戸木戸番始末 両国の神隠し（喜安幸夫）
光文社文庫（2016）　*139*

大江戸巨魂侍（鳴海丈）廣済堂文庫（2012）
.... *291*

大江戸巨魂侍 2 妖女邪教団（鳴海丈）廣済堂
文庫（2013）　*291*

大江戸巨魂侍 3 艶風女難道中（鳴海丈）廣済
堂文庫（2013）　*291*

大江戸巨魂侍 4 復讐の夜叉姫（鳴海丈）廣済
堂文庫（2013）　*291*

大江戸巨魂侍 5 美女狩り天空魔（鳴海丈）廣
済堂文庫（2014）　*291*

大江戸巨魂侍 6 魔煙美女地獄（鳴海丈）廣済
堂文庫（2015）　*291*

大江戸巨魂侍 7 無惨牝犬狩り（鳴海丈）廣済
堂文庫（2015）　*291*

474 歴史時代小説文庫総覧 現代の作家

作品名索引　　おおえ

大江戸巨魂侍 8 血煙り淫華園（鳴海丈）廣済
堂文庫（2015）‥‥‥‥‥‥‥‥‥‥‥ *291*

大江戸巨魂侍 9 怪魔人妖獄の大血戦（鳴海
丈）廣済堂文庫（2016）‥‥‥‥‥‥‥ *292*

大江戸巨魂侍 10 女忍地獄変（鳴海丈）廣済堂
文庫（2016）‥‥‥‥‥‥‥‥‥‥‥‥ *292*

大江戸ぐらり（出久根達郎）実業之日本社文
庫（2011）‥‥‥‥‥‥‥‥‥‥‥‥‥ *254*

大江戸剣花帳　上（門田泰明）光文社文庫
（2012）‥‥‥‥‥‥‥‥‥‥‥‥‥‥ *123*

大江戸剣花帳　上（門田泰明）徳間文庫
（2004）‥‥‥‥‥‥‥‥‥‥‥‥‥‥ *124*

大江戸剣花帳　下（門田泰明）光文社文庫
（2012）‥‥‥‥‥‥‥‥‥‥‥‥‥‥ *123*

大江戸剣花帳　下（門田泰明）徳間文庫
（2004）‥‥‥‥‥‥‥‥‥‥‥‥‥‥ *124*

◇大江戸剣聖一心斎（高橋三千綱）双葉文庫
‥‥‥‥‥‥‥‥‥‥‥‥‥‥‥‥‥‥ *227*

大江戸剣聖一心斎 黄金の鯉（高橋三千綱）双
葉文庫（2013）‥‥‥‥‥‥‥‥‥‥‥ *227*

大江戸剣聖一心斎 魂を風に泳がせ（高橋三千
綱）双葉文庫（2014）‥‥‥‥‥‥‥‥ *227*

大江戸剣聖一心斎 秘術、埋蔵金嗚咽（高橋三
千綱）双葉文庫（2013）‥‥‥‥‥‥‥ *227*

大江戸殺法陣紅き炎（城駿一郎）ベスト時代
文庫（2004）‥‥‥‥‥‥‥‥‥‥‥‥ *207*

大江戸殺法陣斬る（城駿一郎）ベスト時代文
庫（2004）‥‥‥‥‥‥‥‥‥‥‥‥‥ *207*

◇大江戸三男事件帖（幡大介）二見時代小説
文庫‥‥‥‥‥‥‥‥‥‥‥‥‥‥‥‥ *327*

大江戸三男事件帖 与力と火消と相撲取りは江
戸の華（幡大介）二見時代小説文庫（2010）
‥‥‥‥‥‥‥‥‥‥‥‥‥‥‥‥‥‥ *327*

大江戸三男事件帖 2 仁王の涙（幡大介）二見
時代小説文庫（2010）‥‥‥‥‥‥‥‥ *327*

大江戸三男事件帖 3 八丁堀の天女（幡大介）
二見時代小説文庫（2011）‥‥‥‥‥‥ *327*

大江戸三男事件帖 4 兄ィは与力（幡大介）二
見時代小説文庫（2011）‥‥‥‥‥‥‥ *328*

大江戸三男事件帖 5 定火消の殿（幡大介）二
見時代小説文庫（2012）‥‥‥‥‥‥‥ *328*

◇大江戸始末屋稼業（城駿一郎）学研M文庫
‥‥‥‥‥‥‥‥‥‥‥‥‥‥‥‥‥‥ *206*

大江戸始末屋稼業 旋風の剣（城駿一郎）学研
M文庫（2002）‥‥‥‥‥‥‥‥‥‥‥ *206*

大江戸始末屋稼業 鬼神の剣（城駿一郎）学研
M文庫（2004）‥‥‥‥‥‥‥‥‥‥‥ *206*

大江戸始末屋稼業 紅蓮の剣（城駿一郎）学研
M文庫（2003）‥‥‥‥‥‥‥‥‥‥‥ *206*

大江戸始末屋稼業 天空の剣（城駿一郎）学研
M文庫（2003）‥‥‥‥‥‥‥‥‥‥‥ *206*

大江戸処刑人（宮城賢秀）コスミック・時代文
庫（2003）‥‥‥‥‥‥‥‥‥‥‥‥‥ *387*

大江戸処刑人（宮城賢秀）桃園文庫（1998）
‥‥‥‥‥‥‥‥‥‥‥‥‥‥‥‥‥‥ *388*

大江戸世間知らず（南房秀久）富士見新時代
小説文庫（2013）‥‥‥‥‥‥‥‥‥‥ *297*

大江戸宝さがし（南房秀久）富士見新時代小
説文庫（2014）‥‥‥‥‥‥‥‥‥‥‥ *297*

◇大江戸旅の用心棒（山田剛）学研M文庫 ‥‥ *413*

大江戸旅の用心棒 露草の契り（山田剛）学研
M文庫（2012）‥‥‥‥‥‥‥‥‥‥‥ *413*

大江戸旅の用心棒 雪見の刺客（山田剛）学研
M文庫（2011）‥‥‥‥‥‥‥‥‥‥‥ *413*

◇大江戸定年組（風野真知雄）二見時代小説
文庫‥‥‥‥‥‥‥‥‥‥‥‥‥‥‥‥ *116*

大江戸定年組 2 菩薩の船（風野真知雄）二見
時代小説文庫（2007）‥‥‥‥‥‥‥‥ *116*

大江戸定年組 3 起死の矢（風野真知雄）二見
時代小説文庫（2007）‥‥‥‥‥‥‥‥ *116*

大江戸定年組 4 下郎の月（風野真知雄）二見
時代小説文庫（2007）‥‥‥‥‥‥‥‥ *116*

大江戸定年組 5 金狐の首（風野真知雄）二見
時代小説文庫（2008）‥‥‥‥‥‥‥‥ *117*

大江戸定年組 6 善鬼の面（風野真知雄）二見
時代小説文庫（2008）‥‥‥‥‥‥‥‥ *117*

大江戸定年組 7 神奥の山（風野真知雄）二見
時代小説文庫（2008）‥‥‥‥‥‥‥‥ *117*

大江戸定年組 初秋の剣（風野真知雄）二見時
代小説文庫（2006）‥‥‥‥‥‥‥‥‥ *116*

大江戸ドクター →はぐれ名医診療暦（和田は
つ子）幻冬舎時代小説文庫（2015）‥‥ *438*

大江戸謎解き帳 →死人は語る（永井義男）ベ
スト時代文庫（2011）‥‥‥‥‥‥‥‥ *276*

大江戸人情絵巻（小杉健治）光文社文庫
（2001）‥‥‥‥‥‥‥‥‥‥‥‥‥‥ *157*

大江戸人情小太刀（坂岡真）双葉文庫（2004）
‥‥‥‥‥‥‥‥‥‥‥‥‥‥‥‥‥‥ *191*

大江戸人情花火（稲葉稔）講談社文庫（2010）
‥‥‥‥‥‥‥‥‥‥‥‥‥‥‥‥‥‥ *52*

◇大江戸番太郎事件帳（喜安幸夫）廣済堂文
庫‥‥‥‥‥‥‥‥‥‥‥‥‥‥‥‥‥ *137*

大江戸番太郎事件帳 2 殺しの入れ札（喜安幸
夫）廣済堂文庫（2002）‥‥‥‥‥‥‥ *137*

大江戸番太郎事件帳 3 木戸の裏始末（喜安幸
夫）廣済堂文庫（2003）‥‥‥‥‥‥‥ *137*

大江戸番太郎事件帳 4 木戸の闇仕置（喜安幸
夫）廣済堂文庫（2004）‥‥‥‥‥‥‥ *137*

大江戸番太郎事件帳 5 木戸の影裁き（喜安幸
夫）廣済堂文庫（2004）‥‥‥‥‥‥‥ *137*

大江戸番太郎事件帳 6 木戸の隠れ裁き（喜安
幸夫）廣済堂文庫（2005）‥‥‥‥‥‥ *137*

歴史時代小説文庫総覧 現代の作家　**475**

大江戸番太郎事件帳 7 木戸の闇走り（喜安幸夫）廣済堂文庫（2005）・・・・・・・・・・ 137

大江戸番太郎事件帳 8 木戸の無情剣（喜安幸夫）廣済堂文庫（2006）・・・・・・・・・・ 137

大江戸番太郎事件帳 9 木戸の闇同心（喜安幸夫）廣済堂文庫（2007）・・・・・・・・・・ 137

大江戸番太郎事件帳 10 木戸の夏時雨（喜安幸夫）廣済堂文庫（2007）・・・・・・・・・・ 137

大江戸番太郎事件帳 11 木戸の裏灯り（喜安幸夫）廣済堂文庫（2008）・・・・・・・・・・ 137

大江戸番太郎事件帳 12 木戸の武家始末（喜安幸夫）廣済堂文庫（2008）・・・・・ 137

大江戸番太郎事件帳 13 木戸の悪人裁き（喜安幸夫）廣済堂文庫（2009）・・・・・ 137

大江戸番太郎事件帳 14 木戸の非情仕置（喜安幸夫）廣済堂文庫（2009）・・・・・ 137

大江戸番太郎事件帳 15 木戸の隠れ旅（喜安幸夫）廣済堂文庫（2009）・・・・・・・ 137

大江戸番太郎事件帳 16 木戸の因縁裁き（喜安幸夫）廣済堂文庫（2010）・・・・・ 138

大江戸番太郎事件帳 17 木戸の闇仕掛け（喜安幸夫）廣済堂文庫（2010）・・・・・ 138

大江戸番太郎事件帳 18 木戸の口封じ（喜安幸夫）廣済堂文庫（2010）・・・・・・・ 138

大江戸番太郎事件帳 19 木戸の悪党防ぎ（喜安幸夫）廣済堂文庫（2011）・・・・・ 138

大江戸番太郎事件帳 20 木戸の女敵騒動（喜安幸夫）廣済堂文庫（2011）・・・・・ 138

大江戸番太郎事件帳 21 木戸の鬼火（喜安幸夫）廣済堂文庫（2011）・・・・・・・・・・ 138

大江戸番太郎事件帳 22 木戸の闇祓（くらやみざか）（喜安幸夫）廣済堂文庫（2012）・・・・ 138

大江戸番太郎事件帳 23 木戸の弓張月（喜安幸夫）廣済堂文庫（2012）・・・・・・・ 138

大江戸番太郎事件帳 24 木戸の盗賊崩し（喜安幸夫）廣済堂文庫（2012）・・・・・ 138

大江戸番太郎事件帳 25 木戸の隣町騒動（喜安幸夫）廣済堂文庫（2013）・・・・・ 138

大江戸番太郎事件帳 26 木戸の幽霊始末（喜安幸夫）廣済堂文庫（2013）・・・・・ 138

大江戸番太郎事件帳 27 木戸の情け裁き（喜安幸夫）廣済堂文庫（2014）・・・・・・・ 138

大江戸番太郎事件帳 28 木戸の富くじ（喜安幸夫）廣済堂文庫（2014）・・・・・・・ 138

大江戸番太郎事件帳 29 木戸の誘拐騒動（喜安幸夫）廣済堂文庫（2014）・・・・・ 138

大江戸番太郎事件帳 30 木戸の隠れ仕事（喜安幸夫）廣済堂文庫（2015）・・・・・ 138

大江戸番太郎事件帳 31 木戸の明け烏（喜安幸夫）廣済堂文庫（2015）・・・・・・・ 138

大江戸番太郎事件帳 32 木戸の橋渡し（喜安幸夫）廣済堂文庫（2015）・・・・・・・ 138

大江戸番太郎事件帳 33 木戸の別れ（喜安幸夫）廣済堂文庫（2016）・・・・・・・・・・ 138

大江戸番太郎事件帳 木戸の闇裁き（喜安幸夫）廣済堂文庫（2002）・・・・・・・・・・ 137

大江戸秘脚便（倉阪鬼一郎）講談社文庫（2016）・・・・・・・・・・・・・・・・・・・・・・・・・・・・ 145

大江戸非情拳（鳴海丈）学研M文庫（2011）・・・・・・・・・・・・・・・・・・・・・・・・・・・・・・・・・・ 290

大江戸美女ちらし 奮闘篇（鳴海丈）徳間文庫（1999）・・・・・・・・・・・・・・・・・・・・・・・・ 295

大江戸美女ちらし 野望篇（鳴海丈）徳間文庫（1999）・・・・・・・・・・・・・・・・・・・・・・・・ 295

大江戸美女ちらし 野望篇・奮闘篇 →艶色美女ちらし（鳴海丈）学研M文庫（2012）・・・・ 290

◇大江戸無双七人衆（早見俊）新潮文庫 ・・・・・ 319

大江戸無双七人衆 暴れ日光旅（早見俊）新潮文庫（2014）・・・・・・・・・・・・・・・・・・・ 319

大江戸無双七人衆 久能山血煙り旅（早見俊）新潮文庫（2016）・・・・・・・・・・・・・・・・・ 319

大江戸無双七人衆 諏訪はぐれ旅（早見俊）新潮文庫（2015）・・・・・・・・・・・・・・・・・・・ 319

◇大江戸もののけ横町顛末記（高橋由太）幻冬舎文庫・・・・・・・・・・・・・・・・・・・・・・・・ 228

大江戸もののけ横町顛末記 ねこみせ、がやがや（高橋由太）幻冬舎文庫（2013）・・・・・・・ 228

大江戸もののけ横町顛末記 まねきねこ、おろろん（高橋由太）幻冬舎文庫（2013）・・・・・ 228

◇大江戸やっちゃ場伝（鈴木英治）幻冬舎時代小説文庫・・・・・・・・・・・・・・・・・・・・・・・・ 212

大江戸やっちゃ場伝 1 大地（鈴木英治）幻冬舎時代小説文庫（2011）・・・・・・・・・・・・・ 212

大江戸やっちゃ場伝 2 胸突き坂（鈴木英治）幻冬舎時代小説文庫（2012）・・・・・・・・・・ 212

大江戸闇手裏剣（風間九郎）ベスト時代文庫（2006）・・・・・・・・・・・・・・・・・・・・・・・・・・・・ 106

◇大江戸妖怪事典（朝松健）PHP文芸文庫 ・・・・ 14

大江戸妖怪事典 てれすこ（朝松健）PHP文芸文庫（2013）・・・・・・・・・・・・・・・・・・・・・・ 14

大江戸妖怪事典 ひゅうどろ（朝松健）PHP文芸文庫（2014）・・・・・・・・・・・・・・・・・・・・・・ 14

◇大江戸落語百景（風野真知雄）朝日文庫 ・・・・ 108

大江戸落語百景 2 痩せ神さま（風野真知雄）朝日文庫（2012）・・・・・・・・・・・・・・・・・・・ 108

大江戸落語百景 猫見酒（風野真知雄）朝日文庫（2011）・・・・・・・・・・・・・・・・・・・・・・・・ 108

大江戸繚乱（六道慧）徳間文庫（2003）・・・・・・・・ 430

大江戸料理競べ（和田はつ子）ハルキ文庫（2011）・・・・・・・・・・・・・・・・・・・・・・・・・・・・ 441

大岡求馬立志伝（片岡麻紗子）廣済堂文庫（2011）・・・・・・・・・・・・・・・・・・・・・・・・・・・・ 119

大岡の鈴（柳蒼二郎）学研M文庫（2013）・・・・・ 412

作品名索引　　おおめ

◇大岡奉行影同心(早坂倫太郎)学研M文庫
……………………………………………………… *311*

◇大岡奉行影同心(早坂倫太郎)廣済堂文庫
……………………………………………………… *311*

大岡奉行影同心 1 幻蝶斬人剣(早坂倫太郎)
廣済堂文庫(1999) ………………………… *311*

大岡奉行影同心 幻蝶斬人剣(早坂倫太郎)学
研M文庫(2002) …………………………… *311*

大岡奉行影同心 幻蝶斬人剣(早坂倫太郎)学
研M文庫(2005) …………………………… *311*

大奥(鈴木由紀子)幻冬舎文庫(2009) ……… *220*

大奥延命院醜聞(植松三十里)集英社文庫
(2012) ……………………………………… *79*

◇大奥お褥御用衆(天宮響一郎)ベスト時代
文庫 ………………………………………… *22*

大奥お褥御用衆 花影(天宮響一郎)ベスト時
代文庫(2005) ……………………………… *22*

大奥お褥御用衆 秘艶(天宮響一郎)ベスト時
代文庫(2004) ……………………………… *22*

大奥開城(植松三十里)双葉文庫(2008) …… *80*

大奥・殺しの徒花(原田真介)廣済堂文庫
(2005) ……………………………………… *324*

大奥女中は見た 1 江戸城の虜囚(菅沼友加
里)富士見新時代小説文庫(2015) ……… *211*

大奥騒乱(上田秀人)徳間文庫(2014) ……… *78*

◇大奥同心・村雨広の純心(風野真知雄)実業
之日本社文庫 ……………………………… *113*

大奥同心・村雨広の純心 2 消えた将軍(風野
真知雄)実業之日本社文庫(2013) ……… *113*

大奥同心・村雨広の純心 3 江戸城仰天(風野
真知雄)実業之日本社文庫(2015) ……… *113*

大奥同心・村雨広の純心 月の光のために(風
野真知雄)実業之日本社文庫(2011) …… *113*

大奥と料理番(小早川涼)学研M文庫
(2009) ……………………………………… *164*

大奥と料理番(小早川涼)角川文庫(2015)
……………………………………………………… *165*

大奥の座敷童子(堀川アサコ)講談社文庫
(2016) ……………………………………… *363*

大奥の修羅(幡大介)竹書房時代小説文庫
(2010) ……………………………………… *326*

大奥の若豹(牧秀彦)双葉文庫(2009) ……… *369*

大奥秘聞(植松三十里)集英社文庫(2013)
……………………………………………………… *79*

狼(辻堂魁)徳間文庫(2015) ………………… *252*

狼の掟(鳥羽亮)祥伝社文庫(2009) ………… *266*

大川桜吹雪(井川香四郎)双葉文庫(2006)
……………………………………………………… *36*

大川しぐれ(花家圭太郎)双葉文庫(2007)
……………………………………………………… *307*

大川端ふたり舟(千野隆司)学研M文庫
(2006) ……………………………………… *241*

大川端密会宿(小杉健治)二見時代小説文庫
(2013) ……………………………………… *161*

大川わたり(山本一力)祥伝社文庫(2005)
……………………………………………………… *415*

大鯨の怪(風野真知雄)双葉文庫(2014) …… *116*

大久保長安(斎藤吉見)PHP文庫(1996) …… *170*

大御所の来島(早見俊)角川文庫(2016) …… *315*

大坂将星伝 上・中・下 →真田を云て、毛利を
云わず 上(仁木英之)講談社文庫(2016)
……………………………………………………… *298*

大坂将星伝 上・中・下 →真田を云て、毛利を
云わず 下(仁木英之)講談社文庫(2016)
……………………………………………………… *298*

大坂城の十字架(鈴木英治)PHP文芸文庫
(2016) ……………………………………… *217*

大仕合(岡本さとる)ハルキ文庫(2014) …… *92*

大塩平八郎の亡霊(早見俊)祥伝社文庫
(2015) ……………………………………… *318*

大勝負(倉阪鬼一郎)徳間文庫(2014) ……… *147*

◇大太刀軍兵衛奔る(早見俊)徳間文庫 …… *320*

大太刀軍兵衛奔る 稲葉山城乗っ取り(早見
俊)徳間文庫(2015) ……………………… *320*

大太刀軍兵衛奔る 血戦! 蛇神金山(早見俊)
徳間文庫(2015) …………………………… *320*

大谷吉継(石川能弘)幻冬舎文庫(2001) …… *43*

大谷吉継と石田三成(工藤章興)PHP文庫
(2009) ……………………………………… *145*

大利根の決闘 →人斬り鬼門 1(加野厚志)学
研M文庫(2002) …………………………… *125*

大友二階崩れ →戦国繚乱(高橋直樹)文春文
庫(2004) …………………………………… *226*

大泥棒の女(聖龍人)二見時代小説文庫
(2015) ……………………………………… *339*

大化け(松本賢吾)双葉文庫(2008) ………… *378*

大禍時(藤井邦夫)文春文庫(2013) ………… *353*

大村益次郎(稲垣稔)PHP文庫(1998) ……… *55*

大目付一件帳(宮城賢秀)廣済堂文庫(1998)
……………………………………………………… *385*

大目付一件帳(宮城賢秀)ハルキ文庫(2002)
……………………………………………………… *389*

大目付一件帳 2(宮城賢秀)廣済堂文庫
(1998) ……………………………………… *385*

大目付一件帳 2(宮城賢秀)ハルキ文庫
(2002) ……………………………………… *389*

大目付一件帳 3(宮城賢秀)廣済堂文庫
(1999) ……………………………………… *385*

大目付一件帳 3(宮城賢秀)ハルキ文庫
(2003) ……………………………………… *389*

大目付光三郎殿様召捕り候(誉田龍一)コス
ミック・時代文庫(2013) ………………… *364*

大目付光三郎殿様召捕り候 〔2〕暗殺(誉田
龍一)コスミック・時代文庫(2014) …… *364*

歴史時代小説文庫総覧 現代の作家　**477**

大目付光三郎殿様召捕り候〔3〕刺客（誉田龍一）コスミック・時代文庫（2014）⋯⋯ *364*

大目付光三郎殿様召捕り候〔4〕謀反（誉田龍一）コスミック・時代文庫（2014）⋯⋯ *364*

大目付光三郎殿様召捕り候〔5〕騒動（誉田龍一）コスミック・時代文庫（2015）⋯⋯ *364*

大山巌（三戸岡道夫）PHP文庫（2000）⋯⋯ *381*

大山まいり（岡本さとる）祥伝社文庫（2013）
⋯⋯⋯⋯⋯⋯⋯⋯⋯⋯⋯⋯⋯⋯⋯ *91*

お帰り稲荷（早見俊）角川文庫（2013）⋯⋯ *315*

お蔭の宴（早見俊）光文社文庫（2010）⋯⋯ *316*

おかげ参り（井川香四郎）祥伝社文庫（2010）
⋯⋯⋯⋯⋯⋯⋯⋯⋯⋯⋯⋯⋯⋯⋯ *33*

おかげ横丁（井川香四郎）文春文庫（2014）
⋯⋯⋯⋯⋯⋯⋯⋯⋯⋯⋯⋯⋯⋯⋯ *37*

◇緒方洪庵浪華の事件帳（築山桂）双葉文庫
⋯⋯⋯⋯⋯⋯⋯⋯⋯⋯⋯⋯⋯⋯⋯ *249*

緒方洪庵浪華の事件帳 北前船始末（築山桂）双葉文庫（2009）⋯⋯⋯⋯⋯⋯ *249*

緒方洪庵浪華の事件帳 禁書売り（築山桂）双葉文庫（2008）⋯⋯⋯⋯⋯⋯⋯ *249*

御刀番 左京之介妖刀始末（藤井邦夫）光文社文庫（2015）⋯⋯⋯⋯⋯⋯⋯⋯ *349*

◇御刀番左京之介（藤井邦夫）光文社文庫 ⋯ *349*

御刀番左京之介 2 来国俊（藤井邦夫）光文社文庫（2015）⋯⋯⋯⋯⋯⋯⋯⋯ *349*

御刀番左京之介 3 数珠丸恒次（藤井邦夫）光文社文庫（2016）⋯⋯⋯⋯⋯⋯ *349*

御刀番左京之介 4 虎徹入道（藤井邦夫）光文社文庫（2016）⋯⋯⋯⋯⋯⋯⋯ *349*

御刀番左京之介 5 五郎正宗（藤井邦夫）光文社文庫（2016）⋯⋯⋯⋯⋯⋯⋯ *349*

◇岡っ引き源捕物控（庄司圭太）光文社文庫
⋯⋯⋯⋯⋯⋯⋯⋯⋯⋯⋯⋯⋯⋯⋯ *207*

岡っ引き源捕物控 2 まぼろし鏡（庄司圭太）光文社文庫（2004）⋯⋯⋯⋯⋯ *207*

岡っ引き源捕物控 3 迷子石（庄司圭太）光文社文庫（2004）⋯⋯⋯⋯⋯⋯⋯ *207*

岡っ引き源捕物控 4 鬼火（庄司圭太）光文社文庫（2005）⋯⋯⋯⋯⋯⋯⋯⋯ *207*

岡っ引き源捕物控 5 鴬（庄司圭太）光文社文庫（2005）⋯⋯⋯⋯⋯⋯⋯⋯⋯ *207*

岡っ引き源捕物控 6 眼龍（庄司圭太）光文社文庫（2006）⋯⋯⋯⋯⋯⋯⋯⋯ *207*

岡っ引き源捕物控 7 河童淵（庄司圭太）光文社文庫（2006）⋯⋯⋯⋯⋯⋯⋯ *208*

岡っ引き源捕物控 8 写し絵殺し（庄司圭太）光文社文庫（2007）⋯⋯⋯⋯⋯ *208*

岡っ引き源捕物控 9 捨て首（庄司圭太）光文社文庫（2008）⋯⋯⋯⋯⋯⋯⋯ *208*

岡っ引き源捕物控 10 死相（庄司圭太）光文社文庫（2009）⋯⋯⋯⋯⋯⋯⋯⋯ *208*

岡っ引き源捕物控 11 深川色暦（庄司圭太）光文社文庫（2010）⋯⋯⋯⋯⋯⋯ *208*

岡っ引き源捕物控 白狐の呪い（庄司圭太）光文社文庫（2003）⋯⋯⋯⋯⋯⋯ *207*

◇岡っ引きヌウと新米同心（喜安幸夫）学研M文庫 ⋯⋯⋯⋯⋯⋯⋯⋯⋯⋯⋯⋯ *136*

岡っ引きヌウと新米同心（喜安幸夫）学研M文庫（2012）⋯⋯⋯⋯⋯⋯⋯⋯⋯ *136*

岡っ引きヌウと新米同心 2 神楽坂の蛇（喜安幸夫）学研M文庫（2012）⋯⋯ *136*

岡っ引きヌウと新米同心 3 猪鍋の夜（喜安幸夫）学研M文庫（2012）⋯⋯⋯ *136*

◇岡場所揉めごと始末記（深水越）双葉文庫
⋯⋯⋯⋯⋯⋯⋯⋯⋯⋯⋯⋯⋯⋯⋯ *344*

岡場所揉めごと始末記 2 千弥一夜（深水越）双葉文庫（2016）⋯⋯⋯⋯⋯⋯ *344*

岡場所揉めごと始末記 九十新さん（深水越）双葉文庫（2016）⋯⋯⋯⋯⋯⋯ *344*

◇お歌舞伎夜兵衛颯爽剣（中里融司）学研M文庫 ⋯⋯⋯⋯⋯⋯⋯⋯⋯⋯⋯⋯⋯ *278*

お歌舞伎夜兵衛颯爽剣 無情の刃（中里融司）学研M文庫（2006）⋯⋯⋯⋯⋯ *278*

お歌舞伎夜兵衛颯爽剣 夜桜の舞（中里融司）学研M文庫（2005）⋯⋯⋯⋯⋯ *278*

岡惚れ（藤井邦夫）祥伝社文庫（2014）⋯⋯⋯ *350*

おかめ晴れ（倉阪鬼一郎）光文社文庫（2013）
⋯⋯⋯⋯⋯⋯⋯⋯⋯⋯⋯⋯⋯⋯⋯ *146*

岡山の闇烏（鈴木英治）徳間文庫（2013）⋯⋯ *215*

お軽の涙（藤村与一郎）廣済堂文庫（2013）
⋯⋯⋯⋯⋯⋯⋯⋯⋯⋯⋯⋯⋯⋯⋯ *356*

置きざり国広（風野真知雄）角川文庫（2016）
⋯⋯⋯⋯⋯⋯⋯⋯⋯⋯⋯⋯⋯⋯⋯ *110*

沖田総司（松田十刻）PHP文庫（2003）⋯⋯ *377*

沖田総司・暗殺剣（加野厚志）廣済堂文庫（2000）⋯⋯⋯⋯⋯⋯⋯⋯⋯⋯⋯⋯ *125*

沖田総司獣王剣（加野厚志）廣済堂文庫（2001）⋯⋯⋯⋯⋯⋯⋯⋯⋯⋯⋯⋯ *125*

沖田総司・非情剣（加野厚志）廣済堂文庫（2001）⋯⋯⋯⋯⋯⋯⋯⋯⋯⋯⋯⋯ *125*

沖田総司・魔道剣（加野厚志）廣済堂文庫（2001）⋯⋯⋯⋯⋯⋯⋯⋯⋯⋯⋯⋯ *125*

意次ノ妄（佐伯泰英）双葉文庫（2015）⋯⋯ *185*

おきつね祈願（沖田正午）双葉文庫（2011）
⋯⋯⋯⋯⋯⋯⋯⋯⋯⋯⋯⋯⋯⋯⋯ *96*

掟破り（小杉健治）光文社文庫（2015）⋯⋯ *156*

掟破り（小杉健治）ベスト時代文庫（2011）
⋯⋯⋯⋯⋯⋯⋯⋯⋯⋯⋯⋯⋯⋯⋯ *162*

掟破り →般若同心と変化小僧 7（小杉健治）光文社文庫（2015）⋯⋯⋯⋯⋯ *156*

掟破り（宮城賢秀）学研M文庫（2010）⋯⋯ *383*

招き鳥同心詠月兼四郎（藤村与一郎）宝島社文庫（2015）⋯⋯⋯⋯⋯⋯⋯⋯⋯ *357*

作品名索引　　おさな

翁弁当（池端洋介）学研M文庫（2010）……… 39
翁面の刺客（小杉健治）祥伝社文庫（2003）
　……… 158
お気の毒さま（沖田正午）ハルキ文庫（2013）
　……… 95
熾火（上田秀人）光文社文庫（2006）……… 75
◇お浄根濡れ九郎（天宮響一郎）学研M文庫
　……… 21
お浄根濡れ九郎紅刃（天宮響一郎）学研M文
　庫（2003）……… 21
お浄根濡れ九郎情刃（天宮響一郎）学研M文
　庫（2003）……… 21
お浄根濡れ九郎蒼刃（天宮響一郎）学研M文
　庫（2002）……… 21
お浄根濡れ九郎白刃（天宮響一郎）学研M文
　庫（2004）……… 21
お浄根濡れ九郎烈刃（天宮響一郎）学研M文
　庫（2003）……… 21
◇お記録本屋事件帖（鎌田樹）学研M文庫 … 127
お記録本屋事件帖 三十年目の祝言（鎌田樹）
　学研M文庫（2011）……… 127
お記録本屋事件帖 妻を娶らば（鎌田樹）学研
　M文庫（2011）……… 127
◇奥医師秘帳（北川哲史）静山社文庫 ……… 134
奥医師秘帳 江戸城某重大事件（北川哲史）静
　山社文庫（2010）……… 134
奥医師秘帳 千両香典事件（北川哲史）静山社
　文庫（2011）……… 134
奥医師秘帳 両国橋架直事件（北川哲史）静山
　社文庫（2011）……… 134
屋烏（乙川優三郎）講談社文庫（2002）……… 99
おくうたま（岩井三四二）光文社文庫（2013）
　……… 67
◇奥方様は仕事人（六道慧）光文社文庫 … 429
奥方様は仕事人（六道慧）光文社文庫（2011）
　……… 429
奥方様は仕事人 寒鴉（六道慧）光文社文庫
　（2011）……… 429
奥方様は仕事人 そぎもの芸者（六道慧）光文
　社文庫（2012）……… 429
奥方様は仕事人 ちりぬる命（六道慧）光文社
　文庫（2013）……… 429
奥傳夢千鳥（門田泰明）光文社文庫（2012）
　……… 123
◇奥右筆外伝（上田秀人）講談社文庫 ……… 75
奥右筆外伝 前夜（上田秀人）講談社文庫
　（2016）……… 75
◇奥右筆秘帳（上田秀人）講談社文庫 ……… 74
奥右筆秘帳 隠密（上田秀人）講談社文庫
　（2010）……… 74
奥右筆秘帳 継承（上田秀人）講談社文庫
　（2009）……… 74

奥右筆秘帳 決戦（上田秀人）講談社文庫
　（2013）……… 75
奥右筆秘帳 国禁（上田秀人）講談社文庫
　（2008）……… 74
奥右筆秘帳 簒奪（上田秀人）講談社文庫
　（2009）……… 74
奥右筆秘帳 侵蝕（上田秀人）講談社文庫
　（2008）……… 74
奥右筆秘帳 天下（上田秀人）講談社文庫
　（2012）……… 75
奥右筆秘帳 刃傷（上田秀人）講談社文庫
　（2011）……… 74
奥右筆秘帳 秘闘（上田秀人）講談社文庫
　（2010）……… 74
奥右筆秘帳 墨痕（上田秀人）講談社文庫
　（2012）……… 74
奥右筆秘帳 密封（上田秀人）講談社文庫
　（2007）……… 74
奥右筆秘帳 召抱（上田秀人）講談社文庫
　（2011）……… 74
小栗忠順 →修羅を生き、非命に死す（岳真也）
　集英社文庫（2010）……… 102
おくり梅雨（早見俊）ハルキ文庫（2008）……… 320
送り火（藍川慶次郎）廣済堂文庫（2006）……… 1
おくれ髪（辻堂魁）学研M文庫（2009）……… 250
おくれ髪（辻堂魁）コスミック・時代文庫
　（2016）……… 251
悪血（上田秀人）角川文庫（2014）……… 73
桶狭間の勇士（中村彰彦）文春文庫（2006）
　……… 287
お江流浪の姫（植松三十里）集英社文庫
　（2010）……… 79
お断り（佐伯泰英）時代小説文庫（2016）……… 176
おコン！狐闇（朝松健）ベスト時代文庫
　（2012）……… 15
オサキ鰻大食い合戦へ（高橋由太）宝島社文
　庫（2012）……… 229
オサキ江戸へ（高橋由太）宝島社文庫（2010）
　……… 229
オサキ婚活する（高橋由太）宝島社文庫
　（2011）……… 229
オサキつくもがみ、うじゃうじゃ（高橋由太）
　宝島社文庫（2012）……… 229
オサキと江戸の歌姫（高橋由太）宝島社文庫
　（2012）……… 229
オサキと江戸のまんじゅう（高橋由太）宝島
　社文庫（2016）……… 229
オサキと骸骨幽霊（高橋由太）宝島社文庫
　（2014）……… 229
幼き真剣師（沖田正午）二見時代小説文庫
　（2012）……… 96

歴史時代小説文庫総覧 現代の作家　**479**

◇お裁き将軍天下吟味(誉田龍一)コスミック・時代文庫 ······ 364

お裁き将軍天下吟味 公事上聴(誉田龍一)コスミック・時代文庫(2016) ······ 364

お裁き将軍天下吟味 幽霊退治(誉田龍一)コスミック・時代文庫(2016) ······ 364

おしかけた姫君(鳥羽亮)双葉文庫(2011) ······ 271

◇押しかけ呑兵衛御用帖(岳真也)双葉文庫 ······ 103

押しかけ呑兵衛御用帖 藍染めしぐれ(岳真也)双葉文庫(2009) ······ 104

押しかけ呑兵衛御用帖 浅き夢みし(岳真也)双葉文庫(2010) ······ 104

押しかけ呑兵衛御用帖 浅草くれない座(岳真也)双葉文庫(2009) ······ 103

押込み始末(藤井邦夫)双葉文庫(2016) ······ 351

忍城の姫武者 上(近衛龍春)ぶんか社文庫(2009) ······ 164

忍城の姫武者 下(近衛龍春)ぶんか社文庫(2009) ······ 164

お寧結髪秘録秘花二日咲き(千野隆司)静山社文庫(2011) ······ 244

おしどり夫婦(稲葉稔)光文社文庫(2008) ······ 52

お十夜恋(和田はつ子)講談社文庫(2011) ······ 439

お順 上(諸田玲子)文春文庫(2014) ······ 408

お順 下(諸田玲子)文春文庫(2014) ······ 408

◇御書物同心日記(出久根達郎)講談社文庫 ······ 253

御書物同心日記(出久根達郎)講談社文庫(2002) ······ 253

御書物同心日記 続(出久根達郎)講談社文庫(2004) ······ 253

御書物同心日記 虫姫(出久根達郎)講談社文庫(2005) ······ 253

◇お仙探索手帖(山内美樹子)静山社文庫 ······ 413

お仙探索手帖 鐘の音(山内美樹子)静山社文庫(2011) ······ 413

お仙探索手帖 西の市(山内美樹子)静山社文庫(2011) ······ 413

遅咲きの男(早見俊)学研M文庫(2011) ······ 315

獺祭り(秋山香乃)幻冬舎時代小説文庫(2015) ······ 4

おそろし 三島屋変調百物語事始(宮部みゆき)角川文庫(2012) ······ 392

お宝食積(和田はつ子)ハルキ文庫(2008) ······ 441

おたから蜜姫(米村圭伍)新潮文庫(2010) ······ 427

織田三代記(羽生道英)PHP文庫(2006) ······ 308

◇おたすけ源四郎嵐殺剣(中岡潤一郎)コスミック・時代文庫 ······ 277

おたすけ源四郎嵐殺剣 孤狼(中岡潤一郎)コスミック・時代文庫(2005) ······ 277

おたすけ源四郎嵐殺剣 残刃(中岡潤一郎)コスミック・時代文庫(2006) ······ 277

おたすけ源四郎嵐殺剣 乱刃(中岡潤一郎)コスミック・時代文庫(2006) ······ 277

お助け侍奔る(菅靖匡)学研M文庫(2012) ······ 130

お助け長屋(芦川淳一)祥伝社文庫(2010) ······ 16

お助け人情剣(牧秀彦)二見時代小説文庫(2011) ······ 370

お助け奉公(牧秀彦)朝日文庫(2012) ······ 365

◇御助宿控帳(鳥羽亮)朝日文庫 ······ 260

御助宿控帳 おいぼれ剣鬼(鳥羽亮)朝日文庫(2010) ······ 260

御助宿控帳 雲の盗十郎(鳥羽亮)朝日文庫(2011) ······ 260

御助宿控帳 ごろんぼう(鳥羽亮)朝日文庫(2009) ······ 260

御助宿控帳 ももんじや(鳥羽亮)朝日文庫(2009) ······ 260

御助宿控帳 百獣屋の猛者たち(鳥羽亮)朝日文庫(2013) ······ 260

お助け幽霊(芦川淳一)ハルキ文庫(2014) ······ 17

◇御畳奉行秘録(池端洋介)静山社文庫 ······ 40

御畳奉行秘録 暗闇の刺客(池端洋介)静山社文庫(2010) ······ 40

御畳奉行秘録 吉宗の陰謀(池端洋介)静山社文庫(2009) ······ 40

織田信雄(鈴木輝一郎)人物文庫(2013) ······ 219

織田信忠(近衛龍春)PHP文庫(2004) ······ 163

織田信長伝 →日本史の叛逆者(井沢元彦)角川文庫(2001) ······ 42

おたふく(山本一力)文春文庫(2013) ······ 417

お陀仏坂(鈴木英治)徳間文庫(2006) ······ 214

御試人山田朝右衛門(水沢龍樹)ベスト時代文庫(2008) ······ 380

落ちた花は西へ奔れ →秀頼、西へ(岡田秀文)光文社文庫(2007) ······ 90

落ちぬ椿(知野みさき)光文社文庫(2016) ······ 247

落雲雀(坂岡真)双葉文庫(2016) ······ 193

◇落ちぶれ同心と将軍さま(藤村与一郎)コスミック・時代文庫 ······ 356

落ちぶれ同心と将軍さま 〔1〕 まぼろしの声(藤村与一郎)コスミック・時代文庫(2014) ······ 356

作品名索引　　　　　　　　　　　　　　　　おとし

落ちぶれ同心と将軍さま　〔2〕　蜂のひと刺し（藤村与一郎）コスミック・時代文庫（2014）･････････････････････････････ 356

落ちぶれ同心と将軍さま　〔3〕　想い笛（藤村与一郎）コスミック・時代文庫（2014） ････ 357

落ちぶれ同心と将軍さま　〔4〕　上さま危機一髪（藤村与一郎）コスミック・時代文庫（2015）･･･････････････････････････････ 357

落ちぶれ同心と将軍さま　〔5〕　影踏みの秘剣（藤村与一郎）コスミック・時代文庫（2015）･･･････････････････････････････ 357

落ちぶれ同心と将軍さま　〔6〕　とらわれた家斉（藤村与一郎）コスミック・時代文庫（2015）･･･････････････････････････････ 357

落ちぶれ同心と将軍さま〔7〕旅立ちの花（藤村与一郎）コスミック・時代文庫（2016）･･･････････････････････････････ 357

おちゃっぴい（宇江佐真理）徳間文庫（2003）･･ 72

おちゃっぴい（宇江佐真理）文春文庫（2011）･･ 73

おちゃっぴい（堀川アサコ）講談社文庫（2016）･･･････････････････････････････････････ 363

おっかあ（鳥羽亮）双葉文庫（2009）････ 271

追っ手討ち（氷月葵）二見時代小説文庫（2015）･････････････････････････････････ 339

◇おっとり聖四郎事件控（井川香四郎）廣済堂文庫 ･･････････････････････････････････ 29

◇おっとり聖四郎事件控（井川香四郎）光文社文庫 ･･････････････････････････････････ 31

おっとり聖四郎事件控 1（井川香四郎）光文社文庫（2016）･････････････････････････ 31

おっとり聖四郎事件控 2 情けの露（井川香四郎）光文社文庫（2016）･･････････････ 31

おっとり聖四郎事件控 3 あやめ咲く（井川香四郎）光文社文庫（2016）･･･････････ 32

おっとり聖四郎事件控 4 落とし水（井川香四郎）光文社文庫（2016）･･････････････ 32

おっとり聖四郎事件控 5 鷹の爪（井川香四郎）光文社文庫（2016）･･････････････ 32

おっとり聖四郎事件控 6 天狗姫（井川香四郎）光文社文庫（2016）･･････････････ 32

おっとり聖四郎事件控 7 甘露の雨（井川香四郎）光文社文庫（2016）･･････････････ 32

おっとり聖四郎事件控 8 菜の花月（井川香四郎）光文社文庫（2016）･･････････････ 32

おっとり聖四郎事件控 あやめ咲く（井川香四郎）廣済堂文庫（2004）･･･････････ 29

おっとり聖四郎事件控 落とし水（井川香四郎）廣済堂文庫（2006）･･････････････ 29

おっとり聖四郎事件控 鷹の爪（井川香四郎）廣済堂文庫（2007）･････････････････ 29

おっとり聖四郎事件控 天狗姫（井川香四郎）廣済堂文庫（2007）･･･････････････････ 29

おっとり聖四郎事件控 菜の花月（井川香四郎）廣済堂文庫（2009）･･･････････････ 29

◇おっとり若旦那事件控（南房秀久）富士見新時代小説文庫 ･･････････････････････ 297

おっとり若旦那事件控 1 大江戸世間知らず（南房秀久）富士見新時代小説文庫（2013）･･････････････････････････････ 297

おっとり若旦那事件控 2 大江戸遊び暮らし（南房秀久）富士見新時代小説文庫（2014）･･････････････････････････････････ 297

おっとり若旦那事件控 3 大江戸宝さがし（南房秀久）富士見新時代小説文庫（2014） ････ 297

おっとり若旦那事件控 4 大江戸浮かれ歩き（南房秀久）富士見新時代小説文庫（2014）･･････････････････････････････････ 297

◇お通夜坊主龍念（鳴海丈）学研Ｍ文庫 ･･ 290
◇お通夜坊主龍念（鳴海丈）青樹社文庫 ･･ 294
◇お通夜坊主龍念（鳴海丈）徳間文庫 ･･･････ 295

お通夜坊主龍念 大江戸非情拳（鳴海丈）学研Ｍ文庫（2011）･･････････････････ 290

お通夜坊主龍念 極悪狩り（鳴海丈）青樹社文庫（1999）･････････････････････････ 294

お通夜坊主龍念 極悪狩り（鳴海丈）徳間文庫（2002）･･･････････････････････････ 295

お通夜坊主龍念 東海道無頼拳（鳴海丈）学研Ｍ文庫（2012）･･････････････････ 290

お通夜坊主龍念 無法狩り（鳴海丈）青樹社文庫（2000）･････････････････････････ 294

お通夜坊主龍念 無法狩り（鳴海丈）徳間文庫（2002）･･･････････････････････････ 295

お通夜坊主龍念事件帖 →お通夜坊主龍念（鳴海丈）青樹社文庫（1999）･････････････ 294

おてんば姫の恋（佐々木裕一）コスミック・時代文庫（2011）････････････････････ 196

おとぎ菓子（和田はつ子）ハルキ文庫（2010）･･･････････････････････････････････ 441

音吉少年漂流記（春名徹）必読名作シリーズ（1989）･･････････････････････････････ 324

男（牧秀彦）二見時代小説文庫（2009）･･････････ 370

俠気（小杉健治）光文社文庫（2015）･･････ 157

男坂（永井義男）学研Ｍ文庫（2007）･･･ 274

男ッ晴れ（井川香四郎）文春文庫（2011）･･･ 37

男の背中（牧秀彦）学研Ｍ文庫（2009）･･･ 366

落とし胤（宮城賢秀）学研Ｍ文庫（2006）･･ 383

落とし前（稲葉稔）双葉文庫（2014）･･･ 57

落とし水（井川香四郎）廣済堂文庫（2006）･････････････････････････････････ 29

落とし水（井川香四郎）光文社文庫（2016）･････････････････････････････････ 32

歴史時代小説文庫総覧 現代の作家　**481**

おとし

落とし水 →おっとり聖四郎事件控 4 (井川香四郎) 光文社文庫 (2016) ······ 32

音無しの凶銃 (牧秀彦) 学研M文庫 (2005) ······ 366

お殿さま復活 (聖龍人) コスミック・時代文庫 (2013) ······ 336

◇おとぼけ同心と小町姉妹 (霜月りつ) コスミック・時代文庫 ······ 205

おとぼけ同心と小町姉妹 〔2〕 雪坂の決闘 (霜月りつ) コスミック・時代文庫 (2014) ······ 205

おとぼけ同心と小町姉妹 〔3〕 夫婦桜 (霜月りつ) コスミック・時代文庫 (2015) ······ 205

おとぼけ同心と小町姉妹 ギヤマンの花 (霜月りつ) コスミック・時代文庫 (2014) ······ 205

乙女の夢 (佐々木裕一) 徳間文庫 (2011) ······ 197

御留山騒乱 →将軍家の秘宝 (出久根達郎) 実業之日本社文庫 (2014) ······ 254

おとら婆 (鳥羽亮) 双葉文庫 (2008) ······ 271

囮同心 (稲葉稔) 講談社文庫 (2012) ······ 52

囮の御用 (早見俊) 光文社文庫 (2015) ······ 316

◇お鳥見女房 (諸田玲子) 新潮文庫 ······ 406

お鳥見女房 (諸田玲子) 新潮文庫 (2005) ······ 406

お鳥見女房 狐狸の恋 (諸田玲子) 新潮文庫 (2008) ······ 406

お鳥見女房 巣立ち (諸田玲子) 新潮文庫 (2011) ······ 407

お鳥見女房 鷹姫さま (諸田玲子) 新潮文庫 (2007) ······ 406

お鳥見女房 蛍の行方 (諸田玲子) 新潮文庫 (2006) ······ 406

お鳥見女房 幽霊の涙 (諸田玲子) 新潮文庫 (2014) ······ 407

お鳥見女房 来春まで (諸田玲子) 新潮文庫 (2015) ······ 407

踊る陰陽師 (岩井三四二) 文春文庫 (2010) ······ 68

踊る千両桜 (聖龍人) 二見時代小説文庫 (2016) ······ 339

踊る殿さま (早見俊) コスミック・時代文庫 (2011) ······ 317

踊る女狐 (早見俊) 学研M文庫 (2011) ······ 315

棘の闇 (朝松健) 廣済堂モノノケ文庫 (2014) ······ 13

女泣川花ごよみ (牧南恭子) ワンツー時代小説文庫 (2005) ······ 372

女にこそあれ次郎法師 →井伊直虎 (梓沢要) 角川文庫 (2016) ······ 19

お情け戸塚宿 (小杉健治) 幻冬舎時代小説文庫 (2015) ······ 155

鬼あざみ (松本賢吾) 双葉文庫 (2007) ······ 378

鬼あざみ (諸田玲子) 講談社文庫 (2003) ······ 405

オニウドの里 (中谷航太郎) 新潮文庫 (2013) ······ 283

鬼を斬る (鳥羽亮) 徳間文庫 (2007) ······ 268

鬼押 (石月正広) 徳間文庫 (2001) ······ 44

鬼かげろう (片倉出雲) 朝日文庫 (2010) ······ 120

鬼風 (鳥羽亮) 双葉文庫 (2016) ······ 272

◇鬼がらす恋芝居 (黒木久勝) 双葉文庫 ······ 149

鬼がらす恋芝居 剣客大入 (黒木久勝) 双葉文庫 (2015) ······ 149

鬼がらす恋芝居 剣客花道 (黒木久勝) 双葉文庫 (2015) ······ 149

鬼狩りの梓馬 (武内涼) 角川ホラー文庫 (2014) ······ 232

◇鬼勘犯科帳 (池端洋介) コスミック・時代文庫 ······ 40

鬼勘犯科帳 2 怪盗うさぎ小僧 (池端洋介) コスミック・時代文庫 (2005) ······ 40

鬼勘犯科帳 初代火盗改・中山勘解由 (池端洋介) コスミック・時代文庫 (2005) ······ 40

鬼勘武芸帳封殺 (永井義男) 学研M文庫 (2002) ······ 274

鬼官兵衛烈風録 (中村彰彦) 角川文庫 (1995) ······ 284

鬼官兵衛烈風録 (中村彰彦) 日経文芸文庫 (2015) ······ 287

おにぎり、ころりん (高橋由太) 角川文庫 (2013) ······ 228

おにぎり、ちょうだい (高橋由太) 角川文庫 (2012) ······ 228

おにぎり、ぽろぽろ (高橋由太) 角川文庫 (2013) ······ 228

鬼蜘蛛 (庄司圭太) 光文社文庫 (2010) ······ 208

鬼小町 (森山茂里) 学研M文庫 (2008) ······ 404

鬼しぐれ 花の小十郎はぐれ剣 (花家圭太郎) 集英社文庫 (2010) ······ 306

鬼縛り (井川香四郎) 祥伝社文庫 (2010) ······ 33

鬼面斬り (鳥羽亮) 光文社文庫 (2016) ······ 264

鬼武迷惑剣 (永井義男) 学研M文庫 (2004) ······ 274

鬼武迷惑剣仮宅雀 (永井義男) 学研M文庫 (2004) ······ 274

鬼同心の涙 (和久田正明) 学研M文庫 (2013) ······ 432

鬼同心の涙 (和久田正明) 廣済堂文庫 (2004) ······ 433

鬼に喰われた女 (坂東眞砂子) 集英社文庫 (2009) ······ 328

鬼の大江戸ふしぎ帖 (和田はつ子) 宝島社文庫 (2015) ······ 440

鬼の大江戸ふしぎ帖 〔2〕 鬼が飛ぶ (和田はつ子) 宝島社文庫 (2016) ······ 441

作品名索引　　　　　　　　　　　　　　　　　おはけ

鬼の霍乱（葛葉康司）学研M文庫（2011）‥‥‥ 144
鬼の義（高妻秀樹）学研M文庫（2008）‥‥‥‥ 153
鬼の牙（和久田正明）廣済堂文庫（2007）‥‥‥ 434
鬼の祝言（小松エメル）ポプラ文庫ピュアフ
　ル（2013）‥‥‥‥‥‥‥‥‥‥‥‥‥‥‥‥ 167
鬼の武蔵（志津三郎）光文社文庫（2002）‥‥‥ 201
鬼の吉宗（麻倉一矢）ノン・ポシェット
　（1995）‥‥‥‥‥‥‥‥‥‥‥‥‥‥‥‥‥‥ 8
鬼花火（和久田正明）ハルキ文庫（2014）‥‥‥ 437
鬼火（庄司圭太）光文社文庫（2005）‥‥‥‥‥ 207
鬼火（松本賢吾）双葉文庫（2007）‥‥‥‥‥‥ 378
鬼彦組（鳥羽亮）文春文庫（2012）‥‥‥‥‥‥ 272
鬼船の城塞（鳴神響一）時代小説文庫（2016）
　‥‥‥‥‥‥‥‥‥‥‥‥‥‥‥‥‥‥‥‥‥‥ 289
鬼振袖（河治和香）小学館文庫（2009）‥‥‥‥ 129
鬼平殺し（えとう乱星）コスミック・時代文庫
　（2004）‥‥‥‥‥‥‥‥‥‥‥‥‥‥‥‥‥‥ 84
鬼法眼（和田はつ子）廣済堂文庫（2009）‥‥‥ 439
鬼、群れる（鳥羽亮）祥伝社文庫（2008）‥‥‥ 266
◇鬼役（坂岡真）光文社文庫 ‥‥‥‥‥‥‥‥‥ 188
鬼役 1（坂岡真）光文社文庫（2012）‥‥‥‥‥ 188
鬼役 2 刺客（坂岡真）光文社文庫（2012）‥‥‥ 188
鬼役 3 乱心（坂岡真）光文社文庫（2012）‥‥‥ 188
鬼役 4 遺恨（坂岡真）光文社文庫（2012）‥‥‥ 188
鬼役 5 惜別（坂岡真）光文社文庫（2012）‥‥‥ 188
鬼役 6 間者（坂岡真）光文社文庫（2012）‥‥‥ 188
鬼役 7 成敗（坂岡真）光文社文庫（2012）‥‥‥ 188
鬼役 8 覚悟（坂岡真）光文社文庫（2013）‥‥‥ 188
鬼役 9 大義（坂岡真）光文社文庫（2013）‥‥‥ 188
鬼役 10 血路（坂岡真）光文社文庫（2013）‥‥ 188
鬼役 11 矜持（坂岡真）光文社文庫（2014）‥‥ 188
鬼役 12 切腹（坂岡真）光文社文庫（2014）‥‥ 188
鬼役 13 家督（坂岡真）光文社文庫（2014）‥‥ 188
鬼役 14 気骨（坂岡真）光文社文庫（2015）‥‥ 188
鬼役 15 手練（坂岡真）光文社文庫（2015）‥‥ 188
鬼役 16 一命（坂岡真）光文社文庫（2015）‥‥ 188
鬼役 17 慟哭（坂岡真）光文社文庫（2015）‥‥ 189
鬼役 18 跡目（坂岡真）光文社文庫（2016）‥‥ 189
鬼役 19 予兆（坂岡真）光文社文庫（2016）‥‥ 189
鬼役 20 運命（坂岡真）光文社文庫（2016）‥‥ 189
鬼役外伝（坂岡真）光文社文庫（2016）‥‥‥‥ 189
◇鬼役矢背蔵人介（坂岡真）学研M文庫 ‥‥‥ 186
鬼役矢背蔵人介 青時雨の夜叉（坂岡真）学研
　M文庫（2006）‥‥‥‥‥‥‥‥‥‥‥‥‥‥ 186
鬼役矢背蔵人介 炎天の刺客（坂岡真）学研M
　文庫（2005）‥‥‥‥‥‥‥‥‥‥‥‥‥‥‥ 186
鬼役矢背蔵人介 秋色の風（坂岡真）学研M文
　庫（2007）‥‥‥‥‥‥‥‥‥‥‥‥‥‥‥‥ 186
鬼役矢背蔵人介 春の修羅（坂岡真）学研M文
　庫（2005）‥‥‥‥‥‥‥‥‥‥‥‥‥‥‥‥ 186

鬼役矢背蔵人介 冬木立の月（坂岡真）学研M
　文庫（2006）‥‥‥‥‥‥‥‥‥‥‥‥‥‥‥ 186
鬼夜叉（藤井邦夫）光文社文庫（2010）‥‥‥‥ 348
鬼やらい（小松エメル）ポプラ文庫ピュアフ
　ル（2011）‥‥‥‥‥‥‥‥‥‥‥‥‥‥‥‥ 167
鬼は徒花（稲葉稔）徳間文庫（2007）‥‥‥‥‥ 54
御庭番隠密控（宮城賢秀）桃園文庫（2004）
　‥‥‥‥‥‥‥‥‥‥‥‥‥‥‥‥‥‥‥‥‥‥ 388
◇御庭番宰領（大久保智弘）二見時代小説文
　庫 ‥‥‥‥‥‥‥‥‥‥‥‥‥‥‥‥‥‥‥‥ 88
御庭番宰領 3 吉原宵心中（大久保智弘）二見
　時代小説文庫（2007）‥‥‥‥‥‥‥‥‥‥‥ 88
御庭番宰領 4 秘花伝（大久保智弘）二見時代
　小説文庫（2009）‥‥‥‥‥‥‥‥‥‥‥‥‥ 88
御庭番宰領 5 無の剣（大久保智弘）二見時代
　小説文庫（2010）‥‥‥‥‥‥‥‥‥‥‥‥‥ 88
御庭番宰領 6 妖花伝（大久保智弘）二見時代
　小説文庫（2011）‥‥‥‥‥‥‥‥‥‥‥‥‥ 88
御庭番宰領 7 白魔伝（大久保智弘）二見時代
　小説文庫（2012）‥‥‥‥‥‥‥‥‥‥‥‥‥ 88
御庭番宰領 孤剣、闇を翔ける（大久保智弘）
　二見時代小説文庫（2006）‥‥‥‥‥‥‥‥‥ 88
御庭番宰領 水妖伝（大久保智弘）二見時代小
　説文庫（2006）‥‥‥‥‥‥‥‥‥‥‥‥‥‥ 88
◇御庭番の二代目（氷月葵）二見時代小説文
　庫 ‥‥‥‥‥‥‥‥‥‥‥‥‥‥‥‥‥‥‥‥ 340
御庭番の二代目 1 将軍の跡継ぎ（氷月葵）二
　見時代小説文庫（2016）‥‥‥‥‥‥‥‥‥‥ 340
御庭番の二代目 2 藩主の乱（氷月葵）二見時
　代小説文庫（2016）‥‥‥‥‥‥‥‥‥‥‥‥ 340
◇御庭番平九郎（北川哲史）廣済堂文庫 ‥‥‥ 133
御庭番平九郎 佐渡漁り火哀歌（北川哲史）廣
　済堂文庫（2006）‥‥‥‥‥‥‥‥‥‥‥‥‥ 133
御庭番平九郎 徳川御三卿の陰謀（北川哲史）
　廣済堂文庫（2007）‥‥‥‥‥‥‥‥‥‥‥‥ 133
御庭番平九郎 白桜の剣（北川哲史）廣済堂文
　庫（2005）‥‥‥‥‥‥‥‥‥‥‥‥‥‥‥‥ 133
御庭番平九郎 花吹雪吉原（北川哲史）廣済堂
　文庫（2005）‥‥‥‥‥‥‥‥‥‥‥‥‥‥‥ 133
御庭番平九郎 矢切の渡し（北川哲史）廣済堂
　文庫（2006）‥‥‥‥‥‥‥‥‥‥‥‥‥‥‥ 133
隠猿の剣（鳥羽亮）講談社文庫（1998）‥‥‥‥ 264
おねだり女房（宮本昌孝）講談社文庫（2010）
　‥‥‥‥‥‥‥‥‥‥‥‥‥‥‥‥‥‥‥‥‥‥ 395
慄く瞳にくちずさめ（結城光流）角川ビーン
　ズ文庫（2013）‥‥‥‥‥‥‥‥‥‥‥‥‥‥ 421
おばかなことよ（沖田正午）徳間文庫（2011）
　‥‥‥‥‥‥‥‥‥‥‥‥‥‥‥‥‥‥‥‥‥‥ 95
おはぐろとんぼ（宇江佐真理）実業之日本社
　文庫（2011）‥‥‥‥‥‥‥‥‥‥‥‥‥‥‥ 70
お化け指南（聖龍人）二見時代小説文庫
　（2013）‥‥‥‥‥‥‥‥‥‥‥‥‥‥‥‥‥‥ 338

歴史時代小説文庫総覧 現代の作家　483

お化け大黒（平谷美樹）光文社文庫（2013） …… *341*
お化け大名（幡大介）双葉文庫（2011） …… *326*
◇おばちゃんくノ一小笑組（多田容子）PHP文芸文庫 …… *235*
おばちゃんくノ一小笑組（多田容子）PHP文芸文庫（2011） …… *235*
おばちゃんくノ一小笑組 女忍隊の罠（多田容子）PHP文芸文庫（2013） …… *235*
お腹召しませ（浅田次郎）中公文庫（2008） …… *10*
お日柄もよく（森真沙子）二見時代小説文庫（2011） …… *402*
お百度橋（聖龍人）廣済堂文庫（2013） …… *335*
◇御広敷用人大奥記録（上田秀人）光文社文庫 …… *76*
御広敷用人大奥記録 1 女の陥穽（上田秀人）光文社文庫（2012） …… *76*
御広敷用人大奥記録 2 化粧の裏（上田秀人）光文社文庫（2012） …… *76*
御広敷用人大奥記録 3 小袖の陰（上田秀人）光文社文庫（2013） …… *76*
御広敷用人大奥記録 4 鏡の欠片（上田秀人）光文社文庫（2013） …… *76*
御広敷用人大奥記録 5 血の扇（上田秀人）光文社文庫（2014） …… *76*
御広敷用人大奥記録 6 茶会の乱（上田秀人）光文社文庫（2014） …… *76*
御広敷用人大奥記録 7 操の護り（上田秀人）光文社文庫（2015） …… *76*
御広敷用人大奥記録 8 柳眉の角（上田秀人）光文社文庫（2015） …… *76*
御広敷用人大奥記録 9 典雅の闇（上田秀人）光文社文庫（2016） …… *76*
御広敷用人大奥記録 10 情愛の奸（上田秀人）光文社文庫（2016） …… *76*
お奉行様の土俵入り（田中啓文）集英社文庫（2015） …… *237*
お奉行様のフカ退治（田中啓文）集英社文庫（2015） …… *237*
お奉行、水がありません！（山本雄生）徳間文庫（2016） …… *419*
お文の影（宮部みゆき）角川文庫（2014） …… *392*
未通（おぼこ）姫と蜜剣客（八神淳一）イースト・プレス悦文庫（2014） …… *408*
溺れた閻魔（早見俊）角川文庫（2015） …… *315*
溺れ花（岳真也）講談社文庫（2006） …… *102*
おぼろ隠密記（六道慧）光文社文庫（2000） …… *428*
おぼろ隠密記 歌比丘尼ノ巻（六道慧）光文社文庫（2002） …… *428*
おぼろ隠密記 振袖御霊ノ巻（六道慧）光文社文庫（2001） …… *428*
おぼろ隠密記 大奥騒乱ノ巻（六道慧）光文社文庫（2001） …… *428*
おぼろ隠密記 夢歌舞伎ノ巻（六道慧）光文社文庫（2001） …… *428*
◇朧月お小夜（早瀬詠一郎）双葉文庫 …… *314*
朧月お小夜 上げ帆に富士（早瀬詠一郎）双葉文庫（2012） …… *314*
朧月お小夜 月に上げ帆（早瀬詠一郎）双葉文庫（2011） …… *314*
朧月お小夜 富士に群雲（早瀬詠一郎）双葉文庫（2012） …… *314*
朧月夜の怪（青木祐子）富士見新時代小説文庫（2013） …… *2*
おぼろ谷心中 →溺れ花（岳真也）講談社文庫（2006） …… *102*
おぼろ秘剣帖 →おぼろ秘剣帳（火坂雅志）学研M文庫（2002） …… *329*
おぼろ秘剣帖（火坂雅志）廣済堂文庫（2000） …… *330*
おぼろ秘剣帳（火坂雅志）学研M文庫（2002） …… *329*
おぼろ舟（藤原緋沙子）廣済堂文庫（2003） …… *359*
おぼろ舟（藤原緋沙子）光文社文庫（2016） …… *360*
◇朧屋彦六世直し草紙（飯島一次）双葉文庫 …… *25*
朧屋彦六世直し草紙 浮世頭巾（飯島一次）双葉文庫（2013） …… *25*
朧屋彦六世直し草紙 四十七人の盗賊（飯島一次）双葉文庫（2013） …… *25*
朧屋彦六世直し草紙 風雷奇談（飯島一次）双葉文庫（2013） …… *25*
おぼろ雪（池端洋介）学研M文庫（2010） …… *39*
おまえさん　上（宮部みゆき）講談社文庫（2011） …… *393*
おまえさん　下（宮部みゆき）講談社文庫（2011） …… *393*
お任せあれ（坂岡真）祥伝社文庫（2013） …… *189*
おまかせなされ（沖田正午）徳間文庫（2010） …… *94*
おまけのこ（畠中恵）新潮文庫（2007） …… *304*
◇お髷番承り候（上田秀人）徳間文庫 …… *78*
お髷番承り候 1 潜謀の影（上田秀人）徳間文庫（2010） …… *78*
お髷番承り候 2 奸闘の緒（上田秀人）徳間文庫（2011） …… *78*
お髷番承り候 3 血族の澱（上田秀人）徳間文庫（2011） …… *78*

お畓番承り候 4 傾国の策(上田秀人)徳間文庫(2012) ………………………… 78

お畓番承り候 6 鳴動の徴(上田秀人)徳間文庫(2013) ………………………… 78

お畓番承り候 7 流動の渦(上田秀人)徳間文庫(2013) ………………………… 78

お畓番承り候 8 騒擾の発(上田秀人)徳間文庫(2014) ………………………… 78

お畓番承り候 9 登竜の標(上田秀人)徳間文庫(2014) ………………………… 78

お畓番承り候 10 君臣の想(上田秀人)徳間文庫(2015) ………………………… 78

御町見役うずら伝右衛門 上(東郷隆)講談社文庫(2002) ……………………… 255

御町見役うずら伝右衛門 下(東郷隆)講談社文庫(2002) ……………………… 255

御町見役うずら伝右衛門・町あるき(東郷隆)講談社文庫(2005) ……………… 255

御縄奉行闇始末(喜安幸夫)学研M文庫 …… 136

御縄奉行闇始末 うごめく陰謀(喜安幸夫)学研M文庫(2010) ………………… 136

御縄奉行闇始末 迫りくる危機(喜安幸夫)学研M文庫(2011) ………………… 136

御縄奉行闇始末 果てなき密命(喜安幸夫)学研M文庫(2010) ………………… 136

御縄奉行闇始末 見えた野望(喜安幸夫)学研M文庫(2010) …………………… 136

御縄奉行闇始末 野望の果て(喜安幸夫)学研M文庫(2011) …………………… 136

御縄奉行闇始末 柳営の遠謀(喜安幸夫)学研M文庫(2011) …………………… 136

お神酒徳利(山本一力)祥伝社文庫(2008) ………………………………………… 415

女郎花は死の匂い(原田真介)廣済堂文庫(2005) ………………………………… 324

◇お目付役長屋控え(笛吹明生)学研M文庫 … 343

お目付役長屋控え 雨やどり(笛吹明生)学研M文庫(2011) …………………… 344

お目付役長屋控え 隠しごと(笛吹明生)学研M文庫(2011) …………………… 344

お目付役長屋控え 心のこり(笛吹明生)学研M文庫(2011) …………………… 344

お目付役長屋控え なりすまし(笛吹明生)学研M文庫(2010) ………………… 343

想い川(森山茂里)学研M文庫(2006) ……… 404

思川契り(稲葉稔)光文社文庫(2012) …… 52

想い雲(高田郁)ハルキ文庫(2010) ……… 224

想い月(飯野笙子)コスミック・時代文庫(2015) ………………………………… 27

思い出鍋(和田はつ子)ハルキ文庫(2010) ………………………………………… 441

おもいで橋(聖龍人)コスミック・時代文庫(2010) ……………………………… 336

◇思い出料理人(松岡弘一)徳間文庫 ……… 376

思い出料理人 涙めし(松岡弘一)徳間文庫(2012) ……………………………… 376

思い出料理人 嫁菜雑炊(松岡弘一)徳間文庫(2012) …………………………… 376

想い橋(聖龍人)コスミック・時代文庫(2012) …………………………………… 336

想い笛(藤村与一郎)コスミック・時代文庫(2014) ……………………………… 357

想い螢(飯野笙子)学研M文庫(2008) ……… 26

想いやなぎ(和田はつ子)小学館文庫(2007) ……………………………………… 440

思いやれども行くかたもなし(結城光流)角川ビーンズ文庫(2007) …………… 420

面影小町伝(米村圭伍)新潮文庫(2003) …… 427

おもかげ坂(聖龍人)コスミック・時代文庫(2006) ……………………………… 337

面影探し(沖田正午)幻冬舎文庫(2008) …… 93

面影汁(倉阪鬼一郎)二見時代小説文庫(2012) …………………………………… 148

面影に立つ(鳥羽亮)幻冬舎時代小説文庫(2014) ………………………………… 261

おもかげ橋(葉室麟)幻冬舎時代小説文庫(2015) ………………………………… 309

面影橋の怪(浅黄斑)ベスト時代文庫(2009) ………………………………………… 7

面影橋の怪 →半十郎影始末〔2〕(浅黄斑)コスミック・時代文庫(2014) ………… 6

◇表御番医師診療禄(上田秀人)角川文庫 …… 73

表御番医師診療禄 1 切開(上田秀人)角川文庫(2013) …………………………… 73

表御番医師診療禄 2 縫合(上田秀人)角川文庫(2013) …………………………… 73

表御番医師診療禄 3 解毒(上田秀人)角川文庫(2014) …………………………… 73

表御番医師診療禄 4 悪血(上田秀人)角川文庫(2014) …………………………… 73

表御番医師診療禄 5 摘出(上田秀人)角川文庫(2015) …………………………… 73

表御番医師診療禄 6 往診(上田秀人)角川文庫(2015) …………………………… 73

表御番医師診療禄 7 研鑽(上田秀人)角川文庫(2016) …………………………… 74

表御番医師診療禄 8 乱用(上田秀人)角川文庫(2016) …………………………… 74

思惑(上田秀人)講談社文庫(2013) ……… 75

父子(おやこ)雨情(稲葉稔)双葉文庫(2014) …………………………………… 57

父子雨情(稲葉稔)双葉文庫(2007) ……… 55

母子（おやこ）剣法（鳥羽亮）幻冬舎時代小説文庫（2014） ……… *261*

親子坂（辻堂魁）学研M文庫（2013） ……… *250*

親子坂（辻堂魁）ベスト時代文庫（2009） …… *253*

父子時雨（鎌田樹）廣済堂文庫（2007） ……… *127*

◇父子十手捕物日記（鈴木英治）徳間文庫 …… *214*

父子十手捕物日記（鈴木英治）徳間文庫（2004） ……… *214*

父子十手捕物日記 蒼い月（鈴木英治）徳間文庫（2005） ……… *214*

父子十手捕物日記 一輪の花（鈴木英治）徳間文庫（2005） ……… *214*

父子十手捕物日記 息吹く魂（鈴木英治）徳間文庫（2010） ……… *214*

父子十手捕物日記 お陀仏坂（鈴木英治）徳間文庫（2006） ……… *214*

父子十手捕物日記 門出の陽射し（鈴木英治）徳間文庫（2009） ……… *214*

父子十手捕物日記 さまよう人（鈴木英治）徳間文庫（2008） ……… *214*

父子十手捕物日記 地獄の釜（鈴木英治）徳間文庫（2007） ……… *214*

父子十手捕物日記 鳥かご（鈴木英治）徳間文庫（2006） ……… *214*

父子十手捕物日記 情けの背中（鈴木英治）徳間文庫（2008） ……… *214*

父子十手捕物日記 なびく髪（鈴木英治）徳間文庫（2007） ……… *214*

父子十手捕物日記 春風そよぐ（鈴木英治）徳間文庫（2005） ……… *214*

父子十手捕物日記 ふたり道（鈴木英治）徳間文庫（2010） ……… *214*

父子十手捕物日記 町方燃ゆ（鈴木英治）徳間文庫（2008） ……… *214*

父子十手捕物日記 結ぶ縁（鈴木英治）徳間文庫（2007） ……… *214*

父子十手捕物日記 夫婦笑み（鈴木英治）徳間文庫（2010） ……… *214*

父子十手捕物日記 夜鳴き蟬（鈴木英治）徳間文庫（2006） ……… *214*

父子十手捕物日記 浪人半九郎（鈴木英治）徳間文庫（2009） ……… *214*

父子凧（鳥羽亮）双葉文庫（2007） ……… *270*

母子燕（今井絵美子）ハルキ文庫（2007） …… *65*

親子の絆（稲葉稔）光文社文庫（2009） …… *52*

父子（おやこ）の剣（早見俊）二見時代小説文庫（2009） ……… *321*

親子の鷹（早瀬詠一郎）コスミック・時代文庫（2016） ……… *313*

父子（おやこ）の峠（辻堂魁）学研M文庫（2015） ……… *250*

おやこ豆（和田はつ子）ハルキ文庫（2013） ……… *442*

◇父子目付勝手成敗（小林力）学研M文庫 …… *166*

父子目付勝手成敗（小林力）学研M文庫（2008） ……… *166*

父子目付勝手成敗 いかさま奉行（小林力）学研M文庫（2009） ……… *166*

父子目付勝手成敗 深川の隠居（小林力）学研M文庫（2008） ……… *166*

親鳥子鳥（今井絵美子）双葉文庫（2015） …… *65*

女形殺し（小杉健治）祥伝社文庫（2007） …… *157*

御鑓拝借（佐伯泰英）幻冬舎文庫（2004） …… *171*

御鑓拝借（佐伯泰英）幻冬舎文庫（2011） …… *171*

御鑓拝借（佐伯泰英）文春文庫（2016） …… *185*

御赦し同心（木村友馨）祥伝社文庫（2008） ……… *135*

およのの恋（荒崎一海）徳間文庫（2007） …… *24*

◇およもん（朝松健）廣済堂文庫 ……… *13*

およもん いじめ妖怪撃退の巻（朝松健）廣済堂文庫（2014） ……… *13*

およもん 妖怪大決闘の巻（朝松健）廣済堂文庫（2014） ……… *13*

およもん かごめかごめの神隠し（朝松健）廣済堂文庫（2013） ……… *13*

阿蘭陀西鶴（朝井まかて）講談社文庫（2016） ……… *6*

阿蘭陀商館阿片密売秘聞（宮城賢秀）ケイブンシャ文庫（1999） ……… *383*

阿蘭陀麻薬商人（宮城賢秀）光文社文庫（2004） ……… *386*

オランダ宿の娘（葉室麟）ハヤカワ文庫JA（2012） ……… *310*

◇織江緋之介見参（上田秀人）徳間文庫 ……… *77*

織江緋之介見参1 悲恋の太刀（上田秀人）徳間文庫（2015） ……… *77*

織江緋之介見参2 不忘（わすれじ）の太刀（上田秀人）徳間文庫（2015） ……… *77*

織江緋之介見参3 孤影の太刀（上田秀人）徳間文庫（2016） ……… *77*

織江緋之介見参4 散華の太刀（上田秀人）徳間文庫（2016） ……… *78*

織江緋之介見参5 果断の太刀（上田秀人）徳間文庫（2016） ……… *78*

織江緋之介見参6 震撼の太刀（上田秀人）徳間文庫（2016） ……… *78*

織江緋之介見参7 終焉の太刀（上田秀人）徳間文庫（2016） ……… *78*

織江緋之介見参 果断の太刀（上田秀人）徳間文庫（2007） ……… *77*

織江緋之介見参 孤影の太刀（上田秀人）徳間文庫（2006） ……… *77*

作品名索引　　　　　　　　　　おんな

織江緋之介見参 散華の太刀(上田秀人)徳間
　文庫(2006) ……………………… 77
織江緋之介見参 終焉の太刀(上田秀人)徳間
　文庫(2009) ……………………… 77
織江緋之介見参 震撼の太刀(上田秀人)徳間
　文庫(2008) ……………………… 77
織江緋之介見参 悲恋の太刀(上田秀人)徳間
　文庫(2004) ……………………… 77
織江緋之介見参 不忘の太刀(上田秀人)徳間
　文庫(2005) ……………………… 77
折鶴の一刺し(沖田正午)幻冬舎時代小説文
　庫(2014) ………………………… 93
折鶴舞う(鳥羽亮)ハルキ文庫(2014) …… 269
お龍(植松三十里)新人物文庫(2009) …… 79
おれおれ騙りに気をつけな(沖田正午)徳間
　文庫(2013) ……………………… 95
俺のもんだぜ(沖田正午)徳間文庫(2014) … 95
おれも武士(おとこ)(鳥羽亮)双葉文庫
　(2011) …………………………… 272
おれは清麿(山本兼一)祥伝社文庫(2015)
　………………………………… 418
おれは清海入道(東郷隆)集英社文庫(2003)
　………………………………… 255
愚か者(藤井邦夫)双葉文庫(2015) …… 352
おろしゃ小僧常吉(宮城賢秀)ハルキ文庫
　(2001) …………………………… 389
雄呂血 上(富樫倫太郎)光文社文庫(2003)
　………………………………… 257
雄呂血 下(富樫倫太郎)光文社文庫(2003)
　………………………………… 257
雄呂血(宮城賢秀)廣済堂文庫(2003) … 385
雄呂血(宮城賢秀)桃園文庫(2005) …… 388
お笑いくだされ(沖田正午)徳間文庫(2013)
　………………………………… 95
尾張暗殺陣(牧秀彦)双葉文庫(2009) … 369
尾張ノ夏(佐伯泰英)双葉文庫(2010) … 184
終りみだれぬ(東郷隆)文春文庫(1998) … 256
尾張柳生秘剣(火坂雅志)祥伝社文庫(2000)
　………………………………… 332
追われ者(喜安幸夫)二見時代小説文庫
　(2013) …………………………… 140
追われ者(小杉健治)祥伝社文庫(2009) … 158
追われ者半次郎(小杉健治)宝島社文庫
　(2014) …………………………… 159
怨鬼の執(芝村凉也)講談社文庫(2015) … 203
御師弥五郎(西条奈加)祥伝社文庫(2014)
　………………………………… 169
怨讐(黒崎裕一郎)徳間文庫(2003) …… 151
怨讐狩り(牧秀彦)学研M文庫(2004) … 365
怨讐の旅路(野火迅)ポプラ文庫(2011) … 302
恩田木工(川村真二)PHP文庫(1997) …… 129

怨刀鬼切丸(鳥羽亮)祥伝社文庫(2004) …… 265
怨刀鬼切丸(鳥羽亮)祥伝社文庫(2011) …… 266
女市場 →吉原探索行(早坂倫太郎)大洋時代
　文庫 時代小説(2005) …………… 312
女市場(早坂倫太郎)徳間文庫(1998) …… 312
女陰陽師(加野厚志)祥伝社文庫(2000) … 126
女が怒れば虎の牙(風野真知雄)幻冬舎時代
　小説文庫(2016) ………………… 110
◇女が、さむらい(風野真知雄)角川文庫 …… 109
女が、さむらい(風野真知雄)角川文庫
　(2016) …………………………… 109
女が、さむらい 〔2〕 鯨を一太刀(風野真知
　雄)角川文庫(2016) ……………… 109
女が、さむらい 置きざり国広(風野真知雄)
　角川文庫(2016) ………………… 110
女甲冑録 →黒髪の太刀(東郷隆)文春文庫
　(2009) …………………………… 256
女神の助太刀(鈴木晴世)学研M文庫
　(2014) …………………………… 219
◇おんな瓦版うわさ屋千里の事件帖(入江棗)
　だいわ文庫 ……………………… 66
おんな瓦版うわさ屋千里の事件帖 茶屋娘(入
　江棗)だいわ文庫(2015) ………… 66
おんな瓦版うわさ屋千里の事件帖 浪花男(入
　江棗)だいわ文庫(2015) ………… 66
女義士(和久田正明)ハルキ文庫(2013) …… 437
女斬り →彦六捕物帖 外道編(鳴海丈)光文社
　文庫(2000) ……………………… 292
◇女剣客・沙雪(八神淳一)廣済堂文庫 …… 408
女剣客・沙雪 寝乱れ拝領刀始末(八神淳一)
　廣済堂文庫(2012) ……………… 408
女剣客・沙雪 秘めごと一万両(八神淳一)廣
　済堂文庫(2011) ………………… 408
女剣客・沙雪 秘め肌道中(八神淳一)廣済堂
　文庫(2012) ……………………… 408
女剣客・沙雪 やわ肌秘図(八神淳一)廣済堂
　文庫(2011) ……………………… 408
女剣士(鈴木英治)ハルキ文庫(2009) … 216
女剣士・一子相伝の影(多田容子)講談社文庫
　(2006) …………………………… 234
女剣士ふたり(鳥羽亮)幻冬舎文庫(2004)
　………………………………… 262
◇女剣士美涼(藤水名子)二見時代小説文庫
　………………………………… 346
女剣士美涼 1 枕橋の御前(藤水名子)二見時
　代小説文庫(2012) ……………… 346
女剣士美涼 2 姫君ご乱行(藤水名子)二見時
　代小説文庫(2012) ……………… 346
女殺し屋(坂岡真)徳間文庫(2006) …… 190
おんな侍(片岡麻紗子)徳間文庫(2008) …… 119

女仕置 →修羅の嵐（早坂倫太郎）大洋時代文庫 時代小説（2005） ……… 312
女仕置（早坂倫太郎）徳間文庫（1997） ……… 312
女刺客（和久田正明）双葉文庫（2009） ……… 438
女地獄 →復讐の血煙り（早坂倫太郎）大洋時代文庫 時代小説（2005） ……… 312
女地獄（早坂倫太郎）徳間文庫（1998） ……… 312
女地獄情艶剣（風間九郎）ベスト時代文庫（2006） ……… 105
女首領（宮城賢秀）双葉文庫（2005） ……… 390
女賞金稼ぎ紅雀 血風篇（片倉出雲）光文社文庫（2015） ……… 120
女賞金稼ぎ紅雀 閃刃篇（片倉出雲）光文社文庫（2016） ……… 120
◇女錠前師謎とき帖（田牧大和）新潮文庫 ……… 240
女錠前師謎とき帖 1 緋色からくり（田牧大和）新潮文庫（2011） ……… 240
女錠前師謎とき帖 2 数えからくり（田牧大和）新潮文庫（2013） ……… 240
おんな泉岳寺（諸田玲子）集英社文庫（2007） ……… 406
女たちの江戸開城 →大奥開城（植松三十里）双葉文庫（2008） ……… 80
◇女だてら麻布わけあり酒場（風野真知雄）幻冬舎時代小説文庫 ……… 110
女だてら麻布わけあり酒場（風野真知雄）幻冬舎時代小説文庫（2011） ……… 110
女だてら麻布わけあり酒場 2 未練坂の雪（風野真知雄）幻冬舎時代小説文庫（2011） …… 110
女だてら麻布わけあり酒場 3 夢泥棒（風野真知雄）幻冬舎時代小説文庫（2011） ……… 110
女だてら麻布わけあり酒場 4 涙橋の夜（風野真知雄）幻冬舎時代小説文庫（2011） ……… 110
女だてら麻布わけあり酒場 5 慕情の剣（風野真知雄）幻冬舎時代小説文庫（2011） ……… 110
女だてら麻布わけあり酒場 6 逃がし屋小鈴（風野真知雄）幻冬舎時代小説文庫（2012） ……… 110
女だてら麻布わけあり酒場 7 別れ船（風野真知雄）幻冬舎時代小説文庫（2012） ……… 110
女だてら麻布わけあり酒場 8 嘘つき（風野真知雄）幻冬舎時代小説文庫（2012） ……… 110
女だてら麻布わけあり酒場 9 星の河（風野真知雄）幻冬舎時代小説文庫（2013） ……… 110
女だてら麻布わけあり酒場 10 町の灯り（風野真知雄）幻冬舎時代小説文庫（2013） …… 110
◇女ねずみ（和久田正明）学研M文庫 ……… 433
女ねずみ忍び込み控（和久田正明）学研M文庫（2011） ……… 433
女ねずみ泥棒番付（和久田正明）学研M文庫（2012） ……… 433

女ねずみみだれ桜（和久田正明）学研M文庫（2012） ……… 433
女の陥穽（上田秀人）光文社文庫（2012） …… 76
おんな飛脚人（出久根達郎）講談社文庫（2001） ……… 253
おんな風水師乱れ色方陣（えとう乱星）徳間文庫（2000） ……… 85
女弁慶（麻倉一矢）二見時代小説文庫（2016） ……… 9
女彫り秘帖（江戸次郎）桃園文庫（2003） …… 83
怨霊斬り（庄司圭太）光文社文庫（2013） …… 208
御身お大事に（沖田正午）ハルキ文庫（2015） ……… 95
隠密（上田秀人）講談社文庫（2010） ……… 74
◇隠密味見方同心（風野真知雄）講談社文庫 ……… 111
隠密味見方同心 1 くじらの姿焼き騒動（風野真知雄）講談社文庫（2015） ……… 111
隠密味見方同心 2 干し卵不思議味（風野真知雄）講談社文庫（2015） ……… 111
隠密味見方同心 3 幸せの小福餅（風野真知雄）講談社文庫（2015） ……… 111
隠密味見方同心 4 恐怖の流しそうめん（風野真知雄）講談社文庫（2015） ……… 111
隠密味見方同心 5 フグの毒鍋（風野真知雄）講談社文庫（2016） ……… 111
隠密味見方同心 6 鵜の闇鍋（風野真知雄）講談社文庫（2016） ……… 111
隠密影始末（宮城賢秀）光文社文庫（2002） ……… 386
◇隠密家族（喜安幸夫）祥伝社文庫 ……… 139
隠密家族（喜安幸夫）祥伝社文庫（2012） …… 139
隠密家族 〔2〕 逆襲（喜安幸夫）祥伝社文庫（2012） ……… 139
隠密家族 攪乱（喜安幸夫）祥伝社文庫（2013） ……… 139
隠密家族 くノ一初陣（喜安幸夫）祥伝社文庫（2014） ……… 139
隠密家族 御落胤（喜安幸夫）祥伝社文庫（2015） ……… 139
隠密家族 難敵（喜安幸夫）祥伝社文庫（2013） ……… 139
隠密家族 日坂決戦（喜安幸夫）祥伝社文庫（2014） ……… 139
隠密家族 抜忍（喜安幸夫）祥伝社文庫（2014） ……… 139
隠密狩り（黒崎裕一郎）祥伝社文庫（2004） ……… 150
隠密狩り（牧秀彦）学研M文庫（2003） ……… 365
隠密御用一刀流（宮城賢秀）ハルキ文庫（2004） ……… 390
◇隠密助太刀稼業（宮城賢秀）ハルキ文庫 …… 389

作品名索引　　かいこ

隠密助太刀稼業（宮城賢秀）ハルキ文庫
　（2000）……………………………… 389
隠密助太刀稼業 2（宮城賢秀）ハルキ文庫
　（2000）……………………………… 389
隠密助太刀稼業 陰謀ノ砦（宮城賢秀）ハルキ
　文庫（2006）………………………… 389
隠密助太刀稼業 十三の敵討ち（宮城賢秀）ハ
　ルキ文庫（2001）…………………… 389
隠密助太刀稼業 老盗賊の逆襲（宮城賢秀）ハ
　ルキ文庫（2002）…………………… 389
隠密同心（小杉健治）角川文庫（2016） 155
隠密同心 2 黄泉の刺客（小杉健治）角川文庫
　（2016）……………………………… 155
隠密流れ旅（幡大介）双葉文庫（2014） 327
隠密の掟（宮城賢秀）ハルキ文庫（2008）…… 390
隠密拝命（稲葉稔）講談社文庫（2011） 51
隠密奉行 柘植長門守（藤水名子）二見時代小
　説文庫（2016）……………………… 346
◇隠密廻り朝寝坊起内（木村友馨）廣済堂文
　庫 ……………………………………… 135
隠密廻り朝寝坊起内 かたかげ（木村友馨）廣
　済堂文庫（2008）…………………… 135
隠密廻り朝寝坊起内 利き男（木村友馨）廣済
　堂文庫（2009）……………………… 135
隠密廻り朝寝坊起内 雛たちの寺（木村友馨）
　廣済堂文庫（2007）………………… 135
◇隠密廻り裏御用（喜安幸夫）学研M文庫 …… 136
隠密廻り裏御用 女難の二人（喜安幸夫）学研
　M文庫（2013）……………………… 136
隠密廻り裏御用 闇の仇討ち（喜安幸夫）学研
　M文庫（2013）……………………… 136
◇隠密廻り無明情話（稲葉稔）廣済堂文庫 …… 51
隠密廻り無明情話 地蔵橋の女（稲葉稔）廣済
　堂文庫（2007）……………………… 51
隠密廻り無明情話 宿怨（稲葉稔）廣済堂文庫
　（2005）……………………………… 51
隠密廻り無明情話 肥前屋騒動（稲葉稔）廣済
　堂文庫（2006）……………………… 51
隠密廻り無明情話 身代わり同心（稲葉稔）廣
　済堂文庫（2006）…………………… 51
隠密廻り無明情話 悪だくみ（稲葉稔）廣済堂
　文庫（2005）………………………… 51
おんみつ蜜姫（米村圭伍）新潮文庫（2007）
　…………………………………………… 427
隠密目付疾る（宮城賢秀）光文社文庫（2002）
　…………………………………………… 386
陰陽師阿部雨堂（田牧大和）新潮文庫（2016）
　…………………………………………… 241
◇陰陽師・安倍晴明（結城光流）角川文庫 …… 422
陰陽師・安倍晴明 その冥がりに、華の咲く
　（結城光流）角川文庫（2016）……… 423

陰陽師・安倍晴明 我、天命を覆す（結城光流）
　角川文庫（2013）…………………… 422
陰陽師破り（藤村与一郎）学研M文庫
　（2012）……………………………… 356
陰陽道・転生安倍晴明 源平騒乱（谷恒生）徳
　間文庫（2000）……………………… 238
陰陽道・転生安倍晴明 義経伝説（谷恒生）徳
　間文庫（2000）……………………… 238
◇陰陽道・転生安倍晴明（谷恒生）徳間文庫
　…………………………………………… 238
陰陽道・転生安倍晴明 義経起つ（谷恒生）徳
　間文庫（2000）……………………… 238
陰陽の城（磐紀一郎）ベスト時代文庫（2006）
　…………………………………………… 325
陰陽師九郎判官（田中啓文）コバルト文庫
　（2003）……………………………… 236
陰陽師狼蘭 1（小沢章友）学研M文庫（2001）
　…………………………………………… 97
陰陽師狼蘭 2（小沢章友）学研M文庫（2001）
　…………………………………………… 97
怨霊（小杉健治）ハルキ文庫（2007）…… 159
怨霊を斬る（鳥羽亮）実業之日本社文庫
　（2015）……………………………… 265
怨霊崩し（千野隆司）双葉文庫（2008）…… 246

【 か 】

開運指南（小早川涼）徳間文庫（2015）……… 165
開運せいろ（倉阪鬼一郎）光文社文庫（2014）
　…………………………………………… 146
海援隊烈風録（二宮隆雄）角川文庫（2002）
　…………………………………………… 299
海王 上 蒼波ノ太刀（宮本昌孝）徳間文庫
　（2011）……………………………… 396
海王 中 潮流ノ太刀（宮本昌孝）徳間文庫
　（2011）……………………………… 396
海王 下 解纜ノ太刀（宮本昌孝）徳間文庫
　（2011）……………………………… 396
海峡遥か（井川香四郎）徳間文庫（2009） 34
海峡炎ゆ（森真沙子）二見時代小説文庫
　（2016）……………………………… 403
Kaiketsu！赤頭巾侍（鯨統一郎）徳間文庫
　（2009）……………………………… 143
開港（佐伯泰英）講談社文庫（2014）……… 173
邂逅の紅蓮（芝村凉也）講談社文庫（2016）
　…………………………………………… 204
海国記 →平家三代 上（服部真澄）中公文庫
　（2012）……………………………… 306
海国記 →平家三代 下（服部真澄）中公文庫
　（2012）……………………………… 306

歴史時代小説文庫総覧 現代の作家　**489**

かいこ　　　　作品名索引

海国記 上巻（服部真澄）新潮文庫（2008）‥‥ *306*
海国記 下巻（服部真澄）新潮文庫（2008）‥‥ *306*
介錯（乾荘次郎）講談社文庫（2008）‥‥‥‥ 58
◇介錯人・野晒唐十郎（鳥羽亮）祥伝社文庫
‥‥‥‥‥‥‥‥‥‥‥‥‥‥‥‥‥‥‥‥ *265*
介錯人・野晒唐十郎 1 鬼哭の剣（鳥羽亮）祥
　伝社文庫（2011）‥‥‥‥‥‥‥‥‥‥‥ *266*
介錯人・野晒唐十郎 2 妖（あやか）し陽炎の
　剣（鳥羽亮）祥伝社文庫（2011）‥‥‥‥‥ *266*
介錯人・野晒唐十郎 3 妖鬼飛蝶の剣（鳥羽亮）
　祥伝社文庫（2011）‥‥‥‥‥‥‥‥‥‥ *266*
介錯人・野晒唐十郎 4 双蛇の剣（鳥羽亮）祥
　伝社文庫（2011）‥‥‥‥‥‥‥‥‥‥‥ *266*
介錯人・野晒唐十郎 5 雷神の剣（鳥羽亮）祥
　伝社文庫（2011）‥‥‥‥‥‥‥‥‥‥‥ *266*
介錯人・野晒唐十郎 6 悲恋斬り（鳥羽亮）祥
　伝社文庫（2011）‥‥‥‥‥‥‥‥‥‥‥ *266*
介錯人・野晒唐十郎 7 飛龍の剣（鳥羽亮）祥
　伝社文庫（2011）‥‥‥‥‥‥‥‥‥‥‥ *266*
介錯人・野晒唐十郎 8 妖剣おぼろ返し（鳥羽
　亮）祥伝社文庫（2011）‥‥‥‥‥‥‥‥ *266*
介錯人・野晒唐十郎 9 鬼哭霞飛燕（鳥羽亮）
　祥伝社文庫（2011）‥‥‥‥‥‥‥‥‥‥ *266*
介錯人・野晒唐十郎 10 怨刀鬼切丸（鳥羽亮）
　祥伝社文庫（2011）‥‥‥‥‥‥‥‥‥‥ *266*
介錯人・野晒唐十郎 15 双鬼（鳥羽亮）祥伝社
　文庫（2009）‥‥‥‥‥‥‥‥‥‥‥‥‥ *266*
介錯人・野晒唐十郎 番外編 京洛斬鬼（鳥羽
　亮）祥伝社文庫（2011）‥‥‥‥‥‥‥‥ *266*
介錯人・野晒唐十郎 妖し陽炎の剣（鳥羽亮）
　祥伝社文庫（1999）‥‥‥‥‥‥‥‥‥‥ *265*
介錯人・野晒唐十郎 怨刀鬼切丸（鳥羽亮）祥
　伝社文庫（2004）‥‥‥‥‥‥‥‥‥‥‥ *265*
介錯人・野晒唐十郎 鬼哭霞飛燕（鳥羽亮）祥
　伝社文庫（2003）‥‥‥‥‥‥‥‥‥‥‥ *265*
介錯人・野晒唐十郎 鬼哭の剣（鳥羽亮）祥伝
　社文庫（1998）‥‥‥‥‥‥‥‥‥‥‥‥ *265*
介錯人・野晒唐十郎 死化粧（鳥羽亮）祥伝社
　文庫（2006）‥‥‥‥‥‥‥‥‥‥‥‥‥ *265*
介錯人・野晒唐十郎 双蛇の剣（鳥羽亮）祥伝
　社文庫（2000）‥‥‥‥‥‥‥‥‥‥‥‥ *265*
介錯人・野晒唐十郎 眠り首（鳥羽亮）祥伝社
　文庫（2008）‥‥‥‥‥‥‥‥‥‥‥‥‥ *266*
介錯人・野晒唐十郎 必殺剣虎伏（鳥羽亮）祥
　伝社文庫（2007）‥‥‥‥‥‥‥‥‥‥‥ *266*
介錯人・野晒唐十郎 悲の剣（鳥羽亮）祥伝社
　文庫（2005）‥‥‥‥‥‥‥‥‥‥‥‥‥ *265*
介錯人・野晒唐十郎 飛龍の剣（鳥羽亮）祥伝
　社文庫（2002）‥‥‥‥‥‥‥‥‥‥‥‥ *265*
介錯人・野晒唐十郎 悲恋斬り（鳥羽亮）祥伝
　社文庫（2002）‥‥‥‥‥‥‥‥‥‥‥‥ *265*

介錯人・野晒唐十郎 妖鬼飛蝶の剣（鳥羽亮）
　祥伝社文庫（1999）‥‥‥‥‥‥‥‥‥‥ *265*
介錯人・野晒唐十郎 妖剣おぼろ返し（鳥羽亮）
　祥伝社文庫（2003）‥‥‥‥‥‥‥‥‥‥ *265*
介錯人・野晒唐十郎 雷神の剣（鳥羽亮）祥伝
　社文庫（2001）‥‥‥‥‥‥‥‥‥‥‥‥ *265*
介錯人別所龍玄始末（辻堂魁）宝島社文庫
　（2015）‥‥‥‥‥‥‥‥‥‥‥‥‥‥‥ *252*
海商（柳蒼二郎）徳間文庫（2012）‥‥‥‥ *412*
海将伝（中村彰彦）角川文庫（2000）‥‥‥ *285*
海将伝（中村彰彦）文春文庫（2011）‥‥‥ *287*
海戦（佐伯泰英）講談社文庫（2009）‥‥‥ *172*
海賊ケ浦（井川香四郎）幻冬舎時代小説文庫
　（2011）‥‥‥‥‥‥‥‥‥‥‥‥‥‥‥ 29
海賊大名（麻倉一矢）二見時代小説文庫
　（2016）‥‥‥‥‥‥‥‥‥‥‥‥‥‥‥‥ 9
開祖・石舟斎を凌いだ無刀の剣（火坂雅志）祥
　伝社文庫（1999）‥‥‥‥‥‥‥‥‥‥‥ *331*
怪談岩淵屋敷（鳥羽亮）双葉文庫（2008）‥ *272*
開帳師（藤井邦夫）祥伝社文庫（2015）‥‥ *350*
外伝虎の巻（岡本さとる）ハルキ文庫（2014）
‥‥‥‥‥‥‥‥‥‥‥‥‥‥‥‥‥‥‥‥ 92
回天の黒幕（加治将一）PHP文芸文庫
　（2012）‥‥‥‥‥‥‥‥‥‥‥‥‥‥‥ *106*
怪盗うさぎ小僧（池端洋介）コスミック・時代
　文庫（2005）‥‥‥‥‥‥‥‥‥‥‥‥‥ 40
街道の味（倉阪鬼一郎）角川文庫（2014）‥‥ *145*
街道の牙（黒崎裕一郎）徳間文庫（2006）‥ *151*
怪刀平丸（佐々木裕一）角川文庫（2013）‥ *194*
怪盗ましら小僧（芦川淳一）宝島社文庫
　（2014）‥‥‥‥‥‥‥‥‥‥‥‥‥‥‥‥ 16
快刀乱麻（幡大介）二見時代小説文庫（2008）
‥‥‥‥‥‥‥‥‥‥‥‥‥‥‥‥‥‥‥‥ *327*
◇快盗若さま幻四郎（聖龍人）コスミック・時
　代文庫‥‥‥‥‥‥‥‥‥‥‥‥‥‥‥‥ *336*
快盗若さま幻四郎（聖龍人）コスミック・時代
　文庫（2011）‥‥‥‥‥‥‥‥‥‥‥‥‥ *336*
快盗若さま幻四郎 〔2〕 宴のあと（聖龍人）
　コスミック・時代文庫（2012）‥‥‥‥‥ *336*
快盗若さま幻四郎 〔3〕 想い橋（聖龍人）コ
　スミック・時代文庫（2012）‥‥‥‥‥‥ *336*
貝紅（藤原緋沙子）双葉文庫（2012）‥‥‥ *362*
花影（天宮響一郎）ベスト時代文庫（2005）
‥‥‥‥‥‥‥‥‥‥‥‥‥‥‥‥‥‥‥‥ 22
◇楓の剣！（かたやま和華）富士見ミステリー
　文庫‥‥‥‥‥‥‥‥‥‥‥‥‥‥‥‥‥ *121*
楓の剣！（かたやま和華）富士見ミステリー
　文庫（2006）‥‥‥‥‥‥‥‥‥‥‥‥‥ *121*
楓の剣！ 2 ぬえの鳴く夜（かたやま和華）富
　士見ミステリー文庫（2006）‥‥‥‥‥‥ *121*

作品名索引　　かくし

楓の剣！　3 かげろふ人形（かたやま和華）富士見ミステリー文庫（2006）･････････ 121

返り討ち（岡本さとる）ハルキ文庫（2013）
　　･･････････････････････････････････････ 92

返り咲き三左（山田剛）学研M文庫（2013）
　　･････････････････････････････････････ 413

◇返り忠兵衛江戸見聞（芝村凉也）双葉文庫
　　･････････････････････････････････････ 204

返り忠兵衛江戸見聞 風花躍る（芝村凉也）双葉文庫（2012）･････････････････････ 204

返り忠兵衛江戸見聞 片蔭焦す（芝村凉也）双葉文庫（2013）･････････････････････ 204

返り忠兵衛江戸見聞 寒雷叫ぶ（芝村凉也）双葉文庫（2013）･････････････････････ 204

返り忠兵衛江戸見聞 黒雲兆す（芝村凉也）双葉文庫（2012）･････････････････････ 204

返り忠兵衛江戸見聞 湿風烟る（芝村凉也）双葉文庫（2011）･････････････････････ 204

返り忠兵衛江戸見聞 風巻凍ゆ（芝村凉也）双葉文庫（2014）･････････････････････ 204

返り忠兵衛江戸見聞 秋声惑う（芝村凉也）双葉文庫（2011）･････････････････････ 204

返り忠兵衛江戸見聞 刃風閃く（芝村凉也）双葉文庫（2014）･････････････････････ 204

返り忠兵衛江戸見聞 天風遙に（芝村凉也）双葉文庫（2014）･････････････････････ 204

返り忠兵衛江戸見聞 野分荒ぶ（芝村凉也）双葉文庫（2013）･････････････････････ 204

返り忠兵衛江戸見聞 春嵐立つ（芝村凉也）双葉文庫（2011）･････････････････････ 204

返り忠兵衛江戸見聞 蘖芽吹く（芝村凉也）双葉文庫（2013）･････････････････････ 204

返り忠兵衛江戸見聞 風炎咽ぶ（芝村凉也）双葉文庫（2014）･････････････････････ 204

返り忠兵衛江戸見聞 無月潜む（芝村凉也）双葉文庫（2012）･････････････････････ 204

返り忠兵衛江戸見聞 雄風翻（はため）く（芝村凉也）双葉文庫（2012）･････････ 204

帰り花（藤井邦夫）文春文庫（2012）･･･ 353

帰り花（藤井邦夫）ベスト時代文庫（2004）
　　･････････････････････････････････････ 354

帰り船（辻堂魁）祥伝社文庫（2010）･･･ 251

夏炎（小杉健治）祥伝社文庫（2011）･･･ 158

火怨（鳥羽亮）徳間文庫（2008）･･･････ 267

華焔（倉本由布）コバルト文庫（1993）･ 148

火焔斬り（庄司圭太）光文社文庫（2012）･ 208

火焔剣の突風（かぜ）（牧秀彦）光文社文庫（2010）･････････････････････････････ 367

火怨裁き（吉田雄亮）光文社文庫（2007）･･･ 424

火焔の剣風（城駿一郎）廣済堂文庫（2005）
　　･････････････････････････････････････ 206

顔なし勘兵衛（鳥羽亮）文春文庫（2016）･･ 272

顔のない絵師（飯島一次）双葉文庫（2016）
　　･････････････････････････････････････ 25

顔のない幽霊（谺雄一郎）PHP文芸文庫（2015）･････････････････････････････ 162

火蛾の舞（浅黄斑）二見時代小説文庫（2006）
　　･･･････････････････････････････････････ 6

加賀芳春記（祖父江一郎）ハルキ文庫（2001）
　　･････････････････････････････････････ 221

鏡の檻（結城光流）角川文庫（2011）･･･ 422

鏡の檻をつき破れ（結城光流）角川ビーンズ文庫（2002）･･････････････････････ 419

鏡の檻をつき破れ →少年陰陽師（おんみょうじ）（結城光流）角川文庫（2011）･･ 422

鏡の欠片（上田秀人）光文社文庫（2013）･････ 76

鏡の武将黒田官兵衛（上田秀人）徳間文庫（2008）･･･････････････････････････ 78

餓鬼草子の剣（高橋直樹）祥伝社文庫（2003）
　　･････････････････････････････････････ 225

柿のへた（梶よう子）集英社文庫（2013）･･･ 106

◇鍵屋お仙見立絵解き（山内美樹子）光文社文庫･･････････････････････････････ 413

鍵屋お仙見立絵解き 十六夜華泥棒（山内美樹子）光文社文庫（2006）･････････ 413

鍵屋お仙見立絵解き 善知鳥伝説闇小町（山内美樹子）光文社文庫（2007）･････ 413

角右衛門の恋（鈴木英治）中公文庫（2005）
　　･････････････････････････････････････ 213

覚悟（坂岡真）光文社文庫（2013）････ 188

覚悟しやがれ（沖田正午）祥伝社文庫（2011）
　　･････････････････････････････････････ 94

覚悟の算盤（千野隆司）双葉文庫（2011）･･･ 246

格下げ同心瀬戸七郎太（風野真知雄）ベスト時代文庫（2007）･･･････････････ 118

隠し金（藤井邦夫）文春文庫（2013）･･･ 353

隠し金（藤井邦夫）ベスト時代文庫（2010）
　　･････････････････････････････････････ 355

隠し神（井川香四郎）徳間文庫（2013）･･ 35

隠しごと（笛吹明生）学研M文庫（2011）･ 344

隠し子の宿（鈴木英治）中公文庫（2010）･ 213

隠し砦の死闘（飯野笙子）コスミック・時代文庫（2012）･････････････････････ 26

隠し人斬雪剣（村咲数馬）コスミック・時代文庫（2004）･････････････････････ 398

隠し人炎斬り（村咲数馬）コスミック・時代文庫（2004）･････････････････････ 398

隠し人無情剣（村咲数馬）コスミック・時代文庫（2004）･････････････････････ 398

隠し仏（三宅登茂子）廣済堂文庫（2011）･･･ 392

◇隠し目付植木屋陣蔵（乾荘次郎）学研M文庫･･････････････････････････････ 58

隠し目付植木屋陣蔵（乾荘次郎）学研M文庫（2006）･･･････････････････････ 58

かくし　　　作品名索引

隠し目付植木屋陣蔵　消えた密書状（乾荘次郎）学研M文庫（2007）‥‥‥‥‥‥‥‥　58

鶴寿必殺狂歌送り（村咲数馬）だいわ文庫（2008）‥‥‥‥‥‥‥‥‥‥‥‥‥‥　399

革命児・信長　上（谷恒生）河出文庫（1998）‥‥‥‥‥‥‥‥‥‥‥‥‥‥‥‥　237

革命児・信長　下（谷恒生）河出文庫（1998）‥‥‥‥‥‥‥‥‥‥‥‥‥‥‥‥　237

神楽坂化粧暦夕霞の女（千野隆司）宝島社文庫（2014）‥‥‥‥‥‥‥‥‥‥‥‥　244

神楽坂の蛇（喜安幸夫）学研M文庫（2012）‥‥‥‥‥‥‥‥‥‥‥‥‥‥‥‥　136

神楽坂迷い道殺人事件（風野真知雄）だいわ文庫（2009）‥‥‥‥‥‥‥‥‥‥　114

神楽坂迷い道殺人事件（風野真知雄）文春文庫（2012）‥‥‥‥‥‥‥‥‥‥‥　118

攪乱（喜安幸夫）祥伝社文庫（2013）‥‥‥‥‥　139

隠し岡っ引（喜安幸夫）二見時代小説文庫（2014）‥‥‥‥‥‥‥‥‥‥‥‥‥‥　140

◇隠し御庭番（佐々木裕一）祥伝社文庫‥‥　196

隠し御庭番 2 龍眼 流浪（佐々木裕一）祥伝社文庫（2014）‥‥‥‥‥‥‥‥‥‥　196

隠し御庭番 3 龍眼争奪戦（佐々木裕一）祥伝社文庫（2015）‥‥‥‥‥‥‥‥‥　196

隠し御庭番 龍眼 老骨伝兵衛（佐々木裕一）祥伝社文庫（2013）‥‥‥‥‥‥‥‥　196

隠れ切支丹（藤井邦夫）光文社文庫（2013）‥‥‥‥‥‥‥‥‥‥‥‥‥‥‥‥　349

隠れ谷のカムイ（中谷航太郎）新潮文庫（2012）‥‥‥‥‥‥‥‥‥‥‥‥‥‥　283

かくれ蓑（鳥羽亮）ハルキ文庫（2008）‥‥‥　269

隠れ蓑（野口卓）新潮文庫（2014）‥‥‥‥‥　300

◇隠目付江戸日記（鳥羽亮）光文社文庫‥‥　264

隠し付江戸日記 1 死笛（鳥羽亮）光文社文庫（2010）‥‥‥‥‥‥‥‥‥‥‥‥‥　264

隠し付江戸日記 2 秘剣水車（鳥羽亮）光文社文庫（2011）‥‥‥‥‥‥‥‥‥‥‥　264

隠し付江戸日記 3 妖剣鳥尾（鳥羽亮）光文社文庫（2011）‥‥‥‥‥‥‥‥‥‥‥　264

隠し付江戸日記 4 鬼剣蜻蜒（鳥羽亮）光文社文庫（2012）‥‥‥‥‥‥‥‥‥‥‥　264

隠し付江戸日記 5 死顔（鳥羽亮）光文社文庫（2012）‥‥‥‥‥‥‥‥‥‥‥‥‥　264

隠し付江戸日記 6 剛剣馬庭（鳥羽亮）光文社文庫（2013）‥‥‥‥‥‥‥‥‥‥‥　264

隠し付江戸日記 7 奇剣柳剛（鳥羽亮）光文社文庫（2014）‥‥‥‥‥‥‥‥‥‥‥　264

隠し付江戸日記 8 幻剣双猿（鳥羽亮）光文社文庫（2014）‥‥‥‥‥‥‥‥‥‥‥　264

隠し付江戸日記 9 斬鬼嗤う（鳥羽亮）光文社文庫（2015）‥‥‥‥‥‥‥‥‥‥‥　264

隠目付江戸日記 10 斬奸一閃（鳥羽亮）光文社文庫（2015）‥‥‥‥‥‥‥‥‥‥‥　264

◇隠目付江戸秘帳（鳥羽亮）光文社文庫‥‥‥　264

隠目付江戸秘帳 あやかし飛燕（鳥羽亮）光文社文庫（2016）‥‥‥‥‥‥‥‥‥‥　264

隠目付江戸秘帳 鬼面斬り（鳥羽亮）光文社文庫（2016）‥‥‥‥‥‥‥‥‥‥‥‥　264

隠れ刃（喜安幸夫）二見時代小説文庫（2010）‥‥‥‥‥‥‥‥‥‥‥‥‥‥‥‥　140

◇隠れ浪人事件控（喜安幸夫）学研M文庫‥‥‥　136

隠れ浪人事件控 悪徳掃除（喜安幸夫）学研M文庫（2009）‥‥‥‥‥‥‥‥‥‥‥　136

隠れ浪人事件控 隣の悪党（喜安幸夫）学研M文庫（2008）‥‥‥‥‥‥‥‥‥‥‥　136

隠れ浪人事件控 待伏せの刃（喜安幸夫）学研M文庫（2009）‥‥‥‥‥‥‥‥‥‥　136

かくれんぼ（片岡麻紗子）廣済堂文庫（2009）‥‥‥‥‥‥‥‥‥‥‥‥‥‥‥‥　119

影（坂岡真）徳間文庫（2013）‥‥‥‥‥‥　191

欠落ち（竹内大）小学館文庫（2005）‥‥‥‥　231

かけおちる（青山文平）文春文庫（2015）‥‥‥　2

影狩り（森詠）二見時代小説文庫（2010）‥‥‥　401

◇影聞き浮世雲（坂岡真）徳間文庫‥‥‥‥‥　190

影聞き浮世雲　月踊り（坂岡真）徳間文庫（2008）‥‥‥‥‥‥‥‥‥‥‥‥‥‥　190

影聞き浮世雲 ひとり長兵衛（坂岡真）徳間文庫（2008）‥‥‥‥‥‥‥‥‥‥‥‥　190

影聞き浮世雲 雪の別れ（坂岡真）徳間文庫（2008）‥‥‥‥‥‥‥‥‥‥‥‥‥　190

◇陰聞き屋十兵衛（沖田正午）二見時代小説文庫‥‥‥‥‥‥‥‥‥‥‥‥‥‥‥‥　96

陰聞き屋十兵衛（沖田正午）二見時代小説文庫（2013）‥‥‥‥‥‥‥‥‥‥‥‥‥　96

陰聞き屋十兵衛 2 刺客請け負います（沖田正午）二見時代小説文庫（2013）‥‥‥‥　96

陰聞き屋十兵衛 3 往生しなはれ（沖田正午）二見時代小説文庫（2013）‥‥‥‥‥‥　96

陰聞き屋十兵衛 4 秘密にしてたもれ（沖田正午）二見時代小説文庫（2014）‥‥‥‥　96

陰聞き屋十兵衛 5 そいつは困った（沖田正午）二見時代小説文庫（2014）‥‥‥‥‥　96

影斬り（倉阪鬼一郎）双葉文庫（2008）‥‥‥‥　147

影斬り（佐々木裕一）幻冬舎時代小説文庫（2013）‥‥‥‥‥‥‥‥‥‥‥‥‥‥　195

駆込み女（金子成人）小学館文庫（2015）‥‥‥　125

◇駆込み宿影始末（鳥羽亮）講談社文庫‥‥‥　263

駆込み宿影始末 1 御隠居剣法（鳥羽亮）講談社文庫（2015）‥‥‥‥‥‥‥‥‥‥　263

駆込み宿影始末 霞隠れの女（鳥羽亮）講談社文庫（2016）‥‥‥‥‥‥‥‥‥‥‥　263

492　歴史時代小説文庫総覧 現代の作家

作品名索引　　　　　　　　　　　　　　　　　　　かけほ

駆込み宿影始末 ねむり鬼剣（鳥羽亮）講談社
　文庫（2015）················· 263
駆込み宿影始末 のっとり奥坊主（鳥羽亮）講
　談社文庫（2016）··············· 263
陰御用江戸日記（村崎れいと）双葉文庫
　（2014）···················· 399
陰御用江戸日記〔2〕笑う蔵王権現（村崎れ
　いと）双葉文庫（2015）··········· 399
陰御用江戸日記〔3〕仇討秘録（村崎れいと）
　双葉文庫（2015）··············· 399
◇影侍（牧秀彦）祥伝社文庫··········· 368
影侍（牧秀彦）祥伝社文庫（2006）······· 368
影侍 落花流水の剣（牧秀彦）祥伝社文庫
　（2007）···················· 368
影仕置（宮城賢秀）学研M文庫（2011）···· 383
影十手活殺帖（宮本昌孝）講談社文庫（2002）
　·························· 395
影忍・徳川御三家斬り（風野真知雄）光文社文
　庫（2016）··················· 112
◇駆け出し同心・鈴原淳之助（千野隆司）双葉
　文庫······················ 246
駆け出し同心・鈴原淳之助 赤鍔の剣（千野隆
　司）双葉文庫（2012）············ 246
駆け出し同心・鈴原淳之助 恵方の風（千野隆
　司）双葉文庫（2013）············ 246
駆け出し同心・鈴原淳之助 権現の餅（千野隆
　司）双葉文庫（2014）············ 246
駆け出し同心・鈴原淳之助 霜降の朝（千野隆
　司）双葉文庫（2013）············ 246
駆け出し同心・鈴原淳之助 千俵の船（千野隆
　司）双葉文庫（2013）············ 246
花月秘拳行（火坂雅志）角川文庫（2009）··· 329
花月秘拳行（火坂雅志）廣済堂文庫（2002）
　·························· 330
花月秘拳行 →北斗秘拳行（火坂雅志）廣済堂
　文庫（2002）················· 330
花月秘拳行（火坂雅志）時代小説文庫（1993）
　·························· 331
花月秘拳行 続（火坂雅志）時代小説文庫
　（1993）···················· 331
崖っぷち侍（岩井三四二）文春文庫（2015）
　·························· 68
崖っぷちにて候（坂岡真）祥伝社文庫（2014）
　·························· 189
影と胡蝶 →日影の剣（好村兼一）光文社文庫
　（2015）···················· 426
陰富（庄司圭太）光文社文庫（2011）····· 208
影富五人衆（宮城賢秀）学研M文庫（2004）
　·························· 382
陰に棲む影たち（田中啓文）集英社スーパー
　ファンタジー文庫（1995）········· 236

影忍・徳川御三家斬り（風野真知雄）廣済堂文
　庫（2002）··················· 111
影忍・徳川御三家斬り（風野真知雄）廣済堂文
　庫（2007）··················· 111
影の火盗（桑原譲太郎）コスミック・時代文庫
　（2006）···················· 152
影の火盗犯科帳 1 七つの送り火（鳴神響一）
　時代小説文庫（2016）············ 289
影の火盗犯科帳 2 忍びの覚悟（鳴神響一）時
　代小説文庫（2016）············· 289
影の剣（柳蒼二郎）学研M文庫（2010）···· 412
影の剣法（永井義男）祥伝社文庫（2002）··· 275
陰の声（逢坂剛）講談社文庫（2010）······ 87
影の用心棒（芦川淳一）双葉文庫（2008）··· 18
影花侍（花家圭太郎）二見時代小説文庫
　（2010）···················· 307
影笛の剣（鳥羽亮）講談社文庫（2005）···· 264
影踏み鬼（翔田寛）双葉文庫（2004）····· 210
影踏みの秘剣（藤村与一郎）コスミック・時代
　文庫（2015）················· 357
影法師（江宮隆之）ベスト時代文庫（2008）
　·························· 86
影法師（百田尚樹）講談社文庫（2012）···· 340
影法師（藤井邦夫）双葉文庫（2014）····· 351
影法師（藤井邦夫）二見時代小説文庫（2006）
　·························· 352
影法師殺し控（和久田正明）ベスト時代文庫
　（2012）···················· 438
影法師夢幻 →真田手毬唄（米村圭伍）新潮文
　庫（2008）··················· 427
◇影法師冥府おくり（稲葉稔）双葉文庫···· 57
◇影法師冥府葬り（稲葉稔）双葉文庫····· 55
影法師冥府おくり 鶯の声（稲葉稔）双葉文庫
　（2014）···················· 57
影法師冥府葬り 鶯の声（稲葉稔）双葉文庫
　（2009）···················· 56
影法師冥府おくり 父子（おやこ）雨情（稲葉
　稔）双葉文庫（2014）············ 57
影法師冥府葬り 父子雨情（稲葉稔）双葉文庫
　（2007）···················· 55
影法師冥府おくり 雀の墓（稲葉稔）双葉文庫
　（2014）···················· 57
影法師冥府葬り 雀の墓（稲葉稔）双葉文庫
　（2008）···················· 55
影法師冥府おくり なみだ雨（稲葉稔）双葉文
　庫（2014）··················· 57
影法師冥府葬り なみだ雨（稲葉稔）双葉文庫
　（2008）···················· 55
影法師冥府おくり 冬の雲（稲葉稔）双葉文庫
　（2014）···················· 57

歴史時代小説文庫総覧 現代の作家　**493**

影法師冥府葬り 冬の雲（稲葉稔）双葉文庫
（2009） ……… 56

影法師冥府おくり 夕まぐれの月（稲葉稔）双
葉文庫（2014） ……… 57

影法師冥府葬り 夕まぐれの月（稲葉稔）双葉
文庫（2007） ……… 55

◇影町奉行所疾風組（中里融司）廣済堂文庫
……… 278

影町奉行所疾風組 虹の職人（中里融司）廣済
堂文庫（2005） ……… 279

影町奉行所疾風組 蘭学剣法（中里融司）廣済
堂文庫（2004） ……… 278

◇影目付仕置帳（鳥羽亮）幻冬舎文庫 ……… 262

影目付仕置帳 鬼哭啾啾（鳥羽亮）幻冬舎文庫
（2008） ……… 262

影目付仕置帳 剣鬼流浪（鳥羽亮）幻冬舎文庫
（2008） ……… 262

影目付仕置帳 武士に候（鳥羽亮）幻冬舎文庫
（2006） ……… 262

影目付仕置帳 恋慕に狂いしか（鳥羽亮）幻冬
舎文庫（2005） ……… 262

影目付仕置帳 われ刹鬼なり（鳥羽亮）幻冬舎
文庫（2007） ……… 262

影目付仕置帳 われら亡者に候（鳥羽亮）幻冬
舎文庫（2004） ……… 262

◇影与力嵐八九郎（鳥羽亮）講談社文庫 ……… 263

影与力嵐八九郎 浮世の果て（鳥羽亮）講談社
文庫（2010） ……… 263

影与力嵐八九郎 鬼剣（鳥羽亮）講談社文庫
（2011） ……… 263

影与力嵐八九郎 遠山桜（鳥羽亮）講談社文庫
（2009） ……… 263

◇影与力小野炎閻魔帳（藤村与一郎）ベスト
時代文庫 ……… 358

影与力小野炎閻魔帳 一期一振（藤村与一郎）
ベスト時代文庫（2009） ……… 358

影与力小野炎閻魔帳 囁く駒鳥（藤村与一郎）
ベスト時代文庫（2009） ……… 358

影与力小野炎閻魔帳 夜叉と天女（藤村与一
郎）ベスト時代文庫（2009） ……… 358

翳りの城（三吉眞一郎）竹書房文庫（2016）
……… 397

陰流・闇仕置 悪淫狩り（牧秀彦）学研M文庫
（2004） ……… 365

陰流・闇仕置 悪党狩り（牧秀彦）学研M文庫
（2004） ……… 365

陰流・闇仕置 怨讐狩り（牧秀彦）学研M文庫
（2004） ……… 365

陰流・闇仕置 隠密狩り（牧秀彦）学研M文庫
（2003） ……… 365

陰流・闇仕置 夜叉狩り（牧秀彦）学研M文庫
（2004） ……… 365

陰流・闇始末 悪人斬り（牧秀彦）学研M文庫
（2005） ……… 365

陰流・闇始末 宿命斬り（牧秀彦）学研M文庫
（2006） ……… 365

陰流・闇始末 流浪斬り（牧秀彦）学研M文庫
（2006） ……… 365

翔る合戦屋（北沢秋）双葉文庫（2014） ……… 134

蜻蛉剣（上田秀人）徳間文庫（2005） ……… 77

蜻蛉剣（上田秀人）徳間文庫（2012） ……… 77

陽炎裁き（吉田雄亮）光文社文庫（2008） ……… 424

陽炎斬刃剣（藤井邦夫）廣済堂文庫（2002）
……… 348

陽炎斬刃剣（藤井邦夫）廣済堂文庫（2010）
……… 348

◇陽炎時雨幻の剣（鈴木英治）中公文庫 ……… 213

陽炎時雨幻の剣 死神の影（鈴木英治）中公文
庫（2014） ……… 213

陽炎時雨幻の剣 歯のない男（鈴木英治）中公
文庫（2013） ……… 213

陽炎鷹（関根聖）富士見新時代小説文庫
（2014） ……… 220

かげろう闘魔変（鳴海丈）集英社スーパーファ
ンタジー文庫（1992） ……… 294

かげろふ人形（かたやま和華）富士見ミステ
リー文庫（2006） ……… 121

陽炎の剣（鈴木英治）ハルキ文庫（2005） ……… 215

陽炎の刺客（稲葉稔）徳間文庫（2010） ……… 54

陽炎ノ辻（佐伯泰英）双葉文庫（2002） ……… 183

陽炎の門（葉室麟）講談社文庫（2016） ……… 309

陽炎の刃（風野真知雄）双葉文庫（2008） ……… 115

陽炎の宿（佐々木裕一）コスミック・時代文庫
（2012） ……… 196

蜻蛉屋お瑛（森真沙子）二見時代小説文庫
（2007） ……… 402

過去を盗んだ男（翔田寛）幻冬舎文庫（2013）
……… 209

過去からの密命（沖田正午）二見時代小説文
庫（2016） ……… 97

籠の鳥（藤井邦夫）双葉文庫（2008） ……… 350

かごめかごめの神隠し（朝松健）廣済堂文庫
（2013） ……… 13

風穴屋旋次郎（友野詳）白泉社招き猫文庫
（2015） ……… 273

風斬り秘剣（中岡潤一郎）廣済堂文庫（2012）
……… 277

笠雲（諸田玲子）講談社文庫（2004） ……… 405

風花躍る（芝村涼也）双葉文庫（2012） ……… 204

◇傘張り剣人情控（葛葉康司）学研M文庫 ……… 144

傘張り剣人情控 鬼の霍乱（葛葉康司）学研M
文庫（2011） ……… 144

傘張り剣人情控 弦月（葛葉康司）学研M文庫（2011） ……… 144

傘張り剣人情控 辻打ち（葛葉康司）学研M文庫（2011） ……… 144

◇飾り屋盗賊闇裁き（喜安幸夫）学研M文庫 ……… 136

飾り屋盗賊闇裁き（喜安幸夫）学研M文庫（2006） ……… 136

飾り屋盗賊闇裁き 仇討ち慕情（喜安幸夫）学研M文庫（2007） ……… 136

飾り屋盗賊闇裁き かんざし慕情（喜安幸夫）学研M文庫（2006） ……… 136

貸借（上田秀人）講談社文庫（2016） ……… 75

かじけ鳥（坂岡真）徳間文庫（2007） ……… 190

火事と妓が江戸の華（風野真知雄）幻冬舎時代小説文庫（2014） ……… 110

鍛冶橋阿波騒動事件（北川哲史）だいわ文庫（2007） ……… 134

◇貸し物屋お庸（平谷美樹）白泉社招き猫文庫 ……… 342

貸し物屋お庸 〔1〕 江戸娘、店主となる（平谷美樹）白泉社招き猫文庫（2015） ……… 342

貸し物屋お庸 〔2〕 娘店主、奔走する（平谷美樹）白泉社招き猫文庫（2015） ……… 342

貸し物屋お庸 〔3〕 娘店主、捕物に出張る（平谷美樹）白泉社招き猫文庫（2016） ……… 342

貸し物屋お庸 〔4〕 娘店主、想いを秘める（平谷美樹）白泉社招き猫文庫（2016） ……… 342

火車廻る（氷月葵）二見時代小説文庫（2013） ……… 339

◇菓子屋婿どの事件帖（朝野敬）学研M文庫 ……… 12

菓子屋婿どの事件帖 桜雨（朝野敬）学研M文庫（2012） ……… 12

菓子屋婿どの事件帖 雪うさぎ（朝野敬）学研M文庫（2013） ……… 12

霞を斬る（鳥羽亮）実業之日本社文庫（2014） ……… 265

霞隠れの女（鳥羽亮）講談社文庫（2016） …… 263

◇霞幻十郎無常剣（荒崎一海）祥伝社文庫 …… 23

霞幻十郎無常剣 1 烟月悽愴（荒崎一海）祥伝社文庫（2013） ……… 23

霞幻十郎無常剣 2 虧月耿耿（荒崎一海）祥伝社文庫（2014） ……… 23

霞の剣（聖龍人）コスミック・時代文庫（2005） ……… 337

かずら野（乙川優三郎）幻冬舎文庫（2004） ……… 99

かずら野（乙川優三郎）新潮文庫（2006） …… 99

風（坂岡真）徳間文庫（2013） ……… 191

風を斬る（渡辺毅）学研M文庫（2007） …… 444

風を断つ（池永陽）講談社文庫（2014） ……… 39

風斬り（倉阪鬼一郎）双葉文庫（2009） ……… 147

風草の道（藤原緋沙子）祥伝社文庫（2013） ……… 361

風冴ゆる（秋山香乃）双葉文庫（2005） ……… 5

風立ちぬ 上（辻堂魁）祥伝社文庫（2012） … 251

風立ちぬ 下（辻堂魁）祥伝社文庫（2012） … 251

◇風と龍（中谷航太郎）光文社文庫 ……… 283

風と龍（中谷航太郎）光文社文庫（2013） … 283

風と龍 2 流々浪々（中谷航太郎）光文社文庫（2014） ……… 283

◇風の市兵衛（辻堂魁）祥伝社文庫 ……… 251

風の市兵衛（辻堂魁）祥伝社文庫（2010） … 251

風の市兵衛 2 雷神（辻堂魁）祥伝社文庫（2010） ……… 251

風の市兵衛 3 帰り船（辻堂魁）祥伝社文庫（2010） ……… 251

風の市兵衛 4 月夜行（辻堂魁）祥伝社文庫（2011） ……… 251

風の市兵衛 5 天空の鷹（辻堂魁）祥伝社文庫（2011） ……… 251

風の市兵衛 6 風立ちぬ 上（辻堂魁）祥伝社文庫（2012） ……… 251

風の市兵衛 7 風立ちぬ 下（辻堂魁）祥伝社文庫（2012） ……… 251

風の市兵衛 8 五分の魂（辻堂魁）祥伝社文庫（2012） ……… 251

風の市兵衛 9 風塵 上（辻堂魁）祥伝社文庫（2013） ……… 251

風の市兵衛 10 風塵 下（辻堂魁）祥伝社文庫（2013） ……… 251

風の市兵衛 11 春雷抄（辻堂魁）祥伝社文庫（2013） ……… 251

風の市兵衛 12 乱雲の城（辻堂魁）祥伝社文庫（2014） ……… 251

風の市兵衛 13 遠雷（辻堂魁）祥伝社文庫（2014） ……… 251

風の市兵衛 14 科野秘帖（辻堂魁）祥伝社文庫（2014） ……… 252

風の市兵衛 15 夕影（辻堂魁）祥伝社文庫（2015） ……… 252

風の市兵衛 16 秋しぐれ（辻堂魁）祥伝社文庫（2015） ……… 252

風の市兵衛 17 うつけ者の値打ち（辻堂魁）祥伝社文庫（2016） ……… 252

風の市兵衛 待つ春や（辻堂魁）祥伝社文庫（2016） ……… 252

風の王国 →風の軍師（葉室麟）講談社文庫（2013） ……… 309

風の王国 1 落日の渤海（平谷美樹）ハルキ文庫（2012） ……… 342

風の王国 2 契丹帝国の野望(平谷美樹)ハルキ文庫(2012) ········· *342*

風の王国 3 東日流の御霊使(平谷美樹)ハルキ文庫(2012) ········· *342*

風の王国 4 東日流府の台頭(平谷美樹)ハルキ文庫(2012) ········· *342*

風の王国 5 渤海滅亡(平谷美樹)ハルキ文庫(2012) ········· *342*

風の王国 6 隻腕の女帝(平谷美樹)ハルキ文庫(2013) ········· *342*

風の王国 7 突欲死す(平谷美樹)ハルキ文庫(2013) ········· *342*

風の王国 8 黄金の仮面(平谷美樹)ハルキ文庫(2013) ········· *342*

風の王国 9 運命の足音(平谷美樹)ハルキ文庫(2013) ········· *343*

風の王国 10 草原の風の如く(平谷美樹)ハルキ文庫(2013) ········· *343*

風の掟(柳蒼二郎)学研M文庫(2010) ····· *412*

風の牙(和久田正明)廣済堂文庫(2006) ····· *434*

風の軍師(葉室麟)講談社文庫(2013) ····· *309*

旋風の剣(城駿一郎)学研M文庫(2002) ····· *206*

風の剣士(森詠)二見時代小説文庫(2016) ········· *401*

風の囁き(風野真知雄)角川文庫(2009) ····· *108*

風の山左(えとう乱星)徳間文庫(1999) ····· *85*

風の忍び(柳蒼二郎)学研M文庫(2008) ····· *412*

◇風の忍び六代目小太郎(柳蒼二郎)学研M文庫 ····· *412*

風の忍び六代目小太郎 影の剣(柳蒼二郎)学研M文庫(2010) ····· *412*

風の忍び六代目小太郎 風の掟(柳蒼二郎)学研M文庫(2010) ····· *412*

風の忍び六代目小太郎 恋の闇(柳蒼二郎)学研M文庫(2009) ········· *412*

風の忍び六代目小太郎 太夫の夢(柳蒼二郎)学研M文庫(2010) ····· *412*

風の太刀(佐々木裕一)コスミック・時代文庫(2014) ····· *196*

風の舟唄(井川香四郎)幻冬舎時代小説文庫(2010) ····· *29*

風の轍(岡田秀文)光文社文庫(2011) ····· *90*

風光る(藤原緋沙子)双葉文庫(2005) ····· *362*

風は山河より 第1巻(宮城谷昌光)新潮文庫(2009) ····· *391*

風は山河より 第2巻(宮城谷昌光)新潮文庫(2009) ····· *391*

風は山河より 第3巻(宮城谷昌光)新潮文庫(2009) ····· *391*

風は山河より 第4巻(宮城谷昌光)新潮文庫(2009) ····· *391*

風は山河より 第5巻(宮城谷昌光)新潮文庫(2010) ····· *391*

風は山河より 第6巻(宮城谷昌光)新潮文庫(2010) ····· *391*

風渡る(葉室麟)講談社文庫(2012) ········· *309*

数えからくり(田牧大和)新潮文庫(2013) ····· *240*

家族の絆でやっつけろ(沖田正午)徳間文庫(2013) ····· *95*

片想い橋(稲葉稔)ハルキ文庫(2010) ····· *55*

かたかげ(木村友馨)廣済堂文庫(2008) ····· *135*

片蔭焦す(芝村凉也)双葉文庫(2013) ····· *204*

敵討ち(小杉健治)光文社文庫(2015) ····· *157*

敵討ち(小杉健治)ベスト時代文庫(2011) ····· *162*

敵討ち →般若同心と変化小僧 8(小杉健治)光文社文庫(2015) ····· *157*

片桐且元(鈴木輝一郎)小学館文庫(2004) ····· *218*

片桐且元 →対決!!片桐且元家康(鈴木輝一郎)竹書房文庫(2014) ····· *219*

片倉小十郎景綱(江宮隆之)学研M文庫(2009) ····· *86*

片倉小十郎景綱(近衛龍春)PHP文庫(2007) ····· *163*

形くらべ(雑賀俊一郎)学研M文庫(2012) ····· *169*

片恋十手(松本賢吾)双葉文庫(2006) ····· *378*

片手斬り(風野真知雄)双葉文庫(2010) ····· *116*

片棒(井川香四郎)文春文庫(2012) ····· *37*

形見酒(芦川淳一)双葉文庫(2009) ····· *18*

かたみ薔薇(和田はつ子)小学館文庫(2011) ····· *440*

形見雛(藤堂房良)双葉文庫(2014) ····· *257*

騙り者(藤井邦夫)文春文庫(2013) ····· *353*

騙り者(藤井邦夫)ベスト時代文庫(2007) ····· *354*

果断の太刀(上田秀人)徳間文庫(2007) ····· *77*

果断の太刀(上田秀人)徳間文庫(2016) ····· *78*

◇徒目付事件控(宮城賢秀)学研M文庫 ····· *382*

◇徒目付事件控(宮城賢秀)青樹社文庫 ····· *387*

徒目付事件控 2 剣魂(宮城賢秀)学研M文庫(2002) ····· *382*

徒目付事件控 2 剣魂(宮城賢秀)青樹社文庫(1999) ····· *387*

徒目付事件控 3 剣賊(宮城賢秀)学研M文庫(2002) ····· *382*

徒目付事件控 3 剣賊(宮城賢秀)青樹社文庫(1999) ····· *387*

徒目付事件控 剣狼(宮城賢秀)学研M文庫(2002) ····· *382*

作品名索引　　　　　　　　　　　　　　　　かとわ

徒目付事件控 剣狼(宮城賢秀)青樹社文庫
(1998) ……………………………… 387
徒目付失踪(鈴木英治)ハルキ文庫(2010)
……………………………………… 216
徒目付の指(鈴木英治)双葉文庫(2015) ‥‥ 218
◇徒目付久岡勘兵衛(鈴木英治)ハルキ文庫
……………………………………… 216
徒目付久岡勘兵衛 相討ち(鈴木英治)ハルキ
文庫(2008) ……………………… 216
徒目付久岡勘兵衛 遺痕(鈴木英治)ハルキ文
庫(2007) ………………………… 216
徒目付久岡勘兵衛 女剣士(鈴木英治)ハルキ
文庫(2009) ……………………… 216
徒目付久岡勘兵衛 徒目付失踪(鈴木英治)ハ
ルキ文庫(2010) ………………… 216
徒目付久岡勘兵衛 からくり五千両(鈴木英
治)ハルキ文庫(2009) …………… 216
徒目付久岡勘兵衛 凶眼(鈴木英治)ハルキ文
庫(2006) ………………………… 216
徒目付久岡勘兵衛 錯乱(鈴木英治)ハルキ文
庫(2007) ………………………… 216
徒目付久岡勘兵衛 定廻り殺し(鈴木英治)ハ
ルキ文庫(2007) ………………… 216
徒目付久岡勘兵衛 罪人の刃(鈴木英治)ハル
キ文庫(2010) …………………… 216
徒目付久岡勘兵衛 天狗面(鈴木英治)ハルキ
文庫(2008) ……………………… 216
徒目付密命(藤水名子)二見時代小説文庫
(2016) ……………………………… 346
火中の栗(坂岡真)祥伝社文庫(2011) …… 189
花鳥の夢(山本兼一)文春文庫(2015) …… 419
花鳥の乱(岳宏一郎)講談社文庫(2001) …‥ 231
甲子夜話異聞(伊多波碧)ベスト時代文庫
(2012) ……………………………… 46
かってまま(諸田玲子)文春文庫(2010) …‥ 408
河童淵(庄司圭太)光文社文庫(2006) …… 208
かっぱ夫婦(めおと)(井川香四郎)文春文庫
(2013) ……………………………… 37
勝山心中(押川曼秋)講談社文庫(2004) …‥ 99
勝山太夫、ごろうぜよ(車浮代)白泉社招き猫
文庫(2016) ……………………… 149
桂籠(火坂雅志)講談社文庫(2002) ……… 330
桂籠 →羊羹合戦(火坂雅志)小学館文庫
(2008) ……………………………… 331
桂籠とその他の短篇 →桂籠(火坂雅志)講談
社文庫(2002) …………………… 330
火天の城(山本兼一)文春文庫(2007) …… 419
夏天の虹(高田郁)ハルキ文庫(2012) …… 224
火頭(佐伯泰英)祥伝社文庫(2001) ……… 176
火頭(佐伯泰英)祥伝社文庫(2007) ……… 177

火頭 →完本密命 巻之5(佐伯泰英)祥伝社文
庫(2015) ………………………… 178
牙刀(牧秀彦)双葉文庫(2014) …………… 370
◇火盗改めお助け組(えとう乱星)コスミッ
ク・時代文庫 …………………… 84
火盗改めお助け組 暗闇の香(えとう乱星)コ
スミック・時代文庫(2007) …… 84
火盗改めお助け組 千鳥の恋(えとう乱星)コ
スミック・時代文庫(2006) …… 84
火盗改めお助け組 無想の橋(えとう乱星)コ
スミック・時代文庫(2006) …… 84
◇火盗改鬼与力(鳥羽亮)角川文庫 ……… 260
火盗改鬼与力 入相の鐘(鳥羽亮)角川文庫
(2012) ……………………………… 261
火盗改鬼与力 雲竜(鳥羽亮)角川文庫
(2012) ……………………………… 260
火盗改鬼与力 極楽宿の利鬼(鳥羽亮)角川文
庫(2014) ………………………… 261
火盗改鬼与力 虎乱(鳥羽亮)角川文庫
(2013) ……………………………… 261
火盗改鬼与力 百眼の賊(鳥羽亮)角川文庫
(2012) ……………………………… 261
火盗改鬼与力 闇の梟(鳥羽亮)角川文庫
(2012) ……………………………… 261
火盗改鬼与力 夜隠れおせん(鳥羽亮)角川文
庫(2013) ………………………… 261
◇火盗改父子雲(鳥羽亮)角川文庫 ……… 261
火盗改父子雲(鳥羽亮)角川文庫(2014) … 261
火盗改父子雲 二剣の絆(鳥羽亮)角川文庫
(2015) ……………………………… 261
◇火盗改香坂主税(倉阪鬼一郎)双葉文庫 …‥ 147
火盗改香坂主税 影斬り(倉阪鬼一郎)双葉文
庫(2008) ………………………… 147
火盗改香坂主税 風斬り(倉阪鬼一郎)双葉文
庫(2009) ………………………… 147
火盗改香坂主税 花斬り(倉阪鬼一郎)双葉文
庫(2010) ………………………… 147
火盗改めの辻(小杉健治)二見時代小説文庫
(2013) ……………………………… 161
加藤清正の亡霊(鳥羽亮)幻冬舎文庫(2001)
……………………………………… 262
火頭紅蓮剣(佐伯泰英)祥伝社文庫(2015)
……………………………………… 178
火盗殺し(小杉健治)祥伝社文庫(2005) … 157
家督(坂岡真)光文社文庫(2014) ………… 188
門出の凶刃(七海壮太郎)双葉文庫(2012) … 288
門出の陽射し(鈴木英治)徳間文庫(2009)
……………………………………… 214
かどわかし(鈴木英治)角川文庫(2016) …‥ 211
かどわかし(鈴木英治)講談社文庫(2009)
……………………………………… 212

歴史時代小説文庫総覧 現代の作家　**497**

かとわ　　　　　作品名索引

かどわかし(鳥羽亮)幻冬舎文庫(2006) ····· *262*

かどわかし(鳴海丈)光文社文庫(2014) ····· *292*

哀しき刺客(牧秀彦)二見時代小説文庫
(2013) ································· *370*

かなしき日々に咲き遣れ(結城光流)角川ビー
ンズ文庫(2013) ····················· *421*

かなしみ観音(早見俊)コスミック・時代文庫
(2008) ································· *317*

哀しみ桜(聖龍人)コスミック・時代文庫
(2009) ································· *335*

彼方のときを見はるかせ(結城光流)角川ビー
ンズ文庫(2009) ····················· *420*

可児才蔵(志木沢郁)学研M文庫(2007) ····· *200*

◇金貸し同心金志郎(沖田正午)徳間文庫 ····· *95*

金貸し同心金志郎(沖田正午)徳間文庫
(2014) ································· *95*

金貸し同心金志郎 大名の火遊び(沖田正午)
徳間文庫(2015) ····················· *95*

金蔵破り(乾荘次郎)ベスト時代文庫(2007)
······································· *59*

金こそわが命(沖田正午)ハルキ文庫(2014)
······································· *95*

金尽剣法(鳥羽亮)双葉文庫(2009) ·········· *272*

金の諍い(上田秀人)時代小説文庫(2016)
······································· *76*

金の価値(上田秀人)ハルキ文庫(2016) ····· *78*

鐘の音(山内美樹子)静山社文庫(2011) ····· *413*

花瓶の仇討ち(聖龍人)二見時代小説文庫
(2013) ································· *338*

かぶき奉行(えとう乱星)ベスト時代文庫
(2005) ································· *85*

◇かぶき平八郎荒事始(麻倉一矢)二見時代
小説文庫 ······························· *8*

かぶき平八郎荒事始 2 百万石のお墨付き(麻
倉一矢)二見時代小説文庫(2014) ······· *9*

かぶき平八郎荒事始 残月二段斬り(麻倉一
矢)二見時代小説文庫(2013) ·········· *8*

兜割源三郎(好村兼一)講談社文庫(2014)
······································· *426*

兜割りの影(鈴木英治)双葉文庫(2013) ····· *218*

家宝失い候(吉田雄亮)光文社文庫(2013)
······································· *424*

かぼちゃ小町(和田はつ子)ハルキ文庫
(2014) ································· *442*

かまいたち(宮部みゆき)新潮文庫(1996)
······································· *393*

◇鎌倉河岸捕物控(佐伯泰英)時代小説文庫
······································· *176*

◇鎌倉河岸捕物控(佐伯泰英)ハルキ文庫 ····· *181*

鎌倉河岸捕物控 1の巻 橘花の仇(佐伯泰英)
ハルキ文庫(2008) ··················· *181*

鎌倉河岸捕物控 2の巻 政次、奔る(佐伯泰英)
ハルキ文庫(2008) ··················· *181*

鎌倉河岸捕物控 3の巻 御金座破り(佐伯泰
英)ハルキ文庫(2008) ················ *181*

鎌倉河岸捕物控 4の巻 暴れ彦四郎(佐伯泰
英)ハルキ文庫(2008) ················ *181*

鎌倉河岸捕物控 5の巻 古町殺し(佐伯泰英)
ハルキ文庫(2008) ··················· *181*

鎌倉河岸捕物控 6の巻 引札屋おもん(佐伯泰
英)ハルキ文庫(2008) ················ *182*

鎌倉河岸捕物控 7の巻 下駄貫の死(佐伯泰
英)ハルキ文庫(2009) ················ *182*

鎌倉河岸捕物控 8の巻 銀のなえし(佐伯泰
英)ハルキ文庫(2009) ················ *182*

鎌倉河岸捕物控 9の巻 道場破り(佐伯泰英)
ハルキ文庫(2010) ··················· *182*

鎌倉河岸捕物控 10の巻 埋みの棘(佐伯泰英)
ハルキ文庫(2010) ··················· *182*

鎌倉河岸捕物控 12の巻 冬の蜉蝣(佐伯泰英)
ハルキ文庫(2008) ··················· *181*

鎌倉河岸捕物控 13の巻 独り祝言(佐伯泰英)
ハルキ文庫(2008) ··················· *181*

鎌倉河岸捕物控 14の巻 隠居宗五郎(佐伯泰
英)ハルキ文庫(2009) ················ *182*

鎌倉河岸捕物控 15の巻 夢の夢(佐伯泰英)ハ
ルキ文庫(2009) ····················· *182*

鎌倉河岸捕物控 16の巻 八丁堀の火事(佐伯
泰英)ハルキ文庫(2010) ·············· *182*

鎌倉河岸捕物控 17の巻 紫房の十手(佐伯泰
英)ハルキ文庫(2010) ················ *182*

鎌倉河岸捕物控 18の巻 熱海湯けむり(佐伯
泰英)ハルキ文庫(2011) ·············· *182*

鎌倉河岸捕物控 19の巻 針いっぽん(佐伯泰
英)ハルキ文庫(2011) ················ *182*

鎌倉河岸捕物控 20の巻 宝引きさわぎ(佐伯
泰英)ハルキ文庫(2012) ·············· *182*

鎌倉河岸捕物控 21の巻 春の珍事(佐伯泰英)
ハルキ文庫(2012) ··················· *182*

鎌倉河岸捕物控 22の巻 よっ、十一代目!(佐
伯泰英)ハルキ文庫(2013) ············ *182*

鎌倉河岸捕物控 23の巻 うぶすな参り(佐伯
泰英)ハルキ文庫(2013) ·············· *182*

鎌倉河岸捕物控 24の巻 後見の月(佐伯泰英)
ハルキ文庫(2014) ··················· *182*

鎌倉河岸捕物控 25の巻 新友禅の謎(佐伯泰
英)ハルキ文庫(2014) ················ *182*

鎌倉河岸捕物控 26の巻 閉門謹慎(佐伯泰英)
ハルキ文庫(2015) ··················· *183*

鎌倉河岸捕物控 27の巻 店仕舞い(佐伯泰英)
ハルキ文庫(2015) ··················· *183*

鎌倉河岸捕物控 28の巻 吉原詣で(佐伯泰英)
ハルキ文庫(2016) ··················· *183*

鎌倉河岸捕物控 29の巻 お断り(佐伯泰英)時代小説文庫(2016) ……………… 176

鎌倉河岸捕物控 暴れ彦四郎(佐伯泰英)ハルキ文庫(2002) ……………… 181

鎌倉河岸捕物控 埋みの棘(佐伯泰英)ハルキ文庫(2006) ……………… 181

鎌倉河岸捕物控 橘花の仇(佐伯泰英)ハルキ文庫(2001) ……………… 181

鎌倉河岸捕物控 銀のなえし(佐伯泰英)ハルキ文庫(2005) ……………… 181

鎌倉河岸捕物控 下駄貫の死(佐伯泰英)ハルキ文庫(2004) ……………… 181

鎌倉河岸捕物控 御金座破り(佐伯泰英)ハルキ文庫(2002) ……………… 181

鎌倉河岸捕物控 古町殺し(佐伯泰英)ハルキ文庫(2003) ……………… 181

鎌倉河岸捕物控 政次、奔る(佐伯泰英)ハルキ文庫(2001) ……………… 181

鎌倉河岸捕物控 代がわり(佐伯泰英)ハルキ文庫(2007) ……………… 181

鎌倉河岸捕物控 道場破り(佐伯泰英)ハルキ文庫(2005) ……………… 181

鎌倉河岸捕物控 引札屋おもん(佐伯泰英)ハルキ文庫(2003) ……………… 181

「鎌倉河岸捕物控」読本(佐伯泰英)ハルキ文庫(2006) ……………… 183

鎌倉河岸捕物控街歩き読本 街歩き読本(佐伯泰英)ハルキ文庫(2010) ……………… 182

鎌倉擾乱(高橋直樹)文春文庫(1999) ……… 226

かまさん(門井慶喜)祥伝社文庫(2016) …… 121

神かくし(和田はつ子)ハルキ文庫(2016) ……………… 442

神隠し(小杉健治)ハルキ文庫(2007) …… 159

神隠し(佐伯泰英)文春文庫(2014) …… 185

神隠し →幽霊が返した借金(翔田寛)PHP文芸文庫(2014) ……………… 210

神隠し(竹内大)小学館文庫(2002) …… 231

神隠し(鳥羽亮)双葉文庫(2016) ……… 271

神隠し(藤井邦夫)文春文庫(2012) …… 352

神隠し(藤井邦夫)ベスト時代文庫(2004) ……………… 354

神隠し(松本賢吾)双葉文庫(2009) …… 378

上方与力江戸暦(早見俊)講談社文庫(2013) ……………… 316

神様長屋、空いてます。(高橋由太)幻冬舎文庫(2014) ……………… 228

かみそり右近(山田剛)学研M文庫(2012) ……………… 413

神と語って夢ならず →島燃ゆ隠岐騒動(松本侑子)光文社文庫(2016) ……………… 379

神無き月十番目の夜(飯嶋和一)小学館文庫(2006) ……………… 24

神無き月十番目の夜(飯嶋和一)河出文庫(1999) ……………… 24

神の子(辻堂魁)二見時代小説文庫(2011) ……………… 252

髪結(佐伯泰英)光文社文庫(2014) …… 174

◇髪結い伊三次捕物余話(宇江佐真理)文春文庫 ……………… 72

髪結い伊三次捕物余話 明日のことは知らず(宇江佐真理)文春文庫(2015) …… 73

髪結い伊三次捕物余話 雨を見たか(宇江佐真理)文春文庫(2009) ……………… 72

髪結い伊三次捕物余話 昨日のまこと、今日のうそ(宇江佐真理)文春文庫(2016) … 73

髪結い伊三次捕物余話 君を乗せる舟(宇江佐真理)文春文庫(2008) ……………… 72

髪結い伊三次捕物余話 今日を刻む時計(宇江佐真理)文春文庫(2013) ……………… 72

髪結い伊三次捕物余話 黒く塗れ(宇江佐真理)文春文庫(2006) ……………… 72

髪結い伊三次捕物余話 心に吹く風(宇江佐真理)文春文庫(2014) ……………… 72

髪結い伊三次捕物余話 さらば深川(宇江佐真理)文春文庫(2003) ……………… 72

髪結い伊三次捕物余話 さんだらぼっち(宇江佐真理)文春文庫(2005) ……………… 72

髪結い伊三次捕物余話 紫紺のつばめ(宇江佐真理)文春文庫(2002) ……………… 72

髪結い伊三次捕物余話 月は誰のもの(宇江佐真理)文春文庫(2014) ……………… 72

髪結い伊三次捕物余話 名もなき日々を(宇江佐真理)文春文庫(2016) ……………… 73

髪結い伊三次捕物余話 幻の声(宇江佐真理)文春文庫(2000) ……………… 72

髪結い伊三次捕物余話 我、言挙げす(宇江佐真理)文春文庫(2011) ……………… 72

髪結新三事件帳(鳴海丈)光文社文庫(1999) ……………… 293

◇髪ゆい猫字屋繁盛記(今井絵美子)角川文庫 ……………… 61

髪ゆい猫字屋繁盛記 赤まんま(今井絵美子)角川文庫(2015) ……………… 61

髪ゆい猫字屋繁盛記 寒紅梅(今井絵美子)角川文庫(2014) ……………… 61

髪ゆい猫字屋繁盛記 霜しずく(今井絵美子)角川文庫(2015) ……………… 61

髪ゆい猫字屋繁盛記 十六年待って(今井絵美子)角川文庫(2014) ……………… 61

髪ゆい猫字屋繁盛記 望の夜(今井絵美子)角川文庫(2014) ……………… 61

髪ゆい猫字屋繁盛記 忘れ扇(今井絵美子)角川文庫(2013) ……………… 61

かみゆ 作品名索引

髪結いの女(高城実枝子)二見時代小説文庫
(2016) ………………………… *223*

髪結の亭主　1(和久田正明)ハルキ文庫
(2015) ………………………… *437*

髪結の亭主 2 黄金の夢(和久田正明)ハルキ
文庫(2015) ………………… *437*

髪結の亭主 3 お艶の言い分(和久田正明)ハ
ルキ文庫(2015) …………… *437*

髪結の亭主 4 兄妹の星(和久田正明)ハルキ
文庫(2015) ………………… *437*

髪結の亭主 5 子別れ橋(和久田正明)ハルキ
文庫(2016) ………………… *437*

髪結の亭主 6 猫とつむじ風(和久田正明)ハ
ルキ文庫(2016) …………… *437*

神渡し(犬飼六岐)角川文庫(2015) ………… *59*

神威の矢　上(富樫倫太郎)中公文庫(2013)
………………………………… *259*

神威の矢　下(富樫倫太郎)中公文庫(2013)
………………………………… *259*

亀井琉球守(岩井三四二)角川文庫(2010)
………………………………… *66*

蒲生氏郷(近衛龍春)学研M文庫(2007) …… *162*

◇かもねぎ神主禊ぎ帳(井川香四郎)角川文
庫 ……………………………… *28*

かもねぎ神主禊ぎ帳(井川香四郎)角川文庫
(2014) ………………………… *28*

かもねぎ神主禊ぎ帳 2 恵みの雨(井川香四
郎)角川文庫(2015) ………… *28*

蚊遣り火(藤原緋沙子)祥伝社文庫(2007)
………………………………… *361*

通い妻(藤井邦夫)双葉文庫(2008) ………… *350*

◇唐傘小風の幽霊事件帖(高橋由太)幻冬舎
時代小説文庫 ……………… *228*

唐傘小風の幽霊事件帖(高橋由太)幻冬舎時
代小説文庫(2011) ………… *228*

唐傘小風の幽霊事件帖 あやかし三國志、たた
ん(高橋由太)幻冬舎時代小説文庫(2013)
………………………………… *228*

唐傘小風の幽霊事件帖 あやかし三國志、
ぴゅうり(高橋由太)幻冬舎時代小説文庫
(2013) ………………………… *228*

唐傘小風の幽霊事件帖 恋闇魔(高橋由太)幻
冬舎時代小説文庫(2011) … *228*

唐傘小風の幽霊事件帖 妖怪泥棒(高橋由太)
幻冬舎時代小説文庫(2012) … *228*

唐くずれ艶道中(雑賀俊一郎)学研M文庫
(2004) ………………………… *169*

からくり糸車(笠岡治次)廣済堂文庫(2009)
………………………………… *104*

◇からくり隠密影成敗(友野詳)富士見新時
代小説文庫 ………………… *273*

からくり隠密影成敗 2 弧兵衛、策謀む(友野
詳)富士見新時代小説文庫(2014) …… *273*

からくり隠密影成敗 弧兵衛、推参る(友野詳)
富士見新時代小説文庫(2014) ……… *273*

からくり五千両(鈴木英治)ハルキ文庫
(2009) ………………………… *216*

からくり小僧(鳥羽亮)講談社文庫(2007)
………………………………… *263*

からくり心中(井川香四郎)徳間文庫(2012)
………………………………… *35*

絡繰り心中(永井紗耶子)小学館文庫(2014)
………………………………… *274*

からくり成敗(倉阪鬼一郎)実業之日本社文
庫(2016) …………………… *146*

からくり同心　景(谷津矢車)角川文庫
(2015) ………………………… *410*

からくり偽清姫(竹河聖)光文社文庫(2007)
………………………………… *233*

からくり箱(小杉健治)集英社文庫(2013)
………………………………… *157*

◇からくり文左江戸夢奇談(秋山香乃)双葉
文庫 …………………………… *5*

からくり文左江戸夢奇談 風冴ゆる(秋山香
乃)双葉文庫(2005) ………… *5*

からくり文左江戸夢奇談 黄昏に泣く(秋山香
乃)双葉文庫(2006) ………… *5*

からくり乱れ蝶(諸田玲子)講談社文庫
(2005) ………………………… *405*

からけつ用心棒(芦川淳一)祥伝社文庫
(2010) ………………………… *16*

がらしあ(篠綾子)文芸社文庫(2015) …… *202*

ガラシャ(宮木あや子)新潮文庫(2013) …… *381*

からすがね(松本賢吾)コスミック・時代文庫
(2009) ………………………… *378*

烏金(西条奈加)光文社文庫(2009) ………… *169*

硝子職人の娘(松本茂樹)廣済堂文庫(2010)
………………………………… *379*

◇鴉道場日月抄(乾荘次郎)講談社文庫 …… *58*

鴉道場日月抄 介錯(乾荘次郎)講談社文庫
(2008) ………………………… *58*

鴉道場日月抄 妻敵討ち(乾荘次郎)講談社文
庫(2005) …………………… *58*

鴉道場日月抄 夜襲(乾荘次郎)講談社文庫
(2006) ………………………… *58*

空っ風(諸田玲子)講談社文庫(2001) ……… *405*

雁金(庄司圭太)集英社文庫(2000) ………… *208*

仮宅(佐伯泰英)光文社文庫(2008) ………… *174*

雁だより(井川香四郎)双葉文庫(2009) …… *36*

雁の宿(藤原緋沙子)廣済堂文庫(2002) …… *358*

雁の宿(藤原緋沙子)光文社文庫(2016) …… *360*

狩り蜂(坂岡真)徳間文庫(2010) …………… *190*

500 歴史時代小説文庫総覧 現代の作家

作品名索引　　　　　　　　　　　　　かんた

臥竜の天 上（火坂雅志）祥伝社文庫（2010）
　　　　　　　　　　　　　　　　　　　332
臥竜の天 中（火坂雅志）祥伝社文庫（2010）
　　　　　　　　　　　　　　　　　　　332
臥竜の天 下（火坂雅志）祥伝社文庫（2010）
　　　　　　　　　　　　　　　　　　　332
雁渡り（今井絵美子）角川文庫（2014）……… 61
かりんとう侍（中島要）双葉文庫（2016）…… 281
ガールズ・ストーリー →おいち不思議がたり
　（あさのあつこ）PHP文芸文庫（2011）…… 11
かるわざ小蝶（米村圭伍）幻冬舎文庫（2008）
　　　　　　　　　　　　　　　　　　　427
火裂の剣（秋山香乃）ハルキ文庫（2005）…… 5
家老脱藩（羽太雄平）角川文庫（2008）…… 303
◇家老列伝（中村彰彦）文春文庫 …………… 287
家老列伝 跡を濁さず（中村彰彦）文春文庫
　（2014）　　　　　　　　　　　　　　287
家老列伝 東に名臣あり（中村彰彦）文春文庫
　（2010）　　　　　　　　　　　　　　287
川あかり（葉室麟）双葉文庫（2014）………… 310
川明かり（森真沙子）学研M文庫（2006）…… 402
河合道臣（寺林峻）PHP文庫（2002）……… 254
川霧の巷（浅黄斑）二見時代小説文庫（2013）
　　　　　　　　　　　　　　　　　　　　7
川中島の敵を討て（近衛龍春）光文社文庫
　（2007）　　　　　　　　　　　　　　163
河の童（こ）（伊吹隆志）ベスト時代文庫
　（2009）　　　　　　　　　　　　　　　61
寒影（荒崎一海）祥伝社文庫（2013）………… 23
寒影（荒崎一海）徳間文庫（2012）…………… 24
寛永妖星浄瑠璃（中里融司）学研M文庫
　（2001）　　　　　　　　　　　　　　278
願かけ（佐伯泰英）文春文庫（2015）………… 185
干戈の檄（千野隆司）光文社文庫（2013）…… 243
寒鴉（六道慧）光文社文庫（2011）…………… 429
姦計（原田真介）学研M文庫（2005）………… 323
奸計（小杉健治）双葉文庫（2015）…………… 161
奸計（永井義男）ハルキ文庫（2007）………… 276
姦計の城下（八神淳一）竹書房ラブロマン文
　庫（2009）　　　　　　　　　　　　　409
寒月一凍悲霊斬り（谷恒生）徳間文庫（1992）
　　　　　　　　　　　　　　　　　　　239
寒月一凍あばれ鉄扇（谷恒生）徳間文庫
　（1993）　　　　　　　　　　　　　　239
寒月一凍惨殺（谷恒生）徳間文庫（1993）…… 239
寒紅梅（今井絵美子）角川文庫（2014）……… 61
がんこ煙管（岡本さとる）祥伝社文庫（2011）
　　　　　　　　　　　　　　　　　　　　91
頑固者（笠岡治次）廣済堂文庫（2007）……… 104
寒桜の恋（小笠原京）小学館文庫（2000）…… 89

かんざし図絵（千野隆司）双葉文庫（1996）
　　　　　　　　　　　　　　　　　　　246
かんざし慕情（喜安幸夫）学研M文庫
　（2006）　　　　　　　　　　　　　　136
かんじき飛脚（山本一力）新潮文庫（2008）
　　　　　　　　　　　　　　　　　　　415
間者（坂岡真）光文社文庫（2012）…………… 188
◇勘定吟味役異聞（上田秀人）光文社文庫 … 75
勘定吟味役異聞 2 熾火（上田秀人）光文社文
　庫（2006）　　　　　　　　　　　　　　75
勘定吟味役異聞 3 秋霜の撃（上田秀人）光文
　社文庫（2006）　　　　　　　　　　　　75
勘定吟味役異聞 4 相剋の渦（上田秀人）光文
　社文庫（2007）　　　　　　　　　　　　75
勘定吟味役異聞 5 地の業火（上田秀人）光文
　社文庫（2007）　　　　　　　　　　　　75
勘定吟味役異聞 6 暁光の断（上田秀人）光文
　社文庫（2008）　　　　　　　　　　　　75
勘定吟味役異聞 7 遺恨の譜（上田秀人）光文
　社文庫（2008）　　　　　　　　　　　　75
勘定吟味役異聞 8 流転の果て（上田秀人）光
　文社文庫（2009）　　　　　　　　　　　75
勘定吟味役異聞 破斬（上田秀人）光文社文庫
　（2005）　　　　　　　　　　　　　　　75
奸臣狩り（佐伯泰英）光文社文庫（2005）…… 173
奸臣狩り（佐伯泰英）光文社文庫（2014）…… 175
寒新月の魔刃（翔田寛）小学館文庫（2010）
　　　　　　　　　　　　　　　　　　　210
寒雀（今井絵美子）角川文庫（2014）………… 61
寒雀（今井絵美子）廣済堂文庫（2007）……… 62
◇観相師南龍覚え書き（庄司圭太）集英社文
　庫　　　　　　　　　　　　　　　　　208
観相師南龍覚え書き 雁金（庄司圭太）集英社
　文庫（2000）　　　　　　　　　　　　208
観相師南龍覚え書き 孤剣（庄司圭太）集英社
　文庫（2004）　　　　　　　　　　　　209
観相師南龍覚え書き 地獄沢（庄司圭太）集英
　社文庫（2004）　　　　　　　　　　　209
観相師南龍覚え書き 沈丁花（庄司圭太）集英
　社文庫（1998）　　　　　　　　　　　208
観相師南龍覚え書き 天女の橋（庄司圭太）集
　英社文庫（1999）　　　　　　　　　　208
観相師南龍覚え書き 呪い札（庄司圭太）集英
　社文庫（2000）　　　　　　　　　　　209
観相師南龍覚え書き 蛍沢（庄司圭太）集英社
　文庫（1999）　　　　　　　　　　　　208
観相師南龍覚え書き 夜叉の面（庄司圭太）集
　英社文庫（1999）　　　　　　　　　　208
神田川斬殺始末（小杉健治）二見時代小説文
　庫（2012）　　　　　　　　　　　　　161
◇神田ひぐらし堂事件草紙（鎌田樹）徳間文
　庫　　　　　　　　　　　　　　　　　127

歴史時代小説文庫総覧 現代の作家　**501**

神田ひぐらし堂事件草紙 狐舞い（鎌田樹）徳間文庫（2008） ……………………… 127

神田ひぐらし堂事件草紙 秘剣彩雲（鎌田樹）徳間文庫（2009） ……………………… 127

神田ひぐらし堂事件草紙 夫婦桜（鎌田樹）徳間文庫（2009） ……………………… 127

神田堀八つ下がり（宇江佐真理）徳間文庫（2005） …………………………………… 72

神田堀八つ下がり（宇江佐真理）文春文庫（2011） …………………………………… 73

寒中の花（浮穴みみ）双葉文庫（2013） … 81

寒椿ゆれる（近藤史恵）光文社文庫（2011） …………………………………………… 168

勘当侍と隠居越前（城駿一郎）廣済堂文庫（2012） ……………………………………… 207

奸闘の緒（上田秀人）徳間文庫（2011） … 78

神無月の惑い（稲葉稔）幻冬舎時代小説文庫（2013） …………………………………… 50

神無の恋風（千野隆司）双葉文庫（2012） 246

堪忍箱（宮部みゆき）新潮文庫（2001） … 393

堪忍箱（宮部みゆき）新潮文庫（2014） … 394

観音裁き（吉田雄亮）光文社文庫（2005） 424

観音さまの茶碗（小杉健治）集英社文庫（2016） ……………………………………… 157

◇関八州御用狩り（幡大介）ベスト時代文庫 ……………………………………………… 328

関八州御用狩り 逃（にがし）屋（幡大介）ベスト時代文庫（2011） ………………… 328

関八州御用狩り 風聲（幡大介）ベスト時代文庫（2010） ……………………………… 328

奸婦にあらず（諸田玲子）文春文庫（2009） …………………………………………… 408

官兵衛の陰謀（中見利男）ハルキ文庫（2014） ………………………………………… 284

勘弁ならねえ（沖田正午）祥伝社文庫（2012） …………………………………………… 94

◇漢方医・有安（秋山香乃）朝日文庫 ……… 4

漢方医・有安 ちぎれ雲（秋山香乃）朝日文庫（2010） …………………………………… 4

漢方医・有安 波紋（秋山香乃）朝日文庫（2010） ………………………………………… 4

漢方医・有安 夕凪（秋山香乃）朝日文庫（2011） ………………………………………… 4

漢方医・有安 忘れ形見（秋山香乃）朝日文庫（2009） …………………………………… 4

〈完本〉初ものがたり（宮部みゆき）PHP文芸文庫（2013） …………………………… 394

◇完本密命（佐伯泰英）祥伝社文庫 ……… 177

完本 密命 巻之16 烏鷺 飛鳥山黒白（佐伯泰英）祥伝社文庫（2016） ……………… 178

完本 密命 巻之17 初心 闇参籠（佐伯泰英）祥伝社文庫（2016） …………………… 178

完本密命 巻之1 見参！ 寒月霞斬り（佐伯泰英）祥伝社文庫（2015） ……………… 177

完本密命 巻之2 弦月三十二人斬り（佐伯泰英）祥伝社文庫（2015） ……………… 177

完本密命 巻之3 残月無想斬り（佐伯泰英）祥伝社文庫（2015） ………………………… 177

完本密命 巻之4 刺客斬月剣（佐伯泰英）祥伝社文庫（2015） …………………………… 177

完本密命 巻之5 火頭紅蓮剣（佐伯泰英）祥伝社文庫（2015） …………………………… 178

完本密命 巻之6 兜刃一期一殺（佐伯泰英）祥伝社文庫（2015） ………………………… 178

完本密命 巻之7 初陣霜夜炎返し（佐伯泰英）祥伝社文庫（2015） ……………………… 178

完本密命 巻之8 悲恋尾張柳生剣（佐伯泰英）祥伝社文庫（2015） ……………………… 178

完本密命 巻之9 極意御庭番斬殺（佐伯泰英）祥伝社文庫（2015） ……………………… 178

完本密命 巻之10 遺恨影ノ剣（佐伯泰英）祥伝社文庫（2016） ………………………… 178

完本密命 巻之11 残夢（佐伯泰英）祥伝社文庫（2016） ………………………………… 178

完本密命 巻之12 乱雲（佐伯泰英）祥伝社文庫（2016） ………………………………… 178

完本密命 巻之13 追懐（佐伯泰英）祥伝社文庫（2016） ………………………………… 178

完本密命 巻之14 遠謀（佐伯泰英）祥伝社文庫（2016） ………………………………… 178

完本密命 巻之15 無刀（佐伯泰英）祥伝社文庫（2016） ………………………………… 178

◇甘味屋十兵衛子守り剣（牧秀彦）幻冬舎時代小説文庫 …………………………… 366

甘味屋十兵衛子守り剣（牧秀彦）幻冬舎時代小説文庫（2012） ……………………… 366

甘味屋十兵衛子守り剣 2 殿のどら焼き（牧秀彦）幻冬舎時代小説文庫（2013） …… 366

甘味屋十兵衛子守り剣 3 桜夜の金つば（牧秀彦）幻冬舎時代小説文庫（2013） …… 366

甘味屋十兵衛子守り剣 4 ご恩返しの千歳飴（牧秀彦）幻冬舎時代小説文庫（2013） …… 366

甘味屋十兵衛子守り剣 5 はなむけ草餅（牧秀彦）幻冬舎時代小説文庫（2014） …… 366

寒雷叫ぶ（芝村凉也）双葉文庫（2013） … 204

寒雷ノ坂（佐伯泰英）双葉文庫（2002） … 183

寒雷日和（早見俊）ハルキ文庫（2010） … 320

眼龍（庄司圭太）光文社文庫（2006） …… 207

咸臨丸、サンフランシスコにて（植松三十里）角川文庫（2010） …………………… 79

還暦（牧秀彦）徳間文庫（2013） ………… 368

還暦（牧秀彦）ベスト時代文庫（2009） … 371

還暦猫（野口卓）文春文庫（2016） ……… 301

作品名索引　　　　　きしん

甘露の雨（井川香四郎）廣済堂文庫（2008）
………………………………………… 30
甘露の雨（井川香四郎）光文社文庫（2016）
………………………………………… 32
甘露梅（宇江佐真理）光文社文庫（2004）…… 70
甘露梅の契り（片倉出雲）徳間文庫（2012）
………………………………………… 120
雁渡し（藤原緋沙子）双葉文庫（2005）…… 362
雁渡り（今井絵美子）廣済堂文庫（2006）…… 62

【き】

紀伊ノ変（佐伯泰英）双葉文庫（2011）　184
黄色い桜（松本賢吾）双葉文庫（2010）　379
鬼雨（井川香四郎）講談社文庫（2009）　30
消えずの行灯（誉田龍一）双葉文庫（2009）
………………………………………… 364
消えたお世継ぎ（北川哲史）コスミック・時代
文庫（2014）………………………… 133
消えた女（風野真知雄）コスミック・時代文庫
（2007）……………………………… 112
消えた十手（風野真知雄）双葉文庫（2007）
………………………………………… 115
消えた将軍（風野真知雄）実業之日本社文庫
（2013）……………………………… 113
消えた手代（乾荘次郎）ベスト時代文庫
（2006）………………………………… 58
消えた天下人（早見俊）コスミック・時代文庫
（2010）……………………………… 317
消えた花嫁（早見俊）廣済堂文庫（2008）　315
消えた密書状（乾荘次郎）学研M文庫
（2007）………………………………… 58
消えたろくろっ首（飯島一次）双葉文庫
（2016）………………………………… 25
気炎立つ（氷月葵）二見時代小説文庫（2014）
………………………………………… 339
帰還（佐伯泰英）新潮文庫（2011）………… 179
帰還！（佐伯泰英）徳間文庫（2004）……… 180
帰還！（佐伯泰英）徳間文庫（2008）……… 180
危機（野口卓）祥伝社文庫（2014）………… 300
利き男（木村友засенを）廣済堂文庫（2009）… 135
◇聞き耳幻八浮世鏡（吉田雄亮）双葉文庫 … 425
聞き耳幻八浮世鏡 傾城番附（吉田雄亮）双葉
文庫（2007）………………………… 425
聞き耳幻八浮世鏡 黄金小町（吉田雄亮）双葉
文庫（2006）………………………… 425
聞き耳幻八浮世鏡 放浪悲剣（吉田雄亮）双葉
文庫（2008）………………………… 425
聞き屋与平（宇江佐真理）集英社文庫（2009）
………………………………………… 71

義俠の賊心（中里融司）小学館文庫（2007）
………………………………………… 279
菊一輪（早見俊）学研M文庫（2006）……… 314
菊月の香（千野隆司）ハルキ文庫（2011）… 244
菊の雫（村咲数馬）双葉文庫（2007）……… 399
朏月耿耿（荒崎一海）祥伝社文庫（2014）… 23
鬼剣（鳥羽亮）講談社文庫（2011）………… 263
奇剣稲妻落し（鳥羽亮）PHP文芸文庫
（2011）……………………………… 270
鬼剣蜻蛉（鳥羽亮）光文社文庫（2012）…… 264
奇剣柳剛（鳥羽亮）光文社文庫（2014）…… 264
鬼哭霞飛燕（鳥羽亮）祥伝社文庫（2003）… 265
鬼哭霞飛燕（鳥羽亮）祥伝社文庫（2011）… 266
鬼哭啾啾（鳥羽亮）幻冬舎文庫（2008）…… 262
鬼哭の剣（鳥羽亮）祥伝社文庫（1998）…… 265
鬼哭の剣（鳥羽亮）祥伝社文庫（2011）…… 266
気骨（坂岡真）光文社文庫（2015）………… 188
奇策（風野真知雄）祥伝社文庫（2003）…… 113
奇策屋見届け人 仕掛の章（関根聖）角川文庫
（2015）……………………………… 220
◇兆し屋萬次（雑賀俊一郎）学研M文庫 … 168
兆し屋萬次 色に溺れる大井川（雑賀俊一郎）
学研M文庫（2002）………………… 168
兆し屋萬次 唐くずれ艶道中（雑賀俊一郎）学
研M文庫（2004）…………………… 169
兆し屋萬次 深川艶女たらし（雑賀俊一郎）学
研M文庫（2003）…………………… 169
兆し屋萬次 夜叉姫くずし（雑賀俊一郎）学研
M文庫（2003）……………………… 169
更衣ノ鷹（佐伯泰英）双葉文庫（2010）…… 184
◇如月夢之介（池端洋介）ベスト時代文庫 … 41
如月夢之介 秘剣霞斬り（池端洋介）ベスト時
代文庫（2005）………………………… 41
如月夢之介 人斬り般若（池端洋介）ベスト時
代文庫（2006）………………………… 41
起死の矢（風野真知雄）二見時代小説文庫
（2007）……………………………… 116
紀州新宮鷹撃剣（宮城賢秀）廣済堂文庫
（1997）……………………………… 384
紀州親宮鷹撃剣 →八丁堀父子鷹 2（宮城賢
秀）桃園文庫（2001）……………… 388
紀州徳川家世子暗殺秘聞（宮城賢秀）ケイブ
ンシャ文庫（1998）………………… 383
鬼愁の剣（高橋直樹）祥伝社文庫（2003）… 225
喜娘（梓沢要）新人物文庫（2010）………… 19
鬼将、討つ（市川丈夫）富士見新時代小説文庫
（2014）………………………………… 47
鬼女の涙（聖龍人）コスミック・時代文庫
（2013）……………………………… 336
鬼心（千野隆司）ハルキ文庫（2005）……… 244

歴史時代小説文庫総覧 現代の作家　**503**

鬼神になりて（鳥羽亮）祥伝社文庫（2015）
.... 267

鬼神の一刀（井川香四郎）祥伝社文庫（2009）
.... 33

鬼神の剣（城駿一郎）学研M文庫（2004）...... 206

鬼心の刺客（芝村凉也）講談社文庫（2014）
.... 203

鬼神の微笑（ほほえみ）（藤水名子）二見時代
小説文庫（2015）.............................. 346

鬼神舞い（吉田雄亮）光文社文庫（2011）...... 424

絆（鳥羽亮）幻冬舎文庫（2009）.............. 262

絆酒（中岡潤一郎）学研M文庫（2012）...... 277

奇蹟の剣（稲葉稔）双葉文庫（2012）...... 56

木曽の神隠し（鈴木英治）徳間文庫（2012）
.... 214

木曽義仲（小川由秋）PHP文庫（2004）...... 93

北風の軍師たち　上（中村彰彦）中公文庫
（2009）....................................... 286

北風の軍師たち　下（中村彰彦）中公文庫
（2009）....................................... 286

北の桜南の剃刀 →羅利剣（宮城賢秀）学研M
文庫（2005）.................................. 382

北の桜南の剃刀（宮城賢秀）徳間文庫（1999）
.... 388

北前船始末（築山桂）双葉文庫（2009）...... 249

◇北町裏奉行（北川哲史）だいわ文庫 134

北町裏奉行 鍛冶橋阿波騒動事件（北川哲史）
だいわ文庫（2007）.......................... 134

北町裏奉行 猿橋甲州金山事件（北川哲史）だ
いわ文庫（2008）............................. 134

北町裏奉行 渡月橋神田上水事件（北川哲史）
だいわ文庫（2008）.......................... 134

北町裏奉行 魔笛天誅人（北川哲史）だいわ文
庫（2007）.................................... 134

北町裏奉行 俎板橋土蔵相伝事件（北川哲史）
だいわ文庫（2007）.......................... 134

◇北町影同心（沖田正午）二見時代小説文庫
.... 97

北町影同心 1 閻魔の女房（沖田正午）二見時
代小説文庫（2016）........................... 97

北町影同心 2 過去からの密命（沖田正午）二
見時代小説文庫（2016）....................... 97

北町影同心 3 挑まれた戦い（沖田正午）二見
時代小説文庫（2016）......................... 97

◇北町奉行所朽木組（野口卓）新潮文庫 300

北町奉行所朽木組 隠れ蓑（野口卓）新潮文庫
（2014）....................................... 300

北町奉行所朽木組 闇の黒猫（野口卓）新潮文
庫（2013）.................................... 300

◇北町南町かけもち同心（いずみ光）コスミッ
ク・時代文庫 45

北町南町かけもち同心（いずみ光）コスミッ
ク・時代文庫（2014）......................... 45

北町南町かけもち同心〔2〕春告げ鳥（いず
み光）コスミック・時代文庫（2015）...... 45

北町南町かけもち同心〔3〕星を継ぐ者（い
ずみ光）コスミック・時代文庫（2015）...... 45

鬼溜まりの闇（芝村凉也）講談社文庫（2014）
.... 203

鬼弾（岩井三四二）講談社文庫（2013）...... 67

吉右衛門の涙（喜安幸夫）ワンツー時代小説
文庫（2006）.................................. 141

喜知次（乙川優三郎）講談社文庫（2001）...... 99

喜知次（乙川優三郎）徳間文庫（2015）...... 100

黄蝶の橋（篠綾子）文春文庫（2015）...... 203

黄蝶舞う（浅倉卓弥）PHP文芸文庫（2012）
.... 9

菊花酒（和田はつ子）ハルキ文庫（2010）...... 441

橘花抄（葉室麟）新潮文庫（2013）...... 310

橘花の仇（佐伯泰英）双葉文庫（2001）...... 181

橘花の仇（佐伯泰英）ハルキ文庫（2008）...... 181

吉祥の誘惑（平谷美樹）角川文庫（2016）...... 341

吉祥の誘惑 →採薬使佐平次〔3〕（平谷美樹）
角川文庫（2016）............................. 341

きっと忘れない（今井絵美子）双葉文庫
（2013）....................................... 65

狐化粧（和久田正明）ハルキ文庫（2010）...... 436

狐退治（倉阪鬼一郎）徳間文庫（2015）...... 147

狐退治（早見俊）徳間文庫（2009）...... 320

狐憑きの女（森詠）二見時代小説文庫（2011）
.... 402

狐憑きの娘（輪渡颯介）講談社文庫（2012）
.... 445

狐の穴（和久田正明）徳間文庫（2007）...... 435

狐のちょうちん（佐々木裕一）二見時代小説
文庫（2011）.................................. 197

きつね火（風野真知雄）コスミック・時代文庫
（2010）....................................... 112

狐火の女（小杉健治）ハルキ文庫（2006）...... 159

狐火ノ杜（佐伯泰英）双葉文庫（2003）...... 183

きつね日和（倉阪鬼一郎）光文社文庫（2013）
.... 146

狐舞（佐伯泰英）光文社文庫（2015）...... 174

狐舞い（鎌田樹）徳間文庫（2008）...... 127

狐嫁の列（芝村凉也）講談社文庫（2015）...... 203

◇喜連川の風（稲葉稔）角川文庫 50

喜連川の風 江戸出府（稲葉稔）角川文庫
（2016）....................................... 50

喜連川の風 忠義の架橋（稲葉稔）角川文庫
（2016）....................................... 50

きてれつ林蔵 熊狩りの剣（飯野笙子）コスミ
ック・時代文庫（2013）....................... 27

作品名索引　　きまく

鬼道裁き（吉田雄亮）光文社文庫（2004）‥‥‥ 424
鬼道太平記 →太平記鬼伝─児島高徳（火坂雅
　志）小学館文庫（2005）‥‥‥‥‥‥‥‥‥ 331
木戸の悪党防ぎ（喜安幸夫）廣済堂文庫
　（2011）‥‥‥‥‥‥‥‥‥‥‥‥‥‥‥‥ 138
木戸の悪人裁き（喜安幸夫）廣済堂文庫
　（2009）‥‥‥‥‥‥‥‥‥‥‥‥‥‥‥‥ 137
木戸の明け烏（喜安幸夫）廣済堂文庫（2015）
　‥‥‥‥‥‥‥‥‥‥‥‥‥‥‥‥‥‥‥‥ 138
木戸の因縁裁き（喜安幸夫）廣済堂文庫
　（2010）‥‥‥‥‥‥‥‥‥‥‥‥‥‥‥‥ 138
木戸の裏灯り（喜安幸夫）廣済堂文庫（2008）
　‥‥‥‥‥‥‥‥‥‥‥‥‥‥‥‥‥‥‥‥ 137
木戸の裏始末（喜安幸夫）廣済堂文庫（2003）
　‥‥‥‥‥‥‥‥‥‥‥‥‥‥‥‥‥‥‥‥ 137
木戸の鬼火（喜安幸夫）廣済堂文庫（2011）
　‥‥‥‥‥‥‥‥‥‥‥‥‥‥‥‥‥‥‥‥ 138
木戸の隠れ裁き（喜安幸夫）廣済堂文庫
　（2005）‥‥‥‥‥‥‥‥‥‥‥‥‥‥‥‥ 137
木戸の隠れ仕事（喜安幸夫）廣済堂文庫
　（2015）‥‥‥‥‥‥‥‥‥‥‥‥‥‥‥‥ 138
木戸の隠れ旅（喜安幸夫）廣済堂文庫（2009）
　‥‥‥‥‥‥‥‥‥‥‥‥‥‥‥‥‥‥‥‥ 137
木戸の影裁き（喜安幸夫）廣済堂文庫（2004）
　‥‥‥‥‥‥‥‥‥‥‥‥‥‥‥‥‥‥‥‥ 137
木戸の口封じ（喜安幸夫）廣済堂文庫（2010）
　‥‥‥‥‥‥‥‥‥‥‥‥‥‥‥‥‥‥‥‥ 138
木戸の闇坂（くらやみざか）（喜安幸夫）廣済
　堂文庫（2012）‥‥‥‥‥‥‥‥‥‥‥‥‥ 138
木戸の盗賊崩し（喜安幸夫）廣済堂文庫
　（2012）‥‥‥‥‥‥‥‥‥‥‥‥‥‥‥‥ 138
木戸の隣町騒動（喜安幸夫）廣済堂文庫
　（2013）‥‥‥‥‥‥‥‥‥‥‥‥‥‥‥‥ 138
木戸の富くじ（喜安幸夫）廣済堂文庫（2014）
　‥‥‥‥‥‥‥‥‥‥‥‥‥‥‥‥‥‥‥‥ 138
木戸の情け裁き（喜安幸夫）廣済堂文庫
　（2014）‥‥‥‥‥‥‥‥‥‥‥‥‥‥‥‥ 138
木戸の夏時雨（喜安幸夫）廣済堂文庫（2007）
　‥‥‥‥‥‥‥‥‥‥‥‥‥‥‥‥‥‥‥‥ 137
木戸の橋渡し（喜安幸夫）廣済堂文庫（2015）
　‥‥‥‥‥‥‥‥‥‥‥‥‥‥‥‥‥‥‥‥ 138
木戸の非情仕置（喜安幸夫）廣済堂文庫
　（2009）‥‥‥‥‥‥‥‥‥‥‥‥‥‥‥‥ 137
木戸の武家始末（喜安幸夫）廣済堂文庫
　（2008）‥‥‥‥‥‥‥‥‥‥‥‥‥‥‥‥ 137
木戸の無情剣（喜安幸夫）廣済堂文庫（2006）
　‥‥‥‥‥‥‥‥‥‥‥‥‥‥‥‥‥‥‥‥ 137
木戸の女敵騒動（喜安幸夫）廣済堂文庫
　（2011）‥‥‥‥‥‥‥‥‥‥‥‥‥‥‥‥ 138
木戸の闇裁き（喜安幸夫）廣済堂文庫（2002）
　‥‥‥‥‥‥‥‥‥‥‥‥‥‥‥‥‥‥‥‥ 137
木戸の闇仕置（喜安幸夫）廣済堂文庫（2004）
　‥‥‥‥‥‥‥‥‥‥‥‥‥‥‥‥‥‥‥‥ 137

木戸の闇仕掛け（喜安幸夫）廣済堂文庫
　（2010）‥‥‥‥‥‥‥‥‥‥‥‥‥‥‥‥ 138
木戸の闇同心（喜安幸夫）廣済堂文庫（2007）
　‥‥‥‥‥‥‥‥‥‥‥‥‥‥‥‥‥‥‥‥ 137
木戸の闇走り（喜安幸夫）廣済堂文庫（2005）
　‥‥‥‥‥‥‥‥‥‥‥‥‥‥‥‥‥‥‥‥ 137
木戸の誘拐騒動（喜安幸夫）廣済堂文庫
　（2014）‥‥‥‥‥‥‥‥‥‥‥‥‥‥‥‥ 138
木戸の幽霊始末（喜安幸夫）廣済堂文庫
　（2013）‥‥‥‥‥‥‥‥‥‥‥‥‥‥‥‥ 138
木戸の弓張月（喜安幸夫）廣済堂文庫（2012）
　‥‥‥‥‥‥‥‥‥‥‥‥‥‥‥‥‥‥‥‥ 138
木戸の別れ（喜安幸夫）廣済堂文庫（2016）
　‥‥‥‥‥‥‥‥‥‥‥‥‥‥‥‥‥‥‥‥ 138
義にあらず（鈴木由紀子）幻冬舎時代小説文
　庫（2010）‥‥‥‥‥‥‥‥‥‥‥‥‥‥‥ 220
昨日のまこと、今日のうそ（宇江佐真理）文春
　文庫（2016）‥‥‥‥‥‥‥‥‥‥‥‥‥‥ 73
昨日みた夢（宇江佐真理）角川文庫（2016）
　‥‥‥‥‥‥‥‥‥‥‥‥‥‥‥‥‥‥‥‥ 69
紀伊国屋文左衛門（羽生道英）廣済堂文庫
　（2001）‥‥‥‥‥‥‥‥‥‥‥‥‥‥‥‥ 308
◇紀之屋玉吉残夢録（水田勁）双葉文庫 ‥‥‥ 380
紀之屋玉吉残夢録 あばれ幇間（水田勁）双葉
　文庫（2012）‥‥‥‥‥‥‥‥‥‥‥‥‥‥ 380
紀之屋玉吉残夢録 いくさ中間（水田勁）双葉
　文庫（2013）‥‥‥‥‥‥‥‥‥‥‥‥‥‥ 380
紀之屋玉吉残夢録 海よかもめよ（水田勁）双
　葉文庫（2014）‥‥‥‥‥‥‥‥‥‥‥‥‥ 380
紀之屋玉吉残夢録 江戸ながれ人（水田勁）双
　葉文庫（2014）‥‥‥‥‥‥‥‥‥‥‥‥‥ 380
木場豪商殺人事件（風野真知雄）文春文庫
　（2012）‥‥‥‥‥‥‥‥‥‥‥‥‥‥‥‥ 117
◇牙小次郎無頼剣（和久田正明）学研M文庫
　‥‥‥‥‥‥‥‥‥‥‥‥‥‥‥‥‥‥‥‥ 432
牙小次郎無頼剣 恋小袖（和久田正明）学研M
　文庫（2011）‥‥‥‥‥‥‥‥‥‥‥‥‥‥ 433
牙小次郎無頼剣 桜子姫（和久田正明）学研M
　文庫（2008）‥‥‥‥‥‥‥‥‥‥‥‥‥‥ 432
牙小次郎無頼剣 月を抱く女（和久田正明）学
　研M文庫（2009）‥‥‥‥‥‥‥‥‥‥‥‥ 433
牙小次郎無頼剣 緋の孔雀（和久田正明）学研
　M文庫（2009）‥‥‥‥‥‥‥‥‥‥‥‥‥ 433
牙小次郎無頼剣 黄泉知らず（和久田正明）学
　研M文庫（2008）‥‥‥‥‥‥‥‥‥‥‥‥ 432
牙小次郎無頼剣 夜来る鬼（和久田正明）学研
　M文庫（2007）‥‥‥‥‥‥‥‥‥‥‥‥‥ 432
黍の花ゆれる →愛加那と西郷（植松三十里）
　小学館文庫（2016）‥‥‥‥‥‥‥‥‥‥‥ 79
紀文大尽舞（米村圭伍）新潮文庫（2006）‥‥‥ 427
きまぐれ藤四郎（鳥羽亮）双葉文庫（2010）
　‥‥‥‥‥‥‥‥‥‥‥‥‥‥‥‥‥‥‥‥ 271

歴史時代小説文庫総覧 現代の作家　**505**

◇気まぐれ用心棒（聖龍人）祥伝社文庫 ⋯⋯ 337

気まぐれ用心棒 2 迷子と梅干し（聖龍人）祥
伝社文庫（2012） ⋯⋯⋯⋯⋯⋯⋯⋯⋯ 337

気まぐれ用心棒 深川日記（聖龍人）祥伝社文
庫（2011） ⋯⋯⋯⋯⋯⋯⋯⋯⋯⋯⋯⋯ 337

君を乗せる舟（宇江佐真理）文春文庫（2008）
⋯⋯⋯⋯⋯⋯⋯⋯⋯⋯⋯⋯⋯⋯⋯⋯⋯ 72

君がいれば（米村圭伍）幻冬舎時代小説文庫
（2014） ⋯⋯⋯⋯⋯⋯⋯⋯⋯⋯⋯⋯⋯ 427

汝（きみ）薫るが如し（門田泰明）光文社文庫
（2014） ⋯⋯⋯⋯⋯⋯⋯⋯⋯⋯⋯⋯⋯ 123

君影草（今井絵美子）ハルキ文庫（2014） ⋯ 64

君の名残を　上（浅倉卓弥）宝島社文庫
（2006） ⋯⋯⋯⋯⋯⋯⋯⋯⋯⋯⋯⋯⋯⋯ 9

君の名残を　下（浅倉卓弥）宝島社文庫
（2006） ⋯⋯⋯⋯⋯⋯⋯⋯⋯⋯⋯⋯⋯⋯ 9

君の行く道（片岡麻紗子）廣済堂文庫（2008）
⋯⋯⋯⋯⋯⋯⋯⋯⋯⋯⋯⋯⋯⋯⋯⋯⋯ 119

君微笑めば（風野真知雄）角川文庫（2012）
⋯⋯⋯⋯⋯⋯⋯⋯⋯⋯⋯⋯⋯⋯⋯⋯⋯ 109

鬼面（庄司圭太）光文社文庫（2009） ⋯⋯⋯ 208

鬼面の賊（鳥羽亮）ハルキ文庫（2015） ⋯⋯ 270

◇着物始末暦（中島要）ハルキ文庫 ⋯⋯⋯⋯ 281

着物始末暦 2 藍の糸（中島要）ハルキ文庫
（2013） ⋯⋯⋯⋯⋯⋯⋯⋯⋯⋯⋯⋯⋯ 281

着物始末暦 3 夢かさね（中島要）ハルキ文庫
（2014） ⋯⋯⋯⋯⋯⋯⋯⋯⋯⋯⋯⋯⋯ 281

着物始末暦 4 雪とけ柳（中島要）ハルキ文庫
（2015） ⋯⋯⋯⋯⋯⋯⋯⋯⋯⋯⋯⋯⋯ 281

着物始末暦 5 なみだ縮緬（中島要）ハルキ文
庫（2015） ⋯⋯⋯⋯⋯⋯⋯⋯⋯⋯⋯⋯ 281

着物始末暦 6 錦の松（中島要）ハルキ文庫
（2016） ⋯⋯⋯⋯⋯⋯⋯⋯⋯⋯⋯⋯⋯ 281

着物始末暦 7 なでしこ日和（中島要）ハルキ
文庫（2016） ⋯⋯⋯⋯⋯⋯⋯⋯⋯⋯⋯ 281

着物始末暦 しのぶ梅（中島要）ハルキ文庫
（2012） ⋯⋯⋯⋯⋯⋯⋯⋯⋯⋯⋯⋯⋯ 281

鬼門の杜（吉田雄亮）徳間文庫（2012） ⋯⋯ 425

逆襲（喜安幸夫）祥伝社文庫（2012） ⋯⋯⋯ 139

逆襲（二宮隆雄）廣済堂文庫（2007） ⋯⋯⋯ 299

逆臣蔵（和久田正明）徳間文庫（2008） ⋯⋯ 435

逆臣の刃（千野隆司）ハルキ文庫（2013） ⋯ 245

逆賊（黒崎裕一郎）徳間文庫（2005） ⋯⋯⋯ 151

逆賊の群れ（宮城賢秀）ケイブンシャ文庫
（2001） ⋯⋯⋯⋯⋯⋯⋯⋯⋯⋯⋯⋯⋯ 384

逆賊の群れ（宮城賢秀）ハルキ文庫（2005）
⋯⋯⋯⋯⋯⋯⋯⋯⋯⋯⋯⋯⋯⋯⋯⋯⋯ 389

逆風に生きる →山川家の兄弟（中村彰彦）人
物文庫（2005） ⋯⋯⋯⋯⋯⋯⋯⋯⋯⋯ 286

ギヤマンの花（霜月りつ）コスミック・時代文
庫（2014） ⋯⋯⋯⋯⋯⋯⋯⋯⋯⋯⋯⋯ 205

伽羅千尋（千野隆司）ハルキ文庫（2004） ⋯⋯ 244

木遣り未練（沖田正午）徳間文庫（2016） ⋯ 95

俠風むすめ（河治和香）小学館文庫（2007）
⋯⋯⋯⋯⋯⋯⋯⋯⋯⋯⋯⋯⋯⋯⋯⋯⋯ 129

吸血鬼にゃあにゃあ（高橋由太）徳間文庫
（2015） ⋯⋯⋯⋯⋯⋯⋯⋯⋯⋯⋯⋯⋯ 230

旧主再会（佐伯泰英）幻冬舎文庫（2011） ⋯ 172

宮中の華（佐々木裕一）二見時代小説文庫
（2014） ⋯⋯⋯⋯⋯⋯⋯⋯⋯⋯⋯⋯⋯ 198

仇敵（佐伯泰英）祥伝社文庫（2010） ⋯⋯⋯ 177

求天記 →宮本武蔵 上巻（加藤廣）新潮文庫
（2012） ⋯⋯⋯⋯⋯⋯⋯⋯⋯⋯⋯⋯⋯ 122

求天記 →宮本武蔵 下巻（加藤廣）新潮文庫
（2012） ⋯⋯⋯⋯⋯⋯⋯⋯⋯⋯⋯⋯⋯ 122

九尾の狐（井川香四郎）徳間文庫（2016） ⋯ 35

九九九番目の妖（小松エメル）光文社文庫
（2016） ⋯⋯⋯⋯⋯⋯⋯⋯⋯⋯⋯⋯⋯ 167

凶悪狩り（宮城賢秀）桃園文庫（2000） ⋯⋯ 388

凶悪狩り（宮城賢秀）双葉文庫（2003） ⋯⋯ 390

暁闇（鈴木英治）中公文庫（2004） ⋯⋯⋯⋯ 212

京へ上った鍋奉行（田中啓文）集英社文庫
（2014） ⋯⋯⋯⋯⋯⋯⋯⋯⋯⋯⋯⋯⋯ 237

今日を刻む時計（宇江佐真理）文春文庫
（2013） ⋯⋯⋯⋯⋯⋯⋯⋯⋯⋯⋯⋯⋯ 72

◇俠客銀蔵江戸噺（稲葉稔）ハルキ文庫 ⋯⋯ 55

俠客銀蔵江戸噺 惜別の海（稲葉稔）ハルキ文
庫（2009） ⋯⋯⋯⋯⋯⋯⋯⋯⋯⋯⋯⋯ 55

俠客銀蔵江戸噺 旅立ちの海（稲葉稔）ハルキ
文庫（2008） ⋯⋯⋯⋯⋯⋯⋯⋯⋯⋯⋯ 55

俠客銀蔵江戸噺 望郷の海（稲葉稔）ハルキ文
庫（2008） ⋯⋯⋯⋯⋯⋯⋯⋯⋯⋯⋯⋯ 55

凶眼（鈴木英治）ハルキ文庫（2006） ⋯⋯⋯ 216

俠気（岡本さとる）ハルキ文庫（2015） ⋯⋯ 92

狂気の父を敬え →織田信雄（鈴木輝一郎）人
物文庫（2013） ⋯⋯⋯⋯⋯⋯⋯⋯⋯⋯ 219

凶剣始末（稲葉稔）双葉文庫（2011） ⋯⋯⋯ 56

暁光の断（上田秀人）光文社文庫（2008） ⋯ 75

矜持（坂岡真）光文社文庫（2014） ⋯⋯⋯⋯ 188

橋上の決闘 →十兵衛推参（稲葉稔）コスミッ
ク・時代文庫（2013） ⋯⋯⋯⋯⋯⋯⋯ 54

橋上の決闘（稲葉稔）ベスト時代文庫（2006）
⋯⋯⋯⋯⋯⋯⋯⋯⋯⋯⋯⋯⋯⋯⋯⋯⋯ 57

鏡四郎活殺剣（城駿一郎）廣済堂文庫（2002）
⋯⋯⋯⋯⋯⋯⋯⋯⋯⋯⋯⋯⋯⋯⋯⋯⋯ 207

兜刃（佐伯泰英）祥伝社文庫（2002） ⋯⋯⋯ 176

兜刃（佐伯泰英）祥伝社文庫（2007） ⋯⋯⋯ 177

兜刃 →完本密命 巻之6（佐伯泰英）祥伝社文
庫（2015） ⋯⋯⋯⋯⋯⋯⋯⋯⋯⋯⋯⋯ 178

凶刃（宮城賢秀）徳間文庫（1999） ⋯⋯⋯⋯ 388

兜刃一期一殺（佐伯泰英）祥伝社文庫（2015）
⋯⋯⋯⋯⋯⋯⋯⋯⋯⋯⋯⋯⋯⋯⋯⋯⋯ 178

凶賊の牙 →彦六捕物帖 凶賊編(鳴海丈)光文社文庫(2001) ……… *292*	巨鯨の海(伊東潤)光文社文庫(2015) ……… *48*	
凶賊闇の麝香(早坂倫太郎)学研M文庫(2006) ……… *311*	虚構斬り(早見俊)二見時代小説文庫(2016) ……… *322*	
凶賊闇の麝香(早坂倫太郎)徳間文庫(2000) ……… *312*	巨城の奥(早瀬詠一郎)コスミック・時代文庫(2016) ……… *313*	
◇兄妹十手江戸つづり(芦川淳一)ハルキ文庫 ……… *17*	虚飾の舞(早見俊)二見時代小説文庫(2008) ……… *321*	
兄妹十手江戸つづり(芦川淳一)ハルキ文庫(2011) ……… *17*	清須会議(三谷幸喜)幻冬舎文庫(2013) …… *380*	
兄妹十手江戸つづり 縁談つぶし(芦川淳一)ハルキ文庫(2012) ……… *17*	清盛と後白河院(小川由秋)PHP文庫(2012) ……… *93*	
兄妹十手江戸つづり 猫目の賊(芦川淳一)ハルキ文庫(2012) ……… *17*	きらきら花吹雪(鎌田樹)廣済堂文庫(2011) ……… *127*	
兄弟の絆(小杉健治)ハルキ文庫(2011) … *160*	吉良上野介(麻倉一矢)PHP文庫(1998) … *8*	
兄弟氷雨(稲葉稔)光文社文庫(2007) … *52*	斬らずの伊三郎(小林力)学研M文庫(2009) ……… *166*	
兜弾(黒崎裕一郎)徳間文庫(2004) …… *151*	雪花菜飯(倉阪鬼一郎)二見時代小説文庫(2012) ……… *148*	
暁天一斗(福原俊彦)富士見新時代小説文庫(2015) ……… *345*	斬らぬ武士道(井川香四郎)二見時代小説文庫(2008) ……… *37*	
凶刀 →天魔斬剣(宮城賢秀)学研M文庫(2005) ……… *382*	吉良の言い分 上(岳真也)小学館文庫(2000) ……… *103*	
凶盗(鳥羽亮)徳間文庫(2010) …… *268*	吉良の言い分 下(岳真也)小学館文庫(2000) ……… *103*	
侠盗五人世直し帖(吉田雄亮)二見時代小説文庫(2011) ……… *426*	斬られ権佐(宇江佐真理)集英社文庫(2005) ……… *70*	
京都呪殺 →京都秘拳行(火坂雅志)廣済堂文庫(2003) ……… *330*	斬られて、ちょんまげ(高橋由太)双葉文庫(2014) ……… *230*	
京都呪殺(火坂雅志)時代小説文庫(1994) ……… *331*	斬られ屋新左(松岡弘一)学研M文庫(2011) ……… *376*	
京都魔性剣(加野厚志)双葉文庫(2004) … *126*	◇切り絵図屋清七(藤原緋沙子)文春文庫 …… *362*	
行人坂大火の策謀(福原俊彦)朝日文庫(2016) ……… *345*	切り絵図屋清七 栗めし(藤原緋沙子)文春文庫(2015) ……… *362*	
京の仇討ち(宮城賢秀)学研M文庫(2007) ……… *383*	切り絵図屋清七 飛び梅(藤原緋沙子)文春文庫(2012) ……… *362*	
恐怖の流しそうめん(風野真知雄)講談社文庫(2015) ……… *111*	切り絵図屋清七 ふたり静(藤原緋沙子)文春文庫(2011) ……… *362*	
京洛斬鬼(鳥羽亮)祥伝社文庫(2011) … *266*	切り絵図屋清七 紅染の雨(藤原緋沙子)文春文庫(2011) ……… *362*	
京嵐寺平太郎(佐々木裕一)角川文庫(2013) ……… *194*	霧隠才蔵(火坂雅志)ノン・ポシェット(1997) ……… *333*	
京嵐寺平太郎(佐々木裕一)静山社文庫(2011) ……… *196*	霧隠才蔵 上(火坂雅志)角川文庫(2009) … *329*	
杏林の剣士(伊多波碧)学研M文庫(2011) ……… *46*	霧隠才蔵 下(火坂雅志)角川文庫(2009) … *329*	
巨魁(鳥羽亮)祥伝社文庫(2007) …… *266*	霧隠才蔵 紅の真田幸村陣(火坂雅志)ノン・ポシェット(1997) ……… *333*	
◇曲斬り陣九郎(芦川淳一)祥伝社文庫 … *16*	霧隠才蔵 血闘根来忍び衆(火坂雅志)ノン・ポシェット(1998) ……… *333*	
曲斬り陣九郎 2 お助け長屋(芦川淳一)祥伝社文庫(2010) ……… *16*	きりきり舞い(諸田玲子)光文社文庫(2012) ……… *405*	
曲斬り陣九郎 3 夜叉むすめ(芦川淳一)祥伝社文庫(2011) ……… *16*	斬り込み(喜安幸夫)二見時代小説文庫(2011) ……… *140*	
曲斬り陣九郎 4 花舞いの剣(芦川淳一)祥伝社文庫(2012) ……… *16*	霧しぐれ(六道慧)双葉文庫(2004) ……… *430*	
曲斬り陣九郎 からけつ用心棒(芦川淳一)祥伝社文庫(2010) ……… *16*		

切柄又十郎 2（忘八の巻）（えとう乱星）ケイ
ブンシャ文庫（2002） ·········· 84

切柄又十郎 鬼火の巻（えとう乱星）ケイブン
シャ文庫（2001） ··········· 84

切柄又十郎 鬼火の巻 →無想の橋（えとう乱
星）コスミック・時代文庫（2006） ········· 84

切柄又十郎 2（忘八の巻）→千鳥の恋（えと
う乱星）コスミック・時代文庫（2006） ······ 84

斬りて候 上（門田泰明）光文社文庫（2005）
·············· 123

斬りて候 下（門田泰明）光文社文庫（2005）
·············· 123

霧の城（岩井三四二）実業之日本社文庫
（2014） ············ 67

霧の橋（乙川優三郎）講談社文庫（2000） ······ 99

霧の路（藤原緋沙子）講談社文庫（2009） ······ 359

麒麟越え（千野隆司）双葉文庫（2006） ······ 246

麒麟橋本左内（岳真也）学研M文庫（2000）
·············· 102

切れた絆（富樫倫太郎）中公文庫（2007） ······ 258

義烈千秋 天狗党 西へ（伊東潤）新潮文庫
（2014） ············ 48

飢狼の剣（鈴木英治）ハルキ文庫（2001） ······ 216

疑惑（稲葉稔）コスミック・時代文庫（2015）
·············· 54

銀閣建立（岩井三四二）講談社文庫（2008）
·············· 67

金閣寺に密室（鯨統一郎）祥伝社文庫（2002）
·············· 143

銀簪の絆（鳥羽亮）双葉文庫（2013） ······ 271

銀漢の賦（葉室麟）文春文庫（2010） ······ 310

金狐の首（風野真知雄）二見時代小説文庫
（2008） ············ 117

金魚心（和田はつ子）講談社文庫（2012） ······ 439

金鯱の牙（牧秀彦）双葉文庫（2008） ······ 369

◇銀座開化おもかげ草紙（松井今朝子）新潮
文庫 ············ 374

銀座開化おもかげ草紙（松井今朝子）新潮文
庫（2007） ············ 374

銀座開化おもかげ草紙 西南の嵐（松井今朝
子）新潮文庫（2013） ············ 374

銀座開化おもかげ草紙 果ての花火（松井今朝
子）新潮文庫（2010） ············ 374

銀座開化事件帖 →銀座開化おもかげ草紙（松
井今朝子）新潮文庫（2007） ············ 374

銀座恋一筋殺人事件（風野真知雄）文春文庫
（2016） ············ 118

◇金さん銀さん捕物帳（藤村与一郎）廣済堂
文庫 ············ 356

金さん銀さん捕物帳 お軽の涙（藤村与一郎）
廣済堂文庫（2013） ············ 356

金さん銀さん捕物帳 遠山兄弟桜（藤村与一
郎）廣済堂文庫（2012） ············ 356

銀しゃり（山本一力）小学館文庫（2009） ····· 415

禁書売り（築山桂）双葉文庫（2008） ······ 249

禁じられた敵討（中村彰彦）文春文庫（2003）
·············· 287

◇金四郎はぐれ行状記（井川香四郎）双葉文
庫 ············ 36

金四郎はぐれ行状記 仇の風（井川香四郎）双
葉文庫（2007） ············ 36

金四郎はぐれ行状記 海灯り（井川香四郎）双
葉文庫（2009） ············ 36

金四郎はぐれ行状記 大川桜吹雪（井川香四
郎）双葉文庫（2006） ············ 36

金四郎はぐれ行状記 雁だより（井川香四郎）
双葉文庫（2009） ············ 36

金四郎はぐれ行状記 契り杯（井川香四郎）双
葉文庫（2010） ············ 36

金四郎はぐれ行状記 冥加の花（井川香四郎）
双葉文庫（2007） ············ 36

金四郎必殺大刀返し（村咲数馬）だいわ文庫
（2008） ············ 399

金底の歩（井川香四郎）ハルキ文庫（2008）
·············· 35

金と銀（誉田龍一）徳間文庫（2015） ········· 364

銀二貫（高田郁）幻冬舎時代小説文庫（2010）
·············· 224

銀の雨（宇江佐真理）幻冬舎文庫（2001） ······ 69

銀のかんざし（伊藤致雄）ハルキ文庫（2009）
·············· 48

銀の島（山本兼一）朝日文庫（2014） ······ 417

銀のなえし（佐伯泰英）ハルキ文庫（2005）
·············· 181

銀のなえし（佐伯泰英）ハルキ文庫（2009）
·············· 182

銀のみち一条 上巻（玉岡かおる）新潮文庫
（2011） ············ 239

銀のみち一条 下巻（玉岡かおる）新潮文庫
（2011） ············ 239

銀魔伝 源内死闘の巻（井沢元彦）中公文庫
（2001） ············ 43

◇吟味方与力人情控（辻堂魁）学研M文庫 ···· 250

◇吟味方与力人情控（辻堂魁）コスミック・時
代文庫 ············ 251

吟味方与力人情控 おくれ髪（辻堂魁）学研M
文庫（2009） ············ 250

吟味方与力人情控 おくれ髪（辻堂魁）コスミ
ック・時代文庫（2016） ············ 251

吟味方与力人情控 花の嵐（辻堂魁）学研M文
庫（2008） ············ 250

吟味方与力人情控 花の嵐（辻堂魁）コスミッ
ク・時代文庫（2015） ············ 251

作品名索引　　　くしし

◇禁裏付雅帳（上田秀人）徳間文庫 ………… 78
禁裏付雅帳 1 政争（上田秀人）徳間文庫
　（2015）……………………………………… 78
禁裏付雅帳 2 戸惑（上田秀人）徳間文庫
　（2016）……………………………………… 78

【く】

空海（寺林峻）人物文庫（2005）…………… 254
空海秘伝（寺林峻）人物文庫（2000）……… 254
空城騒然（幡大介）二見時代小説文庫（2011）
　…………………………………………………… 327
空白の桶狭間（加藤廣）新潮文庫（2011）… 122
九鬼水軍斬殺剣（宮城賢秀）コスミック・時代
　文庫（2004）………………………………… 386
九鬼嘉隆（志津三郎）PHP文庫（1995）… 201
傀儡（坂東眞砂子）集英社文庫（2012）… 328
傀儡師（藤井邦夫）文春文庫（2011）…… 352
傀儡刺客状（志津三郎）廣済堂文庫（2002）
　…………………………………………………… 201
傀儡子の糸（鈴木英治）双葉文庫（2016）…… 218
傀儡の女（八神淳一）竹書房ラブロマン文庫
　（2010）……………………………………… 409
◇公家さま同心飛鳥業平（早見俊）コスミッ
　ク・時代文庫 ………………………………… 317
公家さま同心飛鳥業平（早見俊）コスミック・
　時代文庫（2011）…………………………… 317
公家さま同心飛鳥業平 江戸の義経（早見俊）
　コスミック・時代文庫（2012）…………… 317
公家さま同心飛鳥業平 踊る殿さま（早見俊）
　コスミック・時代文庫（2011）…………… 317
公家さま同心飛鳥業平 心の闇晴らします（早
　見俊）コスミック・時代文庫（2014）…… 317
公家さま同心飛鳥業平 最後の挨拶（早見俊）
　コスミック・時代文庫（2014）…………… 318
公家さま同心飛鳥業平 最後の瓦版（早見俊）
　コスミック・時代文庫（2013）…………… 317
公家さま同心飛鳥業平 宿縁討つべし（早見
　俊）コスミック・時代文庫（2013）……… 317
公家さま同心飛鳥業平 天空の塔（早見俊）コ
　スミック・時代文庫（2011）……………… 317
公家さま同心飛鳥業平 どら息子の涙（早見
　俊）コスミック・時代文庫（2011）……… 317
公家さま同心飛鳥業平 魔性の女（早見俊）コ
　スミック・時代文庫（2013）……………… 317
公家さま同心飛鳥業平 世直し桜（早見俊）コ
　スミック・時代文庫（2012）……………… 317
公家さま同心飛鳥業平 別れの酒（早見俊）コ
　スミック・時代文庫（2014）……………… 318

公家断ちの凶刃（幡大介）竹書房時代小説文
　庫（2011）…………………………………… 326
公家姫挿し花屋控帳（わかつきひかる）白泉
　社招き猫文庫（2015）……………………… 431
◇公家武者松平信平（佐々木裕一）二見時代
　小説文庫 ……………………………………… 197
公家武者松平信平 2 姫のため息（佐々木裕
　一）二見時代小説文庫（2011）…………… 197
公家武者松平信平 3 四谷の弁慶（佐々木裕
　一）二見時代小説文庫（2012）…………… 197
公家武者松平信平 4 暴れ公卿（佐々木裕一）
　二見時代小説文庫（2012）………………… 197
公家武者松平信平 5 千石の夢（佐々木裕一）
　二見時代小説文庫（2013）………………… 197
公家武者松平信平 6 妖し火（佐々木裕一）二
　見時代小説文庫（2013）…………………… 197
公家武者松平信平 7 十万石の誘い（佐々木裕
　一）二見時代小説文庫（2013）…………… 197
公家武者松平信平 8 黄泉の女（佐々木裕一）
　二見時代小説文庫（2014）………………… 197
公家武者松平信平 9 将軍の宴（佐々木裕一）
　二見時代小説文庫（2014）………………… 197
公家武者松平信平 10 宮中の華（佐々木裕一）
　二見時代小説文庫（2014）………………… 198
公家武者松平信平 11 乱れ坊主（佐々木裕一）
　二見時代小説文庫（2015）………………… 198
公家武者松平信平 12 領地の乱（佐々木裕一）
　二見時代小説文庫（2015）………………… 198
公家武者松平信平 13 赤坂の達磨（佐々木裕
　一）二見時代小説文庫（2016）…………… 198
公家武者松平信平 14 将軍の首（佐々木裕一）
　二見時代小説文庫（2016）………………… 198
公家武者松平信平 狐のちょうちん（佐々木裕
　一）二見時代小説文庫（2011）…………… 197
久坂玄瑞（立石優）PHP文庫（2015）…… 236
◇草同心闇改メ（吉田雄亮）徳間文庫 ……… 425
草同心闇改メ 徒花の刃（吉田雄亮）徳間文庫
　（2011）……………………………………… 425
草同心闇改メ 鬼門の杜（吉田雄亮）徳間文庫
　（2012）……………………………………… 425
草同心闇改メ 蛇骨の剣（吉田雄亮）徳間文庫
　（2010）……………………………………… 425
草笛が啼く（早見俊）二見時代小説文庫
　（2011）……………………………………… 322
草笛の音次郎（山本一力）文春文庫（2006）
　…………………………………………………… 416
草もみじ（鈴木晴世）廣済堂文庫（2009）…… 220
◇公事師喜兵衛事件綴り（伊多波碧）学研M
　文庫 …………………………………………… 46
公事師喜兵衛事件綴り 純情椿（伊多波碧）学
　研M文庫（2009）…………………………… 46

歴史時代小説文庫総覧 現代の作家　**509**

公事師喜兵衛事件綴り 猫毛雨(伊多波碧)学研M文庫(2010) ‥‥‥‥‥‥‥‥ 46
◇公事師卍屋甲太夫三代目(幡大介)幻冬舎時代小説文庫 ‥‥‥‥‥‥‥‥ 325
公事師卍屋甲太夫三代目(幡大介)幻冬舎時代小説文庫(2012) ‥‥‥‥‥‥‥‥ 325
公事師卍屋甲太夫三代目 上州騒乱(幡大介)幻冬舎時代小説文庫(2013) ‥‥‥‥‥ 325
公事師卍屋甲太夫三代目 人食い鬼(幡大介)幻冬舎時代小説文庫(2014) ‥‥‥‥‥ 325
公事上聴(誉田龍一)コスミック・時代文庫(2016) ‥‥‥‥‥‥‥‥ 364
孔雀茶屋(米村圭伍)徳間文庫(2011) ‥‥ 428
孔雀の羽(千野隆司)光文社文庫(2012) ‥‥‥ 243
◇公事宿裏始末(氷月葵)二見時代小説文庫 ‥‥‥‥‥‥‥‥ 339
公事宿裏始末 〔1〕火車廻る(氷月葵)二見時代小説文庫(2013) ‥‥‥‥‥‥‥‥ 339
公事宿裏始末 2 気炎立つ(氷月葵)二見時代小説文庫(2014) ‥‥‥‥‥‥‥‥ 339
公事宿裏始末 3 濡れ衣奉行(氷月葵)二見時代小説文庫(2014) ‥‥‥‥‥‥‥‥ 339
公事宿裏始末 4 孤月の剣(氷月葵)二見時代小説文庫(2014) ‥‥‥‥‥‥‥‥ 339
公事宿裏始末 5 追っ手討ち(氷月葵)二見時代小説文庫(2015) ‥‥‥‥‥‥‥‥ 339
◇公事宿始末人(黒崎裕一郎)学研M文庫 ‥‥ 150
◇公事宿始末人(黒崎裕一郎)祥伝社文庫 ‥‥ 151
公事宿始末人 淫獣斬り(黒崎裕一郎)学研M文庫(2003) ‥‥‥‥‥‥‥‥ 150
公事宿始末人 斬奸無情(黒崎裕一郎)学研M文庫(2008) ‥‥‥‥‥‥‥‥ 150
公事宿始末人 千坂唐十郎(黒崎裕一郎)祥伝社文庫(2016) ‥‥‥‥‥‥‥‥ 151
公事宿始末人 破邪の剣(黒崎裕一郎)学研M文庫(2004) ‥‥‥‥‥‥‥‥ 150
公事宿始末人 叛徒狩り(黒崎裕一郎)学研M文庫(2005) ‥‥‥‥‥‥‥‥ 150
公事宿始末人 淫獣斬り →公事宿始末人(黒崎裕一郎)祥伝社文庫(2016) ‥‥‥‥‥ 151
◇くしゃみ藤次郎始末記(村咲数馬)双葉文庫 ‥‥‥‥‥‥‥‥ 399
くしゃみ藤次郎始末記 稲妻剣(村咲数馬)双葉文庫(2007) ‥‥‥‥‥‥‥‥ 399
くしゃみ藤次郎始末記 菊の雫(村咲数馬)双葉文庫(2007) ‥‥‥‥‥‥‥‥ 399
九十新さん(深水越)双葉文庫(2016)‥ 344
鯨を一太刀(風野真知雄)角川文庫(2016) ‥‥‥‥‥‥‥‥ 109
くじら組(山本一力)文春文庫(2012) ‥‥‥‥‥ 417

くじらの姿焼き騒動(風野真知雄)講談社文庫(2015) ‥‥‥‥‥‥‥‥ 111
◇楠流忍者闇始末(原田真介)学研M文庫 ‥‥ 323
楠流忍者闇始末 姦計(原田真介)学研M文庫(2005) ‥‥‥‥‥‥‥‥ 323
楠流忍者闇始末 密通(原田真介)学研M文庫(2004) ‥‥‥‥‥‥‥‥ 323
楠の実が熟すまで(諸田玲子)角川文庫(2012) ‥‥‥‥‥‥‥‥ 405
◇ぐずろ兵衛うにゃ桜(坂岡真)幻冬舎文庫 ‥‥‥‥‥‥‥‥ 187
ぐずろ兵衛うにゃ桜 黒揚羽(坂岡真)幻冬舎文庫(2009) ‥‥‥‥‥‥‥‥ 187
ぐずろ兵衛うにゃ桜 春雷(坂岡真)幻冬舎文庫(2010) ‥‥‥‥‥‥‥‥ 187
ぐずろ兵衛うにゃ桜 忘れ文(坂岡真)幻冬舎文庫(2008) ‥‥‥‥‥‥‥‥ 187
九層倍の怨(鈴木英治)双葉文庫(2014) ‥‥ 218
くちいれ美人(八神淳一)竹書房ラブロマン文庫(2012) ‥‥‥‥‥‥‥‥ 410
口入れ屋お千恵繁盛記 1(桑島かおり)富士見新時代小説文庫(2013) ‥‥‥‥‥‥‥‥ 152
口入れ屋お千恵繁盛記 2(桑島かおり)富士見新時代小説文庫(2014) ‥‥‥‥‥‥‥‥ 152
口入れ屋お千恵繁盛記 3(桑島かおり)富士見新時代小説文庫(2014) ‥‥‥‥‥‥‥‥ 152
◇口入れ屋人道楽帖(花家圭太郎)二見時代小説文庫 ‥‥‥‥‥‥‥‥ 307
口入れ屋人道楽帖 2 影花侍(花家圭太郎)二見時代小説文庫(2010) ‥‥‥‥‥‥‥‥ 307
口入れ屋人道楽帖 3 葉隠れ侍(花家圭太郎)二見時代小説文庫(2011) ‥‥‥‥‥‥‥‥ 307
口入れ屋人道楽帖 木の葉侍(花家圭太郎)二見時代小説文庫(2008) ‥‥‥‥‥‥‥‥ 307
◇口入屋用心棒(鈴木英治)双葉文庫 ‥‥ 217
口入屋用心棒 赤富士の空(鈴木英治)双葉文庫(2007) ‥‥‥‥‥‥‥‥ 217
口入屋用心棒 仇討ちの朝(鈴木英治)双葉文庫(2006) ‥‥‥‥‥‥‥‥ 217
口入屋用心棒 跡継ぎの胤(鈴木英治)双葉文庫(2011) ‥‥‥‥‥‥‥‥ 217
口入屋用心棒 雨上りの宮(鈴木英治)双葉文庫(2008) ‥‥‥‥‥‥‥‥ 217
口入屋用心棒 荒南風の海(鈴木英治)双葉文庫(2009) ‥‥‥‥‥‥‥‥ 217
口入屋用心棒 腕試しの辻(鈴木英治)双葉文庫(2010) ‥‥‥‥‥‥‥‥ 217
口入屋用心棒 裏鬼門の変(鈴木英治)双葉文庫(2010) ‥‥‥‥‥‥‥‥ 217
口入屋用心棒 徒目付の指(鈴木英治)双葉文庫(2015) ‥‥‥‥‥‥‥‥ 218

口入屋用心棒 兜割りの影（鈴木英治）双葉文庫（2013） ………… 218

口入屋用心棒 傀儡子の糸（鈴木英治）双葉文庫（2016） ………… 218

口入屋用心棒 九層倍の怨（鈴木英治）双葉文庫（2014） ………… 218

口入屋用心棒 三人田の怪（鈴木英治）双葉文庫（2015） ………… 218

口入屋用心棒 鹿威しの夢（鈴木英治）双葉文庫（2006） ………… 217

口入屋用心棒 痴れ者の果（鈴木英治）双葉文庫（2016） ………… 218

口入屋用心棒 旅立ちの橋（鈴木英治）双葉文庫（2008） ………… 217

口入屋用心棒 手向けの花（鈴木英治）双葉文庫（2007） ………… 217

口入屋用心棒 乳呑児の瞳（め）（鈴木英治）双葉文庫（2009） ………… 217

口入屋用心棒 毒飼いの罠（鈴木英治）双葉文庫（2011） ………… 217

口入屋用心棒 匂い袋の宵（鈴木英治）双葉文庫（2005） ………… 217

口入屋用心棒 逃げ水の坂（鈴木英治）双葉文庫（2005） ………… 217

口入屋用心棒 野良犬の夏（鈴木英治）双葉文庫（2007） ………… 217

口入屋用心棒 春風の太刀（鈴木英治）双葉文庫（2006） ………… 217

口入屋用心棒 判じ物の主（鈴木英治）双葉文庫（2013） ………… 218

口入屋用心棒 火走りの城（鈴木英治）双葉文庫（2010） ………… 217

口入屋用心棒 緋木瓜の仇（鈴木英治）双葉文庫（2012） ………… 218

口入屋用心棒 平蜘蛛の剣（鈴木英治）双葉文庫（2011） ………… 217

口入屋用心棒 包丁人の首（鈴木英治）双葉文庫（2012） ………… 217

口入屋用心棒 待伏せの渓（鈴木英治）双葉文庫（2009） ………… 217

口入屋用心棒 守り刀の声（鈴木英治）双葉文庫（2013） ………… 218

口入屋用心棒 木乃伊の気（鈴木英治）双葉文庫（2016） ………… 218

口入屋用心棒 身過ぎの錐（鈴木英治）双葉文庫（2012） ………… 218

口入屋用心棒 目利きの難（鈴木英治）双葉文庫（2015） ………… 218

口入屋用心棒 闇隠れの刃（鈴木英治）双葉文庫（2011） ………… 217

口入屋用心棒 遺言状の願（鈴木英治）双葉文庫（2014） ………… 218

口入屋用心棒 夕焼けの蜻（鈴木英治）双葉文庫（2006） ………… 217

くちなわ剣風帖 1 蝦蟇と大蛇（吉村夜）富士見新時代小説文庫（2015） ………… 426

くちなわ剣風帖 2 鯰の鳴動（吉村夜）富士見新時代小説文庫（2015） ………… 426

口封じ（喜安幸夫）二見時代小説文庫（2012） ………… 140

口封じ（藤井邦夫）文春文庫（2014） ……… 353

口封じ（藤井邦夫）ベスト時代文庫（2011） ………… 355

国を蹴った男（伊東潤）講談社文庫（2015）
　………………………………………………… 47

五二屋傳蔵（山本一力）朝日文庫（2015） …… 414

◇国芳一門浮世絵草紙（河治和香）小学館文庫 ………… 129

国芳一門浮世絵草紙 1 あだ惚れ（河治和香）小学館文庫（2007） ………… 129

国芳一門浮世絵草紙 3 鬼振袖（河治和香）小学館文庫（2009） ………… 129

国芳一門浮世絵草紙 4 浮世袋（河治和香）小学館文庫（2010） ………… 129

国芳一門浮世絵草紙 5 命毛（河治和香）小学館文庫（2011） ………… 129

国芳一門浮世絵草紙 侠風むすめ（河治和香）小学館文庫（2007） ………… 129

国芳必殺絵巻流し（村咲数馬）だいわ文庫（2008） ………… 399

くノ一淫花伝（八神淳一）竹書房ラブロマン文庫（2008） ………… 410

くノ一初陣（喜安幸夫）祥伝社文庫（2014）
　………………………………………………… 139

女忍往生剣（えとう乱星）学研M文庫（2003） ………… 83

◇くノ一元禄帖（六道慧）徳間文庫 ………… 430

くノ一元禄帖（六道慧）徳間文庫（2002） …… 430

くノ一元禄帖 大江戸繚乱（六道慧）徳間文庫（2003） ………… 430

くノ一元禄帖 はごろも天女（六道慧）徳間文庫（2003） ………… 430

くノ一元禄帖 妃女曼陀羅（六道慧）徳間文庫（2003） ………… 430

◇くノ一忍び化粧（和久田正明）光文社文庫 ………… 435

くノ一忍び化粧（和久田正明）光文社文庫（2010） ………… 435

くノ一忍び化粧 外様喰い（和久田正明）光文社文庫（2011） ………… 435

◇くノ一秘録（風野真知雄）文春文庫 ……… 118

くノ一秘録 1 死霊大名（風野真知雄）文春文庫（2014） ………… 118

くのい

作品名索引

くノ一秘録 2 死霊坊主（風野真知雄）文春文庫（2014）　118

くノ一秘録 3 死霊の星（風野真知雄）文春文庫（2014）　118

久能山血煙り旅（早見俊）新潮文庫（2016）　319

首（石月正広）幻冬舎文庫（2004）　44

首 →戦国無常首獲り（伊東潤）講談社文庫（2011）　47

首売り（鳥羽亮）幻冬舎文庫（1999）　262

◇首売り丹左（中谷航太郎）ハルキ文庫　283

首売り丹左（中谷航太郎）ハルキ文庫（2012）　283

首売り丹左 信長の密偵（中谷航太郎）ハルキ文庫（2013）　283

首売り丹左 秘闘・川中島（中谷航太郎）ハルキ文庫（2014）　283

◇首売り長屋日月譚（鳥羽亮）幻冬舎文庫　262

首売り長屋日月譚 この命一両二分に候（鳥羽亮）幻冬舎文庫（2011）　262

首売り長屋日月譚 刀十郎と小雪（鳥羽亮）幻冬舎文庫（2009）　262

首売り長屋日月譚 文月騒乱（鳥羽亮）幻冬舎文庫（2010）　262

首刈り朝右衛門（竹花咲太郎）コスミック・時代文庫（2004）　233

首刈り無宿（竹花咲太郎）学研M文庫（2003）　233

◇首斬り浅右衛門人情控（千野隆司）祥伝社文庫　244

首斬り浅右衛門人情控（千野隆司）祥伝社文庫（2008）　244

首斬り浅右衛門人情控 2 莫連娘（千野隆司）祥伝社文庫（2009）　244

首斬り浅右衛門人情控 3 安政くだ狐（千野隆司）祥伝社文庫（2009）　244

◇首斬り雲十郎（鳥羽亮）祥伝社文庫　267

首斬り雲十郎 2 殺鬼に候（鳥羽亮）祥伝社文庫（2014）　267

首斬り雲十郎 3 死地に候（鳥羽亮）祥伝社文庫（2014）　267

首斬り雲十郎 4 鬼神になりて（鳥羽亮）祥伝社文庫（2015）　267

首斬り雲十郎 5 阿修羅（鳥羽亮）祥伝社文庫（2015）　267

首斬り雲十郎 冥府に候（鳥羽亮）祥伝社文庫（2014）　267

首代一万両（鈴木英治）中公文庫（2006）　213

首代一万両（鈴木英治）徳間文庫（2016）　215

首吊り志願（氷月葵）二見時代小説文庫（2015）　340

首獲り三左（坂岡真）徳間文庫（2011）　191

首獲り残忍剣 →首獲り三左（坂岡真）徳間文庫（2011）　191

首なし美人（増田貴彦）学研M文庫（2005）　373

首のない亡霊（中谷航太郎）廣済堂文庫（2014）　283

雲（坂岡真）徳間文庫（2013）　191

雲を斬る（池永陽）講談社文庫（2009）　39

蜘蛛女（佐々木裕一）角川文庫（2013）　194

蜘蛛女（佐々木裕一）静山社文庫（2012）　196

蜘蛛女（和久田正明）徳間文庫（2012）　436

雲隠れ（稲葉稔）双葉文庫（2015）　57

雲霧仁左衛門 →地獄の沙汰（坂岡真）徳間文庫（2011）　191

雲の彼方に（高妻秀樹）学研M文庫（2007）　153

雲の盗十郎（鳥羽亮）朝日文庫（2011）　260

◇くらがり同心裁許帳（井川香四郎）光文社文庫　31

◇くらがり同心裁許帳（井川香四郎）ベスト時代文庫　38

くらがり同心裁許帳（井川香四郎）ベスト時代文庫（2004）　38

くらがり同心裁許帳 1（井川香四郎）光文社文庫（2015）　31

くらがり同心裁許帳 2 縁切り橋（井川香四郎）光文社文庫（2015）　31

くらがり同心裁許帳 3 夫婦日和（井川香四郎）光文社文庫（2015）　31

くらがり同心裁許帳 4 見返り峠（井川香四郎）光文社文庫（2015）　31

くらがり同心裁許帳 5 花の御殿（井川香四郎）光文社文庫（2015）　31

くらがり同心裁許帳 6 彩り河（井川香四郎）光文社文庫（2015）　31

くらがり同心裁許帳 7 ぼやき地蔵（井川香四郎）光文社文庫（2015）　31

くらがり同心裁許帳 8 裏始末御免（井川香四郎）光文社文庫（2015）　31

くらがり同心裁許帳 秋螢（井川香四郎）ベスト時代文庫（2008）　38

くらがり同心裁許帳 彩り河（井川香四郎）ベスト時代文庫（2007）　38

くらがり同心裁許帳 縁切り橋（井川香四郎）ベスト時代文庫（2004）　38

くらがり同心裁許帳 権兵衛はまだか（井川香四郎）ベスト時代文庫（2006）　38

くらがり同心裁許帳 月の水鏡（井川香四郎）ベスト時代文庫（2008）　38

作品名索引　くろい

くらがり同心裁許帳 釣り仙人（井川香四郎）
ベスト時代文庫（2011）‥‥‥‥‥‥‥‥　38
くらがり同心裁許帳 土下座侍（井川香四郎）
ベスト時代文庫（2012）‥‥‥‥‥‥‥‥　39
くらがり同心裁許帳 泣き上戸（井川香四郎）
ベスト時代文庫（2006）‥‥‥‥‥‥‥‥　38
くらがり同心裁許帳 残りの雪（井川香四郎）
ベスト時代文庫（2006）‥‥‥‥‥‥‥‥　38
くらがり同心裁許帳 晴れおんな（井川香四
郎）ベスト時代文庫（2004）‥‥‥‥‥‥　38
くらがり同心裁許帳 ぼやき地蔵（井川香四
郎）ベスト時代文庫（2010）‥‥‥‥‥‥　38
くらがり同心裁許帳 まよい道（井川香四郎）
ベスト時代文庫（2005）‥‥‥‥‥‥‥‥　38
くらがり同心裁許帳 見返り峠（井川香四郎）
ベスト時代文庫（2005）‥‥‥‥‥‥‥‥　38
くらがり同心裁許帳 無念坂（井川香四郎）ベ
スト時代文庫（2005）‥‥‥‥‥‥‥‥‥　38
蔵盗み（輪渡颯介）講談社文庫（2015）‥‥　445
蔵法師（藤井邦夫）祥伝社文庫（2009）‥‥　349
蔵前姑獲鳥殺人事件（風野真知雄）文春文庫
（2016）‥‥‥‥‥‥‥‥‥‥‥‥‥‥‥　118
蔵前残照（鳥羽亮）ハルキ文庫（2013）‥‥　269
蔵屋敷の遣い（築山桂）双葉文庫（2004）‥　248
◇蔵宿師善次郎（早見俊）祥伝社文庫‥‥‥　318
蔵宿師善次郎 2 三日月検校（早見俊）祥伝社
文庫（2010）‥‥‥‥‥‥‥‥‥‥‥‥‥　318
蔵宿師善次郎 賄賂（まいない）千両（早見俊）
祥伝社文庫（2010）‥‥‥‥‥‥‥‥‥‥　318
暗闇一心斎 →魂を風に泳がせ（高橋三千綱）
双葉文庫（2014）‥‥‥‥‥‥‥‥‥‥‥　227
暗闇一心斎（高橋三千綱）文春文庫（2004）
‥‥‥‥‥‥‥‥‥‥‥‥‥‥‥‥‥‥‥　227
暗闇坂（庄司圭太）集英社文庫（2003）‥‥　209
くらやみ坂の料理番（小早川涼）学研M文庫
（2013）‥‥‥‥‥‥‥‥‥‥‥‥‥‥‥　165
くらやみ坂の料理番（小早川涼）角川文庫
（2016）‥‥‥‥‥‥‥‥‥‥‥‥‥‥‥　165
蔵闇師飆六 1（藤堂房良）角川文庫（2015）　256
蔵闇師飆六 2（藤堂房良）角川文庫（2015）　256
くらやみ始末（稲葉稔）コスミック・時代文庫
（2005）‥‥‥‥‥‥‥‥‥‥‥‥‥‥‥　53
くらやみ始末 →龍之介始末剣（稲葉稔）コス
ミック・時代文庫（2012）‥‥‥‥‥‥‥　53
暗闇の香（えとう乱星）コスミック・時代文庫
（2007）‥‥‥‥‥‥‥‥‥‥‥‥‥‥‥　84
暗闇の刺客（池端洋介）静山社文庫（2010）　40
栗めし（藤原緋沙子）文春文庫（2015）‥‥　362
狂い咲き正宗（山本兼一）講談社文庫（2011）
‥‥‥‥‥‥‥‥‥‥‥‥‥‥‥‥‥‥‥　417

くるすの残光（仁木英之）祥伝社文庫（2013）
‥‥‥‥‥‥‥‥‥‥‥‥‥‥‥‥‥‥‥　298
くるすの残光 〔2〕 月の聖槍（仁木英之）祥
伝社文庫（2014）‥‥‥‥‥‥‥‥‥‥‥　299
くるすの残光 〔3〕 いえす再臨（仁木英之）
祥伝社文庫（2015）‥‥‥‥‥‥‥‥‥‥　299
くるすの残光 〔4〕 天の庭（仁木英之）祥伝
社文庫（2016）‥‥‥‥‥‥‥‥‥‥‥‥　299
俥宿（出久根達郎）講談社文庫（2004）‥‥　254
久留米の恋緋（鈴木英治）徳間文庫（2012）
‥‥‥‥‥‥‥‥‥‥‥‥‥‥‥‥‥‥‥　215
遊郭医（くるわい）光蘭闇捌き 1（土橋章宏）
角川文庫（2014）‥‥‥‥‥‥‥‥‥‥‥　273
遊郭医（くるわい）光蘭闇捌き 2（土橋章宏）
角川文庫（2015）‥‥‥‥‥‥‥‥‥‥‥　273
廓潰し（藤堂房良）双葉文庫（2013）‥‥‥　257
廓同心 雷平八郎 1 百花乱れる（鷹井伶）富士
見新時代小説文庫（2014）‥‥‥‥‥‥‥　223
廓同心雷平八郎 2 雷神のごとし（鷹井伶）富
士見新時代小説文庫（2014）‥‥‥‥‥‥　223
廓同心雷平八郎 3 野望の宴（鷹井伶）富士見
新時代小説文庫（2014）‥‥‥‥‥‥‥‥　223
廓の桜（黒木久勝）双葉文庫（2016）‥‥‥　149
廓の与右衛門控え帳（中嶋隆）小学館文庫
（2013）‥‥‥‥‥‥‥‥‥‥‥‥‥‥‥　282
廓の罠（稲葉稔）双葉文庫（2014）‥‥‥‥　57
暮れがたき（今井絵美子）徳間文庫（2008）
‥‥‥‥‥‥‥‥‥‥‥‥‥‥‥‥‥‥‥　62
◇紅無威おとめ組（米村圭伍）幻冬舎文庫‥　427
紅無威おとめ組 かるわざ小蝶（米村圭伍）幻
冬舎文庫（2008）‥‥‥‥‥‥‥‥‥‥‥　427
紅無威おとめ組 壇ノ浦の決戦（米村圭伍）幻
冬舎文庫（2010）‥‥‥‥‥‥‥‥‥‥‥　427
紅無威おとめ組 南総里見白珠伝（米村圭伍）
幻冬舎文庫（2009）‥‥‥‥‥‥‥‥‥‥　427
紅川疾走（稲葉稔）光文社文庫（2014）‥‥　53
紅の雨（和久田正明）廣済堂文庫（2004）‥　434
紅の雁（千野隆司）学研M文庫（2008）‥‥　241
紅の牙（和久田正明）廣済堂文庫（2008）‥　434
紅の袖 →黒船秘恋（諸田玲子）新潮文庫
（2009）‥‥‥‥‥‥‥‥‥‥‥‥‥‥‥　407
紅の露（井川香四郎）講談社文庫（2009）‥　30
くれないの道（海野謙四郎）双葉文庫（2012）
‥‥‥‥‥‥‥‥‥‥‥‥‥‥‥‥‥‥‥　82
紅蓮の狼（宮本昌孝）祥伝社文庫（2010）‥　395
紅蓮の剣（城駿一郎）学研M文庫（2003）‥　206
紅蓮の焔（小杉健治）光文社文庫（2016）‥　157
黒揚羽（坂岡真）幻冬舎文庫（2009）‥‥‥　187
黒い薬売り（鈴木英治）中公文庫（2011）‥　213
黒い薬売り（鈴木英治）中公文庫ワイド版
（2012）‥‥‥‥‥‥‥‥‥‥‥‥‥‥‥　213

歴史時代小説文庫総覧 現代の作家　**513**

くろい

黒い将軍(中谷航太郎)廣済堂文庫(2013) ·········· 283

黒い風雲児 →宇喜多直家(高橋直樹)人物文庫(2008) ·········· 226

黒牛と妖怪(風野真知雄)新人物文庫(2009) ·········· 114

黒影(早見俊)静山社文庫(2010) ·········· 319

黒髪の太刀(東郷隆)文春文庫(2009) ·········· 256

黒く塗れ(宇江佐真理)文春文庫(2006) ·········· 72

黒化粧(池端洋介)PHP文庫(2009) ·········· 40

黒衣の刺客(鳥羽亮)双葉文庫(2006) ·········· 270

黒鞘の刺客(鳥羽亮)ハルキ文庫(2008) ·········· 269

黒刺客(和久田正明)徳間文庫(2013) ·········· 436

◇黒十手捕物帖(鳴海丈)学研M文庫 ·········· 289

◇黒十手捕物帖(鳴海丈)廣済堂文庫 ·········· 291

黒十手捕物帖〔1〕夜を濡らす艶女(鳴海丈)廣済堂文庫(2016) ·········· 291

黒十手捕物帖〔2〕闇に咲く淫華(鳴海丈)廣済堂文庫(2016) ·········· 291

黒十手捕物帖 血染めの花嫁(鳴海丈)学研M文庫(2011) ·········· 289

黒十手捕物帖 尼僧地獄(鳴海丈)学研M文庫(2012) ·········· 289

黒頭巾旋風録(佐々木譲)新潮文庫(2005) ·········· 194

黒頭巾旋風録(佐々木譲)徳間文庫(2011) ·········· 194

クロスケ、吸血鬼になる(高橋由太)徳間文庫(2011) ·········· 230

クロスケ、恋をする(高橋由太)徳間文庫(2011) ·········· 230

黒田官兵衛(江宮隆之)学研M文庫(2008) ·········· 86

黒田官兵衛(江宮隆之)学研M文庫(2013) ·········· 86

黒田長政(石川能弘)学研M文庫(2002) ·········· 43

黒田長政(近衛龍春)PHP文庫(2008) ·········· 163

黒猫の仇討ち(芦川淳一)双葉文庫(2011) ·········· 18

黒南風の海(伊東潤)PHP文芸文庫(2013) ·········· 48

くろふね(佐々木譲)角川文庫(2008) ·········· 194

黒船攻め(稲葉稔)双葉文庫(2010) ·········· 56

黒船の影(植松三十里)PHP文庫(2009) ·········· 80

黒船の密約(羽太雄平)角川文庫(2011) ·········· 303

黒船秘恋(諸田玲子)新潮文庫(2009) ·········· 407

黒幕(安芸宗一郎)双葉文庫(2015) ·········· 4

黒猿(小杉健治)祥伝社文庫(2013) ·········· 158

軍師官兵衛 →群雲、賤ケ岳へ(岳宏一郎)光文社文庫(2008) ·········· 231

軍師官兵衛 上(岳宏一郎)講談社文庫(2001) ·········· 231

軍師官兵衛 下(岳宏一郎)講談社文庫(2001) ·········· 231

軍師・黒田官兵衛(野中信二)光文社文庫(2002) ·········· 301

軍師黒田官兵衛(野中信二)人物文庫(2013) ·········· 301

軍師の挑戦(上田秀人)講談社文庫(2012) ·········· 75

軍師の門 上(火坂雅志)角川文庫(2011) ·········· 330

軍師の門 下(火坂雅志)角川文庫(2011) ·········· 330

群青(植松三十里)文春文庫(2010) ·········· 80

君臣の想(上田秀人)徳間文庫(2015) ·········· 78

軍配者天門院(犬飼六岐)小学館文庫(2001) ·········· 59

薫風鯉幟(佐伯泰英)幻冬舎文庫(2008) ·········· 171

薫風鯉幟(佐伯泰英)幻冬舎文庫(2011) ·········· 172

群狼狩り(宮城賢秀)コスミック・時代文庫(2003) ·········· 387

群狼狩り(宮城賢秀)桃園文庫(2000) ·········· 388

【け】

慶応水滸伝(柳蒼二郎)中公文庫(2014) ····· 412

◇敬恩館青春譜(米村圭伍)幻冬舎時代小説文庫 ·········· 427

敬恩館青春譜 1 君がいれば(米村圭伍)幻冬舎時代小説文庫(2014) ·········· 427

敬恩館青春譜 2 青葉耀く(米村圭伍)幻冬舎時代小説文庫(2014) ·········· 427

慶花の夢(六道慧)徳間文庫(2014) ·········· 430

傾国の策(上田秀人)徳間文庫(2012) ·········· 78

傾国の秘香(八神淳一)竹書房ラブロマン文庫(2010) ·········· 409

継承(上田秀人)講談社文庫(2009) ·········· 74

傾城番附(吉田雄亮)双葉文庫(2007) ·········· 425

閨中指南(石月正広)廣済堂文庫(1999) ·········· 44

撃剣(武藤大成)学研M文庫(2007) ·········· 397

撃剣復活(稲葉稔)双葉文庫(2011) ·········· 56

激刀(牧秀彦)双葉文庫(2014) ·········· 370

激闘・列堂(鳥羽亮)学研M文庫(2002) ·········· 260

激闘列堂(鳥羽亮)徳間文庫(2005) ·········· 268

逆浪 果つるところ(逢坂剛)講談社文庫(2015) ·········· 87

華厳の刃(聖龍人)二見時代小説文庫(2015) ·········· 339

裂裟斬り(小杉健治)祥伝社文庫(2010) ·········· 158

けさくしゃ(畠中恵)新潮文庫(2015) ·········· 305

今朝の春（高田郁）ハルキ文庫（2010）……… 224
夏至闇の邪剣（翔田寛）小学館文庫（2009）
　………………………………………………… 210
化粧面（藤井邦夫）廣済堂文庫（2010）……… 348
化粧の裏（上田秀人）光文社文庫（2012）…… 76
下駄貫の死（佐伯泰英）ハルキ文庫（2004）
　………………………………………………… 181
下駄貫の死（佐伯泰英）ハルキ文庫（2009）
　………………………………………………… 182
獣の涙（早見俊）光文社文庫（2015）………… 316
決意の門出（原田孔平）学研M文庫（2011）
　………………………………………………… 323
月下の相棒（牧秀彦）学研M文庫（2008）…… 366
月下のあだ花（早見俊）廣済堂文庫（2008）
　………………………………………………… 315
月下の剣（稲葉稔）双葉文庫（2013）………… 56
月下の華（増田貴彦）廣済堂文庫（2005）…… 373
月下の蛇（浅黄斑）二見時代小説文庫（2011）
　…………………………………………………… 6
月下の三つ巴（宮城賢秀）学研M文庫
　（2006）……………………………………… 383
月琴を弾く女（鏡川伊一郎）幻冬舎時代小説
　文庫（2010）………………………………… 101
月光値千両（風野真知雄）角川文庫（2009）
　………………………………………………… 108
血笑剣（和久田正明）廣済堂文庫（2004）…… 433
月蝕（篠綾子）小学館文庫（2015）…………… 202
◇闕所物奉行裏帳合（上田秀人）中公文庫…… 76
闕所物奉行裏帳合 1 御免状始末（上田秀人）
　中公文庫（2009）…………………………… 76
闕所物奉行裏帳合 2 蛮社始末（上田秀人）中
　公文庫（2010）……………………………… 76
闕所物奉行裏帳合 3 赤猫始末（上田秀人）中
　公文庫（2010）……………………………… 77
闕所物奉行裏帳合 4 旗本始末（上田秀人）中
　公文庫（2011）……………………………… 77
闕所物奉行裏帳合 5 娘始末（上田秀人）中公
　文庫（2011）………………………………… 77
闕所物奉行裏帳合 6 奉行始末（上田秀人）中
　公文庫（2012）……………………………… 77
決心（小杉健治）ハルキ文庫（2014）……… 160
血陣（宮城賢秀）双葉文庫（2005）………… 390
月神（葉室麟）ハルキ文庫（2015）………… 310
決戦（上田秀人）講談社文庫（2013）……… 75
血戦（鳥羽亮）ハルキ文庫（2007）………… 270
決戦鳥羽伏見（岳真也）廣済堂文庫（1998）
　………………………………………………… 102
決戦鳥羽伏見徳川慶喜の選択 →孤高の月将
　徳川慶喜（岳真也）学研M文庫（2001）…… 102
決戦、友へ（鈴木英治）ハルキ文庫（2016）… 216
血戦！ 蛇神金山（早見俊）徳間文庫（2015）
　………………………………………………… 320

血族の澱（上田秀人）徳間文庫（2011）…… 78
決断！ 新選組 →新選組全史 戊辰・箱館編
　（中村彰彦）角川文庫（2001）……………… 285
決断！ 新選組 →新選組全史 幕末・京都編
　（中村彰彦）角川文庫（2001）……………… 285
決断の標（渡辺毅）学研M文庫（2008）…… 444
決着（佐伯泰英）光文社文庫（2011）……… 174
血闘（宮城賢秀）廣済堂文庫（2003）……… 385
血闘ケ辻（鳥羽亮）祥伝社文庫（2010）…… 266
血闘御用船（宮城賢秀）学研M文庫（2005）
　………………………………………………… 382
決闘・十兵衛（鳥羽亮）学研M文庫（2001）… 260
決闘十兵衛（鳥羽亮）徳間文庫（2005）…… 268
血闘波返し（鳥羽亮）徳間文庫（2016）…… 268
決闘柳橋（稲葉稔）光文社文庫（2013）…… 52
血風天城越え（黒崎裕一郎）ハルキ文庫
　（2004）……………………………………… 151
血風闇街道（宮城賢秀）学研M文庫（2006）
　………………………………………………… 382
血風闇夜の城下（稲葉稔）廣済堂文庫（2004）
　………………………………………………… 51
血風闇夜の城下 →獅子の剣（稲葉稔）双葉文
　庫（2010）…………………………………… 56
血脈（岡本さとる）ハルキ文庫（2015）…… 92
血脈（佐伯泰英）講談社文庫（2015）……… 173
血路（坂岡真）光文社文庫（2013）………… 188
外道（鳴海丈）文芸社文庫（2012）………… 296
解毒（上田秀人）角川文庫（2014）………… 73
下忍狩り（佐伯泰英）光文社文庫（2002）… 173
下忍狩り（佐伯泰英）光文社文庫（2009）… 175
下忍狩り（佐伯泰英）光文社文庫（2014）… 175
夏花（今井絵美子）徳間文庫（2013）……… 63
獣物狩り →愛斬鬼（鳴海丈）青樹社文庫
　（1998）……………………………………… 294
獣物狩り →復讐鬼（鳴海丈）青樹社文庫
　（1998）……………………………………… 294
獣散る刻（鈴木英治）中公文庫（2007）…… 213
獣散る刻（とき）（鈴木英治）徳間文庫
　（2016）……………………………………… 215
欅しぐれ（山本一力）朝日文庫（2007）…… 414
下郎の首（押川国秋）廣済堂文庫（2006）… 98
下郎の月（風野真知雄）二見時代小説文庫
　（2007）……………………………………… 116
化粧（けわい）堀（吉田雄亮）祥伝社文庫
　（2009）……………………………………… 424
◇玄庵検死帖（加野厚志）中公文庫………… 126
玄庵検死帖（加野厚志）中公文庫（2008）… 126
玄庵検死帖 皇女暗殺控（加野厚志）中公文庫
　（2008）……………………………………… 126
玄庵検死帖 倒幕連判状（加野厚志）中公文庫
　（2008）……………………………………… 126

幻影の天守閣（上田秀人）光文社文庫（2004） ……… 76

幻影の天守閣（上田秀人）光文社文庫（2015） ……… 76

権益の侵（上田秀人）幻冬舎時代小説文庫
（2016） ……… 74

幻海（伊東潤）光文社文庫（2012） ……… 48

剣客隠密（森詠）学研M文庫（2014） ……… 400

◇剣客稼業（笛吹明生）徳間文庫 ……… 344

剣客稼業 雨晴し（笛吹明生）徳間文庫
（2009） ……… 344

剣客稼業 雨ふらし（笛吹明生）徳間文庫
（2009） ……… 344

◇剣客子連れ旅（神谷仁）徳間文庫 ……… 128

剣客子連れ旅 三匹の鬼（神谷仁）徳間文庫
（2015） ……… 128

剣客子連れ旅 天誅の光（神谷仁）徳間文庫
（2016） ……… 128

剣客子連れ旅 竜虎の父（神谷仁）徳間文庫
（2015） ……… 128

剣客志願（森詠）学研M文庫（2012） ……… 400

剣客失格（森詠）学研M文庫（2014） ……… 400

剣客修行（森詠）学研M文庫（2013） ……… 400

◇剣客春秋（鳥羽亮）幻冬舎文庫 ……… 262

剣客春秋 青蛙の剣（鳥羽亮）幻冬舎文庫
（2010） ……… 262

剣客春秋 縁の剣（鳥羽亮）幻冬舎文庫
（2013） ……… 262

剣客春秋 遠国からの友（鳥羽亮）幻冬舎文庫
（2012） ……… 262

剣客春秋 女剣士ふたり（鳥羽亮）幻冬舎文庫
（2004） ……… 262

剣客春秋 かどわかし（鳥羽亮）幻冬舎文庫
（2006） ……… 262

剣客春秋 恋敵（鳥羽亮）幻冬舎文庫（2008）
……… 262

剣客春秋 里美の恋（鳥羽亮）幻冬舎文庫
（2004） ……… 262

剣客春秋 里美の涙（鳥羽亮）幻冬舎文庫
（2009） ……… 262

剣客春秋 濡れぎぬ（鳥羽亮）幻冬舎文庫
（2007） ……… 262

剣客春秋 初孫お花（鳥羽亮）幻冬舎文庫
（2009） ……… 262

剣客春秋 彦四郎奮戦（鳥羽亮）幻冬舎文庫
（2011） ……… 262

◇剣客春秋親子草（鳥羽亮）幻冬舎時代小説
文庫 ……… 261

剣客春秋親子草 遺恨の剣（鳥羽亮）幻冬舎時
代小説文庫（2015） ……… 261

剣客春秋親子草 面影に立つ（鳥羽亮）幻冬舎
時代小説文庫（2014） ……… 261

剣客春秋親子草 母子（おやこ）剣法（鳥羽亮）
幻冬舎時代小説文庫（2014） ……… 261

剣客春秋親子草 剣狼狩り（鳥羽亮）幻冬舎時
代小説文庫（2016） ……… 261

剣客春秋親子草 恋しのぶ（鳥羽亮）幻冬舎時
代小説文庫（2014） ……… 261

剣客春秋親子草 襲撃者（鳥羽亮）幻冬舎時代
小説文庫（2016） ……… 261

剣客春秋親子草 無精者（鳥羽亮）幻冬舎時代
小説文庫（2015） ……… 261

◇剣客定廻り浅羽啓次郎（志木沢郁）コスミッ
ク・時代文庫 ……… 200

剣客定廻り浅羽啓次郎（志木沢郁）コスミッ
ク・時代文庫（2015） ……… 200

剣客定廻り浅羽啓次郎〔2〕非番にござる（志
木沢郁）コスミック・時代文庫（2015） ……… 201

剣客定廻り浅羽啓次郎 奉行の宝刀（志木沢
郁）コスミック・時代文庫（2016） ……… 201

◇剣客相談人（森詠）二見時代小説文庫 ……… 401

剣客相談人 3 赤い風花（森詠）二見時代小説
文庫（2011） ……… 401

剣客相談人 4 乱れ髪残心剣（森詠）二見時代
小説文庫（2011） ……… 401

剣客相談人 5 剣鬼往来（森詠）二見時代小説
文庫（2012） ……… 401

剣客相談人 6 夜の武士（森詠）二見時代小説
文庫（2012） ……… 401

剣客相談人 7 笑う傀儡（森詠）二見時代小説
文庫（2013） ……… 401

剣客相談人 8 七人の刺客（森詠）二見時代小
説文庫（2013） ……… 401

剣客相談人 9 必殺、十文字剣（森詠）二見時
代小説文庫（2013） ……… 401

剣客相談人 10 用心棒始末（森詠）二見時代小
説文庫（2014） ……… 401

剣客相談人 11 疾れ、影法師（森詠）二見時代
小説文庫（2014） ……… 401

剣客相談人 12 必殺迷宮剣（森詠）二見時代小
説文庫（2014） ……… 401

剣客相談人 13 賞金首始末（森詠）二見時代小
説文庫（2015） ……… 401

剣客相談人 14 秘大刀葛の葉（森詠）二見時代
小説文庫（2015） ……… 401

剣客相談人 15 残月殺法剣（森詠）二見時代小
説文庫（2015） ……… 401

剣客相談人 16 風の剣士（森詠）二見時代小説
文庫（2016） ……… 401

剣客相談人 17 刺客見習い（森詠）二見時代小
説文庫（2016） ……… 401

| 作品名索引 | | けんか |

剣客相談人 18 秘剣虎の尾（森詠）二見時代小
　説文庫（2016）………………………… *401*

剣客相談人 長屋の殿様文史郎（森詠）二見時
　代小説文庫（2010）…………………… *401*

◇剣客太平記（岡本さとる）ハルキ文庫 ……… *92*

剣客太平記（岡本さとる）ハルキ文庫（2011）
　………………………………………………… *92*

剣客太平記 暗殺剣（岡本さとる）ハルキ文庫
　（2013）………………………………………… *92*

剣客太平記 いもうと（岡本さとる）ハルキ文
　庫（2012）……………………………………… *92*

剣客太平記 大仕合（岡本さとる）ハルキ文庫
　（2014）………………………………………… *92*

剣客太平記 外伝虎の巻（岡本さとる）ハルキ
　文庫（2014）…………………………………… *92*

剣客太平記 返り討ち（岡本さとる）ハルキ文
　庫（2013）……………………………………… *92*

剣客太平記 喧嘩名人（岡本さとる）ハルキ文
　庫（2012）……………………………………… *92*

剣客太平記 剣侠の人（岡本さとる）ハルキ文
　庫（2014）……………………………………… *92*

剣客太平記 恋わずらい（岡本さとる）ハルキ
　文庫（2012）…………………………………… *92*

剣客太平記 十番勝負（岡本さとる）ハルキ文
　庫（2013）……………………………………… *92*

剣客太平記 夜鳴き蟬（岡本さとる）ハルキ文
　庫（2011）……………………………………… *92*

◇剣客大名柳生俊平（麻倉一矢）二見時代小
　説文庫 ………………………………………… *9*

剣客大名柳生俊平 2 赤蝦の乱（麻倉一矢）二
　見時代小説文庫（2016）……………………… *9*

剣客大名柳生俊平 3 海賊大名（麻倉一矢）二
　見時代小説文庫（2016）……………………… *9*

剣客大名柳生俊平 4 女弁慶（麻倉一矢）二見
　時代小説文庫（2016）………………………… *9*

剣客大名柳生俊平 将軍の影目付（麻倉一矢）
　二見時代小説文庫（2015）…………………… *9*

剣客同心 上（鳥羽亮）ハルキ文庫（2008）…… *270*

剣客同心 下（鳥羽亮）ハルキ文庫（2008）…… *270*

◇剣客同心鬼隼人（鳥羽亮）ハルキ文庫 ……… *269*

剣客同心鬼隼人（鳥羽亮）ハルキ文庫（2001）
　……………………………………………… *269*

剣客同心鬼隼人 赤猫狩り（鳥羽亮）ハルキ文
　庫（2005）…………………………………… *269*

剣客同心鬼隼人 七人の刺客（鳥羽亮）ハルキ
　文庫（2002）………………………………… *269*

剣客同心鬼隼人 死神の剣（鳥羽亮）ハルキ文
　庫（2002）…………………………………… *269*

剣客同心鬼隼人 非情十人斬り（鳥羽亮）ハル
　キ文庫（2005）……………………………… *269*

剣客同心鬼隼人 闇鴉（鳥羽亮）ハルキ文庫
　（2003）……………………………………… *269*

剣客同心鬼隼人 闇地蔵（鳥羽亮）ハルキ文庫
　（2003）……………………………………… *269*

剣客の情け（牧秀彦）二見時代小説文庫
　（2012）……………………………………… *370*

◇剣客旗本奮闘記（鳥羽亮）実業之日本社文
　庫 …………………………………………… *265*

剣客旗本奮闘記 茜色の橋（鳥羽亮）実業之日
　本社文庫（2011）…………………………… *265*

剣客旗本奮闘記 稲妻を斬る（鳥羽亮）実業之
　日本社文庫（2014）………………………… *265*

剣客旗本奮闘記 怨み河岸（鳥羽亮）実業之日
　本社文庫（2013）…………………………… *265*

剣客旗本奮闘記 遠雷の夕（鳥羽亮）実業之日
　本社文庫（2012）…………………………… *265*

剣客旗本奮闘記 怨霊を斬る（鳥羽亮）実業之
　日本社文庫（2015）………………………… *265*

剣客旗本奮闘記 霞を斬る（鳥羽亮）実業之日
　本社文庫（2014）…………………………… *265*

剣客旗本奮闘記 残照の辻（鳥羽亮）実業之日
　本社文庫（2010）…………………………… *265*

剣客旗本奮闘記 蒼天の坂（鳥羽亮）実業之日
　本社文庫（2012）…………………………… *265*

剣客旗本奮闘記 白狐を斬る（鳥羽亮）実業之
　日本社文庫（2015）………………………… *265*

剣客旗本奮闘記 妖剣跳る（鳥羽亮）実業之日
　本社文庫（2016）…………………………… *265*

剣客慕情（森詠）学研M文庫（2013）………… *400*

剣客無双（森詠）学研M文庫（2014）………… *400*

喧嘩御家人 勝小吉事件帖（風野真知雄）祥伝
　社文庫（2004）……………………………… *113*

けんか大名（氷月葵）二見時代小説文庫
　（2016）……………………………………… *340*

けんか凧（井川香四郎）徳間文庫（2005）……… *34*

喧嘩長屋のひなた侍（芦川淳一）双葉文庫
　（2007）………………………………………… *18*

◇喧嘩旗本 勝小吉事件帖（風野真知雄）祥伝
　社文庫 ……………………………………… *113*

喧嘩旗本 勝小吉事件帖（風野真知雄）祥伝社
　文庫（2013）………………………………… *113*

喧嘩旗本 勝小吉事件帖 2 どうせおいらは座
　敷牢（風野真知雄）祥伝社文庫（2014）…… *113*

剣花舞う（鳥羽亮）角川文庫（2008）………… *260*

喧嘩名人（岡本さとる）ハルキ文庫（2012）… *92*

喧嘩屋（岡本さとる）祥伝社文庫（2016）…… *92*

◇喧嘩屋藤八（庄司圭太）光文社文庫 ……… *208*

喧嘩屋藤八 2 赤鯰（庄司圭太）光文社文庫
　（2011）……………………………………… *208*

喧嘩屋藤八 3 陰富（庄司圭太）光文社文庫
　（2011）……………………………………… *208*

けんか 作品名索引

喧嘩屋藤八 鬼蜘蛛(庄司圭太)光文社文庫
(2010) ············· 208

剣鬼往来(森詠)二見時代小説文庫(2012)
················· 401

剣鬼流浪(鳥羽亮)幻冬舎文庫(2008) ········ 262

剣鬼疋田豊五郎(近衛龍春)光文社文庫
(2007) ················· 163

剣鬼無情(鳥羽亮)祥伝社文庫(2006) ········ 266

剣客大入(黒木久勝)双葉文庫(2015) ········ 149

剣客瓦版つれづれ日誌(池永陽)講談社文庫
(2014) ················· 39

◇剣客船頭(稲葉稔)光文社文庫 ············· 52

剣客(けんきゃく)船頭(稲葉稔)光文社文庫
(2011) ················· 53

剣客船頭 2 天神橋心中(稲葉稔)光文社文庫
(2011) ················· 52

剣客船頭 3 思川契り(稲葉稔)光文社文庫
(2012) ················· 52

剣客船頭 4 麦恋河岸(稲葉稔)光文社文庫
(2012) ················· 52

剣客船頭 5 深川思恋(稲葉稔)光文社文庫
(2012) ················· 52

剣客船頭 6 洲崎雪舞(稲葉稔)光文社文庫
(2013) ················· 52

剣客船頭 7 決闘柳橋(稲葉稔)光文社文庫
(2013) ················· 52

剣客船頭 8 本所騒乱(稲葉稔)光文社文庫
(2014) ················· 53

剣客船頭 9 紅川疾走(稲葉稔)光文社文庫
(2014) ················· 53

剣客船頭 10 浜町堀異変(稲葉稔)光文社文庫
(2014) ················· 53

剣客船頭 11 死闘向島(稲葉稔)光文社文庫
(2015) ················· 53

剣客船頭 12 どんど橋(稲葉稔)光文社文庫
(2015) ················· 53

剣客船頭 13 みれん堀(稲葉稔)光文社文庫
(2015) ················· 53

剣客船頭 14 別れの川(稲葉稔)光文社文庫
(2016) ················· 53

剣客船頭 15 橋場之渡(稲葉稔)光文社文庫
(2016) ················· 53

剣客花道(黒木久勝)双葉文庫(2015) ········ 149

剣俠 →蒼き狼(岳真也)学研M文庫(2010)
················· 102

検校の首(向谷匡史)ベスト時代文庫(2007)
················· 397

剣俠の人(岡本さとる)ハルキ文庫(2014)
················· 92

弦月(葛葉康司)学研M文庫(2011) ········· 144

弦月三十二人斬り(佐伯泰英)祥伝社文庫
(1999) ················· 176

弦月三十二人斬り(佐伯泰英)祥伝社文庫
(2007) ················· 177

弦月三十二人斬り(佐伯泰英)祥伝社文庫
(2015) ················· 177

弦月の風(鳥羽亮)ハルキ文庫(2006) ········ 269

幻剣霞一寸(鳥羽亮)徳間文庫(2011) ········ 268

幻剣双猿(鳥羽亮)光文社文庫(2014) ········ 264

◇剣豪写真師・志村悠之介(風野真知雄)角川
文庫 ················· 109

剣豪写真師・志村悠之介 西郷盗撮(風野真知
雄)角川文庫(2014) ················· 109

剣豪写真師・志村悠之介 ニコライ盗撮(風野
真知雄)角川文庫(2015) ················· 109

剣豪写真師・志村悠之介 鹿鳴館盗撮(風野真
知雄)角川文庫(2014) ················· 109

剣豪将軍義輝 上 鳳雛ノ太刀(宮本昌孝)徳間
文庫(2000) ················· 396

剣豪将軍義輝 上 鳳雛ノ太刀(宮本昌孝)徳間
文庫(2011) ················· 396

剣豪将軍義輝 中 孤雲ノ太刀(宮本昌孝)徳間
文庫(2000) ················· 396

剣豪将軍義輝 中 孤雲ノ太刀(宮本昌孝)徳間
文庫(2011) ················· 396

剣豪将軍義輝 下 流星ノ太刀(宮本昌孝)徳間
文庫(2000) ················· 396

剣豪将軍義輝 下 流星ノ太刀(宮本昌孝)徳間
文庫(2011) ················· 396

剣豪たちの関ケ原(鳥羽亮)徳間文庫(2011)
················· 269

◇剣豪平山行蔵(永井義男)ハルキ文庫 ······· 275

剣豪平山行蔵 豪の剣(永井義男)ハルキ文庫
(2004) ················· 275

剣豪平山行蔵 藩邸始末(永井義男)ハルキ文
庫(2004) ················· 275

拳豪宮本武蔵(火坂雅志)時代小説文庫
(1995) ················· 331

拳豪宮本武蔵 →武蔵復活二刀流(火坂雅志)
祥伝社文庫(2000) ················· 332

剣魂(宮城賢秀)学研M文庫(2002) ········· 382

剣魂(宮城賢秀)青樹社文庫(1999) ········· 387

研鑽(上田秀人)角川文庫(2016) ············· 74

見参! 寒月霞斬り(佐伯泰英)祥伝社文庫
(1999) ················· 176

見参! 寒月霞斬り(佐伯泰英)祥伝社文庫
(2007) ················· 177

見参! 寒月霞斬り(佐伯泰英)祥伝社文庫
(2015) ················· 177

乾山晩愁(葉室麟)角川文庫(2008) ········· 309

◇献残屋(喜安幸夫)ベスト時代文庫 ········· 141

献残屋悪徳始末(喜安幸夫)ベスト時代文庫
(2005) ················· 141

518 歴史時代小説文庫総覧 現代の作家

作品名索引　　けんろ

献残屋悪徳始末 仇討ち隠し（喜安幸夫）ベスト時代文庫（2006） …………… *141*

献残屋隠密退治（喜安幸夫）ベスト時代文庫（2006） ……………………… *141*

献残屋隠された殺意（喜安幸夫）ベスト時代文庫（2008） ………………… *141*

献残屋佐吉御用帖　まいない節（山本一力）PHP文芸文庫（2016） ……… *416*

献残屋忠臣潰し（喜安幸夫）ベスト時代文庫（2007） …………………… *141*

献残屋火付け始末（喜安幸夫）ベスト時代文庫（2009） ………………… *141*

献残屋秘めた刃（喜安幸夫）ベスト時代文庫（2008） …………………… *141*

献残屋見えざる絆（喜安幸夫）ベスト時代文庫（2008） ………………… *141*

源氏の流儀（高橋直樹）文春文庫（2012） *226*

源氏夢幻抄→安倍晴明あやかし鬼譚（六道慧）徳間文庫（2014） ………… *430*

源氏無情剣→源氏無情の剣（火坂雅志）祥伝社文庫（2001） ……………… *332*

源氏無情の剣（火坂雅志）祥伝社文庫（2001） …………………………… *332*

源氏無情の剣 →もうひとりの義経（火坂雅志）人物文庫（2004） ……… *332*

源氏物語人殺し絵巻（長尾誠夫）文春文庫（1989） ……………………… *276*

剣術長屋（鳥羽亮）双葉文庫（2011） … *271*

幻色江戸ごよみ（宮部みゆき）新潮文庫（1998） …………………………… *393*

幻色江戸ごよみ（宮部みゆき）新潮文庫（2014） …………………………… *394*

◇剣四郎影働き（芦川淳一）双葉文庫 ……… *18*

剣四郎影働き 黒猫の仇討ち（芦川淳一）双葉文庫（2011） ………………… *18*

剣四郎影働き 盗人旗本（芦川淳一）双葉文庫（2010） …………………… *18*

剣四郎影働き 白面の剣客（芦川淳一）双葉文庫（2011） ………………… *18*

剣四郎影働き 姫さま消失（芦川淳一）双葉文庫（2012） ………………… *18*

弦四郎鬼神斬り（早坂倫太郎）集英社文庫（2002） ……………………… *312*

謙信の軍配者　上（富樫倫太郎）中公文庫（2014） …………………………… *259*

謙信の軍配者　下（富樫倫太郎）中公文庫（2014） …………………………… *259*

源助悪漢（わる）十手（岡田秀文）光文社文庫（2009） …………………… *90*

剣聖一心斎 →黄金の鯉（高橋三千綱）双葉文庫（2013） …………………… *227*

剣聖一心斎 →秘術、埋蔵金鳴咽（高橋三千綱）双葉文庫（2013） ……… *227*

剣聖一心斎（高橋三千綱）文春文庫（2002） …………………………………… *227*

剣賊（宮城賢秀）学研M文庫（2002） ……… *382*

剣賊（宮城賢秀）青樹社文庫（1999） ……… *387*

幻蝶斬人剣（早坂倫太郎）学研M文庫（2002） …………………………… *311*

幻蝶斬人剣（早坂倫太郎）学研M文庫（2005） …………………………… *311*

幻蝶斬人剣（早坂倫太郎）廣済堂文庫（1999） …………………………… *311*

剣と紅（高殿円）文春文庫（2015） ……… *225*

源内狂恋 →恋ぐるい（諸田玲子）新潮文庫（2006） ……………………… *407*

◇げんなり先生発明始末（沖田正午）祥伝社文庫 ………………………………… *94*

げんなり先生発明始末（沖田正午）祥伝社文庫（2012） ………………… *94*

げんなり先生発明始末2 うそつき無用（沖田正午）祥伝社文庫（2013） … *94*

剣に偽りなし（牧秀彦）徳間文庫（2013） …… *368*

源之助人助け帖（早見俊）二見時代小説文庫（2010） …………………… *321*

見番（佐伯泰英）光文社文庫（2004） ……… *173*

剣風乱璃（中里融司）ハルキ文庫（2008） … *280*

玄武斃し（千野隆司）双葉文庫（2010） … *246*

見聞組（藤井邦夫）光文社文庫（2011） … *348*

源平騒乱（谷恒生）徳間文庫（2000） ……… *238*

幻魔斬り（風野真知雄）角川文庫（2011） … *109*

玄冶店の女（宇江佐真理）幻冬舎文庫（2007） …………………………… *69*

剣狼（鳥羽亮）祥伝社文庫（2007） ……… *266*

剣狼（宮城賢秀）学研M文庫（2002） ……… *382*

剣狼（宮城賢秀）青樹社文庫（1998） ……… *387*

剣狼狩り（鳥羽亮）幻冬舎時代小説文庫（2016） …………………………… *261*

◇元禄畳奉行秘聞（池端洋介）だいわ文庫 …… *40*

元禄畳奉行秘聞 江戸・尾張放火事件（池端洋介）だいわ文庫（2009） …… *40*

元禄畳奉行秘聞 公儀隠密刺客（しきゃく）事件（池端洋介）だいわ文庫（2009） … *40*

元禄畳奉行秘聞 幼君暗殺事件（池端洋介）だいわ文庫（2009） ………… *40*

元禄町人武士 →大江戸人情絵巻（小杉健治）光文社文庫（2001） ……… *157*

◇元禄姫君捕物帖（鎌田樹）廣済堂文庫 …… *127*

元禄姫君捕物帖 きらきら花吹雪（鎌田樹）廣済堂文庫（2011） ………… *127*

元禄姫君捕物帖 黄門さまが奔る！（鎌田樹）廣済堂文庫（2012） ……… *127*

歴史時代小説文庫総覧 現代の作家　**519**

けんろ　　　作品名索引

元禄姫君捕物帖 将軍誘拐さる！（鎌田樹）廣
　済堂文庫（2012）‥‥‥‥‥‥‥ *127*

元禄姫君捕物帖 どんでん返し忠臣蔵（鎌田
　樹）廣済堂文庫（2013）‥‥‥‥ *127*

元禄魔伝 狗五芒 →秘伝元禄骨影の陣（柳蒼
　二郎）徳間文庫（2008）‥‥‥‥ *412*

元禄魔伝 悲巫女 →秘伝元禄無命（むみょう）
　の陣（柳蒼二郎）徳間文庫（2009）‥‥ *412*

元禄魔伝 八咫鴉 →秘伝元禄血風の陣（柳蒼
　二郎）徳間文庫（2008）‥‥‥‥ *412*

元禄百足盗（朝松健）光文社文庫（1995）　*13*

元禄霊異伝（朝松健）光文社文庫（1994）　*13*

元禄繚乱 上（中島丈博）角川文庫（2001）　*282*

元禄繚乱 下（中島丈博）角川文庫（2001）　*282*

眩惑（諸田玲子）徳間文庫（2000）‥ *407*

幻惑の旗（浅黄斑）二見時代小説文庫（2011）
　‥‥‥‥‥‥‥‥‥‥‥‥‥‥‥‥ *7*

【 こ 】

恋あやめ（和田はつ子）双葉文庫（2008）‥‥ *443*

恋いちもんめ（宇江佐真理）幻冬舎文庫
　（2008）‥‥‥‥‥‥‥‥‥‥‥ *69*

恋閻魔（高橋由太）幻冬舎時代小説文庫
　（2011）‥‥‥‥‥‥‥‥‥‥‥ *228*

恋風吉原（片岡麻紗子）徳間文庫（2006）‥ *119*

恋敵（鳥羽亮）幻冬舎文庫（2008）‥ *262*

恋刀 →はぐれ名医事件暦（和田はつ子）幻冬
　舎時代小説文庫（2014）‥‥‥‥‥ *438*

恋刀（和田はつ子）ベスト時代文庫（2007）
　‥‥‥‥‥‥‥‥‥‥‥‥‥‥‥ *443*

恋かたみ（諸田玲子）集英社文庫（2014）‥ *406*

恋形見（中村彰彦）角川文庫（2002）‥‥ *285*

恋ぐるい（諸田玲子）新潮文庫（2006）‥ *407*

恋小袖（和久田正明）学研M文庫（2011）　*433*

恋細工（西条奈加）新潮文庫（2011）‥ *170*

恋桜（伊多波碧）ヴィレッジブックスedge
　（2007）‥‥‥‥‥‥‥‥‥‥‥ *45*

恋しい（今井絵美子）徳間文庫（2009）‥ *63*

恋しぐれ（岳真也）学研M文庫（2012）‥ *102*

恋しぐれ（葉室麟）文春文庫（2013）‥ *310*

恋時雨（六道慧）徳間文庫（2008）‥‥ *430*

恋し撫子（篠綾子）ハルキ文庫（2016）‥ *202*

恋指南（藤原緋沙子）双葉文庫（2010）‥ *362*

恋しのぶ（井川香四郎）徳間文庫（2011）‥ *34*

恋しのぶ（井川香四郎）双葉文庫（2005）‥ *36*

恋しのぶ（鳥羽亮）幻冬舎時代小説文庫
　（2014）‥‥‥‥‥‥‥‥‥‥‥ *261*

恋知らず（井川香四郎）光文社文庫（2013）
　‥‥‥‥‥‥‥‥‥‥‥‥‥‥‥ *31*

こいしり（畠中恵）文春文庫（2011）‥ *305*

恋しるこ（和田はつ子）ハルキ文庫（2014）
　‥‥‥‥‥‥‥‥‥‥‥‥‥‥‥ *442*

泥（こひ）ぞつもりて（宮木あや子）文春文庫
　（2014）‥‥‥‥‥‥‥‥‥‥‥ *382*

恋ちどり（飯野笙子）コスミック・時代文庫
　（2009）‥‥‥‥‥‥‥‥‥‥‥ *26*

恋椿（藤原緋沙子）祥伝社文庫（2004）‥ *360*

恋つぼみ（牧南恭子）学研M文庫（2010）　*372*

小出大和守の秘命（森真沙子）二見時代小説
　文庫（2014）‥‥‥‥‥‥‥‥‥ *403*

恋縫（諸田玲子）集英社文庫（2007）‥ *406*

恋の辻占（千野隆司）学研M文庫（2010）‥ *242*

恋の手本となりにけり →絡繰り心中（永井紗
　耶子）小学館文庫（2014）‥‥‥‥ *274*

恋の橋、桜の闇（井川香四郎）学研M文庫
　（2005）‥‥‥‥‥‥‥‥‥‥‥ *28*

恋の風鈴（芦川淳一）徳間文庫（2010）‥ *17*

恋の闇（柳蒼二郎）学研M文庫（2009）‥ *412*

恋の闇からくり（稲葉稔）コスミック・時代文
　庫（2016）‥‥‥‥‥‥‥‥‥‥ *54*

恋の闇絡繰り（稲葉稔）学研M文庫（2004）
　‥‥‥‥‥‥‥‥‥‥‥‥‥‥‥ *49*

恋の闇絡繰り 鶴屋南北隠密控 →恋の闇からく
　り（稲葉稔）コスミック・時代文庫（2016）
　‥‥‥‥‥‥‥‥‥‥‥‥‥‥‥ *54*

恋肌しぐれ（天宮響一郎）学研M文庫
　（2008）‥‥‥‥‥‥‥‥‥‥‥ *21*

恋飛脚（小杉健治）集英社文庫（2015）‥ *157*

恋文（六道慧）幻冬舎時代小説文庫（2010）
　‥‥‥‥‥‥‥‥‥‥‥‥‥‥‥ *428*

恋文ながし（坂岡真）徳間文庫（2006）‥ *189*

恋文の樹（和田はつ子）小学館文庫（2016）
　‥‥‥‥‥‥‥‥‥‥‥‥‥‥‥ *440*

恋ほおずき（諸田玲子）中公文庫（2006）‥ *407*

恋蛍（鳥羽亮）角川文庫（2009）‥‥ *260*

恋仏（浮穴みみ）双葉文庫（2016）‥ *81*

恋娘（金子成人）小学館文庫（2015）‥ *125*

恋芽吹き（井川香四郎）祥伝社文庫（2007）
　‥‥‥‥‥‥‥‥‥‥‥‥‥‥‥ *33*

恋は愚かと（風野真知雄）角川文庫（2012）
　‥‥‥‥‥‥‥‥‥‥‥‥‥‥‥ *109*

恋は曲者（伊多波碧）廣済堂文庫（2013）‥ *46*

恋わずらい（稲葉稔）光文社文庫（2008）‥ *52*

恋わずらい（岡本さとる）ハルキ文庫（2012）
　‥‥‥‥‥‥‥‥‥‥‥‥‥‥‥ *92*

恋わずらい（松岡弘一）竹書房時代小説文庫
　（2010）‥‥‥‥‥‥‥‥‥‥‥ *376*

こいわすれ（畠中恵）文春文庫（2014）‥ *305*

御隠居剣法（鳥羽亮）講談社文庫（2015）‥ *263*

520　歴史時代小説文庫総覧 現代の作家

作品名索引　　　　　こうた

◇ご隠居さん（野口卓）文春文庫 ………… 300
ご隠居さん（野口卓）文春文庫（2015） … 300
ご隠居さん 2 心の鏡（野口卓）文春文庫
　（2015） ………………………………… 301
ご隠居さん 3 犬の証言（野口卓）文春文庫
　（2016） ………………………………… 301
ご隠居さん 4 出来心（野口卓）文春文庫
　（2016） ………………………………… 301
ご隠居さん 5 還暦猫（野口卓）文春文庫
　（2016） ………………………………… 301
◇ご隠居用心棒（芦川淳一）徳間文庫 ……… 17
ご隠居用心棒 恋の風鈴（芦川淳一）徳間文庫
　（2010） ………………………………… 17
ご隠居用心棒 娘の面影（芦川淳一）徳間文庫
　（2011） ………………………………… 17
光影の水際（笛吹明生）学研M文庫（2010）
　……………………………………………… 343
交易（佐伯泰英）講談社文庫（2010） …… 172
鮫鰐裁ち（千野隆司）双葉文庫（2009） … 246
甲賀の女豹（牧秀彦）双葉文庫（2009） … 369
甲賀流忍法八双くずし（宮城賢秀）コスミック・時
　代文庫（2005） ………………………… 386
◇公儀鬼役御膳帳（六道慧）徳間文庫 ……… 430
公儀鬼役御膳帳（六道慧）徳間文庫（2009）
　……………………………………………… 430
公儀鬼役御膳帳 春疾風（はやて）（六道慧）徳
　間文庫（2011） ………………………… 430
公儀鬼役御膳帳 外侍雨（六道慧）徳間文庫
　（2012） ………………………………… 430
公儀鬼役御膳帳 ゆずり葉（六道慧）徳間文庫
　（2011） ………………………………… 430
公儀鬼役御膳帳 連理の枝（六道慧）徳間文庫
　（2010） ………………………………… 430
公儀隠密行（宮城賢秀）光文社文庫（2001）
　……………………………………………… 386
公儀隠密刺客（しきゃく）事件（池端洋介）だ
　いわ文庫（2009） ……………………… 40
◇公儀刺客御用（和久田正明）廣済堂文庫 … 433
公儀刺客御用 血笑剣（和久田正明）廣済堂文
　庫（2004） ……………………………… 433
公儀刺客御用 残月剣（和久田正明）廣済堂文
　庫（2003） ……………………………… 433
公儀刺客御用 千両首（和久田正明）廣済堂文
　庫（2003） ……………………………… 433
◇公儀刺客七人衆（宮城賢秀）徳間文庫 …… 388
公儀刺客七人衆 偽金造り（宮城賢秀）徳間文
　庫（2007） ……………………………… 389
公儀刺客七人衆 闇商人（宮城賢秀）徳間文庫
　（2008） ………………………………… 389
公儀刺客七人衆（宮城賢秀）徳間文庫（2007）
　……………………………………………… 388

剛剣一涙（稲葉稔）双葉文庫（2012） …… 56
剛剣馬庭（鳥羽亮）光文社文庫（2013） … 264
恍惚（坂東眞砂子）角川文庫（2011） …… 328
高坂弾正（近衛龍春）PHP文庫（2006） … 163
甲州隠密旅（幡大介）双葉文庫（2013） … 327
甲州海道密殺剣（宮城賢秀）ハルキ文庫
　（2005） ………………………………… 389
甲州街道密殺剣（宮城賢秀）ケイブンシャ文
　庫（2001） ……………………………… 384
皇女暗殺控（加野厚志）中公文庫（2008） … 126
◇甲次郎浪華始末（築山桂）双葉文庫 ……… 248
甲次郎浪華始末 雨宿り恋情（築山桂）双葉文
　庫（2005） ……………………………… 249
甲次郎浪華始末 蔵屋敷の遣い（築山桂）双葉
　文庫（2004） …………………………… 248
甲次郎浪華始末 残照の渡し（築山桂）双葉文
　庫（2005） ……………………………… 248
甲次郎浪華始末 迷い雲（築山桂）双葉文庫
　（2006） ………………………………… 249
甲次郎浪華始末 巡る風（築山桂）双葉文庫
　（2006） ………………………………… 249
◇郷四郎無言殺剣（鈴木英治）中公文庫 …… 213
郷四郎無言殺剣 妖かしの蜘蛛（鈴木英治）中
　公文庫（2007） ………………………… 213
郷四郎無言殺剣 正倉院の闇（鈴木英治）中公
　文庫（2008） …………………………… 213
郷四郎無言殺剣 百忍斬り（鈴木英治）中公文
　庫（2007） ……………………………… 213
郷四郎無言殺剣 柳生一刀石（鈴木英治）中公
　文庫（2008） …………………………… 213
◇交代寄合伊那衆異聞（佐伯泰英）講談社文
　庫 ………………………………………… 172
交代寄合伊那衆異聞 阿片（佐伯泰英）講談社
　文庫（2007） …………………………… 172
交代寄合伊那衆異聞 暗殺（佐伯泰英）講談社
　文庫（2014） …………………………… 173
交代寄合伊那衆異聞 謁見（佐伯泰英）講談社
　文庫（2010） …………………………… 172
交代寄合伊那衆異聞 御暇（佐伯泰英）講談社
　文庫（2008） …………………………… 172
交代寄合伊那衆異聞 開港（佐伯泰英）講談社
　文庫（2014） …………………………… 173
交代寄合伊那衆異聞 海戦（佐伯泰英）講談社
　文庫（2009） …………………………… 172
交代寄合伊那衆異聞 血脈（佐伯泰英）講談社
　文庫（2015） …………………………… 173
交代寄合伊那衆異聞 交易（佐伯泰英）講談社
　文庫（2010） …………………………… 172
交代寄合伊那衆異聞 混沌（佐伯泰英）講談社
　文庫（2011） …………………………… 172

歴史時代小説文庫総覧 現代の作家　**521**

こうた　　　　作品名索引

交代寄合伊那衆異聞 再会 (佐伯泰英) 講談社
　文庫 (2013) ……………………………… 173
交代寄合伊那衆異聞 散斬 (佐伯泰英) 講談社
　文庫 (2012) ……………………………… 173
交代寄合伊那衆異聞 邪宗 (佐伯泰英) 講談社
　文庫 (2006) ……………………………… 172
交代寄合伊那衆異聞 上海 (佐伯泰英) 講談社
　文庫 (2008) ……………………………… 172
交代寄合伊那衆異聞 攘夷 (佐伯泰英) 講談社
　文庫 (2007) ……………………………… 172
交代寄合伊那衆異聞 断絶 (佐伯泰英) 講談社
　文庫 (2012) ……………………………… 173
交代寄合伊那衆異聞 茶葉 (佐伯泰英) 講談社
　文庫 (2013) ……………………………… 173
交代寄合伊那衆異聞 朝廷 (佐伯泰英) 講談社
　文庫 (2011) ……………………………… 172
交代寄合伊那衆異聞 難航 (佐伯泰英) 講談社
　文庫 (2009) ……………………………… 172
交代寄合伊那衆異聞 飛躍 (佐伯泰英) 講談社
　文庫 (2015) ……………………………… 173
交代寄合伊那衆異聞 風雲 (佐伯泰英) 講談社
　文庫 (2006) ……………………………… 172
交代寄合伊那衆異聞 変化 (佐伯泰英) 講談社
　文庫 (2005) ……………………………… 172
交代寄合伊那衆異聞 黙契 (佐伯泰英) 講談社
　文庫 (2005) ……………………………… 172
交代寄合伊那衆異聞 雷鳴 (佐伯泰英) 講談社
　文庫 (2005) ……………………………… 172
交趾！(佐伯泰英) 徳間文庫 (2004) …… 180
交趾！(佐伯泰英) 徳間文庫 (2008) …… 180
交趾 (こうち) (佐伯泰英) 新潮文庫 (2011)
　………………………………………… 179
河内山異聞 (藤井邦夫) 光文社文庫 (2013)
　………………………………………… 349
◇口中医桂助事件帖 (和田はつ子) 小学館文
　庫 ………………………………………… 440
口中医桂助事件帖 江戸菊美人 (和田はつ子)
　小学館文庫 (2011) …………………… 440
口中医桂助事件帖 想いやなぎ (和田はつ子)
　小学館文庫 (2007) …………………… 440
口中医桂助事件帖 かたみ薔薇 (和田はつ子)
　小学館文庫 (2011) …………………… 440
口中医桂助事件帖 恋文の樹 (和田はつ子) 小
　学館文庫 (2016) ……………………… 440
口中医桂助事件帖 すみれ便り (和田はつ子)
　小学館文庫 (2007) …………………… 440
口中医桂助事件帖 手鞠花おゆう (和田はつ
　子) 小学館文庫 (2006) ……………… 440
口中医桂助事件帖 菜の花しぐれ (和田はつ
　子) 小学館文庫 (2009) ……………… 440
口中医桂助事件帖 南天うさぎ (和田はつ子)
　小学館文庫 (2005) …………………… 440

口中医桂助事件帖 葉桜慕情 (和田はつ子) 小
　学館文庫 (2006) ……………………… 440
口中医桂助事件帖 花びら葵 (和田はつ子) 小
　学館文庫 (2006) ……………………… 440
口中医桂助事件帖 春告げ花 (和田はつ子) 小
　学館文庫 (2014) ……………………… 440
口中医桂助事件帖 末期葵 (和田はつ子) 小学
　館文庫 (2009) ………………………… 440
口中医桂助事件帖 幽霊蕨 (和田はつ子) 小学
　館文庫 (2009) ………………………… 440
口中医桂助事件帖 淀君の黒ゆり (和田はつ
　子) 小学館文庫 (2010) ……………… 440
強つく女 (金子成人) 小学館文庫 (2016) …… 125
ごうつく長屋 (井川香四郎) 文春文庫 (2011)
　………………………………………… 37
皇帝の剣 上 (門田泰明) 祥伝社文庫 (2015)
　………………………………………… 124
皇帝の剣 下 (門田泰明) 祥伝社文庫 (2015)
　………………………………………… 124
豪刀一閃 (幡大介) 二見時代小説文庫 (2009)
　………………………………………… 327
紅燈川 (吉田雄亮) 祥伝社文庫 (2008) …… 424
◇江都の暗闘者 (牧秀彦) 双葉文庫 …… 369
江都の暗闘者 青鬼の秘計 (牧秀彦) 双葉文庫
　(2008) ………………………………… 369
江都の暗闘者 大奥の若豹 (牧秀彦) 双葉文庫
　(2009) ………………………………… 369
江都の暗闘者 尾張暗殺陣 (牧秀彦) 双葉文庫
　(2009) ………………………………… 369
江都の暗闘者 金鯱の牙 (牧秀彦) 双葉文庫
　(2008) ………………………………… 369
江都の暗闘者 甲賀の女豹 (牧秀彦) 双葉文庫
　(2009) ………………………………… 369
江都の暗闘者 将軍の刺客 (牧秀彦) 双葉文庫
　(2007) ………………………………… 369
江都の暗闘者 巣立ちの朝 (牧秀彦) 双葉文庫
　(2010) ………………………………… 369
鴻池小町事件帳 (築山桂) ハルキ文庫 (2003)
　………………………………………… 248
豪の剣 (永井義男) ハルキ文庫 (2004) …… 275
紅梅 (藤原緋沙子) 徳間文庫 (2008) …… 361
紅梅 (藤原緋沙子) 徳間文庫 (2014) …… 362
豪姫夢幻 (中村彰彦) 角川文庫 (2001) …… 285
◇香木屋おりん (黒木久勝) 双葉文庫 …… 149
香木屋おりん 廓の桜 (黒木久勝) 双葉文庫
　(2016) ………………………………… 149
香木屋おりん 梅花の誓い (黒木久勝) 双葉文
　庫 (2015) ……………………………… 149
香木屋おりん ふたつの伽羅 (黒木久勝) 双葉
　文庫 (2016) …………………………… 149
降魔剣膝丸 →膝丸よ、闇を斬れ (坂岡真) 徳
　間文庫 (2010) ………………………… 191

522　歴史時代小説文庫総覧 現代の作家

作品名索引　　　こくら

紅毛（庄司圭太）集英社文庫（2006）……… 209
黄門さまが奔る！（鎌田樹）廣済堂文庫
　（2012）…………………………………… 127
紅鶯突き（千野隆司）双葉文庫（2009） 246
虹輪の剣（稲葉稔）双葉文庫（2012）…… 56
高楼の夢（井川香四郎）学研M文庫（2008）
　……………………………………………… 28
孤影奥州街道（坂岡真）廣済堂文庫（2006）
　……………………………………………… 187
孤影奥州街道　→風（坂岡真）徳間文庫
　（2013）…………………………………… 191
孤影の太刀（上田秀人）徳間文庫（2006）… 77
孤影の太刀（上田秀人）徳間文庫（2016）… 77
孤影の誓い（稲葉稔）徳間文庫（2008）… 54
五右衛門妖戦記（朝松健）光文社文庫（2004）
　……………………………………………… 13
ご縁の糸（志川節子）新潮文庫（2016） 200
氷の牙（和久田正明）廣済堂文庫（2008） 434
こおろぎ橋（稲葉稔）光文社文庫（2009） 52
ご恩返しの千歳飴（牧秀彦）幻冬舎時代小説
　文庫（2013）…………………………… 366
子隠し舟（小杉健治）祥伝社文庫（2009） 158
黄金小町（吉田雄亮）双葉文庫（2006） 425
こがねもち（飯島一次）徳間文庫（2016） 25
木枯らしの朝（千野隆司）ハルキ文庫（2012）
　……………………………………………… 245
木枯らしの町（富樫倫太郎）祥伝社文庫
　（2013）…………………………………… 258
木枯らしの町（富樫倫太郎）徳間文庫（2008）
　……………………………………………… 259
古希祝い（伊藤致雄）ハルキ文庫（2009）… 49
ごきげんよう（沖田正午）徳間文庫（2012）
　……………………………………………… 95
御金座破り（佐伯泰英）ハルキ文庫（2002）
　……………………………………………… 181
御金座破り（佐伯泰英）ハルキ文庫（2008）
　……………………………………………… 181
極悪狩り　→お通夜坊主龍念（鳴海丈）学研M
　文庫（2011）…………………………… 290
極悪狩り（鳴海丈）青樹社文庫（1999） 294
極悪狩り（鳴海丈）徳間文庫（2002）… 295
極意（佐伯泰英）祥伝社文庫（2003）… 176
極意（佐伯泰英）祥伝社文庫（2007）… 177
極意　→完本密命 巻之9（佐伯泰英）祥伝社文
　庫（2016）……………………………… 178
極意御庭番斬殺（佐伯泰英）祥伝社文庫
　（2016）…………………………………… 178
◇黒衣忍び人（和久田正明）幻冬舎時代小説
　文庫……………………………………… 433
黒衣忍び人（和久田正明）幻冬舎時代小説
　文庫（2010）…………………………… 433

黒衣忍び人 天草の乱（和久田正明）幻冬舎時
　代小説文庫（2011）…………………… 433
黒衣忍び人 邪忍の旗（和久田正明）幻冬舎時
　代小説文庫（2010）…………………… 433
黒衣の牙（和久田正明）廣済堂文庫（2015）
　……………………………………………… 435
黒衣の宰相（火坂雅志）文春文庫（2004）… 333
◇虚空伝説（高橋直樹）祥伝社文庫　 225
虚空伝説 餓鬼草子の剣（高橋直樹）祥伝社文
　庫（2003）……………………………… 225
虚空伝説 鬼愁の剣（高橋直樹）祥伝社文庫
　（2003）…………………………………… 225
虚空伝説 童鬼の剣（高橋直樹）祥伝社文庫
　（2003）…………………………………… 225
黒雲兆す（芝村凉也）双葉文庫（2012）… 204
国書偽造（鈴木輝一郎）新潮文庫（1996） 218
極刀（牧秀彦）双葉文庫（2015）……… 370
黒冬の炎嵐（あらし）（牧秀彦）光文社文庫
　（2012）…………………………………… 368
獄門花暦（庄司圭太）集英社文庫（2003） 209
極楽絵とんぼ犯画帖（中里融司）学研M文庫
　（2006）…………………………………… 278
極楽とんぼ事件帖（藤村与一郎）学研M文庫
　（2013）…………………………………… 356
極楽日和（今井絵美子）ハルキ文庫（2013）
　……………………………………………… 64
◇極楽安兵衛剣酔記（鳥羽亮）徳間文庫 …… 268
極楽安兵衛剣酔記（鳥羽亮）徳間文庫（2006）
　……………………………………………… 268
極楽安兵衛剣酔記 血闘波返し（鳥羽亮）徳間
　文庫（2016）…………………………… 268
極楽安兵衛剣酔記 幻剣霞一寸（鳥羽亮）徳間
　文庫（2011）…………………………… 268
極楽安兵衛剣酔記 蝶々の玄次（鳥羽亮）徳間
　文庫（2007）…………………………… 268
極楽安兵衛剣酔記 とんぼ剣法（鳥羽亮）徳間
　文庫（2006）…………………………… 268
極楽安兵衛剣酔記 流浪（ながれ）鬼（鳥羽亮）
　徳間文庫（2013）……………………… 268
極楽安兵衛剣酔記 飲ん兵衛千鳥（鳥羽亮）徳
　間文庫（2010）………………………… 268
極楽安兵衛剣酔記 秘剣風疾（ばし）り（鳥羽
　亮）徳間文庫（2011）………………… 268
極楽安兵衛剣酔記 必殺剣滝落し（鳥羽亮）徳
　間文庫（2011）………………………… 268
極楽安兵衛剣酔記 幽霊小僧（鳥羽亮）徳間文
　庫（2015）……………………………… 268
極楽安兵衛剣酔記 笑う月（鳥羽亮）徳間文庫
　（2014）…………………………………… 268
極楽宿の利鬼（鳥羽亮）角川文庫（2014） …… 261

歴史時代小説文庫総覧 現代の作家　**523**

こくら　　　　　　　　作品名索引

極楽横丁の鬼（鳥羽亮）幻冬舎時代小説文庫
（2013）……………………………… 261
五家狩り（佐伯泰英）光文社文庫（2003）…… 173
五家狩り（佐伯泰英）光文社文庫（2009）…… 175
五家狩り（佐伯泰英）光文社文庫（2014）…… 175
孤月の剣（氷月葵）二見時代小説文庫（2014）
……………………………………… 339
◇御家人風来抄（六道慧）幻冬舎時代小説文
　庫 ………………………………… 428
◇御家人風来抄（六道慧）幻冬舎文庫 …… 428
御家人風来抄 恋文（六道慧）幻冬舎時代小説
　文庫（2010）……………………… 428
御家人風来抄 五月闇（六道慧）幻冬舎文庫
　（2009）…………………………… 428
御家人風来抄 日月（じつげつ）の花（六道慧）
　幻冬舎文庫（2008）……………… 428
御家人風来抄 天は長く（六道慧）幻冬舎文庫
　（2008）…………………………… 428
御家人風来抄 花狩人（かりうど）（六道慧）幻
　冬舎時代小説文庫（2010）……… 428
御家人風来抄 風雲あり（六道慧）幻冬舎文庫
　（2009）…………………………… 428
◇御家人無頼蹴飛ばし左門（芝村凉也）双葉
　文庫 ……………………………… 204
御家人無頼蹴飛ばし左門 憂き世往来（芝村凉
　也）双葉文庫（2015）…………… 204
御家人無頼蹴飛ばし左門 御首級千両（芝村凉
　也）双葉文庫（2016）…………… 205
御家人無頼蹴飛ばし左門 助太刀始末（芝村凉
　也）双葉文庫（2015）…………… 204
御家人無頼蹴飛ばし左門 殺人刀（せつにんと
　う）無常（芝村凉也）双葉文庫（2015）… 204
御家人無頼蹴飛ばし左門 富突吉凶（芝村凉
　也）双葉文庫（2016）…………… 204
御家人無頼蹴飛ばし左門 落花両断（芝村凉
　也）双葉文庫（2015）…………… 204
◇御家人やくざと無頼犬（沖田正午）徳間文
　庫 ………………………………… 95
御家人やくざと無頼犬 俺のもんだぜ（沖田正
　午）徳間文庫（2014）…………… 95
御家人やくざと無頼犬 お笑いくだされ（沖田
　正午）徳間文庫（2013）………… 95
御家人やくざと無頼犬 ようござんすか（沖田
　正午）徳間文庫（2013）………… 95
孤剣（庄司圭太）集英社文庫（2004）…… 209
孤剣（永井義男）コスミック・時代文庫
　（2007）…………………………… 275
沽券（佐伯泰英）光文社文庫（2008）…… 174
孤剣抄（池端洋介）ベスト時代文庫（2006）
　………………………………………… 41

孤剣のかなた（潮見夏之）学研M文庫
　（……………………………………… 199
孤剣の絆（曽田博久）ハルキ文庫（2009）… 221
孤剣の幻舞（桐野国秋）学研M文庫（2003）
　………………………………………… 143
孤剣北国街道（坂岡真）廣済堂文庫（2004）
　………………………………………… 187
孤剣北国街道 →影（坂岡真）徳間文庫
　（2013）…………………………… 191
孤剣、舞う（森詠）二見時代小説文庫（2010）
　………………………………………… 401
孤剣、闇を翔ける（大久保智弘）二見時代小説
　文庫（2006）……………………… 88
孤剣乱斬（荒崎一海）朝日文庫（2011）…… 23
孤剣乱斬（荒崎一海）徳間文庫（2006）…… 23
孤高の月将徳川慶喜（岳真也）学研M文庫
　（2001）…………………………… 102
◇孤高の剣聖林崎重信（牧秀彦）二見時代小
　説文庫 …………………………… 371
孤高の剣聖林崎重信 1 抜き打つ剣（牧秀彦）
　二見時代小説文庫（2015）……… 371
孤高の剣聖林崎重信 2 燃え立つ剣（牧秀彦）
　二見時代小説文庫（2015）……… 371
孤高の剣風（城駿一郎）廣済堂文庫（2006）
　………………………………………… 206
孤高の若君（早見俊）光文社文庫（2011）… 316
護国の剣（六道慧）光文社文庫（2009）…… 429
ここで生きる（倉阪鬼一郎）二見時代小説文
　庫（2015）………………………… 148
九重の雲（東郷隆）実業之日本社文庫（2014）
　………………………………………… 255
こごりの囲にもの騒げ（結城光流）角川ビー
　ンズ文庫（2014）………………… 421
心あかり（倉阪鬼一郎）二見時代小説文庫
　（2014）…………………………… 148
心がわり（諸田玲子）集英社文庫（2015）… 406
心変り（鳥羽亮）文春文庫（2014）……… 272
こころげそう（畠中恵）光文社文庫（2010）
　………………………………………… 304
心に吹く風（宇江佐真理）文春文庫（2014）
　………………………………………… 72
心の鏡（野口卓）文春文庫（2015）……… 301
心のこり（笛吹明生）学研M文庫（2011）… 344
心残り（小杉健治）ハルキ文庫（2013）…… 160
心残り（藤井邦夫）文春文庫（2011）…… 352
心の闇晴らします（早見俊）コスミック・時代
　文庫（2014）……………………… 317
五左衛門坂の敵討（中村彰彦）角川文庫
　（1996）…………………………… 284
子授け銀杏（坂岡真）双葉文庫（2006）…… 192
御三家が斬る！（井川香四郎）講談社文庫
　（2016）…………………………… 31

作品名索引　　　**こちよ**

◇御算用始末日記（六道慧）光文社文庫 …… 429

御算用始末日記 一琴一鶴（六道慧）光文社文
庫（2012）………………………………… 429

御算用始末日記 則ち人を捨てず（六道慧）光
文社文庫（2013）………………………… 430

御算用始末日記 天下を善くす（六道慧）光文
社文庫（2012）…………………………… 429

◇御算用日記（六道慧）光文社文庫 ………… 429

御算用日記 青嵐吹く（六道慧）光文社文庫
（2005）…………………………………… 429

御算用日記 石に匪（あら）ず（六道慧）光文社
文庫（2011）……………………………… 429

御算用日記 一颿を得る（六道慧）光文社文庫
（2008）…………………………………… 429

御算用日記 護国の剣（六道慧）光文社文庫
（2009）…………………………………… 429

御算用日記 徑に由らず（六道慧）光文社文庫
（2008）…………………………………… 429

御算用日記 甚を去る（六道慧）光文社文庫
（2010）…………………………………… 429

御算用日記 星星の火（六道慧）光文社文庫
（2009）…………………………………… 429

御算用日記 月を流さず（六道慧）光文社文庫
（2007）…………………………………… 429

御算用日記 天地に愧じず（六道慧）光文社文
庫（2005）………………………………… 429

御算用日記 鷲馬十駕（六道慧）光文社文庫
（2010）…………………………………… 429

御算用日記 春風を斬る（六道慧）光文社文庫
（2007）…………………………………… 429

御算用日記 まことの花（六道慧）光文社文庫
（2006）…………………………………… 429

御算用日記 流星のごとく（六道慧）光文社文
庫（2006）………………………………… 429

ご赦免同心辻坂兵庫（鷹井伶）学研M文庫
（2013）…………………………………… 222

御赦免花（井川香四郎）祥伝社文庫（2006）
……………………………………………… 32

孤愁の鬼（乾荘次郎）廣済堂文庫（2004）…… 58

孤愁ノ春（佐伯泰英）双葉文庫（2010）…… 184

御首級千両（芝村凉也）双葉文庫（2016）… 205

孤宿の人　上巻（宮部みゆき）新潮文庫
（2009）…………………………………… 394

孤宿の人　下巻（宮部みゆき）新潮文庫
（2009）…………………………………… 394

湖上の舞（鈴木英治）朝日文庫（2009）… 211

湖上の舞（鈴木英治）徳間時代小説文庫
（2016）…………………………………… 213

誤診（小杉健治）双葉文庫（2014）………… 160

◇子連れ侍平十郎（鳥羽亮）双葉文庫 ……… 271

子連れ侍平十郎 江戸の風花（鳥羽亮）双葉文
庫（2006）………………………………… 272

子連れ侍平十郎 おれも武士（おとこ）（鳥羽
亮）双葉文庫（2011）…………………… 272

子連れ侍平十郎 上意討ち始末（鳥羽亮）双葉
文庫（2005）……………………………… 271

娘（こ）連れの武士（鳥羽亮）双葉文庫
（2014）…………………………………… 271

◇子連れ用心棒（沖田正午）徳間文庫 ……… 94

子連れ用心棒（沖田正午）徳間文庫（2009）
……………………………………………… 94

子連れ用心棒 一心の絆（沖田正午）徳間文庫
（2009）…………………………………… 94

子連れ用心棒 陰謀の果て（沖田正午）徳間文
庫（2009）………………………………… 94

子連れ用心棒 さらばおぶい紐（沖田正午）徳
間文庫（2010）…………………………… 94

子連れ用心棒 粗忽の侍（沖田正午）徳間文庫
（2009）…………………………………… 94

◇ご制外新九郎風月行（湊谷卓生）学研M文
庫………………………………………… 381

ご制外新九郎風月行 死を売る男（湊谷卓生）
学研M文庫（2012）……………………… 381

ご制外新九郎風月行 邪神（湊谷卓生）学研M
文庫（2012）……………………………… 381

御前試合（早見俊）コスミック・時代文庫
（2016）…………………………………… 318

御前試合（幡大介）双葉文庫（2010）……… 326

◇御膳役一条惣太郎探索控（えとう乱星）コ
スミック・時代文庫……………………… 84

御膳役一条惣太郎探索控 鬼平殺し（えとう乱
星）コスミック・時代文庫（2004）…… 84

御膳役一条惣太郎探索控 写楽仕置帳（えとう
乱星）コスミック・時代文庫（2005）… 84

湖賊の風（高橋直樹）講談社文庫（2004）… 225

子育て承り候（沖田正午）双葉文庫（2009）
……………………………………………… 96

子育て侍（佐伯泰英）幻冬舎文庫（2007）… 171

子育て侍（佐伯泰英）幻冬舎文庫（2011）… 171

子育て侍（佐伯泰英）文春文庫（2016）…… 186

小袖の陰（上田秀人）光文社文庫（2013）… 76

ご存じ大岡越前 雲霧仁左衛門の復讐（鳴海
丈）光文社文庫（2011）………………… 293

ご存じ遠山桜 ふたり金四郎大暴れ！（鳴海
丈）光文社文庫（2010）………………… 293

五代友厚（高橋直樹）潮文庫（2015）……… 225

小太郎の左腕（和田竜）小学館文庫（2011）
……………………………………………… 444

胡蝶隠し（和田はつ子）双葉文庫（2010）… 443

胡蝶の剣（高妻秀樹）学研M文庫（2005）… 153

孤鳥の刺客（早見俊）ハルキ文庫（2010）… 320

歴史時代小説文庫総覧 現代の作家　**525**

こちよ　　　　　　　　作品名索引

胡蝶の刃（風間九郎）コスミック・時代文庫
（2011）……………………………… 105
◇胡蝶屋銀治図譜（浅黄斑）ベスト時代文庫
……………………………………………… 7
胡蝶屋銀治図譜 2 目黒の筍縁起（浅黄斑）ベ
スト時代文庫（2012）………………… 7
胡蝶屋銀治図譜 写楽残映（浅黄斑）ベスト時
代文庫（2012）………………………… 7
国境の南（風野真知雄）角川文庫（2010）…… 108
国禁（上田秀人）講談社文庫（2008）……… 74
骨董屋征次郎京暦（火坂雅志）講談社文庫
（2007）……………………………… 330
骨董屋征次郎手控（火坂雅志）講談社文庫
（2005）……………………………… 330
骨法秘伝（火坂雅志）徳間文庫（1997）…… 332
骨法無頼拳（火坂雅志）徳間文庫（1997）… 332
◇五坪道場一手指南（牧秀彦）講談社文庫… 367
五坪道場一手指南 清冽（牧秀彦）講談社文庫
（2009）……………………………… 367
五坪道場一手指南 美剣（牧秀彦）講談社文庫
（2010）……………………………… 367
五坪道場一手指南 無我（牧秀彦）講談社文庫
（2010）……………………………… 367
五坪道場一手指南 雄飛（牧秀彦）講談社文庫
（2009）……………………………… 367
五坪道場一手指南 凛々（牧秀彦）講談社文庫
（2008）……………………………… 367
五坪道場一手指南 裂帛（牧秀彦）講談社文庫
（2008）……………………………… 367
湖底の月（井川香四郎）祥伝社文庫（2015）
……………………………………………… 33
虎徹入道（藤井邦夫）光文社文庫（2016）…… 349
◇小伝馬町牢日誌（早見俊）角川文庫……… 315
小伝馬町牢日誌 お帰り稲荷（早見俊）角川文
庫（2013）…………………………… 315
小伝馬町牢日誌 秋声のうつろい（早見俊）角
川文庫（2014）……………………… 315
小伝馬町牢日誌 惑いの面影（早見俊）角川文
庫（2014）…………………………… 315
孤闘（上田秀人）中公文庫（2012）………… 77
小籐次青春抄（佐伯泰英）文春文庫（2016）
……………………………………………… 186
孤闘の寂（芝村凉也）講談社文庫（2016）…… 204
後藤又兵衛（麻倉一矢）人物文庫（2013）……… 8
後藤又兵衛（風野真知雄）学研M文庫
（2002）……………………………… 108
後藤又兵衛（風野真知雄）学研M文庫
（2014）……………………………… 108
後藤又兵衛（風野真知雄）文春文庫（2016）
……………………………………………… 118

蠱毒の針（浅黄斑）二見時代小説文庫（2012）
……………………………………………… 7
寿ぎ花弔い花（飯野笙子）ワンツー時代小説
文庫（2006）………………………… 27
子盗ろ（鳥羽亮）双葉文庫（2005）………… 270
小西行長（麻倉一矢）光文社文庫（1997）……… 7
小西行長（江宮隆之）PHP文庫（1997）…… 86
木練柿（あさのあつこ）光文社文庫（2012）
……………………………………………… 11
五年の梅（乙川優三郎）新潮文庫（2003）…… 99
この命一両二分に候（鳥羽亮）幻冬舎文庫
（2011）……………………………… 262
近衛前久隠密帳（宮城賢秀）ハルキ文庫
（2003）……………………………… 389
この君なくば（葉室麟）朝日文庫（2015）…… 309
木の葉侍（花家圭太郎）二見時代小説文庫
（2008）……………………………… 307
木の実雨（今井絵美子）祥伝社文庫（2014）
……………………………………………… 62
御法度（藤井邦夫）学研M文庫（2009）…… 347
小早川隆景（江宮隆之）学研M文庫（2007）
……………………………………………… 86
小春日の雪女（小笠原京）小学館文庫（2000）
……………………………………………… 89
小春びより（岳真也）学研M文庫（2012）…… 102
五分の魂（辻堂魁）祥伝社文庫（2012）…… 251
弧兵衛、策謀む（友野詳）富士見新時代小説文
庫（2014）…………………………… 273
弧兵衛、推参る（友野詳）富士見新時代小説文
庫（2014）…………………………… 273
五弁の悪花（鳥羽亮）ハルキ文庫（2009）…… 269
後北條龍虎伝 →北條龍虎伝（海道龍一朗）新
潮文庫（2009）……………………… 101
こぼれ萩（今井絵美子）ハルキ文庫（2012）
……………………………………………… 64
こぼれ紅（和久田正明）双葉文庫（2007）…… 437
こぼれる滴とうずくまれ（結城光流）角川ビー
ンズ文庫（2012）…………………… 421
古町殺し（佐伯泰英）ハルキ文庫（2003）…… 181
古町殺し（佐伯泰英）ハルキ文庫（2008）…… 181
五万両の茶器（小杉健治）光文社文庫（2008）
……………………………………………… 155
◇ゴミソの鐵次調伏覚書（平谷美樹）光文社
文庫………………………………… 341
ゴミソの鐵次調伏覚書 丑寅の鬼（平谷美樹）
光文社文庫（2014）………………… 341
ゴミソの鐵次調伏覚書 お化け大黒（平谷美
樹）光文社文庫（2013）…………… 341
ゴミソの鐵次調伏覚書 萩供養（平谷美樹）光
文社文庫（2012）…………………… 341
径に由らず（六道慧）光文社文庫（2008）…… 429
御免状始末（上田秀人）中公文庫（2009）…… 76

御用金着服（幡大介）双葉文庫（2015）‥‥‥‥ *327*
御用盗（宮城賢秀）廣済堂文庫（1994）‥‥‥‥ *385*
御用盗 →幕末志士伝赤報隊 上（宮城賢秀）ハ
ルキ文庫（2000）‥‥‥‥‥‥‥‥‥‥‥‥ *389*
御用盗銀次郎（東郷隆）徳間文庫（2007）‥‥ *256*
孤鷹の天 上（澤田瞳子）徳間文庫（2013）‥‥ *199*
孤鷹の天 下（澤田瞳子）徳間文庫（2013）‥‥ *199*
◇御用船捕帖（小杉健治）朝日時代小説文
庫 ‥‥‥‥‥‥‥‥‥‥‥‥‥‥‥‥‥‥‥ *154*
◇御用船捕物帖（小杉健治）朝日文庫 ‥‥‥‥ *154*
御用船捕物帖（小杉健治）朝日文庫（2016）
‥‥‥‥‥‥‥‥‥‥‥‥‥‥‥‥‥‥‥‥ *154*
御用船捕物帖 2 うたかたの恋（小杉健治）朝
日時代小説文庫（2016）‥‥‥‥‥‥‥‥‥ *154*
御落胤（喜安幸夫）祥伝社文庫（2015）‥‥‥ *139*
◇ご落胤隠密金五郎（早見俊）徳間文庫 ‥‥‥ *320*
ご落胤隠密金五郎 しのび姫（早見俊）徳間文
庫（2011）‥‥‥‥‥‥‥‥‥‥‥‥‥‥‥ *320*
ご落胤隠密金五郎 早春の志（早見俊）徳間文
庫（2012）‥‥‥‥‥‥‥‥‥‥‥‥‥‥‥ *320*
ご落胤隠密金五郎 独眼竜の弁天（早見俊）徳
間文庫（2011）‥‥‥‥‥‥‥‥‥‥‥‥‥ *320*
◇ご落胤若さま武芸帖（中岡潤一郎）廣済堂
文庫 ‥‥‥‥‥‥‥‥‥‥‥‥‥‥‥‥‥‥ *277*
ご落胤若さま武芸帖 風斬り秘剣（中岡潤一
郎）廣済堂文庫（2012）‥‥‥‥‥‥‥‥‥ *277*
ご落胤若さま武芸帖 秘剣、柳生斬り（中岡潤
一郎）廣済堂文庫（2014）‥‥‥‥‥‥‥‥ *277*
ご落胤若さま武芸帖 秘剣、闇を斬る（中岡潤
一郎）廣済堂文庫（2013）‥‥‥‥‥‥‥‥ *277*
虎乱（鳥羽亮）角川文庫（2013）‥‥‥‥‥‥ *261*
狐狸の恋（諸田玲子）新潮文庫（2008）‥‥‥ *406*
五稜郭残党伝（佐々木譲）集英社文庫（1994）
‥‥‥‥‥‥‥‥‥‥‥‥‥‥‥‥‥‥‥‥ *194*
◇小料理のどか屋人情帖（倉阪鬼一郎）二見
時代小説文庫 ‥‥‥‥‥‥‥‥‥‥‥‥‥‥ *147*
小料理のどか屋人情帖 1 人生の一椀（倉阪鬼
一郎）二見時代小説文庫（2011）‥‥‥‥‥ *147*
小料理のどか屋人情帖 2 倖せの一膳（倉阪鬼
一郎）二見時代小説文庫（2011）‥‥‥‥‥ *147*
小料理のどか屋人情帖 3 結び豆腐（倉阪鬼一
郎）二見時代小説文庫（2011）‥‥‥‥‥‥ *147*
小料理のどか屋人情帖 4 手毬寿司（倉阪鬼一
郎）二見時代小説文庫（2011）‥‥‥‥‥‥ *147*
小料理のどか屋人情帖 5 雪花菜飯（倉阪鬼一
郎）二見時代小説文庫（2012）‥‥‥‥‥‥ *148*
小料理のどか屋人情帖 6 面影汁（倉阪鬼一
郎）二見時代小説文庫（2012）‥‥‥‥‥‥ *148*
小料理のどか屋人情帖 7 命のたれ（倉阪鬼一
郎）二見時代小説文庫（2013）‥‥‥‥‥‥ *148*

小料理のどか屋人情帖 8 夢のれん（倉阪鬼一
郎）二見時代小説文庫（2013）‥‥‥‥‥‥ *148*
小料理のどか屋人情帖 9 味の船（倉阪鬼一
郎）二見時代小説文庫（2013）‥‥‥‥‥‥ *148*
小料理のどか屋人情帖 10 希望（のぞみ）粥
（倉阪鬼一郎）二見時代小説文庫（2014）
‥‥‥‥‥‥‥‥‥‥‥‥‥‥‥‥‥‥‥‥ *148*
小料理のどか屋人情帖 11 心あかり（倉阪鬼
一郎）二見時代小説文庫（2014）‥‥‥‥‥ *148*
小料理のどか屋人情帖 12 江戸は負けず（倉
阪鬼一郎）二見時代小説文庫（2014）‥‥‥ *148*
小料理のどか屋人情帖 13 ほっこり宿（倉阪
鬼一郎）二見時代小説文庫（2015）‥‥‥‥ *148*
小料理のどか屋人情帖 14 江戸前祝い膳（倉
阪鬼一郎）二見時代小説文庫（2015）‥‥‥ *148*
小料理のどか屋人情帖 15 ここで生きる（倉
阪鬼一郎）二見時代小説文庫（2015）‥‥‥ *148*
小料理のどか屋人情帖 16 天保つむぎ糸（倉
阪鬼一郎）二見時代小説文庫（2016）‥‥‥ *148*
小料理のどか屋人情帖 17 ほまれの指（倉阪
鬼一郎）二見時代小説文庫（2016）‥‥‥‥ *148*
小料理のどか屋人情帖 18 走れ、千吉（倉阪
鬼一郎）二見時代小説文庫（2016）‥‥‥‥ *148*
◇小料理屋「花菊」事件帖（池端洋介）学研M
文庫 ‥‥‥‥‥‥‥‥‥‥‥‥‥‥‥‥‥‥‥ *39*
小料理屋「花菊」事件帖 翁弁当（池端洋介）
学研M文庫（2010）‥‥‥‥‥‥‥‥‥‥‥ *39*
小料理屋「花菊」事件帖 おぼろ雪（池端洋介）
学研M文庫（2010）‥‥‥‥‥‥‥‥‥‥‥ *39*
これがはじまり（諸田玲子）講談社文庫
（2012）‥‥‥‥‥‥‥‥‥‥‥‥‥‥‥‥ *405*
孤狼（中岡潤一郎）コスミック・時代文庫
（2005）‥‥‥‥‥‥‥‥‥‥‥‥‥‥‥‥ *277*
孤狼江戸を奔る（松本茂樹）廣済堂文庫
（2008）‥‥‥‥‥‥‥‥‥‥‥‥‥‥‥‥ *379*
孤狼剣（上田秀人）徳間文庫（2002）‥‥‥‥‥ *77*
孤狼剣（上田秀人）徳間文庫（2011）‥‥‥‥‥ *77*
孤狼斬刃剣（坂岡真）廣済堂文庫（2004）‥‥ *187*
孤狼斬刃剣 →花（坂岡真）徳間文庫（2013）
‥‥‥‥‥‥‥‥‥‥‥‥‥‥‥‥‥‥‥‥ *191*
五郎治殿御始末（浅田次郎）新潮文庫（2009）
‥‥‥‥‥‥‥‥‥‥‥‥‥‥‥‥‥‥‥‥‥ *10*
五郎治殿御始末（浅田次郎）中公文庫（2006）
‥‥‥‥‥‥‥‥‥‥‥‥‥‥‥‥‥‥‥‥‥ *10*
五郎治殿御始末（浅田次郎）中公文庫（2014）
‥‥‥‥‥‥‥‥‥‥‥‥‥‥‥‥‥‥‥‥‥ *10*
虎狼吼える（井川香四郎）徳間文庫（2012）
‥‥‥‥‥‥‥‥‥‥‥‥‥‥‥‥‥‥‥‥‥ *35*
虎狼舞い（千野隆司）双葉文庫（2007）‥‥‥ *246*
五郎正宗（藤井邦夫）光文社文庫（2016）‥‥ *349*
転がしお銀（内舘牧子）文春文庫（2006）‥‥‥ *81*
ころころろ（畠中恵）新潮文庫（2011）‥‥‥‥ *304*

殺された千両役者(飯島一次)双葉文庫
(2015) ‥‥‥‥‥‥‥‥‥‥‥‥ 25
処刑人魔狼次(鳴海丈)徳間文庫(1998) ‥‥‥ 295
処刑人魔狼次 死闘篇(鳴海丈)徳間文庫
(2001) ‥‥‥‥‥‥‥‥‥‥‥‥ 295
殺しの入れ札(喜安幸夫)廣済堂文庫(2002)
‥‥‥‥‥‥‥‥‥‥‥‥‥‥‥‥ 137
殺しの残り香(風間九郎)コスミック・時代文
庫(2009) ‥‥‥‥‥‥‥‥‥‥‥ 105
殺し屋(和久田正明)学研M文庫(2007) 432
破落戸(諸田玲子)文春文庫(2016) 407
転び坂(羽太雄平)角川文庫(2010) 303
転び者(もん)(佐伯泰英)新潮文庫(2013)
‥‥‥‥‥‥‥‥‥‥‥‥‥‥‥‥ 179
ごろまき半十郎 →半十郎影始末(浅黄斑)コ
スミック・時代文庫(2013) ‥‥‥ 6
ごろまき半十郎(浅黄斑)ベスト時代文庫
(2008) ‥‥‥‥‥‥‥‥‥‥‥‥ 7
ごろんぼう(鳥羽亮)朝日文庫(2009) 260
子別れ(森真沙子)二見時代小説文庫(2010)
‥‥‥‥‥‥‥‥‥‥‥‥‥‥‥‥ 402
権現の餅(千野隆司)双葉文庫(2014) 246
こんちき(諸田玲子)文春文庫(2007) 407
近藤勇(秋山香乃)ハルキ文庫(2004) 4
近藤勇暗殺指令 →色散華(岳真也)講談社文
庫(2008) ‥‥‥‥‥‥‥‥‥‥‥ 102
混沌(佐伯泰英)講談社文庫(2011) 172
こんぴら樽 →春風仇討行(宮本昌孝)講談社
文庫(2000) ‥‥‥‥‥‥‥‥‥‥ 395
権兵衛はまだか(井川香四郎)ベスト時代文
庫(2006) ‥‥‥‥‥‥‥‥‥‥‥ 38
今夜だけ(今井絵美子)徳間文庫(2013) ‥‥‥ 63

【 さ 】

再会(佐伯泰英)講談社文庫(2013) ‥‥‥‥‥ 173
再会(諸田玲子)文春文庫(2016) ‥‥‥‥ 407
催花雨(六道慧)双葉文庫(2007) 431
雑賀孫市(二宮隆雄)PHP文庫(1997) 299
西行桜(火坂雅志)小学館文庫(1994) 331
西行その「聖」と「俗」 →桜と刀 俗人西行
(火坂雅志)PHP文芸文庫(2016) 333
最強二天の用心棒(中村朋臣)宝島社文庫
(2015) ‥‥‥‥‥‥‥‥‥‥‥‥ 288
再建(佐伯泰英)光文社文庫(2010) ‥‥‥ 174
西郷盗撮(風野真知雄)角川文庫(2014) 109
西郷の貌(加治将一)祥伝社文庫(2015) ‥‥‥ 106
最高のふたり(藤村与一郎)コスミック・時代
文庫(2013) ‥‥‥‥‥‥‥‥‥‥ 356

西国城主(野中信二)光文社文庫(2000) ‥‥‥ 301
西国城主 →籠城(野中信二)人物文庫
(2012) ‥‥‥‥‥‥‥‥‥‥‥‥ 301
最後の挨拶(早見俊)コスミック・時代文庫
(2014) ‥‥‥‥‥‥‥‥‥‥‥‥ 318
最後の大舞台(幡大介)ハルキ文庫(2015)
‥‥‥‥‥‥‥‥‥‥‥‥‥‥‥‥ 326
最後の瓦版(早見俊)コスミック・時代文庫
(2013) ‥‥‥‥‥‥‥‥‥‥‥‥ 317
最後の間者(岡田秀文)ハルキ文庫(2006)
‥‥‥‥‥‥‥‥‥‥‥‥‥‥‥‥ 90
最後の剣(風野真知雄)双葉文庫(2011) 116
最後の幻術(東郷隆)静山社文庫(2012) 256
最後の総領・松平次郎三郎 →若獅子家康(高
橋直樹)講談社文庫(2000) ‥‥‥ 225
最後の戦い(喜安幸夫)二見時代小説文庫
(2014) ‥‥‥‥‥‥‥‥‥‥‥‥ 140
最後の忠臣蔵(池宮彰一郎)角川文庫(2004)
‥‥‥‥‥‥‥‥‥‥‥‥‥‥‥‥ 41
最勝王 上(服部真澄)中公文庫(2009) 306
最勝王 下(服部真澄)中公文庫(2009) 306
再生(佐伯泰英)祥伝社文庫(2009) 177
斎藤伝鬼房(谷恒生)双葉文庫(1989) 239
斎藤道三 1(岩井三四二)学研M文庫(2001)
‥‥‥‥‥‥‥‥‥‥‥‥‥‥‥‥ 66
斎藤道三 2(岩井三四二)学研M文庫(2001)
‥‥‥‥‥‥‥‥‥‥‥‥‥‥‥‥ 66
斎藤道三 3(岩井三四二)学研M文庫(2002)
‥‥‥‥‥‥‥‥‥‥‥‥‥‥‥‥ 66
斎藤道三 1〜3 →天を食む者 上(岩井三四二)
学研M文庫(2014) ‥‥‥‥‥‥‥ 66
斎藤道三 1〜3 →天を食む者 下(岩井三四二)
学研M文庫(2014) ‥‥‥‥‥‥‥ 66
賽の目返し(沖田正午)幻冬舎文庫(2006)
‥‥‥‥‥‥‥‥‥‥‥‥‥‥‥‥ 93
西方の霊獣(千野隆司)光文社文庫(2012)
‥‥‥‥‥‥‥‥‥‥‥‥‥‥‥‥ 243
◇再問役事件帳(鳴海丈)光文社文庫 292
再問役事件帳(鳴海丈)光文社文庫(2013)
‥‥‥‥‥‥‥‥‥‥‥‥‥‥‥‥ 292
再問役事件帳 2 かどわかし(鳴海丈)光文社
文庫(2014) ‥‥‥‥‥‥‥‥‥‥ 292
再問役事件帳 3 光る女(鳴海丈)光文社文庫
(2014) ‥‥‥‥‥‥‥‥‥‥‥‥ 293
◇採薬使佐平次(平谷美樹)角川文庫 ‥‥‥‥ 341
採薬使佐平次(平谷美樹)角川文庫(2015)
‥‥‥‥‥‥‥‥‥‥‥‥‥‥‥‥ 341
採薬使佐平次 〔2〕 将軍の象(平谷美樹)角
川文庫(2016) ‥‥‥‥‥‥‥‥‥ 341
採薬使佐平次 〔3〕 吉祥の誘惑(平谷美樹)
角川文庫(2016) ‥‥‥‥‥‥‥‥ 341

作品名索引　　　さすら

冴える木刀（喜安幸夫）二見時代小説文庫
（2015） ················· 141
佐保姫（今井絵美子）ハルキ文庫（2015）··· 64
逆恨み（城駿一郎）廣済堂文庫（2009）······· 207
逆恨みの春夜（早見俊）ハルキ文庫（2013）
················· 320
酒風、舞う（中岡潤一郎）学研M文庫（2011）
················· 277
逆さ仇討ち（城駿一郎）廣済堂文庫（2012）··· 207
捜し人剣九郎（中岡潤一郎）コスミック・時代
文庫（2009）················· 278
◇捜し屋孫四郎たそがれ事件帖（池端洋介）
ベスト時代文庫 ················· 41
捜し屋孫四郎たそがれ事件帖 巻之2 はぐれ与
力（池端洋介）ベスト時代文庫（2007）··· 41
捜し屋孫四郎たそがれ事件帖 巻之3 はぐれ与
力（池端洋介）ベスト時代文庫（2008）··· 41
捜し屋孫四郎たそがれ事件帖 はぐれ与力（池
端洋介）ベスト時代文庫（2007）········· 41
酒田さ行くさげ（宇江佐真理）実業之日本社
文庫（2014）················· 70
魚（さかな）売りのはつ恋に肩入れする（翔田
寛）小学館文庫（2011）············· 210
坂本龍馬を斬れ（近衛龍春）光文社文庫
（2009）················· 163
坂ものがたり →月凍てる（藤原緋沙子）新潮
文庫（2012）················· 361
早鳥（早瀬詠一郎）講談社文庫（2008）······· 313
逆ろうて候（岩井三四二）講談社文庫（2007）
················· 67
先手刺客（宮城賢秀）だいわ文庫（2007）··· 388
前巷説百物語（京極夏彦）角川文庫（2009）
················· 142
咲残る（井川香四郎）幻冬舎文庫（2008）··· 29
鷺の墓（今井絵美子）ハルキ文庫（2005）··· 65
さきのよびと（いずみ光）祥伝社文庫（2015）
················· 45
左京之介控（藤堂房良）光文社文庫（2015）
················· 257
狭霧の剣風（城駿一郎）廣済堂文庫（2007）
················· 206
錯綜の系譜（上田秀人）光文社文庫（2010）
················· 76
策動（早見俊）静山社文庫（2011）········· 319
朔風ノ岸（佐伯泰英）双葉文庫（2004）······· 183
作兵衛の犬（松本茂樹）廣済堂文庫（2011）
················· 379
策謀（宮城賢秀）廣済堂文庫（2004）······· 385
策謀の重条（小笠原京）小学館文庫（2010）
················· 89
さくら（佐々木裕一）双葉文庫（2015）······· 197

桜雨（朝野敬）学研M文庫（2012） ········· 12
桜雨（藤原緋沙子）光文社文庫（2007） ····· 360
桜おこわ（和田はつ子）ハルキ文庫（2016）
················· 442
桜花を見た（宇江佐真理）文春文庫（2007）
················· 73
桜子姫（和久田正明）学研M文庫（2008） ··· 432
桜小町（米村圭伍）徳間文庫（2010） ······· 428
桜と刀 俗人西行（火坂雅志）PHP文芸文庫
（2016）················· 333
桜流し（いずみ光）祥伝社文庫（2016） ····· 45
桜の仇討（六道慧）徳間文庫（2007） ······· 430
桜の色（鈴木晴世）廣済堂文庫（2008） ····· 220
桜吹雪の雷刃（翔田寛）小学館文庫（2011）
················· 210
桜ほうさら 上（宮部みゆき）PHP文芸文庫
（2016）················· 394
桜ほうさら 下（宮部みゆき）PHP文芸文庫
（2016）················· 394
さくら舞う（今井絵美子）ハルキ文庫（2006）
················· 63
桜 舞 う（あ さ の あ つ こ）PHP文 芸 文 庫
（2015）················· 11
さくら道（藤原緋沙子）廣済堂文庫（2008）
················· 359
桜紅葉（藤原緋沙子）双葉文庫（2010） ····· 362
桜夜の金つば（牧秀彦）幻冬舎時代小説文庫
（2013）················· 366
錯乱（鈴木英治）ハルキ文庫（2007） ······· 216
石榴ノ蠅（佐伯泰英）双葉文庫（2008） ····· 184
左近暗殺指令（佐々木裕一）コスミック・時代
文庫（2016）················· 196
◇左近浪華の事件帳（築山桂）双葉文庫 ····· 249
左近浪華の事件帳 遠き祈り（築山桂）双葉文
庫（2011）················· 249
左近浪華の事件帳 闇の射手（築山桂）双葉文
庫（2012）················· 249
笹色の紅 →鍼師おしゃあ（河治和香）小学館
文庫（2012）················· 129
佐々木道誉（羽生道英）PHP文庫（2002）···· 308
さざなみ情話（乙川優三郎）朝日文庫（2007）
················· 99
さざなみ情話（乙川優三郎）新潮文庫（2009）
················· 99
ささやき舟（伊多波碧）廣済堂文庫（2006）
················· 46
囁く駒鳥（藤村与一郎）ベスト時代文庫
（2009）················· 358
佐助を討て（犬飼六岐）文春文庫（2015）······ 60
さすらい右近無頼剣（鳴海丈）光文社文庫
（2007）················· 293

歴史時代小説文庫総覧 現代の作家　**529**

さすら　　　　　　　　　　　作品名索引

さすらい雲（池端洋介）学研M文庫（2006）
　　………………………………………………… 39
さすらい同心坂東一徹　仇討ち日光（早見俊）
　コスミック・時代文庫（2010）………… 318
佐竹義重（近衛龍春）PHP文庫（2005）……… 163
佐竹義重・義宣（志木沢郁）学研M文庫
　（2011）……………………………………… 200
佐竹義宣（近衛龍春）PHP文庫（2006）……… 163
定信の恋（八柳誠）廣済堂文庫（2012）……… 411
運命（坂岡真）光文社文庫（2016）…………… 189
五月雨（片岡麻紗子）廣済堂文庫（2010）…… 119
殺鬼狩り（鳥羽亮）祥伝社文庫（2013）……… 267
殺鬼に候（鳥羽亮）祥伝社文庫（2014）……… 267
皐月の風（千野隆司）学研M文庫（2012）…… 242
皐月の空（芦川淳一）学研M文庫（2009）…… 15
五月闇（六道慧）幻冬舎文庫（2009）………… 428
颯爽！　龍之介登場（霜月りつ）コスミック・
　時代文庫（2015）………………………… 205
薩摩暗躍 →摩虎羅剣（宮城賢秀）学研M文庫
　（2004）……………………………………… 382
薩摩暗躍（宮城賢秀）徳間文庫（1998）……… 388
薩摩・御庭番が疾る（宮城賢秀）廣済堂文庫
　（2001）……………………………………… 385
殺掠（宮城賢秀）廣済堂文庫（2003）………… 385
佐渡漁り火哀歌（北川哲史）廣済堂文庫
　（2006）……………………………………… 133
故郷（さと）がえり（稲葉稔）光文社文庫
　（2011）……………………………………… 52
里美の恋（鳥羽亮）幻冬舎文庫（2004）……… 262
里美の涙（鳥羽亮）幻冬舎文庫（2009）……… 262
里見八犬伝（植松三十里）小学館文庫（2006）
　……………………………………………… 79
里見義堯（小川由秋）PHP文庫（2005）……… 93
真田を云て、毛利を云わず 上（仁木英之）講
　談社文庫（2016）………………………… 298
真田を云て、毛利を云わず 下（仁木英之）講
　談社文庫（2016）………………………… 298
◇真田合戦記（幡大介）徳間文庫 ……………… 326
真田合戦記 幸綱伏魔篇（幡大介）徳間文庫
　（2015）……………………………………… 326
真田合戦記 幸綱風雲篇（幡大介）徳間文庫
　（2015）……………………………………… 326
真田合戦記 幸綱躍進篇（幡大介）徳間文庫
　（2016）……………………………………… 326
真田合戦記 幸綱雄飛篇（幡大介）徳間文庫
　（2015）……………………………………… 326
真田合戦記 昌幸の初陣（幡大介）徳間文庫
　（2016）……………………………………… 326
真田義勇伝（近衛龍春）光文社文庫（2015）
　……………………………………………… 163

真田軍神伝（津野田幸作）学研M文庫
　（2012）……………………………………… 253
真田三代 上（火坂雅志）文春文庫（2014） … 334
真田三代 下（火坂雅志）文春文庫（2014） … 334
真田三代風雲録 上（中村彰彦）実業之日本社
　文庫（2015）……………………………… 285
真田三代風雲録 下（中村彰彦）実業之日本社
　文庫（2015）……………………………… 285
真田十忍抄（菊地秀行）実業之日本社文庫
　（2015）……………………………………… 131
真田十勇士（松尾清貴）小学館文庫（2016）
　……………………………………………… 375
真田手毬唄（米村圭伍）新潮文庫（2008）…… 427
真田信繁（野中信二）人物文庫（2015）……… 301
真田信綱（近衛龍春）PHP文庫（2013）……… 164
真田信之（川村真二）PHP文庫（2005）……… 130
真田信之（志木沢郁）学研M文庫（2009）…… 200
真田の狼忍（沢田黒蔵）学研M文庫（2005）
　……………………………………………… 199
真田昌幸（江宮隆之）学研M文庫（2003）…… 86
真田昌幸（二階堂玲太）PHP文庫（2008）…… 298
真田昌幸（竜崎攻）PHP文庫（1999）………… 431
真田昌幸家康狩り 1（朝松健）ぶんか社文庫
　（2008）……………………………………… 14
真田昌幸家康狩り 2（朝松健）ぶんか社文庫
　（2008）……………………………………… 14
真田昌幸家康狩り 3（朝松健）ぶんか社文庫
　（2009）……………………………………… 14
真田幸隆（江宮隆之）学研M文庫（2006）…… 86
真田幸隆（小川由秋）PHP文庫（2004）……… 93
真田幸村（江宮隆之）学研M文庫（2002）…… 86
真田幸村（江宮隆之）学研M文庫（2014）…… 86
真田幸村家康狩り（朝松健）ぶんか社文庫
　（2010）……………………………………… 14
真田幸村と後藤又兵衛（高橋直樹）PHP文庫
　（2014）……………………………………… 226
真田幸村の遺言 上 奇謀（鳥羽亮）祥伝社文庫
　（2011）……………………………………… 267
真田幸村の遺言 下 覇の刺客（鳥羽亮）祥伝社
　文庫（2011）……………………………… 267
実朝の首（葉室麟）角川文庫（2010）………… 309
◇佐之介ぶらり道中（佐々木裕一）廣済堂文
　庫 …………………………………………… 195
佐之介ぶらり道中（佐々木裕一）廣済堂文庫
　（2011）……………………………………… 195
佐之介ぶらり道中 箱根峠の虎次郎（佐々木裕
　一）廣済堂文庫（2011）………………… 195
裁いて候（牧秀彦）学研M文庫（2007）……… 365
捌きの夜（浅野里沙子）光文社文庫（2010）
　……………………………………………… 12
鯖雲ノ城（佐伯泰英）双葉文庫（2007）……… 184

530　歴史時代小説文庫総覧 現代の作家

作品名索引　　さるわ

◇さばけ医龍安江戸日記(稲葉稔)徳間文庫
　　…………………………………………………　54
さばけ医龍安江戸日記(稲葉稔)徳間文庫
　　(2011)　………………………………………　54
さばけ医龍安江戸日記 侍の娘(稲葉稔)徳間
　　文庫(2012)　…………………………………　55
さばけ医龍安江戸日記 名残の桜(稲葉稔)徳
　　間文庫(2011)　………………………………　55
さばけ医龍安江戸日記 密計(稲葉稔)徳間文
　　庫(2013)　……………………………………　55
さばけ医龍安江戸日記 別れの虹(稲葉稔)徳
　　間文庫(2012)　………………………………　55
鯖猫長屋ふしぎ草紙(田牧大和)PHP文芸文
　　庫(2016)　……………………………………　241
寂しい写楽(宇江佐真理)小学館文庫(2013)
　　…………………………………………………　71
錆びた十手(牧秀彦)学研M文庫(2008)　……　366
佐平次落とし(小杉健治)ハルキ文庫(2008)
　　…………………………………………………　160
ざまあみやがれ(沖田正午)祥伝社文庫
　　(2011)　………………………………………　94
さまよう人(鈴木英治)徳間文庫(2008)　……　214
五月雨(藤井邦夫)双葉文庫(2011)　…………　351
五月雨(森山茂里)学研M文庫(2008)　………　404
五月雨の凶刃(翔田寛)小学館文庫(2008)
　　…………………………………………………　209
寒さ橋(今井絵美子)双葉文庫(2010)　………　65
さむらい(鳥羽亮)祥伝社文庫(2004)　………　267
さむらい(鳥羽亮)祥伝社文庫(2015)　………　267
さむらい残党録(牧秀彦)徳間文庫(2015)
　　…………………………………………………　369
さむらい残党録 維新の老剣鬼 三遊亭圓士
　　お仕置き控(牧秀彦)竹書房時代小説文庫
　　(2010)　………………………………………　368
さむらい 死恋の剣(鳥羽亮)祥伝社文庫
　　(2006)　………………………………………　267
侍たちの海(中村彰彦)角川文庫(2004)　……　285
侍の大義(稲葉稔)角川文庫(2011)　…………　50
侍の翼(好村兼一)文春文庫(2010)　…………　426
侍の娘(稲葉稔)徳間文庫(2012)　……………　55
◇さむらいの門(渡辺毅)学研M文庫　………　444
さむらいの門 風を斬る(渡辺毅)学研M文庫
　　(2007)　………………………………………　444
さむらいの門 決断の標(渡辺毅)学研M文庫
　　(2008)　………………………………………　444
さむらいの門 雪すだれ(渡辺毅)学研M文庫
　　(2006)　………………………………………　444
さむらい博徒(喜安幸夫)二見時代小説文庫
　　(2013)　………………………………………　140
鮫　→龍馬暗殺者伝(加野厚志)集英社文庫
　　(2009)　………………………………………　126

◇鮫巻き直四郎役人狩り(藤村与一郎)学研
　　M文庫　………………………………………　355
鮫巻き直四郎役人狩り(藤村与一郎)学研M
　　文庫(2010)　…………………………………　355
鮫巻き直四郎役人狩り 流離の花(藤村与一
　　郎)学研M文庫(2011)　………………………　355
さやかの頃にたちかえれ(結城光流)角川ビー
　　ンズ文庫(2011)　……………………………　421
小夜嵐(六道慧)双葉文庫(2005)　……………　431
小夜しぐれ(高田郁)ハルキ文庫(2011)　……　224
◇更紗屋おりん雛形帖(篠綾子)文春文庫　…　202
更紗屋おりん雛形帖 紅い風車(篠綾子)文春
　　文庫(2015)　…………………………………　203
更紗屋おりん雛形帖 黄蝶の橋(篠綾子)文春
　　文庫(2015)　…………………………………　203
更紗屋おりん雛形帖 白露の恋(篠綾子)文春
　　文庫(2016)　…………………………………　203
更紗屋おりん雛形帖 墨染の桜(篠綾子)文春
　　文庫(2014)　…………………………………　202
更紗屋おりん雛形帖 山吹の炎(篠綾子)文春
　　文庫(2016)　…………………………………　203
沙羅沙羅越え(風野真知雄)角川文庫(2016)
　　…………………………………………………　110
沙羅と竜王 上巻 天女降臨篇(小沢章友)角川
　　文庫(1992)　…………………………………　97
沙羅と竜王 下巻 魔界出現篇(小沢章友)角川
　　文庫(1992)　…………………………………　97
さらばおぶい紐(沖田正午)徳間文庫(2010)
　　…………………………………………………　94
さらば深川(宇江佐真理)文春文庫(2003)
　　…………………………………………………　72
さらば龍之介(霜月りつ)コスミック・時代文
　　庫(2016)　……………………………………　206
猿橋甲州金山事件(北川哲史)だいわ文庫
　　(2008)　………………………………………　134
猿曳通兵衛(逢坂剛)講談社文庫(2007)　……　87
◇猿若町捕物帳(近藤史恵)幻冬舎文庫　……　168
◇猿若町捕物帳(近藤史恵)光文社文庫　……　168
猿若町捕物帳 寒椿ゆれる(近藤史恵)光文社
　　文庫(2011)　…………………………………　168
猿若町捕物帳 土蛍(近藤史恵)光文社文庫
　　(2016)　………………………………………　168
猿若町捕物帳 巴之丞鹿の子(近藤史恵)幻冬
　　舎文庫(2001)　………………………………　168
猿若町捕物帳 巴之丞鹿の子(近藤史恵)光文
　　社文庫(2008)　………………………………　168
猿若町捕物帳 にわか大根(近藤史恵)光文社
　　文庫(2008)　…………………………………　168
猿若町捕物帳 ほおずき地獄(近藤史恵)幻冬
　　舎文庫(2002)　………………………………　168
猿若町捕物帳 ほおずき地獄(近藤史恵)光文
　　社文庫(2009)　………………………………　168

歴史時代小説文庫総覧 現代の作家　**531**

されど道なかば →新任家老与一郎(羽太雄平)角川文庫(2002) ················ 303
さわらびの譜(葉室麟)角川文庫(2015) ····· 309
惨(伊東潤)講談社文庫(2012) ········· 47
燦 1 風の刃(あさのあつこ)文春文庫(2011) ······························ 11
燦 2 光の刃(あさのあつこ)文春文庫(2011) ······························ 11
燦 3 土の刃(あさのあつこ)文春文庫(2012) ······························ 11
燦 4 炎の刃(あさのあつこ)文春文庫(2013) ······························ 11
燦 5 氷の刃(あさのあつこ)文春文庫(2014) ······························ 11
燦 6 花の刃(あさのあつこ)文春文庫(2015) ······························ 11
燦 7 天の刃(あさのあつこ)文春文庫(2016) ······························ 12
燦 8 鷹の刃(あさのあつこ)文春文庫(2016) ······························ 12
三悪人(田牧大和)講談社文庫(2011) 240
山雨の寺(三宅登茂子)双葉文庫(2006) 392
山河あり(井川香四郎)徳間文庫(2007) 34
算学奇人伝(永井義男)祥伝社文庫(2000) ································ 275
残花ノ庭(佐伯泰英)双葉文庫(2005) 184
山河果てるとも(伊東潤)角川文庫(2012) ································ 47
斬奸(江宮隆之)学研M文庫(2007) ········ 86
斬奸(宮城賢秀)廣済堂文庫(2002) 385
斬奸一閃(鳥羽亮)光文社文庫(2015) 264
斬奸剣(中里融司)ハルキ文庫(2002) 279
斬奸状(和久田正明)双葉文庫(2008) 438
◇斬奸ノ剣(庄司圭太)集英社文庫 ·········· 209
斬奸ノ剣(庄司圭太)集英社文庫(2009) 209
斬奸ノ剣 其ノ2(庄司圭太)集英社文庫(2010) ····························· 209
斬奸ノ剣 終撃(庄司圭太)集英社文庫(2011) ····························· 209
斬奸無情(黒崎裕一郎)学研M文庫(2008) ································ 150
参議暗殺(翔田寛)双葉文庫(2011) 210
参議怪死ス →参議暗殺(翔田寛)双葉文庫(2011) ··················· 210
慚愧の赤鬼(平谷美樹)小学館文庫(2014) ································ 342
三鬼の剣(鳥羽亮)講談社文庫(1997) 264
残俠(浅田次郎)集英社文庫(2002) ········ 10
山峡の城(浅黄斑)二見時代小説文庫(2006) ································· 6
散斬(佐伯泰英)講談社文庫(2012) ········ 173

斬鬼嗤う(鳥羽亮)光文社文庫(2015) ········ 264
残月(高田郁)ハルキ文庫(2013) ········ 224
残月剣(和久田正明)廣済堂文庫(2003) 433
残月殺法剣(森詠)二見時代小説文庫(2015) ································ 401
残月二段斬り(麻倉一矢)二見時代小説文庫(2013) ···························· 8
残月の剣(浅黄斑)二見時代小説文庫(2007) ································· 6
残月無情(荒崎一海)朝日文庫(2011) 22
残月無情(荒崎一海)徳間文庫(2006) 23
残月無想斬り(佐伯泰英)祥伝社文庫(2000) ································ 176
残月無想斬り(佐伯泰英)祥伝社文庫(2007) ································ 177
残月無想斬り(佐伯泰英)祥伝社文庫(2015) ································ 177
散華の太刀(上田秀人)徳間文庫(2006) 77
散華の太刀(上田秀人)徳間文庫(2016) 78
散華ノ刻(とき)(佐伯泰英)双葉文庫(2012) ································ 185
散華のほとり(八神淳一)竹書房ラブロマン文庫(2011) ······················ 409
斬剣冥府の旅(中里融司)光文社文庫(2003) ································ 279
斬光の剣(稲葉稔)双葉文庫(2010) ········ 56
残酷な月(和久田正明)徳間文庫(2015) 436
斬殺指令(宮城賢秀)光文社文庫(2000) 386
惨殺追跡行(宮城賢秀)学研M文庫(2004) ································ 382
三十間堀の女(乾荘次郎)ベスト時代文庫(2008) ····························· 59
三十石船(岡本さとる)祥伝社文庫(2015) ································· 92
三十年目の祝言(鎌田樹)学研M文庫(2011) ······························ 127
◇三十郎あやかし破り(飯島一次)双葉文庫 ································· 25
三十郎あやかし破り 青い天狗(飯島一次)双葉文庫(2014) ··················· 25
三十郎あやかし破り ねずみ大明神(飯島一次)双葉文庫(2014) ··············· 25
三十郎あやかし破り 本所猿屋敷(飯島一次)双葉文庫(2014) ················· 25
残照恩情剣(稲葉稔)コスミック・時代文庫(2004) ························· 53
残照恩情剣 →狼剣勝負(稲葉稔)双葉文庫(2012) ··················· 56
残情十日の菊(坂岡真)双葉文庫(2005) ····· 191
残照の辻(鳥羽亮)実業之日本社文庫(2010) ································ 265
残照の渡し(築山桂)双葉文庫(2005) ········ 248

残心（小杉健治）二見時代小説文庫（2009）
················ *161*

残刃（中岡潤一郎）コスミック・時代文庫
（2006）················ *277*

斬人斬馬剣（宮城賢秀）学研M文庫（2003）
················ *382*

斬刃乱舞（幡大介）二見時代小説文庫（2010）
················ *327*

三世相（松井今朝子）ハルキ文庫（2010） *375*

斬雪（早見俊）徳間文庫（2010）················ *320*

三千両の拘引（かどわかし）（小杉健治）光文
社文庫（2011）················ *156*

三代将軍の密命（宮城賢秀）ケイブンシャ文
庫（2000）················ *383*

三代将軍の密命（宮城賢秀）ハルキ文庫
（2005）················ *389*

三代目五右衛門（和久田正明）学研M文庫
（2013）················ *433*

◇三代目峰太郎闇裁き（天宮響一郎）学研M
文庫················ *21*

三代目峰太郎闇裁き 恋肌しぐれ（天宮響一
郎）学研M文庫（2008）················ *21*

三代目峰太郎闇裁き 雪肌慕情（天宮響一郎）
学研M文庫（2009）················ *21*

簒奪（上田秀人）講談社文庫（2009）················ *74*

簒奪者 →斎藤道三 1（岩井三四二）学研M文
庫（2001）················ *66*

さんだらぼっち（宇江佐真理）文春文庫
（2005）················ *72*

三人小町の恋 →陰陽師阿部雨堂（田牧大和）
新潮文庫（2016）················ *241*

◇三人佐平次捕物帳（小杉健治）ハルキ文庫
················ *159*

三人佐平次捕物帳 丑の刻参り（小杉健治）ハ
ルキ文庫（2005）················ *159*

三人佐平次捕物帳 裏切り者（小杉健治）ハル
キ文庫（2009）················ *160*

三人佐平次捕物帳 怨霊（小杉健治）ハルキ文
庫（2007）················ *159*

三人佐平次捕物帳 神隠し（小杉健治）ハルキ
文庫（2007）················ *159*

三人佐平次捕物帳 狐火の女（小杉健治）ハル
キ文庫（2006）················ *159*

三人佐平次捕物帳 兄弟の絆（小杉健治）ハル
キ文庫（2011）················ *160*

三人佐平次捕物帳 佐平次落とし（小杉健治）
ハルキ文庫（2008）················ *160*

三人佐平次捕物帳 地獄小僧（小杉健治）ハル
キ文庫（2004）················ *159*

三人佐平次捕物帳 島流し（小杉健治）ハルキ
文庫（2009）················ *160*

三人佐平次捕物帳 修羅の鬼（小杉健治）ハル
キ文庫（2006）················ *159*

三人佐平次捕物帳 旅立ち佐平次（小杉健治）
ハルキ文庫（2012）················ *160*

三人佐平次捕物帳 天狗威し（小杉健治）ハル
キ文庫（2006）················ *159*

三人佐平次捕物帳 七草粥（小杉健治）ハルキ
文庫（2010）················ *160*

三人佐平次捕物帳 美女競べ（小杉健治）ハル
キ文庫（2008）················ *160*

三人佐平次捕物帳 ひとひらの恋（小杉健治）
ハルキ文庫（2010）················ *160*

三人佐平次捕物帳 ふたり旅（小杉健治）ハル
キ文庫（2011）················ *160*

三人佐平次捕物帳 魔剣（小杉健治）ハルキ文
庫（2008）················ *160*

三人佐平次捕物帳 夜叉姫（小杉健治）ハルキ
文庫（2005）················ *159*

三人佐平次捕物帳 闇の稲妻（小杉健治）ハル
キ文庫（2010）················ *160*

三人佐平次捕物帳 夢追い門出（小杉健治）ハ
ルキ文庫（2011）················ *160*

三人田の怪（鈴木英治）双葉文庫（2015）··· *218*

三人道中ともえの大浪（笛吹明生）学研M文
庫（2005）················ *343*

三人羽織（井川香四郎）講談社文庫（2011）··· *30*

◇斬馬衆お止め記（上田秀人）徳間文庫··· *78*

斬馬衆お止め記 破矛（上田秀人）徳間文庫
（2010）················ *78*

斬馬衆お止め記 御盾（上田秀人）徳間文庫
（2009）················ *78*

斬ばらりん（司城志朗）小学館文庫（2013）
················ *247*

斬ばらりん 2 京都動乱編（司城志朗）小学館
文庫（2013）················ *248*

斬ばらりん 3 薩摩炎上編（司城志朗）小学館
文庫（2015）················ *248*

三匹の仇討ち →はぐれ用心棒仕置剣（芦川淳
一）コスミック・時代文庫（2013）········· *16*

三匹の仇討ち（芦川淳一）ベスト時代文庫
（2009）················ *18*

三匹の鬼（神谷仁）徳間文庫（2015）········· *128*

三匹の侍捕物控（和田はつ子）ベスト時代文
庫（2012）················ *443*

三匹の浪人（藤井邦夫）幻冬舎時代小説文庫
（2016）················ *347*

三分の理（井川香四郎）学研M文庫（2007）
················ *28*

桑港にて →咸臨丸、サンフランシスコにて
（植松三十里）角川文庫（2010）·········· *79*

残夢（佐伯泰英）祥伝社文庫（2004）·········· *176*

さんむ　　作品名索引

残夢（佐伯泰英）祥伝社文庫（2016）……… *178*

残夢 →完本密命 巻之11（佐伯泰英）祥伝社文庫（2016） *178*

算用剣やりくり帳（菅靖匡）学研M文庫（2014） *130*

【し】

倖せの一膳（倉阪鬼一郎）二見時代小説文庫（2011）…………………… *147*

幸せのかたち（今井絵美子）ハルキ文庫（2016）………………………… *64*

幸せの小福餅（風野真知雄）講談社文庫（2015）………………………… *111*

思案橋捕物暦（稲葉稔）学研M文庫（2004）…………………………… *49*

じいじだよ（風野真知雄）双葉文庫（2015）……………………………… *116*

死への霊薬（喜安幸夫）徳間文庫（2005）…… *140*

死を売る男（湊谷卓生）学研M文庫（2012）…………………………… *381*

仕置仕舞（牧秀彦）ベスト時代文庫（2008）…………………………… *371*

潮騒（藤原緋沙子）徳間文庫（2006）……… *361*

潮騒（藤原緋沙子）徳間文庫（2014）……… *361*

潮鳴り（葉室麟）祥伝社文庫（2016）……… *310*

汐のなごり（北重人）徳間文庫（2010）…… *132*

◇塩谷隼人江戸活人剣（牧秀彦）徳間文庫……… *368*

塩谷隼人江戸活人剣 1 晴れの出稽古（牧秀彦）徳間文庫（2014）………………… *368*

塩谷隼人江戸活人剣 2 棒手振り剣法（牧秀彦）徳間文庫（2014）………………… *368*

◇塩谷隼人江戸常勤記（牧秀彦）徳間文庫……… *368*

◇塩谷隼人江戸常勤記（牧秀彦）ベスト時代文庫……………………………… *371*

塩谷隼人江戸常勤記 1 還暦（牧秀彦）徳間文庫（2013）…………………………… *368*

塩谷隼人江戸常勤記 2 妖刀始末（牧秀彦）徳間文庫（2013）……………………… *368*

塩谷隼人江戸常勤記 3 剣に偽りなし（牧秀彦）徳間文庫（2013）………………… *368*

塩谷隼人江戸常勤記 4 老花（牧秀彦）徳間文庫（2014）…………………………… *368*

塩谷隼人江戸常勤記 老花（牧秀彦）ベスト時代文庫（2010）……………………… *371*

塩谷隼人江戸常勤記 還暦（牧秀彦）ベスト時代文庫（2009）……………………… *371*

塩谷隼人江戸常勤記 晩春（牧秀彦）ベスト時代文庫（2010）……………………… *371*

塩谷隼人江戸常勤記 老骨（牧秀彦）ベスト時代文庫（2009）……………………… *371*

死顔（鳥羽亮）光文社文庫（2012）………… *264*

鹿王丸、翔ぶ →鬼弾（岩井三四二）講談社文庫（2013）………………………… *67*

刺客（佐伯泰英）祥伝社文庫（2001）……… *176*

刺客（佐伯泰英）祥伝社文庫（2007）……… *177*

刺客 →完本密命 巻之4（佐伯泰英）祥伝社文庫（2015）……………………………… *177*

刺客（坂岡真）光文社文庫（2012）………… *188*

刺客請け負います（沖田正午）二見時代小説文庫（2013）…………………………… *96*

刺客、江戸城に消ゆ（風野真知雄）廣済堂文庫（2001）……………………………… *111*

刺客、江戸城に消ゆ（風野真知雄）廣済堂文庫（2007）……………………………… *111*

刺客、江戸城に消ゆ（風野真知雄）光文社文庫（2016）……………………………… *112*

刺客廻状（志津三郎）廣済堂文庫（2001）… *201*

刺客稼業（宮城賢秀）廣済堂文庫（2001）… *385*

刺客が来る道（風野真知雄）廣済堂文庫（2008）……………………………… *111*

刺客が来る道（風野真知雄）光文社文庫（2016）……………………………… *112*

刺客殺し（小杉健治）祥伝社文庫（2006）… *157*

刺客斬月剣（佐伯泰英）祥伝社文庫（2015）………………………………… *177*

刺客の嵐（桑原譲太郎）コスミック・時代文庫（2007）…………………………… *152*

刺客変幻（荒崎一海）朝日文庫（2011）… *22*

刺客変幻（荒崎一海）徳間文庫（2005）… *23*

刺客変幻（荒崎一海）徳間文庫（2012）… *23*

刺客見習い（森詠）二見時代小説文庫（2016）………………………………… *401*

刺客柳生十兵衛（鳥羽亮）廣済堂文庫（2000）………………………………… *263*

刺客柳生十兵衛（鳥羽亮）ハルキ文庫（2004）………………………………… *270*

刺客三人（幡大介）双葉文庫（2011）…… *327*

仕掛け蔵（藤井邦夫）双葉文庫（2014）…… *351*

仕官の酒（井川香四郎）二見時代小説文庫（2007）…………………………… *36*

直心影流龍尾の舞い（荒崎一海）徳間文庫（2005）…………………………… *23*

刺客の爪（浅黄斑）二見時代小説文庫（2008）………………………………… *6*

仕組人必殺剣（増田貴彦）学研M文庫（2004）…………………………… *373*

時雨ごこち（河治和香）角川文庫（2011）…… *129*

しぐれ茶漬（柏田道夫）光文社文庫（2016）………………………………… *107*

作品名索引　　　　**ししゆ**

◇時雨橋あじさい亭（森真沙子）二見時代小
　説文庫 ………………………………… *403*
時雨橋あじさい亭 1 千葉道場の鬼鉄（森真沙
　子）二見時代小説文庫（2016） ……… *403*
示現流始末（永井義男）祥伝社文庫（2004）
　……………………………………………… *275*
◇示現流秘蝶剣（宮城賢秀）廣済堂文庫 …… *385*
示現流秘蝶剣（宮城賢秀）廣済堂文庫（2001）
　……………………………………………… *385*
示現流秘蝶剣　2（宮城賢秀）廣済堂文庫
　（2002） ………………………………… *385*
示現流秘蝶剣 3 閃刃（宮城賢秀）廣済堂文庫
　（2002） ………………………………… *385*
示現流秘蝶剣 4 斬奸（宮城賢秀）廣済堂文庫
　（2002） ………………………………… *385*
示現流秘蝶剣 5 刀魂（宮城賢秀）廣済堂文庫
　（2003） ………………………………… *385*
示現流必殺剣（宮城賢秀）廣済堂文庫（2000）
　……………………………………………… *385*
示現流必殺剣 →刺客狩り（宮城賢秀）双葉文
　庫（2003） ……………………………… *390*
地獄小僧（小杉健治）ハルキ文庫（2004）…… *159*
地獄沢（庄司圭太）集英社文庫（2004）……… *209*
地獄十兵衛（志津三郎）光文社文庫（2003）
　……………………………………………… *201*
地獄太夫（森真沙子）小学館文庫（2009）…… *402*
地獄で仏（坂岡真）祥伝社文庫（2012）……… *189*
地獄の掟（鳴海丈）文芸社文庫（2014）……… *296*
地獄の釜（鈴木英治）徳間文庫（2007）……… *214*
地獄の沙汰（坂岡真）徳間文庫（2011）……… *191*
地獄の沙汰（鳥羽亮）祥伝社文庫（2010）…… *266*
地獄の佳き日（富樫倫太郎）光文社文庫
　（2003） ………………………………… *257*
地獄花（和久田正明）廣済堂文庫（2012）…… *434*
地獄舟（庄司圭太）光文社文庫（2007）……… *208*
地獄耳 1 奥祐筆秘聞（和久田正明）二見時代
　小説文庫（2016） ……………………… *438*
地獄宿（鳥羽亮）祥伝社文庫（2005）………… *266*
死狐の怨霊（鳥羽亮）徳間文庫（2004）……… *267*
◇仕込み正宗（沖田正午）祥伝社文庫 ……… *94*
仕込み正宗（沖田正午）祥伝社文庫（2010）
　……………………………………………… *94*
仕込み正宗 2 覚悟しやがれ（沖田正午）祥伝
　社文庫（2011） ………………………… *94*
仕込み正宗 3 ざまあみやがれ（沖田正午）祥
　伝社文庫（2011） ……………………… *94*
仕込み正宗 4 勘弁ならねえ（沖田正午）祥伝
　社文庫（2012） ………………………… *94*
紫紺のつばめ（宇江佐真理）文春文庫（2002）
　……………………………………………… *72*

◇爺いとひよこの捕物帳（風野真知雄）幻冬
　舎文庫 …………………………………… *111*
爺いとひよこの捕物帳 弾丸の眼（風野真知
　雄）幻冬舎文庫（2009） ……………… *111*
爺いとひよこの捕物帳 七十七の傷（風野真知
　雄）幻冬舎文庫（2008） ……………… *111*
爺いとひよこの捕物帳 燃える川（風野真知
　雄）幻冬舎文庫（2010） ……………… *111*
鹿威しの夢（鈴木英治）双葉文庫（2006）…… *217*
獅子身中の虫（坂岡真）角川文庫（2011）…… *187*
獅子身中の虫（坂岡真）ハルキ文庫（2016）
　……………………………………………… *191*
死して残せよ虎の皮 →浅井長政正伝（鈴木輝
　一郎）人物文庫（2007） ……………… *218*
猪鍋の夜（喜安幸夫）学研M文庫（2012）…… *136*
獅子の剣（稲葉稔）双葉文庫（2010）………… *56*
獅子の城塞（佐々木譲）新潮文庫（2016）…… *194*
獅子の棲む国（秋山香乃）中公文庫（2012）
　………………………………………………… *4*
獅子奮迅（幡大介）二見時代小説文庫（2008）
　……………………………………………… *327*
使者（上田秀人）講談社文庫（2015）………… *75*
◇寺社役同心事件帖（千野隆司）朝日文庫 … *241*
寺社役同心事件帖 竹寶寺の闇からくり（千野
　隆司）朝日文庫（2016） ……………… *241*
寺社役同心事件帖 富くじ狂瀾（千野隆司）朝
　日文庫（2016） ………………………… *241*
四十七人の刺客（池宮彰一郎）新潮文庫
　（1995） ………………………………… *42*
四十七人の刺客　上（池宮彰一郎）角川文庫
　（2004） ………………………………… *41*
四十七人の刺客　下（池宮彰一郎）角川文庫
　（2004） ………………………………… *41*
四十七人の盗賊（飯島一次）双葉文庫（2013）
　……………………………………………… *25*
四十七人目の浪士 →最後の忠臣蔵（池宮彰一
　郎）角川文庫（2004） ………………… *41*
四十七人目の浪士（池宮彰一郎）新潮文庫
　（1997） ………………………………… *42*
四十八人目の忠臣（諸田玲子）集英社文庫
　（2014） ………………………………… *406*
◇四十郎化け物始末（風野真知雄）角川文庫
　……………………………………………… *109*
◇四十郎化け物始末（風野真知雄）ベスト時
　代文庫 …………………………………… *118*
四十郎化け物始末 1 妖かし斬り（風野真知
　雄）角川文庫（2011） ………………… *109*
四十郎化け物始末 2 百鬼斬り（風野真知雄）
　角川文庫（2011） ……………………… *109*
四十郎化け物始末 3 幻魔斬り（風野真知雄）
　角川文庫（2011） ……………………… *109*

歴史時代小説文庫総覧 現代の作家　**535**

ししゅ　　　　　　　　　　　作品名索引

四十郎化け物始末 妖かし斬り（風野真知雄）
　ベスト時代文庫（2005）………………… *118*
四十郎化け物始末 百鬼斬り（風野真知雄）ベ
　スト時代文庫（2006）………………… *118*
獅子は死せず　上（中路啓太）中公文庫
　（2015）………………………………… *280*
獅子は死せず　下（中路啓太）中公文庫
　（2015）………………………………… *280*
四神跳梁（荒崎一海）朝日文庫（2011）　 *22*
四神跳梁（荒崎一海）徳間文庫（2006）　 *23*
四神跳梁（荒崎一海）徳間文庫（2012）　 *23*
賤ケ嶽（岡田秀文）双葉文庫（2014）　　 *90*
しずり雪（安住洋子）小学館文庫（2007）　 *19*
死相（庄司圭太）光文社文庫（2009）　 *208*
地蔵橋の女（稲葉稔）廣済堂文庫（2007）　 *51*
始祖鳥記（飯嶋和一）小学館文庫（2002）　 *24*
◇下っ引夏兵衛（鈴木英治）講談社文庫 … *212*
下っ引夏兵衛 かどわかし（鈴木英治）講談社
　文庫（2009）…………………………… *212*
下っ引夏兵衛 関所破り（鈴木英治）講談社文
　庫（2008）……………………………… *212*
下っ引夏兵衛 闇の目（鈴木英治）講談社文庫
　（2008）………………………………… *212*
◇下っ引夏兵衛捕物控（鈴木英治）角川文庫
　………………………………………… *211*
下っ引夏兵衛捕物控 かどわかし（鈴木英治）
　角川文庫（2016）……………………… *211*
下っ引夏兵衛捕物控 関所破り（鈴木英治）角
　川文庫（2016）………………………… *211*
下っ引夏兵衛捕物控 闇の目（鈴木英治）角川
　文庫（2016）…………………………… *211*
しだれ柳（荒崎一海）祥伝社文庫（2013）　 *23*
しだれ柳（荒崎一海）徳間文庫（2012）　 *24*
質入れ女房（沖田正午）双葉文庫（2012）　 *96*
質草破り（田牧大和）講談社文庫（2012）… *240*
◇質蔵きてれつ繁盛記（沖田正午）双葉文庫
　………………………………………… *96*
質蔵きてれつ繁盛記 おきつね祈願（沖田正
　午）双葉文庫（2011）………………… *96*
質蔵きてれつ繁盛記 質入れ女房（沖田正午）
　双葉文庫（2012）……………………… *96*
質蔵きてれつ繁盛記 人面流れ星（沖田正午）
　双葉文庫（2011）……………………… *96*
質蔵きてれつ繁盛記 貧乏神の軍配（沖田正
　午）双葉文庫（2012）………………… *96*
質蔵きてれつ繁盛記 夜泣き三味線（沖田正
　午）双葉文庫（2011）………………… *96*
死地に候（鳥羽亮）祥伝社文庫（2014）… *267*
七人の岡っ引き →二十六夜待（小杉健治）祥
　伝社文庫（2005）……………………… *159*

七人の兜賊（鳥羽亮）PHP文芸文庫（2010）
　………………………………………… *270*
七人の刺客（鳥羽亮）ハルキ文庫（2002） … *269*
七人の刺客（森詠）二見時代小説文庫（2013）
　………………………………………… *401*
七人の手練（鳥羽亮）角川文庫（2015）……… *261*
七人の弁慶 風の巻（森詠）双葉文庫（2008）
　………………………………………… *400*
七福神斬り（早見俊）二見時代小説文庫
　（2014）………………………………… *322*
七福神殺し（小杉健治）祥伝社文庫（2006）
　………………………………………… *157*
七福神の災難（沖田正午）ベスト時代文庫
　（2010）………………………………… *97*
七変化（鳥羽亮）文春文庫（2015）……… *272*
七万石の密書（小杉健治）光文社文庫（2009）
　………………………………………… *155*
◇質屋藤十郎隠御用（小杉健治）集英社文庫
　………………………………………… *157*
質屋藤十郎隠御用（小杉健治）集英社文庫
　（2012）………………………………… *157*
質屋藤十郎隠御用 2 からくり箱（小杉健治）
　集英社文庫（2013）…………………… *157*
質屋藤十郎隠御用 3 赤姫心中（小杉健治）集
　英社文庫（2014）……………………… *157*
質屋藤十郎隠御用 4 恋飛脚（小杉健治）集英
　社文庫（2015）………………………… *157*
質屋藤十郎隠御用 5 観音さまの茶碗（小杉健
　治）集英社文庫（2016）……………… *157*
紫蝶朧返し（稲葉稔）学研M文庫（2003）…… *49*
紫蝶朧返し →むらさきの蝶（稲葉稔）コスミ
　ック・時代文庫（2016）……………… *54*
紙蝶の舞（増田貴彦）学研M文庫（2004）… *373*
失意ノ方（佐伯泰英）双葉文庫（2014）… *185*
悉皆屋鬼次やみばなし（磐紀一郎）ベスト時
　代文庫（2006）………………………… *324*
日月（じつげつ）の花（六道慧）幻冬舎文庫
　（2008）………………………………… *428*
しっこかい（風野真知雄）双葉文庫（2015）
　………………………………………… *116*
漆黒の剣風（城駿一郎）廣済堂文庫（2004）
　………………………………………… *206*
十死零生の剣（翔田寛）小学館文庫（2013）
　………………………………………… *210*
◇十手小町事件帳（六道慧）光文社文庫 …… *429*
十手小町事件帳（六道慧）光文社文庫（2003）
　………………………………………… *429*
十手小町事件帳 いざよい変化（六道慧）光文
　社文庫（2004）………………………… *429*
十手小町事件帳 ひよりみ法師（六道慧）光文
　社文庫（2004）………………………… *429*

536　歴史時代小説文庫総覧 現代の作家

作品名索引　　　　　　　　しにか

十手小町事件帳 まろばし牡丹（六道慧）光文
社文庫（2003）……………………………… *429*
十手人（押川国秋）講談社文庫（2003）… *99*
十手乱れ花（笠岡治次）廣済堂文庫（2006）
…………………………………………………… *104*
湿風烟る（芝村涼也）双葉文庫（2011）… *204*
疾風怒濤（幡大介）二見時代小説文庫（2012）
…………………………………………………… *327*
◇疾風の義賊（辻堂魁）徳間文庫 ………… *252*
疾風の義賊 2 叛き者（辻堂魁）徳間文庫
（2012）…………………………………… *252*
疾風の義賊 3 乱雨の如く（辻堂魁）徳間文庫
（2013）…………………………………… *252*
疾風の義賊 双星の剣（辻堂魁）徳間文庫
（2011）…………………………………… *252*
師弟（岡本さとる）ハルキ文庫（2015）… *92*
紫電改 →紫電改よ、永遠なれ（松田十刻）新
人物文庫（2010）……………………… *377*
紫電改よ、永遠なれ（松田十刻）新人物文庫
（2010）…………………………………… *377*
紫電ノ兆（福原俊彦）富士見新時代小説文庫
（2014）…………………………………… *345*
死闘（佐伯泰英）新潮文庫（2011）……… *179*
死闘！（佐伯泰英）徳間文庫（2000）…… *180*
死闘！（佐伯泰英）徳間文庫（2008）…… *180*
士道の値（秋山香乃）双葉文庫（2009）… *5*
死闘向島（稲葉稔）光文社文庫（2015）… *53*
死闘・宗冬（鳥羽亮）学研M文庫（2001）… *260*
死闘宗冬（鳥羽亮）徳間文庫（2005）…… *268*
寺内奉行検断状（小泉盧生）徳間時代小説文
庫（2016）………………………………… *153*
品川恋模様殺人事件（風野真知雄）文春文庫
（2015）…………………………………… *118*
◇品川しみづや影絵巻（倉阪鬼一郎）角川文
庫 ………………………………………… *145*
品川しみづや影絵巻 迷い人（倉阪鬼一郎）角
川文庫（2015）…………………………… *145*
品川しみづや影絵巻 世直し人（倉阪鬼一郎）
角川文庫（2015）………………………… *145*
◇品川宿人情料理帖（嵯峨野晶）学研M文庫
………………………………………………… *193*
品川宿人情料理帖 江戸前しののめ飯（嵯峨野
晶）学研M文庫（2011）………………… *193*
品川宿人情料理帖 江戸前七つ星（嵯峨野晶）
学研M文庫（2011）……………………… *193*
品川女郎謎帖（稲葉稔）幻冬舎時代小説文庫
（2016）…………………………………… *50*
◇品川人情串一本差し（倉阪鬼一郎）角川文
庫 ………………………………………… *145*
品川人情串一本差し 2 街道の味（倉阪鬼一
郎）角川文庫（2014）…………………… *145*

品川人情串一本差し 3 宿場魂（倉阪鬼一郎）
角川文庫（2014）………………………… *145*
品川人情串一本差し 海山の幸（倉阪鬼一郎）
角川文庫（2013）………………………… *145*
品川の騒ぎ（佐伯泰英）幻冬舎文庫（2010）
…………………………………………………… *171*
品川の騒ぎ →小籐次青春抄（佐伯泰英）文春
文庫（2016）……………………………… *186*
科戸の風（井川香四郎）講談社文庫（2009）
……………………………………………………… *30*
◇死なない男・同心野火陣内（和久田正明）ハ
ルキ文庫 ………………………………… *436*
死なない男・同心野火陣内（和久田正明）ハル
キ文庫（2009）…………………………… *436*
死なない男・同心野火陣内 赤頭巾（和久田正
明）ハルキ文庫（2012）………………… *437*
死なない男・同心野火陣内 鬼花火（和久田正
明）ハルキ文庫（2014）………………… *437*
死なない男・同心野火陣内 女義士（和久田正
明）ハルキ文庫（2013）………………… *437*
死なない男・同心野火陣内 狐化粧（和久田正
明）ハルキ文庫（2010）………………… *436*
死なない男・同心野火陣内 月夜の鴉（和久田
正明）ハルキ文庫（2010）……………… *436*
死なない男・同心野火陣内 虎の尾（和久田正
明）ハルキ文庫（2011）………………… *436*
死なない男・同心野火陣内 なみだ酒（和久田
正明）ハルキ文庫（2014）……………… *437*
死なない男・同心野火陣内 幻の女（和久田正
明）ハルキ文庫（2012）………………… *436*
死なない男・同心野火陣内 嫁が君（和久田正
明）ハルキ文庫（2011）………………… *436*
◇信濃戦雲録（井沢元彦）祥伝社文庫 ……… *43*
信濃戦雲録 第1部 野望 上（井沢元彦）祥伝社
文庫（2006）……………………………… *43*
信濃戦雲録 第1部 野望 下（井沢元彦）祥伝社
文庫（2006）……………………………… *43*
信濃戦雲録 第2部 覇者 上（井沢元彦）祥伝社
文庫（2007）……………………………… *43*
信濃戦雲録 第2部 覇者 下（井沢元彦）祥伝社
文庫（2007）……………………………… *43*
品の月（今井絵美子）ハルキ文庫（2013）…… *64*
科野秘帖（辻堂魁）祥伝社文庫（2014）… *252*
◇次男坊若さま修行中（千野隆司）コスミッ
ク・時代文庫 …………………………… *243*
次男坊若さま修行中 〔2〕 願いの錦絵（千野
隆司）コスミック・時代文庫（2016）… *243*
次男坊若さま修行中 初雷の祠（千野隆司）コ
スミック・時代文庫（2015）…………… *243*
死に神（藤井邦夫）祥伝社文庫（2011）… *349*
死神記（庄司圭太）集英社文庫（2006）……… *209*

歴史時代小説文庫総覧 現代の作家　**537**

死神幻十郎(黒崎裕一郎)廣済堂文庫(1998)
……………………………… 150
死神幻十郎(黒崎裕一郎)徳間文庫(2001)
……………………………… 151
死神幻十郎 →魔炎(黒崎裕一郎)徳間文庫
(2001) …………………………… 151
死神幻十郎 2 女人結界(黒崎裕一郎)廣済堂
文庫(1999) ……………………… 150
死神の影(鈴木英治)中公文庫(2014) …… 213
死神の剣(鳥羽亮)ハルキ文庫(2002) …… 269
死化粧(鳥羽亮)祥伝社文庫(2006) …… 265
死に様(藤井邦夫)光文社文庫(2012) …… 348
死笛(鳥羽亮)光文社文庫(2010) …… 264
◇死ぬがよく候(坂岡真)徳間文庫 ………… 190
死ぬがよく候 1 月(坂岡真)徳間文庫
(2013) …………………………… 190
死ぬがよく候 2 影(坂岡真)徳間文庫
(2013) …………………………… 191
死ぬがよく候 3 花(坂岡真)徳間文庫
(2013) …………………………… 191
死ぬがよく候 4 風(坂岡真)徳間文庫
(2013) …………………………… 191
死ぬがよく候 5 雲(坂岡真)徳間文庫
(2013) …………………………… 191
東雲ノ空(佐伯泰英)双葉文庫(2012) …… 185
東雲の途(あさのあつこ)光文社文庫(2014)
……………………………………… 11
東雲の別れ(飯野笙子)コスミック・時代文庫
(2013) …………………………… 26
忍び鬼天山(沢田黒蔵)学研M文庫(2005)
……………………………………… 199
◇忍び家族(喜安幸夫)祥伝社文庫 ………… 139
忍び家族 1 出帆(喜安幸夫)祥伝社文庫
(2015) …………………………… 139
忍桜の武士(高田在子)白泉社招き猫文庫
(2015) …………………………… 223
忍び音(鈴木英治)幻冬舎時代小説文庫
(2015) …………………………… 212
忍び音(六道慧)双葉文庫(2008) ……… 431
忍びの国(和田竜)新潮文庫(2011) …… 444
忍びの女(宮城賢秀)徳間文庫(2004) …… 389
忍びの女(宮城賢秀)徳間文庫(2005) …… 389
忍びの女(宮城賢秀)徳間文庫(2006) …… 389
忍びの森(武内涼)角川ホラー文庫(2011)
……………………………………… 232
しのび姫(早見俊)徳間文庫(2011) …… 320
忍び道 忍者の学舎開校の巻(武内涼)光文社
文庫(2014) ……………………… 232
忍び道 利根川激闘の巻(武内涼)光文社文庫
(2015) …………………………… 232
しのぶ梅(中島要)ハルキ文庫(2012) …… 281

忍恋十手(松本賢吾)双葉文庫(2006) …… 378
死の舞い(佐伯泰英)新潮文庫(2016) …… 179
柴田勝家(長尾誠夫)PHP文庫(1997) …… 276
芝の天吉捕物帖(小早川涼)ハルキ文庫
(2012) …………………………… 165
芝浜しぐれ(井川香四郎)文春文庫(2016)
……………………………………… 38
縛られた若殿様(飯島一次)双葉文庫(2015)
……………………………………… 25
しばられ同心御免帖(杉澤和哉)徳間文庫
(2016) …………………………… 211
ジパング島発見記(山本兼一)集英社文庫
(2012) …………………………… 418
慈悲和尚(和田はつ子)双葉文庫(2010) …… 443
死美人狩り(鳴海丈)コスミック・時代文庫
(2015) …………………………… 293
しびとの剣 戦国魔侠編(菊地秀行)祥伝社文
庫(2004) ………………………… 132
しびとの剣 魔王信長編(菊地秀行)祥伝社文
庫(2009) ………………………… 132
死人は語る(永井義男)ベスト時代文庫
(2011) …………………………… 276
じぶくり伝兵衛(逢坂剛)講談社文庫(2005)
……………………………………… 87
シーボルトの眼(ねじめ正一)集英社文庫
(2008) …………………………… 300
◇仕舞屋侍(辻堂魁)徳間文庫 ……………… 252
仕舞屋侍(辻堂魁)徳間文庫(2014) …… 252
仕舞屋侍 青紬の女(辻堂魁)徳間文庫
(2016) …………………………… 252
仕舞屋侍 狼(辻堂魁)徳間文庫(2015) …… 252
島帰り(藤井邦夫)文春文庫(2014) …… 354
風巻凍ゆ(芝村涼也)双葉文庫(2014) …… 204
嶋左近(近衛龍春)学研M文庫(2005) …… 162
島津斉彬(加藤蕙)PHP文庫(1998) …… 122
島津奔る 上巻(池宮彰一郎)新潮文庫
(2001) …………………………… 42
島津奔る 下巻(池宮彰一郎)新潮文庫
(2001) …………………………… 42
島津義弘(江宮隆之)学研M文庫(2004) …… 86
島津義弘(加野厚志)PHP文庫(1996) …… 126
始末(佐伯泰英)光文社文庫(2016) …… 174
始末屋(藤井邦夫)光文社文庫(2011) …… 348
始末屋(藤井邦夫)文春文庫(2015) …… 354
◇始末屋稼業(桑原譲太郎)ハルキ文庫 …… 152
始末屋稼業 花と剣(桑原譲太郎)ハルキ文庫
(2006) …………………………… 152
始末屋稼業 華の騒乱(桑原譲太郎)ハルキ文
庫(2006) ………………………… 152
始末屋稼業 乱れ斬り(桑原譲太郎)ハルキ文
庫(2007) ………………………… 153

作品名索引　　しゅう

島流し（小杉健治）ハルキ文庫（2009）……… 160
島燃ゆ 隠岐騒動（松本侑子）光文社文庫
　（2016）……………………………………… 379
島破り（石月正広）幻冬舎時代小説文庫
　（2011）……………………………………… 44
霜しずく（今井絵美子）角川文庫（2015）…… 61
霜降の朝（千野隆司）双葉文庫（2013）……… 246
霜夜のなごり（千野隆司）ハルキ文庫（2011）
　……………………………………………… 245
四文屋（松井今朝子）ハルキ文庫（2012）…… 375
邪悪を斬る（松本賢吾）双葉文庫（2004）…… 378
邪淫（黒崎裕一郎）徳間文庫（2001）………… 151
邪淫殺法（鳴海丈）桃園文庫（1998）………… 294
邪淫殺法 →炎四郎外道剣 非情篇（鳴海丈）光
　文社文庫（2002）…………………………… 292
邪 炎 に 吠 え る（牧 秀 彦）ベ ス ト 時 代 文 庫
　（2007）……………………………………… 371
邪教（早見俊）静山社文庫（2010）…………… 319
シャクシャインの秘宝（中谷航太郎）新潮文
　庫（2015）…………………………………… 283
灼恋（諸田玲子）新潮文庫（2008）…………… 407
邪剣（犬飼六岐）祥伝社文庫（2014）………… 59
邪 剣 狩 り（桑 原 譲 太 郎）ベ ス ト 時 代 文 庫
　（2006）……………………………………… 153
蛇骨の剣（吉田雄亮）徳間文庫（2010）……… 425
じゃこ天狗（井川香四郎）廣済堂文庫（2015）
　……………………………………………… 30
じゃじゃ馬ならし（岳真也）ベスト時代文庫
　（2012）……………………………………… 104
邪宗（佐伯泰英）講談社文庫（2006）………… 172
邪神（湊谷卓生）学研M文庫（2012）………… 381
◇写真師清伍事件帖（乾荘次郎）廣済堂文庫
　……………………………………………… 58
写真師清伍事件帖 2 異人屋敷の遊女（乾荘次
　郎）廣済堂文庫（2005）…………………… 58
写真師清伍事件帖 本牧十二天の腕（乾荘次
　郎）廣済堂文庫（2004）…………………… 58
借金道場（千野隆司）双葉文庫（2015）……… 246
邪忍の旗（和久田正明）幻冬舎時代小説文庫
　（2010）……………………………………… 433
◇蛇ノ目屋乱兵衛（増田貴彦）廣済堂文庫 … 373
蛇ノ目屋乱兵衛裏始末（増田貴彦）廣済堂文
　庫（2004）…………………………………… 373
蛇ノ目屋乱兵衛鬼退治（増田貴彦）廣済堂文
　庫（2005）…………………………………… 373
蛇ノ目屋乱兵衛影法師（増田貴彦）廣済堂文
　庫（2005）…………………………………… 373
蛇ノ目屋乱兵衛卍秘帖 月下の華（増田貴彦）
　廣済堂文庫（2005）………………………… 373
蛇ノ目屋乱兵衛闇しぐれ（増田貴彦）廣済堂
　文庫（2004）………………………………… 373

◇しゃばけ（畠中恵）新潮文庫 ……………… 304
しゃばけ（畠中恵）新潮文庫（2004）………… 304
蛇変化の淫（芝村凉也）講談社文庫（2015）
　……………………………………………… 203
蛇面の刺客（飯野笙子）コスミック・時代文庫
　（2014）……………………………………… 26
◇軍鶏侍（野口卓）祥伝社文庫 ……………… 300
軍鶏侍（野口卓）祥伝社文庫（2011）………… 300
軍鶏侍 2 獺祭（野口卓）祥伝社文庫（2011）
　……………………………………………… 300
軍鶏侍 3 飛翔（野口卓）祥伝社文庫（2012）
　……………………………………………… 300
軍鶏侍 4 水を出る（野口卓）祥伝社文庫
　（2013）……………………………………… 300
軍鶏侍 5 ふたたびの園瀬（野口卓）祥伝社文
　庫（2014）…………………………………… 300
軍鶏侍 6 危機（野口卓）祥伝社文庫（2014）
　……………………………………………… 300
軍鶏侍 外伝 遊び奉行（野口卓）祥伝社文庫
　（2015）……………………………………… 300
写楽残映（浅黄斑）ベスト時代文庫（2012）
　……………………………………………… 7
写楽仕置帳（えとう乱星）コスミック・時代文
　庫（2005）…………………………………… 84
写楽・二百年の振り子（石月正広）廣済堂文庫
　（1995）……………………………………… 44
写楽の首（江宮隆之）ベスト時代文庫（2008）
　……………………………………………… 86
上海（佐伯泰英）講談社文庫（2008）………… 172
朱印（佐伯泰英）新潮文庫（2011）…………… 179
朱印！（佐伯泰英）徳間文庫（2002）………… 180
朱印！（佐伯泰英）徳間文庫（2008）………… 180
驟雨を断つ（牧秀彦）ベスト時代文庫（2006）
　……………………………………………… 371
驟雨ノ町（佐伯泰英）双葉文庫（2005）……… 184
終焉の太刀（上田秀人）徳間文庫（2009）…… 77
終焉の太刀（上田秀人）徳間文庫（2016）…… 78
終焉の必殺剣（中里融司）光文社文庫（2008）
　……………………………………………… 279
終焉の百鬼行（芝村凉也）講談社文庫（2016）
　……………………………………………… 204
讐鬼の剣（黒崎裕一郎）幻冬舎文庫（2002）
　……………………………………………… 150
讐鬼の剣（黒崎裕一郎）徳間文庫（2006）…… 151
終撃（庄司圭太）集英社文庫（2011）………… 209
襲撃者（鳥羽亮）幻冬舎時代小説文庫（2016）
　……………………………………………… 261
祝言日和（佐伯泰英）幻冬舎文庫（2012）…… 172
主殺し（藤井邦夫）双葉文庫（2012）………… 351
十三人の戦鬼（鳥羽亮）双葉文庫（2008）…… 272
十三の敵討ち（宮城賢秀）ハルキ文庫（2001）
　……………………………………………… 389

歴史時代小説文庫総覧 現代の作家　**539**

しゆう　作品名索引

銃士伝（東郷隆）講談社文庫（2007）‥‥‥‥ 255
十字の神逢（かまい）太刀（小笠原京）小学館
　文庫（2009）‥‥‥‥‥‥‥‥‥‥‥‥‥‥ 89
秋思ノ人（佐伯泰英）双葉文庫（2012）‥‥ 185
秋色の風（坂岡真）学研M文庫（2007）‥‥ 186
◇十次郎江戸陰働き（庄司圭太）集英社文庫
　‥‥‥‥‥‥‥‥‥‥‥‥‥‥‥‥‥‥‥ 209
十次郎江戸陰働き 紅毛（庄司圭太）集英社文
　庫（2006）‥‥‥‥‥‥‥‥‥‥‥‥‥‥ 209
十次郎江戸陰働き 死神記（庄司圭太）集英社
　文庫（2006）‥‥‥‥‥‥‥‥‥‥‥‥‥ 209
十次郎江戸陰働き 火札（庄司圭太）集英社文
　庫（2005）‥‥‥‥‥‥‥‥‥‥‥‥‥‥ 209
秋声のうつろい（早見俊）角川文庫（2014）
　‥‥‥‥‥‥‥‥‥‥‥‥‥‥‥‥‥‥‥ 315
秋声惑う（芝村凉也）双葉文庫（2011）‥‥ 204
◇重蔵始末（逢坂剛）講談社文庫 ‥‥‥‥‥ 87
重蔵始末（逢坂剛）講談社文庫（2004）‥‥ 87
重蔵始末 2 じぶくり伝兵衛（逢坂剛）講談社
　文庫（2005）‥‥‥‥‥‥‥‥‥‥‥‥‥‥ 87
重蔵始末 3 猿曳通兵衛（逢坂剛）講談社文庫
　（2007）‥‥‥‥‥‥‥‥‥‥‥‥‥‥‥‥ 87
重蔵始末 4（長崎篇）嫁盗み（逢坂剛）講談社
　文庫（2009）‥‥‥‥‥‥‥‥‥‥‥‥‥‥ 87
重蔵始末 5（長崎篇）陰の声（逢坂剛）講談社
　文庫（2010）‥‥‥‥‥‥‥‥‥‥‥‥‥‥ 87
重蔵始末 6 蝦夷篇 北門の狼（逢坂剛）講談社
　文庫（2012）‥‥‥‥‥‥‥‥‥‥‥‥‥‥ 87
重蔵始末 7 蝦夷篇 逆浪果つるところ（逢坂
　剛）講談社文庫（2015）‥‥‥‥‥‥‥‥ 87
秋霜の撃（上田秀人）光文社文庫（2006）‥‥ 75
◇十二支組秘命帖（聖龍人）コスミック・時代
　文庫 ‥‥‥‥‥‥‥‥‥‥‥‥‥‥‥‥‥ 335
十二支組秘命帖 辰之介運命剣（聖龍人）コス
　ミック・時代文庫（2007）‥‥‥‥‥‥‥ 335
十二支組秘命帖 辰之介虎殺剣（聖龍人）コス
　ミック・時代文庫（2009）‥‥‥‥‥‥‥ 335
十二単衣を着た悪魔（内舘牧子）幻冬舎文庫
　（2014）‥‥‥‥‥‥‥‥‥‥‥‥‥‥‥‥ 81
秋帆狩り（佐伯泰英）光文社文庫（2006）‥ 173
秋帆狩り（佐伯泰英）光文社文庫（2014）‥ 175
十番勝負（岡本さとる）ハルキ文庫（2013）
　‥‥‥‥‥‥‥‥‥‥‥‥‥‥‥‥‥‥‥‥ 92
十兵衛暗殺（早坂倫太郎）徳間文庫（2003）
　‥‥‥‥‥‥‥‥‥‥‥‥‥‥‥‥‥‥‥ 313
十兵衛を斬る（松本賢吾）学研M文庫
　（2005）‥‥‥‥‥‥‥‥‥‥‥‥‥‥‥ 377
十兵衛を超えた非情剣（火坂雅志）ノン・ポ
　シェット（1995）‥‥‥‥‥‥‥‥‥‥‥ 333
十兵衛推参（稲葉稔）コスミック・時代文庫
　（2013）‥‥‥‥‥‥‥‥‥‥‥‥‥‥‥‥ 54

十兵衛の影（秋山香乃）幻冬舎文庫（2009）
　‥‥‥‥‥‥‥‥‥‥‥‥‥‥‥‥‥‥‥‥‥ 4
十万石を蹴る（早見俊）二見時代小説文庫
　（2015）‥‥‥‥‥‥‥‥‥‥‥‥‥‥‥ 322
十万石の誘い（佐々木裕一）二見時代小説文
　庫（2013）‥‥‥‥‥‥‥‥‥‥‥‥‥‥ 197
十万石の謀反（小杉健治）光文社文庫（2010）
　‥‥‥‥‥‥‥‥‥‥‥‥‥‥‥‥‥‥‥ 156
秋雷（小杉健治）祥伝社文庫（2012）‥‥‥ 158
十楽の夢（岩井三四二）文春文庫（2007）‥ 68
十両首（曽田博久）ハルキ文庫（2008）‥‥ 221
十六年待って（今井絵美子）角川文庫（2014）
　‥‥‥‥‥‥‥‥‥‥‥‥‥‥‥‥‥‥‥‥ 61
十六武蔵（えとう乱星）廣済堂文庫（1998）
　‥‥‥‥‥‥‥‥‥‥‥‥‥‥‥‥‥‥‥‥ 84
朱夏の涼嵐（あらし）（牧秀彦）光文社文庫
　（2011）‥‥‥‥‥‥‥‥‥‥‥‥‥‥‥ 368
樹下の空蝉（片岡麻紗子）徳間文庫（2014）
　‥‥‥‥‥‥‥‥‥‥‥‥‥‥‥‥‥‥‥ 119
宿怨（稲葉稔）廣済堂文庫（2005）‥‥‥‥ 51
宿縁討つべし（早見俊）コスミック・時代文庫
　（2013）‥‥‥‥‥‥‥‥‥‥‥‥‥‥‥ 317
宿願の剣（稲葉稔）双葉文庫（2013）‥‥‥ 56
宿場魂（倉阪鬼一郎）角川文庫（2014）‥‥ 145
宿命（小松エメル）ハルキ文庫（2014）‥‥ 167
宿命斬り（牧秀彦）学研M文庫（2006）‥‥ 365
宿命剣（早見俊）コスミック・時代文庫
　（2008）‥‥‥‥‥‥‥‥‥‥‥‥‥‥‥ 317
宿命よりもなお深く（結城光流）角川ビーン
　ズ文庫（2005）‥‥‥‥‥‥‥‥‥‥‥‥ 422
呪術師（藤堂房良）光文社文庫（2015）‥‥ 257
受城異聞記（池宮彰一郎）文春文庫（1999）
　‥‥‥‥‥‥‥‥‥‥‥‥‥‥‥‥‥‥‥‥ 42
朱刃（小杉健治）祥伝社文庫（2012）‥‥‥ 158
数珠丸恒次（藤井邦夫）光文社文庫（2016）
　‥‥‥‥‥‥‥‥‥‥‥‥‥‥‥‥‥‥‥ 349
守勢の太刀（鳥羽亮）角川文庫（2016）‥‥ 261
手蹟指南所「薫風堂」（野口卓）角川文庫
　（2016）‥‥‥‥‥‥‥‥‥‥‥‥‥‥‥ 300
出星前夜（飯嶋和一）小学館文庫（2013）‥‥ 24
出世おろし（倉阪鬼一郎）光文社文庫（2014）
　‥‥‥‥‥‥‥‥‥‥‥‥‥‥‥‥‥‥‥ 146
出世侍 1（千野隆司）幻冬舎時代小説文庫
　（2015）‥‥‥‥‥‥‥‥‥‥‥‥‥‥‥ 242
出世侍 2 出る杭は打たれ強い（千野隆司）幻
　冬舎時代小説文庫（2015）‥‥‥‥‥‥‥ 242
出世侍 3 昨日の敵は今日も敵（千野隆司）幻
　冬舎時代小説文庫（2016）‥‥‥‥‥‥‥ 242
出世花（高田郁）祥伝社文庫（2008）‥‥‥ 224
出世花（高田郁）ハルキ文庫（2011）‥‥‥ 224
◇出世若殿田河意周（早瀬詠一郎）コスミッ
　ク・時代文庫‥‥‥‥‥‥‥‥‥‥‥‥‥ 313

作品名索引　　　　　　　　しゆん

出世若殿田河意周〔2〕幕閣への門（早瀬詠一郎）コスミック・時代文庫（2015）……… 313
出世若殿田河意周〔3〕巨城の奥（早瀬詠一郎）コスミック・時代文庫（2016）……… 313
出世若殿田河意周〔4〕親子の鷹（早瀬詠一郎）コスミック・時代文庫（2016）……… 313
出世若殿田河意周〔5〕天下大変（早瀬詠一郎）コスミック・時代文庫（2016）……… 313
出世若殿田河意周 雨後の月（早瀬詠一郎）コスミック・時代文庫（2015）……… 313
十手（じゅって）剝奪（早見俊）廣済堂文庫（2009）……………………………… 315
出帆（喜安幸夫）祥伝社文庫（2015）… 139
酒呑童子の盃（風野真知雄）角川文庫（2015）………………………………… 109
朱引黒引双つ江戸（吉田雄亮）ハルキ文庫（2013）……………………………… 425
修羅を生き、非命に死す（岳真也）集英社文庫（2010）……………………… 102
修羅活人剣（藤井邦夫）廣済堂文庫（2012）……………………………………… 348
聚楽（宇月原晴明）新潮文庫（2005）……… 81
修羅剣雷斬り（鳥羽亮）講談社文庫（2013）……………………………………… 263
修羅坂の雪（小笠原京）小学館文庫（2002）……………………………………… 89
修羅裁き（吉田雄亮）光文社文庫（2002）…… 424
◇修羅道中悪人狩り（坂岡真）廣済堂文庫 …… 187
修羅道中悪人狩り（坂岡真）廣済堂文庫（2003）……………………………… 187
修羅道中悪人狩り →月（坂岡真）徳間文庫（2013）…………………………… 190
修羅道中悪人狩り 孤影奥州街道（坂岡真）廣済堂文庫（2006）…………… 187
修羅道中悪人狩り 孤剣北国街道（坂岡真）廣済堂文庫（2004）…………… 187
修羅道中悪人狩り 孤狼斬刃剣（坂岡真）廣済堂文庫（2004）……………… 187
修羅の燈 →地獄の佳き日（富樫倫太郎）光文社文庫（2003）………………… 257
修羅の嵐（早坂倫太郎）大洋時代文庫 時代小説（2005）………………………… 312
修羅の縁（宝珠なつめ）学研M文庫（2004）……………………………………… 363
修羅の鬼（小杉健治）ハルキ文庫（2006）…… 159
修羅の風（庄司圭太）集英社文庫（2002）…… 209
修羅の剣（藤水名子）二見時代小説文庫（2015）……………………………… 346
修羅之介斬魔剣 1 死鎌紋の男（鳴海丈）徳間文庫（1996）…………………… 295
修羅之介斬魔剣 2 天下丸襲撃（鳴海丈）徳間文庫（1997）…………………… 295

修羅之介斬魔剣 3 正雪流手裏剣術（鳴海丈）徳間文庫（1997）…………… 295
修羅之介斬魔剣 4 寛永御前試合（鳴海丈）徳間文庫（1997）……………… 295
修羅之介斬魔剣 5 地獄の城（鳴海丈）徳間文庫（1997）……………………… 295
修羅走る関ケ原（山本兼一）集英社文庫（2016）……………………………… 418
修理さま雪は（中村彰彦）中公文庫（2005）……………………………………… 286
朱龍哭く →世直し小町りんりん（西条奈加）講談社文庫（2015）……… 169
春画氾濫 遠山景元（早見俊）だいわ文庫（2008）……………………………… 319
◇俊傑江戸始末（二宮隆雄）廣済堂文庫 …… 299
俊傑江戸始末 1 暗闘（二宮隆雄）廣済堂文庫（2007）……………………… 299
俊傑江戸始末 2 逆襲（二宮隆雄）廣済堂文庫（2007）……………………… 299
春秋組（藤堂房良）双葉文庫（2013）…… 257
純情椿（伊多波碧）学研M文庫（2009）…… 46
春情の剣（小杉健治）二見時代小説文庫（2011）……………………………… 161
◇純情浪人朽木三四郎（早見俊）竹書房時代小説文庫 …………………………… 319
純情浪人朽木三四郎 千住宿始末記 仇討ち兄妹（早見俊）竹書房時代小説文庫（2009）… 319
純情浪人朽木三四郎 千住宿始末記 出立の風（早見俊）竹書房時代小説文庫（2008）… 319
シュンスケ！（門井慶喜）角川文庫（2016）……………………………………… 121
◇醇堂影御用（冴雄一郎）小学館文庫 …… 162
醇堂影御用 裏切った女（冴雄一郎）小学館文庫（2011）…………………… 162
醇堂影御用 逃げ出した娘（冴雄一郎）小学館文庫（2011）………………… 162
醇堂影御用 道を尋ねた女（冴雄一郎）小学館文庫（2013）………………… 162
春風仇討行（宮本昌孝）講談社文庫（2000）……………………………………… 395
春風駘蕩（福原俊彦）徳間文庫（2016）… 345
春風伝（葉室麟）新潮文庫（2015）……… 310
駿女（佐々木譲）中公文庫（2008）……… 194
春雷（坂岡真）幻冬舎文庫（2010）……… 187
春雷（藤原緋沙子）廣済堂文庫（2004）… 359
春雷（藤原緋沙子）光文社文庫（2016）… 360
春雷抄（辻堂魁）祥伝社文庫（2013）…… 251
春雷道中（佐伯泰英）幻冬舎文庫（2008）… 171
春雷道中（佐伯泰英）幻冬舎文庫（2011）… 171
春雷の宴（三宅登茂子）廣済堂文庫（2011）……………………………………… 392

歴史時代小説文庫総覧 現代の作家　**541**

春雷の桜ばな(芦川淳一)学研M文庫
　(2013) ……………………………… 15
春雷の女房(押川国秋)講談社文庫(2010)
　………………………………………… 99
春嵐 上(小杉健治)祥伝社文庫(2011) …… 158
春嵐 下(小杉健治)祥伝社文庫(2011) …… 158
◇書院番殺法帖(えとう乱星)大洋時代文庫
　時代小説 …………………………… 85
書院番殺法帖(えとう乱星)大洋時代文庫 時
　代小説(2005) …………………… 85
書院番殺法帖 悪鬼裁き(えとう乱星)大洋時
　代文庫 時代小説(2005) ……… 85
書院番殺法帖 羅刹裁き(えとう乱星)大洋
　代文庫 時代小説(2006) ……… 85
情愛の奸(上田秀人)光文社文庫(2016) …… 76
攘夷(佐伯泰英)講談社文庫(2007) ………… 172
上意討ち(いずみ光)コスミック・時代文庫
　(2016) …………………………… 45
上意討ち始末(鳥羽亮)双葉文庫(2005) …… 271
情炎(谷恒生)徳間文庫(2003) …………… 239
蕭何(加野厚志)PHP文庫(2004) ………… 126
◇将棋士お香事件帖(沖田正午)二見時代小
　説文庫 …………………………… 96
将棋士お香事件帖 1 一万石の賭け(沖田正
　午)二見時代小説文庫(2011) ………… 96
将棋士お香事件帖 2 娘十八人衆(沖田正午)
　二見時代小説文庫(2012) ……… 96
将棋士お香事件帖 3 幼き真剣師(沖田正午)
　二見時代小説文庫(2012) ……… 96
情斬りの辻(七海壮太郎)双葉文庫(2012)
　………………………………………… 288
賞金稼ぎ(井川香四郎)徳間文庫(2015) …… 35
賞金稼ぎ(宮城賢秀)双葉文庫(2004) ……… 390
◇賞金稼ぎ惨殺剣(宮城賢秀)ケイブンシャ
　文庫 ……………………………… 383
賞金稼ぎ惨殺剣(宮城賢秀)ケイブンシャ文
　庫(1999) …………………………… 383
賞金稼ぎ惨殺剣 →賞金稼ぎ(宮城賢秀)双葉
　文庫(2004) ……………………… 390
賞金稼ぎ惨殺剣 2 旗本屋敷の女首領(宮城賢
　秀)ケイブンシャ文庫(1999) ……… 383
賞金稼ぎ惨殺剣 3 室町公方の遺刀(宮城賢
　秀)ケイブンシャ文庫(2000) ……… 383
奨金狩り(佐伯泰英)光文社文庫(2009) …… 175
奨金狩り(佐伯泰英)光文社文庫(2014) …… 176
◇賞金首(宮城賢秀)光文社文庫 ………… 386
賞金首(坂岡真)徳間文庫(2010) ………… 190
賞金首(坂岡真)ベスト時代文庫(2005) …… 193
賞金首(藤井邦夫)双葉文庫(2014) ………… 351
賞金首(宮城賢秀)光文社文庫(2001) ……… 386

賞金首 2 鏖殺(宮城賢秀)光文社文庫
　(2001) …………………………… 386
賞金首 3 乱波の首(宮城賢秀)光文社文庫
　(2001) …………………………… 386
賞金首 4 千両の獲物(宮城賢秀)光文社文庫
　(2002) …………………………… 386
賞金首 5 謀叛人の首(宮城賢秀)光文社文庫
　(2003) …………………………… 386
賞金首始末(森詠)二見時代小説文庫(2015)
　………………………………………… 401
将軍危うし!(八柳誠)廣済堂文庫(2011)
　………………………………………… 411
将軍暗殺(宮城賢秀)光文社文庫(2000) …… 386
将軍狩り(安芸宗一郎)文芸社文庫(2016)
　………………………………………… 4
将軍家御鏡役(高田在子)コスミック・時代文
　庫(2016) ………………………… 223
◇将軍家見聞役元八郎(上田秀人)徳間文庫
　………………………………………… 77
将軍家見聞役元八郎 1 竜門の衛(上田秀人)
　徳間文庫(2011) ………………… 77
将軍家見聞役元八郎 2 孤狼剣(上田秀人)徳
　間文庫(2011) …………………… 77
将軍家見聞役元八郎 3 無影剣(上田秀人)徳
　間文庫(2011) …………………… 77
将軍家見聞役元八郎 4 波濤剣(上田秀人)徳
　間文庫(2011) …………………… 77
将軍家見聞役元八郎 5 風雅剣(上田秀人)徳
　間文庫(2011) …………………… 77
将軍家見聞役元八郎 6 蜻蛉剣(上田秀人)徳
　間文庫(2012) …………………… 77
将軍家の女(如月あづさ)コスミック・時代文
　庫(2015) ………………………… 132
将軍家の秘宝(出久根達郎)実業之日本社文
　庫(2014) ………………………… 254
◇将軍舎弟隠密帳(宮城賢秀)学研M文庫 …… 383
将軍舎弟隠密帳(宮城賢秀)学研M文庫
　(2009) …………………………… 383
将軍舎弟隠密帳 裏稼ぎ(宮城賢秀)学研M文
　庫(2010) ………………………… 383
将軍舎弟隠密帳 掟破り(宮城賢秀)学研M文
　庫(2011) ………………………… 383
将軍舎弟隠密帳 影仕置(宮城賢秀)学研M文
　庫(2011) ………………………… 383
将軍舎弟隠密帳 闇討ち(宮城賢秀)学研M文
　庫(2011) ………………………… 383
将軍、死んでもらいます(風野真知雄)幻冬舎
　時代小説文庫(2016) …………… 110
◇将軍付御目安番(北川哲史)コスミック・時
　代文庫 …………………………… 133
将軍付御目安番〔2〕名君の危機(北川哲史)
　コスミック・時代文庫(2014) ……… 133

作品名索引　　　　しよう

将軍付御目安番〔3〕消えたお世継ぎ（北川
哲史）コスミック・時代文庫（2014）······ *133*
将軍付御目安番 上様の密命（北川哲史）コス
ミック・時代文庫（2014）············· *133*
将軍の跡継ぎ（氷月葵）二見時代小説文庫
（2016）·························· *340*
将軍の居酒屋（中岡潤一郎）コスミック・時代
文庫（2015）······················ *277*
将軍の遺刀（宮城賢秀）双葉文庫（2005）··· *390*
将軍の宴（佐々木裕一）二見時代小説文庫
（2014）·························· *197*
将軍の影目付（麻倉一矢）二見時代小説文庫
（2015）···························· *9*
将軍の切り花（藤村与一郎）PHP文芸文庫
（2013）·························· *358*
将軍の首（佐々木裕一）二見時代小説文庫
（2016）·························· *198*
将軍の首（牧秀彦）二見時代小説文庫（2010）
·································· *370*
将軍の死（佐々木裕一）コスミック・時代文庫
（2012）·························· *196*
将軍の刺客（牧秀彦）双葉文庫（2007）···· *369*
将軍の象（平谷美樹）角川文庫（2016）···· *341*
将軍の象 →採薬使佐平次〔2〕（平谷美樹）角
川文庫（2016）···················· *341*
将軍の鷹匠（北川哲史）学研M文庫（2012）
·································· *133*
◇将軍の猫（和久田正明）角川文庫······· *433*
将軍の猫（和久田正明）角川文庫（2015）·· *433*
将軍の猫 悪の華（和久田正明）角川文庫
（2016）·························· *433*
将軍の朋友（北川哲史）コスミック・時代文庫
（2015）·························· *134*
将軍の星（宮本昌孝）徳間文庫（2003）···· *396*
将軍の星（宮本昌孝）徳間文庫（2012）···· *396*
将軍の密偵（宮城賢秀）光文社文庫（2000）
·································· *386*
将軍の料理番（小早川涼）学研M文庫
（2009）·························· *164*
将軍の料理番（小早川涼）角川文庫（2015）
·································· *165*
将軍まかり通る（加野厚志）ベスト時代文庫
（2005）·························· *126*
将軍誘拐さる！（鎌田樹）廣済堂文庫（2012）
·································· *127*
将軍義輝の死（宮城賢秀）ハルキ文庫（2005）
·································· *390*
上皇の首 →御庭番隠密控（宮城賢秀）桃園文
庫（2004）······················· *388*
上皇の首（宮城賢秀）徳間文庫（2000）···· *389*
◇祥五郎想い文（片岡麻紗子）徳間文庫 ····· *119*

祥五郎想い文 おんな侍（片岡麻紗子）徳間文
庫（2008）······················· *119*
祥五郎想い文 孫帰る（片岡麻紗子）徳間文庫
（2007）·························· *119*
祥五郎想い文 迷い猫（片岡麻紗子）徳間文庫
（2009）·························· *119*
常在戦場（火坂雅志）文春文庫（2015）···· *334*
正直そば（小杉健治）ハルキ文庫（2016）··· *160*
上州騒乱（幡大介）幻冬舎時代小説文庫
（2013）·························· *325*
上州密殺旅（鳥羽亮）徳間文庫（2016）···· *268*
上州無情旅（黒崎裕一郎）ハルキ文庫（2003）
·································· *151*
小説 安土城炎上（工藤健策）PHP文庫
（1996）·························· *144*
小説 大石内蔵助（羽生道英）PHP文庫
（1998）·························· *308*
小説 大谷吉継（菅靖匡）学研M文庫（2006）
·································· *130*
正雪を斬る（松本賢吾）学研M文庫（2005）
·································· *377*
小説 織田有楽斎（菅靖匡）学研M文庫
（2010）·························· *130*
小説隠し砦の三悪人（松尾清貴）小学館文庫
（2008）·························· *375*
小説壬申の乱（樋口茂子）PHP文庫（1996）
·································· *329*
小説 本多平八郎（菅靖匡）学研M文庫
（2008）·························· *130*
小説母里太兵衛（羽生道英）人物文庫（2013）
·································· *308*
正倉院の闇（鈴木英治）中公文庫（2008）··· *213*
冗談じゃねえや（門田泰明）光文社文庫
（2014）·························· *123*
冗談じゃねえや（門田泰明）徳間文庫（2010）
·································· *124*
◇少年陰陽師（結城光流）角川ビーンズ文庫
·································· *419*
◇少年陰陽師（結城光流）角川文庫······· *422*
少年陰陽師〔8〕天狐の章1（真紅の空）（結
城光流）角川文庫（2013）············ *422*
少年陰陽師〔9〕天狐の章2（光の導）（結城
光流）角川文庫（2013）············· *422*
少年陰陽師〔10〕天狐の章3（冥夜の帳）（結
城光流）角川文庫（2013）············ *422*
少年陰陽師〔11〕天狐の章4（羅刹の腕）（結
城光流）角川文庫（2013）············ *422*
少年陰陽師〔12〕天狐の章5（儚き運命）（結
城光流）角川文庫（2014）············ *422*
少年陰陽師（おんみょうじ）闇の呪縛（結城
光流）角川文庫（2011）············· *422*

歴史時代小説文庫総覧 現代の作家　**543**

しよう　　作品名索引

少年陰陽師（おんみょうじ）異邦の影（結城
　光流）角川文庫（2011）‥‥‥‥‥‥‥‥ 422
少年陰陽師（おんみょうじ）禍つ鎖（結城光
　流）角川文庫（2011）‥‥‥‥‥‥‥‥ 422
少年陰陽師（おんみょうじ）鏡の檻（結城光
　流）角川文庫（2011）‥‥‥‥‥‥‥‥ 422
少年陰陽師 朝（あした）の雪と降りつもれ（結
　城光流）角川ビーンズ文庫（2012）‥‥ 421
少年陰陽師 数多のおそれをぬぐい去れ（結城
　光流）角川ビーンズ文庫（2008）‥‥‥ 420
少年陰陽師 嵐の剣を吹き降ろせ（結城光流）
　角川ビーンズ文庫（2009）‥‥‥‥‥‥ 420
少年陰陽師 いつか命の終わる日が（結城光
　流）角川ビーンズ文庫（2016）‥‥‥‥ 421
少年陰陽師 いにしえの魂を呼び覚ませ（結城
　光流）角川ビーンズ文庫（2006）‥‥‥ 420
少年陰陽師 祈りの糸をより結べ（結城光流）
　角川ビーンズ文庫（2010）‥‥‥‥‥‥ 420
少年陰陽師 異邦の影を探しだせ（結城光流）
　角川ビーンズ文庫（2002）‥‥‥‥‥‥ 419
少年陰陽師 うごもつ蔽に捧げもて（結城光
　流）角川ビーンズ文庫（2013）‥‥‥‥ 421
少年陰陽師 うつつの夢に鎮めの歌を（結城光
　流）角川ビーンズ文庫（2003）‥‥‥‥ 420
少年陰陽師 愁いの波に揺れ惑え（結城光流）
　角川ビーンズ文庫（2008）‥‥‥‥‥‥ 420
少年陰陽師 慄く瞳にくちずさめ（結城光流）
　角川ビーンズ文庫（2013）‥‥‥‥‥‥ 421
少年陰陽師 思いやれども行くかたもなし（結
　城光流）角川ビーンズ文庫（2007）‥‥ 420
少年陰陽師 鏡の檻をつき破れ（結城光流）角
　川ビーンズ文庫（2002）‥‥‥‥‥‥‥ 419
少年陰陽師 かなしき日々に咲き遣れ（結城光
　流）角川ビーンズ文庫（2013）‥‥‥‥ 421
少年陰陽師 彼方のときを見はるかせ（結城光
　流）角川ビーンズ文庫（2009）‥‥‥‥ 420
少年陰陽師 こごりの囲にもの騒げ（結城光
　流）角川ビーンズ文庫（2014）‥‥‥‥ 421
少年陰陽師 こぼれる滴とうずくまれ（結城光
　流）角川ビーンズ文庫（2012）‥‥‥‥ 421
少年陰陽師 さやかの頃にたちかえれ（結城光
　流）角川ビーンズ文庫（2011）‥‥‥‥ 421
少年陰陽師 真紅の空を翔けあがれ（結城光
　流）角川ビーンズ文庫（2004）‥‥‥‥ 420
少年陰陽師 刹那の静寂に横たわれ（結城光
　流）角川ビーンズ文庫（2008）‥‥‥‥ 420
少年陰陽師 そこに、あどなき祈りを（結城光
　流）角川ビーンズ文庫（2016）‥‥‥‥ 421
少年陰陽師 其はなよ竹の姫のごとく（結城光
　流）角川ビーンズ文庫（2005）‥‥‥‥ 420
少年陰陽師 妙なる絆を搦みとれ（結城光流）
　角川ビーンズ文庫（2006）‥‥‥‥‥‥ 420

少年陰陽師 千尋の渦を押し流せ（結城光流）
　角川ビーンズ文庫（2010）‥‥‥‥‥‥ 421
少年陰陽師 翼よいま、天へ還れ（結城光流）
　角川ビーンズ文庫（2007）‥‥‥‥‥‥ 420
少年陰陽師 留めの底にわだかまれ（結城光
　流）角川ビーンズ文庫（2015）‥‥‥‥ 421
少年陰陽師 嘆きの雨を薙ぎ払え（結城光流）
　角川ビーンズ文庫（2007）‥‥‥‥‥‥ 420
少年陰陽師 願いの証に思い成せ（結城光流）
　角川ビーンズ文庫（2011）‥‥‥‥‥‥ 421
少年陰陽師 儚き運命をひるがえせ（結城光
　流）角川ビーンズ文庫（2005）‥‥‥‥ 420
少年陰陽師 果てなき誓いを刻み込め（結城光
　流）角川ビーンズ文庫（2007）‥‥‥‥ 420
少年陰陽師 光の導を指し示せ（結城光流）角
　川ビーンズ文庫（2004）‥‥‥‥‥‥‥ 420
少年陰陽師 ひらめく欠片に希え（結城光流）
　角川ビーンズ文庫（2012）‥‥‥‥‥‥ 421
少年陰陽師 焔の刃（結城光流）角川文庫
　（2012）‥‥‥‥‥‥‥‥‥‥‥‥‥‥ 422
少年陰陽師 焔の刃を研ぎ澄ませ（結城光流）
　角川ビーンズ文庫（2003）‥‥‥‥‥‥ 420
少年陰陽師 仄めく灯（あかり）とひた走れ（結
　城光流）角川ビーンズ文庫（2011）‥‥ 421
少年陰陽師 禍つ鎖を解き放て（結城光流）角
　川ビーンズ文庫（2002）‥‥‥‥‥‥‥ 419
少年陰陽師 真実を告げる声をきけ（結城光
　流）角川ビーンズ文庫（2006）‥‥‥‥ 420
少年陰陽師 まだらの印を削ぎ落とせ（結城光
　流）角川ビーンズ文庫（2010）‥‥‥‥ 421
少年陰陽師 招きの音に乱れ飛べ（結城光流）
　角川ビーンズ文庫（2014）‥‥‥‥‥‥ 421
少年陰陽師 迷いの路をたどりゆけ（結城光
　流）角川ビーンズ文庫（2008）‥‥‥‥ 420
少年陰陽師 御厳（みいつ）の調べに舞い踊れ
　（結城光流）角川ビーンズ文庫（2010）‥ 421
少年陰陽師 冥夜の帳を切り開け（結城光流）
　角川ビーンズ文庫（2004）‥‥‥‥‥‥ 420
少年陰陽師 闇の呪縛を打ち砕け（結城光流）
　角川ビーンズ文庫（2002）‥‥‥‥‥‥ 419
少年陰陽師 夕べの花と散り急げ（結城光流）
　角川ビーンズ文庫（2010）‥‥‥‥‥‥ 421
少年陰陽師 夢見ていられる頃を過ぎ（結城光
　流）角川ビーンズ文庫（2014）‥‥‥‥ 421
少年陰陽師 黄泉に誘う風を追え（結城光流）
　角川ビーンズ文庫（2003）‥‥‥‥‥‥ 420
少年陰陽師（おんみょうじ）黄泉の風（結城
　光流）角川文庫（2012）‥‥‥‥‥‥‥ 422
少年陰陽師 羅刹の腕を振りほどけ（結城光
　流）角川ビーンズ文庫（2005）‥‥‥‥ 420
少年陰陽師 六花に抱かれて眠れ（結城光流）
　角川ビーンズ文庫（2003）‥‥‥‥‥‥ 419

544　歴史時代小説文庫総覧 現代の作家

少年陰陽師（おんみょうじ）六花の眠り（結城光流）角川文庫（2011）‥‥‥‥‥‥ 422

城之介征魔剣（鳴海丈）学研M文庫（2007）‥‥‥‥‥‥‥‥‥‥‥‥‥‥‥‥ 290

状箱騒動（佐伯泰英）幻冬舎文庫（2013）‥‥‥ 172

定火消の殿（幡大介）二見時代小説文庫（2012）‥‥‥‥‥‥‥‥‥‥‥‥‥ 328

菖蒲侍（井川香四郎）実業之日本社文庫（2015）‥‥‥‥‥‥‥‥‥‥‥‥‥‥ 32

勝負鷹 金座破り（片倉出雲）光文社文庫（2010）‥‥‥‥‥‥‥‥‥‥‥‥‥ 120

勝負鷹 強奪二千両（片倉出雲）光文社文庫（2010）‥‥‥‥‥‥‥‥‥‥‥‥ 120

勝負鷹 強奪「老中の剣」（片倉出雲）光文社文庫（2011）‥‥‥‥‥‥‥‥‥‥ 120

菖蒲の若侍（千野隆司）双葉文庫（2011）‥‥‥ 246

錠前破り（中里融司）ベスト時代文庫（2007）‥‥‥‥‥‥‥‥‥‥‥‥‥‥‥ 280

錠前破り、銀太（田牧大和）講談社文庫（2016）‥‥‥‥‥‥‥‥‥‥‥‥‥ 240

定町廻り活殺剣（宮城賢秀）廣済堂文庫（1996）‥‥‥‥‥‥‥‥‥‥‥‥‥ 384

定町廻り蒼竜剣（宮城賢秀）廣済堂文庫（1996）‥‥‥‥‥‥‥‥‥‥‥‥‥ 384

◇定町廻り同心・榊荘次郎（伊藤致雄）ハルキ文庫‥‥‥‥‥‥‥‥‥‥‥‥‥ 48

定町廻り同心・榊荘次郎 銀のかんざし（伊藤致雄）ハルキ文庫（2009）‥‥‥‥ 48

定町廻り同心・榊荘次郎 古希祝い（伊藤致雄）ハルキ文庫（2009）‥‥‥‥‥ 49

◇定町廻り捕物帖（荒崎一海）徳間文庫‥‥‥‥ 24

定町廻り捕物帖 新たな敵（荒崎一海）徳間文庫（2009）‥‥‥‥‥‥‥‥‥‥ 24

定町廻り捕物帖 おようの恋（荒崎一海）徳間文庫（2007）‥‥‥‥‥‥‥‥‥‥ 24

定町廻り捕物帖 闇の影（荒崎一海）徳間文庫（2010）‥‥‥‥‥‥‥‥‥‥‥ 24

定町廻り必殺剣（宮城賢秀）廣済堂文庫（1995）‥‥‥‥‥‥‥‥‥‥‥‥‥ 384

定町廻り飛竜剣（宮城賢秀）廣済堂文庫（1996）‥‥‥‥‥‥‥‥‥‥‥‥‥ 384

定町廻り無双剣（宮城賢秀）廣済堂文庫（1995）‥‥‥‥‥‥‥‥‥‥‥‥‥ 384

定廻り殺し（鈴木英治）ハルキ文庫（2007）‥‥‥‥‥‥‥‥‥‥‥‥‥‥‥ 216

逍遥の季節（乙川優三郎）新潮文庫（2012）‥‥‥‥‥‥‥‥‥‥‥‥‥‥‥ 100

昇龍の剣（稲葉稔）双葉文庫（2011）‥‥‥‥‥ 56

精霊火の鬼剣（翔田寛）小学館文庫（2010）‥‥‥‥‥‥‥‥‥‥‥‥‥‥‥ 210

◇浄瑠璃長屋春秋記（藤原緋沙子）徳間文庫‥‥‥‥‥‥‥‥‥‥‥‥‥‥‥ 361

浄瑠璃長屋春秋記 紅梅（藤原緋沙子）徳間文庫（2008）‥‥‥‥‥‥‥‥‥‥ 361

浄瑠璃長屋春秋記 紅梅（藤原緋沙子）徳間文庫（2014）‥‥‥‥‥‥‥‥‥‥ 362

浄瑠璃長屋春秋記 潮騒（藤原緋沙子）徳間文庫（2006）‥‥‥‥‥‥‥‥‥‥ 361

浄瑠璃長屋春秋記 潮騒（藤原緋沙子）徳間文庫（2014）‥‥‥‥‥‥‥‥‥‥ 361

浄瑠璃長屋春秋記 照り柿（藤原緋沙子）徳間文庫（2005）‥‥‥‥‥‥‥‥‥ 361

浄瑠璃長屋春秋記 照り柿（藤原緋沙子）徳間文庫（2014）‥‥‥‥‥‥‥‥‥ 361

浄瑠璃長屋春秋記 雪燈（藤原緋沙子）徳間文庫（2010）‥‥‥‥‥‥‥‥‥‥ 361

浄瑠璃長屋春秋記 雪燈（藤原緋沙子）徳間文庫（2014）‥‥‥‥‥‥‥‥‥‥ 362

女俠（和久田正明）徳間文庫（2011）‥‥‥‥‥ 436

贖罪の女（喜安幸夫）光文社文庫（2016）‥‥‥ 139

曙光 →黒船の密約（羽太雄平）角川文庫（2011）‥‥‥‥‥‥‥‥‥‥‥‥‥ 303

初秋の剣（風野真知雄）二見時代小説文庫（2006）‥‥‥‥‥‥‥‥‥‥‥‥‥ 116

初心（佐伯泰英）祥伝社文庫（2007）‥‥‥‥‥ 177

初心 闇参籠（佐伯泰英）祥伝社文庫（2016）‥‥‥‥‥‥‥‥‥‥‥‥‥‥‥ 178

初代火盗改・中山勘解由（池端洋介）コスミック・時代文庫（2005）‥‥‥‥‥‥ 40

女難剣難（聖龍人）中公文庫（2012）‥‥‥‥‥ 337

女難の相あり（風野真知雄）祥伝社文庫（2014）‥‥‥‥‥‥‥‥‥‥‥‥‥ 113

女難の二人（喜安幸夫）学研M文庫（2013）‥‥‥‥‥‥‥‥‥‥‥‥‥‥‥ 136

◇書物奉行、江戸を奔る！（福原俊彦）朝日文庫‥‥‥‥‥‥‥‥‥‥‥‥‥‥ 344

書物奉行、江戸を奔る！ 新井白石の秘文書（福原俊彦）朝日文庫（2015）‥‥‥ 344

書物奉行、江戸を奔る！ 行人坂大火の策謀（福原俊彦）朝日文庫（2016）‥‥‥ 345

書物奉行、江戸を奔る！ 徳川吉宗の機密書（福原俊彦）朝日文庫（2016）‥‥‥ 345

女郎蜘蛛（富樫倫太郎）光文社文庫（2004）‥‥‥‥‥‥‥‥‥‥‥‥‥‥‥ 257

女郎蜘蛛（松本賢吾）双葉文庫（2007）‥‥‥‥ 378

ジョン・マン 1 波濤編（山本一力）講談社文庫（2014）‥‥‥‥‥‥‥‥‥‥‥ 415

ジョン・マン 2 大洋編（山本一力）講談社文庫（2014）‥‥‥‥‥‥‥‥‥‥‥ 415

ジョン・マン 3 望郷編（山本一力）講談社文庫（2015）‥‥‥‥‥‥‥‥‥‥‥ 415

白魚の絆（早見俊）角川文庫（2015）‥‥‥‥‥ 315

白魚の陣十郎（二宮隆雄）ベスト時代文庫（2005）‥‥‥‥‥‥‥‥‥‥‥‥‥ 299

しらか　　　　　　作品名索引

白樫の樹の下で（青山文平）文春文庫（2013）
　……………………………………………… 2
白露の恋（篠綾子）文春文庫（2016）………… 203
白浪五人男（鈴木輝一郎）双葉文庫（2003）
　……………………………………………… 219
不知火鏡（飯野笙子）ベスト時代文庫（2008）
　……………………………………………… 27
◇不知火清十郎（早坂倫太郎）集英社文庫 … 312
不知火清十郎 鬼琴の巻（早坂倫太郎）集英社
　文庫（1998）……………………………… 312
不知火清十郎 血風の巻（早坂倫太郎）集英社
　文庫（1998）……………………………… 312
不知火清十郎 将軍密約の書（早坂倫太郎）集
　英社文庫（1999）………………………… 312
不知火清十郎 辻斬り雷神（早坂倫太郎）集英
　社文庫（1999）…………………………… 312
不知火清十郎 龍琴の巻（早坂倫太郎）集英社
　文庫（1997）……………………………… 312
不知火清十郎 木乃伊斬り（早坂倫太郎）集英
　社文庫（2000）…………………………… 312
不知火清十郎 夜叉血殺（早坂倫太郎）集英社
　文庫（2001）……………………………… 312
不知火清十郎 妖花の陰謀（早坂倫太郎）集英
　社文庫（1999）…………………………… 312
不知火の剣（鳥羽亮）双葉文庫（2015）……… 272
不知火の雪（井川香四郎）徳間文庫（2007）
　……………………………………………… 34
◇不知火隼人風塵抄（稲葉稔）双葉文庫 …… 56
不知火隼人風塵抄 葵の刃風（稲葉稔）双葉文
　庫（2011）………………………………… 56
不知火隼人風塵抄 黒船攻め（稲葉稔）双葉文
　庫（2010）………………………………… 56
不知火隼人風塵抄 波濤の凶賊（稲葉稔）双葉
　文庫（2010）……………………………… 56
不知火隼人風塵抄 疾風の密使（稲葉稔）双葉
　文庫（2010）……………………………… 56
◇不知火半兵衛闇始末（村咲数馬）コスミッ
　ク・時代文庫……………………………… 398
不知火半兵衛闇始末 1 隠し人炎斬り（村咲数
　馬）コスミック・時代文庫（2004）……… 398
不知火半兵衛闇始末 2 隠し人無情剣（村咲数
　馬）コスミック・時代文庫（2004）……… 398
不知火半兵衛闇始末 3 隠し人斬雪剣（村咲数
　馬）コスミック・時代文庫（2004）……… 398
◇知らぬが半兵衛手控帖（藤井邦夫）双葉文
　庫…………………………………………… 350
知らぬが半兵衛手控帖 秋日和（藤井邦夫）双
　葉文庫（2010）…………………………… 350
知らぬが半兵衛手控帖 籠の鳥（藤井邦夫）双
　葉文庫（2008）…………………………… 350
知らぬが半兵衛手控帖 通い妻（藤井邦夫）双
　葉文庫（2008）…………………………… 350

知らぬが半兵衛手控帖 五月雨（藤井邦夫）双
　葉文庫（2011）…………………………… 351
知らぬが半兵衛手控帖 主殺し（藤井邦夫）双
　葉文庫（2012）…………………………… 351
知らぬが半兵衛手控帖 姿見橋（藤井邦夫）双
　葉文庫（2006）…………………………… 350
知らぬが半兵衛手控帖 辻斬り（藤井邦夫）双
　葉文庫（2006）…………………………… 350
知らぬが半兵衛手控帖 捕違い（藤井邦夫）双
　葉文庫（2009）…………………………… 350
知らぬが半兵衛手控帖 投げ文（藤井邦夫）双
　葉文庫（2006）…………………………… 350
知らぬが半兵衛手控帖 半化粧（藤井邦夫）双
　葉文庫（2006）…………………………… 350
知らぬが半兵衛手控帖 迷い猫（藤井邦夫）双
　葉文庫（2010）…………………………… 350
知らぬが半兵衛手控帖 乱れ華（藤井邦夫）双
　葉文庫（2007）…………………………… 350
知らぬが半兵衛手控帖 無縁坂（藤井邦夫）双
　葉文庫（2009）…………………………… 350
知らぬが半兵衛手控帖 夕映え（藤井邦夫）双
　葉文庫（2012）…………………………… 351
知らぬが半兵衛手控帖 雪見酒（藤井邦夫）双
　葉文庫（2010）…………………………… 350
知らぬが半兵衛手控帖 夢芝居（藤井邦夫）双
　葉文庫（2013）…………………………… 351
知らぬが半兵衛手控帖 離縁状（藤井邦夫）双
　葉文庫（2009）…………………………… 350
知らぬが半兵衛手控帖 忘れ雪（藤井邦夫）双
　葉文庫（2013）…………………………… 351
知らぬが半兵衛手控帖 渡り鳥（藤井邦夫）双
　葉文庫（2011）…………………………… 351
知らぬが半兵衛手控帖 詫び状（藤井邦夫）双
　葉文庫（2011）…………………………… 350
白羽のお鏡情艶旅（風間九郎）廣済堂文庫
　（2006）…………………………………… 105
白刃の紅（和久田正明）学研M文庫（2005）
　……………………………………………… 432
死霊大名（風野真知雄）文春文庫（2014）…… 118
死霊の星（風野真知雄）文春文庫（2014）…… 118
死霊坊主（風野真知雄）文春文庫（2014）…… 118
痴れ者の果（鈴木英治）双葉文庫（2016）…… 218
白い霧（藤原緋沙子）光文社文庫（2006）…… 360
城を嚙ませた男（伊東潤）光文社文庫（2014）
　……………………………………………… 48
白銀（しろがね）の野望（早見俊）新潮文庫
　（2013）…………………………………… 318
白桐ノ夢（佐伯泰英）双葉文庫（2008）……… 184
白頭巾 月華の剣（小杉健治）祥伝社文庫
　（2002）…………………………………… 158
◇白頭巾参上！（聖龍人）廣済堂文庫……… 334

546　歴史時代小説文庫総覧 現代の作家

作品名索引　　しんさ

白頭巾参上！　冬の海火（聖龍人）廣済堂文庫
（2011） ……………………………………… 334
白頭巾参上！　闇火の舞（聖龍人）廣済堂文庫
（2011） ……………………………………… 334
城攻め猪（井川香四郎）講談社文庫〔2015〕
 ……………………………………………………… 30
しろとましろ（知野みさき）白泉社招き猫文
庫（2015） ………………………………… 247
城盗り藤吉郎（岡田秀文）ハルキ文庫（2005）
 ……………………………………………………… 90
白の祝宴（森谷明子）創元推理文庫（2015）
 …………………………………………………… 403
白疾風（北重人）文春文庫（2010） ……… 133
城は踊る（岩井三四二）角川文庫（2012） … 67
師走うさぎ（和田はつ子）講談社文庫（2013）
 …………………………………………………… 439
師走の火付け（山中公男）学研M文庫
（2009） ……………………………………… 414
神異伝 1（火坂雅志）徳間文庫（2001） …… 332
神異伝 2（火坂雅志）徳間文庫（2001） …… 332
神異伝 3（火坂雅志）徳間文庫（2001） …… 332
神異伝 4（火坂雅志）徳間文庫（2001） …… 332
神異伝 5（火坂雅志）徳間文庫（2001） …… 333
神奥の山（風野真知雄）二見時代小説文庫
（2008） ……………………………………… 117
甚を去る（六道慧）光文社文庫（2010） …… 429
◇新・神楽坂咲花堂（井川香四郎）祥伝社文
庫 ……………………………………………… 33
新・神楽坂咲花堂 2 湖底の月（井川香四郎）
祥伝社文庫（2015） ……………………… 33
新・神楽坂咲花堂 取替屋（井川香四郎）祥伝
社文庫（2015） …………………………… 33
◇陣借り平助（宮本昌孝）祥伝社文庫 ……… 395
陣借り平助（宮本昌孝）祥伝社文庫（2004）
 …………………………………………………… 395
陣借り平助 陣星（いくさぼし）、翔ける（宮本
昌孝）祥伝社文庫（2015） ……………… 395
陣借り平助 天空の陣風（はやて）（宮本昌孝）
祥伝社文庫（2013） ……………………… 395
新川河岸迷い酒（千野隆司）学研M文庫
（2007） ……………………………………… 241
震撼の太刀（上田秀人）徳間文庫（2008） … 77
震撼の太刀（上田秀人）徳間文庫（2016） … 78
新居の秘剣（七海壮太郎）双葉文庫（2012）
 …………………………………………………… 288
蜃気楼の王国（高井忍）光文社文庫（2016）
 …………………………………………………… 222
真紅の人（蒲原二郎）角川文庫（2016） …… 131
真紅の空を翔けあがれ（結城光流）角川ビー
ンズ文庫（2004） ………………………… 420
真紅の空を翔けあがれ →少年陰陽師〔8〕（結
城光流）角川文庫（2013） ……………… 422

◇新九郎外道剣（小杉健治）光文社文庫 …… 155
新九郎外道剣 1 五万両の茶器（小杉健治）光
文社文庫（2008） ………………………… 155
新九郎外道剣 2 七万石の密書（小杉健治）光
文社文庫（2009） ………………………… 155
新九郎外道剣 3 六万石の文箱（小杉健治）光
文社文庫（2009） ………………………… 155
新九郎外道剣 4 一万石の刺客（小杉健治）光
文社文庫（2010） ………………………… 156
新九郎外道剣 5 十万石の謀反（小杉健治）光
文社文庫（2010） ………………………… 156
新九郎外道剣 6 一万両の仇討（小杉健治）光
文社文庫（2010） ………………………… 156
新九郎外道剣 7 三千両の拘引（かどわかし）
（小杉健治）光文社文庫（2011） ……… 156
新九郎外道剣 8 四百万石の暗殺（小杉健治）
光文社文庫（2011） ……………………… 156
新九郎外道剣 9 百万両の密命 上（小杉健治）
光文社文庫（2012） ……………………… 156
新九郎外道剣 9 百万両の密命 下（小杉健治）
光文社文庫（2012） ……………………… 156
神君家康の密書（加藤廣）新潮文庫（2013）
 …………………………………………………… 122
神君狩り（佐伯泰英）光文社文庫（2014） …… 176
神君の遺品（上田秀人）光文社文庫（2009）
 ……………………………………………………… 76
新月の夢（池端洋介）学研M文庫（2013） …… 40
真剣（海道龍一朗）新潮文庫（2005） …… 101
真剣 上（海道龍一朗）講談社文庫（2012） … 101
真剣 下（海道龍一朗）講談社文庫（2012） … 101
◇新・剣客太平記（岡本さとる）ハルキ文庫
 ……………………………………………………… 92
新・剣客太平記 1 血脈（岡本さとる）ハルキ
文庫（2015） ………………………………… 92
新・剣客太平記 2 師弟（岡本さとる）ハルキ
文庫（2015） ………………………………… 92
新・剣客太平記 3 侠気（岡本さとる）ハルキ
文庫（2015） ………………………………… 92
新・剣客太平記 4 一途（岡本さとる）ハルキ
文庫（2016） ………………………………… 92
新・剣客太平記 5 不惑（岡本さとる）ハルキ
文庫（2016） ………………………………… 93
信玄の軍配者 上（富樫倫太郎）中公文庫
（2014） ……………………………………… 259
信玄の軍配者 下（富樫倫太郎）中公文庫
（2014） ……………………………………… 259
晋作挙兵す →高杉晋作（野中信二）光文社文
庫（1998） …………………………………… 301
◇新三郎武狂帖（曽田博久）ハルキ文庫 …… 221
新三郎武狂帖 十両首（曽田博久）ハルキ文庫
（2008） ……………………………………… 221

歴史時代小説文庫総覧 現代の作家　**547**

新三郎武狂帖 千両帯（曽田博久）ハルキ文庫
（2005）……………………… 221

新三郎武狂帖 万両剣（曽田博久）ハルキ文庫
（2006）……………………… 221

新参（上田秀人）講談社文庫（2014）………… 75

神算鬼謀（幡大介）二見時代小説文庫（2009）
……………………………… 327

心中しぐれ吉原（山本兼一）ハルキ文庫
（2016）……………………… 418

◇新宿武士道（吉田雄亮）二見時代小説文庫
……………………………… 426

新宿武士道 1 遊里ノ戦（吉田雄亮）二見時代
小説文庫（2009）…………… 426

新宿魔族殺人事件（風野真知雄）だいわ文庫
（2007）……………………… 114

新宿魔族殺人事件（風野真知雄）文春文庫
（2012）……………………… 117

新春歌会（佐伯泰英）幻冬舎文庫（2011）… 172

侵蝕（上田秀人）講談社文庫（2008）……… 74

信じる者は、救われず（沖田正午）ハルキ文庫
（2014）……………………… 95

人生の一椀（倉阪鬼一郎）二見時代小説文庫
（2010）……………………… 147

人生胸算用（稲葉稔）文春文庫（2016）…… 57

深雪の剣（牧秀彦）光文社文庫（2006）…… 367

新説宮本武蔵（寺林峻）学研M文庫（2002）
……………………………… 254

新選組おじゃる（高橋由太）新潮文庫（2015）
……………………………… 229

新選組ござる（高橋由太）新潮文庫（2015）
……………………………… 229

新選組全史 戊辰・箱館編（中村彰彦）角川文
庫（2001）…………………… 285

新選組全史 戊辰・箱館編（中村彰彦）文春文
庫（2015）…………………… 287

新選組全史 幕末・京都編（中村彰彦）角川文
庫（2001）…………………… 285

新選組全史 幕末・京都編（中村彰彦）文春文
庫（2015）…………………… 288

新選組藤堂平助（秋山香乃）文春文庫（2007）
………………………………… 5

新撰組捕物帖（秋山香乃）幻冬舎時代小説文
庫（2011）……………………… 4

新選組はやる（高橋由太）新潮文庫（2015）
……………………………… 229

新選組秘帖（中村彰彦）文春文庫（2005）…… 287

新選組魔道剣（火坂雅志）光文社文庫（1999）
……………………………… 331

新選組魔道剣（火坂雅志）文春文庫（2009）
……………………………… 334

人造記（東郷隆）文春文庫（1993）………… 256

神速の剣 →居合林崎甚助（近衛龍春）PHP文
芸文庫（2014）……………… 163

身代喰逃げ屋（喜安幸夫）二見時代小説文庫
（2016）……………………… 141

沈丁花（庄司圭太）集英社文庫（1998）…… 208

死んでたまるか！（八柳誠）廣済堂文庫
（2013）……………………… 411

真伝忠臣蔵（喜安幸夫）学研M文庫（2007）
……………………………… 137

神稲小僧（宮城賢秀）幻冬舎文庫（2000）… 384

神稲小僧（宮城賢秀）コスミック・時代文庫
（2005）……………………… 387

新任家老与一郎（羽太雄平）角川文庫（2002）
……………………………… 303

信念の人（早見俊）二見時代小説文庫（2012）
……………………………… 322

真之介恩情剣（聖龍人）コスミック・時代文庫
（2007）……………………… 335

真之介恩情剣（聖龍人）コスミック・時代文庫
（2011）……………………… 335

真之介活殺剣（聖龍人）コスミック・時代文庫
（2005）……………………… 335

真之介活殺剣（聖龍人）コスミック・時代文庫
（2010）……………………… 335

◇新之助気まま旅（笛吹明生）学研M文庫 … 343

新之助気まま旅 三人道中ともえの大浪（笛吹
明生）学研M文庫（2005）… 343

新之助気まま旅 夢さくら錦絵暦（笛吹明生）
学研M文庫（2005）………… 343

真之介春風剣（聖龍人）コスミック・時代文庫
（2006）……………………… 335

真之介春風剣（聖龍人）コスミック・時代文庫
（2011）……………………… 335

真之介風流剣（聖龍人）コスミック・時代文庫
（2006）……………………… 335

真之介風流剣（聖龍人）コスミック・時代文庫
（2011）……………………… 335

進之介密命剣（森詠）二見時代小説文庫
（2009）……………………… 401

真之介恋情剣（聖龍人）コスミック・時代文庫
（2008）……………………… 335

◇真・八州廻り浪人奉行（稲葉稔）双葉文庫
……………………………… 56

真・八州廻り浪人奉行 奇蹟の剣（稲葉稔）双
葉文庫（2012）……………… 56

真・八州廻り浪人奉行 月下の剣（稲葉稔）双
葉文庫（2013）……………… 56

真・八州廻り浪人奉行 虹輪の剣（稲葉稔）双
葉文庫（2012）……………… 56

真・八州廻り浪人奉行 宿願の剣（稲葉稔）双
葉文庫（2013）……………… 56

真・八州廻り浪人奉行 誓天の剣（稲葉稔）双葉文庫（2011） ……………………… 56

真・八州廻り浪人奉行 蒼空の剣（稲葉稔）双葉文庫（2012） ……………………… 56

◇新八丁堀つむじ風（和久田正明）廣済堂文庫（2015） ………………………… 435

新八丁堀つむじ風 黒衣の牙（和久田正明）廣済堂文庫（2015） …………………… 435

刃風閃く（芝村涼也）双葉文庫（2014） … 204

◇新・古着屋総兵衛（佐伯泰英）新潮文庫 …… 178

新・古着屋総兵衛 第1巻 血に非ず（佐伯泰英）新潮文庫（2011） ………………… 178

新・古着屋総兵衛 第2巻 百年の呪い（佐伯泰英）新潮文庫（2011） ……………… 178

新・古着屋総兵衛 第3巻 日光代参（佐伯泰英）新潮文庫（2012） ………………… 179

新・古着屋総兵衛 第4巻 南へ舵を（佐伯泰英）新潮文庫（2012） ………………… 179

新・古着屋総兵衛 第5巻 ○に十（じゅ）の字（佐伯泰英）新潮文庫（2012） ……… 179

新・古着屋総兵衛 第6巻 転び者（もん）（佐伯泰英）新潮文庫（2013） …………… 179

新・古着屋総兵衛 第7巻 二都騒乱（佐伯泰英）新潮文庫（2013） ………………… 179

新・古着屋総兵衛 第8巻 安南から刺客（佐伯泰英）新潮文庫（2014） …………… 179

新・古着屋総兵衛 第9巻 たそがれ歌麿（佐伯泰英）新潮文庫（2014） …………… 179

新・古着屋総兵衛 第10巻 異国の影（佐伯泰英）新潮文庫（2015） ……………… 179

新・古着屋総兵衛 第11巻 八州探訪（佐伯泰英）新潮文庫（2015） ……………… 179

新・古着屋総兵衛 第12巻 死の舞い（佐伯泰英）新潮文庫（2016） ……………… 179

新・古着屋総兵衛 第13巻 虎の尾を踏む（佐伯泰英）新潮文庫（2016） …………… 179

晋平の矢立（山本一力）徳間文庫（2012） … 416

◇新兵衛隠密帳（庄司圭太）光文社文庫 …… 208

新兵衛隠密帳 2 火焔斬り（庄司圭太）光文社文庫（2012） ………………………… 208

新兵衛隠密帳 3 怨念斬り（庄司圭太）光文社文庫（2013） ………………………… 208

新兵衛隠密帳 仇花斬り（庄司圭太）光文社文庫（2012） …………………………… 208

◇新兵衛捕物御用（鈴木英治）徳間文庫 …… 214

新兵衛捕物御用 暁の剣（鈴木英治）徳間文庫（2011） ……………………………… 214

新兵衛捕物御用 水斬の剣（鈴木英治）徳間文庫（2011） …………………………… 214

新兵衛捕物御用 白閃の剣（鈴木英治）徳間文庫（2011） …………………………… 214

新兵衛捕物御用 夕霧の剣（鈴木英治）徳間文庫（2011） …………………………… 214

神変（山本兼一）中公文庫（2014） ……… 418

神変桜姫 上（谷恒生）徳間文庫（1999） … 239

神変桜姫 下（谷恒生）徳間文庫（1999） … 239

神変女郎蜘蛛（早坂倫太郎）徳間文庫（2001） ……………………………………… 312

◇新・包丁人侍事件帖（小早川涼）角川文庫 ………………………………………… 165

新・包丁人侍事件帖 2 料理番忘れ草（小早川涼）角川文庫（2015） ……………… 165

新・包丁人侍事件帖 3 飛んで火に入る料理番（小早川涼）角川文庫（2016） ……… 165

新・包丁人侍事件帖 料理番に夏疾風（小早川涼）角川文庫（2015） ……………… 165

◇神保鏡四郎事件控（城駿一郎）廣済堂文庫 ………………………………………… 206

神保鏡四郎事件控 暁の剣風（城駿一郎）廣済堂文庫（2003） ……………………… 206

神保鏡四郎事件控 火焔の剣風（城駿一郎）廣済堂文庫（2005） …………………… 206

神保鏡四郎事件控 孤高の剣風（城駿一郎）廣済堂文庫（2006） …………………… 206

神保鏡四郎事件控 狭霧の剣風（城駿一郎）廣済堂文庫（2007） …………………… 206

神保鏡四郎事件控 漆黒の剣風（城駿一郎）廣済堂文庫（2004） …………………… 206

神保鏡四郎事件控 雪花の剣風（城駿一郎）廣済堂文庫（2005） …………………… 206

神保鏡四郎事件控 双龍の剣風（城駿一郎）廣済堂文庫（2007） …………………… 206

神保鏡四郎事件控 天雷の剣風（城駿一郎）廣済堂文庫（2004） …………………… 206

心星ひとつ（高田郁）ハルキ文庫（2011） …… 224

新三河物語 上巻（宮城谷昌光）新潮文庫（2011） …………………………………… 391

新三河物語 中巻（宮城谷昌光）新潮文庫（2011） …………………………………… 391

新三河物語 下巻（宮城谷昌光）新潮文庫（2011） …………………………………… 391

人面流れ星（沖田正午）双葉文庫（2011） … 96

◇新・問答無用（稲葉稔）徳間文庫 ………… 55

新・問答無用 凄腕見参！（稲葉稔）徳間文庫（2015） ……………………………… 55

新・問答無用 難局打破！（稲葉稔）徳間文庫（2015） ……………………………… 55

新・問答無用 遺言状（稲葉稔）徳間文庫（2016） …………………………………… 55

新友禅の謎（佐伯泰英）ハルキ文庫（2014） ………………………………………… 182

◇新・酔いどれ小籐次（佐伯泰英）文春文庫 ………………………………………… 185

しんよ 作品名索引

新・酔いどれ小籐次 1 神隠し（佐伯泰英）文春文庫（2014） …… *185*

新・酔いどれ小籐次 2 願かけ（佐伯泰英）文春文庫（2015） …… *185*

新・酔いどれ小籐次 3 桜（はな）吹雪（佐伯泰英）文春文庫（2015） …… *185*

新・酔いどれ小籐次 4 姉と弟（佐伯泰英）文春文庫（2016） …… *185*

新・酔いどれ小籐次 5 柳に風（佐伯泰英）文春文庫（2016） …… *185*

新・酔いどれ小籐次 6 らくだ（佐伯泰英）文春文庫（2016） …… *185*

新緑の訣別（早見俊）新潮文庫（2013） ……… *319*

新若さま御用帳（宮城賢秀）春陽文庫（1994） ………… *387*

◇新・若さま同心徳川竜之助（風野真知雄）双葉文庫 …… *116*

新・若さま同心徳川竜之助 薄毛の秋（風野真知雄）双葉文庫（2013） …… *116*

新・若さま同心徳川竜之助 薄闇の唄（風野真知雄）双葉文庫（2013） …… *116*

新・若さま同心徳川竜之助 大鯨の怪（風野真知雄）双葉文庫（2014） …… *116*

新・若さま同心徳川竜之助 象印の夜（風野真知雄）双葉文庫（2012） …… *116*

新・若さま同心徳川竜之助 南蛮の罠（風野真知雄）双葉文庫（2013） …… *116*

新・若さま同心徳川竜之助 乳児の星（風野真知雄）双葉文庫（2014） …… *116*

新・若さま同心徳川竜之助 化物の村（風野真知雄）双葉文庫（2012） …… *116*

新・若さま同心徳川竜之助 幽霊の春（風野真知雄）双葉文庫（2014） …… *116*

【 す 】

水運のゆくえ（千野隆司）富士見新時代小説文庫（2014） ………… *245*

忍冬（井川香四郎）講談社文庫（2008） ………… *30*

吹花の風（井川香四郎）講談社文庫（2011） …… *30*

酔眼の剣（稲葉稔）角川文庫（2010） ………… *49*

酔狂の剣（鳥羽亮）ハルキ文庫（2015） ……… *270*

水軍遙かなり 上（加藤廣）文春文庫（2016） …… *122*

水軍遙かなり 下（加藤廣）文春文庫（2016） …… *123*

水月を斬る（松本賢吾）双葉文庫（2005） …… *378*

酔月の決闘（中岡潤一郎）コスミック・時代文庫（2016） …… *277*

酔剣（鳥羽亮）祥伝社文庫（2011） ………… *266*

水斬の剣（鈴木英治）徳間文庫（2011） …… *214*

水斬の剣（鈴木英治）ハルキ文庫（2003） …… *216*

水難女難（幡大介）双葉文庫（2011） …… *327*

水妖伝（大久保智弘）二見時代小説文庫（2006） …… *88*

すえずえ（畠中恵）新潮文庫（2016） …… *305*

清掻（佐伯泰英）光文社文庫（2004） …… *173*

姿見橋（藤井邦夫）双葉文庫（2006） …… *350*

すかたん（朝井まかて）講談社文庫（2014） …… *5*

◇菅原幻斎怪異事件控（喜安幸夫）徳間文庫 …… *140*

菅原幻斎怪異事件控（喜安幸夫）徳間文庫（2004） …… *140*

菅原幻斎怪異事件控 死への霊薬（喜安幸夫）徳間文庫（2005） …… *140*

菅原幻斎怪異事件控 花嫁新仏（喜安幸夫）徳間文庫（2007） …… *140*

隙間風（藤井邦夫）祥伝社文庫（2016） …… *350*

助太刀始末（芦川淳一）コスミック・時代文庫（2016） …… *16*

助太刀始末（芝村凉也）双葉文庫（2015） …… *204*

助っ人剣客（牧秀彦）徳間文庫（2015） …… *369*

凄腕見参！（稲葉稔）徳間文庫（2015） …… *55*

凄腕の男（稲葉稔）角川文庫（2010） …… *49*

◇すこくろ幽斎診療記（今井絵美子）双葉文庫 …… *65*

すこくろ幽斎診療記 青き踏む（今井絵美子）双葉文庫（2014） …… *65*

すこくろ幽斎診療記 秋暮るる（今井絵美子）双葉文庫（2014） …… *65*

すこくろ幽斎診療記 親鳥子鳥（今井絵美子）双葉文庫（2015） …… *65*

すこくろ幽斎診療記 きっと忘れない（今井絵美子）双葉文庫（2013） …… *65*

すこくろ幽斎診療記 寒さ橋（今井絵美子）双葉文庫（2010） …… *65*

すこくろ幽斎診療記 梅雨の雷（今井絵美子）双葉文庫（2010） …… *65*

すこくろ幽斎診療記 泣くにはよい日和（今井絵美子）双葉文庫（2016） …… *65*

すこくろ幽斎診療記 麦笛（今井絵美子）双葉文庫（2011） …… *65*

洲崎心中（飯野笙子）廣済堂文庫（2005） …… *26*

洲崎雪舞（稲葉稔）光文社文庫（2013） ……… *52*

筋違い半介（犬飼六岐）講談社文庫（2008） …… *59*

煤払い（藤井邦夫）文春文庫（2016） …… *354*

涼み菓子（和田はつ子）ハルキ文庫（2011） …… *441*

作品名索引　　　　　　　すろう

雀のお宿（今井絵美子）ハルキ文庫（2006）
　　　　　　　　　　　　　　　　　　 65
雀のなみだ（井川香四郎）文春文庫（2012）
　　　　　　　　　　　　　　　　　　 37
雀の墓（稲葉稔）双葉文庫（2008）　　　 55
雀の墓（稲葉稔）双葉文庫（2014）　　　 57
巣立ち（諸田玲子）新潮文庫（2011）　 407
巣立ちの朝（牧秀彦）双葉文庫（2010） 369
巣立ち雛（井川香四郎）幻冬舎文庫（2006）
　　　　　　　　　　　　　　　　　　 29
すっとび平太（鳥羽亮）双葉文庫（2012） 271
すっぽん天下（井川香四郎）講談社文庫
　（2016）　　　　　　　　　　　　　 31
捨て首（押川国秋）講談社文庫（2005）　 98
捨て首（庄司圭太）光文社文庫（2008） 208
捨て蜻蛉（坂岡真）徳間文庫（2012）　 190
捨雛ノ川（佐伯泰英）双葉文庫（2006） 184
砂の守り（小杉健治）祥伝社文庫（2016） 158
則ち人を捨てず（六道慧）光文社文庫（2013）
　　　　　　　　　　　　　　　　　 430
◇修法師百夜まじない帖（平谷美樹）小学館
　文庫　　　　　　　　　　　　　　 341
修法師百夜まじない帖 巻之2 慚愧の赤鬼（平
　谷美樹）小学館文庫（2014）　　　 342
修法師百夜まじない帖 冬の蝶（平谷美樹）小
　学館文庫（2013）　　　　　　　　 341
墨染の桜（篠綾子）文春文庫（2014）　 202
墨染の鎧 上（火坂雅志）文春文庫（2012） 334
墨染の鎧 下（火坂雅志）文春文庫（2012） 334
すみだ川（藤原緋沙子）光文社文庫（2012）
　　　　　　　　　　　　　　　　　 360
隅田川浮世桜（小杉健治）講談社文庫（2005）
　　　　　　　　　　　　　　　　　 155
◇隅田川御用帳（藤原緋沙子）廣済堂文庫 ‥‥ 358
◇隅田川御用帳（藤原緋沙子）光文社文庫 ‥‥ 360
隅田川御用帳 1 雁の宿（藤原緋沙子）光文社
　文庫（2016）　　　　　　　　　　 360
隅田川御用帳 2 花の闇（藤原緋沙子）光文社
　文庫（2016）　　　　　　　　　　 360
隅田川御用帳 3 螢籠（藤原緋沙子）光文社文
　庫（2016）　　　　　　　　　　　 360
隅田川御用帳 4 宵しぐれ（藤原緋沙子）光文
　社文庫（2016）　　　　　　　　　 360
隅田川御用帳 5 おぼろ舟（藤原緋沙子）光文
　社文庫（2016）　　　　　　　　　 360
隅田川御用帳 6 冬桜（藤原緋沙子）光文社文
　庫（2016）　　　　　　　　　　　 360
隅田川御用帳 7 春雷（藤原緋沙子）光文社文
　庫（2016）　　　　　　　　　　　 360
隅田川御用帳 8 夏の霧（藤原緋沙子）光文社
　文庫（2016）　　　　　　　　　　 360

隅田川御用帳 〔16〕 花野（藤原緋沙子）廣済
　堂文庫（2013）　　　　　　　　　 359
隅田川御用帳 おぼろ舟（藤原緋沙子）廣済堂
　文庫（2003）　　　　　　　　　　 359
隅田川御用帳 雁の宿（藤原緋沙子）廣済堂文
　庫（2002）　　　　　　　　　　　 358
隅田川御用帳 さくら道（藤原緋沙子）廣済堂
　文庫（2008）　　　　　　　　　　 359
隅田川御用帳 春雷（藤原緋沙子）廣済堂文庫
　（2004）　　　　　　　　　　　　 359
隅田川御用帳 鳴き砂（藤原緋沙子）廣済堂文
　庫（2012）　　　　　　　　　　　 359
隅田川御用帳 夏の霧（藤原緋沙子）廣済堂文
　庫（2004）　　　　　　　　　　　 359
隅田川御用帳 鹿鳴の声（藤原緋沙子）廣済堂
　文庫（2006）　　　　　　　　　　 359
隅田川御用帳 花の闇（藤原緋沙子）廣済堂文
　庫（2003）　　　　　　　　　　　 358
隅田川御用帳 日の名残り（藤原緋沙子）廣済
　堂文庫（2010）　　　　　　　　　 359
隅田川御用帳 風蘭（藤原緋沙子）廣済堂文庫
　（2005）　　　　　　　　　　　　 359
隅田川御用帳 冬桜（藤原緋沙子）廣済堂文庫
　（2003）　　　　　　　　　　　　 359
隅田川御用帳 紅椿（藤原緋沙子）廣済堂文庫
　（2005）　　　　　　　　　　　　 359
隅田川御用帳 螢籠（藤原緋沙子）廣済堂文庫
　（2003）　　　　　　　　　　　　 358
隅田川御用帳 雪見船（藤原緋沙子）廣済堂文
　庫（2006）　　　　　　　　　　　 359
隅田川御用帳 宵しぐれ（藤原緋沙子）廣済堂
　文庫（2003）　　　　　　　　　　 358
◇すみだ川物語（富樫倫太郎）中公文庫 ‥　 258
すみだ川物語 2 切れた絆（富樫倫太郎）中公
　文庫（2007）　　　　　　　　　　 258
すみだ川物語 3 別れ道（富樫倫太郎）中公文
　庫（2007）　　　　　　　　　　　 258
すみだ川物語 宝善寺組悲譚（富樫倫太郎）中
　公文庫（2007）　　　　　　　　　 258
すみれ便り（和田はつ子）小学館文庫（2007）
　　　　　　　　　　　　　　　　　 440
すみれ野（今井絵美子）ハルキ文庫（2016）
　　　　　　　　　　　　　　　　　　 64
駿河騒乱（幡大介）二見時代小説文庫（2013）
　　　　　　　　　　　　　　　　　 327
すれ違う二人（聖龍人）コスミック・時代文庫
　（2016）　　　　　　　　　　　　 337
◇素浪人江戸日和（城駿一郎）廣済堂文庫 ‥‥ 206
素浪人江戸日和 仇討ち無慚（城駿一郎）廣済
　堂文庫（2008）　　　　　　　　　 206
素浪人江戸日和 雨宿り（城駿一郎）廣済堂文
　庫（2011）　　　　　　　　　　　 207

歴史時代小説文庫総覧 現代の作家　**551**

すろう　　　　　　　　　作品名索引

素浪人江戸日和 逆恨み（城駿一郎）廣済堂文庫（2009） ……………… 207

素浪人江戸日和 千の剣（城駿一郎）廣済堂文庫（2009） ……………… 206

素浪人江戸日和 辻斬り（城駿一郎）廣済堂文庫（2008） ……………… 206

素浪人江戸日和 福の神（城駿一郎）廣済堂文庫（2010） ……………… 207

素浪人江戸日和 酔いどれ秘剣（城駿一郎）廣済堂文庫（2010） ……………… 207

◇素浪人稼業（藤井邦夫）祥伝社文庫 ……… 349

素浪人稼業（藤井邦夫）祥伝社文庫（2007） ……………… 349

素浪人稼業 4 蔵法師（藤井邦夫）祥伝社文庫（2009） ……………… 349

素浪人稼業 5 命懸け（藤井邦夫）祥伝社文庫（2009） ……………… 349

素浪人稼業 6 破れ傘（藤井邦夫）祥伝社文庫（2010） ……………… 349

素浪人稼業 7 死に神（藤井邦夫）祥伝社文庫（2011） ……………… 349

素浪人稼業 8 銭十文（藤井邦夫）祥伝社文庫（2013） ……………… 350

素浪人稼業 9 迷い神（藤井邦夫）祥伝社文庫（2014） ……………… 350

素浪人稼業 10 岡惚れ（藤井邦夫）祥伝社文庫（2014） ……………… 350

素浪人稼業 11 にわか芝居（藤井邦夫）祥伝社文庫（2015） ……………… 350

素浪人稼業 12 開帳師（藤井邦夫）祥伝社文庫（2015） ……………… 350

素浪人稼業 13 隙間風（藤井邦夫）祥伝社文庫（2016） ……………… 350

素浪人稼業 にせ契り（藤井邦夫）祥伝社文庫（2007） ……………… 349

素浪人稼業 逃れ者（藤井邦夫）祥伝社文庫（2008） ……………… 349

素浪人斬艶剣（えとう乱星）学研M文庫（2002） ……………… 83

◇素浪人半四郎百鬼夜行（芝村凉也）講談社文庫 ……………… 203

素浪人半四郎百鬼夜行 0 狐嫁の列（芝村凉也）講談社文庫（2015） ……………… 203

素浪人半四郎百鬼夜行 1 鬼溜まりの闇（芝村凉也）講談社文庫（2014） ……………… 203

素浪人半四郎百鬼夜行 2 鬼心の刺客（芝村凉也）講談社文庫（2014） ……………… 203

素浪人半四郎百鬼夜行 3 蛇変化の淫（芝村凉也）講談社文庫（2015） ……………… 203

素浪人半四郎百鬼夜行 4 怨鬼の執（芝村凉也）講談社文庫（2015） ……………… 203

素浪人半四郎百鬼夜行 5 夢告の訣れ（芝村凉也）講談社文庫（2015） ……………… 204

素浪人半四郎百鬼夜行 6 孤闘の寂（芝村凉也）講談社文庫（2016） ……………… 204

素浪人半四郎百鬼夜行 7 邂逅の紅蓮（芝村凉也）講談社文庫（2016） ……………… 204

素浪人半四郎百鬼夜行 8 終焉の百鬼行（芝村凉也）講談社文庫（2016） ……………… 204

諏訪はぐれ旅（早見俊）新潮文庫（2015） …… 319

駿府の裏芝居（鈴木英治）徳間文庫（2014） ……………… 215

【 せ 】

征夷大将軍を脅す（風野真知雄）幻冬舎時代小説文庫（2014） ……………… 110

青雲の門出（早見俊）新潮文庫（2012） ……… 318

青雲之章（森山茂里）双葉文庫（2010） ……… 404

青雲ノ閃（福原俊彦）富士見新時代小説文庫（2014） ……………… 345

青雲の鷲 →毛利元就（谷恒生）河出文庫（1996） ……………… 237

星火瞬く（葉室麟）講談社文庫（2014） ……… 309

政次、奔る（佐伯泰英）ハルキ文庫（2001） … 181

政次、奔る（佐伯泰英）ハルキ文庫（2008） … 181

青春の雄嵐（あらし）（牧秀彦）光文社文庫（2016） ……………… 368

星星の火（六道慧）光文社文庫（2009） ……… 429

政争（上田秀人）徳間文庫（2015） ………… 78

誓天の剣（稲葉稔）双葉文庫（2011） ……… 56

西都の陰謀（知野みさき）ハルキ文庫（2015） ……………… 247

西南の嵐（松井今朝子）新潮文庫（2013） … 374

成敗（坂岡真）光文社文庫（2012） ………… 188

晴明百物語（富樫倫太郎）徳間文庫（2004） ……………… 259

清佑、ただいま在庄（岩井三四二）集英社文庫（2010） ……………… 68

青嵐を斬る（早見俊）二見時代小説文庫（2013） ……………… 322

青嵐薫風（福原俊彦）徳間文庫（2016） ……… 345

青嵐の馬 →紅蓮の狼（宮本昌孝）祥伝社文庫（2010） ……………… 395

青嵐の馬（宮本昌孝）文春文庫（2001） ……… 396

青嵐の譜 上（天野純希）集英社文庫（2012） ……………… 20

青嵐の譜 下（天野純希）集英社文庫（2012） ……………… 20

青竜の剣（宮城賢秀）ハルキ文庫（2004） …… 390

552　歴史時代小説文庫総覧 現代の作家

青竜の砦（風野真知雄）幻冬舎時代小説文庫
　（2013）……………………………… 111
清冽（牧秀彦）講談社文庫（2009）……… 367
◇ぜえろく武士道覚書（門田泰明）光文社文
　庫 …………………………………… 123
◇ぜえろく武士道覚書（門田泰明）祥伝社文
　庫 …………………………………… 123
ぜえろく武士道覚書 一閃なり 上（門田泰明）
　光文社文庫（2007）………………… 123
ぜえろく武士道覚書 一閃なり 下（門田泰明）
　光文社文庫（2008）………………… 123
ぜえろく武士道覚書 討ちて候 上（門田泰明）
　祥伝社文庫（2010）………………… 123
ぜえろく武士道覚書 討ちて候 下（門田泰明）
　祥伝社文庫（2010）………………… 123
ぜえろく武士道覚書 斬りて候 上（門田泰明）
　光文社文庫（2005）………………… 123
ぜえろく武士道覚書 斬りて候 下（門田泰明）
　光文社文庫（2005）………………… 123
背負い富士（山本一力）文春文庫（2009）　416
倅の了見（辻堂魁）光文社文庫（2013）　251
赤炎の剣（富樫倫太郎）徳間文庫（2009）　259
関ヶ原決戦 →まつと家康（祖父江一郎）ハル
　キ文庫（2002）……………………… 221
関ヶ原幻魔帖（火坂雅志）ケイブンシャ文庫
　（2000）……………………………… 330
関ヶ原幻魔帖（火坂雅志）大洋時代文庫
　（2005）……………………………… 332
関ヶ原死霊大戦 →関ヶ原幻魔帖（火坂雅志）
　ケイブンシャ文庫（2000）………… 330
関ヶ原前譜 →加賀芳春記（祖父江一郎）ハル
　キ文庫（2001）……………………… 221
昔日より（諸田玲子）講談社文庫（2008）…　405
関所破り（鈴木英治）角川文庫（2016）　211
関所破り（鈴木英治）講談社文庫（2008）　212
惜別（坂岡真）光文社文庫（2012）……… 188
惜別の海（稲葉稔）ハルキ文庫（2009）…　55
惜別の剣（芦川淳一）双葉文庫（2009）…　18
惜別の残雪剣（中里融司）光文社文庫（2005）
　………………………………………… 279
惜別の蝶（浅黄斑）二見時代小説文庫（2010）
　………………………………………… 6
関宿御用達（千野隆司）角川文庫（2015）…　242
女衒殺し（嵯峨野晶）コスミック・時代文庫
　（2004）……………………………… 193
女衒修理亮（如月あづさ）コスミック・時代文
　庫（2015）…………………………… 132
女衒の闇断ち（小杉健治）光文社文庫（2013）
　………………………………………… 156
切開（上田秀人）角川文庫（2013）………　73
刺客狩り（宮城賢秀）双葉文庫（2003）…　390

雪花の剣風（城駿一郎）廣済堂文庫（2005）
　………………………………………… 206
雪華ノ里（佐伯英英）双葉文庫（2003）　183
◇せっこの平蔵道場ごよみ（早見俊）ベスト
　時代文庫 …………………………… 322
せっこの平蔵道場ごよみ（早見俊）ベスト時
　代文庫（2008）……………………… 322
せっこの平蔵道場ごよみ ちぎりの渡し（早見
　俊）ベスト時代文庫（2008）……… 322
殺生石 →神威の矢 上（富樫倫太郎）中公文庫
　（2013）……………………………… 259
殺生石 →神威の矢 下（富樫倫太郎）中公文庫
　（2013）……………………………… 259
殺生伝 1 漆黒の鼓動（神永学）幻冬舎文庫
　（2016）……………………………… 128
殺生伝 2 蒼天の闘い（神永学）幻冬舎文庫
　（2016）……………………………… 128
雪辱の徒花（稲葉稔）双葉文庫（2015）………　57
雪中花（和田はつ子）ベスト時代文庫（2007）
　………………………………………… 443
雪中花 →はぐれ名医事件暦 2（和田はつ子）
　幻冬舎時代小説文庫（2015）……… 438
利那の静寂に横たわれ（結城光流）角川ビー
　ンズ文庫（2008）…………………… 420
殺人刀（せつにんとう）無常（芝村凉也）双葉
　文庫（2015）………………………… 204
切羽（佐伯泰英）祥伝社文庫（2010）……… 177
切腹（坂岡真）光文社文庫（2014）……… 188
銭売り賽蔵（山本一力）集英社文庫（2007）
　………………………………………… 415
銭十文（藤井邦夫）祥伝社文庫（2013）……… 350
迫りくる危機（喜安幸夫）学研M文庫
　（2011）……………………………… 136
◇世話焼き家老星合笑兵衛（中里融司）小学
　館文庫 ……………………………… 279
世話焼き家老星合笑兵衛 義侠の賊心（中里融
　司）小学館文庫（2007）…………… 279
世話焼き家老星合笑兵衛 花見の宴（中里融
　司）小学館文庫（2008）…………… 279
世話焼き家老星合笑兵衛 悲願の硝煙（中里融
　司）小学館文庫（2006）…………… 279
世話焼き家老星合笑兵衛 竜虎の剣（中里融
　司）小学館文庫（2005）…………… 279
世話やき侍（笛吹明生）学研M文庫（2012）
　………………………………………… 344
善鬼の面（風野真知雄）二見時代小説文庫
　（2008）……………………………… 117
千金の街（辻堂魁）光文社文庫（2016）……… 251
千家再興（井ノ部康之）中公文庫（2012）…　60
閃剣残情（稲葉稔）双葉文庫（2012）………　56
宣告（佐伯泰英）祥伝社文庫（2008）……… 177

せんこ　作品名索引

戦国鎌倉悲譚　剋（伊東潤）講談社文庫
（2013）……………………………… 47

センゴク兄弟（東郷隆）講談社文庫（2010）
………………………………………… 255

◇戦国群盗伝（宮城賢秀）廣済堂文庫 ……… 385

戦国群盗伝（宮城賢秀）廣済堂文庫（2004）
………………………………………… 385

戦国群盗伝2 家康の隠密（宮城賢秀）廣済堂
文庫（2004）………………………… 385

戦国群雄伝 →覇前田戦記1（神宮寺元）学研
M文庫（2002）……………………… 210

戦国群雄伝 →覇前田戦記2（神宮寺元）学研
M文庫（2002）……………………… 210

戦国群雄伝 →覇前田戦記3（神宮寺元）学研
M文庫（2002）……………………… 210

戦国群雄伝 →覇前田戦記4（神宮寺元）学研
M文庫（2002）……………………… 210

戦国群雄伝 →覇前田戦記5（神宮寺元）学研
M文庫（2002）……………………… 210

戦国の鳳お市の方 →お市の方戦国の鳳（鈴木
輝一郎）講談社文庫（2011）……… 218

戦国の風（谷恒生）講談社文庫（1992）……… 238

千石の夢（佐々木裕一）二見時代小説文庫
（2013）……………………………… 197

戦国の龍虎1 上田城逆襲戦（津野田幸作）徳
間文庫（2015）……………………… 253

戦国の龍虎2 真田砦の激戦（津野田幸作）徳
間文庫（2015）……………………… 253

戦国の龍虎3 躑躅ケ崎館の決戦（津野田幸
作）徳間文庫（2016）……………… 253

戦国覇王伝3（中里融司）学研M文庫（2002）
………………………………………… 278

仙石秀久、戦国を駆ける（志木沢郁）PHP文
庫（2016）…………………………… 201

戦国武将骨肉の修羅（工藤章興）学研M文庫
（2010）……………………………… 145

戦国無常首獲り（伊東潤）講談社文庫（2011）
………………………………………… 47

戦国名刀伝（東郷隆）文春文庫（2003）……… 256

戦国妖剣録 →おぼろ秘剣帖（火坂雅志）廣済
堂文庫（2000）……………………… 330

戦国繚乱（高橋直樹）文春文庫（2004）……… 226

戦国連歌師（岩井三四二）講談社文庫（2008）
………………………………………… 67

善魂宿（坂東眞砂子）新潮文庫（2004）……… 328

閃殺（早坂倫太郎）双葉文庫（2002）……… 313

千住宿始末記 仇討ち兄妹（早見俊）竹書房時
代小説文庫（2009）………………… 319

千住宿始末記 出立の風（早見俊）竹書房時代
小説文庫（2008）…………………… 319

千住宿情け橋　1（吉田雄亮）ハルキ文庫
（2015）……………………………… 425

千住の夜討（喜安幸夫）光文社文庫（2016）
………………………………………… 139

千住はぐれ宿（岳真也）祥伝社文庫（2008）
………………………………………… 103

閃刃（宮城賢秀）廣済堂文庫（2002）……… 385

先生のお庭番（朝井まかて）徳間文庫（2014）
………………………………………… 6

全宗（火坂雅志）小学館文庫（2002）……… 331

◇船頭岡っ引き控（千野隆司）学研M文庫 … 242

船頭岡っ引き控 秋の調べ（千野隆司）学研M
文庫（2013）………………………… 242

船頭岡っ引き控 花冷えの霞（千野隆司）学研
M文庫（2013）……………………… 242

戦都の陰陽師 騒乱ノ奈良編（武内涼）角川ホ
ラー文庫（2012）…………………… 232

戦都の陰陽師 迷宮城編（武内涼）角川ホラー
文庫（2013）………………………… 232

戦都の陰陽師（おんみょうじ）（武内涼）角川
ホラー文庫（2011）………………… 232

◇善人長屋（西条奈加）新潮文庫 …………… 170

善人長屋（西条奈加）新潮文庫（2012）…… 170

善人長屋 閻魔の世直し（西条奈加）新潮文庫
（2015）……………………………… 170

千年鬼（西条奈加）徳間文庫（2015）……… 170

千年の桜（井川香四郎）祥伝社文庫（2007）
………………………………………… 33

千年の黙（森谷明子）創元推理文庫（2009）
………………………………………… 403

千の倉より（岡本さとる）祥伝社文庫（2011）
………………………………………… 91

千の剣（城駿一郎）廣済堂文庫（2009）……… 206

◇千乃介色草紙（風間九郎）学研M文庫 …… 105

千乃介色草紙 仇討ち艶迷剣（風間九郎）学研
M文庫（2006）……………………… 105

千乃介色草紙 雪姫艶道中（風間九郎）学研M
文庫（2005）………………………… 105

◇千乃介淫画帖（風間九郎）ベスト時代文庫
………………………………………… 105

千乃介淫画帖 大江戸闇手裏剣（風間九郎）ベ
スト時代文庫（2006）……………… 106

千乃介淫画帖 女地獄情艶剣（風間九郎）ベス
ト時代文庫（2006）………………… 105

千乃介淫画帖 艶くらべ恋情剣（風間九郎）ベ
スト時代文庫（2008）……………… 106

善の焔（小杉健治）祥伝社文庫（2015）……… 158

千利休の謀略（谷恒生）河出文庫（1997）…… 237

千利休の謀略（谷恒生）小学館文庫（1999）
………………………………………… 238

千姫おんなの城（植松三十里）PHP文芸文庫
（2011）……………………………… 80

千俵の船（千野隆司）双葉文庫（2013）……… 246

潜伏（小杉健治）双葉文庫（2015）………… 160

潜謀の影（上田秀人）徳間文庫（2010）‥‥‥‥ 78

千本桜（入江棗）富士見新時代小説文庫
（2014）‥‥‥‥‥‥‥‥‥‥‥‥‥‥‥‥ 66

前夜（上田秀人）講談社文庫（2016）‥‥‥‥‥ 75

千里眼験力比べ（幡大介）双葉文庫（2014）
‥‥‥‥‥‥‥‥‥‥‥‥‥‥‥‥‥‥‥‥ 327

千里耳（牧南恭子）廣済堂文庫（2009）‥‥‥ 372

千両帯（曽田博久）ハルキ文庫（2005）‥‥‥ 221

千両かんばん（山本一力）新潮文庫（2016）
‥‥‥‥‥‥‥‥‥‥‥‥‥‥‥‥‥‥‥‥ 416

千両首（和久田正明）廣済堂文庫（2003）‥‥ 433

千両香典事件（北川哲史）静山社文庫（2011）
‥‥‥‥‥‥‥‥‥‥‥‥‥‥‥‥‥‥‥‥ 134

千両の獲物（宮城賢秀）光文社文庫（2002）
‥‥‥‥‥‥‥‥‥‥‥‥‥‥‥‥‥‥‥‥ 386

千両箱（小杉健治）光文社文庫（2015）‥‥‥ 156

千両箱（小杉健治）ベスト時代文庫（2009）
‥‥‥‥‥‥‥‥‥‥‥‥‥‥‥‥‥‥‥‥ 162

千両箱 →般若同心と変化小僧 4（小杉健治）
光文社文庫（2015）‥‥‥‥‥‥‥‥‥‥ 156

千両花（六道慧）徳間文庫（2006）‥‥‥‥‥ 430

千両花嫁（山本兼一）文春文庫（2010）‥‥‥ 418

千両船（井川香四郎）祥伝社文庫（2012）‥‥ 33

◇千両役者捕物帖（幡大介）ハルキ文庫‥‥‥ 326

千両役者捕物帖（幡大介）ハルキ文庫（2011）
‥‥‥‥‥‥‥‥‥‥‥‥‥‥‥‥‥‥‥‥ 326

千両役者捕物帖 最後の大舞台（幡大介）ハル
キ文庫（2015）‥‥‥‥‥‥‥‥‥‥‥‥ 326

千両役者捕物帖 天狗と花魁（幡大介）ハルキ
文庫（2012）‥‥‥‥‥‥‥‥‥‥‥‥‥ 326

千両役者捕物帖 富くじ始末（幡大介）ハルキ
文庫（2013）‥‥‥‥‥‥‥‥‥‥‥‥‥ 326

千両役者捕物帖 夏まち舞台（幡大介）ハルキ
文庫（2014）‥‥‥‥‥‥‥‥‥‥‥‥‥ 326

千両役者捕物帖 姫さま、お輿入れ（幡大介）
ハルキ文庫（2012）‥‥‥‥‥‥‥‥‥‥ 326

千両役者捕物帖 水戸の若さま（幡大介）ハル
キ文庫（2014）‥‥‥‥‥‥‥‥‥‥‥‥ 326

【 そ 】

そいつは困った（沖田正午）二見時代小説文
庫（2014）‥‥‥‥‥‥‥‥‥‥‥‥‥‥‥ 96

早雲の軍配者 上（富樫倫太郎）中公文庫
（2013）‥‥‥‥‥‥‥‥‥‥‥‥‥‥‥‥ 259

早雲の軍配者 下（富樫倫太郎）中公文庫
（2013）‥‥‥‥‥‥‥‥‥‥‥‥‥‥‥‥ 259

早雲立志伝（海道龍一朗）角川文庫（2013）
‥‥‥‥‥‥‥‥‥‥‥‥‥‥‥‥‥‥‥‥ 100

双眼（多田容子）講談社文庫（2002）‥‥‥‥ 234

双眼（多田容子）時代小説文庫（2008）‥‥‥ 234

双鬼の剣（鳥羽亮）角川文庫（2010）‥‥‥‥ 260

蒼空の剣（稲葉稔）双葉文庫（2012）‥‥‥‥ 56

双剣霞竜（鳥羽亮）ハルキ文庫（2013）‥‥‥ 269

◇宗元寺隼人密命帖（荒崎一海）講談社文庫
‥‥‥‥‥‥‥‥‥‥‥‥‥‥‥‥‥‥‥‥ 23

宗元寺隼人密命帖 1 無流心月剣（荒崎一海）
講談社文庫（2015）‥‥‥‥‥‥‥‥‥‥ 23

宗元寺隼人密命帖 2 幽霊の足（荒崎一海）講
談社文庫（2016）‥‥‥‥‥‥‥‥‥‥‥ 23

宗元寺隼人密命帖 3 名花散る（荒崎一海）講
談社文庫（2016）‥‥‥‥‥‥‥‥‥‥‥ 23

相剋（佐伯泰英）祥伝社文庫（2009）‥‥‥‥ 177

相剋の渦（上田秀人）光文社文庫（2007）‥‥ 75

総司還らず（えとう乱星）廣済堂文庫（2001）
‥‥‥‥‥‥‥‥‥‥‥‥‥‥‥‥‥‥‥‥ 84

総司還らず（えとう乱星）ワンツー時代小説
文庫（2008）‥‥‥‥‥‥‥‥‥‥‥‥‥ 85

総司炎の如く（秋山香乃）文春文庫（2008）
‥‥‥‥‥‥‥‥‥‥‥‥‥‥‥‥‥‥‥‥ 5

双蛇の剣（鳥羽亮）祥伝社文庫（2000）‥‥‥ 265

双蛇の剣（鳥羽亮）祥伝社文庫（2011）‥‥‥ 266

草紙屋薬楽堂ふしぎ始末（平谷美樹）だいわ
文庫（2016）‥‥‥‥‥‥‥‥‥‥‥‥‥ 342

早春の河（風野真知雄）朝日文庫（2013）‥‥ 107

早春の志（早見俊）徳間文庫（2012）‥‥‥‥ 320

騒擾の発（上田秀人）徳間文庫（2014）‥‥‥ 78

象印の夜（風野真知雄）双葉文庫（2012）‥‥ 116

◇壮志郎青春譜（村崎れいと）双葉文庫‥‥‥ 399

壮志郎青春譜 陰御用江戸日記（村崎れいと）
双葉文庫（2014）‥‥‥‥‥‥‥‥‥‥‥ 399

壮志郎青春譜 陰御用江戸日記 〔2〕（村崎れ
いと）双葉文庫（2015）‥‥‥‥‥‥‥‥ 399

壮志郎青春譜 陰御用江戸日記 〔3〕（村崎れ
いと）双葉文庫（2015）‥‥‥‥‥‥‥‥ 399

壮心の夢（火坂雅志）徳間文庫（2003）‥‥‥ 333

壮心の夢（火坂雅志）文春文庫（2009）‥‥‥ 333

双星の剣（辻堂魁）徳間文庫（2011）‥‥‥‥ 252

蒼天の坂（鳥羽亮）実業之日本社文庫（2012）
‥‥‥‥‥‥‥‥‥‥‥‥‥‥‥‥‥‥‥‥ 265

騒乱前夜（佐伯泰英）幻冬舎文庫（2006）‥‥ 171

騒乱前夜（佐伯泰英）幻冬舎文庫（2011）‥‥ 171

蒼龍（山本一力）文春文庫（2005）‥‥‥‥‥ 416

双龍剣異聞（森詠）実業之日本社文庫（2016）
‥‥‥‥‥‥‥‥‥‥‥‥‥‥‥‥‥‥‥‥ 400

蒼竜探索帳（谷恒生）徳間文庫（2003）‥‥‥ 239

双竜伝説（風野真知雄）双葉文庫（2010）‥‥ 116

双龍の剣風（城駿一郎）廣済堂文庫（2007）
‥‥‥‥‥‥‥‥‥‥‥‥‥‥‥‥‥‥‥‥ 206

蒼龍の星 上 若き清盛（篠綾子）文芸社文庫
（2011）‥‥‥‥‥‥‥‥‥‥‥‥‥‥‥‥ 202

そうり　　　　　　　　　作品名索引

蒼龍の星 中 清盛の野望（篠綾子）文芸社文庫
（2011）……………………………………… 202

蒼龍の星 下 覇王清盛（篠綾子）文芸社文庫
（2012）……………………………………… 202

曾我兄弟の密命（高橋直樹）文春文庫（2009）
……………………………………………… 226

惻隠の灯（ひ）（井川香四郎）講談社文庫
（2010）………………………………………… 30

側室顛末（上田秀人）幻冬舎時代小説文庫
（2011）………………………………………… 74

続・泣きの銀次（宇江佐真理）講談社文庫
（2010）………………………………………… 69

そげもの芸者（六道慧）光文社文庫（2012）
……………………………………………… 429

◇粗忽の銀次捕物帳（早見俊）廣済堂文庫 …… 315

粗忽の銀次捕物帳 消えた花嫁（早見俊）廣済
堂文庫（2008）……………………………… 315

粗忽の銀次捕物帳 十手（じゅって）剝奪（早
見俊）廣済堂文庫（2009）………………… 315

粗忽の侍（沖田正午）徳間文庫（2009）……… 94

そこに、あどなき祈りを（結城光流）角川ビー
ンズ文庫（2016）…………………………… 421

そこむし 兵伍郎（渡辺毅）学研M文庫
（2003）……………………………………… 444

◇そぞろ宗兵衛江戸暦（藍川慶次郎）廣済堂
文庫 ………………………………………… 1

そぞろ宗兵衛江戸暦 送り火（藍川慶次郎）廣
済堂文庫（2006）………………………………… 1

そぞろ宗兵衛江戸暦 名残の月（藍川慶次郎）
廣済堂文庫（2006）…………………………… 1

そぞろ宗兵衛江戸暦 初春の空（藍川慶次郎）
廣済堂文庫（2007）…………………………… 1

そぞろ宗兵衛江戸暦 春の嵐（藍川慶次郎）廣
済堂文庫（2006）………………………………… 1

粗茶を一服（山本一力）文春文庫（2011）…… 416

そっくり侍（笛吹明生）学研M文庫（2006）
……………………………………………… 343

袖返し（鳥羽亮）双葉文庫（2004）………… 270

蘇鉄の女（ひと）（今井絵美子）ハルキ文庫
（2008）………………………………………… 65

蘇鉄のひと玉蘊 →蘇鉄の女（ひと）（今井絵
美子）ハルキ文庫（2008）………………… 65

其の一日（諸田玲子）講談社文庫（2005）…… 405

その冥がりに、華の咲く（結城光流）角川文庫
（2016）……………………………………… 423

その名は 町野主水（中村彰彦）角川文庫
（1997）……………………………………… 285

その日の吉良上野介（池宮彰一郎）角川文庫
（2004）………………………………………… 41

その日の吉良上野介（池宮彰一郎）新潮文庫
（1998）………………………………………… 42

◇蕎麦売り平次郎人情帖（千野隆司）ハルキ
文庫 ………………………………………… 244

蕎麦売り平次郎人情帖 菊月の香（千野隆司）
ハルキ文庫（2011）………………………… 244

蕎麦売り平次郎人情帖 木枯らしの朝（千野隆
司）ハルキ文庫（2012）…………………… 245

蕎麦売り平次郎人情帖 霜夜のなごり（千野隆
司）ハルキ文庫（2011）…………………… 245

蕎麦売り平次郎人情帖 夏越しの夜（千野隆
司）ハルキ文庫（2010）…………………… 244

蕎麦売り平次郎人情帖 初螢の数（千野隆司）
ハルキ文庫（2012）………………………… 245

蕎麦売り平次郎人情帖 母恋い桜（千野隆司）
ハルキ文庫（2012）………………………… 245

日照雨（藍川慶次郎）双葉文庫（2007）……… 1

叛き者（辻堂魁）徳間文庫（2012）………… 252

冬青寺奇譚帖（中村ふみ）幻冬舎時代小説文
庫（2014）…………………………………… 288

空飛ぶ岩（風野真知雄）双葉文庫（2008）…… 115

空飛ぶ千両箱（千野隆司）コスミック・時代文
庫（2011）…………………………………… 243

天（そら）の梯（高田郁）ハルキ文庫（2014）
……………………………………………… 224

空の剣（高橋三千綱）集英社文庫（2007）…… 227

それぞれの忠臣蔵（井川香四郎）ハルキ文庫
（2009）………………………………………… 35

それみたことか（沖田正午）徳間文庫（2010）
………………………………………………… 94

そろそろ 旅に（松井今朝子）講談社文庫
（2011）……………………………………… 374

ぞろっぺ侍（芦川淳一）徳間文庫（2009）…… 17

◇算盤侍影御用（牧秀彦）双葉文庫 ………… 369

算盤侍影御用 婚殿開眼（牧秀彦）双葉文庫
（2011）……………………………………… 369

算盤侍影御用 婚殿葛藤（牧秀彦）双葉文庫
（2013）……………………………………… 370

算盤侍影御用 婚殿帰郷（牧秀彦）双葉文庫
（2012）……………………………………… 370

算盤侍影御用 婚殿激走（牧秀彦）双葉文庫
（2011）……………………………………… 369

算盤侍影御用 婚殿懇願（牧秀彦）双葉文庫
（2013）……………………………………… 370

算盤侍影御用 婚殿修行（牧秀彦）双葉文庫
（2011）……………………………………… 369

算盤侍影御用 婚殿勝負（牧秀彦）双葉文庫
（2011）……………………………………… 370

算盤侍影御用 婚殿女雛（牧秀彦）双葉文庫
（2012）……………………………………… 370

算盤侍影御用 婚殿大変（牧秀彦）双葉文庫
（2012）……………………………………… 370

作品名索引　　たいふ

算盤侍影御用　婿殿満足（牧秀彦）双葉文庫
（2013）……………………………… *370*

そろばん武士道（大島昌宏）人物文庫（2000）
………………………………………… *88*

そろばん武士道 →内山良休（大島昌宏）人物
文庫（2012）……………………………… *88*

其はなよ竹の姫のごとく（結城光流）角川ビー
ンズ文庫（2005）……………………… *420*

◇損料屋喜八郎始末控え（山本一力）文春文
庫 ……………………………………… *416*

損料屋喜八郎始末控え（山本一力）文春文庫
（2003）……………………………… *416*

損料屋喜八郎始末控え　赤絵の桜（山本一力）
文春文庫（2008）……………………… *416*

損料屋喜八郎始末控え　粗茶を一服（山本一
力）文春文庫（2011）……………… *416*

【 た 】

たいがいにせえ（岩井三四二）光文社文庫
（2010）…………………………………… *67*

代がわり（佐伯泰英）ハルキ文庫（2007）…… *181*

代官狩り（佐伯泰英）光文社文庫（2004）…… *173*

代官狩り（佐伯泰英）光文社文庫（2009）…… *174*

代官狩り（佐伯泰英）光文社文庫（2013）…… *175*

代官狩り（佐伯泰英）日文文庫（2000）……… *180*

大義（坂岡真）光文社文庫（2013）………… *188*

大義賊（井川香四郎）双葉文庫（2016）……… *36*

大逆転（岳真也）ベスト時代文庫（2012）…… *104*

大逆転！　御前試合（飯野笙子）コスミック・
時代文庫（2016）……………………… *27*

◇退屈御家人気質（笛吹明生）学研M文庫 …… *343*

退屈御家人気質　悪人釣り（笛吹明生）学研M
文庫（2004）…………………………… *343*

退屈御家人気質　悪人釣り面影の月（笛吹明
生）学研M文庫（2004）……………… *343*

退屈御家人気質　悪人釣り十万坪の決闘（笛吹
明生）学研M文庫（2005）…………… *343*

退屈姫君海を渡る（米村圭伍）新潮文庫
（2004）……………………………… *427*

退屈姫君恋に燃える（米村圭伍）新潮文庫
（2005）……………………………… *427*

退屈姫君これでおしまい（米村圭伍）新潮文
庫（2009）…………………………… *427*

退屈姫君伝（米村圭伍）新潮文庫（2002）…… *427*

対決!!片桐且元家康（鈴木輝一郎）竹書房文庫
（2014）……………………………… *219*

対決燕返し（早見俊）コスミック・時代文庫
（2016）……………………………… *318*

対決　服部半蔵（火坂雅志）祥伝社文庫
（2008）……………………………… *331*

対決服部半蔵（火坂雅志）ノン・ポシェット
（1996）……………………………… *333*

太原雪斎と今川義元（江宮隆之）PHP文庫
（2010）………………………………… *86*

代言人真田慎之介（六道慧）幻冬舎文庫
（2013）……………………………… *428*

太閤暗殺（岡田秀文）光文社文庫（2004）…… *90*

太閤暗殺（岡田秀文）双葉文庫（2012）……… *90*

太閤の復活祭 →秀吉の暗号 1（中見利男）ハ
ルキ文庫（2011）……………………… *284*

太閤の復活祭 →秀吉の暗号 2（中見利男）ハ
ルキ文庫（2011）……………………… *284*

太閤の復活祭 →秀吉の暗号 3（中見利男）ハ
ルキ文庫（2011）……………………… *284*

だいこん（山本一力）光文社文庫（2008）…… *415*

大根足（岡本さとる）幻冬舎時代小説文庫
（2016）………………………………… *91*

第三の覇者 →直江兼続戦記 1（神尾秀）学研
M文庫（2008）………………………… *128*

第三の覇者 →直江兼続戦記 3（神尾秀）学研
M文庫（2009）………………………… *128*

第三の覇者 1〜4 →直江兼続戦記 2（神尾秀）
学研M文庫（2009）…………………… *128*

大脱走（鈴木英治）中公文庫（2012）……… *213*

大脱走（鈴木英治）中公文庫ワイド版（2012）
………………………………………… *213*

大地（鈴木英治）幻冬舎時代小説文庫（2011）
………………………………………… *212*

大盗賊・日本左衛門 上（志津三郎）光文社文
庫（2000）…………………………… *201*

大盗賊・日本左衛門 下（志津三郎）光文社文
庫（2000）…………………………… *201*

大統領の首（風野真知雄）角川文庫（2013）
………………………………………… *109*

◇代筆屋おいち（篠綾子）ハルキ文庫 ……… *202*

代筆屋おいち 恋し撫子（篠綾子）ハルキ文庫
（2016）……………………………… *202*

代筆屋おいち 梨の花咲く（篠綾子）ハルキ文
庫（2015）…………………………… *202*

代筆屋おいち 星合の空（篠綾子）ハルキ文庫
（2016）……………………………… *202*

鯛評定（井川香四郎）講談社文庫（2014）…… *30*

颱風秋晴（福原俊彦）徳間文庫（2016）……… *345*

大福帳の狩人（藤村与一郎）PHP文芸文庫
（2014）……………………………… *358*

◇大富豪同心（幡大介）双葉文庫 …………… *326*

大富豪同心 仇討ち免状（幡大介）双葉文庫
（2012）……………………………… *327*

歴史時代小説文庫総覧　現代の作家　**557**

大富豪同心 一万両の長屋（幡大介）双葉文庫
（2010）‥‥‥‥‥‥‥‥‥‥‥‥‥‥ 326
大富豪同心 卯之吉江戸に還る（幡大介）双葉
文庫（2016）‥‥‥‥‥‥‥‥‥‥‥‥ 327
大富豪同心 卯之吉子守唄（幡大介）双葉文庫
（2012）‥‥‥‥‥‥‥‥‥‥‥‥‥‥ 327
大富豪同心 お化け大名（幡大介）双葉文庫
（2011）‥‥‥‥‥‥‥‥‥‥‥‥‥‥ 326
大富豪同心 隠密流れ旅（幡大介）双葉文庫
（2014）‥‥‥‥‥‥‥‥‥‥‥‥‥‥ 327
大富豪同心 甲州隠密旅（幡大介）双葉文庫
（2013）‥‥‥‥‥‥‥‥‥‥‥‥‥‥ 327
大富豪同心　御前試合（幡大介）双葉文庫
（2010）‥‥‥‥‥‥‥‥‥‥‥‥‥‥ 326
大富豪同心　御用金着服（幡大介）双葉文庫
（2015）‥‥‥‥‥‥‥‥‥‥‥‥‥‥ 327
大富豪同心　刺客三人（幡大介）双葉文庫
（2011）‥‥‥‥‥‥‥‥‥‥‥‥‥‥ 327
大富豪同心　水難女難（幡大介）双葉文庫
（2011）‥‥‥‥‥‥‥‥‥‥‥‥‥‥ 327
大富豪同心 千里眼験力比べ（幡大介）双葉文
庫（2014）‥‥‥‥‥‥‥‥‥‥‥‥‥ 327
大富豪同心　天下覆滅（幡大介）双葉文庫
（2015）‥‥‥‥‥‥‥‥‥‥‥‥‥‥ 327
大富豪同心　天狗小僧（幡大介）双葉文庫
（2010）‥‥‥‥‥‥‥‥‥‥‥‥‥‥ 326
大富豪同心　走れ銀八（幡大介）双葉文庫
（2016）‥‥‥‥‥‥‥‥‥‥‥‥‥‥ 327
大富豪同心　春の剣客（幡大介）双葉文庫
（2013）‥‥‥‥‥‥‥‥‥‥‥‥‥‥ 327
大富豪同心 八巻卯之吉放蕩記（幡大介）双葉
文庫（2010）‥‥‥‥‥‥‥‥‥‥‥‥ 326
大富豪同心 遊里の旋風（かぜ）（幡大介）双葉
文庫（2011）‥‥‥‥‥‥‥‥‥‥‥‥ 326
大富豪同心　湯船盗人（幡大介）双葉文庫
（2012）‥‥‥‥‥‥‥‥‥‥‥‥‥‥ 327
大仏殿炎上（井ノ部康之）小学館文庫（2010）
‥‥‥‥‥‥‥‥‥‥‥‥‥‥‥‥‥‥ 60
太平記鬼伝―児島高徳（火坂雅志）小学館文
庫（2005）‥‥‥‥‥‥‥‥‥‥‥‥‥ 331
大砲松（東郷隆）講談社文庫（1996）‥‥‥‥ 255
大菩薩峠の要塞 1の巻 <攻>江戸砲撃篇（朝
松健）富士見ファンタジア文庫（1991）‥‥‥ 14
大菩薩峠の要塞 2の巻 <守>甲州封鎖篇（朝
松健）富士見ファンタジア文庫（1992）‥‥‥ 14
大名討ち（鈴木英治）中公文庫（2005）‥‥‥ 213
大名討ち（鈴木英治）徳間文庫（2015）‥‥‥ 215
大名狩り（桑原譲太郎）ベスト時代文庫
（2007）‥‥‥‥‥‥‥‥‥‥‥‥‥‥ 153
大名斬り（倉阪鬼一郎）ベスト時代文庫
（2012）‥‥‥‥‥‥‥‥‥‥‥‥‥‥ 148

大名盗賊（佐々木裕一）コスミック・時代文庫
（2015）‥‥‥‥‥‥‥‥‥‥‥‥‥‥ 196
大名時計の謎（聖龍人）徳間文庫（2015）‥‥‥ 338
大名の火遊び（沖田正午）徳間文庫（2015）
‥‥‥‥‥‥‥‥‥‥‥‥‥‥‥‥‥‥ 95
大名もどり（木村友馨）ベスト時代文庫
（2007）‥‥‥‥‥‥‥‥‥‥‥‥‥‥ 135
◇大名やくざ（風野真知雄）幻冬舎時代小説
文庫 ‥‥‥‥‥‥‥‥‥‥‥‥‥‥‥ 110
大名やくざ（風野真知雄）幻冬舎時代小説文
庫（2014）‥‥‥‥‥‥‥‥‥‥‥‥‥ 110
大名やくざ 2 火事と妓が江戸の華（風野真知
雄）幻冬舎時代小説文庫（2014）‥‥‥‥ 110
大名やくざ 3 征夷大将軍を脅す（風野真知
雄）幻冬舎時代小説文庫（2014）‥‥‥‥ 110
大名やくざ 4 飛んで火に入る悪い奴（風野真
知雄）幻冬舎時代小説文庫（2015）‥‥‥ 110
大名やくざ 5 徳川吉宗を張り倒す（風野真知
雄）幻冬舎時代小説文庫（2015）‥‥‥‥ 110
大名やくざ 6 虎の尾を踏む虎之助（風野真知
雄）幻冬舎時代小説文庫（2015）‥‥‥‥ 110
大名やくざ 7 女が怒れば虎の牙（風野真知
雄）幻冬舎時代小説文庫（2016）‥‥‥‥ 110
大名やくざ 8 将軍、死んでもらいます（風野
真知雄）幻冬舎時代小説文庫（2016）‥‥‥ 110
大明国へ、参りまする（岩井三四二）文春文庫
（2009）‥‥‥‥‥‥‥‥‥‥‥‥‥‥ 68
平将門 上（高橋直樹）ハルキ文庫（2006）‥‥‥ 226
平将門 下（高橋直樹）ハルキ文庫（2006）‥‥‥ 226
平将門（竜崎攻）PHP文庫（2008）‥‥‥‥‥ 431
大老井伊直弼（羽生道英）光文社文庫（2009）
‥‥‥‥‥‥‥‥‥‥‥‥‥‥‥‥‥‥ 308
妙なる絆を摑みとれ（結城光流）角川ビーン
ズ文庫（2006）‥‥‥‥‥‥‥‥‥‥‥‥ 420
高砂（宇江佐真理）祥伝社文庫（2016）‥‥‥‥ 71
高砂や（井川香四郎）文春文庫（2015）‥‥‥‥ 37
高杉晋作　上（池宮彰一郎）講談社文庫
（1997）‥‥‥‥‥‥‥‥‥‥‥‥‥‥ 42
高杉晋作　上（池宮彰一郎）講談社文庫
（2015）‥‥‥‥‥‥‥‥‥‥‥‥‥‥ 42
高杉晋作　下（池宮彰一郎）講談社文庫
（1997）‥‥‥‥‥‥‥‥‥‥‥‥‥‥ 42
高杉晋作　下（池宮彰一郎）講談社文庫
（2015）‥‥‥‥‥‥‥‥‥‥‥‥‥‥ 42
高杉晋作（野中信二）光文社文庫（1998）‥‥‥ 301
蛇蠍の捨蔵十手修羅（永井義男）ベスト時代
文庫（2007）‥‥‥‥‥‥‥‥‥‥‥‥ 276
蛇蠍の捨蔵赦免花（永井義男）ベスト時代文
庫（2007）‥‥‥‥‥‥‥‥‥‥‥‥‥ 276
たがね（木村友馨）ベスト時代文庫（2006）
‥‥‥‥‥‥‥‥‥‥‥‥‥‥‥‥‥‥ 135

作品名索引　　　　　　　　　　　　たつの

鷹の爪（井川香四郎）廣済堂文庫（2007）……… *29*
鷹の爪（井川香四郎）光文社文庫（2016）……… *32*
鷹の爪 →おっとり聖四郎事件控 5（井川香四郎）光文社文庫（2016） ……………………… *32*
鷹姫さま（諸田玲子）新潮文庫（2007）……… *406*
◇篁破幻草子（結城光流）角川ティーンズルビー文庫 …………………………………… *419*
◇篁破幻草子（結城光流）角川ビーンズ文庫 ……………………………………………… *421*
篁破幻草子 あだし野に眠るもの（結城光流）角川ティーンズルビー文庫（2000）…… *419*
篁破幻草子 あだし野に眠るもの（結城光流）角川ビーンズ文庫（2002） ………… *421*
篁破幻草子 宿命よりもなお深く（結城光流）角川ビーンズ文庫（2005） ………… *422*
篁破幻草子 ちはやぶる神のめざめの（結城光流）角川ティーンズルビー文庫（2001） …… *419*
篁破幻草子 ちはやぶる神のめざめの（結城光流）角川ビーンズ文庫（2002）…… *421*
篁破幻草子 めぐる時、夢幻の如く（結城光流）角川ビーンズ文庫（2007） ……… *422*
篁破幻草子 六道の辻に鬼の哭く（結城光流）角川ビーンズ文庫（2006）……… *422*
宝の山 →商い同心（梶よう子）実業之日本社文庫（2016） ……………………… *106*
滝夜叉おこん（鳥羽亮）徳間文庫（2005）… *267*
沢彦 上（火坂雅志）小学館文庫（2009）… *331*
沢彦 下（火坂雅志）小学館文庫（2009）… *331*
武田勝頼（立石優）PHP文庫（2007）…… *236*
武田家滅亡（伊東潤）角川文庫（2009）…… *47*
武田修羅伝（大久保智弘）小学館文庫（2001） ………………………………………… *88*
武田信玄（工藤章興）学研M文庫（2006）… *145*
武田信繁（小川由秋）PHP文庫（2011）… *93*
武田の謀忍（近衛龍春）光文社文庫（2013） ………………………………………… *163*
竹千代を盗め（岩井三四二）講談社文庫（2009） ……………………………………… *67*
竹中半兵衛（三宅孝太郎）幻冬舎文庫（2001） ……………………………………… *391*
竹中半兵衛（三宅孝太郎）人物文庫（2008） ………………………………………… *391*
竹光侍（永福一成）小学館文庫（2010）…… *83*
竹光侍 2（永福一成）小学館文庫（2010）… *83*
竹光侍 3（永福一成）小学館文庫（2011）… *83*
竹光侍 4（永福一成）小学館文庫（2011）… *83*
◇たけみつ同心事件帖（村咲数馬）コスミック・時代文庫 ………………………… *398*
たけみつ同心事件帖 秋つばめ（村咲数馬）コスミック・時代文庫（2005） ………… *398*

たけみつ同心事件帖 夏ほたる（村咲数馬）コスミック・時代文庫（2005）……… *398*
たけみつ同心事件帖 春の虹（村咲数馬）コスミック・時代文庫（2005）……… *398*
◇竹光半兵衛うらうら日誌（花家圭太郎）徳間文庫 ……………………………… *307*
竹光半兵衛うらうら日誌（花家圭太郎）徳間文庫（2010）………………………… *307*
竹光半兵衛うらうら日誌 裏切りの雪（花家圭太郎）徳間文庫（2011）……… *307*
竹光半兵衛うらうら日誌 花屋敷（花家圭太郎）徳間文庫（2010）……………… *307*
竹屋ノ渡（佐伯泰英）双葉文庫（2016）…… *185*
多助の女 →火狐（村木嵐）実業之日本社文庫（2016） ……………………………… *397*
たすけ鍼（山本一力）朝日文庫（2010）… *414*
たそがれ右京花暦（村咲数馬）ベスト時代文庫（2006） ………………………… *399*
たそがれ歌麿（佐伯泰英）新潮文庫（2014） ………………………………………… *179*
黄昏に泣く（秋山香乃）双葉文庫（2006）… *5*
たそがれの町（富樫倫太郎）祥伝社文庫（2013） ……………………………… *258*
たそがれの町（富樫倫太郎）徳間文庫（2007） ……………………………………… *259*
たそがれ橋（池端洋介）学研M文庫（2007） ………………………………………… *39*
◇たそがれ横丁騒動記（鳥羽亮）角川文庫 … *261*
たそがれ横丁騒動記 1 七人の手練（鳥羽亮）角川文庫（2015） ………………… *261*
たそがれ横丁騒動記 2 天狗騒動（鳥羽亮）角川文庫（2016） ………………… *261*
たそがれ横丁騒動記 3 守勢の太刀（鳥羽亮）角川文庫（2016） ……………… *261*
たたり岩（佐々木裕一）角川文庫（2013）… *194*
立花宗茂（志木沢郁）学研M文庫（2004）… *200*
◇橘乱九郎探索帖（早坂倫太郎）双葉文庫 … *313*
橘乱九郎探索帖 閃殺（早坂倫太郎）双葉文庫（2002） ……………………………… *313*
橘乱九郎探索帖 髑髏夜叉（早坂倫太郎）双葉文庫（2003） ………………………… *313*
橘乱九郎探索帖 念仏狩り（早坂倫太郎）双葉文庫（2004） ………………………… *313*
饕祭（野口卓）祥伝社文庫（2011）……… *300*
達成の人（植松三十里）中公文庫（2012）… *79*
達成の人（植松三十里）中公文庫ワイド版（2012） ……………………………… *80*
辰之介運命剣（聖龍人）コスミック・時代文庫（2007） ……………………………… *335*
龍之助江戸草紙（喜安幸夫）二見時代小説文庫（2010） ……………………………… *140*

歴史時代小説文庫総覧 現代の作家　**559**

たつの　　　　　　　　　作品名索引

辰之介虎殺剣（聖龍人）コスミック・時代文庫
　（2007）‥‥‥‥‥‥‥‥‥‥‥‥‥‥‥ 335
脱藩忍者女殺し（原田真介）廣済堂文庫
　（2002）‥‥‥‥‥‥‥‥‥‥‥‥‥‥‥ 323
辰巳八景（山本一力）新潮文庫（2007）‥‥‥‥ 415
辰巳屋疑獄（松井今朝子）ちくま文庫（2007）
　‥‥‥‥‥‥‥‥‥‥‥‥‥‥‥‥‥‥‥ 374
伊達三代記（小川由秋）PHP文庫（2008）‥‥‥ 93
伊達成実（近衛龍春）PHP文庫（2010）‥‥‥ 164
◇立場茶屋おりき（今井絵美子）ハルキ文庫
　‥‥‥‥‥‥‥‥‥‥‥‥‥‥‥‥‥‥‥ 63
立場茶屋おりき 秋の蝶（今井絵美子）ハルキ
　文庫（2008）‥‥‥‥‥‥‥‥‥‥‥‥‥ 63
立場茶屋おりき 秋螢（今井絵美子）ハルキ文
　庫（2009）‥‥‥‥‥‥‥‥‥‥‥‥‥‥ 63
立場茶屋おりき 一流の客（今井絵美子）ハル
　キ文庫（2015）‥‥‥‥‥‥‥‥‥‥‥‥ 64
立場茶屋おりき 君影草（今井絵美子）ハルキ
　文庫（2014）‥‥‥‥‥‥‥‥‥‥‥‥‥ 64
立場茶屋おりき 極楽日和（今井絵美子）ハル
　キ文庫（2013）‥‥‥‥‥‥‥‥‥‥‥‥ 64
立場茶屋おりき こぼれ萩（今井絵美子）ハル
　キ文庫（2012）‥‥‥‥‥‥‥‥‥‥‥‥ 64
立場茶屋おりき 佐保姫（今井絵美子）ハルキ
　文庫（2015）‥‥‥‥‥‥‥‥‥‥‥‥‥ 64
立場茶屋おりき さくら舞う（今井絵美子）ハ
　ルキ文庫（2006）‥‥‥‥‥‥‥‥‥‥‥ 63
立場茶屋おりき 幸せのかたち（今井絵美子）
　ハルキ文庫（2016）‥‥‥‥‥‥‥‥‥‥ 64
立場茶屋おりき 品の月（今井絵美子）ハルキ
　文庫（2013）‥‥‥‥‥‥‥‥‥‥‥‥‥ 64
立場茶屋おりき すみれ野（今井絵美子）ハル
　キ文庫（2016）‥‥‥‥‥‥‥‥‥‥‥‥ 64
立場茶屋おりき 月影の舞（今井絵美子）ハル
　キ文庫（2009）‥‥‥‥‥‥‥‥‥‥‥‥ 63
立場茶屋おりき 虎が雨（今井絵美子）ハルキ
　文庫（2012）‥‥‥‥‥‥‥‥‥‥‥‥‥ 64
立場茶屋おりき 永遠（とわ）に（今井絵美子）
　ハルキ文庫（2016）‥‥‥‥‥‥‥‥‥‥ 64
立場茶屋おりき 泣きのお銀（今井絵美子）ハ
　ルキ文庫（2012）‥‥‥‥‥‥‥‥‥‥‥ 64
立場茶屋おりき 願の糸（今井絵美子）ハルキ
　文庫（2011）‥‥‥‥‥‥‥‥‥‥‥‥‥ 64
立場茶屋おりき 花かがり（今井絵美子）ハル
　キ文庫（2014）‥‥‥‥‥‥‥‥‥‥‥‥ 64
立場茶屋おりき 母子草（今井絵美子）ハルキ
　文庫（2011）‥‥‥‥‥‥‥‥‥‥‥‥‥ 64
立場茶屋おりき 由縁（ゆかり）の月（今井絵
　美子）ハルキ文庫（2015）‥‥‥‥‥‥‥ 64
立場茶屋おりき 行合橋（今井絵美子）ハルキ
　文庫（2007）‥‥‥‥‥‥‥‥‥‥‥‥‥ 63

立場茶屋おりき 雪割草（今井絵美子）ハルキ
　文庫（2012）‥‥‥‥‥‥‥‥‥‥‥‥‥ 64
立場茶屋おりき 指切り（今井絵美子）ハルキ
　文庫（2014）‥‥‥‥‥‥‥‥‥‥‥‥‥ 64
立場茶屋おりき 凛として（今井絵美子）ハル
　キ文庫（2013）‥‥‥‥‥‥‥‥‥‥‥‥ 64
立場茶屋おりき 若菜摘み（今井絵美子）ハル
　キ文庫（2011）‥‥‥‥‥‥‥‥‥‥‥‥ 64
立場茶屋おりき 忘れ雪（今井絵美子）ハルキ
　文庫（2010）‥‥‥‥‥‥‥‥‥‥‥‥‥ 63
伊達政宗（江宮隆之）学研M文庫（2007）‥‥‥ 86
七夕の客（長島槇子）学研M文庫（2006）‥‥ 282
七夕の使者（牧南恭子）学研M文庫（2010）
　‥‥‥‥‥‥‥‥‥‥‥‥‥‥‥‥‥‥‥ 372
他人の懐（上田秀人）幻冬舎時代小説文庫
　（2016）‥‥‥‥‥‥‥‥‥‥‥‥‥‥‥ 74
狸の嫁入り（井川香四郎）文春文庫（2014）
　‥‥‥‥‥‥‥‥‥‥‥‥‥‥‥‥‥‥‥ 37
田沼の置文（藤井邦夫）光文社文庫（2013）
　‥‥‥‥‥‥‥‥‥‥‥‥‥‥‥‥‥‥‥ 348
たば風（宇江佐真理）文春文庫（2008）‥‥‥ 73
旅うなぎ（和田はつ子）ハルキ文庫（2009）
　‥‥‥‥‥‥‥‥‥‥‥‥‥‥‥‥‥‥‥ 441
旅立ち（中谷航太郎）角川文庫（2016）‥‥‥ 282
旅立ち寿ぎ申し候 →福を届けよ（永井紗耶
　子）小学館文庫（2016）‥‥‥‥‥‥‥‥ 274
旅立ち佐平次（小杉健治）ハルキ文庫（2012）
　‥‥‥‥‥‥‥‥‥‥‥‥‥‥‥‥‥‥‥ 160
旅立ちて候（牧秀彦）学研M文庫（2008）‥‥ 366
旅立ノ朝（あした）（佐伯泰英）双葉文庫
　（2016）‥‥‥‥‥‥‥‥‥‥‥‥‥‥‥ 185
旅立ちの海（稲葉稔）ハルキ文庫（2008）‥‥ 55
旅立ちの鐘（森真沙子）二見時代小説文庫
　（2009）‥‥‥‥‥‥‥‥‥‥‥‥‥‥‥ 402
旅立ちの橋（鈴木英治）双葉文庫（2008）‥ 217
旅立ちの花（藤村与一郎）コスミック・時代文
　庫（2016）‥‥‥‥‥‥‥‥‥‥‥‥‥‥ 357
たぶんねこ（畠中恵）新潮文庫（2015）‥‥‥ 305
魂影（井川香四郎）徳間文庫（2014）‥‥‥‥ 35
卵とじの縁（芦川淳一）光文社文庫（2012）
　‥‥‥‥‥‥‥‥‥‥‥‥‥‥‥‥‥‥‥ 16
卵のふわふわ（宇江佐真理）講談社文庫
　（2007）‥‥‥‥‥‥‥‥‥‥‥‥‥‥‥ 70
魂を風に泳がせ（高橋三千綱）双葉文庫
　（2014）‥‥‥‥‥‥‥‥‥‥‥‥‥‥‥ 227
たまゆらに（山本一力）文春文庫（2014）‥‥ 417
玉響の譜（浅黄斑）二見時代小説文庫（2013）
　‥‥‥‥‥‥‥‥‥‥‥‥‥‥‥‥‥‥‥ 7
だまらっしゃい（沖田正午）徳間文庫（2012）
　‥‥‥‥‥‥‥‥‥‥‥‥‥‥‥‥‥‥‥ 95
手向けの花（鈴木英治）双葉文庫（2007）‥‥ 217

作品名索引　　たんは

ため息橋（井川香四郎）幻冬舎文庫（2007）
　　‥‥‥‥‥‥‥‥‥‥‥‥‥‥‥‥‥‥‥‥‥　29
太夫の夢（柳蒼二郎）学研M文庫（2010）‥‥‥　412
◇便り屋お葉日月抄（今井絵美子）祥伝社文
　庫‥‥‥‥‥‥‥‥‥‥‥‥‥‥‥‥‥‥‥‥‥‥　62
便り屋お葉日月抄 2 泣きぼくろ（今井絵美
　子）祥伝社文庫（2011）‥‥‥‥‥‥‥‥‥‥‥　62
便り屋お葉日月抄 3 なごり月（今井絵美子）
　祥伝社文庫（2011）‥‥‥‥‥‥‥‥‥‥‥‥‥　62
便り屋お葉日月抄 4 雪の声（今井絵美子）祥
　伝社文庫（2012）‥‥‥‥‥‥‥‥‥‥‥‥‥‥　62
便り屋お葉日月抄 5 花筏（今井絵美子）祥伝
　社文庫（2013）‥‥‥‥‥‥‥‥‥‥‥‥‥‥‥　62
便り屋お葉日月抄 6 紅染月（今井絵美子）祥
　伝社文庫（2013）‥‥‥‥‥‥‥‥‥‥‥‥‥‥　62
便り屋お葉日月抄 7 木の実雨（今井絵美子）
　祥伝社文庫（2014）‥‥‥‥‥‥‥‥‥‥‥‥‥　62
便り屋お葉日月抄 8 眠れる花（今井絵美子）
　祥伝社文庫（2014）‥‥‥‥‥‥‥‥‥‥‥‥‥　62
便り屋お葉日月抄 9 忘憂草（今井絵美子）祥
　伝社文庫（2015）‥‥‥‥‥‥‥‥‥‥‥‥‥‥　62
便り屋お葉日月抄 夢おくり（今井絵美子）祥
　伝社文庫（2009）‥‥‥‥‥‥‥‥‥‥‥‥‥‥　62
◇多羅尾佐介甲賀隠密帳（宮城賢秀）ケイブ
　ンシャ文庫‥‥‥‥‥‥‥‥‥‥‥‥‥‥‥‥‥　383
◇多羅尾佐介甲賀隠密帳（宮城賢秀）ハルキ
　文庫‥‥‥‥‥‥‥‥‥‥‥‥‥‥‥‥‥‥‥‥　389
多羅尾佐介甲賀隠密帳 奥州必殺闇街道（宮城
　賢秀）ケイブンシャ文庫（2002）‥‥‥‥‥‥　384
多羅尾佐介甲賀隠密帳 奥州必殺闇街道（宮城
　賢秀）ハルキ文庫（2005）‥‥‥‥‥‥‥‥‥‥　389
多羅尾佐介甲賀隠密帳 逆賊の群れ（宮城賢
　秀）ケイブンシャ文庫（2001）‥‥‥‥‥‥‥　384
多羅尾佐介甲賀隠密帳 逆賊の群れ（宮城賢
　秀）ハルキ文庫（2005）‥‥‥‥‥‥‥‥‥‥‥　389
多羅尾佐介甲賀隠密帳 甲州街道密殺剣（宮城
　賢秀）ケイブンシャ文庫（2001）‥‥‥‥‥‥　384
多羅尾佐介甲賀隠密帳 甲州海道密殺剣（宮城
　賢秀）ハルキ文庫（2005）‥‥‥‥‥‥‥‥‥‥　389
多羅尾佐介甲賀隠密帳 三代将軍の密命（宮城
　賢秀）ケイブンシャ文庫（2000）‥‥‥‥‥‥　383
多羅尾佐介甲賀隠密帳 三代将軍の密命（宮城
　賢秀）ハルキ文庫（2005）‥‥‥‥‥‥‥‥‥‥　389
多羅尾佐介甲賀隠密帳 密命斬殺剣（宮城賢
　秀）ケイブンシャ文庫（2001）‥‥‥‥‥‥‥　384
多羅尾佐介甲賀隠密帳 密命斬殺剣（宮城賢
　秀）ハルキ文庫（2005）‥‥‥‥‥‥‥‥‥‥‥　389
だるま大吾郎艶情剣 ふたり妻篇（鳴海丈）学
　研M文庫（2012）‥‥‥‥‥‥‥‥‥‥‥‥‥‥　290
だるま大吾郎艶情剣 淫華篇（鳴海丈）学研M
　文庫（2014）‥‥‥‥‥‥‥‥‥‥‥‥‥‥‥‥　290

だるま大吾郎艶情剣 女侠篇（鳴海丈）学研M
　文庫（2011）‥‥‥‥‥‥‥‥‥‥‥‥‥‥‥‥　290
◇樽屋三四郎言上帳（井川香四郎）文春文庫
　‥‥‥‥‥‥‥‥‥‥‥‥‥‥‥‥‥‥‥‥‥‥‥　37
樽屋三四郎言上帳 おかげ横丁（井川香四郎）
　文春文庫（2014）‥‥‥‥‥‥‥‥‥‥‥‥‥‥　37
樽屋三四郎言上帳 男ッ晴れ（井川香四郎）文
　春文庫（2011）‥‥‥‥‥‥‥‥‥‥‥‥‥‥‥　37
樽屋三四郎言上帳 片棒（井川香四郎）文春文
　庫（2012）‥‥‥‥‥‥‥‥‥‥‥‥‥‥‥‥‥　37
樽屋三四郎言上帳 かっぱ夫婦（めおと）（井
　川香四郎）文春文庫（2013）‥‥‥‥‥‥‥‥　37
樽屋三四郎言上帳 ごうつく長屋（井川香四
　郎）文春文庫（2011）‥‥‥‥‥‥‥‥‥‥‥‥　37
樽屋三四郎言上帳 雀のなみだ（井川香四郎）
　文春文庫（2012）‥‥‥‥‥‥‥‥‥‥‥‥‥‥　37
樽屋三四郎言上帳 高砂や（井川香四郎）文春
　文庫（2015）‥‥‥‥‥‥‥‥‥‥‥‥‥‥‥‥　37
樽屋三四郎言上帳 狸の嫁入り（井川香四郎）
　文春文庫（2014）‥‥‥‥‥‥‥‥‥‥‥‥‥‥　37
樽屋三四郎言上帳 近松殺し（井川香四郎）文
　春文庫（2015）‥‥‥‥‥‥‥‥‥‥‥‥‥‥‥　37
樽屋三四郎言上帳 月を鏡に（井川香四郎）文
　春文庫（2011）‥‥‥‥‥‥‥‥‥‥‥‥‥‥‥　37
樽屋三四郎言上帳 長屋の若君（井川香四郎）
　文春文庫（2013）‥‥‥‥‥‥‥‥‥‥‥‥‥‥　37
樽屋三四郎言上帳 福むすめ（井川香四郎）文
　春文庫（2012）‥‥‥‥‥‥‥‥‥‥‥‥‥‥‥　37
樽屋三四郎言上帳 ほうふら人生（井川香四
　郎）文春文庫（2012）‥‥‥‥‥‥‥‥‥‥‥‥　37
樽屋三四郎言上帳 まわり舞台（井川香四郎）
　文春文庫（2011）‥‥‥‥‥‥‥‥‥‥‥‥‥‥　37
樽屋三四郎言上帳 夢が疾る（井川香四郎）文
　春文庫（2013）‥‥‥‥‥‥‥‥‥‥‥‥‥‥‥　37
垂込み（藤井邦夫）文春文庫（2013）‥‥‥‥　353
弾丸を噛め（和久田正明）徳間文庫（2016）
　‥‥‥‥‥‥‥‥‥‥‥‥‥‥‥‥‥‥‥‥‥‥‥　436
弾丸の眼（風野真知雄）幻冬舎文庫（2009）
　‥‥‥‥‥‥‥‥‥‥‥‥‥‥‥‥‥‥‥‥‥‥‥　111
弾正の蜘蛛（雨木秀介）富士見新時代小説文
　（2014）‥‥‥‥‥‥‥‥‥‥‥‥‥‥‥‥‥‥‥　20
弾正の鷹（山本兼一）祥伝社文庫（2009）‥‥　418
断絶（佐伯泰英）講談社文庫（2012）‥‥‥　173
だんだら染（いずみ光）コスミック・時代文庫
　（2016）‥‥‥‥‥‥‥‥‥‥‥‥‥‥‥‥‥‥‥　45
旦那背信（上田秀人）幻冬舎時代小説文庫
　（2012）‥‥‥‥‥‥‥‥‥‥‥‥‥‥‥‥‥‥‥　74
壇ノ浦の決戦（米村圭伍）幻冬舎文庫（2010）
　‥‥‥‥‥‥‥‥‥‥‥‥‥‥‥‥‥‥‥‥‥‥‥　427
探梅ノ家（佐伯泰英）双葉文庫（2005）‥‥‥‥　184

【 ち 】

知恵伊豆と呼ばれた男（中村彰彦）講談社文庫（2009） ・・・・・・・・・・・・・ 285

知恵伊豆に聞け（中村彰彦）文春文庫（2007）
・・・・・・・・・・・・・・・・・・・・・・・・・・・ 287

誓いの酒（早見俊）二見時代小説文庫（2008）
・・・・・・・・・・・・・・・・・・・・・・・・・・・ 321

近松殺し（井川香四郎）文春文庫（2015） ・・・・・・ 37

ちからこぶ（佐々木裕一）双葉文庫（2016）
・・・・・・・・・・・・・・・・・・・・・・・・・・・ 197

◇主税助捕物暦（千野隆司）双葉文庫 ・・・・・・・・ 245

主税助捕物暦 怨霊崩し（千野隆司）双葉文庫
（2008） ・・・・・・・・・・・・・・・・・・・・・・・ 246

主税助捕物暦 麒麟越え（千野隆司）双葉文庫
（2006） ・・・・・・・・・・・・・・・・・・・・・・・ 246

主税助捕物暦 玄武艶し（千野隆司）双葉文庫
（2010） ・・・・・・・・・・・・・・・・・・・・・・・ 246

主税助捕物暦 鮫鰐裁ち（千野隆司）双葉文庫
（2009） ・・・・・・・・・・・・・・・・・・・・・・・ 246

主税助捕物暦 紅鸞突き（千野隆司）双葉文庫
（2009） ・・・・・・・・・・・・・・・・・・・・・・・ 246

主税助捕物暦 虎狼舞い（千野隆司）双葉文庫
（2007） ・・・・・・・・・・・・・・・・・・・・・・・ 246

主税助捕物暦 天狗斬り（千野隆司）双葉文庫
（2005） ・・・・・・・・・・・・・・・・・・・・・・・ 245

主税助捕物暦 夜叉追い（千野隆司）双葉文庫
（2004） ・・・・・・・・・・・・・・・・・・・・・・・ 245

契り杯（井川香四郎）双葉文庫（2010） ・・・・・・・ 36

契り桜（高橋由太）光文社文庫（2014） ・・・・・ 229

契り旅（葛葉康司）学研M文庫（2012） ・・・・・・・ 144

ちぎりの渡し（早見俊）ベスト時代文庫
（2008） ・・・・・・・・・・・・・・・・・・・・・・・ 322

ちぎれ雲（秋山香乃）朝日文庫（2010） ・・・・・・・ 4

ちぎれ雲（井川香四郎）二見時代小説文庫
（2007） ・・・・・・・・・・・・・・・・・・・・・・・ 36

ちぎれ雲（笠岡治次）ベスト時代文庫（2007）
・・・・・・・・・・・・・・・・・・・・・・・・・・・ 105

ちぎれ雲の朝（小杉健治）宝島社文庫（2016）
・・・・・・・・・・・・・・・・・・・・・・・・・・・ 159

竹馬名月（和田はつ子）廣済堂文庫（2008）
・・・・・・・・・・・・・・・・・・・・・・・・・・・ 439

竹寶寺の闇からくり（千野隆司）朝日文庫
（2016） ・・・・・・・・・・・・・・・・・・・・・・・ 241

血煙箱根越え（稲葉稔）廣済堂文庫（2004）
・・・・・・・・・・・・・・・・・・・・・・・・・・・ 51

血煙箱根越え →斬光の剣（稲葉稔）双葉文庫
（2010） ・・・・・・・・・・・・・・・・・・・・・・・ 56

千坂唐十郎（黒崎裕一郎）祥伝社文庫（2016）
・・・・・・・・・・・・・・・・・・・・・・・・・・・ 151

血染めの花嫁（鳴海丈）学研M文庫（2011）
・・・・・・・・・・・・・・・・・・・・・・・・・・・ 289

父子雲（藤原緋沙子）双葉文庫（2006） ・・・・・ 362

父の形見（稲葉稔）光文社文庫（2010） ・・・・・ 52

父の密命（飯野笙子）コスミック・時代文庫
（2012） ・・・・・・・・・・・・・・・・・・・・・・・ 26

千鳥の恋（えとう乱星）コスミック・時代文庫
（2006） ・・・・・・・・・・・・・・・・・・・・・・・ 84

千鳥舞う（葉室麟）徳間文庫（2015） ・・・・・・・ 310

血に非ず（佐伯泰英）新潮文庫（2011） ・・・・・ 178

血の扇（上田秀人）光文社文庫（2014） ・・・・・ 76

地の業火（上田秀人）光文社文庫（2007） ・・・・・ 75

血の城（鈴木英治）徳間文庫（2007） ・・・・・・・ 215

血の報償（宮城谷秀）徳間文庫（2001） ・・・・・ 389

血の報償（宮城谷秀）双葉文庫（2004） ・・・・・ 390

乳呑児の瞳（め）（鈴木英治）双葉文庫
（2009） ・・・・・・・・・・・・・・・・・・・・・・・ 217

血疾り（鳥羽亮）幻冬舎文庫（2001） ・・・・・・・ 262

千葉道場の鬼鉄（森真沙子）二見時代小説文
庫（2016） ・・・・・・・・・・・・・・・・・・・・・・ 403

ちはやぶる神のめざめの（結城光流）角川ティ
ーンズルビー文庫（2001） ・・・・・・・・・・・ 419

ちはやぶる神のめざめの（結城光流）角川ビー
ンズ文庫（2002） ・・・・・・・・・・・・・・・・・ 421

千尋の渦を押し流せ（結城光流）角川ビーン
ズ文庫（2010） ・・・・・・・・・・・・・・・・・・ 421

血も滴るいい男（中谷航太郎）廣済堂文庫
（2015） ・・・・・・・・・・・・・・・・・・・・・・・ 283

千弥一夜（深水越）双葉文庫（2016） ・・・・・ 344

茶会の乱（上田秀人）光文社文庫（2014） ・・・・・ 76

茶漬け一膳（岡本さとる）祥伝社文庫（2011）
・・・・・・・・・・・・・・・・・・・・・・・・・・・ 91

茶々と家康（秋山香乃）文芸社文庫（2011）
・・・・・・・・・・・・・・・・・・・・・・・・・・・ 5

茶々と信長（秋山香乃）文芸社文庫（2011）
・・・・・・・・・・・・・・・・・・・・・・・・・・・ 5

茶々と信長 →火の姫（秋山香乃）文芸社文庫
（2011） ・・・・・・・・・・・・・・・・・・・・・・・ 5

茶々と秀吉（秋山香乃）文芸社文庫（2011）
・・・・・・・・・・・・・・・・・・・・・・・・・・・ 5

茶々と秀吉 →火の姫（秋山香乃）文芸社文庫
（2011） ・・・・・・・・・・・・・・・・・・・・・・・ 5

茶葉（佐伯泰英）講談社文庫（2013） ・・・・・・・ 173

茶坊主漫遊記（田中啓文）集英社文庫（2012）
・・・・・・・・・・・・・・・・・・・・・・・・・・・ 237

茶屋娘（入江棗）だいわ文庫（2015） ・・・・・・・ 66

ちゃらぽこ（朝松健）光文社文庫（2012） ・・・・・ 13

ちゃらぽこ〔2〕仇討ち妖怪皿屋敷（朝松健）
光文社文庫（2012） ・・・・・・・・・・・・・・・ 13

ちゃらぽこ長屋の神さわぎ（朝松健）光文社
文庫（2013） ・・・・・・・・・・・・・・・・・・・・ 14

作品名索引　　　　　　ちよち

ちゃらぽこフクロムジナ神出鬼没（朝松健）
　光文社文庫（2013）………… 14
ちゃんちき奉行（井川香四郎）双葉文庫
　（2015）………………………… 36
ちゃんちゃら（朝井まかて）講談社文庫
　（2012）…………………………… 5
忠義の架橋（稲葉稔）角川文庫（2016）……… 50
忠治狩り（佐伯泰英）光文社文庫（2008）… 173
忠治狩り（佐伯泰英）光文社文庫（2014）… 176
◇中條流不動剣（牧秀彦）徳間文庫 …… 369
中條流不動剣 1 紅い剣鬼（牧秀彦）徳間文庫
　（2016）………………………… 369
中條流不動剣 2 蒼き乱刃（牧秀彦）徳間文庫
　（2016）………………………… 369
忠臣蔵心中（火坂雅志）角川文庫（2009）… 330
忠臣蔵心中（火坂雅志）講談社文庫（2003）
　……………………………………… 330
忠臣蔵秘説（藤井邦夫）光文社文庫（2014）
　……………………………………… 349
中臈隠し候（吉田雄亮）光文社文庫（2014）
　……………………………………… 424
チュウは忠臣蔵のチュウ（田中啓文）文春文
　庫（2011）……………………… 237
◇帳合屋音次郎取引始末（藤村与一郎）PHP
　文芸文庫 ………………………… 358
帳合屋音次郎取引始末 将軍の切り花（藤村与
　一郎）PHP文芸文庫（2013）…… 358
帳合屋音次郎取引始末 大福帳の狩人（藤村与
　一郎）PHP文芸文庫（2014）…… 358
調印の階段（植松三十里）PHP文芸文庫
　（2015）………………………… 80
蝶が哭く（和久田正明）学研M文庫（2005）
　……………………………………… 432
寵姫裏表（上田秀人）幻冬舎時代小説文庫
　（2013）………………………… 74
超高速！ 参勤交代（土橋章宏）講談社文庫
　（2015）………………………… 273
超高速！ 参勤交代リターンズ（土橋章宏）講
　談社文庫（2016）……………… 273
超高速！ 参勤交代 老中の逆襲 →超高速！
　参勤交代リターンズ（土橋章宏）講談社文
　庫（2016）……………………… 273
彫残二人 →命の版木（植松三十里）中公文庫
　（2011）………………………… 79
停止！（佐伯泰英）徳間文庫（2001）……… 180
停止！（佐伯泰英）徳間文庫（2008）……… 180
停止（ちょうじ）（佐伯泰英）新潮文庫
　（2011）………………………… 179
長州藩人物列伝（野中信二）人物文庫（2014）
　……………………………………… 301
◇帳尻屋仕置（坂岡真）双葉文庫 ……… 192

帳尻屋仕置 1 土風（坂岡真）双葉文庫
　（2015）………………………… 192
帳尻屋仕置 2 婆威し（坂岡真）双葉文庫
　（2015）………………………… 192
帳尻屋仕置 3 鈍刀（坂岡真）双葉文庫
　（2016）………………………… 192
帳尻屋仕置 4 落雲雀（坂岡真）双葉文庫
　（2016）………………………… 193
◇帳尻屋始末（坂岡真）双葉文庫 ……… 192
帳尻屋始末 相抜け左近（坂岡真）双葉文庫
　（2014）………………………… 192
帳尻屋始末 つぐみの佐平次（坂岡真）双葉文
　庫（2014）……………………… 192
帳尻屋始末 抜かずの又四郎（坂岡真）双葉文
　庫（2014）……………………… 192
長宗我部最後の戦い 上（近衛龍春）講談社文
　庫（2015）……………………… 162
長宗我部最後の戦い 下（近衛龍春）講談社文
　庫（2015）……………………… 163
長宗我部三代記（羽生道英）PHP文庫
　（2008）………………………… 308
長宗我部元親（工藤章興）学研M文庫
　（2010）………………………… 145
長宗我部元親（近衛龍春）講談社文庫（2010）
　……………………………………… 162
長宗我部盛親（二宮隆雄）PHP文庫（2007）
　……………………………………… 299
蝶々の玄次（鳥羽亮）徳間文庫（2007）… 268
提灯殺人事件（聖龍人）二見時代小説文庫
　（2014）………………………… 339
朝廷（佐伯泰英）講談社文庫（2011）……… 172
蝶と稲妻（鳥羽亮）角川文庫（2011）……… 260
町人若殿左近司多聞（早瀬詠一郎）コスミッ
　ク・時代文庫（2014）………… 313
町人若殿左近司多聞〔2〕深川のあじさい（早
　瀬詠一郎）コスミック・時代文庫（2014）
　……………………………………… 313
町人若殿左近司多聞〔3〕大川の柳（早瀬詠
　一郎）コスミック・時代文庫（2014）……… 314
帳外れ辰蔵（押川国秋）廣済堂文庫（2011）
　……………………………………… 98
◇丁半小僧吉伝（沖田正午）幻冬舎文庫 … 93
丁半小僧吉伝 穴熊崩し（沖田正午）幻冬舎
　文庫（2007）…………………… 93
丁半小僧吉伝 面影探し（沖田正午）幻冬舎
　文庫（2008）…………………… 93
丁半小僧吉伝 賽の目返し（沖田正午）幻冬
　舎文庫（2006）………………… 93
諜報新撰組風の宿り（秋山香乃）幻冬舎時代
　小説文庫（2011）……………… 4
ちょちょら（畠中恵）新潮文庫（2013）……… 305

歴史時代小説文庫総覧 現代の作家　　**563**

ちょっと徳右衛門(稲葉稔)文春文庫(2014)
.... 57
◇千代ノ介御免蒙る(早見俊)双葉文庫 321
千代ノ介御免蒙る 巫女の蕎麦(早見俊)双葉
文庫(2016) 321
千代ノ介御免蒙る 目黒の鰻(早見俊)双葉文
庫(2016) 321
千代ノ介御免蒙る 両国の華(早見俊)双葉文
庫(2016) 321
ちょんまげ、くろにくる(高橋由太)角川文庫
(2012) 228
ちょんまげ、ちょうだい(高橋由太)角川文庫
(2011) 227
ちょんまげ、ばさら(高橋由太)角川文庫
(2012) 228
散り椿(葉室麟)角川文庫(2014) 309
ちりぬる命(六道慧)光文社文庫(2013) 429
散り牡丹(坂岡真)双葉文庫(2008) 192
知略(佐伯泰英)新潮文庫(2011) 179
知略!(佐伯泰英)徳間文庫(2003) 180
知略!(佐伯泰英)徳間文庫(2008) 180
ちんぷんかん(畠中恵)新潮文庫(2009) 304
陳平(風野真知雄)PHP文庫(2004) 115

【つ】

追跡者(藤井邦夫)学研M文庫(2009) 347
追善(佐伯泰英)祥伝社文庫(2005) 176
追善(佐伯泰英)祥伝社文庫(2016) 178
追善 →完本密命 巻之13(佐伯泰英)祥伝社文
庫(2016) 178
使の者の事件帖 1 女湯に刀掛け(誉田龍一)
双葉文庫(2015) 364
使の者の事件帖 2 口に蜜あり腹に剣あり(誉
田龍一)双葉文庫(2016) 365
使の者の事件帖 3 何れ菖蒲か杜若(誉田龍
一)双葉文庫(2016) 365
使の者の事件帖 4 魚の目に水見えず(誉田龍
一)双葉文庫(2016) 365
使の者の事件帖 5 終わりよければすべてよ
し(誉田龍一)双葉文庫(2016) 365
つかまえてたもれ(沖田正午)徳間文庫
(2010) 94
月(坂岡真)徳間文庫(2013) 190
月凍てる(藤原緋沙子)新潮文庫(2012) 361
月を鏡に(井川香四郎)文春文庫(2011) 37
月を抱く女(和久田正明)学研M文庫
(2009) 433
月踊り(坂岡真)徳間文庫(2008) 190

月を流さず(六道慧)光文社文庫(2007) 429
月を吐く(諸田玲子)集英社文庫(2003) 406
月影の舞(今井絵美子)ハルキ文庫(2009)
.... 63
憑神(浅田次郎)新潮文庫(2007) 10
月芝居(北重人)文春文庫(2010) 133
◇付添い屋・六平太(金子成人)小学館文庫
.... 124
付添い屋・六平太 玄武の巻 駆込み女(金子
成人)小学館文庫(2015) 125
付添い屋・六平太 虎の巻 あやかし娘(金子
成人)小学館文庫(2014) 124
付添い屋・六平太 鷺の巻 箱入り娘(金子成
人)小学館文庫(2015) 125
付添い屋・六平太 朱雀の巻 恋娘(金子成人)
小学館文庫(2015) 125
付添い屋・六平太 鷹の巻 安囲いの女(金子
成人)小学館文庫(2014) 125
付添い屋・六平太 鳳凰の巻 強つく女(金子
成人)小学館文庫(2016) 125
付添い屋・六平太 龍の巻 留め女(金子成人)
小学館文庫(2014) 124
付添い屋・六平太 麒麟の巻 評判娘(金子成
人)小学館文庫(2016) 125
付添い屋・六平太 獏の巻 嘘つき女(金子成
人)小学館文庫(2016) 125
月に上げ帆(早瀬詠一郎)双葉文庫(2011)
.... 314
月に捧ぐは清き酒(小前亮)文春文庫(2016)
.... 166
月に願いを(風野真知雄)角川文庫(2014)
.... 109
月ノ浦惣庄公事置書(岩井三四二)文春文庫
(2006) 68
月の牙(和久田正明)廣済堂文庫(2005) 434
月の剣(原田孔平)祥伝社文庫(2016) 323
月の雫(藤原緋沙子)双葉文庫(2010) 362
月の光のために(風野真知雄)実業之日本社
文庫(2011) 113
月の武将黒田官兵衛(上田秀人)徳間文庫
(2007) 78
月の水鏡(井川香四郎)ベスト時代文庫
(2008) 38
月の夜舟で(倉本由布)コバルト文庫(1995)
.... 148
月待ち坂(聖龍人)廣済堂文庫(2013) 335
月待ちの恋(坂東眞砂子)新潮文庫(2007)
.... 328
月もおぼろに(笛吹明生)学研M文庫
(2007) 344
月夜行(辻堂魁)祥伝社文庫(2011) 251

作品名索引　　つまみ

月夜の鴉(和久田正明)ハルキ文庫(2010)
　　　　　　　　　　　　　　　　　　　436
月夜の始末(稲葉稔)講談社文庫(2007) ……　51
月夜の椿事(芦川淳一)学研M文庫(2012)
　　　　　　　　　　　　　　　　　　　　15
月夜の密偵(聖龍人)コスミック・時代文庫
　(2014) …………………………………　336
月夜の料理番(小早川涼)学研M文庫
　(2010) …………………………………　164
月夜の料理番(小早川涼)角川文庫(2015)　165
月は誰のもの(宇江佐真理)文春文庫(2014)
　　　　　　　　　　　　　　　　　　　　72
佃島沖の天の川(野火迅)ベスト時代文庫
　(2012) …………………………………　302
◇佃島用心棒日誌(早見俊)角川文庫　315
佃島用心棒日誌 〔2〕 溺れた閻魔(早見俊)
　角川文庫(2015) …………………………　315
佃島用心棒日誌〔3〕大御所の来島(早見俊)
　角川文庫(2016) …………………………　315
佃島用心棒日誌 白魚の絆(早見俊)角川文庫
　(2015) …………………………………　315
佃島渡し船殺人事件(風野真知雄)文春文庫
　(2011) …………………………………　117
佃の渡し(押川国秋)講談社文庫(2007) ……　98
つぐない(小杉健治)講談社文庫(2007) 　155
つぐない →夜を奔る(小杉健治)宝島社文庫
　(2014) …………………………………　159
◇つぐない屋お房始末帖(牧南恭子)廣済堂
　文庫 ……………………………………　372
つぐない屋お房始末帖(牧南恭子)廣済堂文
　庫(2009) ………………………………　372
つぐない屋お房始末帖 千里耳(牧南恭子)廣
　済堂文庫(2009) …………………………　372
つぐない屋お房始末帖 名残の灯(牧南恭子)
　廣済堂文庫(2009) ………………………　372
つぐない屋お房始末帖 春に添うて(牧南恭
　子)廣済堂文庫(2010) ……………………　372
つぐみの佐平次(坂岡真)双葉文庫(2014)
　　…………………………………………　192
つくもがみ、遊ぼうよ(畠中恵)角川文庫
　(2016) …………………………………　304
つくもがみ貸します(畠中恵)角川文庫
　(2010) …………………………………　304
つけ狙う女(喜安幸夫)二見時代小説文庫
　(2016) …………………………………　141
つげの箸(早瀬詠一郎)講談社文庫(2009)
　　…………………………………………　313
付け火(乾荘次郎)ベスト時代文庫(2006)
　　…………………………………………　58
付け火(藤井邦夫)文春文庫(2012) ……　353
辻打ち(葛葉康司)学研M文庫(2011) ……　144

◇辻占侍(藤堂房良)光文社文庫 …………　257
辻占侍 2 呪術師(藤堂房良)光文社文庫
　(2015) …………………………………　257
辻占侍 3 暗殺者(藤堂房良)光文社文庫
　(2016) …………………………………　257
辻占侍 左京之介控(藤堂房良)光文社文庫
　(2015) …………………………………　257
辻風の剣(牧秀彦)光文社文庫(2005) ……　367
辻斬り(押川国秋)講談社文庫(2007) ……　99
辻斬り(城駿一郎)廣済堂文庫(2008) ……　206
辻斬り(藤井邦夫)双葉文庫(2006) ………　350
辻斬り始末(永井義男)祥伝社文庫(2003)
　　…………………………………………　275
辻斬り橋(聖龍人)ベスト時代文庫(2007)
　　…………………………………………　339
辻斬り悲恋(早見俊)コスミック・時代文庫
　(2008) …………………………………　317
辻斬り無情(早見俊)PHP文芸文庫(2013)
　　…………………………………………　321
蔦屋でござる(井川香四郎)二見時代小説文
　庫(2012) ………………………………　37
土風(坂岡真)双葉文庫(2015) …………　192
土蛍(近藤史恵)光文社文庫(2016) ……　168
筒井順慶(風野真知雄)PHP文庫(1996) ……　115
つついづつ(木村友馨)ベスト時代文庫
　(2006) …………………………………　135
綱渡り(藤井邦夫)光文社文庫(2012) ……　348
椿山(乙川優三郎)文春文庫(2001) ………　100
飛燕(つばくろ)十手(風野真知雄)双葉文庫
　(2009) …………………………………　115
翼よいま、天へ還れ(結城光流)角川ビーンズ
　文庫(2007) ……………………………　420
燕返し(中里融司)ハルキ文庫(2007) ……　279
つばめ飛ぶ(藤原緋沙子)光文社文庫(2014)
　　…………………………………………　360
つばめや仙次ふしぎ瓦版(髙橋由太)光文社
　文庫(2011) ……………………………　229
妻を娶らば(鎌田樹)学研M文庫(2011)　127
妻恋河岸(稲葉稔)光文社文庫(2012) ……　52
妻恋坂情死行(鳥羽亮)幻冬舎時代小説文庫
　(2016) …………………………………　261
◇妻恋い同心(松岡弘一)学研M文庫 ………　376
妻恋い同心 人待ち小町(松岡弘一)学研M文
　庫(2008) ………………………………　376
妻恋い同心 夜鷹殺し(松岡弘一)学研M文庫
　(2008) …………………………………　376
妻恋日記(岡本さとる)祥伝社文庫(2012)
　　…………………………………………　91
妻恋の月(坂岡真)双葉文庫(2011) ……　192
つまみ食い(岡本さとる)幻冬舎時代小説文
　庫(2015) ………………………………　91

歴史時代小説文庫総覧 現代の作家　**565**

◇妻は、くノ一（風野真知雄）角川文庫 ……… 108
妻は、くノ一（風野真知雄）角川文庫（2008）
………………………………………………… 108
妻は、くノ一 蛇之巻1 いちばん嫌な敵（風野
真知雄）角川文庫（2013）……… 108
妻は、くノ一 2 星影の女（風野真知雄）角川
文庫（2009）……………………………… 108
妻は、くノ一 蛇之巻2 幽霊の町（風野真知雄）
角川文庫（2013）………………………… 108
妻は、くノ一 3 身も心も（風野真知雄）角川
文庫（2009）……………………………… 108
妻は、くノ一 蛇之巻3 大統領の首（風野真知
雄）角川文庫（2013）…………………… 109
妻は、くノ一 4 風の囁き（風野真知雄）角川
文庫（2009）……………………………… 108
妻は、くノ一 5 月光値千両（風野真知雄）角
川文庫（2009）…………………………… 108
妻は、くノ一 6 宵闇迫れば（風野真知雄）角
川文庫（2009）…………………………… 108
妻は、くノ一 7 美姫の夢（風野真知雄）角川
文庫（2010）……………………………… 108
妻は、くノ一 8 胸の振子（風野真知雄）角川
文庫（2010）……………………………… 108
妻は、くノ一 9 国境の南（風野真知雄）角川
文庫（2010）……………………………… 108
妻は、くノ一 10 濤の彼方（風野真知雄）角川
文庫（2011）……………………………… 108
罪なき女（和久田正明）徳間文庫（2010）…… 436
罪なくして斬らる（大島昌宏）人物文庫
（1998）……………………………………… 88
罪人の刃（鈴木英治）ハルキ文庫（2010）…… 216
つむじ風（小杉健治）光文社文庫（2014）…… 156
つむじ風（小杉健治）ベスト時代文庫（2008）
……………………………………………… 161
つむじ風 →般若同心と変化小僧 2（小杉健
治）光文社文庫（2014）………………… 156
つむじ風（和久田正明）学研M文庫（2004）
……………………………………………… 432
旋風喜平次捕物捌き（小林力）学研M文庫
（2007）…………………………………… 166
冷たい月（和久田正明）徳間文庫（2007）…… 435
艶仇討ち（八神淳一）時代艶文庫（2010）…… 409
艶・隠し剣（八神淳一）時代艶文庫（2011）… 409
艶くらべ恋情剣（風間九郎）ベスト時代文庫
（2008）…………………………………… 106
◇艶剣客（八神淳一）竹書房ラブロマン文庫
……………………………………………… 409
艶剣客（八神淳一）竹書房ラブロマン文庫
（2009）…………………………………… 409
艶剣客 果てのふたり（八神淳一）竹書房ラブ
ロマン文庫（2011）……………………… 410

艶剣客 異人館の虜（八神淳一）竹書房ラブロ
マン文庫（2010）………………………… 409
艶剣客 色見世の宿（八神淳一）竹書房ラブロ
マン文庫（2009）………………………… 409
艶剣客 姦計の城下（八神淳一）竹書房ラブロ
マン文庫（2009）………………………… 409
艶剣客 傀儡の女（八神淳一）竹書房ラブロマ
ン文庫（2010）…………………………… 409
艶剣客 傾国の秘香（八神淳一）竹書房ラブロ
マン文庫（2010）………………………… 409
艶剣客 散華のほとり（八神淳一）竹書房ラブ
ロマン文庫（2011）……………………… 409
艶剣客 肉縁の塔（八神淳一）竹書房ラブロマ
ン文庫（2011）…………………………… 410
艶剣客 姫泣きの都（八神淳一）竹書房ラブロ
マン文庫（2010）………………………… 409
艶剣客 ほむらの柔肌（八神淳一）竹書房ラブ
ロマン文庫（2010）……………………… 409
艶剣客 真冬の華（八神淳一）竹書房ラブロマ
ン文庫（2010）…………………………… 409
艶剣客 みだれる潮騒（八神淳一）竹書房ラブ
ロマン文庫（2011）……………………… 410
艶剣客 女隠しの山（八神淳一）竹書房ラブロ
マン文庫（2011）………………………… 409
艶剣客 妖忍の里（八神淳一）竹書房ラブロマ
ン文庫（2009）…………………………… 409
艶刺客（八神淳一）二見文庫（2012）………… 410
艶同心（八神淳一）祥伝社文庫（2013）……… 409
艶無双（八神淳一）竹書房ラブロマン文庫
（2012）…………………………………… 410
艶用心棒（八神淳一）コスミック・時代文庫
（2014）…………………………………… 409
艶用心棒 〔2〕 刺青のおんな（八神淳一）コ
スミック・時代文庫（2014）…………… 409
艶用心棒 〔3〕 五万石の姫君（八神淳一）コ
スミック・時代文庫（2015）…………… 409
艶用心棒 〔4〕 枕絵小町（八神淳一）コスミ
ック・時代文庫（2015）………………… 409
艶用心棒 〔5〕 悪の巣窟（八神淳一）コスミ
ック・時代文庫（2015）………………… 409
露草の契り（山田剛）学研M文庫（2012）…… 413
露の玉垣（乙川優三郎）新潮文庫（2010）…… 100
梅雨の雷（今井絵美子）双葉文庫（2010）…… 65
露払い（福原俊彦）幻冬舎時代小説文庫
（2016）…………………………………… 345
◇釣り指南役覚え書（笛吹明生）学研M文庫
……………………………………………… 343
釣り指南役覚え書 光影の水際（笛吹明生）学
研M文庫（2010）………………………… 343
釣り指南役覚え書 逃げ水の淵（笛吹明生）学
研M文庫（2009）………………………… 343

作品名索引　　てなら

釣り仙人（井川香四郎）ベスト時代文庫
　（2011）　　　　　　　　　　　38
◇鶴亀屋繁盛記（和田はつ子）双葉文庫　　　　443
鶴亀屋繁盛記 隠居始末（和田はつ子）双葉文
　庫（2009）　　　　　　　　　　443
鶴亀屋繁盛記 恋あやめ（和田はつ子）双葉文
　庫（2008）　　　　　　　　　　443
鶴亀屋繁盛記 胡蝶隠し（和田はつ子）双葉文
　庫（2010）　　　　　　　　　　443
鶴亀屋繁盛記 慈悲和尚（和田はつ子）双葉文
　庫（2010）　　　　　　　　　　443
鶴亀屋繁盛記 道楽息子（和田はつ子）双葉文
　庫（2009）　　　　　　　　　　443
鶴亀屋繁盛記 花嫁御寮（和田はつ子）双葉文
　庫（2009）　　　　　　　　　　443
鶴亀屋繁盛記 春待ち柊（和田はつ子）双葉文
　庫（2008）　　　　　　　　　　443
鶴亀屋繁盛記 夜半の雛（和田はつ子）双葉文
　庫（2008）　　　　　　　　　　443
蔓の端々（乙川優三郎）講談社文庫（2003）
　　　　　　　　　　　　　　　　99
◇鶴屋南北隠密控（稲葉稔）学研M文庫　　　　49
◇鶴屋南北隠密控（稲葉稔）コスミック・時代
　文庫　　　　　　　　　　　　　54
鶴屋南北隠密控（稲葉稔）学研M文庫
　（2002）　　　　　　　　　　　49
鶴屋南北隠密控 →涙雪（稲葉稔）コスミック・
　時代文庫（2015）　　　　　　　54
鶴屋南北隠密控 恋の闇絡繰り（稲葉稔）学研
　M文庫（2004）　　　　　　　　49
鶴屋南北隠密控 恋の闇からくり（稲葉稔）コ
　スミック・時代文庫（2016）　　54
鶴屋南北隠密控 紫蝶朧返し（稲葉稔）学研M
　文庫（2003）　　　　　　　　　49
鶴屋南北隠密控 涙雪（稲葉稔）コスミック・
　時代文庫（2015）　　　　　　　54
鶴屋南北隠密控 むらさきの蝶（稲葉稔）コス
　ミック・時代文庫（2016）　　　54
徒然ノ冬（佐伯泰英）双葉文庫（2013）　　　185
つわもの長屋 三匹の侍（新美健）時代小説文
　庫（2016）　　　　　　　　　　298

【 て 】

定年影奉行仕置控（葉治英哉）幻冬舎文庫
　（2007）　　　　　　　　　　　302
◇出入師夢之丞覚書（今井絵美子）ハルキ文
　庫　　　　　　　　　　　　　　65
出入師夢之丞覚書 梅の香（今井絵美子）ハル
　キ文庫（2010）　　　　　　　　65

出入師夢之丞覚書 母子燕（今井絵美子）ハル
　キ文庫（2007）　　　　　　　　65
出入師夢之丞覚書 星の契（今井絵美子）ハル
　キ文庫（2008）　　　　　　　　65
手遅れでござる（沖田正午）ハルキ文庫
　（2013）　　　　　　　　　　　95
出女に御用心（牧秀彦）朝日文庫（2012）　　　365
出来心（野口卓）文春文庫（2016）　　　　　301
摘出（上田秀人）角川文庫（2015）　　　　　73
敵は微塵弾正（中村彰彦）徳間文庫（2007）
　　　　　　　　　　　　　　　286
手鎖行（和久田正明）双葉文庫（2009）　　　438
Destiny（藤水名子）ヴィレッジブックスedge
　（2006）　　　　　　　　　　　346
手練（坂岡真）光文社文庫（2015）　　　　　188
鉄火牡丹（和久田正明）学研M文庫（2004）
　　　　　　　　　　　　　　　432
鉄火牡丹（和久田正明）学研M文庫（2013）
　　　　　　　　　　　　　　　432
鉄の巨鯨（井川香四郎）祥伝社文庫（2013）
　　　　　　　　　　　　　　　33
鉄砲狩り（佐伯泰英）光文社文庫（2004）　　　173
鉄砲狩り（佐伯泰英）光文社文庫（2014）　　　175
鉄砲はわらう →ふたり鼠（飯島一次）ベスト
　時代文庫（2010）　　　　　　　25
手習い師匠（岡本さとる）祥伝社文庫（2014）
　　　　　　　　　　　　　　　91
◇手習重兵衛（鈴木英治）中公文庫　　　　　212
◇手習重兵衛（鈴木英治）中公文庫ワイド版
　　　　　　　　　　　　　　　213
手習重兵衛 祝い酒（鈴木英治）中公文庫
　（2011）　　　　　　　　　　　213
手習重兵衛 祝い酒（鈴木英治）中公文庫ワイ
　ド版（2012）　　　　　　　　　213
手習重兵衛 隠し子の宿（鈴木英治）中公文庫
　（2010）　　　　　　　　　　　213
手習重兵衛 暁闇（鈴木英治）中公文庫
　（2004）　　　　　　　　　　　212
手習重兵衛 黒い薬売り（鈴木英治）中公文庫
　（2011）　　　　　　　　　　　213
手習重兵衛 黒い薬売り（鈴木英治）中公文庫
　ワイド版（2012）　　　　　　　213
手習重兵衛 天狗変（鈴木英治）中公文庫
　（2005）　　　　　　　　　　　212
手習重兵衛 道中霧（鈴木英治）中公文庫
　（2005）　　　　　　　　　　　212
手習重兵衛 母恋い（鈴木英治）中公文庫
　（2009）　　　　　　　　　　　212
手習重兵衛 梵鐘（鈴木英治）中公文庫
　（2004）　　　　　　　　　　　212
手習重兵衛 道連れの文（鈴木英治）中公文庫
　（2010）　　　　　　　　　　　213

歴史時代小説文庫総覧 現代の作家　**567**

てねら 作品名索引

手習重兵衛　刃舞（鈴木英治）中公文庫
（2004）……………………… 212
手習重兵衛　闇討ち斬（鈴木英治）中公文庫
（2003）……………………… 212
手習重兵衛　闇討ち斬（鈴木英治）中公文庫
（2016）……………………… 213
手習重兵衛　夕映え橋（鈴木英治）中公文庫
（2009）……………………… 212
てのひら一文（築山桂）徳間文庫（2008）…… 248
てのひらの春（牧南恭子）学研Ｍ文庫
（2009）……………………… 372
手のひら、ひらひら（志川節子）文春文庫
（2012）……………………… 200
◇手ほどき冬馬事件帖（風野真知雄）コスミッ
ク・時代文庫 ………………… 112
手ほどき冬馬事件帖 雨の刺客（風野真知雄）
コスミック・時代文庫（2005）………… 112
手ほどき冬馬事件帖 雨の刺客（風野真知雄）
コスミック・時代文庫（2011）………… 112
手ほどき冬馬事件帖 ふうらい指南（風野真知
雄）コスミック・時代文庫（2005）…… 112
手ほどき冬馬事件帖 ふうらい指南（風野真知
雄）コスミック・時代文庫（2011）…… 112
手ほどき冬馬事件帖 ふうらい秘剣（風野真知
雄）コスミック・時代文庫（2006）…… 112
手ほどき冬馬事件帖 ふうらい秘剣（風野真知
雄）コスミック・時代文庫（2011）…… 112
手毬寿司（倉阪鬼一郎）二見時代小説文庫
（2011）……………………… 147
手鞠花おゆう（和田はつ子）小学館文庫
（2006）……………………… 440
◇出戻り和馬償い剣（中里融司）ハルキ文庫
……………………………… 279
出戻り和馬償い剣 剣風乱璃（中里融司）ハル
キ文庫（2008）………………… 280
出戻り和馬償い剣 燕返し（中里融司）ハルキ
文庫（2007）…………………… 279
てやんでえ（松本賢吾）コスミック・時代文庫
（2009）……………………… 378
てらこや浪人源八先生 親子舟（飯野笙子）コ
スミック・時代文庫（2011）…………… 27
◇寺子屋若草物語（築山桂）徳間文庫 ……… 248
寺子屋若草物語 てのひら一文（築山桂）徳間
文庫（2008）…………………… 248
寺子屋若草物語 闇に灯る（築山桂）徳間文庫
（2009）……………………… 248
寺子屋若草物語 夕月夜（築山桂）徳間文庫
（2009）……………………… 248
◇寺侍市之丞（千野隆司）光文社文庫 ……… 243
寺侍市之丞（千野隆司）光文社文庫（2011）
……………………………… 243

寺侍市之丞 打ち壊し（千野隆司）光文社文庫
（2013）……………………… 243
寺侍市之丞 干戈の檄（千野隆司）光文社文庫
（2013）……………………… 243
寺侍市之丞 孔雀の羽（千野隆司）光文社文庫
（2012）……………………… 243
寺侍市之丞 西方の霊獣（千野隆司）光文社文
庫（2012）…………………… 243
照り柿（藤原緋沙子）徳間文庫（2005）……… 361
照り柿（藤原緋沙子）徳間文庫（2014）……… 361
照葉ノ露（佐伯泰英）双葉文庫（2009）……… 184
◇照降町自身番書役日誌（今井絵美子）角川
文庫 ………………………… 61
◇照降町自身番書役日誌（今井絵美子）廣済
堂文庫 ……………………… 62
照降町自身番書役日誌 雁渡り（今井絵美子）
角川文庫（2014）……………… 61
照降町自身番書役日誌 寒雀（今井絵美子）角
川文庫（2014）………………… 61
照降町自身番書役日誌 寒雀（今井絵美子）廣
済堂文庫（2007）……………… 62
照降町自身番書役日誌 雁渡り（今井絵美子）
廣済堂文庫（2006）…………… 62
照降町自身番書役日誌 雲雀野（今井絵美子）
角川文庫（2015）……………… 62
照降町自身番書役日誌 雲雀野（今井絵美子）
廣済堂文庫（2011）…………… 62
照降町自身番書役日誌 虎落笛（今井絵美子）
角川文庫（2014）……………… 61
照降町自身番書役日誌 虎落笛（今井絵美子）
廣済堂文庫（2008）…………… 62
照降町自身番書役日誌 夜半の春（今井絵美
子）角川文庫（2014）…………… 61
照降町自身番書役日誌 夜半の春（今井絵美
子）廣済堂文庫（2008）………… 62
◇でれすけ忍者（幡大介）光文社文庫 ……… 325
でれすけ忍者（幡大介）光文社文庫（2013）
……………………………… 325
でれすけ忍者江戸を駆ける（幡大介）光文社
文庫（2013）…………………… 325
でれすけ忍者雷光に慄く（幡大介）光文社文
庫（2014）…………………… 325
てれすこ（朝松健）PHP文芸文庫（2013）…… 14
◇照れ降れ長屋風聞帖（坂岡真）双葉文庫 … 191
照れ降れ長屋風聞帖 仇だ桜（坂岡真）双葉文
庫（2007）…………………… 192
照れ降れ長屋風聞帖 あやめ河岸（坂岡真）双
葉文庫（2006）………………… 192
照れ降れ長屋風聞帖 日窓（坂岡真）双葉文庫
（2012）……………………… 192

568　歴史時代小説文庫総覧 現代の作家

作品名索引　　てんき

照れ降れ長屋風聞帖 遠雷雨燕（坂岡真）双葉
　文庫（2005）…………………………… 191

照れ降れ長屋風聞帖 大江戸人情小太刀（坂岡
　真）双葉文庫（2004）……………… 191

照れ降れ長屋風聞帖 子授け銀杏（坂岡真）双
　葉文庫（2006）………………………… 192

照れ降れ長屋風聞帖 残情十日の菊（坂岡真）
　双葉文庫（2005）……………………… 191

照れ降れ長屋風聞帖 散り牡丹（坂岡真）双葉
　文庫（2008）…………………………… 192

照れ降れ長屋風聞帖 妻恋の月（坂岡真）双葉
　文庫（2011）…………………………… 192

照れ降れ長屋風聞帖 盗賊かもめ（坂岡真）双
　葉文庫（2008）………………………… 192

照れ降れ長屋風聞帖 富の突留札（坂岡真）双
　葉文庫（2005）………………………… 192

照れ降れ長屋風聞帖 濁り鮒（坂岡真）双葉文
　庫（2007）……………………………… 192

照れ降れ長屋風聞帖 初鯨（坂岡真）双葉文庫
　（2009）………………………………… 192

照れ降れ長屋風聞帖 福来（坂岡真）双葉文庫
　（2009）………………………………… 192

照れ降れ長屋風聞帖 盆の雨（坂岡真）双葉文
　庫（2010）……………………………… 192

照れ降れ長屋風聞帖 まだら雪（坂岡真）双葉
　文庫（2012）…………………………… 192

照れ降れ長屋風聞帖 雪見舟（坂岡真）双葉文
　庫（2007）……………………………… 192

照れ降れ長屋風聞帖 龍の角凧（坂岡真）双葉
　文庫（2011）…………………………… 192

天衣無縫（浮穴みみ）双葉文庫（2015）… 81

天を食む者 上（岩井三四二）学研M文庫
　（2014）………………………………… 66

天を食む者 下（岩井三四二）学研M文庫
　（2014）………………………………… 66

天下（上田秀人）講談社文庫（2012）…… 75

天海僧正の予言書（早坂倫太郎）集英社文庫
　（2005）………………………………… 312

天海の暗号　上（中見利男）ハルキ文庫
　（2012）………………………………… 284

天海の暗号　下（中見利男）ハルキ文庫
　（2012）………………………………… 284

天下を善くす（六道慧）光文社文庫（2012）
　………………………………………… 429

◇天下御免の信十郎（幡大介）二見時代小説
　文庫 …………………………………… 327

天下御免の信十郎 1 快刀乱麻（幡大介）二見
　時代小説文庫（2008）………………… 327

天下御免の信十郎 2 獅子奮迅（幡大介）二見
　時代小説文庫（2008）………………… 327

天下御免の信十郎 3 刀光剣影（幡大介）二見
　時代小説文庫（2009）………………… 327

天下御免の信十郎 4 豪刀一閃（幡大介）二見
　時代小説文庫（2009）………………… 327

天下御免の信十郎 5 神算鬼謀（幡大介）二見
　時代小説文庫（2009）………………… 327

天下御免の信十郎 6 斬刃乱舞（幡大介）二見
　時代小説文庫（2010）………………… 327

天下御免の信十郎 7 空城騒然（幡大介）二見
　時代小説文庫（2011）………………… 327

天下御免の信十郎 8 疾風怒濤（幡大介）二見
　時代小説文庫（2012）………………… 327

天下御免の信十郎 9 駿河騒乱（幡大介）二見
　時代小説文庫（2013）………………… 327

天下城 上巻（佐々木譲）新潮文庫（2006）… 194

天下城 下巻（佐々木譲）新潮文庫（2006）… 194

天下騒乱 上（池宮彰一郎）角川文庫（2005）
　………………………………………… 42

天下騒乱 下（池宮彰一郎）角川文庫（2005）
　………………………………………… 42

◇天下泰平かぶき旅（井川香四郎）祥伝社文
　庫 ……………………………………… 33

天下泰平かぶき旅 2 おかげ参り（井川香四
　郎）祥伝社文庫（2010）……………… 33

天下泰平かぶき旅 3 花の本懐（井川香四郎）
　祥伝社文庫（2011）…………………… 33

天下泰平かぶき旅 鬼縛り（井川香四郎）祥伝
　社文庫（2010）………………………… 33

天下泰平、まかり通る（柳蒼二郎）徳間文庫
　（2010）………………………………… 412

天下大変（早瀬詠一郎）コスミック・時代文庫
　（2016）………………………………… 313

典雅の闇（上田秀人）光文社文庫（2016）… 76

天下人の声（早見俊）コスミック・時代文庫
　（2009）………………………………… 317

天下覆滅（幡大介）双葉文庫（2015）……… 327

天下無双の居候（早見俊）コスミック・時代文
　庫（2015）……………………………… 318

◇天眼通お蔦父娘捕物ばなし（木村友馨）ベ
　スト時代文庫 ………………………… 135

天眼通お蔦父娘捕物ばなし 意趣斬り（木村友
　馨）ベスト時代文庫（2006）………… 135

天眼通お蔦父娘捕物ばなし 大名もどり（木村
　友馨）ベスト時代文庫（2007）……… 135

天眼通お蔦父娘捕物ばなし たがね（木村友
　馨）ベスト時代文庫（2006）………… 135

天眼通お蔦父娘捕物ばなし つついづつ（木村
　友馨）ベスト時代文庫（2006）……… 135

天眼通お蔦父娘捕物ばなし わすれ雪（木村友
　馨）ベスト時代文庫（2005）………… 135

◇天切り松闇がたり（浅田次郎）集英社文庫
　………………………………………… 10

天切り松闇がたり 第1巻 闇の花道（浅田次
　郎）集英社文庫（2002）……………… 10

歴史時代小説文庫総覧 現代の作家　**569**

てんき　作品名索引

天切り松闇がたり　第2巻　残俠（浅田次郎）集英社文庫（2002）……………… 10

天切り松闇がたり　第3巻　初湯千両（浅田次郎）集英社文庫（2005）……………… 10

天空剣の蒼風（牧秀彦）光文社文庫（2008）……………… 367

天空の剣（城駿一郎）学研M文庫（2003）…… 206

天空の御用（早見俊）光文社文庫（2016）…… 316

天空の鷹（辻堂魁）祥伝社文庫（2011）…… 251

天空の塔（早見俊）コスミック・時代文庫（2012）……………… 317

天空の陣風（はやて）（宮本昌孝）祥伝社文庫（2013）……………… 395

天狗威し（小杉健治）ハルキ文庫（2006）…… 159

天狗風（宮部みゆき）講談社文庫（2001）…… 393

天狗風（宮部みゆき）講談社文庫（2014）…… 393

天狗斬り（千野隆司）双葉文庫（2005）…… 245

天狗小僧（幡大介）双葉文庫（2010）…… 326

天狗騒動（鳥羽亮）角川文庫（2016）…… 261

天狗と花魁（幡大介）ハルキ文庫（2012）…… 326

天狗の辯（鳥羽亮）講談社文庫（2008）…… 263

天狗姫（井川香四郎）廣済堂文庫（2007）…… 29

天狗姫（井川香四郎）光文社文庫（2016）…… 32

天狗姫 →おっとり聖四郎事件控 6（井川香四郎）光文社文庫（2016）…… 32

天狗変（鈴木英治）中公文庫（2005）…… 212

天狗面（鈴木英治）ハルキ文庫（2008）…… 216

電光剣の疾風（牧秀彦）光文社文庫（2008）……………… 367

天狐の章 1（真紅の空）（結城光流）角川文庫（2013）……………… 422

天狐の章 2（光の導）（結城光流）角川文庫（2013）……………… 422

天狐の章 3（冥夜の帳）（結城光流）角川文庫（2013）……………… 422

天狐の章 4（羅刹の腕）（結城光流）角川文庫（2013）……………… 422

天狐の章 5（儚き運命）（結城光流）角川文庫（2014）……………… 422

天子の御剣、推参！（中岡潤一郎）富士見新時代小説文庫（2015）……………… 278

天主信長 表 我こそ天下なり（上田秀人）講談社文庫（2013）……………… 75

天主信長 裏 天を望むなかれ（上田秀人）講談社文庫（2013）……………… 75

天守燃ゆ（井川香四郎）徳間文庫（2011）…… 34

天璋院と和宮（植松三十里）PHP文庫（2008）……………… 80

転生裁き（吉田雄亮）光文社文庫（2008）…… 424

天正十二年のクローディアス →明智光秀の密書（井沢元彦）ノン・ポシェット（1996）…… 43

天正十年夏ノ記（岳宏一郎）講談社文庫（1999）……………… 231

天正十年夏ノ記（岳宏一郎）光文社文庫（2009）……………… 231

◇天神坂下よろず屋始末記（沖田正午）双葉文庫……………… 96

天神坂下よろず屋始末記 あと始末承り候（沖田正午）双葉文庫（2011）……………… 96

天神坂下よろず屋始末記 子育て承り候（沖田正午）双葉文庫（2009）……………… 96

天神坂下よろず屋始末記 取立て承り候（沖田正午）双葉文庫（2010）……………… 96

天神坂下よろず屋始末記 母親捜し承り候（沖田正午）双葉文庫（2010）……………… 96

天神坂下よろず屋始末記 もぐら叩き承り候（沖田正午）双葉文庫（2010）……………… 96

◇天神長屋事件帖（藤村与一郎）コスミック・時代文庫……………… 357

天神長屋事件帖 若さま双剣裁き（藤村与一郎）コスミック・時代文庫（2016）…… 357

天神橋心中（稲葉稔）光文社文庫（2011）…… 52

天地人 上（火坂雅志）文春文庫（2010）…… 334

天地人 下（火坂雅志）文春文庫（2010）…… 334

天地に愧じず（六道慧）光文社文庫（2005）……………… 429

天地の螢（辻堂魁）学研M文庫（2011）…… 250

天地の螢（辻堂魁）祥伝社文庫（2016）…… 252

天地明察 上（冲方丁）角川文庫（2012）…… 82

天地明察 下（冲方丁）角川文庫（2012）…… 82

天誅！ 外道狩り →悪徳（稲葉稔）コスミック・時代文庫（2014）……………… 54

天誅！ 外道狩り（稲葉稔）ベスト時代文庫（2004）……………… 57

天誅の光（神谷仁）徳間文庫（2016）…… 128

天地雷動（伊東潤）角川文庫（2016）…… 47

天道、往く（市川丈夫）富士見新時代小説文庫（2014）……………… 47

天女の橋（庄司圭太）集英社文庫（1999）…… 208

◇天女湯おれん（諸田玲子）講談社文庫…… 405

天女湯おれん（諸田玲子）講談社文庫（2007）……………… 405

天女湯おれん これがはじまり（諸田玲子）講談社文庫（2012）……………… 405

天女湯おれん 春色恋ぐるい（諸田玲子）講談社文庫（2014）……………… 405

天皇の刺客 →曾我兄弟の密命（高橋直樹）文春文庫（2009）……………… 226

天王船（宇月原晴明）中公文庫（2006）…… 82

天の光（葉室麟）徳間時代小説文庫（2016）……………… 310

作品名索引　　とうく

天馬の厓戸（藤村与一郎）廣済堂文庫（2011）
　　　　　　　　　　　　　　　　　　　356
天平グレート・ジャーニー（上野誠）講談社文
　庫（2015）　　　　　　　　　　　　　79
天風遙に（芝村凉也）双葉文庫（2014）　　204
◇天保悪党伝（庄司圭太）光文社文庫　　　208
天保悪党伝 2 闇に棲む鬼（庄司圭太）光文社
　文庫（2008）　　　　　　　　　　　　208
天保悪党伝 3 鬼面（庄司圭太）光文社文庫
　（2009）　　　　　　　　　　　　　　208
天保悪党伝 地獄舟（庄司圭太）光文社文庫
　（2007）　　　　　　　　　　　　　　208
天保暴れ奉行　上（中村彰彦）中公文庫
　（2010）　　　　　　　　　　　　　　286
天保暴れ奉行 上（中村彰彦）中公文庫ワイド
　版（2012）　　　　　　　　　　　　　286
天保暴れ奉行　下（中村彰彦）中公文庫
　（2010）　　　　　　　　　　　　　　286
天保暴れ奉行 下（中村彰彦）中公文庫ワイド
　版（2012）　　　　　　　　　　　　　286
◇天保裏与力我慢様（松本賢吾）竹書房時代
　小説文庫　　　　　　　　　　　　　　378
天保裏与力我慢様 はぐれ鬼（松本賢吾）竹書
　房時代小説文庫（2008）　　　　　　　378
天保裏与力我慢様 秘剣返し（松本賢吾）竹書
　房時代小説文庫（2009）　　　　　　　378
天保怪盗伝（小杉健治）ベスト時代文庫
　（2007）　　　　　　　　　　　　　　161
◇天保剣鬼伝（鳥羽亮）幻冬舎文庫　　　262
天保剣鬼伝　首売り（鳥羽亮）幻冬舎文庫
　（1999）　　　　　　　　　　　　　　262
天保剣鬼伝　血疾り（鳥羽亮）幻冬舎文庫
　（2001）　　　　　　　　　　　　　　262
天保剣鬼伝　骨喰み（鳥羽亮）幻冬舎文庫
　（2000）　　　　　　　　　　　　　　262
天保三方領知替（早見俊）だいわ文庫（2008）
　　　　　　　　　　　　　　　　　　　319
天保刺客群像 →刺客稼業（宮城賢秀）廣済堂
　文庫（2001）　　　　　　　　　　　　385
天保刺客群像（宮城賢秀）春陽文庫（1992）
　　　　　　　　　　　　　　　　　　　387
天保水滸伝（柳蒼二郎）中公文庫（2014）　412
天保つむぎ糸（倉阪鬼一郎）二見時代小説文
　庫（2016）　　　　　　　　　　　　　148
天保バガボンド →天保水滸伝（柳蒼二郎）中
　公文庫（2014）　　　　　　　　　　　412
◇天保冷や酒侍（菅靖匡）学研M文庫　　130
天保冷や酒侍 阿修羅舞う（菅靖匡）学研M文
　庫（2012）　　　　　　　　　　　　　130
天保冷や酒侍 嵐を呼ぶ刃（菅靖匡）学研M文
　庫（2011）　　　　　　　　　　　　　130

天保百花塾（井川香四郎）PHP文芸文庫
　（2014）　　　　　　　　　　　　　　36
天魔斬剣（宮城賢秀）学研M文庫（2005）　382
天魔の乱（志津三郎）光文社文庫（2001）　201
天魔の罠（早見俊）廣済堂文庫（2008）　　315
天命の剣（稲葉稔）双葉文庫（2010）　　　56
◇天文御用十一屋（築山桂）幻冬舎時代小説
　文庫　　　　　　　　　　　　　　　　248
天文御用十一屋 烏刺奴斯の闇（築山桂）幻冬
　舎時代小説文庫（2012）　　　　　　　248
天文御用十一屋 花の形見（築山桂）幻冬舎時
　代小説文庫（2011）　　　　　　　　　248
天文御用十一屋 星ぐるい（築山桂）幻冬舎時
　代小説文庫（2010）　　　　　　　　　248
天佑なり 上（幸田真音）角川文庫（2015）　154
天佑なり 下（幸田真音）角川文庫（2015）　154
天佑、我にあり 上（海道龍一朗）講談社文庫
　（2012）　　　　　　　　　　　　　　100
天佑、我にあり 下（海道龍一朗）講談社文庫
　（2012）　　　　　　　　　　　　　　100
天雷の剣風（城駿一郎）廣済堂文庫（2004）
　　　　　　　　　　　　　　　　　　　206
天は長く（六道慧）幻冬舎文庫（2008）　　428

【 と 】

刀伊入寇（葉室麟）実業之日本社文庫（2014）
　　　　　　　　　　　　　　　　　　　309
蕩悦（谷恒生）徳間文庫（2003）　　　　　239
東海道中竿栗毛（雑賀俊一郎）学研M文庫
　（2006）　　　　　　　　　　　　　　169
東海道無頼拳（鳴海丈）学研M文庫（2012）
　　　　　　　　　　　　　　　　　　　290
東海非情剣（宮城賢秀）学研M文庫（2003）
　　　　　　　　　　　　　　　　　　　382
◇同行二人長屋物語（曽田博久）ハルキ文庫
　　　　　　　　　　　　　　　　　　　221
同行二人長屋物語 いのちの秋（曽田博久）ハ
　ルキ文庫（2010）　　　　　　　　　　221
同行二人長屋物語 江戸の蛍（曽田博久）ハル
　キ文庫（2009）　　　　　　　　　　　221
同行二人長屋物語 孤剣の絆（曽田博久）ハル
　キ文庫（2009）　　　　　　　　　　　221
◇道具侍隠密帳（早見俊）光文社文庫　　316
道具侍隠密帳 2 囮の御用（早見俊）光文社文
　庫（2015）　　　　　　　　　　　　　316
道具侍隠密帳 3 獣の涙（早見俊）光文社文庫
　（2015）　　　　　　　　　　　　　　316
道具侍隠密帳 4 天空の御用（早見俊）光文社
　文庫（2016）　　　　　　　　　　　　316

歴史時代小説文庫総覧 現代の作家　**571**

とうく　作品名索引

道具侍隠密帳 四つ巴の御用（早見俊）光文社
　文庫（2014） ……………………… *316*
刀圭（中島要）光文社文庫（2013） ……… *281*
峠越え（伊東潤）講談社文庫（2016） … *48*
峠越え（羽太雄平）角川文庫（2001） … *303*
峠越え（山本一力）PHP文庫（2008） … *416*
闘剣（宮城賢秀）学研M文庫（2003） … *383*
闘剣（宮城賢秀）青樹社文庫（1998） … *388*
◇刀剣商ちょうじ屋光三郎（山本兼一）講談
　社文庫 ………………………………… *417*
刀剣商ちょうじ屋光三郎 黄金の太刀（山本兼
　一）講談社文庫（2013） …………… *417*
刀剣商ちょうじ屋光三郎 狂い咲き正宗（山本
　兼一）講談社文庫（2011） ………… *417*
道元禅師 上巻（立松和平）新潮文庫（2010）
　………………………………………… *236*
道元禅師 中巻（立松和平）新潮文庫（2010）
　………………………………………… *236*
道元禅師 下巻（立松和平）新潮文庫（2010）
　………………………………………… *236*
◇刀剣目利き神楽坂咲花堂（井川香四郎）祥
　伝社文庫 ……………………………… *32*
刀剣目利き神楽坂咲花堂 10 鬼神の一刀（井
　川香四郎）祥伝社文庫（2009） …… *33*
刀剣目利き神楽坂咲花堂 あわせ鏡（井川香四
　郎）祥伝社文庫（2007） …………… *33*
刀剣目利き神楽坂咲花堂 写し絵（井川香四
　郎）祥伝社文庫（2008） …………… *33*
刀剣目利き神楽坂咲花堂 閻魔の刀（井川香四
　郎）祥伝社文庫（2008） …………… *33*
刀剣目利き神楽坂咲花堂 恋芽吹き（井川香四
　郎）祥伝社文庫（2007） …………… *33*
刀剣目利き神楽坂咲花堂 御赦免花（井川香四
　郎）祥伝社文庫（2006） …………… *32*
刀剣目利き神楽坂咲花堂 千年の桜（井川香四
　郎）祥伝社文庫（2007） …………… *33*
刀剣目利き神楽坂咲花堂 秘する花（井川香四
　郎）祥伝社文庫（2005） …………… *32*
刀剣目利き神楽坂咲花堂 百鬼の涙（井川香四
　郎）祥伝社文庫（2006） …………… *32*
刀剣目利き神楽坂咲花堂 未練坂（井川香四
　郎）祥伝社文庫（2006） …………… *33*
刀剣屋真田清四郎（麻倉一矢）宝島社文庫
　（2016） ……………………………… *8*
刀剣屋真田清四郎 〔2〕大倶利伽羅広光（麻
　倉一矢）宝島社文庫（2016） ……… *8*
刀光剣影（幡大介）二見時代小説文庫（2009）
　………………………………………… *327*
東郷平八郎（羽生道英）PHP文庫（2000） … *308*
◇同行屋稼業（中里融司）光文社文庫 ……… *279*
同行屋稼業 2 暁の斬友剣（中里融司）光文社
　文庫（2004） ………………………… *279*

同行屋稼業 3 惜別の残雪剣（中里融司）光文
　社文庫（2005） ……………………… *279*
同行屋稼業 4 落日の哀惜剣（中里融司）光文
　社文庫（2006） ……………………… *279*
同行屋稼業 5 終焉の必殺剣（中里融司）光文
　社文庫（2008） ……………………… *279*
同行屋稼業 斬剣冥府の旅（中里融司）光文社
　文庫（2003） ………………………… *279*
慟哭（坂岡真）光文社文庫（2015） …… *189*
慟哭の剣（芦川淳一）光文社文庫（2010） … *15*
刀魂（宮城賢秀）廣済堂文庫（2003） … *385*
道三堀のさくら（山本一力）角川文庫（2008）
　………………………………………… *414*
堂島出世物語 →堂島物語 5（漆黒篇）（富樫
　倫太郎）中公文庫（2012） ………… *258*
堂島出世物語 →堂島物語 6（出世篇）（富樫
　倫太郎）中公文庫（2012） ………… *259*
堂島物語 1（曙光篇）（富樫倫太郎）中公文庫
　（2011） ……………………………… *258*
堂島物語 2（青雲篇）（富樫倫太郎）中公文庫
　（2011） ……………………………… *258*
堂島物語 3（立志篇）（富樫倫太郎）中公文庫
　（2011） ……………………………… *258*
堂島物語 4（背水篇）（富樫倫太郎）中公文庫
　（2011） ……………………………… *258*
堂島物語 5（漆黒篇）（富樫倫太郎）中公文庫
　（2012） ……………………………… *258*
堂島物語 6（出世篇）（富樫倫太郎）中公文庫
　（2012） ……………………………… *259*
東洲しゃらくさし（松井今朝子）幻冬舎時代
　小説文庫（2011） …………………… *374*
東洲しゃらくさし（松井今朝子）PHP文庫
　（2001） ……………………………… *375*
藤十郎駆ける！ 1 さらば刈谷城（早見俊）徳
　間文庫（2016） ……………………… *320*
刀十郎と小雪（鳥羽亮）幻冬舎文庫（2009）
　………………………………………… *262*
闘将伝（中村彰彦）角川文庫（1998） … *285*
闘将伝（中村彰彦）文春文庫（2011） … *287*
道場破り（佐伯泰英）ハルキ文庫（2005） … *181*
道場破り（佐伯泰英）ハルキ文庫（2010） … *182*
同心影山恭四郎 大岡裏裁き（飯野笙子）コス
　ミック・時代文庫（2010） ………… *27*
◇同心亀無剣之介（風野真知雄）コスミック・
　時代文庫 ……………………………… *112*
同心亀無剣之介 恨み猫（風野真知雄）コスミ
　ック・時代文庫（2008） …………… *112*
同心亀無剣之介 消えた女（風野真知雄）コス
　ミック・時代文庫（2007） ………… *112*
同心亀無剣之介 きつね火（風野真知雄）コス
　ミック・時代文庫（2010） ………… *112*

同心亀無剣之介 わかれの花 (風野真知雄) コ
スミック・時代文庫 (2006) ……………… 112
◇同心七之助ふたり捕物帳 (芦川淳一) ハル
キ文庫 …………………………………… 17
同心七之助ふたり捕物帳 姉は幽霊 (芦川淳
一) ハルキ文庫 (2013) …………………… 17
同心七之助ふたり捕物帳 お助け幽霊 (芦川淳
一) ハルキ文庫 (2014) …………………… 17
同心七之助ふたり捕物帳 虹の別れ (芦川淳
一) ハルキ文庫 (2015) …………………… 17
同心七之助ふたり捕物帳 花かんざし (芦川淳
一) ハルキ文庫 (2014) …………………… 17
同心七之助ふたり捕物帳 迷い路 (芦川淳一)
ハルキ文庫 (2014) ………………………… 17
同心の妹 (早見俊) 二見時代小説文庫 (2011)
………………………………………… 322
同心の鑑 (早見俊) 講談社文庫 (2012) …… 316
どうせおいらは座敷牢 (風野真知雄) 祥伝社
文庫 (2014) ……………………………… 113
盗賊かもめ (坂岡真) 双葉文庫 (2008) …… 192
盗賊狩り (藤井邦夫) 双葉文庫 (2015) …… 351
盗賊の首 (藤井邦夫) 双葉文庫 (2016) …… 351
◇道中奉行隠密帳 (宮城賢秀) 学研M文庫 … 382
道中奉行隠密帳 (宮城賢秀) 学研M文庫
(2002) …………………………………… 382
道中奉行隠密帳 2 美濃路の決闘 (宮城賢秀)
学研M文庫 (2002) ……………………… 382
道中奉行隠密帳 斬人斬馬剣 (宮城賢秀) 学研
M文庫 (2003) …………………………… 382
道中奉行隠密帳 東海非情剣 (宮城賢秀) 学研
M文庫 (2003) …………………………… 382
道中奉行隠密帳 日光斬殺剣 (宮城賢秀) 学研
M文庫 (2002) …………………………… 382
道中霧 (鈴木英治) 中公文庫 (2005) ……… 212
冬天の昴 (あさのあつこ) 光文社時代小説文
庫 (2016) …………………………………… 11
藤堂高虎 (羽生道英) PHP文庫 (2005) …… 308
道頓堀の大ダコ (田中啓文) 集英社文庫
(2013) …………………………………… 237
冬波 (小杉健治) 祥伝社文庫 (2012) ……… 158
倒幕の紋章 (加治将一) PHP文芸文庫
(2012) …………………………………… 106
倒幕の紋章 2 →回天の黒幕 (加治将一) PHP
文芸文庫 (2012) ………………………… 106
倒幕連判状 (加卯厚志) 中公文庫 (2008) … 126
豆腐小僧双六道中おやすみ (京極夏彦) 角川
文庫 (2013) ……………………………… 142
豆腐小僧双六道中ふりだし (京極夏彦) 角川
文庫 (2010) ……………………………… 142
豆腐小僧その他 (京極夏彦) 角川文庫 (2011)
………………………………………… 142

逃亡 (小杉健治) ハルキ文庫 (2014) ……… 160
逃亡 (佐伯泰英) ケイブンシャ文庫 (2001)
………………………………………… 170
逃亡 →流離 (佐伯泰英) 光文社文庫 (2003)
………………………………………… 173
◇逃亡侍戯作手控え (聖龍人) 中公文庫 …… 337
◇逃亡侍戯作手控え (聖龍人) 中公文庫ワイ
ド版 ……………………………………… 338
逃亡侍戯作手控え 女難剣難 (聖龍人) 中公文
庫 (2012) ………………………………… 337
逃亡侍戯作手控え 晩秋の月影 (聖龍人) 中公
文庫 (2012) ……………………………… 338
逃亡侍戯作手控え 満月の夜 (聖龍人) 中公文
庫 (2012) ………………………………… 337
逃亡侍戯作手控え 満月の夜 (聖龍人) 中公文
庫ワイド版 (2012) ……………………… 338
逃亡者 (千野隆司) 講談社文庫 (2001) …… 243
道楽息子 (和田はつ子) 双葉文庫 (2009) … 443
登竜の標 (上田秀人) 徳間文庫 (2014) …… 78
遠い陽炎 (井川香四郎) 徳間文庫 (2011) … 34
遠い陽炎 (井川香四郎) 双葉文庫 (2006) … 36
遠い勝鬨 (村木嵐) 文春文庫 (2014) ……… 398
遠い春雷 (鳥羽亮) ハルキ文庫 (2010) …… 269
遠い雷鳴 (牧秀彦) 学研M文庫 (2010) …… 366
十日えびす (宇江佐真理) 祥伝社文庫 (2010)
…………………………………………… 71
遠き祈り (築山桂) 双葉文庫 (2011) ……… 249
遠野女大名 (青木慎治) 小学館文庫 (1999)
………………………………………………… 2
遠花火 (藤原緋沙子) 講談社文庫 (2005) … 359
遠山追放 (おいはなち) 闇御庭番始末帖 (早
見俊) ベスト時代文庫 (2011) ………… 322
遠山兄弟桜 (藤村与一郎) 廣済堂文庫 (2012)
………………………………………… 356
遠山桜 (鳥羽亮) 講談社文庫 (2009) ……… 263
◇遠山奉行影同心 (早坂倫太郎) 学研M文庫
………………………………………… 311
◇遠山奉行影同心 (早坂倫太郎) 廣済堂文庫
………………………………………… 311
遠山奉行影同心 →竜神乱れ討ち (早坂倫太
郎) 学研M文庫 (2001) ………………… 311
遠山奉行影同心 (早坂倫太郎) 廣済堂文庫
(1995) …………………………………… 311
遠山奉行影同心 2 闇の乱れ討ち (早坂倫太
郎) 学研M文庫 (2001) ………………… 311
遠山奉行影同心 2 闇の乱れ討ち (早坂倫太
郎) 廣済堂文庫 (1996) ………………… 311
遠山奉行影同心 3 炎の乱れ討ち (早坂倫太
郎) 学研M文庫 (2002) ………………… 311
遠山奉行影同心 3 炎の乱れ討ち (早坂倫太
郎) 廣済堂文庫 (1996) ………………… 311

とおや　　　　　　　　　　　　　作品名索引

遠山奉行影同心 4 虹の乱れ討ち（早坂倫太
郎）学研M文庫（2002）‥‥‥‥‥‥‥‥ 311
遠山奉行影同心 4 虹の乱れ討ち（早坂倫太
郎）廣済堂文庫（1996）‥‥‥‥‥‥‥‥ 311
遠山奉行影同心 5 暗黒の乱れ討ち（早坂倫太
郎）学研M文庫（2002）‥‥‥‥‥‥‥‥ 311
遠山奉行影同心 5 暗黒の乱れ討ち（早坂倫太
郎）廣済堂文庫（1997）‥‥‥‥‥‥‥‥ 311
遠山奉行影同心 6 黄金の乱れ討ち（早坂倫太
郎）学研M文庫（2002）‥‥‥‥‥‥‥‥ 311
遠山奉行影同心 6 黄金の乱れ討ち（早坂倫太
郎）廣済堂文庫（1998）‥‥‥‥‥‥‥‥ 311
遠山奉行影同心 竜神乱れ討ち（早坂倫太郎）
学研M文庫（2001）‥‥‥‥‥‥‥‥‥‥ 311
通り雨（笠岡治次）廣済堂文庫（2012）‥‥‥‥ 104
通りゃんせ（宇江佐真理）角川文庫（2013）
‥‥‥‥‥‥‥‥‥‥‥‥‥‥‥‥‥‥‥ 69
咎斬りの太刀（幡大介）竹書房時代小説文庫
（2009）‥‥‥‥‥‥‥‥‥‥‥‥‥‥‥ 325
戸隠秘宝の砦 第1部 吉原惣籬（千野隆司）小
学館文庫（2012）‥‥‥‥‥‥‥‥‥‥‥ 243
戸隠秘宝の砦 第2部 気比の長祭り（千野隆
司）小学館文庫（2012）‥‥‥‥‥‥‥‥ 243
戸隠秘宝の砦 第3部 光芒はるか（千野隆司）
小学館文庫（2012）‥‥‥‥‥‥‥‥‥‥ 243
刻 →戦国鎌倉悲譚 剋（伊東潤）講談社文庫
（2013）‥‥‥‥‥‥‥‥‥‥‥‥‥‥‥ 47
ときぐすり（畠中恵）文春文庫（2015）‥‥‥‥ 305
研ぎ師太吉（山本一力）新潮文庫（2010）‥‥‥ 415
◇研ぎ師人情始末（稲葉稔）光文社文庫 ‥‥‥ 52
研ぎ師人情始末 2 糸切れ凧（稲葉稔）光文社
文庫（2006）‥‥‥‥‥‥‥‥‥‥‥‥‥ 52
研ぎ師人情始末 3 うろこ雲（稲葉稔）光文社
文庫（2006）‥‥‥‥‥‥‥‥‥‥‥‥‥ 52
研ぎ師人情始末 4 うらぶれ侍（稲葉稔）光文
社文庫（2007）‥‥‥‥‥‥‥‥‥‥‥‥ 52
研ぎ師人情始末 5 兄妹氷雨（稲葉稔）光文社
文庫（2007）‥‥‥‥‥‥‥‥‥‥‥‥‥ 52
研ぎ師人情始末 6 迷い鳥（稲葉稔）光文社文
庫（2007）‥‥‥‥‥‥‥‥‥‥‥‥‥‥ 52
研ぎ師人情始末 7 おしどり夫婦（稲葉稔）光
文社文庫（2008）‥‥‥‥‥‥‥‥‥‥‥ 52
研ぎ師人情始末 8 恋わずらい（稲葉稔）光文
社文庫（2008）‥‥‥‥‥‥‥‥‥‥‥‥ 52
研ぎ師人情始末 9 江戸橋慕情（稲葉稔）光文
社文庫（2008）‥‥‥‥‥‥‥‥‥‥‥‥ 52
研ぎ師人情始末 10 親子の絆（稲葉稔）光文社
文庫（2009）‥‥‥‥‥‥‥‥‥‥‥‥‥ 52
研ぎ師人情始末 11 濡れぎぬ（稲葉稔）光文社
文庫（2009）‥‥‥‥‥‥‥‥‥‥‥‥‥ 52

研ぎ師人情始末 12 こおろぎ橋（稲葉稔）光文
社文庫（2009）‥‥‥‥‥‥‥‥‥‥‥‥ 52
研ぎ師人情始末 13 父の形見（稲葉稔）光文社
文庫（2010）‥‥‥‥‥‥‥‥‥‥‥‥‥ 52
研ぎ師人情始末 14 縁むすび（稲葉稔）光文社
文庫（2010）‥‥‥‥‥‥‥‥‥‥‥‥‥ 52
研ぎ師人情始末 15 故郷（さと）がえり（稲葉
稔）光文社文庫（2011）‥‥‥‥‥‥‥‥ 52
研ぎ師人情始末 裏店とんぼ（稲葉稔）光文社
文庫（2005）‥‥‥‥‥‥‥‥‥‥‥‥‥ 52
時そば（和田はつ子）ハルキ文庫（2009）‥‥‥ 441
毒飼い（中里融司）ベスト時代文庫（2008）
‥‥‥‥‥‥‥‥‥‥‥‥‥‥‥‥‥‥‥ 280
毒飼いの罠（鈴木英治）双葉文庫（2011）‥‥‥ 217
毒牙狩り（早坂倫太郎）集英社文庫（2004）
‥‥‥‥‥‥‥‥‥‥‥‥‥‥‥‥‥‥‥ 312
徳川家光（羽生道英）PHP文庫（1999）‥‥‥‥ 308
徳川家慶、推参（千野隆司）ハルキ文庫
（2013）‥‥‥‥‥‥‥‥‥‥‥‥‥‥‥ 245
徳川外法忍風録（火坂雅志）ケイブンシャ文
庫（2001）‥‥‥‥‥‥‥‥‥‥‥‥‥‥ 330
徳川御三卿の陰謀（北川哲史）廣済堂文庫
（2007）‥‥‥‥‥‥‥‥‥‥‥‥‥‥‥ 133
徳川四天王（川村真二）PHP文庫（2014）‥‥‥ 130
徳川秀忠と妻お江（立石優）PHP文庫
（2011）‥‥‥‥‥‥‥‥‥‥‥‥‥‥‥ 236
徳川慶喜（羽生道英）PHP文庫（1997）‥‥‥‥ 308
徳川吉宗を張り倒す（風野真知雄）幻冬舎時
代小説文庫（2015）‥‥‥‥‥‥‥‥‥‥ 110
徳川吉宗の機密書（福原俊彦）朝日文庫
（2016）‥‥‥‥‥‥‥‥‥‥‥‥‥‥‥ 345
独眼竜の忍 上（平谷美樹）富士見新時代小
説文庫（2014）‥‥‥‥‥‥‥‥‥‥‥‥ 343
独眼竜の忍 下（平谷美樹）富士見新時代小
説文庫（2014）‥‥‥‥‥‥‥‥‥‥‥‥ 343
独眼竜の弁天（早見俊）徳間文庫（2011）‥‥‥ 320
独眼龍謀反状（卍屋麗三郎 斬鬼篇（鳴海丈）
学研M文庫（2001）‥‥‥‥‥‥‥‥‥‥ 289
独眼龍柔肌剣（えとう乱星）学研M文庫
（2004）‥‥‥‥‥‥‥‥‥‥‥‥‥‥‥ 83
毒の花（和久田正明）廣済堂文庫（2012）‥‥‥ 434
特命 前篇 殺し蝶（和久田正明）徳間文庫
（2014）‥‥‥‥‥‥‥‥‥‥‥‥‥‥‥ 436
特命 後篇 虎の爪（和久田正明）徳間文庫
（2014）‥‥‥‥‥‥‥‥‥‥‥‥‥‥‥ 436
特命与力 犬飼平士郎（中岡潤一郎）コスミッ
ク・時代文庫（2016）‥‥‥‥‥‥‥‥‥ 278
髑髏夜叉（早坂倫太郎）双葉文庫（2003）‥‥‥ 313
土下座侍（井川香四郎）ベスト時代文庫
（2012）‥‥‥‥‥‥‥‥‥‥‥‥‥‥‥ 39

作品名索引　　　　　　　　　　とのさ

渡月橋神田上水事件（北川哲史）だいわ文庫
（2008）……………………………… *134*

外様喰い（和久田正明）光文社文庫（2011）
……………………………………… *435*

利家とまつ　上巻（竹山洋）新潮文庫（2003）
……………………………………… *233*

利家とまつ　下巻（竹山洋）新潮文庫（2003）
……………………………………… *234*

歳三の首（藤井邦夫）学研M文庫（2011）　*347*

歳三の首（藤井邦夫）双葉文庫（2015）…… *352*

歳三奔る（江宮隆之）祥伝社文庫（2001）…　*86*

歳三往きてまた（秋山香乃）文春文庫（2007）
………………………………………… *5*

杜若艶姿（佐伯泰英）幻冬舎文庫（2009）…… *171*

杜若艶姿（佐伯泰英）幻冬舎文庫（2011）…… *172*

渡世人（石月正広）講談社文庫（2003）……　*44*

◇渡世人伊三郎（黒崎裕一郎）ハルキ文庫 … *151*

渡世人伊三郎　血風天城越え（黒崎裕一郎）ハ
ルキ文庫（2004）…………………… *151*

渡世人伊三郎　上州無情旅（黒崎裕一郎）ハル
キ文庫（2003）……………………… *151*

渡世人狩り（中岡潤一郎）コスミック・時代文
庫（2008）…………………………… *277*

◇とっくり官兵衛酔夢剣（井川香四郎）二見
時代小説文庫 ……………………………　*36*

とっくり官兵衛酔夢剣 2 ちぎれ雲（井川香四
郎）二見時代小説文庫（2007）………　*36*

とっくり官兵衛酔夢剣 3 斬らぬ武士道（井川
香四郎）二見時代小説文庫（2008）…　*37*

とっくり官兵衛酔夢剣　仕官の酒（井川香四
郎）二見時代小説文庫（2007）………　*36*

独孤剣（藤水名子）ハルキ文庫（2002）…… *346*

とっぱあ与力（平茂寛）富士見新時代小説文
庫（2014）…………………………… *340*

とっぱあ与力火事場の華（平茂寛）富士見新
時代小説文庫（2014）……………… *340*

とっぴんぱらりの風太郎　上（万城目学）文春
文庫（2016）………………………… *373*

とっぴんぱらりの風太郎　下（万城目学）文春
文庫（2016）………………………… *373*

怒刀（牧秀彦）双葉文庫（2014）…………… *370*

怒濤逆巻くも（鳴海風）新人物文庫（2009）
……………………………………… *297*

怒濤の慶次（中村朋臣）宝島社文庫（2014）
……………………………………… *288*

怒濤の果て（井川香四郎）徳間文庫（2008）
………………………………………　*34*

届かぬ想い（聖龍人）コスミック・時代文庫
（2016）……………………………… *337*

留めの底にわだかまれ（結城光流）角川ビー
ンズ文庫（2015）…………………… *421*

隣の悪党（喜安幸夫）学研M文庫（2008）… *136*

◇殿さま商売人（沖田正午）二見時代小説文
庫 ……………………………………　*96*

殿さま商売人 1 べらんめえ大名（沖田正午）
二見時代小説文庫（2014）…………　*96*

殿さま商売人 2 ぶっとび大名（沖田正午）二
見時代小説文庫（2015）……………　*96*

殿さま商売人 3 運気をつかめ！（沖田正午）
二見時代小説文庫（2015）…………　*96*

殿さま商売人 4 悲願の大勝負（沖田正午）二
見時代小説文庫（2015）……………　*97*

殿さま同心天下御免（誉田龍一）コスミック・
時代文庫（2015）…………………… *364*

殿さま同心天下御免〔2〕旗本殺し（誉田龍
一）コスミック・時代文庫（2015）…… *364*

殿さま同心天下御免〔3〕奉行暗殺（誉田龍
一）コスミック・時代文庫（2015）…… *364*

殿さま同心天下御免〔4〕上様襲撃（誉田龍
一）コスミック・時代文庫（2015）…… *364*

殿さまの貌（早見俊）二見時代小説文庫
（2012）……………………………… *322*

殿さまの秘密（飯野笙子）コスミック・時代文
庫（2015）……………………………　*27*

◇殿さま奉行香月龍太郎（飯野笙子）コスミッ
ク・時代文庫 ………………………　*26*

殿さま奉行香月龍太郎〔2〕蛇面の刺客（飯
野笙子）コスミック・時代文庫（2014）…　*26*

殿さま奉行香月龍太郎〔3〕想い月（飯野笙
子）コスミック・時代文庫（2015）……　*27*

殿さま奉行香月龍太郎　望郷の剣（飯野笙子）
コスミック・時代文庫（2014）………　*26*

◇殿さま浪人幸四郎（聖龍人）コスミック・時
代文庫 ……………………………… *335*

殿さま浪人幸四郎（聖龍人）コスミック・時代
文庫（2008）………………………… *335*

殿さま浪人幸四郎　裏切りの夏祭り（聖龍人）
コスミック・時代文庫（2015）……… *336*

殿さま浪人幸四郎　お殿さま復活（聖龍人）コ
スミック・時代文庫（2013）………… *336*

殿さま浪人幸四郎　おもいで橋（聖龍人）コス
ミック・時代文庫（2010）…………… *336*

殿さま浪人幸四郎　哀しみ桜（聖龍人）コスミ
ック・時代文庫（2009）……………… *335*

殿さま浪人幸四郎　鬼女の涙（聖龍人）コスミ
ック・時代文庫（2013）……………… *336*

殿さま浪人幸四郎　月夜の密偵（聖龍人）コス
ミック・時代文庫（2014）…………… *336*

殿さま浪人幸四郎　とむらい行灯（聖龍人）コ
スミック・時代文庫（2013）………… *336*

殿さま浪人幸四郎　なみだ雨（聖龍人）コスミ
ック・時代文庫（2009）……………… *335*

殿さま浪人幸四郎　逃げる姫さま（聖龍人）コ
スミック・時代文庫（2014）………… *336*

歴史時代小説文庫総覧 現代の作家　**575**

殿さま浪人幸四郎 へち貫の恋（聖龍人）コスミック・時代文庫（2011）‥‥‥‥ 336

殿さま浪人幸四郎 まぼろし小判（聖龍人）コスミック・時代文庫（2014）‥‥‥‥ 336

殿さま浪人幸四郎 まぼろしの女（聖龍人）コスミック・時代文庫（2010）‥‥‥‥ 336

殿さま浪人幸四郎 雪うさぎ（聖龍人）コスミック・時代文庫（2009）‥‥‥‥ 336

殿さま浪人幸四郎 湯けむりの殺意（聖龍人）コスミック・時代文庫（2015）‥‥‥ 336

殿さま浪人幸四郎 わかれの空（聖龍人）コスミック・時代文庫（2011）‥‥‥‥ 336

殿のどら焼き（牧秀彦）幻冬舎時代小説文庫（2013）‥‥‥‥ 366

◇殿は替え玉（藤村与一郎）コスミック・時代文庫 ‥‥‥‥ 356

殿は替え玉 〔2〕 両面小町（藤村与一郎）コスミック・時代文庫（2013）‥‥‥‥ 356

殿は替え玉 〔3〕 最高のふたり（藤村与一郎）コスミック・時代文庫（2013）‥‥‥‥ 356

殿は替え玉 松平玉三郎殿さま草紙（藤村与一郎）コスミック・時代文庫（2012）‥‥‥‥ 356

驀馬十駕（六道慧）光文社文庫（2010）‥‥‥‥ 429

飛び梅（藤原緋沙子）文春文庫（2013）‥‥‥‥ 362

◇とびきり屋見立て帖（山本兼一）文春文庫 ‥‥‥‥ 418

とびきり屋見立て帖 赤絵そうめん（山本兼一）文春文庫（2014）‥‥‥‥ 418

とびきり屋見立て帖 ええもんひとつ（山本兼一）文春文庫（2012）‥‥‥‥ 418

とびきり屋見立て帖 千両花嫁（山本兼一）文春文庫（2010）‥‥‥‥ 418

とびきり屋見立て帖 利休の茶杓（山本兼一）文春文庫（2016）‥‥‥‥ 418

飛燕（和久田正明）双葉文庫（2007）‥‥‥‥ 437

◇どぶ板文吾義侠伝（小杉健治）講談社文庫 ‥‥‥‥ 155

どぶ板文吾義侠伝 つぐない（小杉健治）講談社文庫（2007）‥‥‥‥ 155

どぶ板文吾義侠伝 母子草（小杉健治）講談社文庫（2006）‥‥‥‥ 155

どぶ板文吾義侠伝 闇鳥（小杉健治）講談社文庫（2008）‥‥‥‥ 155

翔ぶ梅（田牧大和）講談社文庫（2012）‥‥‥‥ 240

戸惑（上田秀人）徳間文庫（2016）‥‥‥‥ 78

戸惑い（小杉健治）ハルキ文庫（2013）‥‥‥‥ 160

とまどい関ケ原（岩井三四二）PHP文芸文庫（2013）‥‥‥‥ 68

富くじ狂瀾（千野隆司）朝日文庫（2016）‥‥‥ 241

富くじ始末（幡大介）ハルキ文庫（2013）‥‥‥‥ 326

富子すきすき（宇江佐真理）講談社文庫（2012）‥‥‥‥ 70

富突吉凶（芝村凉也）双葉文庫（2016）‥‥‥‥ 204

富の突留札（坂岡真）双葉文庫（2005）‥‥‥‥ 192

とむらい行灯（聖龍人）コスミック・時代文庫（2013）‥‥‥‥ 336

◇とむらい組見参（富樫倫太郎）徳間文庫 ‥‥‥ 259

とむらい組見参 赤炎の剣（富樫倫太郎）徳間文庫（2009）‥‥‥‥ 259

とむらい組見参 百舌贄の剣（富樫倫太郎）徳間文庫（2009）‥‥‥‥ 259

とむらい組見参 雷神の剣（富樫倫太郎）徳間文庫（2008）‥‥‥‥ 259

留め女（金子成人）小学館文庫（2014）‥‥‥‥ 124

巴之丞鹿の子（近藤史恵）幻冬舎文庫（2001）‥‥‥‥ 168

巴之丞鹿の子（近藤史恵）光文社文庫（2008）‥‥‥‥ 168

◇巴の破剣（牧秀彦）ベスト時代文庫 ‥‥‥‥ 371

巴の破剣 裏切りに啼く（牧秀彦）ベスト時代文庫（2007）‥‥‥‥ 371

巴の破剣 仕置仕舞（牧秀彦）ベスト時代文庫（2008）‥‥‥‥ 371

巴の破剣 邪炎に吠える（牧秀彦）ベスト時代文庫（2007）‥‥‥‥ 371

巴の破剣 驟雨を断つ（牧秀彦）ベスト時代文庫（2006）‥‥‥‥ 371

巴の破剣 羅刹を斬れ（牧秀彦）ベスト時代文庫（2006）‥‥‥‥ 371

豊国神宝（中路啓太）新潮文庫（2013）‥‥‥‥ 280

豊臣家の黄金（麻倉一矢）ノン・ポシェット（1990）‥‥‥‥ 8

豊臣秀次（羽生道英）PHP文庫（2011）‥‥‥‥ 308

豊臣秀長（志木沢郁）学研M文庫（2008）‥‥‥‥ 200

◇寅右衛門どの江戸日記（井川香四郎）文春文庫 ‥‥‥‥ 38

寅右衛門どの江戸日記 芝浜しぐれ（井川香四郎）文春文庫（2016）‥‥‥‥ 38

寅右衛門どの江戸日記 人情そこつ長屋（井川香四郎）文春文庫（2016）‥‥‥‥ 38

虎が雨（今井絵美子）ハルキ文庫（2012）‥‥‥ 64

虎に似たり（坂岡真）ハルキ文庫（2016）‥‥‥ 191

虎の尾（和久田正明）ハルキ文庫（2011）‥‥‥ 436

虎の尾を踏む（佐伯泰英）新潮文庫（2016）‥‥‥‥ 179

虎の尾を踏む虎之助（風野真知雄）幻冬舎時代小説文庫（2015）‥‥‥‥ 110

虎の城 上 乱世疾風編（火坂雅志）祥伝社文庫（2007）‥‥‥‥ 332

虎の城 下 智将咆哮編（火坂雅志）祥伝社文庫（2007）‥‥‥‥ 332

どら息子の涙（早見俊）コスミック・時代文庫
（2011）……………………… 317
とらわれた家斉（藤村与一郎）コスミック・時
代文庫（2015）…………………… 357
取替屋（井川香四郎）祥伝社文庫（2015）…… 33
鳥かご（鈴木英治）徳間文庫（2006）……… 214
鳥刺同心（伊達慶）学研M文庫（2007）…… 235
取立て承り候（沖田正午）双葉文庫（2010）
…………………………………… 96
捕違い（藤井邦夫）双葉文庫（2009）…… 350
◇取次屋栄三（岡本さとる）祥伝社文庫 …… 91
取次屋栄三（岡本さとる）祥伝社文庫（2010）
…………………………………… 91
取次屋栄三 2 がんこ煙管（岡本さとる）祥伝
社文庫（2011）………………… 91
取次屋栄三 3 若の恋（岡本さとる）祥伝社文
庫（2011）……………………… 91
取次屋栄三 4 千の倉より（岡本さとる）祥伝
社文庫（2011）………………… 91
取次屋栄三 5 茶漬け一膳（岡本さとる）祥伝
社文庫（2011）………………… 91
取次屋栄三 6 妻恋日記（岡本さとる）祥伝社
文庫（2012）…………………… 91
取次屋栄三 7 浮かぶ瀬（岡本さとる）祥伝社
文庫（2012）…………………… 91
取次屋栄三 8 海より深し（岡本さとる）祥伝
社文庫（2012）………………… 91
取次屋栄三 9 大山まいり（岡本さとる）祥伝
社文庫（2013）………………… 91
取次屋栄三 10 一番手柄（岡本さとる）祥伝社
文庫（2013）…………………… 91
取次屋栄三 11 情けの糸（岡本さとる）祥伝社
文庫（2013）…………………… 91
取次屋栄三 12 手習い師匠（岡本さとる）祥伝
社文庫（2014）………………… 91
取次屋栄三 13 深川慕情（岡本さとる）祥伝社
文庫（2014）…………………… 91
取次屋栄三 14 合縁奇縁（岡本さとる）祥伝社
文庫（2014）…………………… 91
取次屋栄三 15 三十石船（岡本さとる）祥伝社
文庫（2015）…………………… 92
取次屋栄三 16 喧嘩屋（岡本さとる）祥伝社文
庫（2016）……………………… 92
西の市（山内美樹子）静山社文庫（2011）… 413
鳥の子守唄（風野真知雄）角川文庫（2013）
…………………………………… 109
◇鳥見役影御用（黒崎裕一郎）幻冬舎文庫 … 150
◇鳥見役影御用（黒崎裕一郎）徳間文庫 …… 151
鳥見役影御用 1 闇の華（黒崎裕一郎）幻冬舎
文庫（2001）…………………… 150

鳥見役影御用 2 讐鬼の剣（黒崎裕一郎）幻冬
舎文庫（2002）………………… 150
鳥見役影御用 讐鬼の剣（黒崎裕一郎）徳間文
庫（2006）……………………… 151
鳥見役影御用 闇の華（黒崎裕一郎）徳間文庫
（2005）………………………… 151
◇鳥見役京四郎裏御用（早見俊）光文社文庫
…………………………………… 316
鳥見役京四郎裏御用 1 孤高の若君（早見俊）
光文社文庫（2011）…………… 316
鳥見役京四郎裏御用 2 まやかし舞台（早見
俊）光文社文庫（2011）……… 316
鳥見役京四郎裏御用 3 魔笛の君（早見俊）光
文社文庫（2012）……………… 316
鳥見役京四郎裏御用 4 悪謀討ち（早見俊）光
文社文庫（2013）……………… 316
鳥見役京四郎裏御用 5 若殿討ち（早見俊）光
文社文庫（2013）……………… 316
捕物犬金剛丸（岳真也）祥伝社文庫（2011）
…………………………………… 103
不問ノ速太、疾る（沢田黒蔵）学研M文庫
（2003）………………………… 199
永遠（とわ）に（今井絵美子）ハルキ文庫
（2016）………………………… 64
呑舟の魚（井川香四郎）学研M文庫（2008）
…………………………………… 28
◇とんずら屋請負帖（田牧大和）角川文庫 …… 240
とんずら屋請負帖（田牧大和）角川文庫
（2013）………………………… 240
とんずら屋請負帖〔2〕仇討（田牧大和）角
川文庫（2013）………………… 240
とんずら屋弥生請負帖 →とんずら屋請負帖
（田牧大和）角川文庫（2013）… 240
◇とんち探偵一休さん（鯨統一郎）祥伝社文
庫 ……………………………… 143
とんち探偵一休さん 金閣寺に密室（鯨統一
郎）祥伝社文庫（2002）……… 143
とんち探偵一休さん 謎解き道中（鯨統一郎）
祥伝社文庫（2006）…………… 143
飛んで火に入る料理番（小早川涼）角川文庫
（2016）………………………… 165
飛んで火に入る悪い奴（風野真知雄）幻冬舎
時代小説文庫（2015）………… 110
どんでん返し忠臣蔵（鎌田樹）廣済堂文庫
（2013）………………………… 127
鈍刀（坂岡真）双葉文庫（2016）………… 192
どんど橋（稲葉稔）光文社文庫（2015）…… 53
とんび侍喧嘩帳（永井義男）学研M文庫
（2007）………………………… 274
蜻蛉切り（伊藤致雄）ハルキ文庫（2008）…… 48
とんぼ剣法（鳥羽亮）徳間文庫（2006）…… 268

【 な 】

ないたカラス（中島要）光文社文庫（2016）
 281
ないないば（風野真知雄）双葉文庫（2016）
 116
◇内与力捕物帳（宮城賢秀）双葉文庫 390
内与力捕物帳 必殺剣（宮城賢秀）双葉文庫
 （2003） 390
内与力捕物帳 無双剣（宮城賢秀）双葉文庫
 （2004） 390
直江兼続（江宮隆之）学研M文庫（2004） 86
直江兼続（羽生道英）幻冬舎文庫（2001） 308
直江兼続戦記 1（神尾秀）学研M文庫（2008）
 128
直江兼続戦記 2（神尾秀）学研M文庫（2009）
 128
直江兼続戦記 3（神尾秀）学研M文庫（2009）
 128
直江兼続と妻お船（近衛龍春）PHP文庫
 （2008） 164
直江山城守兼続 上（近衛龍春）講談社文庫
 （2009） 162
直江山城守兼続 下（近衛龍春）講談社文庫
 （2009） 162
直虎（高橋直樹）潮文庫（2016） 225
直虎と直政（野中信二）人物文庫（2016） 301
◇長崎絵師通吏辰次郎（佐伯泰英）ハルキ文
 庫 183
長崎絵師通吏辰次郎 悲愁の剣（佐伯泰英）ハ
 ルキ文庫（2001） 183
長崎絵師通吏辰次郎 悲愁の剣（佐伯泰英）ハ
 ルキ文庫（2013） 183
長崎絵師通吏辰次郎 白虎の剣（佐伯泰英）ハ
 ルキ文庫（2003） 183
長崎絵師通吏辰次郎 白虎の剣（佐伯泰英）ハ
 ルキ文庫（2013） 183
流され侍（芦川淳一）徳間文庫（2009） 17
中山道の雨（押川国秋）講談社文庫（2006）
 98
仲蔵狂乱（松井今朝子）講談社文庫（2001）
 374
なかないで（風野真知雄）双葉文庫（2016）
 116
長屋あやうし（鳥羽亮）双葉文庫（2008） 271
長屋狂言（田牧大和）講談社文庫（2015） 240
長屋の神さま（鈴木晴世）学研M文庫
 （2013） 219
長屋の殿様文史郎（森詠）二見時代小説文庫
 （2010） 401

長屋の若君（井川香四郎）文春文庫（2013）
 37
流れ医師と黒魔の影（小松エメル）光文社文
 庫（2015） 167
流浪（ながれ）鬼（鳥羽亮）徳間文庫（2013）
 268
流れ雲（笠岡治次）ベスト時代文庫（2006）
 105
◇流想十郎蝴蝶剣（鳥羽亮）角川文庫 260
流想十郎蝴蝶剣（鳥羽亮）角川文庫（2008）
 260
流想十郎蝴蝶剣 剣花舞う（鳥羽亮）角川文庫
 （2008） 260
流想十郎蝴蝶剣 恋蛍（鳥羽亮）角川文庫
 （2009） 260
流想十郎蝴蝶剣 双鬼の剣（鳥羽亮）角川文庫
 （2010） 260
流想十郎蝴蝶剣 蝶と稲妻（鳥羽亮）角川文庫
 （2011） 260
流想十郎蝴蝶剣 舞首（鳥羽亮）角川文庫
 （2009） 260
流想十郎蝴蝶剣 愛姫受難（鳥羽亮）角川文庫
 （2010） 260
流れ星（森詠）二見時代小説文庫（2009） 401
流れ者 旗本与一郎（羽太雄平）角川文庫
 （2012） 303
泣き上戸（井川香四郎）ベスト時代文庫
 （2006） 38
鳴き砂（藤原緋沙子）廣済堂文庫（2012） 359
泣きのお銀（今井絵美子）ハルキ文庫（2012）
 64
◇泣きの銀次（宇江佐真理）講談社文庫 69
泣きの銀次（宇江佐真理）講談社文庫（2000）
 69
泣きの銀次 虚ろ舟（宇江佐真理）講談社文庫
 （2013） 70
泣きの剣（井川香四郎）幻冬舎時代小説文庫
 （2012） 29
泣きぼくろ（今井絵美子）祥伝社文庫（2011）
 62
泣き菩薩（田牧大和）講談社文庫（2011） 240
「泣き虫同心」事件帖（谺雄一郎）PHP文芸文
 庫（2014） 162
◇泣き虫老中遠山備前（いずみ光）コスミッ
 ク・時代文庫 45
泣き虫老中遠山備前（いずみ光）コスミック・
 時代文庫（2015） 45
泣き虫老中遠山備前〔2〕上意討ち（いずみ
 光）コスミック・時代文庫（2016） 45
泣き童子（わらし）三島屋変調百物語参之続
 （宮部みゆき）角川文庫（2016） 392

作品名索引　　なつめ

◇なくて七癖あって四十八癖(宇江佐真理)
　祥伝社文庫 ‥‥‥‥‥‥‥‥‥‥‥ 71
なくて七癖あって四十八癖 高砂(宇江佐真
　理)祥伝社文庫(2016) ‥‥‥‥‥‥ 71
なくて七癖あって四十八癖 ほら吹き茂平(宇
　江佐真理)祥伝社文庫(2013) ‥‥‥ 71
泣くな道真(澤田瞳子)集英社文庫(2014)
　‥‥‥‥‥‥‥‥‥‥‥‥‥‥‥‥ 199
泣くにはよい日和(今井絵美子)双葉文庫
　(2016) ‥‥‥‥‥‥‥‥‥‥‥‥‥ 65
嘆きの雨を薙ぎ払え(結城光流)角川ビーン
　ズ文庫(2007) ‥‥‥‥‥‥‥‥‥ 420
◇投込寺闇供養(吉田雄亮)祥伝社文庫 ‥‥ 424
投込寺闇供養 2 弁天殺(吉田雄亮)祥伝社文
　庫(2005) ‥‥‥‥‥‥‥‥‥‥‥ 424
投込寺闇供養 花魁殺(吉田雄亮)祥伝社文庫
　(2005) ‥‥‥‥‥‥‥‥‥‥‥‥ 424
投げ文(藤井邦夫)双葉文庫(2006) ‥‥ 350
夏越しの夜(千野隆司)ハルキ文庫(2010)
　‥‥‥‥‥‥‥‥‥‥‥‥‥‥‥‥ 244
夏越のわかれ(牧南恭子)学研M文庫
　(2008) ‥‥‥‥‥‥‥‥‥‥‥‥ 371
なごり月(今井絵美子)祥伝社文庫(2011)
　‥‥‥‥‥‥‥‥‥‥‥‥‥‥‥‥ 62
名残の桜(稲葉稔)徳間文庫(2011) ‥‥‥ 55
名残の月(藍川慶次郎)廣済堂文庫(2006)
　‥‥‥‥‥‥‥‥‥‥‥‥‥‥‥‥ 1
名残の月(片桐京介)双葉文庫(2008) ‥‥ 120
名残の灯(牧南恭子)廣済堂文庫(2009) ‥ 372
情け傘(和久田正明)廣済堂文庫(2004) ‥ 434
情け川、菊の雨(井川香四郎)学研M文庫
　(2005) ‥‥‥‥‥‥‥‥‥‥‥‥ 28
情けの糸(岡本さとる)祥伝社文庫(2013)
　‥‥‥‥‥‥‥‥‥‥‥‥‥‥‥‥ 91
情けの剣(藤水名子)二見時代小説文庫
　(2014) ‥‥‥‥‥‥‥‥‥‥‥‥ 346
情けの背中(鈴木英治)徳間文庫(2008) ‥ 214
情けの露(井川香四郎)光文社文庫(2016)
　‥‥‥‥‥‥‥‥‥‥‥‥‥‥‥‥ 31
情八幡(吉田雄亮)祥伝社文庫(2012) ‥‥ 425
情け無用(和久田正明)徳間文庫(2006) ‥ 435
梨の花咲く(篠綾子)ハルキ文庫(2015) ‥ 202
那須与一 上(谷恒生)河出文庫(1995) ‥ 237
那須与一 下(谷恒生)河出文庫(1995) ‥ 237
謎斬り右近 →豊国神宝(中路啓太)新潮文庫
　(2013) ‥‥‥‥‥‥‥‥‥‥‥‥ 280
謎小町(鳥羽亮)文春文庫(2014) ‥‥‥ 272
謎手本忠臣蔵 上巻(加藤廣)新潮文庫
　(2011) ‥‥‥‥‥‥‥‥‥‥‥‥ 122
謎手本忠臣蔵 中巻(加藤廣)新潮文庫
　(2011) ‥‥‥‥‥‥‥‥‥‥‥‥ 122

謎手本忠臣蔵 下巻(加藤廣)新潮文庫
　(2011) ‥‥‥‥‥‥‥‥‥‥‥‥ 122
謎解き道中(鯨統一郎)祥伝社文庫(2006)
　‥‥‥‥‥‥‥‥‥‥‥‥‥‥‥‥ 143
謎の伝馬船(宮城賢秀)幻冬舎文庫(2000)
　‥‥‥‥‥‥‥‥‥‥‥‥‥‥‥‥ 384
謎の伝馬船(宮城賢秀)コスミック・時代文庫
　(2005) ‥‥‥‥‥‥‥‥‥‥‥‥ 387
謎呼ぶ美剣(牧秀彦)徳間文庫(2015) ‥‥ 369
名代一本うどんよろづお助け(倉阪鬼一郎)
　宝島社文庫(2014) ‥‥‥‥‥‥‥ 146
菜種晴れ(山本一力)中公文庫(2011) ‥‥ 416
夏朝顔(入江棗)富士見新時代小説文庫
　(2013) ‥‥‥‥‥‥‥‥‥‥‥‥ 66
夏おにぎり(和田はつ子)ハルキ文庫(2015)
　‥‥‥‥‥‥‥‥‥‥‥‥‥‥‥‥ 442
夏雲あがれ 上(宮本昌孝)集英社文庫
　(2005) ‥‥‥‥‥‥‥‥‥‥‥‥ 395
夏雲あがれ 下(宮本昌孝)集英社文庫
　(2005) ‥‥‥‥‥‥‥‥‥‥‥‥ 395
夏しぐれ(築山桂)双葉文庫(2008) ‥‥ 249
夏燕ノ道(佐伯泰英)双葉文庫(2005) ‥ 184
夏の霧(藤原緋沙子)廣済堂文庫(2004) ‥ 359
夏の霧(藤原緋沙子)光文社文庫(2016) ‥ 360
夏の椿(北重人)文春文庫(2008) ‥‥‥ 133
夏初月の雨(千野隆司)コスミック・時代文庫
　(2013) ‥‥‥‥‥‥‥‥‥‥‥‥ 243
夏ほたる(藤原緋沙子)講談社文庫(2013)
　‥‥‥‥‥‥‥‥‥‥‥‥‥‥‥‥ 359
夏ほたる(村咲数馬)コスミック・時代文庫
　(2005) ‥‥‥‥‥‥‥‥‥‥‥‥ 398
夏まぐろ(和田はつ子)ハルキ文庫(2012)
　‥‥‥‥‥‥‥‥‥‥‥‥‥‥‥‥ 441
夏まち舞台(幡大介)ハルキ文庫(2014) ‥ 326
◇夏目影二郎「狩り」シリーズ(佐伯泰英)光
　文社文庫 ‥‥‥‥‥‥‥‥‥‥‥ 173
夏目影二郎「狩り」シリーズ 奸臣狩り(佐伯
　泰英)光文社文庫(2005) ‥‥‥‥ 173
夏目影二郎「狩り」シリーズ 下忍狩り(佐伯
　泰英)光文社文庫(2002) ‥‥‥‥ 173
夏目影二郎「狩り」シリーズ 五家狩り(佐伯
　泰英)光文社文庫(2003) ‥‥‥‥ 173
夏目影二郎「狩り」シリーズ 秋帆狩り(佐伯
　泰英)光文社文庫(2006) ‥‥‥‥ 173
夏目影二郎「狩り」シリーズ 代官狩り(佐伯
　泰英)光文社文庫(2004) ‥‥‥‥ 173
夏目影二郎「狩り」シリーズ 忠治狩り(佐伯
　泰英)光文社文庫(2008) ‥‥‥‥ 173
夏目影二郎「狩り」シリーズ 鉄砲狩り(佐伯
　泰英)光文社文庫(2004) ‥‥‥‥ 173
夏目影二郎「狩り」シリーズ 鵺女狩り(佐伯
　泰英)光文社文庫(2007) ‥‥‥‥ 173

歴史時代小説文庫総覧 現代の作家　**579**

夏目影二郎「狩り」シリーズ 八州狩り（佐伯泰英）光文社文庫（2003）・・・・・・ 173

夏目影二郎「狩り」シリーズ 破牢狩り（佐伯泰英）光文社文庫（2001）・・・・・・ 173

夏目影二郎「狩り」シリーズ 百鬼狩り（佐伯泰英）光文社文庫（2002）・・・・・・ 173

夏目影二郎「狩り」シリーズ 役者狩り（佐伯泰英）光文社文庫（2006）・・・・・・ 173

夏目影二郎「狩り」シリーズ 妖怪狩り（佐伯泰英）光文社文庫（2001）・・・・・・ 173

◇夏目影二郎始末旅（佐伯泰英）光文社文庫 ・・・・・・・・・・・・・・・・・・・・・・・・・・・ 174

夏目影二郎始末旅 1 八州狩り（佐伯泰英）光文社文庫（2009）・・・・・・・・・・ 174

夏目影二郎始末旅 1 八州狩り（佐伯泰英）光文社文庫（2013）・・・・・・・・・・ 175

夏目影二郎始末旅 2 代官狩り（佐伯泰英）光文社文庫（2009）・・・・・・・・・・ 174

夏目影二郎始末旅 2 代官狩り（佐伯泰英）光文社文庫（2013）・・・・・・・・・・ 175

夏目影二郎始末旅 3 破牢狩り（佐伯泰英）光文社文庫（2009）・・・・・・・・・・ 174

夏目影二郎始末旅 3 破牢狩り（佐伯泰英）光文社文庫（2013）・・・・・・・・・・ 175

夏目影二郎始末旅 4 妖怪狩り（佐伯泰英）光文社文庫（2009）・・・・・・・・・・ 175

夏目影二郎始末旅 4 妖怪狩り（佐伯泰英）光文社文庫（2013）・・・・・・・・・・ 175

夏目影二郎始末旅 5 百鬼狩り（佐伯泰英）光文社文庫（2009）・・・・・・・・・・ 175

夏目影二郎始末旅 5 百鬼狩り（佐伯泰英）光文社文庫（2014）・・・・・・・・・・ 175

夏目影二郎始末旅 6 下忍狩り（佐伯泰英）光文社文庫（2009）・・・・・・・・・・ 175

夏目影二郎始末旅 6 下忍狩り（佐伯泰英）光文社文庫（2014）・・・・・・・・・・ 175

夏目影二郎始末旅 7 五家狩り（佐伯泰英）光文社文庫（2009）・・・・・・・・・・ 175

夏目影二郎始末旅 7 五家狩り（佐伯泰英）光文社文庫（2014）・・・・・・・・・・ 175

夏目影二郎始末旅 8 鉄砲狩り（佐伯泰英）光文社文庫（2014）・・・・・・・・・・ 175

夏目影二郎始末旅 9 奸臣狩り（佐伯泰英）光文社文庫（2014）・・・・・・・・・・ 175

夏目影二郎始末旅 10 役者狩り（佐伯泰英）光文社文庫（2014）・・・・・・・・・・ 175

夏目影二郎始末旅 11 秋帆狩り（佐伯泰英）光文社文庫（2014）・・・・・・・・・・ 175

夏目影二郎始末旅 12 鵜女狩り（佐伯泰英）光文社文庫（2014）・・・・・・・・・・ 176

夏目影二郎始末旅 13 忠治狩り（佐伯泰英）光文社文庫（2014）・・・・・・・・・・ 176

夏目影二郎始末旅 14 奨金狩り（佐伯泰英）光文社文庫（2009）・・・・・・・・・・ 175

夏目影二郎始末旅 14 奨金狩り（佐伯泰英）光文社文庫（2014）・・・・・・・・・・ 176

夏目影二郎始末旅 15 神君狩り（佐伯泰英）光文社文庫（2014）・・・・・・・・・・ 176

夏宵の斬（幡大介）光文社文庫（2015）・・・・・・・・ 325

夏は陽炎（藤井邦夫）幻冬舎文庫（2008）・・・・ 347

◇なでしこお京捕物帖（岳真也）ベスト時代文庫 ・・・・・・・・・・・・・・・・・・・・・・・・・・・・・・・・・・・ 104

なでしこお京捕物帖 じゃじゃ馬ならし（岳真也）ベスト時代文庫（2012）・・・・・・ 104

なでしこお京捕物帖 大逆転（岳真也）ベスト時代文庫（2012）・・・・・・ 104

なでしこ御用帖（宇江佐真理）集英社文庫（2012）・・・・・・・・・・・・・・・・・・・・・・・・・・・・ 71

なでしこ日和（中島要）ハルキ文庫（2016）・・・・・・・・・・・・・・・・・・・・・・・・・・・・・・・・・・ 281

七草粥（小杉健治）ハルキ文庫（2010）・・・・・・ 160

七十七の傷（風野真知雄）幻冬舎文庫（2008）・・・・・・・・・・・・・・・・・・・・・・・・・・・・・・・・・・ 111

七つまでは神のうち（小松エメル）光文社文庫（2013）・・・・・・・・・・・・・・・・・・・・・・・・・ 167

七化け（松本賢吾）双葉文庫（2008）・・・・・・・・・ 378

七姫（ななひめ）幻想（森谷明子）双葉文庫（2009）・・・・・・・・・・・・・・・・・・・・・・・・・・・・・・ 403

浪花男（入江葇）だいわ文庫（2015）・・・・・・ 66

浪華疾風伝あかね 1 天下人の血（築山桂）ポプラ文庫ピュアフル（2010）・・・・・・ 249

浪華疾風伝あかね 2 夢のあと（築山桂）ポプラ文庫ピュアフル（2010）・・・・・・ 249

◇浪花の江戸っ子与力事件帳（早見俊）光文社文庫 ・・・・・・・・・・・・・・・・・・・・・・・・・・・・・・・・ 316

浪花の江戸っ子与力事件帳 1 不義士の宴（早見俊）光文社文庫（2009）・・・・・・ 316

浪花の江戸っ子与力事件帳 2 お蔭の宴（早見俊）光文社文庫（2010）・・・・・・ 316

浪花の江戸っ子与力事件帳 3 抜け荷の宴（早見俊）光文社文庫（2010）・・・・・・ 316

浪華の翔風（かぜ）（築山桂）ポプラ文庫ピュアフル（2011）・・・・・・・・・・・・・・・・・・・・・・・ 249

浪花の太公望（田中啓文）集英社文庫（2014）・・・・・・・・・・・・・・・・・・・・・・・・・・・・・・・・・・ 237

菜の花しぐれ（和田はつ子）小学館文庫（2009）・・・・・・・・・・・・・・・・・・・・・・・・・・・・・・・・ 440

菜の花月（井川香四郎）廣済堂文庫（2009）・・・・・・・・・・・・・・・・・・・・・・・・・・・・・・・・・・・・・・ 29

菜の花月（井川香四郎）光文社文庫（2016）・・・・・・・・・・・・・・・・・・・・・・・・・・・・・・・・・・・・・・ 32

なびく髪（鈴木英治）徳間文庫（2007）・・・・・・ 214

◇鍋奉行犯科帳（田中啓文）集英社文庫 ・・・・・・ 236

作品名索引　　　　なんは

鍋奉行犯科帳（田中啓文）集英社文庫（2012）
　　　　　　　　　　　　　　　　　　　236
鍋奉行犯科帳 お奉行様の土俵入り（田中啓
　文）集英社文庫（2015）　……… 237
鍋奉行犯科帳 お奉行様のフカ退治（田中啓
　文）集英社文庫（2015）　……… 237
鍋奉行犯科帳 京へ上った鍋奉行（田中啓文）
　集英社文庫（2014）　………… 237
鍋奉行犯科帳 道頓堀の大ダコ（田中啓文）集
　英社文庫（2013）　…………… 237
鍋奉行犯科帳 浪花の太公望（田中啓文）集英
　社文庫（2014）　……………… 237
鍋奉行犯科帳 猫と忍者と太閤さん（田中啓
　文）集英社文庫（2016）　……… 237
◇並木拍子郎種取帳（松井今朝子）ハルキ文
　庫　………………………………… 375
並木拍子郎種取帳 一の富（松井今朝子）ハル
　キ文庫（2004）　……………… 375
並木拍子郎種取帳 三世相（松井今朝子）ハル
　キ文庫（2010）　……………… 375
並木拍子郎種取帳 四文屋（松井今朝子）ハル
　キ文庫（2012）　……………… 375
並木拍子郎種取帳 二枚目（松井今朝子）ハル
　キ文庫（2006）　……………… 375
なみだ雨（稲葉稔）双葉文庫（2008）　… 55
なみだ雨（稲葉稔）双葉文庫（2014）　… 57
なみだ雨（聖龍人）コスミック・時代文庫
　（2009）　……………………… 335
涙雨の刻（とき）（小杉健治）二見時代小説文
　庫（2016）　…………………… 161
涙絵馬（吉田雄亮）祥伝社文庫（2010）　…… 425
なみだ雲（笠岡治次）ベスト時代文庫（2008）
　…………………………………… 105
なみだ酒（和久田正明）ハルキ文庫（2014）
　…………………………………… 437
なみだ菖蒲（和田はつ子）講談社文庫（2010）
　…………………………………… 439
なみだ旅（小杉健治）二見時代小説文庫
　（2010）　……………………… 161
なみだ縮緬（中島要）ハルキ文庫（2015）　…… 281
涙堂（宇江佐真理）講談社文庫（2005）　……… 70
なみだ橋（笠岡治次）廣済堂文庫（2008）　…… 104
涙橋の夜（風野真知雄）幻冬舎時代小説文庫
　（2011）　……………………… 110
なみだ町（和久田正明）廣済堂文庫（2005）
　…………………………………… 434
涙めし（松岡弘一）徳間文庫（2012）　……… 376
涙雪（稲葉稔）コスミック・時代文庫（2015）
　…………………………………… 54
濤の彼方（風野真知雄）角川文庫（2011）　…… 108
◇波之助推理日記（鳥羽亮）講談社文庫　… 263

波之助推理日記（鳥羽亮）講談社文庫（2006）
　…………………………………… 263
波之助推理日記 からくり小僧（鳥羽亮）講談
　社文庫（2007）　……………… 263
波之助推理日記 天狗の鵺（鳥羽亮）講談社文
　庫（2008）　…………………… 263
波のり舟の（出久根達郎）文春文庫（1999）
　…………………………………… 254
◇舐め筆お淡（雑賀俊一郎）学研M文庫　… 169
舐め筆お淡 異なもの（雑賀俊一郎）学研M文
　庫（2011）　…………………… 169
舐め筆お淡 初ばしり（雑賀俊一郎）学研M文
　庫（2010）　…………………… 169
舐め筆お淡 枕かわり（雑賀俊一郎）学研M文
　庫（2010）　…………………… 169
名もなき日々を（宇江佐真理）文春文庫
　（2016）　……………………… 73
奈落（安芸宗一郎）双葉文庫（2015）　… 3
奈落（小杉健治）講談社文庫（2003）　… 155
奈落 →追われ者半次郎（小杉健治）宝島社文
　庫（2014）　…………………… 159
◇成駒の銀蔵捕物帳（井川香四郎）ハルキ文
　庫　………………………………… 35
成駒の銀蔵捕物帳 金底の歩（井川香四郎）ハ
　ルキ文庫（2008）　…………… 35
成駒の銀蔵捕物帳 はなれ銀（井川香四郎）ハ
　ルキ文庫（2010）　…………… 35
なりすまし（笛吹明生）学研M文庫（2010）
　…………………………………… 343
業政駈ける（火坂雅志）角川文庫（2013）　…… 330
鳴子守（藤原緋沙子）講談社文庫（2011）　…… 359
縄手高輪瞬殺剣岩斬り（坂岡真）光文社文庫
　（2010）　……………………… 187
縄のれん福寿（有馬美季子）祥伝社文庫
　（2016）　……………………… 24
南海の翼（天野純希）集英社文庫（2013）　…… 20
難儀でござる（岩井三四二）光文社文庫
　（2009）　……………………… 67
難局打破！（稲葉稔）徳間文庫（2015）　…… 55
難航（佐伯泰英）講談社文庫（2009）　… 172
南総里見白珠伝（米村圭伍）幻冬舎文庫
　（2009）　……………………… 427
難敵（喜安幸夫）祥伝社文庫（2013）　… 139
なんでこうなるの（沖田正午）徳間文庫
　（2011）　……………………… 95
南天（東郷隆）講談社文庫（2011）　… 255
南天うさぎ（和田はつ子）小学館文庫（2005）
　…………………………………… 440
難破（佐伯泰英）新潮文庫（2011）　… 179
難破！（佐伯泰英）徳間文庫（2003）　… 180
難破！（佐伯泰英）徳間文庫（2008）　… 180

歴史時代小説文庫総覧 現代の作家　**581**

なんは　　作品名索引

◇南蛮おたね夢料理（倉阪鬼一郎）光文社文庫 …………………………… 146
南蛮おたね夢料理 2 まぼろしのコロッケ（倉阪鬼一郎）光文社文庫（2016） … 146
南蛮おたね夢料理 3 母恋わんたん（倉阪鬼一郎）光文社文庫（2016）………… 146
南蛮おたね夢料理 ようこそ夢屋へ（倉阪鬼一郎）光文社文庫（2015）………… 146
南蛮の罠（風野真知雄）双葉文庫（2013） …… 116

【に】

新潟樽きぬた（火坂雅志）小学館文庫（2011） …………………………… 331
煮売屋の入り婿（山中公男）学研M文庫（2007） ………………………… 414
匂い袋の宵（鈴木英治）双葉文庫（2005） …… 217
仁王の涙（幡大介）二見時代小説文庫（2010） …………………………… 327
逃がして候（井川香四郎）徳間文庫（2011） …………………………… 34
逃がして候（井川香四郎）双葉文庫（2004） …………………………… 36
逃（にがし）屋（幡大介）ベスト時代文庫（2011） ……………………… 328
逃がし屋小鈴（風野真知雄）幻冬舎時代小説文庫（2012） ……………… 110
握られ同心（石月正広）講談社文庫（2006） …………………………… 44
肉縁の塔（八神淳一）竹書房ラブロマン文庫（2011） …………………… 410
逃げ出した娘（谺雄一郎）小学館文庫（2011） …………………………… 162
逃げ水の坂（鈴木英治）双葉文庫（2005） …… 217
逃げ水の淵（笛吹明生）学研M文庫（2009） …………………………… 343
逃げる女（稲葉稔）幻冬舎文庫（2010） … 51
逃げる姫さま（聖龍人）コスミック・時代文庫（2014） ………………… 336
遁げろ家康　上（池宮彰一郎）朝日文庫（2002） ………………………… 41
遁げろ家康　下（池宮彰一郎）朝日文庫（2002） ………………………… 41
二剣の絆（鳥羽亮）角川文庫（2015） … 261
ニコライ盗撮（風野真知雄）角川文庫（2015） …………………………… 109
濁り鮒（坂岡真）双葉文庫（2007） … 192
虹色の決着（早見俊）新潮文庫（2014） … 319
錦絵双花伝 →面影小町伝（米村圭伍）新潮文庫（2003） ……………… 427

錦絵の女（聖龍人）学研M文庫（2008）…… 334
錦の松（中島要）ハルキ文庫（2016） … 281
虹、つどうべし（玉岡かおる）幻冬舎時代小説文庫（2016） …………… 239
虹の職人（中里融司）廣済堂文庫（2005）…… 279
西ノ丸の鯛（鈴木晴世）学研M文庫（2012） …………………………… 219
虹の乱れ討ち（早坂倫太郎）学研M文庫（2002） ……………………… 311
虹の乱れ討ち（早坂倫太郎）廣済堂文庫（1996） ……………………… 311
虹の別れ（芦川淳一）ハルキ文庫（2015）…… 17
二十三夜（森山茂里）学研M文庫（2010）… 404
二十六夜待（小杉健治）祥伝社文庫（2005） …………………………… 159
◇似づら絵師事件帖（芦川淳一）双葉文庫 … 18
似づら絵師事件帖 影の用心棒（芦川淳一）双葉文庫（2008） ………… 18
似づら絵師事件帖 喧嘩長屋のひなた侍（芦川淳一）双葉文庫（2007）…… 18
似づら絵師事件帖 果たし合い（芦川淳一）双葉文庫（2008） ………… 18
似づら絵師事件帖 人斬り左近（芦川淳一）双葉文庫（2007） ………… 18
似づら絵師事件帖 蝮の十蔵百面相（芦川淳一）双葉文庫（2007） …… 18
贋金作り（藤井邦夫）双葉文庫（2016） … 351
偽金造り（宮城賢秀）徳間文庫（2007） … 389
贋銀の湊（幡大介）角川文庫（2016） … 325
偽小籐次（佐伯泰英）幻冬舎文庫（2009）… 171
偽小籐次（佐伯泰英）幻冬舎文庫（2011）… 172
贋定信現る！（八柳誠）廣済堂文庫（2011） …………………………… 411
にせ契り（藤井邦夫）祥伝社文庫（2007）… 349
にせもの侍（笛吹明生）学研M文庫（2006） …………………………… 343
偽者始末（藤井邦夫）双葉文庫（2014） … 351
◇偽者同心捕物控（早見俊）ハルキ文庫 … 320
偽者同心捕物控 おくり梅雨（早見俊）ハルキ文庫（2008） …………… 320
偽者同心捕物控 寒雷日和（早見俊）ハルキ文庫（2010） ……………… 320
偽者同心捕物控 孤鳥の刺客（早見俊）ハルキ文庫（2010） …………… 320
似せ者（松井今朝子）講談社文庫（2005） … 374
贋若殿の怪（聖龍人）二見時代小説文庫（2012） ……………………… 338
尼僧地獄（鳴海丈）学研M文庫（2012） … 289
日影の剣（好村兼一）光文社文庫（2015） … 426
日月めぐる（諸田玲子）講談社文庫（2011） …………………………… 405

582 歴史時代小説文庫総覧 現代の作家

日輪を狙う者(高橋直樹)中公文庫(2000)
·········· 226

日輪にあらず(上田秀人)徳間文庫(2013)
·········· 78

日輪の賦(澤田瞳子)幻冬舎時代小説文庫
(2016) ·········· 199

にっかり →戦国名刀伝(東郷隆)文春文庫
(2003) ·········· 256

日光斬殺剣(宮城賢秀)学研M文庫(2002)
·········· 382

日光代参(佐伯泰英)新潮文庫(2012) ······· 179

日光身代わり旅(佐々木裕一)コスミック・時
代文庫(2014) ·········· 196

日坂決戦(喜安幸夫)祥伝社文庫(2014) ····· 139

二天の剣(藤村与一郎)学研M文庫(2011)
·········· 356

二都騒乱(佐伯泰英)新潮文庫(2013) ·········· 179

◇二本十手捕物控(早見俊)PHP文芸文庫 ····· 321

二本十手捕物控 辻斬り無情(早見俊)PHP文
芸文庫(2013) ·········· 321

二本十手捕物控 寄場の仇(早見俊)PHP文芸
文庫(2012) ·········· 321

日本史の叛逆者(井沢元彦)角川文庫(1997)
·········· 42

日本史の叛逆者(井沢元彦)角川文庫(2001)
·········· 42

日本橋時の鐘殺人事件(風野真知雄)文春文
庫(2012) ·········· 117

◇日本橋物語(森真沙子)二見時代小説文庫
·········· 402

日本橋物語 2 迷い蛍(森真沙子)二見時代小
説文庫(2007) ·········· 402

日本橋物語 3 まどい花(森真沙子)二見時代
小説文庫(2008) ·········· 402

日本橋物語 4 秘め事(森真沙子)二見時代小
説文庫(2008) ·········· 402

日本橋物語 5 旅立ちの鐘(森真沙子)二見時
代小説文庫(2009) ·········· 402

日本橋物語 6 子別れ(森真沙子)二見時代小
説文庫(2010) ·········· 402

日本橋物語 7 やらずの雨(森真沙子)二見時
代小説文庫(2010) ·········· 402

日本橋物語 8 お日柄もよく(森真沙子)二見
時代小説文庫(2011) ·········· 402

日本橋物語 9 桜追い人(森真沙子)二見時代
小説文庫(2012) ·········· 402

日本橋物語 10 冬螢(森真沙子)二見時代小説
文庫(2013) ·········· 402

日本橋物語 蜻蛉屋お瑛(森真沙子)二見時代
小説文庫(2007) ·········· 402

二枚目(松井今朝子)ハルキ文庫(2006) ····· 375

乳児の星(風野真知雄)双葉文庫(2014) ····· 116

女房を娶らば(辻堂魁)二見時代小説文庫
(2012) ·········· 252

女房の声(千野隆司)富士見新時代小説文庫
(2015) ·········· 245

女怪(和久田正明)コスミック・時代文庫
(2014) ·········· 435

女城暗闘(上田秀人)幻冬舎時代小説文庫
(2014) ·········· 74

女賊の恋(松本賢吾)双葉文庫(2011) ·········· 379

女人謙信(篠綾子)文芸社文庫(2014) ·········· 202

女忍隊の罠(多田容子)PHP文芸文庫
(2013) ·········· 235

にわか雨(鈴木英治)徳間文庫(2012) ·········· 215

にわか芝居(藤井邦夫)祥伝社文庫(2015)
·········· 350

にわか大根(近藤史恵)光文社文庫(2008)
·········· 168

人形町夕暮殺人事件(風野真知雄)だいわ文
庫(2008) ·········· 114

人形町夕暮殺人事件(風野真知雄)文春文庫
(2012) ·········· 118

忍者太閤秀吉(司悠可)中公文庫(2016) ····· 247

忍者烈伝(稲葉博一)講談社文庫(2016) ······ 49

忍者烈伝ノ続(稲葉博一)講談社文庫(2016)
·········· 49

刃傷(上田秀人)講談社文庫(2011) ·········· 74

◇人情江戸彩時記(藤原緋沙子)新潮文庫 ····· 361

人情江戸彩時記 月凍てる(藤原緋沙子)新潮
文庫(2012) ·········· 361

人情江戸彩時記 百年桜(藤原緋沙子)新潮文
庫(2015) ·········· 361

人情江戸彩時記 雪の果て(藤原緋沙子)新潮
文庫(2016) ·········· 361

人情そこつ長屋(井川香四郎)文春文庫
(2016) ·········· 38

◇人情同心神鳴り源蔵(小杉健治)光文社文
庫 ·········· 156

人情同心神鳴り源蔵 黄金観音(小杉健治)光
文社文庫(2012) ·········· 156

人情同心神鳴り源蔵 女衒の闇断ち(小杉健
治)光文社文庫(2013) ·········· 156

人情同心神鳴り源蔵 朋輩殺し(小杉健治)光
文社文庫(2013) ·········· 156

人情同心神鳴り源蔵 妖刀鬼斬り正宗(小杉健
治)光文社文庫(2014) ·········· 156

人情同心神鳴り源蔵 世継ぎの謀略(小杉健
治)光文社文庫(2014) ·········· 156

人情同心神鳴り源蔵 雷神の鉄槌(小杉健治)
光文社文庫(2014) ·········· 156

◇人情処深川やぶ浪(倉阪鬼一郎)光文社文
庫 ·········· 146

人情処深川やぶ浪 あられ雪（倉阪鬼一郎）光文社文庫（2012） …… 146

人情処深川やぶ浪 おかめ晴れ（倉阪鬼一郎）光文社文庫（2013） …… 146

人情処深川やぶ浪 開運せいろ（倉阪鬼一郎）光文社文庫（2014） …… 146

人情処深川やぶ浪 きつね日和（倉阪鬼一郎）光文社文庫（2013） …… 146

人情処深川やぶ浪 出世おろし（倉阪鬼一郎）光文社文庫（2014） …… 146

人情の味（倉阪鬼一郎）コスミック・時代文庫（2016） …… 146

人情恋慕剣（稲葉稔）コスミック・時代文庫（2004） …… 53

人情恋慕剣 →剛剣一涙（稲葉稔）双葉文庫（2012） …… 56

人相書（藤井邦夫）文春文庫（2012） ……… 352

にんにん忍ふう（高橋由太）光文社文庫（2013） …… 229

【 ぬ 】

ぬえの鳴く夜（かたやま和華）富士見ミステリー文庫（2006） ……………… 121

鵺の闇鍋（風野真知雄）講談社文庫（2016） ……… 111

鵺女狩り（佐伯泰英）光文社文庫（2007） …… 173

鵺女狩り（佐伯泰英）光文社文庫（2014） …… 176

抜かずの又四郎（坂岡真）双葉文庫（2014） ……………… 192

ぬか喜び（千野隆司）双葉文庫（2015） …… 246

抜き打つ剣（牧秀彦）二見時代小説文庫（2015） ……… 371

暖鳥（藤原緋沙子）講談社文庫（2006） …… 359

抜け荷の宴（早見俊）光文社文庫（2010） …… 316

抜忍（喜安幸夫）祥伝社文庫（2014） …… 139

ぬけまいる（朝井まかて）講談社文庫（2014） ……………… 5

ぬしさまへ（畠中恵）新潮文庫（2005） …… 304

◇盗っ人次郎八事件帖（聖龍人）廣済堂文庫 …… 334

盗っ人次郎八事件帖 ひぐらし長屋（聖龍人）廣済堂文庫（2010） …… 334

盗っ人次郎八事件帖 みだれ月（聖龍人）廣済堂文庫（2010） …… 334

盗人旗本（芦川淳一）双葉文庫（2010） …… 18

盗人花見（早見俊）ハルキ文庫（2012） …… 320

◇盗人奉行お助け組（吉田雄亮）光文社文庫 …… 424

盗人奉行お助け組（吉田雄亮）光文社文庫（2013） …… 424

盗人奉行お助け組2 家宝失い候（吉田雄亮）光文社文庫（2013） …… 424

盗人奉行お助け組3 中臈隠し候（吉田雄亮）光文社文庫（2014） …… 424

盗まれた小町娘（飯島一次）双葉文庫（2015） …… 25

ぬばたま一休（朝松健）朝日文庫（2009） …… 13

ぬり壁のむすめ（霜島ケイ）光文社文庫（2016） …… 205

濡れぎぬ（稲葉稔）光文社文庫（2009） …… 52

濡れぎぬ（鳥羽亮）幻冬舎文庫（2007） …… 262

濡れ衣（永井義男）祥伝社文庫（2004） …… 275

濡れ衣（藤井邦夫）学研M文庫（2010） …… 347

濡れ衣晴らし（喜安幸夫）二見時代小説文庫（2015） …… 140

濡れ衣奉行（氷月葵）二見時代小説文庫（2014） …… 339

◇濡れ九郎お浄根控（天宮響一郎）学研M文庫 …… 21

濡れ九郎お浄根控 花と龍（天宮響一郎）学研M文庫（2004） …… 21

濡れ九郎お浄根控 雪蓮花（天宮響一郎）学研M文庫（2004） …… 21

◇濡れ事師春快（天宮響一郎）学研M文庫 …… 21

濡れ事師春快 艶姿七変化（天宮響一郎）学研M文庫（2007） …… 21

濡れ事師春快 みだれ肌（天宮響一郎）学研M文庫（2007） …… 21

【 ね 】

願いの証に思い成せ（結城光流）角川ビーンズ文庫（2011） …… 421

願の糸（今井絵美子）ハルキ文庫（2011） …… 64

願いの錦絵（千野隆司）コスミック・時代文庫（2016） …… 243

猫毛雨（伊多波碧）学研M文庫（2010） …… 46

猫侍 上（黒木久勝）TO文庫（2013） …… 149

猫侍 下（黒木久勝）TO文庫（2013） …… 149

猫始末（和田はつ子）講談社文庫（2010） …… 439

猫と漱石と悪妻（植松三十里）中公文庫（2016） …… 80

猫と忍者と太閤さん（田中啓文）集英社文庫（2016） …… 237

◇猫鳴小路のおそろし屋（風野真知雄）角川文庫 …… 109

猫鳴小路のおそろし屋（風野真知雄）角川文庫（2014） …… 109

作品名索引　のうら

猫鳴小路のおそろし屋 2 酒呑童子の盃 (風野真知雄) 角川文庫 (2015) ……… 109

猫鳴小路のおそろし屋 3 江戸城奇譚 (風野真知雄) 角川文庫 (2015) …… 109

猫の仇討 (和久田正明) 学研M文庫 (2005) ……………………………………… 432

猫の恩返し (小早川涼) 双葉文庫 (2014) …… 166

猫の手、貸します (かたやま和華) 集英社文庫 (2014) ………………………… 120

◇猫の手屋繁盛記 (かたやま和華) 集英社文庫 ………………………………… 120

猫の手屋繁盛記 大あくびして、猫の恋 (かたやま和華) 集英社文庫 (2016) … 121

猫の手屋繁盛記 猫の手、貸します (かたやま和華) 集英社文庫 (2014) …… 120

猫の手屋繁盛記 化け猫、まかり通る (かたやま和華) 集英社文庫 (2015) …… 120

猫の匂いのする侍 (芦川淳一) 双葉文庫 (2009) ………………………………… 18

ねこのばば (畠中恵) 新潮文庫 (2006) …… 304

猫の椀 (野口卓) 祥伝社文庫 (2012) ……… 300

猫間地獄のわらべ歌 (幡大介) 講談社文庫 (2012) ……………………………… 325

猫股秘聞 (三宅登茂子) 双葉文庫 (2004) …… 392

猫見酒 (風野真知雄) 朝日文庫 (2011) …… 108

ねこみせ、がやがや (高橋由太) 幻冬舎文庫 (2013) ……………………………… 228

猫目の賊 (芦川淳一) ハルキ文庫 (2012) …… 17

猫除け (輪渡颯介) 講談社文庫 (2014) …… 445

猫は大泥棒 (高橋由太) 文春文庫 (2015) … 230

猫は剣客商売 (高橋由太) 文春文庫 (2016) ……………………………………… 230

猫は仕事人 (高橋由太) 文春文庫 (2014) … 230

猫は心配症 (高橋由太) 文春文庫 (2015) … 230

鼠、江戸を疾 (はし) る (赤川次郎) 角川文庫 (2009) ……………………………… 3

鼠、影を断つ (赤川次郎) 角川文庫 (2012) …… 3

鼠、危地に立つ (赤川次郎) 角川文庫 (2013) ……………………………………… 3

鼠、剣を磨く (赤川次郎) 角川文庫 (2012) … 3

◇「鼠」シリーズ (赤川次郎) 角川文庫 …… 3

ねずみ大明神 (飯島一次) 双葉文庫 (2014) ……………………………………… 25

鼠、滝に打たれる (赤川次郎) 角川文庫 (2016) ……………………………………… 3

鼠、狸囃子に踊る (赤川次郎) 角川文庫 (2014) ……………………………………… 3

鼠、闇に跳ぶ (赤川次郎) 角川文庫 (2012) … 3

鼠、夜に賭ける (赤川次郎) 角川文庫 (2012) ……………………………………… 3

寝太郎与力映之進 (多田容子) 富士見新時代小説文庫 (2015) ………………… 235

熱風 (佐伯泰英) 新潮文庫 (2011) ……… 179

熱風！(佐伯泰英) 徳間文庫 (2001) …… 180

熱風！(佐伯泰英) 徳間文庫 (2008) …… 180

涅槃の月 (浅野里沙子) 小学館文庫 (2013) ……………………………………… 12

涅槃の雪 (西条奈加) 光文社文庫 (2014) … 169

ねぼけ医者月を斬る (平茂寛) 白泉社招き猫文庫 (2015) ………………………… 340

寝乱れ拝領刀始末 (八神淳一) 廣済堂文庫 (2012) ……………………………… 408

ねむり鬼剣 (鳥羽亮) 講談社文庫 (2015) … 263

眠り首 (鳥羽亮) 祥伝社文庫 (2008) …… 266

眠り猫 (翔田寛) 幻冬舎文庫 (2007) …… 209

眠り猫 (藤井邦夫) 双葉文庫 (2014) …… 351

眠れる花 (今井絵美子) 祥伝社文庫 (2014) ……………………………………… 62

閨之陰謀 (上田秀人) 幻冬舎時代小説文庫 (2015) ……………………………… 74

狙うて候　上 (東郷隆) 実業之日本社文庫 (2010) ……………………………… 255

狙うて候　下 (東郷隆) 実業之日本社文庫 (2010) ……………………………… 255

ねんねしな (風野真知雄) 双葉文庫 (2015) ……………………………………… 116

◇年番方筆頭事件帖 (平茂寛) 富士見新時代小説文庫 …………………………… 340

年番方筆頭事件帖 1 とっぱあ与力 (平茂寛) 富士見新時代小説文庫 (2014) …… 340

年番方筆頭事件帖 2 とっぱあ与力火事場の華 (平茂寛) 富士見新時代小説文庫 (2014) ……………………………………… 340

念仏狩り (早坂倫太郎) 双葉文庫 (2004) …… 313

【 の 】

能面 (安芸宗一郎) 双葉文庫 (2015) ……… 3

のうらく侍 (坂岡真) 祥伝社文庫 (2008) … 189

◇のうらく侍御用箱 (坂岡真) 祥伝社文庫 …… 189

のうらく侍御用箱 2 百石手鼻 (坂岡真) 祥伝社文庫 (2009) …………………… 189

のうらく侍御用箱 3 恨み骨髄 (坂岡真) 祥伝社文庫 (2010) …………………… 189

のうらく侍御用箱 4 火中の栗 (坂岡真) 祥伝社文庫 (2011) …………………… 189

のうらく侍御用箱 5 地獄で仏 (坂岡真) 祥伝社文庫 (2012) …………………… 189

のうらく侍御用箱 6 お任せあれ (坂岡真) 祥伝社文庫 (2013) ………………… 189

歴史時代小説文庫総覧 現代の作家　**585**

逃れ道（辻堂魁）学研M文庫（2012） 250
逃れ者（藤井邦夫）祥伝社文庫（2008） 349
軒猿の月（火坂雅志）PHP文芸文庫（2010）
　......... 333
乃木稀典（松田十刻）PHP文庫（2005） 377
残り鷺（藤原緋沙子）祥伝社文庫（2012） 361
残りの桜（稲葉稔）コスミック・時代文庫
　（2006） 53
残りの桜（稲葉稔）コスミック・時代文庫
　（2012） 54
残りの桜 →龍之介始末剣〔3〕（稲葉稔）コス
　ミック・時代文庫（2012） 54
残りの雪（井川香四郎）ベスト時代文庫
　（2006） 38
残り花、風の宿（井川香四郎）学研M文庫
　（2006） 28
寄残花恋（佐伯泰英）幻冬舎文庫（2005） 171
寄残花恋（佐伯泰英）幻冬舎文庫（2011） 171
寄残花恋（佐伯泰英）文春文庫（2016） 185
残り火の町（富樫倫太郎）祥伝社文庫（2013）
　......... 258
残り火の町（富樫倫太郎）徳間文庫（2008）
　......... 259
残り螢（千野隆司）学研M文庫（2010） 242
野晒の剣（中村朋臣）宝島社文庫（2014） 288
魍き小平次（京極夏彦）角川文庫（2008） 142
魍き小平次（京極夏彦）中公文庫（2012） 142
希望（のぞみ）粥（倉阪鬼一郎）二見時代小説
　文庫（2014） 148
後添え（藤井邦夫）文春文庫（2013） 353
後添え（藤井邦夫）ベスト時代文庫（2008）
　......... 354
のっこり万平十手捌き（芦川淳一）PHP文庫
　（2009） 17
のっとり奥坊主（鳥羽亮）講談社文庫（2016）
　......... 263
のっぺら（霜島ケイ）廣済堂文庫（2014） 205
のっぺら 巻ノ2 ひょうたん（霜島ケイ）廣済
　堂文庫（2014） 205
信長（宇月原晴明）新潮文庫（2002） 81
信長闇殺の秘史 上（近衛龍春）ぶんか社文庫
　（2008） 164
信長闇殺の秘史 下（近衛龍春）ぶんか社文庫
　（2008） 164
信長狩り →伊賀の影法師（火坂雅志）廣済堂
　文庫（1999） 330
信長死すべし（山本兼一）角川文庫（2014）
　......... 417
信長大志を生きる →革命児・信長 上（谷恒
　生）河出文庫（1998） 237

信長の暗号 上（中見利男）ハルキ文庫
　（2011） 284
信長の暗号 下（中見利男）ハルキ文庫
　（2011） 284
信長の影（岡田秀文）双葉文庫（2016） 90
信長の血脈（加藤廣）文春文庫（2014） 122
信長の棺 上（加藤廣）文春文庫（2008） 122
信長の棺 下（加藤廣）文春文庫（2008） 122
信長の密使（火坂雅志）学研M文庫（2001）
　......... 329
信長の密使（火坂雅志）廣済堂文庫（1998）
　......... 330
信長の密偵（中谷航太郎）ハルキ文庫（2013）
　......... 283
信長華か、覇道か →革命児・信長 下（谷恒
　生）河出文庫（1998） 237
信長秘録洛陽城の栄光（井沢元彦）幻冬舎文
　庫（1997） 43
信長誘拐（鈴木英治）PHP文芸文庫（2015）
　......... 217
のぼうの城 上（和田竜）小学館文庫（2010）
　......... 444
のぼうの城 下（和田竜）小学館文庫（2010）
　......... 444
野良犬の夏（鈴木英治）双葉文庫（2007） 217
呪い札（庄司圭太）集英社文庫（2000） 209
呪われた恋文（飯島一次）双葉文庫（2016）
　......... 25
野分一過（佐伯泰英）幻冬舎文庫（2010） 171
野分一過（佐伯泰英）幻冬舎文庫（2011） 172
野分荒ぶ（芝村京也）双葉文庫（2013） 204
野分の剣（藤村与一郎）徳間文庫（2012） 357
野分ノ灘（佐伯泰英）双葉文庫（2007） 184
飲ん兵衛千鳥（鳥羽亮）徳間文庫（2010） 268

【 は 】

梅雨ノ蝶（佐伯泰英）双葉文庫（2006） 184
梅花の誓い（黒木久勝）双葉文庫（2015） 149
廃帝綺譚（宇月原晴明）中公文庫（2010） 82
拝命（麻倉一矢）徳間文庫（2016） 8
拝領品次第（上田秀人）幻冬舎時代小説文庫
　（2012） 74
バウティスタの涙（安芸宗一郎）小学館文庫
　（2016） 3
覇王の海（二宮隆雄）角川文庫（2001） 299
覇王のギヤマン（中谷航太郎）新潮文庫
　（2013） 283
葉隠れ侍（花家圭太郎）二見時代小説文庫
　（2011） 307

作品名索引　　はくれ

葉陰の花（築山桂）双葉文庫（2007）‥‥‥‥‥ 249

儚き運命をひるがえせ（結城光流）角川ビーンズ文庫（2005）‥‥‥‥‥‥‥‥‥‥‥ 420

儚き運命（さだめ）をひるがえせ →少年陰陽師〔12〕（結城光流）角川文庫（2014）‥‥‥ 422

儚月（今井絵美子）徳間文庫（2007）‥‥‥ 63

刃鉄の人（辻堂魁）角川文庫（2016）‥‥‥‥ 250

萩供養（平谷美樹）光文社文庫（2012）‥‥‥ 341

鹿鳴の声（藤原緋沙子）廣済堂文庫（2006）
‥‥‥‥‥‥‥‥‥‥‥‥‥‥‥‥‥‥‥‥ 359

萩の露（藍川慶次郎）学研M文庫（2005）‥‥‥‥ 1

萩の逃れ路（鈴木英治）徳間文庫（2013）‥‥ 215

破暁の道 上（小杉健治）祥伝社文庫（2016）
‥‥‥‥‥‥‥‥‥‥‥‥‥‥‥‥‥‥‥‥ 158

破暁の道 下（小杉健治）祥伝社文庫（2016）
‥‥‥‥‥‥‥‥‥‥‥‥‥‥‥‥‥‥‥‥ 158

白桜の剣（北川哲史）廣済堂文庫（2005）‥‥ 133

白頭の虎（牧秀彦）二見時代小説文庫（2012）
‥‥‥‥‥‥‥‥‥‥‥‥‥‥‥‥‥‥‥‥ 370

獏の巻 嘘つき女（金子成人）小学館文庫
（2016）‥‥‥‥‥‥‥‥‥‥‥‥‥‥‥‥ 125

◇幕府役人事情（稲葉稔）文春文庫‥‥‥‥‥ 57

幕府役人事情 ありゃ徳右衛門（稲葉稔）文春文庫（2014）‥‥‥‥‥‥‥‥‥‥‥‥‥ 57

幕府役人事情 疑わしき男（稲葉稔）文春文庫（2016）‥‥‥‥‥‥‥‥‥‥‥‥‥‥‥ 57

幕府役人事情 ちょっと徳右衛門（稲葉稔）文春文庫（2014）‥‥‥‥‥‥‥‥‥‥‥ 57

幕府役人事情 やれやれ徳右衛門（稲葉稔）文春文庫（2015）‥‥‥‥‥‥‥‥‥‥‥ 57

幕末あどれさん（松井今朝子）幻冬舎時代小説文庫（2012）‥‥‥‥‥‥‥‥‥‥‥ 374

幕末あどれさん（松井今朝子）PHP文庫（2004）‥‥‥‥‥‥‥‥‥‥‥‥‥‥‥‥‥ 375

幕末暗殺剣（加野厚志）講談社文庫（2009）
‥‥‥‥‥‥‥‥‥‥‥‥‥‥‥‥‥‥‥‥ 125

幕末一撃必殺隊（永井義男）徳間文庫（2002）
‥‥‥‥‥‥‥‥‥‥‥‥‥‥‥‥‥‥‥‥ 275

幕末大江戸だまし絵図（葉治英哉）幻冬舎文庫（2008）‥‥‥‥‥‥‥‥‥‥‥‥‥‥ 302

幕末機関説いろはにほへと（牧秀彦）光文社文庫（2007）‥‥‥‥‥‥‥‥‥‥‥‥ 367

幕末最後の剣客 上（志津三郎）光文社文庫（1997）‥‥‥‥‥‥‥‥‥‥‥‥‥‥‥ 201

幕末最後の剣客 下（志津三郎）光文社文庫（1997）‥‥‥‥‥‥‥‥‥‥‥‥‥‥‥ 201

幕末志士伝赤報隊 上（宮城賢秀）ハルキ文庫（2000）‥‥‥‥‥‥‥‥‥‥‥‥‥‥ 389

幕末志士伝赤報隊 下（宮城賢秀）ハルキ文庫（2000）‥‥‥‥‥‥‥‥‥‥‥‥‥‥ 389

幕末時そば伝（鯨統一郎）実業之日本社文庫（2011）‥‥‥‥‥‥‥‥‥‥‥‥‥‥ 143

◇幕末繁盛記・てっぺん（井川香四郎）祥伝社文庫‥‥‥‥‥‥‥‥‥‥‥‥‥‥‥‥ 33

幕末繁盛記・てっぺん（井川香四郎）祥伝社文庫（2012）‥‥‥‥‥‥‥‥‥‥‥‥ 33

幕末繁盛記・てっぺん 2 千両船（井川香四郎）祥伝社文庫（2012）‥‥‥‥‥‥‥‥ 33

幕末繁盛記・てっぺん 3 鉄の巨鯨（井川香四郎）祥伝社文庫（2013）‥‥‥‥‥‥‥ 33

幕末まらそん侍（土橋章宏）ハルキ文庫（2015）‥‥‥‥‥‥‥‥‥‥‥‥‥‥‥‥ 273

幕末四人の女志士（加野厚志）文芸社文庫（2015）‥‥‥‥‥‥‥‥‥‥‥‥‥‥‥ 126

幕末浪漫（ろうまん）剣（鳥羽亮）徳間文庫（2010）‥‥‥‥‥‥‥‥‥‥‥‥‥‥ 268

幕末浪漫剣（鳥羽亮）講談社文庫（2001）‥‥‥ 264

幕命奉らず（森真沙子）二見時代小説文庫（2015）‥‥‥‥‥‥‥‥‥‥‥‥‥‥‥ 403

白面の剣客（芦川淳一）双葉文庫（2011）‥‥ 18

白鷹伝（山本兼一）祥伝社文庫（2007）‥‥‥ 418

はぐれ鬼（松本賢吾）竹書房時代小説文庫（2008）‥‥‥‥‥‥‥‥‥‥‥‥‥‥‥ 378

◇はぐれ隠密始末帖（聖龍人）コスミック・時代文庫‥‥‥‥‥‥‥‥‥‥‥‥‥‥‥ 335

はぐれ隠密始末帖 真之介恩情剣（聖龍人）コスミック・時代文庫（2007）‥‥‥‥‥ 335

はぐれ隠密始末帖 真之介恩情剣（聖龍人）コスミック・時代文庫（2011）‥‥‥‥‥ 335

はぐれ隠密始末帖 真之介活殺剣（聖龍人）コスミック・時代文庫（2005）‥‥‥‥‥ 335

はぐれ隠密始末帖 真之介活殺剣（聖龍人）コスミック・時代文庫（2010）‥‥‥‥‥ 335

はぐれ隠密始末帖 真之介春風剣（聖龍人）コスミック・時代文庫（2006）‥‥‥‥‥ 335

はぐれ隠密始末帖 真之介春風剣（聖龍人）コスミック・時代文庫（2011）‥‥‥‥‥ 335

はぐれ隠密始末帖 真之介風流剣（聖龍人）コスミック・時代文庫（2006）‥‥‥‥‥ 335

はぐれ隠密始末帖 真之介風流剣（聖龍人）コスミック・時代文庫（2011）‥‥‥‥‥ 335

はぐれ隠密始末帖 真之介恋情剣（聖龍人）コスミック・時代文庫（2008）‥‥‥‥‥ 335

はぐれ鳥（辻堂魁）学研M文庫（2010）‥‥‥ 250

はぐれ鳥（辻堂魁）祥伝社文庫（2016）‥‥‥ 252

はぐれ雲（井川香四郎）徳間文庫（2006）‥‥‥ 34

はぐれ五右衛門（鈴木輝一郎）双葉文庫（2000）‥‥‥‥‥‥‥‥‥‥‥‥‥‥‥‥ 219

はぐれ忍び烈（高妻秀樹）学研M文庫（2010）‥‥‥‥‥‥‥‥‥‥‥‥‥‥‥‥ 153

◇はぐれ十左暗剣殺（和久田正明）徳間文庫
‥‥‥‥‥‥‥‥‥‥‥‥‥‥‥‥‥‥‥‥ 436

はぐれ

作品名索引

はぐれ十左暗剣殺（和久田正明）徳間文庫
（2011） ················· 436
はぐれ十左暗剣殺 悪の華（和久田正明）徳間
文庫（2012） ············· 436
はぐれ十左暗剣殺 蜘蛛女（和久田正明）徳間
文庫（2012） ············· 436
はぐれ十左暗剣殺 黒刺客（和久田正明）徳間
文庫（2013） ············· 436
はぐれ十左暗剣殺 弾丸を嚙め（和久田正明）
徳間文庫（2016） ·········· 436
はぐれ十左暗剣殺 笑う女狐（和久田正明）徳
間文庫（2013） ············ 436
◇はぐれ十左御用帳（和久田正明）徳間文庫
····················· 435
はぐれ十左御用帳（和久田正明）徳間文庫
（2006） ················· 435
はぐれ十左御用帳 家康の靴（和久田正明）徳
間文庫（2009） ············ 436
はぐれ十左御用帳 狐の穴（和久田正明）徳間
文庫（2007） ············· 435
はぐれ十左御用帳 逆臣蔵（和久田正明）徳間
文庫（2008） ············· 435
はぐれ十左御用帳 女俠（和久田正明）徳間文
庫（2011） ··············· 436
はぐれ十左御用帳 罪なき女（和久田正明）徳
間文庫（2010） ············ 436
はぐれ十左御用帳 冷たい月（和久田正明）徳
間文庫（2007） ············ 435
はぐれ十左御用帳 情け無用（和久田正明）徳
間文庫（2006） ············ 435
はぐれ十左御用帳 ふるえて眠れ（和久田正
明）徳間文庫（2008） ········ 435
はぐれ十左御用帳 卍の証（和久田正明）徳間
文庫（2009） ············· 436
◇はぐれ同心闇裁き（喜安幸夫）二見時代小
説文庫 ················· 140
はぐれ同心闇裁き 2 隠れ刃（喜安幸夫）二見
時代小説文庫（2010） ········ 140
はぐれ同心闇裁き 3 因果の棺桶（喜安幸夫）
二見時代小説文庫（2011） ····· 140
はぐれ同心闇裁き 4 老中の迷走（喜安幸夫）
二見時代小説文庫（2011） ····· 140
はぐれ同心闇裁き 5 斬り込み（喜安幸夫）二
見時代小説文庫（2011） ······ 140
はぐれ同心闇裁き 6 槍突き無宿（喜安幸夫）
二見時代小説文庫（2012） ····· 140
はぐれ同心闇裁き 7 口封じ（喜安幸夫）二見
時代小説文庫（2012） ········ 140
はぐれ同心闇裁き 8 強請（ゆすり）の代償（喜
安幸夫）二見時代小説文庫（2012） ··· 140
はぐれ同心闇裁き 9 追われ者（喜安幸夫）二
見時代小説文庫（2013） ······ 140

はぐれ同心闇裁き 10 さむらい博徒（喜安幸
夫）二見時代小説文庫（2013） ··· 140
はぐれ同心闇裁き 11 許せぬ所業（喜安幸夫）
二見時代小説文庫（2013） ····· 140
はぐれ同心闇裁き 12 最後の戦い（喜安幸夫）
二見時代小説文庫（2014） ····· 140
はぐれ同心闇裁き 龍之助江戸草紙（喜安幸
夫）二見時代小説文庫（2010） ··· 140
◇はぐれ長屋の用心棒（鳥羽亮）双葉文庫 ···· 270
はぐれ長屋の用心棒 怒り一閃（鳥羽亮）双葉
文庫（2012） ············· 271
はぐれ長屋の用心棒 怒れ、孫六（鳥羽亮）双
葉文庫（2015） ············ 271
はぐれ長屋の用心棒 磯次の改心（鳥羽亮）双
葉文庫（2014） ············ 271
はぐれ長屋の用心棒 うつけ奇剣（鳥羽亮）双
葉文庫（2013） ············ 271
はぐれ長屋の用心棒 瓜ふたつ（鳥羽亮）双葉
文庫（2008） ············· 271
はぐれ長屋の用心棒 おしかけた姫君（鳥羽
亮）双葉文庫（2011） ········ 271
はぐれ長屋の用心棒 おっかあ（鳥羽亮）双葉
文庫（2009） ············· 271
はぐれ長屋の用心棒 おとら婆（鳥羽亮）双葉
文庫（2008） ············· 271
はぐれ長屋の用心棒 父子凧（鳥羽亮）双葉文
庫（2007） ··············· 270
はぐれ長屋の用心棒 神隠し（鳥羽亮）双葉文
庫（2016） ··············· 271
はぐれ長屋の用心棒 きまぐれ藤四郎（鳥羽
亮）双葉文庫（2010） ········ 271
はぐれ長屋の用心棒 銀簪の絆（鳥羽亮）双葉
文庫（2013） ············· 271
はぐれ長屋の用心棒 黒衣の刺客（鳥羽亮）双
葉文庫（2006） ············ 270
はぐれ長屋の用心棒 剣術長屋（鳥羽亮）双葉
文庫（2011） ············· 271
はぐれ長屋の用心棒 娘（こ）連れの武士（鳥
羽亮）双葉文庫（2014） ······ 271
はぐれ長屋の用心棒 子盗ろ（鳥羽亮）双葉文
庫（2005） ··············· 270
はぐれ長屋の用心棒 すっとび平太（鳥羽亮）
双葉文庫（2012） ·········· 271
はぐれ長屋の用心棒 袖返し（鳥羽亮）双葉文
庫（2004） ··············· 270
はぐれ長屋の用心棒 長屋あやうし（鳥羽亮）
双葉文庫（2008） ·········· 271
はぐれ長屋の用心棒 八万石の危機（鳥羽亮）
双葉文庫（2015） ·········· 271
はぐれ長屋の用心棒 八万石の風来坊（鳥羽
亮）双葉文庫（2009） ········ 271

588 歴史時代小説文庫総覧 現代の作家

はぐれ長屋の用心棒 華町源九郎江戸暦（鳥羽
亮）双葉文庫（2003） ………… *270*

はぐれ長屋の用心棒 疾風の河岸（鳥羽亮）双
葉文庫（2011） ………… *271*

はぐれ長屋の用心棒 はやり風邪（鳥羽亮）双
葉文庫（2010） ………… *271*

はぐれ長屋の用心棒 秘剣霞嵐（鳥羽亮）双葉
文庫（2010） ………… *271*

はぐれ長屋の用心棒 美剣士騒動（鳥羽亮）双
葉文庫（2014） ………… *271*

はぐれ長屋の用心棒 雛の仇討ち（鳥羽亮）双
葉文庫（2007） ………… *270*

はぐれ長屋の用心棒 悲恋の太刀（鳥羽亮）双
葉文庫（2016） ………… *271*

はぐれ長屋の用心棒 風来坊の花嫁（鳥羽亮）
双葉文庫（2009） ………… *271*

はぐれ長屋の用心棒 深川袖しぐれ（鳥羽亮）
双葉文庫（2005） ………… *270*

はぐれ長屋の用心棒 孫六の宝（鳥羽亮）双葉
文庫（2007） ………… *270*

はぐれ長屋の用心棒 迷い鶴（鳥羽亮）双葉文
庫（2006） ………… *270*

はぐれ長屋の用心棒 紋太夫の恋（鳥羽亮）双
葉文庫（2005） ………… *270*

はぐれ長屋の用心棒 湯宿の賊（鳥羽亮）双葉
文庫（2006） ………… *270*

はぐれ長屋の用心棒 烈火の剣（鳥羽亮）双葉
文庫（2013） ………… *271*

はぐれ長屋の用心棒 老剣客躍る（鳥羽亮）双
葉文庫（2015） ………… *271*

はぐれ長屋の用心棒 老骨秘剣（鳥羽亮）双葉
文庫（2012） ………… *271*

はぐれ忍者女体遍路（原田真介）廣済堂文庫
（2004） ………… *323*

◇はぐれ文吾人情事件帖（小杉健治）宝島社
文庫 ………… *159*

はぐれ文吾人情事件帖（小杉健治）宝島社文
庫（2014） ………… *159*

はぐれ文吾人情事件帖 雨上がりの空（小杉健
治）宝島社文庫（2014） ………… *159*

はぐれ文吾人情事件帖 ちぎれ雲の朝（小杉健
治）宝島社文庫（2016） ………… *159*

はぐれ文吾人情事件帖 宵待ちの月（小杉健
治）宝島社文庫（2014） ………… *159*

はぐれ文吾人情事件帖 夜を奔る（小杉健治）
宝島社文庫（2014） ………… *159*

はぐれ牡丹（山本一力）ハルキ文庫（2005）
………… *416*

はぐれ名医事件暦（和田はつ子）幻冬舎時代
小説文庫（2014） ………… *438*

はぐれ名医事件暦 2 女雛月（和田はつ子）幻
冬舎時代小説文庫（2015） ………… *438*

はぐれ名医診療暦（和田はつ子）幻冬舎時代
小説文庫（2015） ………… *438*

はぐれ柳生殺人剣 →はぐれ柳生必殺剣（黒崎
裕一郎）文芸社文庫（2015） ………… *151*

はぐれ柳生斬人剣（黒崎裕一郎）徳間文庫
（2002） ………… *151*

はぐれ柳生斬人剣 →はぐれ柳生非情剣（黒崎
裕一郎）文芸社文庫（2015） ………… *151*

はぐれ柳生紫電剣（黒崎裕一郎）文芸社文庫
（2015） ………… *151*

はぐれ柳生殺人剣（黒崎裕一郎）徳間文庫
（2002） ………… *151*

はぐれ柳生非情剣（黒崎裕一郎）文芸社文庫
（2015） ………… *151*

はぐれ柳生必殺剣（黒崎裕一郎）文芸社文庫
（2015） ………… *151*

はぐれ柳生無情剣（黒崎裕一郎）徳間文庫
（2002） ………… *151*

はぐれ柳生無情剣 →はぐれ柳生紫電剣（黒崎
裕一郎）文芸社文庫（2015） ………… *151*

はぐれ用心棒仕置剣（芦川淳一）コスミック・
時代文庫（2013） ………… *16*

はぐれ与力（池端洋介）ベスト時代文庫
（2007） ………… *41*

はぐれ与力（池端洋介）ベスト時代文庫
（2008） ………… *41*

莫連娘（千野隆司）祥伝社文庫（2009） ……… *244*

馬喰町妖獣殺人事件（風野真知雄）文春文庫
（2013） ………… *118*

化け狸あいあい（高橋由太）徳間文庫（2015）
………… *230*

化け猫、まかり通る（かたやま和華）集英社文
庫（2015） ………… *120*

化物の村（風野真知雄）双葉文庫（2012） …… *116*

覇剣（鳥羽亮）祥伝社文庫（2003） ………… *267*

破剣（永井義男）コスミック・時代文庫
（2007） ………… *275*

箱入り娘（金子成人）小学館文庫（2015） …… *125*

箱館売ります（富樫倫太郎）中公文庫（2013）
………… *258*

◇箱館奉行所始末（森真沙子）二見時代小説
文庫 ………… *403*

箱館奉行所始末 2 小出大和守の秘命（森真沙
子）二見時代小説文庫（2014） ………… *403*

箱館奉行所始末 3 密命狩り（森真沙子）二見
時代小説文庫（2014） ………… *403*

箱館奉行所始末 4 幕命奉らず（森真沙子）二
見時代小説文庫（2015） ………… *403*

箱館奉行所始末 5 海峡炎ゆ（森真沙子）二見
時代小説文庫（2016） ………… *403*

箱館奉行所始末 異人館の犯罪（森真沙子）二
見時代小説文庫（2013） ………… *403*

はこに　　　　　作品名索引

箱庭の嵐(笛吹明生)学研M文庫(2008) ‥‥‥ *344*
箱根峠の虎次郎(佐々木裕一)廣済堂文庫
　(2011) ‥‥‥‥‥‥‥‥‥‥‥‥‥‥‥‥ *195*
箱 根 の 女 狐(和久田正明)学研M文庫
　(2004) ‥‥‥‥‥‥‥‥‥‥‥‥‥‥‥‥ *432*
はごろも天女(六道慧)徳間文庫(2003) ‥‥‥ *430*
葉桜慕情(和田はつ子)小学館文庫(2006)
　‥‥‥‥‥‥‥‥‥‥‥‥‥‥‥‥‥‥‥‥ *440*
伐折羅剣(宮城賢秀)学研M文庫(2004) ‥‥‥ *382*
破斬(上田秀人)光文社文庫(2005) ‥‥‥‥‥ *75*
橋の上(佐伯泰英)双葉文庫(2011) ‥‥‥‥‥ *184*
橋場之渡(稲葉稔)光文社文庫(2016) ‥‥‥‥ *53*
◇橋廻り同心・平七郎控(藤原緋沙子)祥伝社
　文庫 ‥‥‥‥‥‥‥‥‥‥‥‥‥‥‥‥‥ *360*
橋廻り同心・平七郎控 8 梅灯り(藤原緋沙子)
　祥伝社文庫(2009) ‥‥‥‥‥‥‥‥‥‥ *361*
橋廻り同心・平七郎控 9 麦湯の女(藤原緋沙
　子)祥伝社文庫(2009) ‥‥‥‥‥‥‥‥ *361*
橋廻り同心・平七郎控 10 残り鶯(藤原緋沙
　子)祥伝社文庫(2012) ‥‥‥‥‥‥‥‥ *361*
橋廻り同心・平七郎控 11 風草の道(藤原緋
　沙子)祥伝社文庫(2013) ‥‥‥‥‥‥‥ *361*
橋廻り同心・平七郎控 蚊遣り火(藤原緋沙子)
　祥伝社文庫(2007) ‥‥‥‥‥‥‥‥‥‥ *361*
橋廻り同心・平七郎控 恋椿(藤原緋沙子)祥
　伝社文庫(2004) ‥‥‥‥‥‥‥‥‥‥‥ *360*
橋廻り同心・平七郎控 火の華(藤原緋沙子)
　祥伝社文庫(2004) ‥‥‥‥‥‥‥‥‥‥ *360*
橋廻り同心・平七郎控 冬萌え(藤原緋沙子)
　祥伝社文庫(2005) ‥‥‥‥‥‥‥‥‥‥ *361*
橋廻り同心・平七郎控 夕立ち(藤原緋沙子)
　祥伝社文庫(2005) ‥‥‥‥‥‥‥‥‥‥ *361*
橋廻り同心・平七郎控 雪舞い(藤原緋沙子)
　祥伝社文庫(2004) ‥‥‥‥‥‥‥‥‥‥ *360*
橋廻り同心・平七郎控 夢の浮き橋(藤原緋沙
　子)祥伝社文庫(2006) ‥‥‥‥‥‥‥‥ *361*
恥も外聞もなく売名す →三日月の花(中路啓
　太)中公文庫(2016) ‥‥‥‥‥‥‥‥‥ *280*
覇者 上(井沢元彦)祥伝社文庫(2007) ‥‥‥ *43*
覇者 下(井沢元彦)祥伝社文庫(2007) ‥‥‥ *43*
覇者(佐伯泰英)祥伝社文庫(2011) ‥‥‥‥ *177*
破邪の剣(黒崎裕一郎)学研M文庫(2004)
　‥‥‥‥‥‥‥‥‥‥‥‥‥‥‥‥‥‥‥‥ *150*
破邪の剣(鳥羽亮)徳間文庫(2014) ‥‥‥‥ *268*
芭蕉隠密伝(浅黄斑)ハルキ文庫(2005) ‥‥‥ *6*
覇商の門 上(火坂雅志)祥伝社文庫(2004)
　‥‥‥‥‥‥‥‥‥‥‥‥‥‥‥‥‥‥‥‥ *332*
覇商の門 下(火坂雅志)祥伝社文庫(2004)
　‥‥‥‥‥‥‥‥‥‥‥‥‥‥‥‥‥‥‥‥ *332*
走り火(和田はつ子)講談社文庫(2010) ‥‥ *439*
奔る合戦屋 上(北沢秋)双葉文庫(2012) ‥‥ *134*

奔る合戦屋 下(北沢秋)双葉文庫(2012) ‥‥ *134*
奔る吉原用心棒(中谷航太郎)宝島社文庫
　(2014) ‥‥‥‥‥‥‥‥‥‥‥‥‥‥‥‥ *283*
疾れ、影法師(森詠)二見時代小説文庫
　(2014) ‥‥‥‥‥‥‥‥‥‥‥‥‥‥‥‥ *401*
走れ銀八(幡大介)双葉文庫(2016) ‥‥‥‥ *327*
走れ、千吉(倉阪鬼一郎)二見時代小説文庫
　(2016) ‥‥‥‥‥‥‥‥‥‥‥‥‥‥‥‥ *148*
◇走れ、半兵衛(森詠)実業之日本社文庫 ‥‥ *400*
走れ、半兵衛 2 双龍剣異聞(森詠)実業之日
　本社文庫(2016) ‥‥‥‥‥‥‥‥‥‥‥ *400*
走れ、半兵衛 風神剣始末(森詠)実業之日本
　社文庫(2016) ‥‥‥‥‥‥‥‥‥‥‥‥ *400*
葉月の縁談(藤村与一郎)廣済堂文庫(2011)
　‥‥‥‥‥‥‥‥‥‥‥‥‥‥‥‥‥‥‥‥ *356*
葉月の危機(稲葉稔)幻冬舎時代小説文庫
　(2012) ‥‥‥‥‥‥‥‥‥‥‥‥‥‥‥‥ *50*
蓮美人(和田はつ子)ハルキ文庫(2013) ‥‥ *442*
◇長谷川平蔵事件控(宮城賢秀)幻冬舎文庫
　‥‥‥‥‥‥‥‥‥‥‥‥‥‥‥‥‥‥‥‥ *384*
◇長谷川平蔵事件控(宮城賢秀)コスミック・
　時代文庫 ‥‥‥‥‥‥‥‥‥‥‥‥‥‥‥ *387*
長谷川平蔵事件控 2 謎の伝馬船(宮城賢秀)
　幻冬舎文庫(2000) ‥‥‥‥‥‥‥‥‥‥ *384*
長谷川平蔵事件控 2 謎の伝馬船(宮城賢秀)
　コスミック・時代文庫(2005) ‥‥‥‥‥ *387*
長谷川平蔵事件控 3 江戸騒擾(宮城賢秀)幻
　冬舎文庫(2001) ‥‥‥‥‥‥‥‥‥‥‥ *384*
長谷川平蔵事件控 3 江戸騒乱(宮城賢秀)コ
　スミック・時代文庫(2005) ‥‥‥‥‥‥ *387*
長谷川平蔵事件控 4 蜂須賀小六の末裔(宮城
　賢秀)幻冬舎文庫(2002) ‥‥‥‥‥‥‥ *384*
長谷川平蔵事件控 4 蜂須賀小六の末裔(宮城
　賢秀)コスミック・時代文庫(2006) ‥‥ *387*
長谷川平蔵事件控 神稲小僧(宮城賢秀)幻冬
　舎文庫(2000) ‥‥‥‥‥‥‥‥‥‥‥‥ *384*
長谷川平蔵事件控 神稲小僧(宮城賢秀)コス
　ミック・時代文庫(2005) ‥‥‥‥‥‥‥ *387*
長谷川平蔵人足寄場 平之助事件帖 1 憧憬(千
　野隆司)小学館文庫(2016) ‥‥‥‥‥‥ *243*
果たし合い(芦川淳一)双葉文庫(2008) ‥‥ *18*
◇旗本絵師描留め帳(小笠原京)小学館文庫
　‥‥‥‥‥‥‥‥‥‥‥‥‥‥‥‥‥‥‥‥ *89*
◇旗本絵師描留め帳(小笠原京)福武文庫 ‥‥ *89*
旗本絵師描留め帳 寒桜の恋(小笠原京)小学
　館文庫(2000) ‥‥‥‥‥‥‥‥‥‥‥‥ *89*
旗本絵師描留め帳 小春日の雪女(小笠原京)
　小学館文庫(2000) ‥‥‥‥‥‥‥‥‥‥ *89*
旗本絵師描留め帳 修羅坂の雪(小笠原京)小
　学館文庫(2002) ‥‥‥‥‥‥‥‥‥‥‥ *89*
旗本絵師描留め帳 蛍火の怪(小笠原京)小学
　館文庫(1999) ‥‥‥‥‥‥‥‥‥‥‥‥ *89*

作品名索引　　　　　　　　　　　　　　はつけ

旗本絵師描留め帳 落梧の非情（小笠原京）小
　学館文庫（2002）……………………… 89
旗本絵師描留め帳 瑠璃菊の女（小笠原京）福
　武文庫（1996）………………………… 89
旗本金融道 1 銭が情けの新次郎（経塚丸雄）
　双葉文庫（2016）……………………… 142
旗本金融道 2 銭が仇の新次郎（経塚丸雄）双
　葉文庫（2016）………………………… 142
旗本金融道 3 馬鹿と情けの新次郎（経塚丸
　雄）双葉文庫（2016）………………… 142
◇旗本三兄弟事件帖（藤水名子）二見時代小
　説文庫……………………………………… 346
旗本三兄弟事件帖 1 闇公方の影（藤水名子）
　二見時代小説文庫（2015）…………… 346
旗本三兄弟事件帖 2 徒目付密命（藤水名子）
　二見時代小説文庫（2016）…………… 346
旗本三兄弟事件帖 3 六十万石の罠（藤水名
　子）二見時代小説文庫（2016）……… 346
旗本始末（上田秀人）中公文庫（2011）…… 77
旗本瀬沼家始末（海野謙四郎）宝島社文庫
　（2013）…………………………………… 82
◇旗本伝八郎飄々日記（鈴木晴世）学研M文
　庫…………………………………………… 219
旗本伝八郎飄々日記 西ノ丸の鯛（鈴木晴世）
　学研M文庫（2012）…………………… 219
旗本伝八郎飄々日記 春の足袋（鈴木晴世）学
　研M文庫（2012）……………………… 219
旗本伝八郎飄々日記 冬のよもぎ（鈴木晴世）
　学研M文庫（2010）…………………… 219
旗本花咲男 1（宮本昌孝）ハヤカワ文庫
　（1991）…………………………………… 396
旗本花咲男 上（宮本昌孝）ベスト時代文庫
　（2006）…………………………………… 396
旗本花咲男 下（宮本昌孝）ベスト時代文庫
　（2006）…………………………………… 397
◇旗本風来坊（芦川淳一）コスミック・時代文
　庫…………………………………………… 16
旗本風来坊（芦川淳一）コスミック・時代文庫
　（2015）…………………………………… 16
旗本風来坊〔2〕 いのち千両（芦川淳一）コ
　スミック・時代文庫（2015）………… 16
旗本風来坊〔3〕 助太刀始末（芦川淳一）コ
　スミック・時代文庫（2016）………… 16
◇旗本ぶらぶら男夜霧兵馬（佐々木裕一）幻
　冬舎時代小説文庫……………………… 195
旗本ぶらぶら男夜霧兵馬（佐々木裕一）幻冬
　舎時代小説文庫（2012）……………… 195
旗本ぶらぶら男夜霧兵馬 2 影斬り（佐々木裕
　一）幻冬舎時代小説文庫（2013）…… 195
旗本ぶらぶら男夜霧兵馬 3 若旦那隠密（佐々
　木裕一）幻冬舎時代小説文庫（2016）…… 195

旗本屋敷の女首領（宮城賢秀）ケイブンシャ
　文庫（1999）…………………………… 383
旗本屋敷の女首領 →女首領（宮城賢秀）双葉
　文庫（2005）…………………………… 390
◇旗本用心棒（飯野笙子）コスミック・時代文
　庫…………………………………………… 27
旗本用心棒〔2〕 殿さまの秘密（飯野笙子）
　コスミック・時代文庫（2015）……… 27
旗本用心棒〔3〕 吉原の桜（飯野笙子）コス
　ミック・時代文庫（2016）…………… 27
旗本用心棒 裏長屋のお殿さま（飯野笙子）コ
　スミック・時代文庫（2015）………… 27
旗本横紙破り（原田孔平）学研M文庫
　（2011）…………………………………… 323
◇旗本四つ葉姉妹（牧南恭子）学研M文庫 …… 372
旗本四つ葉姉妹（牧南恭子）学研M文庫
　（2009）…………………………………… 372
旗本四つ葉姉妹 恋つぼみ（牧南恭子）学研M
　文庫（2010）…………………………… 372
旗本四つ葉姉妹 七夕の使者（牧南恭子）学研
　M文庫（2010）………………………… 372
旗本若様放浪記（晴間順）学研M文庫
　（2013）…………………………………… 324
破談（小杉健治）ハルキ文庫（2012）……… 160
罰当て侍（風野真知雄）祥伝社文庫（2006）
　……………………………………………… 113
蜂須賀小六の末裔（宮城賢秀）幻冬舎文庫
　（2002）…………………………………… 384
蜂須賀小六の末裔（宮城賢秀）コスミック・時
　代文庫（2006）………………………… 387
蜂のひと刺し（藤村与一郎）コスミック・時代
　文庫（2014）…………………………… 356
八万石の危機（鳥羽亮）双葉文庫（2015）…… 271
八万石の風来坊（鳥羽亮）双葉文庫（2009）
　……………………………………………… 271
八幡太郎義家（小川由秋）PHP文庫（2009）
　……………………………………………… 93
初午の客（木乃甲）学研M文庫（2010）…… 135
幕閣への門（早瀬詠一郎）コスミック・時代文
　庫（2015）……………………………… 313
白鶴ノ紅（佐伯泰英）双葉文庫（2015）…… 185
初雁翔ぶ →地獄花（和久田正明）廣済堂文庫
　（2012）…………………………………… 434
初雁翔ぶ（和久田正明）双葉文庫（2006）…… 437
初鯨（坂岡真）双葉文庫（2009）…………… 192
◇八卦見豹馬吉凶の剣（市川丈夫）富士見新
　時代小説文庫…………………………… 47
八卦見豹馬吉凶の剣 1 三度、斬る（市川丈夫）
　富士見新時代小説文庫（2013）……… 47
八卦見豹馬吉凶の剣 2 鬼将、討つ（市川丈夫）
　富士見新時代小説文庫（2014）……… 47

歴史時代小説文庫総覧 現代の作家　　**591**

はつけ　作品名索引

八卦見豹馬吉凶の剣 3 天道、往く（市川丈夫）
富士見新時代小説文庫（2014） ………… 47
初恋の剣（風野真知雄）朝日文庫（2012） …… 107
初恋の花（佐々木裕一）徳間文庫（2011） …… 197
初恋のゆくえ（芦川淳一）学研M文庫
（2010） ………………………………… 15
八朔の雪（高田郁）ハルキ文庫（2009） …… 224
八州狩り（佐伯泰英）光文社文庫（2003） …… 173
八州狩り（佐伯泰英）光文社文庫（2009） …… 174
八州狩り（佐伯泰英）光文社文庫（2013） …… 175
八州狩り（佐伯泰英）日文文庫（2000） …… 180
八州探訪（佐伯泰英）新潮文庫（2015） …… 179
◇八州廻り浪人奉行（稲葉稔）廣済堂文庫 …… 51
◇八州廻り浪人奉行（稲葉稔）双葉文庫 …… 56
八州廻り浪人奉行（稲葉稔）廣済堂文庫
（2003） ……………………………… 51
八州廻り浪人奉行 →天命の剣（稲葉稔）双葉
文庫（2010） ………………………… 56
八州廻り浪人奉行 血風闇夜の城下（稲葉稔）
廣済堂文庫（2004） ………………… 51
八州廻り浪人奉行 斬光の剣（稲葉稔）双葉文
庫（2010） …………………………… 56
八州廻り浪人奉行 獅子の剣（稲葉稔）双葉文
庫（2010） …………………………… 56
八州廻り浪人奉行 昇龍の剣（稲葉稔）双葉文
庫（2011） …………………………… 56
八州廻り浪人奉行 血煙箱根越え（稲葉稔）廣
済堂文庫（2004） …………………… 51
八州廻り浪人奉行 天命の剣（稲葉稔）双葉文
庫（2010） …………………………… 56
八州廻り浪人奉行 風雲日光道中（稲葉稔）廣
済堂文庫（2005） …………………… 51
◇八丁堀裏十手（牧秀彦）二見時代小説文庫
………………………………………… 370
八丁堀裏十手 1 間借り隠居（牧秀彦）二見時
代小説文庫（2011） ………………… 370
八丁堀裏十手 2 お助け人情剣（牧秀彦）二見
時代小説文庫（2011） ……………… 370
八丁堀裏十手 3 剣客の情け（牧秀彦）二見時
代小説文庫（2012） ………………… 370
八丁堀裏十手 4 白頭の虎（牧秀彦）二見時代
小説文庫（2012） …………………… 370
八丁堀裏十手 5 哀しき刺客（牧秀彦）二見時
代小説文庫（2013） ………………… 370
八丁堀裏十手 6 新たな仲間（牧秀彦）二見時
代小説文庫（2013） ………………… 370
八丁堀裏十手 7 魔剣供養（牧秀彦）二見時代
小説文庫（2014） …………………… 370
八丁堀裏十手 8 荒波越えて（牧秀彦）二見時
代小説文庫（2015） ………………… 370
◇八丁堀親子鷹（宮城賢秀）廣済堂文庫 …… 384

◇八丁堀父子鷹（宮城賢秀）桃園文庫 …… 388
八丁堀親子鷹（宮城賢秀）廣済堂文庫（1997）
………………………………………… 384
八丁堀親子鷹 →八丁堀父子鷹（宮城賢秀）桃
園文庫（2001） ……………………… 388
八丁堀親子鷹 2 紀州新宮鷹撃剣（宮城賢秀）
廣済堂文庫（1997） ………………… 384
八丁堀親子鷹 3 野州黒羽鷹爪剣（宮城賢秀）
廣済堂文庫（1997） ………………… 384
八丁堀親子鷹 4 奥州仙台鷹隼剣（宮城賢秀）
廣済堂文庫（1998） ………………… 384
八丁堀親子鷹 5 越州新潟鷹揚剣（宮城賢秀）
廣済堂文庫（1998） ………………… 384
八丁堀父子鷹（宮城賢秀）桃園文庫（2001）
………………………………………… 388
八丁堀父子鷹 2（宮城賢秀）桃園文庫（2001）
………………………………………… 388
八丁堀父子鷹 3（宮城賢秀）桃園文庫（2002）
………………………………………… 388
八丁堀父子鷹 4 奥州仙台鷹隼剣（宮城賢秀）
桃園文庫（2005） …………………… 388
八丁堀親子鷹 4 →奥州仙台鷹隼剣（宮城賢
秀）桃園文庫（2005） ……………… 388
八丁堀吟味帳 鬼彦組（鳥羽亮）文春文庫
（2012） ……………………………… 272
◇八丁堀吟味帳「鬼彦組」（鳥羽亮）文春文
庫 …………………………………… 272
八丁堀吟味帳「鬼彦組」雨中の死闘（鳥羽亮）
文春文庫（2016） …………………… 272
八丁堀吟味帳「鬼彦組」 裏切り（鳥羽亮）文
春文庫（2013） ……………………… 272
八丁堀吟味帳「鬼彦組」 顔なし勘兵衛（鳥羽
亮）文春文庫（2016） ……………… 272
八丁堀吟味帳「鬼彦組」 心変り（鳥羽亮）文
春文庫（2014） ……………………… 272
八丁堀吟味帳「鬼彦組」 七変化（鳥羽亮）文
春文庫（2015） ……………………… 272
八丁堀吟味帳「鬼彦組」 謎小町（鳥羽亮）文
春文庫（2014） ……………………… 272
八丁堀吟味帳「鬼彦組」 はやり薬（鳥羽亮）
文春文庫（2013） …………………… 272
八丁堀吟味帳「鬼彦組」 謀殺（鳥羽亮）文春
文庫（2012） ………………………… 272
八丁堀吟味帳「鬼彦組」 惑い月（鳥羽亮）文
春文庫（2015） ……………………… 272
八丁堀吟味帳「鬼彦組」 闇の首魁（鳥羽亮）
文春文庫（2012） …………………… 272
◇八丁堀剣客同心（鳥羽亮）時代小説文庫 …… 264
◇八丁堀剣客同心（鳥羽亮）ハルキ文庫 …… 269
八丁堀剣客同心 赤い風車（鳥羽亮）ハルキ文
庫（2009） …………………………… 269

592 歴史時代小説文庫総覧 現代の作家

作品名索引　　　　　　　　　　　　　　　　　はつち

八丁堀剣客同心 朝焼けの辻（鳥羽亮）ハルキ
　文庫（2014）…………………………… 269
八丁堀剣客同心 うらみ橋（鳥羽亮）ハルキ文
　庫（2010）……………………………… 269
八丁堀剣客同心 逢魔時の賊（鳥羽亮）ハルキ
　文庫（2007）…………………………… 269
八丁堀剣客同心 折鶴舞う（鳥羽亮）ハルキ文
　庫（2014）……………………………… 269
八丁堀剣客同心 かくれ蓑（鳥羽亮）ハルキ文
　庫（2008）……………………………… 269
八丁堀剣客同心 鬼面の賊（鳥羽亮）ハルキ文
　庫（2015）……………………………… 270
八丁堀剣客同心 蔵前残照（鳥羽亮）ハルキ文
　庫（2013）……………………………… 269
八丁堀剣客同心 黒鞘の刺客（鳥羽亮）ハルキ
　文庫（2008）…………………………… 269
八丁堀剣客同心 弦月の風（鳥羽亮）ハルキ文
　庫（2006）……………………………… 269
八丁堀剣客同心 五弁の悪花（鳥羽亮）ハルキ
　文庫（2009）…………………………… 269
八丁堀剣客同心 酔狂の剣（鳥羽亮）ハルキ文
　庫（2015）……………………………… 270
八丁堀剣客同心 双剣霞竜（鳥羽亮）ハルキ文
　庫（2013）……………………………… 269
八丁堀剣客同心 遠い春雷（鳥羽亮）ハルキ文
　庫（2010）……………………………… 269
八丁堀剣客同心 隼人奔る（鳥羽亮）時代小説
　文庫（2016）…………………………… 264
八丁堀剣客同心 火龍の剣（鳥羽亮）ハルキ文
　庫（2013）……………………………… 269
八丁堀剣客同心 みみずく小僧（鳥羽亮）ハル
　キ文庫（2016）………………………… 270
八丁堀剣客同心 闇の閃光（鳥羽亮）ハルキ文
　庫（2011）……………………………… 269
八丁堀剣客同心 夕映えの剣（鳥羽亮）ハルキ
　文庫（2011）…………………………… 269
八丁堀剣客同心 夜駆け（鳥羽亮）ハルキ文庫
　（2012）………………………………… 269
八丁堀殺し（小杉健治）祥伝社文庫（2005）
　…………………………………………… 157
◇八丁堀・地蔵橋留書（浅黄斑）二見時代小説
　文庫……………………………………… 7
八丁堀・地蔵橋留書 1 北瞑の大地（浅黄斑）
　二見時代小説文庫（2012）…………… 7
八丁堀・地蔵橋留書 2 天満月夜の怪事（ケチ）
　（浅黄斑）二見時代小説文庫（2014）… 7
八丁堀春秋（花家圭太郎）集英社文庫（2008）
　…………………………………………… 307
◇八丁堀育ち（風野真知雄）朝日文庫 ……… 107
八丁堀育ち（風野真知雄）朝日文庫（2010）
　…………………………………………… 107

八丁堀育ち 2 初恋の剣（風野真知雄）朝日文
　庫（2012）……………………………… 107
八丁堀育ち 3 雪融けの夜（風野真知雄）朝日
　文庫（2013）…………………………… 107
八丁堀育ち 4 早春の河（風野真知雄）朝日文
　庫（2013）……………………………… 107
◇八丁堀つむじ風（和久田正明）廣済堂文庫
　…………………………………………… 434
八丁堀つむじ風 海の牙（和久田正明）廣済堂
　文庫（2010）…………………………… 434
八丁堀つむじ風 鬼の牙（和久田正明）廣済堂
　文庫（2007）…………………………… 434
八丁堀つむじ風 風の牙（和久田正明）廣済堂
　文庫（2006）…………………………… 434
八丁堀つむじ風 紅の牙（和久田正明）廣済堂
　文庫（2008）…………………………… 434
八丁堀つむじ風 氷の牙（和久田正明）廣済堂
　文庫（2008）…………………………… 434
八丁堀つむじ風 月の牙（和久田正明）廣済堂
　文庫（2005）…………………………… 434
八丁堀つむじ風 火の牙（和久田正明）廣済堂
　文庫（2006）…………………………… 434
八丁堀つむじ風 炎の牙（和久田正明）廣済堂
　文庫（2007）…………………………… 434
八丁堀つむじ風 魔性の牙（和久田正明）廣済
　堂文庫（2011）………………………… 434
八丁堀つむじ風 妖の牙（和久田正明）廣済堂
　文庫（2009）…………………………… 434
八丁堀つむじ風 夜の牙（和久田正明）廣済堂
　文庫（2007）…………………………… 434
◇八丁堀手控え帖（稲葉稔）講談社文庫 …… 51
八丁堀手控え帖 囮同心（稲葉稔）講談社文庫
　（2012）………………………………… 52
八丁堀手控え帖 隠密拝命（稲葉稔）講談社文
　庫（2011）……………………………… 51
八丁堀手控え帖 奉行の杞憂（稲葉稔）講談社
　文庫（2013）…………………………… 52
八丁堀手控え帖 椋鳥の影（稲葉稔）講談社文
　庫（2012）……………………………… 52
八丁堀同心殺人事件（風野真知雄）だいわ文
　庫（2007）……………………………… 114
八丁堀同心殺人事件（風野真知雄）文春文庫
　（2011）………………………………… 117
八丁堀の火事（佐伯泰英）ハルキ文庫（2010）
　…………………………………………… 182
◇八丁堀の狐（松本賢吾）コスミック・時代文
　庫………………………………………… 377
◇八丁堀の狐（松本賢吾）双葉文庫 ………… 378
八丁堀の狐（松本賢吾）コスミック・時代文庫
　（2006）………………………………… 377
八丁堀の狐 赤い十手（松本賢吾）コスミック・
　時代文庫（2007）……………………… 377

はつち　作品名索引

八丁堀の狐 悪鬼狩り(松本賢吾)コスミック・
時代文庫(2007) ‥‥‥‥‥‥‥‥‥‥‥ 377

八丁堀の狐 蟻地獄(松本賢吾)双葉文庫
(2008) ‥‥‥‥‥‥‥‥‥‥‥‥‥‥‥ 378

八丁堀の狐 稲妻狩り(松本賢吾)コスミック・
時代文庫(2008) ‥‥‥‥‥‥‥‥‥‥‥ 378

八丁堀の狐 大化け(松本賢吾)双葉文庫
(2008) ‥‥‥‥‥‥‥‥‥‥‥‥‥‥‥ 378

八丁堀の狐 鬼あざみ(松本賢吾)双葉文庫
(2007) ‥‥‥‥‥‥‥‥‥‥‥‥‥‥‥ 378

八丁堀の狐 鬼火(松本賢吾)双葉文庫
(2007) ‥‥‥‥‥‥‥‥‥‥‥‥‥‥‥ 378

八丁堀の狐 神隠し(松本賢吾)双葉文庫
(2009) ‥‥‥‥‥‥‥‥‥‥‥‥‥‥‥ 378

八丁堀の狐 女郎蜘蛛(松本賢吾)双葉文庫
(2007) ‥‥‥‥‥‥‥‥‥‥‥‥‥‥‥ 378

八丁堀の狐 七化け(松本賢吾)双葉文庫
(2008) ‥‥‥‥‥‥‥‥‥‥‥‥‥‥‥ 378

八丁堀の狐 本懐(松本賢吾)双葉文庫
(2009) ‥‥‥‥‥‥‥‥‥‥‥‥‥‥‥ 379

八丁堀の天女(幡大介)二見時代小説文庫
(2011) ‥‥‥‥‥‥‥‥‥‥‥‥‥‥‥ 327

八丁堀の虎(宮城賢秀)ハルキ文庫(2010)
‥‥‥‥‥‥‥‥‥‥‥‥‥‥‥‥‥‥ 390

八丁堀日和(押川国秋)講談社文庫(2007)
‥‥‥‥‥‥‥‥‥‥‥‥‥‥‥‥‥‥‥ 98

◇八丁堀町双紙(浅黄斑)ベスト時代文庫 ‥‥‥ 7

八丁堀町双紙 面影橋の怪(浅黄斑)ベスト時
代文庫(2009) ‥‥‥‥‥‥‥‥‥‥‥‥ 7

八丁堀町双紙 ごろまき半十郎(浅黄斑)ベス
ト時代文庫(2008) ‥‥‥‥‥‥‥‥‥‥ 7

◇八丁堀夫婦ごよみ(早見俊)ハルキ文庫 ‥‥ 320

八丁堀夫婦ごよみ(早見俊)ハルキ文庫
(2011) ‥‥‥‥‥‥‥‥‥‥‥‥‥‥‥ 320

八丁堀夫婦ごよみ 秋風の密命(早見俊)ハル
キ文庫(2012) ‥‥‥‥‥‥‥‥‥‥‥‥ 320

八丁堀夫婦ごよみ 秋彼岸(早見俊)ハルキ文
庫(2011) ‥‥‥‥‥‥‥‥‥‥‥‥‥‥ 320

八丁堀夫婦ごよみ 炎暑に奔る(早見俊)ハル
キ文庫(2013) ‥‥‥‥‥‥‥‥‥‥‥‥ 321

八丁堀夫婦ごよみ 逆恨みの春夜(早見俊)ハ
ルキ文庫(2013) ‥‥‥‥‥‥‥‥‥‥‥ 320

八丁堀夫婦ごよみ 盗人花見(早見俊)ハルキ
文庫(2012) ‥‥‥‥‥‥‥‥‥‥‥‥‥ 320

八丁堀夫婦ごよみ 春の仇敵(早見俊)ハルキ
文庫(2014) ‥‥‥‥‥‥‥‥‥‥‥‥‥ 321

八丁堀夫婦ごよみ 秘剣の秋(早見俊)ハルキ
文庫(2013) ‥‥‥‥‥‥‥‥‥‥‥‥‥ 321

八丁堀夫婦ごよみ 短夜の夢(早見俊)ハルキ
文庫(2012) ‥‥‥‥‥‥‥‥‥‥‥‥‥ 320

抜刀(牧秀彦)双葉文庫(2014) ‥‥‥‥‥‥ 370

抜刀秘伝抄(牧秀彦)学研M文庫(2002) ‥‥‥ 366

抜刀秘伝抄 →燃え立つ剣(牧秀彦)二見時代
小説文庫(2015) ‥‥‥‥‥‥‥‥‥‥‥ 371

抜刀復讐剣(牧秀彦)学研M文庫(2003) ‥‥‥ 366

抜刀復讐剣 →抜き打つ剣(牧秀彦)二見時代
小説文庫(2015) ‥‥‥‥‥‥‥‥‥‥‥ 371

服部半蔵 1(えとう乱星)ぶんか社文庫
(2007) ‥‥‥‥‥‥‥‥‥‥‥‥‥‥‥‥ 85

服部半蔵(寺林峻)PHP文庫(1998) ‥‥‥‥ 254

初音の雲(藍川慶次郎)双葉文庫(2008) ‥‥‥ 1

初ばしり(雑賀慶一郎)学研M文庫(2010)
‥‥‥‥‥‥‥‥‥‥‥‥‥‥‥‥‥‥ 169

初花(佐伯泰英)光文社文庫(2005) ‥‥‥‥ 174

初春の空(藍川慶次郎)廣済堂文庫(2007)
‥‥‥‥‥‥‥‥‥‥‥‥‥‥‥‥‥‥‥‥ 1

初春ふたり妻(鳴海丈)コスミック・時代文庫
(2016) ‥‥‥‥‥‥‥‥‥‥‥‥‥‥‥ 293

初螢の数(千野隆司)ハルキ文庫(2012) ‥‥‥ 245

初孫お花(鳥羽亮)幻冬舎文庫(2009) ‥‥‥‥ 262

初水の夢(千野隆司)学研M文庫(2011) ‥‥‥ 242

初ものがたり(宮部みゆき)新潮文庫(1999)
‥‥‥‥‥‥‥‥‥‥‥‥‥‥‥‥‥‥ 393

初ものがたり →〈完本〉初ものがたり(宮部
みゆき)PHP文芸文庫(2013) ‥‥‥‥‥‥ 394

初ものがたり(宮部みゆき)PHP文庫
(1997) ‥‥‥‥‥‥‥‥‥‥‥‥‥‥‥ 394

初雪の日(築山桂)双葉文庫(2006) ‥‥‥‥ 249

初湯千両(浅田次郎)集英社文庫(2005) ‥‥‥ 10

初雷の祠(千野隆司)コスミック・時代文庫
‥‥‥‥‥‥‥‥‥‥‥‥‥‥‥‥‥‥ 243

果てなき誓いを刻み込め(結城光流)角川ビー
ンズ文庫(2007) ‥‥‥‥‥‥‥‥‥‥‥ 420

果てなき密命(喜安幸夫)学研M文庫
(2010) ‥‥‥‥‥‥‥‥‥‥‥‥‥‥‥ 136

果ての花火(松井今朝子)新潮文庫(2010)
‥‥‥‥‥‥‥‥‥‥‥‥‥‥‥‥‥‥ 374

はて、面妖(岩井三四二)光文社文庫(2011)
‥‥‥‥‥‥‥‥‥‥‥‥‥‥‥‥‥‥‥ 67

伴天連の呪い(逢坂剛)文春文庫(2011) ‥‥‥ 87

破天の剣(天野純希)ハルキ文庫(2015) ‥‥‥ 21

波濤剣(上田秀人)徳間文庫(2003) ‥‥‥‥‥ 77

波濤剣(上田秀人)徳間文庫(2011) ‥‥‥‥‥ 77

波濤の凶賊(稲葉稔)双葉文庫(2010) ‥‥‥‥ 56

覇道の槍(天野純希)ハルキ文庫(2016) ‥‥‥ 21

花(坂岡真)徳間文庫(2013) ‥‥‥‥‥‥‥ 191

花明かり(山本一力)祥伝社文庫(2015) ‥‥‥ 415

花あらし(今井絵美子)ハルキ文庫(2007)
‥‥‥‥‥‥‥‥‥‥‥‥‥‥‥‥‥‥‥ 65

花合せ(田牧大和)講談社文庫(2010) ‥‥‥ 240

花筏(今井絵美子)祥伝社文庫(2013) ‥‥‥‥ 62

花いくさ →花戦さ(鬼塚忠)角川文庫
(2016) ‥‥‥‥‥‥‥‥‥‥‥‥‥‥‥ 100

作品名索引　　　はなふ

花戦さ（鬼塚忠）角川文庫（2016）………… 100
花一匁（藤井邦夫）文春文庫（2011）……… 352
花一輪（向谷匡史）ベスト時代文庫（2008）
　………………………………………………… 397
花宴（あさのあつこ）朝日文庫（2015）……… 11
桜追い人（森真沙子）二見時代小説文庫
　（2012）………………………………………… 402
華を散らすな！（八柳誠）廣済堂文庫（2013）
　………………………………………………… 411
花かがり（今井絵美子）ハルキ文庫（2014）
　…………………………………………………… 64
花篝（浅野里沙子）講談社文庫（2015）……… 12
花飾り（藤井邦夫）文春文庫（2014）……… 353
◇花歌舞伎双紙（入江棗）富士見新時代小説
　文庫 …………………………………………… 66
花歌舞伎双紙 千本桜（入江棗）富士見新時代
　小説文庫（2014）……………………………… 66
花歌舞伎双紙 夏朝顔（入江棗）富士見新時代
　小説文庫（2014）……………………………… 66
花狩人（かりうど）（六道慧）幻冬舎時代小説
　文庫（2010）………………………………… 428
◇花川戸町自身番日記（辻堂魁）二見時代小
　説文庫 ……………………………………… 252
花川戸町自身番日記 1 神の子（辻堂魁）二見
　時代小説文庫（2011）……………………… 252
花川戸町自身番日記 2 女房を娶らば（辻堂
　魁）二見時代小説文庫（2012）…………… 252
花かんざし（芦川淳一）ハルキ文庫（2014）
　…………………………………………………… 17
花斬り（倉阪鬼一郎）双葉文庫（2010）……… 147
花供養（井川香四郎）学研M文庫（2007）…… 28
花競べ（朝井まかて）講談社文庫（2011）……… 5
花くれない草紙（倉本由布）コバルト文庫
　（1994）………………………………………… 148
花詞（井川香四郎）講談社文庫（2008）……… 30
花さがし（小杉健治）祥伝社文庫（2014）…… 158
花晒し（北重人）文春文庫（2014）………… 133
花刺客（森詠）徳間文庫（2012）…………… 400
花鎮めの里（海野謙四郎）双葉文庫（2012）
　…………………………………………………… 82
花始末（藤井邦夫）文春文庫（2013）……… 353
花始末（藤井邦夫）ベスト時代文庫（2006）
　………………………………………………… 354
噺まみれ三楽亭仙朝 →円朝なぞ解きばなし
　（和田はつ子）ハルキ文庫（2015）……… 443
花芒ノ海（佐伯泰英）双葉文庫（2002）…… 183
花涼み（井川香四郎）幻冬舎文庫（2009）…… 29
花散らしの雨（高田郁）ハルキ文庫（2009）
　………………………………………………… 224
華、散りゆけど（海道龍一朗）集英社文庫
　（2014）………………………………………… 101

花燈籠（千野隆司）学研M文庫（2007）…… 241
花と剣（桑原譲太郎）ハルキ文庫（2006）… 152
はなとゆめ（冲方丁）角川文庫（2016）……… 82
花鳥（藤原緋沙子）学研M文庫（2005）…… 358
花鳥（藤原緋沙子）文春文庫（2015）……… 362
花と龍（天ито響一郎）学研M文庫（2004）… 21
花ならば花咲かん（中村彰彦）PHP文芸文庫
　（2013）………………………………………… 287
花に背いて（鈴木由紀子）幻冬舎文庫（2008）
　………………………………………………… 220
花野（藤原緋沙子）廣済堂文庫（2013）…… 359
花のお江戸のでっかい奴 →大江戸美女ちら
　し 野望篇（鳴海丈）徳間文庫（1999）…… 295
花のお江戸のでっかい奴 絶倫篇 →大江戸美女
　ちらし 奮闘篇（鳴海丈）徳間文庫（1999）
　………………………………………………… 295
花の形見（築山桂）幻冬舎時代小説文庫
　（2011）………………………………………… 248
◇花の小十郎（花家圭太郎）集英社文庫 … 306
花の小十郎京はぐれ（花家圭太郎）集英社文
　庫（2004）…………………………………… 306
花の小十郎見参（花家圭太郎）集英社文庫
　（2002）………………………………………… 306
花の小十郎始末（花家圭太郎）集英社文庫
　（2003）………………………………………… 306
花の小十郎はぐれ剣（花家圭太郎）集英社文
　庫（2010）…………………………………… 306
花の御殿（井川香四郎）光文社文庫（2015）
　…………………………………………………… 31
華の騒乱（桑原譲太郎）ハルキ文庫（2006）
　………………………………………………… 152
花の堤 →隅田川浮世桜（小杉健治）講談社文
　庫（2005）…………………………………… 155
花の本懐（井川香四郎）祥伝社文庫（2011）
　…………………………………………………… 33
花の闇（藤原緋沙子）廣済堂文庫（2003）… 358
花の闇（藤原緋沙子）光文社文庫（2016）… 360
花の嵐（辻堂魁）学研M文庫（2008）……… 250
花の嵐（辻堂魁）コスミック・時代文庫
　（2015）………………………………………… 251
花冷えの霞（千野隆司）学研M文庫（2013）
　………………………………………………… 242
花びら葵（和田はつ子）小学館文庫（2006）
　………………………………………………… 440
◇花奉行幻之介始末（庄司圭太）集英社文庫
　………………………………………………… 209
花奉行幻之介始末 逢魔の刻（庄司圭太）集英
　社文庫（2002）……………………………… 209
花奉行幻之介始末 暗闇坂（庄司圭太）集英社
　文庫（2003）………………………………… 209
花奉行幻之介始末 獄門花暦（庄司圭太）集英
　社文庫（2003）……………………………… 209

歴史時代小説文庫総覧 現代の作家　**595**

はなふ

作品名索引

花奉行幻之介始末 修羅の風（庄司圭太）集英社文庫（2002） …… 209

花奉行幻之介始末 謀殺の矢（庄司圭太）集英社文庫（2001） …… 209

花奉行幻之介始末 闇の鴆毒（庄司圭太）集英社文庫（2001） …… 209

花ふぶき（辻堂魁）学研M文庫（2010） 250

花ふぶき（辻堂魁）祥伝社文庫（2016） 252

桜（はな）吹雪（佐伯泰英）文春文庫（2015） …… 185

花吹雪吉原（北川哲史）廣済堂文庫（2005） …… 133

花舞いの剣（芦川淳一）祥伝社文庫（2012） …… 16

華町源九郎江戸暦（鳥羽亮）双葉文庫（2003） …… 270

花御堂（和田はつ子）講談社文庫（2011） 439

花見ぬひまの（諸田玲子）中公文庫（2015） …… 407

花見の宴（中里融司）小学館文庫（2008） …… 279

花見弁当（和田はつ子）ハルキ文庫（2014） …… 442

はなむけ草餅（牧秀彦）幻冬舎時代小説文庫（2014） …… 366

花も花なれ（六道慧）双葉文庫（2004） 430

花守り鬼（小松エメル）ポプラ文庫ピュアフル（2012） …… 167

華やかなる弔歌（篠綾子）角川文庫（2015） …… 202

花屋敷（花家圭太郎）徳間文庫（2010） 307

花や散るらん（葉室麟）文春文庫（2012） 310

花宵道中（宮木あや子）新潮文庫（2009） 381

花嫁衣裳（桑島かおり）だいわ文庫（2015） …… 152

花嫁御寮（和田はつ子）双葉文庫（2009） 443

花嫁新仏（喜安幸夫）徳間文庫（2007） 140

はなれ銀（井川香四郎）ハルキ文庫（2010） …… 35

歯のない男（鈴木英治）中公文庫（2013） 213

母（牧秀彦）二見時代小説文庫（2009） 370

婆威し（坂岡真）双葉文庫（2015） ………… 192

母親捜し承り候（沖田正午）双葉文庫（2010） …… 96

母子飴（井上登貴）学研M文庫（2013） 60

母恋い（鈴木英治）中公文庫（2009） 212

母恋雲（聖龍人）廣済堂文庫（2012） 334

母恋い桜（千野隆司）ハルキ文庫（2012） …… 245

母恋わんたん（倉阪鬼一郎）光文社文庫（2016） …… 146

母子草（今井絵美子）ハルキ文庫（2011） 64

母子草（小杉健治）講談社文庫（2006） …… 155

母子草 →はぐれ文吾人情事件帖（小杉健治）宝島社文庫（2014） …… 159

母子幽霊（和田はつ子）廣済堂文庫（2010） …… 439

母の剣法（押川国秋）講談社文庫（2006） …… 98

刃引き刀の男（鈴木英治）ハルキ文庫（2015） …… 216

刃風のうなり（潮見夏之）学研M文庫（2010） …… 199

覇風林火山 1 信玄死せず（工藤章興）学研M文庫（2004） …… 145

覇風林火山 2 龍虎対決（工藤章興）学研M文庫（2005） …… 145

覇風林火山 3 武田鉄砲隊登場す！（工藤章興）学研M文庫（2005） …… 145

◇羽生新八郎怨念剣（松本賢吾）学研M文庫 …… 377

羽生新八郎怨念剣 十兵衛を斬る（松本賢吾）学研M文庫（2005） 377

羽生新八郎怨念剣 正雪を斬る（松本賢吾）学研M文庫（2005） …… 377

破矛（上田秀人）徳間文庫（2010） ………… 78

覇前田戦記 1（神宮寺元）学研M文庫（2002） …… 210

覇前田戦記 2（神宮寺元）学研M文庫（2002） …… 210

覇前田戦記 3（神宮寺元）学研M文庫（2002） …… 210

覇前田戦記 4（神宮寺元）学研M文庫（2002） …… 210

覇前田戦記 5（神宮寺元）学研M文庫（2002） …… 210

◇濱次お役者双六（田牧大和）講談社文庫 …… 240

濱次お役者双六 2ます目 質草破り（田牧大和）講談社文庫（2012） …… 240

濱次お役者双六 3ます目 翔ぶ梅（田牧大和）講談社文庫（2012） …… 240

濱次お役者双六 長屋狂言（田牧大和）講談社文庫（2010） …… 240

濱次お役者双六 花合せ（田牧大和）講談社文庫（2010） …… 240

濱次お役者双六 半可心中（田牧大和）講談社文庫（2014） …… 240

浜町河岸夕暮れ（千野隆司）双葉文庫（1994） …… 246

浜町堀異変（稲葉稔）光文社文庫（2014） …… 53

はみだし御庭番無頼旅（鳥羽亮）祥伝社文庫（2016） …… 267

はみだし将軍（麻倉一矢）二見時代小説文庫（2015） …… 9

◇はみだし同心人情剣（松本賢吾）双葉文庫 …… 378

作品名索引　　　　　　　　　　　　　　　　　　　　　はれと

はみだし同心人情剣 仇恋十手（松本賢吾）双
　葉文庫（2006）············ 378
はみだし同心人情剣 片恋十手（松本賢吾）双
　葉文庫（2006）············ 378
はみだし同心人情剣 忍恋十手（松本賢吾）双
　葉文庫（2006）············ 378
はみだし同心人情剣 悲恋十手（松本賢吾）双
　葉文庫（2006）············ 378
◇はみだし与力無頼帖（早見俊）学研M文庫
　·················· 314
はみだし与力無頼帖 朝顔の花（早見俊）学研
　M文庫（2007）··········· 315
はみだし与力無頼帖 菊一輪（早見俊）学研M
　文庫（2006）············· 314
はむ・はたる（西条奈加）光文社文庫（2012）
　·················· 169
波紋（秋山香乃）朝日文庫（2010）········· 4
疾き雲のごとく（伊東潤）講談社文庫（2012）
　··················· 47
早刷り岩次郎（山本一力）朝日文庫（2011）
　·················· 414
疾風剣秘返し（鳥羽亮）講談社文庫（2012）
　·················· 263
疾風の河岸（鳥羽亮）双葉文庫（2011）····· 271
疾風の密使（稲葉稔）双葉文庫（2010）····· 56
隼人奔る（鳥羽亮）時代小説文庫（2016）··· 264
はやり風邪（鳥羽亮）双葉文庫（2010）····· 271
はやり薬（鳥羽亮）文春文庫（2013）····· 272
パライゾの寺（坂東眞砂子）文春文庫（2010）
　·················· 329
薔薇色の人（風野真知雄）角川文庫（2012）
　·················· 109
腹切り同心（菊地秀行）角川文庫（2005）··· 131
波乱（上田秀人）講談社文庫（2013）····· 75
針いっぽん（佐伯泰英）ハルキ文庫（2011）
　·················· 182
鍼師おしゃあ（河治和香）小学館文庫（2012）
　·················· 129
春嵐立つ（芝村凉也）双葉文庫（2011）··· 204
春色恋ぐるい（諸田玲子）講談社文庫（2014）
　·················· 405
春霞ノ乱（佐伯泰英）双葉文庫（2012）··· 185
春風を斬る（六道慧）光文社文庫（2007）··· 429
春風ぞ吹く（宇江佐真理）新潮文庫（2003）
　··················· 71
春風そよぐ（鈴木英治）徳間文庫（2005）··· 214
◇春風同心家族日記（佐々木裕一）徳間文庫
　·················· 197
春風同心家族日記（佐々木裕一）徳間文庫
　（2011）··············· 197
春風同心家族日記 乙女の夢（佐々木裕一）徳
　間文庫（2011）··········· 197

春風同心家族日記 初恋の花（佐々木裕一）徳
　間文庫（2011）··········· 197
春風同心家族日記 復讐の渦（佐々木裕一）徳
　間文庫（2013）··········· 197
春風同心家族日記 無明の剣（佐々木裕一）徳
　間文庫（2012）··········· 197
春風の太刀（鈴木英治）双葉文庫（2006）····· 217
春恋魚（和田はつ子）ハルキ文庫（2012）····· 441
春雨の桜花（芦川淳一）学研M文庫（2008）
　··················· 15
春告げ（安住洋子）新潮文庫（2015）····· 20
春告げ鳥（いずみ光）コスミック・時代文庫
　（2015）··············· 45
春告げ鳥（築山桂）双葉文庫（2009）····· 249
春告げ花（和田はつ子）小学館文庫（2014）
　·················· 440
春に添うて（牧南恭子）廣済堂文庫（2010）
　·················· 372
春の嵐（藍川慶次郎）廣済堂文庫（2006）··· 1
春の仇敵（早見俊）ハルキ文庫（2014）··· 321
春の剣客（幡大介）双葉文庫（2013）····· 327
春の修羅（坂岡真）学研M文庫（2005）··· 186
春の修羅 →鬼役 1（坂岡真）光文社文庫
　（2012）··············· 188
春の足袋（鈴木晴世）学研M文庫（2012）··· 219
春の珍事（佐伯泰英）ハルキ文庫（2012）··· 182
春の虹（村咲数馬）コスミック・時代文庫
　（2005）··············· 398
春の館（原田孔平）学研M文庫（2010）··· 323
春の夢（早見俊）コスミック・時代文庫
　（2010）··············· 317
春疾風（藤原緋沙子）講談社文庫（2006）··· 359
春疾風（はやて）（六道慧）徳間文庫（2011）
　·················· 430
春またぎ →春マタギ（葉治英哉）新人物文庫
　（2010）··············· 302
春マタギ（葉治英哉）新人物文庫（2010）··· 302
春待ち柊（和田はつ子）双葉文庫（2008）··· 443
春呼ぶどんぶり（岡本さとる）幻冬舎時代小
　説文庫（2015）··········· 91
春はそこまで（志川節子）文春文庫（2015）
　·················· 200
春は遠く（篠原景）ハルキ文庫（2015）····· 203
晴れおんな（井川香四郎）ベスト時代文庫
　（2004）··············· 38
◇晴れときどき、乱心（中谷航太郎）廣済堂文
　庫·················· 283
晴れときどき、乱心（中谷航太郎）廣済堂文庫
　（2012）··············· 283
晴れときどき、乱心 首のない亡霊（中谷航太
　郎）廣済堂文庫（2014）····· 283

歴史時代小説文庫総覧 現代の作家　**597**

晴れときどき、乱心 黒い将軍（中谷航太郎）
廣済堂文庫（2013）‥‥‥‥‥‥‥‥ 283
晴れときどき、乱心 血も滴るいい男（中谷航
太郎）廣済堂文庫（2015）‥‥‥‥‥‥ 283
晴れの出稽古（牧秀彦）徳間文庫（2014）‥‥ 368
破牢狩り（佐伯泰英）光文社文庫（2001）‥‥ 173
破牢狩り（佐伯泰英）光文社文庫（2009）‥‥ 174
破牢狩り（佐伯泰英）光文社文庫（2013）‥‥ 175
波浪剣の潮風（かぜ）（牧秀彦）光文社文庫
（2009）‥‥‥‥‥‥‥‥‥‥‥‥‥‥ 367
◇波浪島の刺客（早坂倫太郎）集英社文庫‥‥ 312
波浪島の刺客 弦四郎鬼神斬り（早坂倫太郎）
集英社文庫（2002）‥‥‥‥‥‥‥‥‥ 312
波浪島の刺客 天海僧正の予言書（早坂倫太
郎）集英社文庫（2005）‥‥‥‥‥‥‥ 312
波浪島の刺客 毒牙狩り（早坂倫太郎）集英社
文庫（2004）‥‥‥‥‥‥‥‥‥‥‥‥ 312
藩医宮坂涼庵（和田はつ子）小学館文庫
（2008）‥‥‥‥‥‥‥‥‥‥‥‥‥‥ 440
藩医宮坂涼庵 続（和田はつ子）小学館文庫
（2008）‥‥‥‥‥‥‥‥‥‥‥‥‥‥ 440
半可心中（田牧大和）講談社文庫（2014）‥‥ 240
叛鬼（伊東潤）講談社文庫（2014）‥‥‥‥‥ 47
叛旗は胸にありて（犬飼六岐）新潮文庫
（2011）‥‥‥‥‥‥‥‥‥‥‥‥‥‥ 60
半九郎残影剣（鈴木英治）ハルキ文庫（2003）
‥‥‥‥‥‥‥‥‥‥‥‥‥‥‥‥‥‥ 216
半九郎疾風剣（鈴木英治）ハルキ文庫（2003）
‥‥‥‥‥‥‥‥‥‥‥‥‥‥‥‥‥‥ 216
半化粧（藤井邦夫）双葉文庫（2006）‥‥‥‥ 350
半夏生の灯（竹内聖）ハルキ文庫（2009）‥‥ 233
藩校早春賦（宮本昌孝）集英社文庫（2002）
‥‥‥‥‥‥‥‥‥‥‥‥‥‥‥‥‥‥ 395
蛮骨の剣（鳥羽亮）講談社文庫（2000）‥‥‥ 264
半斬ノ蝶 上（門田泰明）祥伝社文庫（2013）
‥‥‥‥‥‥‥‥‥‥‥‥‥‥‥‥‥‥ 124
半斬ノ蝶 下（門田泰明）祥伝社文庫（2013）
‥‥‥‥‥‥‥‥‥‥‥‥‥‥‥‥‥‥ 124
判じ絵殺し（和田はつ子）廣済堂文庫（2009）
‥‥‥‥‥‥‥‥‥‥‥‥‥‥‥‥‥‥ 439
◇半次と十兵衛捕物帳（鳥羽亮）幻冬舎時代
小説文庫‥‥‥‥‥‥‥‥‥‥‥‥‥‥ 261
半次と十兵衛捕物帳 極楽横丁の鬼（鳥羽亮）
幻冬舎時代小説文庫（2013）‥‥‥‥‥ 261
半次と十兵衛捕物帳 ふきだまり長屋大騒動
（鳥羽亮）幻冬舎時代小説文庫（2012）‥ 261
判じ物の主（鈴木英治）双葉文庫（2013）‥‥ 218
蛮社始末（上田秀人）中公文庫（2010）‥‥‥ 76
蛮社の獄 →伐折羅剣（宮城賢秀）学研M文庫
（2004）‥‥‥‥‥‥‥‥‥‥‥‥‥‥ 382
蛮社の獄（宮城賢秀）徳間文庫（1998）‥‥‥ 388

晩秋の月影（聖龍人）中公文庫（2012）‥‥‥ 338
晩秋の別れ（稲葉稔）幻冬舎時代小説文庫
（2013）‥‥‥‥‥‥‥‥‥‥‥‥‥‥ 50
半十郎影始末 〔2〕面影橋悲愁（浅黄斑）コ
スミック・時代文庫（2014）‥‥‥‥‥‥ 6
半十郎影始末 麒麟児（浅黄斑）コスミック・
時代文庫（2013）‥‥‥‥‥‥‥‥‥‥ 6
藩主の乱（氷月葵）二見時代小説文庫（2016）
‥‥‥‥‥‥‥‥‥‥‥‥‥‥‥‥‥‥ 340
晩春 →剣に偽りなし（牧秀彦）徳間文庫
（2013）‥‥‥‥‥‥‥‥‥‥‥‥‥‥ 368
晩春（牧秀彦）ベスト時代文庫（2010）‥‥‥ 371
半鐘（植松三十里）双葉文庫（2011）‥‥‥‥ 80
晩鐘 続・泣きの銀次（宇江佐真理）講談社文
庫（2010）‥‥‥‥‥‥‥‥‥‥‥‥‥ 69
半次郎（宮本正樹）幻冬舎時代小説文庫
（2010）‥‥‥‥‥‥‥‥‥‥‥‥‥‥ 394
叛四郎降魔剣（鳴海丈）徳間文庫（1999）‥‥ 295
番付屋小平太（鷹井伶）徳間文庫（2016）‥‥ 222
反関ヶ原 1（工藤章興）学研M文庫（2000）
‥‥‥‥‥‥‥‥‥‥‥‥‥‥‥‥‥‥ 144
反関ヶ原 2（工藤章興）学研M文庫（2000）
‥‥‥‥‥‥‥‥‥‥‥‥‥‥‥‥‥‥ 144
反関ヶ原 3（工藤章興）学研M文庫（2000）
‥‥‥‥‥‥‥‥‥‥‥‥‥‥‥‥‥‥ 144
反関ヶ原 4（工藤章興）学研M文庫（2001）
‥‥‥‥‥‥‥‥‥‥‥‥‥‥‥‥‥‥ 144
反関ヶ原 5（工藤章興）学研M文庫（2001）
‥‥‥‥‥‥‥‥‥‥‥‥‥‥‥‥‥‥ 144
晩節（佐伯泰英）祥伝社文庫（2011）‥‥‥‥ 177
藩邸始末（永井義男）ハルキ文庫（2004）‥‥ 275
叛徒狩り（黒崎裕一郎）学研M文庫（2005）
‥‥‥‥‥‥‥‥‥‥‥‥‥‥‥‥‥‥ 150
◇般若同心と変化小僧（小杉健治）光文社文
庫‥‥‥‥‥‥‥‥‥‥‥‥‥‥‥‥‥ 156
◇般若同心と変化小僧（小杉健治）ベスト時
代文庫‥‥‥‥‥‥‥‥‥‥‥‥‥‥‥ 161
般若同心と変化小僧 1（小杉健治）光文社文庫
（2014）‥‥‥‥‥‥‥‥‥‥‥‥‥‥ 156
般若同心と変化小僧 2 つむじ風（小杉健治）
光文社文庫（2014）‥‥‥‥‥‥‥‥‥ 156
般若同心と変化小僧 3 陰謀（小杉健治）光文
社文庫（2014）‥‥‥‥‥‥‥‥‥‥‥ 156
般若同心と変化小僧 4 千両箱（小杉健治）光
文社文庫（2015）‥‥‥‥‥‥‥‥‥‥ 156
般若同心と変化小僧 5 闇芝居（小杉健治）光
文社文庫（2015）‥‥‥‥‥‥‥‥‥‥ 156
般若同心と変化小僧 6 闇の茂平次（小杉健
治）光文社文庫（2015）‥‥‥‥‥‥‥ 156
般若同心と変化小僧 7 掟破り（小杉健治）光
文社文庫（2015）‥‥‥‥‥‥‥‥‥‥ 156

般若同心と変化小僧 8 敵討ち（小杉健治）光
文社文庫（2015）‥‥‥‥‥‥‥‥‥‥ *157*

般若同心と変化小僧 9 俠気（小杉健治）光文
社文庫（2015）‥‥‥‥‥‥‥‥‥‥‥ *157*

般若同心と変化小僧 10 武士の矜持（小杉健
治）光文社文庫（2015）‥‥‥‥‥‥‥ *157*

般若同心と変化小僧 11 鎧櫃（小杉健治）光文
社文庫（2016）‥‥‥‥‥‥‥‥‥‥‥ *157*

般若同心と変化小僧 12 紅蓮の焔（小杉健治）
光文社文庫（2016）‥‥‥‥‥‥‥‥‥ *157*

般若同心と変化小僧 陰謀（小杉健治）ベスト
時代文庫（2009）‥‥‥‥‥‥‥‥‥‥ *161*

般若同心と変化小僧 掟破り（小杉健治）ベス
ト時代文庫（2011）‥‥‥‥‥‥‥‥‥ *162*

般若同心と変化小僧 敵討ち（小杉健治）ベス
ト時代文庫（2011）‥‥‥‥‥‥‥‥‥ *162*

般若同心と変化小僧 千両箱（小杉健治）ベス
ト時代文庫（2009）‥‥‥‥‥‥‥‥‥ *162*

般若同心と変化小僧 つむじ風（小杉健治）
ベスト時代文庫（2008）‥‥‥‥‥‥‥ *161*

般若同心と変化小僧 天保怪盗伝（小杉健治）
ベスト時代文庫（2007）‥‥‥‥‥‥‥ *161*

般若同心と変化小僧 闇芝居（小杉健治）ベス
ト時代文庫（2010）‥‥‥‥‥‥‥‥‥ *162*

般若同心と変化小僧 闇の茂平次（小杉健治）
ベスト時代文庫（2010）‥‥‥‥‥‥‥ *162*

ばんば憑き →お文の影（宮部みゆき）角川文
庫（2014）‥‥‥‥‥‥‥‥‥‥‥‥‥ *392*

万里の波（井川香四郎）徳間文庫（2010）‥‥ *34*

【ひ】

緋色からくり（田牧大和）新潮文庫（2011）
‥‥‥‥‥‥‥‥‥‥‥‥‥‥‥‥‥‥ *240*

緋色のしごき（高城実枝子）二見時代小説文
庫（2016）‥‥‥‥‥‥‥‥‥‥‥‥‥ *223*

緋色の空（池永陽）講談社文庫（2012）‥‥‥ *39*

秘艶（天宮響一郎）ベスト時代文庫（2004）
‥‥‥‥‥‥‥‥‥‥‥‥‥‥‥‥‥‥‥ *22*

飛燕斬忍剣（井川香四郎）廣済堂文庫（2004）
‥‥‥‥‥‥‥‥‥‥‥‥‥‥‥‥‥‥‥ *30*

飛燕斬忍剣 →おっとり聖四郎事件控 2（井川
香四郎）光文社文庫（2016）‥‥‥‥‥‥ *31*

秘画 →御書物同心日記 続（出久根達郎）講談
社文庫（2004）‥‥‥‥‥‥‥‥‥‥‥ *253*

東に名臣あり（中村彰彦）文春文庫（2010）
‥‥‥‥‥‥‥‥‥‥‥‥‥‥‥‥‥‥ *287*

秘花伝（大久保智弘）二見時代小説文庫
（2009）‥‥‥‥‥‥‥‥‥‥‥‥‥‥‥ *88*

光と影の武蔵（井沢元彦）角川文庫（1990）
‥‥‥‥‥‥‥‥‥‥‥‥‥‥‥‥‥‥‥ *42*

光と影の武蔵（井沢元彦）講談社文庫（1995）
‥‥‥‥‥‥‥‥‥‥‥‥‥‥‥‥‥‥‥ *43*

光の導を指し示せ（結城光流）角川ビーンズ
文庫（2004）‥‥‥‥‥‥‥‥‥‥‥‥ *420*

光の導を指し示せ →少年陰陽師 〔9〕（結城
光流）角川文庫（2013）‥‥‥‥‥‥‥ *422*

光る女（鳴海丈）光文社文庫（2014）‥‥‥ *293*

光る月山（海野謙四郎）双葉文庫（2013）‥‥ *82*

彼岸桜 →美女桜（和久田正明）廣済堂文庫
（2012）‥‥‥‥‥‥‥‥‥‥‥‥‥‥ *434*

彼岸桜（和久田正明）双葉文庫（2005）‥‥ *437*

悲願の大勝負（沖田正午）二見時代小説文庫
（2015）‥‥‥‥‥‥‥‥‥‥‥‥‥‥‥ *97*

悲願の硝煙（中里融司）小学館文庫（2006）
‥‥‥‥‥‥‥‥‥‥‥‥‥‥‥‥‥‥ *279*

彼岸花（宇江佐真理）光文社文庫（2011）‥‥ *70*

彼岸花（藤井邦夫）文春文庫（2012）‥‥‥ *353*

彼岸花（藤井邦夫）ベスト時代文庫（2005）
‥‥‥‥‥‥‥‥‥‥‥‥‥‥‥‥‥‥ *354*

彼岸花の女（藤井邦夫）光文社文庫（2012）
‥‥‥‥‥‥‥‥‥‥‥‥‥‥‥‥‥‥ *348*

美姫決戦 →松前の花 上（富樫倫太郎）中公文
庫（2013）‥‥‥‥‥‥‥‥‥‥‥‥‥ *258*

美姫血戦 →松前の花 下（富樫倫太郎）中公文
庫（2013）‥‥‥‥‥‥‥‥‥‥‥‥‥ *258*

火狐（村木嵐）実業之日本社文庫（2016）‥ *397*

美姫の夢（風野真知雄）角川文庫（2010）‥ *108*

引札屋おもん（佐伯泰英）ハルキ文庫（2003）
‥‥‥‥‥‥‥‥‥‥‥‥‥‥‥‥‥‥ *181*

引札屋おもん（佐伯泰英）ハルキ文庫（2008）
‥‥‥‥‥‥‥‥‥‥‥‥‥‥‥‥‥‥ *182*

卑怯三刀流（風野真知雄）双葉文庫（2009）
‥‥‥‥‥‥‥‥‥‥‥‥‥‥‥‥‥‥ *115*

日暮らし 上（宮部みゆき）講談社文庫
（2008）‥‥‥‥‥‥‥‥‥‥‥‥‥‥ *393*

日暮らし 上（宮部みゆき）講談社文庫
（2011）‥‥‥‥‥‥‥‥‥‥‥‥‥‥ *393*

日暮らし 中（宮部みゆき）講談社文庫
（2008）‥‥‥‥‥‥‥‥‥‥‥‥‥‥ *393*

日暮らし 下（宮部みゆき）講談社文庫
（2008）‥‥‥‥‥‥‥‥‥‥‥‥‥‥ *393*

日暮らし 下（宮部みゆき）講談社文庫
（2011）‥‥‥‥‥‥‥‥‥‥‥‥‥‥ *393*

◇日暮左近事件帖（藤井邦夫）廣済堂文庫 ‥‥ *348*

日暮左近事件帖 愛染夢想剣（藤井邦夫）廣済
堂文庫（2004）‥‥‥‥‥‥‥‥‥‥‥ *348*

日暮左近事件帖 愛染夢想剣（藤井邦夫）廣済
堂文庫（2010）‥‥‥‥‥‥‥‥‥‥‥ *348*

日暮左近事件帖 陽炎斬刃剣（藤井邦夫）廣済
堂文庫（2002）‥‥‥‥‥‥‥‥‥‥‥ *348*

ひくら　　　　　　　　　作品名索引

日暮左近事件帖 陽炎斬刃剣(藤井邦夫)廣済
堂文庫(2010) ………………………… 348
日暮左近事件帖 化粧面(藤井邦夫)廣済堂文
庫(2010) ……………………………… 348
日暮左近事件帖 修羅活人剣(藤井邦夫)廣済
堂文庫(2012) ………………………… 348
日暮左近事件帖 無明暗殺剣(藤井邦夫)廣済
堂文庫(2003) ………………………… 348
日暮左近事件帖 無明暗殺剣(藤井邦夫)廣済
堂文庫(2010) ………………………… 348
◇ひぐらし信兵衛残心録(森詠)徳間文庫 … 400
ひぐらし信兵衛残心録(森詠)徳間文庫
(2012) ………………………………… 400
ひぐらし信兵衛残心録 花刺客(森詠)徳間文
庫(2012) ……………………………… 400
ひぐらし信兵衛残心録 秘すれば、剣(森詠)
徳間文庫(2012) ……………………… 400
◇日暮し同心始末帖(辻堂魁)学研M文庫 … 250
◇日暮し同心始末帖(辻堂魁)祥伝社文庫 … 252
日暮し同心始末帖 2 花ふぶき(辻堂魁)祥伝
社文庫(2016) ………………………… 252
日暮し同心始末帖 3 冬の風鈴(辻堂魁)祥伝
社文庫(2016) ………………………… 252
日暮し同心始末帖 4 天地の螢(辻堂魁)祥伝
社文庫(2016) ………………………… 252
日暮し同心始末帖 縁切り坂(辻堂魁)学研M
文庫(2013) …………………………… 250
日暮し同心始末帖 父子(おやこ)の峠(辻堂
魁)学研M文庫(2015) ………………… 250
日暮し同心始末帖 天地の螢(辻堂魁)学研M
文庫(2011) …………………………… 250
日暮し同心始末帖 逃れ道(辻堂魁)学研M文
庫(2012) ……………………………… 250
日暮し同心始末帖 はぐれ鳥(辻堂魁)学研M
文庫(2010) …………………………… 250
日暮し同心始末帖 はぐれ鳥(辻堂魁)祥伝社
文庫(2016) …………………………… 252
日暮し同心始末帖 花ふぶき(辻堂魁)学研M
文庫(2010) …………………………… 250
日暮し同心始末帖 冬の風鈴(辻堂魁)学研M
文庫(2010) …………………………… 250
◇ひぐらし同心捕物控(牧南恭子)学研M文
庫 ……………………………………… 371
◇ひぐらし同心捕物控(牧南恭子)ワンツー
時代小説文庫 ………………………… 372
ひぐらし同心捕物控(牧南恭子)ワンツー時
代小説文庫(2006) …………………… 372
ひぐらし同心捕物控 てのひらの春(牧南恭
子)学研M文庫(2009) ………………… 372
ひぐらし同心捕物控 夏越のわかれ(牧南恭
子)学研M文庫(2008) ………………… 371

ひぐらし同心捕物控 夫婦ごよみ(牧南恭子)
学研M文庫(2008) …………………… 371
ひぐらし長屋(聖龍人)廣済堂文庫(2010)
………………………………………… 334
秋蜩(ひぐらし)の宴(浅黄斑)二見時代小説
文庫(2011) ……………………………… 7
蜩ノ記(葉室麟)祥伝社文庫(2013) ……… 309
日暮れひぐらし(花家圭太郎)集英社文庫
(2009) ………………………………… 307
髭麻呂(諸田玲子)集英社文庫(2005) …… 406
美剣(牧秀彦)講談社文庫(2010) ………… 367
秘剣稲妻(中里融司)ハルキ文庫(2003) … 279
秘剣音無し(小杉健治)二見時代小説文庫
(2013) ………………………………… 161
秘剣鬼の骨(鳥羽亮)講談社文庫(2001) … 264
秘剣返し(松本賢吾)竹書房時代小説文庫
(2009) ………………………………… 378
秘剣陽炎(中里融司)ハルキ文庫(2004) … 279
秘剣霞颪(鳥羽亮)双葉文庫(2010) ……… 271
秘剣霞斬り 江戸家老暗殺秘命(池端洋介)ベ
スト時代文庫(2005) ………………… 41
秘剣風疾(ばし)り(鳥羽亮)徳間文庫
(2011) ………………………………… 268
秘剣狩り(火坂雅志)祥伝社文庫(2008) … 331
秘剣狩り(火坂雅志)ノン・ポシェット
(1997) ………………………………… 333
◇秘剣京八流武芸控(中岡潤一郎)富士見新
時代小説文庫 ………………………… 278
秘剣京八流武芸控 1 天子の御剣、推参!(中岡
潤一郎)富士見新時代小説文庫(2015) … 278
秘剣孤座(佐伯泰英)祥伝社文庫(2005) … 178
秘剣彩雲(鎌田樹)徳間文庫(2009) ……… 127
美剣士騒動(鳥羽亮)双葉文庫(2014) …… 271
秘剣虎の尾(森詠)二見時代小説文庫(2016)
………………………………………… 401
秘剣の秋(早見俊)ハルキ文庫(2013) …… 321
秘剣の辻(稲葉稔)角川文庫(2010) ……… 50
秘剣の黙示 →女剣士・一子相伝の影(多田容
子)講談社文庫(2006) ………………… 234
秘剣瀑流返し(佐伯泰英)祥伝社文庫(2002)
………………………………………… 178
秘剣封印(風野真知雄)双葉文庫(2008) … 115
秘剣風哭(鳥羽亮)双葉文庫(2005) ……… 272
秘剣双ッ竜(門田泰明)祥伝社文庫(2012)
………………………………………… 124
秘剣水車(鳥羽亮)光文社文庫(2011) …… 264
秘剣、柳生斬り(中岡潤一郎)廣済堂文庫
(2014) ………………………………… 277
秘剣、闇を斬る(中岡潤一郎)廣済堂文庫
(2013) ………………………………… 277

作品名索引　　**ひせん**

秘剣雪割り　悪松・棄郷編（佐伯泰英）祥伝社
　文庫（2002）　　　　　　　　　　　　　　178
秘剣横雲雪ぐれの渡し（坂岡真）光文社文庫
　（2010）　　　　　　　　　　　　　　　　187
秘剣乱舞（佐伯泰英）祥伝社文庫（2003）　‥‥‥178
秘剣流亡（佐伯泰英）祥伝社文庫（2006）　‥‥‥178
彦四郎奮戦（鳥羽亮）幻冬舎文庫（2011）　‥‥‥262
彦根の悪業薬（鈴木英治）徳間文庫（2014）
　　　　　　　　　　　　　　　　　　　　215
彦根藩年貢縮緬抜荷秘聞（宮城賢秀）ケイブ
　ンシャ文庫（1998）　　　　　　　　　　　383
蘖芽吹く（芝村凉也）双葉文庫（2013）　‥‥‥204
◇彦六捕物帳（鳴海丈）光文社文庫　　　　　292
彦六捕物帖　外道編（鳴海丈）光文社文庫
　（2000）　　　　　　　　　　　　　　　　292
彦六捕物帖　凶賊編（鳴海丈）光文社文庫
　（2001）　　　　　　　　　　　　　　　　292
彦六捕物帖　凶賊編　→悪鬼（鳴海丈）文芸社文
　庫（2013）　　　　　　　　　　　　　　　296
彦六捕物帖　外道編　→外道（鳴海丈）文芸社文
　庫（2012）　　　　　　　　　　　　　　　296
◇彦六女色捕物帖（鳴海丈）文芸社文庫　　　296
彦六女色捕物帖　悪鬼（鳴海丈）文芸社文庫
　（2013）　　　　　　　　　　　　　　　　296
彦六女色捕物帖　外道（鳴海丈）文芸社文庫
　（2012）　　　　　　　　　　　　　　　　296
悲桜餅（和田はつ子）ハルキ文庫（2007）　‥‥441
膝丸よ、闇を斬れ（坂岡真）徳間文庫（2010）
　　　　　　　　　　　　　　　　　　　　191
眉山は哭く　→恋形見（中村彰彦）角川文庫
　（2002）　　　　　　　　　　　　　　　　285
土方歳三（岳真也）学研M文庫（2006）　‥‥‥102
◇土方歳三蝦夷血風録（富樫倫太郎）中公文
　庫　　　　　　　　　　　　　　　　　　258
土方歳三蝦夷血風録　上　箱館売ります（富樫
　倫太郎）中公文庫（2013）　　　　　　　　258
土方歳三蝦夷血風録　下　箱館売ります（富樫
　倫太郎）中公文庫（2013）　　　　　　　　258
土方歳三蝦夷血風録　松前の花　上（富樫倫太
　郎）中公文庫（2013）　　　　　　　　　　258
土方歳三蝦夷血風録　松前の花　下（富樫倫太
　郎）中公文庫（2013）　　　　　　　　　　258
美姉妹怪盗（八神淳一）廣済堂文庫（2012）
　　　　　　　　　　　　　　　　　　　　408
飛車角侍（倉阪鬼一郎）徳間文庫（2013）　‥‥147
◇毘沙侍降魔剣（牧秀彦）二見時代小説文庫
　　　　　　　　　　　　　　　　　　　　370
毘沙侍降魔剣１　誇（ほこり）（牧秀彦）二見時
　代小説文庫（2009）　　　　　　　　　　　370
毘沙侍降魔剣２　母（牧秀彦）二見時代小説文
　庫（2009）　　　　　　　　　　　　　　　370

毘沙侍降魔剣３　男（牧秀彦）二見時代小説文
　庫（2009）　　　　　　　　　　　　　　　370
毘沙侍降魔剣４　将軍の首（牧秀彦）二見時代
　小説文庫（2010）　　　　　　　　　　　　370
悲愁の剣（佐伯泰英）ハルキ文庫（2001）　‥‥183
悲愁の剣（佐伯泰英）ハルキ文庫（2013）　‥‥183
秘術、埋蔵金嗚咽（高橋三千綱）双葉文庫
　（2013）　　　　　　　　　　　　　　　　227
美女いくさ（諸田玲子）中公文庫（2010）　‥‥407
飛翔（野口卓）祥伝社文庫（2012）　‥‥‥‥‥300
悲将　石田三成（加野厚志）徳間文庫（2009）
　　　　　　　　　　　　　　　　　　　　126
非情十人斬り（鳥羽亮）ハルキ文庫（2005）
　　　　　　　　　　　　　　　　　　　　269
非情の城（喜安幸夫）廣済堂文庫（2007）　‥‥138
◇美女斬り御免！（鳴海丈）学研M文庫　　　290
◇美女斬り御免！（鳴海丈）コスミック・時代
　文庫　　　　　　　　　　　　　　　　　293
美女斬り御免！　〔2〕　復讐鬼の淫影（鳴海
　丈）コスミック・時代文庫（2015）　　　　293
美女斬り御免！　〔3〕　初春ふたり妻（鳴海
　丈）コスミック・時代文庫（2016）　　　　293
美女斬り御免！　〔4〕　柔肌五万両（鳴海丈）
　コスミック・時代文庫（2016）　　　　　　293
美女斬り御免！　死美人狩り（鳴海丈）コス
　ミック・時代文庫（2015）　　　　　　　　293
美女斬り御免！　だるま大吾郎艶情剣　ふたり
　妻篇（鳴海丈）学研M文庫（2012）　　　　290
美女斬り御免！　だるま大吾郎艶情剣　淫華篇
　（鳴海丈）学研M文庫（2014）　　　　　　290
美女斬り御免！　だるま大吾郎艶情剣　女俠篇
　（鳴海丈）学研M文庫（2011）　　　　　　290
美女斬り御免！　淫華篇　→美女斬り御免！〔4〕
　（鳴海丈）コスミック・時代文庫（2016）
　　　　　　　　　　　　　　　　　　　　293
美女斬り御免！　女俠篇　→美女斬り御免！〔2〕
　（鳴海丈）コスミック・時代文庫（2015）
　　　　　　　　　　　　　　　　　　　　293
美女斬り御免！　ふたり妻篇　→美女斬り御
　免！　〔3〕（鳴海丈）コスミック・時代文庫
　（2016）　　　　　　　　　　　　　　　　293
美食探偵（火坂雅志）角川文庫（2008）　‥‥‥329
美食探偵（火坂雅志）講談社文庫（2003）　‥‥330
美女競べ（小杉健治）ハルキ文庫（2008）　‥‥160
美女桜（和久田正明）廣済堂文庫（2012）　‥‥434
美人と張形（神崎京介）講談社文庫（2016）
　　　　　　　　　　　　　　　　　　　　130
秘する花（井川香四郎）祥伝社文庫（2005）
　　　　　　　　　　　　　　　　　　　　　32
秘すれば、剣（森詠）徳間文庫（2012）　‥‥‥400
肥前屋騒動（稲葉稔）廣済堂文庫（2006）　‥‥‥51

歴史時代小説文庫総覧　現代の作家　　**601**

◇火賊捕盗同心捕者帳（和久田正明）双葉文
庫 ……………………………………………… 437

火賊捕盗同心捕者帳 あかね傘（和久田正明）
双葉文庫（2006）………………………… 437

火賊捕盗同心捕者帳 海鳴（和久田正明）双葉
文庫（2006）……………………………… 437

火賊捕盗同心捕者帳 こぼれ紅（和久田正明）
双葉文庫（2007）………………………… 437

秘 大刀葛の葉（森詠）二見時代小説文庫
（2015）…………………………………… 401

◇日溜り勘兵衛極意帖（藤井邦夫）双葉文庫
………………………………………………… 351

日溜り勘兵衛極意帖 押込み始末（藤井邦夫）
双葉文庫（2016）………………………… 351

日溜り勘兵衛極意帖 仕掛け蔵（藤井邦夫）双
葉文庫（2014）…………………………… 351

日溜り勘兵衛極意帖 賞金首（藤井邦夫）双葉
文庫（2014）……………………………… 351

日溜り勘兵衛極意帖 盗賊狩り（藤井邦夫）双
葉文庫（2015）…………………………… 351

日溜り勘兵衛極意帖 盗賊の首（藤井邦夫）双
葉文庫（2016）…………………………… 351

日溜り勘兵衛極意帖 贋金作り（藤井邦夫）双
葉文庫（2016）…………………………… 351

日溜り勘兵衛極意帖 偽者始末（藤井邦夫）双
葉文庫（2014）…………………………… 351

日溜り勘兵衛極意帖 眠り猫（藤井邦夫）双葉
文庫（2014）……………………………… 351

日溜り勘兵衛極意帖 冬の螢（藤井邦夫）双葉
文庫（2016）……………………………… 351

日溜り勘兵衛極意帖 亡八仕置（藤井邦夫）双
葉文庫（2015）…………………………… 351

左利きの剣法（押川国秋）講談社文庫（2009）
………………………………………………… 98

左京之介妖刀始末（藤井邦夫）光文社文庫
（2015）…………………………………… 349

飛蝶幻殺剣（井川香四郎）廣済堂文庫（2003）
………………………………………………… 30

飛蝶幻殺剣 →おっとり聖四郎事件控 1（井川
香四郎）光文社文庫（2016）…………… 31

秘帖托鉢剣 1 虚無僧胡空闇仕置き（岳真也）
富士見新時代小説文庫（2014）………… 103

秘帖托鉢剣 2 しぐれ秋月抜荷始末（岳真也）
富士見新時代小説文庫（2014）………… 103

秘帖托鉢剣 3 桜花爛漫仕舞い舟（岳真也）富
士見新時代小説文庫（2015）…………… 103

◇火付盗賊改（宮城賢秀）学研M文庫 ……… 382

火付盗賊改（宮城賢秀）学研M文庫（2004）
………………………………………………… 382

火付盗賊改 影富五人衆（宮城賢秀）学研M文
庫（2004）………………………………… 382

火付盗賊改 血闘御用船（宮城賢秀）学研M文
庫（2005）………………………………… 382

火付盗賊改 血風闇街道（宮城賢秀）学研M文
庫（2006）………………………………… 382

火付盗賊改 惨殺追跡行（宮城賢秀）学研M文
庫（2004）………………………………… 382

◇引越し侍内藤三左（七海壮太郎）双葉文庫
………………………………………………… 288

引越し侍内藤三左 門出の凶刃（七海壮太郎）
双葉文庫（2012）………………………… 288

引越し侍内藤三左 情斬りの辻（七海壮太郎）
双葉文庫（2012）………………………… 288

引越し侍内藤三左 新居の秘剣（七海壮太郎）
双葉文庫（2012）………………………… 288

引っ越し大名三千里（土橋章宏）ハルキ文庫
（2016）…………………………………… 273

必殺剣（宮城賢秀）双葉文庫（2003）……… 390

必殺剣滝落し（鳥羽亮）徳間文庫（2012）… 268

必殺剣虎伏（鳥羽亮）祥伝社文庫（2007）… 266

必殺剣「二胴」（鳥羽亮）祥伝社文庫（2001）
………………………………………………… 267

◇必殺御用裁き（稲葉稔）コスミック・時代文
庫 ……………………………………………… 54

必殺御用裁き 悪徳（稲葉稔）コスミック・時
代文庫（2014）…………………………… 54

必殺御用裁き 疑惑（稲葉稔）コスミック・時
代文庫（2015）…………………………… 54

必殺、十文字剣（森詠）二見時代小説文庫
（2013）…………………………………… 401

必殺情炎剣（稲葉稔）コスミック・時代文庫
（2003）…………………………………… 53

必殺情炎剣 →撃剣復活（稲葉稔）双葉文庫
（2011）…………………………………… 56

必殺迷宮剣（森詠）二見時代小説文庫（2014）
………………………………………………… 401

◇必殺闇同心（黒崎裕一郎）祥伝社文庫 …… 150

必殺闇同心（黒崎裕一郎）祥伝社文庫（2001）
………………………………………………… 150

必殺闇同心 隠密狩り（黒崎裕一郎）祥伝社文
庫（2004）………………………………… 150

必殺闇同心 人身御供（黒崎裕一郎）祥伝社文
庫（2002）………………………………… 150

必殺闇同心 娘供養（黒崎裕一郎）祥伝社文庫
（2006）…………………………………… 151

必殺闇同心 夜盗斬り（黒崎裕一郎）祥伝社文
庫（2003）………………………………… 150

必殺闇同心 四匹の殺し屋（黒崎裕一郎）祥伝
社文庫（2005）…………………………… 150

秀吉の暗号 1（中見利男）ハルキ文庫（2011）
………………………………………………… 284

秀吉の暗号 2（中見利男）ハルキ文庫（2011）
………………………………………………… 284

作品名索引　　ひとま

秀吉の暗号 3（中見利男）ハルキ文庫（2011）
　………………………………………… 284
秀吉の枷 上（加藤廣）文春文庫（2009）……… 122
秀吉の枷 中（加藤廣）文春文庫（2009）……… 122
秀吉の枷 下（加藤廣）文春文庫（2009）……… 122
秀吉秘峰の陰謀（長尾誠夫）ノン・ポシェット
　（1992）………………………………… 276
秀吉夢のまた夢（鈴木輝一郎）小学館文庫
　（2002）………………………………… 218
秀頼、西へ（岡田秀文）光文社文庫（2007）…… 90
日照り草（井川香四郎）講談社文庫（2007）
　……………………………………………… 30
秘伝語り（池端洋介）静山社文庫（2011）…… 40
秘伝元禄血風の陣（柳蒼二郎）徳間文庫
　（2008）………………………………… 412
秘伝元禄骨影の陣（柳蒼二郎）徳間文庫
　（2008）………………………………… 412
秘伝元禄無命（むみょう）の陣（柳蒼二郎）徳
　間文庫（2009）………………………… 412
婢伝五稜郭（佐々木譲）朝日文庫（2013）… 193
飛天之章（森山茂里）双葉文庫（2011）…… 404
秘闘（上田秀人）講談社文庫（2010）……… 74
秘闘・川中島（中谷航太郎）ハルキ文庫
　（2014）………………………………… 283
非道、行ずべからず（松井今朝子）集英社文庫
　（2005）………………………………… 374
非道の五人衆（鈴木英治）祥伝社文庫（2014）
　………………………………………… 212
◇秘闘秘録新三郎＆魁（中谷航太郎）新潮文
　庫 ……………………………………… 283
秘闘秘録新三郎＆魁 アテルイの遺刀（中谷航
　太郎）新潮文庫（2014）……………… 283
秘闘秘録新三郎＆魁 オニゥドの里（中谷航太
　郎）新潮文庫（2013）………………… 283
秘闘秘録新三郎＆魁 隠れ谷のカムイ（中谷航
　太郎）新潮文庫（2012）……………… 283
秘闘秘録新三郎＆魁 シャクシャインの秘宝
　（中谷航太郎）新潮文庫（2015）…… 283
秘闘秘録新三郎＆魁 覇王のギヤマン（中谷航
　太郎）新潮文庫（2013）……………… 283
人買い（竹内大）小学館文庫（2003）……… 231
人斬り浅右衛門斬妄剣（中里融司）学研M文
　庫（2003）……………………………… 278
人斬り鬼門 1 魔都脱出（加野厚志）学研M文
　庫（2002）……………………………… 125
人斬り左近（芦川淳一）双葉文庫（2007）…… 18
人斬り純情剣（佐々木裕一）コスミック・時代
　文庫（2016）…………………………… 196
人斬り草（武内涼）徳間文庫（2015）……… 232
人斬り般若 孤剣抄（池端洋介）ベスト時代文
　庫（2006）……………………………… 41

人食い鬼（幡大介）幻冬舎時代小説文庫
　（2014）………………………………… 325
一首千両（佐伯泰英）幻冬舎文庫（2005）… 171
一首千両（佐伯泰英）幻冬舎文庫（2011）… 171
一首千両（佐伯泰英）文春文庫（2016）…… 186
人妻大奥（八神淳一）時代艶文庫（2011）… 409
人妻仕置き人・初音（八神淳一）時代艶文庫
　（2011）………………………………… 409
ひとつ灯せ（宇江佐真理）文春文庫（2010）
　……………………………………………… 73
◇一橋隠密帳（宮城賢秀）ケイブンシャ文庫
　………………………………………… 383
◇一橋隠密帳（宮城賢秀）廣済堂文庫 …… 385
一橋隠密帳（宮城賢秀）ケイブンシャ文庫
　（1997）………………………………… 383
一橋隠密帳 →血闘（宮城賢秀）廣済堂文庫
　（2003）………………………………… 385
一橋隠密帳 →策謀（宮城賢秀）廣済堂文庫
　（2004）………………………………… 385
一橋隠密帳 →殺掠（宮城賢秀）廣済堂文庫
　（2003）………………………………… 385
一橋隠密帳 1 血闘（宮城賢秀）廣済堂文庫
　（2003）………………………………… 385
一橋隠密帳 2 紀州徳川家世子暗殺秘聞（宮城
　賢秀）ケイブンシャ文庫（1998）……… 383
一橋隠密帳 2 殺掠（宮城賢秀）廣済堂文庫
　（2003）………………………………… 385
一橋隠密帳 3 彦根藩年貢縮緬抜荷秘聞（宮城
　賢秀）ケイブンシャ文庫（1998）……… 383
一橋隠密帳 3 策謀（宮城賢秀）廣済堂文庫
　（2004）………………………………… 385
一橋隠密帳 4 阿蘭陀商館阿片密売秘聞（宮城
　賢秀）ケイブンシャ文庫（1999）……… 383
◇一橋慶喜隠密帳（宮城賢秀）光文社文庫 … 386
一橋慶喜隠密帳 2 伊豆惨殺剣（宮城賢秀）光
　文社文庫（2003）……………………… 386
一橋慶喜隠密帳 3 闇の元締（宮城賢秀）光文
　社文庫（2004）………………………… 386
一橋慶喜隠密帳 4 阿蘭陀麻薬商人（宮城賢
　秀）光文社文庫（2004）……………… 386
一橋慶喜隠密帳 5 安政の大地震（宮城賢秀）
　光文社文庫（2005）…………………… 386
一橋慶喜隠密帳 隠密目付疾る（宮城賢秀）光
　文社文庫（2002）……………………… 386
ひとつぶの銀（井川香四郎）竹書房時代小説
　文庫（2008）…………………………… 33
ひとひらの恋（小杉健治）ハルキ文庫（2010）
　………………………………………… 160
人待ち小町（松岡弘一）学研M文庫（2008）
　………………………………………… 376
人待ち月（小杉健治）祥伝社文庫（2014）… 158

歴史時代小説文庫総覧 現代の作家　**603**

ひとみ　作品名索引

人身御供（黒崎裕一郎）祥伝社文庫（2002）
……………………………………………… *150*

◇ひと夜千両（如月あづさ）コスミック・時代
文庫 ……………………………………………… *132*

ひと夜千両 将軍家の女（如月あづさ）コスミ
ック・時代文庫（2015）……………………… *132*

ひと夜千両 女衒修理亮（如月あづさ）コスミ
ック・時代文庫（2015）……………………… *132*

ひと夜千両（秘）隠れ大奥（如月あづさ）コス
ミック・時代文庫（2015）…………………… *132*

独り祝言（佐伯泰英）ハルキ文庫（2008）…… *181*

ひとり膳（和田はつ子）ハルキ文庫（2011）
……………………………………………… *441*

ひとり長兵衛（坂岡真）徳間文庫（2008）…… *190*

◇独り身同心（小杉健治）ハルキ文庫 ……… *160*

独り身同心 1 縁談（小杉健治）ハルキ文庫
（2012）………………………………………… *160*

独り身同心 2 破談（小杉健治）ハルキ文庫
（2012）………………………………………… *160*

独り身同心 3 不始末（小杉健治）ハルキ文庫
（2013）………………………………………… *160*

独り身同心 4 心残り（小杉健治）ハルキ文庫
（2013）………………………………………… *160*

独り身同心 5 戸惑い（小杉健治）ハルキ文庫
（2013）………………………………………… *160*

独り身同心 6 逃亡（小杉健治）ハルキ文庫
（2014）………………………………………… *160*

独り身同心 7 決心（小杉健治）ハルキ文庫
（2014）………………………………………… *160*

ひとり夜風（河治和香）角川文庫（2010）…… *129*

ビードロ風鈴の女（千野隆司）学研M文庫
（2006）………………………………………… *241*

◇ひなげし雨竜剣（坂岡真）光文社文庫 …… *187*

ひなげし雨竜剣 1 薬師小路別れの抜き胴（坂
岡真）光文社文庫（2009）…………………… *187*

ひなげし雨竜剣 2 秘剣横雲雪ぐれの渡し（坂
岡真）光文社文庫（2010）…………………… *187*

ひなげし雨竜剣 3 縄手高輪瞬殺剣岩斬り（坂
岡真）光文社文庫（2010）…………………… *187*

ひなげし雨竜剣 4 無声剣どくだみ孫兵衛（坂
岡真）光文社文庫（2011）…………………… *188*

ひなこまち（畠中恵）新潮文庫（2014）……… *305*

日無坂（安住洋子）新潮文庫（2010）………… *19*

雛たちの寺（木村友馨）廣済堂文庫（2007）
……………………………………………… *135*

雛の仇討ち（鳥羽亮）双葉文庫（2007）……… *270*

雛の鮨（和田はつ子）ハルキ文庫（2007）…… *441*

火縄の寺（鈴木英治）中公文庫（2006）……… *213*

火縄の寺（鈴木英治）徳間文庫（2016）……… *215*

美男ざむらい事件帖（芦川淳一）徳間文庫
（2012）………………………………………… *17*

美男忠臣蔵（鈴木輝一郎）講談社文庫（2000）
……………………………………………… *218*

美の翳（小杉健治）祥伝社文庫（2015）……… *158*

火の牙（和久田正明）廣済堂文庫（2006）…… *434*

緋の孔雀（和久田正明）学研M文庫（2009）
……………………………………………… *433*

悲の剣（鳥羽亮）祥伝社文庫（2005）………… *265*

火ノ児の剣（中路啓太）講談社文庫（2009）
……………………………………………… *280*

火の子燃ゆ（福原俊彦）角川文庫（2015）…… *345*

◇火の玉晴吉十手修業（中里融司）ベスト時
代文庫 ………………………………………… *280*

火の玉晴吉十手修業 錠前破り（中里融司）ベ
スト時代文庫（2007）………………………… *280*

火の玉晴吉十手修業 毒飼い（中里融司）ベス
ト時代文庫（2008）…………………………… *280*

火の玉同心極楽始末（聖龍人）二見時代小説
文庫（2016）…………………………………… *339*

火の砦 上 無名剣（大久保智弘）二見時代小説
文庫（2012）…………………………………… *88*

火の砦 下 胡蝶剣（大久保智弘）二見時代小説
文庫（2012）…………………………………… *88*

日の名残り（藤原緋沙子）廣済堂文庫（2010）
……………………………………………… *359*

火の華（藤原緋沙子）祥伝社文庫（2004）…… *360*

◇火の姫（秋山香乃）文芸社文庫 …………… *5*

火の姫 茶々と家康（秋山香乃）文芸社文庫
（2011）………………………………………… *5*

火の姫 茶々と信長（秋山香乃）文芸社文庫
（2011）………………………………………… *5*

火の姫 茶々と秀吉（秋山香乃）文芸社文庫
（2011）………………………………………… *5*

火の闇（北重人）徳間文庫（2011）…………… *132*

火走りの城（鈴木英治）双葉文庫（2010）…… *217*

雲雀 →秀吉夢のまた夢（鈴木輝一郎）小学館
文庫（2002）…………………………………… *218*

雲雀野（今井絵美子）角川文庫（2015）……… *62*

雲雀野（今井絵美子）廣済堂文庫（2011）…… *62*

非番にござる（志木沢郁）コスミック・時代文
庫（2016）……………………………………… *201*

◇日比野左内一手指南（牧秀彦）徳間文庫 …… *369*

日比野左内一手指南 1 助っ人剣客（牧秀彦）
徳間文庫（2015）……………………………… *369*

日比野左内一手指南 2 謎呼ぶ美剣（牧秀彦）
徳間文庫（2015）……………………………… *369*

日比野左内一手指南 3 愛されて候（牧秀彦）
徳間文庫（2015）……………………………… *369*

火札（庄司圭太）集英社文庫（2005）………… *209*

緋木瓜の仇（鈴木英治）双葉文庫（2012）…… *218*

緋牡丹頭巾（八神淳一）コスミック・時代文庫
（2016）………………………………………… *409*

作品名索引　　ひやく

向日葵の涙（聖龍人）祥伝社文庫（2015）‥‥‥ *337*

秘密（小松エメル）ハルキ文庫（2015）‥‥‥‥ *167*

秘密（和田はつ子）時代小説文庫（2016）‥‥‥ *439*

秘密にしてたもれ（沖田正午）二見時代小説
文庫（2014）‥‥‥‥‥‥‥‥‥‥‥‥‥‥‥‥ *96*

姫君ご乱行（藤水名子）二見時代小説文庫
（2012）‥‥‥‥‥‥‥‥‥‥‥‥‥‥‥‥‥‥ *346*

姫君道中（聖龍人）祥伝社文庫（2015）‥‥‥‥ *337*

秘め事（森真沙子）二見時代小説文庫（2008）
‥‥‥‥‥‥‥‥‥‥‥‥‥‥‥‥‥‥‥‥‥‥ *402*

秘事（谷恒生）徳間文庫（2001）‥‥‥‥‥‥‥ *239*

秘めごと一万両（八神淳一）廣済堂文庫
（2011）‥‥‥‥‥‥‥‥‥‥‥‥‥‥‥‥‥‥ *408*

姫さま、お輿入れ（幡大介）ハルキ文庫
（2012）‥‥‥‥‥‥‥‥‥‥‥‥‥‥‥‥‥‥ *326*

◇姫様お忍び事件帖（沖田正午）徳間文庫 ‥‥ *94*

姫様お忍び事件帖 いいかげんにおし（沖田正
午）徳間文庫（2011）‥‥‥‥‥‥‥‥‥‥‥ *95*

姫様お忍び事件帖 おばかなことよ（沖田正
午）徳間文庫（2011）‥‥‥‥‥‥‥‥‥‥‥ *95*

姫様お忍び事件帖 おまかせなされ（沖田正
午）徳間文庫（2010）‥‥‥‥‥‥‥‥‥‥‥ *94*

姫様お忍び事件帖 ごきげんよう（沖田正午）
徳間文庫（2012）‥‥‥‥‥‥‥‥‥‥‥‥‥ *95*

姫様お忍び事件帖 それみたことか（沖田正
午）徳間文庫（2010）‥‥‥‥‥‥‥‥‥‥‥ *94*

姫様お忍び事件帖 だまらっしゃい（沖田正
午）徳間文庫（2010）‥‥‥‥‥‥‥‥‥‥‥ *95*

姫様お忍び事件帖 つかまえてたもれ（沖田正
午）徳間文庫（2010）‥‥‥‥‥‥‥‥‥‥‥ *94*

姫様お忍び事件帖 なんでこうなるの（沖田正
午）徳間文庫（2011）‥‥‥‥‥‥‥‥‥‥‥ *95*

姫様お忍び事件帖 もってのほかじゃ（沖田正
午）徳間文庫（2011）‥‥‥‥‥‥‥‥‥‥‥ *95*

姫様剣客（八神淳一）学研M文庫（2012）‥‥ *408*

姫様剣客〔2〕春情恋の乱れ斬り（八神淳一）
学研M文庫（2013）‥‥‥‥‥‥‥‥‥‥‥‥ *408*

姫さま消失（芦川淳一）双葉文庫（2012）‥‥‥ *18*

姫さま同心（聖龍人）二見時代小説文庫
（2011）‥‥‥‥‥‥‥‥‥‥‥‥‥‥‥‥‥‥ *338*

姫さま同心控帖名刀菊一文字（藤村与一郎）
静山社文庫（2012）‥‥‥‥‥‥‥‥‥‥‥‥ *357*

姫路城凍って寒からず →河合道臣（寺林
峻）PHP文庫（2002）‥‥‥‥‥‥‥‥‥‥‥ *254*

姫路の恨み木綿（鈴木英治）徳間文庫（2012）
‥‥‥‥‥‥‥‥‥‥‥‥‥‥‥‥‥‥‥‥‥‥ *214*

姫泣きの都（八神淳一）竹書房ラブロマン文
庫（2010）‥‥‥‥‥‥‥‥‥‥‥‥‥‥‥‥‥ *409*

姫の竹、月の草（浮穴みみ）双葉文庫（2013）
‥‥‥‥‥‥‥‥‥‥‥‥‥‥‥‥‥‥‥‥‥‥ *81*

姫のため息（佐々木裕一）二見時代小説文庫
（2011）‥‥‥‥‥‥‥‥‥‥‥‥‥‥‥‥‥‥ *197*

秘め肌道中（八神淳一）廣済堂文庫（2012）
‥‥‥‥‥‥‥‥‥‥‥‥‥‥‥‥‥‥‥‥‥‥ *408*

◇姫巫女烏丸龍子（加野厚志）双葉文庫 ‥‥‥ *126*

姫巫女烏丸龍子 池田屋の血闘（加野厚志）双
葉文庫（2004）‥‥‥‥‥‥‥‥‥‥‥‥‥‥ *126*

姫巫女烏丸龍子 京都魔性剣（加野厚志）双葉
文庫（2004）‥‥‥‥‥‥‥‥‥‥‥‥‥‥‥ *126*

妃女曼陀羅（六道慧）徳間文庫（2003）‥‥‥ *430*

姫は看板娘（聖龍人）二見時代小説文庫
（2012）‥‥‥‥‥‥‥‥‥‥‥‥‥‥‥‥‥‥ *338*

◇姫は、三十一（風野真知雄）角川文庫 ‥‥‥ *109*

姫は、三十一 2 恋は愚かと（風野真知雄）角
川文庫（2012）‥‥‥‥‥‥‥‥‥‥‥‥‥‥ *109*

姫は、三十一 3 君微笑めば（風野真知雄）角
川文庫（2012）‥‥‥‥‥‥‥‥‥‥‥‥‥‥ *109*

姫は、三十一 4 薔薇色の人（風野真知雄）角
川文庫（2012）‥‥‥‥‥‥‥‥‥‥‥‥‥‥ *109*

姫は、三十一 5 鳥の子守唄（風野真知雄）角
川文庫（2013）‥‥‥‥‥‥‥‥‥‥‥‥‥‥ *109*

姫は、三十一 6 運命のひと（風野真知雄）角
川文庫（2014）‥‥‥‥‥‥‥‥‥‥‥‥‥‥ *109*

姫は、三十一 7 月に願いを（風野真知雄）角
川文庫（2014）‥‥‥‥‥‥‥‥‥‥‥‥‥‥ *109*

姫は、三十一（風野真知雄）角川文庫（2011）
‥‥‥‥‥‥‥‥‥‥‥‥‥‥‥‥‥‥‥‥‥‥ *109*

ひやかし（中島要）光文社文庫（2014）‥‥‥ *281*

飛躍（佐伯泰英）講談社文庫（2015）‥‥‥‥ *173*

白牙（小杉健治）祥伝社文庫（2013）‥‥‥‥ *158*

◇百姓侍人情剣（笠岡治次）廣済堂文庫 ‥‥‥ *104*

百姓侍人情剣（笠岡治次）廣済堂文庫（2005）
‥‥‥‥‥‥‥‥‥‥‥‥‥‥‥‥‥‥‥‥‥‥ *104*

百姓侍人情剣 からくり糸車（笠岡治次）廣済
堂文庫（2009）‥‥‥‥‥‥‥‥‥‥‥‥‥‥ *104*

百姓侍人情剣 頑固者（笠岡治次）廣済堂文庫
（2007）‥‥‥‥‥‥‥‥‥‥‥‥‥‥‥‥‥‥ *104*

百姓侍人情剣 十手乱れ花（笠岡治次）廣済堂
文庫（2006）‥‥‥‥‥‥‥‥‥‥‥‥‥‥‥ *104*

百姓侍人情剣 通り雨（笠岡治次）廣済堂文庫
（2012）‥‥‥‥‥‥‥‥‥‥‥‥‥‥‥‥‥‥ *104*

百姓侍人情剣 なみだ橋（笠岡治次）廣済堂文
庫（2008）‥‥‥‥‥‥‥‥‥‥‥‥‥‥‥‥ *104*

百姓侍人情剣 見習い同心（笠岡治次）廣済堂
文庫（2006）‥‥‥‥‥‥‥‥‥‥‥‥‥‥‥ *104*

百姓侍人情剣 武士の道（笠岡治次）廣済堂文
庫（2007）‥‥‥‥‥‥‥‥‥‥‥‥‥‥‥‥ *104*

百姓侍人情剣 わかれ道（笠岡治次）廣済堂文
庫（2011）‥‥‥‥‥‥‥‥‥‥‥‥‥‥‥‥ *104*

百姓侍人情剣 忘れ草（笠岡治次）廣済堂文庫
（2012）‥‥‥‥‥‥‥‥‥‥‥‥‥‥‥‥‥‥ *104*

歴史時代小説文庫総覧 現代の作家　**605**

ひやく　　　　　作品名索引

白閃の剣 (鈴木英治) 徳間文庫 (2011) ……… *214*
白閃の剣 (鈴木英治) ハルキ文庫 (2005) …… *216*
百日鬘の剣客 (喜安幸夫) 二見時代小説文庫
　(2015) ……………………………………… *140*
百忍斬り (鈴木英治) 中公文庫 (2007) ……… *213*
百年桜 (藤原緋沙子) 新潮文庫 (2015) ……… *361*
百年の呪い (佐伯泰英) 新潮文庫 (2011) …… *178*
白魔伝 (大久保智弘) 二見時代小説文庫
　(2012) …………………………………………… *88*
百眼の賊 (鳥羽亮) 角川文庫 (2012) ………… *261*
百万石遺聞 (藤井邦夫) 光文社文庫 (2014)
　………………………………………………… *349*
百万石のお墨付き (麻倉一矢) 二見時代小説
　文庫 (2014) ……………………………………… *9*
◇百万石の留守居役 (上田秀人) 講談社文庫
　………………………………………………… *75*
百万石の留守居役 1 波乱 (上田秀人) 講談社
　文庫 (2013) …………………………………… *75*
百万石の留守居役 2 思惑 (上田秀人) 講談社
　文庫 (2013) …………………………………… *75*
百万石の留守居役 3 新参 (上田秀人) 講談社
　文庫 (2014) …………………………………… *75*
百万石の留守居役 4 遺臣 (上田秀人) 講談社
　文庫 (2014) …………………………………… *75*
百万石の留守居役 5 密約 (上田秀人) 講談社
　文庫 (2015) …………………………………… *75*
百万石の留守居役 6 使者 (上田秀人) 講談社
　文庫 (2015) …………………………………… *75*
百万石の留守居役 7 貸借 (上田秀人) 講談社
　文庫 (2016) …………………………………… *75*
◇百万両の伊達男 (稲葉稔) 双葉文庫 …… *57*
百万両の伊達男 落とし前 (稲葉稔) 双葉文庫
　(2014) ………………………………………… *57*
百万両の伊達男 雲隠れ (稲葉稔) 双葉文庫
　(2015) ………………………………………… *57*
百万両の伊達男 廓の罠 (稲葉稔) 双葉文庫
　(2014) ………………………………………… *57*
百万両の伊達男 雪辱の徒花 (稲葉稔) 双葉文
　庫 (2015) ……………………………………… *57*
百万両の伊達男 横恋慕 (稲葉稔) 双葉文庫
　(2016) ………………………………………… *57*
百万両の密命 上 (小杉健治) 光文社文庫
　(2012) ………………………………………… *156*
百万両の密命 下 (小杉健治) 光文社文庫
　(2012) ………………………………………… *156*
百物語 (輪渡颯介) 講談社文庫 (2010) ……… *445*
百両の舞い (稲葉稔) 講談社文庫 (2010) …… *51*
◇百怪祭 (朝松健) 光文社文庫 ……………… *13*
百怪祭 2 闇絢爛 (朝松健) 光文社文庫
　(2003) ………………………………………… *13*

百怪祭 室町伝奇集 (朝松健) 光文社文庫
　(2000) ………………………………………… *13*
百鬼狩り (佐伯泰英) 光文社文庫 (2002) …… *173*
百鬼狩り (佐伯泰英) 光文社文庫 (2009) …… *175*
百鬼狩り (佐伯泰英) 光文社文庫 (2014) …… *175*
百鬼斬り (風野真知雄) 角川文庫 (2011) …… *109*
百鬼斬り (風野真知雄) ベスト時代文庫
　(2006) ………………………………………… *118*
百鬼の涙 (井川香四郎) 祥伝社文庫 (2006)
　…………………………………………………… *32*
百鬼夜行に花吹雪 (朝松健) ベスト時代文庫
　(2012) ………………………………………… *14*
白狐を斬る (鳥羽亮) 実業之日本社文庫
　(2015) ………………………………………… *265*
百石手鼻 (坂岡真) 祥伝社文庫 (2009) ……… *189*
白虎死す (中岡潤一郎) コスミック・時代文庫
　(2008) ………………………………………… *277*
白虎の剣 (佐伯泰英) ハルキ文庫 (2003) …… *183*
白虎の剣 (佐伯泰英) ハルキ文庫 (2013) …… *183*
白狐の呪い (庄司圭太) 光文社文庫 (2003)
　………………………………………………… *207*
◇日雇い浪人生活録 (上田秀人) 時代小説文
　庫 ……………………………………………… *76*
◇日雇い浪人生活録 (上田秀人) ハルキ文庫
　………………………………………………… *78*
日雇い浪人生活録 1 金の価値 (上田秀人) ハ
　ルキ文庫 (2016) ……………………………… *78*
日雇い浪人生活録 2 金の諍い (上田秀人) 時
　代小説文庫 (2016) …………………………… *76*
◇冷や飯喰い怜三郎 (原田孔平) 学研M文庫
　………………………………………………… *323*
冷や飯喰い怜三郎 決意の門出 (原田孔平) 学
　研M文庫 (2011) ……………………………… *323*
冷や飯喰い怜三郎 旗本横紙破り (原田孔平)
　学研M文庫 (2011) …………………………… *323*
冷や飯喰い怜三郎 夢つぎし者 (原田孔平) 学
　研M文庫 (2013) ……………………………… *323*
冷や飯喰い怜三郎 流星の里 (原田孔平) 学研
　M文庫 (2012) ………………………………… *323*
◇ひやめし冬馬四季綴 (米村圭伍) 徳間文庫
　………………………………………………… *428*
ひやめし冬馬四季綴 孔雀茶屋 (米村圭伍) 徳
　間文庫 (2011) ………………………………… *428*
ひやめし冬馬四季綴 桜小町 (米村圭伍) 徳間
　文庫 (2010) …………………………………… *428*
ひやめし冬馬四季綴 ふくら雀 (米村圭伍) 徳
　間文庫 (2010) ………………………………… *428*
ひゅうどろ (朝松健) PHP文芸文庫 (2014)
　………………………………………………… *14*
◇兵庫と伊織の捕物帖 (伊藤致雄) ハルキ文
　庫 ……………………………………………… *48*

作品名索引　　ふうし

兵庫と伊織の捕物帖 蜻蛉切り（伊藤致雄）ハ
　ルキ文庫（2008）‥‥‥‥‥‥‥‥‥　48
兵庫と伊織の捕物帖 吉宗の偽書（伊藤致雄）
　ハルキ文庫（2007）‥‥‥‥‥‥‥‥　48
兵庫と伊織の捕物帖 吉宗の推理（伊藤致雄）
　ハルキ文庫（2008）‥‥‥‥‥‥‥‥　48
◇評定所書役・柊左門裏仕置（藤井邦夫）光文
　社文庫　‥‥‥‥‥‥‥‥‥‥‥‥‥　348
評定所書役・柊左門裏仕置 1 坊主金（藤井邦
　夫）光文社文庫（2009）‥‥‥‥‥‥　348
評定所書役・柊左門裏仕置 2 鬼夜叉（藤井邦
　夫）光文社文庫（2010）‥‥‥‥‥‥　348
評定所書役・柊左門裏仕置 3 見殺し（藤井邦
　夫）光文社文庫（2010）‥‥‥‥‥‥　348
評定所書役・柊左門裏仕置 4 見聞組（藤井邦
　夫）光文社文庫（2011）‥‥‥‥‥‥　348
評定所書役・柊左門裏仕置 5 始末屋（藤井邦
　夫）光文社文庫（2011）‥‥‥‥‥‥　348
評定所書役・柊左門裏仕置 6 綱渡り（藤井邦
　夫）光文社文庫（2012）‥‥‥‥‥‥　348
評定所書役・柊左門裏仕置 7 死に様（藤井邦
　夫）光文社文庫（2012）‥‥‥‥‥‥　348
氷葬（諸田玲子）文春文庫（2004）‥‥‥‥‥　408
ひょうたん（宇江佐真理）光文社文庫（2009）
　‥‥‥‥‥‥‥‥‥‥‥‥‥‥‥‥‥　70
瓢箪から駒（千野隆司）双葉文庫（2016）‥　246
評判娘（金子成人）小学館文庫（2016）‥‥　125
漂流巌流島（高井忍）創元推理文庫（2010）
　‥‥‥‥‥‥‥‥‥‥‥‥‥‥‥‥‥　222
比翼塚（植松三十里）双葉文庫（2011）‥‥‥　80
ひよりみ法師（六道慧）光文社文庫（2004）
　‥‥‥‥‥‥‥‥‥‥‥‥‥‥‥‥‥　429
◇平賀源内江戸長屋日記（福原俊彦）徳間文
　庫　‥‥‥‥‥‥‥‥‥‥‥‥‥‥‥　345
平賀源内江戸長屋日記 春風駘蕩（福原俊彦）
　徳間文庫（2016）‥‥‥‥‥‥‥‥‥　345
平賀源内江戸長屋日記 青嵐薫風（福原俊彦）
　徳間文庫（2016）‥‥‥‥‥‥‥‥‥　345
平賀源内江戸長屋日記 颱風秋晴（福原俊彦）
　徳間文庫（2016）‥‥‥‥‥‥‥‥‥　345
平蜘蛛の剣（鈴木英治）双葉文庫（2011）‥　217
◇平塚一馬十手道（松本賢吾）双葉文庫　‥　379
平塚一馬十手道 黄色い桜（松本賢吾）双葉文
　庫（2010）‥‥‥‥‥‥‥‥‥‥‥‥　379
平塚一馬十手道 女賊の恋（松本賢吾）双葉文
　庫（2011）‥‥‥‥‥‥‥‥‥‥‥‥　379
平塚一馬十手道 冥途の初音（松本賢吾）双葉
　文庫（2010）‥‥‥‥‥‥‥‥‥‥‥　379
平手造酒（みき）（早瀬詠一郎）講談社文庫
　（2012）‥‥‥‥‥‥‥‥‥‥‥‥‥　313
ひらめく欠片に希え（結城光流）角川ビーン
　ズ文庫（2012）‥‥‥‥‥‥‥‥‥‥　421

火龍の剣（鳥羽亮）ハルキ文庫（2013）‥‥　269
飛龍の剣（鳥羽亮）祥伝社文庫（2002）‥‥　265
飛龍の剣（鳥羽亮）祥伝社文庫（2011）‥‥　266
悲恋（佐伯泰英）祥伝社文庫（2003）‥‥‥　176
悲恋（佐伯泰英）祥伝社文庫（2007）‥‥‥　177
悲恋 →完本密命 巻之8（佐伯泰英）祥伝社文
　庫（2015）‥‥‥‥‥‥‥‥‥‥‥‥　178
悲恋尾張柳生剣（佐伯泰英）祥伝社文庫
　（2015）‥‥‥‥‥‥‥‥‥‥‥‥‥　178
悲恋斬り（鳥羽亮）祥伝社文庫（2002）‥‥　265
悲恋斬り（鳥羽亮）祥伝社文庫（2011）‥‥　266
悲恋十手（松本賢吾）双葉文庫（2006）‥‥　378
悲恋の太刀（上田秀人）徳間文庫（2004）‥‥　77
悲恋の太刀（上田秀人）徳間文庫（2015）‥‥　77
悲恋の太刀（鳥羽亮）双葉文庫（2016）‥‥　271
秘恋の雪（押川国秋）講談社文庫（2010）‥‥　98
ひろう神（早瀬詠一郎）PHP文庫（2010）‥　314
琵琶湖炎上（井ノ部康之）小学館文庫（2009）
　‥‥‥‥‥‥‥‥‥‥‥‥‥‥‥‥‥　60
貧乏神の軍配（沖田正午）双葉文庫（2012）
　‥‥‥‥‥‥‥‥‥‥‥‥‥‥‥‥‥　96

【 ふ 】

風雲（佐伯泰英）講談社文庫（2006）‥‥‥　172
風雲あり（六道慧）幻冬舎文庫（2009）‥‥　428
風雲来たる（坂岡真）ハルキ文庫（2016）‥　191
風雲日光道中（稲葉稔）廣済堂文庫（2005）
　‥‥‥‥‥‥‥‥‥‥‥‥‥‥‥‥‥　51
風雲日光道中 →昇龍の剣（稲葉稔）双葉文庫
　（2011）‥‥‥‥‥‥‥‥‥‥‥‥‥　56
風雲の裔（浅黄斑）二見時代小説文庫（2010）
　‥‥‥‥‥‥‥‥‥‥‥‥‥‥‥‥‥　6
風雲之章（森山茂里）双葉文庫（2012）‥‥　404
風炎咽ぶ（芝村涼也）双葉文庫（2014）‥‥　204
風雅剣（上田秀人）徳間文庫（2004）‥‥‥‥　77
風雅剣（上田秀人）徳間文庫（2011）‥‥‥‥　77
風塵（池宮彰一郎）講談社文庫（1998）‥‥‥　42
風塵 上（辻堂魁）祥伝社文庫（2013）‥‥‥　251
風塵 下（辻堂魁）祥伝社文庫（2013）‥‥‥　251
風神送り（山中公男）学研M文庫（2006）‥　414
風神狩り（早見俊）二見時代小説文庫（2013）
　‥‥‥‥‥‥‥‥‥‥‥‥‥‥‥‥‥　322
風神剣始末（森詠）実業之日本社文庫（2016）
　‥‥‥‥‥‥‥‥‥‥‥‥‥‥‥‥‥　400
風塵の剣 1（稲葉稔）角川文庫（2013）‥‥‥　50
風塵の剣 2（稲葉稔）角川文庫（2013）‥‥‥　50
風塵の剣 3（稲葉稔）角川文庫（2013）‥‥‥　50
風塵の剣 4（稲葉稔）角川文庫（2013）‥‥‥　50

ふうし

作品名索引

風塵の剣 5（稲葉稔）角川文庫（2014） ········· 50
風塵の剣 6（稲葉稔）角川文庫（2014） ········· 50
風塵の剣 7（稲葉稔）角川文庫（2014） ········· 50
風神雷神（風野真知雄）双葉文庫（2010） ···· 116
風聲（幡大介）ベスト時代文庫（2010） ··· 328
風雪斬鬼剣（稲葉稔）コスミック・時代文庫
　（2004） ·· 53
風雪斬鬼剣 →凶剣始末（稲葉稔）双葉文庫
　（2011） ·· 56
風霜苛烈（荒崎一海）朝日文庫（2011） ······· 23
風霜苛烈（荒崎一海）徳間文庫（2006） ······· 23
夫婦喧嘩（伊多波碧）ベスト時代文庫（2013）
　·· 46
風魔 上（宮本昌孝）祥伝社文庫（2009） ··· 395
風魔 中（宮本昌孝）祥伝社文庫（2009） ··· 395
風魔 下（宮本昌孝）祥伝社文庫（2009） ··· 395
風魔一族の逆襲（鳥羽亮）幻冬舎文庫（2002）
　·· 262
風魔狩り（池端洋介）コスミック・時代文庫
　（2004） ·· 40
◇風魔小太郎血風録（安芸宗一郎）文芸社文
　庫 ··· 4
風魔小太郎血風録 黄金の地下城（安芸宗一
　郎）文芸社文庫（2016） ························· 4
風魔小太郎血風録 将軍狩り（安芸宗一郎）文
　芸社文庫（2016） ·································· 4
風魔の牙（沢田黒蔵）学研M文庫（2003） ····· 198
風鳴の剣（風野真知雄）双葉文庫（2008） ··· 115
風雷（鳥羽亮）祥伝社文庫（2012） ········· 266
風雷奇談（飯島一次）双葉文庫（2013） ······· 25
ふうらい指南（風野真知雄）コスミック・時代
　文庫（2005） ······································· 112
ふうらい指南（風野真知雄）コスミック・時代
　文庫（2011） ······································· 112
風来の剣（鳥羽亮）講談社文庫（2004） ··· 264
ふうらい秘剣（風野真知雄）コスミック・時代
　文庫（2006） ······································· 112
ふうらい秘剣（風野真知雄）コスミック・時代
　文庫（2011） ······································· 112
風来坊の花嫁（鳥羽亮）双葉文庫（2009） ··· 271
風蘭（藤原緋沙子）廣済堂文庫（2005） ··· 359
風流冷飯伝（米村圭伍）新潮文庫（2002） ···· 427
◇風烈廻り与力・青柳剣一郎（小杉健治）祥伝
　社文庫 ··· 157
風烈廻り与力・青柳剣一郎 13 追われ者（小
　杉健治）祥伝社文庫（2009） ··············· 158
風烈廻り与力・青柳剣一郎 14 詫び状（小杉
　健治）祥伝社文庫（2009） ··············· 158
風烈廻り与力・青柳剣一郎 15 向島心中（小
　杉健治）祥伝社文庫（2010） ··············· 158

風烈廻り与力・青柳剣一郎 16 裃裟斬り（小
　杉健治）祥伝社文庫（2010） ··············· 158
風烈廻り与力・青柳剣一郎 17 仇返し（小杉
　健治）祥伝社文庫（2010） ··············· 158
風烈廻り与力・青柳剣一郎 18 春嵐 上（小杉
　健治）祥伝社文庫（2011） ··············· 158
風烈廻り与力・青柳剣一郎 19 春嵐 下（小杉
　健治）祥伝社文庫（2011） ··············· 158
風烈廻り与力・青柳剣一郎 20 夏炎（小杉健
　治）祥伝社文庫（2011） ··············· 158
風烈廻り与力・青柳剣一郎 21 秋雷（小杉健
　治）祥伝社文庫（2012） ··············· 158
風烈廻り与力・青柳剣一郎 22 冬波（小杉健
　治）祥伝社文庫（2012） ··············· 158
風烈廻り与力・青柳剣一郎 23 朱刃（小杉健
　治）祥伝社文庫（2012） ··············· 158
風烈廻り与力・青柳剣一郎 24 白牙（小杉健
　治）祥伝社文庫（2013） ··············· 158
風烈廻り与力・青柳剣一郎 25 黒猿（小杉健
　治）祥伝社文庫（2013） ··············· 158
風烈廻り与力・青柳剣一郎 26 青不動（小杉
　健治）祥伝社文庫（2013） ··············· 158
風烈廻り与力・青柳剣一郎 27 花さがし（小
　杉健治）祥伝社文庫（2014） ··············· 158
風烈廻り与力・青柳剣一郎 28 人待ち月（小
　杉健治）祥伝社文庫（2014） ··············· 158
風烈廻り与力・青柳剣一郎 29 まよい雪（小
　杉健治）祥伝社文庫（2014） ··············· 158
風烈廻り与力・青柳剣一郎 30 真の雨 上（小
　杉健治）祥伝社文庫（2015） ··············· 158
風烈廻り与力・青柳剣一郎 31 真の雨 下（小
　杉健治）祥伝社文庫（2015） ··············· 158
風烈廻り与力・青柳剣一郎 32 善の焔（小杉
　健治）祥伝社文庫（2015） ··············· 158
風烈廻り与力・青柳剣一郎 33 美の翳（小杉
　健治）祥伝社文庫（2015） ··············· 158
風烈廻り与力・青柳剣一郎 34 砂の守り（小
　杉健治）祥伝社文庫（2016） ··············· 158
風烈廻り与力・青柳剣一郎 35 破暁の道 上
　（小杉健治）祥伝社文庫（2016） ··············· 158
風烈廻り与力・青柳剣一郎 36 破暁の道 下
　（小杉健治）祥伝社文庫（2016） ··············· 158
風烈廻り与力・青柳剣一郎 女形殺し（小杉健
　治）祥伝社文庫（2007） ··············· 157
風烈廻り与力・青柳剣一郎 火盗殺し（小杉健
　治）祥伝社文庫（2005） ··············· 157
風烈廻り与力・青柳剣一郎 子隠し舟（小杉健
　治）祥伝社文庫（2009） ··············· 158
風烈廻り与力・青柳剣一郎 刺客殺し（小杉健
　治）祥伝社文庫（2006） ··············· 157
風烈廻り与力・青柳剣一郎 七福神殺し（小杉
　健治）祥伝社文庫（2006） ··············· 157

作品名索引　　ふかか

風烈廻り与力・青柳剣一郎 八丁堀殺し（小杉
健治）祥伝社文庫（2005） ・・・・・・・・・・・・・　157
風烈廻り与力・青柳剣一郎 札差殺し（小杉健
治）祥伝社文庫（2004） ・・・・・・・・・・・・・・　157
風烈廻り与力・青柳剣一郎 待伏せ（小杉健治）
祥伝社文庫（2008） ・・・・・・・・・・・・・・・・・　157
風烈廻り与力・青柳剣一郎 まやかし（小杉健
治）祥伝社文庫（2008） ・・・・・・・・・・・・・・　158
風烈廻り与力・青柳剣一郎 目付殺し（小杉健
治）祥伝社文庫（2007） ・・・・・・・・・・・・・・　157
風烈廻り与力・青柳剣一郎 闇太夫（小杉健治）
祥伝社文庫（2008） ・・・・・・・・・・・・・・・・・　157
風烈廻り与力・青柳剣一郎 夜鳥殺し（小杉健
治）祥伝社文庫（2007） ・・・・・・・・・・・・・・　157
笛吹川（藤原緋沙子）講談社文庫（2016） ・・・・・　359
深尾くれない（宇江佐真理）新潮文庫（2005）
・・・・・・・・・・・・・・・・・・・・・・・・・・・・・・・・・　71
深川色暦（庄司圭太）光文社文庫（2010） ・・・　208
深川おけら長屋（岳真也）祥伝社文庫（2008）
・・・・・・・・・・・・・・・・・・・・・・・・・・・・・・・・・　103
◇深川駕籠（山本一力）祥伝社文庫 ・・・・・・・・　415
深川駕籠（山本一力）祥伝社文庫（2006） ・・・　415
深川駕籠 お神酒徳利（山本一力）祥伝社文庫
（2008） ・・・・・・・・・・・・・・・・・・・・・・・・・・　415
深川駕籠 花明かり（山本一力）祥伝社文庫
（2015） ・・・・・・・・・・・・・・・・・・・・・・・・・・　415
深川黄表紙掛取り帖（山本一力）講談社文庫
（2005） ・・・・・・・・・・・・・・・・・・・・・・・・・・　414
深川群狼伝 →鱗光の剣（鳥羽亮）講談社文庫
（1999） ・・・・・・・・・・・・・・・・・・・・・・・・・・　264
深川芸者殺人事件（風野真知雄）だいわ文庫
（2007） ・・・・・・・・・・・・・・・・・・・・・・・・・・　114
深川芸者殺人事件（風野真知雄）文春文庫
（2012） ・・・・・・・・・・・・・・・・・・・・・・・・・・　117
深川恋物語（宇江佐真理）集英社文庫（2002）
・・・・・・・・・・・・・・・・・・・・・・・・・・・・・・・・・　70
◇深川鞘番所（吉田雄亮）祥伝社文庫 ・・・・・・・　424
深川鞘番所（吉田雄亮）祥伝社文庫（2008）
・・・・・・・・・・・・・・・・・・・・・・・・・・・・・・・・・　424
深川鞘番所 4 化粧（けわい）堀（吉田雄亮）祥
伝社文庫（2009） ・・・・・・・・・・・・・・・・・・・　424
深川鞘番所 5 浮寝岸（吉田雄亮）祥伝社文庫
（2009） ・・・・・・・・・・・・・・・・・・・・・・・・・・　425
深川鞘番所 6 逢初橋（吉田雄亮）祥伝社文庫
（2010） ・・・・・・・・・・・・・・・・・・・・・・・・・・　425
深川鞘番所 7 縁切柳（吉田雄亮）祥伝社文庫
（2010） ・・・・・・・・・・・・・・・・・・・・・・・・・・　425
深川鞘番所 8 涙絵馬（吉田雄亮）祥伝社文庫
（2010） ・・・・・・・・・・・・・・・・・・・・・・・・・・　425
深川鞘番所 9 夢燈籠（吉田雄亮）祥伝社文庫
（2012） ・・・・・・・・・・・・・・・・・・・・・・・・・・　425

深川鞘番所 10 情八幡（吉田雄亮）祥伝社文庫
（2012） ・・・・・・・・・・・・・・・・・・・・・・・・・・　425
深川鞘番所 紅燈川（吉田雄亮）祥伝社文庫
（2008） ・・・・・・・・・・・・・・・・・・・・・・・・・・　424
深川鞘番所 恋慕舟（吉田雄亮）祥伝社文庫
（2008） ・・・・・・・・・・・・・・・・・・・・・・・・・・　424
深川三角屋敷（永井義男）学研M文庫
（2006） ・・・・・・・・・・・・・・・・・・・・・・・・・・　274
深川思恋（稲葉稔）光文社文庫（2012） ・・・　52
◇深川素浪人生業帖（牧秀彦）学研M文庫 ・・・　365
深川素浪人生業帖 仇討ちて候（牧秀彦）学研
M文庫（2007） ・・・・・・・・・・・・・・・・・・・・　365
深川素浪人生業帖 裁いて候（牧秀彦）学研M
文庫（2007） ・・・・・・・・・・・・・・・・・・・・・・　365
深川素浪人生業帖 旅立ちて候（牧秀彦）学研
M文庫（2008） ・・・・・・・・・・・・・・・・・・・・　366
深川袖しぐれ（鳥羽亮）双葉文庫（2005） ・・・　270
深川艶女たらし（雑賀俊一郎）学研M文庫
（2003） ・・・・・・・・・・・・・・・・・・・・・・・・・・　169
深川日記（聖龍人）祥伝社文庫（2011） ・・・　337
深川にゃんにゃん横丁（宇江佐真理）新潮文
庫（2011） ・・・・・・・・・・・・・・・・・・・・・・・・　71
深川の隠居（小林力）学研M文庫（2008） ・・・・・　166
深川の風（中岡潤一郎）コスミック・時代文庫
（2007） ・・・・・・・・・・・・・・・・・・・・・・・・・・　277
◇深川日向ごよみ（六道慧）双葉文庫 ・・・・・・・　431
深川日向ごよみ 凍て蝶（六道慧）双葉文庫
（2007） ・・・・・・・・・・・・・・・・・・・・・・・・・・　431
深川日向ごよみ 催花雨（六道慧）双葉文庫
（2007） ・・・・・・・・・・・・・・・・・・・・・・・・・・　431
深川日向ごよみ 忍び音（六道慧）双葉文庫
（2008） ・・・・・・・・・・・・・・・・・・・・・・・・・・　431
◇深川船番心意気（牧秀彦）朝日文庫 ・・・・・・・　365
深川船番心意気 1 お助け奉公（牧秀彦）朝日
文庫（2012） ・・・・・・・・・・・・・・・・・・・・・・　365
深川船番心意気 2 出女に御用心（牧秀彦）朝
日文庫（2012） ・・・・・・・・・・・・・・・・・・・・　365
深川慕情（岡本さとる）祥伝社文庫（2014）
・・・・・・・・・・・・・・・・・・・・・・・・・・・・・・・・・　91
深川まほろし往来（倉阪鬼一郎）光文社文庫
（2009） ・・・・・・・・・・・・・・・・・・・・・・・・・・　146
深川無明剣（永井義男）コスミック・時代文庫
（2005） ・・・・・・・・・・・・・・・・・・・・・・・・・・　275
深川猟奇心中（永井義男）幻冬舎文庫（1998）
・・・・・・・・・・・・・・・・・・・・・・・・・・・・・・・・・　275
◇深川狼虎伝（鳥羽亮）講談社文庫 ・・・・・・・・　263
深川狼虎伝 修羅剣雷斬り（鳥羽亮）講談社文
庫（2013） ・・・・・・・・・・・・・・・・・・・・・・・・　263
深川狼虎伝 疾風剣刃返し（鳥羽亮）講談社文
庫（2012） ・・・・・・・・・・・・・・・・・・・・・・・・　263

歴史時代小説文庫総覧 現代の作家　**609**

ふかか　作品名索引

深川狼虎伝　狼虎血闘（鳥羽亮）講談社文庫
　（2014）　…………………………………… 263
不義士の宴（早見俊）光文社文庫（2009）　…… 316
ふきだまり長屋大騒動（鳥羽亮）幻冬舎時代
　小説文庫（2012）　……………………………… 261
奉行討ちの懐剣（幡大介）竹書房時代小説文
　庫（2010）　……………………………………… 326
奉行始末（上田秀人）中公文庫（2012）　…… 77
奉行の杞憂（稲葉稔）講談社文庫（2013）　…… 52
奉行の娘（早見俊）学研Ｍ文庫（2012）　…… 315
奉行闇討ち（藤水名子）二見時代小説文庫
　（2014）　………………………………………… 346
福井豪商佐吉伝（沖田正午）宝島社文庫
　（2015）　………………………………………… 94
福を届けよ（永井紗耶子）小学館文庫（2016）
　………………………………………………… 274
復讐鬼（鳴海丈）青樹社文庫（1998）　……… 294
復讐鬼 →夜霧のお藍復讐剣 非情篇（鳴海丈）
　徳間文庫（2001）　……………………………… 295
復讐鬼の淫影（鳴海丈）コスミック・時代文庫
　（2015）　………………………………………… 293
◇復讐鬼半次郎（早坂倫太郎）徳間文庫　…… 312
復讐鬼半次郎 女市場（早坂倫太郎）徳間文庫
　（1998）　………………………………………… 312
復讐鬼半次郎 女仕置（早坂倫太郎）徳間文庫
　（1997）　………………………………………… 312
復讐鬼半次郎 女地獄（早坂倫太郎）徳間文庫
　（1998）　………………………………………… 312
復讐忍者聞さぐり（原田真介）廣済堂文庫
　（2004）　………………………………………… 324
復讐の渦（佐々木裕一）徳間文庫（2013）　…… 197
復讐の血煙り（早坂倫太郎）大洋時代文庫 時
　代小説（2005）　………………………………… 312
復讐連判状（志津三郎）廣済堂文庫（2003）
　………………………………………………… 201
副将軍の奸計（藤村与一郎）徳間文庫（2013）
　………………………………………………… 357
福の神（城駿一郎）廣済堂文庫（2010）　…… 207
フグの毒鍋（風野真知雄）講談社文庫（2016）
　………………………………………………… 111
◇福豆ざむらい事件帖（芦川淳一）学研Ｍ文
　庫　………………………………………………… 15
福豆ざむらい事件帖 春雨の桜花（芦川淳一）
　学研Ｍ文庫（2008）　…………………………… 15
福豆ざむらい事件帖 魔除け印籠（芦川淳一）
　学研Ｍ文庫（2007）　…………………………… 15
福むすめ（井川香四郎）文春文庫（2012）　…… 37
福来（坂岡真）双葉文庫（2009）　…………… 192
ふくら雀（米村圭伍）徳間文庫（2010）　…… 428
ふくろう（梶よう子）講談社文庫（2015）　…… 106
梟の系譜（上田秀人）講談社文庫（2015）　…… 75

梟の裂く闇（鈴木英治）角川文庫（2015）　…… 211
◇梟与力吟味帳（井川香四郎）講談社文庫　…… 30
梟与力吟味帳 鬼雨（井川香四郎）講談社文庫
　（2009）　………………………………………… 30
梟与力吟味帳 紅の露（井川香四郎）講談社文
　庫（2009）　……………………………………… 30
梟与力吟味帳 三人羽織（井川香四郎）講談社
　文庫（2011）　…………………………………… 30
梟与力吟味帳 科戸の風（井川香四郎）講談社
　文庫（2009）　…………………………………… 30
梟与力吟味帳 忍冬（井川香四郎）講談社文庫
　（2008）　………………………………………… 30
梟与力吟味帳 吹花の風（井川香四郎）講談社
　文庫（2011）　…………………………………… 30
梟与力吟味帳 惻隠の灯（ひ）（井川香四郎）講
　談社文庫（2010）　……………………………… 30
梟与力吟味帳 花詞（井川香四郎）講談社文庫
　（2008）　………………………………………… 30
梟与力吟味帳 日照り草（井川香四郎）講談社
　文庫（2007）　…………………………………… 30
梟与力吟味帳 冬の蝶（井川香四郎）講談社文
　庫（2006）　……………………………………… 30
梟与力吟味帳 闇夜の梅（井川香四郎）講談社
　文庫（2011）　…………………………………… 30
梟与力吟味帳 雪の花火（井川香四郎）講談社
　文庫（2008）　…………………………………… 30
ふくろ蜘蛛（坂岡真）徳間文庫（2011）　……… 190
武家用心集（乙川優三郎）集英社文庫（2006）
　………………………………………………… 99
不殺の剣 1（牧秀彦）二見時代小説文庫
　（2016）　………………………………………… 371
不思議絵師蓮十（かたやま和華）メディアワー
　クス文庫（2012）　……………………………… 121
不思議絵師蓮十 2（かたやま和華）メディア
　ワークス文庫（2013）　………………………… 121
無事、これ名馬（宇江佐真理）新潮文庫
　（2008）　………………………………………… 71
富士地獄変（鳴海丈）文芸社文庫（2014）　…… 296
富士に群雲（早瀬詠一郎）双葉文庫（2012）
　………………………………………………… 314
武士の一言（稲葉稔）角川文庫（2011）　……… 50
武士の矜持（小杉健治）光文社文庫（2015）
　………………………………………………… 157
武士の職分（上田秀人）角川文庫（2016）　…… 74
武士の約定（稲葉稔）講談社文庫（2009）　…… 51
武士の料理帖 →しぐれ茶漬（柏田道夫）光文
　社文庫（2016）　………………………………… 107
不始末（小杉健治）ハルキ文庫（2013）　……… 160
無精者（鳥羽亮）幻冬舎時代小説文庫（2015）
　………………………………………………… 261
◇藤原定家・謎合秘帖（篠綾子）角川文庫　…… 202

610　歴史時代小説文庫総覧 現代の作家

藤原定家・謎合秘帖 華やかなる弔歌（篠綾子）
　角川文庫（2015） ‥‥‥‥‥‥‥‥‥‥‥‥ 202
藤原定家・謎合秘帖 幻の神器（篠綾子）角川
　文庫（2014） ‥‥‥‥‥‥‥‥‥‥‥‥‥‥ 202
文月騒乱（鳥羽亮）幻冬舎文庫（2010） ‥‥‥‥ 262
襖貼りの縊り鬼（野火迅）ポプラ文庫（2011）
　‥‥‥‥‥‥‥‥‥‥‥‥‥‥‥‥‥‥‥‥ 302
布石（佐伯泰英）光文社文庫（2010） ‥‥‥‥ 174
双鬼（鳥羽亮）祥伝社文庫（2009） ‥‥‥‥‥ 266
◇双子同心捕物競い（早見俊）講談社文庫 316
双子同心捕物競い（早見俊）講談社文庫
　（2011） ‥‥‥‥‥‥‥‥‥‥‥‥‥‥‥‥ 316
双子同心捕物競い 2 右近の鯔背銀杏（早見
　俊）講談社文庫（2011） ‥‥‥‥‥‥‥‥ 316
双子同心捕物競い 3 同心の鑑（早見俊）講談
　社文庫（2012） ‥‥‥‥‥‥‥‥‥‥‥‥ 316
札差市三郎の女房（千野隆司）ハルキ文庫
　（2004） ‥‥‥‥‥‥‥‥‥‥‥‥‥‥‥‥ 245
札差殺し（小杉健治）祥伝社文庫（2004） ‥‥ 157
◇札差髙田屋繁昌記（千野隆司）ハルキ文庫
　‥‥‥‥‥‥‥‥‥‥‥‥‥‥‥‥‥‥‥‥ 245
札差髙田屋繁昌記 1 若旦那の覚悟（千野隆
　司）ハルキ文庫（2015） ‥‥‥‥‥‥‥‥ 245
札差髙田屋繁昌記 2 生きる（千野隆司）ハル
　キ文庫（2015） ‥‥‥‥‥‥‥‥‥‥‥‥ 245
札差髙田屋繁昌記 3 兄の背中（千野隆司）ハ
　ルキ文庫（2015） ‥‥‥‥‥‥‥‥‥‥‥ 245
ふたたびの園瀬（野口卓）祥伝社文庫（2014）
　‥‥‥‥‥‥‥‥‥‥‥‥‥‥‥‥‥‥‥‥ 300
ふたつの伽羅（黒木久勝）双葉文庫（2016）
　‥‥‥‥‥‥‥‥‥‥‥‥‥‥‥‥‥‥‥‥ 149
二つの山河（中村彰彦）文春文庫（1997） ‥‥ 287
ふたつぼし 1（中谷航太郎）角川文庫（2015）
　‥‥‥‥‥‥‥‥‥‥‥‥‥‥‥‥‥‥‥‥ 282
ふたつぼし 2（中谷航太郎）角川文庫（2016）
　‥‥‥‥‥‥‥‥‥‥‥‥‥‥‥‥‥‥‥‥ 282
双つ龍（鳥羽亮）講談社文庫（2002） ‥‥‥‥ 263
二夜の月（千野隆司）双葉文庫（2001） ‥‥‥ 246
ふたり静（藤原緋沙子）文春文庫（2011） ‥‥ 362
ふたり十兵衛（谷津矢車）角川文庫（2015）
　‥‥‥‥‥‥‥‥‥‥‥‥‥‥‥‥‥‥‥‥ 410
ふたり旅（小杉健治）ハルキ文庫（2011） ‥‥ 160
ふたり道三　上巻（宮本昌孝）新潮文庫
　（2005） ‥‥‥‥‥‥‥‥‥‥‥‥‥‥‥‥ 396
ふたり道三　上（宮本昌孝）徳間文庫（2010）
　‥‥‥‥‥‥‥‥‥‥‥‥‥‥‥‥‥‥‥‥ 396
ふたり道三　中巻（宮本昌孝）新潮文庫
　（2005） ‥‥‥‥‥‥‥‥‥‥‥‥‥‥‥‥ 396
ふたり道三　中（宮本昌孝）徳間文庫（2011）
　‥‥‥‥‥‥‥‥‥‥‥‥‥‥‥‥‥‥‥‥ 396
ふたり道三　下巻（宮本昌孝）新潮文庫
　（2005） ‥‥‥‥‥‥‥‥‥‥‥‥‥‥‥‥ 396

ふたり道三　下（宮本昌孝）徳間文庫（2011）
　‥‥‥‥‥‥‥‥‥‥‥‥‥‥‥‥‥‥‥‥ 396
ふたり女房（澤田瞳子）徳間文庫（2016） ‥‥ 199
ふたり鼠（飯島一次）ベスト時代文庫（2010）
　‥‥‥‥‥‥‥‥‥‥‥‥‥‥‥‥‥‥‥‥ 25
ふたり姫（鳴海丈）徳間文庫（2008） ‥‥‥‥ 295
ふたり道（鈴木英治）徳間文庫（2010） ‥‥‥ 214
不忠者（藤井邦夫）学研M文庫（2008） ‥‥‥ 347
ぶっとび大名（沖田正午）二見時代小説文庫
　（2015） ‥‥‥‥‥‥‥‥‥‥‥‥‥‥‥‥ 96
◇船手奉行うたかた日記（井川香四郎）幻冬
　舎時代小説文庫 ‥‥‥‥‥‥‥‥‥‥‥‥ 29
◇船手奉行うたかた日記（井川香四郎）幻冬
　舎文庫 ‥‥‥‥‥‥‥‥‥‥‥‥‥‥‥‥ 29
船手奉行うたかた日記 いのちの絆（井川香四
　郎）幻冬舎文庫（2006） ‥‥‥‥‥‥‥‥ 29
船手奉行うたかた日記 海賊ケ浦（井川香四
　郎）幻冬舎時代小説文庫（2011） ‥‥‥‥ 29
船手奉行うたかた日記 風の舟唄（井川香四
　郎）幻冬舎時代小説文庫（2010） ‥‥‥‥ 29
船手奉行うたかた日記 咲残る（井川香四郎）
　幻冬舎文庫（2008） ‥‥‥‥‥‥‥‥‥‥ 29
船手奉行うたかた日記 巣立ち雛（井川香四
　郎）幻冬舎文庫（2006） ‥‥‥‥‥‥‥‥ 29
船手奉行うたかた日記 ため息橋（井川香四
　郎）幻冬舎文庫（2007） ‥‥‥‥‥‥‥‥ 29
船手奉行うたかた日記 花涼み（井川香四郎）
　幻冬舎文庫（2009） ‥‥‥‥‥‥‥‥‥‥ 29
◇船手奉行さざなみ日記（井川香四郎）幻冬
　舎時代小説文庫 ‥‥‥‥‥‥‥‥‥‥‥‥ 29
船手奉行さざなみ日記 1 泣きの剣（井川香四
　郎）幻冬舎時代小説文庫（2012） ‥‥‥‥ 29
船手奉行さざなみ日記 2 海光る（井川香四
　郎）幻冬舎時代小説文庫（2013） ‥‥‥‥ 29
船を待つ日（村木嵐）中公文庫（2014） ‥‥ 398
奉行の宝刀（志木沢郁）コスミック・時代文庫
　（2016） ‥‥‥‥‥‥‥‥‥‥‥‥‥‥‥‥ 201
冬うどん（和田はつ子）ハルキ文庫（2012）
　‥‥‥‥‥‥‥‥‥‥‥‥‥‥‥‥‥‥‥‥ 442
冬かげろう（辻堂魁）学研M文庫（2013） ‥‥ 250
冬蜉蝣（辻堂魁）ベスト時代文庫（2008） ‥‥ 253
冬亀（和田はつ子）講談社文庫（2010） ‥‥ 439
冬木立の月（坂岡真）学研M文庫（2006） ‥‥ 186
冬木立の月 →鬼役 4（坂岡真）光文社文庫
　（2012） ‥‥‥‥‥‥‥‥‥‥‥‥‥‥‥‥ 188
冬桜（藤原緋沙子）廣済堂文庫（2003） ‥‥ 359
冬桜（藤原緋沙子）光文社文庫（2016） ‥‥ 360
冬桜ノ雀（佐伯泰英）双葉文庫（2009） ‥‥ 184
冬景色（藍川慶次郎）学研M文庫（2006） ‥‥ 1
冬の海火（聖龍人）廣済堂文庫（2011） ‥‥ 334
冬の蜉蝣（佐伯泰英）ハルキ文庫（2008） ‥‥ 181

冬の雲(稲葉稔)双葉文庫(2009) ・・・・・・・・・・・ 56

冬の雲(稲葉稔)双葉文庫(2014) ・・・・・・・・・・・ 57

冬の標(乙川優三郎)文春文庫(2005) ・・・・ 100

冬の蟬(坂岡真)徳間文庫(2011) ・・・・・・・・ 191

冬の七夕(飯野笙子)コスミック・時代文庫
　(2011) ・・・・・・・・・・・・・・・・・・・・・・・・・・・・・・・・・・・・ 26

冬の蝶(井川香四郎)講談社文庫(2006) ・・・・ 30

冬の蝶(平谷美樹)小学館文庫(2013) ・・・ 341

冬の椿(藤井邦夫)文春文庫(2016) ・・・・・・ 354

冬の風鈴(辻堂魁)学研M文庫(2010) ・・・ 250

冬の風鈴(辻堂魁)祥伝社文庫(2016) ・・・ 252

冬の舟影(築山桂)双葉文庫(2008) ・・・・・・ 249

冬の螢(藤井邦夫)双葉文庫(2016) ・・・・・・ 351

冬のやんま(辻堂魁)光文社文庫(2012) ・・・ 251

冬のよもぎ(鈴木晴世)学研M文庫(2010)
　・・ 219

冬花火(千野隆司)学研M文庫(2005) ・・・ 241

冬日淡々(佐伯泰英)幻冬舎文庫(2010) ・・・ 171

冬姫(葉室麟)集英社文庫(2014) ・・・・・・・・ 309

冬螢(森真沙子)二見時代小説文庫(2013)
　・・ 402

冬萌え(藤原緋沙子)祥伝社文庫(2005) 361

武揚伝 1(佐々木譲)中公文庫(2003) ・・・ 194

武揚伝 2(佐々木譲)中公文庫(2003) ・・・ 194

武揚伝 3(佐々木譲)中公文庫(2003) ・・・ 194

武揚伝 4(佐々木譲)中公文庫(2003) ・・・ 194

◇無頼酒慶士郎覚え書き(中岡潤一郎)学研
　M文庫 ・・・・・・・・・・・・・・・・・・・・・・・・・・・・・・・・・・ 277

無頼酒慶士郎覚え書き 絆酒(中岡潤一郎)学
　研M文庫(2012) ・・・・・・・・・・・・・・・・・・・・・・・・ 277

無頼酒慶士郎覚え書き 酒風、舞う(中岡潤一
　郎)学研M文庫(2011) ・・・・・・・・・・・・・・・・・・ 277

無頼の剣 →明暦水滸伝(柳蒼二郎)中公文庫
　(2014) ・・・・・・・・・・・・・・・・・・・・・・・・・・・・・・・・・・ 412

無頼の辻(羽太雄平)学研M文庫(2008) ・・・・・ 303

ふらっと銀次事件帳 1 天ぷら長屋の快男児
　(牧秀彦)角川文庫(2014) ・・・・・・・・・・・・・・ 366

ふらっと銀次事件帳 2 絆と刺客とあなご天
　(牧秀彦)角川文庫(2014) ・・・・・・・・・・・・・・ 366

ふらっと銀次事件帳 3 天かす将軍市中見習
　い(牧秀彦)角川文庫(2014) ・・・・・・・・・・・・ 366

ぶらぶら侍お助け帖適当剣法(聖龍人)静山
　社文庫(2012) ・・・・・・・・・・・・・・・・・・・・・・・・・・ 337

ぶらぶら長屋始末帖(芦川淳一)ワンツー時
　代小説文庫(2006) ・・・・・・・・・・・・・・・・・・・・・・ 18

ぶらり十兵衛(稲葉稔)大洋時代文庫 時代小
　説(2005) ・・・・・・・・・・・・・・・・・・・・・・・・・・・・・・・ 54

◇ぶらり笙太郎江戸綴り(いずみ光)祥伝社
　文庫 ・・・・・・・・・・・・・・・・・・・・・・・・・・・・・・・・・・・・・ 45

ぶらり笙太郎江戸綴り 2 桜流し(いずみ光)
　祥伝社文庫(2016) ・・・・・・・・・・・・・・・・・・・・・・ 45

ぶらり笙太郎江戸綴り さきのよびと(いずみ
　光)祥伝社文庫(2015) ・・・・・・・・・・・・・・・・・・ 45

振り子のお稲(藤村与一郎)白泉社招き猫文
　庫(2015) ・・・・・・・・・・・・・・・・・・・・・・・・・・・・・・・ 357

ふりそで傘(聖龍人)ベスト時代文庫(2006)
　・・ 339

ふりだし(谷津矢車)学研M文庫(2014) ・・・・・ 410

振り出し三島宿(小杉健治)幻冬舎時代小説
　文庫(2016) ・・・・・・・・・・・・・・・・・・・・・・・・・・・・・ 155

ふるえて眠れ(和久田正明)徳間文庫(2008)
　・・ 435

震える岩(宮部みゆき)講談社文庫(1997)
　・・ 393

震える岩(宮部みゆき)講談社文庫(2014)
　・・ 393

◇古着屋総兵衛影始末(佐伯泰英)新潮文庫
　・・ 179

◇古着屋総兵衛影始末(佐伯泰英)徳間文庫
　・・ 180

古着屋総兵衛影始末 第1巻 死闘(佐伯泰英)
　新潮文庫(2011) ・・・・・・・・・・・・・・・・・・・・・・・・ 179

古着屋総兵衛影始末 1 死闘！(佐伯泰英)徳
　間文庫(2008) ・・・・・・・・・・・・・・・・・・・・・・・・・・ 180

古着屋総兵衛影始末 第2巻 異心(佐伯泰英)
　新潮文庫(2011) ・・・・・・・・・・・・・・・・・・・・・・・・ 179

古着屋総兵衛影始末 2 異心！(佐伯泰英)徳
　間文庫(2000) ・・・・・・・・・・・・・・・・・・・・・・・・・・ 180

古着屋総兵衛影始末 2 異心！(佐伯泰英)徳
　間文庫(2008) ・・・・・・・・・・・・・・・・・・・・・・・・・・ 180

古着屋総兵衛影始末 第3巻 抹殺(佐伯泰英)
　新潮文庫(2011) ・・・・・・・・・・・・・・・・・・・・・・・・ 179

古着屋総兵衛影始末 3 抹殺！(佐伯泰英)徳
　間文庫(2001) ・・・・・・・・・・・・・・・・・・・・・・・・・・ 180

古着屋総兵衛影始末 3 抹殺！(佐伯泰英)徳
　間文庫(2008) ・・・・・・・・・・・・・・・・・・・・・・・・・・ 180

古着屋総兵衛影始末 第4巻 停止(ちょうじ)
　(佐伯泰英)新潮文庫(2011) ・・・・・・・・・・・・ 179

古着屋総兵衛影始末 4 停止！(佐伯泰英)徳
　間文庫(2001) ・・・・・・・・・・・・・・・・・・・・・・・・・・ 180

古着屋総兵衛影始末 4 停止！(佐伯泰英)徳
　間文庫(2008) ・・・・・・・・・・・・・・・・・・・・・・・・・・ 180

古着屋総兵衛影始末 第5巻 熱風(佐伯泰英)
　新潮文庫(2011) ・・・・・・・・・・・・・・・・・・・・・・・・ 179

古着屋総兵衛影始末 5 熱風！(佐伯泰英)徳
　間文庫(2001) ・・・・・・・・・・・・・・・・・・・・・・・・・・ 180

古着屋総兵衛影始末 5 熱風！(佐伯泰英)徳
　間文庫(2008) ・・・・・・・・・・・・・・・・・・・・・・・・・・ 180

古着屋総兵衛影始末 第6巻 朱印(佐伯泰英)
　新潮文庫(2011) ・・・・・・・・・・・・・・・・・・・・・・・・ 179

古着屋総兵衛影始末 6 朱印！(佐伯泰英)徳
　間文庫(2008) ・・・・・・・・・・・・・・・・・・・・・・・・・・ 180

作品名索引　　　　　　　　　へいし

古着屋総兵衛影始末 第7巻 雄飛 (佐伯泰英)
　新潮文庫 (2011) ………………………… 179
古着屋総兵衛影始末 7 雄飛！(佐伯泰英) 徳
　間文庫 (2008) …………………………… 180
古着屋総兵衛影始末 第8巻 知略 (佐伯泰英)
　新潮文庫 (2011) ………………………… 179
古着屋総兵衛影始末 8 知略！(佐伯泰英) 徳
　間文庫 (2008) …………………………… 180
古着屋総兵衛影始末 第9巻 難破 (佐伯泰英)
　新潮文庫 (2011) ………………………… 179
古着屋総兵衛影始末 9 難破！(佐伯泰英) 徳
　間文庫 (2008) …………………………… 180
古着屋総兵衛影始末 第10巻 交趾 (こうち)
　(佐伯泰英)新潮文庫 (2011) …………… 179
古着屋総兵衛影始末 10 交趾！(佐伯泰英) 徳
　間文庫 (2008) …………………………… 180
古着屋総兵衛影始末 第11巻 帰還 (佐伯泰英)
　新潮文庫 (2011) ………………………… 179
古着屋総兵衛影始末 11 帰還！(佐伯泰英) 徳
　間文庫 (2008) …………………………… 180
古着屋総兵衛影始末 帰還！(佐伯泰英) 徳間
　文庫 (2004) ……………………………… 180
古着屋総兵衛影始末 交趾！(佐伯泰英) 徳間
　文庫 (2004) ……………………………… 180
古着屋総兵衛影始末 死闘！(佐伯泰英) 徳間
　文庫 (2000) ……………………………… 180
古着屋総兵衛影始末 朱印！(佐伯泰英) 徳間
　文庫 (2002) ……………………………… 180
古着屋総兵衛影始末 知略！(佐伯泰英) 徳間
　文庫 (2003) ……………………………… 180
古着屋総兵衛影始末 難破！(佐伯泰英) 徳間
　文庫 (2003) ……………………………… 180
古着屋総兵衛影始末 雄飛！(佐伯泰英) 徳間
　文庫 (2002) ……………………………… 180
古手屋喜十為事覚え (宇江佐真理) 新潮文庫
　(2014) …………………………………… 71
◇古道具屋皆塵堂 (輪渡颯介) 講談社文庫 … 445
古道具屋皆塵堂 (輪渡颯介) 講談社文庫
　(2014) …………………………………… 445
古道具屋皆塵堂 蔵盗み (輪渡颯介) 講談社文
　庫 (2015) ………………………………… 445
古道具屋皆塵堂 猫除け (輪渡颯介) 講談社文
　庫 (2014) ………………………………… 445
古道具屋皆塵堂 迎え猫 (輪渡颯介) 講談社文
　庫 (2016) ………………………………… 445
◇古谷勘兵衛 (鈴木英治) ハルキ文庫 ……… 215
ふろしき同心 (井川香四郎) 実業之日本社文
　庫 (2015) ………………………………… 32
◇ふろしき同心御用帳 (井川香四郎) 学研M
　文庫 …………………………………… 28

ふろしき同心御用帳 恋の橋、桜の闇 (井川香
　四郎) 学研M文庫 (2005) ……………… 28
ふろしき同心御用帳 高楼の夢 (井川香四郎)
　学研M文庫 (2008) ……………………… 28
ふろしき同心御用帳 三分の理 (井川香四郎)
　学研M文庫 (2007) ……………………… 28
ふろしき同心御用帳 呑舟の魚 (井川香四郎)
　学研M文庫 (2008) ……………………… 28
ふろしき同心御用帳 情け川、菊の雨 (井川香
　四郎) 学研M文庫 (2005) ……………… 28
ふろしき同心御用帳 残り花、風の宿 (井川香
　四郎) 学研M文庫 (2006) ……………… 28
ふろしき同心御用帳 花供養 (井川香四郎) 学
　研M文庫 (2007) ………………………… 28
不惑 (岡本さとる) ハルキ文庫 (2016) ……… 93
文久元年の万馬券 日本競馬事始め (岳真也)
　祥伝社文庫 (2007) ……………………… 103
憤怒の剣 (早見俊) 二見時代小説文庫 (2008)
　……………………………………………… 321

【 へ 】

平安京物怪伝 (水沢龍樹) 桃園文庫 (2002)
　……………………………………………… 380
平家 1 (池宮彰一郎) 角川文庫 (2004) ……… 41
平家 2 (池宮彰一郎) 角川文庫 (2004) ……… 42
平家 3 (池宮彰一郎) 角川文庫 (2004) ……… 42
平家 4 (池宮彰一郎) 角川文庫 (2004) ……… 42
平家三代 上 (服部真澄) 中公文庫 (2012) … 306
平家三代 下 (服部真澄) 中公文庫 (2012) … 306
◇平四郎茶屋日記 (永井義男) ベスト時代文
　庫 ……………………………………… 276
平四郎茶屋日記 いわくのお局 (永井義男) ベ
　スト時代文庫 (2006) …………………… 276
平四郎茶屋日記 いわくの隠密 (永井義男) ベ
　スト時代文庫 (2005) …………………… 276
平四郎茶屋日記 いわくの剣 (永井義男) ベス
　ト時代文庫 (2005) ……………………… 276
◇平四郎犯科帳 (八柳誠) 廣済堂文庫 ……… 411
平四郎犯科帳 死んでたまるか！(八柳誠) 廣
　済堂文庫 (2013) ………………………… 411
平四郎犯科帳 華を散らすな！(八柳誠) 廣済
　堂文庫 (2013) …………………………… 411
平四郎犯科帳 別れるものか！(八柳誠) 廣済
　堂文庫 (2013) …………………………… 411
◇平四郎無頼 (潮見夏之) 学研M文庫 ……… 199
平四郎無頼 孤ץのかなた (潮見夏之) 学研
　M文庫 (2009) …………………………… 199
平四郎無頼 刃風のうなり (潮見夏之) 学研
　M文庫 (2010) …………………………… 199

平成のさぶらい（高橋三千綱）講談社文庫
（1996） ………………………… 226
平成のさぶらい →お江戸は爽快（高橋三千
綱）双葉文庫（2004） ……… 227
平蔵狩り（逢坂剛）文春文庫（2016） ……… 87
平蔵の首（逢坂剛）文春文庫（2014） ……… 87
平太郎の命（佐々木裕一）角川文庫（2016）
………………………… 195
◇平八捕物帳（宮城賢秀）学研M文庫 …… 383
平八捕物帳 落とし胤（宮城賢秀）学研M文庫
（2006） ………………………… 383
平八捕物帳 京の仇討ち（宮城賢秀）学研M文
庫（2007） ……………………… 383
平八捕物帳 月下の三つ巴（宮城賢秀）学研M
文庫（2006） …………………… 383
平八捕物帳 待ち伏せ（宮城賢秀）学研M文庫
（2007） ………………………… 383
閉門謹慎（佐伯泰英）ハルキ文庫（2015） … 183
碧燕の剣（牧秀彦）光文社文庫（2006） …… 367
へち貫の恋（聖龍人）コスミック・時代文庫
（2011） ………………………… 336
◇へっつい河岸恩情番屋（千野隆司）コスミッ
ク・時代文庫 ………………… 243
へっつい河岸恩情番屋 夏初月の雨（千野隆
司）コスミック・時代文庫（2013） ……… 243
へっつい河岸恩情番屋 鬼灯のにおい（千野隆
司）コスミック・時代文庫（2014） ……… 243
へっつい飯（和田はつ子）ハルキ文庫（2010）
………………………… 441
◇へっぴり木兵衛聞書帖（千野隆司）学研M
文庫 ……………………………… 241
へっぴり木兵衛聞書帖 永代橋の女（千野隆
司）学研M文庫（2009） …… 241
へっぴり木兵衛聞書帖 水面の月（千野隆司）
学研M文庫（2010） …………… 242
べっぴん（諸田玲子）文春文庫（2011） …… 407
別離（小杉健治）双葉文庫（2016） ……… 161
紅色小判（聖龍人）PHP文庫（2009） …… 338
紅珊瑚の簪（築山桂）廣済堂文庫（2006） … 248
紅そえて（早瀬詠一郎）双葉文庫（2010） … 314
紅染月（今井絵美子）祥伝社文庫（2013） … 62
紅染の雨（藤原緋沙子）文春文庫（2011） … 362
紅椿（藤原緋沙子）廣済堂文庫（2005） …… 359
紅椿ノ谷（佐伯泰英）双葉文庫（2006） …… 184
紅花ノ邨（佐伯泰英）双葉文庫（2008） …… 184
◇べらんめぇ！（鳴海丈）徳間文庫 ……… 295
べらんめぇ！ →江戸っ娘事件帖（鳴海丈）学
研M文庫（2013） ……………… 290
べらんめぇ！ ふたり姫（鳴海丈）徳間文庫
（2008） ………………………… 295

べらんめぇ！ 水底の死美人（鳴海丈）徳間文
庫（2009） ……………………… 295
べらんめェ宗俊（天宮響一郎）大洋時代文庫
時代小説（2006） ……………… 22
べらんめえ大名（沖田正午）二見時代小説文
庫（2014） ……………………… 96
変化（佐伯泰英）講談社文庫（2005） ……… 172
弁天殺（吉田雄亮）祥伝社文庫（2005） …… 424

【 ほ 】

ほうき星 上（山本一力）角川文庫（2011） … 414
ほうき星 下（山本一力）角川文庫（2011） … 414
望郷の海（稲葉稔）ハルキ文庫（2008） …… 55
望郷の剣（飯野笙子）コスミック・時代文庫
（2014） ………………………… 26
ほうけ奉行（えとう乱星）ベスト時代文庫
（2005） ………………………… 85
縫合（上田秀人）角川文庫（2013） ……… 73
謀殺（鳥羽亮）文春文庫（2012） ……… 272
謀殺の川中島（近衛龍春）双葉文庫（2007）
………………………… 164
謀殺の矢（庄司圭太）集英社文庫（2001） … 209
北条氏照（伊東潤）PHP文庫（2009） …… 48
北条綱成（江宮隆之）PHP文庫（2008） …… 86
北条綱成（三宅孝太郎）人物文庫（2010） … 391
北條龍虎伝（海道龍一朗）新潮文庫（2009）
………………………… 101
北條龍虎伝 上（海道龍一朗）講談社文庫
（2013） ………………………… 101
北條龍虎伝 下（海道龍一朗）講談社文庫
（2013） ………………………… 101
北条竜虎伝 →北條龍虎伝 上（海道龍一朗）講
談社文庫（2013） ……………… 101
北条竜虎伝 →北條龍虎伝 下（海道龍一朗）講
談社文庫（2013） ……………… 101
坊主金（藤井邦夫）光文社文庫（2009） …… 348
宝善寺組悲譚（富樫倫太郎）中公文庫（2007）
………………………… 258
◇包丁人侍事件帖（小早川涼）学研M文庫 … 164
◇包丁人侍事件帖（小早川涼）角川文庫 … 165
包丁人侍事件帖 1 将軍の料理番（小早川涼）
角川文庫（2015） ……………… 165
包丁人侍事件帖 2 大奥と料理番（小早川涼）
角川文庫（2015） ……………… 165
包丁人侍事件帖 3 料理番子守り唄（小早川
涼）角川文庫（2015） ………… 165
包丁人侍事件帖 4 月夜の料理番（小早川涼）
角川文庫（2015） ……………… 165

作品名索引　　　ほしの

包丁人侍事件帖 5 料理番春の絆（小早川涼）
角川文庫（2015）………………… 165
包丁人侍事件帖 6 くらやみ坂の料理番（小早
川涼）角川文庫（2016）………… 165
包丁人侍事件帖 7 料理番名残りの雪（小早川
涼）角川文庫（2016）…………… 165
包丁人侍事件帖 大奥と料理番（小早川涼）学
研M文庫（2009）………………… 164
包丁人侍事件帖 くらやみ坂の料理番（小早川
涼）学研M文庫（2013）………… 165
包丁人侍事件帖 将軍の料理番（小早川涼）学
研M文庫（2009）………………… 164
包丁人侍事件帖 月夜の料理番（小早川涼）学
研M文庫（2010）………………… 164
包丁人侍事件帖 料理番子守り唄（小早川涼）
学研M文庫（2010）……………… 164
包丁人侍事件帖 料理番名残りの雪（小早川
涼）学研M文庫（2014）………… 165
包丁人侍事件帖 料理番春の絆（小早川涼）学
研M文庫（2011）………………… 165
包丁人の首（鈴木英治）双葉文庫（2012）…… 217
包丁人八州廻り（倉阪鬼一郎）宝島社文庫
（2016）…………………………… 147
庖丁の因縁（池端洋介）静山社文庫（2011）
………………………………………… 40
◇包丁浪人（芦川淳一）光文社文庫……… 16
◇包丁浪人（芦川淳一）ワンツー時代小説文
庫……………………………………… 18
包丁浪人（芦川淳一）光文社文庫（2012）… 16
包丁浪人 2 卵とじの縁（芦川淳一）光文社文
庫（2012）………………………… 16
包丁浪人 3 仇討献立（芦川淳一）光文社文庫
（2013）…………………………… 16
包丁浪人 4 淡雪の小舟（芦川淳一）光文社文
庫（2014）………………………… 16
包丁浪人 ぶらぶら長屋始末帖（芦川淳一）ワ
ンツー時代小説文庫（2006）…… 18
朋輩殺し（小杉健治）光文社文庫（2013）… 156
亡八仕置（藤井邦夫）双葉文庫（2015）…… 351
宝引きさわぎ（佐伯泰英）ハルキ文庫（2012）
………………………………………… 182
報復の峠（浅黄斑）二見時代小説文庫（2009）
…………………………………………… 6
ぼうふら人生（井川香四郎）文春文庫（2012）
………………………………………… 37
蓬莱橋にて（諸田玲子）祥伝社文庫（2004）
………………………………………… 406
謀略の首（井沢元彦）講談社文庫（1995）… 43
謀略の三方ヶ原（近衛龍春）双葉文庫（2007）
………………………………………… 164
放浪悲剣（吉田雄亮）双葉文庫（2008）…… 425

吼えろ一豊（羽生道英）光文社文庫（2006）
………………………………………… 308
ほおずき地獄（近藤史恵）幻冬舎文庫（2002）
………………………………………… 168
ほおずき地獄（近藤史恵）光文社文庫（2009）
………………………………………… 168
ほおずきの風（竹河聖）ハルキ文庫（2010）… 233
鬼灯のにおい（千野隆司）コスミック・時代文
庫（2014）………………………… 243
ほかげ橋夕景（山本一力）文春文庫（2013）
………………………………………… 417
北越の龍河井継之助（岳真也）学研M文庫
（2000）…………………………… 102
北辰群盗録（佐々木譲）集英社文庫（1999）
………………………………………… 194
北辰群盗録（佐々木譲）徳間文庫（2009）… 194
北辰の剣（千野隆司）祥伝社文庫（1998）… 244
北天蒼星（伊東潤）角川文庫（2013）……… 47
北斗の銃弾（宮本昌孝）講談社文庫（2001）
………………………………………… 395
北斗秘拳行（火坂雅志）廣済堂文庫（2002）
………………………………………… 330
北瞑の大地（浅黄斑）二見時代小説文庫
（2012）……………………………… 7
北門の狼（逢坂剛）講談社文庫（2012）…… 87
誇（ほこり）（牧秀彦）二見時代小説文庫
（2009）…………………………… 370
菩薩の船（風野真知雄）二見時代小説文庫
（2007）…………………………… 116
星合の空（篠綾子）ハルキ文庫（2016）… 202
星を継ぐ者（いずみ光）コスミック・時代文庫
（2015）…………………………… 45
星影の女（風野真知雄）角川文庫（2009）… 108
星ぐるい（築山桂）幻冬舎時代小説文庫
（2010）…………………………… 248
干し卵不思議味（風野真知雄）講談社文庫
（2015）…………………………… 111
星と輝き花と咲き（松井今朝子）講談社文庫
（2013）…………………………… 374
保科肥後守お袖帖（中村彰彦）角川文庫
（1999）…………………………… 285
保科肥後守お耳帖（中村彰彦）角川文庫
（1997）…………………………… 285
保科肥後守お耳帖（中村彰彦）実業之日本社
文庫（2011）……………………… 285
保科正之（三戸岡道夫）PHP文庫（1998）…… 381
星野右京江戸探索帖 闇の始末人疾る（伊多波
碧）コスミック・時代文庫（2004）… 46
星の河（風野真知雄）幻冬舎時代小説文庫
（2013）…………………………… 110
星の契（今井絵美子）ハルキ文庫（2008）…… 65

歴史時代小説文庫総覧 現代の作家　　**615**

ほしよ

作品名索引

慕情の剣（風野真知雄）幻冬舎時代小説文庫
（2011）…………………………………… 110

戊辰転々録（中村彰彦）中公文庫（2014）…… 286

戊辰繚乱（天野純希）新潮文庫（2015）…… 20

◇細腕お園美味草紙（有馬美季子）祥伝社文
庫 …………………………………………… 24

細腕お園美味草紙 縄のれん福寿（有馬美季
子）祥伝社文庫（2016）………………… 24

細腕幽斎（春名徹）PHP文庫（1998）……… 324

螢籠（藤原緋沙子）廣済堂文庫（2003）…… 358

螢籠（藤原緋沙子）光文社文庫（2016）…… 360

螢草（葉室麟）双葉文庫（2015）…………… 310

蛍沢（庄司圭太）集英社文庫（1999）……… 208

螢の川 →毒の花（和久田正明）廣済堂文庫
（2012）…………………………………… 434

螢の川（和久田正明）双葉文庫（2005）…… 437

蛍の舟（押川国秋）廣済堂文庫（2004）…… 98

蛍の行方（諸田玲子）新潮文庫（2006）…… 406

蛍火の怪（小笠原ος）小学館文庫（1999）… 89

螢火ノ宿（佐伯泰英）双葉文庫（2006）…… 184

螢丸伝奇（えとう乱星）青樹社文庫（1999）
……………………………………………… 84

牡丹酒（山本一力）講談社文庫（2009）…… 415

ほっこり宿（倉阪鬼一郎）二見時代小説文庫
（2015）…………………………………… 148

ぽっこれ（岳真也）廣済堂文庫（2013）…… 102

墨痕（上田秀人）講談社文庫（2012）……… 74

棒手振り剣法（牧秀彦）徳間文庫（2014）… 368

◇棒手振り同心事件帖（千野隆司）学研M文
庫 …………………………………………… 242

棒手振り同心事件帖 秋の声（千野隆司）学研
M文庫（2012）…………………………… 242

棒手振り同心事件帖 皐月の風（千野隆司）学
研M文庫（2012）………………………… 242

棒手振り同心事件帖 初水の夢（千野隆司）学
研M文庫（2011）………………………… 242

ホトガラ彦馬（井川香四郎）講談社文庫
（2012）…………………………………… 31

骨喰み（鳥羽亮）幻冬舎文庫（2000）……… 262

炎を薙ぐ（池永陽）講談社文庫（2016）…… 39

炎の牙（和久田正明）廣済堂文庫（2007）… 434

炎の乱れ討ち（早坂倫太郎）学研M文庫
（2002）…………………………………… 311

炎の乱れ討ち（早坂倫太郎）廣済堂文庫
（1996）…………………………………… 311

焔の刃（結城光流）角川文庫（2012）……… 422

焔の刃を研ぎ澄ませ（結城光流）角川ビーン
ズ文庫（2003）…………………………… 420

焔の刃を研ぎ澄ませ →少年陰陽師（結城光
流）角川文庫（2012）…………………… 422

仄めく灯（あかり）とひた走れ（結城光流）角
川ビーンズ文庫（2011）………………… 421

外待雨（六道慧）徳間文庫（2012）………… 430

誉れの赤（吉川永青）講談社文庫（2016）… 423

ほまれの指（倉阪鬼一郎）二見時代小説文庫
（2016）…………………………………… 148

火群（ほむら）のごとく（あさのあつこ）文春
文庫（2013）……………………………… 11

ほむらの柔肌（八神淳一）竹書房ラブロマン
文庫（2010）……………………………… 409

ぼやき地蔵（井川香四郎）光文社文庫（2015）
……………………………………………… 31

ぼやき地蔵（井川香四郎）ベスト時代文庫
（2010）…………………………………… 38

ほら吹き茂平（宇江佐真理）祥伝社文庫
（2013）…………………………………… 71

堀部安兵衛（立石優）廣済堂文庫（2002）… 235

堀部安兵衛の忠臣蔵 →堀部安兵衛（立石優）
廣済堂文庫（2002）……………………… 235

掘割で笑う女（輪渡颯介）講談社文庫（2010）
……………………………………………… 445

惚れさせ若様（聖龍人）学研M文庫（2014）
……………………………………………… 334

◇惚れられ官兵衛謎斬り帖（鈴木英治）祥伝
社文庫 …………………………………… 212

惚れられ官兵衛謎斬り帖 2 野望と忍びと刀
（鈴木英治）祥伝社文庫（2011）……… 212

惚れられ官兵衛謎斬り帖 3 非道の五人衆（鈴
木英治）祥伝社文庫（2014）…………… 212

◇ほろり人情浮世橋（井川香四郎）竹書房時
代小説文庫 ……………………………… 33

ほろり人情浮世橋 ひとつぶの銀（井川香四
郎）竹書房時代小説文庫（2008）……… 33

ほろり人情浮世橋 もののけ同心（井川香四
郎）竹書房時代小説文庫（2008）……… 33

本懐（松本賢吾）双葉文庫（2009）………… 379

本願寺顕如（鈴木輝一郎）人物文庫（2011）
……………………………………………… 219

◇ほんくら（宮部みゆき）講談社文庫 ……… 393

ほんくら 上（宮部みゆき）講談社文庫
（2004）…………………………………… 393

ほんくら 下（宮部みゆき）講談社文庫
（2004）…………………………………… 393

◇ぼんくら同心と徳川の姫（聖龍人）コスミッ
ク・時代文庫 …………………………… 336

ぼんくら同心と徳川の姫 〔2〕 すれ違う二人
（聖龍人）コスミック・時代文庫（2016）… 337

ぼんくら同心と徳川の姫 〔3〕 届かぬ想い
（聖龍人）コスミック・時代文庫（2016）… 337

ぼんくら同心と徳川の姫 雨あがりの恋（聖龍
人）コスミック・時代文庫（2016）……… 336

作品名索引　　　　ほんほ

ぼんくら武士道（鳴海丈）PHP文庫（2009）
………… 296

梵鐘（鈴木英治）中公文庫（2004）………… 212

本所おけら長屋（畠山健二）PHP文芸文庫
（2013）………… 305

本所おけら長屋 2（畠山健二）PHP文芸文庫
（2014）………… 305

本所おけら長屋 3（畠山健二）PHP文芸文庫
（2014）………… 305

本所おけら長屋 4（畠山健二）PHP文芸文庫
（2015）………… 306

本所おけら長屋 5（畠山健二）PHP文芸文庫
（2015）………… 306

本所おけら長屋 6（畠山健二）PHP文芸文庫
（2016）………… 306

本所おけら長屋 7（畠山健二）PHP文芸文庫
（2016）………… 306

本所お化け坂月白伊織（朝松健）PHP文庫
………… 14

◇本所剣客長屋（押川国秋）講談社文庫 ………… 98

本所剣客長屋 射手座の侍（押川国秋）講談社
文庫（2009）………… 98

本所剣客長屋 春雷の女房（押川国秋）講談社
文庫（2010）………… 99

本所剣客長屋 左利きの剣法（押川国秋）講談
社文庫（2009）………… 98

本所剣客長屋 秘恋の雪（押川国秋）講談社文
庫（2010）………… 98

本所剣客長屋 見習い用心棒（押川国秋）講談
社文庫（2008）………… 98

本所猿屋敷（飯島一次）双葉文庫（2014）… 25

◇本所松竹梅さばき帖（倉阪鬼一郎）コスミッ
ク・時代文庫 ………… 146

本所松竹梅さばき帖 人情の味（倉阪鬼一郎）
コスミック・時代文庫（2016）………… 146

本所騒乱（稲葉稔）光文社文庫（2014）… 53

◇本所竪川河岸瓦版（千野隆司）学研M文庫
………… 241

本所竪川河岸瓦版 紅の雁（千野隆司）学研M
文庫（2008）………… 241

本所竪川河岸瓦版 花燈籠（千野隆司）学研M
文庫（2007）………… 241

本所竪川河岸瓦版 ビードロ風鈴の女（千野隆
司）学研M文庫（2006）………… 241

本所竪川河岸瓦版 冬花火（千野隆司）学研M
文庫（2005）………… 241

本所深川ふしぎ草紙（宮部みゆき）新潮文庫
（1995）………… 393

本所深川ふしぎ草紙（宮部みゆき）新潮文庫
（2012）………… 394

◇本所見廻り同心（稲葉稔）コスミック・時代
文庫 ………… 54

◇本所見廻り同心（稲葉稔）大洋時代文庫 時
代小説 ………… 54

◇本所見廻り同心（稲葉稔）ベスト時代文庫
………… 57

本所見廻り同心 控 ぶらり十兵衛（稲葉稔）大
洋時代文庫 時代小説（2005）………… 54

本所見廻り同心 橋上の決闘（稲葉稔）ベスト
時代文庫（2006）………… 57

本所見廻り同心 十兵衛推参（稲葉稔）コスミ
ック・時代文庫（2013）………… 54

本所ゆうれい橋（岳真也）祥伝社文庫（2010）
………… 103

◇本所若さま悪人退治（聖龍人）祥伝社文庫
………… 337

本所若さま悪人退治（聖龍人）祥伝社文庫
（2014）………… 337

本所若さま悪人退治 2 姫君道中（聖龍人）祥
伝社文庫（2015）………… 337

本所若さま悪人退治 3 向日葵の涙（聖龍人）
祥伝社文庫（2015）………… 337

本多の狐（羽太雄平）講談社文庫（1995）… 303

本多平八郎忠勝（加野厚志）PHP文庫
（1999）………… 126

本朝甲冑奇談（東郷隆）文春文庫（2015）… 256

本朝銃士伝 →銃士伝（東郷隆）講談社文庫
（2007）………… 255

盆の雨（坂岡真）双葉文庫（2010）………… 192

本能寺 上（池宮彰一郎）角川文庫（2004）… 41

本能寺 下（池宮彰一郎）角川文庫（2004）… 41

本能寺の鬼を討て（近衛龍春）光文社文庫
（2006）………… 163

本能寺六夜物語（岡田秀文）双葉文庫（2003）
………… 90

本能寺六夜物語（岡田秀文）双葉文庫（2013）
………… 90

◇ぽんぽこもののけ江戸語り（高橋由太）角
川文庫 ………… 227

ぽんぽこもののけ江戸語り ちょんまげ、く
ろにくる（高橋由太）角川文庫（2012）… 228

ぽんぽこもののけ江戸語り ちょんまげ、ちょ
うだい（高橋由太）角川文庫（2011）… 227

ぽんぽこもののけ江戸語り ちょんまげ、ば
さら（高橋由太）角川文庫（2013）… 228

◇ぽんぽこもののけ陰陽師語り（高橋由太）
角川文庫 ………… 228

ぽんぽこもののけ陰陽師語り おにぎり、こ
ろりん（高橋由太）角川文庫（2013）………… 228

ぽんぽこもののけ陰陽師語り おにぎり、ちょ
うだい（高橋由太）角川文庫（2012）… 228

ぽんぽこもののけ陰陽師語り おにぎり、ぽ
ろぽろ（高橋由太）角川文庫（2013）… 228

歴史時代小説文庫総覧 現代の作家　**617**

本牧十二天の腕（乾荘次郎）廣済堂文庫
（2004）‥‥‥‥‥‥‥‥‥‥‥‥‥‥ 58

【 ま 】

間合い（小杉健治）二見時代小説文庫（2007）
‥‥‥‥‥‥‥‥‥‥‥‥‥‥‥‥‥‥ 161
舞首（鳥羽亮）角川文庫（2009）‥‥‥‥‥‥ 260
迷子石（梶よう子）講談社文庫（2013）‥‥‥ 106
迷子石（庄司圭太）光文社文庫（2004）‥‥‥ 207
迷子石（藤井邦夫）文春文庫（2012）‥‥‥‥ 353
迷子石（藤井邦夫）ベスト時代文庫（2005）
‥‥‥‥‥‥‥‥‥‥‥‥‥‥‥‥‥‥ 354
迷子と梅干し（聖龍人）祥伝社文庫（2012）
‥‥‥‥‥‥‥‥‥‥‥‥‥‥‥‥‥‥ 337
賄路（まいない）千両（早見俊）祥伝社文庫
（2010）‥‥‥‥‥‥‥‥‥‥‥‥‥‥ 318
まいまいつむろ（坂岡真）徳間文庫（2010）
‥‥‥‥‥‥‥‥‥‥‥‥‥‥‥‥‥‥ 190
前田慶次郎（近衛龍春）PHP文庫（2007）‥‥ 163
前田慶次郎と直江兼続（近衛龍春）PHP文庫
（2009）‥‥‥‥‥‥‥‥‥‥‥‥‥‥ 164
前田利家（志木沢郁）学研M文庫（2010）‥‥ 200
前田利家（長尾誠夫）幻冬舎文庫（2001）‥‥ 276
魔炎（黒崎裕一郎）徳間文庫（2001）‥‥‥‥ 151
魔王信長 vol.1（風野真知雄）スーパークエス
ト文庫（1994）‥‥‥‥‥‥‥‥‥‥‥ 114
魔王信長 vol.2（風野真知雄）スーパークエス
ト文庫（1994）‥‥‥‥‥‥‥‥‥‥‥ 114
魔王信長 vol.3（風野真知雄）スーパークエス
ト文庫（1994）‥‥‥‥‥‥‥‥‥‥‥ 114
任せなせえ（門田泰明）光文社文庫（2011）
‥‥‥‥‥‥‥‥‥‥‥‥‥‥‥‥‥‥ 123
禍つ鎮（結城光流）角川文庫（2011）‥‥‥‥ 422
禍つ鎮を解き放て（結城光流）角川ビーンズ
文庫（2002）‥‥‥‥‥‥‥‥‥‥‥‥ 419
禍つ鎮を解き放て →少年陰陽師（おんみょう
じ）（結城光流）角川文庫（2011）‥‥‥ 422
間借り隠居（牧秀彦）二見時代小説文庫
（2011）‥‥‥‥‥‥‥‥‥‥‥‥‥‥ 370
幕切れ丸子宿（小杉健治）幻冬舎時代小説文
庫（2016）‥‥‥‥‥‥‥‥‥‥‥‥‥ 155
枕絵（佐伯泰英）光文社文庫（2006）‥‥‥‥ 174
枕かわり（雑賀俊一郎）学研M文庫（2010）
‥‥‥‥‥‥‥‥‥‥‥‥‥‥‥‥‥‥ 169
枕橋の御前（藤水名子）二見時代小説文庫
（2012）‥‥‥‥‥‥‥‥‥‥‥‥‥‥ 346
魔剣（小杉健治）ハルキ文庫（2008）‥‥‥‥ 160
魔剣供養（牧秀彦）二見時代小説文庫（2014）
‥‥‥‥‥‥‥‥‥‥‥‥‥‥‥‥‥‥ 370

負けんとき　上巻（玉岡かおる）新潮文庫
（2014）‥‥‥‥‥‥‥‥‥‥‥‥‥‥ 239
負けんとき　下巻（玉岡かおる）新潮文庫
（2014）‥‥‥‥‥‥‥‥‥‥‥‥‥‥ 239
孫帰る（片岡麻紗子）徳間文庫（2007）‥‥‥ 119
真実を告げる声をきけ（結城光流）角川ビー
ンズ文庫（2006）‥‥‥‥‥‥‥‥‥‥ 420
真の雨 上（小杉健治）祥伝社文庫（2015）‥‥ 158
真の雨 下（小杉健治）祥伝社文庫（2015）‥‥ 158
まことの花（六道慧）光文社文庫（2006）‥‥ 429
摩虎羅剣（宮城賢秀）学研M文庫（2004）‥‥ 382
孫六兼元（佐伯泰英）幻冬舎文庫（2006）‥‥ 171
孫六兼元（佐伯泰英）幻冬舎文庫（2011）‥‥ 171
孫六兼元（佐伯泰英）文春文庫（2016）‥‥‥ 186
孫六の宝（鳥羽亮）双葉文庫（2007）‥‥‥‥ 270
◇まさかの時之助（笛吹明生）学研M文庫 ‥‥ 343
まさかの時之助 そっくり侍（笛吹明生）学研
M文庫（2006）‥‥‥‥‥‥‥‥‥‥‥ 343
まさかの時之助 にせもの侍（笛吹明生）学研
M文庫（2006）‥‥‥‥‥‥‥‥‥‥‥ 343
政宗遺訓（佐伯泰英）幻冬舎文庫（2012）‥‥ 172
政宗の密書（藤井邦夫）光文社文庫（2013）
‥‥‥‥‥‥‥‥‥‥‥‥‥‥‥‥‥‥ 349
昌幸の初陣（幡大介）徳間文庫（2016）‥‥‥ 326
魔将軍（岡田秀文）双葉文庫（2009）‥‥‥‥ 90
魔性納言（武内涼）徳間文庫（2016）‥‥‥‥ 232
魔性の女（早見俊）コスミック・時代文庫
（2013）‥‥‥‥‥‥‥‥‥‥‥‥‥‥ 317
魔性の牙（和久田正明）廣済堂文庫（2011）
‥‥‥‥‥‥‥‥‥‥‥‥‥‥‥‥‥‥ 434
魔性の剣（鈴木英治）ハルキ文庫（2004）‥‥ 215
魔像狩り（鳴海丈）桃園文庫（1998）‥‥‥‥ 294
魔像狩り →炎四郎外道剣 魔像篇（鳴海丈）光
文社文庫（2002）‥‥‥‥‥‥‥‥‥‥ 292
マタギ半蔵事件帖（葉治英哉）新人物文庫
（2011）‥‥‥‥‥‥‥‥‥‥‥‥‥‥ 302
マタギ物見隊顛末（葉治英哉）新人物文庫
（2010）‥‥‥‥‥‥‥‥‥‥‥‥‥‥ 302
股旅探偵上州呪い村（幡大介）講談社文庫
（2014）‥‥‥‥‥‥‥‥‥‥‥‥‥‥ 325
またたび峠（藤谷治）小学館文庫（2009）‥‥ 355
まだらの印を削ぎ落とせ（結城光流）角川ビー
ンズ文庫（2010）‥‥‥‥‥‥‥‥‥‥ 421
まだら雪（坂岡真）双葉文庫（2012）‥‥‥‥ 192
街歩き読本（佐伯泰英）ハルキ文庫（2010）
‥‥‥‥‥‥‥‥‥‥‥‥‥‥‥‥‥‥ 182
◇町医者順道事件帳（早見俊）廣済堂文庫 ‥‥ 315
町医者順道事件帳 月下のあだ花（早見俊）廣
済堂文庫（2008）‥‥‥‥‥‥‥‥‥‥ 315
町医者順道事件帳 天魔の罠（早見俊）廣済堂
文庫（2008）‥‥‥‥‥‥‥‥‥‥‥‥ 315

作品名索引　　まほろ

町方燃ゆ（鈴木英治）徳間文庫（2008）・・・・・・・ 214

町の灯り（風野真知雄）幻冬舎時代小説文庫
（2013）・・・・・・・・・・・・・・・・・・・・・・・・・・・・・・・・・・・・ 110

町火消御用調べ（稲葉稔）ハルキ文庫（2009）
・・ 55

待ち人来たるか（風野真知雄）祥伝社文庫
（2015）・・・・・・・・・・・・・・・・・・・・・・・・・・・・・・・・・・・・ 113

◇町奉行内与力奮闘記（上田秀人）幻冬舎時
代小説文庫・・・・・・・・・・・・・・・・・・・・・・・・・・・・・・・・ 74

町奉行内与力奮闘記 1 立身の陰（上田秀人）
幻冬舎時代小説文庫（2015）・・・・・・・・・・・・・ 74

町奉行内与力奮闘記 2 他人の懐（上田秀人）
幻冬舎時代小説文庫（2016）・・・・・・・・・・・・・ 74

町奉行内与力奮闘記 3 権益の侵（上田秀人）
幻冬舎時代小説文庫（2016）・・・・・・・・・・・・・ 74

待ち伏せ（宮城賢秀）学研M文庫（2007）・・・・ 383

待伏せ（小杉健治）祥伝社文庫（2008）・・・・・・ 157

待伏せの渓（鈴木英治）双葉文庫（2009）・・・・ 217

待伏せの刃（喜安幸夫）学研M文庫（2009）
・・・ 136

◇町触れ同心公事宿始末（藍川慶次郎）双葉
文庫・・ 1

町触れ同心公事宿始末 縁切り花（藍川慶次
郎）双葉文庫（2008）・・・・・・・・・・・・・・・・・・・・・ 1

町触れ同心公事宿始末 日照雨（藍川慶次郎）
双葉文庫（2007）・・・・・・・・・・・・・・・・・・・・・・・・・ 1

町触れ同心公事宿始末 初音の雲（藍川慶次
郎）双葉文庫（2008）・・・・・・・・・・・・・・・・・・・・・ 1

待宵の芒舟（千野隆司）双葉文庫（2011）・・・ 246

松風の香（吉田雄亮）角川文庫（2015）・・・・・・ 423

末期葵（和田はつ子）小学館文庫（2009）・・・ 440

抹殺（佐伯泰英）新潮文庫（2011）・・・・・・・・・・ 179

抹殺！（佐伯泰英）徳間文庫（2001）・・・・・・・・ 180

抹殺！（佐伯泰英）徳間文庫（2008）・・・・・・・・ 180

まっさら（田牧大和）角川文庫（2016）・・・・・・ 240

末世炎上（諸田玲子）講談社文庫（2008）・・・ 405

松平容保（葉治英哉）PHP文庫（1997）・・・・・・ 302

◇松平蒼二郎始末帳（牧秀彦）学研M文庫 ・・・ 365

松平蒼二郎始末帳 陰流・闇仕置（牧秀彦）学
研M文庫（2003）・・・・・・・・・・・・・・・・・・・・・・・・ 365

松平蒼二郎始末帳 陰流・闇仕置（牧秀彦）学
研M文庫（2004）・・・・・・・・・・・・・・・・・・・・・・・・ 365

◇松平蒼二郎無双剣（牧秀彦）学研M文庫 ・・・ 365

松平蒼二郎無双剣 陰流・闇始末（牧秀彦）学
研M文庫（2005）・・・・・・・・・・・・・・・・・・・・・・・・ 365

松平蒼二郎無双剣 陰流・闇始末（牧秀彦）学
研M文庫（2006）・・・・・・・・・・・・・・・・・・・・・・・・ 365

松平竜之介江戸艶愛記（鳴海丈）コスミック・
時代文庫（2016）・・・・・・・・・・・・・・・・・・・・・・・・ 294

松平竜之介艶色旅（鳴海丈）コスミック・時代
文庫（2016）・・・・・・・・・・・・・・・・・・・・・・・・・・・・・ 293

松平竜之介競艶剣（鳴海丈）コスミック・時代
文庫（2016）・・・・・・・・・・・・・・・・・・・・・・・・・・・・・ 294

松平玉三郎殿さま草紙（藤村与一郎）コスミッ
ク・時代文庫（2012）・・・・・・・・・・・・・・・・・・・・ 356

待ってる（あさのあつこ）講談社文庫（2013）
・・・ 11

まつと家康（祖父江一郎）ハルキ文庫（2002）
・・ 221

待つ春や（辻堂魁）祥伝社文庫（2016）・・・・・・ 252

松前の花 上（富樫倫太郎）中公文庫（2013）
・・ 258

松前の花 下（富樫倫太郎）中公文庫（2013）
・・ 258

待宵すぎて（早瀬詠一郎）双葉文庫（2009）
・・ 314

祭の甘酒（桑島かおり）だいわ文庫（2015）
・・ 152

魔笛（和久田正明）双葉文庫（2007）・・・・・・・・ 437

魔笛天誅人（北川哲史）だいわ文庫（2007）
・・ 134

魔笛の君（早見俊）光文社文庫（2012）・・・・・・ 316

まとい大名（山本一力）文春文庫（2010）・・・ 417

惑い月（鳥羽亮）文春文庫（2015）・・・・・・・・・・ 272

惑いの面影（早見俊）角川文庫（2014）・・・・・・ 315

惑いの剣（早見俊）二見時代小説文庫（2012）
・・ 322

まどい花（森真沙子）二見時代小説文庫
（2008）・・・・・・・・・・・・・・・・・・・・・・・・・・・・・・・・・・・・ 402

窓際同心定中役捕物帖（誉田龍一）徳間文庫
（2015）・・・・・・・・・・・・・・・・・・・・・・・・・・・・・・・・・・・ 364

摩都殺拳 →骨法無頼拳（火坂雅志）徳間文庫
（1997）・・・・・・・・・・・・・・・・・・・・・・・・・・・・・・・・・・・ 332

魔都秘拳行（火坂雅志）廣済堂文庫（2003）
・・ 330

俎板橋土蔵相伝事件（北川哲史）だいわ文庫
（2007）・・・・・・・・・・・・・・・・・・・・・・・・・・・・・・・・・・・ 134

真夏の凶刃（稲葉稔）講談社文庫（2007）・・・・ 51

愛弟子（鳥羽亮）徳間文庫（2009）・・・・・・・・・・ 268

愛姫受難（鳥羽亮）角川文庫（2010）・・・・・・・・ 260

まねき通り十二景（山本一力）中公文庫
（2012）・・・・・・・・・・・・・・・・・・・・・・・・・・・・・・・・・・・ 416

まねきねこ、おろろん（高橋由太）幻冬舎文庫
（2013）・・・・・・・・・・・・・・・・・・・・・・・・・・・・・・・・・・・ 228

招きの音に乱れ飛べ（結城光流）角川ビーン
ズ文庫（2014）・・・・・・・・・・・・・・・・・・・・・・・・・・・ 421

まねきの紅葉（六道慧）徳間文庫（2014）・・・・ 430

真冬の華（八神淳一）竹書房ラブロマン文庫
（2010）・・・・・・・・・・・・・・・・・・・・・・・・・・・・・・・・・・・ 409

まぼろし鏡（庄司圭太）光文社文庫（2004）
・・ 207

まぼろし小判（聖龍人）コスミック・時代文庫
（2014）・・・・・・・・・・・・・・・・・・・・・・・・・・・・・・・・・・・ 336

歴史時代小説文庫総覧 現代の作家　**619**

まほろ　作品名索引

まぼろし三千両(北川哲史)学研M文庫
　(2012) ……………………………… *133*
まぼろしの女(聖龍人)コスミック・時代文庫
　(2010) ……………………………… *336*
幻の女(和久田正明)ハルキ文庫(2012) …… *436*
まぼろしの声(藤村与一郎)コスミック・時代
　文庫(2014) …………………………… *356*
幻の声(宇江佐真理)文春文庫(2000) ……… *72*
まぼろしのコロッケ(倉阪鬼一郎)光文社文
　庫(2016) ……………………………… *146*
幻の城(風野真知雄)祥伝社文庫(2001) …… *113*
幻の城(風野真知雄)祥伝社文庫(2009) …… *114*
幻の神器(篠綾子)角川文庫(2014) ……… *202*
まぼろしの姫(築山桂)双葉文庫(2007) …… *249*
幻の宝剣(飯野笙子)コスミック・時代文庫
　(2013) ……………………………… *26*
◇狸穴あいあい坂(諸田玲子)集英社文庫 …… *406*
狸穴あいあい坂(諸田玲子)集英社文庫
　(2010) ……………………………… *406*
狸穴あいあい坂 恋かたみ(諸田玲子)集英社
　文庫(2014) …………………………… *406*
狸穴あいあい坂 心がわり(諸田玲子)集英社
　文庫(2015) …………………………… *406*
蝮の十蔵百面相(芦川淳一)双葉文庫(2007)
　…………………………………………… *18*
豆太鼓(鳥羽亮)徳間文庫(2007) ……… *267*
守り刀の声(鈴木英治)双葉文庫(2013) …… *218*
守り神(藤井邦夫)文春文庫(2015) ……… *354*
守り袋(笠岡ина次)ベスト時代文庫(2007)
　…………………………………………… *105*
まやかし(小杉健治)祥伝社文庫(2008) …… *158*
まやかし草紙 →王朝まやかし草紙(諸田玲
　子)新潮文庫(2010) …………………… *407*
まやかしの刃(八柳誠)双葉文庫(2013) …… *411*
まやかし舞台(早見俊)光文社文庫(2011)
　…………………………………………… *316*
迷い犬迷い人(小早川涼)双葉文庫(2013)
　…………………………………………… *166*
迷い神(藤井邦夫)祥伝社文庫(2014) …… *350*
迷い雲(築山桂)双葉文庫(2006) ……… *249*
迷い鶴(鳥羽亮)双葉文庫(2006) ……… *270*
迷い蝶(坂岡真)徳間文庫(2013) ……… *190*
迷い鳥(稲葉稔)光文社文庫(2007) …… *52*
迷い猫(片岡麻紗子)徳間文庫(2009) …… *119*
迷い猫(藤井邦夫)双葉文庫(2010) …… *350*
迷いの路をたどりゆけ(結城光流)角川ビー
　ンズ文庫(2008) ……………………… *420*
迷い花(藤井邦夫)幻冬舎文庫(2009) …… *347*
迷い人(倉阪鬼一郎)角川文庫(2015) …… *145*
迷い蛍(森真沙子)二見時代小説文庫(2007)
　…………………………………………… *402*

まよい道(井川香四郎)ベスト時代文庫
　(2005) ……………………………… *38*
迷い路(芦川淳一)ハルキ文庫(2014) …… *17*
まよい雪(小杉健治)祥伝社文庫(2014) …… *158*
魔除け印籠(芦川淳一)学研M文庫(2007)
　…………………………………………… *15*
まりしてん闇千代姫(山本兼一)PHP文芸文
　庫(2015) ……………………………… *418*
マルガリータ(村木嵐)文春文庫(2013) …… *398*
○に十(じゅ)の字(佐伯泰英)新潮文庫
　(2012) ……………………………… *179*
(秘)隠れ大奥(如月あづさ)コスミック・時
　代文庫(2015) ………………………… *132*
まろばし牡丹(六道慧)光文社文庫(2003)
　…………………………………………… *429*
◇まろほし銀次捕物帳(鳥羽亮)徳間文庫 …… *267*
まろほし銀次捕物帳(鳥羽亮)徳間文庫
　(2002) ……………………………… *267*
まろほし銀次捕物帳 怒り一閃(鳥羽亮)徳間
　文庫(2010) …………………………… *268*
まろほし銀次捕物帳 丑の刻参り(鳥羽亮)徳
　間文庫(2003) ………………………… *267*
まろほし銀次捕物帳 閻魔堂の女(鳥羽亮)徳
　間文庫(2003) ………………………… *267*
まろほし銀次捕物帳 火怨(鳥羽亮)徳間文庫
　(2008) ……………………………… *267*
まろほし銀次捕物帳 凶盗(鳥羽亮)徳間文庫
　(2010) ……………………………… *268*
まろほし銀次捕物帳 死狐の怨霊(鳥羽亮)徳
　間文庫(2004) ………………………… *267*
まろほし銀次捕物帳 滝夜叉おこん(鳥羽亮)
　徳間文庫(2005) ……………………… *267*
まろほし銀次捕物帳 愛弟子(鳥羽亮)徳間文
　庫(2009) ……………………………… *268*
まろほし銀次捕物帳 豆太鼓(鳥羽亮)徳間文
　庫(2007) ……………………………… *267*
まろほし銀次捕物帳 与三郎の恋(鳥羽亮)徳
　間文庫(2008) ………………………… *267*
まろほし銀次捕物帳 夜鷹殺し(鳥羽亮)徳間
　文庫(2006) …………………………… *267*
まろほし銀次捕物帳 老剣客(けんきゃく)(鳥
　羽亮)徳間文庫(2009) ……………… *268*
まわり舞台(井川香四郎)文春文庫(2011)
　…………………………………………… *37*
◇万願堂黄表紙事件帖(稲葉稔)幻冬舎時代
　小説文庫 ……………………………… *50*
万願堂黄表紙事件帖 1 悪女と悪党(稲葉稔)
　幻冬舎時代小説文庫(2015) ………… *50*
万願堂黄表紙事件帖 2 品川女郎謎噺(稲葉
　稔)幻冬舎時代小説文庫(2016) …… *50*
満月の夜(聖龍人)中公文庫(2012) ……… *337*

620　歴史時代小説文庫総覧 現代の作家

満月の夜（聖龍人）中公文庫ワイド版（2012）
………………………………………………… 338
卍の証（和久田正明）徳間文庫（2009） … 436
◇卍屋龍次（鳴海丈）学研Ｍ文庫 ………… 289
◇卍屋龍次（鳴海丈）徳間文庫 …………… 294
卍屋龍次地獄旅（鳴海丈）学研Ｍ文庫
（2004） ……………………………………… 289
卍屋龍次地獄旅（鳴海丈）徳間文庫（1999）
……………………………………………………… 294
卍屋龍次修羅街道（鳴海丈）徳間文庫（2000）
……………………………………………………… 295
卍屋龍次血煙り道中（鳴海丈）学研Ｍ文庫
（2004） ……………………………………… 289
卍屋竜次無明斬り（鳴海丈）角川文庫（1996）
……………………………………………………… 291
卍屋龍次無明斬り（鳴海丈）学研Ｍ文庫
（2003） ……………………………………… 289
卍屋龍次無明斬り（鳴海丈）徳間文庫（1999）
……………………………………………………… 294
◇卍屋麗三郎（鳴海丈）学研Ｍ文庫 ……… 289
卍屋麗三郎 斬鬼篇（鳴海丈）学研Ｍ文庫
（2001） ……………………………………… 289
卍屋麗三郎 妖華篇（鳴海丈）学研Ｍ文庫
（2001） ……………………………………… 289
卍屋麗三郎妖花斬り →卍屋麗三郎 妖華篇（鳴
海丈）学研Ｍ文庫（2001） ……………… 289
◇まんまこと（畠中恵）文春文庫 ………… 305
まんまこと（畠中恵）文春文庫（2010） … 305
満蜜殺法（沢里裕二）コスミック・時代文庫
（2016） ……………………………………… 198
万両剣（曽田博久）ハルキ文庫（2006） … 221
万両ノ雪（佐伯泰英）双葉文庫（2007） … 184

【 み 】

御厳（みいつ）の調べに舞い踊れ（結城光流）
角川ビーンズ文庫（2010） ……………… 421
木乃伊斬り（早坂倫太郎）集英社文庫（2000）
……………………………………………………… 312
木乃伊の気（鈴木英治）双葉文庫（2016） … 218
身請け舟（永井義男）学研Ｍ文庫（2006） … 274
見えた野望（喜安幸夫）学研Ｍ文庫（2010）
……………………………………………………… 136
見えぬ敵（聖龍人）二見時代小説文庫（2015）
……………………………………………………… 339
見送り坂（増田貴彦）ハルキ文庫（2007） … 373
身をつくし（田牧大和）講談社文庫（2013）
……………………………………………………… 240
みをつくし献立帖（高田郁）ハルキ文庫
（2012） ……………………………………… 225

みをつくし料理帖（高田郁）ハルキ文庫 …… 224
みをつくし料理帖 想い雲（高田郁）ハルキ文
庫（2010） ………………………………… 224
みをつくし料理帖 夏天の虹（高田郁）ハルキ
文庫（2012） ……………………………… 224
みをつくし料理帖 今朝の春（高田郁）ハルキ
文庫（2010） ……………………………… 224
みをつくし料理帖 小夜しぐれ（高田郁）ハル
キ文庫（2011） …………………………… 224
みをつくし料理帖 残月（高田郁）ハルキ文庫
（2013） ……………………………………… 224
みをつくし料理帖 心星ひとつ（高田郁）ハル
キ文庫（2011） …………………………… 224
みをつくし料理帖 天（そら）の梯（高田郁）ハ
ルキ文庫（2014） ………………………… 224
みをつくし料理帖 八朔の雪（高田郁）ハルキ
文庫（2009） ……………………………… 224
みをつくし料理帖 花散らしの雨（高田郁）ハ
ルキ文庫（2009） ………………………… 224
みをつくし料理帖 美雪晴れ（高田郁）ハルキ
文庫（2014） ……………………………… 224
見返り峠（井川香四郎）光文社文庫（2015）
……………………………………………………… 31
見返り峠（井川香四郎）ベスト時代文庫
（2005） ……………………………………… 38
みかえり花（松岡弘一）コスミック・時代文庫
（2006） ……………………………………… 376
三日月が円くなるまで（宇江佐真理）角川文
庫（2008） ………………………………… 69
三日月検校（早見俊）祥伝社文庫（2010） … 318
三日月の花（中路啓太）中公文庫（2016） … 280
身代わり（宮城賢秀）学研Ｍ文庫（2012） … 383
身代り右近（三宅登茂子）廣済堂文庫（2010）
……………………………………………………… 392
身代わり同心（稲葉稔）廣済堂文庫（2006）
……………………………………………………… 51
身代わり娘（芦川淳一）学研Ｍ文庫（2011）
……………………………………………………… 15
見切り（小杉健治）二見時代小説文庫（2008）
……………………………………………………… 161
未決（佐伯泰英）光文社文庫（2013） …… 174
◇三毛猫先生事件帖（風間九郎）学研Ｍ文庫
……………………………………………………… 105
三毛猫先生事件帖 愛染桜花地獄（風間九郎）
学研Ｍ文庫（2007） ……………………… 105
三毛猫先生事件帖 淫花人形（風間九郎）学研
Ｍ文庫（2008） …………………………… 105
巫女の蕎麦（早見俊）双葉文庫（2016） … 321
見殺し（藤井邦夫）光文社文庫（2010） … 348
実さえ花さえ →花競べ（朝井まかて）講談社
文庫（2011） ……………………………… 5
操の護り（上田秀人）光文社文庫（2015） …… 76

美咲は十手持ち（八神淳一）学研M文庫
（2014） ……………………… 408

短夜の夢（早見俊）ハルキ文庫（2012） ……… 320

◇三島屋変調百物語（宮部みゆき）角川文庫
……………………………… 392

三島屋変調百物語事続（宮部みゆき）角川文
庫（2013） ……………………… 392

三島屋変調百物語事始（宮部みゆき）角川文
庫（2012） ……………………… 392

三島屋変調百物語参之続（宮部みゆき）角川
文庫（2016） …………………… 392

未熟者（秋山香乃）双葉文庫（2009） ………… 5

水を出る（野口卓）祥伝社文庫（2013） ……… 300

身過ぎの錐（鈴木英治）双葉文庫（2012） …… 218

水の如くに（近衛龍春）光文社文庫（2011）
……………………………… 163

水の城（風野真知雄）祥伝社文庫（2000） …… 113

水の城（風野真知雄）祥伝社文庫（2008） …… 113

水の砦（大久保智弘）講談社文庫（1998） …… 88

店仕舞い（佐伯泰英）ハルキ文庫（2015） …… 183

密事（岳真也）講談社文庫（2005） …………… 102

晦日の月（中島要）光文社文庫（2014） ……… 281

◇見倒屋鬼助事件控（喜安幸夫）二見時代小
説文庫 …………………………… 140

見倒屋鬼助事件控 1 朱鞘の大刀（喜安幸夫）
二見時代小説文庫（2014） …………… 140

見倒屋鬼助事件控 2 隠れ岡っ引（喜安幸夫）
二見時代小説文庫（2014） …………… 140

見倒屋鬼助事件控 3 濡れ衣晴らし（喜安幸
夫）二見時代小説文庫（2015） ……… 140

見倒屋鬼助事件控 4 百日鬘の剣客（喜安幸
夫）二見時代小説文庫（2015） ……… 140

見倒屋鬼助事件控 5 冴える木刀（喜安幸夫）
二見時代小説文庫（2015） …………… 141

見倒屋鬼助事件控 6 身代喰逃げ屋（喜安幸
夫）二見時代小説文庫（2016） ……… 141

御盾（上田秀人）徳間文庫（2009） …………… 78

三度、斬る（市川丈夫）富士見新時代小説文庫
（2013） ……………………… 47

みだれ髪（和久田正明）学研M文庫（2006）
……………………………… 432

乱れ髪残心剣（森詠）二見時代小説文庫
（2011） ……………………… 401

乱れ斬り（桑原譲太郎）ハルキ文庫（2007）
……………………………… 153

みだれ月（聖龍人）廣済堂文庫（2010） ……… 334

みだれ肌（天宮響一郎）学研M文庫（2007）
……………………………… 21

乱れ華（藤井邦夫）双葉文庫（2007） ………… 350

みだれ振袖（松岡弘一）学研M文庫（2009）
……………………………… 376

乱れ坊主（佐々木裕一）二見時代小説文庫
（2015） ……………………… 198

乱れ菩薩（谷恒生）祥伝社文庫（2003） ……… 238

乱れ舞（藤井邦夫）文春文庫（2012） ………… 353

乱れ舞（藤井邦夫）ベスト時代文庫（2006）
……………………………… 354

乱舞 花の小十郎京はぐれ（花家圭太郎）集英
社文庫（2004） ………………… 306

乱れ夜叉（谷恒生）祥伝社文庫（2002） ……… 238

みだれる潮騒（八神淳一）竹書房ラブロマン
文庫（2011） …………………… 410

道を尋ねた女（斜雄一郎）小学館文庫（2013）
……………………………… 162

道草ハヤテ（米村圭伍）新潮文庫（2012） …… 428

道連れ（藤井邦夫）双葉文庫（2014） ………… 352

道連れ（藤井邦夫）二見時代小説文庫（2009）
……………………………… 352

道連れの文（鈴木英治）中公文庫（2010） …… 213

道連れ彦輔（逢坂剛）文春文庫（2009） ……… 87

道絶えずば、また（松井今朝子）集英社文庫
（2012） ……………………… 374

みちのく忠臣蔵（梶よう子）文春文庫（2016）
……………………………… 107

道ゆき獣みち →密事（岳真也）講談社文庫
（2005） ……………………… 102

光圀（佐伯泰英）新潮文庫（2015） …………… 179

光圀伝 上（冲方丁）角川文庫（2015） ……… 82

光圀伝 下（冲方丁）角川文庫（2015） ……… 82

密計（稲葉稔）徳間文庫（2013） ……………… 55

密殺（黒崎裕一郎）徳間文庫（2001） ………… 151

密書（森山茂里）学研M文庫（2012） ………… 404

密通（原田真介）学研M文庫（2004） ………… 323

三巴の剣（稲葉稔）徳間文庫（2007） ………… 54

光秀曜変（岩井三四二）光文社文庫（2015）
……………………………… 67

密封（上田秀人）講談社文庫（2007） ………… 74

密謀（江宮隆之）二見時代小説文庫（2006）
……………………………… 86

密謀奢侈禁止令（早見俊）だいわ文庫（2008）
……………………………… 319

密命 巻之1 見参！ 寒月霞斬り（佐伯泰英）祥
伝社文庫（2007） ……………… 177

密命 巻之2 弦月三十二人斬り（佐伯泰英）祥
伝社文庫（2007） ……………… 177

密命 巻之3 残月無想斬り（佐伯泰英）祥伝社
文庫（2007） …………………… 177

密命（藤原緋沙子）光文社文庫（2010） ……… 360

密命 弦月三十二人斬り（佐伯泰英）祥伝社文
庫（1999） ……………………… 176

密命 見参！ 寒月霞斬り（佐伯泰英）祥伝社文
庫（1999） ……………………… 176

作品名索引　　　　　　　　　　　　　　　　　　　　　　みとう

密命 残月無想斬り(佐伯泰英)祥伝社文庫
(2000) ……………………………………… 176
密命居合剣(永井義男)学研M文庫(2005)
　　………………………………………………… 274
◇密命御庭番(早見俊)静山社文庫 ………… 319
密命御庭番 稲妻(早見俊)静山社文庫
(2010) ……………………………………… 319
密命御庭番 黒影(早見俊)静山社文庫
(2010) ……………………………………… 319
密命御庭番 策動(早見俊)静山社文庫
(2011) ……………………………………… 319
密命御庭番 邪教(早見俊)静山社文庫
(2010) ……………………………………… 319
密命狩り(森真沙子)二見時代小説文庫
(2014) ……………………………………… 403
密命 弦月三十二人斬り →完本密命 巻之2(佐
伯泰英)祥伝社文庫(2015) ……………… 177
密命 見参! 寒月霞斬り →完本密命 巻之1
(佐伯泰英)祥伝社文庫(2015) ………… 177
◇密命斬刑帖(永井義男)コスミック・時代文
庫 ……………………………………………… 275
密命斬刑帖 深川無明剣(永井義男)コスミッ
ク・時代文庫(2005) ……………………… 275
密命斬刑帖 吉原天誅剣(永井義男)コスミッ
ク・時代文庫(2006) ……………………… 275
密命 残月無想斬り →完本密命 巻之3(佐伯
泰英)祥伝社文庫(2015) ………………… 177
密命斬殺剣(宮城賢秀)ケイブンシャ文庫
(2001) ……………………………………… 384
密命斬殺剣(宮城賢秀)ハルキ文庫(2005)
　　………………………………………………… 389
「密命」シリーズ 〔21〕 相剋(佐伯泰英)祥
伝社文庫(2009) …………………………… 177
「密命」シリーズ 〔22〕 再生(佐伯泰英)祥
伝社文庫(2009) …………………………… 177
「密命」シリーズ 〔23〕 仇敵(佐伯泰英)祥
伝社文庫(2010) …………………………… 177
「密命」シリーズ 〔24〕 切羽(佐伯泰英)祥
伝社文庫(2010) …………………………… 177
「密命」シリーズ 〔25〕 覇者(佐伯泰英)祥
伝社文庫(2011) …………………………… 177
「密命」シリーズ 〔26〕 晩節(佐伯泰英)祥
伝社文庫(2011) …………………………… 177
◇「密命」シリーズ(佐伯泰英)祥伝社文庫 ‥ 176
「密命」シリーズ 遺恨(佐伯泰英)祥伝社文庫
(2004) ……………………………………… 176
「密命」シリーズ 意地(佐伯泰英)祥伝社文庫
(2008) ……………………………………… 177
「密命」シリーズ 遺髪(佐伯泰英)祥伝社文庫
(2007) ……………………………………… 177
「密命」シリーズ 初陣(佐伯泰英)祥伝社文庫
(2002) ……………………………………… 176

「密命」シリーズ 初陣(佐伯泰英)祥伝社文庫
(2007) ……………………………………… 177
「密命」シリーズ 烏鷺(佐伯泰英)祥伝社文庫
(2007) ……………………………………… 177
「密命」シリーズ 遠謀(佐伯泰英)祥伝社文庫
(2006) ……………………………………… 176
「密命」シリーズ 火頭(佐伯泰英)祥伝社文庫
(2001) ……………………………………… 176
「密命」シリーズ 火頭(佐伯泰英)祥伝社文庫
(2007) ……………………………………… 177
「密命」シリーズ 兜刃(佐伯泰英)祥伝社文庫
(2002) ……………………………………… 176
「密命」シリーズ 兜刃(佐伯泰英)祥伝社文庫
(2007) ……………………………………… 177
「密命」シリーズ 極意(佐伯泰英)祥伝社文庫
(2003) ……………………………………… 176
「密命」シリーズ 極意(佐伯泰英)祥伝社文庫
(2007) ……………………………………… 177
「密命」シリーズ 残夢(佐伯泰英)祥伝社文庫
(2004) ……………………………………… 176
「密命」シリーズ 刺客(佐伯泰英)祥伝社文庫
(2001) ……………………………………… 176
「密命」シリーズ 刺客(佐伯泰英)祥伝社文庫
(2007) ……………………………………… 177
「密命」シリーズ 初心(佐伯泰英)祥伝社文庫
(2007) ……………………………………… 177
「密命」シリーズ 宣告(佐伯泰英)祥伝社文庫
(2008) ……………………………………… 177
「密命」シリーズ 追善(佐伯泰英)祥伝社文庫
(2005) ……………………………………… 176
「密命」シリーズ 悲恋(佐伯泰英)祥伝社文庫
(2003) ……………………………………… 176
「密命」シリーズ 悲恋(佐伯泰英)祥伝社文庫
(2007) ……………………………………… 177
「密命」シリーズ 乱雲(佐伯泰英)祥伝社文庫
(2005) ……………………………………… 176
◇密命同心轟三四郎(千野隆司)コスミック・
時代文庫 …………………………………… 243
密命同心轟三四郎 〔2〕 水底二千両(千野隆
司)コスミック・時代文庫(2012) ……… 243
密命同心轟三四郎 空飛ぶ千両箱(千野隆司)
コスミック・時代文庫(2011) ………… 243
密命の掟 闇同心異聞(沖田正午)コスミック・
時代文庫(2016) …………………………… 94
密命浪人 →浪人榊市之助宝剣始末(小杉健
治)宝島社文庫(2015) …………………… 159
密命浪人(小杉健治)竹書房時代小説文庫
(2012) ……………………………………… 159
密約(上田秀人)講談社文庫(2015) ………… 75
満つる月の如し(澤田瞳子)徳間文庫(2014)
　　………………………………………………… 199
御堂筋の幻(築山桂)廣済堂文庫(2006) …… 248

◇見届け人秋月伊織事件帖（藤原緋沙子）講談社文庫 ‥‥‥‥‥‥‥‥‥‥‥‥‥‥‥ *359*

見届け人秋月伊織事件帖 霧の路（藤原緋沙子）講談社文庫（2009）‥‥‥‥‥‥ *359*

見届け人秋月伊織事件帖 遠花火（藤原緋沙子）講談社文庫（2005）‥‥‥‥‥‥ *359*

見届け人秋月伊織事件帖 夏ほたる（藤原緋沙子）講談社文庫（2013）‥‥‥‥‥‥ *359*

見届け人秋月伊織事件帖 鳴子守（藤原緋沙子）講談社文庫（2011）‥‥‥‥‥‥ *359*

見届け人秋月伊織事件帖 暖鳥（藤原緋沙子）講談社文庫（2006）‥‥‥‥‥‥‥ *359*

見届け人秋月伊織事件帖 春疾風（藤原緋沙子）講談社文庫（2006）‥‥‥‥‥‥ *359*

見届け人秋月伊織事件帖 笛吹川（藤原緋沙子）講談社文庫（2016）‥‥‥‥‥‥ *359*

水戸の若さま（幡大介）ハルキ文庫（2014）‥‥‥‥‥‥‥‥‥‥‥‥‥‥‥‥‥ *326*

鏖殺（宮城賢秀）光文社文庫（2001）‥‥‥ *386*

水無月の空（稲葉稔）幻冬舎時代小説文庫（2011）‥‥‥‥‥‥‥‥‥‥‥‥‥‥ *50*

水底二千両（千野隆司）コスミック・時代文庫（2012）‥‥‥‥‥‥‥‥‥‥‥‥ *243*

水底の死美人（鳴海丈）徳間文庫（2009）‥‥‥ *295*

南へ舵を（佐伯泰英）新潮文庫（2012）‥‥‥ *179*

◇南町同心早瀬惣十郎捕物控（千野隆司）ハルキ文庫 ‥‥‥‥‥‥‥‥‥‥‥‥‥ *244*

南町同心早瀬惣十郎捕物控 鬼心（千野隆司）ハルキ文庫（2005）‥‥‥‥‥‥‥ *244*

南町同心早瀬惣十郎捕物控 伽羅千尋（千野隆司）ハルキ文庫（2004）‥‥‥‥‥ *244*

南町同心早瀬惣十郎捕物控 夕暮れの女（千野隆司）ハルキ文庫（2002）‥‥‥‥ *244*

南町同心早瀬惣十郎捕物控 雪しぐれ（千野隆司）ハルキ文庫（2007）‥‥‥‥‥ *244*

南町同心早瀬惣十郎捕物控 四つの千両箱（千野隆司）ハルキ文庫（2009）‥‥‥ *244*

南町同心早瀬惣十郎捕物控 霊岸島の刺客（千野隆司）ハルキ文庫（2007）‥‥‥ *244*

南町同心早瀬惣十郎捕物控 わすれ形見（千野隆司）ハルキ文庫（2008）‥‥‥‥ *244*

◇南町奉行所七人衆（宮城賢秀）廣済堂文庫 ‥‥‥‥‥‥‥‥‥‥‥‥‥‥‥‥‥ *384*

南町奉行所七人衆 定町廻り活殺剣（宮城賢秀）廣済堂文庫（1996）‥‥‥‥‥‥ *384*

南町奉行所七人衆 定町廻り蒼竜剣（宮城賢秀）廣済堂文庫（1996）‥‥‥‥‥‥ *384*

南町奉行所七人衆 定町廻り必殺剣（宮城賢秀）廣済堂文庫（1995）‥‥‥‥‥‥ *384*

南町奉行所七人衆 定町廻り飛竜剣（宮城賢秀）廣済堂文庫（1996）‥‥‥‥‥‥ *384*

南町奉行所七人衆 定町廻り無双剣（宮城賢秀）廣済堂文庫（1995）‥‥‥‥‥‥ *384*

水面の月（千野隆司）学研M文庫（2010）‥‥‥ *242*

見習い同心（笠岡治次）廣済堂文庫（2006）‥‥‥‥‥‥‥‥‥‥‥‥‥‥‥‥‥ *104*

◇見習い同心如月右京（早見俊）コスミック・時代文庫 ‥‥‥‥‥‥‥‥‥‥‥‥ *317*

見習い同心如月右京 かなしみ観音（早見俊）コスミック・時代文庫（2008）‥‥ *317*

見習い同心如月右京 宿命剣（早見俊）コスミック・時代文庫（2008）‥‥‥‥‥ *317*

見習い同心如月右京 辻斬り悲恋（早見俊）コスミック・時代文庫（2008）‥‥‥ *317*

見習い同心如月右京 予言殺人（早見俊）コスミック・時代文庫（2007）‥‥‥‥ *317*

見習い用心棒（押川国秋）講談社文庫（2008）‥‥‥‥‥‥‥‥‥‥‥‥‥‥‥‥ *98*

美濃路の決闘（宮城賢秀）学研M文庫（2002）‥‥‥‥‥‥‥‥‥‥‥‥‥‥‥‥ *382*

身代金（和久田正明）徳間文庫（2015）‥‥‥ *436*

蓑虫（坂岡真）徳間文庫（2009）‥‥‥‥‥ *190*

壬生義士伝 上（浅田次郎）文春文庫（2002）‥‥‥‥‥‥‥‥‥‥‥‥‥‥‥‥‥ *10*

壬生義士伝 下（浅田次郎）文春文庫（2002）‥‥‥‥‥‥‥‥‥‥‥‥‥‥‥‥‥ *10*

壬生狼（鳥羽亮）徳間文庫（2010）‥‥‥‥ *269*

美作の風（今井絵美子）ハルキ文庫（2012）‥‥‥‥‥‥‥‥‥‥‥‥‥‥‥‥‥ *65*

みみずく小僧（鳥羽亮）ハルキ文庫（2016）‥‥‥‥‥‥‥‥‥‥‥‥‥‥‥‥‥ *270*

◇耳袋秘帖（風野真知雄）だいわ文庫 *114*

◇耳袋秘帖（風野真知雄）文春文庫 *117*

耳袋秘帖 赤鬼奉行根岸肥前（風野真知雄）だいわ文庫（2007）‥‥‥‥‥‥‥‥ *114*

耳袋秘帖 赤鬼奉行根岸肥前（風野真知雄）文春文庫（2011）‥‥‥‥‥‥‥‥‥ *117*

耳袋秘帖 浅草妖刀殺人事件（風野真知雄）だいわ文庫（2007）‥‥‥‥‥‥‥‥ *114*

耳袋秘帖 浅草妖刀殺人事件（風野真知雄）文春文庫（2012）‥‥‥‥‥‥‥‥‥ *117*

耳袋秘帖 麻布暗闇坂殺人事件（風野真知雄）だいわ文庫（2007）‥‥‥‥‥‥‥ *114*

耳袋秘帖 麻布暗闇坂殺人事件（風野真知雄）文春文庫（2012）‥‥‥‥‥‥‥‥ *117*

耳袋秘帖 王子狐火殺人事件（風野真知雄）文春文庫（2011）‥‥‥‥‥‥‥‥‥ *117*

耳袋秘帖 神楽坂迷い道殺人事件（風野真知雄）だいわ文庫（2009）‥‥‥‥‥‥ *114*

耳袋秘帖 神楽坂迷い道殺人事件（風野真知雄）文春文庫（2012）‥‥‥‥‥‥‥ *118*

耳袋秘帖 木場豪商殺人事件（風野真知雄）文春文庫（2012）‥‥‥‥‥‥‥‥‥ *117*

作品名索引　　　　　　　　　　　　　　　　むけん

耳袋秘帖 銀座恋一筋殺人事件（風野真知雄）
文春文庫（2016）……………………… 118

耳袋秘帖 蔵前姑獲鳥殺人事件（風野真知雄）
文春文庫（2016）……………………… 118

耳袋秘帖 品川恋模様殺人事件（風野真知雄）
文春文庫（2015）……………………… 118

耳袋秘帖 新宿魔族殺人事件（風野真知雄）だ
いわ文庫（2007）……………………… 114

耳袋秘帖 新宿魔族殺人事件（風野真知雄）文
春文庫（2012）………………………… 117

耳袋秘帖 佃島渡し船殺人事件（風野真知雄）
文春文庫（2011）……………………… 117

耳袋秘帖 日本橋時の鐘殺人事件（風野真知
雄）文春文庫（2012）………………… 117

耳袋秘帖 人形町夕暮殺人事件（風野真知雄）
だいわ文庫（2008）…………………… 114

耳袋秘帖 人形町夕暮殺人事件（風野真知雄）
文春文庫（2012）……………………… 118

耳袋秘帖 馬喰町妖獣殺人事件（風野真知雄）
文春文庫（2013）……………………… 118

耳袋秘帖 八丁堀同心殺人事件（風野真知雄）
だいわ文庫（2007）…………………… 114

耳袋秘帖 八丁堀同心殺人事件（風野真知雄）
文春文庫（2011）……………………… 117

耳袋秘帖 深川芸者殺人事件（風野真知雄）だ
いわ文庫（2007）……………………… 114

耳袋秘帖 深川芸者殺人事件（風野真知雄）文
春文庫（2012）………………………… 117

耳袋秘帖 目黒横恋慕殺人事件（風野真知雄）
文春文庫（2015）……………………… 118

耳袋秘帖 谷中黒猫殺人事件（風野真知雄）だ
いわ文庫（2007）……………………… 114

耳袋秘帖 谷中黒猫殺人事件（風野真知雄）文
春文庫（2012）………………………… 117

耳袋秘帖 湯島金魚殺人事件（風野真知雄）文
春文庫（2012）………………………… 118

耳袋秘帖 妖談うしろ猫（風野真知雄）文春文
庫（2010）……………………………… 117

耳袋秘帖 妖談うつろ舟（風野真知雄）文春文
庫（2014）……………………………… 118

耳袋秘帖 妖談かみそり尼（風野真知雄）文春
文庫（2010）…………………………… 117

耳袋秘帖 妖談さかさ仏（風野真知雄）文春文
庫（2011）……………………………… 117

耳袋秘帖 妖談しにん橋（風野真知雄）文春文
庫（2010）……………………………… 117

耳袋秘帖 妖談ひときり傘（風野真知雄）文春
文庫（2013）…………………………… 118

耳袋秘帖 妖談へらへら月（風野真知雄）文春
文庫（2012）…………………………… 117

耳袋秘帖 四谷怪獣殺人事件（風野真知雄）文
春文庫（2015）………………………… 118

耳袋秘帖 両国大相撲殺人事件（風野真知雄）
だいわ文庫（2007）…………………… 114

耳袋秘帖 両国大相撲殺人事件（風野真知雄）
文春文庫（2012）……………………… 117

身も心も（風野真知雄）角川文庫（2009）…… 108

宮本武蔵 上巻（加藤廣）新潮文庫（2012）… 122

宮本武蔵 下巻（加藤廣）新潮文庫（2012）… 122

美雪晴れ（高田郁）ハルキ文庫（2014）…… 224

冥加の花（井川香四郎）双葉文庫（2007）…… 36

未 来 記 の 番 人（築山桂）PHP文芸文庫
（2015）………………………………… 248

未練坂（井川香四郎）祥伝社文庫（2006）…… 33

未練坂の雪（風野真知雄）幻冬舎時代小説文
庫（2011）……………………………… 110

みれん堀（稲葉稔）光文社文庫（2015）…… 53

弥勒の月（あさのあつこ）光文社文庫（2008）
…………………………………………… 11

弥勒の手（風野真知雄）双葉文庫（2009）… 115

【 む 】

無影剣（上田秀人）徳間文庫（2002）……… 77

無影剣（上田秀人）徳間文庫（2011）……… 77

無縁坂（藤井邦夫）双葉文庫（2009）……… 350

無縁塚（輪渡颯介）講談社文庫（2011）…… 445

無我（牧秀彦）講談社文庫（2010）………… 367

無外流雷（いなずま）がえし 上（門田泰明）徳
間文庫（2013）………………………… 124

無外流雷（いなずま）がえし 下（門田泰明）徳
間文庫（2014）………………………… 124

無外流立志伝獅王の剣 巻之1 恋文（麻倉一
矢）富士見新時代小説文庫（2014）…… 8

無外流立志伝獅王の剣 巻之2 密会（麻倉一
矢）富士見新時代小説文庫（2014）…… 8

無外流立志伝獅王の剣 巻之3 祝言（麻倉一
矢）富士見新時代小説文庫（2015）…… 8

迎え猫（輪渡颯介）講談社文庫（2016）…… 445

麦笛（今井絵美子）双葉文庫（2011）……… 65

麦湯の女（藤原緋沙子）祥伝社文庫（2009）
…………………………………………… 361

木槿ノ賦（佐伯泰英）双葉文庫（2013）…… 185

椋鳥の影（稲葉稔）講談社文庫（2012）…… 52

無月ノ橋（佐伯泰英）双葉文庫（2004）…… 183

無月潜む（芝村凉也）双葉文庫（2012）…… 204

夢幻（佐伯泰英）光文社文庫（2015）……… 174

夢剣霞ざくら（門田泰明）光文社文庫（2013）
…………………………………………… 123

◇夢幻組あやかし始末帖（朝松健）ベスト時
代文庫 ………………………………… 14

歴史時代小説文庫総覧 現代の作家　**625**

むけん　作品名索引

夢幻組あやかし始末帖 おコン！ 狐閻（朝松
健）ベスト時代文庫（2012）…………… 15

夢幻組あやかし始末帖 百鬼夜行に花吹雪（朝
松健）ベスト時代文庫（2012）………… 14

夢幻裁き（吉田雄亮）光文社文庫（2009）…… 424

夢幻の天守閣（上田秀人）光文社文庫（2015）
……………………………………………… 76

向島綺譚（辻堂魁）光文社文庫（2014）… 251

向島心中（小杉健治）祥伝社文庫（2010）… 158

むこうだんばら亭（乙川優三郎）新潮文庫
（2007）…………………………………… 99

◇婿侍事件帳（森山茂里）学研M文庫 ……… 404

婿侍事件帳 鬼小町（森山茂里）学研M文庫
（2008）…………………………………… 404

婿侍事件帳 五月雨（森山茂里）学研M文庫
（2008）…………………………………… 404

婿侍事件帳 二十三夜（森山茂里）学研M文庫
（2010）…………………………………… 404

婿侍事件帳 夫婦坂（森山茂里）学研M文庫
（2006）…………………………………… 404

◇婿同心捕物控え（早見俊）学研M文庫 …… 315

婿同心捕物控え（早見俊）学研M文庫
（2010）…………………………………… 315

婿同心捕物控え 青猫騒動（早見俊）学研M文
庫（2012）………………………………… 315

婿同心捕物控え 遅咲きの男（早見俊）学研M
文庫（2011）……………………………… 315

婿同心捕物控え 踊る女狐（早見俊）学研M文
庫（2011）………………………………… 315

婿同心捕物控え 奉行の娘（早見俊）学研M文
庫（2012）………………………………… 315

婿殿開眼（牧秀彦）双葉文庫（2011）…… 369

婿殿葛藤（牧秀彦）双葉文庫（2013）…… 370

婿殿帰郷（牧秀彦）双葉文庫（2012）…… 370

婿殿激走（牧秀彦）双葉文庫（2011）…… 369

婿殿懇願（牧秀彦）双葉文庫（2013）…… 370

婿殿修行（牧秀彦）双葉文庫（2011）…… 369

婿殿勝負（牧秀彦）双葉文庫（2011）…… 370

婿殿女難（牧秀彦）双葉文庫（2012）…… 370

婿殿大変（牧秀彦）双葉文庫（2012）…… 370

婿殿満足（牧秀彦）双葉文庫（2013）…… 370

◇婿殿は山同心（氷月葵）二見時代小説文庫
……………………………………………… 339

婿殿は山同心 1 世直し隠し剣（氷月葵）二見
時代小説文庫（2015）…………………… 339

婿殿は山同心 2 首吊り志願（氷月葵）二見時
代小説文庫（2015）……………………… 340

婿殿は山同心 3 けんか大名（氷月葵）二見時
代小説文庫（2016）……………………… 340

婿養子（藤井邦夫）幻冬舎文庫（2010）… 347

◇無言殺剣（鈴木英治）中公文庫（2013）… 213

無言殺剣（鈴木英治）徳間文庫 …………… 215

無言殺剣 妖かしの蜘蛛（鈴木英治）徳間文庫
（2016）…………………………………… 215

無言殺剣 首代一万両（鈴木英治）中公文庫
（2006）…………………………………… 213

無言殺剣 首代一万両（鈴木英治）徳間文庫
（2016）…………………………………… 215

無言殺剣 獣散る刻（鈴木英治）中公文庫
（2007）…………………………………… 213

無言殺剣 獣散る刻（とき）（鈴木英治）徳間文
庫（2016）………………………………… 215

無言殺剣 大名討ち（鈴木英治）中公文庫
（2005）…………………………………… 213

無言殺剣 大名討ち（鈴木英治）徳間文庫
（2015）…………………………………… 215

無言殺剣 火縄の寺（鈴木英治）中公文庫
（2006）…………………………………… 213

無言殺剣 火縄の寺（鈴木英治）徳間文庫
（2016）…………………………………… 215

無言殺剣 野盗薙ぎ（鈴木英治）中公文庫
（2006）…………………………………… 213

無言殺剣 野盗薙ぎ（鈴木英治）徳間文庫
（2016）…………………………………… 215

無言殺剣 妖気の山路（鈴木英治）中公文庫
（2006）…………………………………… 213

無言殺剣 妖気の山路（鈴木英治）徳間文庫
（2016）…………………………………… 215

無言殺剣首代一万両 →首代一万両（鈴木英
治）徳間文庫（2016）…………………… 215

無言殺剣獣散る刻 →獣散る刻（とき）（鈴木
英治）徳間文庫（2016）………………… 215

無言殺剣大名討ち →大名討ち（鈴木英治）徳
間文庫（2015）…………………………… 215

無言殺剣火縄の寺 →火縄の寺（鈴木英治）徳
間文庫（2016）…………………………… 215

無言殺剣野盗薙ぎ →野盗薙ぎ（鈴木英治）徳
間文庫（2016）…………………………… 215

無言殺剣妖気の山路 →妖気の山路（鈴木英
治）徳間文庫（2016）…………………… 215

武蔵奇巌城 →武蔵二刀流（火坂雅志）廣済堂
文庫（1997）……………………………… 330

武蔵と無二斎（火坂雅志）小学館文庫（2014）
……………………………………………… 331

武蔵と無二斎（火坂雅志）徳間文庫（2007）
……………………………………………… 333

武蔵二刀流（火坂雅志）学研M文庫（2001）
……………………………………………… 329

武蔵二刀流（火坂雅志）廣済堂文庫（1997）
……………………………………………… 330

武蔵復活二刀流（火坂雅志）祥伝社文庫
（2000）…………………………………… 332

貉ごろし（早見俊）徳間文庫（2009）……… 320

作品名索引　　　　　　　　　　　　　むとう

虫姫（出久根達郎）講談社文庫（2005）……… 253
虫封じ☑（立花水馬）文春文庫（2015）…… 235
◇武者とゆく（稲葉稔）講談社文庫 …………… 51
武者とゆく（稲葉稔）講談社文庫（2006）…… 51
武者とゆく 2 闇夜の義賊（稲葉稔）講談社文
　庫（2006）………………………………… 51
武者とゆく 3 真夏の凶刃（稲葉稔）講談社文
　庫（2007）………………………………… 51
武者とゆく 4 月夜の始末（稲葉稔）講談社文
　庫（2007）………………………………… 51
武者とゆく 5 陽月の契り（稲葉稔）講談社文
　庫（2008）………………………………… 51
武者とゆく 6 武士の約定（稲葉稔）講談社文
　庫（2009）………………………………… 51
武者とゆく 7 夕焼け雲（稲葉稔）講談社文庫
　（2009）…………………………………… 51
武者とゆく 8 百ången の舞い（稲葉稔）講談社文
　庫（2010）………………………………… 51
武者の習（火坂雅志）祥伝社文庫（2009）…… 332
無宿（佐伯泰英）光文社文庫（2013）………… 174
無宿島 →過去を盗んだ男（翔田寛）幻冬舎文
　庫（2013）………………………………… 209
無宿者（藤井邦夫）学研M文庫（2012）……… 347
無情の刃（中里融司）学研M文庫（2006）…… 278
結び豆腐（倉阪鬼一郎）二見時代小説文庫
　（2011）…………………………………… 147
結ぶ縁（鈴木英治）徳間文庫（2007）………… 214
娘供養（黒崎裕一郎）祥伝社文庫（2006）…… 151
娘始末（上田秀人）中公文庫（2011）………… 77
娘店主、想いを秘める（平谷美樹）白泉社招き
　猫文庫（2016）…………………………… 342
娘店主、捕物に出張る（平谷美樹）白泉社招き
　猫文庫（2016）…………………………… 342
娘店主、奔走する（平谷美樹）白泉社招き猫文
　庫（2015）………………………………… 342
娘同心七変化（鳴海丈）廣済堂文庫（2011）
　…………………………………………… 291
娘同心七変化〔2〕謎の黄金観音（鳴海丈）
　廣済堂文庫（2012）……………………… 291
娘同心七変化〔3〕毒蛇魔殿（鳴海丈）廣済
　堂文庫（2014）…………………………… 291
娘の面影（芦川淳一）徳間文庫（2011）……… 17
娘の敵討ち（芦川淳一）学研M文庫（2010）
　…………………………………………… 15
娘の純情なんとする（沖田正午）徳間文庫
　（2012）…………………………………… 95
娘十八人衆（沖田正午）二見時代小説文庫
　（2012）…………………………………… 96
無声剣どくだみ孫兵衛（坂岡真）光文社文庫
　（2011）…………………………………… 188
無双剣（宮城賢秀）双葉文庫（2004）………… 390

無双十文字槍 →邪剣（犬飼六岐）祥伝社文庫
　（2014）…………………………………… 59
無想の橋（えとう乱星）コスミック・時代文庫
　（2006）…………………………………… 84
無双の花（葉室麟）文春文庫（2014）………… 310
無双流逃亡（のがれ）剣（藤井邦夫）朝日文庫
　（2013）…………………………………… 347
◇無茶の勘兵衛日月録（浅黄斑）二見時代小
　説文庫 …………………………………… 6
無茶の勘兵衛日月録 2 火蛾の舞（浅黄斑）二
　見時代小説文庫（2006）………………… 6
無茶の勘兵衛日月録 3 残月の剣（浅黄斑）二
　見時代小説文庫（2007）………………… 6
無茶の勘兵衛日月録 4 冥暗の辻（浅黄斑）二
　見時代小説文庫（2007）………………… 6
無茶の勘兵衛日月録 5 刺客の爪（浅黄斑）二
　見時代小説文庫（2008）………………… 6
無茶の勘兵衛日月録 6 陰謀の径（浅黄斑）二
　見時代小説文庫（2009）………………… 6
無茶の勘兵衛日月録 7 報復の峠（浅黄斑）二
　見時代小説文庫（2009）………………… 6
無茶の勘兵衛日月録 8 惜別の蝶（浅黄斑）二
　見時代小説文庫（2010）………………… 6
無茶の勘兵衛日月録 9 風雲の谺（浅黄斑）二
　見時代小説文庫（2010）………………… 6
無茶の勘兵衛日月録 10 流転の影（浅黄斑）二
　見時代小説文庫（2010）………………… 6
無茶の勘兵衛日月録 11 月下の蛇（浅黄斑）二
　見時代小説文庫（2011）………………… 6
無茶の勘兵衛日月録 12 秋蜩（ひぐらし）の宴
　（浅黄斑）二見時代小説文庫（2011）……… 7
無茶の勘兵衛日月録 13 幻惑の旗（浅黄斑）二
　見時代小説文庫（2011）………………… 7
無茶の勘兵衛日月録 14 蠱毒の針（浅黄斑）二
　見時代小説文庫（2012）………………… 7
無茶の勘兵衛日月録 15 妻敵の槍（浅黄斑）二
　見時代小説文庫（2013）………………… 7
無茶の勘兵衛日月録 16 川霧の巷（浅黄斑）二
　見時代小説文庫（2013）………………… 7
無茶の勘兵衛日月録 17 玉響の譜（浅黄斑）二
　見時代小説文庫（2013）………………… 7
無茶の勘兵衛日月録 山峡の城（浅黄斑）二見
　時代小説文庫（2006）…………………… 6
むつかしきこと承り候（岩井三四二）集英社
　文庫（2015）……………………………… 68
六辻の狐（沖田正午）廣済堂文庫（2013）…… 94
無刀（佐伯泰英）祥伝社文庫（2006）………… 178
無刀（佐伯泰英）祥伝社文庫（2016）………… 178
無刀 →完本密命 巻之15（佐伯泰英）祥伝社文
　庫（2016）………………………………… 178
無刀取り（火坂雅志）祥伝社文庫（2008）…… 331

むなつ　　　　　　　　　作品名索引

胸突き坂(鈴木英治)幻冬舎時代小説文庫
　(2012) ………………………………… 212
胸の振子(風野真知雄)角川文庫(2010) …… 108
無念坂(井川香四郎)ベスト時代文庫(2005)
　……………………………………………… 38
無の剣(大久保智弘)二見時代小説文庫
　(2010) …………………………………… 88
無法狩り →お通夜坊主龍念(鳴海丈)学研M
　文庫(2012) …………………………… 290
無法狩り(鳴海丈)青樹社文庫(2000) ……… 294
無法狩り(鳴海丈)徳間文庫(2002) ………… 295
無法者(藤井邦夫)文春文庫(2014) ………… 354
無法許さじ(早見俊)二見時代小説文庫
　(2015) …………………………………… 322
謀叛(早見俊)コスミック・時代文庫(2016)
　……………………………………………… 318
謀叛人の首(宮城賢秀)光文社文庫(2003)
　……………………………………………… 386
夢魔の森(小沢章友)集英社文庫(1997) …… 97
無明暗殺剣(藤井邦夫)廣済堂文庫(2003)
　……………………………………………… 348
無明暗殺剣(藤井邦夫)廣済堂文庫(2010)
　……………………………………………… 348
無明の剣(佐々木裕一)徳間文庫(2012) …… 197
◇無用庵日乗(花家圭太郎)双葉文庫 …… 307
無用庵日乗 上野不忍無縁坂(花家圭太郎)双
　葉文庫(2005) ………………………… 307
無用庵日乗 大川しぐれ(花家圭太郎)双葉文
　庫(2007) ……………………………… 307
無用庵日乗 乱菊慕情(花家圭太郎)双葉文庫
　(2007) …………………………………… 307
村を助くは誰ぞ(岩井三四二)講談社文庫
　(2010) …………………………………… 67
村上海賊の娘　第1巻(和田竜)新潮文庫
　(2016) …………………………………… 444
村上海賊の娘　第2巻(和田竜)新潮文庫
　(2016) …………………………………… 444
村上海賊の娘　第3巻(和田竜)新潮文庫
　(2016) …………………………………… 444
村上海賊の娘　第4巻(和田竜)新潮文庫
　(2016) …………………………………… 444
村上武吉(岳真也)PHP文庫(1997) ……… 103
群雲を斬る(松本賢吾)双葉文庫(2005) …… 378
群雲、賤ケ岳へ(岳宏一郎)光文社文庫
　(2008) …………………………………… 231
群雲、賤ケ岳へ(岳宏一郎)光文社文庫
　(2013) …………………………………… 231
群雲、関ヶ原へ 上(岳宏一郎)光文社文庫
　(2007) …………………………………… 231
群雲、関ヶ原へ 上巻(岳宏一郎)新潮文庫
　(1998) …………………………………… 231

群雲、関ヶ原へ 下(岳宏一郎)光文社文庫
　(2007) …………………………………… 231
群雲、関ヶ原へ 下巻(岳宏一郎)新潮文庫
　(1998) …………………………………… 231
紫匂う(葉室麟)講談社文庫(2016) ………… 309
むらさきの蝶(稲葉稔)コスミック・時代文庫
　(2016) …………………………………… 54
紫房の十手(佐伯泰英)ハルキ文庫(2010)
　……………………………………………… 182
無流心月剣(荒崎一海)講談社文庫(2015)
　……………………………………………… 23
室の梅(宇江佐真理)講談社文庫(2001) …… 70
室町公方の遺刀(宮城賢秀)ケイブンシャ文
　庫(2000) ……………………………… 383
室町公方の遺刀 →将軍の遺刀(宮城賢秀)双
　葉文庫(2005) ………………………… 390
◇室町小町謎解き帖(飯島一次)双葉文庫 … 25
室町小町謎解き帖 顔のない絵師(飯島一次)
　双葉文庫(2016) ……………………… 25
室町小町謎解き帖 消えたろくろっ首(飯島一
　次)双葉文庫(2016) …………………… 25
室町小町謎解き帖 呪われた恋文(飯島一次)
　双葉文庫(2016) ……………………… 25
室町伝奇集(朝松健)光文社文庫(2000) …… 13

【 め 】

◇目明かし朝吉捕物帖(松本賢吾)コスミッ
　ク・時代文庫 ………………………… 378
目明かし朝吉捕物帖 からすがね(松本賢吾)
　コスミック・時代文庫(2009) ……… 378
目明かし朝吉捕物帖 てやんでえ(松本賢吾)
　コスミック・時代文庫(2009) ……… 378
冥暗の辻(浅黄斑)二見時代小説文庫(2007)
　……………………………………………… 6
名花散る(荒崎一海)講談社文庫(2016) …… 23
名君の碑(中村彰彦)文春文庫(2001) ……… 287
名君の危機(北川哲史)コスミック・時代文庫
　(2014) …………………………………… 133
名剣士と照姫さま(中村彰彦)徳間文庫
　(1998) …………………………………… 286
名参謀 黒田官兵衛(加野厚志)文芸社文庫
　(2013) …………………………………… 126
明治新選組(中村彰彦)角川文庫(1993) …… 284
明治新選組(中村彰彦)光文社文庫(2016)
　……………………………………………… 285
明治忠臣蔵(中村彰彦)角川文庫(2002) …… 285
明治無頼伝(中村彰彦)角川文庫(2000) …… 285
明治無頼伝(中村彰彦)PHP文芸文庫
　(2015) …………………………………… 287

鳴動（渡辺毅）学研M文庫（2004） ………… 444

名刀月影伝（高井忍）角川文庫（2016） 222

鳴動の徴（上田秀人）徳間文庫（2013） 78

名刀非情（桑原譲太郎）ベスト時代文庫
（2007） ………………………………… 153

冥途の初音（松本賢吾）双葉文庫（2010） …… 379

冥途の別れ橋（辻堂魁）学研M文庫（2013）
………………………………………… 250

冥途の別れ橋（辻堂魁）ベスト時代文庫
（2008） ………………………………… 253

冥途に候（鳥羽亮）祥伝社文庫（2014） 267

◇冥府の刺客（黒崎裕一郎）廣済堂文庫 150

◇冥府の刺客（黒崎裕一郎）徳間文庫 151

冥府の刺客（黒崎裕一郎）廣済堂文庫（1998）
………………………………………… 150

冥府の刺客　怨讐（黒崎裕一郎）徳間文庫
（2003） ………………………………… 151

冥府の刺客　逆賊（黒崎裕一郎）徳間文庫
（2005） ………………………………… 151

冥府の刺客　兜弾（黒崎裕一郎）徳間文庫
（2004） ………………………………… 151

冥府の刺客　死神幻十郎（黒崎裕一郎）徳間文
庫（2001） ……………………………… 151

冥府の刺客　邪淫（黒崎裕一郎）徳間文庫
（2001） ………………………………… 151

冥府の刺客　魔炎（黒崎裕一郎）徳間文庫
（2001） ………………………………… 151

冥府の刺客　密殺（黒崎裕一郎）徳間文庫
（2001） ………………………………… 151

名門斬り（早見俊）二見時代小説文庫（2014）
………………………………………… 322

冥夜の帳を切り開け（結城光流）角川ビーン
ズ文庫（2004） ………………………… 420

冥夜の帳を切り開け →少年陰陽師　〔10〕（結
城光流）角川文庫（2013） …………… 422

明暦水滸伝（柳蒼二郎）中公文庫（2014） 412

めおと（諸田玲子）角川文庫（2008） 405

夫婦笑み（鈴木英治）徳間文庫（2010） 214

◇夫婦隠密行（藤村与一郎）徳間文庫 357

夫婦隠密行　野分の剣（藤村与一郎）徳間文庫
（2012） ………………………………… 357

夫婦隠密行　副将軍の奸計（藤村与一郎）徳間
文庫（2013） …………………………… 357

めおと餓鬼（綾瀬麦彦）双葉文庫（2009） … 22

夫婦ごよみ（牧南恭子）学研M文庫（2008）
………………………………………… 371

夫婦坂（森山茂里）学研M文庫（2006） 404

夫婦桜（鎌田樹）徳間文庫（2009） ………… 127

夫婦桜（霜月りつ）コスミック・時代文庫
（2015） ………………………………… 205

夫婦十手（和久田正明）光文社文庫（2012）
………………………………………… 435

夫婦十手大奥の怪（和久田正明）光文社文庫
（2013） ………………………………… 435

夫婦十手正義の仮面（和久田正明）光文社文
庫（2013） ……………………………… 435

夫婦箸（山中公男）学研M文庫（2008） …… 414

夫婦日和（井川香四郎）光文社文庫（2015）
………………………………………… 31

女隠しの山（八神淳一）竹書房ラブロマン文
庫（2011） ……………………………… 409

◇妾屋昼兵衛女帳面（上田秀人）幻冬舎時代
小説文庫 ……………………………… 74

妾屋昼兵衛女帳面 2 拝領品次第（上田秀人）
幻冬舎時代小説文庫（2012） ………… 74

妾屋昼兵衛女帳面 3 旦那背信（上田秀人）幻
冬舎時代小説文庫（2012） …………… 74

妾屋昼兵衛女帳面 4 女城暗闘（上田秀人）幻
冬舎時代小説文庫（2013） …………… 74

妾屋昼兵衛女帳面 5 籠姫裏表（上田秀人）幻
冬舎時代小説文庫（2013） …………… 74

妾屋昼兵衛女帳面 6 遊郭狂奔（上田秀人）幻
冬舎時代小説文庫（2014） …………… 74

妾屋昼兵衛女帳面 7 色里攻防（上田秀人）幻
冬舎時代小説文庫（2014） …………… 74

妾屋昼兵衛女帳面 8 閨之陰謀（上田秀人）幻
冬舎時代小説文庫（2015） …………… 74

妾屋昼兵衛女帳面 側室顛末（上田秀人）幻冬
舎時代小説文庫（2011） ……………… 74

妻敵討ち（乾荘次郎）講談社文庫（2005） … 58

妻敵の槍（浅黄斑）二見時代小説文庫（2013）
………………………………………… 7

眼鏡屋直次郎（ねじめ正一）集英社文庫
（2001） ………………………………… 299

目利きの難（鈴木英治）双葉文庫（2015） 218

◇鑑定師右近（桑原譲太郎）ベスト時代文庫
………………………………………… 153

鑑定師右近　邪剣狩り（桑原譲太郎）ベスト時
代文庫（2006） ………………………… 153

鑑定師右近　大名狩り（桑原譲太郎）ベスト時
代文庫（2007） ………………………… 153

鑑定師右近　名刀非情（桑原譲太郎）ベスト時
代文庫（2007） ………………………… 153

◇女利き屋蛸六（雑賀俊一郎）学研M文庫 … 169

女利き屋蛸六　色里おんな双六（雑賀俊一郎）
学研M文庫（2007） …………………… 169

女利き屋蛸六　江戸ふしぎ女繰り（雑賀俊一
郎）学研M文庫（2008） ……………… 169

女利き屋蛸六　東海道中竿栗毛（雑賀俊一郎）
学研M文庫（2006） …………………… 169

牝狐の夏（聖龍人）二見時代小説文庫（2014）
………………………………………… 338

めくみ　　　　　　　　作品名索引

恵みの雨（井川香四郎）角川文庫（2015）…… 28
めぐり逢ふまで（浮穴みみ）ハヤカワ文庫 JA
　（2016）……………………………………… 81
巡る風（築山桂）双葉文庫（2006）………… 249
めぐる時、夢幻の如く（結城光流）角川ビーン
　ズ文庫（2007）…………………………… 422
目黒の鰻（早見俊）双葉文庫（2016）……… 321
目黒の筍縁起（浅黄斑）ベスト時代文庫
　（2012）…………………………………………… 7
目黒横恋慕殺人事件（風野真知雄）文春文庫
　（2015）………………………………………… 118
女殺（中里融司）ハルキ文庫（2010）……… 280
召抱（上田秀人）講談社文庫（2011）……… 74
召し捕ったり！（井川香四郎）学研M文庫
　（2012）………………………………………… 28
召し捕ったり！（井川香四郎）徳間文庫
　（2015）………………………………………… 35
◇飯盛り侍（井川香四郎）講談社文庫 ……… 30
飯盛り侍（井川香四郎）講談社文庫（2014）
　…………………………………………………… 30
飯盛り侍〔2〕鯛評定（井川香四郎）講談社
　文庫（2014）…………………………………… 30
飯盛り侍〔3〕城攻め猪（井川香四郎）講談
　社文庫（2015）………………………………… 30
飯盛り侍〔4〕すっぽん天下（井川香四郎）
　講談社文庫（2016）…………………………… 31
目付殺し（小杉健治）祥伝社文庫（2007）…… 157
◇目付鷹垣隼人正裏録（上田秀人）光文社文
　庫 ……………………………………………… 76
目付鷹垣隼人正裏録 1 神君の遺品（上田秀
　人）光文社文庫（2009）……………………… 76
目付鷹垣隼人正裏録 2 錯綜の系譜（上田秀
　人）光文社文庫（2010）……………………… 76
◇目安番こって牛征史郎（早見俊）二見時代
　小説文庫 ……………………………………… 321
目安番こって牛征史郎 2 誓いの酒（早見俊）
　二見時代小説文庫（2008）…………………… 321
目安番こって牛征史郎 3 虚飾の舞（早見俊）
　二見時代小説文庫（2008）…………………… 321
目安番こって牛征史郎 4 雷剣の都（早見俊）
　二見時代小説文庫（2009）…………………… 321
目安番こって牛征史郎 5 父子（おやこ）の剣
　（早見俊）二見時代小説文庫（2009）……… 321
目安番こって牛征史郎 憤怒の剣（早見俊）二
　見時代小説文庫（2008）……………………… 321

【も】

もう一枝あれかし（あさのあつこ）文春文庫
　（2016）………………………………………… 12

亡者の夢（稲葉稔）徳間文庫（2008）……… 54
もうひとりの義経（火坂雅志）人物文庫
　（2004）………………………………………… 332
毛利元就（谷恒生）河出文庫（1996）……… 237
毛利元就（和田恭太郎）PHP文庫（1996）…… 438
燃えたぎる石（植松三十里）角川文庫（2011）
　…………………………………………………… 79
燃え立つ剣（牧秀彦）二見時代小説文庫
　（2015）………………………………………… 371
燃えよ駿府城（喜安幸夫）大洋時代文庫 時代
　小説（2006）…………………………………… 139
燃える川（風野真知雄）幻冬舎文庫（2010）
　…………………………………………………… 111
虎落笛（今井絵美子）角川文庫（2014）……… 61
虎落笛（今井絵美子）廣済堂文庫（2008）…… 62
◇目代出入り衆新十郎事件帖（乾荘次郎）ベ
　スト時代文庫 ………………………………… 58
目代出入り衆新十郎事件帖 金蔵破り（乾荘次
　郎）ベスト時代文庫（2007）………………… 59
目代出入り衆新十郎事件帖 消えた手代（乾荘
　次郎）ベスト時代文庫（2006）……………… 58
目代出入り衆新十郎事件帖 三十間堀の女（乾
　荘次郎）ベスト時代文庫（2008）…………… 59
目代出入り衆新十郎事件帖 付け火（乾荘次
　郎）ベスト時代文庫（2006）………………… 58
土龍（出久根達郎）講談社文庫（2003）…… 254
もぐら叩き 承り候（沖田正午）双葉文庫
　（2011）………………………………………… 96
百舌贄の剣（富樫倫太郎）徳間文庫（2009）
　…………………………………………………… 259
望の夜（今井絵美子）角川文庫（2014）……… 61
黙契（佐伯泰英）講談社文庫（2008）……… 172
もってのほかじゃ（沖田正午）徳間文庫
　（2011）………………………………………… 95
もどりびと（倉阪鬼一郎）宝島社文庫（2015）
　…………………………………………………… 147
蜆（犬飼六岐）講談社文庫（2013）………… 59
◇ものぐさ右近（鳴海丈）光文社文庫 …… 292
ものぐさ右近義心剣（鳴海丈）光文社文庫
　（2005）………………………………………… 292
ものぐさ右近酔夢剣（鳴海丈）光文社文庫
　（2002）………………………………………… 292
ものぐさ右近多情剣（鳴海丈）光文社文庫
　（2008）………………………………………… 292
ものぐさ右近風来剣（鳴海丈）光文社文庫
　（2001）………………………………………… 292
◇もののけ侍伝々（佐々木裕一）角川文庫 …… 194
◇もののけ侍伝々（佐々木裕一）静山社文庫
　…………………………………………………… 196
もののけ侍伝々 2 蜘蛛女（佐々木裕一）角川
　文庫（2013）…………………………………… 194

もののけ侍伝々 3 たたり岩（佐々木裕一）角
　川文庫（2013）……………………… 194
もののけ侍伝々 4 怪刀平丸（佐々木裕一）角
　川文庫（2013）……………………… 194
もののけ侍伝々 5 もみじ姫（佐々木裕一）角
　川文庫（2015）……………………… 195
もののけ侍伝々 6 平太郎の命（佐々木裕一）
　角川文庫（2016）…………………… 195
もののけ侍伝々 京嵐寺平太郎（佐々木裕一）
　角川文庫（2013）…………………… 194
もののけ侍伝々 京嵐寺平太郎（佐々木裕一）
　静山社文庫（2011）………………… 196
もののけ侍伝々 蜘蛛女（佐々木裕一）静山社
　文庫（2012）………………………… 196
もののけ侍伝々 蜘蛛女 →蜘蛛女（佐々木裕
　一）角川文庫（2013）……………… 194
もののけ、ぞろり（高橋由太）新潮文庫
　（2012）……………………………… 229
もののけ、ぞろり（高橋由太）新潮文庫
　（2013）……………………………… 229
もののけ、ぞろり大奥わらわら（高橋由太）新
　潮文庫（2013）……………………… 229
もののけ、ぞろり 巌流島くるりん（高橋由太）
　新潮文庫（2014）…………………… 229
もののけ、ぞろり 東海道どろろん（高橋由太）
　新潮文庫（2013）…………………… 229
もののけ、ぞろり 吉原すってんころり（高橋
　由太）新潮文庫（2013）…………… 229
もののけ葛籠（朝松健）徳間文庫（2014）　14
もののけ同心（井川香四郎）竹書房時代小説
　文庫（2008）………………………… 33
◇もののけ犯科帳（高橋由太）徳間文庫 …… 230
もののけ犯科帳 明日きみは猫になる（高橋由
　太）徳間文庫（2016）……………… 230
もののけ犯科帳 吸血鬼にゃあにゃあ（高橋由
　太）徳間文庫（2015）……………… 230
もののけ犯科帳 化け狸あいあい（高橋由太）
　徳間文庫（2015）…………………… 230
もののけ犯科帳 疫病神ちちんぷい（高橋由
　太）徳間文庫（2015）……………… 230
もののけ犯科帳 雷獣びりびり（高橋由太）徳
　間文庫（2015）……………………… 230
◇もののけ本所深川事件帖（高橋由太）宝島
　社文庫 ……………………………… 229
もののけ本所深川事件帖 オサキ鰻大食い合
　戦へ（高橋由太）宝島社文庫（2010）　229
もののけ本所深川事件帖 オサキ江戸へ（高橋
　由太）宝島社文庫（2010）………… 229
もののけ本所深川事件帖 オサキ婚活する（高
　橋由太）宝島社文庫（2011）……… 229

もののけ本所深川事件帖 オサキつくもが
　み、うじゅうじゃ（高橋由太）宝島社文庫
　（2012）……………………………… 229
もののけ本所深川事件帖 オサキと江戸の歌
　姫（高橋由太）宝島社文庫（2012）… 229
もののけ本所深川事件帖 オサキと江戸のまん
　じゅう（高橋由太）宝島社文庫（2016）… 229
もののけ本所深川事件帖 オサキと骸骨幽霊
　（高橋由太）宝島社文庫（2014）…… 229
◇もののけ若様探索帖（伊多波碧）廣済堂文
　庫 …………………………………… 46
◇もののけ若様探索帖（伊多波碧）ベスト時
　代文庫 ……………………………… 46
もののけ若様探索帖 逢瀬（伊多波碧）廣済堂
　文庫（2014）………………………… 46
もののけ若様探索帖 甲子夜話異聞（伊多波
　碧）ベスト時代文庫（2012）……… 46
もののけ若様探索帖 恋は曲者（伊多波碧）廣
　済堂文庫（2013）…………………… 46
もののけ若様探索帖 夫婦喧嘩（伊多波碧）ベ
　スト時代文庫（2013）……………… 46
武士に候（鳥羽亮）幻冬舎文庫（2006）… 262
武士の道（笠岡治次）廣済堂文庫（2007）… 104
紅葉の坂（藍川慶次郎）学研M文庫（2005）
　……………………………………… 1
もみじ姫（佐々木裕一）角川文庫（2015）　195
桃太郎姫（井川香四郎）実業之日本社文庫
　（2016）……………………………… 32
桃姫道中記（沢里裕二）二見文庫（2013）… 198
桃ほころびて（早瀬詠一郎）双葉文庫（2011）
　……………………………………… 314
桃山ビート・トライブ（天野純希）集英社文庫
　（2010）……………………………… 20
桃湯の産声（千野隆司）双葉文庫（2011）　246
ももんじや（鳥羽亮）朝日文庫（2009）… 260
百獣屋の猛者たち（鳥羽亮）朝日文庫（2013）
　……………………………………… 260
◇森島新兵衛（鈴木英治）ハルキ文庫 …… 216
諸刃の燕（多田容子）集英社文庫（2012）… 234
紋太夫の恋（鳥羽亮）双葉文庫（2005）… 270
◇紋ちらしのお玉（河治和香）角川文庫 …… 129
紋ちらしのお玉（河治和香）角川文庫（2010）
　……………………………………… 129
紋ちらしのお玉 時雨ごこち（河治和香）角川
　文庫（2011）………………………… 129
紋ちらしのお玉 ひとり夜風（河治和香）角川
　文庫（2010）………………………… 129
◇問答無用（稲葉稔）徳間文庫 ……………… 54
問答無用（稲葉稔）徳間文庫（2007）……… 54
問答無用 雨あがり（稲葉稔）徳間文庫
　（2009）……………………………… 54

問答無用　鬼は徒花(稲葉稔)徳間文庫
(2007) ……………………………… 54
問答無用　陽炎の刺客(稲葉稔)徳間文庫
(2010) ……………………………… 54
問答無用　孤影の誓い(稲葉稔)徳間文庫
(2008) ……………………………… 54
問答無用　三巴の剣(稲葉稔)徳間文庫
(2007) ……………………………… 54
問答無用　亡者の夢(稲葉稔)徳間文庫
(2008) ……………………………… 54
問答無用　流転の峠(稲葉稔)徳間文庫
(2010) ……………………………… 54
◇もんなか紋三捕物帳(井川香四郎)廣済堂
文庫 ………………………………… 30
◇もんなか紋三捕物帳(井川香四郎)実業之
日本社文庫 ………………………… 32
◇もんなか紋三捕物帳(井川香四郎)徳間文
庫 …………………………………… 35
◇もんなか紋三捕物帳(井川香四郎)双葉文
庫 …………………………………… 36
もんなか紋三捕物帳(井川香四郎)徳間文庫
(2015) ……………………………… 35
もんなか紋三捕物帳　洗い屋(井川香四郎)徳
間文庫(2016) ……………………… 35
もんなか紋三捕物帳　九尾の狐(井川香四郎)
徳間文庫(2016) …………………… 35
もんなか紋三捕物帳　じゃこ天狗(井川香四
郎)廣済堂文庫(2015) …………… 30
もんなか紋三捕物帳　賞金稼ぎ(井川香四郎)
徳間文庫(2015) …………………… 35
もんなか紋三捕物帳　大義賊(井川香四郎)双
葉文庫(2016) ……………………… 36
もんなか紋三捕物帳　ちゃんちき奉行(井川香
四郎)双葉文庫(2015) …………… 36
もんなか紋三捕物帳　桃太郎姫(井川香四郎)
実業之日本社文庫(2016) ………… 32

【 や 】

刃舞(鈴木英治)中公文庫(2004) ………… 212
やがすり信助捕物控(牧南恭子)ワンツー時
代小説文庫(2008) ………………… 372
柳生暗殺剣(池端洋介)コスミック・時代文庫
(2004) ……………………………… 40
柳生一刀石(鈴木英治)中公文庫(2008) …… 213
柳生隠密一件帳(宮城賢秀)ベスト時代文庫
(2011) ……………………………… 390
◇柳生隠密帳　幕府探索方控(宮城賢秀)廣済
堂文庫 ……………………………… 384

◇柳生隠密帳　幕府探索方控(宮城賢秀)コス
ミック・時代文庫 ………………… 386
柳生隠密帳　幕府探索方控(宮城賢秀)廣済堂
文庫(1999) ………………………… 384
柳生隠密帳　幕府探索方控 1(宮城賢秀)コス
ミック・時代文庫(2004) ………… 386
柳生隠密帳　幕府探索方控 2(宮城賢秀)廣済
堂文庫(1999) ……………………… 384
柳生隠密帳　幕府探索方控 2 九鬼水軍斬殺剣
(宮城賢秀)コスミック・時代文庫(2004)
…………………………………………… 386
柳生隠密帳　幕府探索方控 3(宮城賢秀)廣済
堂文庫(2000) ……………………… 384
柳生隠密帳　幕府探索方控 3 甲賀流八双くずし
(宮城賢秀)コスミック・時代文庫(2005)
…………………………………………… 386
柳生狩り(宮城賢秀)学研M文庫(2012) …… 383
柳生刑部秘剣行(菊地秀行)集英社文庫
(1993) ……………………………… 131
柳生最後の日(中村彰彦)徳間文庫(2003)
…………………………………………… 286
柳生左門雷獣狩り(鈴木英治)朝日文庫
(2014) ……………………………… 211
柳生十兵衛(志津三郎)廣済堂文庫(1998)
…………………………………………… 201
柳生十兵衛 1 妖剣乱舞(谷恒生)ケイブンシャ
文庫(2000) ………………………… 238
柳生十兵衛神妙剣 →十兵衛の影(秋山香乃)
幻冬舎文庫(2009) ………………… 4
◇柳生十兵衛控(志津三郎)廣済堂文庫 …… 201
柳生十兵衛控　傀儡刺客状(志津三郎)廣済
堂文庫(2002) ……………………… 201
柳生十兵衛控　刺客廻状(志津三郎)廣済堂文
庫(2001) …………………………… 201
柳生十兵衛控　復讐連判状(志津三郎)廣済堂
文庫(2003) ………………………… 201
柳生十兵衛秘剣考(高井忍)創元推理文庫
(2011) ……………………………… 222
柳生十兵衛秘剣考 〔2〕 水月之抄(高井忍)
創元推理文庫(2015) ……………… 222
◇柳生十兵衛武芸録(鳥羽亮)幻冬舎文庫 …… 262
柳生十兵衛武芸録 1 加藤清正の亡霊(鳥羽
亮)幻冬舎文庫(2001) …………… 262
柳生十兵衛武芸録 2 風魔一族の逆襲(鳥羽
亮)幻冬舎文庫(2002) …………… 262
柳生秘帖 上(志津三郎)光文社文庫(1998)
…………………………………………… 201
柳生秘帖 下(志津三郎)光文社文庫(1998)
…………………………………………… 201
柳生平定記(多田容子)集英社文庫(2009)
…………………………………………… 234

柳生魔斬刀(近衛龍春)小学館文庫(2003)
………………………………………… 163
柳生宗矩(大島昌宏)PHP文庫(1999) …… 89
◇柳生烈堂(火坂雅志)祥伝社文庫 ………… 331
◇柳生烈堂(火坂雅志)ノン・ポシェット … 333
柳生烈堂 開祖・石舟斎を凌いだ無刀の剣(火
坂雅志)祥伝社文庫(1999) ……………… 331
柳生烈堂 十兵衛を超えた非情剣(火坂雅志)
ノン・ポシェット(1995) ……………… 333
柳生烈堂 対決 服部半蔵(火坂雅志)祥伝社文
庫(2008) ………………………………… 331
柳生烈堂 対決服部半蔵(火坂雅志)ノン・ポ
シェット(1996) ………………………… 333
柳生烈堂 秘剣狩り(火坂雅志)祥伝社文庫
(2008) …………………………………… 331
柳生烈堂 秘剣狩り(火坂雅志)ノン・ポシェッ
ト(1997) ………………………………… 333
柳生烈堂 無刀取り(火坂雅志)祥伝社文庫
(2008) …………………………………… 331
柳生烈堂 開祖・石舟斎を凌いだ無刀の剣 →柳
生烈堂(火坂雅志)祥伝社文庫(2008) …… 331
柳生烈堂血風録 宿敵・連也斎の巻(火坂雅志)
ノン・ポシェット(1996) ……………… 333
◇柳生連也斎(鳥羽亮)学研M文庫 ………… 260
◇柳生連也斎(鳥羽亮)廣済堂文庫 ………… 263
◇柳生連也斎(鳥羽亮)徳間文庫 …………… 268
柳生連也斎 →死闘・宗冬(鳥羽亮)学研M文
庫(2001) ………………………………… 260
柳生連也斎(鳥羽亮)廣済堂文庫(1999) … 263
柳生連也斎(鳥羽亮)廣済堂文庫(2000) … 263
柳生連也斎 激闘・列堂(鳥羽亮)学研M文庫
(2002) …………………………………… 260
柳生連也斎 激闘列堂(鳥羽亮)徳間文庫
(2005) …………………………………… 268
柳生連也斎 決闘・十兵衛(鳥羽亮)学研M文
庫(2001) ………………………………… 260
柳生連也斎 決闘十兵衛(鳥羽亮)徳間文庫
(2005) …………………………………… 268
柳生連也斎 死闘・宗冬(鳥羽亮)学研M文庫
(2001) …………………………………… 260
柳生連也斎 死闘宗冬(鳥羽亮)徳間文庫
(2005) …………………………………… 268
矢切の渡し(北川哲史)廣済堂文庫(2006)
………………………………………… 133
薬師小路別れの抜き胴(坂岡真)光文社文庫
(2009) …………………………………… 187
役者狩り(佐伯泰英)光文社文庫(2006) …… 173
役者狩り(佐伯泰英)光文社文庫(2014) …… 175
役者侍白鷺の殺陣(早瀬詠一郎)静山社文庫
(2011) …………………………………… 314

役者侍密書の始末(早瀬詠一郎)静山社文庫
(2011) …………………………………… 314
◇薬種屋喜十事件控(太佐順)学研M文庫 …… 234
薬種屋喜十事件控 異人舟(太佐順)学研M文
庫(2009) ………………………………… 234
薬種屋喜十事件控 夜の琴(太佐順)学研M文
庫(2009) ………………………………… 234
約束(小松エメル)ハルキ文庫(2013) ……… 167
疫病神ちちんぷい(高橋由太)徳間文庫
(2015) …………………………………… 230
◇薬研堀小町事件帖(藍川慶次郎)学研M文
庫 ………………………………………… 1
薬研堀小町事件帖 萩の露(藍川慶次郎)学研
M文庫(2005) …………………………… 1
薬研堀小町事件帖 冬景色(藍川慶次郎)学研
M文庫(2006) …………………………… 1
薬研堀小町事件帖 紅葉の坂(藍川慶次郎)学
研M文庫(2005) ………………………… 1
やさぐれ(犬飼六岐)実業之日本社文庫
(2011) …………………………………… 59
やさぐれ三匹事件帖(和田はつ子)ベスト時
代文庫(2007) …………………………… 443
◇やさぐれ三匹事件帖(和田はつ子)ベスト
時代文庫 ………………………………… 443
やさぐれ三匹事件帖 →三匹の侍捕物控(和田
はつ子)ベスト時代文庫(2012) ………… 443
やさぐれ三匹事件帖 恋刀(和田はつ子)ベス
ト時代文庫(2007) ……………………… 443
やさぐれ三匹事件帖 雪中花(和田はつ子)ベ
スト時代文庫(2007) …………………… 443
やさぐれ大納言徳川宗睦(麻倉一矢)コスミッ
ク・時代文庫(2014) …………………… 7
やさぐれ大納言徳川宗睦〔2〕御三家の危機
(麻倉一矢)コスミック・時代文庫(2014)
………………………………………… 7
やさぐれ大納言徳川宗睦〔3〕大江戸災難(麻
倉一矢)コスミック・時代文庫(2015) …… 7
やさぐれ大納言徳川宗睦〔4〕上様の姫君(麻
倉一矢)コスミック・時代文庫(2015) …… 8
やさぐれ大納言徳川宗睦〔5〕江戸の天下人
(麻倉一矢)コスミック・時代文庫(2015)
………………………………………… 8
やさぐれ大納言徳川宗睦〔6〕討幕騒動(麻
倉一矢)コスミック・時代文庫(2015) …… 8
◇やさぐれ同心忠次郎(中岡潤一郎)コスミッ
ク・時代文庫 …………………………… 277
やさぐれ同心忠次郎 渡世人狩り(中岡潤一
郎)コスミック・時代文庫(2008) ……… 277
やさぐれ同心忠次郎 白虎死す(中岡潤一郎)
コスミック・時代文庫(2008) ………… 277
やさぐれ同心忠次郎 深川の風(中岡潤一郎)
コスミック・時代文庫(2007) ………… 277

やさく　作品名索引

◇やさぐれ若さま裁き剣（藤堂房良）コスミック・時代文庫 …………………………… 257

やさぐれ若さま裁き剣 悪食（藤堂房良）コスミック・時代文庫（2016） ………………… 257

優しい嘘（今井絵美子）徳間文庫（2016） …… 63

夜叉（城駿一郎）学研M文庫（2005） …… 206

夜叉追い（千野隆司）双葉文庫（2004） …… 245

夜叉狩り（牧秀彦）学研M文庫（2004） ……… 365

夜叉血殺（早坂倫太郎）集英社文庫（2001）
………………………………………………… 312

夜叉桜（あさのあつこ）光文社文庫（2009）
………………………………………………… 11

夜叉裁き（吉田雄亮）光文社文庫（2003） …… 424

夜叉と天女（藤村与一郎）ベスト時代文庫（2009） ………………………………………… 358

夜叉の面（庄司圭太）集英社文庫（1999） …… 208

夜叉姫（小杉健治）ハルキ文庫（2005） ……… 159

夜叉姫 くずし（雑賀俊一郎）学研M文庫（2003） ………………………………………… 169

◇夜叉萬同心（辻堂魁）学研M文庫 …… 250

◇夜叉萬同心（辻堂魁）ベスト時代文庫 …… 253

夜叉萬同心 藍より出でて（辻堂魁）学研M文庫（2014） ……………………………… 250

夜叉萬同心　親子坂（辻堂魁）学研M文庫（2013） ……………………………………… 250

夜叉萬同心 親子坂（辻堂魁）ベスト時代文庫（2009） ………………………………… 253

夜叉萬同心 冬かげろう（辻堂魁）学研M文庫（2013） ……………………………… 250

夜叉萬同心 冬蜉蝣（辻堂魁）ベスト時代文庫（2008） ………………………………… 253

夜叉萬同心 冥途の別れ橋（辻堂魁）学研M文庫（2013） ……………………………… 250

夜叉萬同心 冥途の別れ橋（辻堂魁）ベスト時代文庫（2008） ………………………… 253

夜叉万同心冬蜉蝣 →冬かげろう（辻堂魁）学研M文庫（2013） ……………………… 250

夜叉むすめ（芦川淳一）祥伝社文庫（2011）
………………………………………………… 16

夜襲（乾荘次郎）講談社文庫（2006） …… 58

野州黒羽鷹爪剣（宮城賢秀）廣済堂文庫（1997） ………………………………………… 384

野州黒羽鷹爪剣 →八丁堀父子鷹 3（宮城賢秀）桃園文庫（2002） …………………… 388

野獣めざむる（高橋直樹）祥伝社文庫（2000）
………………………………………………… 226

安囲いの女（金子成人）小学館文庫（2014）
………………………………………………… 125

痩せ神さま（風野真知雄）朝日文庫（2012）
………………………………………………… 108

矢立屋新平太版木帳（柏田道夫）徳間文庫（2015） ……………………………………… 107

厄介引き受け人望月竜之進（風野真知雄）竹書房時代小説文庫（2008） …………… 114

厄介屋助太刀三昧（江宮隆之）学研M文庫（2006） ……………………………………… 85

厄介屋天下御免（江宮隆之）学研M文庫（2005） ………………………………………… 85

奴の小万と呼ばれた女（松井今朝子）講談社文庫（2003） ……………………………… 374

◇やったる侍涼之進奮闘剣（早見俊）新潮文庫 …………………………………………… 318

やったる侍涼之進奮闘剣 2 茜空の誓い（早見俊）新潮文庫（2012） ………………… 318

やったる侍涼之進奮闘剣 3 白銀（しろがね）の野望（早見俊）新潮文庫（2013） …… 318

やったる侍涼之進奮闘剣 4 新緑の訣別（早見俊）新潮文庫（2013） ………………… 319

やったる侍涼之進奮闘剣 5 虹色の決着（早見俊）新潮文庫（2013） ………………… 319

やったる侍涼之進奮闘剣 青雲の門出（早見俊）新潮文庫（2012） …………………… 318

八つ花ごよみ（山本一力）新潮文庫（2012）
………………………………………………… 415

夜盗斬り（黒崎裕一郎）祥伝社文庫（2003）
………………………………………………… 150

野盗薙ぎ（鈴木英治）中公文庫（2006） …… 213

野盗薙ぎ（鈴木英治）徳間文庫（2016） …… 215

宿無し（藤井邦夫）双葉文庫（2014） …… 351

宿無し（藤井邦夫）二見時代小説文庫（2008）
………………………………………………… 352

◇雇われ師範・豊之助（千野隆司）双葉文庫
………………………………………………… 246

雇われ師範・豊之助 借金道場（千野隆司）双葉文庫（2015） ………………………… 246

雇われ師範・豊之助 ぬか喜び（千野隆司）双葉文庫（2015） ………………………… 246

雇われ師範・豊之助 瓢箪から駒（千野隆司）双葉文庫（2016） ……………………… 246

柳うら屋奇々怪々譚（篠原景）廣済堂文庫（2013） ……………………………………… 203

谷中おかめ茶屋（岳真也）祥伝社文庫（2009）
………………………………………………… 103

谷中黒猫殺人事件（風野真知雄）だいわ文庫（2007） …………………………………… 114

谷中黒猫殺人事件（風野真知雄）文春文庫（2012） ……………………………………… 117

谷中下忍党（乾荘次郎）双葉文庫（2007） …… 58

谷中ころび坂（永井義男）学研M文庫（2006） ……………………………………… 274

柳影（多田容子）講談社文庫（2003） ……… 234

柳影（多田容子）時代小説文庫（2008） ……… 234

柳に風（佐伯泰英）文春文庫（2016） ……… 185

634 歴史時代小説文庫総覧 現代の作家

◇柳橋の弥平次捕物噺(藤井邦夫)双葉文庫 ……… *351*

◇柳橋の弥平次捕物噺(藤井邦夫)二見時代小説文庫 ……… *352*

柳橋の弥平次捕物噺 1 影法師(藤井邦夫)双葉文庫(2014) ……… *351*

柳橋の弥平次捕物噺 2 祝い酒(藤井邦夫)双葉文庫(2014) ……… *351*

柳橋の弥平次捕物噺 2 祝い酒(藤井邦夫)二見時代小説文庫(2007) ……… *352*

柳橋の弥平次捕物噺 3 宿無し(藤井邦夫)双葉文庫(2014) ……… *351*

柳橋の弥平次捕物噺 3 宿無し(藤井邦夫)二見時代小説文庫(2008) ……… *352*

柳橋の弥平次捕物噺 4 道連れ(藤井邦夫)双葉文庫(2014) ……… *352*

柳橋の弥平次捕物噺 4 道連れ(藤井邦夫)二見時代小説文庫(2009) ……… *352*

柳橋の弥平次捕物噺 5 裏切り(藤井邦夫)双葉文庫(2014) ……… *352*

柳橋の弥平次捕物噺 5 裏切り(藤井邦夫)二見時代小説文庫(2010) ……… *352*

柳橋の弥平次捕物噺 6 愚か者(藤井邦夫)双葉文庫(2015) ……… *352*

柳橋の弥平次捕物噺 影法師(藤井邦夫)二見時代小説文庫(2006) ……… *352*

柳屋お藤捕物暦(鳴海丈)光文社文庫(2003) ……… *293*

柳屋お藤捕物帳 →柳屋お藤捕物暦(鳴海丈)光文社文庫(2003) ……… *293*

柳屋お藤捕物帳(鳴海丈)PHP文庫(2000) ……… *296*

やなりいなり(畠中恵)新潮文庫(2013) *305*

◇屋根葺き同心闇御用(永井義男)学研M文庫 ……… *274*

屋根葺き同心闇御用(永井義男)学研M文庫(2006) ……… *274*

屋根葺き同心闇御用 深川三角屋敷(永井義男)学研M文庫(2006) ……… *274*

屋根葺き同心闇御用 谷中ころび坂(永井義男)学研M文庫(2006) ……… *274*

◇やぶ医師天元世直し帖(沖田正午)ハルキ文庫 ……… *95*

やぶ医師天元世直し帖 医は仁術なり(沖田正午)ハルキ文庫(2013) ……… *95*

やぶ医師天元世直し帖 お医者様でも(沖田正午)ハルキ文庫(2014) ……… *95*

やぶ医師天元世直し帖 お気の毒さま(沖田正午)ハルキ文庫(2013) ……… *95*

やぶ医師天元世直し帖 御身お大事に(沖田正午)ハルキ文庫(2015) ……… *95*

やぶ医師天元世直し帖 金こそわが命(沖田正午)ハルキ文庫(2014) ……… *95*

やぶ医師天元世直し帖 信じる者は、救われず(沖田正午)ハルキ文庫(2014) ……… *95*

やぶ医師天元世直し帖 手遅れでござる(沖田正午)ハルキ文庫(2013) ……… *95*

◇やぶ医薄斎(幡大介)角川文庫 ……… *325*

やぶ医薄斎(幡大介)角川文庫(2016) ……… *325*

やぶ医薄斎 〔2〕贋銀の湊(幡大介)角川文庫(2016) ……… *325*

藪雨(坂岡真)徳間文庫(2007) ……… *190*

破れ傘(藤井邦夫)祥伝社文庫(2010) ……… *349*

野望 上(井沢元彦)祥伝社文庫(2006) ……… *43*

野望 下(井沢元彦)祥伝社文庫(2006) ……… *43*

野望と忍びと刀(鈴木英治)祥伝社文庫(2011) ……… *212*

野望の果て(喜安幸夫)学研M文庫(2011) ……… *136*

山内一豊の妻の推理帖(鯨統一郎)光文社文庫(2012) ……… *143*

山県昌景(小川由秋)PHP文庫(2006) ……… *93*

山川家の兄弟(中村彰彦)人物文庫(2005) ……… *286*

八巻卯之吉放蕩記(幡大介)双葉文庫(2010) ……… *326*

山桜記(葉室麟)文春文庫(2016) *310*

ヤマダチの砦(中谷航太郎)新潮文庫(2011) ……… *283*

◇山同心花見帖(六道慧)徳間文庫 ……… *430*

山同心花見帖(六道慧)徳間文庫(2013) ……… *430*

山同心花見帖 慶花の夢(六道慧)徳間文庫(2014) ……… *430*

山同心花見帖 まねきの紅葉(六道慧)徳間文庫(2014) ……… *430*

山中鹿之介(高橋直樹)文春文庫(2000) ……… *226*

山流し、さればこそ(諸田玲子)角川文庫(2008) ……… *405*

山内一豊(岳真也)学研M文庫(2005) ……… *102*

山彦ハヤテ(米village圭伍)新潮文庫(2011) ……… *427*

山吹の炎(篠綾子)文春文庫(2016) ……… *203*

山本勘助(石川能弘)PHP文庫(1999) ……… *44*

闇商人(宮城賢秀)徳間文庫(2008) ……… *389*

闇医者おゑん秘録帖(あさのあつこ)中公文庫(2015) ……… *11*

闇討ち(宮城賢秀)学研M文庫(2011) ……… *383*

闇討ち斬(鈴木英治)中公文庫(2003) ……… *212*

闇討ち斬(鈴木英治)中公文庫(2016) ……… *213*

闇への誘い(早見俊)二見時代小説文庫(2016) ……… *322*

◇闇を斬る(荒崎一海)朝日文庫 ……… *22*

◇闇を斬る(荒崎一海)徳間文庫 ……… *23*

闇を斬る →龍尾一閃（荒崎一海）朝日文庫
（2011） ……………………… 22
闇を斬る 1 龍尾一閃（荒崎一海）朝日文庫
（2011） ……………………… 22
闇を斬る 1 龍尾一閃（荒崎一海）徳間文庫
（2012） ……………………… 23
闇を斬る 2 刺客変幻（荒崎一海）朝日文庫
（2011） ……………………… 22
闇を斬る 2 刺客変幻（荒崎一海）徳間文庫
（2012） ……………………… 23
闇を斬る 3 四神跳梁（荒崎一海）朝日文庫
（2011） ……………………… 22
闇を斬る 3 四神跳梁（荒崎一海）徳間文庫
（2012） ……………………… 23
闇を斬る 4 残月無情（荒崎一海）朝日文庫
（2011） ……………………… 22
闇を斬る 5 霖雨蕭蕭（荒崎一海）朝日文庫
（2011） ……………………… 22
闇を斬る 6 風霜苛烈（荒崎一海）朝日文庫
（2011） ……………………… 23
闇を斬る 7 孤剣乱斬（荒崎一海）朝日文庫
（2011） ……………………… 23
闇を斬る 孤剣乱斬（荒崎一海）徳間文庫
（2006） ……………………… 23
闇を斬る 残月無情（荒崎一海）徳間文庫
（2006） ……………………… 23
闇を斬る 刺客変幻（荒崎一海）徳間文庫
（2005） ……………………… 23
闇を斬る 直心影流龍尾の舞い（荒崎一海）徳
間文庫（2005） …………… 23
闇を斬る 四神跳梁（荒崎一海）徳間文庫
（2006） ……………………… 23
闇を斬る 風霜苛烈（荒崎一海）徳間文庫
（2006） ……………………… 23
闇を斬る 霖雨蕭蕭（荒崎一海）徳間文庫
（2006） ……………………… 23
◇闇御庭番（早見俊）だいわ文庫 ……… 319
◇闇御庭番（早見俊）ベスト時代文庫 ……… 322
闇御庭番 江戸城御駕籠台（早見俊）だいわ文
庫（2008） …………………… 319
闇御庭番 春画氾濫遠山景元（早見俊）だいわ
文庫（2008） ………………… 319
闇御庭番 天保三方領知替（早見俊）だいわ文
庫（2008） …………………… 319
闇御庭番 密謀奢侈禁止令（早見俊）だいわ文
庫（2008） …………………… 319
闇御庭番 妖怪南町奉行（早見俊）だいわ文庫
（2008） ……………………… 319
闇御庭番始末帖（早見俊）ベスト時代文庫
（2011） ……………………… 322

闇を奔る刺客（八柳誠）廣済堂文庫（2012）
…………………………………… 411
闇鏡 →ゆかし妖し（堀川アサコ）新潮文庫
（2015） ……………………… 363
闇隠れの刃（鈴木英治）双葉文庫（2011） …… 217
闇鴉（鳥羽亮）ハルキ文庫（2003） ………… 269
◇闇斬り稼業（谷恒生）徳間文庫 ………… 238
闇斬り稼業（谷恒生）徳間文庫（2001） ……… 238
闇斬り稼業 情炎（谷恒生）徳間文庫（2003）
…………………………………… 239
闇斬り稼業 蕩悦（谷恒生）徳間文庫（2003）
…………………………………… 239
闇斬り稼業 秘事（谷恒生）徳間文庫（2001）
…………………………………… 239
闇斬り稼業 妖淫（谷恒生）徳間文庫（2002）
…………………………………… 239
◇闇斬り三十郎（桑原譲太郎）コスミック・時
代文庫 ………………………… 152
闇斬り三十郎 影の火盗（桑原譲太郎）コスミ
ック・時代文庫（2006） …… 152
闇斬り三十郎 刺客の嵐（桑原譲太郎）コスミ
ック・時代文庫（2007） …… 152
◇闇斬り同心玄堂異聞（稲葉稔）双葉文庫 …… 56
闇斬り同心玄堂異聞 凶剣始末（稲葉稔）双葉
文庫（2011） ………………… 56
闇斬り同心玄堂異聞 撃剣復活（稲葉稔）双葉
文庫（2011） ………………… 56
闇斬り同心玄堂異聞 剛剣一涙（稲葉稔）双葉
文庫（2012） ………………… 56
闇斬り同心玄堂異聞 閃剣残情（稲葉稔）双葉
文庫（2012） ………………… 56
闇斬り同心玄堂異聞 狼剣勝負（稲葉稔）双葉
文庫（2012） ………………… 56
闇斬り二天の用心棒（中村朋臣）宝島社文庫
（2016） ……………………… 288
◇闇斬り竜四郎（谷恒生）祥伝社文庫 ……… 238
闇斬り竜四郎（谷恒生）祥伝社文庫（2001）
…………………………………… 238
闇斬り竜四郎 乱れ菩薩（谷恒生）祥伝社文庫
（2003） ……………………… 238
闇斬り竜四郎 乱れ夜叉（谷恒生）祥伝社文庫
（2002） ……………………… 238
闇公方（和久田正明）双葉文庫（2008） ……… 438
闇公方の影（藤水名子）二見時代小説文庫
（2015） ……………………… 346
闇絢爛（朝松健）光文社文庫（2003） ………… 13
闇蝙蝠 1（吉田親司）富士見新時代小説文庫
（2014） ……………………… 423
闇蝙蝠 2（吉田親司）富士見新時代小説文庫
（2014） ……………………… 423
闇蝙蝠 3（吉田親司）富士見新時代小説文庫
（2014） ……………………… 423

作品名索引　　　　　　　　　　　　　　　やみの

闇仕合　上(小杉健治)二見時代小説文庫
　(2016) ……………………………… *161*
◇闇刺客御用始末(稲葉稔)ベスト時代文庫
　……………………………………………… *57*
闇刺客御用始末 天誅！ 外道狩り(稲葉稔)ベ
　スト時代文庫(2004) ………………… *57*
闇刺客御用始末 幽霊裁き(稲葉稔)ベスト時
　代文庫(2005) ………………………… *57*
闇地蔵(鳥羽亮)ハルキ文庫(2003) *269*
闇芝居(小杉健治)光文社文庫(2015) *156*
闇芝居(小杉健治)ベスト時代文庫(2010)
　……………………………………………… *162*
闇芝居 →般若同心と変化小僧 5(小杉健治)
　光文社文庫(2015) …………………… *156*
闇成敗(倉阪鬼一郎)徳間文庫(2014) *147*
闇太夫(小杉健治)祥伝社文庫(2008) *157*
◇闇同心・朝比奈玄堂(稲葉稔)コスミック・
　時代文庫 ………………………………… *53*
闇同心・朝比奈玄堂 2 風雪斬鬼剣(稲葉稔)
　コスミック・時代文庫(2004) ……… *53*
闇同心・朝比奈玄堂 3 人情恋慕剣(稲葉稔)
　コスミック・時代文庫(2004) ……… *53*
闇同心・朝比奈玄堂 4 残照恩情剣(稲葉稔)
　コスミック・時代文庫(2004) ……… *53*
闇同心・朝比奈玄堂 5 哀切無情剣(稲葉稔)
　コスミック・時代文庫(2004) ……… *53*
闇同心・朝比奈玄堂 必殺情炎剣(稲葉稔)コ
　スミック・時代文庫(2003) ………… *53*
闇同心地獄斬り →闇同心そぼろ(坂岡真)幻
　冬舎時代小説文庫(2015) …………… *187*
闇同心地獄斬り(坂岡真)コスミック・時代文
　庫(2004) ……………………………… *189*
闇同心そぼろ(坂岡真)幻冬舎時代小説文庫
　(2015) ………………………………… *187*
闇鳥(小杉健治)講談社文庫(2008) *155*
闇鳥 →雨上がりの空(小杉健治)宝島社文庫
　(2014) ………………………………… *159*
やみとり屋(多田容子)講談社文庫(2004)
　……………………………………………… *234*
闇に咲く淫華(鳴海丈)廣済堂文庫(2016)
　……………………………………………… *291*
闇に棲む鬼(庄司圭太)光文社文庫(2008)
　……………………………………………… *208*
闇に灯る(築山桂)徳間文庫(2009) *248*
闇の仇討ち(喜安幸夫)学研M文庫(2013)
　……………………………………………… *136*
闇の稲妻(小杉健治)ハルキ文庫(2010) *160*
闇の影(荒崎一海)徳間文庫(2010) … *24*
闇の狐狩り(早見俊)二見時代小説文庫
　(2014) ………………………………… *322*
闇の黒猫(野口卓)新潮文庫(2013) … *300*

闇の剣(佐々木裕一)コスミック・時代文庫
　(2010) ………………………………… *195*
闇の剣(鈴木英治)ハルキ文庫(2002) *215*
闇の恋唄(村咲数馬)大洋時代文庫 時代小説
　(2006) ………………………………… *398*
闇の獄 上(富樫倫太郎)中公文庫(2014) *259*
闇の獄 下(富樫倫太郎)中公文庫(2014) *259*
◇闇の仕置人無頼控(浅野里沙子)光文社文
　庫 ………………………………………… *12*
闇の仕置人無頼控 2 捌きの夜(浅野里沙子)
　光文社文庫(2010) …………………… *12*
闇の仕置人無頼控 3 暗鬼の刃(浅野里沙子)
　光文社文庫(2010) …………………… *12*
闇の仕置人無頼控 4 埋み火(浅野里沙子)光
　文社文庫(2011) ……………………… *12*
闇の仕置人無頼控 六道捌きの龍(浅野里沙
　子)光文社文庫(2009) ……………… *12*
闇の刺客(鳥羽亮)PHP文芸文庫(2013) *270*
◇闇の仕事人半次郎(早坂倫太郎)大洋時代
　文庫 時代小説 ………………………… *312*
闇の仕事人半次郎 修羅の嵐(早坂倫太郎)大
　洋時代文庫 時代小説(2005) ……… *312*
闇の仕事人半次郎 復讐の血煙り(早坂倫太
　郎)大洋時代文庫 時代小説(2005) … *312*
闇の仕事人半次郎 吉原探索行(早坂倫太郎)
　大洋時代文庫 時代小説(2005) …… *312*
闇の射手(築山桂)双葉文庫(2012) *249*
闇の首魁(鳥羽亮)文春文庫(2012) *272*
闇の数珠(永井義男)ハルキ文庫(2006) *276*
闇の呪縛(結城光流)角川文庫(2011) *422*
闇の呪縛を打ち砕け(結城光流)角川ビーン
　ズ文庫(2002) ………………………… *419*
闇の呪縛を打ち砕け →少年陰陽師(おんみょ
　うじ)(結城光流)角川文庫(2011) … *422*
闇の陣羽織(鈴木英治)祥伝社文庫(2010)
　……………………………………………… *212*
闇の閃光(鳥羽亮)ハルキ文庫(2011) *269*
闇の大納言(小沢章友)集英社文庫(2000)
　……………………………………………… *98*
闇の松明(高橋直樹)文春文庫(2002) *226*
闇の鴆毒(庄司圭太)集英社文庫(2001) *209*
闇の華(黒崎裕一郎)幻冬舎文庫(2001) *150*
闇の華(黒崎裕一郎)徳間文庫(2005) *151*
闇の華たち(乙川優三郎)文春文庫(2011)
　……………………………………………… *100*
闇の花道(浅田次郎)集英社文庫(2002) *10*
◇闇の風林火山(近衛龍春)双葉文庫 …… *164*
闇の風林火山 謀殺の川中島(近衛龍春)双葉
　文庫(2007) …………………………… *164*
闇の風林火山 謀略の三方ヶ原(近衛龍春)双
　葉文庫(2007) ………………………… *164*

やみの　　　　　　　　　　作品名索引

闇の梟（鳥羽亮）角川文庫（2012）………… 261
闇の乱れ討ち（早坂倫太郎）学研M文庫
　（2001）……………………………………… 311
闇の乱れ討ち（早坂倫太郎）廣済堂文庫
　（1996）……………………………………… 311
闇の目（鈴木英治）角川文庫（2016）……… 211
闇の目（鈴木英治）講談社文庫（2008）…… 212
闇の元締（宮城賢秀）光文社文庫（2004）…… 386
闇の茂平次（小杉健治）光文社文庫（2015）
　………………………………………………… 156
闇の茂平次（小杉健治）ベスト時代文庫
　（2010）……………………………………… 162
闇の茂平次 →般若同心と変化小僧6（小杉健
　治）光文社文庫（2015）…………………… 156
◇闇の用心棒（鳥羽亮）祥伝社文庫 ………… 266
闇の用心棒（鳥羽亮）祥伝社文庫（2004）…… 266
闇の用心棒 7 狼の掟（鳥羽亮）祥伝社文庫
　（2009）……………………………………… 266
闇の用心棒 8 地獄の沙汰（鳥羽亮）祥伝社文
　庫（2010）…………………………………… 266
闇の用心棒 9 血闘ケ辻（鳥羽亮）祥伝社文庫
　（2010）……………………………………… 266
闇の用心棒 10 酔剣（鳥羽亮）祥伝社文庫
　（2011）……………………………………… 266
闇の用心棒 11 右京烈剣（鳥羽亮）祥伝社文庫
　（2011）……………………………………… 266
闇の用心棒 12 悪鬼襲来（鳥羽亮）祥伝社文庫
　（2012）……………………………………… 266
闇の用心棒 13 風雷（鳥羽亮）祥伝社文庫
　（2012）……………………………………… 266
闇の用心棒 14 殺鬼狩り（鳥羽亮）祥伝社文庫
　（2013）……………………………………… 267
闇の用心棒 鬼、群れる（鳥羽亮）祥伝社文庫
　（2008）……………………………………… 266
闇の用心棒 巨魁（鳥羽亮）祥伝社文庫
　（2007）……………………………………… 266
闇の用心棒 剣鬼無情（鳥羽亮）祥伝社文庫
　（2006）……………………………………… 266
闇の用心棒 剣狼（鳥羽亮）祥伝社文庫
　（2007）……………………………………… 266
闇の用心棒 地獄宿（鳥羽亮）祥伝社文庫
　（2005）……………………………………… 266
◇闇旗本・人斬り始末（池端洋介）コスミッ
　ク・時代文庫 ……………………………… 40
闇旗本・人斬り始末（池端洋介）コスミック・
　時代文庫（2003）…………………………… 40
闇旗本・人斬り始末 2 風魔狩り（池端洋介）
　コスミック・時代文庫（2004）………… 40
闇旗本・人斬り始末 3 柳生暗殺剣（池端洋介）
　コスミック・時代文庫（2004）………… 40
闇火の舞（聖龍人）廣済堂文庫（2011）……… 334

闇奉行影走り（喜安幸夫）祥伝社文庫（2016）
　………………………………………………… 139
闇奉行娘攫い（喜安幸夫）祥伝社文庫（2016）
　………………………………………………… 139
病み蛍（坂岡真）徳間文庫（2007）………… 190
◇闇目付参上（鳴海丈）文芸社文庫 ………… 296
闇目付参上 地獄の掟（鳴海丈）文芸社文庫
　（2014）……………………………………… 296
闇目付参上 富士地獄変（鳴海丈）文芸社文庫
　（2014）……………………………………… 296
闇目付・嵐四郎邪教斬り（鳴海丈）光文社文庫
　（2006）……………………………………… 293
闇目付・嵐四郎邪教斬り →富士地獄変（鳴海
　丈）文芸社文庫（2014）…………………… 296
闇目付・嵐四郎破邪の剣（鳴海丈）光文社文庫
　（2004）……………………………………… 293
闇目付・嵐四郎破邪の剣 →地獄の掟（鳴海丈）
　文芸社文庫（2014）………………………… 296
闇夜の梅（井川香四郎）講談社文庫（2011）
　………………………………………………… 30
闇夜の鴉（富樫倫太郎）中公文庫（2015）…… 259
闇夜の鴉（富樫倫太郎）徳間文庫（2010）…… 259
闇夜の義賊（稲葉稔）講談社文庫（2006）…… 51
闇夜の花（飯野笙子）ベスト時代文庫（2006）
　………………………………………………… 27
夜来の雨（城駿一郎）ベスト時代文庫（2005）
　………………………………………………… 207
やらずの雨（森真沙子）二見時代小説文庫
　（2010）……………………………………… 402
槍弾正の逆襲（中村彰彦）角川文庫（1999）
　………………………………………………… 285
槍突き無宿（喜安幸夫）二見時代小説文庫
　（2012）……………………………………… 140
遣手（佐伯泰英）光文社文庫（2005）……… 174
鑓の才蔵（近衛龍春）双葉文庫（2006）…… 164
◇槍の文蔵江戸草紙（千野隆司）学研M文庫
　………………………………………………… 242
槍の文蔵江戸草紙 命の女（千野隆司）学研M
　文庫（2011）………………………………… 242
槍の文蔵江戸草紙 恋の辻占（千野隆司）学研
　M文庫（2010）……………………………… 242
槍の文蔵江戸草紙 残り螢（千野隆司）学研M
　文庫（2010）………………………………… 242
やれやれ徳右衛門（稲葉稔）文春文庫（2015）
　………………………………………………… 57
柔肌五万両（鳴海丈）コスミック・時代文庫
　（2016）……………………………………… 293
やわ肌秘図（八神淳一）廣済堂文庫（2011）
　………………………………………………… 408
やわ肌巡りあい（八神淳一）廣済堂文庫
　（2013）……………………………………… 408

638　歴史時代小説文庫総覧 現代の作家

作品名索引　　　　ゆうれ

◇やわら侍・竜巻誠十郎（翔田寛）小学館文
　庫 ……………………………………… 209
やわら侍・竜巻誠十郎 秋疾風の悲槍（翔田寛）
　小学館文庫（2009）…………………… 210
やわら侍・竜巻誠十郎 炎新華の惨刀（翔田寛）
　小学館文庫（2010）…………………… 210
やわら侍・竜巻誠十郎 寒新月の魔刃（翔田寛）
　小学館文庫（2010）…………………… 210
やわら侍・竜巻誠十郎 夏至闇の邪剣（翔田寛）
　小学館文庫（2009）…………………… 210
やわら侍・竜巻誠十郎 桜吹雪の雷刃（翔田寛）
　小学館文庫（2011）…………………… 210
やわら侍・竜巻誠十郎 五月雨の凶刃（翔田寛）
　小学館文庫（2008）…………………… 209
やわら侍・竜巻誠十郎 精霊火の鬼剣（翔田寛）
　小学館文庫（2010）…………………… 210

【ゆ】

遺言状（稲葉稔）徳間文庫（2016）………… 55
遺言状の願（鈴木英治）双葉文庫（2014）… 218
夕顔殺し（和田はつ子）廣済堂文庫（2008）
　………………………………………… 439
遊郭狂奔（上田秀人）幻冬舎時代小説文庫
　（2014）………………………………… 74
夕影（辻堂魁）祥伝社文庫（2015）………… 252
◇結城半蔵事件始末（藤井邦夫）学研M文庫
　………………………………………… 347
結城半蔵事件始末 御法度（藤井邦夫）学研M
　文庫（2009）…………………………… 347
結城半蔵事件始末 追跡者（藤井邦夫）学研M
　文庫（2009）…………………………… 347
結城半蔵事件始末 濡れ衣（藤井邦夫）学研M
　文庫（2010）…………………………… 347
結城半蔵事件始末 不忠者（藤井邦夫）学研M
　文庫（2008）…………………………… 347
結城半蔵事件始末 無宿者（藤井邦夫）学研M
　文庫（2012）…………………………… 347
結城秀康（大島昌宏）PHP文庫（1998）…… 89
結城秀康（志木沢郁）学研M文庫（2005）… 200
夕霧の剣（鈴木英治）徳間文庫（2011）…… 214
夕霧の剣（鈴木英治）ハルキ文庫（2004）… 216
夕暮れの女（千野隆司）ハルキ文庫（2002）
　………………………………………… 244
遊撃隊始末（中村彰彦）文春文庫（1997）… 287
幽剣抄（菊地秀行）角川文庫（2004）……… 131
夕月夜（築山桂）徳間文庫（2009）………… 248
夕涼み（藤井邦夫）文春文庫（2016）……… 354
夕立ち（藤原緋沙子）祥伝社文庫（2005）… 361

夕立太平記（宮本昌孝）講談社文庫（2000）
　………………………………………… 395
夕凪（秋山香乃）朝日文庫（2011）…………… 4
◇勇之助世直し始末（永井義男）コスミック・
　時代文庫 ……………………………… 275
勇之助世直し始末 孤剣（永井義男）コスミッ
　ク・時代文庫（2007）………………… 275
勇之助世直し始末 破剣（永井義男）コスミッ
　ク・時代文庫（2007）………………… 275
夕映え 上（宇江佐真理）角川文庫（2014）… 69
夕映え 上（宇江佐真理）ハルキ文庫（2010）
　………………………………………… 72
夕映え 下（宇江佐真理）角川文庫（2014）… 69
夕映え 下（宇江佐真理）ハルキ文庫（2010）
　………………………………………… 72
夕映え（藤井邦夫）双葉文庫（2012）……… 351
夕映え（森山茂里）ベスト時代文庫（2009）
　………………………………………… 404
夕映えの剣（鳥羽亮）ハルキ文庫（2011）… 269
夕映え橋（鈴木英治）中公文庫（2009）…… 212
雄飛（佐伯泰英）新潮文庫（2011）………… 179
雄飛（牧秀彦）講談社文庫（2009）………… 367
雄飛！（佐伯泰英）徳間文庫（2002）……… 180
雄飛！（佐伯泰英）徳間文庫（2008）……… 180
雄風翻（はため）く（芝村凉也）双葉文庫
　（2012）………………………………… 204
夕べの花と散り急げ（結城光流）角川ビーン
　ズ文庫（2010）………………………… 421
夕まぐれの月（稲葉稔）双葉文庫（2007）… 55
夕まぐれの月（稲葉稔）双葉文庫（2014）… 57
幽冥の刺客 鬼門 屍蠟変幻（加野厚志）学研M
　文庫（2002）…………………………… 125
夕焼け雲（稲葉稔）講談社文庫（2009）……… 51
夕焼けの甍（鈴木英治）双葉文庫（2006）… 217
遊里ノ戦（吉田雄亮）二見時代小説文庫
　（2009）………………………………… 426
遊里の旋風（かぜ）（幡大介）双葉文庫
　（2011）………………………………… 326
幽霊が返した借金（翔田寛）PHP文芸文庫
　（2014）………………………………… 210
幽霊剣士（風野真知雄）双葉文庫（2009）… 115
幽霊小僧（鳥羽亮）徳間文庫（2015）……… 268
幽霊裁き →疑惑（稲葉稔）コスミック・時代
　文庫（2015）…………………………… 54
幽霊裁き（稲葉稔）ベスト時代文庫（2005）
　………………………………………… 57
幽霊退治（誉田龍一）コスミック・時代文庫
　（2016）………………………………… 364
幽霊の足（荒崎一海）講談社文庫（2016）… 23
幽霊の涙（諸田玲子）新潮文庫（2014）…… 407
幽霊の春（風野真知雄）双葉文庫（2014）… 116

歴史時代小説文庫総覧 現代の作家　**639**

ゆうれ　　　作品名索引

幽霊の町（風野真知雄）角川文庫（2013）‥‥‥ 108
幽霊の耳たぶに穴（風野真知雄）徳間文庫
　（2009）‥‥‥‥‥‥‥‥‥‥‥‥‥‥‥‥ 115
幽霊蕨（和田はつ子）小学館文庫（2009）‥‥‥ 440
幽恋舟（諸田玲子）新潮文庫（2004）‥‥‥‥‥ 407
ゆかし妖し（堀川アサコ）新潮文庫（2015）
　‥‥‥‥‥‥‥‥‥‥‥‥‥‥‥‥‥‥‥‥ 363
由縁（ゆかり）の月（今井絵美子）ハルキ文庫
　（2015）‥‥‥‥‥‥‥‥‥‥‥‥‥‥‥‥‥ 64
行合橋（今井絵美子）ハルキ文庫（2007）‥‥‥ 63
雪燈（藤原緋沙子）徳間文庫（2010）‥‥‥‥‥ 361
雪燈（藤原緋沙子）徳間文庫（2014）‥‥‥‥‥ 362
雪うさぎ（朝野敬）学研M文庫（2013）‥‥‥‥ 12
雪うさぎ（聖龍人）コスミック・時代文庫
　（2009）‥‥‥‥‥‥‥‥‥‥‥‥‥‥‥‥‥ 336
雪消水（芦川淳一）双葉文庫（2010）‥‥‥‥‥ 18
雪坂の決闘（霜月りつ）コスミック・時代文庫
　（2014）‥‥‥‥‥‥‥‥‥‥‥‥‥‥‥‥‥ 205
雪しぐれ（千野隆司）ハルキ文庫（2007）‥‥‥ 244
雪すだれ（渡辺毅）学研M文庫（2006）‥‥‥‥ 444
雪融けの夜（風野真知雄）朝日文庫（2013）
　‥‥‥‥‥‥‥‥‥‥‥‥‥‥‥‥‥‥‥‥ 107
雪とけ柳（中島要）ハルキ文庫（2015）‥‥‥‥ 281
雪の声（今井絵美子）祥伝社文庫（2012）‥‥‥ 62
雪の殿様（鷹井伶）白泉社招き猫文庫（2015）
　‥‥‥‥‥‥‥‥‥‥‥‥‥‥‥‥‥‥‥‥ 223
雪の果て（藤原緋沙子）新潮文庫（2016）‥‥‥ 361
雪の花火（井川香四郎）講談社文庫（2008）
　‥‥‥‥‥‥‥‥‥‥‥‥‥‥‥‥‥‥‥‥ 30
雪の別れ（坂岡真）徳間文庫（2008）‥‥‥‥‥ 190
雪肌慕情（天宮響一郎）学研M文庫（2009）
　‥‥‥‥‥‥‥‥‥‥‥‥‥‥‥‥‥‥‥‥ 21
雪婆（藤原緋沙子）双葉文庫（2014）‥‥‥‥‥ 362
雪姫七変化 →雪姫世直し帖（谷恒生）徳間文
　庫（1999）‥‥‥‥‥‥‥‥‥‥‥‥‥‥‥‥ 239
雪姫艶道中（風間九郎）学研M文庫（2005）
　‥‥‥‥‥‥‥‥‥‥‥‥‥‥‥‥‥‥‥‥ 105
雪姫もののけ伝々（嵯峨野晶）廣済堂文庫
　（2014）‥‥‥‥‥‥‥‥‥‥‥‥‥‥‥‥‥ 193
雪姫世直し帖（谷恒生）徳間文庫（1999）‥‥‥ 239
雪舞い（藤原緋沙子）祥伝社文庫（2004）‥‥‥ 360
雪まろげ（今井絵美子）徳間文庫（2015）‥‥‥ 63
雪まろげ（宇江佐真理）新潮文庫（2016）‥‥‥ 71
雪見酒（藤井邦夫）双葉文庫（2010）‥‥‥‥‥ 350
雪見の刺客（山田剛）学研M文庫（2011）‥‥‥ 413
雪見舟（坂岡真）双葉文庫（2007）‥‥‥‥‥‥ 192
雪見船（藤原緋沙子）廣済堂文庫（2006）‥‥‥ 359
雪止まず（早瀬詠一郎）双葉文庫（2010）‥‥‥ 314
雪蓮花（天宮響一郎）学研M文庫（2004）‥‥‥ 21
雪割草（今井絵美子）ハルキ文庫（2012）‥‥‥ 64

湯けむりの殺意（聖龍人）コスミック・時代文
　庫（2015）‥‥‥‥‥‥‥‥‥‥‥‥‥‥‥‥ 336
湯島金魚殺人事件（風野真知雄）文春文庫
　（2013）‥‥‥‥‥‥‥‥‥‥‥‥‥‥‥‥‥ 118
湯島ノ罠（佐伯泰英）双葉文庫（2013）‥‥‥‥ 185
ゆず女房（和田はつ子）ハルキ文庫（2013）
　‥‥‥‥‥‥‥‥‥‥‥‥‥‥‥‥‥‥‥‥ 442
柚子の花咲く（葉室麟）朝日文庫（2013）‥‥‥ 309
ゆすらうめ（梓沢要）光文社文庫（2009）‥‥‥ 19
強請（ゆすり）の代償（喜安幸夫）二見時代小
　説文庫（2012）‥‥‥‥‥‥‥‥‥‥‥‥‥‥ 140
ゆずり葉（六道慧）徳間文庫（2011）‥‥‥‥‥ 430
指切り（今井絵美子）ハルキ文庫（2014）‥‥‥ 64
指切り（藤井邦夫）文春文庫（2011）‥‥‥‥‥ 352
湯船盗人（幡大介）双葉文庫（2012）‥‥‥‥‥ 327
弓張ノ月（佐伯泰英）双葉文庫（2014）‥‥‥‥ 185
夢行脚（浮穴みみ）中公文庫（2014）‥‥‥‥‥ 80
夢追い門出（小杉健治）ハルキ文庫（2011）
　‥‥‥‥‥‥‥‥‥‥‥‥‥‥‥‥‥‥‥‥ 160
夢追い月（小松エメル）ハルキ文庫（2012）
　‥‥‥‥‥‥‥‥‥‥‥‥‥‥‥‥‥‥‥‥ 167
夢おくり（今井絵美子）祥伝社文庫（2009）
　‥‥‥‥‥‥‥‥‥‥‥‥‥‥‥‥‥‥‥‥ 62
夢かさね（中島要）ハルキ文庫（2014）‥‥‥‥ 281
夢が疾る（井川香四郎）文春文庫（2013）‥‥‥ 37
夢さくら錦絵暦（笛吹明生）学研M文庫
　（2005）‥‥‥‥‥‥‥‥‥‥‥‥‥‥‥‥‥ 343
夢さめて（早瀬詠一郎）双葉文庫（2011）‥‥‥ 314
夢芝居（藤井邦夫）双葉文庫（2013）‥‥‥‥‥ 351
夢千両すご腕始末（聖龍人）二見時代小説文
　庫（2011）‥‥‥‥‥‥‥‥‥‥‥‥‥‥‥‥ 338
◇夢草紙人情おかんケ茶屋（今井絵美子）徳
　間文庫‥‥‥‥‥‥‥‥‥‥‥‥‥‥‥‥‥‥ 63
夢草紙人情おかんケ茶屋（今井絵美子）徳間
　文庫（2012）‥‥‥‥‥‥‥‥‥‥‥‥‥‥‥ 63
夢草紙人情おかんケ茶屋 うつし花（今井絵美
　子）徳間文庫（2014）‥‥‥‥‥‥‥‥‥‥‥ 63
夢草紙人情おかんケ茶屋 縁の糸（今井絵美
　子）徳間文庫（2012）‥‥‥‥‥‥‥‥‥‥‥ 63
夢草紙人情おかんケ茶屋 夏花（今井絵美子）
　徳間文庫（2013）‥‥‥‥‥‥‥‥‥‥‥‥‥ 63
夢草紙人情おかんケ茶屋 夜だけ（今井絵美
　子）徳間文庫（2013）‥‥‥‥‥‥‥‥‥‥‥ 63
夢草紙人情おかんケ茶屋 優しい嘘（今井絵美
　子）徳間文庫（2016）‥‥‥‥‥‥‥‥‥‥‥ 63
夢草紙人情おかんケ茶屋 雪まろげ（今井絵美
　子）徳間文庫（2015）‥‥‥‥‥‥‥‥‥‥‥ 63
◇夢草紙人情ひぐらし店（今井絵美子）徳間
　文庫‥‥‥‥‥‥‥‥‥‥‥‥‥‥‥‥‥‥‥ 62
夢草紙人情ひぐらし店 暮れがたき（今井絵美
　子）徳間文庫（2008）‥‥‥‥‥‥‥‥‥‥‥ 62

作品名索引　　　　　　よいと

夢草紙人情ひぐらし店 恋しい（今井絵美子）
徳間文庫（2009）……………………… 63
夢太郎色暦（村咲数馬）大洋文庫（2004）…… 399
夢つぎし者（原田孔平）学研M文庫（2013）
……………………………………… 323
ゆめつげ（畠中恵）角川文庫（2008）……… 304
夢告の訣れ（芝村涼也）講談社文庫（2015）
……………………………………… 204
夢燈籠（吉田雄亮）祥伝社文庫（2012）…… 425
夢泥棒（風野真知雄）幻冬舎時代小説文庫
（2011）…………………………… 110
夢のあかり（六道慧）双葉文庫（2005）…… 430
遊女（ゆめ）のあと（諸田玲子）新潮文庫
（2010）…………………………… 407
夢の浮き橋（藤原緋沙子）祥伝社文庫（2006）
……………………………………… 361
◇夢之介夢想剣（江宮隆之）学研M文庫 …… 85
夢之介夢想剣 厄介屋助太刀三昧（江宮隆之）
学研M文庫（2006）………………… 85
夢之介夢想剣 厄介屋天下御免（江宮隆之）学
研M文庫（2005）…………………… 85
夢の手ほどき（聖龍人）二見時代小説文庫
（2011）…………………………… 338
夢の花、咲く（梶よう子）文春文庫（2014）… 107
夢の燈影（ほかげ）（小松エメル）講談社文庫
（2016）…………………………… 167
夢の夢（佐伯泰英）ハルキ文庫（2009）…… 182
夢の夢こそ（今井絵美子）徳間文庫（2015）
……………………………………… 63
夢のれん（倉阪鬼一郎）二見時代小説文庫
（2013）…………………………… 148
夢曳き船（山本一力）徳間文庫（2013）…… 416
◇ゆめ姫事件帖（和田はつ子）時代小説文庫
……………………………………… 439
◇ゆめ姫事件帖（和田はつ子）ハルキ文庫 … 442
ゆめ姫事件帖（和田はつ子）ハルキ文庫
（2016）…………………………… 442
ゆめ姫事件帖 神かくし（和田はつ子）ハルキ
文庫（2016）……………………… 442
ゆめ姫事件帖 秘密（和田はつ子）時代小説文
庫（2016）………………………… 439
夢見ていられる頃を過ぎ（結城光流）角川ビー
ンズ文庫（2011）………………… 421
ゆめ結び（倉本由布）集英社文庫（2016）… 149
夢も定かに（澤田瞳子）中公文庫（2016）… 199
湯宿の賊（鳥羽亮）双葉文庫（2006）……… 270
◇湯屋のお助け人（千野隆司）双葉文庫 …… 246
湯屋のお助け人 覚悟の算盤（千野隆司）双葉
文庫（2011）……………………… 246
湯屋のお助け人 神無の恋風（千野隆司）双葉
文庫（2012）……………………… 246

湯屋のお助け人 菖蒲の若侍（千野隆司）双葉
文庫（2011）……………………… 246
湯屋のお助け人 待宵の芒舟（千野隆司）双葉
文庫（2011）……………………… 246
湯屋のお助け人 桃湯の産声（千野隆司）双葉
文庫（2011）……………………… 246
◇湯屋守り源三郎捕物控（岳真也）祥伝社文
庫 ………………………………… 103
湯屋守り源三郎捕物控（岳真也）祥伝社文庫
（2008）…………………………… 103
湯屋守り源三郎捕物控 4 谷中おかめ茶屋（岳
真也）祥伝社文庫（2009）………… 103
湯屋守り源三郎捕物控 5 麻布むじな屋敷（岳
真也）祥伝社文庫（2010）………… 103
湯屋守り源三郎捕物控 6 本所ゆうれい橋（岳
真也）祥伝社文庫（2010）………… 103
湯屋守り源三郎捕物控 7 浅草ことといの湯（岳
真也）祥伝社文庫（2010）………… 103
湯屋守り源三郎捕物控 千住はぐれ宿（岳真
也）祥伝社文庫（2008）…………… 103
湯屋守り源三郎捕物控 深川おけら長屋（岳真
也）祥伝社文庫（2008）…………… 103
許されざる者（司城志朗）幻冬舎文庫（2013）
……………………………………… 247
許せぬ所業（喜安幸夫）二見時代小説文庫
（2013）…………………………… 140
◇結わえ師・紋重郎始末記（石月正広）講談社
文庫 ……………………………… 44
結わえ師・紋重郎始末記 糸のさだめ（石月正
広）講談社文庫（2008）…………… 44
結わえ師・紋重郎始末記 握られ同心（石月正
広）講談社文庫（2006）…………… 44
結わえ師・紋重郎始末記 笑う花魁（石月正広）
講談社文庫（2006）……………… 44
ゆんでめて（畠中恵）新潮文庫（2012）…… 305

【よ】

夜明けの橋（北重人）新潮文庫（2012）… 132
宵しぐれ（藤原緋沙子）廣済堂文庫（2003）
……………………………………… 358
宵しぐれ（藤原緋沙子）光文社文庫（2016）
……………………………………… 360
酔いどれ剣客（けんきゃく）（鳥羽亮）双葉文
庫（2008）………………………… 272
◇酔いどれ小籐次（佐伯泰英）文春文庫…… 185
酔いどれ小籐次 1 御鑓拝借（佐伯泰英）文春
文庫（2016）……………………… 185
酔いどれ小籐次 2 意地に候（佐伯泰英）文春
文庫（2016）……………………… 185

歴史時代小説文庫総覧 現代の作家　**641**

酔いどれ小籐次 3 寄残花恋（佐伯泰英）文春
　文庫（2016）･･････････････････････････ 185

酔いどれ小籐次 4 一首千両（佐伯泰英）文春
　文庫（2016）･･････････････････････････ 186

酔いどれ小籐次 5 孫六兼元（佐伯泰英）文春
　文庫（2016）･･････････････････････････ 186

酔いどれ小籐次 7 子育て侍（佐伯泰英）文春
　文庫（2016）･･････････････････････････ 186

酔いどれ小籐次 8 竜笛嫋々（佐伯泰英）文春
　文庫（2016）･･････････････････････････ 186

◇酔いどれ小籐次留書（佐伯泰英）幻冬舎文
　庫 ･･････････････････････････････････ 171

酔いどれ小籐次留書 青雲篇 品川の騒ぎ（佐
　伯泰英）幻冬舎文庫（2010）････････････ 171

酔いどれ小籐次留書 意地に候（佐伯泰英）幻
　冬舎文庫（2004）･････････････････････ 171

酔いどれ小籐次留書 意地に候（佐伯泰英）幻
　冬舎文庫（2011）･････････････････････ 171

酔いどれ小籐次留書 御鑓拝借（佐伯泰英）幻
　冬舎文庫（2004）･････････････････････ 171

酔いどれ小籐次留書 御鑓拝借（佐伯泰英）幻
　冬舎文庫（2011）･････････････････････ 171

酔いどれ小籐次留書 旧主再会（佐伯泰英）幻
　冬舎文庫（2011）･････････････････････ 172

酔いどれ小籐次留書 薫風鯉幟（佐伯泰英）幻
　冬舎文庫（2008）･････････････････････ 171

酔いどれ小籐次留書 薫風鯉幟（佐伯泰英）幻
　冬舎文庫（2011）･････････････････････ 172

酔いどれ小籐次留書 子育て侍（佐伯泰英）幻
　冬舎文庫（2007）･････････････････････ 171

酔いどれ小籐次留書 子育て侍（佐伯泰英）幻
　冬舎文庫（2011）･････････････････････ 171

酔いどれ小籐次留書 祝言日和（佐伯泰英）幻
　冬舎文庫（2012）･････････････････････ 172

酔いどれ小籐次留書 春雷道中（佐伯泰英）幻
　冬舎文庫（2008）･････････････････････ 171

酔いどれ小籐次留書 春雷道中（佐伯泰英）幻
　冬舎文庫（2011）･････････････････････ 171

酔いどれ小籐次留書 状箱騒動（佐伯泰英）幻
　冬舎文庫（2013）･････････････････････ 172

酔いどれ小籐次留書 新春歌会（佐伯泰英）幻
　冬舎文庫（2011）･････････････････････ 172

酔いどれ小籐次留書 騒乱前夜（佐伯泰英）幻
　冬舎文庫（2006）･････････････････････ 171

酔いどれ小籐次留書 騒乱前夜（佐伯泰英）幻
　冬舎文庫（2011）･････････････････････ 171

酔いどれ小籐次留書 杜若艶姿（佐伯泰英）幻
　冬舎文庫（2009）･････････････････････ 171

酔いどれ小籐次留書 杜若艶姿（佐伯泰英）幻
　冬舎文庫（2011）･････････････････････ 172

酔いどれ小籐次留書 偽小籐次（佐伯泰英）幻
　冬舎文庫（2009）･････････････････････ 171

酔いどれ小籐次留書 偽小籐次（佐伯泰英）幻
　冬舎文庫（2011）･････････････････････ 172

酔いどれ小籐次留書 寄残花恋（佐伯泰英）幻
　冬舎文庫（2005）･････････････････････ 171

酔いどれ小籐次留書 寄残花恋（佐伯泰英）幻
　冬舎文庫（2011）･････････････････････ 171

酔いどれ小籐次留書 野分一過（佐伯泰英）幻
　冬舎文庫（2010）･････････････････････ 171

酔いどれ小籐次留書 野分一過（佐伯泰英）幻
　冬舎文庫（2011）･････････････････････ 172

酔いどれ小籐次留書 一首千両（佐伯泰英）幻
　冬舎文庫（2005）･････････････････････ 171

酔いどれ小籐次留書 一首千両（佐伯泰英）幻
　冬舎文庫（2011）･････････････････････ 171

酔いどれ小籐次留書 冬日淡々（佐伯泰英）幻
　冬舎文庫（2010）･････････････････････ 171

酔いどれ小籐次留書 孫六兼元（佐伯泰英）幻
　冬舎文庫（2006）･････････････････････ 171

酔いどれ小籐次留書 孫六兼元（佐伯泰英）幻
　冬舎文庫（2011）･････････････････････ 171

酔いどれ小籐次留書 政宗遺訓（佐伯泰英）幻
　冬舎文庫（2012）･････････････････････ 172

酔いどれ小籐次留書 竜笛嫋々（佐伯泰英）幻
　冬舎文庫（2007）･････････････････････ 171

酔いどれ小籐次留書 竜笛嫋々（佐伯泰英）幻
　冬舎文庫（2011）･････････････････････ 171

◇酔いどれて候（稲葉稔）角川文庫 ･･･････ 49

酔いどれて候 2 凄腕の男（稲葉稔）角川文庫
　（2010）･･････････････････････････････ 49

酔いどれて候 3 秘剣の辻（稲葉稔）角川文庫
　（2010）･･････････････････････････････ 50

酔いどれて候 4 武士の一言（稲葉稔）角川文
　庫（2011）････････････････････････････ 50

酔いどれて候 5 侍の大義（稲葉稔）角川文庫
　（2011）･･････････････････････････････ 50

酔いどれて候 酔眼の剣（稲葉稔）角川文庫
　（2010）･･････････････････････････････ 49

酔いどれ秘剣（城駿一郎）廣済堂文庫（2010）
　･･････････････････････････････････････ 207

◇宵待ち同心三九郎（芦川淳一）学研M文庫
　･･･････････････････････････････････････ 15

宵待ち同心三九郎（芦川淳一）学研M文庫
　（2012）･･････････････････････････････ 15

宵待ち同心三九郎 春雷の桜ばな（芦川淳一）
　学研M文庫（2013）･･･････････････････ 15

宵待ち同心三九郎 月夜の椿事（芦川淳一）学
　研M文庫（2012）･････････････････････ 15

宵待ちの月（小杉健治）宝島社文庫（2014）
　･･････････････････････････････････････ 159

宵待の月（鈴木英治）幻冬舎文庫（2007）･････ 212

宵闇迫れば（風野真知雄）角川文庫（2009）
　･･････････････････････････････････････ 108

作品名索引　　　　ようし

宵闇の破嵐（あらし）（牧秀彦）光文社文庫
　（2011）……………………………………… 368
宵闇の女（稲葉稔）幻冬舎文庫（2009）…… 51
妖淫（谷恒生）徳間文庫（2002）…………… 239
妖怪狩り（佐伯泰英）光文社文庫（2001）… 173
妖怪狩り（佐伯泰英）光文社文庫（2009）… 175
妖怪狩り（佐伯泰英）光文社文庫（2013）… 175
妖怪十手（和久田正明）廣済堂文庫（2014）
　…………………………………………………… 435
妖怪泥棒（高橋由太）幻冬舎時代小説文庫
　（2012）…………………………………………… 228
妖怪犯科帳 →阿修羅剣（宮城賢秀）学研M文
　庫（2003）………………………………………… 383
妖怪犯科帳（宮城賢秀）徳間文庫（1997）…… 388
◇妖怪犯科帳 鳥居甲斐守忠耀事件控（宮城賢
　秀）徳間文庫 …………………………………… 388
妖怪犯科帳 鳥居甲斐守忠耀事件控 北の桜南
　の剃刀（宮城賢秀）徳間文庫（1999）……… 388
妖怪犯科帳 鳥居甲斐守忠耀事件控 凶刃（宮
　城賢秀）徳間文庫（1999）…………………… 388
妖怪犯科帳 鳥居甲斐守忠耀事件控 薩摩暗躍
　（宮城賢秀）徳間文庫（1998）………………… 388
妖怪犯科帳 鳥居甲斐守忠耀事件控 蛮社の獄
　（宮城賢秀）徳間文庫（1998）………………… 388
妖怪犯科帳 鳥居甲斐守忠耀事件控 妖怪犯科
　帳（宮城賢秀）徳間文庫（1997）…………… 388
妖怪南町奉行（早見俊）だいわ文庫（2008）
　…………………………………………………… 319
妖花伝（大久保智弘）二見時代小説文庫
　（2011）…………………………………………… 88
妖花の陰謀（早坂倫太郎）集英社文庫（1999）
　…………………………………………………… 312
羊羹合戦（火坂雅志）小学館文庫（2008）…… 331
妖鬼の剣（鳥羽亮）講談社文庫（2000）…… 264
妖気の山路（鈴木英治）中公文庫（2006）… 213
妖気の山路（鈴木英治）徳間文庫（2016）… 215
妖鬼飛蝶の剣（鳥羽亮）祥伝社文庫（1999）
　…………………………………………………… 265
妖鬼飛蝶の剣（鳥羽亮）祥伝社文庫（2011）
　…………………………………………………… 266
幼君暗殺事件（池端洋介）だいわ文庫（2009）
　…………………………………………………… 40
陽月の契り（稲葉稔）講談社文庫（2008）… 51
妖剣跳る（鳥羽亮）実業之日本社文庫（2016）
　…………………………………………………… 265
妖剣おぼろ返し（鳥羽亮）祥伝社文庫（2003）
　…………………………………………………… 265
妖剣おぼろ返し（鳥羽亮）祥伝社文庫（2011）
　…………………………………………………… 266
妖剣烏尾（鳥羽亮）光文社文庫（2011）…… 264
◇妖国の剣士（知野みさき）ハルキ文庫 … 247

妖国の剣士（知野みさき）ハルキ文庫（2013）
　…………………………………………………… 247
妖国の剣士 2 妖かしの子（知野みさき）ハル
　キ文庫（2013）………………………………… 247
妖国の剣士 3 老術師の罠（知野みさき）ハル
　キ文庫（2014）………………………………… 247
妖国の剣士 4 西都の陰謀（知野みさき）ハル
　キ文庫（2015）………………………………… 247
ようござんすか（沖田正午）徳間文庫（2013）
　…………………………………………………… 95
ようこそ夢屋へ（倉阪鬼一郎）光文社文庫
　（2015）…………………………………………… 146
◇養子侍ため息日誌（池端洋介）学研M文庫
　…………………………………………………… 39
養子侍ため息日誌 さすらい雲（池端洋介）学
　研M文庫（2006）……………………………… 39
養子侍ため息日誌 たそがれ橋（池端洋介）学
　研M文庫（2007）……………………………… 39
妖術太閤殺し →五右衛門妖戦記（朝松健）光
　文社文庫（2004）……………………………… 13
◇養生所見廻り同心神代新吾事件覚（藤井邦
　夫）文春文庫 ………………………………… 352
養生所見廻り同心神代新吾事件覚 淡路坂（藤
　井邦夫）文春文庫（2011）…………………… 352
養生所見廻り同心神代新吾事件覚 心残り（藤
　井邦夫）文春文庫（2011）…………………… 352
養生所見廻り同心神代新吾事件覚 人相書（藤
　井邦夫）文春文庫（2012）…………………… 352
養生所見廻り同心神代新吾事件覚 花一匁（藤
　井邦夫）文春文庫（2011）…………………… 352
養生所見廻り同心神代新吾事件覚 指切り（藤
　井邦夫）文春文庫（2011）…………………… 352
妖女渡海剣（えとう乱星）学研M文庫
　（2004）…………………………………………… 83
妖臣蔵（朝松健）光文社文庫（1997）……… 13
用心棒（鳥羽亮）ハルキ文庫（2006）……… 270
◇用心棒・桐之助人情お助け稼業（芦川淳一）
　光文社文庫 …………………………………… 15
用心棒・桐之助人情お助け稼業 1 慟哭の剣
　（芦川淳一）光文社文庫（2010）…………… 15
用心棒・桐之助人情お助け稼業 2 夜の凶刃
　（芦川淳一）光文社文庫（2011）…………… 16
◇用心棒血戦記（鳥羽亮）徳間文庫 ……… 268
用心棒血戦記（鳥羽亮）徳間文庫（2013）… 268
用心棒血戦記 奥羽密殺街道（鳥羽亮）徳間文
　庫（2015）……………………………………… 268
用心棒血戦記 上州密殺旅（鳥羽亮）徳間文庫
　（2016）…………………………………………… 268
用心棒血戦記 破邪の剣（鳥羽亮）徳間文庫
　（2014）…………………………………………… 268
用心棒御免帖（坂岡真）徳間文庫（2009）…… 190

ようし　　　　　　　　作品名索引

用心棒御免帖(坂岡真)ベスト時代文庫
(2004) ········· 193

用心棒始末(永井義男)祥伝社文庫(2005)
················· 275

用心棒始末(森詠)二見時代小説文庫(2014)
················· 401

◇用心棒・新免小次郎(えとう乱星)学研M文
庫 83

用心棒・新免小次郎 黄金無双剣(えとう乱星)
学研M文庫(2005) 84

用心棒・新免小次郎 女忍往生剣(えとう乱星)
学研M文庫(2003) 83

用心棒・新免小次郎 素浪人斬艶剣(えとう乱
星)学研M文庫(2002) 83

用心棒・新免小次郎 独眼龍柔肌剣(えとう乱
星)学研M文庫(2004) 83

用心棒・新免小次郎 妖女渡海剣(えとう乱星)
学研M文庫(2004) 83

◇用心棒無名剣(いずみ光)コスミック・時代
文庫 45

用心棒無名剣 だんだら染(いずみ光)コスミ
ック・時代文庫(2016) 45

妖説源氏物語　1(富樫倫太郎)中公文庫
(2005) 258

妖説源氏物語　2(富樫倫太郎)中公文庫
(2005) 258

妖説源氏物語　3(富樫倫太郎)中公文庫
(2005) 258

◇妖草師(武内涼)徳間文庫 ········· 232

妖草師(武内涼)徳間文庫(2014) ········· 232

妖草師 人斬り草(武内涼)徳間文庫(2015)
················· 232

妖草師 魔性納言(武内涼)徳間文庫(2016)
················· 232

妖談うしろ猫(風野真知雄)文春文庫(2010)
················· 117

妖談うつろ舟(風野真知雄)文春文庫(2014)
················· 118

妖談かみそり尼(風野真知雄)文春文庫
(2010) 117

妖談さかさ仏(風野真知雄)文春文庫(2011)
················· 117

妖談しにん橋(風野真知雄)文春文庫(2010)
················· 117

妖談ひときり傘(風野真知雄)文春文庫
(2013) 118

妖談へらへら月(風野真知雄)文春文庫
(2012) 117

妖伝! からくり師蘭剣(菊地秀行)光文社文
庫(1994) 131

妖刀鬼斬り正宗(小杉健治)光文社文庫
(2014) 156

妖刀始末(牧秀彦)徳間文庫(2013) ········· 368

妖忍の里(八神淳一)竹書房ラブロマン文庫
(2009) 409

妖の牙(和久田正明)廣済堂文庫(2009) ········· 434

妖藩記(菊地秀行)光文社文庫(2006) ········· 131

妖猫剣(松岡弘一)ベスト時代文庫(2010)
················· 376

夜隠れおせん(鳥羽亮)角川文庫(2013) ········· 261

夜駆け(鳥羽亮)ハルキ文庫(2012) ········· 269

夜烏殺し(小杉健治)祥伝社文庫(2007) ········· 157

余寒の雪(宇江佐真理)文春文庫(2003) ········· 73

◇夜霧のお藍(鳴海丈)徳間文庫 ········· 295

◇夜霧のお藍(鳴海丈)飛天文庫 ········· 296

◇夜霧のお藍淫殺剣(鳴海丈)青樹社文庫 ········· 294

夜霧のお藍淫殺剣 愛斬鬼(鳴海丈)青樹社文
庫(1998) 294

夜霧のお藍淫殺剣 復讐鬼(鳴海丈)青樹社文
庫(1998) 294

夜霧のお藍淫殺帖 →夜霧のお藍秘殺帖 外道
篇(鳴海丈)徳間文庫(2000) ········· 295

夜霧のお藍淫殺帖 →夜霧のお藍秘殺帖 鬼哭
篇(鳴海丈)徳間文庫(2000) ········· 295

夜霧のお藍淫殺帳 外道篇(鳴海丈)飛天文庫
(1996) 296

夜霧のお藍淫殺帳 鬼哭編(鳴海丈)飛天文庫
(1997) 296

夜霧のお藍秘殺帖 外道篇(鳴海丈)徳間文庫
(2000) 295

夜霧のお藍秘殺帖 鬼哭篇(鳴海丈)徳間文庫
(2000) 295

夜霧のお藍復讐剣 愛斬篇(鳴海丈)徳間文庫
(2001) 295

夜霧のお藍復讐剣 非情篇(鳴海丈)徳間文庫
(2001) 295

余計者(藤井邦夫)文春文庫(2012) ········· 353

予言殺人(早見俊)コスミック・時代文庫
(2007) 317

横道芝居(早見俊)祥伝社文庫(2014) ········· 318

横恋慕(稲葉稔)双葉文庫(2016) ········· 57

夜桜(佐伯泰英)光文社文庫(2012) ········· 174

◇夜桜乙女捕物帳(和久田正明)学研M文庫
432

◇夜桜乙女捕物帳(和久田正明)廣済堂文庫
433

夜桜乙女捕物帳(和久田正明)学研M文庫
(2003) 432

夜桜乙女捕物帳(和久田正明)学研M文庫
(2013) 432

夜桜乙女捕物帳 浮雲(和久田正明)学研M文
庫(2006) 432

夜桜乙女捕物帳 鬼同心の涙（和久田正明）学研M文庫（2013） ……………… 432

夜桜乙女捕物帳 鬼同心の涙（和久田正明）廣済堂文庫（2004） ……………… 433

夜桜乙女捕物帳 紅の雨（和久田正明）廣済堂文庫（2004） ……………… 434

夜桜乙女捕物帳 殺し屋（和久田正明）学研M文庫（2007） ……………… 432

夜桜乙女捕物帳 白刃の紅（和久田正明）学研M文庫（2005） ……………… 432

夜桜乙女捕物帳 蝶が哭く（和久田正明）学研M文庫（2005） ……………… 432

夜桜乙女捕物帳 つむじ風（和久田正明）学研M文庫（2004） ……………… 432

夜桜乙女捕物帳 鉄火牡丹（和久田正明）学研M文庫（2004） ……………… 432

夜桜乙女捕物帳 鉄火牡丹（和久田正明）学研M文庫（2013） ……………… 432

夜桜乙女捕物帳 情け傘（和久田正明）廣済堂文庫（2004） ……………… 434

夜桜乙女捕物帳 なみだ町（和久田正明）廣済堂文庫（2005） ……………… 434

夜桜乙女捕物帳 猫の仇討（和久田正明）学研M文庫（2005） ……………… 432

夜桜乙女捕物帳 箱根の女狐（和久田正明）学研M文庫（2004） ……………… 432

夜桜乙女捕物帳 みだれ髪（和久田正明）学研M文庫（2006） ……………… 432

夜桜乙女捕物帳 夜の風花（和久田正明）学研M文庫（2005） ……………… 432

◇夜桜艶舞い（八神淳一）廣済堂文庫 ……… 408

夜桜艶舞い 美姉妹怪盗（八神淳一）廣済堂文庫（2012） ……………… 408

夜桜艶舞い やわ肌巡りあい（八神淳一）廣済堂文庫（2013） ……………… 408

夜桜の舞（中里融司）学研M文庫（2005） …… 278

与三郎の恋（鳥羽亮）徳間文庫（2008） ……… 267

◇吉岡清三郎貸腕帳（犬飼六岐）講談社文庫 ……………… 59

吉岡清三郎貸腕帳（犬飼六岐）講談社文庫（2010） ……………… 59

吉岡清三郎貸腕帳 桜下の決闘（犬飼六岐）講談社文庫（2012） ……………… 59

四色（よしき）の藍（西条奈加）PHP文芸文庫（2014） ……………… 170

義経起つ（谷恒生）徳間文庫（2000） ……… 238

義経伝説（谷恒生）徳間文庫（2000） ……… 238

義経になった男 1 三人の義経（平谷美樹）ハルキ文庫（2011） ……………… 342

義経になった男 2 壇ノ浦（平谷美樹）ハルキ文庫（2011） ……………… 342

義経になった男 3 義経北行（平谷美樹）ハルキ文庫（2011） ……………… 342

義経になった男 4 奥州合戦（平谷美樹）ハルキ文庫（2011） ……………… 342

吉野太平記 上（武内涼）ハルキ文庫（2015） ……………… 232

吉野太平記 下（武内涼）ハルキ文庫（2015） ……………… 232

義弘敗走（宮城賢秀）光文社文庫（2006） …… 386

◇吉宗お庭番秘帳（喜安幸夫）ベスト時代文庫 ……………… 141

吉宗お庭番秘帳 暗殺街道（喜安幸夫）ベスト時代文庫（2010） ……………… 141

吉宗お庭番秘帳 江戸への嵐道（喜安幸夫）ベスト時代文庫（2009） ……………… 141

吉宗影御用（磐紀一郎）ベスト時代文庫（2006） ……………… 325

吉宗の陰謀（池端洋介）静山社文庫（2009） ……………… 40

吉宗の偽書（伊藤致雄）ハルキ文庫（2007） ……………… 48

吉宗の推理（伊藤致雄）ハルキ文庫（2008） ……………… 48

吉宗謀殺（鳥羽亮）講談社文庫（2003） … 263

義元謀殺 上（鈴木英治）ハルキ文庫（2001） ……………… 216

義元謀殺 上（鈴木英治）ハルキ文庫（2010） ……………… 216

義元謀殺 下（鈴木英治）ハルキ文庫（2001） ……………… 216

義元謀殺 下（鈴木英治）ハルキ文庫（2010） ……………… 216

吉原暗黒譚（誉田哲也）学研M文庫（2004） ……………… 363

吉原暗黒譚（誉田哲也）文春文庫（2013） …… 363

吉原雨情（鎌田樹）ベスト時代文庫（2009） ……………… 127

◇吉原裏同心（佐伯泰英）ケイブンシャ文庫 ……………… 170

◇吉原裏同心（佐伯泰英）光文社文庫 ……… 173

吉原裏同心 2 足抜（佐伯泰英）ケイブンシャ文庫（2002） ……………… 170

吉原裏同心 2 足抜（佐伯泰英）光文社文庫（2003） ……………… 173

吉原裏同心 3 見番（佐伯泰英）光文社文庫（2004） ……………… 173

吉原裏同心 4 清掻（佐伯泰英）光文社文庫（2004） ……………… 173

吉原裏同心 5 初花（佐伯泰英）光文社文庫（2005） ……………… 174

吉原裏同心 6 遣手（佐伯泰英）光文社文庫（2005） ……………… 174

よしわ　作品名索引

吉原裏同心　7　枕絵（佐伯泰英）光文社文庫
（2006）……………………………… 174

吉原裏同心　8　炎上（佐伯泰英）光文社文庫
（2007）……………………………… 174

吉原裏同心　9　仮宅（佐伯泰英）光文社文庫
（2008）……………………………… 174

吉原裏同心　10　沽券（佐伯泰英）光文社文庫
（2008）……………………………… 174

吉原裏同心　11　異館（佐伯泰英）光文社文庫
（2009）……………………………… 174

吉原裏同心　12　再建（佐伯泰英）光文社文庫
（2010）……………………………… 174

吉原裏同心　13　布石（佐伯泰英）光文社文庫
（2010）……………………………… 174

吉原裏同心　14　決着（佐伯泰英）光文社文庫
（2011）……………………………… 174

吉原裏同心　15　愛憎（佐伯泰英）光文社文庫
（2011）……………………………… 174

吉原裏同心　16　仇討（佐伯泰英）光文社文庫
（2012）……………………………… 174

吉原裏同心　17　夜桜（佐伯泰英）光文社文庫
（2012）……………………………… 174

吉原裏同心　18　無宿（佐伯泰英）光文社文庫
（2013）……………………………… 174

吉原裏同心　19　未決（佐伯泰英）光文社文庫
（2013）……………………………… 174

吉原裏同心　20　髪結（佐伯泰英）光文社文庫
（2014）……………………………… 174

吉原裏同心　21　遺文（佐伯泰英）光文社文庫
（2014）……………………………… 174

吉原裏同心　22　夢幻（佐伯泰英）光文社文庫
（2015）……………………………… 174

吉原裏同心　23　狐舞（佐伯泰英）光文社文庫
（2015）……………………………… 174

吉原裏同心　24　始末（佐伯泰英）光文社文庫
（2016）……………………………… 174

吉原裏同心　25　流鶯（佐伯泰英）光文社文庫
（2016）……………………………… 174

吉原裏同心　逃亡（佐伯泰英）ケイブンシャ文
庫（2001）…………………………… 170

吉原裏同心　流離（佐伯泰英）光文社文庫
（2003）……………………………… 173

◇吉原占屋始末（永井義男）ハルキ文庫 …… 276

吉原占屋始末　奸計（永井義男）ハルキ文庫
（2007）……………………………… 276

吉原占屋始末　闇の数珠（永井義男）ハルキ文
庫（2006）…………………………… 276

吉原を斬る（松本賢吾）双葉文庫（2005）…… 378

吉原首代左助始末帳（森詠）講談社文庫
（2014）……………………………… 400

吉原見察（藤堂房良）双葉文庫（2013）……… 257

吉原十二月（松井今朝子）幻冬舎時代小説文
庫（2013）…………………………… 374

吉原探索行（早坂倫太郎）大洋時代文庫 時代
小説（2005）………………………… 312

吉原手引草（松井今朝子）幻冬舎文庫（2009）
……………………………………… 374

吉原天誅剣（永井義男）コスミック・時代文庫
（2006）……………………………… 275

吉原の桜（飯野笙子）コスミック・時代文庫
（2016）……………………………… 27

吉原の夕（北川哲史）徳間文庫（2016）…… 134

吉原詣で（佐伯泰英）ハルキ文庫（2016）…… 183

吉原宵心中（大久保智弘）二見時代小説文庫
（2007）……………………………… 88

◇吉原用心棒（永井義男）学研M文庫 ……… 274

吉原用心棒　身請け舟（永井義男）学研M文庫
（2006）……………………………… 274

吉原用心棒　密命居合剣（永井義男）学研M文
庫（2005）…………………………… 274

寄場の仇（早見俊）PHP文芸文庫（2012）… 321

夜鷹殺し（鳥羽亮）徳間文庫（2006）……… 267

夜鷹殺し（松岡弘一）学研M文庫（2008）… 376

夜鷹屋お万（松本賢吾）廣済堂文庫（2006）
……………………………………… 377

◇夜鷹屋人情剣（坂岡真）徳間文庫 ………… 190

◇夜鷹屋人情剣（坂岡真）ベスト時代文庫 … 193

夜鷹屋人情剣　→用心棒御免帖（坂岡真）徳間
文庫（2009）………………………… 190

夜鷹屋人情剣　賞金首（坂岡真）徳間文庫
（2010）……………………………… 190

夜鷹屋人情剣　賞金首（坂岡真）ベスト時代文
庫（2005）…………………………… 193

夜鷹屋人情剣　用心棒御免帖（坂岡真）徳間文
庫（2009）…………………………… 190

夜鷹屋人情剣　用心棒御免帖（坂岡真）ベスト
時代文庫（2004）…………………… 193

予兆（坂岡真）光文社文庫（2016）………… 189

世嗣の子（藤井龍）コスミック・時代文庫
（2015）……………………………… 355

世継ぎの謀略（小杉健治）光文社文庫（2014）
……………………………………… 156

よっ、十一代目！（佐伯泰英）ハルキ文庫
（2013）……………………………… 182

四つの千両箱（千野隆司）ハルキ文庫（2009）
……………………………………… 244

四ツ目屋闇草紙（磐紀一郎）学研M文庫
（2001）……………………………… 324

四つ巴の御用（早見俊）光文社文庫（2014）
……………………………………… 316

四谷怪獣殺人事件（風野真知雄）文春文庫
（2015）……………………………… 118

作品名索引　　　　　　　　　　　　　　　**よみか**

四谷の弁慶（佐々木裕一）二見時代小説文庫
　（2012） ……………………………………… *197*

淀君の黒ゆり（和田はつ子）小学館文庫
　（2010） ……………………………………… *440*

世直し隠し剣（氷月葵）二見時代小説文庫
　（2015） ……………………………………… *339*

世直し！ 河童大明神（立花水馬）徳間時代小
　説文庫（2016） …………………………… *235*

世直し小町りんりん（西条奈加）講談社文庫
　（2016） ……………………………………… *169*

世直し桜（早見俊）コスミック・時代文庫
　（2012） ……………………………………… *317*

世直し大明神（出久根達郎）講談社文庫
　（2007） ……………………………………… *254*

世直し人（倉阪鬼一郎）角川文庫（2015） …… *145*

世直し若さま松平小五郎（天沢彰）コスミッ
　ク・時代文庫（2015） …………………… *20*

世直し若さま松平小五郎〔2〕葵の演舞（天
　沢彰）コスミック・時代文庫（2016） …… *20*

世直し若さま松平小五郎〔3〕天下の遊び人
　（天沢彰）コスミック・時代文庫（2016） … *20*

夜泣き三味線（沖田正午）双葉文庫（2011）
　………………………………………………… *96*

夜鳴き蟬（岡本さとる）ハルキ文庫（2011）
　………………………………………………… *92*

夜鳴き蟬（鈴木英治）徳間文庫（2006） …… *214*

夜鳴きめし屋（宇江佐真理）光文社文庫
　（2014） ……………………………………… *70*

◇夜逃げ若殿捕物噺（聖龍人）二見時代小説
　文庫 ………………………………………… *338*

夜逃げ若殿捕物噺 2 夢の手ほどき（聖龍人）
　二見時代小説文庫（2011） ……………… *338*

夜逃げ若殿捕物噺 3 姫さま同心（聖龍人）二
　見時代小説文庫（2011） ………………… *338*

夜逃げ若殿捕物噺 4 妖かし始末（聖龍人）二
　見時代小説文庫（2012） ………………… *338*

夜逃げ若殿捕物噺 5 姫は看板娘（聖龍人）二
　見時代小説文庫（2012） ………………… *338*

夜逃げ若殿捕物噺 6 贋若殿の怪（聖龍人）二
　見時代小説文庫（2012） ………………… *338*

夜逃げ若殿捕物噺 7 花瓶の仇討ち（聖龍人）
　二見時代小説文庫（2013） ……………… *338*

夜逃げ若殿捕物噺 8 お化け指南（聖龍人）二
　見時代小説文庫（2013） ………………… *338*

夜逃げ若殿捕物噺 9 笑う永代橋（聖龍人）二
　見時代小説文庫（2013） ………………… *338*

夜逃げ若殿捕物噺 10 悪魔の囁き（聖龍人）二
　見時代小説文庫（2014） ………………… *338*

夜逃げ若殿捕物噺 11 牝狐の夏（聖龍人）二見
　時代小説文庫（2014） …………………… *338*

夜逃げ若殿捕物噺 12 提灯殺人事件（聖龍人）
　二見時代小説文庫（2014） ……………… *339*

夜逃げ若殿捕物噺 13 華厳の刃（聖龍人）二見
　時代小説文庫（2015） …………………… *339*

夜逃げ若殿捕物噺 14 大泥棒の女（聖龍人）二
　見時代小説文庫（2015） ………………… *339*

夜逃げ若殿捕物噺 15 見えぬ敵（聖龍人）二見
　時代小説文庫（2015） …………………… *339*

夜逃げ若殿捕物噺 16 踊る千両桜（聖龍人）二
　見時代小説文庫（2016） ………………… *339*

夜逃げ若殿捕物噺 夢千両すご腕始末（聖龍
　人）二見時代小説文庫（2011） ………… *338*

四人雀（藤井邦夫）幻冬舎文庫（2007） …… *347*

◇読売屋吉三の闇裁き（原田真介）廣済堂文
　庫 …………………………………………… *324*

読売屋吉三の闇裁き 大奥・殺しの徒花（原田
　真介）廣済堂文庫（2005） ……………… *324*

読売屋吉三の闇裁き 女郎花は死の匂い（原田
　真介）廣済堂文庫（2005） ……………… *324*

◇読売屋天一郎（辻堂魁）光文社文庫 …… *251*

読売屋天一郎（辻堂魁）光文社文庫（2011）
　………………………………………………… *251*

読売屋天一郎 2 冬のやんま（辻堂魁）光文社
　文庫（2012） ……………………………… *251*

読売屋天一郎 3 倅の了見（辻堂魁）光文社文
　庫（2013） ………………………………… *251*

読売屋天一郎 4 向島綺譚（辻堂魁）光文社文
　庫（2014） ………………………………… *251*

読売屋天一郎 5 笑う鬼（辻堂魁）光文社文庫
　（2015） ……………………………………… *251*

読売屋天一郎 6 千金の街（辻堂魁）光文社文
　庫（2016） ………………………………… *251*

読売屋用心棒（芦川淳一）祥伝社文庫（2013）
　………………………………………………… *16*

◇読売り雷蔵世直し帖（和久田正明）廣済堂
　文庫 ………………………………………… *434*

◇読売り雷蔵世直し帖（和久田正明）双葉文
　庫 …………………………………………… *437*

読売り雷蔵世直し帖 1 美女桜（和久田正明）
　廣済堂文庫（2012） ……………………… *434*

読売り雷蔵世直し帖 2 毒の花（和久田正明）
　廣済堂文庫（2012） ……………………… *434*

読売り雷蔵世直し帖 3 地獄坂（和久田正明）
　廣済堂文庫（2012） ……………………… *434*

読売り雷蔵世直し帖 4 うら獄門（和久田正
　明）廣済堂文庫（2012） ………………… *434*

読売り雷蔵世直し帖 初雁翔ぶ（和久田正明）
　双葉文庫（2006） ………………………… *437*

読売り雷蔵世直し帖 彼岸桜（和久田正明）双
　葉文庫（2005） …………………………… *437*

読売り雷蔵世直し帖 螢の川（和久田正明）双
　葉文庫（2005） …………………………… *437*

黄泉からの声（高城実枝子）二見時代小説文
　庫（2015） ………………………………… *223*

歴史時代小説文庫総覧 現代の作家　**647**

よみし　　　　　　　　　　作品名索引

黄泉知らず(和久田正明)学研M文庫
(2008) ………………………………… 432
黄泉に誘う風を追え(結城光流)角川ビーン
ズ文庫(2003) ………………………… 420
黄泉に誘う風を追え →少年陰陽師(おんみょ
うじ)(結城光流)角川文庫(2012) ……… 422
黄泉の女(佐々木裕一)二見時代小説文庫
(2014) ………………………………… 197
黄泉の風(結城光流)角川文庫(2012) …… 422
嫁入り桜(井川香四郎)徳間文庫(2010) …… 34
嫁が君(和久田正明)ハルキ文庫(2011) …… 436
嫁菜雑炊(松岡弘一)徳間文庫(2011) …… 376
嫁盗み(逢坂剛)講談社文庫(2009) ……… 87
◇余々姫夢見帖(和田はつ子)廣済堂文庫 … 439
余々姫夢見帖 姉さま人形(和田はつ子)廣済
堂文庫(2008) ………………………… 439
余々姫夢見帖 鬼法眼(和田はつ子)廣済堂文
庫(2009) ……………………………… 439
余々姫夢見帖 竹馬名月(和田はつ子)廣済堂
文庫(2008) …………………………… 439
余々姫夢見帖 母子幽霊(和田はつ子)廣済堂
文庫(2010) …………………………… 439
余々姫夢見帖 判じ絵殺し(和田はつ子)廣済
堂文庫(2009) ………………………… 439
余々姫夢見帖 夕顔殺し(和田はつ子)廣済堂
文庫(2008) …………………………… 439
余々姫夢見帖 笑う幽霊(和田はつ子)廣済堂
文庫(2007) …………………………… 439
与力と火消と相撲取りは江戸の華(幡大介)
二見時代小説文庫(2010) …………… 327
与力の娘(早見俊)二見時代小説文庫(2010)
……………………………………… 321
◇与力・仏の重蔵(藤水名子)二見時代小説文
庫 ……………………………………… 346
与力・仏の重蔵 2 密偵(いぬ)がいる(藤水名
子)二見時代小説文庫(2014) ……… 346
与力・仏の重蔵 3 奉行闇討ち(藤水名子)二
見時代小説文庫(2014) ……………… 346
与力・仏の重蔵 4 修羅の剣(藤水名子)二見
時代小説文庫(2015) ………………… 346
与力・仏の重蔵 5 鬼神の微笑(ほほえみ)(藤
水名子)二見時代小説文庫(2015) … 346
与力・仏の重蔵 情けの剣(藤水名子)二見時
代小説文庫(2014) …………………… 346
寄物 →島破り(石月正広)幻冬舎時代小説文
庫(2011) ……………………………… 44
夜を濡らす艶女(鳴海丈)廣済堂文庫(2016)
……………………………………… 291
夜を奔る(小杉健治)宝島社文庫(2014) …… 159
夜来る鬼(和久田正明)学研M文庫(2007)
……………………………………… 432

夜の風花(和久田正明)学研M文庫(2005)
……………………………………… 432
夜の牙(和久田正明)廣済堂文庫(2007) … 434
夜の凶刃(芦川淳一)光文社文庫(2011) …… 16
夜の琴(太佐順)学研M文庫(2009) ……… 234
夜の小紋(乙川優三郎)講談社文庫(2007)
……………………………………… 99
夜の武士(森詠)二見時代小説文庫(2012)
……………………………………… 401
◇鎧月之介殺法帖(和久田正明)コスミック・
時代文庫 ……………………………… 435
◇鎧月之介殺法帖(和久田正明)双葉文庫 … 437
鎧月之介殺法帖 桜花の乱(和久田正明)双葉
文庫(2010) …………………………… 438
鎧月之介殺法帖 女刺客(和久田正明)双葉文
庫(2009) ……………………………… 438
鎧月之介殺法帖 斬奸状(和久田正明)双葉文
庫(2008) ……………………………… 438
鎧月之介殺法帖 手鎖行(和久田正明)双葉文
庫(2009) ……………………………… 438
鎧月之介殺法帖 飛燕(和久田正明)双葉文庫
(2007) ………………………………… 437
鎧月之介殺法帖 女怪(和久田正明)コスミッ
ク・時代文庫(2014) ………………… 435
鎧月之介殺法帖 魔笛(和久田正明)双葉文庫
(2007) ………………………………… 437
鎧月之介殺法帖 闇公方(和久田正明)双葉文
庫(2008) ……………………………… 438
鎧櫃(小杉健治)光文社文庫(2016) ……… 157
◇よろず請負人江戸見参(松本茂樹)廣済堂
文庫 …………………………………… 379
よろず請負人江戸見参(松本茂樹)廣済堂文
庫(2010) ……………………………… 379
よろず請負人江戸見参 硝子職人の娘(松本茂
樹)廣済堂文庫(2010) ……………… 379
よろず請負人江戸見参 作兵衛の犬(松本茂
樹)廣済堂文庫(2011) ……………… 379
よろず請負人江戸見参 ろくでなし(松本茂
樹)廣済堂文庫(2011) ……………… 379
よろず御探し請負い候 →花籠(浅野里沙子)
講談社文庫(2015) …………………… 12
◇よろず稼業銑十郎(笠岡治次)ベスト時代
文庫 …………………………………… 105
よろず稼業銑十郎 ちぎれ雲(笠岡治次)ベス
ト時代文庫(2007) …………………… 105
よろず稼業銑十郎 流れ雲(笠岡治次)ベスト
時代文庫(2006) ……………………… 105
よろず稼業銑十郎 なみだ雲(笠岡治次)ベス
ト時代文庫(2008) …………………… 105
よろず稼業銑十郎 守り袋(笠岡治次)ベスト
時代文庫(2007) ……………………… 105

作品名索引　らつか

◇よろず屋稼業早乙女十内（稲葉稔）幻冬舎
　時代小説文庫 ······························ 50
よろず屋稼業早乙女十内 1 雨月の道（稲葉
　稔）幻冬舎時代小説文庫（2011） ······ 50
よろず屋稼業早乙女十内 2 水無月の空（稲葉
　稔）幻冬舎時代小説文庫（2011） ······ 50
よろず屋稼業早乙女十内 3 涼月の恋（稲葉
　稔）幻冬舎時代小説文庫（2012） ······ 50
よろず屋稼業早乙女十内 4 葉月の危機（稲葉
　稔）幻冬舎時代小説文庫（2013） ······ 50
よろず屋稼業早乙女十内 5 晩秋の別れ（稲葉
　稔）幻冬舎時代小説文庫（2013） ······ 50
よろず屋稼業早乙女十内 6 神無月の惑い（稲
　葉稔）幻冬舎時代小説文庫（2013） ··· 50
夜半の綺羅星（安住洋子）小学館文庫（2007）
　······································· 19
夜半の春（今井絵美子）角川文庫（2014） ······ 61
夜半の春（今井絵美子）廣済堂文庫（2008）
　······································· 62
夜半の雛（和田はつ子）双葉文庫（2008） ··· 443
◇よわむし同心信長（早見俊）コスミック・時
　代文庫 ································ 317
よわむし同心信長 うらみ笛（早見俊）コスミ
　ック・時代文庫（2009） ············· 317
よわむし同心信長 消えた天下人（早見俊）コ
　スミック・時代文庫（2010） ········· 317
よわむし同心信長 天下人の声（早見俊）コス
　ミック・時代文庫（2009） ··········· 317
よわむし同心信長 春の夢（早見俊）コスミッ
　ク・時代文庫（2010） ··············· 317
四匹の殺し屋（黒崎裕一郎）祥伝社文庫
　（2005） ······························ 150
四百万石の暗殺（小杉健治）光文社文庫
　（2011） ······························ 156

【ら】

雷桜（宇江佐真理）角川文庫（2004） ··········· 69
来国俊（藤井邦夫）光文社文庫（2015） ········ 349
雷剣の都（早見俊）二見時代小説文庫（2009）
　······································ 321
頼山陽 上（見延典子）徳間文庫（2011） ······ 381
頼山陽 中（見延典子）徳間文庫（2011） ······ 381
頼山陽 下（見延典子）徳間文庫（2011） ······ 381
◇雷獣びりびり（高橋由太）徳間文庫 ······ 230
雷獣びりびり（高橋由太）徳間文庫（2015）
　······································ 230
雷獣びりびり →疫病神ちちんぷい（高橋由
　太）徳間文庫（2015） ··············· 230

雷獣びりびり →吸血鬼にゃあにゃあ（高橋由
　太）徳間文庫（2015） ··············· 230
雷獣びりびり 大江戸あやかし犯科帳（高橋由
　太）徳間文庫（2011） ··············· 230
雷獣びりびり クロスケ、吸血鬼になる（高橋
　由太）徳間文庫（2011） ············· 230
雷獣びりびり クロスケ、恋をする（高橋由太）
　徳間文庫（2011） ··················· 230
来春まで（諸田玲子）新潮文庫（2015） ········ 407
雷神（辻堂魁）祥伝社文庫（2010） ············ 251
雷神斬り（佐々木裕一）コスミック・時代文庫
　（2010） ······························ 195
雷迅剣の旋風（牧秀彦）光文社文庫（2007）
　······································ 367
雷神の剣（富樫倫太郎）徳間文庫（2008） ····· 259
雷神の剣（鳥羽亮）祥伝社文庫（2001） ········ 265
雷神の剣（鳥羽亮）祥伝社文庫（2011） ········ 266
雷神の筒（山本兼一）集英社文庫（2009） ····· 418
雷神の鉄槌（小杉健治）光文社文庫（2014）
　······································ 156
雷電本紀（飯嶋和一）河出文庫（1996） ········ 24
雷電本紀（飯嶋和一）小学館文庫（2005） ····· 24
雷鳴（佐伯泰英）講談社文庫（2005） ········· 172
落梧の非情（小笠原京）小学館文庫（2002）
　······································· 89
落日の哀惜剣（中里融司）光文社文庫（2006）
　······································ 279
らくだ（佐伯泰英）文春文庫（2016） ········· 185
洛中の露（東郷隆）文春文庫（2010） ········· 256
洛中洛外画狂伝 上（谷津矢車）学研M文庫
　（2014） ······························ 410
洛中洛外画狂伝 下（谷津矢車）学研M文庫
　（2014） ······························ 410
落葉の虹（吉田雄亮）角川文庫（2015） ········ 423
羅生門河岸心中（石月正広）廣済堂文庫
　（2001） ······························ 44
羅刹を斬れ（牧秀彦）ベスト時代文庫（2006）
　······································ 371
羅刹剣（宮城賢秀）学研M文庫（2005） ········ 382
羅刹裁き（えとう乱星）大洋時代文庫 時代小
　説（2006） ···························· 85
羅刹の腕を振りほどけ →少年陰陽師 〔11〕
　（結城光流）角川文庫（2013） ········· 422
羅刹の腕を振りほどけ（結城光流）角川ビー
　ンズ文庫（2005） ··················· 420
落花流水の剣（牧秀彦）祥伝社文庫（2007）
　······································ 368
落花両断（芝村凉也）双葉文庫（2016） ········ 204
落花は枝に還らずとも 上（中村彰彦）中公文
　庫（2008） ···························· 286

歴史時代小説文庫総覧 現代の作家　**649**

らつか　　　　　　　　　作品名索引

落花は枝に還らずとも 上（中村彰彦）中公文庫ワイド版（2012）……………… 286
落花は枝に還らずとも 下（中村彰彦）中公文庫（2008）……………………… 286
落花は枝に還らずとも 下（中村彰彦）中公文庫ワイド版（2012）……………… 286
乱波の首（宮城賢秀）光文社文庫（2001）…… 386
乱愛一刀流（鳴海丈）学研M文庫（2013）… 290
乱愛剣法（鳴海丈）学研M文庫（2008）……… 290
乱愛五十三次（鳴海丈）学研M文庫（2009）
…………………………………………… 290
乱愛御殿（鳴海丈）学研M文庫（2012）…… 290
乱愛指南（鳴海丈）学研M文庫（2014）…… 291
乱愛修業（鳴海丈）学研M文庫（2010）…… 290
乱愛天狗（鳴海丈）学研M文庫（2010）…… 290
乱愛無頼（鳴海丈）学研M文庫（2010）…… 290
乱愛若殿（鳴海丈）学研M文庫（2014）…… 291
乱愛若殿 新・艶色美女やぶり →若殿はつらいよ（鳴海丈）コスミック・時代文庫（2016）
…………………………………………… 294
乱雨の如く（辻堂魁）徳間文庫（2013）…… 252
乱雲（佐伯泰英）祥伝社文庫（2005）……… 176
乱雲（佐伯泰英）祥伝社文庫（2016）……… 178
乱雲 →完本密命 巻之12（佐伯泰英）祥伝社文庫（2016）……………………………… 178
乱雲の城（辻堂魁）祥伝社文庫（2014）…… 251
蘭学剣法（中里融司）廣済堂文庫（2004）…… 278
◇蘭学塾幻幽堂青春記（小松エメル）ハルキ文庫 ……………………………………… 167
蘭学塾幻幽堂青春記 宿命（小松エメル）ハルキ文庫（2014）…………………………… 167
蘭学塾幻幽堂青春記 秘密（小松エメル）ハルキ文庫（2015）…………………………… 167
蘭学塾幻幽堂青春記 約束（小松エメル）ハルキ文庫（2013）…………………………… 167
蘭学塾幻幽堂青春記 夢追い月（小松エメル）ハルキ文庫（2012）…………………… 167
蘭学探偵岩永淳庵（平谷美樹）実業之日本社文庫（2014）………………………………… 341
蘭学探偵岩永淳庵 〔2〕幽霊と若侍（平谷美樹）実業之日本社文庫（2015）…………… 341
乱華八犬伝 →艶色美女ちぎり（鳴海丈）学研M文庫（2013）…………………………… 291
乱菊慕情（花家圭太郎）双葉文庫（2007）…… 307
乱華八犬伝（鳴海丈）徳間文庫（2007）……… 296
蘭剣からくり乱し（菊地秀行）光文社文庫（2003）……………………………………… 131
蘭剣からくり烈風（菊地秀行）光文社文庫（2006）……………………………………… 131
乱心（坂岡真）光文社文庫（2012）………… 188

乱刃（中岡潤一郎）コスミック・時代文庫（2006）……………………………………… 277
乱世疾走（海道龍一朗）新潮文庫（2007）…… 101
乱世疾走 上（海道龍一朗）講談社文庫（2013）……………………………………… 101
乱世疾走 下（海道龍一朗）講談社文庫（2013）……………………………………… 101
乱世が好き →軍師官兵衛 上（岳宏一郎）講談社文庫（2001）……………………… 231
乱世が好き →軍師官兵衛 下（岳宏一郎）講談社文庫（2001）……………………… 231
蘭と狗（黒崎裕一郎）講談社文庫（1999）…… 150
蘭と狗（黒崎裕一郎）徳間文庫（2004）……… 151
乱の裔（羽太雄平）廣済堂文庫（1999）……… 303
◇蘭方医・宇津木新吾（小杉健治）双葉文庫 ……………………………………………… 160
蘭方医・宇津木新吾 奸計（小杉健治）双葉文庫（2015）………………………………… 161
蘭方医・宇津木新吾 誤診（小杉健治）双葉文庫（2014）………………………………… 160
蘭方医・宇津木新吾 潜伏（小杉健治）双葉文庫（2015）………………………………… 160
蘭方医・宇津木新吾 別離（小杉健治）双葉文庫（2016）………………………………… 161
◇蘭方姫医者書き留め帳（小笠原京）小学館文庫 ……………………………………… 89
蘭方姫医者書き留め帳 1 十字の神逢（かまい）太刀（小笠原京）小学館文庫（2009）… 89
蘭方姫医者書き留め帳 2 策謀の重奏（小笠原京）小学館文庫（2010）…………………… 89
乱用（上田秀人）角川文庫（2016）………… 74

【 り 】

離縁状（藤井邦夫）双葉文庫（2009）……… 350
利休椿（火坂雅志）小学館文庫（2006）……… 331
利休にたずねよ（山本兼一）PHP文芸文庫（2010）……………………………………… 418
利休の茶杓（山本兼一）文春文庫（2016）…… 418
利休遺偈（井ノ部康之）小学館文庫（2005）
…………………………………………… 60
理屈が通らねえ（岩井三四二）角川文庫（2013）……………………………………… 67
六道の辻に鬼の哭く（結城光流）角川ビーンズ文庫（2006）…………………………… 422
六花に抱かれて眠れ（結城光流）角川ビーンズ文庫（2003）…………………………… 419
六花に抱かれて眠れ →少年陰陽師（おんみょうじ）（結城光流）角川文庫（2011）… 422
六花の眠り（結城光流）角川文庫（2011）…… 422

作品名索引　　りよう

立身の陰（上田秀人）幻冬舎時代小説文庫
（2015）……………………………… 74
小倫敦（リトル・ロンドン）の幽霊（平谷美樹）
講談社文庫（2014）……………… 341
龍雲の群れ（井川香四郎）徳間文庫（2011）
…………………………………………… 35
柳営の遠謀（喜安幸夫）学研M文庫（2011）
………………………………………… 136
流鶯（佐伯泰英）光文社文庫（2016）…… 174
龍眼争奪戦（佐々木裕一）祥伝社文庫（2015）
………………………………………… 196
龍眼 流浪（佐々木裕一）祥伝社文庫（2014）
………………………………………… 196
龍眼 老骨伝兵衛（佐々木裕一）祥伝社文庫
（2013）…………………………… 196
琉球御庭番事件帳 →薩摩・御庭番が疾る（宮
城賢秀）廣済堂文庫（2001）…… 385
◇琉球秘蝶剣御用旅（宮城賢秀）春陽文庫 … 387
琉球秘蝶剣御用旅 若さま奥州路を行く（宮城
賢秀）春陽文庫（1996）………… 387
琉球秘蝶剣御用旅 若さま信濃路を行く（宮城
賢秀）春陽文庫（1995）………… 387
琉球は夢にて候 →亀井琉球守（岩井三四二）
角川文庫（2010）………………… 66
龍球隠密帳（宮城賢秀）ハルキ文庫（2009）
………………………………………… 390
竜虎の剣（中里融司）小学館文庫（2005）… 279
竜虎の父（神谷仁）徳間文庫（2015）…… 128
◇竜四郎疾風剣（松本賢吾）双葉文庫……… 378
竜四郎疾風剣 邪悪を斬る（松本賢吾）双葉文
庫（2004）………………………… 378
竜四郎疾風剣 水月を斬る（松本賢吾）双葉文
庫（2005）………………………… 378
竜四郎疾風剣 群雲を斬る（松本賢吾）双葉文
庫（2005）………………………… 378
竜四郎疾風剣 吉原を斬る（松本賢吾）双葉文
庫（2005）………………………… 378
竜四郎疾風剣 流星を斬る（松本賢吾）双葉文
庫（2004）………………………… 378
◇龍神剣始末帳（城駿一郎）学研M文庫…… 206
龍神剣始末帳 夜叉（城駿一郎）学研M文庫
（2005）…………………………… 206
龍神剣始末帳 流浪（城駿一郎）学研M文庫
（2005）…………………………… 206
龍神裁き（吉田雄亮）光文社文庫（2004）… 424
竜神乱れ討ち（早坂倫太郎）学研M文庫
（2001）…………………………… 311
流水浮木 →伊賀の残光（青山文平）新潮文庫
（2015）…………………………… 2
流星を斬る（松本賢吾）双葉文庫（2004）… 378
流星のごとく（六道慧）光文社文庫（2006）
………………………………………… 429

流星の里（原田孔平）学研M文庫（2012）… 323
竜笛嫋々（佐伯泰英）幻冬舎文庫（2007）… 171
竜笛嫋々（佐伯泰英）幻冬舎文庫（2011）… 171
竜笛嫋々（佐伯泰英）文春文庫（2016）… 186
龍天ノ門（佐伯泰英）双葉文庫（2003）… 183
龍の角凧（坂岡真）双葉文庫（2011）…… 192
◇龍之助一両剣（早見俊）徳間文庫………… 320
龍之助一両剣 狐退治（早見俊）徳間文庫
（2009）…………………………… 320
龍之助一両剣 斬雪（早見俊）徳間文庫
（2010）…………………………… 320
龍之助一両剣 狢ごろし（早見俊）徳間文庫
（2009）…………………………… 320
◇龍之介始末剣（稲葉稔）コスミック・時代文
庫 ………………………………… 53
龍之介始末剣（稲葉稔）コスミック・時代文庫
（2012）…………………………… 53
龍之介始末剣 〔2〕 わかれ雪（稲葉稔）コス
ミック・時代文庫（2012）……… 54
龍之介始末剣 〔3〕 残りの桜（稲葉稔）コス
ミック・時代文庫（2012）……… 54
◇龍之介よろず探索控（稲葉稔）コスミック・
時代文庫 ………………………… 53
龍之介よろず探索控 くらやみ始末（稲葉稔）
コスミック・時代文庫（2005）… 53
龍之介よろず探索控 残りの桜（稲葉稔）コス
ミック・時代文庫（2006）……… 53
龍之介よろず探索控 わかれ雪（稲葉稔）コス
ミック・時代文庫（2005）……… 53
竜の見た夢（羽太雄平）講談社文庫（1996）
………………………………………… 303
龍尾一閃（荒崎一海）朝日文庫（2011）… 22
龍尾一閃（荒崎一海）徳間文庫（2012）… 23
柳眉の角（上田秀人）光文社文庫（2015）… 76
竜門の衛（上田秀人）徳間文庫（2001）… 77
竜門の衛（上田秀人）徳間文庫（2011）… 77
流離（佐伯泰英）光文社文庫（2003）…… 173
流離の花（藤村与一郎）学研M文庫（2011）
………………………………………… 355
流離の姫（喜安幸夫）角川文庫（2016）… 137
流麗の刺客（早見俊）二見時代小説文庫
（2016）…………………………… 322
良寛 上（立松和平）学研M文庫（2013）… 236
良寛 下（立松和平）学研M文庫（2013）… 236
涼月の恋（稲葉稔）幻冬舎時代小説文庫
（2012）…………………………… 50
両国大相撲殺人事件（風野真知雄）だいわ文
庫（2007）………………………… 114
両国大相撲殺人事件（風野真知雄）文春文庫
（2012）…………………………… 117

歴史時代小説文庫総覧 現代の作家　**651**

両国の神隠し（喜安幸夫）光文社文庫（2016）
……… 139

両国の華（早見俊）双葉文庫（2016） ……… 321

両国橋架直事件（北川哲史）静山社文庫
（2011） ……… 134

領地の乱（佐々木裕一）二見時代小説文庫
（2015） ……… 198

竜馬暗殺からくり → 「竜馬暗殺」推理帖（稲
葉稔）PHP文庫（2010） ……… 55

龍馬暗殺者伝（加野厚志）集英社文庫（2009）
……… 126

「竜馬暗殺」推理帖（稲葉稔）PHP文庫
（2010） ……… 55

龍馬永遠の許嫁（森真沙子）中公文庫（2010）
……… 402

竜馬伝説を追え（中村彰彦）人物文庫（2000）
……… 286

龍馬奔る　少年篇（山本一力）ハルキ文庫
（2015） ……… 416

竜馬復活（火坂雅志）廣済堂文庫（2002） ……… 330

竜馬復活（火坂雅志）時代小説文庫（1994）
……… 331

龍馬慕情（加野厚志）集英社文庫（1997） ……… 126

両面小町（藤村与一郎）コスミック・時代文庫
（2013） ……… 356

繚乱断ち（吉田雄亮）双葉文庫（2003） ……… 425

料理侍（和田はつ子）ハルキ文庫（2013） ……… 442

◇料理人季蔵捕物控（和田はつ子）ハルキ文
庫 ……… 441

料理人季蔵捕物控　あおば鰹（和田はつ子）ハ
ルキ文庫（2008） ……… 441

料理人季蔵捕物控　秋はまぐり（和田はつ子）
ハルキ文庫（2012） ……… 442

料理人季蔵捕物控　あんず花菓子（和田はつ
子）ハルキ文庫（2015） ……… 442

料理人季蔵捕物控　祝い飯（和田はつ子）ハル
キ文庫（2011） ……… 441

料理人季蔵捕物控　江戸あわび（和田はつ子）
ハルキ文庫（2016） ……… 442

料理人季蔵捕物控　えんがわ尽くし（和田はつ
子）ハルキ文庫（2015） ……… 442

料理人季蔵捕物控　大江戸料理競べ（和田はつ
子）ハルキ文庫（2011） ……… 441

料理人季蔵捕物控　お宝食積（和田はつ子）ハ
ルキ文庫（2008） ……… 441

料理人季蔵捕物控　おとぎ菓子（和田はつ子）
ハルキ文庫（2010） ……… 441

料理人季蔵捕物控　思い出鍋（和田はつ子）ハ
ルキ文庫（2010） ……… 441

料理人季蔵捕物控　おやこ豆（和田はつ子）ハ
ルキ文庫（2013） ……… 442

料理人季蔵捕物控　かぼちゃ小町（和田はつ
子）ハルキ文庫（2014） ……… 442

料理人季蔵捕物控　菊花酒（和田はつ子）ハル
キ文庫（2010） ……… 441

料理人季蔵捕物控　恋しるこ（和田はつ子）ハ
ルキ文庫（2014） ……… 442

料理人季蔵捕物控　桜おこわ（和田はつ子）ハ
ルキ文庫（2016） ……… 442

料理人季蔵捕物控　涼み菓子（和田はつ子）ハ
ルキ文庫（2011） ……… 441

料理人季蔵捕物控　旅うなぎ（和田はつ子）ハ
ルキ文庫（2009） ……… 441

料理人季蔵捕物控　時そば（和田はつ子）ハル
キ文庫（2009） ……… 441

料理人季蔵捕物控　夏おにぎり（和田はつ子）
ハルキ文庫（2015） ……… 442

料理人季蔵捕物控　夏まぐろ（和田はつ子）ハ
ルキ文庫（2012） ……… 441

料理人季蔵捕物控　蓮美人（和田はつ子）ハル
キ文庫（2013） ……… 442

料理人季蔵捕物控　花見弁当（和田はつ子）ハ
ルキ文庫（2014） ……… 442

料理人季蔵捕物控　春恋魚（和田はつ子）ハル
キ文庫（2012） ……… 441

料理人季蔵捕物控　悲桜餅（和田はつ子）ハル
キ文庫（2007） ……… 441

料理人季蔵捕物控　ひとり膳（和田はつ子）ハ
ルキ文庫（2011） ……… 441

料理人季蔵捕物控　雛の鮨（和田はつ子）ハル
キ文庫（2007） ……… 441

料理人季蔵捕物控　冬うどん（和田はつ子）ハ
ルキ文庫（2012） ……… 442

料理人季蔵捕物控　へっつい飯（和田はつ子）
ハルキ文庫（2010） ……… 441

料理人季蔵捕物控　ゆず女房（和田はつ子）ハ
ルキ文庫（2013） ……… 442

料理人季蔵捕物控　料理侍（和田はつ子）ハル
キ文庫（2013） ……… 442

料理人季蔵捕物控　瑠璃の水菓子（和田はつ
子）ハルキ文庫（2014） ……… 442

料理番子守り唄（小早川涼）学研M文庫
（2010） ……… 164

料理番子守り唄（小早川涼）角川文庫（2015）
……… 165

料理番名残りの雪（小早川涼）学研M文庫
（2014） ……… 165

料理番名残りの雪（小早川涼）角川文庫
（2016） ……… 165

料理番に夏疾風（小早川涼）角川文庫（2015）
……… 165

料理番春の絆（小早川涼）学研M文庫
（2011） ……… 165

料理番春の絆（小早川涼）角川文庫（2015）
················· 165

料理番忘れ草（小早川涼）角川文庫（2015）
················· 165

霖雨（葉室麟）PHP文芸文庫（2014）········· 310

霖雨蕭蕭（荒崎一海）朝日文庫（2011）··· 22

霖雨蕭蕭（荒崎一海）徳間文庫（2006）··· 23

鱗光の剣（鳥羽亮）講談社文庫（1999）··· 264

◇臨時廻り同心日下伊兵衛（押川国秋）講談
社文庫 ··················· 98

臨時廻り同心日下伊兵衛 捨て首（押川国秋）
講談社文庫（2005） ··········· 98

臨時廻り同心日下伊兵衛 佃の渡し（押川国
秋）講談社文庫（2007） ········· 98

臨時廻り同心日下伊兵衛 中山道の雨（押川国
秋）講談社文庫（2006） ········· 98

臨時廻り同心日下伊兵衛 八丁堀日和（押川国
秋）講談社文庫（2007） ········· 98

臨時廻り同心日下伊兵衛 母の剣法（押川国
秋）講談社文庫（2006） ········· 98

凛として（今井絵美子）ハルキ文庫（2013）
··················· 64

凛々（牧秀彦）講談社文庫（2008）········· 367

【 る 】

◇留守居役日々暦（吉田雄亮）角川文庫 ······ 423

留守居役日々暦（吉田雄亮）角川文庫（2014）
··················· 423

留守居役日々暦 茜色の雨（吉田雄亮）角川文
庫（2014） ················· 423

留守居役日々暦 松風の香（吉田雄亮）角川文
庫（2015） ················· 423

留守居役日々暦 落葉の虹（吉田雄亮）角川文
庫（2015） ················· 423

流転の影（浅algebra斑）二見時代小説文庫（2010）
··················· 6

流転の峠（稲葉稔）徳間文庫（2010）··· 54

流転の果て（上田秀人）光文社文庫（2009）
··················· 75

流動の渦（上田秀人）徳間文庫（2013）··· 78

瑠璃菊の女（小笠原京）福武文庫（1996）······ 89

瑠璃の寺 →悲愁の剣（佐伯泰英）ハルキ文庫
（2001） ················· 183

瑠璃の水菓子（和田はつ子）ハルキ文庫
（2014） ················· 442

流々浪々（中谷航太郎）光文社文庫（2014）
··················· 283

流浪（城駿一郎）学研M文庫（2005）········· 206

流浪斬り（牧秀彦）学研M文庫（2006）········· 365

【 れ 】

◇霊岸島捕物控（千野隆司）学研M文庫 ······ 241

霊岸島捕物控 大川端ふたり舟（千野隆司）学
研M文庫（2006） ··········· 241

霊岸島捕物控 新川河岸迷い酒（千野隆司）学
研M文庫（2007） ··········· 241

霊岸島の刺客（千野隆司）ハルキ文庫（2007）
··················· 244

霊鬼頼朝（高橋直樹）文春文庫（2007）··· 226

◇霊験お初捕物控（宮部みゆき）講談社文庫
··················· 393

霊験お初捕物控 2 天狗風（宮部みゆき）講談
社文庫（2001） ············· 393

霊験お初捕物控 天狗風（宮部みゆき）講談社
文庫（2014） ··············· 393

霊験お初捕物控 震える岩（宮部みゆき）講談
社文庫（1997） ············· 393

霊験お初捕物控 震える岩（宮部みゆき）講談
社文庫（2014） ············· 393

黎明に叛くもの（宇月原晴明）中公文庫
（2006） ················· 82

黎明の剣（中里融司）ハルキ文庫（2006）······ 279

黎明の叛逆者 →日本史の叛逆者（井沢元彦）
角川文庫（1997） ··········· 42

烈火の剣（鈴木英治）ハルキ文庫（2004）······ 215

烈火の剣（鳥羽亮）双葉文庫（2013）··· 271

裂帛（牧秀彦）講談社文庫（2008）········· 367

恋歌（朝井まかて）講談社文庫（2015）········· 5

連歌師幽艶行 →戦国連歌師（岩井三四二）講
談社文庫（2008） ··········· 67

蓮花の契り（高田郁）ハルキ文庫（2015）······ 225

煉獄の鬼王（三雲岳斗）双葉文庫（2011）··· 380

恋戦恋勝 →ゆすらうめ（梓沢要）光文社文庫
（2009） ················· 19

蓮如（二宮隆雄）PHP文庫（1998）········· 299

蓮如夏の嵐 上（岳宏一郎）講談社文庫
（2004） ················· 231

蓮如夏の嵐 下（岳宏一郎）講談社文庫
（2004） ················· 231

恋慕に狂いしか（鳥羽亮）幻冬舎文庫（2005）
··················· 262

恋慕舟（吉田雄亮）祥伝社文庫（2008）········· 424

連理の枝（六道慧）徳間文庫（2010）··· 430

恋々彩々（坂岡真）徳間文庫（2012）··· 191

【ろ】

老剣客（小杉健治）二見時代小説文庫（2015）
.... 161

老剣客躍る（鳥羽亮）双葉文庫（2015）...... 271

老剣客（けんきゃく）（鳥羽亮）徳間文庫
（2009）............................ 268

狼剣勝負（稲葉稔）双葉文庫（2012）...... 56

狼虎血闘（鳥羽亮）講談社文庫（2014）... 263

老骨 →妖刀始末（牧秀彦）徳間文庫（2013）
.... 368

老骨（牧秀彦）ベスト時代文庫（2009）...... 371

老骨秘剣（鳥羽亮）双葉文庫（2012）...... 271

浪士討ち入り（中里融司）ハルキ文庫（2005）
.... 279

老中の迷走（喜安幸夫）二見時代小説文庫
（2011）............................ 140

老術師の罠（知野みさき）ハルキ文庫（2014）
.... 247

籠城（野中信二）人物文庫（2012）......... 301

老盗賊の逆襲（宮城賢秀）ハルキ文庫（2002）
.... 389

◇浪人・岩城藤次（小杉健治）角川文庫 ... 154

浪人・岩城藤次 1 江戸裏御用帖（小杉健治）
角川文庫（2013）.................. 154

浪人・岩城藤次 2 江戸裏枕絵暦（小杉健治）
角川文庫（2014）.................. 154

浪人・岩城藤次 3 江戸裏吉原談（小杉健治）
角川文庫（2014）.................. 155

浪人・岩城藤次 4 江戸裏抜荷記（小杉健治）
角川文庫（2014）.................. 155

浪人・岩城藤次 5 江戸裏日月抄（小杉健治）
角川文庫（2015）.................. 155

浪人街無情（小杉健治）双葉文庫（2011）... 161

浪人榊市之助宝剣始末（小杉健治）宝島社文
庫（2015）........................ 159

◇浪人左門あやかし指南（輪渡颯介）講談社
文庫 445

浪人左門あやかし指南 狐憑きの娘（輪渡颯
介）講談社文庫（2012）............ 445

浪人左門あやかし指南 百物語（輪渡颯介）講
談社文庫（2010）.................. 445

浪人左門あやかし指南 掘割で笑う女（輪渡颯
介）講談社文庫（2010）............ 445

浪人左門あやかし指南 無縁塚（輪渡颯介）講
談社文庫（2011）.................. 445

浪人半九郎（鈴木英治）徳間文庫（2009）... 214

◇浪人若さま新見左近（佐々木裕一）コスミッ
ク・時代文庫 195

浪人若さま新見左近 浅草の決闘（佐々木裕
一）コスミック・時代文庫（2014）...... 196

浪人若さま新見左近 江戸城の闇（佐々木裕
一）コスミック・時代文庫（2015）...... 196

浪人若さま新見左近 おてんば姫の恋（佐々木
裕一）コスミック・時代文庫（2011）...... 196

浪人若さま新見左近 陽炎の宿（佐々木裕一）
コスミック・時代文庫（2012）...... 196

浪人若さま新見左近 風の太刀（佐々木裕一）
コスミック・時代文庫（2014）...... 196

浪人若さま新見左近 左近暗殺指令（佐々木裕
一）コスミック・時代文庫（2016）...... 196

浪人若さま新見左近 将軍の死（佐々木裕一）
コスミック・時代文庫（2012）...... 196

浪人若さま新見左近 大名盗賊（佐々木裕一）
コスミック・時代文庫（2015）...... 196

浪人若さま新見左近 日光身代わり旅（佐々木
裕一）コスミック・時代文庫（2014）...... 196

浪人若さま新見左近 人斬り純情剣（佐々木裕
一）コスミック・時代文庫（2016）...... 196

浪人若さま新見左近 闇の剣（佐々木裕一）コ
スミック・時代文庫（2010）...... 195

浪人若さま新見左近 雷神斬り（佐々木裕一）
コスミック・時代文庫（2010）...... 195

◇牢屋同心見習控え（鈴木晴世）廣済堂文庫
.... 220

牢屋同心見習控え 草もみじ（鈴木晴世）廣済
堂文庫（2009）.................... 220

牢屋同心見習控え 桜の色（鈴木晴世）廣済堂
文庫（2008）...................... 220

朧夜ノ桜（佐伯泰英）双葉文庫（2008）... 184

老雄の剣（松岡弘一）竹書房時代小説文庫
（2009）............................ 376

浪々を選びて候 →逆ろうて候（岩井三四二）
講談社文庫（2007）................ 67

ろくエもん（朝松健）徳間文庫（2013）...... 14

六十万石の罠（藤水名子）二見時代小説文庫
（2016）............................ 346

ろくでなし（松本茂樹）廣済堂文庫（2011）
.... 379

六道捌きの龍（浅野里沙子）光文社文庫
（2009）............................ 12

六万石の文箱（小杉健治）光文社文庫（2009）
.... 155

鹿鳴館盗撮（風野真知雄）角川文庫（2014）
.... 109

鹿鳴娼館（如月あづさ）双葉文庫（2011）... 132

ろくろ首の客（小笠原京）学研M文庫
（2009）............................ 89

櫓のない舟（秋山香乃）双葉文庫（2010）...... 5

作品名索引　　わかさ

【わ】

若返り同心如月源十郎（佐々木裕一）講談社
　文庫（2016）‥‥‥‥‥‥‥‥‥‥‥‥‥　195

若木の青嵐（あらし）（牧秀彦）光文社文庫
　（2010）‥‥‥‥‥‥‥‥‥‥‥‥‥‥‥‥　368

若君御謀反（中村彰彦）角川文庫（2009）‥‥‥　285

◇若君世直し草紙（八柳誠）廣済堂文庫‥‥‥　411

若君世直し草紙 定信の恋（八柳誠）廣済堂文
　庫（2012）‥‥‥‥‥‥‥‥‥‥‥‥‥‥　411

若君世直し草紙 将軍危うし！（八柳誠）廣済
　堂文庫（2011）‥‥‥‥‥‥‥‥‥‥‥‥　411

若君世直し草紙 贋定信現る！（八柳誠）廣済
　堂文庫（2011）‥‥‥‥‥‥‥‥‥‥‥‥　411

若君世直し草紙 闇を奔る刺客（八柳誠）廣済
　堂文庫（2012）‥‥‥‥‥‥‥‥‥‥‥‥　411

◇若草日和（片岡麻紗子）廣済堂文庫‥‥‥‥　119

若草日和（片岡麻紗子）廣済堂文庫（2008）
　‥‥‥‥‥‥‥‥‥‥‥‥‥‥‥‥‥‥‥　119

若草日和 かくれんぼ（片岡麻紗子）廣済堂文
　庫（2009）‥‥‥‥‥‥‥‥‥‥‥‥‥‥　119

若草日和 君の行く道（片岡麻紗子）廣済堂文
　庫（2008）‥‥‥‥‥‥‥‥‥‥‥‥‥‥　119

若さま奥州路を行く →刀魂（宮城秀彦）廣済
　堂文庫（2003）‥‥‥‥‥‥‥‥‥‥‥‥　385

若さま奥州路を行く（宮城賢秀）春陽文庫
　（1996）‥‥‥‥‥‥‥‥‥‥‥‥‥‥‥‥　387

若様組まいる（畠中恵）講談社文庫（2013）
　‥‥‥‥‥‥‥‥‥‥‥‥‥‥‥‥‥‥‥　304

◇若さま剣客一色綾之丞（藤井龍）コスミッ
　ク・時代文庫‥‥‥‥‥‥‥‥‥‥‥‥‥　355

若さま剣客一色綾之丞 〔1〕 世嗣の子（藤井
　龍）コスミック・時代文庫（2015）‥‥‥　355

若さま剣客一色綾之丞 〔2〕 家慶暗殺（藤井
　龍）コスミック・時代文庫（2015）‥‥‥　355

若さま剣客一色綾之丞 〔3〕 雨中の決闘（藤
　井龍）コスミック・時代文庫（2016）‥‥　355

若さま御用帳 →示現流秘蝶剣（宮城賢秀）廣
　済堂文庫（2001）‥‥‥‥‥‥‥‥‥‥‥　385

若さま御用帳（宮城賢秀）春陽文庫（1993）
　‥‥‥‥‥‥‥‥‥‥‥‥‥‥‥‥‥‥‥　387

若さま御用帳　続（宮城賢秀）春陽文庫
　（1993）‥‥‥‥‥‥‥‥‥‥‥‥‥‥‥‥　387

若さま御用帳 続 →示現流秘蝶剣 2（宮城賢
　秀）廣済堂文庫（2002）‥‥‥‥‥‥‥‥　385

◇若様侍始末帖（藤村与一郎）学研M文庫‥‥‥　356

若様侍始末帖 陰陽師破り（藤村与一郎）学研
　M文庫（2012）‥‥‥‥‥‥‥‥‥‥‥‥　356

若様侍始末帖 二天の剣（藤村与一郎）学研M
　文庫（2011）‥‥‥‥‥‥‥‥‥‥‥‥‥　356

若さま信濃路を行く →斬奸（宮城賢秀）廣済
　堂文庫（2002）‥‥‥‥‥‥‥‥‥‥‥‥　385

若さま信濃路を行く（宮城賢秀）春陽文庫
　（1995）‥‥‥‥‥‥‥‥‥‥‥‥‥‥‥‥　387

◇若さま十兵衛（早見俊）コスミック・時代文
　庫‥‥‥‥‥‥‥‥‥‥‥‥‥‥‥‥‥‥　318

若さま十兵衛　〔2〕　暗殺（早見俊）コスミッ
　ク・時代文庫（2015）‥‥‥‥‥‥‥‥‥　318

若さま十兵衛　〔3〕　謀叛（早見俊）コスミッ
　ク・時代文庫（2016）‥‥‥‥‥‥‥‥‥　318

若さま十兵衛　〔4〕　御前試合（早見俊）コス
　ミック・時代文庫（2016）‥‥‥‥‥‥‥　318

若さま十兵衛　〔5〕　対決燕返し（早見俊）コ
　スミック・時代文庫（2016）‥‥‥‥‥‥　318

若さま十兵衛 天下無双の居候（早見俊）コス
　ミック・時代文庫（2015）‥‥‥‥‥‥‥　318

若さま水鏡剣（平茂寛）コスミック・時代文庫
　（2016）‥‥‥‥‥‥‥‥‥‥‥‥‥‥‥‥　340

若さま双剣裁き（藤村与一郎）コスミック・時
　代文庫（2016）‥‥‥‥‥‥‥‥‥‥‥‥　357

◇若さま同心徳川竜之助（風野真知雄）双葉
　文庫‥‥‥‥‥‥‥‥‥‥‥‥‥‥‥‥‥　115

若さま同心徳川竜之助 陽炎の刃（風野真知
　雄）双葉文庫（2008）‥‥‥‥‥‥‥‥‥　115

若さま同心徳川竜之助 片手斬り（風野真知
　雄）双葉文庫（2010）‥‥‥‥‥‥‥‥‥　116

若さま同心徳川竜之助 消えた十手（風野真知
　雄）双葉文庫（2007）‥‥‥‥‥‥‥‥‥　115

若さま同心徳川竜之助 最後の剣（風野真知
　雄）双葉文庫（2011）‥‥‥‥‥‥‥‥‥　116

若さま同心徳川竜之助 双竜伝説（風野真知
　雄）双葉文庫（2010）‥‥‥‥‥‥‥‥‥　116

若さま同心徳川竜之助 空飛ぶ岩（風野真知
　雄）双葉文庫（2008）‥‥‥‥‥‥‥‥‥　115

若さま同心徳川竜之助 飛燕（つばくろ）十手
　（風野真知雄）双葉文庫（2009）‥‥‥‥‥　115

若さま同心徳川竜之助 卑怯三刀流（風野真知
　雄）双葉文庫（2009）‥‥‥‥‥‥‥‥‥　115

若さま同心徳川竜之助 秘剣封印（風野真知
　雄）双葉文庫（2008）‥‥‥‥‥‥‥‥‥　115

若さま同心徳川竜之助 風神雷神（風野真知
　雄）双葉文庫（2010）‥‥‥‥‥‥‥‥‥　116

若さま同心徳川竜之助 風鳴の剣（風野真知
　雄）双葉文庫（2008）‥‥‥‥‥‥‥‥‥　115

若さま同心徳川竜之助 弥勒の手（風野真知
　雄）双葉文庫（2009）‥‥‥‥‥‥‥‥‥　115

若さま同心徳川竜之助 幽霊剣士（風野真知
　雄）双葉文庫（2009）‥‥‥‥‥‥‥‥‥　115

◇若さま人情帖（霜月りつ）コスミック・時代
　文庫‥‥‥‥‥‥‥‥‥‥‥‥‥‥‥‥‥　205

歴史時代小説文庫総覧 現代の作家　**655**

わかさ　　　　　作品名索引

若さま人情帖〔2〕うそつきの涙（霜月りつ）
コスミック・時代文庫（2016）‥‥‥‥‥ 205

若さま人情帖〔3〕さらば龍之介（霜月りつ）
コスミック・時代文庫（2016）‥‥‥‥‥ 206

若さま人情帖 颯爽！龍之介登場（霜月りつ）
コスミック・時代文庫（2015）‥‥‥‥‥ 205

◇若さま包丁人情駒（倉阪鬼一郎）徳間文庫
‥‥‥‥‥‥‥‥‥‥‥‥‥‥‥‥‥‥‥ 147

若さま包丁人情駒（倉阪鬼一郎）徳間文庫
（2013）‥‥‥‥‥‥‥‥‥‥‥‥‥‥‥ 147

若さま包丁人情駒 大勝負（倉阪鬼一郎）徳間
文庫（2014）‥‥‥‥‥‥‥‥‥‥‥‥‥ 147

若さま包丁人情駒 飛車角侍（倉阪鬼一郎）徳
間文庫（2013）‥‥‥‥‥‥‥‥‥‥‥‥ 147

◇若さま用心棒葵鯉之介（飯野笙子）コスミッ
ク・時代文庫‥‥‥‥‥‥‥‥‥‥‥‥‥ 26

若さま用心棒葵鯉之介〔2〕仇討ち芸者（飯
野笙子）コスミック・時代文庫（2012）‥‥ 26

若さま用心棒葵鯉之介〔3〕父の密命（飯野
笙子）コスミック・時代文庫（2012）‥‥‥ 26

若さま用心棒葵鯉之介〔4〕隠し砦の死闘（飯
野笙子）コスミック・時代文庫（2012）‥‥ 26

若さま用心棒葵鯉之介〔5〕幻の宝剣（飯野
笙子）コスミック・時代文庫（2013）‥‥‥ 26

若さま用心棒葵鯉之介〔6〕東雲の別れ（飯
野笙子）コスミック・時代文庫（2013）‥‥ 26

若さま用心棒葵鯉之介 冬の七夕（飯野笙子）
コスミック・時代文庫（2011）‥‥‥‥‥‥ 26

◇若さま料理事件帖（池端洋介）静山社文庫
‥‥‥‥‥‥‥‥‥‥‥‥‥‥‥‥‥‥‥‥ 40

若さま料理事件帖 秘伝語り（池端洋介）静山
社文庫（2011）‥‥‥‥‥‥‥‥‥‥‥‥ 40

若さま料理事件帖 庖丁の因縁（池端洋介）静
山社文庫（2011）‥‥‥‥‥‥‥‥‥‥‥ 40

若獅子家康（高橋直樹）講談社文庫（2000）
‥‥‥‥‥‥‥‥‥‥‥‥‥‥‥‥‥‥‥ 225

若竹ざむらい（芦川淳一）双葉文庫（2008）
‥‥‥‥‥‥‥‥‥‥‥‥‥‥‥‥‥‥‥‥ 18

若旦那隠密（佐々木裕一）幻冬舎時代小説文
庫（2016）‥‥‥‥‥‥‥‥‥‥‥‥‥‥ 195

若旦那の覚悟（千野隆司）ハルキ文庫（2015）
‥‥‥‥‥‥‥‥‥‥‥‥‥‥‥‥‥‥‥ 245

若殿討ち（早見俊）光文社文庫（2013）‥‥‥ 316

◇若殿見聞録（千野隆司）ハルキ文庫‥‥‥ 245

若殿見聞録 1 徳川家慶、推参（千野隆司）ハ
ルキ文庫（2013）‥‥‥‥‥‥‥‥‥‥‥ 245

若殿見聞録 2 逆臣の刃（千野隆司）ハルキ文
庫（2013）‥‥‥‥‥‥‥‥‥‥‥‥‥‥ 245

若殿見聞録 3 秋風渡る（千野隆司）ハルキ文
庫（2013）‥‥‥‥‥‥‥‥‥‥‥‥‥‥ 245

若殿見聞録 4 閏月の嵐（千野隆司）ハルキ文
庫（2014）‥‥‥‥‥‥‥‥‥‥‥‥‥‥ 245

若殿見聞録 6 家慶の一歩（千野隆司）ハルキ
文庫（2014）‥‥‥‥‥‥‥‥‥‥‥‥‥ 245

◇若殿八方破れ（鈴木英治）徳間文庫‥‥‥ 214

若殿八方破れ（鈴木英治）徳間文庫（2012）
‥‥‥‥‥‥‥‥‥‥‥‥‥‥‥‥‥‥‥ 214

若殿八方破れ 安芸の夫婦貝（鈴木英治）徳間
文庫（2012）‥‥‥‥‥‥‥‥‥‥‥‥‥ 215

若殿八方破れ 江戸の角隠し（鈴木英治）徳間
文庫（2015）‥‥‥‥‥‥‥‥‥‥‥‥‥ 215

若殿八方破れ 岡山の闇烏（鈴木英治）徳間文
庫（2013）‥‥‥‥‥‥‥‥‥‥‥‥‥‥ 215

若殿八方破れ 木曽の神隠し（鈴木英治）徳間
文庫（2012）‥‥‥‥‥‥‥‥‥‥‥‥‥ 214

若殿八方破れ 久留米の恋絣（鈴木英治）徳間
文庫（2012）‥‥‥‥‥‥‥‥‥‥‥‥‥ 215

若殿八方破れ 駿府の裏芝居（鈴木英治）徳間
文庫（2014）‥‥‥‥‥‥‥‥‥‥‥‥‥ 215

若殿八方破れ 萩の逃れ路（鈴木英治）徳間文
庫（2013）‥‥‥‥‥‥‥‥‥‥‥‥‥‥ 215

若殿八方破れ 彦根の悪業薬（鈴木英治）徳間
文庫（2014）‥‥‥‥‥‥‥‥‥‥‥‥‥ 215

若殿八方破れ 姫路の恨み木綿（鈴木英治）徳
間文庫（2012）‥‥‥‥‥‥‥‥‥‥‥‥ 214

◇若殿はつらいよ（鳴海丈）コスミック・時代
文庫‥‥‥‥‥‥‥‥‥‥‥‥‥‥‥‥‥ 293

若殿はつらいよ〔2〕松平竜之介江戸艶愛記
（鳴海丈）コスミック・時代文庫（2016）‥‥ 294

若殿はつらいよ 松平竜之介艶色旅（鳴海丈）
コスミック・時代文庫（2016）‥‥‥‥‥ 293

若殿はつらいよ 松平竜之介競艶剣（鳴海丈）
コスミック・時代文庫（2016）‥‥‥‥‥ 294

若菜摘み（今井絵美子）ハルキ文庫（2011）
‥‥‥‥‥‥‥‥‥‥‥‥‥‥‥‥‥‥‥‥ 64

若の恋（岡本さとる）祥伝社文庫（2011）‥‥ 91

わが槍を捧ぐ（鈴木英治）ハルキ文庫（2016）
‥‥‥‥‥‥‥‥‥‥‥‥‥‥‥‥‥‥‥ 216

別れの秋空（聖龍人）廣済堂文庫（2013）‥‥ 335

別れの川（稲葉稔）光文社文庫（2016）‥‥‥ 53

別れの酒（早見俊）コスミック・時代文庫
（2014）‥‥‥‥‥‥‥‥‥‥‥‥‥‥‥ 318

わかれの空（聖龍人）コスミック・時代文庫
‥‥‥‥‥‥‥‥‥‥‥‥‥‥‥‥‥‥‥ 336

別れの虹（稲葉稔）徳間文庫（2012）‥‥‥‥ 55

わかれの花（風野真知雄）コスミック・時代文
庫（2006）‥‥‥‥‥‥‥‥‥‥‥‥‥‥ 112

別れ船（風野真知雄）幻冬舎時代小説文庫
（2012）‥‥‥‥‥‥‥‥‥‥‥‥‥‥‥ 110

わかれ道（笠岡治次）廣済堂文庫（2011）‥‥ 104

岐かれ路（坂東眞砂子）新潮文庫（2007）‥‥ 328

別れ道（富樫倫太郎）中公文庫（2007）‥‥‥ 258

作品名索引　　わるし

わかれ雪(稲葉稔)コスミック・時代文庫
　(2005) ……………………………… 53
わかれ雪(稲葉稔)コスミック・時代文庫
　(2012) ……………………………… 54
わかれ雪→龍之介始末剣〔2〕(稲葉稔)コス
　ミック・時代文庫(2012) ………… 54
別れるものか!(八柳誠)廣済堂文庫(2013)
　………………………………………… 411
◇わけあり円十郎江戸暦(鳥羽亮)PHP文芸
　文庫 ………………………………… 270
わけあり円十郎江戸暦(鳥羽亮)PHP文芸文
　庫(2009) ………………………… 270
わけあり円十郎江戸暦　一身の剣(鳥羽
　亮)PHP文芸文庫(2016) ………… 270
わけあり円十郎江戸暦　奇剣稲妻落し(鳥羽
　亮)PHP文芸文庫(2011) ………… 270
わけあり円十郎江戸暦　七人の兜賊(鳥羽
　亮)PHP文芸文庫(2010) ………… 270
わけあり円十郎江戸暦　闇の刺客(鳥羽
　亮)PHP文芸文庫(2013) ………… 270
和算の侍(鳴海風)新潮文庫(2016) ……… 297
忘れ扇(今井絵美子)角川文庫(2013) …… 61
わすれ形見(千野隆司)ハルキ文庫(2008)
　………………………………………… 244
忘れ形見(秋山香乃)朝日文庫(2009) …… 4
忘れ簪(髙橋由太)光文社文庫(2012) …… 229
忘れ草(笠岡治次)廣済堂文庫(2012) …… 104
忘憂草(今井絵美子)祥伝社文庫(2015) … 62
◇忘れ草秘剣帖(森詠)二見時代小説文庫 … 401
忘れ草秘剣帖 1 進之介密命剣(森詠)二見時
　代小説文庫(2009) ……………… 401
忘れ草秘剣帖 2 流れ星(森詠)二見時代小説
　文庫(2009) ……………………… 401
忘れ草秘剣帖 3 孤剣、舞う(森詠)二見時代
　小説文庫(2010) ………………… 401
忘れ草秘剣帖 4 影狩り(森詠)二見時代小説
　文庫(2010) ……………………… 401
不忘(わすれじ)の太刀(上田秀人)徳間文庫
　(2015) ……………………………… 77
不忘の太刀(上田秀人)徳間文庫(2005) …… 77
忘れ花(片桐京介)双葉文庫(2005) ……… 120
忘れ文(坂岡真)幻冬舎文庫(2008) ……… 187
わすれ雪(木村友馨)ベスト時代文庫(2005)
　………………………………………… 135
忘れ雪(今井絵美子)ハルキ文庫(2010) … 63
忘れ雪(藤井邦夫)双葉文庫(2013) ……… 351
私が愛したサムライの娘(鳴神響一)時代小
　説文庫(2016) …………………… 289
渡り辻番人情帖(吉田雄亮)角川文庫(2016)
　………………………………………… 423
渡り鳥(藤井邦夫)双葉文庫(2011) ……… 351

渡り秘剣清史郎(中岡潤一郎)コスミック・時
　代文庫(2010) …………………… 278
◇渡り奉公人渡辺勘兵衛(中路啓太)中公文
　庫 …………………………………… 280
渡り奉公人渡辺勘兵衛 三日月の花(中路啓
　太)中公文庫(2016) ……………… 280
◇渡り用人片桐弦一郎控(藤原緋沙子)光文
　社文庫 ……………………………… 360
渡り用人片桐弦一郎控 2 桜雨(藤原緋沙子)
　光文社文庫(2007) ……………… 360
渡り用人片桐弦一郎控 3 密命(藤原緋沙子)
　光文社文庫(2010) ……………… 360
渡り用人片桐弦一郎控 4 すみだ川(藤原緋沙
　子)光文社文庫(2012) …………… 360
渡り用人片桐弦一郎控 5 つばめ飛ぶ(藤原緋
　沙子)光文社文庫(2014) ………… 360
渡り用人片桐弦一郎控 白い霧(藤原緋沙子)
　光文社文庫(2006) ……………… 360
輪違屋糸里 上(浅田次郎)文春文庫(2007)
　………………………………………… 10
輪違屋糸里 下(浅田次郎)文春文庫(2007)
　………………………………………… 10
詫び状(小杉健治)祥伝社文庫(2009) …… 158
詫び状(藤井邦夫)双葉文庫(2011) ……… 350
侘助ノ白(佐伯泰英)双葉文庫(2009) …… 184
嗤う伊右衛門(京極夏彦)角川文庫(2001)
　………………………………………… 142
嗤う伊右衛門(京極夏彦)中公文庫(2004)
　………………………………………… 142
笑う永代橋(聖龍人)二見時代小説文庫
　(2013) ……………………………… 338
笑う花魁(石月正広)講談社文庫(2006) … 44
笑う鬼(辻堂魁)光文社文庫(2015) ……… 251
哄う合戦屋(北沢秋)双葉文庫(2011) …… 134
笑う傀儡(森詠)二見時代小説文庫(2013)
　………………………………………… 401
笑う蔵王権現(村崎れいと)双葉文庫(2015)
　………………………………………… 399
笑う七福神(倉阪鬼一郎)実業之日本社文庫
　(2015) ……………………………… 146
笑う月(鳥羽亮)徳間文庫(2014) ………… 268
笑う女狐(和久田正明)徳間文庫(2013) … 436
笑う奴ほどよく盗む(風野真知雄)祥伝社文
　庫(2016) ………………………… 113
笑う幽霊(和田はつ子)廣済堂文庫(2007)
　………………………………………… 439
童鬼の剣(高橋直樹)祥伝社文庫(2003) …… 225
◇わるじい秘剣帖(風野真知雄)双葉文庫 … 116
わるじい秘剣帖 1 じいじだよ(風野真知雄)
　双葉文庫(2015) ………………… 116
わるじい秘剣帖 2 ねんねしな(風野真知雄)
　双葉文庫(2015) ………………… 116

わるじい秘剣帖 3 しっこかい（風野真知雄）
双葉文庫（2015） ························· 116
わるじい秘剣帖 4 ないないば（風野真知雄）
双葉文庫（2016） ························· 116
わるじい秘剣帖 5 なかないで（風野真知雄）
双葉文庫（2016） ························· 116
悪だくみ（稲葉稔）廣済堂文庫（2005）········ 51
我餓狼と化す（東郷隆）実業之日本社文庫
（2012）······························· 255
われ、謙信なりせば（風野真知雄）祥伝社文庫
（2008）······························· 113
われ、謙信なりせば（風野真知雄）ノン・ポ
シェット（1998）························ 115
我、言挙げす（宇江佐真理）文春文庫（2011）
··································· 72
われ利鬼なり（鳥羽亮）幻冬舎文庫（2007）
··································· 262
我、天命を覆す（結城光流）角川文庫（2013）
··································· 422
我ニ救国ノ策アリ（仁木英之）幻冬舎時代小
説文庫（2015）························· 298
われに千里の思いあり 上 風雲児・前田利常
（中村彰彦）文春文庫（2011）············ 287
われに千里の思いあり 中 快男児・前田光高
（中村彰彦）文春文庫（2011）············ 287
われに千里の思いあり 下 名君・前田綱紀（中
村彰彦）文春文庫（2011）··············· 287
われら亡者に候（鳥羽亮）幻冬舎文庫（2004）
··································· 262
我、六道を懼れず 立志篇 上（海道龍一
朗）PHP文芸文庫（2016）··············· 101
我、六道を懼れず 立志篇 下（海道龍一
朗）PHP文芸文庫（2016）··············· 101

歴史時代小説文庫総覧 現代の作家

2017年2月25日　第1刷発行

発　行　者／大高利夫
編集・発行／日外アソシエーツ株式会社
　　　　　　〒140-0013 東京都品川区南大井6-16-16鈴中ビル大森アネックス
　　　　　　電話 (03)3763-5241(代表)　FAX(03)3764-0845
　　　　　　URL　http://www.nichigai.co.jp/
発　売　元／株式会社紀伊國屋書店
　　　　　　〒163-8636 東京都新宿区新宿 3-17-7
　　　　　　電話 (03)3354-0131(代表)
　　　　　　ホールセール部(営業)　電話 (03)6910-0519

　　　　　　電算漢字処理／日外アソシエーツ株式会社
　　　　　　印刷・製本／株式会社平河工業社

　　　　不許複製・禁無断転載　　　　　　《中性紙三菱クリームエレガ使用》
　　　　＜落丁・乱丁本はお取り替えいたします＞
　　　　ISBN978-4-8169-2643-3　　　　**Printed in Japan, 2017**

本書はディジタルデータでご利用いただくことが
できます。詳細はお問い合わせください。

文庫で読める児童文学2000冊

A5・340頁　定価（本体7,800円＋税）　2016.5刊

大人も読みたい児童文学を、手軽に読める文庫で探せる図書目録。古典的名作から現代作家の話題作まで、国内外の作家206人の2,270冊とアンソロジー53冊を収録。

海を渡ってきた漢籍—江戸の書誌学入門

髙橋智 著　四六判・230頁　定価（本体3,200円＋税）　2016.6刊

江戸時代の主要な出版物であった漢籍に光を当て、漢学者や漢籍をめぐるレファレンス書誌、出版事情を語る。図書館員や学芸員が知っておきたい漢籍の知識を、図版243枚を用いてわかりやすく解説。巻末に「藩校・大名家蔵書等目録類一覧」「主な漢籍レファレンスブック」「関係略年表」を付す。

未来記念日 アニバーサリー2017〜2022

A5・260頁　定価（本体2,750円＋税）　2016.10刊

2017〜2022年に節目の周年を迎えるトピックを年月日順に一覧できる事典。著名人の生没、国交樹立、法律の制定、事件・事故・災害の発生、イベント開催など幅広い事柄を掲載。生誕○年、没後△年、あの快挙、災害・事故から○○周年、といったことが一目でわかる。「人名索引」「事項名索引」付き。

日本暦西暦月日対照表

野島寿三郎 編　A5・310頁　定価（本体3,000円＋税）　1987.1刊

現在の西洋暦が確定した天正10年（1582年）から、日本が西洋暦を採用した明治5年（1872年）に至る日本暦（旧暦）と西洋暦の年月日を対比した対照表。近世の日本史をよりよく知るためには不可欠のロングセラー。

海外文学 新進作家事典

A5・600頁　定価（本体13,880円＋税）　2016.6刊

最近10年間に日本で翻訳・紹介された海外の作家1,500人のプロフィールと作品を紹介した人名事典。既存の文学事典類では探せない最新の人物を中心に、欧米からアジア、第三世界の作家についても一望できる。2006〜2016年の翻訳書3,700点の情報を併載。「人名索引（欧文）」「書名索引」付き。

データベースカンパニー
日外アソシエーツ　〒140-0013　東京都品川区南大井6-16-16
TEL.(03)3763-5241　FAX.(03)3764-0845　http://www.nichigai.co.jp/